Fantasy

Das Buch
Das Inselreich Serendair erlebt eine Zeit ungeahnter Blüte. Noch ahnt niemand, dass dem Eiland die vollständige Vernichtung droht – auch nicht die junge Sängerin und Heilerin Rhapsody, die soeben ihre Ausbildung abgeschlossen hat und ein großes magisches Talent in sich birgt. Doch urplötzlich holt Rhapsody ihre freudlose Vergangenheit ein, und sie ist gezwungen zu fliehen. Bald trifft sie auf zwei unheimliche Gestalten, Achmed und Grunthor, die ihr das Leben retten. Rhapsody ahnt jedoch nicht, dass die beiden von Dämonen des Herrn der Tausend Augen verfolgt werden, einem gespenstischen Feuerwesen aus dem Anbeginn der Zeit, dessen einziges Ziel es ist, die Welt in Schutt und Asche zu legen. Rhapsody und ihre Begleiter suchen Schutz bei der heiligen Eiche Sagia und bahnen sich einen Fluchtweg entlang ihrer mächtigen Wurzeln, die tief ins Erdinnere reichen und die bekannte Welt umspannen. Tatsächlich gelingt es ihnen, ihren Verfolgern zu entkommen, doch der Preis ist hoch, und die Prüfungen, die ihnen auf ihrem Weg auferlegt werden, voller Härte.
Als sie endlich – fern der Heimat und in einem anderen Zeitalter – ans Tageslicht zurückkehren, ist Serendair längst in den Fluten versunken. Die neue Welt wird indes von einer Woge der Gewalt heimgesucht, und in Achmed keimt ein schrecklicher Verdacht ...

»Tochter des Windes« ist der erste Roman der neuen großen Fantasy-Saga *Rhapsody.*

»Das ist High Fantasy der Spitzenklasse!« – *Booklist*

Die Autorin
Elizabeth Haydon ist der Shooting-Star der amerikanischen Fantasy-Szene. Sie arbeitet als Lektorin in einem Schulbuchverlag. Neben Reisen und Musik gilt ihr Interesse vor allem der Folklore. Die Autorin lebt mit ihrer Familie an der Ostküste der USA.

ELIZABETH HAYDON

TOCHTER DES WINDES

Rhapsody

ERSTER ROMAN

Deutsche Erstausgabe

WILHELM HEYNE VERLAG
MÜNCHEN

HEYNE SCIENCE FICTION & FANTASY
06/9380

Titel der amerikanischen Originalausgabe
RHAPSODY
Deutsche Übersetzung von Michael Windgassen

Umwelthinweis:
Dieses Buch wurde auf chlor- und
säurefreiem Papier gedruckt.

Deutsche Erstausgabe 01/2003
Redaktion: Angela Kuepper
Copyright © 1999 by Elizabeth Haydon
Mit freundlicher Genehmigung der Autorin
Copyright © 2003 der deutschsprachigen Ausgabe
by Ullstein Heyne List GmbH & Co. KG
Wilhelm Heyne ist ein Verlag des Verlagshauses
Ullstein Heyne List GmbH & Co. KG
Printed in Germany 2003
http://www.heyne.de
Umschlaggestaltung: Nele Schütz Design, München
Technische Betreuung: M. Spinola
Satz: Schaber Satz- und Datentechnik, Wels
Druck und Bindung: Bercker, Kevelaer

ISBN 3-453-86372-0

Für
November, Oktober und Dezember
- die drei schönsten Monate des Jahres -,
voller Liebe und Dankbarkeit für all das,
was sie mir gegeben haben

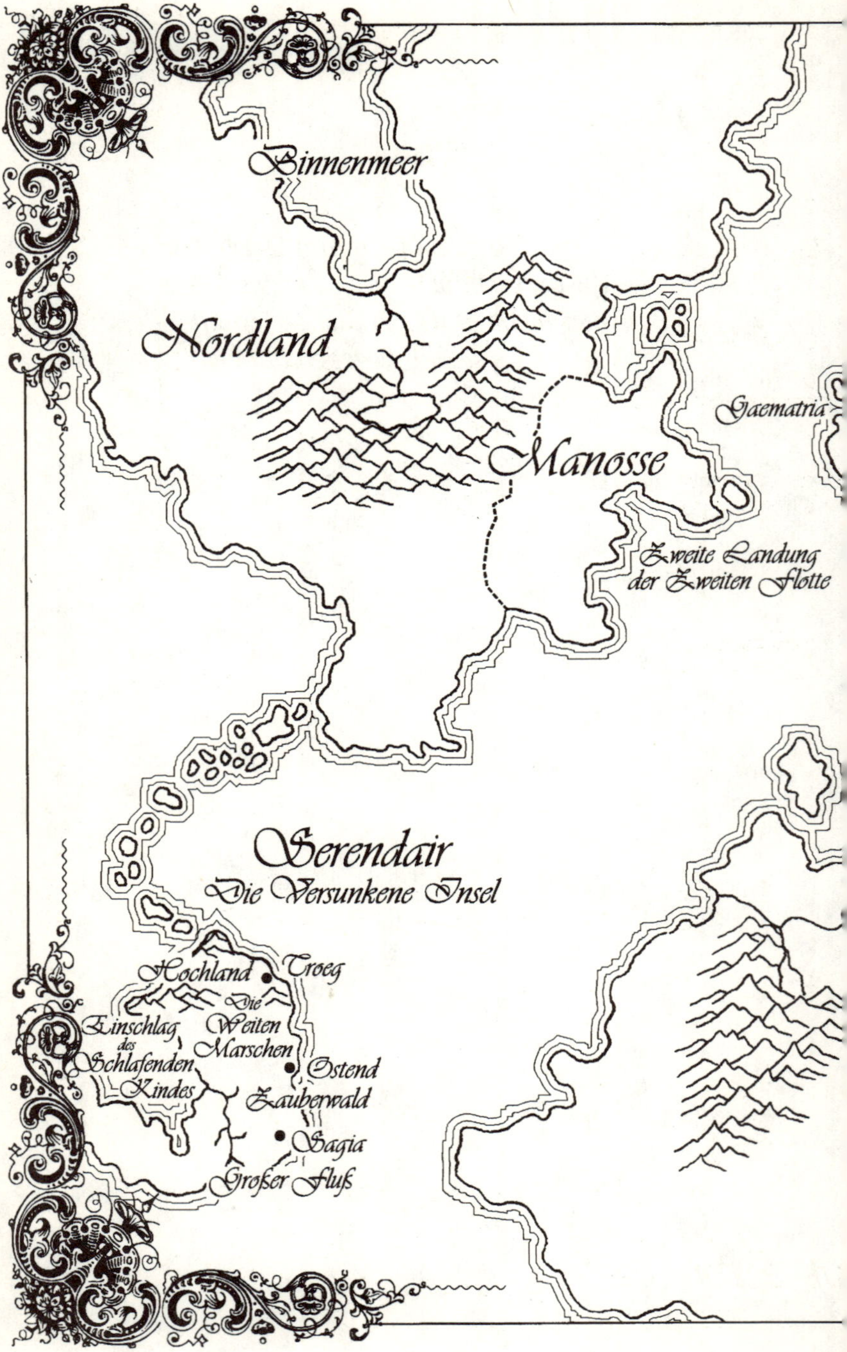

Binnenmeer
Nordland
Manosse
Gaematria
Zweite Landung der Zweiten Flotte
Serendair
Die Versunkene Insel
Hochland
Troeg
Die Weiten Marschen
Einschlag des Schlafenden Kindes
Ostend
Zauberwald
Sagia
Großer Fluß

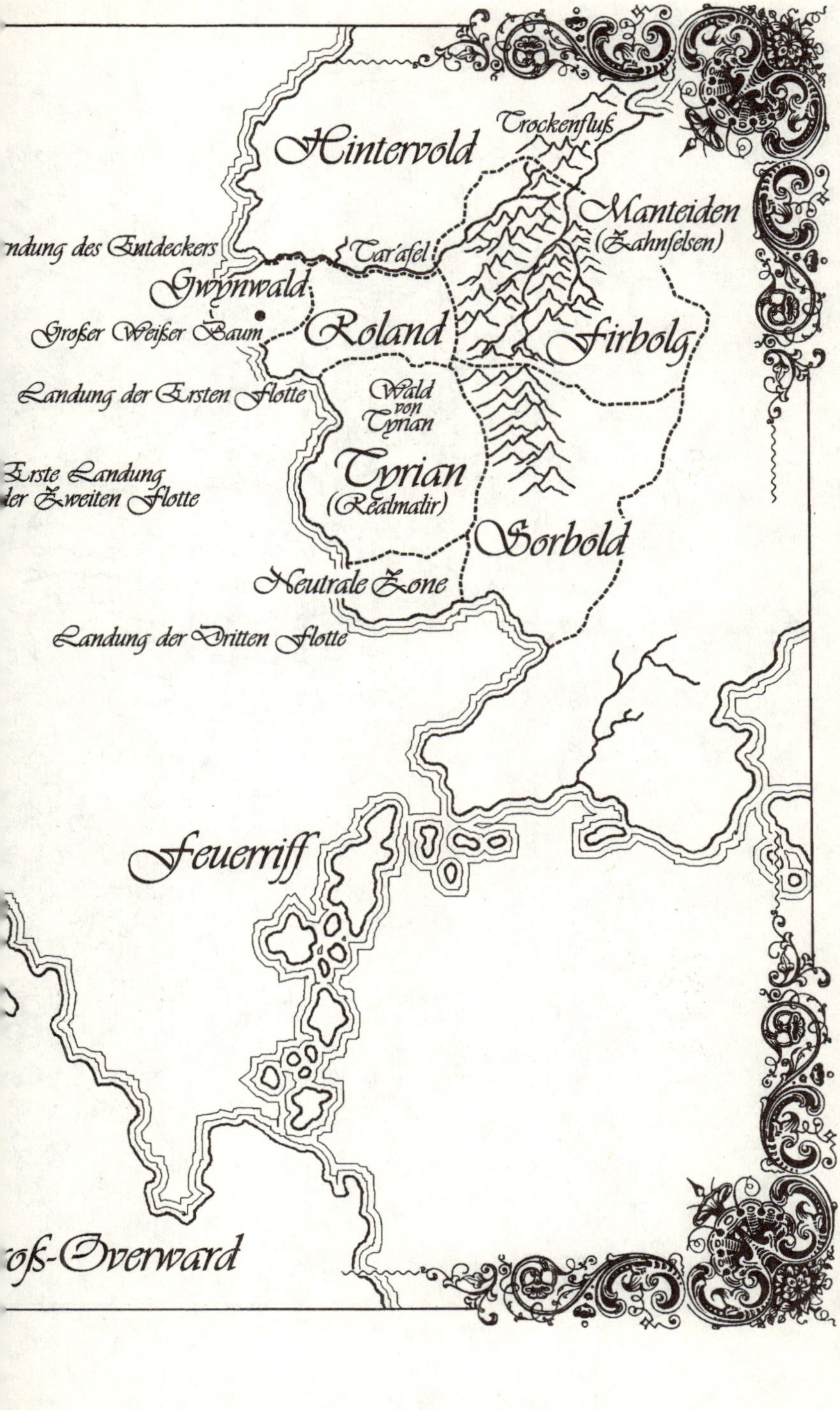

Trockenfluß
Hintervold
Manteiden
(Zahnfelsen)
ndung des Entdeckers
Tar'afel
Gwynwald
Großer Weißer Baum
Roland
Firbolg
Landung der Ersten Flotte
Wald von Tyrian
Erste Landung
der Zweiten Flotte
Tyrian
(Realmalir)
Sorbold
Neutrale Zone
Landung der Dritten Flotte
Feuerriff
oß-Overward

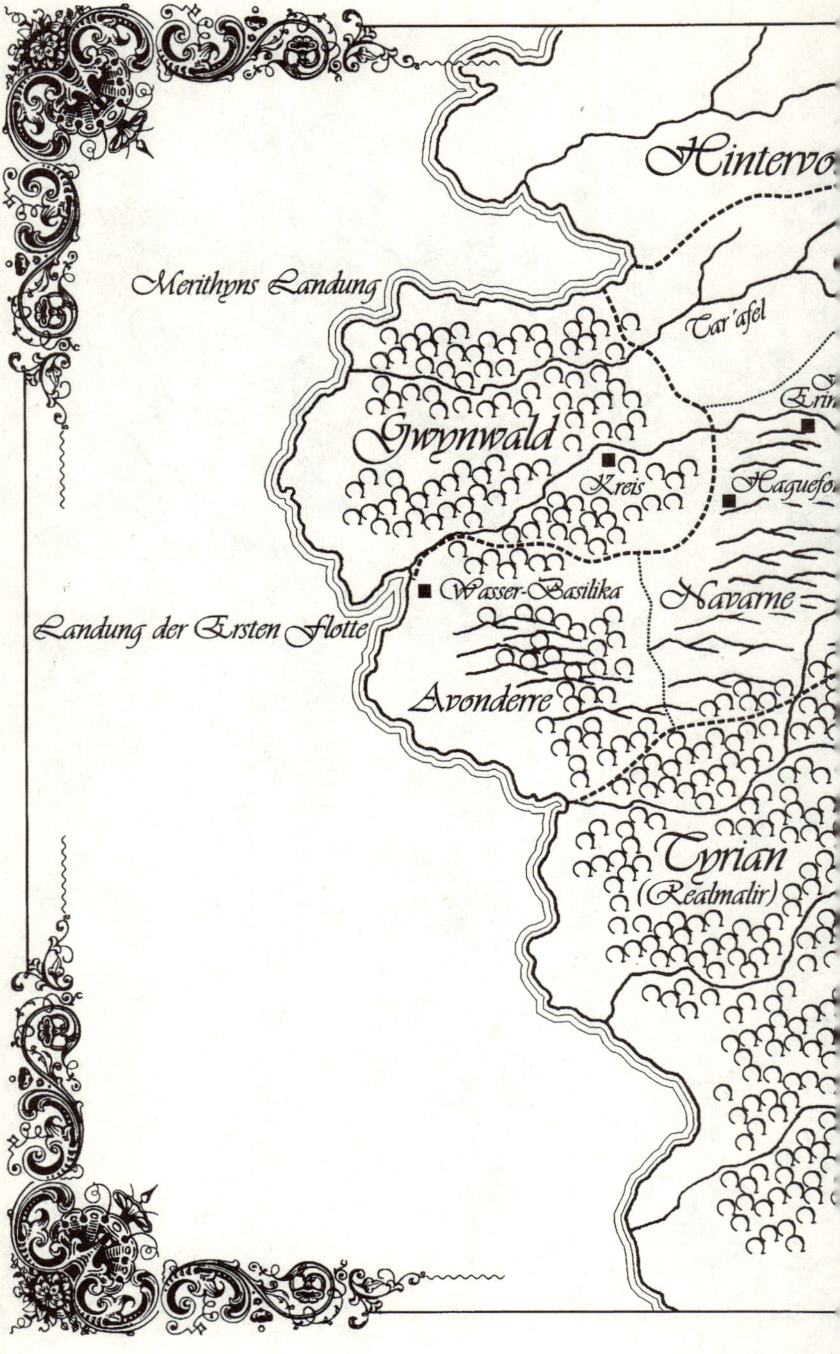
Hintervo
Merithyns Landung
Tar'afel
Erin
Gwynwald
Kreis
Haguefo
Wasser-Basilika
Navarne
Landung der Ersten Flotte
Avonderre
Tyrian
(Realmalir)

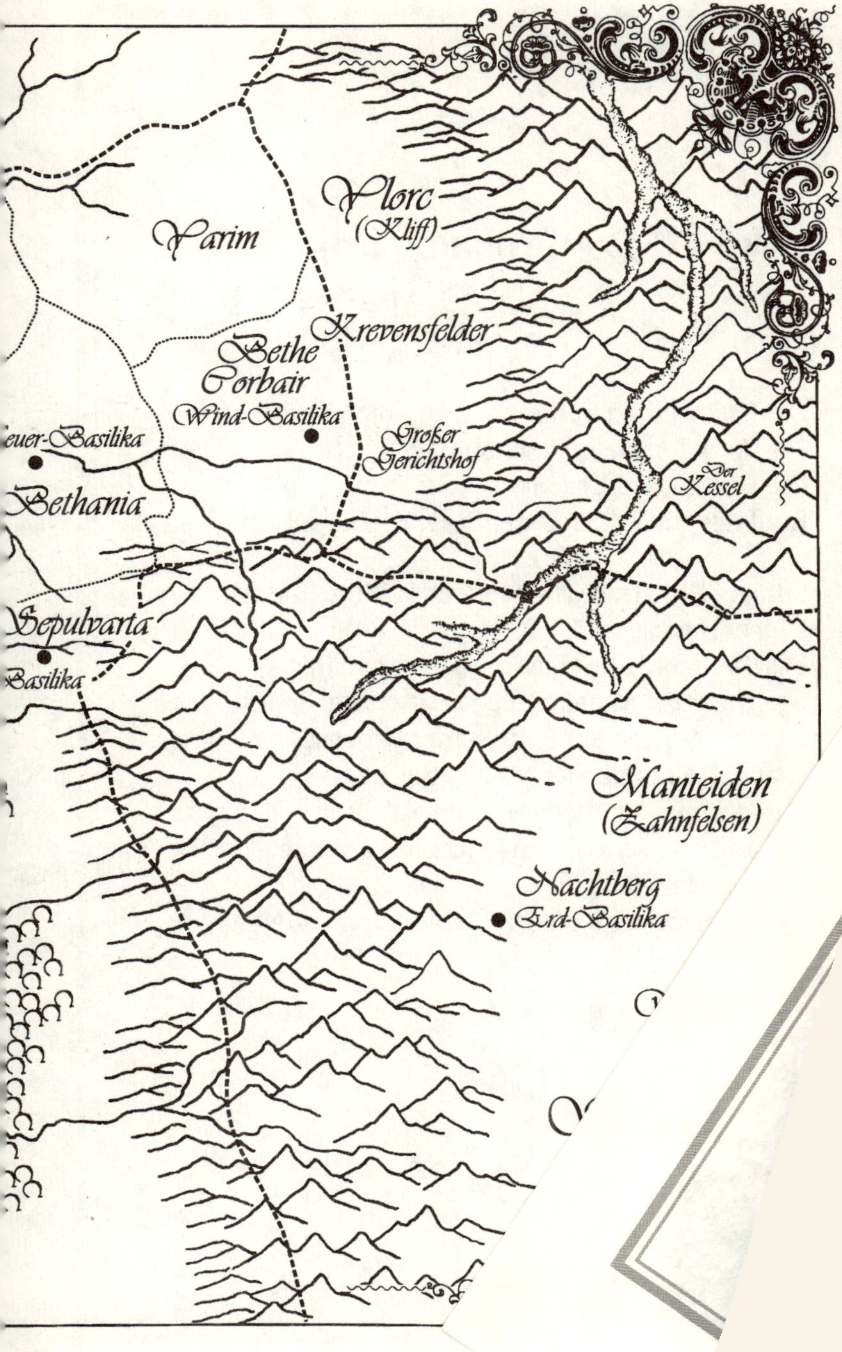

Yarim
Vlorc
(Kliff)
Krevensfelder
Bethe
Corbair
Wind-Basilika
euer-Basilika
Bethania
Großer
Gerichtshof
Der
Kessel
Sepulvarta
Basilika
Manteiden
(Zahnfelsen)
Nachtberg
Erd-Basilika

Die Prophezeiung der Drei

Die Drei werden kommen; früh brechen sie auf,
spät treten sie in Erscheinung,
Die Lebensalter des Menschen:
Kind des Blutes, Kind der Erde, Kind des Himmels.

Ein jeder Mensch, entstanden im Blute und darin
geboren,
Beschreitet die Erde, wird von ihr genährt,
Greift zum Himmel und genießt seinen Schutz,
Steigt indes erst am Ende seiner Lebenszeit zu ihm
auf und gesellt sich zu den Sternen.
Blut schenkt Neubeginn, Erde Nahrung.
Der Himmel schenkt zu Lebzeiten Träume – im Tode
die Ewigkeit.
So sollen sie sein, die Drei, einer zum anderen.

Die Prophezeiung des ungebetenen Gasts

Er geht als einer der Letzten und kommt als einer
der Ersten,
Trachtet danach, aufgenommen zu werden,
ungebeten, an neuem Ort.
Die Macht, die er gewinnt, indem er der Erste ist,
Ist verloren, wenn er als Letzter in Erscheinung tritt.
Unwissend spenden die, die ihn aufnehmen,
ihm Nahrung,
In Lächeln gehüllt wie er, der Gast;
Doch im Geheimen wird die Vorratskammer vergiftet.
Neid, geschützt vor seiner eigenen Macht –
Niemals hat, wer ihn aufnimmt, ihm Kinder geboren
und niemals wird dies geschehen,
Wie sehr er sich auch zu vermehren trachtet.

OUVERTÜRE

Meridion

Meridion setzte sich an den Zeit-Editor und fing an zu arbeiten. Er justierte die Linsen und überprüfte die Spulen aus aufgewickelten durchsichtigen Streifen unterschiedlicher Stärke – vom dicken, klaren Film der Vergangenheit bis hin zu den hauchdünnen, matten Fasern der Zukunft. Nachdem er die feinen Werkzeuge noch schnell sauber gewischt hatte, wickelte er den Film der Vergangenheitsspule ein Stück ab, führte das Ende durch die Maske der Maschine und klemmte es unter die Linse. Vorsichtig zupfte er die einzelnen Zeitspuren auseinander und arbeitete sich durch Jahrhunderte und Jahre bis zurück zu den Tagen und Augenblicken, bis er schließlich genau den Eintrittspunkt isoliert hatte, den er brauchte.

Er lächelte in sich hinein, als er den Jungen sah, der unbeaufsichtigt und mit selbstsicherem Schritt über den Waldweg stolzierte. Eine solche Art zu gehen bekam man heutzutage nicht mehr zu Gesicht, ebenso wenig wie das helle, frische Drumherum, diesen strahlenden Sommermorgen, der gepriesen sein wollte, wenngleich der Junge mit seinen Gedanken ganz woanders zu sein schien.

Meridion hielt das Bild an.

Von der prismatisch schimmernden Scheibe, die neben dem Editor in der Luft schwebte, nahm er nun ein kleines Gefäß: eine Phiole aus pechschwarzem Stein. Als er den Korken zog, fuhr Meridion unwillkürlich zusammen. Immer wieder überraschte es ihn, wie beißend der Geruch war, der dem Gefäß entströmte. Tränen stiegen ihm in die Augen; er versuchte, sie wegzublinzeln, weil er sich scheute, die Hände zu Hilfe zu nehmen. Schließlich wusste er um das Risiko, falls die kostbare Flüssigkeit in dem

Gefäß durch eine Träne verwässert würde oder gar ein Tropfen, und sei er noch so klein, davon verloren ginge.

Als er wieder klar sehen konnte, langte er nach dem haarfeinen Pinsel, holte damit ein winziges Perlchen schimmernder Flüssigkeit aus der Phiole und tupfte es ganz vorsichtig in die Augen des Jungen auf dem erstarrten Bild. Dann überzeugte er sich davon, dass die wässrige Lösung beide Augen ganz und gar benetzte, von der saphirblauen Regenbogenhaut bis in die Lidwinkel. Die Fenster der Gelegenheit würden klein sein und zeitlich begrenzt. Darum war es wichtig, dass der Junge die Chance hatte, mit scharfem, schnellem Blick die Dinge zu erfassen, auf die es ankam. Als Meridion fertig war, stopfte er den Korken wieder auf die Phiole und stellte sie zurück auf die schillernde Scheibe.

Nun nahm er die Spule aus dem Zeit-Editor und ersetzte sie durch eine zweite, eine andere Vergangenheit, die noch weiter zurücklag. Aus Rücksicht auf ihr hohes Alter und des Ortes wegen, von dem sie stammte - und der längst überflutet war -, rollte er den Streifen noch sorgfältiger ab. Entsprechend lange dauerte die Suche nach der richtigen Stelle. Doch Meridion war geduldig. Er durfte sich keinen Fehler erlauben. Es hing allzu viel davon ab, dass er diese Arbeit richtig machte.

Als er schließlich die gesuchte Stelle gefunden hatte, hielt er das Bild wieder an und griff nach einem anderen Werkzeug. Mit geübter Hand setzte er zu einem glatten, runden Schnitt an, trennte das Bild aus dem Streifen, fügte es vorsichtig an das andere und warf dann einen prüfenden Blick durch die Linse.

Der Junge hatte nicht, wie erwartet, die Besinnung verloren; statt bäuchlings und zuckend auf dem Boden zu liegen und die Hände an die Schläfen zu pressen, wischte er sich hektisch die Augen. Meridion schmunzelte, wenngleich er Mitleid mit dem Jungen hatte. *Dass er dagegen ankämpft, hätte ich mir denken können,* dachte er. Er lehnte sich zurück, drehte, um sich das Ergebnis seiner Arbeit anzusehen, den Sichtschirm zur Wand und wartete auf die Begegnung. Und auf den Ausgang.

Die Versunkene Insel

1139, Drittes Zeitalter

Der Schmerz verflüchtigte sich so schnell, wie er gekommen war. Gwydion spuckte den Straßenstaub aus, wälzte sich auf den Rücken und stöhnte laut auf. Als er den Himmel über sich sah, wurde ihm schlagartig bewusst, dass er nicht nur an einen anderen Ort, sondern auch in eine andere Tageszeit geraten war. Einen Augenblick zuvor war es noch früh am Morgen gewesen, jetzt ging es schon bald auf den Abend zu. Und er hatte nicht die geringste Ahnung, wo er sich befand.

Glücklicherweise war Gwydion mit einer praktischen Natur gesegnet. Er ließ den Blick schweifen, stand auf und überlegte, was zu tun war. Was immer mit ihm geschehen war, wie und warum, tat jetzt nichts zur Sache.

Die Luft schien hier dünner zu sein als an dem Ort, wo er herkam, und Gwydion ahnte, dass es eine Weile dauern würde, bis er sich an die Veränderung gewöhnt hätte. Er blickte sich um, entdeckte ein kleines Wäldchen in der Nähe und machte sich eilig auf den Weg dorthin.

Im Schutz der Bäume sank er zu Boden und schloss die Augen, die vor Anstrengung zu tränen angefangen hatte. Zuerst hechelte er in kurzen, flachen Zügen, zwang sich dann aber, langsamer und tiefer Luft zu holen. Als er wieder ruhig durchatmen konnte, tastete er nach den Dingen, die er auf dem Weg in die Stadt bei sich getragen hatte. Dolch und Beutel waren noch da, so auch der Apfel und der Wasserschlauch, den er nun öffnete und an die Lippen führte. Als er den Schlauch wieder verschloss, spürte er eine leichte Erschütterung im Boden, allem Anschein nach von einem Fuhrwerk verursacht, das herbeirollte.

Gwydion duckte sich tiefer. Eine wachsende Staubwolke kündigte die sich nähernde Gruppe an. Er sah drei Männer neben dem Karren gehen, der von zwei Kühen gezogen wurde, denen ein Kalb folgte. Der Karren war mit Getreidefässern und Bündeln Stroh bepackt und wurde von einem vierten Mann gelenkt. Die Männer trugen Kleider, wie Gwydion sie noch nie gesehen hatte, doch war er sich gewiss, dass es sich bei den vieren um Gesinde oder auch Bauern handelte.

Er lauschte angestrengt und versuchte, über das Rumpeln der Karrenräder hinweg etwas von der Unterhaltung aufzuschnappen. Mit brennenden Augen starrte er den Bauern auf die Lippen, die sich – wenngleich der viele Staub seine Sicht behinderte – merkwürdig deutlich bewegten. Plötzlich klarte sein Blick auf, ihm war, als könnte er erkennen, wie sich die Wörter in den Mündern der Männer bildeten. Jedenfalls hörte er sie, als wären sie an ihn gerichtet. Als er das Sprachmuster erfasste, schwirrte ihm der Kopf.

Sie sprachen Alt-Cymrisch. *Unmöglich*, dachte er. Alt-Cymrisch war eine tote Sprache. Davon machten nur noch einige religiöse Sekten im Rahmen weihevoller Zeremonien Gebrauch – oder Nachfahren in cymrischer Linie. Doch hier unterhielten sich Bauern in dieser Sprache, wie selbstverständlich und an einem ganz gewöhnlichen Tag auf dem Land. Unmöglich, es sei denn …

Gwydion erschauderte. Serendair, das Land der Cymrer, war vor über tausend Jahren untergegangen, verschwunden in vulkanischem Feuer und dem tosenden Meer, das die Insel überflutet hatte.

Seine Vorfahren und auch die Ahnen von einigen seiner Freunde stammten von dieser Insel ab. Die Nachkommen derer, die sich damals hatten retten können, waren ein versprengtes Volk. Konnte es sein, dass sich hier eine Enklave gebildet hatte, in der es so zuging wie vor dreizehn Jahrhunderten?

Als das Fuhrwerk mitsamt seiner Staubwolke an ihm vorübergezogen war, reckte Gwydion den Hals aus dem Gebüsch, um ihm nachzuschauen. Er sah, wie es sich mühsam auf eine Anhöhe im Westen schleppte und dann hinter der Hügelkuppe verschwand. Er wartete, bis er sicher war, dass er den Männern unbemerkt folgen konnte, und schaute sich vorsichtshalber um, ob nicht noch andere Leute auf der Straße waren.

Auf dem Hügel angekommen, legte er eine Pause ein und blickte über sanft geschwungenes Weideland, das von der späten Nachmittagssonne mit goldenem Licht verwöhnt wurde. Das Panorama war eindrucksvoll, und er wusste, dass er hier noch nie gewesen war; an diesen Anblick hätte er sich gewiss erinnert. Üppiges Sommergrün füllte die Luft mit dem würzigen Duft von Leben.

Das bewirtschaftete Land erstreckte sich so weit das Auge reichte. Da und dort standen ein paar Bäume, doch von einem Wald war nichts zu sehen. Von ein, zwei Bächen abgesehen, die die Wiesen durchzogen, gab es keinerlei Hinweis auf größere Wasserläufe, und auch von Meeresluft war nichts zu spüren.

Gwydion hatte keine Zeit, sich den Kopf darüber zu zerbrechen. Das Licht nahm ab, und der Karren war schon fast außer Sicht. Wahrscheinlich steuerte er auf die Ortschaft zu, die hinter der nächsten Talsenke zu erkennen war. Auf dem Weg dorthin lagen mehrere kleine Höfe sowie ein größeres Anwesen. Gwydion nahm sich vor, bei dem ersten Hof anzuklopfen und um ein Nachtquartier zu bitten.

Er zog den goldenen Siegelring vom Finger und steckte ihn in den Beutel. Dann genoss er ein letztes Mal den Ausblick auf die Hügellandschaft und atmete tief durch. Seine Lunge hatte sich inzwischen an die dünne Luft gewöhnt. Sie hatte eine köstliche Süße, in die sich die Düfte der Weiden und Scheunen zu einem wohltuenden Aroma mischten, das ein Glück verhieß, wie er es in seinem kurzen Leben noch nicht erfahren hatte.

Ein Gefühl der Ruhe breitete sich in ihm aus. Was immer ihn hierher verschlagen hatte, kümmerte ihn nicht weiter. Er beschloss, einfach das Beste aus seiner Lage machen. Und so rannte er los, auf den Bauernhof in der Senke zu, wo inzwischen Kerzenlicht in den Fenstern schimmerte.

Als er den Hof erreichte, waren gerade mehrere Knechte dabei, Ackergeräte und Zugtiere in den Stall zu bringen. Mit funkelnder

Pracht ging die Sonne unter und tauchte das Haus und die Scheunen ringsum in orange- und rosafarbenes Licht.

Die Knechte lachten und scherzten; am Ende des langen Arbeitstages herrschte eine ausgelassene Stimmung. Gwydion glaubte, den Bauern in der Gruppe ausgemacht zu haben. Er war älter als die anderen, hatte schon silbergraues Haar, aber durchaus noch einen kräftigen, muskulösen Körper. Mit sanfter Stimme, die seiner Vorrangstellung gar nicht so recht zu entsprechen schien, befahl er den anderen, was sie zu tun hatten.

Gwydion näherte sich auf dem Fuhrweg, der am Haus vorbeiführte, und hoffte, dass der Bauer von sich aus auf ihn aufmerksam werden würde. Er blieb kurz stehen, doch die Männer wollten offenbar mit ihrer Arbeit fertig werden und achteten nicht auf ihn.

»Partch!«, ertönte plötzlich eine Frauenstimme. Gwydion drehte sich um und sah unter der Traufe des Hauses eine ältere Frau stehen, womöglich die des Bauern. »Du scheinst zusätzliche Hilfe zu bekommen.« Sie meinte den Bauern und zeigte mit ausgestreckter Hand auf ihn, Gwydion. Der erwiderte ihr Lächeln und dachte bei sich: War ja leichter als erwartet.

Der Bauer reichte einem seiner Männer die Zügel des Pferdes, das er gerade als Letztes in den Stall hatte führen wollen, und wischte sich die Hände am Hemd ab. »He, Sam, hallo«, rief er und bot seine Hand zum Gruß an. »Du suchst nicht zufällig Arbeit?«

»Doch, mein Herr«, antwortete Gwydion. Er langte nach der ausgestreckten Hand und hoffte, die richtige Aussprache getroffen zu haben. Dass es nicht seine Muttersprache war, schien dem Bauern auf Anhieb klar zu sein, denn er bemühte sich nun seinerseits um eine deutliche Aussprache. Er winkte einen Mann zu sich, sagte: »Asa, zeig Sam, wo er schlafen kann«, und an Gwydion gewandt: »Fürs Abendessen bist du zu spät dran, tut mir Leid. Aber im Dorf wird heute Abend gefeiert und getanzt. Meine Jungs werden dich bestimmt mitnehmen, wenn du magst. Dort wird es auch jede Menge zu essen geben.«

Die Frau schüttelte den Kopf. »Er kann doch auch bei uns was kriegen, Partch. Komm, junger Mann, komm mit.« Sie drehte sich um und ging ins Haus.

Gwydion folgte und staunte nicht schlecht über das, was er zu sehen bekam. Die Wände waren aus Ziegeln und teilweise mit Holz verkleidet, die Möbel zwar schlicht, aber solide getischlert. Sie verrieten cymrische Handwerkskunst. Die gedrechselten Teile der Stühle und am Treppengeländer sahen genauso aus wie die Sprossen der Altarschranke in der Basilika von Sepulvarta, der heiligen Stadt seiner Heimat. Auch die Tische hier erinnerten ihn an diejenigen, die er im Großen Saal in Tyrian gesehen hatte.

»Hier, mein Junge«, sagte die Bäuerin und reichte ihm einen mit Resten gefüllten Teller. »Das ist noch übrig. Nimm's mit raus, in den Schuppen. Der Tanz vor der Ernte wird bei uns ganz groß gefeiert. Gibt es dieses Fest auch bei euch, in dem Land, aus dem du kommst?«

Gwydion nahm den Teller lächelnd entgegen. »Nein, gnädige Frau«, antwortete er respektvoll.

»Nun, du wirst bestimmt deinen Spaß haben. Es ist der letzte Tanz vor der Hochzeitslotterie. Vergnüge dich, so lange du's noch kannst.« Sie zwinkerte ihm zu und machte sich dann wieder an ihre Arbeit.

»Hochzeitslotterie?«

»Du weißt nicht, was das ist?«

»Nein«, sagte Gwydion und folgte ihr nach draußen, wo sie auf zwei Männer zusteuerte, die sich am Brunnen wuschen.

»Vom Lande bist du offenbar nicht, oder?«

»Nein, gnädige Frau«, antwortete Gwydion. Er dachte an sein Zuhause und musste sich ein Schmunzeln verkneifen.

»Wie auch immer, du solltest dich jetzt sputen. Die anderen wollen bald los.«

»Danke«, sagte Gwydion und beeilte sich, den Teller zu leeren. Dann folgte er Asa, der ihm den Schuppen zeigte, in dem die Landarbeiter schliefen.

Noch ehe die Räder zum Stillstand gekommen waren, sprang Gwydion vom Wagen. Die Fahrt war holperig, aber nicht unangenehm gewesen. Und er hatte sich auf Anhieb mit den Knechten verstanden, die recht freundlich, ja, sogar gesprächig waren, auch wenn sie ihm gegenüber ein bisschen reserviert zu sein schienen. Ob es an seinem Fremdsein lag oder daran, dass er ein Mischling war, wusste er nicht zu sagen. Fest stand jedenfalls, dass die Knechte ausnahmslos derselben Menschengattung angehörten, wie auch der Bauer, seine Frau und alle anderen, die er bislang hier gesehen hatte. In dieser Hinsicht war die hiesige Gegend ganz anders als der Rest der Welt, in der eindeutig Mischlinge vorherrschten.

Das Dorf erstrahlte im Licht der Laternen, die von Bäumen herabhingen oder auf Fässern standen und für eine festliche Stimmung sorgten. Die Dorfgemeinschaft machte nicht gerade einen vermögenden Eindruck, doch ihre Mitglieder sahen durchweg gut genährt aus und waren ordentlich gekleidet.

Auffällig war jedoch das völlige Fehlen von jedwedem Luxus. Gwydion musterte die Dekoration, die aus einfachsten Dingen bestand – aus frisch geschnittenen Zweigen immergrüner Bäume und duftenden Blumen, die das große Gebäude schmückten, das den Dörflern offenbar als Bethaus, Festhalle und Schule diente. Lange Tische, beladen mit Backwaren und Feldfrüchten, waren an den Längsseiten der Halle aufgestellt, deren Boden aus festgestampftem Lehm bestand. Als Zierde dienten große Schleifen aus Musselin.

Obwohl an weit mehr Reichtum und Pracht gewöhnt, fand Gwydion großen Gefallen an dem einfachen Schmuck des Raumes. Hier herrschte eine Bescheidenheit, die leicht und beschwingt machte und im krassen Gegensatz zum Protz und Prunk jener Feste stand, die er von zu Hause her kannte.

Fröhliche Stimmung machte sich unter den Gästen breit, die in Scharen zusammenkamen – junge Frauen in hellen Baumwollkleidern und Burschen in frisch gewaschenen Musselinhemden. Unter ihnen war auch ein Musiker mit einem Saiteninstrument, das Gwydion nicht zu benennen wusste, sowie zwei weitere mit Minarellos, die man bei ihm zu Hause auch ›Grunzkisten‹ nannte. Fass um Fass wurde herbeigerollt. Hier stand ein wirklich großes Fest zu erwarten, dessen Anlass ein doppelter war: die bevorstehende Ernte und die Vermählung der jungen Leute.

Der Raum füllte sich mehr und mehr, und Gwydion spürte,

dass er nicht unbemerkt blieb. Immer wieder schlenderten junge Frauen an ihm vorbei, die ihn vom Scheitel bis zur Sohle taxierten und dann kichernd miteinander tuschelten. Zuerst machte ihn das ganz befangen, aber dann entspannte er sich, weil anscheinend nicht zu befürchten war, dass eines der Mädchen auf ihn zukam. Sie schwirrten alle weiter und nahmen andere junge Männer in Augenschein. Die Mädchen schienen, seiner Schätzung zufolge, in seinem Alter zu sein – ungefähr vierzehn –, während die Jungen in der Mehrzahl um vier oder fünf Jahre älter waren.

Gwydion trat an einen der Tische heran und wurde von einer älteren Frau aufgefordert, sich zu bedienen, was er nur zu gern tat. Niemand fragte, wer er sei, obwohl jedem klar sein musste, dass er hier fremd war. Unter den anderen jungen Männern gab es offenbar auch etliche, die von außerhalb kamen, denn alle, die den Dörflern fremd waren, wurden mit den Namen Samuel oder Jakob angeredet. Jetzt verstand Gwydion auch, warum der Bauer ihn Sam genannt hatte.

Ein älterer Mann kam mit einer großen Holzkiste in den Raum, was die Menge merklich in Erregung versetzte. Während er die Kiste zu einem der Tische schleppte, machte sich die Frau, die dahinter stand, eilig daran, auf der Platte Platz zu schaffen für das, was die Kiste enthielt, und das waren, wie sich herausstellte, zahlreiche Pergamentblätter, Tintenfässer und Federkiele zum Schreiben.

Das junge Volk teilte sich nun dem Geschlecht nach auf. Während die Mädchen weiterhin umherschwirrten, eilten die Jungen an den Tisch, langten nach den Federkielen, suchten sich einen Bogen Pergament und kritzelten etwas darauf. Gwydion wusste nicht, was da getrieben wurde, und dachte, dass diese Zettel womöglich als Lose für die Wahl einer Tanzpartnerin herhalten sollten. Und weil ihm nach Tanz nicht zumute war, hielt er es für besser, hinaus an die frische Luft zu gehen.

Inzwischen war stockfinstere Nacht hereingebrochen. Im Licht der Lampen und Laternen sah er immer mehr Leute eintreffen, die viel Lärm und Heiterkeit mit sich brachten. Sie strömten an Gwydion vorbei und nahmen keinerlei Notiz von ihm.

Ihm wurde zunehmend bewusst, dass das Fest ungemein wichtig war, denn bei aller Ausgelassenheit, die hier herrschte, war ein ernster Unterton zu spüren. In einer Dorfgemeinschaft wie dieser waren Vermählung und Familiengründung von alles entscheidender Bedeutung.

Gwydion entfernte sich von der Festhalle und suchte einen dunklen Ort auf, an dem die Sterne zu sehen sein würden. Er verstand sich recht gut auf die Himmelskunde und hoffte, anhand der Sterne Auskunft über den eigenen Standort zu gewinnen.

Die Laternen leuchteten so hell, dass er ein gutes Stück gehen musste, ehe er die ersten Lichtpunkte am Himmel entdeckte. Aber auch als er endlich das gesamte Firmament erblickte, war ihm nicht geholfen. Er erkannte keine einzige Konstellation wieder, geschweige denn einen bestimmten Stern, der ihm als Orientierung hätte dienen können. Da war zwar einer, der sehr markant und hell über dem Horizont schwebte, doch er kannte seinen Namen nicht.

Ihm lief ein kalter Schauer der Angst über den Rücken. Bislang war er davon ausgegangen, dass er, sobald er seinen Standort bestimmt hätte, ganz einfach wieder nach Hause zurück finden würde. Aber wenn ihm sogar die Sterne fremd waren, so war er viel weiter von zu Hause entfernt, als er angenommen hatte, wenngleich hier wie dort dieselbe Jahreszeit herrschte. Das ergab alles keinen Sinn. Gwydion setzte sich auf eine Bank aus Fässern und kämpfte gegen die aufkommende Panik an, die ihn zu lähmen drohte.

Auf der anderen Straßenseite bewegte sich etwas, das seine Aufmerksamkeit erregte. Da kauerte jemand hinter Fässern, die genauso aufgereiht waren wie diejenigen seiner Bank, und dieser Jemand spähte über deren Rand in Richtung Festhalle. Gwydion wurde neugierig. Er hatte seine Sachen auf dem Bauernhof zurückgelassen, trug aber den Dolch bei sich, den er nun zur Hand nahm, während er geduckt im weiten Bogen auf die andere Seite der Straße schlich.

Hinter den Fässern angekommen, richtete er sich auf und war überrascht, eine junge Frau vor sich zu sehen, die von ihrem Versteck aus das Kommen und Gehen der Gäste beobachtete.

Ihr Gesicht war nicht zu erkennen. Sie hatte langes, glattes Haar, das nur ganz leicht gewellt war und wie ein seidenes Tuch auf ihren Rücken herabfiel. Es schimmerte hell im Dunklen, und Gwydion wunderte sich über sein spontanes Bedürfnis, mit der Hand darüber zu streichen.

Stattdessen tippte er ihr auf die Schulter. Erschrocken fuhr sie herum, wobei sie fast eins der leeren Fässer umgestoßen hätte.

Die Schreckensmiene vermochte seinen ersten Eindruck von ihr nicht zu trüben: Sie war zweifellos das schönste Wesen, das er je gesehen hatte. Das Gesicht war ungemein fein geschnitten. Lange, dunkle Wimpern umkränzten die großen, dunklen Augen, und die Oberlippe war wie ein Langbogen geschwungen. Im Unterschied zu all den anderen Mädchen auf dem Fest war sie offenbar ein Halbblut wie er. Und zierlich. Beim Zurückweichen war ihr das Haar über die Schulter gefallen, das nun einen Großteil des Oberkörpers und den Blumenschmuck an der Brust verhüllte.

»Keine Angst«, sagte Gwydion betont sanft. »Tut mir Leid, wenn ich dich erschreckt habe.«

Das Mädchen holte tief Luft und starrte ihn mit großen Augen an, die plötzlich zu flattern anfingen, als gälte es, brennende Tränen wegzuwischen. Es dauerte eine Weile, ehe sie antworten konnte, und als sie schließlich den Mund öffnete, löste ihre wundervolle Stimme einen Schauer der Erregung bei ihm aus.

»Du bist ein Lirin«, hauchte sie.

»Ja, zum Teil. So wie du, nicht wahr?«

Sie nickte.

Gwydion hüstelte und versuchte zu verbergen, dass ihm das Blut in die Wangen schoss. »Hm, gibt es hier noch mehr von dir, ich meine, Lirin?«

»Nein«, antwortete sie, immer noch mit Verwunderung in der Stimme. »Da sind nur noch meine Mutter und meine Brüder. Von ihnen abgesehen, bist du der erste Lirin, den ich in dieser Gegend sehe. Wer bist du?«

Gwydion überlegte, was er sagen sollte, wusste er auf diese Frage doch selbst keine verlässliche Antwort.

»Man nennt mich Sam«, sagte er schließlich. »Und wer bist du?«

Er sah die junge Frau nun zum ersten Mal lächeln und verspürte dabei eine seltsame Regung, die er an sich noch nicht kannte und die ihm den Kopf schwirren ließ und ihm Angst machte. Er fürchtete, die Kontrolle über Mimik und Stimme zu verlieren.

»Emily«, antwortete sie und warf dann einen Blick über die Schulter zurück, als zwei junge Männer aus dem Dunkel auftauchten. Sie plauderten miteinander und schauten suchend in die Runde. Die junge Frau wich zurück und ging wieder hinter den Fässern in Deckung. Gwydion tauchte ebenfalls ab.

Gemeinsam beobachteten sie die beiden Männer, die die Straße entlang und über die Felder spähten. Plötzlich setzte Musik ein, und als aus dem Festsaal Gelächter und Applaus nach draußen schallten, drehten sie sich um und kehrten ins Haus zurück. Kaum waren sie verschwunden, stieß Emily erleichtert einen Schwall Luft aus.

»Du kennst die beiden?«, fragte Gwydion irritiert.

»Ja«, antwortete sie kurz angebunden. Um besser sehen zu können, richtete sie sich ein Stück weiter auf. Als sie sicher war, unentdeckt geblieben zu sein, entspannte sie sich, stand auf und klopfte den Staub von ihrem Rock.

Auch Gwydion erhob sich. Gewöhnlich hatte er mit Frauen nicht viel im Sinn. Sie waren ihm fremd, zumal er ohne Mutter groß geworden war. Aber dieses Mädchen interessierte ihn. Er war fasziniert von ihr, vor allem von den klugen, rätselhaften Augen. Aber vielleicht war er auch nur deshalb so von ihr angetan, weil sie als einziges Mädchen weit und breit seine Hautfarbe hatte. Wie auch immer, er konnte den Blick kaum von ihr abwenden und hoffte inständig, dass sie nicht wegging.

»Warum versteckst du dich? Tanzt du nicht gern?«

Sie wandte sich ihm zu, was bei Gwydion wieder diese eigentümliche Empfindung auslöste, die von seinen Lenden ausging, sich dann rasend schnell bis in den Kopf und in die Hände ausbreitete und dazu führte, dass er zu schwitzen anfing.

»Doch, ich tanze sehr gern«, antwortete sie fast wehmütig.

»Na dann, wie wär's? Ich meine, würdest du auch mit mir tanzen wollen?«, fragte er und geriet über den Klang der eigenen Stimme in Verlegenheit.

Emily schüttelte bedauernd den Kopf. »Ich kann nicht«, sagte sie traurig.

»Was ist denn?«

Sie blickte sich wieder um, sah aber nichts, was sie besorgt hätte, und schaute ihm direkt in die Augen. »Kommt dir all das hier nicht, nun ja, barbarisch vor?«

Gwydion lachte verwundert auf, nahm sich aber sofort wieder zurück, um sie nicht vor den Kopf zu stoßen. »In der Tat«, sagte er, »da ist was dran.«

»Na, dann kannst du dir ja vorstellen, wie ich mich fühle.«

Sein Gefallen an ihr nahm schlagartig zu. Er reichte ihr die Hand und sagte: »Komm mit.«

Nachdem sie sich noch einmal umgesehen hatte, griff sie nach der ausgestreckten Hand und ließ sich von ihm über den Schutt helfen, der sich am Rand der Fässer häufte. Sie gingen ein Stück die Straße hinunter und sahen sich dann nach der Festhalle um. Drinnen wurde offenbar ausgelassen getanzt; muntere Musik und fröhliche Stimmen drangen zu ihnen. Die Nacht war wunderschön, und es wehte ein laues Lüftchen.

Gwydion hatte so viele Fragen, dass er nicht wusste, womit er beginnen sollte, zumal er fürchtete, sie mit seinem Wissensdurst womöglich zu belästigen. Er deutete auf die Ansteckblumen. »Bist du in Begleitung gekommen?«

Emily legte die Stirn in Falten. Als sie aber seinem Fingerzeig folgte, ging ihr offenbar ein Licht auf.

»Nein«, sagte sie lächelnd. »Die sind ein Geschenk von meinem Vater. Und außerdem ... zum Vorherbsttanz kommt man als Mädchen nicht in Begleitung. Das wäre nicht im Sinne der Veranstaltung.«

»Verstehe.« Im Licht der Laternen nahm Gwydion die Gelegenheit wahr, Emily ein wenig eingehender zu mustern. Sie trug ein Kleid aus Samt, dunkelblau, wie es schien, und am Hals tief ausgeschnitten. Den Ausschnitt bedeckte ein Busenstreif, dessen Muster der Borte am Saum entsprach und mit einer Reihe kleiner silberner Knöpfe verziert war. Ein dazu passendes Band fasste die Haare der Schläfen am Hinterkopf zusammen, damit sie ihr nicht ins Gesicht fielen.

Dass sie von lirinschem Blut war, zeigte sich am deutlichsten an ihrem schlanken Wuchs und der Feingliedrigkeit. Dabei war sie nur eine Handbreit kleiner als er. Abgesehen von den Schwielen an den Händen und einer kleinen Narbe am Handgelenk, deutete bei ihr nichts darauf hin, dass sie wie andere Bauernmädchen körperlich schwer arbeiten musste. Stattdessen strahlte sie eine Würde aus, die sich mit ihrer Jugend gar nicht so recht zu vertragen schien. Er wünschte, den Teint ihrer Haut und die wunderschönen dunklen Augen besser sehen zu können, doch dazu reichte das Licht nicht.

Zum ersten Mal war er wahrlich dankbar dafür, dass ihn sein Vater mit Nachdruck dazu angehalten hatte, Cymrisch zu studieren. »Was hast du jetzt vor? Zum Feiern hast du ja anscheinend keine Lust.«

Emily schaute zur Festhalle zurück. »Vielleicht sollte ich einfach warten, bis mein Bruder kommt und mich abholt«, antwortete sie, und ihre Stimme klang ein wenig betrübt.

»Ist doch ziemlich traurig, einen so schönen Sommerabend mit Warten zu verbringen.«

»Nun, es gibt verschiedene Grade von Traurigkeit und gewiss Schlimmeres als langes Warten.«

Gwydion nickte verständnisvoll. Er vermutete, dass ihre Familie besser gestellt war als die anderen, da sich die Tochter Kleiderschmuck leisten konnte. Gleichwohl würde sie in den Kreisen seiner eigenen Familie als armes Mädchen vom Lande angesehen. Der gute Stand ihrer Familie und ihr blendendes Aussehen machten sie anscheinend zum begehrten Ziel für die jungen Jäger in der Festhalle. Im Unterschied zu den anderen Mädchen hatte sie aber offenbar keine Lust, sich einfangen zu lassen, und das gefiel Gwydion an ihr.

»Ich habe eine Idee«, sagte er und ließ seinen Blick schweifen. »Nicht weit von hier ist eine offene, ebene Fläche. Bis dahin trägt die Musik allemal. Wir könnten dort ein Tänzchen wagen – oder zwei. Nur wenn du willst, versteht sich.« Die Anstandserziehung, die man ihm über viele Jahre hatte angedeihen lassen, machte ihn so befangen, dass er sich fast verhaspelte.

Aber dann sah er zu seiner Erleichterung, wie Emilys Gesicht sich aufhellte. »Eine schöne Idee«, rief sie. »Ich bin einverstanden.«

Er gab ihr wieder die Hand, überquerte mit ihr die Straße und führte sie über einen Acker auf ein kleinen Wiesenfleck zu, den er zuvor ausfindig gemacht hatte. Als sie dort ankamen, ging gerade eine Mazurka zu Ende. Betreten schweigend standen sie für eine Weile einander gegenüber. Endlich setzte die Musik wieder ein. Gwydion schlang seinen Arm um ihre Taille – und drohte aus dem Gleichgewicht zu geraten, so heftig war das Prickeln, das ihm durch die Finger und den Arm bis in den Kopf fuhr. Er nahm ihre Hand, die den Saum des Kleides gerafft hielt, und drehte sich mit ihr im Rhythmus der Musik im Kreise.

Schon bald gab es ein Problem. Der Tanz war zwar ganz einfach, aber die beiden hatten offenbar auf unterschiedliche Weise zu tanzen gelernt mit dem Ergebnis, dass Emily ihm bei jedem vierten Schritt auf die Zehen trat und darüber in große Verlegenheit geriet. Gwydion versuchte darüber hinwegzusehen, aber es passierte immer wieder, sodass sie schließlich entnervt stehen blieb.

»Entschuldigung«, sagte sie und wandte sich ab. »Ich bin ein Trampel. Es wäre wohl besser, du suchst dir eine andere Partnerin.«

Gwydion legte ihr eine Hand auf die Schulter und drehte sie zu sich herum. »Was redest du da? Ich bin es doch, der nicht tanzen kann. Bitte tu nicht so.«

»Wie bitte?«

»Tu nicht so, als wäre ich einer von denen.« Er deutete mit dem Kopf in Richtung Festhalle. »Ich fühle mich wohl in deiner Gesellschaft, Emily, und du bist alles andere als ein Trampel. Welcher Tanz kommt wohl als Nächstes?«

Emily lächelte wieder. »Wahrscheinlich ein Freiersreigen.«

»Versuchen wir's noch mal? Ich glaube, ich schaff's jetzt.«

Sie nickte. Gwydion bemerkte, dass er immer noch ihre Hand umfasst hielt, und weil sie nichts dagegen zu haben schien, ließ er sie nicht los und wartete mit ihr auf den nächsten Tanz. Als die Musik wieder aufspielte, beschränkte er sich auf die Grundschritte und verzichtete auf all das, was er bei Hofe an eleganten Verzierungen gelernt hatte.

Die beiden harmonierten nun schon sehr viel besser miteinander, und er sah, wie sie in Hochstimmung geriet, während er mit ihr, von der Musik begleitet, übers Feld schwebte. Ihre Augen strahlten vor Vergnügen, so als leuchteten sie von innen heraus.

»Emmy, was treibst du da draußen? Komm endlich rein.«

Sie wirbelte herum. Gwydion blickte über sie hinweg und entdeckte mehrere junge Leute, die am Feldrand standen und ihnen zusahen. Der Sprecher war ein dunkelhaariges Halbblut, vermutlich ihr Bruder. Er war in Gesellschaft von zwei jungen Frauen und jenem Burschen, der schon vor einiger Zeit nach Emily Ausschau gehalten hatte. Sie alle machten kein Hehl daraus, wie ungehalten sie waren.

»Man wartet auf dich, Emmy. Du hast schon drei Tänze ausgelassen, und dein Los ist mittlerweile für die Katz. Komm endlich.«

Emily straffte die Schultern. »Keine Bange, Ben, ich werde schon noch kommen«, antwortete sie spitz. »Und das mit dem Los ist mir herzlich egal. Ich hab ohnehin keines in den Korb geworfen. Was soll's?«

»Aber es muss doch jede ein Los abgeben«, protestierte der andere junge Mann, der nicht weniger verärgert war als sie. »Außerdem hatte ich ein Anrecht auf den ersten Tanz. So, und jetzt komm her!«

Gwydion sah, wie Emily ganz steif wurde. »Was unterstehst du dich, so mit mir zu reden, Sylvus?«, herrschte sie ihn an. »Ich komme, wann es mir passt.« Gwydion musste an sich halten, um nicht laut loszuprusten, als er das Entsetzen in den Gesichtern der beiden Mädchen und den verblüfften Ausdruck des Bruders und Sylvus' sah. Ben lächelte schließlich und wandte sich dem anderen zu.

»Hab ich's nicht gesagt? Bist du immer noch sicher, mit *der* den Rest deiner Tage zu fristen?« Er zwinkerte der Schwester zu und machte sich mit den beiden Mädchen auf den Weg zurück zum Fest. Sylvus zögerte noch und starrte Emily unverwandt an.

»Beeil dich, Emily, ich warte«, sagte er schließlich. Dann trollte auch er sich und warf Gwydion im Gehen einen wütenden Blick von der Seite zu.

Gwydion hörte sie vor sich hin murmeln: »Selber unausstehlich.«

Er beugte sich an ihr Ohr. »Gut für dich«, flüsterte er aufmunternd. »Wollen wir uns ein bisschen die Beine vertreten?«

»Gern«, antwortete sie spontan. »Komm, ich zeig dir den Platz, der mir auf der ganzen Welt am liebsten ist.«

Der Mond ging gerade auf, als die beiden den Hang eines sanft ansteigenden Hügels hinaufliefen und den Lärm und die Lichter des Festes weit hinter sich ließen.

Seit eh und je hielt sich Gwydion lieber im Freien auf als hinter verschlossenen Türen. Darum verbrachte er viel Zeit mit ausgedehnten Streifzügen durch die Welt, doch obwohl er gut in Form war, fiel es ihm schwer, mit Emily Schritt zu halten, die, ungeachtet ihres festlichen Gewands und der leichten Schuhe, den Hügel im Laufschritt erstürmte, fast ohne zu atmen, wie es schien.

Gwydion hingegen hatte sich immer noch nicht ganz an die dünne, warme Luft gewöhnt und musste all seine Kraft aufbieten, um den Anschluss nicht zu verlieren. Ab und an erinnerte sie sich daran, dass er auch noch da war, und dann verlangsamte sie ihren Schritt oder blieb stehen, um ihm die Hand zu reichen. Die ließ er am Ende nicht mehr los, und sooft der Übermut mit ihr durchging, hielt er sie zurück. Hand in Hand und in mäßigem Tempo legten sie den Rest des Anstiegs zurück.

Kurz vor dem Ziel blieb sie stehen und sagte: »Wir sind gleich da.« Das Mondlicht ließ ihr Haar silbrig glänzen. »Mach die Augen zu.«

Gwydion gehorchte und folgte ihr blindlings auf die Kuppe, wo sie sich rechts hielt und ihn hinter sich herzog.

»Sieh dich vor, da vorn ist ein Loch.«

Er wich dem Hindernis aus und spürte, dass sie plötzlich anhielt. Sie ließ seine Hand los und holte tief Luft.

»So, jetzt kannst du die Augen wieder aufmachen.«

Der ohnehin kurz gewordene Atem stockte ihm angesichts der Aussicht, die sich ihm hier bot. Vom Mondlicht überflutet, dehnte sich das Tal vor ihm aus, so weit das Auge reichte. Kleine Ackerparzellen, gepflügt oder brachliegend, musterten die Landschaft, und in der Mitte ragte eine mächtige Weide auf, die sich über einen Bach beugte. Trotz der Dunkelheit erkannte Gwydion die Schönheit dieses Ortes, der ihm als Emilys Lieblingsplatz umso schöner erschien. »Wo sind wir hier?«

Emily ließ sich auf den Boden nieder, was er ihr dankbar nachtat. »Das ist einer der Hügel, die unseren Hof überblicken«, antwortete sie. »Meine Mitgift sind die Felder dort in der Mitte, am Bach, wo die Weide steht. Ich nenne sie meine Flickendecke, denn bei Tage sehen sie aus wie die Steppdecke auf meinem Bett: zusammengesetzt aus verschiedenfarbigen Vierecken.«

Gwydion schaute ihr in das vom Mond beschienene Gesicht und spürte die Tür zu seinem Herzen aufgehen. Dahinter steckte indes ein tiefes Gefühl oder auch Bedürfnis, das intensiver war als alles andere. Ihm war, als würde er sie schon sein ganzes Leben lang kennen oder als hätte sein Leben erst jetzt richtig begonnen, da sie ihm begegnet war. Wie und warum auch immer – er wusste, dass er sich nicht mehr von ihr würde trennen können. Und ihr Blick verriet, dass sie gerade in ihrem eigenen Herzen dieselben eigentümlichen und zugleich wundervollen Gefühle verspürte.

Sie wandte sich ab und schaute wieder ins Tal. »Gefällt's dir denn?«, fragte sie ein wenig befangen.

Ihm war klar, was sie mit dieser Frage zu erfahren wünschte, und er antwortete seinerseits doppelsinnig: »Etwas Schöneres ist mir noch nie zu Gesicht gekommen.«

Schüchtern beugte er sich vor und hoffte, dass sie ihm mit ihren Lippen entgegenkäme. Außer bei freundschaftlichen Begrüßungen hatte er noch nie geküsst, und so wurde ihm, als er ihr quälend langsam näher rückte, zunehmend bange, dass sie verschreckt vor ihm zurückweichen könnte.

Doch als sie seine Absicht erkannte, schloss sie lächelnd die Augen und drückte ihm schnell und entschlossen einen Kuss auf den Mund. Ihre Lippen waren überraschend weich und warm, und trotz der milden Nacht spürte er einen kalten Schauer über den Rücken laufen. Bevor sich ihre Lippen teilten, berührte sie sein Gesicht in einer sanften Geste, die ihn tief bewegte.

Als ihn das beglückende Gefühl ganz und gar einzunehmen begann, mischte sich eine andere, eine frostige Wahrnehmung dazu. Er blickte auf das Tal, und das Bild vor seinen Augen verwandelte sich: Über den silbrigen Glanz der mondbeschienenen Landschaft legte sich das stumpfe Grau ätzenden Rauchs.

In seiner Vorstellung sah er das Tal von einem schrecklichen Feuer verwüstet, die Weiden schwelen und die Häuser und Ställe bis auf die Grundfesten niederbrennen. Ströme von Blut ergossen sich über Felder und Äcker. Gwydion fing heftig zu zittern an, als die rote Flut mit unwiderstehlicher Gewalt näher wogte, hügelan.

»Sam?«, fragte Emily alarmiert. »Hast du was? Was ist los mit dir?«

Gwydion rief sich mit aller Kraft aus seinen Wahnvorstellungen zurück. Das Schreckensbild verblasste, und das Tal zeigte sich wieder in friedlich silbrigem Mondlicht. Emily aber war sichtlich bestürzt und langte nach seinen zitternden Händen.

»Sam?«, fragte sie wieder.

»Wo sind wir, Emily? Ich meine, wie heißt dieser Ort?«

»Myrfeld.«

Schlagartig schnürte sich ihm die Kehle zu. Myrfeld war zwar kein ungewöhnlicher Name für eine Ortschaft; sie mochte wer weiß wo gelegen sein. Doch auf den alten Landkarten, an die er sich erinnerte, war ein Dorf dieses Namens inmitten der Weiten Marschen eingezeichnet, in jener ausgedehnten Tiefebene, die einen Großteil des Ostens von Serendair ausmachte. Die Marschen waren im Krieg mit all ihren menschlichen Siedlungen verwüstet worden. Und als endlich wieder Frieden eingezogen war und mit dem Wiederaufbau begonnen werden konnte, versank das ganze Inselreich.

»Wie heißen die nächsten größeren Städte?«

Emilys Besorgnis nahm zu. »Größere Städte gibt's hier nicht. Die Nächste liegt über hundert Wegstunden weit entfernt. Mein

Vater geht einmal im Jahr dorthin, und dann ist er immer einen ganzen Monat lang unterwegs.«

»Und ihr Name? Wie heißt diese Stadt, Emily?«

Sie drückte seine Hand, um ihn zu beruhigen; doch ihr war anzusehen, dass sie von der Ursache für seine Verstörung nicht die geringste Ahnung hatte. »Genauer gesagt, befinden wir uns hier in der Mitte von zweien. Im Westen, jenseits des Großen Flusses, liegt Traunhaven, im Südosten liegt Ostend, die, soweit ich weiß, größte Stadt des Landes.«

Gwydions Augen begangen zu brennen. *Das kann doch nicht sein*, dachte er entsetzt, *das kann doch nicht sein.* Beide Städte, die sie genannt hatte, hatte es auf Serendair gegeben.

»Sam?« Emily schien von seiner Panik angesteckt zu sei. Er sah sie an. Sein Blick schärfte sich wieder; die nüchtern-praktische Stimme der Vernunft setzte sich der Verzweiflung gegenüber durch.

Natürlich, dachte er, und die Angst ließ sofort von ihm ab. Er war hier, um sie vor dem Untergang der Insel zu retten. Er wusste auch, wie und an wen er sich wenden musste und wann es Zeit sein würde, die Insel zu verlassen. Offenbar hatte ihn ein gnädiges Schicksal in die Vergangenheit verschlagen, um ihm diese Chance zu geben, wenngleich er sich den Grund dafür nicht erklären konnte.

Er blickte ihr wieder ins Gesicht und lächelte. Auch diese Einsicht war ihm jetzt so gewiss wie sein Name: dass seine Seele und die ihre zusammengehörten. Das konnte er *sehen.* Und mit dieser Gewissheit stellte sich ein Gefühl von ruhiger Zuversicht und Freude ein. Emily war seine Seelengefährtin, daran konnte kein Zweifel bestehen, und er hatte sie schon jetzt tief im Herzen lieb.

Gwydion nahm ihren Kopf in beide Hände und gab ihr einen Kuss. »Entschuldige, dass ich dir solche Angst eingejagt habe«, sagte er und ließ wieder von ihr ab. »Ich muss dir etwas erzählen.«

Sie rückte ein Stück von ihm ab. »Worum geht es denn?«

Er versuchte zu verhindern, dass seine Stimme brüchig wurde, was sie häufig tat, wenn er aufgeregt oder irritiert war. »Wir müssen so schnell wie möglich von hier fort und nach Osten reisen. Für den Fall, dass wir uns aus irgendeinem Grund aus den Augen verlieren sollten, musst du mir versprechen, einen gewissen MacQuieth beziehungsweise Farrest oder Garael aufzusuchen. Bitte, versprich mir das.«

Emily starrte ihn verwundert an. »Was redest du da?«

Gwydion überlegte, wie er es ihr erklären konnte, und musste einsehen, dass das unmöglich war. Wie sollte er sich bloß verständlich machen? Auf den bevorstehenden Krieg gab es hier noch keinerlei Hinweise, geschweige denn auf den Untergang der Insel. Und dann kam ihm plötzlich der verstörende Gedanke, dass er womöglich dazu ausersehen war, selbst auf der Insel zurückzubleiben und hier, in der Vergangenheit, sein Leben zu beenden.

Er nahm wieder ihren Kopf zwischen beide Hände und betrachtete ihr Gesicht. Obwohl sie nicht wissen konnte, was in ihm vorging, zeigte sich doch Mitgefühl in ihrer Miene und der Wunsch, ihn zu trösten. Ihre Augen suchten in seinem Gesicht nach Antworten; sie waren vor Sorge ganz dunkel und voller Zuneigung. Er glaubte, sie unablässig betrachten zu können, ohne sich jemals an ihr satt zu sehen. Ein so inniges Gefühl der Zärtlichkeit stieg in ihm auf, dass er darin zu ertrinken meinte, und er dachte im Stillen, es wäre doch unendlich viel besser, hier zu sterben, als fortgehen und ohne sie weiterleben zu müssen.

Das Mondlicht fiel ihr in die Augen. Sie lächelte, und ihr Lächeln löste all seine Beklommenheit auf. Wieder gab er ihr einen Kuss, den er diesmal lange auskostete. Und wieder machte sich dieses wundervolle Prickeln in der Magengegend bemerkbar, als er ihren Mund aufgehen und ihren Atem auf sich übergehen spürte. So berauschend war die Nähe zu ihr, dass er fürchtete, die Selbstbeherrschung zu verlieren.

Er rückte von ihr ab und registrierte einen erstaunten Ausdruck auf ihrem Gesicht. »Ich kann's noch gar nicht fassen, dass du wirklich da bist«, flüsterte sie. »Woher kommst du eigentlich?«

Gwydion merkte erstaunt auf. »Was soll das heißen?«

Emily nahm ihn bei den Händen und zitterte vor freudiger Erregung am ganzen Körper. »Ich habe dich herbeigesehnt. Bist du gekommen, um mich vor der Lotterie zu retten und zu entführen?«

Gwydion schluckte. »So kann man es auch sagen. Aber entspreche ich wirklich deinem Wunschbild?«

Sie antwortete ganz offen und unbefangen: »Ich habe vergangene Nacht, gleich nach Mitternacht, meinen Glücksstern gebeten, dich zu mir zu schicken. Und hier stehst du vor mir. Woher du kommst, weißt du anscheinend selbst nicht, oder? Habe ich dich von weither herbeigewünscht?«

Der Junge machte große Augen und grinste verdutzt. »Ja, das hast du.«

Sie seufzte. »Kaum zu glauben. Ich habe fast ein ganzes Jahr auf die richtige Nacht gewartet, und es hat tatsächlich geklappt. Du bist gekommen, bist endlich hier.« Eine Träne rollte ihr übers Gesicht und ließ ihr Lächeln noch strahlender wirken. Er glaubte zu spüren, dass sie über magische Kräfte verfügte, die vielleicht wirklich die Ursache dafür waren, dass er über die Strömungen der Zeit zu ihr hingefunden hatte.

Sie streckte die Hand nach ihm aus. »Komm«, sagte sie, »ich will dir das Feenfort zeigen.«

Sie gingen ins Tal zurück, langsam diesmal, dem Bach entgegen, der durch das Weideland mäanderte. Gwydion schaute zu den fremden Sternen auf. Der dunkle Himmel wölbte sich über ihm wie ein endloses Versprechen.

Als sie den Bach erreichten, sah sich Emily bestürzt um. Das Wasser strömte schneller als gedacht, und das Ufer war so morastig, dass sie mit einem Fuß darin versank und stecken blieb. Gwydion half ihr, wieder freizukommen. Sie warf einen Blick auf die Weide, wohin sie ihn hatte führen wollen, und musterte dann verzagt ihre aufwändig verschnürten Schuhe, die nun voller Lehm waren.

»Tut mir Leid, Sam«, sagte sie mit vor Enttäuschung stockender Stimme. »Ich schaff's wohl nicht. Und ich kann die Schuhe nicht ausziehen; es dauert Stunden, sie wieder zuzuschnüren. Aber geh du. Von der Weide aus hat man einen wundervollen Ausblick.«

»Ohne dich hätte ich bestimmt keinen Gefallen daran«, erwiderte Gwydion. Er sah sich nach einer Möglichkeit um, den Bach zu überqueren, doch es war keine geeignete Stelle auszumachen.

»Du könntest mich tragen«, sagte sie und äußerte damit den Gedanken, den er vorzuschlagen sich gescheut hatte. »Wenn dir das nichts ausmacht.«

»Im Gegenteil«, entgegnete er hastig und versuchte seine Verlegenheit dadurch zu kaschieren, dass er den Mantelsaum raffte, der im Wasser steckte. Als er sich wieder im Griff hatte, öffnete er die Arme und gelobte im Stillen, sich mittels irgendwelcher Giftkräuter aus dem Leben zu stehlen, falls ihm die Peinlichkeit passieren sollte, sie fallen zu lassen.

Von solcherlei Befürchtungen offenbar unbeeindruckt, kam Emily auf ihn zu, schlang einen Arm um seinen Nacken und führte ihm die Hand unter ihr angehobenes Knie. Er nahm sie vom Boden auf, trug sie mit Leichtigkeit über den Bach und weiter durch sumpfiges Gras auf die Weide zu, wo er sie behutsam absetzte.

Es war ein mächtiger Baum, aus mehreren Stämmen bestehend, die im Umfang wohl dreimal die Spannweite seiner Arme ausmachten. Dank der guten Versorgung mit Wasser war der Baum enorm hoch gewachsen, und durch das feine Laub rieselte wie sommerlicher Schnee das Mondlicht nieder.

Emily tätschelte den Baum mit liebevoller Gebärde. »Die Bauern glauben, dass ein einzelner Baum inmitten von Weiden das Zuhause von Feen ist«, sagte sie und blickte lächelnd ins hohe Geäst. »Davon darf man sich Glück erhoffen. Und es wäre ein schreckliches Unheil, wenn der Blitz in ein solches Feenfort einschlagen und es in Brand stecken würde.«

Gwydion dachte zurück an seine Vision von der verbrannten, verwüsteten Landschaft. Er hatte die Weide gesehen, verkohlt und abgestorben, und die Erinnerung daran ließ ihn erschauern. Er wandte sich dem Mädchen zu. Emily schlenderte um den Baum herum, berührte mit der Hand die tief hängenden Zweige und sprach mit wohlklingenden, ihm unverständlichen Worten auf sie ein.

Als sie zu ihm zurückkehrte, lächelte sie und fragte: »So, den Baum hast du gesehen. Wohin soll's jetzt gehen? Willst du zurück?«

»Noch nicht.« Er erwiderte ihr Lächeln. »Kennst du dich mit den Sternen aus?«

»Ja. Warum fragst du?«

»Könntest du mir etwas darüber beibringen?«

»Wenn du möchtest.« Sie wollte sich vor dem dicksten Stamm auf den Boden setzen, doch er hielt sie zurück, löste die Kordel seines Umhangs und breitete ihn vor ihr aus.

Ihr Schmunzeln brachte ihn in Verlegenheit. »Sam?«

»Ja?«

»Würde es dich stören, wenn ich mein Kleid ausziehe?«

Gwydion spürte, wie ihm alles Blut aus dem Gesicht wich. Wohin es lief, wurde ihm wenig später peinlich bewusst.

Bevor er eine Antwort stammeln konnte, fügte sie mit Verlegenheit in der Stimme hinzu. »Tut mir Leid. Ich hätte mich genauer ausdrücken sollen. Gemeint war dieser Teil.« Sie zupfte an dem Überkleid aus blauem Samt. »Keine Angst, ich bin auch darunter noch anständig angezogen. Aber das ist mein einziges Festtagskleid, und ich möchte nicht, dass es schmutzig wird. Meine Mutter wäre untröstlich. Also noch mal gefragt: Würde es dich stören?«

Ihm gingen viele mögliche Antworten durch den Kopf, wozu seine Miene einen jeweils entsprechenden Ausdruck zeigte. »Nein«, sagte er schließlich.

Emily drehte ihm den Rücken zu und stellte sich mit dem Gesicht zum Baum. Er sah ihr zu, wie sie das Mieder des Samtkleides löste, was geschehen war, ehe er sich dessen bewusst wurde, dass seine stierenden Blicke ungehörig waren. Dann trat sie aus dem zu Boden gefallenen Überkleid, hängte es vorsichtig an einen Zweig und wandte sich ihm wieder zu. Sie trug nun nur noch ein ärmelloses Unterkleid aus weißer Spitze. Der Busenstreif, auf den Gwydions Blick gleich zu Anfang ihrer Begegnung gefallen war, war ein Teil des samtenen Mieders und mit ihm abgelegt worden.

Sie setzte sich auf seinen Umhang, schaute zum Himmel

empor und fragte, nachdem er neben ihr Platz genommen hatte: »Was willst du über die Sterne wissen?« Das Haar fiel ihr über die Schultern, und Gwydion musste schwer an sich halten, um nicht mit der Hand danach zu langen.

»Alles. Ich kenne nicht einen. Darum wäre mir jeder Hinweis eine Hilfe. Hier stehen ganz andere Sterne am Himmel als dort, wo ich herkomme.« Was als einfache Feststellung gemeint war, brachte Emily sichtlich zum Staunen. Sie lehnte sich zurück und bettete den Kopf auf das Kissen aus Moos am Wurzelstock des Baumes.

»Nun, fangen wir mit Seren an. Das ist der Stern, nach dem unsere Insel benannt ist. Im Frühjahr und Sommer steht er um Mitternacht genau im Zenit.«

Gwydion legte sich ebenfalls zurück und streckte den Arm über ihrem Kopf aus, war noch auf Abstand bedacht, um ihr ja nicht lästig zu werden. Aber wie an diesem Abend schon einige Male zuvor, erriet sie auch jetzt, was ihm durch den Kopf ging. Und so nahm sie seinen Arm und führte ihn um ihre Schultern, ohne den Unterricht in Sachen Astronomie zu unterbrechen.

Sie machte ihn auf einzelne Sterne und Sternbilder aufmerksam und berichtete, was sie an Mythen und wissenschaftlichen Erkenntnissen darüber wusste. Und das war erstaunlich viel. Sie kannte sich unter anderem recht gut aus in der navigatorischen Astronomie, was Gwydion besonders interessant fand. Doch nach einer Weile folgte er nicht länger ihrem Blick zu dem Sternenzelt, sondern betrachtete stattdessen ihr Gesicht. Darin schimmerte ein eigenes Himmelslicht, und er fand, dass er von ihren Sternenaugen sehr viel mehr lernen konnte als durch das Studium des Firmamentes. Er rollte sich auf die Seite, legte den Kopf auf den angewinkelten Arm und grinste einfältig.

Es dauerte eine Weile, bis Emily aufmerkte und von seiner törichten Miene Notiz nahm. Sie errötete und richtete sich eilig auf.

»Entschuldige, ich wollte dich nicht mit meinen Vorträgen langweilen.«

»Das hast du auch nicht«, beeilte er sich zu sagen. »Ich war ganz Ohr.« Er streckte den Arm aus. »Erzähl mehr.«

Sie legte sich wieder zurück und starrte mit ernster Miene nach oben. Für eine Weile sagte sie nichts, und als sie den Mund wieder aufmachte, schwang in ihrer Stimme eine traurige Note mit.

»Weißt du, so weit ich mich zurückentsinnen kann, habe ich von diesem Ort geträumt«, sagte sie leise. »Bis vor kurzem kam mir fast jede Nacht der gleiche Traum: Ich war hier draußen im Dunkeln unter den Sternen und streckte die Hände nach ihnen aus. Und die Sterne fielen vom Himmel auf mich herab. Ich konnte sie festhalten, schloss die Hand um sie zur Faust und sah sie zwischen den Fingern glühen. Wenn ich dann aufwachte, war ich immer sehr glücklich, und dieses Gefühl dauerte meist den ganzen Morgen an.

Aber dann änderte sich der Traum. Ich vermute, es war zu der Zeit, als ich der Hochzeitslotterie beitreten musste. Eigentlich hätte das schon vor einem Jahr der Fall sein sollen, aber mein Vater meinte, das sei zu früh. Heuer gab's aber keinen Weg mehr dran vorbei, und meine Eltern mussten mich, gegen ihren und meinen Willen und wie es die Tradition hier bei uns verlangt, aufbieten wie ein Pferd zur Auktion. Mein ganzes Leben hat sich mit einem Mal von Grund auf verändert – und damit auch meine Träume. Jetzt träume ich nur noch selten von den Sternen, und wenn ich es tue, ist es nicht mehr dasselbe.«

»Was ist anders?«, fragte er voller Mitgefühl.

»Nun, anfangs scheint noch alles beim Alten zu sein. Ich bin hier im Dunkeln bei der Weide, und die Sterne leuchten so hell wie immer. Aber wenn sie dann vom Himmel fallen, kann ich sie nicht halten. Sie fallen mir durch die Finger und landen im Bach, wo sie mir dann aus dem Wasser von unten entgegenfunkeln.«

Gwydion spürte, wie die Traurigkeit in ihrer Stimme auf ihn überging. »Hast du eine Ahnung, was das bedeuten könnte?«

»Ich glaube, ja«, antwortete Emily. »Wahrscheinlich ist mir klar geworden, dass all das niemals Wirklichkeit werden wird, was ich mir in meinen schönsten Vorstellungen ausgemalt habe, nämlich die Welt zu sehen, zu studieren und Abenteuer zu erleben. Stattdessen ist mir wohl nur das beschieden, wovon meine Freundinnen immer geträumt haben: zu heiraten, eine Familie zu gründen und den Rest des Lebens hier in diesem Tal zuzubringen.

Nun ja, dagegen habe ich ja eigentlich nichts einzuwenden, zumal ich dieses Tal liebe, und ich bin glücklich hier. Aber ich dachte ...« Ihre Stimme wurde immer leiser und verstummte dann ganz.

»Was dachtest du?«

»Ich dachte, da wäre mehr. Zugegeben, so zu denken ist selbstsüchtig und kindisch. Aber ich hatte gehofft, irgendwann einmal in Wirklichkeit zu erleben, was mir in meinen Träumen erschienen war.

Dass ich jetzt anders träume, hat wahrscheinlich damit zu tun, dass ich diese albernen Hoffnungen aufgegeben habe und in wenigen Tagen jemanden heiraten werde, der mir durch Los zufällt. Wenn ich Glück habe, wird er nett zu mir sein oder wenigstens nicht grob und gemein wie so viele Bauernsöhne. Ich werde hier bis an mein Lebensende wohnen und nie etwas anders als dieses Tal zu Gesicht bekommen. Vermutlich war mir das im Grunde meines Herzens immer schon klar. Jedenfalls kommen mir die schönen Träume nur noch selten. Womöglich werden sie bald ganz ausbleiben. Ich werde sie vergessen und mein Leben leben, so wie es mir bestimmt ist.«

Ihre Worte taten ihm in der Seele weh. »Nein!«, platzte es aus ihm heraus.

»Nein?«

Wieder setzte sich Gwydions praktischer Sinn durch, und die Antwort stand ihm klar vor Augen. Er richtete sich auf und sagte: »Emily, wie sehen bei euch die Hochzeitsbräuche aus? Ist es möglich, die Lotterie zu umgehen und direkt bei deinem Vater um deine Hand anzuhalten?«

Emilys Augen leuchteten kurz auf, wurden aber schnell wieder traurig. »Oh, Sam«, seufzte sie. »Mein Vater würde mich nie mit dir wegziehen lassen. Er hat seit meiner Geburt für meine Mitgift gespart und dieses Weideland hier für mich bewahrt, um sicherzustellen, dass ich nur ja der Familie verbunden bleibe, egal, wer mich einmal heiraten wird. Nein, er würde nie darin einwilligen, dass ich auswandere.«

Gwydion war verzweifelt. Er konnte ihr nicht in Worten erklären, warum es so dringlich war, das Tal zu verlassen. »Würdest du denn trotzdem mit mir kommen, Emily? Willst du mit mir durchbrennen?«

Sie blickte auf ihre Hände und ließ sich mit der Antwort so lange Zeit, dass er vor Nervosität zitterte. Endlich blickte sie auf, und ihre Miene verriet Entschlossenheit.

»Ja«, antwortete sie. »Darauf zu verzichten wäre doch eine Verschwendung an Hoffnung, oder?«

Vor Erleichterung stieß Gwydion einen Schwall Luft aus. »Allerdings«, sagte er, drückte sie fest an sich und legte seine heiße Wange an ihr Gesicht. »Ist da jemand im Dorf, der uns trauen könnte?«

Emily seufzte. »In ein paar Tagen wird jemand da sein, aber erst nach der Lotterie. Dann heiraten alle, die in diesem Jahr dran sind.«

Gwydion zog sie noch enger an sich. Er wusste nicht, wie lange sich die Flucht noch aufschieben ließ, war aber gern bereit, eine Weile geduldig abzuwarten, um Emily nicht unnötig in Angst zu versetzen.

»Sam?«

Widerstrebend ließ er von ihr ab, setzte sich zurück und sah sie mit neuen Augen an. Bei Sonnenaufgang war er noch vollkommen frei und allein gewesen, und er hatte ein Leben geführt, wie es einem Jungen seines Alters zustand: zeitvergessen und ohne groß Gedanken an die Zukunft zu verschwenden.

Jetzt aber sah er sich seiner Frau gegenüber. Er hatte sich immer schon gefragt, wie seine zweite Seelenhälfte wohl aussehen würde, und war von der Antwort tief beeindruckt; ja, er staunte, dass es sie tatsächlich gab. Die Aussicht darauf, den Rest seines Lebens an ihrer Seite zu verbringen, ließ ihn schwindeln und erschreckte ihn sogar ein wenig. Später, wenn er während endlos langer Tage ihren Tod betrauern würde, sollte er an diesen Moment zurückdenken, da er sich zum ersten Mal aus neuen Augen sah, aus Augen, die noch glaubten, dass das Leben ein Übermaß an Liebe für ihn bereithalte.

»Ja?«

»Glaubst du, dass wir das Meer sehen werden? Irgendwann einmal?«

»Natürlich«, versprach er ihr guten Gewissens. »Wir könnten, wenn es dir gefällt, auch am Meer wohnen. Hast du es noch nie gesehen?«

»Ich bin doch noch nie hier rausgekommen, Sam, kein einziges Mal.« In ihrem Blick lag Wehmut. »Aber ich habe mich schon immer nach dem Meer gesehnt. Mein Großvater ist Seefahrer, und er hat versprochen, dass er mich irgendwann einmal auf eine große Fahrt mitnimmt. Bis vor kurzem habe ich mir auch Hoffnung darauf gemacht.« Sie schaute ihm in die Augen, sah eine Spur von Traurigkeit darin und blickte schnell wieder weg. Offenbar schlug ihr der Kummer, den sie bei ihm auslöste, noch zusätzlich aufs Gemüt. Als sie ihn wieder ansah, strahlte sie so, als hätte sie sich vorgenommen, ihn aufzumuntern. Sie rückte näher und flüsterte: »Ich habe schon einmal sein Schiff gesehen.«

Gwydion zeigte sich verwundert. »Wie ist das möglich, wenn du noch nie am Meer warst?«

Sie lächelte ihm zu. »Nun, es ist in Wahrheit sehr klein – ungefähr so groß wie meine Hand –, jedenfalls da, wo es jetzt liegt: in einer Flasche auf dem Kaminsims. Er hat es mir gezeigt, als ich bei ihm zu Besuch war.«

Tränen stiegen ihm in die Augen. Er war sicher, dass sich unter all den berühmten und besonderen Personen, die er in seinem Leben getroffen hatte, nicht eine befand, deren Seele so rein war wie die ihre. Für eine Weile brachte er kein Wort hervor. Als er endlich wieder sprechen konnte, sagte er, was er im Herzen fühlte.

»Du bist das wundervollste Mädchen auf der ganzen Welt.«

Sie begegnete seinem Blick mit ernster Miene. »Nein, Sam, aber ich bin das glücklichste.«

Mit zitternden Händen berührte er ihre bloßen Arme, und der Kuss, den sie sich gaben, war voll von den Versprechungen ehelicher Freuden.

»Sam?« Ihre wunderschönen Augen funkelten im Mondschein.

»Ja?«

»Es gibt zwei Dinge, die ich dir sagen möchte.«

Ihrem Lächeln war anzumerken, dass es in beiden Fällen nichts Problematisches war.

»Ich höre.«

Emily blickte zu Boden. »Ich fürchte, wenn du mich noch einmal so küsst, werde ich mich nicht mehr zurückhalten können.«

Er bebte am ganzen Körper. »Und das Zweite?«

Ihre Hand fuhr ihm übers Gesicht und verharrte auf seiner Schulter. »Ich möchte, dass du mich gleich noch einmal küsst.«

Wie in Trance strich Gwydion seinen Umhang auf dem Boden glatt. Emily streckte sich darauf aus. Er kauerte auf den Fersen und sah sie an, bis sie ihre Hände nach ihm ausstreckte. Zaghaft und mit einem Kloß im Hals sank er ihr in die Arme und presste sie so fest er konnte und ohne ihr wehzutun an sich. Endlich gab er dem Verlangen nach, das er schon den ganzen Abend über verspürt hatte, und fuhr streichelnd mit der Hand über ihr Haar.

Es fühlte sich so kühl und glatt an wie Seide. Gwydion spürte, wie sie sich an dem Band zu schaffen machte, das den Halsausschnitt seines Hemdes gerafft hielt. Dann zog sie vorsichtig die Hemdzipfel aus der Hose und fuhr mit den Händen über seine Bauchdecke bis zur Brust, was ihn veranlasste, die Augen zu schließen und mit den Lippen ihren Mund zu suchen. Und er fand ihre Lippen, die nicht weniger bebten als seine.

Der laue Nachtwind wehte sanft über die Haare der beiden. Gwydion ließ von ihr ab und lehnte sich ein Stück zurück, um sie betrachten zu können. Ihr Gesicht war ohne jede Furcht oder Scham; vielmehr zeugte es von liebender Zustimmung.

Ohne den Blick von ihr abzuwenden, tastete er mit der Hand nach dem Mieder ihres Unterkleids und nahm den ersten kleinen, herzförmigen Knopf zwischen die Finger, die so zittrig waren, als wären sie kalten Winterstürmen ausgesetzt. Und mit jedem Knopf, der sich löste, zitterten sie heftiger, bis sie, beim letzten Knopf angelangt, alles Fingerspitzengefühl vermissen ließen und so hastig und roh zu Werke gingen, dass der Knopf abriss.

Gwydion schreckte zurück. »Oh, das tut mir Leid, Emily«, murmelte er kleinlaut und schamrot im Gesicht. Umso überraschter war er, als er sie amüsiert schmunzeln sah.

Sie nahm ihm den Knopf aus der Hand, drehte ihn zwischen den Fingern und sagte: »Hübsch, nicht wahr? Mein Vater hat sie von seinem letzten Besuch in der Stadt mitgebracht und mir zum Geburtstag geschenkt. Sie waren bestimmt ziemlich teuer.«

»Emily ...« Sie legte ihm zwei Finger auf die Lippen und brachte ihn so zum Schweigen. Dann gab sie ihm den Knopf zurück und schloss seine Hand darum.

»Behalt ihn, Sam«, bat sie. »Zur Erinnerung an diese Nacht, in der ich dir mein Herz geschenkt habe.« Sie spürte seine heißen Tränen auf die bloße Haut tropfen, schlang die Arme um seinen Hals und drückte ihn an ihre Brust. »Keine Sorge, Sam«, flüsterte sie. »Du wirst mir schon nicht wehtun. Ganz bestimmt nicht.«

Wieder hatte sie seine Gedanken gelesen. Durch ihre Worte ermutigt, schob er das dünne Unterhemd beiseite und drückte seine Lippen in die enge Senke zwischen ihren Brüsten. Mit aller Zärtlichkeit, die ein Junge seines Alters aufbringen konnte, küsste er die samtene Haut und lupfte ihr mit der freien Hand das Oberteil über die Schultern.

Dann ließ er die Hand auf ihre kleinen Brüste zurückkehren, liebkoste mit sanftem Druck die rosigen Spitzen und nippte mit den Lippen daran. Er spürte, wie sie unter seiner Berührung zu beben anfing, worauf es ihm selbst kalt und heiß zugleich wurde.

Das Mondlicht beleuchtete ihr ohnehin strahlendes Gesicht. Die Augen glitzerten, und er sah, dass sie wie seine eigenen feucht von Tränen waren. Was sie ausdrückten, war so eindeutig und unmissverständlich, dass jede Frage den Zauber des Augenblicks gestört hätte. Gwydions Mund kehrte auf die blanke Brust zurück, und er schob die Hand unter das zerknitterte Hemd. Als er schließlich die warme Haut ihrer Schenkel ertastete, fürchtete er, in seiner Erregung nicht länger an sich halten zu können.

Sie zerrte ihrerseits an seinem Hosenbund und musste einsehen, dass gezügelte Ungeduld schneller zum Ziel führte; so gelang es ihr endlich zu entfernen, was noch zwischen ihnen war. Zitternd schmiegte sich Gwydion enger an sie. Er schaute sie dabei an, und was er in ihren Augen sah, rührte ihm unmittelbar ans Herz.

»Ich liebe dich, Sam«, sagte sie. »Ach, wie lange habe ich schon auf dich gewartet. Ich war mir allerdings ganz sicher, dass du zu mir kommen würdest, wenn ich es mir nur fest genug wünschte.«

Dann war er in ihr und bewegte sich behutsam, um Kontrolle bemüht, die ihm, von unvorhergesehener Lust überwältigt, zu entgleiten drohte.

Zitternd schlang Emily die Arme um ihn und presste ihn enger an sich. Er hörte, wie ihr Atem kürzer wurde. Sie stemmte den Kopf zurück, was er als Einladung verstand, ihren schlanken Hals zu küssen, den er mit Tränen benetzte, worauf sie ihm mit der Hand durchs Haar fuhr und ihn tröstend liebkoste.

Sie waren ganz und gar ineinander verschränkt, als er innehielt und sich nicht mehr rührte aus Angst, bei der kleinsten Bewegung, und sei es nur der Versuch zu atmen, aufzuwachen und feststellen zu müssen, dass alles nur ein Traum gewesen sei. Auch wenn es einer sein sollte, wollte er ihn so bald noch nicht ausgeträumt haben.

Emily nahm seinen Kopf zwischen die Hände und gab ihm einen Kuss wie zur wortlosen, liebevollen Aufmunterung; dann schlang sie ein Bein um seine Hüften und stemmte sich ihm langsam von unten entgegen.

Von den Zehenspitzen aus fühlte Gwydion eine wohlige Hitze in sich aufsteigen und mit ihr den Impuls zu einer Bewegung, die der ihren folgte. Das Feuer, das er in sich spürte, wurde zu einem Inferno angefacht, das sich über den ganzen Körper ausbreitete. Er verlor den Zugriff auf seine Gedanken, die mit der lauen Luft davonschwebten, und achtete nur noch auf ihren Herzschlag und die kleinen Laute, die sie von sich gab.

Sie hauchte seinen Namen oder das, was sie für seinen Namen hielt, immer und immer wieder, seufzend vor Entzücken, was seine Erregung nur noch mehr steigerte. Ihre Stimme drang bis tief in sein Herz und stieß ihn durch die Schranken der Selbstkontrolle, und als es kein Halten mehr gab, hörte er ihren Aufschrei und spürte sich von ihr umklammert, als suchte sie Halt, wo doch beide von derselben Woge mitgerissen wurden.

Die Zeit setzte aus. Wie lange sie sich liebten, war aus Mangel an Vergleich oder Anhaltspunkten weder für sie noch für ihn nachzuvollziehen. Es schien jedenfalls ewig anzudauern, und Gwydion spürte, dass seine Liebe für sie stetig zunahm, bis sein Körper schließlich als Gefäß für all diese Liebe nicht mehr ausreichte. Er hatte mit einer solchen Erfahrung erst zu einem viel späteren Zeitpunkt in seinem Leben gerechnet und nicht gedacht, dass sie derart bedeutungsvoll sein würde; und so war er nicht darauf gefasst und selbst überrascht von dem heftigen Schluchzen, das ihn plötzlich ergriff.

»Sam?«, fragte Emily alarmiert.

»Himmel, ich hab dir doch nicht wehgetan, Emily, oder? Geht es dir gut?«

Sie küsste ihn zärtlich und sah ihm in die Augen. »Papperlapapp. Wie kommst du darauf, dass es mir wehgetan haben könnte?« Sie lachte, und unvermittelt durchfuhr es ihn, als zuckte ein heißer Blitzstrahl die Wirbelsäule entlang und bis in die Stirn.

Ermattet senkte er den Kopf auf ihre Schulter. »Emily, ich würde dir nie, nie willentlich wehtun. Das musst du mir glauben.«

»Natürlich. Wieso solltest du auch dem wehtun, was allein dir gehört? Ja, so ist es, Sam, ich gehöre dir.«

Er seufzte. »Den Göttern sei Dank dafür.«

»Nein«, entgegnete sie. »Dank den Sternen. Sie waren es, die dich zu mir geführt haben.«

Gwydion hob den Kopf und schaute zum Himmel empor, der übersät war mit diamanten funkelnden Sternen.

»Dank euch!«, rief er. Emily kicherte und seufzte dann, als er von ihr abrückte und nach seinen Sachen langte. Auch sie machte sich wieder zurecht, und als beide angezogen waren, zeigte sie sich betrübt. Sie warf einen Blick in Richtung Dorf und schaute wieder zu ihm.

»Das ist der Lorana-Walzer. Wir sollten jetzt besser umkehren; das Fest geht zu Ende.«

Gwydion seufzte. Am liebsten wäre er für immer auf diesem Feld geblieben.

»Nun gut«, sagte er.

Mit ausgestreckter Hand half ihr auf, nahm sie in die Arme und küsste sie. In ihrem Gesicht war keine Spur von Bedauern oder Zweifel zu entdecken, nur selige Zufriedenheit.

Er warf sich seinen Umhang über, hob Emily vom Boden auf und trug sie über den Bach zurück, über die Schwelle zu ihrem Lieblingsplatz, dem Ort, an dem sie sich zu Hause fühlte. Es schmerzte ihn, daran zu denken, dass es in Anbetracht der gebotenen Eile wohl das letzte Mal war, dass er sie über diese Schwelle trug.

Hand in Hand wanderten sie über die Felder, langsamer als auf dem Hinweg. Als sie die Hügelkuppe erreichten, drückte Emily mit ihrer Hand plötzlich fester zu.

Er wandte sich ihr zu. »Alles in Ordnung?«

»Ja, aber ich muss mich einen Moment hinsetzen.«

Gwydion half ihr, auf dem Boden Platz zu nehmen, und setzte sich besorgt an ihre Seite. »Was ist los, Emily?«

Sie lächelte beruhigend. »Nichts. Ich will mich nur ein bisschen ausruhen.«

»Bist du sicher?«

»Ja. Darf ich dich etwas fragen?«

»Natürlich. Alles.«

»Wie alt bist du?«

»Vierzehn. Und wie alt bist du?«

Sie ließ mit der Antwort eine Weile auf sich warten. »Was meinst du, wie spät es ist?«

»Ungefähr elf, würde ich sagen.«

»Dann bin ich dreizehn.«

Gwydion sah sie irritiert an. »Was meinst du damit?«

»In einer Stunde werde ich vierzehn sein, so alt wie du.«

Jetzt verstand er. »Du hast Geburtstag?«

»Ja, morgen.«

Er umarmte sie. »Alles Gute, Emily.«

»Danke.« Sie war plötzlich ganz aufgeregt. »Warte, ich habe eine Idee. Wie wär's, wenn du morgen Abend zum Essen zu uns kommen würdest?«

Gwydion drückte sie fest an sich. »Das wäre schön.«

Sie löste sich aus seiner Umarmung und zeigte einen so eifrigen Ausdruck im Gesicht, dass er schmunzeln musste. »Du wirst meine Eltern und Brüder kennen lernen. Wenn mein Vater sieht, wie glücklich ich an deiner Seite bin, wird er uns vielleicht seinen Segen geben.«

»Wann soll ich kommen?«

»So gegen fünf. Wir essen immer um sechs.«

Er blickte auf seine verstaubten Sachen und legte die Stirn in Falten. »Etwas anderes hab ich leider nicht anzuziehen.«

Emily fühlte prüfend den Stoff seines Hemdes, ein Gewebe aus Fasern, die feiner gesponnen waren als alles, was sie je in dieser Art gesehen hatte. Auch die übrigen Kleidungsstücke waren von feinster Machart; selbst die besten Näherinnen im Dorf wären dazu nicht in der Lage gewesen. »An deinen Sachen ist nichts auszusetzen«, sagte sie. »Auf dem Rückweg zeige ich dir, wo wir wohnen.«

Gwydion kramte in seinen Taschen, zog den Beutel hervor und warf einen Blick hinein. Ein geeignetes Geschenk war nicht darin zu finden, und dass es im Dorf einen Händler gab, bei dem er ein Geschenk hätte kaufen können, stand auch nicht zu erwarten. Er nahm die fünf Goldmünzen heraus, die er auf dem Weg zum Markt eingesteckt hatte, und legte sie ihr in die Hand.

»Das ist alles, was ich habe, nicht viel, aber ich will dir etwas schenken.« Morgen würde er auf den Wiesen die schönsten Blumen für sie pflücken.

Vor Verwunderung riss Emily die Augen auf; sie machte einen aufgeschreckten Eindruck.

»Das kann ich nicht annehmen, Sam. Das ist mehr als die Hälfte meiner Mitgift.« Sie drehte eine der Münzen in der Hand und musterte sie mit starrem Blick. Auf einer Seite war der Kopf von Prinz Roland abgebildet, der erst sieben Jahrhunderte später in die Geschichte eintreten sollte. Sie nahm seine Hand, öffnete sie und gab ihm die Münzen zurück. »Und überhaupt, wenn ich damit nach Hause käme, würden meine Eltern annehmen, dass ich etwas schrecklich Schlimmes getan hätte.«

Gwydion lief rot an im Gesicht. Dann kam ihm ein anderer Einfall. Erneut kramte er in seinem Beutel und entnahm ihm wiederum eine Münze, eine kupferne diesmal. Sie war klein und seltsam geformt, mit dreizehn Kanten. Er drückte sie ihr in die Hand und holte eine zweite, ebensolche Münze zum Vorschein.

»Soweit ich weiß, gibt es davon auf der ganzen Welt nur diese beiden Exemplare. Eigentlich haben sie keinen Wert, aber für mich sind sie etwas Besonderes, und ich wüsste niemanden, mit dem ich sie lieber teilen würde als mit dir.«

Sie sah sich die Münze aufmerksam an. Dann lächelte sie und zog ihn an sich. »Danke, Sam. Ich werde sie wie einen Schatz hüten. Komm jetzt, wir müssen uns beeilen.«

Er half ihr vom Boden auf und zupfte Grasspelzen vom Rücken ihres samtenen Kleides. »Ich wünschte, ich hätte ein schöneres Geschenk für dich.« Sie eilten den Hügel hinunter, auf das Dorf und die Festhalle zu.

»Du hättest mir gar kein schöneres Geschenk machen können. Du bist als Erfüllung meines größten Wunsches von weither gekommen. Was sollte ich mir noch wünschen?«

Er legte den Arm um sie. »Aber du hast schließlich Geburtstag.«

»Willst du mir wirklich noch etwas schenken?«

»Liebend gern.«

Lächelnd schlüpfte sie unter seinem Arm hindurch und nahm ihn bei der Hand. »Erzähl mir von den Ländern, die du bereist hast.« Ihr Augen leuchteten voller Erwartung. »Und sag mir, wo wir als Nächstes hingehen und was wir dort sehen werden.«

»Nun, da du das Meer noch nicht gesehen hast, könnten wir damit anfangen, dass wir an Bord eines der großen Schiffe gehen und das weite Meer überqueren.«

Er malte ihr aus, wie die Masten und das Takelwerk aussahen und die Hängematten, die den Seeleuten als Schlafstatt dienten; er berichtete ihr von dem großen Hafen von Kesel Tai, wo Schiffseigner aus aller Welt anlegten, um Handel zu treiben und um von den Meeresmagiern zu lernen. Er erzählte von Port Fallon an der Küste seiner Heimat, wo ein über hundert Fuß hoher Leuchtturm aufragte und verirrten Seefahrern die Richtung wies. Und schließlich erwähnte er auch Lirin, den Hafen von Tallono, der künstlich angelegt worden war von einer Frau, die sich die Klugheit und Kraft der Drachen zu Eigen gemacht hatte.

Emily hörte gespannt zu und sog seine Worte in sich auf. Nur einmal unterbrach sie ihn kurz, um ihn auf den Hof ihrer Familie aufmerksam zu machen. Im Tor der Einfahrt brannten wie zur Einladung zwei Kutschenlaternen.

Es gab noch so vieles, was Gwydion zu erzählen gehabt hätte – zum Beispiel von dem Fluss, der an manchen Stellen so kalt und weit war, dass man morgens, wenn dichter Dunst über dem Wasser hing, nicht bis an andere Ufer blicken konnte. Dort, bei Gorllewinolo Lirin, lebte ein Großteil der Verwandtschaft seiner Mutter, bei denen sie, Emily, auch als Halbblut herzlich willkommen sein würde.

Er hätte ihr vom Orakel von Yarim und seiner verrückten Prophetin erzählt, von der großen Tempelstadt Sepulvarta, über die der Patriarch und seine Priester das Regiment führten. Gewiss hätte er auch nicht versäumt, ihr vom Großen Weißen Baum zu berichten, aber ehe er dazu kam, hatten sie schon das Dorf erreicht. Während sie mit immer langsamer werdenden Schritten auf die Festhalle zugingen, versprach er, ihr eines Tages all das zu zeigen, was er schon kannte und was auch sie zu sehen sich wünschte.

Sie kamen an der Stelle vorbei, wo er sie in ihrem Versteck entdeckt hatte, als sie sich plötzlich mit der Frage an ihn wandte: »Haben wir auch einen Familiennamen?«

Es freute Gwydion, dass sie daran dachte, in Zukunft seinen Namen zu tragen, aber dann geriet er in Verlegenheit, weil er nicht wusste, wie er ihr auf die Schnelle erklären sollte, was es mit dem Namen seiner Familie auf sich hatte. »Nun, wie soll ich's sagen, die Sache ist ein bisschen verwickelt. Du musst verstehen, ich habe zwar ...«

»Emmy, da bist du ja! Wo hast du verflixt noch mal gesteckt? Justin ist hier und hat dich überall gesucht. Wie einige andere übrigens auch.« Bens Stimme klang ärgerlich und erleichtert zugleich.

Emily ignorierte die Frage und führte Gwydion zu ihrem Bruder. »Hallo, Ben. Hast du dich beim Tanzen amüsiert? Darf ich vorstellen? Das ist Sam; Sam, das ist mein Bruder Ben.«

Nach kurzem Zögern und kritischem Blick schüttelte Ben die von Gwydion ausgestreckte Hand, ehe er sich wieder an Emily wandte und sagte: »Wenn Vater davon Wind bekommt, gibt's Ärger.«

»Wovon soll er Wind bekommen?«

»Dass du am Tanz nicht teilgenommen hast.«

»Ich habe sehr wohl getanzt und eine herrliche Zeit gehabt.«

Ben lief rot an. »Du hast kein einziges Mal getanzt, Emmy. Da drin sind etliche Jungs ziemlich sauer auf dich.«

Emily lachte auf. »Ich war zwar nicht da drin, habe aber, wie gesagt, sehr wohl getanzt. Du hast es selbst gesehen. Lass es gut sein, Ben, ich hatte einen wunderschönen Abend.«

»Emmy?«, rief eine sonore Stimme aus dem Hintergrund. Gwydion drehte sich um und sah einen jungen Mann herbeieilen, der um einiges älter war als er selbst. Er hatte dunkles Haar und war einen Kopf größer als Emily. Sie lief ihm entgegen, fiel ihm in die Arme und ließ sich von ihm durch die Luft wirbeln.

»Herzlichen Glückwunsch«, sagte er überschwänglich und drückte ihr einen Kuss auf die Stirn. »Hast du dich gut amüsiert und viel getanzt?«

»Und wie«, antwortete sie lächelnd. Sie machte Gwydion mit ihrem älteren Bruder Justin bekannt, und zusammen gingen sie auf das Gespann zu, mit dem Justin gekommen war, um sie abzuholen.

Während die Brüder das Geschirr der Pferde in Ordnung brachten, wandte sich Emily an Gwydion und sagte: »Vielen Dank, Sam. Wir sehen uns dann morgen wieder.«

»Punkt fünf. Herzlichen Glückwunsch zum Geburtstag, Emily. Bis ich dich wieder sehe, werde ich nur an dich denken.«

Sie gab ihm einen flüchtigen Kuss und stieg eilig auf den Wagen. Gwydion fühlte einen schmerzhaften Stich im Herzen; dabei ahnte er selbst noch nicht, wie sehr sich bewahrheiten sollte, was er zuletzt zu ihr gesagt hatte.

»Ich liebe dich«, rief er ihr zu, als sich die Pferde ins Zeug legten. Sie hob die Hand ans Ohr zum Zeichen, dass sie ihn nicht verstanden hatte. Er sah den Wagen davonrollen und Emily winken, bis sie im Dunkeln verschwunden war.

Am Morgen stand Gwydion noch vor Sonnenaufgang auf und bereitete sich mit den anderen Knechten auf die Feldarbeit vor. Weil er in der Hitze des Sommers ohne Hemd auskommen würde, wickelte er es zusammen mit seinem Wasserschlauch und dem Dolch in den Umhang und verstaute das Bündel unter der Pritsche, auf der er geschlafen hatte.

Er wollte sich gerade wieder aufrichten, als ihm drei kleine, dunkle Flecken auf dem Futterstoff des Umhangs auffielen. Er zog ihn wieder hervor und schaute näher hin. Es waren Blutflecken.

Gwydion dachte, dass er sich womöglich am Rücken verletzt hatte, ohne es zu merken, doch da war keine Wunde zu entdecken. Er stopfte das Bündel wieder unter die Pritsche und machte sich auf den Weg zur Arbeit. Als noch unerfahrener Helfer, der er war, gab man ihm leichtere, niedere Aufgaben, die es allerdings unausweichlich mit sich brachten, dass er seine Hose dreckig machte.

Als die anderen bei Sonnenaufgang eine Frühstückspause einlegten, ging er auf die Weide hinaus und suchte nach Blumen, die er Emily schenken konnte. Zwischen Büschen von Nymphenhaar entdeckte er wilde Akeleien und fand, dass sie genau das Richtige waren für ihr Geburtstagsbouquet. Danach ging er an den Brunnen und putzte mit einem Lappen den Dreck von der Hose, um sich sehen lassen zu können. Wenn er Emilys Vater um die Hand der Tochter anhalten würde, wollte er möglichst nicht nach Stall riechen. Erst viele Jahre später kam ihm der Gedanke, dass dem Mann dieser Geruch beileibe nicht fremd gewesen wäre.

In der Hoffnung, noch ein paar Frühstücksreste ergattern zu können, kehrte er zum Hof zurück. Es war schon so heiß, dass ihm ganz flau wurde, und als er sich der Veranda näherte, packte ihn ein so heftiger Schwindel, wie er ihn nie zuvor verspürt hatte.

Meridion hatte die Sequenz angehalten. Er warf einen prüfenden Blick auf seine Werkzeuge und machte sich dann mit äußerster Sorgfalt daran, das einzelne Bild aus dem feinen Streifen herauszulösen, was ihm zuerst nicht so recht gelingen wollte. Es schien, als wollte der Junge mit aller Macht daran festhalten – ein Gedanke, der Meridion unwillkürlich zum Schmunzeln brachte. Vorsichtig spulte er den ersten Streifen genau bis zu der Stelle vor, aus der er das Stück entfernt hatte, und setzte stattdessen ein anderes Bild ein. Als die Schnitte verklebt waren, schaute er wieder durch die Linse.

Gwydion tauchte auf dem Forstweg auf, mitten in der Bewegung eines Schrittes. Alles war genau so wie vordem an diesem frischen Morgen, alles bis auf seine Erinnerung.

Er hatte es eilig. Die Sonne stieg und leuchtete durch das Laub der Bäume, aus denen zahllose Vögel einander zuriefen. Ihn fröstelte, als ein lauer Wind über seine nackte Brust wehte.

Panik machte sich in ihm breit, und sein Herz pochte ungeduldig, als er kehrtmachte, denselben Weg hastig zurücklief und zu leugnen versuchte, dass er sich hier, an *diesem* Ort befand. Er wollte wieder in seine angestammte Wirklichkeit, langte mit den Händen danach – natürlich vergebens.

Die Kehle schnürte sich ihm zusammen bei den Gedanken, die ihm durch den Kopf gingen: Halluzinierte er? War er wahnsinnig geworden? Sich vorzustellen, dass nicht wirklich war, was er hier erlebte, war weniger schlimm als die Ahnung, dass sich alles Erinnerte tatsächlich so zugetragen hatte und nicht etwa bloß eingebildet war. Etwas so Wundervolles wie die Begegnung mit Emily hätte er sich in seinen schönsten Träumen nicht ausmalen können.

Emily. Der Gedanke an sie machte sein Herz unendlich schwer. Wo war sie? Was war mit ihr geschehen? Er erinnerte sich, sie vor einer Trennung, und sei sie noch so kurz, gewarnt zu haben. Der verstörte Blick, mit dem sie darauf reagiert hatte, ließ ihn auch jetzt wieder erschauern. Hatte sie ihn und die Dringlichkeit seiner Warnung verstanden? Hatte sie überlebt?

Er tastete nach seinen Sachen. Wasserschlauch, Dolch, Hemd und Umhang fehlten. Mit Schrecken fiel ihm ein, dass sein Bündel unter der Pritsche lag, und ihm wurde erst jetzt klar, was es mit den Blutflecken auf sich haben mochte. Emily und er hatten sich auf diesem Umhang geliebt, und das Blut war wohl von ihr, ein Zeichen ihrer Jungfräulichkeit, verloren im Vollzug dessen, was ihm wie eine Hochzeit vorgekommen war.

Verzweifelt durchsuchte er seine Taschen und fand immerhin den Beutel, von seinen Habseligkeiten der einzige Teil, den er nicht im Schuppen zurückgelassen hatte.

Mit zitternden Fingern zog er die Kordel auseinander und öffnete den Beutel. Ein Lächeln streifte seine Mundwinkel, als er einen winzigen Gegenstand darin erfühlte. Behutsam holte er ihn hervor: den Knopf, den sie ihm in der Nacht zuvor geschenkt hatte und der Beweis dafür, dass seine Erinnerungen nicht halluziniert waren.

Tiefe Traurigkeit überkam ihn. Er dachte an den Umhang und seine übrigen Sachen, an den Schuppen, den Bauernhof, die zu Asche verbrannt und im Meer auf der anderen Seite der Welt, wo die Insel begraben lag, für immer verloren gegangen waren. Der Gedanke, dass auch ihre Asche im Ozean trieb, war ihm unerträglich. Er spürte, dass er dem Wahnsinn damit schließlich doch sehr nahe kam.

Ach, Emily hatte bestimmt überlebt und die Anführer der cymrischen Flüchtlinge aufgesucht, deren Namen er ihr auf dem Hügel über den Feldern genannt hatte. Sie war bestimmt an Bord eines der großen Schiffe gegangen. Ihm wurde wieder etwas wohler ums Herz bei dem Gedanken, dass ihr so immerhin vergönnt gewesen war, übers Meer zu fahren, nach dem sie sich so sehr gesehnt hatte.

All die anderen schrecklichen Möglichkeiten – dass sie dem Krieg zum Opfer gefallen oder vor dem Aufbruch der Cymrer gestorben war, dass sie eines jener Schiffe gewählt hatte, die mit Mann und Maus untergegangen waren, dass sie angekommen war, aber nicht mehr lange gelebt hatte – all diese schrecklichen Gedanken verdrängte er an den Rand seiner Erinnerungen und nahm sich vor, nicht mehr daran zu rühren. Es galt jetzt für ihn, nach Hause zurückzukehren und mit seinem Vater zu reden. Der wüsste Rat und könnte ihm helfen, Emily ausfindig zu machen.

Gwydion drehte sich um und machte sich auf den Weg. Der Tag hatte seinen Glanz verloren. Dunkel drohende Wolken zogen auf.

Kaum hatte er fünf Schritte getan, überwältigte ihn der Schmerz über seinen Verlust so sehr, dass er zu Boden stürzte. Wie am Vortag lag er bäuchlings auf der Straße, und es entfuhr ihm ein grauenvoller Schrei, der alles Wild im weiten Umkreis vergrämte. Dann hob er den Kopf über den Straßenstaub und weinte.

Am Morgen ihres Geburtstags nahm Emily das Angebot, von ihren tagtäglichen Pflichten absehen zu dürfen, dankbar an und blieb bis gut nach Sonnenaufgang im Bett. Sie träumte tief und intensiv und befand sich gerade inmitten einer besonders ergreifenden Traumszene, als sie einen schrillen, herzzerreißenden Schrei hörte – oder besser: fühlte.

Neiiiiiiiiiin!

Sie schreckte auf, fuhr jählings in die Höhe und begann zu zittern. Sonnenlicht flutete durch die Vorhänge, die Vögel sangen. Ein wunderschöner Tag war angebrochen. Emily fuhr mit den Händen über die Arme, um das Gefühl der Angst abzustreifen, das sich wie frostiger Reif auf sie gelegt hatte.

Aber dann erinnerte sie sich an Sam und die vergangene Nacht, und der Schrecken war vergessen. Sie sprang aus dem Bett, trällerte und tanzte in ihrem weißen Nachthemd durch die Kammer und rechnete sich aus, wie lange sie noch warten musste, bis sie ihn wieder sehen würde.

Der Tag zog sich hin. Um sich zu beschäftigen, half Emily der Mutter bei der Zubereitung des Abendessens. Von Sam und sich berichtete sie nur, was sie mitzuteilen bereit war. Je näher der Abend rückte, desto übermütiger wurde sie, bis ihr Vater meinte, dass man mit ihr und ihrem Strahlen bald die Zufahrt beleuchten könnte.

Zur verabredeten Zeit stand Emily in ihrer besten weißen Bluse und einem rosafarbenen Rock am Fenster und wartete. Zur Essenszeit war er immer noch nicht da. Das so aufwändig zubereitete Mahl war längst kalt geworden, als die Mutter sie schließlich sanft vom Fenster wegzog und an den Tisch führte. Es war ein trauriges Geburtstagsessen, bei dem kaum ein Wort gesprochen wurde. Emilys Blick vereitelte jeden Versuch einer heiteren Unterhaltung.

Nach dem Essen machten ihr die Eltern und Brüder Geschenke, die sie lächelnd entgegennahm und für die sie sich betont dankbar zeigte, obwohl ihr gar nicht danach zumute war. Als es Nacht wurde, kehrte sie ans Fenster zurück, fest überzeugt davon, dass er doch noch kommen würde.

Es war schon weit nach Mitternacht, als der Vater sie beim Arm nahm und aufforderte, ins Bett zu gehen. Sie nickte bloß und machte sich auf den Weg nach oben. Auf der Treppe drehte sie sich um und vergaß angesichts der traurig dreinblickenden Eltern für einen Moment den eigenen Kummer. Sie wusste, wie sehr sie mitfühlten, und konnte nicht ertragen, dass sie ihretwegen litten.

Sie setzte das hellste Lächeln auf, das ihr gelingen wollte, und sagte mit möglichst fester Stimme: »Macht euch keine Sorgen. In der Lotterie gibt's noch jede Menge anderer Jungen, in die ich mich verlieben kann.«

Die Eltern atmeten erleichtert auf, und der sorgenvolle Ausdruck verschwand von ihren Gesichtern. »Recht so, mein Schatz«, sagte die Mutter. »Genau so ist es.«

Emily warf ihnen eine Kusshand zu und ging in ihre Kammer, wo sie ungehört ihren Gedanken zu Ende führte:

»Aber dazu wird es nicht kommen.«

Nach Jahren vergeblicher Suche traf Emily auf MacQuieth, einen jener Männer, die ihr Liebster damals genannt hatte. Es war Zufall, dass er ihr in einer riesig großen Stadt über den Weg lief, und weil er ein allseits hoch gerühmter Krieger war, sie dagegen aber eine völlig Unbekannte, musste sie all ihren Mut aufbringen, um ihn auf den Jungen hin anzusprechen. MacQuieth reagierte anfangs ziemlich barsch, doch als er das flehentliche Hoffen in ihren Augen sah, wurde er freundlicher.

»Tut mir Leid«, sagte er, und es dauerte ihn, wie gespannt das Mädchen seine Worte aufnahm. »Aber ich kenne niemanden, der auf deine Beschreibung passt oder den genannten Namen trägt.« Und der ansonsten so unerschütterliche Krieger war sichtlich betroffen, als er sie mit hängenden Schultern davonziehen und in der Anonymität der Menge verschwinden sah. MacQuieth war zwar kein Hellseher, ahnte aber dennoch, dass er einer Menschenseele nachblickte, die, von allem Lebensmut verlassen, in der Masse ihresgleichen ein schrecklich tristes Dasein fristete und nur noch die Tage bis zu ihrem Tode zählte.

Gwydion wartete so geduldig, wie er nur konnte, auf die Antwort der Seherin, konnte aber seine Sorge und Verzweiflung nicht verhehlen. Dass die Seherin seine Großmutter war, tröstete ihn nur wenig.

Anwyn musterte sein Gesicht, und ihre blauen Augen, die in ihrer Farbe noch intensiver waren als die von Gwydion, verrieten schiere Neugier. Es drängte sie zu erfahren, was den Enkel so nachhaltig aus der Gemütsruhe gebracht hatte, die doch ein angeborenes Charaktermerkmal der ganzen Familie war. Ihre seherischen Fähigkeiten beschränkten sich zwar fast ausschließlich auf Vergangenes, doch reichte ihr Gespür für die Zukunft aus, um zu wissen, dass Gwydion, wie es sich als Spross dieser Familie gehörte, eines Tages ein mächtiger Mann sein würde, ja, dass er noch mehr Potential besaß als alle anderen Familienmitglieder und darum die Dynastie wieder an die Spitze des Landes zurückführen konnte. Umso wichtiger erschien es ihr, ihn unter Kontrolle zu halten.

Meine Seelengefährtin, hatte er mit brüchiger Stimme beteuert. *Dessen bin ich mir sicher, Großmutter. Bitte.* Die Tränen in seinen Augen stammten ganz offenbar aus einer tief in seinem Innern aufgebrochenen Quelle; das Augenklar war anscheinend längst verbraucht gewesen, als er sich dazu durchgerungen hatte, sie um Aufklärung zu bitten. Für Anwyn stand fest, dass er davon Gebrauch gemacht hatte, obwohl nunmehr keinerlei Rückstände davon zu entdecken waren.

Fragte sich nur, wer ihm dazu verholfen hatte. Die Formel für dieses Elixier lag irgendwo auf dem Meeresgrund, war sie doch vor tausend Jahren mit Serendair untergegangen. Obwohl die Großmutter zumindest eine Teilantwort auf seine Frage wusste, blieb ihrem seherischen Blick das meiste von dem, was Gwydion geschildert hatte, verschlossen – so zum Beispiel das Brennen in den Augen und vor allem die Zeitreise. Anwyn schüttelte diesen verstörenden Gedanken ab und konzentrierte sich wieder auf den Enkel, der zitternd und zagend vor ihr saß.

Er hatte viel riskiert, um sie zu sehen, und dem schneidenden Sturm getrotzt, der um die Felsmauern ihrer höhlenartigen Festung hoch oben zwischen den entlegensten Zacken der düsteren Nordberge fegte. Von der Kletterei über eiskaltes Gestein waren seine Hände ganz aufgeschürft, und es klebte immer noch Blut daran. Sie zu sprechen bedeutete ihm offenbar sehr viel, und obwohl er schrecklich niedergeschlagen war, freute sie sich über seinen Besuch, hatte sie in letzter Zeit doch sehr wenig Gesellschaft gehabt.

Sie dachte über seine Frage nach, und ein entrückter Ausdruck trat in ihr Gesicht, als ihr bewusst wurde, welche Folgen ihre Antwort nach sich ziehen würde. Den Jungen einzuweihen verlangte jetzt viel Taktgefühl und Rücksichtnahme. Sie nahm ihn bei den Händen und wickelte ein weiches Tuch um die geschundenen Finger. Ihr Lächeln wirkte traurig, als sie zu sprechen anfing.

»Sie ist nicht angekommen. Es tut mir Leid, mein Junge. Sie ist weder hier noch in Manosse an Land gegangen. Wenn sie als Lirin unseren Kontinent betreten hätte, würde das von den hiesigen Sternen bezeugt werden, was aber nicht der Fall ist. Woanders kann sie auch nicht gelandet sein, denn sie gehörte nicht zu denjenigen, die mit den Schiffen ablegten, ehe die Insel unterging.«

»Bist du sicher? Das kann einfach nicht sein. Bitte, Großmutter, sieh noch einmal genauer hin. Ist es nicht vielmehr doch so, dass sie zu denen zählte, die mit der Zweiten Flotte vom Kurs abgewichen sind?«

Anwyn unterdrückte ein Schmunzeln und kehrte an ihren Altar zurück, auf dem das trübe Sehglas lag. Es war das zweitälteste Artefakt im ganzen Land und eben jenes Instrument, mit dem ihr Vater das Land entdeckt hatte, in dem sie nun zu Hause waren. Sie nahm es zur Hand und spürte seine Kraft, die sich als Wärme bemerkbar machte. Dann trat sie vor das große Fenster, das dem tausend Meilen entfernten Meer zugewandt war, und setzte das Glas an die Augen. Es dauerte lange, ehe sie das

Sehglas wieder senkte und sich dem Enkel zuwandte, der vor Ungeduld nicht ein noch aus wusste.

»Mein Junge, ich muss dich enttäuschen. Unter denen, die auf den Schiffen hatten fliehen können, bevor die Insel unterging, war keine, die deiner Beschreibung entspricht. Sie hat es nicht geschafft. Sie ist nicht angekommen.«

Anwyn musste mit ansehen, wie der Junge nach dieser Antwort vor Kummer zu Boden ging und hemmungslos zu schluchzen anfing. Sie wandte sich dem Altar zu und legte leise lächelnd das Glas zurück.

»So, wie wär's jetzt mit einem Happen zu Mittag?«

ERSTER SATZ

I

1146, Drittes Zeitalter

Er bewegte sich wie der Schatten einer vorüberziehenden Wolke, unbemerkt und unerkannt; sogar der Wind blies über ihn hinweg, als gäbe es ihn nicht. Er stieg die Anhöhe hinauf und schaute über die Felder. Vom Wind abgesehen, war da nichts, was die Ruhe gestört hätte.

Als es dunkel wurde, stand der Bruder vom Boden auf. Er drehte sich um, warf einen Blick über die Schulter und nickte. Dann spähte er wieder in die Ferne.

Kurz darauf gesellte sich ein kolossaler Schatten zu ihm oben auf der Hügelkuppe. Im Dämmerlicht der untergehenden Sonne sah der Riese wegen seiner Waffen, die über die Schultern ragten, wie ein monströser Krebs mit gepanzerten Scheren aus. Der Sergeant folgte dem Blick des Bruders und fragte: »Wie viel Zeit ham wir noch?«

Die Gestalt in Schwarz ließ mit einer Antwort auf sich warten; sie hatte den Kopf geneigt, als lauschte sie einem in einiger Entfernung geführten Gespräch. »Wir haben gut eine Viertelstunde Vorsprung. Darüber mache ich mir die geringsten Sorgen.«

»Verstehe.« Der schwer bewaffnete Riese seufzte. »Wir schaffen's nich, stimmt's?«

Der Bruder ließ den Horizont nicht aus den Augen. »Wahrscheinlich nicht.« Nach einer Weile wandte er sich dem sieben Fuß langen Gefährten zu. »Du hättest noch eine Chance. Aber nur dann, wenn du dich jetzt gleich aus dem Staub machst.«

»Kommt gar nich in Frage«, entgegnete der Riese mit breitem Grinsen. »Ich werd doch jetzt nicht mehr kehrtmachen. Und außerdem würden sie mich über kurz oder lang sowieso einholen. Ich würd lieber hier bei dir bleiben, wenn's recht ist.«

Der Bruder nickte und richtete den Blick wieder auf den Horizont. »Na schön. Sehen wir zu, dass uns die Jäger nicht erwischen.« Mit einer schwungvollen Schulterbewegung ließ er die Armbrust, die er auf dem Rücken trug, nach vorn pendeln, nahm sie zur Hand und setzte sich hügelabwärts in Bewegung.

»Zu Befehl«, sagte der Riese zu dem Wind, dem Einzigen, der mit ihm auf der Kuppe zurückgeblieben war.

Der Einbruch der Dunkelheit kam auf weniger leisen Sohlen als der Bruder, dessen Schritte nicht einmal von den kleinen Tieren des Feldes wahrgenommen wurden. Und zu sehen war er ebenso wenig. Mit seinen schwarzen Waffen und dem schwarzen Umhang ging er restlos in der Dunkelheit auf. Er gab kein Geräusch von sich, hinterließ keine Spuren. Nur wer außergewöhnlich scharfe Augen hatte, vermochte ihn im Dunkeln auszumachen. Und das wäre für den Betreffenden wahrlich kein Vorteil gewesen, denn er hätte gewiss zumindest einen Herzschlag lang gezögert und dem Bruder damit ausreichend Zeit gelassen, den Zeugen auf immer zum Verstummen zu bringen.

Der Bruder schlüpfte durch böige Windstöße und vermied es so gut er konnte, die Schwingungen der Welt zu stören, die außer ihm nur ganz wenige wahrzunehmen vermochten. Er hatte es mit Gegnern zu tun, die sehr ernst zu nehmen waren; seine ehemaligen Herren scheuten keine Kosten, ihn zur Strecke zur bringen. Damit hatte der Bruder gerechnet.

Er ging auf ein Knie nieder und legte die Waffe an. Unter seinen Masken machte sich ein düsteres Grinsen breit. Seine Ziele waren in Reichweite.

Noch konnte er sie nicht erkennen, aber das brauchte er auch nicht. Er spürte ihre Schritte und das Schlagen ihrer Herzen. Wie eine Muräne im Meer konnte er ihr Blut riechen und nahm jede ihrer Bewegungen wahr. Dass er mit so scharfen Sinnen ausgestattet war, verdankte er seinem dhrakischen Einschlag; dabei hatte er ein noch feineres Gespür als reinrassige Dhrakier. Er war der Bruder. Das war seine besondere Gabe.

Er schloss die Augen und gewahrte die Bewegungen in der

Luft, den Wechsel der Windrichtung, die Strömungen, die seine Geschosse würden ablenken können. Dann atmete er langsam aus und drückte den Abzug seiner Waffe.

Von der Armbrust mit ihren drei Fuß langen Wurfarmen flogen nicht etwa Bolzen oder Pfeil, sondern drei hauchdünne Metallplättchen, ein jedes in Form und Größe einem Ahornblatt ähnlich. Sie zischten durch die Luft und änderten, vom Wind abgelenkt, ein wenig die Richtung, was der Schütze jedoch einkalkuliert hatte. Noch bevor die Geschosse ihr Ziel erreichten, hatte der Bruder seine Waffe neu geladen und abgedrückt, wieder und wieder, sodass ein dichter Schwarm von Projektilen auf seine vierhundert Schritt entfernten Widersacher zu schwirrte.

Der Bruder war schon auf und davon, als die ersten drei Geschosse einschlugen, ins linke Auge des ersten Opfers eindrangen, an der Schädelbasis wieder austraten und dem Hintermann die Gurgel zerschnitten. So starben noch vier weitere Jäger, ohne dass ihnen ihr Ende gewärtig wurde.

Nur der Kommandant hatte noch Zeit, den Kopf zu heben und seinem Tod entgegenzublicken. Inzwischen war der Bruder längst wieder zurück auf seinen Lauschposten geeilt, die Anhöhe, wo er kurz verharrte und einen Blick zurückwarf.

»Der Kommandant war schnell«, sagte er, an den Riesen gewandt.

»Aber nich schnell genug, oder?«

»Diesmal nicht.«

Auf seiner nächtlichen Patrouille rings um das Lager hatte sich der Bruder davon überzeugt, dass niemand in der Nähe war, dem das Feuer hätte auffallen können. Trotzdem stellte Grunthor, der Bolg-Riese, drei Bleche auf, um das Licht nach außen hin abzuschirmen. Dass sie noch lebten, war auch solchen außergewöhnlichen Vorsichtsmaßnahmen zu verdanken.

Der Bolg blickte fragend auf den schweren Sack, in dem ihr Proviant steckte. Der Bruder nickte. Grunthor setzte sich vors Feuer, öffnete den Sack und zog die Keule einer Hirschkuh daraus hervor, die sie zwei Tage zuvor erlegt hatten.

Der lange Schenkelknochen diente ihm als Spieß, den er auf

die Bleche legte und drehte, um das Fleisch über den Flammen zu wenden. Die beiden saßen schweigend davor und sahen zu, wie die Keule allmählich schwarz wurde und verkohlte. Der Bruder lauschte aufmerksam in den Wind. Grunthor achtete nicht auf ihn; er kannte die Routine. Wenn Gefahr drohte, würde er schon rechtzeitig alarmiert werden.

Nach einer Weile nahm der Bolg die Keule vom Feuer, rupfte mit der Hand ein Stück Fleisch ab und gab es an den Gefährten weiter; den Rest behielt er für sich. Der Bruder sah zu, wie Grunthor mit den Zähnen das Fleisch vom Knochen nagte, und schnitt sich dann von seinem Stück einen mundgerechten Happen mit dem Dolch ab. Das Fleisch schmeckte faulig und ein bisschen wie Fisch.

»Schon ziemlich vergammelt.«

Der Riese nickte. »Tja, vielleicht sollten wir unsere Trockenration anbrechen.«

»Nein, die brauchen wir noch für den Marsch entlang der Wurzel.«

»Verstehe, aber mehr ham wir nich.«

»Und was ist mit dem Kaninchen?«

»Ham wir gestern verputzt.«

Der Bruder legte das angebissene Fleischstück aus der Hand. »Dann werde ich morgen auf die Jagd gehen.«

Wieder kehrte die gewohnte Stille ein. Wenig später streckte sich Grunthor am Feuer aus. Es dauerte nicht lange, und der Riese war eingeschlafen. Der Bruder ließ seine Gedanken schweifen und verlor sich in der Erinnerung an die Umstände, durch die sie zu diesem Zeitpunkt an diesen Ort gelangt waren.

Er erinnerte sich an den Gang durch die verschlingende Schwärze der Tiefen Kammer des F'dor. Auf dem Boden aus Obsidian hallten seine Schritte überaus laut wider, so leise er sie auch zu setzen versuchte.

Die Wände der Kammer standen so weit auseinander, dass ihre schwarzgläsernen, mit obszönen Motiven verzierten Flächen selbst bei Licht kaum auszumachen gewesen wären. Das schwarze Feuer, das in Kohlenpfannen brannte, reichte zur Beleuchtung der Höhlenkapelle bei weitem nicht aus; es war nur als ein schimmernder Kreis zu erkennen, auf den der dhrakische Meuchelmörder zusteuerte.

In diesem Kreis stand eine männliche Gestalt im purpurroten Ornat eines Dämonenpriesters. Der Mann, einst Mensch, nun aber menschlicher Wirt eines dämonischen Geistes, hatte ihn, den Bruder, gerufen.

Freiwillig hätte er sich nie von einem solchen Kunden verdingen lassen. Der Bruder biss die Zähne aufeinander und unterdrückte seinen Widerwillen gegen diesen Ort und dieses Wesen, dem er sich näherte – einen Widerwillen, der sein Blut zum Kochen brachte. Sein Hass gegen alles F'dorische, der ihm als Dhrakier angeboren war, begehrte gegen diesen Ort auf, den die Erzfeinde seines Volkes zu ihrem Zuhause gemacht hatten.

Beide Einflüsse seines Erbgutes – die scharfen Sinne seiner dhrakischen Mutter und die von seinem unbekannten Bolg-Vater übernommene Tiefgründigkeit – wehrten sich instinktiv gegen die Schändung dieses einstmals heiligen Ortes. Aber den stärksten Abscheu empfand er dem Dämonen gegenüber, der in der entmenschlichten Gestalt hauste, die da vor ihm stand. Es war der Herr der Tausend Augen. Der F'dor. Tsoltan. Sein Gebieter.

Als er in den Feuerkreis trat, hörte er eine sanfte, honigsüße Stimme sprechen.

»Ich habe einen Auftrag für dich.«

Mit starrem Blick aus rot umränderten Augen suchte der Priester nach Reaktionen im Gesicht des Bruders. Die hochempfindlichen Nerven des Dhrakiers gerieten in Aufruhr wegen dieser Aufdringlichkeit, die nicht weniger grob war als die Fleischbeschau eines Metzgers. Der Bruder antwortete nicht. Er versuchte alles, um möglichst wenig von der Luft einatmen zu müssen, die sein Gegenüber verpestete.

»Deine Hand«, sagte der Dämonenpriester.

Der Bruder öffnete die linke Faust und kehrte die Handfläche nach oben.

Der F'dor kicherte. »Deine Widerborstigkeit amüsiert mich nach wie vor«, sagte er. »Aber mittlerweile hast du ja wohl begriffen, dass ich dir deinen wahren Namen auf keinen Fall zurückgeben werde. Auf deine Dienste will ich nämlich nie mehr verzichten müssen. Für kein Geld der Welt würde ich dich entbinden; ich würde dir nicht einmal verraten, wie ich an deinen Namen gekommen bin.«

Unmittelbar vor dem Bruder wucherte eine Ranke aus dem gläsernen Boden. Auch sie schien aus vulkanischem Glas zu bestehen und war voll schwarzer Dornen. Ganz oben an der Ranke hing ein Schlüssel.

»Nimm.«

Ohne zu zögern, pflückte der Bruder den Schlüssel ab, worauf die Ranke zersplitterte wie der Stil eines spröden Weinglases.

Er hob den Schlüssel vor die Augen, die dank seiner bolgschen Natur nachtsichtig waren, und schmunzelte in sich hinein, als er gewahrte, dass das ehemals menschliche Herz des Dämonenpriesters schneller zu klopfen begann und damit unwillkürlich auf seinen – des Bruders – Widerstand reagierte. Der Schlüssel selbst war nichts Besonderes, außer dass er aus schwarzer Knochensubstanz bestand und wie eine Rippe gebogen war.

»Du gehst mit diesem Schlüssel zum Ausgang der Landbrücke vor den Nördlichen Inseln. Im Fundament dieser Brücke ist ein Tor, wie du so noch keines gesehen, geschweige denn passiert hast. Die Erdkruste dort ist sehr dünn, was dir ein paar Unannehmlichkeiten einbringen könnte. Wie auch immer, wenn du das Tor passiert hast, wirst du dich in einer weiten Wüste wiederfinden.

Du wirst wissen, welche Richtung einzuschlagen ist, und bald einem alten Freund von mir begegnen. Den sollst du später durch das Tor auf unsere Seite führen. Vorläufig musst du dich nur über einen Termin mit ihm verständigen. Der sollte allerdings möglichst bald angesetzt werden. Wenn das geschehen ist, kommst du hierher zurück, und ich werde dich auf deinen Dienst als Führer meines Freundes vorbereiten. Ist das klar?«

»Ja.«

»Du wirst mir mitteilen, was ihr vereinbart habt. Vielleicht gibt er dir auch eine Nachricht für mich mit.«

»Ich bin kein Botenjunge.«

»Wie Recht du hast. Du bist noch viel geringer.« Im Talisman, der um den Hals des Dämons hing, spiegelte sich schwach funkelnd das Licht einer fernen Kohlenpfanne. Das Amulett bestand aus einem goldenen Flammenkreis und einer Spirale roter Steine, aus deren Mittelpunkt ein eingraviertes Auge starrte, ähnlich stechend wie der Blick des Schwarzen Priesters.

Der F'dor rückte einen Schritt näher, und der Bruder verzog angewidert das Gesicht, als ihm der Gestank von verbranntem Fleisch in die Nase stieg, den der Dämon mit der verbrauchten Atemluft verströmte. All seine Artgenossen rochen so, aber der Meister des Bruders stank besonders übel aus dem Mund.

»Ich will, dass die Sache schnell über die Bühne geht. Sie ist von entscheidender, weit reichender Bedeutung. Im Vergleich dazu ist alles, was du für besonders wichtig erachtest, von lachhafter Belanglosigkeit. Ich bin dein wahrer Herr und Gebieter, und du wirst mir dienen, freiwillig oder gezwungenermaßen.«

Und in der Tat, er hatte den Befehl des Dämonenpriesters ausgeführt.

Unter Gewissensbissen litt der Bruder nicht, auch scheute er nicht vor dem Bösen zurück, aber was er in der Ödnis jenseits des Horizonts hatte erfahren müssen, spottete jeder noch so schrecklichen Beschreibung. In Anbetracht der verheerenden Katastrophe, die der ganzen Welt drohte, hatte er sich zum ersten Mal in seinem Leben für eine Flucht entschieden und Reißaus genommen, selbst auf die Gefahr hin, dass er ewig dafür würde büßen müssen. Eine andere Möglichkeit gab es für ihn nicht.

Der Bruder merkte auf, als eine Bewegung in der Ferne seine Sinne in Alarmbereitschaft versetzte. Schnell steckte er den Schlüssel, der schimmernd in seiner Hand lag, zurück in die Tasche, wo er ihn stets trug.

Er spähte in die Richtung, aus der die Luftschwingung stammte, und nahm Witterung von einem Wolfsrudel auf, das anscheinend auf Beute aus war. Eine störende Schwingung wies darauf hin, dass es sich nicht um gewöhnliche Wölfe handelte, die sich da näherten, sondern um Tiere, die dem F'dor als frei bewegliche Augen dienten.

Ein leiser Schnalzlaut reichte, um den Riesen aufzuwecken.

Sofort hellwach, langte der spontan nach seinem Waffengurt und blickte zu dem Gefährten auf.

Mit ein paar Handzeichen gab ihm der Bruder zu verstehen: *sechs Wölfe, drei auf jeder Flanke.* Grunthor nickte und griff nach dem großen Bogen. Gleichzeitig legte er mit der anderen Hand einen metallenen Deckel aufs Feuer und erstickte es, ohne Rauch entweichen zu lassen. Der Bruder hatte sich selbst schon mit seiner absonderlichen Waffe, der Cwellan, zum Kampf gerüstet. Gespannt warteten die beiden.

Den Kopf zur Seite geneigt, lauschte der Dhrakier den Tieren, die, ohne von ihrer Richtung abzuweichen, in weitem Abstand vorbeiliefen und am Horizont verschwanden. Sie hatten das in der kleinen Senke versteckte Lager nicht bemerkt. Als die Gefahr endgültig vorüber war, holte der Bruder tief Luft und ließ sie langsam entweichen. Grunthor tat es ihm gleich.

»Sie kommen näher«, sagte der Bruder.

»Was kaum verwundern kann, oder? Wir ham den Schlüssel, und das können sie wahrscheinlich irgendwie spüren.«

»Ja. Wir sollten möglichst schnell eine Stadt aufsuchen und in der Menge untertauchen.«

»Prächtig, wo du dich doch so gern in Städten aufhältst.«

Als es in den frühen Morgenstunden zu regnen anfing, räumten sie ihr Lager und machten sich auf den Weg nach Ostend, während sich in ihrem Rücken ein Gewitter zusammenbraute.

2

»Noch etwas Suppe, Herzchen?«

»Nein danke, Barney.« Die junge Frau hob den Kopf und lächelte dem Wirt zu. »Obwohl sie sehr lecker ist.« Sie widmete sich wieder den Pergamentseiten, die neben verschiedenen seltsamen Gegenständen vor ihr auf dem Tisch lagen, kritzelte eifrig mit einer Schreibfeder und summte dabei vor sich hin.

Barney seufzte; er brachte die Suppenterrine zurück zum Tresen und genoss das prickelnde Gefühl, das sich einstellte, sooft er von ihr mit diesem Lächeln bedacht wurde. Dann blickte er sich nervös um, aus Sorge, Dee könnte sein dämliches Grinsen gesehen haben. Auch Dee war in sie vernarrt, traute sich aber nicht, ihr einen Antrag zu machen.

Unter dem Vorwand, die Bierflecken vom Tresen zu wischen, warf er ihr wieder heimliche Blicke zu. Sie streifte sich gerade eine Strähne ihrer goldblonden Haare aus dem Gesicht und fuhr dann gedankenverloren mit der Hand über ein schlichtes goldenes Medaillon, das an einer zierlichen Kette um ihren Hals hing.

Sie schrieb schon eine Weile, und das sehr konzentriert und schnell. Ab und an hielt sie inne, um einen der kleinen, auf dem Tisch verstreuten Gegenstände zu betrachten oder um in die Saiten der Hirtenharfe zu greifen, die auf ihrem Schoß lag. Dass sie vor Erregung geradezu glühte, entging auch den übrigen Gästen nicht, die sich darüber lauthals lustig machten. Sonst war es im *Federhut* um die Mittagszeit recht still; heute aber herrschte hier eine ausgelassene Stimmung wie am Abend vor einem Feiertag. *Kein Wunder, dass Dee in sie verknallt ist*, dachte Barney und kicherte in sich hinein. *Sie ist gut fürs Geschäft.*

Bei all dem Trubel und Klirren der Humpen nahm kaum einer Notiz von dem Fremden, der zur Tür hereinkam. Er bahnte sich ungeduldig suchend den Weg durch die Menge, bis er schließlich an ihren Tisch kam. Dort baute er sich vor ihr auf und wartete darauf, dass sie ihn anschaute. Doch sie beachtete ihn gar nicht, sondern schrieb zügig weiter und unterbrach sich nur, wenn ein Fehler zu korrigieren war.

Schließlich platzte es aus ihm heraus: »Du bist Rhapsody.«

Sie blickte immer noch nicht auf. Stattdessen ordnete sie den Stoß Blätter und legte sich eine neue Seite zurecht.

»Und?«

Ohne ihn eines Blickes zu würdigen, sagte sie: »Vielen Dank für die freundliche Erinnerung.« Und nach einer kurzen Pause fuhr sie fort: »Sie entschuldigen, doch ich bin beschäftigt.«

Der Mann hatte sichtlich mit sich zu kämpfen, um seinen Ärger über ihren herablassenden Tonfall im Zaum zu halten, was ihm jedoch schon deshalb geboten erschien, weil inzwischen die Gäste auf ihn aufmerksam geworden waren. Er senkte die Stimme und sagte: »Ich komme in Vertretung eines vornehmen Freundes von dir.«

»Ach ja? Und wer ist das?«, fragte sie, ohne sich in ihrem Schreibfluss unterbrechen zu lassen.

»Michael, der Wind des Todes.«

Im *Federhut* wurde es schlagartig mucksmäuschenstill. Die junge Frau indes blieb ungerührt. »Wenn die Wörter *vornehm* und *Freund* hier dasselbe bedeuten wie in der Sprache, mit der ich aufgewachsen bin, so machen Sie einen recht nachlässigen Gebrauch davon«, entgegnete sie. »Was will er denn?«

»Deine Dienste, was sonst?«

»Ich bin nicht mehr im Geschäft.«

»Dein beruflicher Status ist ihm ziemlich egal.«

Erst jetzt legte sie die Schreibfeder ab und blickte zu dem Fremden auf. Ihre grünen Augen waren ohne jede Furcht und dermaßen stechend, dass er unwillkürlich einen Schritt zurückwich. »Nun, was er will, ist *mir* ziemlich egal«, antwortete sie ruhig. »Und jetzt entschuldigen Sie mich bitte. Ich bin, wie gesagt, sehr beschäftigt.« Sie wandte sich erneut ihrer Arbeit zu.

Es dauerte eine Weile, bis sich der Fremde wieder gefasst hatte. Und dann verfinsterten sich seine grauen Züge, worauf von den Gästen einer nach dem anderen nach draußen verschwand oder in einen geschützten Winkel auszuweichen versuchte. Er schlug mit der flachen Hand auf die Tischplatte und spreizte die Finger, um das Pergament zu zerknittern.

Doch ehe er dazu kam, steckte plötzlich zwischen Mittel- und Zeigefinger die Spitze ihres Dolches. Es fehlte nicht viel, und Blut wäre geflossen. So schnell und zielsicher hatte sie zugestochen, dass ihm nicht die geringste Zeit geblieben war zu reagieren.

Rhapsody blickte ein zweites Mal zu ihm auf.

»Ich war wohl, wie ich meine, höflich genug. Allerdings scheinen Sie nicht gut hören zu können. Wenn von meinen Aufzeichnungen hier auch nur ein Wörtchen verschmiert sein sollte, werden Sie in Zukunft nur noch bis sechs zählen können, und das auch nur, wenn Sie zu diesem Zweck die Hose herunterlassen ... Also gehen Sie jetzt bitte und lassen mich in Frieden.« Den Dolch in der Linken, tunkte sie die Feder ins Tintenfass und machte sich wieder an die Arbeit.

Der Fremde starrte sie an, zog dann vorsichtig die Hand vom Tisch zurück, drängte durch die Schar der verbliebenen Gäste dem Ausgang zu und warf die Tür krachend hinter sich ins Schloss. Kaum war er weg, kam Barney mit sorgenvoller Miene an Rhapsodys Tisch.

»Ja, Herzchen, weißt du denn nicht, für wen dieser Kerl arbeitet?«, fragte er und sah zu Dee hinüber, der damit anfing, das Geschirr von den überstürzt verlassenen Tischen abzuräumen.

Rhapsody schichtete die Blätter sorgfältig übereinander und rollte den Stoß zusammen. »Na klar, für Michael, den Luftverschwender. Der ist doch so lächerlich wie sein Name.«

»An deiner Stelle würde ich nicht so despektierlich reden, Herzchen. Er ist in letzter Zeit um einiges gefährlicher geworden und hat mittlerweile sehr viel mehr Ohren als früher.«

»Herrje, dabei sah er schon früher nicht besonders anziehend aus.« Rhapsody steckte die Pergamentrolle in ihren Tornister aus Ölhaut und sammelte die Gegenstände auf dem Tisch ein, bis nur noch eine verwelkte Schlüsselblume und ein Fetzen Pergament zurückblieben.

Dann steckte sie das verkorkte Tintenfässchen in die eingenähte Innentasche ihres Sacks, stülpte die sackleinene Schutzhülle über ihre Harfe und packte auch sie ein. Damit fertig, nahm sie wieder die Feder zur Hand und beschrieb den Fetzen Pergament, ganz langsam und sorgfältig diesmal.

»Übrigens, Barney, eigentlich hätte ich gern doch noch einen Löffel Suppe.«

Man war schon dabei, das Lager zu räumen, als Gammon den Außenposten jenseits des nordwestlichen Walls von Ostend erreichte. Am Tonfall, in dem Michael seine Kumpane und Kämpfer anherrschte, erkannte Gammon, dass der Zeitpunkt denkbar ungünstig war, ihm die schlechte Nachricht zu überbringen. Er konnte nur hoffen, dass Michael, launenhaft wie er in letzter Zeit war, seinen Auftrag an ihn vergessen hatte. Aber diese Hoffnung schwand schon mit dem ersten Blick, den Michael ihm zuwarf.

»Wo ist sie?«, wollte er wissen. Er stieß den Lakaien, den er soeben zusammengestaucht hatte, unwirsch beiseite und kam auf Gammon zu.

»Sie ist nicht mehr im Gewerbe, Sir.«

Michael sperrte die Augen weit auf, und Gammon sah darin seinen Kampf um Selbstbeherrschung toben. »Du hast sie wohl nicht auftreiben können, oder? Was soll ich davon halten?«

Nach kurzem Zögern antwortete Gammon: »Doch, ich habe sie gefunden, mein Herr. Aber sie hat sich geweigert mitzukommen.«

Michael blinzelte, und Gammon sah, wie sich die Augen seines Herrn verdüsterten, je ruhiger er nach außen hin wurde.

»Geweigert? Sie hat sich geweigert?«

»Ja, Sir.

Michael drehte sich um und richtete seinen Blick auf die Männer, die ihre Pferde aufzäumten und die Waffen zusammenpackten.

»Ich vermute, du hast mich und meinen Befehl nicht richtig verstanden, Gammon«, sagte er leise, als schwarzer, saurer Rauch von den gelöschten Lagerfeuern aufstieg und wie dreckige Wolle über dem Feld schwebte. »Du solltest die Metze nicht bitten, uns zu begleiten. Ich wollte, dass du sie herbringst.«

»Ja, mein Herr.«

»Dann geh zurück und tu, was ich dir gesagt habe. Himmel, sie reicht dir nicht einmal bis zur Schulter. Schleif sie an ihren hübschen Haaren herbei, wenn's sein muss. Hast du gesehen, wie schön golden es ist, Gammon?«

»Ja, Sir.«

»An dieses Haar habe ich oft denken müssen. Kannst du dir vorstellen, wie es sich anfühlt?«

»Ja, mein Herr.«

»Nein, das kannst du nicht«, entgegnete Michael mit kalter, gefühlloser Stimme. »Das kannst du nicht, weil der Sack zwischen deinen Beinen leer ist. Du hast sie doch nie gehabt, oder? Das würde einer wie du auch kaum überleben.

Aber ich, Gammon, ich hatte sie, und es war unvergleichlich. Sie ist eine halbe Lirin, und Lirinfrauen schmecken besonders süß. Wusstest du das, Gammon? Ach, was soll ich sagen? Ihr Haar macht nur einen kleinen Teil ihrer Anziehung aus. Deine Vorstellungskraft ist viel zu dürftig, als dass du dir ausmalen könntest, wie liebreizend sie ist.

Nun ja, falls du denn in meiner Gunst bleiben solltest, Gammon, will ich dir bei Gelegenheit eine Kostprobe von ihr gewähren, und sei es nur, dass du dein erbärmliches Leben wertschätzen lernst und dich in Zukunft besser vorsiehst. Verstehen wir uns? Was sagst du dazu, Gammon?«

Gammon kannte dieses Frage-Antwort-Spiel zur Genüge. »Ich werde sie sofort holen gehen, mein Herr.«

»Brav«, sagte Michael und wandte sich wieder ab.

Rhapsody hatte gerade zu Ende geschrieben und ließ die Tinte auf dem Pergament trocknen, als Gammon in den *Federhut* zurückkehrte. Das Gasthaus war inzwischen leer; nur Barney und Dee sahen mit Schrecken, wie er auf ihren Tisch zuging und breitbeinig davor stehen blieb. Wie zuvor schien Rhapsody ihn gar nicht zur Kenntnis zu nehmen und fuhr unbeirrt in ihrer Arbeit fort.

»Ich will, dass du jetzt mit mir kommst«, sagte Gammon.

»Heute nicht, tut mir Leid.«

»Es reicht«, knurrte Gammon. Er packte ihr goldenes Haar, das mit einer einfachen schwarzen Schleife zu einem Pferdeschwanz zusammengebunden war, und langte mit der anderen Hand nach seinem Kurzschwert.

Die Wirtsleute sahen ihn in der Mitte zusammenklappen, als Rhapsody ihm die Tischecke so wuchtig in den Unterleib rammte, dass er, rücklings an die Wand gedrückt, mit dem Gesicht auf der Tischplatte aufschlug und laut aufschrie vor Schmerzen. Blitzschnell trat Rhapsody ihm das Schwert aus der Hand, nahm es vom Boden auf und beugte sich weit über den Tisch, um ihm ins Ohr zu flüstern:

»Du bist ein ungehobelter Klotz. Geh und sag deinem Kommandanten, dass er gefälligst an sich selbst verrichten soll, was er mit mir zu tun gedachte. Verstanden?«

Gammon funkelte sie mit hasserfüllten Augen an, als sie ihm ihren Dolch an den Hals setzte und dann den Tisch abrückte, um ihn dahinter freizugeben.

Sie trieb ihn vor sich her zur Tür und sagte: »Noch eins. Ich werde selbst gleich gehen und diesen Ort verlassen. Du und deine Spießgesellen, die du sicherlich zusammentrommeln wirst, könnten also entweder hierher zurückkommen und die Wirtsleute belästigen oder mir nachzustellen versuchen. An eurer Stelle würde ich hier im Gasthaus keine Zeit verschwenden.« Sie warf sein Kurzschwert in den Dreck der Straße.

Gammon spuckte sie an, als er die Taverne zum zweiten Mal verließ.

»Ein wirklich ungehobelter Klotz«, wiederholte Rhapsody, an Barney und Dee gerichtet. Sie warf eine Hand voll Münzen auf den Tisch und nahm Dee zum Abschied in den Arm. »Ich gehe durch die Vordertür nach draußen. Bis zum Abend solltet ihr vielleicht lieber zusperren. Tut mir Leid, dass ich euch Schwierigkeiten gemacht habe.«

»Pass bloß auf dich auf«, sagte Dee und schluckte.

Rhapsody nahm ihren Umhang vom Haken beim Eingang, schulterte den Tornister und wandte sich der Tür zu. Bevor sie hinausging, steckte sie Barney das beschriebene Stück Pergament zu und schenkte ihm ein letztes Lächeln.

»Viel Glück, Barney«, sagte sie und gab ihm einen Kuss auf die Wange. »Wenn du jemals einem Troubadour begegnest, bitte ihn, dieses Lied für dich zu spielen.«

Barney blickte auf den Fetzen in seiner Hand. Darauf waren fünf waagerechte Linien gezogen und ein paar Noten eingetragen. »Was soll das sein, Herzchen?«

»Dein Name«, antwortete sie und ging.

Dee ging an den Tisch, sammelte das Geld ein, räumte das Suppengeschirr und die Schreibfeder ab. »Barney«, sagte er dann, »komm mal her und sieh dir das an.«

Auf dem Tisch lag eine Schlüsselblume, so frisch und duftend, als wäre sie gerade erst gepflückt worden.

Die Seitengassen von Ostend waren dunkel und kühl, eine angenehme Zuflucht vor der sengenden Sonne. Schweigend wanderten die beiden Männer über das Pflaster, unbemerkt von den Anliegern, die lärmend ihren Geschäften nachgingen. Dass einer wie Grunthor nicht zur Kenntnis genommen wurde, lag nicht zuletzt auch an der drückenden Hitze des Tages und den tiefen Schatten der Gassen. Für gewöhnlich brachte er allein mit seiner kolossalen Statur jedes Gespräch zum Stocken und allen Verkehr zum Erliegen, sobald er in eine Stadt kam, was jedoch selten der Fall war.

Der Bruder nahm die Bewegungen und Geräusche der Menge schon von weitem mit all seinen Sinnen wahr. Und sooft zu erwarten stand, dass eine größere Gruppe ihren Weg kreuzte, wichen die beiden aus, was zwar Zeit kostete, dafür aber ihre Chance erhöhte, unbemerkt zu bleiben.

Sie zogen nun durch einen verwaisten Bezirk, wo zwischen Dreck und Abfällen lediglich ein paar Zecher ausgestreckt danieder lagen und ihren Rausch ausschliefen. Die beiden eilten schnellen Schritts und ohne hinzusehen weiter.

Die nächste Seitengasse war, wie der Bruder spürte, leer; sie führte in den Südostteil der Stadt. In wenigen Schritten würden sie die Werft erreicht haben und in der Anonymität des Treibens dort verschwinden.

Der Bruder und Grunthor hatten sich schon bis auf fünfzig Schritt dem Ende der Gasse genähert, als ein Straßenmädchen um die Ecke gerannt kam, verfolgt von einer Hand voll polternder Büttel. Die beiden Männer mussten im Schatten eines Mauerwinkels in Deckung gehen.

Vor dem *Federhut* trat Rhapsody auf die Straße hinaus und sah sich um, gefasst darauf, den einen oder anderen Strolch aus Michaels Lumpenpack in der Nähe zu entdecken.

Das Gasthaus lag an der Königsstraße, einem der Hauptverkehrswege von Ostend. Auf der lärmenden Straße wimmelte es von Menschen und Fuhrwerken. Weil niemand zu sehen war, der zu seiner Bande gehörte, überquerte sie die Straße und umging die Pfützen, die das Gewitter der vergangenen Nacht zurückgelassen hatte.

Mitten auf der Straße traf sie auf Pilam, den Bäcker, der sich mit einem schwer beladenen und mit Sackleinen abgedeckten Handkarren abplagte. Wie ein Felsbrocken in der Strömung zwang er die Menge, auseinander zu gehen und einen Bogen um ihn zu schlagen. Sein Glatzkopf war rot vor Anstrengung und schweißnass, doch als er sie sah, ging ein Leuchten über sein Gesicht.

»Rhapsody! Wie geht's dir an diesem herrlichen Nachmittag?«

»Hallo, Pilam. Lass dir helfen.« Sie eilte herbei, packte mit beiden Händen zu und hievte den Karren aus der Furche, in der eines seiner Räder stecken geblieben war. Um ihn wieder in Bewegung zu bringen, schob Pilam allzu kräftig an, sodass ein Stapel Fladenbrote über den Rand kippte. Er fing eines davon auf und reichte es dem Mädchen, das ihn noch ein Stück Wegs begleitete.

»Nimm das hier, Liebes, als Dank für deine Hilfe.«

»Das ist nett von dir. Vielen Dank«, sagte Rhapsody und schenkte ihm ein Lächeln, das ihm die Knie weich werden ließ.

Sie packte das Brot in ihre Tasche und sah sich wieder um.

Dass sie mit ihren goldenen Haaren in der Menge auffiel, kam ihr zupass, denn je mehr Zeugen sie vom *Federhut* weggehen sahen, desto weniger musste sie sich um Barney und Dee Sorgen machen.

Vor der nächsten Querstraße angelangt, fiel ihr Blick auf eine vertraute Gestalt, die sich intensiv mit einem Stadtbüttel zu unterhalten schien. Schnell zog sie die Kapuze über den Kopf und ging hinter einer Reihe Fässer in Deckung, die vor dem Geschäft eines Bogenmachers standen. Von ihrem Versteck aus konnte sie beobachten, wie sich ein zweiter Büttel in die Unterhaltung einschaltete. Nach einer Weile gingen alle drei schnellen Schritts die Straße entlang, Richtung *Federhut*.

Rhapsody kamen erste Bedenken, als sich die Männer auf das Gasthaus zu bewegten und unterwegs einzelne Passanten aufhielten und befragten. Die ersten drei oder vier schienen keine Auskunft geben zu können, aber dann gerieten sie an eine Frau, die auf ihre Fragen eifrig nickte und auf die Straße zeigte, ungefähr dorthin, wo Rhapsody sich versteckt hielt. Es erleichterte sie, dass die Männer vor dem *Federhut* kehrtmachten und nun in ihre Richtung liefen. Sie zog die Kapuze tief ins Gesicht und bog in die Querstraße ein.

Mit der Königsstraße verließ sie das Geschäftsviertel und gelangte in ein Wohngebiet mit engen Gassen. Rhapsody kannte sich hier sehr gut aus; es boten sich ihr jede Menge Versteckmöglichkeiten. Sie hatte schon fast das Ende der ersten Häuserzeile erreicht, als aus dem Hintergrund Geschrei ertönte.

Sie fuhr herum und sah ein Dutzend Wachmänner und Büttel mit langen Schritten und gezückten Waffen hinter sich herlaufen. Rhapsody staunte nicht schlecht darüber, dass jetzt auch Wachen der Stadt zu Michaels Befehlsempfängern zählten. Jedenfalls war dies noch nicht der Fall gewesen, als sie das Unglück gehabt hatte, geschäftlich mit ihm zu verkehren – vor nunmehr fast drei Jahren. Barney hatte offenbar Recht mit seiner Warnung vor Michaels gewachsenem Einfluss. Die Sache schien brenzliger zu werden als angenommen.

Geduckt und die Kapuze tief im Gesicht, hastete sie um die Ecke, die Gasse entlang und auf ein Gässchen zu, das zwischen einem offenen Schuppen mit Strohdach und einem zweigeschossigen Haus aus Lehmziegeln hindurchführte. In einem Aushub unter dem Strohdach lagerten Rüben. Rhasopy quetschte sich an dem Loch vorbei und wühlte sich in einen Haufen Stroh, das vom Dach herabgerutscht war.

Von ihrem Versteck aus waren die Männer gut zu hören; dann kamen sie auch in Sicht, zumindest einige von ihnen. Die Meute hatte sich offenbar in kleinere Gruppen aufgeteilt, und es schien, als hätten sich dem Dutzend noch etliche mehr angeschlossen.

Eine Dreiergruppe kam um die Ecke und passierte sie im Abstand einer Armeslänge. Sie hielt die Luft an, als die Kerle Halt machten und fluchend zwischen umgekippten Holzkisten herumstöberten.

Am liebsten hätte auch sie ein paar deftige Flüche ausgestoßen. Wie war es möglich, dass sie von Michaels Aufstieg zur Prominenz nichts mitbekommen hatte? Vor lauter Abscheu, den sie gegen ihn empfand, hatte sie wohl vergessen, den Verstand einzusetzen, und dieser Fehler bereitete ihr nun Probleme, auf die sie nicht eingestellt war. *Aber blieb mir denn etwas anderes übrig?*, fragte sie sich. Gammon gehorsam zu begleiten wäre wahrlich nicht in Betracht gekommen.

Rhapsody sah, wie einer der drei Wächter einen Klumpen Kohle zur Hand nahm und ihn mit Wucht an die Wand des Nachbarhauses schleuderte. Es dauerte nicht lange und ein Mann in Lederschürze trat mit Gebrüll vor die Tür. Zwischen den beiden entzündete sich ein heftiger Streit, den Rhapsody nutzte, um ihr Versteck zu verlassen und Reißaus zu nehmen, zurück in Richtung Querstraße, die in die Königsstraße einmündete. Sie hatte die Ecke fast erreicht, als hinter ihr jemand laut aufschrie.

Auf die Königsstraße zurückzukehren war jetzt nicht mehr ratsam, denn dort gab es nirgends Unterschlupf für sie, zumal allen, die sie aufnehmen würden, Ärger drohte. Während die Büttel johlend die Verfolgung aufnahmen, näherten sich nun auch noch zwei Häscher von vorn. Sie steckte in der Klemme.

Rhapsody versuchte, in eine Seitengasse auszuweichen, wurde aber plötzlich unsanft zu Boden gerissen. Ein Wachmann hielt sie gepackt, warf sie auf den Rücken und schlug ihr ins Gesicht, wofür sie sich mit einem auf die Genitalien gezielten Pferdekuss revanchierte. Während sich der Widersacher vor Schmerzen krümmte, sprang sie auf die Füße und rannte – dem zweiten Kerl in die Arme, der sie vom Boden lupfte und in die Gasse zurücktrug, sosehr sie sich auch mit Händen und Füßen wehrte.

»In der Tat, du bist nicht gerade leicht zu handhaben«, flüsterte er ihr ins Ohr. »Aber du wirst ihn bestimmt auf seine Kosten kommen lassen, nicht wahr? Wenn er's dir gibt, Süße, dann denk an mich.« Er versuchte ihr einen Kuss auf den Hals zu drücken und grapschte mit der freien Hand nach ihrer Brust.

Unter Aufbietung all ihrer Kräfte riss sie sich aus seinem Griff los, mit dem er ihr den Arm auf den Rücken gedreht hielt. Von dem Schmerz, der ihr dabei von der Schulter bis in die Fingerspitzen fuhr, wurde ihr übel. Aber sie unterdrückte den Brechreiz und schüttelte mit einem Schlenker den Dolch aus dem Ärmel in die Hand.

Noch hielt er sie mit dem anderen Arm von hinten gepackt, da zielte sie mit der Klinge dahin, wo sie die Augen des Gegners vermutete. Sein gellender Schrei und ihre schnelle Freigabe verrieten ihr, dass sie ziemlich genau getroffen hatte. Die drei anderen Wachen, die sich ihr auf die Fersen geheftet hatten, waren angesichts der Szene, die sich ihnen da bot, wie angewurzelt stehen geblieben.

Bevor sie sich besinnen konnten, war Rhapsody auf und davon und rannte so schnell sie konnte auf die dunkleren Seitengassen zu. Während sich einer der Verfolger um den schwer verletzten Kumpan kümmerte, setzten ihr die anderen wieder nach, kaum dass sie ihren ersten Schock verwunden hatten. Sie sahen das Mädchen an zwei mit Wäschekörben bepackten Frauen vorbeiflitzen und in der nächsten Seitengasse verschwinden.

Rhapsody hielt keuchend an und sah sich nach einem Versteck um. Aber da war keines. Sie rannte weiter, blieb aber bald wieder stehen, als sich ihr vom anderen Ende der Gasse zwei Gestalten näherten.

Die eine war von gigantischen Ausmaßen und trug eine mit Metallbändern armierte Lederrüstung sowie einen Helm mit spitz aufragendem Pickel. Die andere Gestalt war in einen Umhang mit Kapuze gehüllt und hielt das Gesicht hinter einer Art Schleier verborgen; obwohl im unmittelbaren Vergleich zu dem Koloss geradezu klein, war auch sie in Wirklichkeit recht groß, wie Rhapsody auf Anhieb ahnte. Der Mann bewegte sich erstaunlich gewandt und blieb reaktionsschnell stehen, kaum dass er das Mädchen entdeckt hatte. Der Riese dagegen war, ehe er etwas bemerkte, schon drei Schritte weiter.

Rhapsody warf einen Blick zurück. Die drei Wachen waren um die Ecke gebogen und bis auf dreißig Schritt herangekommen. Sie steckte zwischen den Fremden und ihren Verfolgern in der Falle. Weil sie aber wusste, was von den Wachen zu erwarten war, entschloss sie sich, die beiden Fremden um Hilfe zu bitten.

Ihnen zugewandt und vor Erschöpfung keuchend, sagte sie: »Bitte, gebt mir den Weg frei. Lasst mich durch.« Die beiden Fremden sahen einander an, rührten sich aber nicht.

Auf gleicher Höhe und sehr viel langsamer als vorher rückten die drei Wachen vor. Rhapsody legte nun alle Hoffnung darein, ihnen weismachen zu können, dass sie in den Fremden mächtige Verbündete hatte, und bedachte das ungleiche Paar mit dem bezauberndsten Lächeln, das sie aufbringen konnte.

»Verzeiht, wenn ich aufdringlich erscheine, aber bitte seid so gut und nehmt euch meiner an. Adoptiert mich. Ich werde mich auch erkenntlich zeigen.«

Der Mann neben dem Riesen nickte leicht mit dem Kopf.

»Danke vielmals«, sagte Rhapsody und wandte sich wieder den Wachen zu. »So ein Zufall!«, keuchte sie und grinste übers ganze verschwitzte Gesicht. »Meine Herren, Sie kommen gerade zur rechten Zeit, um Bekanntschaft mit meinem Bruder zu machen. Bruder, darf ich vorstellen: Das sind die Büttel der Stadt. Meine Herren, das ist mein Bruder. Achmed, die Schlange.«

Für einen kurzen Augenblick hatte Rhapsody den Eindruck, als dehnte sich die Zeit um sie herum aus. Das Blut schoss ihr ins Gesicht; sie hörte und spürte ein fernes, aber vernehmliches Knacken, gefolgt von einem Geräusch, als würde Rauch verpuffen.

Ihr wurde mit einem Male ganz anders; womöglich hatte sie sich beim Laufen verausgabt. Ihr schwindelte, und sie stöhnte innerlich vor Pein, kaum dass sie den idiotischen Namen ausgesprochen hatte, der ihr ganz spontan eingefallen war. Wie auch immer, ihr Täuschungsmanöver schien Wirkung zu zeigen: Die Stadtwachen starrten die Fremden an und bekamen es ganz offensichtlich mit der Angst zu tun.

Da schwirrte etwas in schneller Folge über ihren Kopf hinweg, flirrend und dünn wie Schmetterlingsflügel, so rasch, dass ihre Augen kaum folgen konnten. Jedes der Geschosse traf tödlich, und die Wachen fielen, einer nach dem anderen, der Länge nach in den Staub, ohne sich noch einmal zu bewegen.

Rhapsody mochte ihren Augen kaum glauben. Sie wandte sich wieder den Fremden zu. Der kleinere der beiden schulterte gerade eine seltsam aussehende Waffe – eine Art Armbrust mit asymmetrisch geformten Wurfarmen – und warf den Umhang darüber. Sie ließ sich ihr Staunen deutlich anmerken.

»Gute Arbeit«, sagte sie. »Vielen Dank.«

Die beiden Fremden sahen einander an und spähten um die Ecke. Der mit dem Umhang streckte ihr seine Hand hin, die zwar schlank aussah und in Leder gehüllt war, aber nichtsdestotrotz bedrohlich wirkte.

»Komm mit uns, wenn dir dein Leben lieb ist«, sagte er.

Seine Stimme klang trocken und unnatürlich rau, und es schwang ein Ton darin mit, der Rhapsody unwillkürlich aufhorchen ließ.

Sie warf einen flüchtigen Blick über die Schulter, als im Hintergrund die Geräusche aufmarschierender Wachen zu hören waren, und wieder dem Fremden zugewandt, ergriff sie dessen behandschuhte Hand. Zu dritt rannten sie davon und tauchten ein in die Schatten der labyrinthischen Gassen, die das Licht der Nachmittagssonne schon nicht mehr erreichte.

3

Die Mauern der großen Stadt waren nicht mehr zu sehen, und auf den Wiesen und Weiden rings um Ostend hatte sich Dunkelheit breit gemacht, als die drei Reisenden eine Rast einlegten und ihr Lager aufschlugen. Sie hatten die Stadt durch das Osttor am Hafen verlassen.

Ostend war eine geschäftige Hafenstadt, die es auch schon in den Tagen der Völkerkriege während des Zweiten Zeitalters gegeben hatte. Obwohl sie ursprünglich als ein Zentrum für Kunst und Kultur am Schnittpunkt der Handelsrouten geplant und als solches jüngst auch restauriert worden war, hatte sie der Kriege wegen schließlich doch den Charakter einer Festung angenommen. So wurde sie auf drei Seiten von hohen, mächtigen Mauern umgeben, die zum Hafen hinunterführten. Der rege Verkehr, der dort herrschte, war den dreien auf ihrer Flucht gelegen gekommen.

Rhapsody kannte sich in diesem Stadtviertel recht gut aus und war selbst nicht gerade langsam auf den Beinen, hatte aber dem Tempo, das die beiden vorlegten, nur mit Mühe folgen können und sich immer wieder antreiben lassen müssen.

Doch nachdem die drei, schon jenseits der Gefahr, eingeholt zu werden, eine Abkürzung durch zwei verlassene Häuser genommen hatten, hatte sie plötzlich die Orientierung verloren. Der kleinere Mann hielt vor einer Hafenkneipe an, in der es turbulent zuzugehen schien.

»Die kommen uns gerade recht«, sagte er und stahl zwei Pferde.

Der Riese hob Rhapsody auf eins der Pferde und führte es um die nächsten Straßenecke herum, ehe er selbst aufstieg. Auch der andere schwang sich in den Sattel. Schnell ritten sie zur Stadt hinaus, über die Felder im Süden und am Strand entlang.

Rhapsody hörte das Pferd schnaufen, das an dem Riesen und ihr seine Last hatte. Von dem Riesen, der hinter ihr im selben Sattel saß und die Zügel in der Hand hielt, spürte sie nicht mehr als ein leichtes Reiben. Die Schwingungen des galoppierenden Pferdes überdeckten, dass sie zitterte.

Sie ritten den ganzen Nachmittag lang. Rhapsody war vorher noch nie über den Südwall hinaus gekommen und warf jetzt sehnsüchtige Blicke zurück auf die große graue Silhouette aus Lehmhütten, marmornen Tempelruinen, altersschwachen Steinhäusern und hoch aufragenden Türmen, die sich mehr und mehr in der Ferne verloren. Als es dämmerte, war von der hohen, gewundenen Mauer, die zum Hafen führte, nichts mehr zu sehen. Vom Hafen selbst konnte sie nur noch ein paar funkelnde Lichter erkennen.

Obwohl so weit der Stadt entflohen, drückten die beiden Männer weiter aufs Tempo, und auch als es Nacht wurde, gönnten sie sich und den Pferden nur wenig Zeit zum Verschnaufen. Rhapsody wusste nicht zu sagen: Verdankte sie den beiden, wie anfangs geglaubt, ihre Rettung, oder musste sie womöglich fürchten, von ihnen entführt zu werden?

Sie fürchtete schon um die Pferde, die in der Dunkelheit den Boden nicht sehen konnten, als die beiden Männer unvermittelt anhielten. Finstere Nacht umgab sie.

»Absitzen«, tönte eine Stimme wie aus der Luft.

Ehe sie darauf reagieren konnte, zog der kleinere Mann sie aus dem Sattel, nachdem er selbst zu Boden gesprungen war und dem anderen die Zügel zugeworfen hatte.

»Grunthor, lass die Pferde laufen.« Der maskierte Mann verschwand in der Nacht.

Rhapsody hatte ihn sofort aus den Augen verloren und wandte sich dem Riesen zu, der im Dunkeln noch riesiger wirkte. Unwillkürlich wich sie einen Schritt zurück und langte nach dem Messer, das im Ärmel steckte.

Grunthor achtete nicht auf sie. Er stieg aus den Sattel, knotete die Zügel des einen, dann die des anderen Pferdes zusammen.

»Ab mit euch!«, sagte er, doch die Tiere waren so erschöpft, dass sie sich nicht mehr von der Stelle rühren mochten. Genau damit schien der Riese gerechnet zu haben. Er nahm seinen Helm vom Kopf und baute sich unmittelbar vor den Pferden auf, breitete die Arme aus und ließ ein donnerndes Grollen vernehmen.

Zuerst waren die Tiere wie gelähmt, dann aber schreckten sie auf und stoben in panischer Angst und wiehernd davon.

Daraufhin setzte Grunthor den Helm wieder auf, wandte sich Rhapsody zu und fing angesichts ihrer entgeisterten Miene lauthals an zu lachen.

»Bist wohl schwer beeindruckt, Schätzchen, was? Komm mit!« Er drehte sich um und ging davon.

Rhapsody zögerte, folgte ihm dann aber, weil sie sich dachte, dass es nicht besonders klug wäre, den Riesen zu verärgern. Hinterher hastend, versuchte sie, ihre Gedanken zu ordnen. »Wohin geht's? Laufen wir jetzt die ganze Strecke zu Fuß weiter?«

»Ach was. Wir warn heute lang genug unterwegs.«

Ein voller Mond war am Horizont aufgetaucht und stieg aus der Nebelbank, die über dem Meer lag. Mit seinem mattgoldenen Licht kam er aber nicht gegen die undurchdringliche Dunkelheit der Nacht an. Auf ihr Auge konnte sich Rhapsody nicht mehr verlassen; jetzt halfen nur noch Ohr und Tastsinn.

Der Riese aber, dem sie folgte, schien sehen zu können, wohin er seine Füße setzte. Zielsicher führte er sie an eine Stelle, wo ein kleines Feuer brannte, in das sie fast hineingetreten wäre, hätte er sie nicht davon abgehalten.

Das Lager war schon bereitet. Ob sie das Feuer nicht gesehen hatte, weil ihr der Riese die Sicht darauf versperrt hatte oder weil es so gut versteckt war, wusste sie nicht zu sagen.

Grunthor rückte an die Windseite des Feuers, nahm den Helm ab und holte tief Luft, ehe er auf dem Boden Platz nahm. Rhapsody stellte sich auf die andere Seite, wo sie zwar seinen Blicken ausgesetzt war, aber immerhin das Feuer schützend vor sich hatte. Dafür nahm sie auch den Rauch in Kauf, der ihr ins Gesicht wehte.

Die Flammen boten ihr ausreichend Licht, um den Riesen in

Augenschein zu nehmen. Der war, obwohl er saß, mit ihr, die stand, auf gleicher Höhe und wirkte so massig und breit wie ein Brauereipferd.

Unter seinem schweren Soldatenmantel sah sie einen Teil der Rüstung schimmern, die einen fremdländischen und kostbaren Eindruck auf sie machte. Sie schien aus geschupptem Reptilienleder zu bestehen und wurde von Metallspangen zusammengehalten, die so geschickt verarbeitet waren, dass sie keinerlei Geräusche von sich gaben. Auch von den Waffen hatte sie bislang nichts gehört, kein Klirren, kein Kratzen. Dabei trug er eine enorm schwere Axt und mehrere lange Messer, und hinter der Schulter staken etliche Hefte und Schäfte hervor.

Das Gesicht konnte einem noch mehr Angst machen. Zwischen den Lippen trat immer mindestens ein Zahn zum Vorschein, und welche Farbe seine ledrige Haut hatte, war im Schein des Feuers nur schwer zu bestimmen. Augen, Ohren und Nase waren übermäßig groß, weshalb Rhapsody davon ausging, dass er überdurchschnittlich gut sehen, hören und riechen konnte. Die Finger der großen Pranken glichen der langen Nägel wegen gefährlichen Klauen. Überhaupt schien er einem Albtraum entstiegen, so schauderhaft sah er aus.

Er kramte gerade etwas Essbares und eine Art Topf aus seinem Gepäck und würdigte sie immer noch keines Blickes.

»Lass mich raten; du hast zwar schon von Firbolg gehört, aber es ist dir noch nie einer zu Gesicht bekommen. Hab ich Recht?«, tönte die Stimme des anderen unmittelbar hinter ihr.

Sie hatte ihn nicht kommen hören und fuhr erschrocken zusammen. Den Blick über die flackernden Flammen hinweg auf den Riesen gerichtet, sagte sie: »Du bist ein Firbolg? So siehst du gar nicht aus.«

»Was soll das heißen?«

»Entschuldige, ich wollte dich nicht beleidigen«, sagte sie errötend. »Zugegeben, meine Erfahrungen sind begrenzt, und ich dachte immer, Firbolg wären regelrechte Ungeheuer.«

»Und ich, beschränkt wie ich bin, dachte immer, ein Lirin könnte allenfalls als Vorspeise taugen«, antwortete Grunthor unbekümmert und ohne jede Boshaftigkeit.

»Es wäre vielleicht ganz gut, wenn ihr eure falschen Annahmen voneinander korrigieren würdet«, schlug der Maskierte vor.

»Allerdings«, sagte Rhapsody, die, obwohl sie schmunzelte, schauderte bei der Vorstellung, dass der Riese nicht etwa scherzte, sondern seine Entgegnung durchaus ernst gemeint hatte.

Der schlanke Mann warf dem Riesen ein paar tote Kaninchen vor die Füße. »Wer bist du eigentlich?«

»Ich heiße Rhapsody. Ich studiere Musik, bin eine Sängerin.«

»Und warum war die Stadtwache hinter dir her?«

»Da ist so ein Schwachkopf, der will, dass ich zu ihm komme, und er hat die Wache auf mich angesetzt, wie's scheint.«

»Warum will er, dass du zu ihm kommst?«

»Er will sich wohl mit mir amüsieren.«

»Hat dieser Schwachkopf einen Namen?«

»Er nennt sich Michael, Wind des Todes. Aber hinter vorgehaltener Hand geben wir ihm Namen, die noch weniger schmeichelhaft sind.«

Die beiden Männer sahen einander an. Den Blick erneut auf sie gerichtet, fragte der Verhüllte: »Woher kennst du ihn?«

»Er war leider einer meiner Kunden, als ich vor drei Jahren auf den Strich gegangen bin«, antwortete Rhapsody freimütig. »Wer in diesem Gewerbe arbeitet, hat keine große Wahl. Leider bin ich ihm zu Kopf gestiegen, und er hat mir vorausgesagt, dass er nach mir schicken werde. Aber ich dachte, er schneidet bloß auf, und habe mich nicht weiter darum geschert. Das war mein erster Fehler. Der zweite folgte heute, denn ich habe ihm und seinen schmierigen Handlangern, die mich holen sollten, einen Korb gegeben. Seinen gewöhnlichen Dienern hätte ich ohne weiteres entkommen können, aber offenbar hat er es inzwischen irgendwie geschafft, die Stadtwache für seine Zwecke einzuspannen.«

»Warum musstest du ihm einen Korb geben? Du hättest dich doch auch zum Schein auf ihn einlassen und dann heimlich verschwinden können?«

»Das wäre gelogen gewesen.«

»Na und?«, entgegnete der Verhüllte.

»Ich lüge nie. Ich kann gar nicht lügen.«

Grunthor kicherte. »Du hast, wie's scheint, ein gnädig kurzes Gedächtnis. Ich kann mich jedenfalls noch gut daran erinnern, dass du der Wache gesagt hast, wir wärn miteinander verwandt. Ich stell mir ein Familientreffen mit dir vor ... du würdest dich in unserer Runde ziemlich seltsam ausmachen.«

»Nein«, schaltete sich der andere ein und sah sie mit wachen Augen an. »Jetzt verstehe ich, warum du uns vorher gedrängt hast, dich zu adoptieren.«

Rhapsody nickte. »Genau. Mit falschen Ausflüchten hätte ich sie nicht beeindrucken können.«

»Warum nicht?«

»In dem Beruf, den ich gewählt habe, ist es verboten zu lügen. Wer nicht immer die Wahrheit sagt, kann kein Benenner sein, das heißt kein Sänger in Vollendung. Man muss bei allem, was man sagt, darauf achten, dass die Musik immer im Einklang mit der Welt ringsum steht. Eine Lüge stört diesen Einklang und besudelt das Gesagte. Allerdings es ist nicht immer leicht, wahr und falsch exakt auseinander zu halten, denn Wahrheit verschiebt sich häufig mit dem Blickwinkel, den man einnimmt.

Nun, das ist der akademische Grund. Es gibt auch noch einen ganz persönlichen: Meine Eltern haben mir eingeschärft, dass Täuschung auf jeden Fall schlecht ist. Und seit meiner Zeit als Hure weiß ich Wahrheit noch sehr viel höher einzuschätzen. In diesem Gewerbe kommt sie kaum vor, als Hure ist man immer irgendeines Freiers Lüge. Man muss sich selbst auf die Zunge beißen und anderer Leute Phantasien bedienen, auch wenn sie einem selbst zuwider sind.

Aber davon bin ich zum Glück jetzt frei, und ich will meinen Abscheu vor Michael nicht länger verhehlen müssen. Womöglich war's ein Fehler, aber ich konnte nicht anders.«

»Nun, es ist doch niemand zu Schaden gekommen.«

»O doch. Ich habe mir die Möglichkeit verscherzt, in Ostend zu wohnen. Ich fürchte, eine der Wachen auf der Flucht geblendet zu haben, und jetzt gibt's kein Zurück mehr für mich.«

Der kleinere der beiden lachte. »Aber es hat doch keine Augenzeugen gegeben.«

»Mag sein, dass dich niemand gesehen hat«, antwortete Rhapsody. »Mich aber haben viele gesehen. Sie haben mich durch die halbe Stadt gehetzt.«

»Dann hast du wirklich ein Problem.« Der Verhüllte lehnte sich zurück und folgte mit seinen Blicken dem Rauch, der sich zu den Sternen emporrankte. »Aber du musst ja auch nicht in die Stadt zurückkehren. Oder hast du dort Familie wohnen oder jemand anders, dem du vertrauen könntest?«

Seine Stimme klang so gleichgültig, dass sich Rhapsody wie bei einem Verhör vorkam, wofür sie allerdings keine plausible Erklärung hatte, zumal die beiden bestimmt längst wussten, dass sie völlig harmlos war. Aber die Müdigkeit, die Anstrengungen der Flucht und die Ungewissheit ihrer Lage forderten allmählich ihren Tribut.

Der riesige Firbolg hatte damit angefangen, die Kaninchen zu enthäuten und auszunehmen. Ob ihr etwas von der Mahlzeit angeboten würde, wusste Rhapsody natürlich nicht, aber ihr gruselte bei der Vorstellung, die beiden könnten das Fleisch womöglich roh verzehren. Gleich zu Anfang ihrer Ausbildung zur Sängerin hatte sie eine Ballade über die Geschichte der Firbolg einstudieren müssen, ein schauerliches Lied, durch das ihr Bild von den Riesen geprägt worden war, und Grunthor hatte ihr bislang wenig Anlass gegeben, dieses Bild zu korrigieren.

Die Art und Weise, wie sich die beiden Männer zueinander verhielten, ließ darauf schließen, dass sie schon seit langem zusammen reisten. Routiniert und wie selbstverständlich teilten sie sich ihre Aufgaben. Der schlanke Mann hatte die Kaninchen gejagt; der Riese zog ihnen das Fell über die Ohren. Der eine hatte Brennholz gesammelt für das Feuer, das der andere hütete. Alle Vorbereitungen für das Essen wurden erledigt, ohne dass auch nur ein einziges Wort fallen musste. Derweil schien sie, Rhapsody, für die beiden gar nicht anwesend zu sein. Nur einmal nickte ihr Grunthor zu und winkte mit einem Spieß voll brutzelnder Fleischstücke, doch sie schüttelte den Kopf.

»Nein, danke.«

Ihr genügte ein kleines Stück von dem Brot, das Pilam ihr gegeben hatte; den Rest steckte sie nicht in den Rucksack, sondern in die Tasche ihres Umhangs. Die Gesellschaft der beiden wurde ihr von Minute zu Minute unbehaglicher, und sie wollte, wenn nötig, von jetzt auf gleich aufspringen und davonlaufen können.

Der schlanke Mann hatte gerade zu essen aufgehört, als Rhapsody einen Blick von seinem Gesicht erhaschte. Sie wollte nicht neugierig erscheinen, war aber auf das, was sie sah, so unvorbereitet, dass sie ihre Verwunderung nicht verhehlen konnte.

Das Gesicht trug erkennbar menschliche Züge, war aber voll von tiefen Narben und Wülsten und mit einem fein verästelten Netz von deutlich sichtbaren Adern überzogen. Rhapsody hatte schon viele Gesichter von Kranken gesehen, Gesichter, die entstellt waren vom Alter, von Kriegsverletzungen und anderen Geißeln, doch dieses Gesicht sah aus, als wäre das gesamte Heer der Reiter des Schicksals mit scharfen, stampfenden Hufen darüber hinweggeritten.

Erschreckend waren nicht zuletzt auch die Augen. Sie schienen aus zwei verschiedenen Köpfen herausgepflückt zu sein und passten weder der Größe noch der Farbe oder Form nach zueinander. Außerdem standen sie ein wenig über Kreuz, sodass es den Anschein hatte, als plierte er über die Schneide einer langen Klinge hinweg. Erst jetzt gewahrte Rhapsody, dass er ihren starren Blick erwiderte.

Schnell hatte sie sich wieder gefangen und fragte wie beiläufig, wenngleich merklich überhastet: »Und was ist euer nächstes Ziel?«

»Runter von der Insel.«

Sie schmunzelte. »Kann es sein, dass auch ihr eine wichtige Persönlichkeit gegen euch aufgebracht habt?«

Eine Wolke schob sich vor den Mond. Rhapsody glaubte, eine innere Stimme zu vernehmen, die ihr zur Wachsamkeit riet.

Immer wieder schaute sie über die Flammen hinweg zu dem schlanken Mann, beobachtete ihn beim Kauen und sah den Feuerschein in seinen Augen aufblitzen. Sie stellte sich vor, dass er an ihren Antworten kaute statt auf Kaninchenfleisch, von dem sie jetzt doch gern etwas abbekommen hätte. *Eine Henkersmahlzeit steht schließlich jedem zu*, dachte sie reumütig.

Über das Prasseln des Feuers hinweg und durch das Schweigen der Männer hindurch hörte sie in ihrem tiefsten Innern, an den Wurzeln ihrer Bestimmung als Sängerin, jenen ihr ureigenen Nennton erklingen, der ihr Prüfstein für die Wahrheit war, und der sagte ihr, dass sie in eine Falle geraten und einer Täuschung erlegen war. Dann sah sie die dünnen Hände und das verunstaltete Gesicht durch die Flammen auf sich zukommen, und sie wusste, dass es nun kein Entrinnen mehr gab. Sie zwinkerte mit den Lidern, die nicht nur vor Müdigkeit schwer waren. In der Glut des Feuers schwelte rauchend ein ihr unbekanntes Kraut.

Er war sichtlich verärgert, rührte sie aber nicht an. Vielmehr machte er sich über ihr Gepäck her, das neben ihr am Boden lag, und wühlte darin herum.

»Wer bist du?«, verlangte er zu wissen. Seine Stimme war ein heiseres, trockenes Kratzen, und der Umhang rauchte nach dem Sprung durchs Feuer. Er wartete auf eine Antwort.

»He, Finger weg!« Sie wollte aufspringen, begnügte sich dann aber damit, ihre tranceartige Benommenheit abzuschütteln.

Der Riese erhob sich. »An deiner Stelle wär ich jetzt schön brav, Herzchen. Er hat dich was gefragt.«

»Darauf habe ich doch schon geantwortet. Ich bin Rhapsody. Und jetzt nimm deine Hände aus meinen Sachen, sonst geht noch was kaputt.«

»Ich mache nichts kaputt, es sei denn absichtlich. Also, ich frage noch einmal: Wer bist du?«

»War ich mir doch sicher, schon beim ersten Mal richtig geantwortet zu haben. Nun denn, versuch ich's halt noch einmal. Rhapsody. Habe ich etwa vorher einen anderen Namen genannt?« Ihr schwirrte der Kopf. Sie wusste wirklich nicht mehr, was sie sagte. »Was habt ihr da ins Feuer getan?«

»Da kommen gleich deine Haare rein. Woher wusstest du, wer ich bin?« Er packte sie bei ihrem verletzten Arm und drückte so fest zu, dass sich das Blut in ihrer Hand staute. Ihre Muskeln fingen krampfhaft zu zucken an. Mit jedem Herzschlag ging ein scharfer Schmerz an der gequetschten Stelle einher.

Rhapsody rührte sich nicht. Sie konnte einiges aushalten und hatte gelernt, dass es oft lebensnotwendig war, Schmerzen und Angst zu verheimlichen.

»Ich weiß nicht, wovon du sprichst. Keine Ahnung, wer du bist. Lass mich los.«

»Du hast mich in der Gasse vor den Wachen bei meinem Namen genannt.«

Die Finger waren ihr schon taub geworden, doch Rhapsody blieb ruhig und beherrscht. *Meine Herren, Sie kommen gerade zur rechten Zeit, um Bekanntschaft mit meinem Bruder zu machen. Bruder, darf ich vorstellen: Das sind die Büttel der Stadt. Meine Herren, das ist mein Bruder. Achmed, die Schlange.* Obwohl ganz benommen, wurde sie verlegen.

»Ich habe dringend Hilfe gebraucht, und du warst zufällig zur Stelle«, antwortete sie. »Es war der erste Name, der mir in den Sinn kam, aber wenn ich's mir im Nachhinein so recht überlege … nun ja, es tut mir Leid. Ich wollte nicht aufschneiden.«

»Er meint was anderes«, sagte Grunthor. »Woher weißt du, dass er der Bruder ist?«

»Wessen Bruder?«

Rhapsody fürchtete, ohnmächtig zu werden. Mit jedem Wort, das sie sagte, schien der Schmerz, den er ihr zufügte, noch zuzunehmen. Plötzlich aber lockerte er den Griff ein wenig und warf dem Partner einen Blick durchs Feuer zu.

Ihr wieder zugewandt, sagte er: »Ich hoffe für dich, dass du nicht auch in Wirklichkeit so dumm bist, wie du tust.«

»Ich verstelle mich nicht. Ich weiß wirklich nicht, was die ganze Fragerei soll. Muss mir dein Name irgendwas bedeuten?«

»Nein.«

»Würdest du mich dann bitte loslassen?«

Grunthor kam und hielt sie gestützt, als der Mann mit dem schauderhaften Gesicht ihren Arm freigab und damit fortfuhr, ihr Gepäck zu durchsuchen.

»Du musst wissen«, sagte Grunthor, »der Trupp, vor dem du Reißaus genommen hast, ist völlig harmlos im Vergleich zu dem, was uns im Nacken sitzt. Die Sache ist ernst, Herzchen. Mein Freund will wissen, woher du weißt, dass er der Bruder ist.«

»Verzeihung, aber wenn das sein Name ist, habe ich nie zuvor von ihm gehört. Ich wollte den Wachen nur weismachen, dass ich eure Schwester bin. Und weil ich nicht lügen wollte, habe ich euch gebeten, mich zu adoptieren. Wir haben uns wohl missverstanden. Wie gesagt, ich halte mich immer an die Wahrheit. Also, glaubt mir oder tötet mich, aber zerbrecht bitte nicht meine Instrumente.«

»Ich schlag hier alles kurz und klein, wenn du mir nicht die ganze Wahrheit sagst. Mag sein, dass du wohlmeinende Eltern hattest. Mag sein, dass du eine Hure gewesen bist und dann ein Gelübde abgelegt hast. Mag sein, dass dir ein alter Knacker nachstellt, weil er seinen Spaß mit dir haben will. Sag mir jetzt, wer du wirklich bist und wieso du mich bei meinem Namen zu nennen wusstest.«

»Verratet mir doch erst einmal, wer ihr seid und was ihr mit mir vorhabt.«

Er musterte sie mit stechendem Blick, zeigte auf den Riesen und sagte: »Das ist Grunthor. Unübersehbar.«

»Du kannst mich aber auch ›Dero untertänigst zu gehorchender Autorität‹ nennen«, fügte der Koloss mit heiterer Miene hinzu. »So jedenfalls heiß ich bei meinen Truppen.«

Der Scherz zeigte die gewünschte Wirkung. Der verhüllte Mann schmunzelte sichtlich entspannt. »Du hast mich Achmed genannt; belassen wir's dabei. Dieser Name ist so gut wie jeder andere«, entgegnete er. »Wer ich bin und was wir mit dir vorhaben, wirst du noch früh genug erfahren. Du hast meinen Namen ausgesprochen und ihn dann gegen einen anderen eingetauscht. Das würde mich normalerweise nicht weiter stören, aber unsere Jäger können Tote zum Sprechen bringen und werden nichts unversucht lassen, um mehr über uns zu erfahren. Die toten Idioten haben bestimmt gehört, was du gesagt hast. Wie kommt eine Schlampe wie du eigentlich an so teure Instrumente?«

Rhapsody massierte ihre Schulter und spürte, wie der Schmerz allmählich nachließ. »Ich bin keine Schlampe. Wie schon gesagt, ich studiere Musik und darf mich als Sängerin Lirinscher Folklore bezeichnen, also als Enwr, wie es richtig heißt. Ich will aber noch höher hinaus und mich zu einer Benennerin, einer Canwr, ausbilden lassen. Das ist ein Fach, das nur wenige wählen, bringt aber Fähigkeiten mit sich, die sehr nützlich sind.

Vor vier Jahren habe ich mit der Lehre angefangen. Während

der ersten drei Jahre war Heiles mein Lehrer, ein renommierter Benenner aus Ostend, der aber seit gut einem Jahr spurlos verschwunden ist. Ich musste meine Studien ganz allein fortsetzen. Just heute Morgen habe ich meine Abschlussarbeit vollendet.«

»Und wozu bist du jetzt in der Lage?«

Rhapsody zuckte mit den Schultern und streckte die Hände dem Feuer entgegen. »Zu allen möglichen Dingen. Sänger kennen sich vor allem in der Folklore aus. Die besteht unter anderem aus alten Sagen oder überlieferten Geschichten. Man kann sich allerdings auch auf bestimmte Fachgebiete spezialisieren, zum Beispiel Kräuterkunde oder Astronomie. Mitunter ist es ein ganzer Zyklus von Liedern, der eine wichtige Geschichte erzählt, die sonst verloren ginge.«

Der Mann, der sich neuerlich Achmed nannte, starrte sie an. »Und mitunter versteht sich deinesgleichen wohl auch auf das Wissen um alte Zauberkräfte.«

Rhapsody schluckte nervös. Dem eigenen Verständnis nach war Folklore eher eine Religion als eine Wissenschaft. Sie beschrieb, auf welche Weise die Mitglieder ihres Volkes und Berufsstandes Wissen und Einfluss aus den Lehren des Lebens bezogen. Weil nach dem Glauben der Lirin das Leben und Gott ein und dasselbe waren, galt die Anwendung der Folklore als eine Form von Gebet, als eine Art Kommunion mit dem Unendlichen. Aber dieses Thema war ihr zu ernst, als dass sie es mit Fremden, geschweige denn mit diesen beiden hätte verhackstücken wollen.

Sie blickte auf und sah in die beängstigend funkelnden Augen, durch die sie sich zu einer Antwort gezwungen wähnte.

»Zugegeben, ja, aber das trifft nur auf besonders erfahrene Sänger und Benenner zu. Und die können auch nur deshalb an den Elementarkräften wie Feuer und Wind teilhaben, weil sie sehr genau darüber Bescheid wissen und sozusagen deren Geschichte kennen. Das ist übrigens auch ein Grund dafür, dass unsereins immer die Wahrheit sagen muss. Lügen verfälschen die überlieferten Geschichten und machen sie unbrauchbar.«

Der verhüllte Mann steckte die mit Sackleinen umwickelte Harfe in den Sack zurück und zog mit festem Ruck die Kordel zu. »Ich frage dich noch einmal, Sängerin: Wozu bist du imstande?«

Rhapsody zögerte. Der Mann, der anderen als der Bruder bekannt war, hob ihr Gepäck vom Boden auf und balancierte es auf einem Finger über dem Feuer. Offenbar wollte er ihr drohen.

»Zu nichts Besonderem, außer dass ich ziemlich viele Balladen und Lieder singen kann. Und ich kenne Kräuter, die eine betäubende Wirkung haben; aber das wird euch wohl kaum beeindrucken, da ihr in dieser Hinsicht anscheinend selbst bestens bewandert seid. Ich kann unruhige Leute zum Schlafen bringen und den Schlaf derer verlängern, die schon schlafen, was vor allem jungen Eltern nützlich sein kann, die allzu quirlige Kinder haben.

Ich kann auch Körper- und Herzschmerzen lindern, kleinere Wunden heilen, Todkranke trösten und ihnen das Sterben erleichtern. Manchmal kann ich auch deren Seelen sehen, wenn sie ins Licht emporsteigen. Ich verstehe mich darauf, mir aus ein paar Stichwörtern, die man mir zuruft, eine unterhaltsame Geschichte zurechtzureimen. Ich weiß, was wahr ist, und kann, indem ich die Wahrheit ausspreche, Dinge verändern.«

Rhapsody ließ sich ihr Gepäck reichen, langte hinein und zog eine verwelkte Blume zum Vorschein. Vorsichtig, die trockenen Blütenblätter schonend, legte sie die Blume auf die geöffnete Handfläche und sprach von ihr, als stünde sie in voller Pracht.

Langsam, aber unwiderstehlich sog die Blume neues Leben ein und blühte auf. Grunthor berührte sie mit einer seiner Krallen, und sie federte so elastisch wie ein frisches Gewächs. Als Rhapsody zu sprechen aufhörte, erstarb die Blume wieder.

»Theoretisch könnte ich ein ganzes Feld solcher Blumen verwelken lassen, wenn ich denn ihren Untergang beschwören würde; aber dazu müsste ich den Namen ihres Todes kennen. So erkläre ich mir auch, was uns heute Nachmittag passiert ist. Ich habe zufällig deinen wahren Namen ausgesprochen – wofür ich mich recht herzlich entschuldige, aber ich hab's wirklich nicht absichtlich getan. Daraufhin habe ich dich umbenannt, sodass du jetzt tatsächlich Achmed die Schlange bist, ja, auch deinem Wesen nach. Tut mir Leid, wenn ich mir zu viel herausgenommen habe. Mir war nicht bewusst, dass ich zu so etwas nun schon in der Lage bin. Du bist also mein erster Erfolgsfall.«

»Das nennt man dann wohl Ironie«, sagte der Mann, den sie Achmed getauft hatte, und verzog das Gesicht. »Fragt sich, an wie viele Männer du schon dieselben Worte gerichtet hast.«

»An einen nur«, antwortete sie ohne eine Spur von Beleidigung in ihrer Stimme. »Auch wenn's mir langsam lästig wird, wiederhole ich: Ich lüge nicht, jedenfalls nicht wissentlich.«

»Sei nicht naiv. Es gibt niemanden, der nicht hin und wieder lügen würde. Wir werden sehen, ob uns dein amüsanter Trick hilft oder die Zeit, die uns noch bleibt, verkürzt.«

»Willst du mir nicht wenigstens verraten, vor wem ihr davonlauft? Ich habe euch alles über mich erzählt und bin jetzt hier – wer weiß wo – gestrandet, ohne zu wissen, wer ihr seid, wohin ihr wollt und ob ich womöglich vom Regen in die Traufe geraten bin. Mir wäre wohler, ich wüsste, ob ich bei euch bleiben oder nicht doch lieber zu den Stadtwachen zurückkehren soll.«

»Glaubst du etwa, frei wählen zu können?« Achmed kehrte ihr den Rücken zu und beriet sich leise mit Grunthor. Allmählich lichtete sich der betäubende Nebel aus dem Rauch des Feuers und sie dachte an Flucht. Vielleicht würde es ihr ja gelingen, zu entkommen und einen Ort zu finden, an dem sie überleben konnte. Als sie sich daranmachte, ihre Sachen zusammenzupacken, kam Grunthor auf sie zu. Sie blickte auf und bemerkte, dass der andere Mann verschwunden war.

»Herzchen, du solltest mit uns kommen.«

»Warum? Wohin?«

»In Ostend würdest du dem Tod in die Arme laufen – oder aber mit unserem speziellen Problem Bekanntschaft machen. Und dann wird es dir nich helfen, zu sagen, dass du mit uns nichts zu schaffen hattest. Man wird dich foltern, bis du auspackst, was du weißt, oder den Geist aufgibst, je nachdem.«

»Ich könnte eine andere Stadt aufsuchen. Versteckmöglichkeiten gibt es mehr als genug. Besten Dank, ich komme ganz gut allein zurecht.«

»Wie du meinst, Herzchen, Hauptsache, du gehst weg von hier.«

»Wo ist der andere hin?«

»Achmed? Ich glaub, er sucht die Umgebung ab, um sicherzugehn, dass uns Michael nich auf den Fersen ist.«

Rhapsody sperrte vor Schreck die Augen auf. »Michael? Der ist hinter uns her?«

»Schwer zu sagen; möglich ist's. Als wir die Stadt verlassen ham, hat er vor der Mauer im Nordwesten kampiert. Wo er wahrscheinlich noch ist, es sei denn, er will was von uns. Aber eigentlich ham wir keine Probleme mit ihm.«

Nervös sah sich Rhapsody im Dunkeln um. »Wohin wollt ihr?«

»Du könntest uns bis zum Wald begleiten, wenn's recht ist.«

»Zum Lirin-Forst? Dem Zauberwald?«

»Ja, so nennt man ihn wohl.«

»Wolltet ihr nicht die Insel verlassen?«

Der Riese rieb sich das massige Kinn. »O ja, so ist es, glaub mir. Aber vorher gehn wir in den Wald.«

»Was habt ihr da zu suchen?«

»Wir sind auf einer Art Pilgerfahrt, Herzchen, und wollen den Großen Baum sehn.«

Rhapsody staunte. »Die Sagia? Ihr geht zur Sagia?«

»Ja, wir wollen dem Großen Baum der Lirin unseren Respekt erweisen.«

Ihr Blick verriet Skepsis. »Ihr wollt ihm doch wohl hoffentlich nichts antun? Das wäre ein schwerer Fehler.«

Grunthor gab sich beleidigt. »Wo denkst du hin?«, sagte er. »Wir wollen vor dem Baum in uns gehn und beten.«

»Ja dann ...«, sagte Rhapsody erleichtert und schulterte ihr Gepäck. »Ich begleite euch. Bis zum Wald.«

»Wie weit schaffst du's heute noch, was meinst du, Herzchen?«

»So weit wie nötig.«

»Dann bist du besser dran als ich oder mein Freund. Wir wollen uns jetzt ausruhn und unser Nachtquartier aufschlagen. Gönn dir doch auch ein bisschen Schlaf. Wir wecken dich dann rechtzeitig.«

»Sind wir denn hier in Sicherheit? Vor Michael, meine ich natürlich.«

Der Riese zeigte sich amüsiert. »O ja, vor dem sind wir sicher. Keine Angst.«

»Ich könnte euch bei der Wache ablösen«, bot Rhapsody an. »Ich habe einen Dolch.«

Aus dem dunklen Hintergrund meldete sich Achmeds Stimme. »Gut zu wissen. Dass du uns beschützt, Rhapsody, wird mich sehr viel ruhiger schlafen lassen. Aber verschon doch bitte alle kleineren Tierchen, die uns anzugreifen versuchen, es sei denn, sie lassen sich essen.«

In seiner zwischen den Ausläufern des Hochlandes versteckten stillen, dunklen Obsidian-Grotte schlug der menschliche Wirt des F'dor seine rot geränderten Augen auf.

Die Kette war zerrissen.

Langsam richtete sich Tsoltan auf dem blank polierten Katafalk auf, der ihm als Ruhestatt diente. Er fuhr mit den Händen durch die Dunkelheit und tastete vergeblich nach den losen Enden des metaphysischen Zaumzeugs, mit dem er seine größte Trophäe unter Kontrolle gehalten hatte, wovon aber jetzt nichts mehr übrig geblieben war.

Der Bruder war ihm entwischt.

In dem Maße, da die Wut des Dämonenpriesters anschwoll, wurde die Luft um ihn herum immer dünner und trockener, bis es den Anschein hatte, als drohte sie zu zerbröseln. Tsoltan stand auf und ging mit zügigen Schritten durch lange Flure zur Tiefen Kammer hin.

In seinem Sog sprühten Funken, die Wandbehänge und Altardecken zum Schwelen brachten, so auch die Talare einiger Priester, die das Pech hatten, ihm in die Quere zu kommen. Seine Knechte rangen nach Luft und erzitterten unter dem Eindruck der schwarzen Flammen, die sie als das erkannten, was sie waren, nämlich ein Vorspiel auf das Drama, mit dem der Dämon Rache üben würde.

Wütend stieg er die rot geäderten Marmorstufen zum Hochaltar hinauf, dem Ort der Blutopfer. Der während des Zweiten Zeitalters in den Nordbergen bei Nain abgebaute große Block aus Obsidian war ehedem Grundstein eines Tempels gewesen, der von den vereinten Völkern erbaut worden und dem lebendigen Allgott geweiht gewesen war.

Jetzt thronte dieser Stein auf dem Absatz der mächtigen kegelförmigen Marmortreppe, die hoch in den Turm hinaufragte, wohl bis zur unsichtbaren Spitze. Die Gliederfesseln aus Leder und die metallenen Sammelgefäße zeugten auf groteske Weise vom Wandel der Zeiten. Hier schien der wahre Name des Bruders passend aufbewahrt zu sein. In gewissen Kreisen wurde der Dhrakier, der als Bindeglied zum Volk von Serendair bestimmt war, auch Kind des Blutes genannt.

Aus großen Kohleschalen loderten, als er vorübereilte, fauchend schwarze Flammen auf, die gespenstisch zuckende Schatten auf die fernen Wände warfen.

Vor dem Hochaltar angekommen, zögerte Tsoltan einen Moment lang. Dann streckte er den Arm aus, fuhr mit zitternden Fingern über die in den blanken Steinen eingemeißelten Symbole des Hasses und ertastete die tiefen Rillen am oberen Rand, die spiralförmig auf den Messingbrunnen in der Mitte zuliefen.

Durch diesen metallenen Mund hatte er die gefangene Mörderseele mit dem Blut ihres eigenen Volkes genährt. Und als es fast keine Dhrakier mehr gab, musste das Blut anderer Unschuldiger herhalten, um die einzigartigen Blutsbande, die der Bruder verkörperte, auch in Gefangenschaft am Leben zu erhalten.

Auf diese Weise hatte Tsoltan den Bruder nicht zuletzt auch in seinen großen Plan einspannen können. Ihn gegen seinen Willen und im Widerspruch zu seinen Treueversprechen auf Dauer zum Diener zu haben wäre ihm, Tsoltan, ein echter Triumph gewesen. Vor der Gefangennahme seines wahren Namens war der Bruder dafür bekannt gewesen, dass er sich als Meuchelmörder seine Aufträge selbst aussuchte. Seine Versklavung hatte diesen Ruf zunichte gemacht. So war er zu Tsoltans schärfster Waffe und zum wichtigsten Vollstrecker des Plans geworden, der kurz vor seiner Erfüllung stand.

Die Hände des F'dor hielten nun den Rand des Altartisches umklammert. Er murmelte die Eingangsworte in der toten Sprache der Vorzeit, perverse Parolen der Macht, verknüpft mit der Geburt des Feuers, jenem Element, dem er und seinesgleichen entsprungen waren. Der schwarze Steinaltar glühte rot auf, als hätte sich in seinem Inneren ein Feuer entzündet, das den gläsernen Stein zum Schmelzen brachte. Mit einem scharfen Zischlaut zersprang der Altar in zwei Teile.

Tsoltan griff in die Kluft und langte in einen kleinen Hohlraum, den Reliquienschrein, in dem der Name des Bruders steckte. Jener Augenblick, in dem er den Namen zum ersten Mal darin eingeschlossen hatte, war dem F'dor noch lebhaft in Erinnerung; er konnte sich keiner Tat entsinnen, die ihn tiefer befriedigt hätte.

Mit der Usurpation des Namens war eine lange, aufwändige Suche erfolgreich zu Ende gegangen. Nach monatelanger Folter, die mit ungemein einfallsreichen Mitteln vollzogen worden war, hatte der größte Benenner von ganz Serendair dazu gebracht werden können, den gesuchten Namen niederzuschreiben, und zwar als Noten auf einer Schriftrolle aus uralter Seide. Tsoltan hatte dem Gefolterten die Schriftrolle höchstpersönlich aus der erstarrten Hand gezogen und sie liebevoll mit einer wirbelnden Sphäre umgeben, die, aus Feuerlicht geboren, als Schutzkraft diente und durch die Erdumdrehung an Ort und Stelle gehalten wurde. Es war ein so zauberhaftes Gebilde, viel zu schön, um es im Altar wegzuschließen – eine Notwendigkeit, die ihn so sehr betrübte, wie ihn die Aneignung glücklich gemacht hatte.

Aber unvergleichlich größer war die Trauer, die er jetzt empfand, da der Schrein keine Strahlenkugel mehr enthielt, keine Schriftrolle, nur noch Fetzen von Seide wie die Überbleibsel einer kleinen Explosion. Hastig sammelte Tsoltan die Reste zusammen und suchte darauf nach Spuren der Noten, doch davon war nichts mehr zu sehen.

Sein Wutgeheul dröhnte durch die Tiefe Kammer und hallte klirrend von den schwarzgläsernen Wänden wider. Tsoltans Diener fürchteten, gerufen zu werden. Wenig später schlug ihre Furcht in schieren Schrecken um. Sie spürten Finsternis über sich hereinbrechen, so kalt und klamm, als legte sich ein Nebelschleier auf ihre Schultern.

Tsoltan rief die Shing zu sich.

4

Rhapsody durchlitt gerade einen schrecklichen Albtraum, als sich eine schwere, ledrige Hand auf ihren Mund legte. Erschrocken riss sie die Augen auf. Ihr Herz, schon durch den Traum zum Rasen gebracht, pochte so laut, dass sie fürchtete, ihr würde die Brust zerspringen. Doch wie der von Grunthors Hand verwehrte Schrei kam auch das Herz nicht frei, sosehr es auch gegen die Rippen trommelte.

»Pssst, Herzchen. Nich bewegen, und sei schön leise. Verstanden?«, flüsterte der Riese. Rhapsody nickte, worauf Grunthor seine Hand zurückzog.

Unter ihrem Rücken spürte sie den Boden erzittern. Angestrengt lauschte sie in den Wind und glaubte in der Ferne das dumpfe Stampfen galoppierender Pferde zu hören. Es war, als preschte ein Heer von Reitern herbei.

Sie drehte sich auf den Bauch und hielt den Kopf geduckt, um nicht aus der Deckung der dichten Gräser hervorzustechen. Das Lagerfeuer war restlos niedergebrannt.

Grunthor kniete neben ihr und versperrte ihr mit seiner massigen Gestalt den Blick zur Seite. Er zog, offenbar vergnügt, eine Waffe nach der anderen zum Vorschein, mal hinter der Schulter, mal aus den Stiefelschäften, und begutachtete, ein Liedchen summend, jede einzelne Klinge im fahlen Licht des Mondes. Plötzlich, überraschend schnell und lautlos, war er verschwunden. Sie richtete sich suchend auf.

»Folgsam bist du ja nicht gerade, Rhapsody«, meldete sich unmittelbar über ihr Achmeds raue, trockene Stimme. Vor Schreck ließ sie sich ins Gras zurücksinken, blickte auf, sah aber nichts als Dunkelheit. »Grunthor hat dir doch gesagt, du sollst dich nicht von der Stelle rühren, um deiner eigenen Sicherheit willen.«

Sie nahm einen leichten Luftzug wahr und sah einen Schatten aus dem Dunkel hervortreten. Achmed ging neben ihr in die Hocke und sagte: »Aber bitte, wenn's dir gefällt, kannst du dich auch als Zielscheibe anbieten. Deine idiotischen Freunde sind im Anmarsch.«

»Michael?«, hauchte sie mit brüchiger Stimme.

Aus der Kapuze starrten ihr Achmeds ungleiche Augen entgegen. Dann wandte er sich ab und schaute in die Richtung, die Grunthor eingeschlagen hatte. Es war ein feines Summen wie von Insekten zu hören, als sich Achmed ihr wieder zuwandte und heiser flüsterte: »Seine Männer. Er selbst ist nicht dabei.«

»Woher weißt du das?«

Er gab einen leisen Laut von sich, der nach Verärgerung klang. »Na los, warum stehst du nicht auf, winkst mit den Armen und rufst ihn zu dir? Wenn er da ist, wird er sich bestimmt freuen, dich zu sehen.«

»Ich, äh ... Verzeihung«, stammelte sie flüsternd und schluckte den Kloß hinunter, der ihr vor Angst in der Kehle steckte. Sie erwartete eine Entgegnung, doch die blieb aus, und als sie aufblickte, war er nicht mehr zu sehen. »Achmed?«

Eine laue Brise wehte über sie hinweg, blies ihr dürre Grashalme vors Gesicht und spielte mit ein paar losen goldenen Strähnen. Rhapsody machte die Augen zu und hörte das entfernte Getrappel lauter werden; die Reiter näherten sich. Sie wollte die Augen geschlossen halten, blickte dann aber unwillkürlich zum Himmel auf, um nach Sternen zu suchen, doch der volle Mond überstrahlte sie alle und ließ den Himmel umso schwärzer erscheinen. Ihr blieb nichts anderes übrig, als zu warten und zu lauschen.

Karvolt, Michaels Leutnant, zügelte sein Pferd, ließ es in einen langsamen Schritt zurückfallen und mahnte die anderen per Handzeichen, wachsam zu sein. Das Gras stand hoch und wogte sanft im Wind. Sonst war weit und breit nichts zu sehen.

Er spürte jedoch, dass sein Wallach zögerlich wurde, was häufig der Fall war, wenn er Gefahr witterte; aber vielleicht war das Tier auch nur müde und erschöpft. Von ihrem Befehlshaber und dessen Wut über die Flucht der Frau angetrieben, hatte die 20-köpfige Truppe ein höllisches Tempo vorgelegt. Jetzt waren die Reiter allesamt zum Stehen gekommen.

Karvolt sah sich aufmerksam um und lauschte über die Geräusche hinweg, die von den überhitzten Pferden seiner Männer ausgingen. Der Nachtwind fuhr durch sein dichtes Haar und streichelte ihm über den Nacken, doch statt den Schweiß zu trocknen, wühlte er nur kalte Schauer in ihm auf. Er versuchte sie abzuschütteln. Bis auf das wogende Gras und die im Mondlicht schleichenden Schatten war noch immer nichts zu sehen.

Er griff mit der Hand unter den Kragen des Kettenhemds, um den lästigen Schürfungen, die sich darunter gebildet hatten, ein wenig Linderung zu verschaffen. Sein Blick richtete sich auf die Männer. Manche lehnten müde am Kamm ihres Pferds, andere hatten Wasserschläuche an den Mund gesetzt und tranken gierig. Karvolt tätschelte seinen Wallach, der immer noch merklich zitterte. Und wieder schaute sich der Leutnant im weiten Panorama der Dunkelheit um. Nichts.

»Vorsicht!«, mahnte er leise. Karvolt tat sich schwer mit Worten und sprach nur, wenn es sein musste. »Mein Pferd hat Angst. Was ist mit euren?«

Wie zur Antwort auf die Frage ertönte aus ihrer Mitte ohrenbetäubendes Gebrüll, ein Kriegsschrei, der zu gleichen Teilen aus Wut und Lust, Triumph und Wildheit gemischt war. Mit dem Schrei trat sogleich auch sein Urheber in Erscheinung.

Das Mondlicht beleuchtete nur einen Teil des Ungeheuers, dieser gewaltigen Ansammlung von Klauen, Stoßzähnen und Muskelfleisch, verpackt in einer Rüstung aus Leder, die ihn wie eine zweite Haut umhüllte. Dieses Ungetüm wetzte zwei glänzende Schwerter aneinander, richtete sich zur vollen Größe auf, warf den Kopf in den Nacken und fing auf eine Art zu lachen an, die nicht weniger fürchterlich war als der Schrei zuvor.

Wie von ein und derselben Peitsche geschlagen, bäumten sich alle Pferde auf. Sie warfen die Reiter ab wie lästiges Geschmeiß, stampften kreischend umeinander oder wälzten sich wie von Sinnen am Boden, was den Männern, die unter ihre zuckenden Leiber gerieten, schlecht bekam.

Dann suchten die Pferde ihr Heil in der Flucht und stoben in panischer Hast auseinander. Ein Soldat, der das Pech hatte, sich im Steigbügel verfangen zu haben, wurde durch das Gras davongezerrt. Seine qualvollen Schreie brachen plötzlich ab, noch ehe die Pferde verschwunden waren.

»Das wäre dann wohl ein einmütiges Ja auf meine Frage von vorhin«, sagte Karvolt, der sich vom Boden aufgerichtet hatte und keuchend in die Runde blickte.

Was nun auf ihn zukam, sah aus wie ein in Bewegung geratenes Stück Nacht. Als es näher rückte, erkannte er, dass es sich um einen Mann handelte, eingehüllt in einen Umhang mit großer, verschleierter Kapuze; wie ein ominöser Windhauch strich er näher kommend über das Feld. Karvolt wich zurück, stolperte dabei über den zerschmetterten Körper eines seiner Männer und langte mit zitternder, verschwitzter Hand nach dem Schwert.

Er warf einen Blick über die Schulter zurück, sah einen Sattel unter Satteltaschen am Boden liegen, leider aber ein paar Schritte zu weit entfernt, um auf die Schnelle dahinter in Deckung gehen zu können. Zur Linken hörte er eine Klinge niedersausen, die ekligen Geräusche fallender Köpfe und Leiber und das laute Lachen des Riesen, der die Klinge führte.

Sosehr er auch am ganzen Körper zitterte, versuchte Karvolt Haltung zu bewahren. Seine Männer aber hatten den Kampf um Selbstbeherrschung verloren und nahmen Reißaus, was sie indes nicht davor bewahrte, von dem unablässig kichernden Koloss enthauptet oder abgestochen zu werden. In seinen finstersten Albträumen und blutigsten Schlachten an der Seite Michaels hatte er nichts dergleichen erlebt. Er suchte festen Stand, straffte die Schultern und hob das Schwert.

Wer von den Soldaten noch dazu in der Lage war, versuchte daraufhin seinem Beispiel zu folgen und die lähmende Angst zu überwinden. Ohne die Schattengestalt aus den Augen zu lassen, deren Umhang im Wind flatterte, wich Karvolt langsam weiter zurück.

Der Mann kam leichtfüßig näher, hielt kurz vor jedem gefallenen Soldaten an, entwaffnete diesen und parierte lässig letzte, verzweifelte Attacken gegen ihn. Zwar ahnte Karvolt, dass sich seine Männer nach besten Kräften wehrten, doch es schien ihm, als würden sie dem Schattenmann ihre Waffen freiwillig aushändigen. Der bewegte sich dermaßen schnell, dass Karvolt mit den Augen kaum folgen konnte. So blieb es ihm zum Teil erspart, mit ansehen zu müssen, wie seinen Männern, einem nach dem anderen, ein Dolch – scheinbar respektvoll, ja, geradezu freundlich geführt – durch die Kehle fuhr oder durchs Ohr in den Kopf eindrang.

Einem Engelwesen gleich bewegte sich der Mann zwischen den am Boden liegenden Soldaten. Einem bot er seine ausgestreckte Hand wie einem Gefährten, entwand ihm im Handumdrehen das Schwert, um es sogleich zurückzugeben – mit der Spitze voran durch die Achselhöhle in die Brust. Mit fast zärtlicher Gebärde legte er einem anderen den Nacken frei und beförderte ihn so schnell und umstandslos aus dem Leben, dass Karvolt nur staunen konnte. Michael, der sich selbst Wind des Todes nannte, hätte hier erleben können, was diesem Namen in Wahrheit alle Ehre machte.

Für Karvolt schien die Zeit stehen zu bleiben, als ihm auf geradezu tröstliche Weise bewusst wurde, dass sein Tod unmittelbar bevorstand. In seinem entrückten Geisteszustand gewahrte er, wie angespannt die Haut rings um die Augen und zwischen den Brauen war. Er ahnte, dass sich sein Gesicht unter dem Eindruck schieren Entsetzens zu einer solchen Fratze verzerrt hatte, wie sie ihm schon etliche Male in Gestalt seiner Opfer zu Gesicht gekommen war. Und doch empfand er nicht die Angst, die durch sie zum Ausdruck kam.

Als der Verhüllte auch den letzten seiner Kameraden ins Jenseits befördert hatte und schlussendlich ihm entgegentrat, hatte sich Karvolt im Grunde schon ergeben. Alle Erfahrung aus vielen Jahren mörderischer Schlacht war jetzt, angesichts des Todes, wie weggewischt.

Unter Aufbietung seiner letzten Willenskräfte schwang Karvolt die vom Vater geerbte Triatine, ohne dass er sich Hoffnung darauf machte, dem Gegner widerstehen zu können. Stolpernd stürzte er rücklings zu Boden, und schon war die Schattengestalt über ihm. Karvolt wähnte sich mit Wohlwollen betrachtet, obwohl er die von der Kapuze verhüllten Augen gar nicht sehen konnte. Eine dünne, eisenharte Hand legte sich um das Heft seiner Waffe. Die Stimme, die ihm ins Ohr flüsterte, war sanft und höflich.

»Du erlaubst.«

Als es um ihn herum noch dunkler wurde, spürte Karvolt, wie ihm die schlanke, dreischneidige Klinge der entschwundenen Triatine durch die Brust drang, und er wunderte sich nur noch über das Ausbleiben jeglichen Schmerzes und darüber, wie mühelos und leicht der Schatten den Stahl aus seinem zurücksackenden Körper wieder hinauszog. Von den Rändern des Gesichtsfeldes ausgehend, trübte sich sein Blick. Dann hörte er nur noch Bruchstücke eines kurzen Wortwechsels zwischen seinem Henker und dem Riesen.

»Den hast du ja richtig lange zappeln lassen.«

»Er hat eine interessante Waffe. Ein schönes Sammlerstück für dich.«

Als Grunthor an den Lagerplatz zurückkehrte, fand er Rhapsody genau so vor, wie er sie verlassen hatte: reglos und mit starren Blick nach oben. Er stieß einen von Michaels toten Soldaten zur Seite, der unmittelbar neben ihr zu Fall gekommen war, streckte ihr seine Riesenhand entgegen und half ihr auf die Beine.

»Alles in Ordnung, Herzchen?«, fragte der Bolg und musterte ihr Gesicht, als sie mit ausdrucksloser Miene auf das Schlachtfeld starrte. Rhapsody nickte. Sie zitterte am ganzen Leib und rieb sich, als fröstelte sie, mit den Händen über die Oberarme. Ansonsten aber zeigte sie keine Regung.

»Darauf kannst du dir was einbilden«, sagte Achmed, und seinem Tonfall war zu entnehmen, dass er grinste. »Die sind offenbar dem Motto gefolgt: Dich sehen und sterben.«

Rhapsody gingen zwischen den Toten umher und blieb schließlich vor Karvolts Leiche stehen. Die beiden Männer sahen, wie sich ihr schlanker Rücken kerzengerade versteifte. Nach einer Weile hockte sie sich nieder und drehte den Leichnam, bei den Schultern gepackt, herum, um das Gesicht besser erkennen zu können. Und dann war ihr förmlich anzusehen, wie sich eine Welle aus Wut und Abscheu in ihr aufbaute.

Sie sprang auf und versetzte dem Kopf des Toten einen deftigen Tritt mit dem Fuß und gleich darauf einen zweiten und dritten, der noch wuchtiger war. Zwischen flachen Atemstößen spukte sie Flüche aus, wie sie obszöner nicht hätten sein können.

Grunthor war sichtlich beeindruckt und grinste übers ganze Gesicht. »Sapperlot! Ich hör wohl nich richtig. Mir scheint, sie kennt den Burschen.«

Achmed schmunzelte. »Wie kommst du darauf? Sieh zu, wie du sie wieder beruhigst. Wir müssen weiter.«

Der Rauch des Frühstücksfeuers hing schwer in der drückenden Morgenluft und mischte sich unauffällig mit dem aufsteigenden Nebel, was Achmed gut zupass kam. Um sich die Beine zu vertreten, war das Mädchen kurze Zeit vorher zu einem Spaziergang aufgebrochen. Obwohl er sie nicht sehen konnte, spürte er doch ihren Herzschlag, der ruhig und gleichmäßig war und ihm die Sicherheit gab, dass sie an Flucht nicht einmal dachte. Er schürte das Feuer und rührte den klumpigen Brei, der in einem Topf darüber garte.

Die Worte, mit denen sie sich verabschiedet hatte, waren die ersten gewesen, die sie nach langem, die ganze Nacht hindurch anhaltendem Schweigen von sich gegeben hatte. Grunthor hatte sich während des nächtlichen Marsches mehrfach nach ihrem Befinden erkundigt, was ihm jedes Mal mit einem höflichen Kopfnicken quittiert worden war. An ihrem starren Blick glaubte der Riese ablesen zu können, dass sie immer noch unter Schock stand, doch Achmed vermutete, dass sie im Geiste alte Pfade beschritt, Pfade, die rauer waren als die steinigen Felder, die vor ihnen lagen. Wie auch immer, ihm war die eine wie die andere Erklärung ziemlich egal.

Allerdings legte er Wert darauf, Rhapsody auch weiterhin in seiner Begleitung zu wissen. Das hatte er schon beim Aufbruch aus Ostend so gesehen, und inzwischen war er sogar überzeugt davon, dass sie ihm noch nützlich sein mochte. Seine Sicherheit sah er nicht durch sie gefährdet, und dass sie Probleme mit dem Luftverschwender hatte, kümmerte ihn nicht weiter. Für ihn zählte nur eins: dass er über sie die Chance wahrte, in Erfahrung zu bringen, was mit seinem Namen geschehen war.

Von dem unsichtbaren Sklavenjoch, das er unter dem Einfluss des F'dor hatte tragen müssen, war er jedenfalls befreit, das spürte er. Es war genau in dem Augenblick von ihm abgefallen, als Rhapsody ihn in jener dunklen Seitengasse von Ostend auf ihre mysteriöse Weise angesprochen hatte. Mehr noch, sie hatte nicht nur seinen Rufnamen geändert, sondern einen ganz anderen Menschen aus ihm gemacht. So viel Macht in der Hand eines Mädchens, das ansonsten einen leicht verrückten Eindruck machte, fand er dann doch sehr gefährlich. Wer den Willen des F'dor zu beugen vermochte, hatte offenbar in der Tat ungeheuere Möglichkeiten. Eine Verrückte mit Macht. *Fabelhaft*, dachte Achmed schnaubend.

Auf sein Erbe schien sich der Namenswechsel allerdings nicht ausgewirkt zu haben. Nach wie vor hörte er die Herzen von Millionen schlagen, in seinen Träumen und in jedem wachen Augenblick, so wie immer seit seiner Geburt.

Was seine neue Identität im Einzelnen ausmachte, würde sich noch zeigen müssen. Auch darum war es unerlässlich, dass sie bei ihm blieb, wenigstens bis zur Ankunft an ihrem gemeinsamen Bestimmungsort. Er brauchte völlige Klarheit und konnte keine offene Frage dulden. Vor seiner Versklavung war der Bruder nicht nur Herr über sein eigenes Schicksal gewesen, sondern auch über das all derer, die er sich erwählte. Womöglich hatte die Benennerin ihn durch ihr Tun in diesen Stand zurückversetzt – oder auch nicht. Er tappte im Dunkeln. Andere wären glücklich über ihre Rettung gewesen; Achmed war bloß verärgert.

In der Ferne hörte er zarte, helle Töne im auffrischenden Morgenwind erklingen, Töne, die das ewige Pochen in seinem Blut erträglicher machten und Klarheit in seine Gedanken brachten. Das Mädchen hatte zu singen angefangen. Gelbrotes Sonnenlicht durchbrach das dunkle Himmelsblau und ließ den Dunst aus Rauch und Nebel aufleuchten. Er drehte sich um und schaute zu Grunthor, der gerade erwacht war und in die Richtung blickte, die das Mädchen wie in Trance eingeschlagen hatte. Der Riese schüttelte den Kopf, als wollte er den Schlaf abschütteln, und begegnete dem Blick des Gefährten.

»Was ist das?«

Der Mann, der jetzt Achmed, die Schlange hieß, rührte den scharf riechenden Brei kräftig durch.

»Sie hält Andacht.«

»Hä?«

Er klopfte den Löffel am Topfrand ab. »Sie ist eine Liringlas, eine Himmelssängerin, also eine von denen, die den Auf- und Niedergang der Gestirne besingen.«

Der Riese grinste breit. »Wie lieblich. Was du nich alles weißt. Woher?«

Achmed zuckte nur mit den Schultern. Dhrakier und Lirin unterhielten von alters her enge Beziehungen. Den Riesen über Einzelheiten aufzuklären war ihm jetzt nicht wichtig genug.

Wenig später war das schöne Lied verklungen, und das wohlige Empfinden, das es mit sich gebracht hatte, ging wieder verloren. Als Rhapsody ins Lager zurückkehrte, hatte sich Achmeds verhüllte Miene wieder verfinstert. Sie aber zeigte sich wie verwandelt, gut gelaunt, fast heiter.

»Guten Morgen«, grüßte sie lächelnd.

Grunthor erwiderte ihr Lächeln. »Morgen, Herzchen. Fühlst du dich besser?«

»Ja, danke. Guten Morgen, Achmed.« Ohne auf eine Antwort zu warten, nahm sie neben ihrem Gepäck Platz und öffnete die Lederriemen. »Vielen Dank für ... euren Beistand letzte Nacht.«

Die Sonne zerschnitt den Horizont in ihrem Rücken und überflutete sie mit rosig goldenen Strahlen, die ihre Haare aufleuchten ließen. Sie nahm ein Stück Brot aus der Westentasche und klopfte die Krumen von den langen Ärmeln der weißen Musselinbluse, die von Gras und Erde ganz dreckig geworden war. Mit ausgestreckter Hand bot sie den anderen an, das Brot mit ihr zu teilen, worauf diese aber kopfschüttelnd verzichteten.

»Beeil dich«, sagte Achmed und löffelte Brei in zwei verbeulte Blechnäpfe. »Wir haben heute noch eine weite Strecke zurückzulegen.«

Rhapsody hörte plötzlich zu kauen auf und schluckte, was ihr sichtlich Mühe machte. »Wir? Heute? Was soll das heißen?« Wortlos reichte Achmed dem Riesen einen der beiden Näpfe und fing selbst zu essen an, ohne auf ihre Frage geantwortet zu haben. »Michaels Leute sind doch alle tot, wenn ich mich richtig erinnere.«

Der Dhrakier senkte seinen Napf. »Seid ihr Benenner alle so voreilig in euren Vermutungen? Er hat viele Männer. Der Trupp von gestern war nur eine kleine Abteilung. Glaubst du wirklich, das wäre schon alles, was er aufzubieten hat?« Er ignorierte Grunthors Blick, der ihn von der Seite traf, und löffelte weiter.

Rhapsody wurde ganz blass im Gesicht; ihre Miene aber blieb ruhig und gelassen. »Wie weit ist es bis zum Baum?«

»Nicht ganz zwei Wochen, wenn das Wetter mitspielt und die Strecke frei bleibt.«

Wieder nickte die Sängerin. »Und ihr wollt immer noch, dass ich mit euch komme?«

Achmed holte mit dem Zeigefinger die letzten Breireste aus den Tiefen des Napfes, schleckte sie ab und putzte dann, ehe er ihn zu seinen Sachen steckte, den Napf und das übrige Geschirr mit einem Grasbüschel sauber. Erst als er sein Gepäck geschultert und seine Waffe unter den schwarzen Umhang gesteckt hatte, antwortete er: »Wenn du mit uns Schritt halten kannst und keine dummen Fragen stellt, werde ich darüber nachdenken.«

Sie legten ein brutales Tempo vor, marschierten in langen Streckenabschnitten, mal bei Tage, mal bei Nacht, und gönnten sich kaum eine Rast. Achmed bestimmte, wann und in welcher Richtung es weiterging; Rhapsody hatte den Eindruck, als folgte er einem inneren Sinn, der ihn vor Gefahren warnte.

Manchmal hielten sie sich stundenlang versteckt, um Fremde, die des Wegs kamen, passieren zu lassen. Solche Pausen nutzte sie zum Schlafen, wusste sie doch nie, wann sich die nächste Gelegenheit dazu bieten würde. Wenn es Achmed für richtig erachtete, marschierten sie auch manchmal einen ganzen Tag lang durch. Die Männer waren ein schnelles Tempo gewohnt. Anfangs tat sich Rhapsody noch etwas schwer, aber nach einer Woche war sie gut in Schwung und ebenso flink auf den Beinen.

Schließlich, gegen Mittag des zwölften Tages, zeigte Achmed nach Süden und blieb stehen. Mit dem Riesen tauschte er ein paar getuschelte Worte in einer Sprache, die Rhapsody außer zwischen den beiden nirgends sonst je gehört hatte.

Grunthor wandte sich ihr zu und fragte: »Na, Herzchen, wie sieht's aus? Schaffst du jetzt auch noch ein Dauerläufchen über zehn Meilen?«

»Einen Dauerlauf? Es wird Zeit, endlich mal wieder eine Rast einzulegen. Ich kann mich kaum mehr auf den Beinen halten.«

»Das hab ich befürchtet. Sei's drum, na, komm.« Er ging in die Hocke und klopfte sich auf die Schulter. Rhapsody starrte ihn verwundert an; sie war vor Erschöpfung ganz verwirrt und brauchte eine Weile, bis sie verstand, dass er sie auf den Schultern tragen wollte, was ihr überhaupt nicht gefiel. Allein der Anblick der vielen Hefte und Klingen, die, in verschiedenen Schlingen und Scheiden steckend, seinen Rücken kreuzten, ließ sie erschauern.

»Nein, tut mir Leid, das kann ich nicht.«

Nun wandte sich auch der Verhüllte ihr zu. Er war merklich verärgert und sagte: »Wir sind fast am Ziel. Du hast die Wahl: Sollen wir dich hier zurücklassen, oder willst du Grunthors Angebot nicht doch lieber annehmen? Die Wälder sind schon zu sehen – nicht aber diejenigen, die sie verteidigen. Wir leben in gefährlichen Zeiten. Diese Burschen gehen kein Risiko ein und fackeln nicht lange, wenn Fremde an ihren Außenposten vorbeikommen.«

Rhapsody blickte sich um. Sie hatte keine Ahnung, wo sie war, und sah auch keinen Wald. Während des so überaus anstrengenden Marsches hatte sie schon mehrmals in Erwägung gezogen, zurückzubleiben und die beiden ziehen zu lassen, in der Hoffnung, mit ein wenig Glück auf angenehmere Weggefährten zu treffen. Aber wie schon zuvor musste sie sich auch jetzt eingestehen, dass sie den beiden ihr Leben verdankte und sich in ihrer Gesellschaft zumindest sicher fühlen konnte. Also schluckte sie ihr Unbehagen hinunter und stimmte zu. »Na gut, aber zuerst versuche ich's auf eigenen Beinen.«

»Wie du meinst, Herzchen. Wenn du müde bist, sag mir Bescheid.«

Sie verdrehte die Augen. »Müde bin ich schon seit Tagen. Ich melde mich, wenn ich nicht mehr weiter kann.«

»Einverstanden«, sagte der Riese.

Der Mond nahm ab. Von einem Hof aus blutrotem Dunst umgeben, schwebte er über den Horizont wie ein stummer Zeuge der vom F'dor gestellten Szene.

Der hatte aus der Tiefe des dunklen Tempels einen Ruf ertönen lassen, der durch den massigen steinernen Turm gedrungen war und nun schwarz am nächtlichen Himmel stand.

Der hoch aufragende Obelisk war ein architektonisches Wunder, ein Meisterwerk der Zusammenarbeit von Mensch und Natur. Tausende von Tonnen aus Basalt und Obsidian schwangen sich auf in die Dunkelheit über der gut versteckten Höhle in den Kammlagen des verbotenen Gebirges im Norden von Serendair. Als Turm der Mammutfestung, der tief unter der Oberfläche sein Fundament hatte, durchstach der schwarze Monolith die vom Wind zerrissene Wolkendecke, reckte sich mit geradezu hochmütigem Stolz in den Himmel und lief in einer Spitze aus, in die das Abbild eines einzelnen Auges eingraviert war. Kaum hatte der F'dor seinen Gesang angestimmt, lösten sich die in der feuchten Luft rings um die Turmspitze hängenden Nebelschleier auf. Das Auge machte sich bereit.

Die uralte Beschwörungsformel, vor dem Altar des Blutopfers intoniert, war einer längst ausgestorbenen Sprache entlehnt; sie stammte aus der fernsten Vorzeit, in der die Elemente des Universums geboren worden waren. In ihr kam die ursprünglichste aller Verbindungen zum Ausdruck: die Verwandtschaft zwischen dem Element des Feuers und der aus ihm hervorgegangenen Rasse der F'dor.

Die wenigen noch lebenden F'dor – jene gespenstischen Wesen von habgieriger, neidischer Natur – trachteten danach, die Welt in Schutt und Asche zu legen. Wie das Feuer, dem sie entstammten, hatten die F'dor keinen festen Körper und zehrten – wie Flammen von Brennstoff – von einem Wirt, der unweigerlich zugrunde ging.

Der Dämonengeist, der sich Tsoltans, des Hohepriesters der Göttin der Leere, bemächtigt hatte, war langsam und geduldig zur Macht aufgestiegen. Im feurigen Bauch der Erde geboren, hatte er diesen Aufstieg von langer Hand und Schritt für Schritt geplant und mit viel Bedacht seine jeweiligen Wirte ausgewählt, von denen er nach Lust und Verlangen schmarotzte.

Die ersten Wirte waren noch schwach und einfältig gewesen. Nach und nach wechselte er auf mächtigere Stützen über, gab sich aber auch ihnen nicht zu erkennen. Die Inbesitznahme von Tsoltan war ein ausgesprochener Glücksfall gewesen. Der hatte zu diesem Zeitpunkt sein Priesteramt gerade erst angetreten und verlieh ihm doppelte Kraft, zumal er selbst ein zweigeteiltes Leben führte, nämlich zum einen als Mensch unter Menschen, zum anderen als Dämon im Schattenreich des schwarzen Feuers.

Doch nichts davon gab ihm die Macht über den Bruder zurück.

Vom Sockel des Turms stieg Nebel in die sommerlich schwüle Luft des Nachthimmels auf. Heißer Dampf wallte und tanzte im heller werdenden Mondlicht und nahm allmählich menschliche Gestalt an.

Zuerst war es nur eine, aber zu ihr gesellten sich immer mehr, bis schließlich eine Vielzahl schimmernder Gestalten das starrende Auge in der Spitze des Obelisken umringte. Sie waren alle wie der Bruder gekleidet, doch an Stelle von Gesichtern zeigte sich nur Schwärze im Ausschnitt der Kapuzen. Die Gewänder aus Nebel schienen an dürren Gerippen zu hängen, die aber, je länger der Gesang andauerte, scheinbar Fleisch ansetzten, sehnige Muskeln und flammende Klauen ausbildeten – Zeichen der dämonischen Kraft, die sie gebar: die tausend Augen der F'dor, der Shing.

Tief unten in der riesigen Grotte sah Tsoltan dem Schauspiel durch das Obeliskenauge zu und bebte vor Anstrengung und Freude. Die Gestalten schwebten reglos in der Luft und sogen die Hitze auf, die er ihnen auf eigene Kosten an Kraft zuteil werden ließ.

In den leeren Kapuzen war hin und wieder ein Glimmern zu sehen, Widerspiegelungen des Mondlichts vielleicht, wohl eher aber Reflexionen der Linse des riesigen Auges, das sie nun bildeten. Wie ihr Meister ein Pendler zwischen zwei Welten, waren die Shing soeben aus dem Reich der Geister auf die Ebene der Fleisch gewordenen Menschen hinübergewechselt – und warteten. Sie waren flüchtig wie der Wind, aber nicht so unstet: Einmal auf ein Opfer angesetzt, verfolgten sie es so unnachgiebig wie die Zeit und unerbittlich wie der Tod.

Tsoltan klammerte sich am Rand des Altars fest. Seine Kräfte nahmen ab wie der Mond über den Feldern. Gleich würden sich seine tausend Augen auf den Weg machen und alle Winkel der Welt absuchen, bis sie ihre Beute endlich gefunden hätten. Und dann würde Entsetzliches zu erwarten sein.

Der Dämonenpriester konnte sich kaum mehr auf den Beinen halten, sosehr hatten ihn die Shing geschwächt. Tsoltan fragte sich, ob denn der Bruder seinen Opfermut überhaupt zu würdigen vermochte. Er knickte in den Knien ein, prallte mit dem Kopf auf den Boden, schlug sich die Brauen auf und befleckte das schwarze Gestein mit seinem Blut.

»Der Bruder«, flüsterte er winselnd. »Findet ihn!«

Tsoltan, der Hohepriester, halb Mensch, halb Dämon, wälzte sich auf den Rücken und starrte in die Finsternis nach oben, wo in schwindelnder Höhe und unter dem Blick des einzelnen Auges tausend Shing mit dem Wind davonschwirrten.

5

Aus Gründen der Sicherheit verzichteten sie meist auf ein Lagerfeuer. Wenn denn mal ausnahmsweise eines brannte, rückte Rhapsody zum Schlafen möglichst nahe heran. Zwar hielt die hochsommerliche Hitze bis tief in die Nacht vor, doch war ihr der Rauch und das knisternde Holz eine tröstliche Erinnerung an ihr Zuhause, das sie schon so lange nicht mehr gesehen hatte.

In der Nähe des Feuers veränderten sich die Stimmen, die sie im Traum hörte. Sie wiederholten nicht länger die höhnischen Worte Michaels und seiner Bande, sondern riefen glückliche Erinnerungen aus längst vergangenen Zeiten in die Gegenwart zurück, wenn auch nur für kurze Augenblicke. Dann schwand alle Furcht, und ihr wurde wohl ums Herz.

»Mama, erzähl mir von dem großen Wald.«

»Aber zuerst steigst du in den Waschzuber. Komm, halt dich an meiner Hand fest.« Seifenblasen schimmerten im Schein des Feuers, zogen schwebend bunte Schlieren und zerplatzten vor dem lächelnden Gesicht der Mutter.

Das Wasser war so warm wie die vom Herd geheizte Luft. »Was hast du mir diesmal ins Bad gegeben?«

»Setz dich ganz rein. Lavendel, Zitronenmelisse, Hagebutte, Schneefarn ...«

»Schneefarn? Kann man den auch essen?«

»Natürlich. Was glaubst du, warum das Wasser wohl so heiß ist? Ich bade dich nicht, ich bereite eine leckere Suppe vor.«

»Ach Mama, zieh mich nicht auf. Erzähl mir doch bitte von dem Wald. Sind die Lirin, die darin leben, so wie wir?«

Die Mutter hockte sich auf die Fersen, verschränkte die bloßen

Arme und lehnte sich rücklings an den Zuberrand. Ihre Miene wirkte heiter entspannt, doch um die Augen lag ein Schatten, wie immer, wenn sie mit den Gedanken in die Vergangenheit zurückkehrte.

»Im Großen und Ganzen, ja. Sie sehen uns ähnlich, ähnlicher jedenfalls als die Menschen. Allerdings haben sie eine etwas andere Hautfarbe.«

»Inwiefern?«

»Sie ist abgestimmt auf ihre Umgebung, den Wald, während unsere Hautfarbe besser zu unserem Himmel passt und den Feldern, die wir, die Liringlas, bestellen.« Mit sanftem Nachdruck löste sie der Tochter die Schleife aus dem Haar. »Wenn du im Wald leben würdest, wären zum Beispiel deine schönen goldenen Haare wahrscheinlich braun oder rostrot, so auch deine grünen Augen. Deine Haut wäre dunkler, weniger rosig. Kurzum, du würdest zwischen all den Sträuchern und Bäumen weniger schnell auffallen.« Ein Schwall warmen Wassers ergoss sich über den Kopf des Mädchens.

»Mama!«

»Entschuldige, aber was zappelst du auch so?«

»Gibt's unter den Wald-Lirin auch kleine Mädchen?«

»Natürlich. Und kleine Jungs. Frauen und Männer, Häuser und Städte, die allerdings etwas anders sind als unsere.«

»Ob ich die wohl eines Tages zu sehen bekomme? Werde ich ein Blütejahr haben und wie du damals in den Wald gehen dürfen?«

Sie fühlte ein sanftes Streicheln über die Wange, und die Mutter blickte noch ein bisschen trauriger drein. »Wir werden sehen. Wir leben unter Menschen, Kind; hier ist unser Zuhause. Deinem Vater würde es nicht gefallen, wenn du den Gebräuchen meiner Familie folgtest und uns für so lange Zeit verließest. Und wer könnte ihm das nicht nachempfinden? Denn was sollten wir nur anfangen ohne unser Mädchen?«

»Unter den Lirin wäre ich doch sicher, oder? Sie würden mich doch nicht etwa dafür hassen, dass ich halb Mensch bin?«

Die Mutter schaute weg. »Niemand wird dich hassen. Niemand.« Sie breitete das große Badetuch aus. »Komm, steh jetzt auf. Und Vorsicht beim Aussteigen.« Ein kühler Luftzug, das grobe Tuch auf nasser Haut. Dann das warme, weiche Nachthemd, das sie umhüllte, und die Arme der Mutter. »Setz dich auf meinen Schoß, ich will dir die Haare kämen.«

»Erzähl mir vom Wald, bitte.«

Ein tiefer, melodischer Seufzer. »Er ist weiter als das Auge reicht, unvorstellbar groß, voll von Düften und Geräuschen des Lebens. Du kannst dir im Traum nicht ausmalen, wie vielfältig allein die Farben der Bäume sind, die dort wachsen. In allen Lebewesen klingt ein Lied, das Lied des Waldes. Die Menschen nennen ihn den Zauberwald, weil ihnen vieles von dem, was darin wächst und lebt, fremd ist. Die Lirin aber kennen den Wald bei seinem wahren Namen: Yliessan, das heißt der heilige Ort. Falls du jemals nicht mehr weiter wissen solltest, wirst du im Wald willkommen sein, denn du bist ja von Lirinscher Abstammung.«

Das Knistern des Feuers, der flackernde Flammenschein auf dem Haar der Mutter. »Erzähl mir von Windershins Bach, vom Teich der Herzenssehnsucht und vom Graufluh. Und von dem Baum, Mutter, erzähl mir von der Sagia.«

»Du kennst die Geschichten doch besser als ich.«

»Bitte ...«

Durchs Haar fahrende Finger, die kratzenden Zinken des Kamms. »Na schön, ich erzähl dir von der Sagia, und danach halten wir Andacht.

Der Große Baum wächst im Herzen des Waldes Yliessan, im nördlichen Bogen. Er ist so hoch, dass man die unteren Zweige kaum erkennen kann. Den Wipfel, der bis zum Himmel reicht, sieht nur ein Vogel.

In den Legenden heißt es, dass er genau an dem Ort steht, wo die Zeit einst ihren Anfang nahm und wo das Licht der Sterne zum ersten Mal auf die Erde traf. Die Sagia ist uralt, sie bezieht ihre Kraft aus der Zeit. Man nennt sie bisweilen auch ›Eiche der tiefen Wurzeln‹, denn ihre Wurzeln erstrecken sich bis zu den anderen Orten der Erde, an denen die Zeit ihren Anfang nahm.

Es heißt, dass die Stammwurzel die Erdachse bildet und dass sich die kleineren Wurzeln über das gesamte Inselreich ausgebreitet haben und alles, was auf ihr wächst, zusammenhalten.

Zumindest trifft das auf den großen Wald zu, da bin ich mir ganz sicher. Es ist die Kraft der Sagia, die das Yliessan-Lied hervorbringt und den Wald schützt. Und nun komm, Kind, die Sonne geht schon unter.«

Kühler Abendwind, am Horizont ein Streifen tintenschwarzer Wolken; der blassblaue Himmel, darin der helle Stern, dessen Schein sich über Felder, Täler und das sanft geschwungene Hügelland legt. Dann die klare, liebliche Stimme der Mutter und der noch unbeholfene Versuch, den Klang zu imitieren. Eine einzelne Träne auf der zarten Wange der Mutter.

»Sehr schön, Kind; du lernst schnell. Kennst du den Namen des hellen Sterns?«

»Natürlich, Mama, das ist Seren. Nach ihm ist unser Land benannt.«

Der Mutter herzliche Umarmung. »Das ist auch dein Stern, Kind. Unter ihm hast du das Licht der Welt erblickt. Weißt du noch, was in unserer Sprache ›mein Leitstern‹ heißt?«

»*Aria?*«

»Richtig, sehr gut. Denk immer daran: Du lebst zwar in der Welt der Menschen und trägst einen Menschennamen, gehörst aber gleichzeitig auch einem stolzen, edlen Volk an, weshalb dein zweiter Name ein Lirin-Name ist. In dir klingt die Musik des Himmels, und du bist wie alle Lirin eines seiner Kinder. Seren steht am Südhimmel über dem Wald Yliessan. Sollte es dir einmal schlecht ergehen, bist du dort willkommen. Wenn du deinen Leitstern findest, wirst du nie verloren sein.«

Der Druck einer riesigen, Klauen bewehrten Hand, der scharfe Rauch eines Lagerfeuers. Kühle Morgenluft und eine tiefe Stimme, die den süßen Klang der Erinnerung übertönte.

»Herzchen? Bist du wach?«

Wenn du deinen Leitstern findest, wirst du nie verloren sein.

Rhapsody richtete sich benommen auf und griff in die Luft, als wollte sie die Erinnerung festhalten. Doch der Traum war verflogen. Tief betrübt über den Verlust, stand sie auf und klopfte den Umhang aus, der voller Grasspelzen war.

»Ja. Von mir aus kann's weitergehen.«

Schon seit einigen Tagen lag der Lirin-Wald in Sichtweite, doch Rhapsody erkannte erst jetzt, worauf sie zuliefen.

Als er zum ersten Mal jenseits der Weiten Marschen am Horizont in Erscheinung getreten war, hatte sie gen Osten zu blicken geglaubt und den dunklen Streifen in der Ferne für die Küstenlinie gehalten. Wie das Meer breitete sich der Wald vor ihnen aus. Darüber flirrte heiße Sommerluft, die ihm eine mystische Aura verlieh. Trotz der vielen Geschichten, die sie von der Mutter her kannte, war sie auf den Anblick des mächtigen Waldes und auf den Zauber, der ihn umwehte, völlig unvorbereitet.

Die drei hielten sich gerade im hohen Gras der endlosen Wiesenlandschaft versteckt, als ihr – es war um die Mittagszeit – plötzlich bewusst wurde, was es mit dem dunklen Panorama in der Ferne auf sich hatte. Unvermittelt richtete sie sich auf und starrte wie gebannt in Richtung Wald. Grunthor packte mit seiner Pranke zu und zog sie in den Schutz des Grases zurück.

»Runter mit dir! Was fällt dir ein?«

Wütend riss sie sich von ihm los. »Was fällt *dir* ein? Da ist doch niemand, der uns gefährlich werden könnte, und ich will den Wald sehen.«

»In Deckung«, flüsterte Achmed mit heiserer Stimme und erstickte Rhapsodys Protest im Keim. Er starrte über die Grasspitzen hinweg in westliche Richtung und hob die offene Hand, den Zeigefinger ausgestreckt. »Sie haben dich gesehen.«

In einiger Entfernung war ein leichtes Wogen im Wind auszumachen, sonst nichts. Nach einer Weile blickte Rhapsody zur Seite und sah, dass Achmed immer noch reglos auf der Stelle kauerte und mit geschlossenen Augen angestrengt in die Luft lauschte. Wieder schaute sie nach Westen, wo das Gras wogte, ansonsten aber nichts zu erkennen war, was sie hätte aufmerken lassen.

Doch dann, den Blick ein Stück weiter in südwestliche Richtung gelenkt, glaubte sie ihren Augen kaum zu trauen, als sie hinter dichtem Buschwerk gar nicht weit entfernt ein Gesicht auftauchen sah, das farblich von der Umgebung fast nicht zu unterscheiden war. Das braun-goldene Haar ging wellig und nahezu unmerklich ins hohe Gras über. Von fast gleicher Farbe war das schmale Gesicht, bei dessen Anblick Rhapsody wehmütige Erinnerungen überfielen und ihr die Kehle zuschnürten.

Die großen, mandelförmigen Augen, die hohen Jochknochen, die schimmernde, fast durchscheinende Haut, die schlanke, von Sträuchern halb verdeckte Gestalt, die langen, muskulösen Gliedmaßen – typisch Lirin. Allerdings war das Gesicht, das sie sah, deutlich dunkler als das ihrer Mutter oder der Liringlas, die ihr in der Gegend westlich von Ostend über den Weg gelaufen waren. Vielleicht gehörte dieses Wesen dem Volk der so genannten Lirinved an, einer nomadischen Zwischen-Art, die sowohl im Wald als auch auf den Feldern zu Hause war und sich nirgends auf Dauer niederlassen mochte.

Nicht weit hinter der Vorhut entdeckte sie nun viele andere, die sich im hohen Gras nach Westen hinbargen. Eine Wolke rückte vor die Sonne und warf einen Schatten auf das Feld, und in dem kurzen Moment plötzlicher Dunkelheit sah sie das Funkeln einiger Dutzend Augenpaare.

Rhapsody konnte ihren Blick nicht abwenden, nahm aber am Rand des Gesichtsfeldes ein Aufblitzen von Metall wahr. Achmed hatte seine Cwellan gezogen, so lautlos, wie die Wolke sich vor die Sonne geschoben hatte. Kampfbereit hielt er die Waffe mit beiden Händen gepackt.

Grunthor hatte von ihr abgelassen und die Hand zurückgezogen, wohl, wie sie fürchtete, um seinerseits zur Waffe zu greifen. Dass ihre Wangen glühten, registrierte sie als Anzeichen aufkommender Panik, die ihr sonst nicht aufgefallen wäre, weil sie fieberhaft darüber nachdachte, wie die drohende Katastrophe abgewendet werden konnte.

Der verhüllte Mann hielt sich zurück, was sie hoffen ließ. Vielleicht hatte er ja gar nicht die Absicht zu kämpfen. Dass sich Achmed und der Firbolg, obwohl zahlenmäßig klar unterlegen, im Falle einer Konfrontation würden behaupten können, stand für Rhapsody außer Zweifel, zumal sie sich mit Entsetzen an das Blutbad erinnerte, das die beiden unter Michaels Männern angerichtet hatte. Allerdings befanden sie sich hier auf Lirinschem Terrain, und ob oder wie die anderen dies zu nutzen wussten, war noch nicht abzusehen.

Offen war auch für sie die Frage, auf welche Seite sie sich schlagen sollte, wenn es hart auf hart käme. Obwohl die beiden Reisegefährten ihr das Leben gerettet und ihr nichts zuleide getan hatten, traute sie ihnen nicht recht über den Weg. Der Gedanke an das Gemetzel unter Michaels Soldaten erfüllte sie nach wie vor mit Schrecken und Argwohn gegen die beiden.

Zwar empfand sie den Lirin gegenüber eine tiefe Seelenverwandtschaft, doch war zu fürchten, dass sie in deren Augen womöglich einen Feind darstellte. *Die Wälder sind schon zu sehen,* hatte Achmed gesagt, *nicht aber diejenigen, die sie verteidigen. Wir leben in gefährlichen Zeiten. Diese Burschen gehen kein Risiko ein und fackeln nicht lange, wenn Fremde an ihren Außenposten vorbeikommen.* Wie dem auch sein mochte, ihr war jedenfalls klar, dass die beiden Gefährten ohne Weiteres auf sie verzichten konnten. Ein leises Klicken im Hintergrund verriet ihr, dass Achmed die Cwellan scharf machte.

Der Wind wehte ihr das dürre Gestrüpp ins Gesicht. Sie machte die Augen zu, um sich vor den winzigen Samenkörnern zu schützen, die, wie sie wusste, jederzeit aus den getrockneten Kapseln herausplatzen mochten. Während ihrer Ausbildung als Benennerin hatte sie das Weidegras, die Futterpflanze der weiten Ebenen dieser Welt, zu botanisieren gelernt. *Hymialacia* war ihr wahrer Name.

Der wahre Name. Im Licht dieser Antwort verlor Rhapsody plötzlich alle Angst. Sie räusperte die Kehle, die ihr durch Hitze und Furcht ganz ausgetrocknet war, und fing zu flüstern an.

Hymialacia, sagte sie in der musikalischen Sprache ihrer Zunft. *Hymialacia, Hymialacia, Hymialacia.* Ihre Haut summte in Resonanz der gesungenen Töne, die auf natürliche Weise wechselnde Klangmuster und Rhythmen bildeten.

Achmed, der neben ihr kauerte, streckte seine Hand aus und legte sie ihr auf den Rücken. Die Zaghaftigkeit der Berührung ließ Rhapsody vermuten, dass er sie nicht mehr sehen konnte. Sie hatte sich nämlich dem Weidegras ringsum so täuschend ähnlich angepasst wie die Lirin; mehr noch – sie war identisch mit dem Gras.

Rhapsody langte hinter sich und tastete nach Achmeds Hand.

Behutsam ließ sie ihre Finger in die behandschuhte Faust gleiten, ohne das geflüsterte Lied des Grases zu unterbrechen, das sich wie ein Refrain immer wieder aufs Neue wiederholte.

Ich bin Hymialacia. Achmed die Schlange ist Hymialacia. Ein ums andere Mal wiederholte sie ihren Namen, ließ auch den Windgesang, die vorüberziehenden Wolken und den Namen der Stille in den Refrain mit einfließen. Achmeds Händedruck pulsierte wie ein Herz, und sie wusste, dass er sie verstand.

Wenig später flüsterte er Worte in einer ihr unbekannten Sprache, worauf sich Grunthor zu ihr umdrehte und ihr eine Aufgabe abverlangte, die ungleich schwerer war, denn sie kannte seinen wahren Namen nicht.

Nur wenige Schritte entfernt raschelte es im Gras. Die Lirin waren auf breiter Front herangeschlichen und schon fast zur Stelle. Rhapsody schloss die Augen und berührte die Schulter des Riesen.

Bühel, sang sie leise. Es war ein Wort, das sie seit ihrer Kindheit kannte, als sie mit dem Vater ausgedehnte Wanderungen über die offenen Felder und Hügel unternommen hatte. Das Wort war ihr dann wieder zu Anfang ihrer Studien der Kräuterlehre begegnet; es bezeichnete einen kleinen Hügel, einen Erdwulst.

Rhapsody sang das Namenslied unablässig weiter, auch als sie die Augen öffnete und feststellte, dass sich Grunthor in einen grasbewachsenen Buckel verwandelt hatte, auf dem kleine Baumschösslinge wurzelten. Bühel, *Hymialacia. Der Wind. Die Wolken. Hier ist nichts als das Gras der Weide.*

Durch die Sträucher, die vor ihr wucherten, konnte sie Beine erkennen, die in ledernen Stiefeln und Hosen steckten. Die Lirin waren so nahe, dass Rhapsody ihren Atem zu hören glaubte. *Bühel,* wisperte sie und kämpfte gegen das Zittern ihrer Stimme an, die zu kippen drohte. *Hindernis. Tückischer Grund. Grube. Bühel.*

Die näher kommenden Beine verlangsamten ihre Schritte, blieben aber nicht stehen, sondern wichen zur Seite hin aus und umgingen die Stelle, an der sich Achmed aufhielt, wie Rhapsody wusste. Von ihm selbst aber sah sie nichts, nur wogendes Gras, und sie hörte auch nichts außer ihren eigenen Gesang, das Summen von Insekten und das Rascheln unter den Füßen der Lirin. Alles, was sie spürte, war die sengende Hitze der Sonne und der Wind in ihren Haaren. *Hymialacia.*

Immer und immer wieder sang sie den Refrain, bis die Sonne ein ganzes Stück weiter gewandert war und ihr direkt ins Gesicht strahlte. Rhapsody zwinkerte mit den Augen. Es war Nachmittag geworden, und das Licht der Sonne fiel im stumpfen Winkel auf die goldenen Felder und das gelbbraune Gras. Das Namenlied verklang. Ihr Mund war ausgetrocknet, so verausgabt hatte sie sich, und die Stimme ließ sie im Stich.

Zur Linken teilte sich das Gras. Achmed ließ ihre Hand los und erhob sich.

»Sie sind weg, außer Reichweite«, sagte er.

Rhapsody schaute nach rechts. Vor ihren Augen reckte und streckte sich der kleine Hügel; er wuchs in die Höhe, und die Baumschösslinge verwandelten sich zurück in jene Waffen, die Grunthor in seinem Wehrgehänge auf dem Rücken trug. Was soeben noch ein begraster Erdwulst gewesen war, lächelte ihr nun breit entgegen.

»Also, das war wirklich beeindruckend, Herzchen.«

»Allerdings«, pflichtete ihm Achmed bei. »War das etwa auch ein ›erstes Mal‹ für dich?«

Rhapsody wollte gerade eine Antwort geben, als die Wolkendecke plötzlich zur Seite hin abzudriften schien. Achmeds Hand schnellte nach vorn, packte sie beim Ellbogen und half ihr, auf den Boden zu sinken. Auf dem Rücken liegend, starrte sie unter die Himmelskuppel und sah blaue Kreise darin schwimmen. »Wasser, bitte«, krächzte sie und fiel in Ohnmacht.

Wie grauer Nebel senkte sich der Abend über das Feld. Rhapsody war noch nicht wieder bei Besinnung. Still und reglos lag sie da. So tief hatten ihre Begleiter sie noch nicht schlafen sehen, denn allzu häufig wurde die junge Frau von üblen Albträumen heimgesucht, und dann warf sie sich stöhnend hin und her, gepeinigt von entsetzlichen Nachtmahren, bis sie schließlich zitternd und in Schweiß gebadet aus dem Schlaf aufschreckte.

»Kein Wunder, dass sie ihr Gewerbe aufgeben musste«, hatte

Grunthor einmal nach einer besonders nervenaufreibenden Nacht gesagt. »Ich schätze, ihre Freier sind auch nich zur Ruhe gekommen.«

Jetzt aber rührte sie sich nicht. Die Sonne verschwand am Rand der Welt und die Wache ging von Achmed auf Grunthor über, der zuvor damit beschäftigt gewesen war, den aus den Satteltaschen von Michaels Soldaten geplünderten Proviant neu zu verpacken.

Der Dhrakier reichte dem Bolg-Sergeanten den Wasserschlauch, nachdem er der Ohnmächtigen ein paar Tropfen daraus eingeflößt hatte, und streckte sich dann aus, um zu schlafen.

Es war schon fast dunkel geworden, als Grunthor auf eine Bewegung in der Ferne aufmerksam wurde. Angestrengt spähte er dorthin, konnte aber nichts erkennen. Kopfschüttelnd lehnte er sich zurück, doch der Verdacht ließ ihm keine Ruhe. Er richtete sich wieder auf und stieß den schlafenden Dhrakier an, der sofort die Augen aufschlug, sich aber sonst nicht regte.

»Ich glaub, ich hab was gesehn.«

Achmed hob den Kopf und folgte Grunthors Blick. Seine Sehkraft war der des Gefährten überlegen, vor allem unter freiem Himmel, doch er sah nichts. Er lauschte, konnte aber in der Ferne auch kein Herz schlagen hören, was ihm als sicheres Zeichen dafür gelten konnte, dass sie allein auf weiter Flur waren. Er schüttelte den Kopf.

Grunthor zuckte mit den Schultern. Achmed wollte sich gerade wieder hinlegen, als der Bolg plötzlich auffuhr.

»Da ist was, ganz bestimmt, weit weg zwar, aber es ist da.«

Achmed stand auf und stieg auf den Kamm der kleinen Bodenwelle am Rand des Lagerplatzes. Er spähte nach Norden in die Nacht, konnte aber noch immer nichts entdecken. Er wartete.

Wenige Augenblicke später sah auch er: zahllose flackernde Lichter, nur schwer auszumachen im trüben Dunkelgrau. Kaum aufgeleuchtet, waren sie auch schon wieder verloschen. Hunderte, vielleicht tausende von Lichtern, die sich in einer scheinbar endlos langen Reihe über das weite Feld nach Süden bewegten. *Ein Suchtrupp?*, fragte er sich. Aber wer oder was mochte so wichtig sein, dass so viele Leute danach auf die Suche gingen, nachts, im Licht der Laternen?

Achmed schloss die Augen und zog die Kapuze zurück, um die Schwingungen der Herzschläge besser wahrnehmen zu können. Er hob einen ausgestreckten Finger in die Höhe, schmeckte den Windhauch mit geöffnetem Mund, um auch den schwächsten Vibrationen auf die Spur zu kommen. Doch da war nichts in der Luft, kein Herzschlag, kein Rhythmus, kein Geschmack. Nur Stille.

Er schlug wieder die Augen auf, starrte ins Dunkel und sah sie wieder: die vielen tausend Lichter, noch weit entfernt, aber unaufhaltsam in Bewegung, auf das Lager zu. Dann waren sie auch schon wieder verschwunden, abgetaucht in die Dunkelheit der Nacht.

Ein kalter Schauer lief ihm über den Rücken, und der Herzschlag, den er nun hörte, war sein eigener.

»Himmel«, hauchte er. Shing.

Hastig wie Krähen in Erwartung eines Sturms rafften sie ihr Gepäck zusammen, hoben die schlafende Sängerin vom Boden auf und flohen auf den großen Lirin-Wald zu.

6

Rhapsody erwachte in völliger Dunkelheit. Der Mond hatte sich davongeschlichen, und der Himmel war voller Wolken. Benommen versuchte sie, den Oberkörper aufzurichten, ließ aber sogleich davon ab, als sich stechende Schmerzen hinter ihren Augen bemerkbar machten. Sie wälzte sich zur Seite, bettete den Kopf in die Hand und rückte den Ellbogen als Stütze zurecht. Ihrer Brust entfuhr ein Ächzen, das mit ihrer eigenen Stimme nichts zu tun zu haben schien.

Sofort war Grunthor mit dem Wasserschlauch zur Stelle. Mit zitternden Händen langte sie danach und trank. Als ihr Durst gestillt war, mühte sie sich auf und schaute in die Runde. Statt des offenen Himmels und der weiten Graslandschaft, in der sie aufzuwachen erwartet hatte, fand sie sich in einem kleinen Hain wieder. Nicht weit entfernt ragten Schatten auf, noch schwärzer als der dunkle Horizont.

»Was ist das?«, flüsterte sie entkräftet.

Achmed blickte auf. »Der Wald«, antwortete er und schmunzelte über ihre Reaktion, die er zwar nicht sah, aber deutlich genug spürte. Das Herz der Sängerin pochte ein ärgerliches Stakkato, und ihr Gesicht fing vor Zorn zu glühen an.

»Ihr habt mich getragen? Den ganzen Weg? Wie konntet ihr es wagen?«

»Dein Protest kommt reichlich spät. Warum hast du dich nich eher zu Wort gemeldet?«, spottete Grunthor, dem das Grinsen angesichts ihrer wütenden Blicke schnell verging. »Was soll's, Herzchen? Hätten wir dich etwa da draußen liegen lassen sollen?«

Eine schlanke Hand legte sich ihr energisch auf den Mund.

»Halt schön die Luft an, Sängerin«, flüsterte Achmeds raue Stimme. »Und hör mir gut zu, in deinem eigenen Interesse. Noch sind wir allein, aber nicht mehr lange. Wir befinden uns hier in den Büschen am Rand des Waldes. Dieser Grenzbereich ist sehr viel strenger bewacht als die Felder.

Sobald wir den eigentlichen Wald betreten haben, kommt es für uns darauf an, so schnell wie möglich zum Großen Baum zu gelangen. Hinter der ersten größeren Baumlinie im Südosten befindet sich ein Posten, mit vierundzwanzig Wachen besetzt. Und zwar haben wir's jetzt mit Lirindarc zu tun, mit Wald-Lirin, die noch besser getarnt sind als diese Graslandwesen, welche uns am Nachmittag überrascht haben. Was kannst du tun, damit wir unbemerkt an ihnen vorbeikommen?« Er hob die Hand von ihrem Mund und ignorierte ihren vernichtenden Blick.

»Woher weißt du von diesen Dingen?«, zischte sie. »Du wusstest offenbar auch, dass Michael nicht mit von der Partie war. Die Lirinved – die Zwischen-Wesen, wenn es denn solche waren, die wir gesehen haben – haben mich erkannt. Das war dir von Anfang an klar. Du hast sie von weither kommen sehen. Auch jetzt weißt du genau, wo und wie viele Lirindarc sich dort im Wald verbergen. Wie kommt's, dass du darüber Bescheid weißt? Und wozu, um alles in der Welt, brauchst du mich?«

Die fremden Augen bedachten sie mit einem kühlen Blick; dann wandte sich Achmed ab und schaute nachdenklich in die Ferne. Er hatte nicht die Absicht, auf ihre Fragen zu antworten. Dass er sich auf die Blutkunde verstand und die Fähigkeit hatte, den Herzschlag x-beliebiger Leute aufzuspüren, wussten nur ein einziger Freund und einige wenige Feinde, obwohl seine Unfehlbarkeit als Meuchelmörder unter den zwielichtigen Elementen der Länder im Osten Legende war. Er suchte nach einer Entgegnung, die zweierlei bewirken sollte: Zum einen wollte er sie beruhigen, zum anderen zur Mithilfe bewegen.

Normalerweise mochte sich eine Geisel noch so sehr empören, es kümmerte ihn nicht. Doch dieser Fall lag anders. Sie verfügte nicht nur über außerordentliche Fähigkeiten und Talente, sondern übte auch eine ungemein beruhigende Wirkung auf ihre Umgebung aus. Die rhythmischen Schwingungen, die von ihr ausgingen, waren seiner Haut sehr angenehm. Vielleicht lag der Grund dafür in ihrer musikalischen Ausbildung. Er holte tief Luft und legte sich seine Worte genau zurecht.

»Wir brauchen deine Hilfe nicht – die Liridarc aber sehr wohl.«

Sie machte aus ihrer Verblüffung kein Hehl. »Was soll das denn heißen?«

»Falls sie uns angreifen sollten, wärst du die einzige Garantie für ihre Sicherheit.«

Rhapsody kniff die Brauen zusammen. »Ich verstehe wohl nicht richtig.«

Er fixierte sie wieder mit stechendem Blick. »Wir legen es nicht darauf an, diesen Leuten zu schaden. Im Gegenteil, wir haben großen Respekt vor ihnen. Sie, die Lirin und die Lirindarc, leben sehr bewusst und in Einklang mit ihrer Welt. Sie wissen, was kommt, oder zumindest dass etwas kommt. Das unterscheidet sie von den Tölpeln, die außer ihnen dieses Land bewohnen.«

Trotz der Dunkelheit sah Achmed, dass sie bleich wurde. »Was kommt denn? Wovon sprichst du?«

Aus der Kapuze erklang ein hässliches Lachen. »Ist es möglich ... eine Sängerin, die das nicht hört, nicht spürt? Der Lärm von Ostend ist ihr offenbar nicht gut bekommen. Bist du wirklich so naiv oder tust du nur so?«

Ihre grünen Augen nahmen einen harten Ausdruck an. »Du bist mir eine Antwort schuldig. Sag mir, was Sache ist.«

»Das möchte ich von dir wissen, Rhapsody. Die Lirindarc von dem Außenposten im Osten kommen uns entgegen und werden bald zur Stelle sein. Grunthor und ich müssen zum Baum gelangen, und das möglichst schnell. Wir können nicht zulassen, dass sich uns jemand in den Weg stellt, und du weißt sehr wohl, was ich damit andeuten will. Also frage ich dich: Was kannst du tun, um zu verhindern, dass sie in ihr Unglück rennen?«

Ihre trotzige Miene nahm weichere Züge an. »Ich ... nichts. Ich weiß nicht einmal, wo ich bin. Was erwartet ihr von mir?«

Achmed wandte sich gen Osten und hob die Cwellan an die Schulter. »Von dir darf man offenbar nichts erwarten. Grunthor, spann den Bogen.«

Aus Verwirrung wurde Entsetzen. »Nein, bitte! Lasst das sein, ich flehe euch an!«

Die verhüllte Gestalt drehte sich um und sah sie an, ohne die Waffe zu senken. »Denn frage ich jetzt ein letztes Mal: Was kannst du tun? Nach dem, was ich heute Nachmittag erlebt habe, bin ich mir ziemlich sicher, dass du eine gute Antwort darauf parat hast.«

Eine große Hand legte sich auf ihre Schulter. »Komm, Herzchen, denk nach. Dir wird doch wohl was einfallen.«

Rhapsody atmete tief durch und wandte, um wieder klar denken zu können, eine Technik an, die ihr Heiles, ihr erster Mentor, zu Anfang des Studiums beigebracht hatte. Nach einer Weile hörte sie eine innere Stimme, jene Stimme, die ihr die einzigen Geschichten von diesem Wald erzählt hatte, die ihr je zu Ohren gekommen waren.

Mama, erzähl mir von dem großen Wald.

Er ist weiter, als das Auge reicht, unvorstellbar groß, voll von Düften und Geräuschen des Lebens. Du kannst dir im Traum nicht ausmalen, wie vielfältig allein die Farben der Bäume sind, die dort wachsen. In allen Lebewesen klingt ein Lied, das Lied des Waldes. Die Menschen nennen ihn den Zauberwald, weil ihnen vieles von dem, was darin wächst und lebt, fremd ist. Die Lirin aber kennen den Wald bei seinem wahren Namen: Yliessan, das heißt ›der heilige Ort‹.

Achmed sah, wie sich ein völlig anderer Ausdruck auf ihr Gesicht legte. »Und?«

Die Lirin aber kennen den Wald bei seinem wahren Namen: Yliessan, das heißt ›der heilige Ort‹.

Rhapsody schaute zu den Sternen auf. »Der Name«, sagte sie leise. »Ich kenne den Namen des Waldes.« Ihr Blick wurde klar, und als sie sich den Männern zuwandte, funkelten ihre Augen beängstigend hell. »Dass wir uns nur ja recht verstehen: Ich sorge mich nur um ihren Schutz, nicht um euren.«

»Das ist nur gerecht«, sagte Grunthor und grinste.

Als die Patrouille der Lirindarc wenig später aufkreuzte, fiel ihr nichts Ungewöhnliches auf, sie hörte nur den Wind in den Sträuchern säuseln und setzte ihren Weg fort.

Am frühen Morgen hatten sie den Waldrand erreicht. Mit der Dämmerung hatte der Wind aufgefrischt, und Rhapsody löste die schwarze Samtschleife, um die Haare fliegen zu lassen, und ließ die Gedanken schweifen, die noch von schmerzlichen Erinnerungen an den Vortag getrübt waren.

Sie stand vor dem palisadenartigen Wall der Bäume und spähte ins Unterholz, wo sie üppiges Laub in allen Grünschattierungen und nachtdunkle Schatten ausmachte.

Im Geiste sah sie noch das Bild der Mutter. Es versetzte ihr einen Stich ins Herz, als sie sich die Mutter als junge Frau vorstellte, als Mädchen zu Beginn des Blütejahrs, an der Schwelle des Waldes stehend, da, wo sie jetzt stand.

Zierlich; weder Rhapsody noch ihre Mutter waren besonders groß. Die Mutter hatte ihre goldenen Haare nach traditionellen Mustern geflochten, die nicht nur praktischen Zwecken genügten, sondern sie auch schmückten. Der Lirinschen Tracht entsprachen auch die weite Tunika und die engen Borilla-Hosen, die sie trug, sowie die aus Leder geflochtene Mekva, mit der sie die Taille umgürtete. Die Augen strahlten in stiller Freude. *War sie damals glücklich gewesen?*, fragte sich Rhapsody. Wenn ja, so hatte dieses Glück nicht lange vorgehalten, wie sie wusste.

Von dieser Zeit hatte die Mutter nur selten erzählt. Die Pilgerreise zur Sagia hatte sie nach alter Sitte gleich zu Beginn des Erwachsenenalters unternommen. Doch wie sie ihre Zeit im Wald verbracht und was sie dort gelernt hatte, war ihr streng gehütetes Geheimnis geblieben. Warum sie Stillschweigen darüber bewahrte, hatte Rhapsody erst im Alter von dreizehn Jahren erfahren.

Als die Mutter nach Vollendung ihres Blütejahres, dem zweiten Jahr ihrer Pilgerreise, auf die heimatlichen Felder zurückgekehrt war, hatte sie ein fast gänzlich zerstörtes Langhaus vorgefunden. Von ihrer Familie lebte keiner mehr. Dass sie selbst auf Reisen gewesen war, hatte ihr das Leben gerettet. Doch das konnte sie nicht trösten, im Gegenteil; als Einzige verschont geblieben zu sein machte ihr trauerndes Herz noch schwerer.

Wäre es ihr möglich gewesen, das Rad der Zeit zurückzudrehen, hätte sie das Langhaus nie verlassen. Lieber wäre sie mit den anderen umgekommen, als auf sich allein gestellt weiterleben zu müssen. Der Verlust und die Erinnerung daran hatten ihr ganzes weiteres Leben geprägt.

Jetzt stand Rhapsody an derselben Stelle, an der einst ihre Mutter gestanden hatte, und sie empfand wohl eine ähnlich ehrfürchtige Scheu und Begeisterung. Das Lirinsche Erbe, das seit der Geburt in ihr schlummerte, erwachte nun und machte sich bemerkbar.

Ostend war der zentrale Durchgangsort für Reisende an der Ostküste. Während ihres Aufenthaltes dort waren ihr zahllose Vertreter fremder Völker aus aller Herren Länder zu Gesicht gekommen, nicht zuletzt viele Halb- und Voll-Lirin. Jetzt, da sie bis nach Yliessan vorgedrungen war, drängte sich ihr die Hoffnung auf, dass sie vielleicht auch vom Volk ihrer Mutter akzeptiert werden und willkommen geheißen würde. Vielleicht fand sie hier die Kraft, endlich nach Hause zurückzukehren.

Die Sonne ging unter, als die drei Reisenden, nachdem sie einen zunehmend dichter bewachsenen Grüngürtel durchquert hatten, den eigentlichen Wald erreichten. Sie warteten, bis es Nacht geworden war, ehe sie weitergingen, ständig auf der Hut vor den Augen, die im Dunkeln funkelten.

Unterdessen wurde Rhapsody nicht müde, im Flüsterton das Namenlied des Waldes zu singen, immer und immer wieder: *Yliessan, Yliessan, Yliessan.* Ihr war es, als teilte sich das Dickicht wie zur Antwort, als trachtete alles Gesträuch danach, den dreien den Weg zu ebnen.

In allen Geräuschen ringsum, im Blättersäuseln und den Lauten der Tiere, vernahm sie einen Gruß. *Yliessan.* Der Wald hieß sie willkommen.

Die Luft war voll von bislang ungeahnten Düften. Rhapsody labte sich daran, füllte ihre Lungen und spürte, dass sie weiter wurden und ihr Atem frischer. Sie bedauerte, dass es schon dunkel war, denn allzu gern hätte sie den Wald in seiner ganzen Pracht bei Tageslicht gesehen. Er war zwar nur für die Lirin ein heiliger Ort und nur sie kannten seinen Namen, doch erzählte man sich auch im weit entfernten Ostend Geschichten über den Zauberwald und seinen Großen Baum.

Sich und die beiden Männer im Weidegras unsichtbar gemacht zu haben hatte sie erschöpft und ausgelaugt; jetzt aber zog sie zusätzliche Kraft aus der Tarnung, die sie wie ein Teil des Waldes aussehen ließ. Von Anfang an hatte sie ihre Schwingungen den Vorgaben des Waldes angepasst, was ihr das wohlige Gefühl vermittelte, zu Hause zu sein; eine ruhige Heiterkeit überkam sie, die ihre Gedanken läuterte und in sanften Tönen ihr Herz ansprach. *Yliessan. Willkommen, Kind des Himmels. Yliessan.*

»Irgendwelche Vorschläge?« Rhapsody fuhr erschrocken zusammen, als sich plötzlich eine raue Stimme zu Wort meldete, die ihr immer noch nicht vertraut war. Achmed, obwohl unmittelbar zuvor nirgends zu sehen, hatte ihr ins Ohr geflüstert.

»Wie bitte?«, flüsterte sie zurück.

»Der Baum – spürst du, wo er sein könnte?« Aus seiner Stimme war deutlich Widerwille herauszuhören.

Sie schloss die Augen, ließ den Nachtwind über ihr Gesicht streifen und lauschte der Musik, die er in Zweigen und Blättern anstimmte, einer Musik, die an fernes Meeresrauschen erinnerte.

Nach einer Weile konzentrierter Aufmerksamkeit hörte Rhapsody einen tiefen Ton, der im Waldboden und in der Luft vibrierte. Er war klar, einzigartig und von zarter Harmonie begleitet, und je länger sie hinhörte, desto deutlicher vernahm sie seine Stimme, die Stimme des Baumes. Daran gab es für sie keinen Zweifel.

Sie zeigte nach Südenwesten. »Dort«, sagte sie.

Achmed nickte. Auch er hatte den Ton wahrgenommen. Leise und vorsichtig schlichen sie durchs dunkle Unterholz. Wie selbstverständlich war ihr die Führung zuerkannt worden, womit sie indes keinerlei Probleme hatte, zumal der Leitton immer lauter wurde. Sie spürte ihn nun schon unter den Füßen.

Der Wald war unermesslich groß. Rhapsody wähnte den Baum noch viele Tagesmärsche weit entfernt. Umso mehr überraschte es sie, sein Lied schon jetzt zu hören, und das so deutlich.

Es dauerte nicht lange, und sie entdeckte im Osten eine finstere, scheinbar undurchdringliche Wand aus immergrünen Bäumen. Aus dieser Richtung tönte auch das Lied, das seinen Ursprung offenbar irgendwo dahinter hatte. Spontan wandte sie sich ihm zu und beschleunigte ihren Schritt. Achmed folgte wortlos; Grunthor aber quittierte den plötzlichen Richtungswechsel mit verärgertem Brummen.

Zu dritt näherten sie sich der dichten Baumreihe. Sie alle spürten genau, dass man sie aus mittlerer Entfernung beobachtete, doch selbst sahen sie niemanden. Schließlich erreichten sie den dunklen Wall der Nadelbäume, die so mächtig und hoch aufragten, dass sich die Wipfel ihren Blicken entzogen. Dicht an dicht standen die Bäume beieinander; Grunthor musste den Bauch einziehen, um Durchschlupf zu finden.

Auf der anderen Seite angekommen, blieben sie stehen. Da war kein Laub mehr unter ihren Füßen, sondern unberührtes Gras, ein blassgrüner Teppich, auf dem sich silbrig das Mondlicht spiegelte. Die Grasfläche erstreckte sich bis an den Horizont, den wiederum eine lang gezogene Reihe von Bäumen markierte – knorrige Eichen, die noch mächtiger waren als das Nadelholz im Rücken.

Als Rhapsody auf die ebene Grasfläche trat, fühlte sie eine Hand von hinten an ihrer Weste zupfen.

»Augenblick.«

Achmed und Grunthor standen einander gegenüber und unterhielten sich leise in ihrer Sprache.

Rhapsody juckte es buchstäblich in den Füßen. Gelockt vom Baumlied, drängte alles in ihr weiterzugehen. Der Ruf trieb sie zur Eile an und übte eine geradezu magnetische Anziehungskraft aus, der zu widerstehen ihr physische Schmerzen bereitete.

»Ihr wolltet doch möglichst schnell den Baum erreichen«, zischte sie.

Achmed forderte sie mit erhobener Hand zum Schweigen auf und sah sich um. Es war ihm nicht geheuer, die freie, völlig ungeschützte Grasfläche zu überqueren. Doch daran ging kein Weg vorbei.

Für den Großen Baum war dieses Feld eine Art trockener Wassergraben, ein zusätzlicher Schutz zwischen den beiden Baumwällen. Achmed schaute hinauf zu den weit ausladenden Ästen, die mit dem Laubwerk ein geschlossenes Dach ausbildeten.

Er zog die Cwellan hinter dem Rücken hervor und nickte. Herzschläge waren außer den eigenen auf weiter Flur nicht wahrzunehmen. Als wollten sie eine verkehrsreiche Straße überqueren, blickten die drei zuerst nach links, dann nach rechts, und setzten sich schließlich mit schnellen Schritten in Bewegung.

Hinter der nächsten Baumreihe trafen sie auf ein tiefes Tal, in der die Luft noch süßer und würziger war. Die Geräusche des Waldes blieben hinter ihnen zurück, und es umfing sie eine nahezu greifbare Stille.

Den Blick nach vorn gerichtet, konnte Rhapsody anfangs nichts erkennen, so hell leuchtete der Mond. Erst als sich ihre Augen an das sprühende Licht gewöhnt hatten, sah sie den Baum vor sich stehen, die heilige weiße Eiche: Sagia, die tief Wurzelnde.

Risse, so tief wie Bäche, zogen sich durch die silbrig weiße Borke, deren Oberfläche ansonsten völlig glatt war, wie poliert. Das Geäst konnte Rhapsody nicht sehen; es verlor sich in nachtdunkler Höhe. Den Boden ringsum bedeckte herabgefallenes Laub, grün, üppig und golden geädert.

Allzu mächtig war der Baum, als dass sie ihn auf einen Blick hätte erfassen können. Allein der Stamm war von solchem Umfang, dass es ihnen, hätten sie sich zu dritt im gleichen Abstand darum postiert, wohl kaum gelungen wäre, sich durch Zuruf miteinander zu verständigen. Er würde mit Leichtigkeit den gesamten Ostender Markt einnehmen, der doch Platz für viele hundert Bürger bot. Rhapsody war von diesen Dimensionen derartig überwältigt, dass sie, als sie wieder in die Gegenwart zurückkehrte, die Gefährten aus den Augen verloren hatte.

Sie hielt Ausschau nach dem Riesen und dessen verhülltem Gefährten, konnte sie aber nirgends erspähen. In ihren Ohren und Fingern spürte sie frühe Anzeichen einer aufkommenden Panik; eingedenk der Tatsache, dass sie sich über die Absichten der beiden ganz und gar nicht im Klaren war, wurden ihre Hände kalt. Doch die friedliche Stille des Tals löste den Krampf in ihrem Magen, und ein tröstendes, sonores Summen erfüllte ihren Sinn. Es war wieder das Lied des Baumes, tief und andauernd, und in seiner schlichten Melodie hörte Rhapsody die Weisheit vergangener Zeitalter mitschwingen. Sie schloss die Augen und lauschte. Einen zauberhafteren Gesang hatte sie nie vernommen.

Der Druck hinter der Stirn und die Verspannung der Nackenmuskeln, die ihr nun schon zwei Wochen lang zu schaffen machten, seit dieser Gammon sie im *Federhut* aufgesucht hatte, lösten sich unter dem Eindruck des Liedes und verschwanden bald ganz. Ein Gefühl des Friedens breitete sich in ihr aus und berührte verschüttete Teile ihrer Seele.

Wie schon im Traum hörte sie die Stimme der Mutter, die ihr in der Sprache der Lirin alte Geschichten erzählte und Lieder sang zum Lob der Wunder der Natur – Wunder wie der unermesslich große Baum.

Mit dem Herzen lauschte sie der magischen Melodie und vergaß darüber die Zeit, bis sie eine Hand auf der Schulter spürte, die sie unsanft in die Wirklichkeit zurückholte.

»Wo bist du gewesen?«, flüsterte ihr eine Stimme ins Ohr. »Wir warten. Komm endlich.«

Aufgeschreckt fuhr Rhapsody herum. »Ihr wartet? Worauf? Ich dachte, wir wären hier, um dem Baum unseren Respekt zu erweisen. Davon lasse ich mich jedenfalls nicht abbringen.«

»Komm mit, wir haben die Hauptwurzel entdeckt.«

Rhapsody schüttelte die Hand ab. »Na und?«

»Ich will hier kein Blut vergießen«, sagte Achmed mit unheilvollem Unterton.

Wieder liefen ihr kalte Schauer der Angst über den Rücken, doch gleich darauf wurde ihr heiß vor Wut. »Was soll das heißen? Du drohst mir?«

Achmed hielt einen Gegenstand in die Höhe; der leuchtete so hell, dass sie sich unwillkürlich abwandte, um die Augen zu schonen. Als sie blinzelnd wieder hinsah, erkannte sie einen Schlüssel, der aus Knochen gemacht zu sein schien, aber wie poliertes Gold erstrahlte, das Sonnenlicht in sich gespeichert hatte.

»Willst du sehen, was jetzt passiert, oder dumm zurückbleiben?«

»Nein, ich glaube, ich werde tatsächlich so dumm sein, dich zu begleiten.«

Zähneknirschend folgte sie Achmed um den Stamm des riesigen Baumes herum. Sie starrte nach oben, doch es war ihr immer noch nicht möglich, seine Höhe zu ermessen. Auf der Südseite angelangt, breitete sich ein See vor ihr aus, dessen klarer Spiegel den unteren Rand des Laubdaches eben noch erkennen ließ. Das Lied der Sagia hallte von der Wasseroberfläche wider und schickte silbrige Schauer durch Rhapsodys Seele.

Sie verweilte einen Moment, um die Schönheit des Anblicks auszukosten, und als sie sich wieder besann, war Achmed verschwunden. Eilends lief sie weiter. Es dauerte nicht lange, und sie hatte zu ihm aufgeschlossen. Sie fand ihn, tief gebückt, den Arm nach unten ausgestreckt, wo er den Schlüssel über die gesamte Länge des Bartes in den Sockel des Baumes gesteckt hatte.

»Pass auf!«, sagte er.

Kaum hatte er den Schlüssel mit energischer Handbewegung herumgedreht, da sprühte ein Schauer schillernder Funken aus dem Boden und stob himmelwärts. Von aufglimmenden roten Lichtspuren umgeben, zeigte sich die Öffnung eines kleinen Einstiegs.

Mit weit aufgerissenen Augen schreckte Rhapsody zurück. Sie starrte immer noch vor sich hin, als Grunthor einen großen rechteckigen Ausschnitt aus der Wurzel hochhievte und zur Seite klappte. Vor ihr tat sich eine Dunkelheit auf, die so vollkommen war, dass sie aus dem Loch hervorzuquellen und sich über ihre Füße zu ergießen schien.

»Was macht er da?«, rief sie entsetzt, ehe Achmed dazu kam, ihr den Mund zuzuhalten.

»Pssst. Hör zu, ich werd's dir sagen. Der Baum steht hier als Zeichen dafür, dass es sich um eine der Stellen handelt, an der die Zeit begonnen hat. Seine Wurzeln führen überall dorthin, wo die Macht der Insel Einfluss nimmt.« Er ließ von ihr ab und drehte sie zu sich herum. »Wir müssen gehen. Wir müssen an einen Ort fliehen, der uns Schutz vor dem Dämon bietet, der uns verfolgt.«

»Dämon?«

»Zugegeben, ihn als Dämon zu bezeichnen ist vielleicht untertrieben. ›Ungeheuer‹ wäre wohl zutreffender. Von ihm haben wir übrigens diesen Schlüssel. Wie auch immer, dem Baum wohnen ungeheure Zauberkräfte inne; er ist fest verwoben mit dem Stoff dieser Welt und bietet uns hier einen magischen Gang. Wir müssen den Wurzeln folgen, wohin sie uns auch führen.«

Rhapsody starrte ihn an. »Dann geht doch.«

»Du sollst uns begleiten«, sagte Achmed und streckte die Hand nach ihr aus.

»Ich kann nicht, will nicht«, entgegnete sie, und ihre Stimme zitterte. »Wie käme ich dazu, euch zu begleiten?«

»Liegt dir denn nicht daran zu erfahren, wie die Zeit in die Welt gekommen ist? Wir bieten dir die Gelegenheit, einen Blick ins Herz des Baumes zu werfen – ins Herz der Welt. Welcher Lirin würde nicht alles dafür geben?«

»Und wenn schon.«

Grunthor blickte vom Einstieg auf, den er freigelegt hatte, und grinste. »Ich will dir was sagen, Herzchen: Wenn du mitkommst, wirst uns davon abhalten können, der Wurzel zu schaden. Lässt du uns aber allein, kann ich für nichts garantieren ...«

Rhapsody schnappte entsetzt nach Luft. »Untersteht euch! Das ist ein heiliger Baum, der Sitz der Weisheit aller Lirin, nicht nur derer, die im Walde wohnen. Ihm Schaden zuzufügen ...«

» ... wäre für uns ein Leichtes, Herzchen.« Rhapsodys Augen wurden noch größer, als sie Grunthor in dem dunklen Loch verschwinden sah. Doch gleich darauf trat Achmed vor sie hin und versperrte ihr die Sicht.

»Willst du nicht wissen, wie es drinnen aussieht?«

Rhapsody wollte durchaus, aber ihre Scheu davor, sich womöglich einer frevlerischen Handlung schuldig zu machen, war größer, und außerdem drehte sich ihr der Magen um bei dem Gedanken daran, dass diese Marodeure das Innere der Sagia betreten würden. Ihr war natürlich klar, dass sie die beiden niemals würde aufhalten können, doch wollte sie nichts unversucht lassen und selbst ihr Leben dafür aufs Spiel setzen.

»Halt!«, rief sie und zog ihren Dolch. »Kommt da sofort wieder raus.«

»Noch hast du die Chance«, drang Achmeds raue Stimme zu ihr. »Wenn du aber lieber zurückbleiben möchtest, wünsche ich dir viel Glück im Umgang mit den Lirindarc-Wachen, die jeden Moment aufkreuzen werden. Wie willst du denen den Schaden erklären? An deiner Stelle würde ich mich schnellstens aus dem Staub machen. Grunthor, du hast doch hoffentlich deine Axt nicht vergessen, oder?« Die in dunkler Tiefe widerhallende Frage sollte ihr natürlich Angst machen und sie zum Mitkommen bewegen.

Rhapsody sah sich um. In der Ferne glaubte sie tatsächlich schon die Geräusche einer näher rückenden Patrouille zu hören. Schlimmer noch, die Sagia hatte ein anderes Lied angestimmt und sang wie unter Schmerzen.

Voller Sorge lief sie auf den Einstieg zu, untersuchte den entstandenen Schaden, fuhr prüfend mit der Hand über die silbrige Borke und spürte unter den Fingergruppen dieselben Schwingungen, die sie vorher in ihrem Herzen empfunden hatte. Plötzlich schnellte eine Hand aus dem Loch, und ehe sie sich versah, ging es mit ihr nach unten.

Sosehr sie auch schrie, es half nichts. Achmed reichte sie an Grunthor weiter, zog mit einem Ruck den Schlüssel ab und wandte sich ihr zu, während die Luke leise hinter ihm zuklappte. Und dann war mit einem Male alles stockdunkel.

7

Von der Dunkelheit geschluckt, wurde Rhapsody ganz still. Sie wartete, bis sie sich an die Düsternis gewöhnt hatte, und versuchte dann, sich von Grunthors Hand loszureißen – ein sinnloses Unterfangen. Sie konnte den Riesen kichern hören und spürte ihn noch fester zupacken. Plötzlich wurde ihr bewusst, dass sie bis zur Hüfte in einer lauwarmen Flüssigkeit steckte, die dickflüssiger als Wasser und von elastischen Fäden durchzogen zu sein schien, was zur Folge hatte, dass sie sich um einiges leichter wähnte.

Wenig später sah sie eine winzige Flamme aufleuchten, und Achmeds schauerliches Gesicht trat in Erscheinung. Der Anblick verschlug ihr wiederum den Atem. Grunthor ließ sie los, langte hinter sich und zog eine Fackel hinter dem Rücken hervor. Die gab er seinem Partner, der sie zum Brennen brachte und damit im Kreis herum leuchtete.

Der Schacht, durch den sie eingestiegen waren, verjüngte sich nach oben hin und verschwand im Dunklen. Darunter tanzten bizarre Schatten.

Sie befanden sich in einem weiten, unregelmäßigen Hohlzylinder aus schimmernden Wänden, in blassem Grün, stumpfem Gelb und fleckigem Weiß gestreift. Im schwachen Schein der Fackel sah sie die trübe Flüssigkeit, in der sie standen und durch die sich knotige Stränge wanden, in ähnlichen Farben schillern.

Es schien, dass hier früher einmal eine Art Stollen bis tief ins Wurzelwerk hinabgeführt hatte, der dann im Laufe der Zeit zugewachsen war. Ein wirres, lockeres Gewebe aus Pflanzenfasern durchzog den Raum und bildete dessen netzartigen Boden. Das durch die Öffnung des Einstiegs verdrängte zähflüssige Grundwasser war wieder zurückgelaufen und schwappte auf und ab.

Aus der feuchten Luft tropfte Wasser auf sie herab und verdunstete kalt auf ihrer Haut. Rhapsody blickte nach oben. Der Einstieg war nicht mehr zu sehen; in den Wänden deutete kein einziger Spalt darauf hin, dass sich dort zuvor eine Luke aufgetan hatte.

Sie rückte von Grunthor ab, der sie auf ein Zeichen von Achmed hin losgelassen hatte, streckte beide Arme nach oben und befühlte mit den Händen die Oberfläche des Holzes. Da war kein Spalt, keine Fuge.

Ein wulstiger Auswuchs, der bis dicht an ihre Hüfte reichte, bot ihr eine höhere Stufe. Mit großer Kraftanstrengung zog sie einen Fuß aus der zähen Brühe und setzte ihn prüfend darauf. Der Wulst war offenbar stabil genug. Als Nächstes suchte sie nach einem Halt für die Hände und zog sich nach oben.

Auch als sie nun, im Schacht aufgerichtet, die Einstiegsstelle von nahem betrachtete, konnte sie keinen Hinweis auf eine mögliche Öffnung erkennen. Mit zitternden Händen strich sie über die glatte Oberfläche des Holzes im Kern des Baumes.

»Wo ist die Tür?«, verlangte sie zu wissen und versuchte, ihrer Stimme nicht anmerken zu lassen, wie sehr sie sich ängstigte. »Was habt ihr getan?«

»Wir haben hinter uns zugesperrt«, antwortete Achmed nicht ohne Spott.

Grunthor stützte mit der Hand ihren Rücken, als sie auf der faserigen Wucherung ins Schwanken geriet. In ihrer erhöhten Position stand sie ihm nun von Angesicht zu Angesicht gegenüber und entdeckte in seinen bernsteinfarben Augen, die sich in dem ansonsten monströsen Gesicht überraschend freundlich ausmachten, einen unverkennbaren Ausdruck von Sympathie.

»Die Tür gibt's nich mehr, Herzchen, tut mir Leid. Aber wir müssen ja auch weiter und können nich zurück.«

Rhapsody wirbelte herum und starrte auf Achmed. Im Licht der Fackel glühten ihre Augen leuchtend grün. »Was soll das heißen, ›wir können nicht zurück‹? Wir müssen zurück. Lasst mich hier raus!«

»Unmöglich. Finde dich damit ab und komm mit uns. Wir werden nicht auf dich warten.«

Mit jedem Atemzug, den sie tat, wurde ihr die Luft in den Lungen schwerer. »Mitkommen? Seid ihr übergeschnappt? Es geht hier doch nirgends weiter.«

»Du liegst wieder einmal völlig daneben.« Der Mann, den sie Achmed die Schlange genannt hatte, schob ein paar herabhängende Schlinggewächse beiseite und watete auf die andere Seite der zylindrischen Höhlung, wo die Wand am dünnsten zu sein schien.

Er streifte seine Lederhandschuhe ab und tastete suchend über die schwammige Oberfläche, bis er eine geeignete Schwachstelle ausfindig gemacht hatte. Er nickte Grunthor zu, worauf dieser jene seltsame dreischneidige Klinge hinter der Schulter hervorzog, die er Karvolt abgenommen hatte.

Der Riese stellte sich nun so, als wollte er einen Speer werfen. Die Muskeln der mächtigen Schultern angespannt, wuchtete er die Triatine mit kraftvollem Stoß in die fleischige Wand. Dann schnitt er unter Einsatz seines ganzen Körpergewichts ein tellergroßes Stück aus der Wandmasse, die in ihrer Konsistenz einer Melone nicht unähnlich war. Die musikalischen Schwingungen des Baumes, die seit ihrem Einstieg ausgeblendet waren, schwollen plötzlich erschreckend laut an.

»Gütiger Himmel, nein«, wimmerte Rhapsody und sprang von der Stufe zurück in den Pfuhl. »Ihr tut der Sagia weh.« Sie taumelte auf Grunthor zu, wurde aber mit eiserner Hand auf Abstand gehalten.

»Unsinn. Das ist nur eine Wurzel; davon hat der Baum tausende.« Zu Rhapsodys Entsetzen riss Grunthor ein noch größeres Stück aus der Wand. »Sobald wir durchgeschlüpft sind, wird sich das Loch wieder schließen. Es wird langsam Zeit; das Wasser steigt«, sagte Achmed mit Blick auf die zähflüssige Lake, in der sie standen und die Rhapsody mittlerweile fast bis zur Brust reichte.

Wieder stieß der Riese mit der dreischneidigen Waffe zu, so wuchtig, dass die Wände ringsum erzitterten.

»Ich bin durch, Meister.«

Achmed nickte. An das Mädchen gewandt, sagte er: »Hör mir genau zu, ich erklär's nur einmal. Wir müssen jetzt das Innere der Wurzel verlassen und ihr außen folgen. Sie liegt in einer Art Tunnel, der ihr Platz lässt, um sich auszudehnen. Denn je nachdem, wie viel Wasser die Wurzel speichert, ist sie mal dicker, mal dünner. Dieser Tunnel wird uns als Korridor dienen. Wir finden darin genügend Trinkwasser und Luft zum Atmen. Und wenn wir Glück haben, führt er uns an einen Ort, wohin uns keiner unserer Feinde folgen kann. Auch du könntest dich auf diesem Weg vor Michael in Sicherheit bringen. Aber das hängt allein von dir ab.

Also, du hast die Wahl, mit uns zu kommen oder zu bleiben, bis sich die Wurzel mit Wasser gefüllt hat und du darin ertrinkst.«

Rhapsody war sichtlich erschlagen von seinen Worten. Sie riss sich von ihm los und watete auf das Loch zu, das Grunthor in die Wand gehauen hatte. Der Riese wich zur Seite, um sie bis an den Rand vortreten und einen Blick durch die Öffnung werfen zu lassen. Sie sah nichts als Dunkelheit, ob sie nun nach unten blickte oder nach oben. Der Tunnel erstreckte sich entlang der fahlen Wurzel, die scheinbar endlos in den Abgrund wucherte.

Achmed prüfte die Festigkeit der Riemen an seiner Montur. »Was ist nun? Kommst du mit?«

Gleich einer Schlammlawine stürzte die Einsicht in die Ungeheuerlichkeit ihrer Lage auf sie ein. Sie war gefangen im Innern des Baumes; mithin blieb ihr nichts anderes übrig, als in den finsteren Schacht zu steigen, der Gott weiß wohin führte. Es war ihr schon schlimm genug gewesen, Ostend verlassen zu müssen, doch nun brach ihr der kalte Schweiß aus bei dem Gedanken daran, was sie sonst noch alles aufgeben musste.

Rhapsody stieß Achmed beiseite, stakte zurück und trommelte wie wild mit den Fäusten auf die Stelle, durch die sie in den Baum eingestiegen war. Verzweifelt schrie sie um Hilfe, so laut sie nur konnte, in der Hoffnung, von den Lirinschen Wachen des heiligen Baumes gehört und befreit zu werden.

Die beiden Männer schauten ihr kopfschüttelnd zu, bis es Achmed schließlich zu bunt wurde. Er streckte den Arm aus und klopfte ihr verärgert auf die Schulter. »Ich schlage vor, du hörst jetzt auf mit dem Spektakel und kommst mit. Vielleicht möchtest du dir aber lieber die Seele aus dem Leib brüllen und ersaufen. Es dauert nicht mehr lange, und die Wurzel wird voller Wasser sein.«

Rhapsody fing an zu weinen, was nur selten vorkam. Wer sie kannte, wusste, dass Tränen bei ihr ein Zeichen schierer Verzweiflung waren. Achmed verzog das Gesicht und kniff die Augen zusammen, so sehr schmerzte ihn ihr schrilles Lamento.

Er packte sie beim Arm und herrschte sie an: »Hör sofort auf damit! Sei still! Und falls du dich doch noch dazu entschließen solltest, mit uns zu kommen, so merke dir eines: Wir dulden kein Gejammer. Entscheide dich. Komm mit, wenn du willst, aber lass ein für allemal das Flennen sein.«

Er stieg durch das Loch und ignorierte Grunthors ungehaltene Miene, die dieser angesichts der Schimpftirade zog. Der riesige Bolg wandte sich dem Mädchen zu und zeigte dabei einen Gesichtsausdruck, der, wie sie während der vergangenen zwei Wochen gelernt hatte, seine Art zu lächeln war.

»Hab dich nich so, Herzchen, so schlimm wird's nich werden. Sieh's als ein Abenteuer an. Und es hat doch was Gutes: Den Luftverschwender bist du ein für allemal los.« Er und Achmed tauschten Blicke und nickten sich zu. Dann stieg Letzterer an der Wurzel entlang nach unten.

»Und was ist mit meiner Familie, meinen Freunden? Die werde ich doch nie mehr wieder sehen«, schluchzte Rhapsody unter Tränen.

»Wieso denn nich? Dass Achmed und ich die Insel für immer verlassen, muss doch nich heißen, dass du nie mehr zurückkehrst. Aber um zurückkehrn zu können, musst du zuerst einmal weg sein, oder?«

Obwohl ihr gar nicht danach zumute war, schmunzelte Rhapsody unwillkürlich. Ausgerechnet das Monstrum versuchte sie zu trösten, während dessen Partner – angeblich der Menschenähnlichere der beiden – ihr gegenüber nur gewohnt kühle Gleichgültigkeit an den Tag legte. Die ganze Situation nahm derart unwirkliche Züge an, dass sie sich ernsthaft fragte, ob sie all dies womöglich nur träumte. Sie rieb sich die Augen und seufzte vor Erschöpfung.

»Also gut«, sagte sie zu Grunthor. »Mir bleibt anscheinend wirklich keine andere Wahl. Irgendwo wird's hoffentlich einen Ausweg geben. Gehen wir.«

»So ist's recht«, antwortete der Riese. »Dann komm, und immer schön hinter mir bleiben; damit wäre ausgeschlossen, dass ich aus Versehen auf dich drauffalle.« Er langte nach der Wurzel und stieg in den Schacht, der den Gefährten schon verschluckt hatte.

»Das wäre ja noch schöner!«, entgegnete Rhapsody kleinlaut. Sie kletterte durch das in die Wurzelwand gehauene Loch, ertastete ein faseriges Gewächs, das ihnen als Kletterseil diente, und hielt sich daran fest. Langsam und vorsichtig stieg sie hinab in die flackernden Schatten des tiefen Stollens, der eine der Hauptlebensadern des Baumes umhüllte. Dass er seinen Beinamen ›Eiche der tiefen Wurzeln‹ zu Recht trug, sollte sie in Bälde erfahren.

Michael irrte zwischen seinen toten Männern umher und starrte fassungslos auf das, was ihm da zu Gesicht kam. Nicht, dass ihn die Bilder als solche schockiert hätten – er war zu weit grausameren Taten in der Lage, und hier fehlte jeder Hinweis auf Folter oder sadistische Exzesse. Was ihm die Haare zu Berge stehen ließ, war vielmehr die Ahnung von der verheerenden Gewalt, die hier gewütet hatte.

Gammon ging schweigend neben ihm her, die Augen auf den Boden gerichtet. Er hatte Angst, etwas zu sagen, Angst sogar, dem Blick seines Herrn zu begegnen, zumal ihm selbst der Schrecken ins Gesicht geschrieben stand. Zwar hatte er schon blutigere Schlachtfelder gesehen, gefallene Opfer in größerer Zahl, doch dass hier so viele Männer allem Anschein nach mit kühlem, gleichgültigem Sinn getötet worden waren, entsetzte ihn über die Maßen. Michael fand wenigstens seine Lust an Mord und Totschlag. Diese brutale Gleichgültigkeit aber war irgendwie noch beängstigender.

Michael hielt an. Mit einer knappen Kopfbewegung forderte er Gammon auf, den anderen dabei zu helfen, die Leichen auf einen Haufen zusammenzutragen. Dann drehte er sich langsam im Kreis herum und blickte über das weite Feld, auf dem seine Jäger gefallen waren.

Zum Schutz vor dem glastigen Licht der Nachmittagssonne hob er schirmend die Hand an die Stirn. So weit das Auge reichte, sah er nichts als offenes Gelände und hohes, sommersprödes Gras, vom warmen Wind in wogende Bewegung versetzt. In eine Falle waren seine Männer nicht gelaufen.

Hinter dieser Tat konnte nur einer stecken. Der Bruder.

Die trockene Kehle schnürte sich ihm zu. Er dachte an das Mädchen. Das sonnenbeschienene, wogende Gras ließ ihn an ihr Haar denken, an die langen goldenen Wellen und wie sie ihm durch die Finger flossen. Welch ein Hochgenuss, diese Haare auf der Haut zu spüren, wenn sie im Dunklen unter ihm gelegen hatte. Dieses Gefühl hatte er auch dann nicht vergessen, wenn er andere, erotischere Gedanken an sie aus dem Kopf verbannt hatte, um nicht Gefahr zu laufen, dass sie ihn ablenkten.

Jetzt, da sie fort war, sah er sich durch das hohe Gras schmerzlich an das erinnert, worauf er wohl ein für allemal würde verzichten müssen. Denn wenn der Bruder sie nun in seiner Gewalt hatte, würde sie für ihn gewiss verloren sein. Wahrscheinlich hatte der Dhrakier sie längst getötet und vor Ostend ins Meer geworfen. Über den mysteriösen Meuchelmörder war nicht viel bekannt; man wusste aber allenthalben, dass er kein Herz hatte und unempfänglich war für die Versuchungen des Fleisches. Allein dieser Zug an ihm mochte für Rhapsody eine Chance bedeuten.

»Verbrennt die Toten«, ordnete Michael an. »Dann packt alles zusammen, was noch zu gebrauchen ist, und holt die Pferde. Wir sind hier fertig.«

8

Die Probleme ließen nicht lange auf sich warten. Gleich unter dem Loch, das Grunthor in die hölzerne Wand geschlagen hatte, befand sich ein schmaler Absatz, nicht mehr als eine Unebenheit, die aber, wie alles an diesem riesigen Baum, überaus deutlich ausgeprägt war. Rhapsody hatte darauf Halt gefunden und blickte nun den beiden Männern nach, die sich eilig entfernten und bald in der Tiefe verschwunden waren, zusammen mit dem flackernden Licht der Fackel.

»Wartet!«, rief sie ihnen nach, und ihre Stimme drohte zu kippen. »Ihr seid zu schnell für mich.« Von den über die Wände des Stollens zuckenden Schatten wurde ihr ganz flau. Sie fing an zu schwitzen.

»Komisch«, antwortete die raue Stimme von unten, überraschend laut in ihrem Widerhall. »Man könnte auch meinen, du seist zu langsam.«

»Bitte«, rief sie und kämpfte gegen die neuerliche Panik an, die ihr den Hals zuschnürte.

Es war still. Dann erbebte der wulstige Vorsprung unter ihren Füßen. Grunthor hatte mit seinen riesigen Pranken zugelangt und hievte sich daran hoch. Sein Gesicht war verschmiert vom Saft der Wurzel. Selbst im Dunkeln sah Rhapsody, dass er grinste.

»Was ist los, Euer Liebden?«

»Ich glaub, ich schaff das nicht«, flüsterte sie, und es gefiel ihr ganz und gar nicht, eine Schwäche eingestehen zu müssen.

»Ach, natürlich schaffst du's. Lass dir nur Zeit.«

»Ich bin Lirin ...«

Der Firbolg kicherte. »He, erinner mich nich. Ich hab schon lange nichts Leckeres mehr zwischen die Zähne gekriegt.«

» ... und unsereins tut sich schwer unter Tage.«

»Das seh ich. Wie wär's mit 'ner kleinen Lektion? Komm, ich zeig's dir.« Er winkte ihr mit der einen Hand zu und hielt sich mit der anderen an dem faserigen Strang fest.

Zaghaft rückte Rhapsody bis an den Rand des Absatzes vor, riskierte einen Blick in die Tiefe und schluckte.

»Das ist schon der erste Fehler. Schau gar nich erst hin. Mach die Augen zu und dreh dich um.« Sie gehorchte. Die Armschienen von Grunthors Rüstung knarzten, als er seinen starken Arm um ihre Taille legte und sie von dem Vorsprung holte. Vor Schreck stieß sie einen spitzen Schrei aus.

»So ist es gut. Lass die Augen zu, breite die Arme aus und umklammere damit die Wurzel. Versuch dich irgendwo festzuhalten.«

Von Grunthor gestützt, streckte sie die Arme aus und fuhr mit den Händen rechts und links über die ertastete Oberfläche, bis sie die Wurzel fast mit der Brust berührte. Grunthor drückte sie noch näher heran. Der metallische Geruch seiner Rüstung, sein Schweiß und die feuchten, erdigen Ausdünstungen der Wurzel lagen ihr schwer in der Nase. Bald fand sich mit der linken Hand eine kleine Mulde, mit der rechten ein Wurzelzweig. Beides bot ihr Halt.

»Und jetzt noch die Füße. Gut so. Jetzt kannst du die Augen wieder öffnen.«

Rhapsody starrte auf die Oberfläche der Wurzel, eine dicke, fleckige Haut voller Sprossen und Flechten, ganz im Unterschied zu den Wänden im Innern stark zerklüftet und rau. Sie lehnte den Kopf an, kostete den schweren Duft, indem sie tief durch die Nase einatmete, und lauschte dem summenden Ton, der auf ihrer Kopfhaut vibrierte. Das Lied übte eine beruhigende Wirkung auf sie aus, selbst hier unten in der düsteren Gruft der Erde.

»Alles in Ordnung?«

Rhapsody nickte und hielt immer noch den Kopf an die bleiche Haut der Wurzel gelehnt. Letzte schwache Schatten flackerten umher, und plötzlich ging weiter unten im Tunnel leise zischend die Fackel aus.

»Na bitte, es geht doch. Nur nich nach unten sehn! Lass dir Zeit. Und keine Angst. Falls du ausrutschen solltest, bin ich zur Stelle und fang dich auf.« Der Riese gab ihr einen aufmunternden Klaps und setzte seinen Abstieg fort.

»Danke«, murmelte Rhapsody. Vorsichtig suchte sie nach weiteren Haltemöglichkeiten und kletterte Stück für Stück an der Wurzel weiter nach unten. Bald schon schmerzten Schultern, Hände und Knie vor Anstrengung – dabei war sie noch gar nicht weit gekommen.

Wie lange der Abstieg nun schon andauerte, war unmöglich einzuschätzen – bestimmt schon etliche Stunden, doch es schien ihr, als wären Tage vergangen. Sooft Rhapsody Gelegenheit dazu fand, gönnte sie sich und den schmerzenden Gliedern an der rauen Wurzelhaut einen Augenblick der Erholung.

Die beiden Begleiter waren aus ihrem Blickfeld entschwunden. Achmed hatte angeordnet, Abstand zu halten, damit die wenigen zur Rast geeigneten Stellen von jeweils einem der dreien im vollen Ausmaß genutzt werden konnten. Wenn Achmed einen solchen Vorsprung erreichte, rief er den beiden nach oben zu, dass sie es langsamer angehen lassen sollten, damit der Nächste auf dem Vorsprung ausruhen konnte, wenn er schon wieder weitergegangen war.

Es war während einer solchen Ruhepause – beide Füße standen fest verkeilt in einem waagerechten Spalt –, als Rhapsody plötzlich wieder von einer Panikattacke heimgesucht wurde.

Über die Jahrhunderte hinweg war der Schacht, in dem die Wurzel steckte, vom Wuchs des Baumes und den Niederschlägen zahlloser Regenzeiten ausgehöhlt worden, und zwar zu der Gestalt, die sie nun vorfanden. War er an der Einstiegsstelle noch so breit gewesen, dass sich seine Umgrenzung in der Dunkelheit verlor, wurde er enger und enger, je tiefer sie vordrangen. Entsprechend verjüngte sich auch die Wurzel selbst, und je schlanker sie wurde, desto zahlreicher waren die kleineren Sprossen und Triebe. Die Erde schloss sich immer enger um sie, was Rhapsody zunehmend beklommen machte. Als Halb-Lirin war sie ein Kind des freien Himmels und der offenen Flächen. Durch dunkle Tiefen zu tappen war wider ihre Natur und eine Qual auf Schritt und Tritt.

Ihr schwirrte der Kopf. Sie wähnte sich lebendig begraben, so tief verschüttet, dass sie niemand mehr fände. Auch ihre Toten würden die Lirin nie und nimmer einsargen und in der Erde vergraben. Stattdessen überantworteten sie die sterblichen Überreste ihrer Angehörigen durch Feuerbestattung dem Wind und den Sternen. Umso mehr entsetzte sie der Gedanke daran, so tief ins Erdreich abgestiegen zu sein. So tief.

Plötzlich war ihr, als lastete ihr jede Krume in den Schichten über ihr auf den Schultern, als quetschten ihr die Massen an Erde die Luft aus den Lungen. Krampfhaft krallte sie sich am Wurzelstock fest. Ihr wurde schwindlig, und sie fühlte sich fiebrig.

Das tröstliche Lied des Baumes, anfangs noch gut zu vernehmen, war nur mehr ein schwaches Wispern, das ihr, statt Mut zu machen, alle Hoffnung nahm. Dass sie sich atmen und das Herz in den Ohren schlagen hörte, vermittelte ihr den Eindruck, ertrinken zu müssen. Sie rang nach Luft. *Zu tief. Zu tief.*

In der Erinnerung vernahm sie die Stimme des Vaters, ernst, aber nicht streng.

Hör auf zu zappeln.

Rhapsody machte die Augen zu und konzentrierte sich mit aller ihr noch verbliebenen Willenskraft auf ihren persönlichen Grundton, auf *ela*, die sechste Stufe der Tonleiter. Eines der ersten Dinge, die sie in ihrer Ausbildung zur Sängerin gelernt hatte, war es gewesen, ihre innere Stimmgabel anzuschlagen, die ihr diesen Grundton zu finden half – immer, auch in höchster Not. Sie holte tief Luft und summte in der gegebenen Schwingung vor sich hin.

Auf dem kalten Wasser des Tümpels trieb grüner Schaum. Der Grund war nicht zu sehen.

Vater?

Ich bin hier, Kind. Immer schön langsam die Arme bewegen. Ja, besser.

Mir ist kalt, Vater. Ich kann mich nicht mehr über Wasser halten. Hilf mir.

Keine Angst. Ich halte dich.

Rhapsody holte noch einmal tief Luft und spürte, wie sich der Krampf in ihrer Brust ein wenig löste. Sie erinnerte sich an den Vater, an sein lächelndes Gesicht, den tropfnassen Bart und das von den Wangen perlende Wasser beim Auftauchen aus dem Tümpel vor langer, langer Zeit.

Das Wasser tut dir nicht weh; es ist die Angst, die dir schadet. Bleib ruhig.

Sie nickte wie an jenem Tag vor so vielen Jahren und schüttelte den Angstschweiß von der Stirn wie damals das Wasser von den Haaren.

Es ist so tief, Vater.

Ein Wasserstrahl, ausgespuckt aus seinem Mund. *Die Tiefe ist egal, solange du den Kopf in der Luft hältst. Du kannst doch noch atmen, oder?*

J ... ja?

Dann kümmere dich nicht darum, wie tief es ist. Denk ans Atmen, dann passiert dir nichts. Nur keine Panik. Die kann dir gefährlich werden wie sonst nichts.

Der nächste Versuch, Luft zu holen, fiel ihr schon sehr viel leichter. *Erinnerungen sind die ersten Geschichten, die man selbst zu erzählen weiß*, hatte Heiles, ihr Mentor, einst gesagt. *Sie sind die Kunde deines eigenen Lebens. Darin steckt mehr Kraft als in allen anderen Studienfächern. Lass sie nicht ungenutzt.* Nun hatte sie schon zweimal aus der Vergangenheit geschöpft und beide Male Hilfe empfangen.

Die Tiefe ist egal. Denk ans Atmen, dann passiert dir nichts. Nur keine Panik. Vorsichtig öffnete Rhapsody die Augen.

»Lockenkopf?«

Die Stimme von unten kam so unerwartet, dass sie vor Schreck zusammenzuckte und wieder in Panik geriet. Sie rutschte mit den Füßen ab, suchte verzweifelt nach Halt und glitt an der öligen Wurzelhaut nach unten, über Knollen und Verästelungen hinweg, an denen sie sich sämtliche Glieder prellte. Sie schürfte sich Hände und Arme an der rauen Rinde auf und rutschte immer schneller in die Tiefe, bis Grunthors massiger Körper sie aufhielt und sie abrupt zum Stehen kam. Er fing sie ab, ohne dass er selbst darüber ins Rutschen geraten wäre. Außer sich vor Angst blickte Rhapsody auf und sah dem Riesen ins graugrüne Gesicht. Der grinste bis über beide Ohren.

»Na, Euer Liebden? So tief gesunken, dass du dich ausgerechnet mir um den Hals wirfst?«

Mit einem Schlag löste sich die Anspannung der vergangenen Tage, und obwohl ihr eigentlich nicht danach zumute war, fing Rhapsody lauthals zu lachen an. Der Riese stimmte mit ein.

»Grunthor.« Die trockene Stimme von unten verdarb den beiden den Spaß. Der Riese blickte ins Dunkle hinab und bekam zu hören: »Wir wechseln hier die Richtung und folgen einem anderen Weg.«

»Warte hier, Herzchen, ja?« Rhapsody nickte. Grunthor half ihr, an der Wurzelhaut Halt zu finden, zog dann eine kleine Feldflasche zum Vorschein und gab ihr daraus zu trinken, ehe er weiter nach unten kletterte, um sich mit Achmed auszutauschen. Wenig später war er zurück.

»Ein Stück weiter unten gibt's 'nen ziemlich breiten Absatz«, sagte er. »Darauf werden wir schlafen. Halt dich fest, ich trage dich.«

Rhapsody schüttelte den Kopf. »Nein, danke. Wenn's nicht mehr weit ist, schaffe ich's schon noch.«

»Wie du willst«, antwortete der Riese. »Es reicht mir zu wissen, dass ich dein Fall bin.« Begleitet von Rhapsodys hellem Lachen, stieg er wieder nach unten.

Schweigend und bei spärlichem Licht nahmen sie eine Mahlzeit zu sich. Achmed hatte eine weitere Fackel angezündet und aufgestellt. Rhapsody badete im warmen Schein der kleinen Flamme. Fast ausschließlich konzentriert darauf, das beklemmende Gefühl des Eingeschlossenseins abzuwehren, hatte sie gar nicht gemerkt, dass es empfindlich kalt geworden war.

Achmed hatte verschiedene Schimmelpilze und Parasiten von der Wurzel gepflückt und prüfte nun, ob sie als Brennstoff und Lichtquelle taugten. Ein schwammartiger Pilz erwies sich als durchaus geeignet; er brannte lange und glühte noch eine Weile nach, als die Flamme erloschen war. Mit dem Ergebnis zufrieden, sammelte Achmed einen kleinen Vorrat davon und steckte ihn in sein Gepäck.

»Damit hätten wir Licht«, sagte er zu Grunthor, »und ein bisschen Wärme obendrein.« Der Firbolg nagte gerade an einem Stück Dörrfleisch, das er einem von Michaels Soldaten abgenommen hatte, und nickte. »An Wasser fehlt's natürlich auch nich.« Zum Beweis wrang er einen Zipfel seines durchfeuchteten Mantels aus, worauf sich ein dünner Wasserstrahl über seine Stiefel ergoss.

Wortlos aß Rhapsody ihre Ration. Fürs Erste aufgehoben an einem sicheren Ort, fand sie Zeit, über den bisherigen Ablauf ihres gemeinsamen Unternehmens nachzudenken. Doch im Hinterkopf lauerten immer noch Angst und Panik, die in Schach zu halten all ihre Konzentration beanspruchte. So merkte sie gar nicht, dass Achmed ihr ein grünes Gemüse zu essen anbot. Erst als er ihr die Kostprobe unter die Nase hielt, merkte sie auf.

»Nimm.«

Mit angewiderter Miene nahm Rhapsody entgegen, was ihr geboten wurde, holte mehrere Male tief Luft und versuchte, Ruhe zu bewahren. Dann riskierte sie einen Versuch und verzog das Gesicht. Das Gemüse schmeckte äußerst fade und war faserig. Rhapsody kaute und kaute.

»Bäh. Was war das?«, fragte sie, nachdem sie den Bissen hinuntergeschluckt hatte.

»Die Wurzel.« Achmed schmunzelte, amüsiert über ihre Reaktion.

»Die Wurzel? Ihr *esst* von der Sagia?«

»*Du* isst von der Sagia.« Er hob wie zur Abwehr die Hand. »Bevor du dich jetzt erbrichst, denk erst einmal nach. Wir werden hier wer weiß wie lange aushalten müssen und haben nur wenig Proviant. Was sollen wir essen, wenn die Vorräte aufgezehrt sind?« Er ignorierte ihre wütenden Blicke, die den anfänglichen Ausdruck spontaner Abscheu abgelöst hatten. »Oder sollte ich lieber Grunthor danach fragen?«

»Keine Sorge, Herzchen«, meinte der Firbolg-Riese mit vollem Mund. »Von dir werd ich sowieso nicht satt. Mit Verlaub, du bist mir 'n bisschen zu mager. Und wahrscheinlich auch zu zäh.«

»Was wir insgesamt an Wurzelgemüse verbrauchen werden, wird den Parasiten hier gar nicht auffallen, geschweige denn dem

Baum. Der nimmt gewiss keinen Schaden, und das wirst du noch sehen. Betrachte es doch einmal so: Wir nehmen die Vorstellung vom Baum als Ernährer der Lirin einfach etwas wörtlicher.«

Rhapsody hatte schon den Mund geöffnet, um ihrem verruchten Gegenüber beizubringen, dass die Sagia ein lebendiges Wesen sei und eine Seele habe, hielt aber an sich, irritiert über das Wort, das ihr soeben zu Ohren gekommen war.

»Parasiten?«

Grunthor schnaufte. »Jetzt sag nur, die wären dir noch nich aufgefallen?«

Rhapsody sah sich hektisch um. Voller Angst und mit starkem Sinn darauf bedacht, nur ja nicht abzurutschen und in die Tiefe zu stürzen, hatte sie auf Einzelheiten gar nicht erst geachtet, und selbst jetzt sah sie hinter sich kaum mehr als jene mächtige, grünlich weiße Wand aus Wurzelholz und den felsigen Tunnel ringsum, dessen enorme Ausmaße sie gänzlich einschüchterten.

»Nein.«

»Wir sind tief unter der Erdoberfläche«, erläuterte Achmed mit ungewöhnlich ruhiger Stimme. »Hier leben unter anderem Würmer und Insekten, die sich von Wurzeln ernähren. Dass hier überall Wurzeln sind, ist dir doch aufgefallen, oder?« Er sah in ihren leuchtend grünen Augen bereits wieder Panik aufscheinen und fasste sie bei den Schultern.

»Hör mir zu. Grunthor und ich wissen ziemlich genau, was wir tun. Wenn du bei uns bleibst und unseren Anordnungen folgst, kommst du aller Wahrscheinlichkeit nach mit heiler Haut hier wieder raus. Solltest du aber durchdrehen, sähe es schlecht für dich aus. Verstehen wir uns?« Sie nickte. »Na, bitte. Wenn ich mich recht entsinne, hast du vor einiger Zeit erwähnt, dass es dir als Sängerin möglich sei, den Schlaf zu verlängern. Stimmt das?«

»Ja, manchmal gelingt mir das.«

»Das könnte sich als nützlich erweisen. Wie dem auch sei, sobald wir uns ausgeruht haben, geht's weiter, aber in eine andere Richtung. Die Wurzel verzweigt sich hier, und einer der Ableger verläuft ein Stück in der Waagerechten. Ihm werden wir folgen. Aber jetzt sollten wir erst einmal zu schlafen versuchen.« Er lehnte sich zurück an die Wurzelwand und ließ das Gesicht wieder im Dunkel der Kapuze verschwinden.

Rhapsody rückte ins Licht der Fackel und hoffte, dass es nicht verlosch, bevor sie eingeschlafen war. Sie machte die Augen zu, doch das Bild wimmelnden Ungeziefers, das an der Wurzel der Sagia fraß, vermochte sie nicht auszublenden.

Das Lied des Baumes, das, so lange sie in Bewegung gewesen war, wie von fern ertönt war, schwoll nun in der Stille an, erfüllte ihr Herz und lullte sie ein. Mit dem letzten bewussten Gedanken summte sie ihren ureigensten Grundton und ließ ihn mit dem Lied der Sagia harmonieren. Nur so war es ihr möglich, an diesem schauerlichen Ort Ruhe zu finden.

Weit entfernt, in einer Welt, die noch tiefer war als der tiefste Traum, den Rhapsody je geträumt hatte, regte sich die große Schlange im Schlaf. In den Tunneln der Vorzeit um die rudimentären Wurzelausläufer des Großen Baums gewunden, wartete die Bestie auf den Ruf. Bald, wenn der Krieg ausbräche, würde sich das Tor zur Oberwelt öffnen, durch das sie an die Oberfläche emporstiege, um endlich ihren Heißhunger stillen zu können.

9

Es war dunkel, als Achmed aufwachte und die Reste des Traums abschüttelte, der sich in seinen Schlaf geschlichen hatte. Noch ehe er die Augen aufschlug, spürte er, dass Grunthor schon wach war. Der Sergeant starrte mit verwunderter Miene auf das Mädchen, das sich, von einem Albtraum heimgesucht, wimmernd hin und her warf.

»Armes Ding.« Der Bolg lehnte sich zurück. »Meinst du, wir sollten sie aufwecken?«

Achmed schüttelte den Kopf. »Auf keinen Fall. Sie ist eine Sängerin und hat womöglich eine Vorahnung.«

»Hübsches Ding. Gefällt mir.«

Achmed musste schmunzeln. »Möglich, dass sie hellsichtig ist und in die Zukunft oder Vergangenheit blicken kann. Manche Sängerinnen sind dazu durchaus in der Lage - dann nämlich, wenn sie mit den Schwingungen der Welt im Einklang sind. In Albträumen stecken mitunter wichtige Lehren.«

Rhapsody fing an zu schluchzen. Grunthor schüttelte den Kopf. »Keine angenehme Gabe, wie's scheint. Ich würd sie an ihrer Stelle wieder zurückgeben.«

Achmed schloss die Augen und lauschte den Herzschlägen. Da waren natürlich seine und die von Grunthor, kräftige, rhythmische Schläge, die ihm fast so vertraut waren wie die eigenen. Dagegen hörten sich die Herztöne des Mädchens geradezu fahrig an, so als flatterten sie. Und zuletzt war da noch das Herz der Erde, das, von weither rufend, mit dumpfem Widerhall durch seine Adern, die Wurzeln des Großen Baums pulsierte, langsam und gleichmäßig. Seit undenklichen Zeiten.

Alle anderen Geräusche wurden von der Erde verschluckt; nur

manchmal hörte man Wasser tropfen und Bröckchen von den Wänden rieseln. Schließlich schlug Achmed die Augen wieder auf und musterte den Freund, der nach wie vor die Sängerin betrachtete und sich dabei so hingesetzt hatte, dass sie geschützt war und von dem schmalen Absatz, auf dem sie lag, nicht abstürzen konnte.

»Es wär wohl besser, wir binden sie fest, zumindest so lange sie schläft«, meinte Grunthor. Achmed stand auf und schaute über den Rand in die Tiefe. Wie die Wurzel, die immer dünner würde, verengte sich auch der Schacht. Er verschränkte die Arme und blickte wieder hinter sich.

»Für wie edel hältst du dich, Grunthor?«

Der Bolg blickte verwundert auf und schmunzelte dann. »Edel bin ich durch und durch, und zwar seit ich vor einigen Jahren diesen Edelmann verspeist hab. Warum?«

»Ich glaube, wir werden einen kleinen Umweg einschlagen.«

Das Gefühl von Wärme auf dem Gesicht weckte Rhapsody, und der Albtraum, der sie gequält hatte, löste sich vor ihren geöffneten Augen auf.

Mit einem brennenden Pilz in der Hand ging Achmed vor ihr in die Hocke. Sein Gesicht war von der Kapuze verhüllt. Noch schlaftrunken fragte sich Rhapsody, ob sie sich ihm gegenüber ein erstes Mal freundlich zeigen sollte, hatte er sie doch bei Licht erwachen lassen und ihr den Anblick seines erschreckenden Gesichts erspart. Sie bekämpfte den Widerwillen, den sie ihm gegenüber empfand, seit er sie genötigt hatte, in den Baum hinabzusteigen.

»Guten Morgen«, sagte sie.

Die verhüllte Gestalt zuckte mit den Schultern. »Wie du meinst. Für mich sieht's aus, als wär's noch Nacht.« Er streckte die Hand aus, um ihr aufzuhelfen.

Rhapsody erschauderte, als sie an ihm vorbei und über den Rand der großen Pilzkappe hinwegschaute, auf der sie lagerten. Lange Schatten lungerten an der hohen Tunnelwand. Der Riese war nirgends zu sehen.

»Wo ist Grunthor?«

»Auf der anderen Seite der Wurzel. Wir schlagen einen anderen Weg ein. Der wird dir bestimmt besser gefallen. Dazu müssen wir zuerst wieder ein Stück zurück nach oben klettern; doch dann geht's ein gutes Stück auf gleicher Höhe weiter.«

Sie gab ihm die grob gewirkte Decke zurück, unter der sie aufgewacht war, und versuchte, ihre Stimme unter Kontrolle zu halten. »Woher weißt du, dass uns dieser Weg nicht in die Irre führt? Was, wenn wir uns hier unten verlaufen?«

Achmed achtete nicht weiter auf ihre Frage. Er langte nach dem Seil, das Grunthor gesichert hatte, und machte sich auf den Weg um die Wurzel herum.

»Mir nach.«

Sich seitlich an der Wurzel entlang zu hangeln war schwerer, als an ihr hinabzusteigen. Dank des Seils, das Grunthor ausgelegt und fest verankert hatte, kam Rhapsody dennoch gut voran. Schon bald aber zitterten ihr die Arme und Beine vor Anstrengung, und sie hütete sich, in den Abgrund zu blicken, der sich dunkel und drohend unter ihr auftat. Die Luft wurde kühler.

»Komm, Herzchen. Ich hab das Seil. Und lass dir ruhig Zeit.«

Rhapsody holte tief Luft. Sie wusste, dass der Riese sie noch nicht sehen konnte. Seit sie sich auf den Weg gemacht hatte, rief er ihr aufmunternde Worte zu. In der dunklen Bassstimme schwang diesmal ein Ton der Unsicherheit mit. Sie hatte sich eine Weile nicht bewegt, und der Bolg schien deswegen besorgt zu sein. Sie raffte sich auf.

»Ich komme«, rief sie und erschrak über den brüchigen Klang der eigenen Stimme. Sie räusperte sich. »Bin gleich da, Grunthor.«

Bald war der Scheitelpunkt der Wölbung erreicht, und sie sah den Riesen in der Mündung eines kleinen, horizontal verlaufenden Tunnels stehen, grinsend und die Hand nach ihr ausgestreckt. Der Wurzelstock hatte hier viele kleine Ableger gebildet, die sich rechts und links ins Erdreich bohrten.

»Nich so hastig«, warnte Grunthor. »Lass dir Zeit.«

Rhapsody nickte und schloss die Augen. Die Hände fest am Seil, suchte sie mit den Füßen Halt und lauschte dabei ihrem rasenden Herzen. Schritt für Schritt, langsam. Wie in der Nacht zuvor stimmte sie leise summend ihren ureigenen Grundton an, brachte ihn in Harmonie mit dem Lied des Baumes und fühlte, wie ihr die Musik neue Kraft verlieh.

Eine Ewigkeit schien ihr vergangen zu sein, als sie endlich die kräftigen Hände des Riesen auf dem Arm und im Rücken spürte. Grunthor löste sie vom Seil und setzte sie sanft auf festem Boden ab. Rhapsody schlug die Augen auf und fand sich in einem Tunnel wieder, in dem Grunthor gerade aufrecht stehen konnte. Der Seitentrieb der Wurzel hing waagerecht neben ihr in der Luft. Mit einem Ausruf der Erleichterung fiel sie spontan auf die Knie und ertastete mit beiden Händen den Boden unter ihr.

Der Riese lachte. »Das gefällt dir wohl, nich wahr?« Er reichte die ihr eine Hand. »Nun denn, vielleicht sollten wir uns wieder auf den Weg machen, Euer Liebden. Wir ham Zeit wettzumachen.«

Doch erschöpft, wie sie war, schüttelte Rhapsody den Kopf, legte sich auf den Rücken und streckte alle viere von sich. »Ich kann nicht. Ich muss mich ausruhen, tut mir Leid.« Sie fuhr mit der Hand über die Tunnelwand und starrte unter die bröckelnde Decke.

Der Bolg-Sergeant wurde ernst. »Na schön, Euer Liebden, aber nich lange. Wir müssn weiter. Hier kann jeden Moment die Decke über uns einstürzen«, sagte er in einem Tonfall, der keinen Widerspruch duldete.

Seufzend ergriff Rhapsody seine Hand. »Sei's drum«, flüsterte sie. »Dann geht's eben weiter.«

Der Wurzelstollen wurde enger und enger, und Grunthor musste sich immer tiefer ducken, bis er schließlich nur noch kriechend vorankam. Doch dann öffnete sich der Gang in einen weiten Raum, in den von hoch oben sogar ein wenig Licht fiel. Rhapsodys Herz machte einen Freudensprung. Die Oberfläche schien nicht mehr fern zu sein.

Sie trat in den weiten Raum und richtete sich auf. Was sie sah, benahm ihr den Atem.

Vor ihr ragte ein riesiger, knollenartiger Turm auf, von dem dünne Seitentriebe abzweigten, die lang und schlaff herabhingen.

Im Vergleich dazu war der Wurzelstock, an dem sie in die Tiefe geklettert waren, nichts weiter als ein Ableger.

Die Augen vermochten ihr nicht zu folgen, so hoch türmte sich die Wurzel in dem weiten Schacht auf. War der Gang, durch den sie abgestiegen waren, noch vollkommen dunkel gewesen, schimmerte hier ein schwacher roter Schein, der weniger Licht denn Wärme ausstrahlte. Andere waagerechte Stollen gab es keine; zu sehen war nur ein weiterer Abgrund, aus dem diese neue Wurzel aufstieg.

Die Enttäuschung darüber, nun doch nicht, wie erhofft, dicht unter der Oberfläche zu sein, machte ängstlicher Verwunderung Platz. »Himmel, was ist das?«, dachte Rhapsody laut.

»Wird wohl die Pfahlwurzel sein, das, was den Baum mit der Hauptlinie verbindet«, spekulierte Grunthor.

»Hauptlinie? Was soll das heißen?«

Aus dem Dunkel vor ihr war ein abfälliges Schnaufen zu vernehmen, und gleich darauf zeigte sich Achmed am Rand des Tunnels. Sie hatte ihn schon eine Weile nicht mehr gesehen, so gut hielt er sich in der Dunkelheit versteckt.

»Man sollte doch meinen, dass du dich in der lirinschen Stammeskunde zumindest halbwegs auskennst. Hast du etwa geglaubt, dass wir das Ende schon erreicht hätten? Wir haben es noch nicht einmal bis zur eigentlichen Wurzel geschafft.«

Rhapsody fühlte sich wie erschlagen. Um nicht der Verzweiflung nachzugeben, die von ihr Besitz zu ergreifen drohte, besann sie sich auf die Geschichten von der Sagia, die sie kannte. *Es ist die Eiche der tiefen Wurzeln*, hatte die Mutter erzählt; *deren Venen und Arterien sind Lebensadern, die sich durch die ganze Erde ziehen und überall auf der Welt auch anderen heiligen Bäumen, den so genannten Wurzelgeschwistern, Nahrung spenden*. Sie hatte von den gewaltigen Ausmaßen des Baums gesprochen, womit Rhapsodys kindliche Vorstellung indes schlichtweg überfordert gewesen war.

Die Wurzeln der heiligen Bäume verliefen entlang der Axis Mundi – so hatte die Mutter jene Mittellinie der Erde genannt, die nach Ansicht der Lirin und im Unterschied zur Lehrmeinung aller anderen Völker rund war. Diese Hauptachse, um die die Erde kreiste, wurde als eine unsichtbare Kraftlinie angesehen, mit der die Wurzel der Sagia verschmolzen war. Darin lag auch der Grund dafür, warum der Baum die Weisheit aus Jahrtausenden widerhallen ließ und warum er so unglaubliche Dimensionen angenommen hatte. Er sei mit der Seele der Welt verbunden, hatte die Mutter gesagt. Ob Achmed darauf anspielte?

»Du meinst die Axis Mundi.«

»Genau die und keine andere.«

Achmed spuckte in die Hände und ergriff eine der Radix genannten schlaffen Seitenwurzeln. Er zog sich daran hoch und stieg mit den Füßen von dem Wulst, auf dem er stand, auf den nächst höheren. So kletterte er an der Pfahlwurzel empor. Um gut zwei Körperlängen vorangekommen, blickte er über die Schulter nach unten. »Worauf wartet ihr noch?«, fragte er mit seiner Reibeisenstimme, die Rhapsody schon in Ostend hatte aufhorchen lassen. Er musterte sie mit einer Miene, die zweierlei zum Ausdruck brachte: Ablehnung und Gleichgültigkeit. »Kommst du?«

»Wie weit geht es noch?«

»Keine Ahnung. Ein Ende ist nicht abzusehen, so gut meine Augen unter Tage auch sind. Uns bleibt jedoch keine andere Wahl. Oder hast du einen besseren Vorschlag?«

Rhapsody war sich immer noch nicht schlüssig, ob sie Achmed als ihren Retter oder Entführer ansehen sollte. Jedenfalls war sie ihm ausgeliefert. Er hatte sie ins Innere des Baums gelockt, aus dem es kein Heraus gab, außer entlang der Wurzel, und auch dieser Weg ließ nicht viel hoffen. Sie versuchte, sich äußerlich nichts von der Wut anmerken zu lassen, die sie empfand, und sagte: »Tut mir Leid, den habe ich nicht. Ich komme.«

Der Anstieg war überaus anstrengend. Ein ums andere Mal rutschte Rhapsody ab und drohte abzustürzen. Dabei hatte sie anfangs kaum Schwierigkeiten gehabt. Die vielen Unebenheiten und Auswüchse der Wurzel boten Händen und Füßen genügend Halt, sehr viel mehr als an jener Wurzel der Sagia, über die sie abgestiegen waren.

Aber je länger die Kletterei andauerte, desto ärger schmerzten ihr die Schultern. Um die Arme zu entlasten, versuchte sie, die

Beine besser einzusetzen, doch auch das half kaum. Zu groß war die Erschöpfung. Die beiden Begleiter hatten sie schon weit hinter sich gelassen. Doch so überlegen sie ihr an Kräften auch waren, sie mussten der Anstrengung ebenfalls Tribut zollen, wurden selbst immer langsamer und blieben in Sichtweite, das hieß, nur Grunthor blieb für sie in Sicht, denn er versperrte den Blick auf alles andere.

Nach unten hin war nichts mehr zu erkennen, kein Grund, nur Dunkelheit. Ihr war, als schwebte sie in der Luft, zwischen Himmel und Erde.

Der Gedanke an einen Himmel voller Sterne trieb ihr Tränen in die Augen, doch bei der Erinnerung an Achmeds warnende Worte über das Weinen biss sie die Zähne zusammen. Das Volk, dem ihre Mutter entstammte – die Liringlas oder Himmelssänger –, glaubte, dass alles Leben Teil ihres Gottes war. Der Himmel, das schirmende Firmament, war für sie heilig und gehörte ihrer Vorstellung nach zur Seele des Universums. Deshalb feierten sie die tagtäglichen Veränderungen am Himmel mit Liedern, ehrten voller Hingabe Auf- und Untergang der Sonne und das Auftauchen der Sterne.

Die in ihrem Leben erlittenen Schmerzen hatte sie sich selbst zuzuschreiben. Als junges Mädchen war sie von zu Hause weggelaufen, doch es verging seitdem kaum ein Tag, an dem sie sich nicht danach sehnte, reumütig zu den Eltern zurückzukehren. Die tägliche Andacht, vor allem die Lieder an die Sterne, waren ihre Art, Trost zu suchen, bis sich diese Sehnsucht endlich irgendwann erfüllen würde. So sang sie mit treuem Herzen ihre morgendlichen Aubaden und am Abend ihre Serenaden, und sie dachte dabei an ihre Mutter, von der sie wusste, dass auch sie die alten Lieder ihres Volkes singen und an ihr verlorenes Kind denken würde. Jetzt steckte dieses Kind gefangen in der Erde, tief unter der Oberfläche, in der Angst, den Himmel womöglich nie mehr wieder zu sehen.

»Alles in Ordnung da unten?« Grunthors Bass schreckte sie aus ihren traumverlorenen Gedanken auf. Hoch über ihr lehnte sich der Sergeant zurück, um besser sehen zu können, was sich in der Dunkelheit unter ihm tat.

Rhapsody seufzte. »Alles in Ordnung«, antwortete sie und setzte den Aufstieg fort, so schwer er ihr auch fiel.

Zum Glück dauerte es nicht mehr lange, bis Achmed einen Sims erreichte, der ihm und Grunthor ausreichend Platz zum Ausruhen bot. Gleich darunter befand sich in der Wurzel eine Höhlung, in der auch Rhapsody ihre erschöpften Glieder ausstrecken konnte. Grunthor beugte sich über den Rand und reichte ihr eine Flasche, gefüllt mit Tropfwasser, das er unterwegs aufgefangen hatte.

»Da, lass es dir schmecken, Euer Hochwohlgeboren. Es geht doch, oder?«

Sie fühlte sich zu schwach zu antworten, nickte nur lächelnd und trank. Wenig später landete ein Seil in ihrem Schoß.

»Binde dich damit an einer der kleinen Wurzeln fest«, rief Achmed. »Wir werden hier schlafen. Doch ungesichert solltest du niemals die Augen zumachen.« Rhapsody schaute auf und begegnete seinem Blick. Obwohl vor Erschöpfung ganz benommen, verstand sie doch sehr wohl: Ein Ende, wenn es denn überhaupt eines gab, war immer noch nicht in Sicht.

Sie setzten ihren Aufstieg weiter fort. Jedes Zeitgefühl ging verloren. In Zeit und Raum schien es nichts anderes zu geben als sie selbst, die Wurzel und den endlosen Aufstieg. Wie lange er nun schon andauerte, war unmöglich zu sagen. Rhapsody empfand nur selten Hunger, und aus Rücksicht auf sie aßen die beiden Männer noch seltener; darum aber ließ sich auch nicht anhand regelmäßig eingenommener Mahlzeiten der Ablauf der Zeit bestimmen, was sie schließlich gar nicht mehr ernstlich versuchte. Sie resignierte vor dem Gedanken, dass sie womöglich auf immer weiterklettern musste und auf diesem Weg kein Ende erreichen konnte.

Achmed und Grunthor hatten sich inzwischen an ihre Begleiterin gewöhnt. Sie beklagte sich nie und sprach selten. Problematisch war nur, dass ihr die Kletterei besonders schwer fiel. Sie war klein und der Wurzelstock so groß, dass sie nur wenig Halt daran fand und häufig ausrutschte. Grunthor musste immer wieder Pausen einlegen, um sie aufschließen zu lassen.

Am meisten machten den beiden ihre Albträume zu schaffen, zumal sie bei der Suche nach geeigneten Schlafplätzen darauf achteten, dass sie möglichst nahe beieinander blieben. Es verging keine Schlafrast, ohne dass Rhapsody nicht schweißüberströmt, in Panik und keuchend aufgewacht wäre.

So tief unter der Erde zu sein schlug sich auch auf ihre Träume nieder. Sie hatte die seltsamsten Visionen und unerklärliche Gesichte, die von wirklicher Erfahrung weit entfernt waren. Oft träumte sie von der Sagia; manchmal ging sie in der Dunkelheit des stillen Tals um den Baum herum, berührte staunend die schimmernde Borke und konnte doch die Öffnung nicht finden, durch die sie zu dritt eingestiegen waren.

In einem besonders verstörenden Traum sah sie einen Stern ins Meer fallen und das Wasser zu turmhohen Wellen aufrühren, die brennend die Insel verschlangen. In den Zweigen der Sagia sah sie tausende von Lirin-Sängern hängen, in grünen Kleidern und mit Kränzen aus Wildblumen im Haar und um den Hals, und während der Baum im Meer versank, erklangen ihre wunderschönen Gesänge.

Rhapsody stöhnte und weinte im Schlaf, wälzte sich hin und her und zerrte an den Stricken, mit denen sie sich festgebunden hatte. Einmal, als Achmed gerade Wache schob, rupfte er eine der zahllosen knolligen Wucherungen von der Wurzelhaut und bewarf sie damit in der Hoffnung, dass sie zu weinen aufhörte. Und tatsächlich wurde sie still, denn der Traum wechselte und führte sie zurück in die Vergangenheit.

Sie träumte von dem Bordell, in dem sie noch vor wenigen Jahren gearbeitet hatte. Im Geiste sah sie die Kammer ganz genau vor sich, das schäbige rote Mobiliar, wie es in allen Bordellen zu finden war, das große Bett. Im Schlaf schluchzte sie, als sie sich an das erinnerte, was sie sonst nach Möglichkeit zu verdrängen suchte ...

Michael lag quer auf dem Bett, faul und träge ausgestreckt; der Dreck an den Stiefeln verschmutzte das Laken.

»Na, da bist du ja, Rhapsody, mein Liebling«, sagte er sichtlich zufrieden. »Ich dachte schon, du kämst nicht mehr.«

»Das wollte ich auch nicht«, antwortete sie gereizt. »Was ist? Was hast du zu Nana gesagt? Warum ist sie so verstört?«

»Ich habe sie nur um eine Verabredung mit meiner Favoritin gebeten. Das dürfte doch wohl noch erlaubt sein.«

»Sie wird dir aber bestimmt gesagt haben, dass ich dich nicht mehr zu sehen wünsche. Also, warum bist du hier?«

Michael richtete sich auf, schwang die dreckigen Stiefel über den Bettrand und riss dabei das Laken zur Hälfte von der Matratze. »Ich hatte gehofft, du änderst deine Meinung, wenn du siehst, wie ich leide.« Er zog die Stiefel aus und nickte einem seiner Spießgesellen zu, der daraufhin die Tür hinter Rhapsody ins Schloss fallen ließ.

Sie machte aus ihrem Ärger kein Hehl und kniff die Brauen zusammen. »Du siehst nicht aus wie jemand, der leidet, Michael. Bitte, geh. Ich will nicht, dass du hier bist!«

Michael musterte sie mit bewundernden Blicken. Sie war klein und zierlich, aber stark, und er fühlte sich von ihrer Kraft inspiriert. Er kannte keine andere Frau, die es wagte, ihm die Stirn zu bieten. Und das erregte ihn noch mehr als die Furcht, denn er wusste, dass er sie besiegen würde.

»Hab dich nicht so, Rhapsody. Ich bin einen weiten Weg gekommen, um dich zu sehen. Darf ich dir nicht wenigstens sagen, was ich will?«

»Nein, es interessiert mich nicht. Und jetzt geh!«

»Autsch«, sagte er und fasste sich an die Brust, gerade so, als wäre er verwundet. »Du bist unverschämt, Liebling. Einem Mann würde ich so etwas nicht durchgehen lassen, aber bei dir finde ich es sogar ganz reizvoll. Komm her und setz dich an meine Seite.« Er klopfte neben sich aufs Bett und machte sich dann daran, die Hose aufzuknöpfen.

Rhapsody wandte sich der Tür zu. »Tut mir Leid, Michael. Wie gesagt, ich bin an dir nicht interessiert. Es gibt aber bestimmt viele andere Mädchen, die überglücklich wären, dir gefällig sein zu dürfen.«

»Da hast du Recht«, sagte er, als sein Kumpan vor der Tür Aufstellung nahm. »Dein Mangel an Interesse kränkt mich zwar zutiefst, aber ich bin vorbereitet für den Fall, dass du stur bleibst. Möchtest du wissen, wie?«

»Nein«, sagte Rhapsody und schleuderte dem grinsenden

Lakaien einen wütenden Blick zu. Sie ließ sich nicht einschüchtern, am wenigsten von Michaels Spießgesellen, zumal er wissen musste, dass Nanas Leibwächter die besten in ganz Ostend waren und beiden Männern sehr wohl überlegen. Außerdem unterhielt Nana gute Kontakte zur Stadtwache.

Rhapsody spürte Michaels frostiges Grinsen im Rücken. »Na schön, Rhapsody, ganz wie du willst. Schade, dass wir nicht übereinkommen. Lass sie vorbei, Karvolt.« Der Angesprochene öffnete die Tür und machte ihr grinsend und mit übertrieben höflicher Geste den Weg frei.

Vom Flur her näherte sich aber nun ein dritter Söldner, der ein Kind an der Hand mit sich führte, ein kleines, heftig zitterndes Mädchen von etwa sieben Jahren. Es war ein Liringlas, so wie Rhapsodys Mutter, das einen schmutzigen, blutverschmierten Schal um die Schultern geschlungen hatte, der einem Erwachsenen zu gehören schien. Kaum hatte das Mädchen die Kammer betreten, richtete es seine Augen auf Rhapsody. Sein Blick spiegelte schieren Schrecken, obwohl das Gesicht keinerlei Regung zeigte, was für Liringlas typisch war.

Entsetzt fuhr Rhapsody herum und wandte sich Michael zu, der mit breitem Grinsen die Hose von den Beinen streifte.

»Was tut das Mädchen hier?«

»Noch nichts«, erwiderte er selbstgefällig und tauschte mit seinen Männern belustigte Blicke. »Leb wohl, meine Liebe.«

»Augenblick«, sagte Rhapsody, als Michael das Hemd über den Kopf zog und sich rücklings auf die Matratze fallen ließ. »Was hast du vor? Woher kommt das Mädchen?«

»Sprichst du von der da?« Er gab sich unschuldig und zeigte auf das Kind. »Das ist Petunia, mein liebes kleines Mündel. Eine sehr traurige Geschichte, wirklich. Der Familie ist ein schreckliches Unglück widerfahren. Ihr Langhaus hat Feuer gefangen, und bis auf das Mädchen sind alle in den Flammen umgekommen. Tragisch. Aber mach dir keine Sorgen, Rhapsody, ich kümmere mich um die Kleine. Du kannst getrost gehen, meine Liebe.«

Rhapsody riss sich von dem Söldner los, der sie beim Arm gepackt hielt, und ging mit ausgestreckten Armen in die Hocke. Das kleine Mädchen lief auf sie zu und fiel ihr um den Hals.

»Nein, Michael, das darfst du nicht. Himmel, du bist wirklich der widerlichste Hund, der mir je über den Weg gelaufen ist«, zischte sie ihm zu.

Michael lachte. Seine Erregung nahm zu. »Nein? Warum nicht? Sie gehört mir schließlich und ist nicht etwa angestellt in diesem Haus. Wir verbringen hier nur die Nacht miteinander. Und ich will nicht, dass die Gäste im Wirtshaus durch, nun, laute Geräusche gestört werden. Das ist doch nur rücksichtsvoll, nicht wahr? Hier wird niemand Anstoß nehmen. Im Gegenteil, manche Kunden finden wahrscheinlich Gefallen daran.«

Rhapsody starrte in seine kristallblauen Augen, die ohne jeden seelischen Ausdruck zu sein schienen. Er schmunzelte triumphierend, wusste er doch, dass sie ihm nun zu Willen sein würde. Sie schaute dem kleinen Mädchen ins Gesicht und sah, wie sich seine Augen mit Tränen füllten. Es zitterte vor Angst und schmiegte sich eng an sie. Rhapsody schloss die Augen und seufzte.

»Lass sie gehen.«

»Sei nicht albern, sie braucht mich.«

Rhapsody stieß einen Fluch in ihrer Muttersprache aus. »Lass sie gehen«, wiederholte sie dann.

»Aber warum denn, Rhapsody? Bist du etwa eifersüchtig? Hast du deine Meinung so plötzlich geändert? Wie kommt's? Liegt's vielleicht am Anblick meiner Herrlichkeit?«

»Wohl kaum«, entgegnete sie zornig. Sie fuhr dem Kind mit der Hand durchs Haar und flüsterte ihm tröstende Worte ins Ohr. Und an Michael gewandt: »Also gut, was willst du?«

»Nun, zunächst einmal ein paar Minuten ungestörter Entspannung.«

»Wenn's weiter nichts ist«, erwiderte Rhapsody und nahm das Kind bei der Hand. »Dich allein zu lassen wird uns eine Freude sein.«

Michaels Blick verfinsterte sich. »Stiehl mir nicht die Zeit, Rhapsody. Auf die Dauer wird dein Spielchen fade. Sobald du versprichst, mir in meinen Wünschen entgegenzukommen, werde ich meine Männer losschicken, dass sie die Kleine bei Nana abliefern. Das wäre doch auch in deinem Sinne, oder? Ich weiß, ich kann dir vertrauen, Liebste. Du stehst zu deinem Wort. Dein Ruf eilt dir voraus.«

»Das und nur das haben wir miteinander gemein«, sagte sie. »Sei's drum, du krankes Miststück. Bin gleich wieder zurück.« Sie drehte sich um und führte das Kind zur Tür.

»Warte«, sagte Michael in einem Tonfall, der sie in Alarmbereitschaft versetzte. »Wir haben uns noch nicht über meine Bedingungen unterhalten.«

»Bedingungen? Ist dir heute etwa nach etwas anderem als sonst zumute? Nach einer Nähstunde vielleicht?«

Er lachte. »Du bist wirklich erstaunlich, meine Liebe. Selbst mit dem Rücken zur Wand noch frech und trotzig.« Er wälzte sich auf den Bauch, kroch auf die andere Seite des Bettes und spannte die Muskeln an wie eine zum Sprung bereite Großkatze.

»Karvolt, bring das Kind nach unten.« Mit funkelnden Augen nahm er zur Kenntnis, dass sein Mann unverzüglich gehorchte. Rhapsody ließ die Hand des Mädchens los und fuhr ihm streichelnd mit der Hand übers Haar.

»Hör zu, meine Liebe. Ich schlage dir folgendes Geschäft vor: Ich und meine Männer werden für zwei Wochen hier bleiben und danach auf unbestimmte Zeit weg sein. Wahrscheinlich wird es Jahre dauern, bis wir uns wieder sehen. Aber das verspreche ich dir, ich werde zu dir zurückkommen. Du liegst mir am Herzen, Rhapsody. Ich träume fast jede Nacht von dir, und ich weiß, dir ergeht es ähnlich in Bezug auf mich.« Er schmunzelte über die Grimasse, die sie schnitt.

»Hier also meine erste Bedingung: Bis zu meiner Abreise wirst du mir zur Verfügung stehen, wann immer ich Lust auf dich verspüre. Nana war so großzügig, mir für die gesamte Zeit diese Kammer zu vermieten. Wenn du meinen Wünschen nachkommst – woran ich keinen Zweifel habe –, bin ich bereit, das Kind an dich abzutreten. Solltest du aber Schwierigkeiten machen, werde ich es mit mir nehmen. Du kannst dir sicher ausmalen, was ich so alles mit ihm anstellen würde.

Zweitens: Auch du begehrst mich und lässt es mich wissen. Ich erwarte, dass du deine tief empfundene Zuneigung für mich und dein Verlangen nach mir demonstrativ zum Ausdruck bringst.«

»Mit Vergnügen«, sagte Rhapsody und versuchte, sich die Wut, die sie empfand, nicht anmerken zu lassen. »Gern demonstriere ich dir, wonach mich jetzt am meisten gelüstet. Gib mir deinen Gürtel!«

»Karvolt? Wie geht's der Kleinen?« Im Flur war ein Schrei zu hören, der Rhapsody die Haare zu Berge stehen ließ. »Tut mir Leid, Liebste, ich habe dich nicht verstanden. Was wolltest du mir sagen?« Michael lachte laut auf, amüsiert über ihren vernichtenden Blick. »Übertreib nicht gleich, Rhapsody, ich glaub dir ja, dass du wütend bist. Was ist denn?« Das selbstgefällige Grinsen verschwand aus seinem Gesicht; stattdessen setzte er eine Miene auf, die Unheil versprach.

»Zurück zum Geschäft. Du wirst meine Wünsche nicht nur befriedigen, sondern auch Lust und Engagement dabei an den Tag legen. Du wirst deine Liebe zu mir nicht nur mit dem Körper, sondern auch mit Worten zum Ausdruck bringen. Wenn ich diesen Ort verlasse, will ich dein Herz gewonnen haben und es mit mir nehmen. Haben wir uns verstanden? Versprichst du mir, meine Gefühle für dich zu erwidern?«

»Wie könnte ich? Der ersten Bedingung stimme ich zu, aber wie du schon richtig sagtest: Mein Ruf eilt mir voraus. Ich kann und werde dir nichts vormachen, Michael. Du würdest mich sowieso durchschauen.«

Michael drückte sich mit seinen kräftigen Armen vom Bett ab. »Karvolt, bring Petunia zurück und leg sie direkt unter mich.«

Rhapsody wirbelte auf dem Absatz herum, als der Söldner das kleine Mädchen in die Kammer zerrte. »Nein, Michael, bitte. *Bitte.*«

Das Kind fing an zu schluchzen. Rhapsody trat vor den Söldner und stellte sich zwischen ihn und das Bett. Der Söldner hob das Mädchen vom Boden auf, worauf es laut aufschrie. Rhapsody nahm es an sich und wandte sich wieder Michael zu. Seine Augen leuchteten mit einer Intensität, die Angst machte.

»Also gut, Michael, ich sage alles, was du nur hören willst. Lass sie gehen.«

»Zeig's mir, Rhapsody. Nenn mir einen Grund, warum ich dir glauben sollte.«

Rhapsody sah hinüber zu den Söldnern, von denen einer gehässiger als der andere grinste. Eilends führte sie das Kind zur Tür und schob es in den Flur hinaus.

»Nana«, rief sie über den Treppenabsatz nach unten, »bitte, schaff sie hier raus und besorg ihr etwas zu essen.« Sie lächelte dem Kind aufmunternd zu und deutete nach unten, wo Nana und die anderen Frauen warteten. Als das Kind verschwunden war, kehrte Rhapsody seufzend in die Kammer zurück.

Michael schüttelte die Kissen auf.

»Nun, Rhapsody, sag mir, wie du es dir wünschst«, sagte er im Flüsterton, der zugleich lustvoll und bedrohlich klang.

Rhapsody hielt seinem Blick stand. Mit geübter Hand langte sie in den Ausschnitt ihrer Bluse und knöpfte sie aufreizend langsam auf.

»Verschwindet«, sagte sie zu den Söldnern. »Wir wollen allein sein.«

Michael grinste bis über beide Ohren. »Ja, verschwindet«, wiederholte er. »Diese wunderschöne Frau möchte ihren Liebsten verwöhnen, ohne dabei gestört zu werden. Hab ich nicht Recht, Rhapsody?«

»Ja«, antwortete sie mit ausdrucksloser Miene und ließ die Bluse zu Boden fallen. »Lasst mich mit ihm allein.«

Mit schmerzvoll verzogenem Gesicht warf sich Rhapsody von einer Seite auf die andere. Sie hatte im Schlaf zu murmeln angefangen, worüber Achmed aufgewacht war. Er kauerte ein Stück oberhalb auf einem Vorsprung und stieß Grunthor mit dem Fuß an.

Grunthor rührte sich und war von jetzt auf gleich hellwach. Achmeds Blick folgend, sah er sie und hörte sie derbe Flüche hauchen. Dann fing sie plötzlich zu wimmern an und zerrte an dem Strang, mit dem sie sich gesichert hatte.

Grunthor seilte sich zu ihr ab und sah, dass sie am ganzen Leib schwitzte. Kaum war er zur Stelle, hatte sie sich losgerissen – und stürzte ins Dunkel. Sie schreckte auf, streckte hastig die Hände aus und suchte nach Halt. An der Wurzel entlangrutschend, scheuerte sie sich die Haut auf. Da schlang sich ein starker Arm um ihre Taille und hob sie auf.

»Na, na, Euer Liebden, wolltest du jetzt ’nem andern verfallen?«

Rhapsody wusste nicht, wo ihr der Kopf stand. Es dauerte eine Weile, bis sie die Orientierung wiedergefunden hatte. Grunthor hielt sie an seine mächtige Brust gedrückt. Sie lehnte sich zurück und blickte zu ihm auf. Er grinste.

»Danke«, sagte sie und legte die Stirn in Falten. Sie warf einen flüchtigen Blick in die Tiefe und schaute dann wieder in sein hässliches Gesicht. »Vielen Dank.«

»War mir ein Vergnügen, Herzchen. Wenn ich so frei sein darf, schlag ich vor, du schläfst in Zukunft zwischen uns.«

»Das halte ich für keine gute Idee«, meldete sich die Stimme von oben. »Wie soll unsereins dann ruhig schlafen? Und bei all ihrer Zappelei stößt sie uns womöglich über den Rand.«

»Du hörst, was er sagt.« Grunthor zuckte mit den Achseln und bedachte sie mit einer Miene, die ihr Sympathie zum Ausdruck zu bringen schien.

»Verstehe«, erwiderte sie und hielt sich an der Wurzel fest. Als sie zurück zu ihrem Platz zu klettern versuchte, rutschte sie an der glatten Oberfläche aus. Wieder musste Grunthor helfend eingreifen.

»Hier geht’s lang, Herzchen, rauf mit dir.« Er nahm sie wie ein Kind in den Arm, hob sie mühelos auf seinen Vorsprung, lehnte sich an die Wurzel und drückte sie an sich.

»Versuch doch einfach hier zu schlafen, Euer Liebden«, sagte er und fuhr ihr tätschelnd mit der Pranke über den Kopf.

Rhapsody sah in sein monströses Gesicht und glaubte, pure Freundlichkeit darin lesen zu können, jedenfalls alles andere als Fresslust. Trotz seiner erschreckenden Erscheinung und obwohl sie wusste, wozu er in der Lage war, fasste sie Vertrauen zu ihm.

»Danke«, flüsterte sie und lächelte scheu. »Ich werd’s versuchen.« Sie legte den Kopf auf seine Brust und machte die Augen zu.

Grunthor schüttelte sich voller Behagen. »Oooooh. Was für ein Lächeln. Nimm dich nur ja davor in Acht, mein Herr.«

»Danke für die Warnung«, tönte es von oben zur Antwort.

10

»Ich seh das Tunnelende.«

Von der Stimme geweckt, die so seltsam durch den Schacht hallte, merkten Rhapsody und Grunthor auf. Rhapsody hob den Kopf. Ihr langes Haar bedeckte die breite Brust des Firbolg-Sergeanten, an der sie geruht hatte.

Grunthor blickte auf und entdeckte hoch oben ein schwaches rötliches Schimmern, den Widerschein von Tageslicht, wie es schien. Er nickte.

»Gut, machen wir also, dass wir da hoch kommen«, sagte er und half Rhapsody beim Aufstehen.

Sie setzten ihren Weg fort. Jetzt, da das Ende abzusehen war, fand Rhapsody den Anstieg nur noch halb so schwer. Mit frischen Kräften und sicherem Tritt strebte sie dem Licht entgegen. Während der endlos scheinenden Kletterei durch die Dunkelheit hatte sie alle Gedanken an den offenen Himmel unterdrückt, weil sie dadurch noch mehr niedergeschlagen gewesen wäre. Selbst jetzt hütete sie sich vor verfrühten Hochgefühlen.

Und das war nur weise. Obwohl die drei schnell vorankamen und sich keine Pause gönnten, hatte es den Anschein, als kämen sie dem Ende kein Stückchen näher. Als ihre Kräfte erschöpft waren, richteten sie ein Schlaflager ein und teilten die Reste des Proviants, den Achmed mit sich führte.

Rhapsody aß trockene Bohnen, kleine Stücke der von Achmed geernteten Sagiawurzel und trank dazu ein wenig Wasser, gesammelt aus dem, was von den dünnen Wurzeltrieben abgetropft war. Wieder machte sich bei ihr Verzweiflung breit. Den Traum der vergangenen Nacht hatte sie bislang erfolgreich verdrängt, weil mit dem Ausblick auf ein Ende der Reise auch die Hoffnung verbunden war, Michael für immer abschütteln zu können. Doch nun kehrten ihre Gedanken in jene schreckliche Zeit zurück.

Was ihr während dieser einem Albtraum gleichen zwei Wochen am meisten zu schaffen gemacht hatte, war weniger die Verkommenheit, die Michael an den Tag legte, als die völlige Unvorhersehbarkeit dessen, was sie erwartete. Manchmal schloss er sich tagelang mit ihr in der Kammer ein und verlangte ihre volle Aufmerksamkeit; dann wiederum schleifte er sie, einer plötzlichen Laune folgend, hinunter in den Essraum, wo er sie vor den Augen seiner verblüfften Männer, die gerade beim Frühstück saßen, auf den Tisch legte und besprang.

Manchmal packte ihn die Eifersucht. Die bekam unter anderem einer seiner Lakaien zu spüren, nur weil er sie einmal ein wenig zu lange angesehen hatte. Bei anderer Gelegenheit zwang er sie, seinen Männern zu Willen zu sein, einem nach dem anderen. Sie hatte sich den Tod herbeigesehnt und sich, weil der nicht kommen wollte, allein mit dem Gedanken getröstet, dass zumindest das Kind in Sicherheit war.

Endlich kam der Tag, an dem er aufbrechen sollte. Rhapsody sah zu, wie er sein Pferd bepackte. Er war ausgesprochen guter Laune. Lächelnd nahm er ihren Kopf zwischen beide Hände und gab ihr einen zarten Abschiedskuss.

»Wirklich, Rhapsody, es war wunderschön mit dir. Ich kann es kaum erwarten, dich wieder zu sehen. Wirst du mich vermissen?«

»Natürlich«, sagte sie. Inzwischen gingen ihr die Lügen schon sehr viel leichter von den Lippen.

»So ist es brav. Nun denn, Karvolt, hol Petunia, und dann nichts wie weg.«

Rhapsody glaubte nicht richtig zu hören. »Was? Nein, Michael, sie gehört mir. Das war so abgemacht.«

»Mach dich nicht lächerlich. Ich habe ihrem sterbenden Vater, gleich nachdem ich ihm die Kehle aufgeschlitzt hatte, versprochen, mich persönlich um die Kleine zu kümmern. Du erwartest doch wohl nicht von mir, dass ich wortbrüchig werde, oder?« Aus dem Haus tönten Schreie, und wenig später trat Karvolt zur Tür hinaus, das Mädchen im Arm.

Rhapsody geriet in Panik. Dass ein Abkommen mit Michael

keinen Wert hatte, war ihr im Grunde von Anfang an klar gewesen, doch sie hatte die Augen davor verschlossen, weil sie nicht ertragen konnte, was in Wahrheit zu befürchten stand. Er grinste bis über beide Ohren und stellte sich ihr in den Weg, als sie versuchte, dem Mädchen zu Hilfe zu eilen. Schluchzend lenkte sie ein und ließ den Tränen freien Lauf.

»Bitte, Michael, nein. Steh zu deinem Wort. Gib sie mir. Bitte.«

»Warum sollte ich, meine Liebe? Ich blicke auf die schönsten zwei Wochen meines Lebens zurück. Im Ernst, alle vordem erlebten Freuden zusammengenommen reichen nicht heran an das Vergnügen, das du mir bereitet hast. Ich bin jetzt verwöhnt und will meine Lust auch in der nächsten Zeit befriedigt wissen. Bis auf Weiteres wird nun Petunia dafür sorgen müssen. Als Ersatz für dich.«

Rhapsody packte ihn beim Arm. »Dann nimm mich, aber lass das Mädchen.« Sie wusste, was seine letzten Worte zu bedeuten hatten. Er würde das Kind missbrauchen und sich dann seiner entledigen.

Michael triumphierte. »Wie rührend. Wer hätte das gedacht? Noch vor zwei Wochen wolltest du mir einen Korb geben. Offenbar hat dich meine Fürsorge zu einem gründlichen Sinneswandel bewogen, nicht wahr, meine Liebe?«

»Ja«, sagte Rhapsody, und das war die bittere Wahrheit. Vieles, woran sie früher fest geglaubt hatte, war in dieser Zeit für immer verloren gegangen.

»Was weißt du schon? Ich hätte ja selbst kaum für möglich gehalten, wie gut ich in Wirklichkeit bin. Tut mir Leid, Rhapsody, aber ich kann dir nicht helfen. Da du wahrscheinlich nicht auf mich warten wirst, kann niemand von mir fordern, dass ich auf dich warte. Sitz auf, Karvolt.« Er wandte sich ab.

In einem letzten Akt der Verzweiflung warf sich Rhapsody ihm um den Hals und küsste ihn. Sie spürte, wie sein Herz schneller schlug, als sich seine Überraschung gelegt hatte und er die Arme um sie schlang. Sie schmiegte sich an ihn und flüsterte ihm ins Ohr: »Bitte, Michael, willst du das einer Frau antun, die dich liebt?« Sie wusste, was er von diesem vermeintlichen Liebesgeständnis halten würde. Es war eine rein rhetorische Frage.

Er stieß sie von sich und sah ihr ins Gesicht. »Du liebst mich? Du, Rhapsody? Schwör's, und ich lasse das Kind bei dir zurück.« Über seine Schulter hinweg sah sie Karvolt im Sattel sitzen; er hatte das wimmernde Kind in Fesseln gelegt und starrte interessiert in ihre Richtung.

»Zuerst soll sie absteigen und ins Haus laufen. Dann schwör ich's dir.«

»Es muss dir schon Ernst damit sein, Rhapsody. Ich lass nicht mit mir spaßen.«

»Mir ist es sehr ernst damit, ich schwör's.«

Michael gab Karvolt ein Zeichen, der daraufhin das Mädchen losband und zur Haustür führte, wo es von Nana in Empfang genommen wurde.

»Nun, meine Liebe, was war es, das du mir sagen wolltest?«

Rhapsody atmete tief durch. »Ich schwöre bei meinem Stern, dass ich bis ans Ende aller Tage keinen anderen Mann lieben werde. Reicht dir das jetzt, Michael?« Sein triumphierendes Grinsen machte sie krank. Er beugte sich zu ihr herab und küsste sie.

»Ja«, sagte er leise. »Ich liebe dich auch, und es wird neben dir keine andere bestehen können. Im Bett vielleicht, aber nicht in meinem Herzen. Ich komme wieder, Rhapsody, dann werden wir immer zusammen sein.«

Sie nickte stumm und wunderte sich über die Leichtgläubigkeit dieses rohen Mannes. Aber er konnte ja auch nicht wissen, dass sie keine Liebe mehr zu verschenken hatte. Denn ihr Herz war längst vergeben und mit dem, der es genommen hatte, gestorben.

Die Arme um den Körper geschlungen, sah sie den Trupp davon reiten. Michael drehte sich noch einmal um und winkte ihr lächelnd zu. Als die Reiter außer Sichtweite waren, ging sie hinter einen Busch und erbrach sich.

»Geschmeiß!«

Rhapsody richtete sich verstört auf. Es schien, als hätte Achmed ihre Gedanken gelesen. Dann folgte sie seinem Fingerzeig und erschrak. Von oben kroch entlang der Wurzel ein lebender Wall aus fahlen, zuckenden Riesenwürmern herab, die von der Körperwärme der drei angelockt zu sein schienen.

Vor Entsetzen zitternd, schüttelte Rhapsody ihren Dolch aus dem Ärmel. Die Klinge war so lang wie ihre Handfläche, das Heft nur halb so groß. Damit ließ sich wohl kaum etwas ausrichten gegen die Würmer, die gut dreimal so lang waren.

Plötzlich schlang sich ihr von hinten Grunthors Arm um die Taille, so wuchtig, dass ihr die Luft wegblieb. Er setzte sie unterhalb von sich ab und kletterte ein Stück weiter nach oben, wo er eine breite Spalte in der Wurzel fand, die ihm Unterschlupf bot. Rhapsody folgte und suchte Schutz in einem Gestrüpp aus dünnen Ablegern.

Sie hörte die runden Geschosse aus Achmeds Cwellan pfeifend durch die Luft schwirren und betete im Stillen, dass sie nicht auf sie und den Gefährten hageln würden.

»Zieh dein Schwert!«, forderte Achmed den Riesen auf. Das Ungeziefer bewegte sich verblüffend schnell, glitt an der Wurzel entlang nach unten und ließ sich von keiner Unebenheit aufhalten. Die Würmer schwärmten über Achmed hinweg, bedeckten ihn von Kopf bis Fuß. Er ließ die Klinge sausen, so schnell, dass sie nicht mehr zu sehen war. Die Würmer fielen von ihm ab und stürzten in die Tiefe, wobei der eine und andere kurz mit Rhapsody in Berührung kam, bevor sie in der Dunkelheit verschwanden.

Ihre Leiber waren so fahl wie die Wurzeln und von dünnen Adern durchzogen, die violett unter der Haut schimmerten, so wie die mit Blut gefüllten, geschwollenen Köpfe. Einer der Würmer fiel ihr auf den Kopf und biss mit kleinen, spitzen Zähnen zu. Rhapsody musste an sich halten, um nicht hysterisch aufzuschreien.

Grunthor hatte ein mächtiges Schwert gezogen, mit dem er das Gewürm in Massen von der Wurzel schälte und es in den Abgrund schickte.

Reaktionsschnell wich sie den herabstürzenden Kadavern aus und starrte auf diejenigen Kriechtiere, die Grunthor unbeschadet passiert hatten und nun auf sie zukamen. Zu Dutzenden. Sie konnte sich ausrechnen, dass, wenn so viele bis zu ihr vordrangen, die Männer über ihr mit Hunderten zu kämpfen hatten.

Unermüdlich schlug Grunthor zu, fand aber noch zwischendurch Gelegenheit, ihr einen Blick zuzuwerfen. »Hier, damit kannst du dich mal auseinander setzen«, sagte er und trat mit der Fußspitze eine sich windende Geschwulst von der Wurzel. Rhapsody konnte ihr nur um Haaresbreite ausweichen. »Nimm dir eins von meinen Schwertern.« Er senkte den Rumpf zur Seite, sodass sie nach einer der Waffen langen konnte, die er auf dem Rücken mit sich trug.

Rhapsody schüttelte den Kopf. Sie stocherte gerade auf zwei zuckende Leiber ein, die dicht über ihr an der Wand klebten. »Ich weiß nur mit meinem Dolch umzugehen«, antwortete sie. Kaum hatte sie die beiden Würmer zur Strecke gebracht, da war auch schon ein dritter aufgetaucht, und ehe sie sich versah, spürte sie dessen Zähne im Unterarm. Kreischend versuchte sie das Ungetüm abzuschütteln.

»Dreh dich um«, sagte Grunthor. Rhapsody gehorchte. Der Bolg lehnte sich zurück, streckte den Arm aus, spießte den Wurm gezielt mit der Schwertspitze auf und schleuderte ihn mit einer Drehung aus dem Handgelenk weg. Sie schrie vor Schmerz auf, denn mit dem Untier hatte sich auch ein Stück Haut vom Arm gelöst. »Wenn das hier vorbei ist, werden wir dir ein paar Lektionen erteilen müssen«, sagte er und wandte sich wieder den von oben nachrückenden Massen zu.

»Wenn ich denn dann noch lebe«, murmelte sie.

»Ich bin durch«, rief Achmed und seilte sich ab, um Grunthor Hilfestellung zu leisten.

»Mit dem Rest hier werd ich allein fertig. Hilf lieber der Gräfin«, sagte der Riese, ohne die Klinge zur Ruhe kommen zu lassen.

»In Deckung«, kommandierte Achmed, worauf sich Rhapsody gegen die Wurzel presste und dabei einen Wurm unter der Brust zerquetschte. Sie kniff die Augen zu, als die Cwellanscheiben vorbeiwischten und das Ungeziefer durchpflügten.

»Jetzt kannst du dich wieder bewegen«, sagte die Stimme, die so dünn und rau wie Treibsand klang. Sie öffnete die Augen, atmete tief durch und begegnete Achmeds Blick.

Es war schon eine Weile her, dass sie ihm das letzte Mal ins Gesicht geschaut hatte. Für gewöhnlich kletterte er mit einigem

Abstand vorneweg, und so hatte sie ganz vergessen, wie erschreckend er aussah, besonders im Dunkeln.

»Danke«, sagte sie kleinlaut, und ihre Stimme klang wie das Krächzen einer alten Frau. Dann sah sie Blut auf seinem Unterarm. »Du bist verletzt.«

»Scheint so.« Er warf einen Blick auf Grunthor. Der Sergeant nickte. Achmed machte sich wieder auf nach oben, auf seine Position als Anführer.

»Lass dich verarzten. Nicht, dass sich die Wunde noch entzündet.« Sie sprach jetzt in ruhigem Ton und ließ sich nicht anmerken, wie sehr ihr das Herz raste. Rhapsody wusste aus Erfahrung, dass sie inmitten größter Not verhältnismäßig ruhig blieb, fast kühl. War aber die Gefahr erst einmal vorbei, setzten Symptome der Panik ein.

»Es wird mich schon nicht umhauen«, antwortete der verhüllte Mann. Grunthor schüttelte den Kopf.

»Sie hat Recht. Wer weiß, auf welchem Mist die Würmer rumgekrochen sind. Vielleicht waren sie das Nutzvieh unsrer kleinen Zwergenfreunde.«

Achmed schien einen Augenblick lang nachzudenken, rutschte dann an der Wurzel zurück, bis er neben ihr auf dem kleinen Vorsprung stand. »Na schön, aber beeil dich.«

»Hast du etwa eine Verabredung einzuhalten?«, entgegnete sie und zog den Wasserschlauch aus ihrem Gepäck. Daraufhin nahm sie seinen Unterarm in die Hand und wendete ihn nach oben. Die Wunde war tief und blutete stark. Vorsichtig tröpfelte sie etwas Wasser darauf. Sie spürte, wie er sich verspannte, obwohl er nicht mit der Wimper zuckte.

Grunthor rückte näher und sah zu, wie sie ein Fläschchen öffnete, dem ein scharfer Geruch nach Essig und Gewürzen entstieg. Rhapsody befeuchtete ein sauberes Taschentuch mit der Hamamelis-Thymian-Lösung und betupfte die Wunde damit. Achmed versuchte, sich ihr zu entwinden.

»Halt still. Ich muss noch üben«, ulkte sie.

»Wie beruhigend.« Er winselte, als die übel riechende Flüssigkeit die Wunde benetzte und heftig zu brennen anfing. »Ich hoffe, dir ist klar, dass ich dich auch mit einem Arm erschlagen kann, falls du es darauf abgesehen haben solltest, mich zum Krüppel zu machen.«

Rhapsody blickte zu ihm auf und schmunzelte. Ihr Gesicht war verschmiert und blutig nach dem Kampf, doch die Augen leuchteten hell. Achmed verspürte ein Stechen im Innern, so sehr er es auch zu ignorieren versuchte. Grunthor hatte Recht. Ihr Lächeln war beeindruckend.

Sie richtete ihre Aufmerksamkeit wieder auf die Wunde und summte eine Melodie, die sich als ein Sirren in der Luft ausbreitete. Der Schmerz ließ nach, und ihm war, als würden helle Schwingungen von der Wunde gespiegelt.

»Hör auf damit!«, verlangte er in barschem Ton. »Das tut mir in den Ohren weh.«

Sie lachte. »Wenn ich aufhöre, ist die ganze Wirkung dahin. Das Lied hat Heilkraft.«

Rhapsody summte weiter, und aus der wortlosen Melodie wurde ein Lied. Sie sang einen Text in einer für ihn fremden Sprache.

»Oh, wie hübsch«, kommentierte Grunthor. »Ich geh mal davon aus, dass wir dieses stinkende Loch bald verlassen ham. Falls wir dann keine Arbeit finden, könnte uns Ihro Gnaden vielleicht ein paar Liedchen beibringen, womit wir dann als Troubadoure über Land ziehn. Ich seh uns schon: Schlangen-Achmed und Ochsenfrosch.«

Rhapsody hörte auf zu singen und sagte: »Gute Idee. Lasst mich raten ... du, Achmed, singst Tenor.« Als Antwort erntete sie einen mürrischen Blick. Sie nahm den Verband von der Wunde. »Ihr zwei solltet wirklich ein bisschen mehr Respekt vor der Musik haben. Sie ist sehr wirksam, als Waffe wie auch in jeder anderen Hinsicht.«

»Stimmt. Meine Singstimme ist nervtötend. Das hat man ihr schon oft bescheinigt.«

Rhapsody lachte hell auf. »Macht euch ruhig lustig. Aber es wird wahrscheinlich die Musik sein, die uns hier heraushol, Musik in der einen oder anderen Form.«

»Nur, wenn du uns mit deinem Geträllere so sehr auf den Geist gehst, dass ich dir ein zweites Paar Beine mache.«

»Musik ist nichts anderes als ein Wegweiser durch die Schwingungen, aus denen die Welt gemacht ist«, entgegnete Rhapsody. »Wer einen solchen Wegweiser hat, findet sich überall zurecht.« Sie öffnete ihre Tasche und holte eine getrocknete Blüte daraus zum Vorschein. »Erinnert ihr euch? Ihr nanntet es einen Taschenspielertrick, was natürlich nicht stimmt. Es lässt sich auch jetzt noch, nach so langer Zeit, wiederholen.« Ohne die spöttischen Blicke der beiden zur Kenntnis zu nehmen, legte sie die Blume in Achmeds Hand und sang leise deren Namen. Ihn Erwartung seiner Reaktion fing sie zu schmunzeln an.

Grunthor beugte sich über ihre Schulter und sah, wie die Blütenblätter wieder frisch wurden und sich neu entfalteten. Trotz des Gestanks nach abgestandenem Wasser und Körperschweiß war der zarte Duft der Schlüsselblume wahrzunehmen.

»Das funktioniert wohl auch nur mit Blumen, oder?«

»Nein, das klappt immer und mit allem.« Sie nahm den Verband vom Arm und sah, dass sich die Wunde geschlossen hatte und fast nicht mehr zu erkennen war. Wo soeben noch ein tiefer Schnitt geklafft hatte, zeigte sich jetzt nur noch eine dünne rosafarbene Spur, und auch die war nach einer Weile restlos verschwunden.

Sogar Achmed schien gewaltig beeindruckt zu sein. »Wie ist das möglich?«

»So etwas kann eine Benennerin gewissermaßen von Amts wegen. Nichts, kein Begriff, kein Gesetz ist so stark wie die Kraft, die im Namen eines Dings steckt. Mit dem Namen steht und fällt unsere Identität. Er ist unsere Essenz, unsere persönliche Geschichte, und manchmal kann er das, was wir sind, noch einmal machen, egal, wie sehr wir uns auch verändert haben mögen.«

Achmed warf ihr einen schrägen Blick zu. »In deinem Gewerbe lohnt sich so etwas bestimmt. Wie oft hast du deine Jungfräulichkeit schon verkauft? Wird sie von Mal zu Mal teurer?« Sie war merklich getroffen, was er sogleich bedauerte. Aus Scham legte er einen spöttischen Ton in seine Stimme und sagte: »Oh, es tut mir schrecklich Leid. Habe ich dich verletzt?«

»Nein«, antwortete sie. »Solche Bemerkungen habe ich schon allzu häufig hören müssen. Dass sich Männer immer wieder daneben benehmen und sich selbst zu Idioten stempeln, bin ich gewohnt.«

»He, he, pass bloß auf, Herzchen«, warnte Grunthor scherzhaft. »Ich hab wirklich schon lang nichts Anständiges mehr zwischen die Zähne gekriegt.«

»Na bitte, wieder so ein Beispiel«, entgegnete sie ruhig. »Männer mögen größer sein und mehr Kraft haben, was manche auch ziemlich rücksichtslos ausnutzen, wenn sie mit ihrem Verstand nicht mithalten können. Wer hat wohl die Prostitution erfunden, was meint ihr? Die Frauen? Glaubt ihr, es würde Spaß machen, wenn man tagtäglich herabgewürdigt wird? Was für eine Ironie: Nach Hurendiensten besteht eine enorm starke Nachfrage, aber ohne Not wäre kaum eine Frau dazu bereit.« Sie betupfte nun die eigene Bisswunde mit ihrem Heilwasser und bot das Fläschchen auch Grunthor an, doch der schüttelte den Kopf.

»Die Männer wollen es so«, fuhr sie fort. »Sie gehen weite Wege und geben viel Geld aus, um ihr Mütchen zu kühlen. Die Frauen aber, die ihnen dabei zu Diensten waren, müssen sich hinterher noch deren Beleidigungen gefallen lassen, und es wird erwartet, dass sie sich schämen, obwohl es doch die Männer sind, die dazu sehr viel mehr Grund hätten. Ich kann das nicht begreifen.

Ein jeder hat Verständnis dafür, dass jemand, wenn er Hunger leidet, Mundraub begeht. Aber für eine Frau, die, aus Not oder weil ihr mit Gewalt gedroht wird, auf den Strich geht, scheint es keinerlei Nachsicht zu geben. Ganz anders steht der Mann da, der ihre Dienste in Anspruch nimmt. Nicht nur, dass er ihr seinen Dank vorenthält, er macht sich auch noch über sie lustig. Für mich steht jedenfalls fest: Ich werde keinen Mann mehr an mich heranlassen. Ihr könnt mich alle mal ...«

» ... am Abend besuchen«, kicherte Grunthor, »und am Morgen, am Mittag ...«

Mit einem einzigen Wort brachte Rhapsody den Riesen zum Schweigen. Er bewegte zwar noch die Lippen, doch es kam kein Laut darüber hinweg. Die Stimme versagte ihm. Erschrocken sperrte er die Augen auf und starrte auf Achmed.

Achmed streckte den Arm aus und packte sie beim Kragen.

»Was hast du getan? Ihn verzaubert? Mach das sofort rückgängig.«

Rhapsody vorzog keine Miene. »Er ist nicht verzaubert; er kann sprechen, wann er will.«

»Offenbar nich ... oh, offenbar doch. Tut mir Leid, Herzchen, ich wollte dich nicht beleidigen.«

»Schon gut. Wie gesagt, mir sind schon so viele Beleidigungen zu Ohren gekommen, dass mich in dieser Hinsicht nichts mehr kränken kann.«

»Wir zwei wären die Letzten, die dir irgendwelche Vorhaltungen machen würden. Wir halten uns an die Devise ›leben und leben lassen‹. Hab ich Recht, Grunthor?«

Grunthor lachte auf und nickte dann. »Ja, leben und leben lassen, so halten wir's. Oder besser noch: töten und aufessen. Denn vergessen wir nich, ich bin Sergeant von Beruf. Töten und aufessen gehört zu meinem Handwerk; nun, genau genommen ist es nur das Töten. Darauf folgt dann die Mahlzeit gewissermaßen als Belohnung.«

Nachdem sie auch die eigene Wunde versorgt hatte, faltete Rhapsody das Taschentuch zusammen.

»Wenn's kein Zauberbann war, wie hast du ihm dann die Stimme genommen?«, wollte Achmed wissen.

»Ich habe das Schweigen bei seinem Namen aufgerufen«, sagte sie. »Und es hat sich dann für eine Weile eingestellt. Was macht dein Unterarm?«

»Der scheint wieder in Ordnung zu sein. Vielen Dank.«

»Gern geschehen.«

»Ich störe den artigen Wortwechsel nur ungern, aber ich finde, wir sollten uns langsam wieder in Bewegung setzen«, sagte Grunthor.

»Allerdings.« Achmed stand auf und bugsierte, was noch an toten Würmern auf dem Vorsprung lag, mit dem Fuß über den Rand. »Mir geht allmählich die Munition aus.«

Rhapsody zog den Kopf ein, um den herabfallenden Kadavern auszuweichen. Dann packte sie Blume und Kräuter zusammen und machte sich, Achmed und dem Riesen folgend, wieder an den Aufstieg, der immer noch kein Ende nehmen wollte.

II

Du bist der Schmutz, auf dem ich steh,
der Kehricht unter meinen Füßen,
versuche nur, dich mir zu widersetzen,
du wirst es schrecklich, schrecklich büßen.

Der Sergeant lässt sich nicht verspotten.
Egal, wie er auch zu dir steht,
sprich du nur ja nicht schlecht von ihm,
sonst wird der Hals dir umgedreht.

Rhapsody schmunzelte in sich hinein, als Grunthors tönender Bass unter ihr verhallte. Dem Bolg-Sergeanten waren offenbar die Truppen durchgegangen, Truppen, über deren Art und Zusammensetzung noch spekuliert werden mochte. Jedenfalls schien er sich mit seinen Marschgesängen die Zeit vertreiben zu wollen, und ihr, Rhapsody, eröffneten sie einen interessanten Blick auf die Militärlaufbahn des Bolgs. Vor allem aber lernte sie ihr Glück zu schätzen, bislang von ihm verschont geblieben zu sein.

Ein kleines Dickicht aus dünnen Wurzeln bot ihnen einen geeigneten Platz für eine Rast. Rhapsody nahm die Gelegenheit wahr und massierte, um sich ein wenig aufzuwärmen, die Arme mit hastiger Hand. Gleichzeitig versuchte sie, den nervösen Herzschlag zu beruhigen, doch das flaue Gefühl in der Magengrube und das als Kloß im Hals steckende Grausen ließen sich nach wie vor nicht abschütteln.

Endlich, nach unübersehbar langer Zeit, war das Ende des Schachts fast erreicht. Über ihnen wölbte sich eine riesige finstere

Kuppel, wo Rhapsody den Himmel wähnte. *Vielleicht ist es draußen dunkel,* dachte sie, ahnte aber sehr wohl, dass der Anstieg länger als eine Nachtspanne gedauert hatte.

»Wartet«, rief Achmed, als er sich dem Rand der Öffnung näherte. Grunthor und Rhapsody hielten an und sahen seinen Schatten das letzte Stück am Wurzelturm emporklettern, der zur Öffnung des Schachtes hin noch einmal weit ausladend in die Breite ging, so sehr, dass der Blick nach oben verborgen war.

Rhapsody schaute zu Grunthor hinüber. Im Laufe der sich endlos hinziehenden Reise hatte sie immer mehr Zutrauen zu ihm gefasst. Sogar seinem Gefährten gegenüber war sie inzwischen ein wenig freundlicher gestimmt, auch wenn sie ihm noch nicht verziehen hatte und er ihr nach wie vor ein Rätsel war. Jetzt, da es so schien, als wäre das gemeinsame Ziel bald erreicht, wurde ihr bewusst, dass der riesige Bolg mitnichten das Ungeheuer war, vor dem man ihr als Kind Angst gemacht hatte, sondern im Gegenteil ein Mann, der etliches mehr zu bieten hatte als so manch andere.

»Grunthor?«

Der Sergeant schlug die bernsteinfarbenen Augen auf. »Ja, Herzchen?«

»Für den Fall, dass wir am Ende nicht mehr dazu kommen, uns in aller Form zu verabschieden, möchte ich dir jetzt schon einmal von Herzen für alles danken.«

Schmunzelnd blickte Grunthor empor zu der Stelle, an der Achmed verschwunden war. »Nichts für ungut, Euer Liebden.«

»Es tut mir Leid, wenn ich dich anfangs mit meinen dummen Vorurteilen über deinesgleichen beleidigt haben sollte.«

Grunthors Schmunzeln wurde merklich breiter. »Nett von dir, aber keine Bange, ich hab ein ziemlich dickes Fell. Und außerdem muss ich sagn, dass du für eine Liringlas gar nich mal so übel bist. Ich kenne sonst kaum ein Völkchen, das dermaßen ungenießbar wäre wie die Lirin.«

Rhapsody lachte. »Was für Lirin sind dir denn überhaupt schon über den Weg gelaufen?«

»Oh, die ganze Palette. Ich hab Lirin aus den Städten kennen gelernt, Berg-Lirin und solche, die am Meer leben. Vom Aussehen her sind sie alle ziemlich ähnlich, spillerige Knirpse mit spitzen Gesichtern und großen Augen. Farblich scheint's allerdings große Unterschiede zu geben. Du bist kein Vollblut, oder?«

Sie schüttelte den Kopf. »Nein, ein Halbblut. Richtige Lirin schauen auf mich als Mischling herab.«

»Unter Hunden sind gerade die die Besten. Mach dir nichts draus. Und es steht dir gut zu Gesicht. Du bist 'n hübsches kleines Ding, nicht so dürr und eckig wie andere Lirin.«

»Danke.« Das sonderbare Kompliment brachte sie zum Lachen. »Und du bist der netteste Firbolg, dem ich je begegnet bin – was, zugegebenermaßen nicht viel besagt, denn du bist der Erste und bislang Einzige.«

»Das stimmt nicht ganz«, tönte eine Stimme von oben, die Rhapsody vor Schreck zusammenfahren ließ. Achmed war zurückgekehrt.

»Doch. Ich kenne keinen anderen außer Grunthor.«

Achmed grinste auf eine Weise, die ein wenig gehässig wirkte. »Es liegt mir fern, eine so kenntnisreiche Person wie dich zu korrigieren, aber glaube mir: Du kennst *zwei*.«

Rhapsody war sichtlich irritiert. »Soll das heißen, du bist auch ein Firbolg?«

»Vielleicht sollten wir sie wirklich von der Speisekarte streichen, Grunthor. Sie offenbart Spuren von Intelligenz.« Der Riese mimte einen auf enttäuscht.

Sie musterte den einen, dann den anderen und konnte nur wenig an Gemeinsamkeiten feststellen. Grunthor war über einen Kopf größer als Achmed, sehr viel breiter und muskulöser und mit Klauenhänden bewehrt. Unter Achmeds weitem Umhang zeichnete sich dagegen eine sehr schlanke, sehnige Gestalt ab, und seine Hände waren die eines Menschen.

An den Riesen gewandt, fragte Rhapsody: »Bist du ein Vollblut-Firbolg?«

»Ach was.«

Der Verhüllte schnaubte. »Du dachtest wohl, das einzige Halbblut auf der Welt zu sein.«

Trotz des spärlichen Lichts war zu sehen, dass sie errötete. »Natürlich nicht. Ich dachte, Grunthor ist ein Firbolg.«

»Er ist zur Hälfte Bengard.«

Rhapsody nickte. Die aus der Wüste stammenden Bengard waren eine Sippe, über die man nur wenig wusste. Es hieß, dass sie ungeheuer groß und von einer schlangenähnlichen Haut überzogen waren. Rhapsody kannte einige ihrer Lieder und Gebräuche. »Und du?«

Die beiden Männer tauschten einen kurzen Blick, ehe Achmed sagte: »Ich bin ein halber Dhrakier. Wir sind also alle drei Mischlinge. Wie wär's? Gehen wir weiter?«

Rhapsody hatte noch nie etwas gehört von dem erwähnten Volk, war aber nun schon lange genug mit den beiden zusammen, um zu wissen, wann es sich riet, keine weiteren Fragen zu stellen. »Natürlich«, antwortete sie. »Ich habe schließlich keine Lust, an dieser Wurzel Wurzeln zu schlagen.« Sie richtete sich auf, lockerte die verkrampften Beine, schnallte ihr Gepäck fest und folgte den beiden Bolg nach oben.

»Greif zu, Gräfin, ich zieh dich hoch.«

Dankbar langte Rhapsody nach der ausgestreckten Riesenhand und ließ sich von Grunthor über den Rand der Wurzel durch die Öffnung ziehen. Sie machte die Augen fest zu und betete im Stillen, unter freiem Himmel in sternenklarer Nacht aufzutauchen. Als sie wieder aufblickte, sah sie nichts als Dunkelheit, eine Leere, so weit das Auge reichte.

Der Boden unter ihren Füßen schimmerte so bleich wie die Wurzel, an der sie emporgeklettert war, doch ging von ihm ein schwaches Leuchten aus und dazu ein summendes Pulsieren, das hinter den Augen zu spüren war und im ganzen Körper weiter zu schwingen schien. So wie der Wurzelturm die Pfahlwurzel der Sagia hatte kümmerlich klein erscheinen lassen, so wirkte nun der Wurzelturm seinerseits winzig im Vergleich zu dem, was sich ihnen hier offenbarte.

Grunthor stieß einen Pfiff durch die Zähne aus. Der leuchtende Grund, auf dem sie standen, breitete sich weiter aus als der mächtige Fluss, der die Insel Serendair teilte. Die ungeheuer große Bahn verzweigte sich in viele Richtungen, und über jeden Arm zog sich ein Geflecht aus wurzelähnlichen Adern.

Rhapsody hatte an ihrer Enttäuschung schwer zu schlucken. »Herrje, was ist denn das?«

»Die Hauptpassage, der eigentliche Wurzelstock. Was wir erklommen haben, war bloß ein Seitenarm, vermutlich die Verbindung zwischen der Sagia und der Axis Mundi. Du hast doch wohl nicht geglaubt, schon am Ziel zu sein. Unser Marsch hat gerade erst angefangen.«

Tränen drohten ihr in die Augen zu treten, was sie indes nicht geschehen lassen wollte. »Aber ich bin am Ende«, flüsterte sie matt.

Der Verhüllte nahm sie bei den Schultern und versuchte sie zur Besinnung zu rütteln. »Sperr doch die Ohren auf! Hörst du sie denn nicht, die Musik? Ist es möglich, dass eine Sängerin, dazu eine Lirin, nicht hellauf begeistert ist von dieser Musik? Selbst ich kann sie hören. Ja, ich spüre sie förmlich auf der Haut. So hör doch hin!«

Über das Pochen ihres unglücklichen Herzens hinweg hörte Rhapsody tatsächlich ein Summen und Klingen, das die unermesslich große Höhle erfüllte. Unwillkürlich schloss sie die Augen und nahm die Klänge in sich auf. Sie steckten voller Weisheit und Kraft und waren unvergleichlich in ihrer Art. Achmed hatte Recht, das musste sie ihm eingestehen, auch wenn es ihr widerstrebte. Dieser magische, einzigartige Ort war durchdrungen von einer sanften, zarten Melodie, gesungen aus dem vollen Herzen der Erde.

Rhapsody begann in dieser Musik zu schwelgen. Sie nahm ihr alle Schmerzen, allen Verdruss und heilte die Wunden, die sie sich im Kampf gegen das Gewürm zugezogen hatte. Schließlich ließ sie den ureigenen Grundton erklingen, ihren musikalischen Namen, und er harmonierte mit der Stimme der Wurzel so wie vordem mit dem Lied der Sagia. Als sie eine Weile später die Augen wieder aufschlug, sah sie die beiden Männer miteinander reden und mit ausgestrecktem Arm mal auf diesen, mal auf jenen Abzweig deuten. Offenbar versuchten sie sich zu einigen, in welcher Richtung sie nun weitergehen sollten.

Schließlich drehte sich Achmed nach ihr um und fragte: »Na, Krise überwunden? Was ist nun, kommst du mit, oder willst du dich hier auf Dauer einrichten?«

Sie warf ihm einen bitterbösen Blick zu. »Ich komme. Und sprich nicht in diesen Ton mit mir.« Sie glaubte zu schwitzen und versuchte, die Hände trocken zu wischen, merkte dann aber, dass auch die Kleider und Schuhe ähnlich klamm waren. Feuchtigkeit hing in der Luft.

»Immerhin müssen wir nich mehr klettern. Is doch auch schon was, oder?« Grunthor zwinkerte ihr zu und schulterte sein Gepäck.

»Hier lang«, entschied Achmed und zeigte auf die nach links führende Abzweigung.

»Warum?«

»Das rät mir mein Gefühl.« Und in einem Tonfall, der nicht unfreundlich klang, fügte er hinzu: »Aber wenn's dir gefällt, kannst du natürlich auch eine andere Richtung einschlagen.« Von Grunthor gefolgt, machte er sich auf den Weg, der steil bergan und in weitem, schimmerndem Bogen in finstere Höhen führte. Seufzend nahm Rhapsody ihre Sachen und setzte sich in Bewegung.

Als sie sich nicht länger auf den Beinen halten konnten, schlugen sie ein Lager auf. Das Deckengewölbe der Höhle war jetzt hoch oben im Halbdunkel vage auszumachen.

»Es gibt offenbar extreme Größenunterschiede, was die Gräben angeht, durch die sich die Wurzel erstreckt«, meinte Achmed, als sie sich zum Essen niedergelassen hatten. »Hier ist es wohl deshalb so geräumig, weil von dieser Stelle viele Seitenarme abzweigen. Ich fürchte, dass wir bald wieder in sehr viel engere Bereiche kommen werden. Der Tunnel dort drüben scheint mir durchschnittliche Ausmaße zu haben. Wenn dem so ist, werden wir wohl über weite Strecken kriechen müssen. Ich schätze, dass die Luft dort ziemlich stickig und unangenehm sein wird. Wenn dir Grunthor noch ein paar Dinge in Sachen Schwertkampf beibringen soll, wär's besser, ihr übt hier, wo genügend Platz ist. Natürlich erst, wenn ihr ausgeruht seid.«

»Ist das denn wirklich nötig?«, fragte Rhapsody besorgt.

»Für ihn wohl nicht, aber umso mehr für dich«, antwortete Achmed. »Denk nur an diese Würmer. Wahrscheinlich gibt es anderswo noch mehr davon. Aber letztlich musst du selbst wissen, wie du dich am besten schützen kannst.«

Rhapsody wandte sich dem Firbolg zu, der übers ganze Gesicht grinste. »Es wäre mir lieb, wenn du mich ausbilden würdest«, sagte sie. »Aber leider habe ich kein Schwert.«

»Wenn's weiter nichts ist, Herzchen. Zufällig habe ich da ein etwas größeres Messer, das dir ein Schwert sein könnte.« Grunthor zog einen langen Dolch hinter dem Rücken hervor und überreichte ihn mit tiefer Verbeugung.

Nach kurzem Zögern nahm sie den Dolch entgegen. Die Klinge war länger als ihr Oberschenkel und dermaßen scharf, dass es sie schon nervös machte, die Waffe in der Hand zu halten. »Ich weiß nicht«, meinte sie zaghaft.

»Hör zu, Herzchen, wenn du dir die Würmer nich vom Hals halten kannst, seh ich schwarz für dich«, meinte der Bolg-Sergeant. »Also, stell dich nich an. Meine Lucy wird dir helfen.«

»Lucy?« Ihre Augen leuchteten auf. »Nanu, Grunthor, du bist ja auch ein Benenner, auf deine Art.«

Der Riese schmunzelte. »Was du nicht sagst. Soll ich vielleicht auch ein Liedchen singen?«

»Nein«, entgegneten Rhapsody und Achmed einstimmig.

»Macht euch an den Unterricht«, fügte Achmed hinzu, »ich will so lange warten.«

Grunthor langte über die Schulter, suchte nach einer passenden Klinge und zog schließlich zwei weitere Waffen hervor. Die eine war ein langes, schlankes Schwert, das er Lopper nannte. Rhapsody sah sich bei dessen Anblick an die Nacht auf den Feldern mit Michaels Männern erinnert und erschauderte. Bei der anderen Waffe handelte es sich um eine dreischneidige Pike, die der Riese mit dem Namen Früntmacher vorstellte. Für diese Waffe schien er sich endlich entschieden zu haben, denn er steckte den Lopper nun wieder in die rücklings getragene Scheide.

»Warum nennst du dieses Ding ›Früntmacher‹?«, wollte Rhapsody wissen.

»Was du über Namen sagst und die Kraft, die davon ausgeht, ist vielleicht gar nicht so dumm«, antwortete Grunthor und nahm Kampfhaltung an. »Bestes Beispiel ist dieser Früntmacher hier.

Ich hab ihn so benannt, und sobald ich ihn zieh, will jeder, der mir gegenübersteht, gleich Freundschaft mit mir schließen. Sofern er dazu noch in der Lage ist, versteht sich.«

»Versteht sich«, wiederholte Rhapsody und grinste nervös. »Den Wunsch kann ich nachvollziehen.«

»Das will ich hoffen, wo wir doch schon so vertraut miteinander sind.«

Rhapsody schmunzelte. »Na schön, mein Freund, auf geht's.«

Das Klirren aufeinander schlagender Schwerter hallte von den Höhlenwänden wider. Der jungen Lirin wurde ein ums andere Mal die Waffe aus der Hand geschlagen. Kaum hatte sie sich in Position gebracht, musste sie auch schon wieder zurückstecken. Und was sie am meisten entmutigte, war, dass er sehr schonend zu Werke ging und stets Rücksicht auf sie, die Anfängerin, nahm.

Immer wieder gab er ihr Gelegenheit zum Angriff, indem er seine Deckung öffnete, doch sooft sie eine solche Einladung annahm, kam er ihr mit einer schnellen Riposte zuvor. Schließlich versuchte sie solche Deckungslücken auszunutzen, die er unabsichtlich geöffnet hatte, wofür er ihr jedes Mal Lob und Anerkennung zollte.

»So ist's richtig, Gräfin«, sagte er und parierte eine neuerliche Attacke. »Weiter, weiter, nich locker lassen, Herzchen. Ich weiß, du kannst es. Gib's mir. Hol mich von den Beinen.«

Rhapsody schlug wuchtig zu. Doch Grunthor war zu schnell für sie. Sie trat zurück und holte Luft.

»Attacke!«, brüllte Grunthor so laut, dass sie vor Schreck noch einen Schritt weiter zurückwich. »Und pass verdammt noch mal auf. Mach deine hübschen Augen auf, sonst hau ich dir den Schädel ein!« Rhapsody war entsetzt. Auch der Riese zeigte sich verunsichert und verzog das Gesicht. »Tut mir Leid, Herzchen, manchmal geht der Feldwebel mit mir durch.«

Rhapsody beugte sich nach vorn und holte tief Luft. Plötzlich fing sie lauthals an zu lachen.

»Nimm's mir nicht übel, Grunthor, aber ich glaube, der Schwertkampf ist nicht meine Sache.«

»Möglich«, meldete sich Achmed von hinten. »Du solltest es aber trotzdem lernen. Wichtig ist vor allem, dass du deine Einstellung änderst.«

Rhapsody merkte auf. »Ach ja? Und inwiefern, wenn ich fragen darf?«

Der verhüllte Mann kam auf sie zu und nahm ihre Hand. »Zu allererst solltest du dir einen anderen Griff angewöhnen. Du hältst eine Waffe, und das sollte dir jederzeit bewusst sein. Also, konzentriere dich darauf. Zweitens, beiß die Zähne zusammen. Sei darauf gefasst, verletzt zu werden.

Es wird dir nicht gelingen, Schmerzen zu vermeiden. Du kannst sie allenfalls gering zu halten versuchen, das heißt, du solltest von vornherein darauf aus sein, die Ursache zu beseitigen. Hätte Grunthor sich nicht zurückgehalten, wäre es schon nach dem ersten Schlagabtausch um dich geschehen gewesen. Du musst akzeptieren, dass du nicht ohne Blessuren davonkommst, also sei entschlossen, dem Gegner heimzuzahlen, was er dir antut. Lerne zu hassen. So bleibst du am Leben.«

Rhapsody warf das Schwert auf die Wurzel. »Lieber wäre ich tot, als unter solchen Umständen leben zu müssen.«

»Tja, wenn du an deiner Einstellung festhalten willst, wirst du dich nicht lange quälen müssen.«

»Aber wie könnte ich denn anders? Grunthor ist mir sympathisch.«

Der Riese fuhr sich mit der Hand über den Nacken. »Das beruht auf Gegenseitigkeit, Herzchen, aber wenn du nich lernst, auf dich aufzupassen, reicht's für dich nur zu einer Zukunft als Futter für Würmer.«

Wieder überfiel Rhapsody jenes Gefühl der Ironie, das sie empfand, sooft sie über ihre Situation nachdachte und sich vergegenwärtigte, mit zwei seltsamen, monströsen Männern unter Tage auf einer riesigen Wurzel vorwärtszukriechen. Der nette Koloss, der ihr immer wieder verstohlen begehrliche Blicke zuwarf, die ihr eher den Eindruck vermittelten, als wollte er sie fressen, versuchte sie nun davon zu überzeugen, dass sie ihn zu ihrem eigenen Schutz anzugreifen hatte. Der menschenähnlichere der beiden – ein lebendiges Beispiel dafür, wie sehr der

Anschein trügen konnte – zeigte sich ihr gegenüber immer noch von provozierender Gleichgültigkeit.

Rhapsody hob das Schwert vom Boden auf. »Also gut, Grunthor, lass uns noch ein bisschen üben.«

»So ist's recht«, sagte der Sergeant und grinste. »Zeig's mir.«

Nach ihrer ersten Lektion, die nach Meinung von Grunthor durchaus zufrieden stellend verlaufen war, sank Rhapsody geschunden, erschöpft und aufgelöst zu Boden und suchte in ihrem Gepäck nach dem kleinen Beutel, in dem sie die Reste des Brotes aufbewahrte, das sie von Pilam geschenkt bekommen hatte. Als sie den Beutel zum Vorschein zog, fing sie zu singen an und intonierte den Namen des Brotes, wie sie es jedes Mal tat, wenn sie davon essen wollte. Sie beschrieb es mit den gesungenen Wörtern *Fladen, aus Gerste gebacken, weich,* holte es aus dem Beutel, brach ein Stück für sich ab und reichte das Übrige an die Männer weiter. Trotz der hohen Luftfeuchtigkeit und obwohl es schon viele Tage alt war, hatte das Brot immer noch keinen Schimmel angesetzt. Und sonderbarerweise war es überhaupt nicht hart geworden.

»Was war das nun wieder, Herzchen, 'ne Art Segensspruch oder dergleichen?«, fragte Grunthor und nahm das gereichte Stück entgegen.

»Wenn man so will. Ich habe das Brot beim Namen genannt.« Rhapsody lächelte ihm zu und ließ es sich schmecken. Achmed schwieg.

»Schaffst du's so, das Brot frisch zu halten?«

»Ja. Auf diese Weise bleibt es so, als wäre es gerade eben aus dem Ofen gekommen.«

Achmed legte sich auf die Wurzel und streckte alle viere von sich. »Gib ihm doch mal irgendeinen anderen Namen. Wie wär's mit ›Würstchen in Blätterteig‹?«, meinte er. Es war das erste Mal, dass Rhapsody ihn scherzen hörte.

»Ich kann es wohl in seinem Urzustand bewahren, aber nicht verändern«, antwortete sie zwischen zwei Bissen. »Wenn ich so viel Macht hätte, wärst du eine sehr viel angenehmere Person und ich würde nicht hier in diesem Loch stecken.«

Vielleicht lag es an der pulsierenden Kraft der Axis Mundi ... Wie auch immer, jedenfalls wurde Rhapsody nun von noch eindringlicheren Albträumen geplagt.

In dieser Nacht waren die Träume besonders intensiv. Wiederholt und erschreckend deutlich hatte sie einen Mann vor Augen, der unter großen Qualen in der Dunkelheit erstickte. Ringsum waberten dichte Nebelschwaden, die sich durch nichts vertreiben ließen. Rhapsody versuchte aufzuwachen, war aber zu erschöpft.

Stöhnend warf sie sich hin und her und rutschte schließlich von Grunthors breiter Brust, als die Traumszenerie plötzlich wechselte. Sie sah nun das Bild eines anderen Mannes mit aufgedunsenem Gesicht und blutrot geränderten Augen. Mit krallenden Händen ruderte er im Dunkeln umher, scheinbar auf der Suche nach etwas, das nicht zu finden war. Es kamen ihr Wörter in den Sinn, die sie unwillkürlich im Flüsterton aussprach.

Die Kette ist gerissen, raunte sie.

Als Achmed, der auf dem Rücken lag und ins Dunkle starrte, ihre Stimme hörte, richtete er sich auf und schaute ihr ins Gesicht, das die Schrecken des Traums widerspiegelte. Es schien, als führte sie einen aussichtslosen Kampf. Achmed stieß seinen Gefährten an und machte ihn auf sie aufmerksam.

Der Mann mit den blutrot geränderten Augen und dem erschreckend formlosen Gesicht starrte ihr entgegen. Es war, als versuchte er, ihr Bild in seinem Gedächtnis abzuspeichern. Sie wollte seinem Blick ausreichen, doch irgendetwas hielt sie fest im Griff, und zu ihrem großen Entsetzen musste sie nun mit ansehen, wie sich die Augen ihres monströsen Gegenübers teilten und verdoppelten, immer und immer wieder, bis es Dutzende und Aberdutzende waren, die ihr aus dem amorphen Gesicht entgegenstarrten.

Der Herr der Tausend Augen, flüsterte sie.

Dann löste sich ein ums andere dieser Augen aus dem Gesicht; ein kalter Wind regte sich, der sie nach allen Seiten hin ausschwärmen ließ, ohne dass sie den starren Blick von ihr abgewendet hätten.

In der Welt über Tage wütet Krieg, murmelte sie.

»Was die wohl hat?«, fragte Grunthor leise.

Achmed bedeutete ihm mit der Hand zu schweigen. Er hatte den Namen des F'dor gehört.

Im Traum erschien ihr nun ein sehr ansehnliches, jugendliches Gesicht, im Mondlicht schimmernd. Der junge Mann nahm sie in den Arm, schmiegte seine Wange an die ihre und berührte mit den Lippen ihr Ohr. *Das ist alles, was ich habe; nicht viel, aber ich will dir etwas schenken*, sagte er. Plötzlich langten seine Hände fester zu; mit Gewalt zwang er ihre Schenkel auseinander, und seine sanfte Stimme wechselte in ein lustvolles Keuchen über.

Nein, jammerte sie. *Hör auf. Das ist doch alles nur gelogen.*

Er lachte und hielt ihre Arme schmerzhaft fest umklammert. *Ich hoffe, du weißt, dass ich dir nie, nie willentlich wehtun würde.*

Hör auf, schluchzte sie. *Ich will nach Hause.*

Nach Hause? Es gibt für dich kein Zuhause mehr. Erinnere dich, du hast es aufgegeben. Für mich. Auch alles andere, was dir am Herzen lag. Dabei habe ich mit keinem Wort gesagt, dass ich dich liebe.

Unter dem Eindruck dieser quälenden Traumbilder brach Rhapsody in Tränen aus. Grunthor war sichtlich besorgt und wollte ihr tröstend beistehen, doch Achmed hielt ihn zurück.

»Vielleicht hat sie Visionen«, sagte er. »Womöglich schaut sie in die Zukunft oder in die Vergangenheit. Und was sie da sieht, könnte für uns von Interesse sein.«

»Es kann aber wohl kaum in unserm Interesse sein, dass sie einen Schock erleidet, von dem sie sich nicht mehr erholt. Oder?« Die Miene des Riesen war für Achmed Warnung genug, und er ließ zu, dass Grunthor das Mädchen in den Arm nahm und weckte.

»Herzchen?«

Erschrocken bäumte sich Rhapsody auf und schlug mit der Faust zu. Zufällig traf sie Grunthors Auge, und das mit einer Wucht, die ihr keiner zugetraut hätte. Der Firbolg kippte wie ein gefällter Baum zu Boden.

Achmed kicherte. »Da sieht man's wieder: Freundlichkeit wird schlecht belohnt.«

Rhapsody war inzwischen hellwach. Sie zwinkerte die Tränen aus den Augen und sah, was sie angerichtet hatte. »Himmel, Grunthor, verzeih«, stammelte sie. »Das wollte ich nicht.«

Der Bolg vorzog das Gesicht auf eine Weise, die unter anderen Umständen als der Versuch eines Lächelns hätte gedeutet werden können. »Schon gut, Herzchen. Ich muss schon sagen, du hast da 'ne zünftige Gerade. Wer hat dir so zu boxen beigebracht?«

Sie suchte in ihrem Gepäck nach dem Wasserschlauch. »Meine Brüder.«

»Aha. Darf ich dich vielleicht daran erinnern, dass wir dich adoptiert haben und somit auch zur Familie gehören? Ich hoffe, du wirst mich als einen deiner Brüder in Zukunft vor deiner prächtigen Rechten verschonen.«

Sie betupfte sein Auge mit einem feuchten Tuch und sagte schmunzelnd: »Was meinst du, wer diese Faust am häufigsten zu spüren bekommen hat?«

»Oh.«

»Es tut mir Leid.«

»Mach dir nichts draus, Herzchen. Und steck den Lappen weg. Es ist halb so schlimm. Komm, leg dich wieder hin. Wir sollten noch ein bisschen ruhen.« Rhapsody gehorchte.

Als sie ausgeschlafen hatten, packten sie ihre Sachen zusammen und setzten den Weg durch den endlos langen Tunnel fort.

12

Rhapsody hatte sich schon so sehr daran gewöhnt, über kalten, nassen Grund zu kriechen, dass sie sich kaum mehr daran erinnerte, wie es war, im Trocknen zu sein und nicht frieren zu müssen. Die Gerüche der Erde und des abgestandenen Wassers waren allgegenwärtig, und ihre Kleider waren ständig feucht.

Manchmal schien es ihr, als hätte es kein anderes Leben gegeben, als wären ihre Erinnerungen an die Vergangenheit nichts weiter als Träume. Die Wirklichkeit lag hier, in diesem nicht enden wollenden Treck entlang der Axis Mundi.

Sie kletterten, marschierten, krochen auf Händen und Füßen, und das nun schon so lange, dass sie nichts anderes mehr kannten. Es war unübersehbar viel Zeit vergangen, und sooft sie sich schlafend zu erholen versuchten, erwachten sie in derselben albtraumhaften Wirklichkeit.

Anders als die beiden Bolg, denen es offenbar nichts ausmachte, tief in der Erde eingeschlossen zu sein, hatte Rhapsody nach wie vor schwer mit ihren Ängsten zu kämpfen, die immer wieder Überhand zu nehmen drohten, sooft ihr gewärtig wurde, dass sie tief in der Erde steckte, eingeengt und ohne ausreichend Luft zum Atmen.

Immerhin konnte sie über weite Strecken aufrecht gehen, wofür sie dankbar war. Aber dennoch kam es häufig vor, dass auch sie sich ducken musste, was nicht weniger anstrengend war, als auf Händen und Knien zu kriechen. Ihr taten alle Glieder weh, vor allem der Rücken und die Knie, und mit jedem Schritt schienen die Schmerzen zuzunehmen. Selbst der Schlaf brachte kaum Linderung.

Es war ihr nach wie vor ein Rätsel, wie es Grunthor schaffte, seine Muskelmassen durch die engen Gänge zu schieben. Wenn Achmed dann endlich dazu aufrief, Rast zu machen, was meist nach einer besonders schwierigen Passage geschah, ließ sie sich immer dankbar auf den Boden fallen und war bald eingeschlafen – nur um von weiteren Albträumen heimgesucht zu werden.

Diese Träume wurden immer intensiver, je weiter sie im Erdreich vordrangen. Achmed fühlte sich so sehr davon belästigt, dass er einmal drohte, sie von der Wurzel zu stoßen. Wenn genügend Raum zur Verfügung stand, schlief sie auf Grunthors Brust. In seinen starken Armen fühlte sie sich geborgen, aber beim Erwachen als Erstes in sein grinsendes, grünliches Gesicht zu blicken war etwas, an das sie sich erst einmal hatte gewöhnen müssen.

Achmed war, als sie die Axis Mundi erreicht hatten, noch reservierter und einsilbiger geworden. Oft schien es, als lauschte er auf Geräusche, die nur er vernehmen konnte. Er sprach, wenn überhaupt, nur noch im Flüsterton und war anscheinend so sehr mit sich selbst beschäftigt, dass Rhapsody ihn nicht stören mochte und sich stattdessen lieber an Grunthor hielt.

Wenn sich Gelegenheit dazu bot, unterrichteten die beiden Männer Rhapsody in der Sprache der Firbolg, dem so genannten Bolgisch. Nicht, dass sie irgendeinen Zweck damit verfolgten; sie wollten einfach nur freundlich sein und verhindern, dass sie sich ausgeschlossen fühlte, wenn sie sich in ihrer Sprache unterhielten. Im Gegenzug brachte sie Grunthor, sooft es die Lichtverhältnisse erlaubten, das Lesen bei. Diese Lektionen aber dauerten nie sehr lange.

Einmal wachte Rhapsody aus dem Schlaf auf und bemerkte, dass Achmed, ganz bleich im Gesicht und vor Kälte zitternd, vor sich hin murmelte, ganz so, wie sie es häufig tat. Der Stollen war über weite Strecken wieder sehr eng gewesen. Entsprechend langsam waren sie vorangekommen, obwohl sie sich nur wenige Ruhepausen gegönnt hatten.

Grunthor, der einige Stunden zuvor einen schweren Felsblock

aus dem Weg hatte räumen müssen, schlief tief und ließ sich von den Albträumen des Freundes nicht stören. Rhapsody hob den Kopf von der Brust des Riesen, wartete eine Weile ab, stand dann vorsichtig auf und schlich auf Zehenspitzen auf die Stelle zu, wo Achmed sein Lager aufgeschlagen hatte.

Als sie sich ihm näherte, spürte sie, wie ihr Herz aus Sorge schneller zu schlagen anfing. Sie sah seine Augenlider flattern und hörte ihn hechelnd atmen. Vorsichtig strich sie ihm mit sanfter Hand über die Stirn und flüsterte: Achmed?«

Der Dhrakier träumte noch eine Weile weiter. Dann riss er plötzlich die Augen auf. »Ja?« Seine Stimme klang noch trockener als sonst.

»Ist alles in Ordnung mit dir?«

»Ja.«

Sie streichelte seine Wange, gerade so, als versuchte sie ein Kind zu trösten. »Du hast anscheinend schlimm geträumt.«

Seine ungleichen Augen blitzten auf. »Hast du etwa einen Exklusivanspruch auf schlimme Träume?«

Rhapsody schreckte zurück, als wäre sie geohrfeigt worden. Er schleuderte ihr Blicke entgegen, die nicht weniger scharf waren als die scheibenförmigen Geschosse seiner Cwellan.

»Nein, natürlich nicht«, stammelte sie. »Verzeihung, ich wollte nur ... mach dir nichts draus.« Eilig kehrte sie zu ihrer Schlafstatt zurück und lehnte sich wieder an die muskelbepackte Brust des Riesen. Sie hatte Achmed nach seinem Traum befragen wollen, ahnte nun aber, dass sie im Grunde gar nicht wissen wollte, was einen Mann wie ihn derart in Angst und Schrecken versetzen konnte.

Grunthor wusste Bescheid. Er verschloss die Augen davor und versuchte, alle Gedanken daran zu verdrängen.

Endlich schien Achmed gefunden zu haben, wonach er suchte. Sie waren in eine geräumige Höhle gelangt, deren Ausmaße sich im Dunkeln nicht überblicken ließen. Achmed verlangsamte seinen Schritt und blieb schließlich stehen.

»Wartet hier und verhaltet euch möglichst leise«, flüsterte er. »Versucht, ein bisschen zu schlafen. Wenn ihr aufwacht und ich bin nicht zurück, dann geht ohne mich weiter.« Und ehe Rhapsody etwas sagen konnte, war er verschwunden.

Als sie sich umdrehte, um von Grunthor eine Erklärung zu verlangen, fuhr sie angesichts der grimmigen Miene des Riesen vor Schreck zusammen.

»Was hat er vor?«, fragte sie nervös.

Der Riese langte mit der Hand aus und zog sie wortlos zu sich auf den Boden. Die Luft war noch kühler geworden. Er schlug seinen Mantel auf und bot ihr seine Schulter als Kopfkissen an. Als sich Rhapsody hingelegt hatte, deckte er sie mit seinem Mantel zu. Den Blick unter die entfernte Höhlendecke gerichtet, seufzte er tief und flüsterte: »Ruh dich jetzt ein bisschen aus, Herzchen.«

Achmed schaute sich ein letztes Mal in der riesigen Höhle um, bevor er über die Wurzel auf jenen Gang zukletterte, den er zuvor entdeckt hatte. Im Unterschied zu den anderen Tunneln enthielt dieser Gang keinen Wurzelableger. Er stand leer, und es war völlig still und dunkel in ihm.

Dem dumpfen, flackernden Herzschlag war er nun schon lange gefolgt. Das erste Wispern hatte er bereits kurz nach dem Einstieg in die Axis Mundi wahrgenommen; es war immer lauter angeschwollen, hatte das Summen des Baums übertönt und den Grund unter seinen Füßen erbeben lassen.

Als er und Grunthor ihre Flucht aus Serendair geplant hatten, hatten sie gerade diesem Weg unbedingt ausweichen wollen. Denn dort verbarg sich ja das schreckliche Schicksal der Insel, das sich bald erfüllen sollte. Aber nicht nur davor hatten sie die Flucht ergriffen. Achmed wusste, dass etwas noch Grauenvolleres auf seine Stunde wartete, etwas, das er in der Wüste jenseits der verfehlten Landbrücke mit eigenen Augen gesehen hatte.

Dass er dessen Puls überhaupt gefühlt hatte, war ihm, Achmed, immer noch ein Wunder. Seine magische Fähigkeit, die Herzschläge der Menschen zu spüren, war ihm als Erstgeborenem seines Stammes auf dieser Insel vermacht worden. Was er hier jedoch gewahrte, war kein Mensch. Es stammte noch aus der Vorzeit, und dass er mit seinem Gespür Zugang zu ihm fand, stand womöglich irgendwie im Zusammenhang mit der von Rhapsody damals in den Straßen von Ostend getroffenen Namenswahl. Sonst hätte er von diesem Wesen wohl keine Kenntnis genommen.

Der Puls, langsam in gefrorenen Tiefen schlagend, war kaum wahrnehmbar, aber dennoch nicht zu verkennen, und die Menge an Blut, das da in den Adern zirkulierte, ließ keinen Zweifel daran aufkommen, dass er gefunden hatte, wonach er gesucht hatte.

Er blieb stehen. Zum ersten Mal seit langer, langer Zeit verspürte Achmed lähmende Angst.

Um sein Leben bangte er nicht. Der Tod hatte ihn noch nie schrecken können; er sah ihn als einen Partner an oder mehr noch, als eigentlichen Meister seiner Zunft. Die unablässigen Schwingungen der Welt, das, was andere als das Leben bezeichneten, waren für ihn eine ständige Irritation und alles andere als erfreulich.

Manchmal beneidete er seine Opfer um den friedlichen Ausdruck auf ihren Gesichtern, der sich einstellte, wenn er ihnen das Leben genommen hatte. Für viele, das wusste er, bedeutete der Tod eine Erlösung.

Zu seinem Erbe gehörte auch ein scharfes, kritisches Urteilsvermögen. Er war beileibe nicht blindwütig wie die Pest oder der Krieg. Im Gegenteil, seine Todesurteile waren häufig gewissermaßen das einzig Vernünftige, etwas, was in dieser verrückten Welt überhaupt Sinn machte. Nein, vor dem Tod, auch und gerade vor dem eigenen, hatte er keine Angst.

Was ihm indes Angst machte, war die atmende, geistlose Art dieses düster dräuenden Etwas, das das Land zu verheeren drohte. Würde dieser Wyrm erst einmal aus der tiefen Erde, in der er überwinterte, hervorkriechen, so würde er alles, aber auch alles vertilgen. Er würde ihn als den Todbringer um ein Millionenfaches übertreffen. Als das finstere Licht des vollkommenen Ruins würde er gar eine Sonnenfinsternis in den Schatten stellen.

Er und Grunthor mochten durch ihre Flucht in einen anderen Teil der Welt eine Weile Aufschub erwirken. Womöglich konnten sie, was ihnen an Lebenszeit noch verblieben war, in Frieden verbringen und eines natürlichen Todes sterben. Auf dieses Ziel hin hatten sie ihre anfänglichen Pläne ausgelegt.

Und doch befand er sich jetzt hier, an der Schwelle zum Heiligtum, um das Gegenmittel zu einem Gift zu finden, das älter war als die Erde selbst und viel zu bösartig, als dass er es hätte missachten können.

Seltsam: ausgerechnet er, der herzlose Meuchelmörder, verspürte das Bedürfnis, sich für das Überleben der ahnungslosen Bevölkerung der Insel und letztlich für den Fortbestand der Erde stark zu machen. Er konnte gar nicht anders.

Er stand am Rand der Grotte und sog die bitterkalte Luft durch die Nase ein. Irgendetwas – war es seine Berufung, den Wyrm zu befreien oder ihm als Köder zu dienen, war es sein Hass auf den Dämon, der ihn zu beherrschen getrachtet hatte, oder war es alles zusammen – irgendetwas drängte ihn wider besseren Wissens, diese monströse Kraft im Verborgenen schlafen zu lassen.

Doch stärker als der Wunsch, sich aus dem Staub zu machen, war der Zwang zum Handeln, der sich einfach nicht abschütteln ließ. Woher dieser Zwang rührte, wusste er selbst nicht, doch er ahnte, dass Rhapsody auf irgendeine Weise damit in Verbindung stand.

Sie war irgendwie in diese Sache verstrickt. Er würde ihre Hilfe nötig haben, weshalb er sie davon überzeugen musste, dass sie durchaus imstande war, dieses immense Vorhaben mitzutragen. Sie würde aus dem Vertrauen, das er in sie setzte, Kraft ziehen, auch wenn es letztlich nur vorgetäuscht war. Jeder Fehler, der ihnen unterlaufen würde, hätte fatale Folgen. Doch ähnlich verheerende Konsequenzen würde der unterlassene Versuch nach sich ziehen.

Rhapsody träumte von der Dunkelheit. Die Kerzenflamme flackerte, als die Tür zu ihrem Schlafzimmer knarrend aufging. Ihr Vater trat ein und setzte sich auf die Bettkante.

Alles in Ordnung, Kind?

Im Schlaf wälzte sich Rhapsody auf der Wurzel liegend zur Seite. Sie nickte.

Es ist dunkel, flüsterte sie wie damals schon. *Ich habe Angst, Vater.*

Er hob sie, in ihre Decke eingewickelt, vom Bett auf und trug sie nach draußen unter den von Sternen übersäten Himmel.

Dasselbe hab ich auch mit deiner Mutter getan, wenn sie sich fürchtete, was anfangs, als ihr bei uns noch alles fremd erschien, häufig der Fall war.

Hatte Mama auch Angst vorm Dunkeln?

Die Bartstoppeln des Vaters kratzten an ihrer Wange, als er schützend die Arme um sie legte und sie an sich drückte.

Nein, natürlich nicht. Sie ist eine Lirin, ein Kind des freien Himmels. Und der Himmel ist immerhin die halbe Zeit über dunkel. Sie hatte Angst, ihm entzogen und zwischen dunklen Mauern eingesperrt zu sein.

Schlafend faltete Rhapsody die kalten Hände und steckte sie zwischen die Knie.

Hast du deshalb das Fenster in das Dach eingebaut?

Ja. Schau in den Himmel. Siehst du die Sterne?

Ja, Vater. Wunderschön, nicht wahr?

Trotz der Dunkelheit konnte sie sein Lächeln erkennen.

Ob sie wohl auch so schön funkeln würden, wenn der Himmel ringsum nicht schwarz wäre?

Nein.

Wer das Schöne sehen will, muss auch den Schatten in Kauf nehmen. Merk dir das.

Sie glaubte zu verstehen, was er damit meinte. *Es war wohl damals ganz ähnlich, als du Mama zu dir geholt hast und die Leute aus dem Dorf ihr so unfreundlich begegnet sind.*

Das Lächeln schwand aus seinem Gesicht, so auch sein Strahlen.

Ja, genau so.

Wie ist es gekommen, dass die Leute ihre Meinung über unsere Familie geändert haben? Und warum bist du im Dorf geblieben, obwohl Mama so schlecht gelitten war?

Sie erinnerte sich an sein Gesicht, an die Fältchen, die sich bildeten, als er wieder zu lächeln anfing.

Man muss sich auch dem stellen, was nicht so angenehm und

schön ist. Und das haben wir getan. Auch wenn du alles, was ich dir je gesagt habe, vergessen solltest, versuche dich bitte stets an Folgendes zu erinnern: Wenn du in deinem Leben findest, was dir wichtiger und teurer ist als alles andere, bist du es dir schuldig, dass du daran festhältst. Einen solchen Fund machst du kein zweites Mal, mein Kind. Lass dich durch nichts davon abbringen. Auf lange Sicht werden dir auch die Leute zustimmen, die dir anfangs etwas anderes einzureden versucht haben. Finde das, was wirklich zählt - alles andere ergibt sich von selbst.

Tränen tropften auf die schimmernde Wurzel. Sie hatte aufmerksam zugehört und sich die Worte des Vaters zu Herzen genommen. Und indem sie seinen Rat befolgt hatte, hatte sie alles verloren. Selbst ihn.

»Rhapsody?«

Der Name war so leise gesprochen, dass sie glaubte, ihn bloß in ihrer Einbindung gehört zu haben. Sie schlug die Augen auf und blickte in den dunklen Ausschnitt der Kapuze Achmeds. Er sah sie an. Sie nickte stumm.

»Ich habe eine Geschichte für dich. Deren Ende ist noch nicht geschrieben. Möchtest du sie hören?«

Langsam richtete sie sich auf und ergriff die ihr gebotene Hand. Wie schon an dem Tag, als sie sich ihr zum ersten Mal gereicht hatte, drückte diese Hand fest und entschlossen zu, doch war sie diesmal bloß und ohne ledernen Handschuh.

Sie glaubte einen Moment lang, immer noch zu träumen, doch sein Blick und seine Worte waren so klar, wie sie es sich niemals hätte einbilden können. Er half ihr auf und führte sie von dem schlafenden Riesen weg in einen geschützten Winkel.

»Dort hinten«, sagte er und zeigte ins Dunkle, »liegt ein Tunnel. Er ist ganz anders als diejenigen, durch die wir bislang gekommen sind, denn er ist nicht von einer Wurzel des Baums durchstoßen worden. Es hat ihn schon gegeben, lange bevor der Baum überhaupt gepflanzt wurde.

Tief in diesen Tunnel steckt ein schlagendes Herz. Du hast mich oft gefragt, wieso ich so sicher sein kann, immer den richtigen Weg einzuschlagen. Die Antwort ist: Ich kann fast jeden

Puls auf meiner Haut spüren. Dir macht Angst, was ich da sage; das ist deiner Miene zwar nicht anzusehen, aber mir fällt auf, dass dein Herz schneller schlägt. Falls du hier in die Irre laufen oder in einen Wurzelschacht stürzen solltest, würde ich dich finden, denn ich weiß, wie dein Herz schlägt.«

Rhapsody rieb sich die Augen; es war, als wollte sie vor allem den Verstand klar wischen. Die Worte, sanft gesprochen in der ihr nun schon vertrauten trockenen Stimme, waren so ganz anders als alles, was sie bisher aus Achmeds Mund gehört hatte. Sie achtete auf seinen Tonfall und entdeckte echtes Mitgefühl darin. Und Besorgnis. Und Furcht. Sie schüttelte den Kopf, weil sie noch immer glaubte, nicht richtig wach zu sein.

»Hör mir zu. Ich bin einem bestimmten Puls auf der Spur. Anfangs war es der des Baums, doch er änderte sich, als wir die Axis Mundi fanden. Diesem anderen Puls sind wir bisher gefolgt. Es ruht etwas Schreckliches an diesem Ort, etwas, das mächtiger und entsetzlicher ist, als du es dir vorzustellen vermagst und dessen Namen ich nicht einmal zu nennen wage. Was tief in diesem Tunnel, im Bauch der Erde schläft, darf auf keinen Fall aufwachen. Niemals. Verstehst du mich? Du hast gesagt, dass es dir möglich sei, Schlaf zu verlängern ...«

»Manchmal.«

»Ja. Ich verstehe. Aber diesmal musst du es können.«

Achmed musterte das Gesicht der Sängerin und sah, dass sie immer noch nicht wach und bei der Sache zu sein schien. Hatte er sich denn nicht ausreichend verständlich gemacht? Er musste ihr begreiflich machen, was er von ihr wollte.

Allmählich begann er wie sie an ihren Fähigkeiten zu zweifeln, und er erinnerte sich: Sie hatte ihn umbenannt, ohne dass es ihre Absicht gewesen wäre, und sie, die drei, unsichtbar gemacht für die Feld- und Waldlirin. Und er glaubte auch eine Ursache dafür ausmachen zu können, nämlich die, dass sie ihre Studien allein hatte abschließen müssen, weil ihr Mentor ein Jahr vor der Frist verschwunden war.

Bei diesem Gedanken wurde ihm ganz flau. Tsoltan hatte einmal beiläufig davon gesprochen, über einen Benenner verfügt zu haben. Vielleicht bestand zwischen ihm, Achmed, und Rhapsody eine noch sehr viel länger zurückreichende Verbindung, als er angenommen hatte.

Seinem Plan gemäß hatte sie fast von Anfang an vom Fleisch der Wurzel gegessen, was mit Sicherheit nicht ohne Wirkung auf sie geblieben war. Es schien, dass sie - alle drei - schon ein Leben lang hier unten in den Tiefen der Welt zubrachten und doch um keinen Moment gealtert waren. Jedenfalls glaubte er das an den Schwingungen zu spüren, die er empfing. Der Baum, selbst aufs Engste mit der Zeit verbunden, hob ihre Wirkung auf. Mehr noch: Seit dem Einstieg in die Sagia waren die drei gesünder, kräftiger und jünger geworden.

Doch Rhapsody hatte noch eine weitere Veränderung durchgemacht und eine innere Kraft entwickelt, die ihm bei der ersten Begegnung nicht aufgefallen war. Ob diese Kraft von den langen Übungsstunden herrührte oder ein Geschenk der Wurzel war, blieb dahingestellt. Jedenfalls schien Rhapsody zu einer großen Benennerin heranzureifen. Und er hoffte sehr, dass ihnen allen damit geholfen wäre.

»Ich müsste wissen, weshalb du von mir verlangst, dass ich Schlaf verlängere«, sagte Rhapsody leise. »Du sprichst in Rätseln und versuchst, mir etwas zu verschweigen, was man auch als eine Art von Betrug bezeichnen könnte. Wie schon gesagt, liegt meine Kraft in der Wahrheit. Ich kann dir nicht helfen, solange du mich hinters Licht führst.«

Achmed stieß unwillkürlich einen Schwall Luft aus. Er starrte sie eine Weile an, als wollte er ihre Seele ausloten. »Du hast mich Achmed die Schlange genannt, weil du deine Verfolger mit diesem Namen einschüchtern wolltest. Stimmt's?«

»Ja. Das habe ich schon zugegeben, und ich schäme mich immer noch dafür.«

»Aber nicht doch. Wer weiß, vielleicht war es mir nur deshalb möglich, den Tunnel zu finden. Als der Bruder war ich noch ausschließlich an das Blut von Männern und Frauen gebunden. Möglich, dass erst der Schlangenname, den du mir gegeben hast, es mir ermöglicht hat, dieses Herz schlagen zu hören.

In der Vorzeit, als die Erde und das Meer entstanden, wurde der Urmutter aller Drachen, dem Urwyrm, ein Ei gestohlen. Wenn wir jemals wieder zurück ans Tageslicht gelangen, werde ich dir ihren Namen nennen. Es jetzt schon zu tun wäre nicht klug. Wie dem auch sei, dieses Ei wurde hier, in der Erde, versteckt gehalten, und zwar von dämonischen Wesen, die dem Feuer entsprungen waren. Mein ehemaliger Meister war einer von ihnen.«

»Der, von dem du den Schlüssel hast?«

»Pssst. Ja.« Sein Flüstern wurde noch leiser. »Der kleine Wyrm, der dem Ei entschlüpft ist, hat hier in den gefrorenen Tiefen der Erde gelebt. Er wurde größer und größer, bis er mit seinem Leib das Herz der Welt umschlingen konnte. Der Wurm ist ein angeborener Bestandteil der Erde, sein Körper Teil der Weltmasse. Noch schläft er, doch schon bald wird sich dieser Dämon regen und zur Oberfläche aufsteigen. Rhapsody, mir fehlen die Worte, dir zu erklären, wie groß er ist. Aber du verstehst vielleicht, wenn ich sage, dass der Stamm der Sagia nur ein Streichholz ist im Vergleich zu seiner Pfahlwurzel, nicht wahr?«

»Ja.«

»Die Pfahlwurzel aber ist verschwindend klein verglichen mit der Axis Mundi. Und im Vergleich zu diesem Wesen, das ich zu beschreiben versuche, ist die Axis Mundi nicht größer als eins deiner Haare. Es kann die ganze Erde verschlingen. Genau darauf haben es die Diebe angelegt, die das Ei hier versteckt haben. Es wartet nur noch auf den Befehl des Dämons, der bald erfolgen wird – dessen bin ich mir sicher.« Achmed blinzelte, und Rhapsody konnte sein Gesicht nicht mehr sehen. »Das weiß ich, weil der Dämon versucht hat, mich zu seinem Werkzeug zu machen.«

»Bist du deshalb davongelaufen?«

»Unter anderem, ja.«

Rhapsody lehnte sich zurück und betrachtete ihn mit neuen Augen. Bislang war sie wie selbstverständlich davon ausgegangen, dass ihre beiden Gefährten einiges auf dem Kerbholz hatten und deshalb auf der Flucht waren. Das Gemetzel unter Michaels Männern hatte sie in dieser Vermutung aufs Drastischste bestätigt. Und doch ging von den beiden auch etwas Vornehmes aus.

Der noble Zug an Grunthor war ihr sofort aufgefallen. Er hatte sich von Anfang an um sie gekümmert, Partei für sie ergriffen, ihr immer wieder geholfen und ihr Trost gespendet. Es war dessen Gefährte, dem sie allerhand Schlechtes zugetraut hatte – bis zu diesem Augenblick.

Wer das Schöne sehen will, muss auch den Schatten in Kauf nehmen. Merk dir das.

»Und anstatt einen großen Bogen um diesen Wyrm zu machen, bist du mit uns hierher gekommen, um ihn in Schach zu halten.«

»Ja, wenn das denn möglich ist.« Das ungleiche Augenpaar funkelte im Dunkeln. »Aber damit wäre nur Zeit gewonnen. Ihn vollständig zu vernichten wird weder uns noch irgendjemandem sonst jemals gelingen.«

Sie drückte ihre Fingerspitzen an die pochenden Schläfen. »Ich könnte versuchen, ihm ein Schlaflied zu singen, aber ob es auch wirkt, weiß ich nicht. Auf jeden Fall müsste ich möglichst nah heran, damit er mich auch hört.«

Aus dem Kapuzenausschnitt erklang ein Seufzer. »Das war zu befürchten. Wir, Grunthor und ich, haben diese Möglichkeit schon in Erwägung gezogen.«

»Und er war nicht einverstanden, oder? Deshalb hast du wohl auch gewartet, bis er schläft, um mit mir zu reden.«

»Wie scharfsinnig von dir. Ich werde womöglich noch mein Urteil über dich revidieren müssen.«

»Ich hätte da eine Idee, aber dazu bräuchte ich meinen Rucksack«, sagte sie schmunzelnd. »Damit Grunthor nicht aufwacht, wär's wohl besser, du holst ihn.«

»Ehe du etwas Dummes anrichtest, würde ich gern hören, was du vorhast«, sagte Achmed, als er ihr das Gepäck reichte und sich an eine Nacht vor langer Zeit erinnerte, da sie im Licht einer abgedeckten Feuerstelle auf den Feldern außerhalb von Ostend ihr Lager aufgeschlagen hatten.

Ich frage dich noch einmal, Sängerin: Wozu bist du imstande?

... Ich weiß, was wahr ist, und kann, indem ich die Wahrheit ausspreche, Dinge verändern.

Als ihm diese Gedanken durch den Kopf gingen, blickte er wieder zu ihr auf. Rhapsody löste die Schnallen der sackleinenen Schutzhülle ihrer Bauernharfe.

»Danke für das Vertrauen, das du mir entgegenbringst.« Sie zog die Hülle ab und brachte das Instrument zum Vorschein. Es hatte trotz der beschwerlichen Reise keinen Kratzer abbekommen. »Du sagtest, die Bestie würde irgendwann gerufen.«

»Ja.«

»Was, wenn sie diesen Ruf nicht hört?« Weil Achmed nicht so recht zu verstehen schien, versuchte sie es mit einer anderen Wendung. »Wer etwas rufen will, muss wissen, wie es heißt. Ich kenne den Namen natürlich nicht, aber wenn wir dafür sorgen könnten, dass der Ruf ungehört bleibt, würde die Bestie vielleicht weiter schlafen und keine Antwort geben. Fürs Erste jedenfalls.«

In Achmeds Gesicht zeigte sich der Anflug eines Lächelns. »Und wie willst du das anstellen?«

»Das weiß ich noch nicht. Aber wenn es so weit ist, wird mir schon etwas einfallen.«

Vorsichtig und schweigend krochen sie über die riesige, schimmernde Wurzel und ließen sich Zeit dabei, um möglichst jedes Geräusch zu vermeiden. Schließlich gelangten sie an den Rand der Wurzel, stiegen ab und betraten zum ersten Mal das schwarze Basaltgestein, durch das die Axis Mundi verlief. Im schattigen Hintergrund öffnete sich ein gewaltiger Tunnel, dessen Umrisse in der Dunkelheit nicht auszumachen waren.

Je weiter sich Rhapsody dem Tunnel näherte, desto kälter wurde ihr, und als die Öffnung fast erreicht war, erkannte sie auch den Grund dafür.

Aus der Tiefe der kreisrunden Höhle blies ihr ein eisiger Wind entgegen, der ihr die klammen Kleider am Leib gefrieren ließ.

»Himmel«, flüsterte sie. »Wie ist das möglich?«

Achmed wandte sich ihr zu und sprach leise und mit Bedacht: »Die dämonischen Geister haben, nachdem sie das Ei hier versteckt hatten und an die Oberfläche zurückgekehrt waren, das Element des Feuers mit sich genommen. Sie wollten den Wyrm zu seiner größtmöglichen Leibesfülle heranwachsen lassen, ehe er dann, aus seinem Winterschlaf erweckt, ans Licht und zum Feuer an der Oberfläche drängen würde.« Seine ohnehin raue, trockene Stimme rasselte in der kalten Luft.

»Ist alles in Ordnung mit dir?«

Schmunzelnd antwortete er: »Mir ist danach, mich selbst in den Winterschlaf zu begeben.«

»Was soll das heißen?«

Er lehnte sich nahe an sie heran, damit sie sein Flüstern hören konnte. »Du warst es doch, die mich Achmed die Schlange genannt hat.«

Besorgt hob Rhapsody die Hand und wischte den Reif ab, der sich auf seinem Gesicht gebildet hatte. Seine Bewegungen waren inzwischen extrem langsam geworden und drohten gänzlich zum Stillstand zu kommen. »Gütiger Himmel«, hauchte sie. Er steckte in der Falle und verwandelte sich den Reptiliennamen an, den sie ihm gegeben hatte.

Was habe ich da bloß getan?, jammerte sie im Stillen und sah ihn ganz und gar erstarren. *Wenn ich versage und die Schlange erwacht, wird er nicht mehr fliehen können und ihr erstes Opfer sein - nein, ihr zweites.*

»Komm«, sagte sie und ergriff seine steif gefrorene Hand. »Hier kannst du nicht bleiben. Ich führe dich zurück.«

Mit dem letzten Rest an Beweglichkeit, die ihm noch verblieben war, schüttelte er den Kopf und hielt den starren Blick auf sie gerichtet.

»Rhapsody«, flüsterte er unter größter Anstrengung. »Tu, was zu tun ist. Ich werde hier so lange warten.« Sein Tonfall ließ keine Widerworte zu.

Sie starrte in den Tunnel. »Kannst du immer noch seinen Herzschlag spüren?« Er bejahte ihre Frage, indem er zweimal mit den Augen zwinkerte. »Gut. Dann kann's von mir aus losgehen. Gib mir Bescheid, sobald es auf mich reagiert - und für den Fall, dass es aufzuwachen droht. Ich werde ganz behutsam anfangen, um notfalls gleich wieder abbrechen zu können. Vorher muss ich allerdings noch herausfinden, welche Richtung der Tunnel einschlägt.«

Sie setzte die Harfe ab und schlich auf Zehenspitzen durch den riesigen Höhleneingang. Die Wände standen weiter auseinander, als ihr Blick im Dunkeln reichte. Auch das hohe Gewölbe war nicht zu sehen. Mit ausgestrecktem Arm tastete sie nach der

Wand und beugte sich nach vorn, um den Neigungswinkel abschätzen zu können. Die Oberfläche fühlte sich sandig und kalt an. Der Tunnel führte abwärts, so viel stand fest. Rhapsody kehrte an die Stelle zurück, wo Achmed wartete.

»Der Wyrm scheint noch weit entfernt zu sein«, flüsterte sie. »Unmöglich, ihn von hier aus zu erreichen.«

Achmed mühte sich, etwas zu sagen. »Die Tunnel ... wand ...«

Sie rückte mit ihrem Ohr dicht an seine Lippen heran. »Was ist damit?«

» ... ist eine ... Schuppe ... seiner Schlangenhaut.«

Das Blut drohte ihr in den Adern zu gefrieren, als ihr dämmerte, was er meinte. Zwar hatte er schon erklärt, dass der Schlangenleib einen Großteil der Erdmasse ausmachte, doch ihr war nicht in den Sinn gekommen, dass auch die Höhlenwand selbst dazugehören könnte. Wenn sie denn nun bloß ein winziger Teil dieses Lindwurms war, so würde ihn wahrhaftig nichts aufhalten können, wenn er sich erhöbe. Und sie hatte ihn mit der Hand berührt!

Rhapsody musste schwer an sich halten, um dem Gefühl von Panik und Ekel nicht nachzugeben. Sie setzte sich auf den Boden, nahm die Harfe zur Hand und versuchte, ihren Kopf freizumachen für die diffuse Musik, die in der Luft lag. Es dauerte nicht lange, und sie konnte das monotone Summen in gleichmäßigen Abständen um einen Halbton auf- und abschwingen hören – das Begleitgeräusch eines tiefen Schlafes.

In derselben Tonart stimmte sie nun das einfachste Schlaflied an, das sie kannte, den Blick auf Achmed gerichtet für den Fall, dass er ihr einen Hinweis auf eine Reaktion des Wyrms zu geben versuchte. Doch in seinem gefrorenen Körper gefangen, starrte er sie bloß mit ausdruckslosen Augen an und regte sich nicht.

Die Melodie durchwebte die Musik in der Luft. Nach einer Weile fügte Rhapsody ein harmonisches Element hinzu und stellte fest, dass sich die Luft ringsum ein wenig erwärmte. Auf ihren fragenden Blick hin zwinkerte Achmed einmal mit dem Auge. Noch war alles beim Alten geblieben.

Sooft sie von streunenden Gedanken bedrängt wurde, machte sie sich mit einem Kopfschütteln davon frei. Es war jetzt unerlässlich, dass sie ihr Vorhaben ungestört zu Ende brachte. Ein Fehler würde unabsehbare Konsequenzen nach sich ziehen.

Wenn der Dämon den Wyrm riefe, würde er ihn bei seinem Namen nennen, und dieser Name würde ganz genau einem Klangmuster entsprechen, das zu den musikalischen Schwingungen passte. Es galt nun, diese Schwingungen ein wenig abzuwandeln, sie auf ein Lied umzustimmen, das den Namensruf verzerrte.

Wenn Musik in den Ohren schmerzen soll, muss sie nicht etwa krass, sondern nur ein kleines bisschen von der harmonischen Stimmung abweichen, hatte ihr Mentor sie gelehrt. Gelang es ihr demnach, ganz sachte von der richtigen zur falschen Intonation hin zu wechseln, würde der Wyrm dies hoffentlich nicht merken.

Rhapsody atmete im Takt zur Musik und konzentrierte sich auf die Rhythmen ihres Körpers. Alles Zeitgefühl schwand dahin wie damals in den Weiten Marschen. Wie lange sie die Harfe spielte, war ihr nicht bewusst; immer und immer wieder schlug sie den monotonen Refrain an und wandelte ihn mit jeder Wiederholung kaum merklich ab. Sie gestaltete ihn als einen Rundgesang, der ohne Anfang war und ohne Ende.

Als sie schließlich auch noch den Rhythmus um eine Winzigkeit verschob, sperrte Achmed plötzlich seine Augen weit auf. Das Herz hatte einen Satz gemacht, und es ging eine mächtige Flutwelle durch den Ozean des Schlangenblutes. Achmed zwinkerte wie wild.

Rhapsody achtete nicht auf ihn. Sie war mit all ihren Sinnen auf das Lied konzentriert, das ein Teil ihrer selbst geworden war. Sie spielte weiter die Harfe und änderte die Tonart um einen weiteren Halbton.

Die Tunnelwand zitterte, als sich die große Bestie einmal kurz im Schlaf regte. Die Luft wurde merklich kälter, der Herzschlag verlangsamte sich. Achmed schloss die Augen und seufzte; allzu gern hätte er das gefährliche Spiel abgebrochen.

Es waren schon mehrere Stunden vergangen, als Rhapsody endlich aufstand. Sie war völlig erschöpft, spielte aber weiter und kehrte unterdes an den Tunneleingang zurück.

Samoht, sagte sie, an ihr Instrument gerichtet. *Spiel auf ewig weiter*.

Der Harfenklang setzte sich fort, auch als ihre Hand von den Saiten abließ. Immer und immer wieder ertönte der Refrain. Vorsichtig legte Rhapsody das Instrument auf den Boden ab und trat zurück. Es spielte von selbst weiter. *Samoth*.

Rhapsody war schrecklich müde, riss sich aber zusammen und eilte zu Achmed, der die Augen wieder geschlossen hatte. Auf die Zehenspitzen aufgerichtet, sang sie ihm seinen Namen ins Ohr.

»Achmed die Schlange, warm; komm zurück.« Achmed blinzelte, rührte sich aber nicht. Die gesungene Aufforderung blieb ohne Wirkung auf ihn.

Erschöpft wie sie war, konnte sich Rhapsody kaum mehr auf den Beinen halten. Sie packte ihn aber bei den Händen und zerrte mit der ganzen, ihr verbliebenen Kraft an ihm.

»Komm, bitte.«

Aber er hörte sie nicht. Verzweifelt versuchte sie, ihn von der Tunnelmündung wegzuschleifen, doch all ihr Zerren führte nur dazu, dass Achmeds gefrorener Körper umkippte und der Länge nach auf dem harten Boden aufschlug.

Tränen stiegen ihr in die Augen, doch allein das Weinen strengte sie so sehr an, dass sie kaum einen klaren Gedanken fassen konnte. Grunthor. Sie musste Grunthor rufen.

Mit tränenverschleiertem Blick stolperte sie zur Wurzel zurück, die sie mit letzter Kraft erreichte. Dann aber brach sie auf der schimmernden Oberfläche zusammen. Außer Stande, sich zu erheben, lag sie da, das Ohr am summenden Boden. Das Lied der Wurzel schenkte ihr Erleichterung und Trost.

Rhapsody holte tief Luft. Es war nicht das erste Mal, dass ihr die Musik neue Kraft geschenkt hätte. Sie stimmte ihren Namen gebenden Grundton an, *ela*, und versuchte, ihn mit der tönenden Weise des Baums in Einklang zu bringen.

Nach einer Weile fühlte sie sich so weit erholt, dass sie zumindest aufstehen konnte. Grunthor war bestimmt ganz in der Nähe. Sie musste ihn finden, und zwar rasch.

Das Lied der Wurzel im Ohr, plagte sie sich mit gesenktem

Kopf Schritt für Schritt vorwärts, bis sie plötzlich von einer schweren Hand aufgehalten wurde.

»Gnädigste, was ist?«

»Achmed«, stieß sie hervor und blickte zu Grunthor auf, dem der Schrecken ins Gesicht geschrieben stand. »Hilf mir, ihn zurückzuholen.«

Ohne ein weiteres Wort abzuwarten, nahm der Riese Rhapsody in seine Arme und rannte den Weg zurück, den sie gekommen war.

Achmed lag immer noch reglos am Boden, als die beiden den Eingang zum Tunnel erreichten. Rhapsody betastete sein Gesicht, suchte nach Lebenszeichen und war überglücklich zu sehen, wie aus der erstarrten Maske die ihr nun schon vertrauten mürrischen Züge zum Vorschein traten.

Der Bolg-Sergeant hatte inzwischen seinen schweren Mantel abgelegt, um ihn dem Gefährten überzuziehen, wozu er ihn vom Boden hob, aufrichtete und den steif gefrorenen Körper an seine Brust lehnte.

»Kommst du allein klar, Herzchen?«, fragte Grunthor.

Rhapsody nickte, ohne Achmed aus dem Auge zu lassen, in dessen Gesicht langsam ein Hauch von Farbe zurückkehrte. Bald schien es, dass er die Glieder wieder aus eigener Kraft bewegen konnte. Und tatsächlich: Er beugte sich ein Stück nach vorn und flüsterte ihr ins Ohr.

»Sieh nur.«

Sie drehte sich um und starrte in den Tunnelabschnitt, durch den nun Lichtstrahlen drangen, so dünn wie Spinngewebe. Mit jedem Refrain bildete sich ein neuer, bogenförmiger Lichtstrahl.

»Die Klänge gefrieren«, murmelte sie fasziniert.

Mit jeder neuen Runde wurden die Strahlen dicker, die Töne des Liedes lauter. Sie lagen inzwischen drei Halbtonschritte höher als zu Anfang und waren, wie Rhapsody hoffte, dazu angetan, den Namen für den Dämon unkenntlich zu machen. Dem tönenden Kehrreim entsprangen immer weitere seidene Strahlen. Und sie alle schwangen wie die Saiten der Harfe in Resonanz zur Melodie, aber jeweils um Sekundenbruchteile versetzt.

»Bald wird hier alles schrecklich durcheinander klingen«, meinte Rhapsody.

Grunthor nickte. Schon jetzt hörte es sich an, als wäre einem Orchester der Dirigent abhanden gekommen, worauf nun jeder Musiker sein eigenes Tempo durchzusetzen versuchte.

»Komm, Herzchen, lass uns von hier verschwinden«, sagte er.

13

Kaum hatten sie den Wyrm-Tunnel hinter sich gelassen, lebte Achmed wieder auf. Er konnte sich bald wieder frei bewegen, bestand darauf, ohne Hilfe zu gehen, und lauschte wie zuvor dem dumpfen Pulsieren. Daran hatte sich nichts geändert.

Die drei machten sich nun weiter daran, einen Ausstieg aus der Erde zu finden, und dass sie unterwegs kaum ein Wort miteinander wechselten, war mittlerweile fast schon zur Gewohnheit geworden. Achmed schwieg sich aus über die Begegnung mit dem Wyrm, und Rhapsody wagte es nicht, ihn darauf anzusprechen. Sie ahnte, dass er noch einige innere Kämpfe mit sich auszutragen hatte, hoffte aber, dass er später von sich aus die Sprache darauf bringen würde.

Über eine lange Strecke nahm der Wurzeltunnel einen fast durchweg geradlinigen Verlauf. Es gab nur ganz wenige Richtungsänderungen, doch mal ging es bergan, mal bergab, was zweifellos daher rührte, dass sich der Grundwasserspiegel im Verlauf des Wurzelwachstums immer wieder verschoben hatte. Mit zunehmender Tiefe schien der Tunnel meist auch größer zu werden, häufig so groß, dass sie sich aufrecht darin fortbewegen konnten.

Ab und an gelangten sie in weite, offene Räume, über die sich ein hohes Gewölbe spannte. Dort konnten sie endlich tief durchatmen. Grunthor vermutete, dass die Wurzel an solchen Stellen vormals große Mengen Wasser aufgesogen hatte und entsprechend dick angeschwollen war, um dann später wieder schrumpfend weiterzuwachsen. Diese hohen Räume waren besonders gefährlich, denn es kam nicht selten vor, dass Teile der Wände einstürzten. Häufig wimmelte es auch gerade hier vor Ungeziefer und Gewürm.

»Sie kommen.« Achmeds Stimme weckte Rhapsody aus tiefem Schlaf. Benommen griff sie nach ihrem Schwert Lucy. Die drei hatten in einer weiten Höhle ihr Lager aufgeschlagen, die so viel Spielraum bot, dass sie frei und ungehindert ihre Waffen führen konnten.

Obwohl es ihr mittlerweile fast schon zur lästigen Routine geworden war, sich der widerlichen Würmer zu erwehren, war es immer noch so, dass ihr Achmeds Warnung kalte Schauer über den Rücken laufen ließ. Doch die vielen in den Straßen der Großstadt zugebrachten Jahre hatten ihr die Kraft gegeben, sich auch abstoßenden Notwendigkeiten zu stellen, und so streifte sie die Strähnen aus dem Gesicht und blickte nach vorn in die Dunkelheit.

Nimmt das denn überhaupt kein Ende?, fragte sie sich, als die Würmer näher krochen. Rhapsody hatte gelernt, sie im Dunklen zu bekämpfen, denn Licht brachte das Gewürm nur noch mehr auf und führte dazu, dass es umso schneller und wütender angriff. *Wie oft müssen wir das noch über uns ergehen lassen?*

Im matten Licht der phosphoreszierenden Flechten an den Höhlenwänden ließ sich erkennen, dass die Würmer über die Wurzel aus der Tiefe gekrochen kamen. Sie breiteten sich auf ihr aus wie ein dickes Leichentuch, schwärmten aus und fielen schließlich von den Wurzelzweigen aus dem Gewölbe auf sie herab.

Die drei standen in Bereitschaft. Grunthor hatte seinen Lopper gezogen, Achmed hielt eine dünne, silbrig schimmernde Klinge in der Hand, der er noch keinen Namen gegeben hatte. Die Würmer tropften einer nach dem anderen herab, und dann zuhauf wie welke Blätter im Herbst.

Rhapsody und ihre drei Begleiter mussten sich längst nicht mehr aufeinander absprechen. Sie bildeten einen Kreis und schlugen nach Kräften auf das Gewürm ein. Achmed wusste sein Schwert so schnell zu führen, dass er sich wohl auch allein hätte behaupten können. Rhapsody und Grunthor hingegen waren aufeinander angewiesen und koordinierten ihre Gegenwehr. Mal schlug der Bolg zu und gab der Sängerin Gelegenheit auszuweichen, und dann war sie an der Reihe, während er sich vor den schmerzhaften Bissen in Sicherheit brachte. Nicht immer ging diese Taktik auf. Manchmal trafen ihre Hiebe auch ins Leere, doch meistens hatten sie Erfolg.

Die kriechende Masse drängte näher. Bald würden es die drei nicht länger mit einzelnen Würmern zu tun haben, sondern mit einem gefräßigen Ganzen, das sich ihnen entgegenwarf. Achmed blieb es überlassen, die Attacken von oben abzuwehren, während sich Rhapsody und Grunthor auf das Gewimmel am Boden konzentrierten.

Rhapsody deckte die linke Seite ab, Grunthor die rechte, und Achmed sah zu, dass ihnen die von oben herabfallenden Schmarotzer nichts anhaben konnten.

Mehr als alles andere waren für Rhapsody gerade diese gemeinsam ausgefochtenen Kämpfe eine überzeugende Demonstration dafür, dass sich zwischen ihnen dreien mit der Zeit ein festes Vertrauensverhältnis entwickelt hatte. Achmeds Klinge zischte über ihre Köpfe hinweg, um sie vor den Bissen zu bewahren, die nicht nur schmerzhaft waren, sondern auch ein Gift übertrugen, das ein dauerhaftes Jucken und Brennen verursachte und nicht selten gar zu Fieberkrämpfen führte.

Achmed musste sich voll und ganz darauf verlassen können, dass die Gefährten ihm die herankriechenden Massen vom Leibe hielten. Mitten im Gefecht wunderte sich Rhapsody manchmal darüber, dass drei so unterschiedliche Personen zu einem so schlagkräftigen Kampftrupp hatten zusammenfinden können, einem Verband, in dem sie inzwischen ein gleichberechtigter Partner war.

Von den Schwertern getroffen, zerplatzten die Würmer mit einem scheußlichen Geräusch, und es entströmte ihnen ein Saft, dessen ekliger Gestank noch lange Zeit nach dem Kampf in den Kleidern hing. Es war ein ums andere Mal ein grauenvoller Albtraum, der erst mit dem letzten noch lebenden Wurm zu Ende ging. Wenn ein solcher Angriff schließlich – so wie jetzt – glücklich überstanden war, ließ sich Rhapsody erschöpft zu Boden fallen – nicht ohne vorher die Kadaver zwischen den Füßen weggetreten zu haben.

Jetzt galt es, die Klingen zu putzen und den ganzen Körper gründlich absuchen, denn womöglich hatte sich der eine oder andere kleine Wurm an irgendeiner verdeckten Stelle in der Haut festgebissen. Sie würden reglos warten, bis ihr Opfer eingeschlafen wäre, um sich dann mit ihren violetten Köpfen in den Körper zu bohren, Blut zu saugen und Krankheit und Schmerz zu verbreiten.

Rhapsody hatte, einem Ratschlag Grunthors folgend, einen ihrer Daumennägel lang wachsen lassen, um damit die zwischen den Nähten der Kleider steckenden Parastiten besser unschädlich machen zu können. Das war, wie sie erfuhr, auch der eigentliche Grund für die Klauen der Bolg: Sie eigneten sich bestens zum Entlausen.

»Und ich dachte, damit würdet ihr eure Gegner zerfleischen«, hatte sie gestanden.

»Dazu sind sie auch ganz gut«, hatte er grinsend zur Antwort gegeben.

Als sie mit ihrer Leibesvisitation fertig war und aufblickte, sah sie Achmed vor sich ins Leere starren.

»Was ist los?«

Achmed wandte sich Grunthor zu. »Ist dir auch aufgefallen, dass sie in letzter Zeit in immer größeren Mengen aufkreuzen?«

»Ja.«

»Vielleicht liegt's an der Hitze.«

»Hitze?«, fragte Rhapsody irritiert.

Achmed schien sich über sie zu wundern. »Ja, spürst du denn nichts davon?«

Darauf aufmerksam gemacht, fiel auch ihr auf, dass die Luft ein wenig wärmer geworden war. »Jetzt merk ich's auch.«

»Da ist ein Feuer in der Nähe, ich fühl's genau«, sagte Grunthor.

Rhapsodys Blick verdüsterte sich. »Ein Feuer an der Wurzel? Könnte es von irgendwelchen Bergwerken herrühren oder von einem Vulkan vielleicht?«

»Vielleicht«, antwortete Achmed gelassen. »Es könnte aber auch sein, dass wir dem Mittelpunkt der Erde näher gekommen sind. Es heißt, dass er aus Feuer besteht.«

Unwillkürlich schnappte Rhapsody nach Luft. Sie hatte auch davon gehört, und der Gedanke daran ließ ihren Mut sinken.

Wenn sie sich jetzt erst dem Kern näherten, hatten sie nicht einmal die Hälfte der Strecke bewältigt. Außerdem wäre an dem Feuer kein Vorbeikommen. Wenn der Weg durch die Mitte führte, liefen sie geradewegs in eine Falle.

»Kommst du?« Achmeds Stimme riss sie aus ihren sorgenvollen Gedanken.

Sie stand auf, dehnte die verspannten Muskeln der Beine und im Rücken. »Mir wird nichts anderes übrig bleiben.« Sie steckte das Schwert in die geschulterte Scheide und setzte sich in Bewegung.

Es dauerte nicht lange, und sie gerieten erneut in Schwierigkeiten. Von einem Feuer war zwar nichts zu sehen, aber es wurde immer heißer. Anscheinend näherten sie sich tatsächlich einer infernalischen Hitzequelle.

Rhapsodys Haare, in letzter Zeit stets feucht und strähnig, waren jetzt verfilzt und strohtrocken. Die von der Feuerquelle ausstrahlende Hitze trocknete auch ihre Kleider aus, die nach so langer Zeit unter Tage nicht viel mehr waren als zerfetzte Lumpen. Mit der Wärme kamen Schmerzen und Tröstung zugleich. Den Knochen und Gelenken tat sie gut, die Haut aber wurde spröde und rissig.

Hinzu kam, dass sich das Lied der Erde hier veränderte. Das einzig Angenehme ihrer Reise durchs Dunkle waren die Momente, wenn sie sich flach auf den Boden legte und die tiefen, modulierten Schwingungen auf sie übergehen spürte, jenes Lied der singenden Wurzel, das die unendliche, kollektive Weisheit der Zeit als Echo widerhallen ließ. Dieses Lied war melodiöser und bewegter geworden.

»Ich frage mich, ob es der Wurzel besser geht, wenn keine Schmarotzer in der Nähe sind«, sagte sie.

»Fühlst du dich nicht auch wohler?«, entgegnete Grunthor.

»Wir haben diesem Geschmeiß jedenfalls mächtig zugesetzt und seine Gesamtzahl um einiges zurückgestutzt«, sagte Achmed und sah sich zwischen den Basaltwänden um.

»Aber nicht ganze Arbeit geleistet – ihr zwei lebt schließlich noch«, frotzelte Rhapsody. Achmed schmunzelte und zeigte eine Miene, die sie vorher noch nicht bei ihm gesehen hatte. Wie die Wurzel so schienen die drei Gefährten neu aufzuleben.

Es dauerte noch eine Weile, bis das Feuer in Sicht kam. Längst hatten sie alle Mittel und Möglichkeiten der Zeitbestimmung verloren, und so war es ihnen unmöglich einzuschätzen, wie lange sich die Hitze schon bemerkbar machte, ohne dass ihre Quelle tatsächlich zu sehen war. Rhapsody aber war inzwischen der bolgischen Sprache mächtig, und Grunthor konnte nun nicht nur schreiben, sondern verstand sich auch auf Kalligrafie und Notenschrift.

Wie viel Zeit ist schon vergangen? Ein Jahr? Mehr?, fragte sich Rhapsody eines Nachts im Stillen. *So lange haben wir die Hitze bestimmt schon gespürt*. Sie begann daran zweifeln, dass sie die Feuerquelle jemals zu Gesicht bekommen würde.

Ein fernes Glimmen indes ließ sie aufmerken. Die Felsen am Rand des Tunnels fingen in einem dunklen Rot zu schimmern an, die schon seit so langer Zeit empfundene Hitze nahm noch zu. Dass sie eine halbe Ewigkeit durch klamme Kälte gekrochen waren, hatten sie fast schon vergessen. Es gab zwar noch reichlich Wasser, aber das Erdreich ringsum war trocken; die Hitze hatte ihm alle Feuchtigkeit entzogen.

Die gestiegene Temperatur machte das Vorankommen leichter, barg aber auch zusätzliche Gefahren. Manchmal fingen die Kleider oder das Gepäck gar zu schwelen an; das Metall der Waffen war so heiß, dass man sich fast die Finger daran verbrannte. Trinkwasser zu finden wurde immer schwerer, was sie sehr besorgt machte.

Schließlich hielt Achmed an und ließ die anderen zu sich aufschließen. »Feuer«, sagte er einfach nur. Grunthor spähte in die Ferne und schüttelte den Kopf. Auch Rhapsody konnte nichts erkennen, aber sie wusste längst, das Achmed sehr viel schärfere Augen hatte und vor allem im Dunkeln besser sehen konnte.

Sie gingen weiter und weiter, und schließlich sah auch Rhapsody flackernden Flammenschein im Tunnelausschnitt vor sich. Der spröde Boden, das heißt die Wurzel, auf der sie sich bewegten, riss unter dem Gewicht ihre Schritte stellenweise auf. Ungemein hoch wölbte sich nun die Decke über ihren Köpfen. Je weiter sie vorwärts drangen, desto deutlicher wurde, dass der gesamte Stollen, den sie passieren mussten, unter Flammen stand.

Das Feuer im Erdkern brannte in tausend schillernden Farben, aber doch auch merklich weniger hell als ein Feuer in frischer Luft. Blau und violett und weiß zuckten und wanden sich die Flammen umeinander, erreichten jeden Winkel und zwangen ihr Licht und ihre fließende Glut in jede Öffnung, jeden Spalt. Rhapsody stand und staunte, verzückt über den Anblick, musste aber bald die Augen schließen, um sich vor dem heißen Glanz zu schützen.

»Verfluchter *Hrekin*«, knurrte Grunthor. »Wir stecken in der Falle. Da hätten wir genauso gut in Ostend bleiben können.«

Achmed schwieg.

Mit geschlossenen Augen hörte Rhapsody zu, nicht den enttäuschten Gefährten, sondern dem Lied des Feuers. Anders als der tiefe, dumpfe Ton der Erde rauschte und kollerte das Feuerlied voller Lebenskraft und sang eine Melodie, schöner als alles, was sie in letzter Zeit gehört hatte.

Die Musik rief Erinnerungen in ihr wach, die so süß waren, dass sie fast wehtaten, Erinnerungen an Abende vor dem Kaminfeuer, wo sie sich von der Mutter die Haare hatte bürsten lassen, an Erntefeuer, um die sie ausgelassen herumgetanzt war, an ihren ersten Kuss im Schein eines Lagerfeuers unter herbstlichem Himmel. Die leuchtende Glut schimmerte auf ihrem Gesicht und ließ die zerzausten Haare wie eine Aureole erstrahlen. Aus den Flammen tönte ein Ruf, eine Aufforderung zum Tanz, der sie liebend gern nachgekommen wäre. Unwillkürlich trat sie einen Schritt vor.

Starke, knorrige Hände packten sie bei der Schulter und wirbelten sie herum. Erschrocken schlug sie die Augen auf.

»Was tust du da?«, zischte Achmed und musterte sie mit entrüsteter Miene. »Wo willst du hin?«

Noch ehe sie über eine Antwort nachgedacht hatte, purzelte das Wort über ihre Lippen.

»Vorwärts.«

14

»Ich geh da einfach durch«, sagte sie. Grunthor lachte laut auf.

»Ja, wenn du dir unbedingt das Leben nehmen willst?! Ich könnte dir zur Hand gehn und dafür sorgen, dass von deinem leckren Fleisch nichts vergeudet wird«, spottete er. »Im Ernst, komm zu dir.«

»Hört zu«, entgegnete Rhapsody ein wenig gereizt. »Ich werde auf keinen Fall umkehren. Das wäre auch gar nicht möglich. Ihr erinnert euch wohl, dass einige Stollen hinter uns verschüttet sind. Der Rückweg ist uns versperrt. Es bleibt uns nur der Weg nach vorn.«

»Und wie sollen wir das schaffen? Was schlägst du vor?«, fragte Achmed mit ernster Miene. Zumindest gab er sich ernst.

Rhapsody holte tief Luft. Ihr war klar, dass das, was sie sich zu sagen anschickte, verrückt klingen musste. »Wisst ihr noch, was ich über das Geheimnis der Namen verraten habe, wie sie uns zu dem machen können, was wir einmal gewesen sind?«

»Vage.«

»Nun, ich habe eine Weile darüber nachgedacht und bin mittlerweile überzeugt davon, dass wir nur eine einzige Chance haben: Wir müssen uns umhüllen mit dem Lied unserer Namen und können dann nur noch darauf hoffen, auf der anderen Seite in unseren alten Zustand zurückverwandelt zu werden.«

»Bitte nach Euch, Gnädigste«, gluckste Grunthor.

»Selbstverständlich«, beeilte sie sich zu antworten. »Darauf bestehe ich sogar.«

»Du willst wirklich raus aus diesem Tunnel«, sagte Achmed in einem Tonfall, der eine Mischung war aus Sympathie und Sarkasmus. Rhapsody nannte sie Symparkasmus.

»Hast du eine bessere Idee?«

Sie nahm auf der Wurzel Platz, schnallte den Tornister ab und holte ihre Higen daraus hervor, ein handtellergroßes Saiteninstrument in der Form einer winzigen Harfe. »Wenn ich es schaffe, mich durchzuschlagen, werde ich zurückkommen, um euch zu holen.« Sie klopfte den Schmutz von dem zerfetzten Umhang und stand auf. »Falls ich es nicht schaffen sollte, wird euch immerhin klar sein, dass ihr etwas anderes versuchen müsst.«

Grunthor schüttelte den Kopf und starrte auf das Inferno. »Das ist mir sowieso klar, dafür musst du nich dein Leben wegwerfen.«

»Lass sie doch gehen«, sagte Achmed leise.

Rhapsody lächelte. »Danke. Falls ich es nicht schaffe, seid ihr mich endlich los.«

Grunthor war merklich verärgert. »Wenn ich dich je hätte los sein wolln, wärst du schon lange nich mehr da. Ich hätte dir mit einer Hand den Hals umdrehn können, und es wär um dich geschehn.«

Sie schlang ihre Arme um den Riesen und spürte, dass er zitterte. »Das dürfte dir inzwischen nicht mehr ganz so leicht sein. Immerhin habe ich zwischenzeitlich ein ziemlich gutes Schwertkampftraining absolviert.« Sie schmiegte sich enger an ihn, worauf er sie in die Arme schloss. »Auf Wiedersehen, Grunthor. Und mach dir keine Sorgen. Ich werde zurückkommen.«

Er trat einen Schritt zurück, blickte auf sie herab und rang sich ein Lächeln ab. »Ich dachte, du dürftest immer nur die Wahrheit sagen.«

»So ist es«, sagte sie leise und tätschelte seine Wange. Dann wandte sie sich dem verhüllten Mann zu, der sie nach wie vor irritierte und gewissermaßen Schuld daran war, dass sie hier, tief in der Erde, eingeschlossen war.

»Auf Wiedersehen, Achmed.«

»Beeil dich«, antwortete er. »Allzu lange werden wir nicht auf dich warten.«

Rhapsody lachte laut auf. »Das nenne ich einen charmanten Anreiz.« Sie schulterte ihr Gepäck und marschierte geradewegs auf das Inferno zu. Die beiden Bolg schauten ihr nach und sahen ihren kleinen Schatten vor den fauchenden Flammen größer werden, bis sie schließlich in der Wand aus flirrender Hitze und Licht verschwand.

Als sie die Hitze nicht mehr ertragen konnte, schloss sie die Augen und hob die Higen an ihre Brust. Die winzigen Saiten glühten und versengten ihr die Fingerkuppen, als sie an ihnen zupfte und das richtige Lied, eines, das ihr Wesen ausmachte, anzustimmen versuchte.

Sie kannte die eine Note, die in ihrer Seele widerhallte, *ela*, den sechsten und letzten Ton der Tonleiter. *Jede Person ist auf einen bestimmten Ton eingestimmt*, hatte ihr Lehrer doziert. Zu erfahren, welcher ihr Ton war, hatte Rhapsody als das sechste und letzte Kind in ihrer Familie sehr amüsiert. Im Übrigen traf die Note wirklich auf sie zu; sie erschien ihr durchaus sinnvoll. Sie stimmte diesen Ton nun an, spürte die vertrauten Schwingungen. Die Melodie wiederzugeben, die ihr Wesen beschrieb, war weniger einfach, weshalb sie mit ihrem wahren, in Musik gesetzten Namen anfing.

Aus der schlichten Phrase komponierte sie einen weiteren Refrain, eine Melodie, die in ihrem Inneren widerhallte und die Haut zum Prickeln brachte. Note für Note, Takt für Takt setzte sie das Lied zusammen, ließ ihre Stimme dazu erklingen und spielte die Higen. Dann fasste sie all ihren Mut zusammen und ging ins Feuer.

Als sie den Rand des gleißenden Infernos erreichte, kniff sie die schmerzenden Augen zusammen, ging singend weiter und betete, dass ihr, wenn sie nun doch würde sterben müssen, wenigstens erspart bliebe, lange zu leiden.

Durch das Feuer ging ein natürlicher Wind, der ihre blonden Haare aufwirbelte und wie eine Fackel zum Leuchten brachte. Zu atmen fiel ihr immer schwerer. Als sie einen ersten Blick riskierte, fand sie sich innerhalb der Flammen wieder.

Der Gesang des Feuers wurde lauter. In Harmonie dazu sang sie ihr Namenslied. Sofort ließ der Schmerz in den Augen nach, und sie sah sich umgeben von prächtig leuchtenden Farben, die in wogender Bewegung waren wie ein Getreidefeld im Wind. Ein Gefühl des Friedens und der Sicherheit überkam sie. Das Feuer hatte sie erkannt. Es würde ihr nichts zuleide tun.

Schillernde Farben - Saphirblau vor Flächen aus grellem Orange, von gelben Lanzetten durchstoßen - tanzten um sie herum. Rhapsody spürte die Schmerzen aus den Knochen und Gelenken verschwinden. Wie im Traum fragte sie sich, ob sie denn wohl vom Feuer verzehrt würde. Die Empfindung, die sie verspürte, war ähnlich der Freude – Freude darüber, mit sich und der Welt ganz und gar im Reinen zu sein. Sie sang aus voller Brust und verknüpfte die Weisen des Feuers und ihrer selbst zu einem Festgesang.

Nun konnte sie den Weg vor sich deutlicher sehen, erkannte dunklere Stellen, die für kurze Dauer in Erscheinung traten, um dann wieder spurlos zu verschwinden. Mit neuem Mut schritt sie zügig weiter. Es fiel ihr nicht leicht, den Kern hinter sich zu lassen, doch sie ahnte, dass sie sich dem hier erlebten Glücksgefühl nicht lange hingeben durfte, weil es sie sonst verschlingen würde.

Plötzlich wich die wohlige Hitze von ihrem Gesicht. Es war, als brandeten ihr kühle Meereswogen entgegen. Rhapsody öffnete die Augen und sah in ein schwarzes Loch. Die tanzenden Flammen waren an den Blickfeldrand zurückgetreten. Vor ihr öffnete sich ein Tunnel, ähnlich demjenigen, den sie mit Grunthor und Achmed hinter sich gelassen hatte. Doch war einiges an ihm anders. Obwohl noch von sengender Hitze umgeben, lief ihr ein kalter Schauer über den Rücken. Sie hatte es bis auf die andere Seite des Kerns geschafft.

Spontan machte sie auf dem Absatz kehrt und eilte singend zurück in die Flammen.

Auf der anderen Seite des Kerns starrte Grunthor ängstlich wartend in den grellen Feuerschein und schwitzte aus allen Poren seiner grau-grünen Haut. Endlich – er wähnte eine Ewigkeit vergangen – zeigte er auf die Flammen und sagte: »Da ist sie ja!«

Achmed nickte. Er hatte den Schatten schon längst gesehen, der schemenhaft zwischen den Feuerzungen auftauchte und bis unter das Gewölbe aufzuragen schien.

Die Frau, die da aus dem Inferno stieg, hatte mit Rhapsody, so wie die beiden sie kannten, nur noch wenig Ähnlichkeit. Ihre Haare waren nicht mehr blond, sondern vom Feuer honigfarben getönt worden. Sie winkte ihnen aus den Flammen zu.

»Kommt«, rief sie drängend über das Fauchen der Feuersbrunst hinweg. »Ich weiß nicht, wie lange der Weg noch offen sein wird.«

Die beiden Firbolg eilten herbei und schirmten die Augen vor der Hitze ab. Rhapsody hob die Hand, um sie aufzuhalten. Doch das war schon zu spät. Die Kapuze von Achmeds Umhang hatte Feuer gefangen, und zu ihrem Schrecken musste sie mit ansehen, wie sich Grunthor auf den Gefährten warf und die Flammen zu ersticken versuchte, indem er sich mit ihm über den weiß glühenden Boden wälzte.

Rhapsody kannte Achmeds Namen, der ja von ihr gewählt war. Sie stimmte ihn nun an und sang ihn unablässig. Grunthor half dem benommenen Partner aufzustehen und führte ihn an den Rand des Feuerwalls. Mit erhobener Hand hieß Rhapsody den Sergeanten stehen zu bleiben. Dann nahm sie den Dhrakier bei der Hand und sah, dass sich sein Blick aufgeklart hatte. Anscheinend löste sein Namenslied ein ebenso starkes Wohlempfinden aus, wie sie es selbst erlebt hatte.

Als sie sicher sein konnte, dass er aus eigener Kraft auf den Beinen stehen bleiben würde, ließ sie seine Hand los und griff zur Higen, der sie nun ein Lied entlockte, das um die Melodie seines Namens gesponnen war.

»Spürst du, wie das Lied unter der Haut prickelt?«

»Nein.« Seine Kapuze fiel in Fetzen von ihm ab und entblößte die schrecklichen Verbrennungen, die seine Stirn und die Augen verunstalteten. Mit Entsetzen erkannte Rhapsody, dass Achmed geblendet war.

Sie überlegte schnell. »Könntest du mir etwas von dir sagen, das ich deinem Lied hinzufügen könnte, sodass es dich besser beschreibt?«, bat sie, und er ließ von sich aus die Töne mit einfließen, die den Bezeichnungen *Firbolg* und *Dhrakier* entsprachen. »Soll ich dich wieder umbenennen auf deinen früheren Namen, Bruder?«

Achmed schüttelte so energisch den Kopf, dass ihm die

Schweißtropfen von der Stirn flogen und in den Flammen verdampften. Auf seinem Gesicht spiegelte sich das flackernde Licht des Feuers.

»Das wievielte Kind warst du in deiner Familie?«

Die Antwort machte ihm merklich Mühe. »Das erstgeborene.«

Rhapsody nickte und webte das Wort in die Melodie ein. Seinem Gesicht war deutlich anzusehen, dass dieser zusätzliche Ton sein Empfinden noch steigerte.

»Wäre da noch etwas, Achmed, etwas, das unverwechselbar zu dir gehört? Was bist du von Beruf?«

Wieder schüttelte Achmed den Kopf, als er sich seiner Verwundung bewusst wurde. Er beugte sich ihr ganz nahe ans Ohr und flüsterte: »Ein Meuchelmörder.«

Natürlich, dachte Rhapsody und sang das Lied aufs Neue, um diese Note ergänzt.

Achmeds verbrannte Augen gingen noch weiter auf. Er nickte stumm und fühlte sich offenbar – gerade so wie sie zuvor – von seinem Lied ganz und gar umhüllt. In ihrer Erinnerung sah Rhapsody plötzlich Achmed an jener Stelle stehen, von der eine Unzahl von Pfaden abzweigte, was ihn aber keinen Moment lang in seiner Orientierung verunsichert hatte. Ohne zu zögern und wie selbstverständlich hatte er den richtigen Weg eingeschlagen.

Grunthor hatte ihr einmal heimlich zugeflüstert, dass der Dhrakier dem Herzschlag der Erde folgte, ihren Puls fühlte und sich von ihren Adern und summenden Bahnen führen ließ, so wie früher von der Fährte des Wildes, auf das er Jagd gemacht hatte.

Unfehlbarer Fährtenleser, Pfadfinder, sang sie. Achmeds Körper schien durchsichtig zu werden und reflektierte wie sein Gesicht das Licht des großen Feuers. Rhapsody streckte den Arm aus und zog ihn in die Flammen. Sie eilte mit ihm auf die andere Seite, sang und bot dabei all ihre Fähigkeiten als Benennerin auf. Kaum waren sie auf der anderen Seite angekommen, drehte sie sich wieder um und eilte zurück, um Grunthor zu holen.

Der Anblick des Riesen, wie er vor Angst zitternd und mit weit aufgerissenen Augen am Rand des brausenden Feuers dastand, rührte Rhapsody ans Herz. Er machte aus seiner Erleichterung kein Hehl, als er sie endlich kommen sah. Trotzdem blieb seine Miene voller Sorge.

»Wo ist er jetzt, Herzchen? Ist alles in Ordnung mit ihm?«, brüllte er gegen das infernalische Brausen an.

»Komm!«, rief sie ihm zu und winkte mit beiden Händen.

Grunthor rannte herbei, packte sie bei den Schultern und fragte noch einmal: »Ist alles in Ordnung mit ihm?«

»Mach dir keine Sorgen, wir schaffen es …«

Ein wütendes Grollen wurde laut. Es drang durch die kolossalen Muskelpakete bis hin zu den Klauenhänden, mit denen er sie gepackt hielt und seiner Frage schmerzenden Nachdruck verlieh. »Wo ist er?«

Rhapsody riss sich von ihm los. »Auf der anderen Seite. Er ist blind, aber er lebt.« Sie sah, wie sich der wilde Ausdruck im Gesicht des Riesen entspannte, und war aufs Neue gerührt. Er hatte sich nicht um seinetwillen so sehr geängstigt. Sie langte aus und tätschelte mit bebender Hand seine Wange.

»Wie ist dein Firbolg-Name?«, fragte sie, worauf der Riese mit einer Folge von Knurr- und Zischlauten antwortete, die mit einem scharfen Konsonanten endeten. Rhapsody schloss die Augen. »Wiederhol das bitte«, sagte sie und versuchte, die in ihr aufkommende Panik zu unterdrücken.

Aufmerksam lauschte sie der Lautfolge, die nicht nur an sich schon schwer genug verständlich war, sondern zu allem Überfluss auch noch von dem Feuer übertönt zu werden drohte. Sie sprach den Namen nach, so gut sie nur konnte, und spürte nach mehreren Versuchen ein Summen von ihrem Gegenüber widerhallen. Ein Lichtkranz lag um den Sergeanten.

»Und du bist ebenfalls ein Bengard?« Grunthor nickte. *Spross des Sandes unter freiem Himmel, Sohn der Höhlen und der finsteren Lande*, fing sie zu singen an. *Bengard, Firbolg. Sergeant Major. Mein Ausbilder und Beschützer. Herr der tödlichen Waffen. Oberste Autorität, der unbedingt Gehorsam zu leisten ist*. Das Summen wurde lauter.

Grunthor fing an zu grinsen und zeigte seine Zähne. »Das ist es, Herzchen. Ja, jetzt prickelt's. Jetzt könn' wir wohl rüber zu ihm, oder?«

Rhapsody schmunzelte. »Grunthor, was bist du doch für ein treuer Freund, stark und zuverlässig wie die Erde selbst. Hier, nimm meine Hände.«

Sie führte den riesigen Bolg durch die Flammen und sang sein Lied, seinen Namen und die Eigenschaften, die ihn ausmachten, immer und immer wieder, bis sie die andere Seite erreicht hatten und wieder von Dunkelheit umgeben waren. Rhapsody presste ihr Gesicht an Grunthors Brust, um den Verlust der wonnevollen Wärme zu verschmerzen und nicht in Tränen auszubrechen.

Der Riese sah zu, als sich Rhapsody daran machte, die Augenbinde zu entfernen. Sie waren tief in den Tunnel vorgedrungen und schon weit entfernt vom flackernden Widerschein des Feuers. Ungeachtet seiner Proteste hatte sie Achmeds Augen mit Heilkräutern behandelt. Er lag mit seinem Kopf auf ihrem Schoß und murrte geduldig vor sich hin, während sie die Leinenstreifen abwickelte.

»Das war nicht nötig. Ich kann sehen.«

»Warum hast du das nicht schon gesagt, als ich dir die Binde angelegt habe?«

»Da war ich bewusstlos«, sagte er ungehalten.

Rhapsody kicherte. »Ach so. Und ich dachte schon: Seltsam, wie gefügig er auf einmal ist.« Sie wickelte die zweite Lage ab. »Wie auch immer, ich wollte dir mit der Behandlung nur die Schmerzen lindern.«

»Ich habe keine Schmerzen«, entgegnete er.

»Es wird dir aber trotzdem nicht erspart bleiben, dass wir, so bald wir in Sicherheit sind, die Wunde ordentlich verarzten ...« Sie hatte den Gedanken noch nicht ausgesprochen, als sie mit Blick auf das Gesicht des Dhrakiers feststellte, dass die Wunde verschwunden war.

»Gütiger Himmel«, flüsterte sie.

Achmed zerrte den Rest der Binde von Kopf. »Ich habe dir doch gesagt, dass ich geheilt bin.«

Auch Grunthor starrte ihn entgeistert an. »O Mann, du bist geheilter, als du glaubst.«

»Was soll das heißen?«

Grunthor zog sein Stangenbeil, eine Art Lanze mit beilförmiger spiegelblanker Schneide, eine Waffe, die er Salut oder kurz Sal nannte. »Hier, sieh selbst. Die Wunde, die du dir damals bei der Messerstecherei in Kingsten eingehandelt hast, erinnerst du dich?«

»Ja natürlich, und?«

»Die ist weg, spurlos verschwunden. Überzeug dich selbst.«

Achmed nahm die breite Klinge in beide Hände und starrte auf sein Spiegelbild. Eine Weile später hob er das Hemd und musterte seinen Bauch.

»Tatsächlich, meine Narben sind weg.«

»Meine auch«, sagte Grunthor und blickte staunend auf Rhapsody, die ihrerseits ihr Handgelenk untersuchte. Dann sah sie zu ihm auf und nickte.

»All unsere Wunden sind geheilt, die Narben verschwunden. Wie ist das möglich?«, fragte Achmed.

Rhapsody lächelte. »Weißt du denn nicht mehr, was ich dir gesagt habe?«

Achmed richtete sich auf und dachte zurück an den ersten Kampf gegen das Gewürm und daran, wie sie anschließend die Wunde auf seinem Unterarm singend geheilt hatte.

Macht euch ruhig lustig. Aber es wird wahrscheinlich die Musik sein, die uns hier herausholt, Musik in der einen oder anderen Form.

Nur, wenn du uns mit deinem Geträllere so sehr auf den Geist gehst, dass ich dir ein zweites Paar Beine mache.

... So etwas kann eine Benennerin gewissermaßen von Amts wegen. Nichts, kein Begriff, kein Gesetz ist so stark wie die Kraft, die im Namen eines Dinges steckt. Mit dem Namen steht und fällt unsere Identität. Er ist unsere Essenz, unsere persönliche Geschichte und manchmal kann er das, was wir sind, noch einmal machen, egal, wie sehr wir uns auch verändert haben mögen.

»Soll das heißen, dass wir neu entstanden sind?«

Rhapsody zuckte mit den Schultern. »Ich weiß nicht, doch es könnte sein. Als ich das erste Mal durchs Feuer ging, konnte ich spüren, wie es meinen Körper verzehrte. Mir war fast so, als würde ich einen Opfertod sterben. Aber weil ich die ganze Zeit über unsere wahren Namen gesungen habe, hat sich all das, was uns in unserem früheren Leben zugestoßen ist, nicht auf unsere neuen Körper übertragen können. Das vermute ich jedenfalls. Gibt's darauf vielleicht sonst noch irgendwelche Hinweise?«

Achmed tastete mit der Hand an der Halswurzel entlang. Die unsichtbare Kette, an die ihn der Dämon einst gelegt hatte, war gerissen, als Rhapsody ihn in den Gassen von Ostend umbenannt hatte, und längst verschwunden. Knochen, die einmal gebrochen gewesen waren, fühlten sich so kräftig und gesund an, als wären sie nie verletzt worden, doch glaubte er diesen Eindruck auch schon vor dem Gang durchs Feuer gehabt zu haben.

»Ich weiß nicht. Aber wie steht's um deine Jungfräulichkeit? Ist die auch wieder hergestellt?«

Rhapsody wandte sich spontan ab. Gewöhnlich ignorierte sie Scherze dieser Art, aber die ganz und gar außergewöhnliche, erschreckende und zugleich ekstatische Erfahrung der Passage durch den Feuerkern der Erde hatte sie so erschöpft, dass es mit ihrer Selbstbeherrschung nicht mehr weit her war. Grunthor hatte Mitgefühl mit ihr und warf Achmed einen strafenden Blick zu. Als sich der Riese ihr wieder zuwandte, klappte ihm vor Verwunderung die Kinnlade herunter.

»Herzchen, dreh dich mal kurz zu mir um.«

»Lass mich in Ruhe«, antwortete Rhapsody. »Ich bin nicht in Stimmung für eure Witzeleien.«

»Nein, bitte«, drängte Grunthor. »Ich will nur dein Gesicht sehn.«

Zögernd drehte sie sich um, ließ aber die Augen auf den Boden gerichtet.

»Criton«, murmelte Grunthor. Achmed blickte auf, und auch ihm stand der Mund vor Staunen offen.

Vor ihrem Gang durchs Feuer war Rhapsody eine wunderschöne junge Frau gewesen, woran auch die Strapazen und all der Dreck auf ihrem endlos langen Treck über die Wurzel nichts hatte ändern können. Die Wandlung aber, die sich jetzt vollzogen hatte, war nichtsdestotrotz beträchtlich. Das Feuer hatte auch den letzten Makel weggebrannt, und nun stand ein Wesen vor ihnen, das sie kaum mehr wiedererkannten.

Die langen Haare leuchteten im Licht der fernen Flammen wie flüssiges Gold. Ihre Haut hatte keinen einzigen Schönheitsfehler und war so zart wie die Blütenblätter einer Rose. Selbst im Dunkeln ging ein Schimmern von ihr aus. Als sie sich wenig später in ihrer Verärgerung den beiden Gefährten zuwandte, blitzten ihre smaragdgrünen Augen auf, als sammelte sich in ihnen alles verbliebene Licht. War sie früher überaus hübsch gewesen, so war sie jetzt von außergewöhnlicher Schönheit, und das nicht zuletzt auch in den Augen der Firbolg.

»Was?«, fragte sie irritiert.

Es dauerte eine Weile, ehe Grunthor wieder zur Sprache zurückgefunden hatte. »Himmel, Gnädigste, du bist umwerfend schön.«

Rhapsodys Miene entspannte sich, und es legte sich ein Ausdruck auf ihr Gesicht, der das Blut der beiden Männer in Wallung brachte. »Schon gut, Grunthor. Ich hab dir gern geholfen«, sagte sie. »Zumal einiges an Hilfe gutzumachen war, die du mir hast zukommen lassen.«

»Ich mein es ernst«, entgegnete Grunthor. »Du hast dich verändert.«

Rhapsody zog die Brauen zusammen. »Wie soll ich das verstehen?«

Die Antwort kam von Achmed: »Er will sagen, dass du mit deinem jetzigen Aussehen in deinem alten Gewerbe jeden Preis verlangen könntest und auch erzielen würdest, und sei es bloß dafür, dass dich die Kerle anglotzen.«

Rhapsody schüttelte unwirsch Kopf. »Ich wünschte, ihr würdet nicht immer wieder auf meine Vergangenheit anspielen«, sagte sie. »Ich reib dir doch auch nicht ständig alte Verfehlungen unter die Nase. Aber glaub mir, niemand zahlt nur fürs Sehen.«

Und ob, dachte Achmed und seufzte. »Rhapsody, du siehst besser aus als je zuvor. Du bist bildschön.«

Rhapsody musterte ihn mit kritischem Blick. Achmed hatte immer geflissentlich sein Gesicht versteckt und damit erkennen lassen, dass er sich für unansehnlich, ja, für abstoßend hässlich hielt. Jetzt, da sie ihn ohne seine Kapuze sah, konnte sie diese Scheu nicht mehr verstehen. Er war, wie sie fand, ganz und gar nicht hässlich. Im Gegenteil, sein Gesicht war auf ungewöhnliche Weise attraktiv. Es kam ihr vor wie das unvollendete Werk eines zerstreuten Schöpfergottes.

Sie konnte sich regelrecht vorstellen, wie der Demiurg diesen Kopf aus überschüssigem Ton mit fahrig schneller Hand modelliert, ihm einen kleinen Klumpen als Nase aufgedrückt und mit zwei ungleichen Daumen die Augenhöhlen eingestanzt hatte. Und das halbe Lächeln, dieses Grimassieren des schmallippigen Mundes wirkte wie mit dem Daumennagel dahingewischt.

All das zusammen ergab ein Kunstwerk der eigenen Art, nicht im klassischen Sinne, aber gleichwohl beeindruckend und einzigartig. Vielleicht, so dachte sie, sah er sie ganz ähnlich.

»Du siehst auch nicht schlecht aus«, sagte sie schließlich und lächelte.

Achmed warf Grunthor einen flüchtigen Blick zu. Die beiden schüttelten den Kopf und sahen in eine andere Richtung. Ihnen war klar, dass Rhapsody nicht verstand, was sie meinten.

15

Das Glücksgefühl nach dem Gang durchs Feuer ließ schnell nach, als die drei ihren Weg fortsetzten und wieder an der Wurzel entlang krochen, die sich in die Zeit selbst hin zu erstrecken schien, endlos und ohne Ziel. In einer Hinsicht aber fiel ihnen die Reise ein wenig leichter: Sie wussten nun, dass der Mittelpunkt überschritten und mehr als die Hälfte des Weges geschafft war.

Vielleicht war es die an Wahnsinn grenzende Verzweiflung gewesen, die sie zu Anfang der Reise dazu bewogen hatte, ihr altes Leben hinter sich zu lassen. Jetzt war die treibende Kraft, die ihnen über die Strapazen ihres Trecks hinweghalf, die Hoffnung auf das Ende des Tunnels. Mit dem Feuer, das sie immer weiter hinter sich ließen, schwand auch das Licht, und bald herrschte wieder undurchdringliche Dunkelheit. Gesprochen wurde nur selten und dann meist nur, um den drohenden Wahnsinn abzuwehren.

Die Kleider waren zerlumpt, die Stiefel abgelaufen. Auf Kniehöhe klafften in den Hosen große Löcher. Grunthor hatte seine Kapuze geopfert und Rhapsody die Ersatzsaiten ihrer Harfe, um provisorisches Schuhwerk daraus zu fabrizieren. Mit den Lederresten der Stiefel als Sohle und dem um die Füße gewickelten festen Stoff versuchten sie, sich vor den scharfen Steinen zu schützen, und dennoch waren am Ende einer jeden Etappe die Füße wund und blutig gelaufen.

Rhapsody hatte wieder damit angefangen, ihre Sterngebete zu singen, obwohl sie vom Sonnenaufgang und dem Nachthimmel denkbar weit entfernt war.

Sie verlegte sich darauf, die Morgendämmerung mit der Zeit

gleichzusetzen, zu der sie sich vom Schlaf erhoben, und sie sang die Aubade, das morgendliche Liebeslied, wenn sie sich angekleidet hatte und die goldenen Locken mit dem Kamm zu entwirren versuchte.

Grunthor und Achmed hörten ihr immer zu und sagten kein Wort, bis sie geendet hatte. Anschließend zogen sie sich häufig für eine Weile zurück, um sich über Dinge zu besprechen, die Rhapsody nur beunruhigt hätten.

Seltsam, bei keinem der dreien zeigten sich Spuren der Zeit. Im Gegenteil, das Feuer hatte alle Narben, viele Fältchen und Furchen verschwinden lassen, sodass die drei jetzt sogar jünger aussahen als am Tag ihres Einstiegs in die Sagia, der inzwischen eine Ewigkeit zurücklag.

Rhapsody schien von Tag zu Tag schöner zu werden und eine Aura auszubilden, die wie ein Magnetfeld wirkte und im Dunkeln schimmerte, wenngleich ihr Gesicht unsichtbar blieb. Die Fortdauer ihrer Jugend stand im Widerspruch zur Endlosigkeit ihrer Reise. Doch das jeweilige Alter der drei Gefährten richtig einzuschätzen war auch deshalb schon kaum möglich, weil sich auf ihren Gesichtern eine dicke Schmutzschicht abgesetzt hatte.

Allmählich mehrten sich die Hinweise darauf, dass sie der Erdoberfläche näher kamen. Immer häufiger führte ihr Weg steil bergan, und oft mussten sie senkrechte Wurzelwände erklimmen von der Art jener Pfahlwurzel, über die sie zu Beginn ihrer Reise abgestiegen waren.

Der Tunnel wurde wieder unangenehm feucht und glitschig. Die Kälte kroch zurück in Rhapsodys Knochen, womit sich auch wieder die Schmerzen in den Gelenken einstellten. Nicht selten mussten sie bis zu den Hüften durch Schlamm oder Wasser waten. Einmal wurden sie von einer Springflut überrascht, der sie nur um Haaresbreite entkommen konnten.

Schließlich gelangten sie in einen horizontal verlaufenden Höhlengang, der trockener war als die vorherigen Tunnel. Die Decke war so hoch, dass sie aufrecht stehen konnten. Allerdings wucherten Tropfsteine von oben herab und von unten in die Höhe, was ihnen den Eindruck vermittelte, als wanderten sie durch das zahnbewehrte Maul einer riesigen Bestie.

Vorsichtig tasteten sie sich an den felsigen Spitzen entlang. Grunthor hatte seiner massigen Gestalt wegen die größten Schwierigkeiten; er eckte immer wieder an und zog sich etliche Verletzungen zu.

In einem Abschnitt der Höhle trafen sie auf einen langen, dünnen Tropfstein, der in einem verblüffenden Winkel vom Seitenrand des Deckengewölbes aus schräg in den Raum hineinragte und bei der kleinsten Erschütterung abzubrechen drohte. Entsprechend vorsichtig schlich Achmed auf Zehenspitzen darunter hindurch.

Als Rhapsody den Stein passierte, ging plötzlich ein Leuchten durch den Tunnel, das, obwohl in seiner Wirkung gedämpft, den dreien die Sicht benahm, waren ihre Augen doch schon allzu lange an die Dunkelheit gewöhnt. Grunthor stieß einen deftigen Fluch aus, als er, vom Licht geblendet, vor eine Auswucherung in der Felswand prallte.

Mit ausgestreckter Hand langte Rhapsody nach dem schimmernden Stein, aus dem, kaum dass sie ihn mit den Fingerspitzen berührte, kleine Splitter herausbrachen und zu Boden fielen. Ein Flammenstrahl schoss aus dem Steinzack hervor, so grell, dass alle drei unwillkürlich die Hände vors Gesicht schlugen und vor Schmerz aufschrien.

»Was ist das?«, zischte Achmed.

Rhapsody spähte durch einen Spalt in der schirmenden Hand und sah, dass von der Spitze des sonderbaren Stalaktits kleine Flammen ausgingen und über das Steingebilde züngelten. Staunend streckte sie abermals die Hand danach aus. Je näher sie den Flammen kam, desto heller leuchteten sie auf. Zog sie die Hand zurück, nahm das Licht wieder ab.

Mit derselben Sicherheit, die ihr auch schon durch den Feuerkern geholfen hatte, machte sie sich daran, mit der Hand über den langen Stein zu streichen, worauf eine brüchige Kruste von ihm abbröckelte und einen glühenden, flammenden Lichtschaft darunter zum Vorschein brachte.

»Ein Schwert«, flüsterte sie ehrfürchtig.

Die beiden Firbolg tauschten verwunderte Blicke. Es war tatsächlich so: Aus der feuchten Höhlenwand stakte ein flammendes Schwert, das auf der blauweiß glühenden Klinge fein ziselierte Gravuren erkennen ließ.

»Kannst du's auch aus dem Fels ziehen, Herzchen?«, fragte Grunthor.

»Ob sie das überhaupt versuchen soll?«, gab Achmed zu bedenken.

»Es ist zu hoch für mich«, sagte Rhapsody und suchte auf dem Boden nach einer Stufe. Grunthor kniete nieder und klopfte sich auf den Oberschenkel.

»Steig da drauf«, sagte er und grinste.

Rhapsody zögerte nicht lange. Sie hielt sich mit einer Hand an der breiten Schulter fest und trat auf das Podest, das er ihr mit seinem Oberschenkel zur Verfügung stellte.

Jetzt reichte sie bis an die Wurzel des Tropfsteins heran. Sie langte mit beiden Händen zu und zog. Das Schwert löste sich so leicht, als hätte es nur an einem dünnen Faden gehangen. Hätte Grunthor sie nicht mit seiner Pranke abgestützt, wäre sie aus dem Gleichgewicht geraten und zu Boden gestürzt.

Das Schwert bei der glühenden Klinge gepackt, stieg sie von Grunthors Knie herunter und zeigte den Gefährten die wundersame Waffe. Sie schien aus einem Material gefertigt zu sein, das auf den ersten Blick wie Silber aussah, aber sehr viel leichter war. Auf der schlanken Klinge waren schmuckvolle Runen eingraviert.

Das Heft war aus demselben weißsilbrigen Metall geschmiedet und mit einer prächtigen Querstange ausgestattet, die zusammen mit dem Knauf in der Mitte die Form eines Sterns bildete. In den Griff war die Fassung für einen Edelstein oder dergleichen eingelassen, den aber anscheinend jemand herausgebrochen hatte; sie war leer und an den Rändern eingedellt. Obwohl das Heft hell glühte, tat es ihrer Hand, die es hielt, keinen Schaden an. Achmed zog den rechten Handschuh aus und führte einen Finger an die Klinge heran, wich aber schnell wieder zurück.

»Es scheint sich wohl in ihrer Hand zu fühlen«, bemerkte Grunthor.

»Über Gefühle lässt sich nicht streiten«, murmelte Achmed.

Rhapsody lachte. In seinem Gesicht lag ein Ausdruck, der dem Versuch eines Schmunzelns ähnlich kam.

»Hätte nich schlecht Lust, ein paar weitere Zapfen aufzuschlagen, bloß um zu sehen, ob auch was drinsteckt«, meinte Grunthor. »Da hast du jetzt aber 'n wirklich hübsches Schwert, Gräfin. Ich hoffe nur, du machst deinem Lehrer keine Schande damit.«

»Ich werde mit dem Training fortfahren, sobald sich der Tunnel weitet«, versprach Rhapsody und reichte Grunthor die Waffe zurück, die er ihr geborgt hatte. »Danke für die Leihgabe.«

»Ich glaube, wir nähern uns dem Ende der Wurzel«, sagte Achmed. »Oder was meinst du, Grunthor?«

»Jedenfalls waren wir schon lange nich mehr so dicht unter der Oberfläche«, antwortete der Riese und sah sich nach allen Seiten um. »Wer weiß, vielleicht sind's nur noch wenige Meilen, bis wir wieder frische Luft atmen können.«

»Tröstlich«, sagte Rhapsody, die immer noch auf das Schwert starrte. Am Rande ihres Bewusstseins machten sich Bruchstücke vager bildlicher Vorstellungen bemerkbar, auf die sie sich aber keinen Reim machen konnte. Sie zwinkerte mit den Augen, und die Bilder verschwanden.

Achmed sah sich um und hob die steinerne Hülle auf, in der das Schwert gesteckt hatte.

»Das wird vorläufig als Scheide dienen können, bis wir etwas Besseres finden. Ich vermute, dass Leder oder ähnliche Materialien für diese Klinge nicht in Frage kommen.« Mit einem kleinen Stein verstopfte er die untere Öffnung der provisorischen Scheide.

Als Rhapsody das Schwert in den hohlen Tropfstein zurücksteckte, wurde es wieder dunkel um sie herum. »Soll ich es lieber draußen lassen, damit wir besser sehen können?«

»Nicht nötig«, antwortete Achmed. »Kommt, beeilen wir uns. Ich bin gespannt, wohin uns diese Wurzel führt.«

Rhapsody und Grunthor klopften den Staub aus ihren Kleidern und warteten, bis sich ihre Augen an die Dunkelheit gewöhnt hatten, ehe sie Achmed folgten.

»Ja, wir sind ganz dicht unter der Oberfläche. Ich spüre es genau.«

Sie hatten sich über eine quälend lange Zeitspanne weiter geschleppt, durch einen Stollen, der immer enger wurde, bis sie am Ende nur noch kriechend vorangekommen waren. Grunthor war immer wieder stecken geblieben und auf die Hilfe der anderen angewiesen gewesen, die ihn dann hatten frei graben müssen.

Achmeds Worte machten Rhapsody neuen Mut. Seit langem plagte sie die Angst zu ersticken, eine Angst, in die sie sich so tief hineingesteigert hatte, dass sie darüber noch wahnsinnig zu werden fürchtete.

Sie schloss nun zu Achmed auf, der angehalten, sich auf den Rücken gewälzt und einen seiner dünnen Handschuhe ausgezogen hatte. Mit der bloßen Hand tastete er die Hälfte der Wand ringsum ab und spürte uralte Erinnerungen auf.

Der Stoff, aus dem die Erde besteht, ist hier sehr dünn ...

Er hob den Kopf an und wandte sich an Rhapsody. »Zieh das Ding. Ich brauche Licht.«

Auch sie drehte sich auf den Rücken, zog das Schwert aus der behelfsmäßigen Scheide und reichte es an ihn weiter.

Achmed hob die Klinge wie eine brennende Fackel an die Stollendecke und kroch, indem er sich mit den Füßen abstemmte, weiter voran. Als sein Blick zufällig auf das dicht über seinen Augen schwebende Heft fiel, hielt er plötzlich inne und musterte den Griff.

»Gütiger Himmel«, flüsterte er.

»Was ist los?«, fragte Rhapsody alarmiert. Sie spürte Grunthor im Liegestütz weiterdrängen und sah dann seinen Kopf über ihren Knien auftauchen.

»Die Tagessternfanfare«, hauchte Achmed ehrfurchtsvoll, was Grunthor mit einem ungläubigen Schnauben quittierte.

»Was?«, fragte Rhapsody mit Panik in der Stimme. »Was soll das heißen?«

»Bist du sicher?«, fragte Grunthor nach.

»Absolut.«

»Wovon redet ihr?«, rief Rhapsody und erschrak selbst am meisten über den schrillen Klang ihrer Stimme.

Achmed ließ das Schwert fallen, schlug beide Hände vors Gesicht und murmelte Obszönitäten auf Bolgisch vor sich hin. Merklich betroffen, zog sich Grunthor wieder ein Stück zurück, tätschelte ihr Bein und sagte: »Es ist das berühmte Schwert von der Insel, Gräfin.«

»Von der Insel? Von Serendair? Bist du sicher?«

»Ja«, antwortete Achmed ungehalten. »Irrtum ausgeschlossen. Allerdings kann ich mir nicht erklären, warum es brennt. Aber der Sternenglanz ist noch da, so auch die Runen auf dem Schaft. Kein Zweifel, es ist die Tagessternfanfare.«

»Und was hat das zu bedeuten ...«

»Wir sind wieder da, wo wir zu Anfang waren.

Rhapsody versuchte, das lähmende Gefühl der Verzweiflung aufzufangen, das sich im Stollen breit machte. Im Unterschied zu den Gefährten reagierte sie überglücklich; ihr Herz machte einen Freudensprung. Sie waren zu Hause. Das ergab zwar keinen erkennbaren Sinn, doch irgendwie schienen sie von der ursprünglich eingeschlagenen Richtung abgekommen und an den Ausgangspunkt ihrer Reise zurückgekehrt zu sein. Ihre Freude darüber war größer als der Ärger, der sich in Anbetracht der nutzlos vergeudeten Zeit und all der erlittenen Strapazen einstellen mochte. Sie war wieder daheim.

»Wir müssen hier raus«, sagte sie. »So schnell wie möglich.«

Achmed seufzte. »Wir kommen nicht weiter. Der Stollen ist zu eng.«

»Wie kommen wir denn dann raus?«, fragte Rhapsody entsetzt.

»Mit dem Schlüssel, vermute ich.«

Ihr wurde kalt vor Angst. »Den haben wir nicht mehr, erinnere dich. Er ist verloren gegangen, als sich die Luke geschlossen hat.«

»Du lässt dich ziemlich schnell ins Bockshorn jagen, nicht wahr?« Achmed hob die Hand, bewegte sie wie ein Taschenspieler und zauberte einen aus schwarzem Bein geschnitzten Schlüssel zum Vorschein.

Rhapsody wurde aschfahl im Gesicht.

»Du Miststück.«

Grunthor griff reaktionsschnell ein, um zu verhindern, dass sie mit der Faust über den Partner herfiel. Mit ungestümer Wut versuchte sie sich aus dem Griff des Riesen loszureißen.

»Miststück, du. Lügenmaul, Dreckskerl, *Bankert!*«

»Du hast ja Recht, aber es gibt eigentlich keinen Grund, meine Mutter zu beleidigen.« Unbeeindruckt fuhr Achmed wieder mit der Hand über die Decke und ließ sich nicht stören von der Hitze, die von der hinter ihm im Tunnel wütenden Weißglut ausstrahlte. Mit den Fingerkuppen ertastete er den Riss im Stoff des Universums, eine dünne metaphysische Öffnung, die sich unmittelbar über ihm auftat.

Er steckte den Schlüssel in die Öffnung, stieß aber auf festen Fels, worauf ein Klicken laut wurde, das durch den ganzen Tunnel hallte. Ansonsten tat sich nichts. Er versuchte es ein zweites Mal, wiederum ohne Erfolg. Verärgert ließ er sich auf den Boden zurückfallen und fluchte.

Rhapsodys Wut hatte sich gelegt. »Stimmt was nicht?«

»Es klappt nicht.«

»Wie bitte?«

»Es klappt nicht«, wiederholte er leise. »Ich fürchte, wir waren nicht die Einzigen, die im Feuer neu entstanden sind.«

Wieder führte er seine Hand an der Decke entlang. Gleichzeitig entwickelte sich in seinem Kopf die Vorstellung, dass er durch den Fels flöge, durch Schicht um Schicht aus Erde, Ton, getrocknetem Gras und Schnee, bis es ihn schließlich unter den freien, taghellen Himmel hinauskatapultierte. Er schnappte nach Luft und drückte die noch wunden Augen zu.

Rhapsody langte mit der Hand nach ihm. »Ist was nicht in Ordnung?«

Er schüttelte die Hand von sich ab. »Lass mich in Ruhe. Mir geht's bestens – wenn man mal davon absieht, dass wir wieder an den Ausgangspunkt zurückgekehrt sind und vor dem einzigen Ausgang, den es hier gibt, in der Falle stecken. Die Götter werden sich wahrscheinlich kringelig über uns lachen.«

»Wie weit isses noch bis zur Oberfläche?«, wollte Grunthor wissen.

»Ich weiß nicht. Aber es sind bestimmt noch mehrere hundert Fuß.«

Um seinen verkrampften Muskeln Erleichterung zu verschaffen, reckte der Riese seine massige Gestalt und seufzte. »Wenn's mehr nich ist. Platz da, bitte. Ich fang mal zu graben an.«

Rhapsody zog die Knie ein und warf einen Blick auf den Riesen zurück. »Hast du nicht gehört? Es sind noch mehrere hundert Fuß.«

»Ja, dann isses doch besser, wir machen uns sofort an die Arbeit. Oder hat die Gnädigste was Besseres zu tun? Komm, lass mich mal nach vorne durch.« Rhapsody staunte nicht schlecht, als sie ihn einen kleinen Spaten zum Vorschein bringen sah. Sie nahm ihr Schwert und rückte zur Seite.

»Weißt du, was du tust, Grunthor?«, fragte sie nervös, als er an ihr vorbeikroch.

»Nein.«

Sie zwinkerte mit den Augen und warf einen Blick auf Achmed, der mit den Achseln zuckte. »Verstehe«, sagte sie schließlich. »Man muss sich was einfallen lassen.«

Am Ende des Tunnels angekommen, packte Grunthor den kleinen Spaten mit beiden Händen und rammte ihn mit aller Kraft gegen die Wand. Es flogen Funken, doch ansonsten zeigte das Felsgestein kaum Wirkung. Als er ein zweites Mal zuhieb, flogen ein paar Steinsplitter.

Immer wieder hackte er auf den Fels ein und hatte schnell zu seinem Rhythmus gefunden, den er unermüdlich beibehielt. Der Spaten wurde schartig, doch Grunthor ließ nicht nach. Rhapsody und Achmed hatten sich hinter ihm aufgereiht und räumten den Schutt beiseite.

»Legen wir's eigentlich darauf an, dass die Decke über uns zusammenbricht?«, fragte sie den Dhrakier, als der wieder einmal einen schweren Felsbrocken an sie weiterreichte. Sie musste ihre Stimme heben, um sich bei dem Lärm, den Grunthor veranstaltete, bemerkbar zu machen.

»Wohl kaum«, antwortete er. »Es sei denn, Grunthor stößt direkt nach oben vor. Möchtest du, dass ich ihn darum bitte?«

»Nein danke«, beeilte sie sich zu sagen. Achmeds Blick verhieß nichts Gutes, und sie war sich nicht schlüssig, ob er seine Antwort spöttisch oder womöglich gar ernst gemeint hatte.

Im Laufe der Stunden wurde den beiden Gefährten, die dem Fels brechenden Riesen Stück für Stück durch den Stollen folgten, einiges klar, so zum Beispiel die Tatsache, dass sich der Bolg durch nichts in der Welt würde aufhalten lassen. Ihre Bitten, dass er es doch zumindest ein bisschen langsamer angehen lassen möge, blieben ungehört. Es war, als hätte er die Erde selbst zu einem Kampf auf Leben oder Tod herausgefordert, und es sah nicht danach aus, dass er sich ihr jemals geschlagen geben würde.

Zum anderen drängte sich der Eindruck auf, dass Grunthor nicht etwa besessen war, sondern über die Arbeit, die er leistete, selbst Teil der Erde wurde.

Er zielte unfehlbar auf die winzigen Risse und Fehler im Granit und ließ mit jedem Hieb große Teile absplittern. Da war nicht eine Schwachstelle im Fels, die er nicht erspürt und wirkungsvoll ausgenutzt hätte.

Rhapsody sah ihm mit bewunderndem Lächeln bei der Arbeit zu. *Grunthor, stark und zuverlässig wie die Erde selbst*, so hatte sie ihn in dem auf ihn gemünzten Namenslied unter anderem genannt. Die Bestätigung ihrer Worte sah sie nun vor sich.

Und noch etwas wurde den beiden unmissverständlich klar: Sie waren hier auf Gedeih und Verderb von Grunthors Kraft und Ausdauer abhängig. Hinter ihnen füllte sich der Tunnel mit abgetragenen Gesteinsbrocken, der einen Rückzug unmöglich machte.

Zu dieser Einsicht kamen sie auch ohne ausdrücklichen Hinweis. Rhapsody warf einen Blick zurück und sah, dass Achmed in dieselbe Richtung starrte. Als sich ihre Blicke trafen, verzogen sich beider Mienen zu einem Lächeln, wie es wohl auch in den Gesichtern von Schiffbrüchigen geschrieben stand, die, an irgendeinem Schwimmkörper festgeklammert, im Wasser trieben.

Nur einmal hielt Grunthor kurz inne, um seinen Griff am Spaten zu wechseln. Dann hackte er wieder drauf los und setzte dem Felsgestein mit unverminderter Wucht zu, dass die Brocken nur so flogen.

Wie ein erfahrener Diamantenschleifer sah er auf den ersten Blick, auf welche Weise er den Fels zu bearbeiten hatte. Und er lernte noch dazu, bildete seine naturgegebenen Fähigkeiten weiter aus. Er sah anscheinend nicht nur die Risse in der Wand vor seinen Augen, sondern auch die Verwerfungen dahinter. Mittlerweile waren die Brocken, die er aus dem Fels brach, so groß, dass er sie in handlichere Stücke zertrümmern musste, ansonsten hätten Achmed und Rhapsody sie nicht mehr wegzuräumen vermocht.

Grunthor hatte alles bewusste Denken eingestellt und ging vollständig in dem auf, was er tat. Er verlor allen Sinn für seine Umgebung, alle Hoffnung auf die Zukunft und alle Erinnerungen an die Vergangenheit. Es gab für ihn nur noch den Spaten und die Erdkruste, am Ende nur noch diese. Er fühlte sie wie seinen eigenen Körper. Vom ganzen Universum waren nur noch Fels und Lehm und Erde übrig geblieben, und er empfand sich als Teil davon.

Und plötzlich stieß er ins Leere.

Grunthor taumelte hinaus und konnte es selbst kaum fassen, unter freiem Himmel aufzutauchen. Frischer Wind schlug ihm ins Gesicht, brachte die Augen zum Tränen und machte ihn auf sonderbare Weise benommen. Ihm wurde ganz flau, zumal jetzt, da er abrupt zu arbeiten aufgehört hatte und der Puls rapide abnahm. Er stolperte und stürzte der Länge nach zu Boden. Die Erde, mit der er soeben noch eins gewesen war, trat ihm wieder als kaltes, feindliches Element gegenüber.

Auch Rhapsody und Achmed stiegen nun in die kalte Nacht auf. Die Sängerin eilte herbei, schüttelte den Riesen bei den Schultern und rief: »Grunthor! Hast du was?«

Er schüttelte den Kopf, was immer das bedeuten mochte. Jählings aus der warmen, umhüllenden Erde gerissen und dem eisigen Wind an der Oberfläche ausgesetzt zu sein war schlimmer als das Trauma der Geburt, schlimmer sogar als Todesschmerz. Grunthor raffte sich auf. Finger und Handflächen brannten im Schnee.

Erleichtert stieß Rhapsody einen Schwall Luft aus, als sie ihn aufstehen sah. Von der Sorge um den Freund entlastet, schaute sie sich nun um und traute ihren Augen kaum.

Ihr war, als wäre sie aus der Unterwelt ins Paradies aufgestiegen. Der abnehmende Mond leuchtete auf eine märchenhafte Waldlichtung in winterlicher Nacht. Lachend wandte sie sich Achmed zu, der nach ihr aus dem Loch gekrochen war, sank dann schluchzend auf den Boden und wälzte sich kichernd und weinend im Schnee.

Achmed half Grunthor aufzustehen. Anschließend ging er an den Rand der Lichtung und sah sich um. Sein Partner starrte aus seinen bernsteinfarbenen Augen und mit ungerührter Miene vor sich hin; es dauerte eine Weile, bis er wieder zu sich kam.

Die junge Frau, die sie als Geisel mitgeführt und die sich schließlich als überaus hilfreich erwiesen hatte, lachte wie eine Wahnsinnige und wühlte sich ausgelassen durch den Schnee.

Saurer Magensaft stieg in ihm auf. Wenn sie zurückgekehrt und sich nun wieder in Serendair befanden, hatte er sein Geburtsrecht eingebüßt. Anstatt Millionen Herzschläge im Wind zu hören, das, woran er sein ganzes bisheriges Leben gewöhnt war, blieb es sonderbar still um ihn herum. Wahrnehmen konnte er nur Grunthors langsamen Puls und den beschleunigten von Rhapsody. Es schien, als lebten nur noch sie, die drei, auf der Welt und sonst niemand.

Rhapsody, die immer noch von anfallartigem Gelächter unter Tränen geschüttelt wurde, schnappte keuchend nach Luft. Achmed schaute sich um, ging dann auf die überdrehte Sängerin zu und zerrte sie gewaltsam auf die Beine. Der Ausdruck der Ekstase verschwand von ihrem Gesicht und machte benommener Verwunderung Platz.

»Es wäre schön, wenn du dich langsam wieder einkriegen würdest«, fauchte er sie an.

Sie riss sich von seiner harten Hand los, bedachte ihn mit wütender Miene und hob den Blick unters Laubdach des Waldes. Ihr Zorn war schnell verflogen, als sie durch eine Lücke in den Wipfeln zu den Sternen aufblickte. Sie wollte gerade auf den Rand der Lichtung zugehen, doch Achmed hielt sie mit grober Hand zurück.

»Hier geblieben.«

»Rühr mich nicht an!«, zischte sie und versuchte, sich loszureißen.

Er aber hielt sie fest. »Nicht, dass du wegläufst, ehe wir geklärt haben, wie's weitergehen soll. Wir wissen noch nicht, wo genau wir sind und wer hier lebt.«

Rhapsody musste ihm im Stillen Recht geben und beruhigte sich. »Keine Sorge, ich lauf nicht weg«, sagte sie. »Ich will nur die Sterne sehen. Und versuch nur ja nicht, mich aufzuhalten.«

Achmed musterte ihr Gesicht. Es wirkte hier, in dunkler Nachtluft, anders als damals vor langer, langer Zeit im Schatten des lirinschen Urwaldes. Nicht nur, dass es seit dem Gang durchs Feuer vollkommen in seiner Schönheit war, es strahlte nunmehr auch etwas ganz Besonderes aus, etwas, das er so noch nie gesehen oder erfahren hatte, geschweige denn in Worte fassen konnte.

Rhapsody wartete, bis Achmed abgezogen war, und schüttelte dann den Kopf, wie um sich von dem verworrenen Knotengeflecht zu befreien, das der schreckliche Treck entlang der Wurzel geknüpft hatte. Über ihr glitzerten die Sterne wie die versprengten Bruchstücke der Himmelsseele. Sie bemerkte gar nicht, dass ihr Tränen in die Augen traten und, unvergossen, auf den Lidern stehen blieben.

Langsam, wie in einem Traum, zog sie das uralte Schwert, das sie im Innern der Erde gefunden hatte. Flammen züngelten über den glühenden Stahl, strahlten aber keine Hitze aus, jedenfalls nicht bis zum Heft. Der Griff, den sie umschlungen hielt, blieb kühl und trocken. Dann, wie von einer Stimme gelenkt, die nur ihre Hände hörten, hob sie das Schwert in die Höhe.

Es war nicht etwa, dass die Flammen den Blick auf die Sterne beeinträchtigt hätten; im Gegenteil, die Sterne schienen noch heller zu leuchten, was aber vielleicht am Schleier der Tränen in ihren Augen lag. Rhapsody öffnete den Mund, doch es kam kein Ton daraus hervor. Sie schluckte und versuchte den Schmerz zu unterdrücken, der aus dem Innern aufstieg. Dann gab sie sich einen Ruck und sang die Abendsternvesper, das Lied des Sterns Seren, der der Insel ihrer Geburt seinen Namen gegeben hatte.

Getragen vom Wind, der die Wolkenschiffe von Stern zu Stern blies, stieg die süße Melodie zum Himmel empor.

Fernab im Süden, inmitten eines anderen Waldes, erwachte eine Frau aus ihrem Schlaf, geweckt von einer Schwingung, die ihr viele Jahre lang verborgen geblieben war. *Das Schwert ist zurückgekehrt*, dachte sie. Doch da lag noch viel mehr in der Luft. Es war eine Sehnsucht, die sie nicht verstand, aber so schon früher empfunden zu haben glaubte, eine Wehmut am äußersten Rand ihrer Erinnerung. Dieses Gefühl streifte sie wie ein Schatten das Gesicht des Mondes und war auch schon wieder verschwunden. Ein Anflug von Skepsis zeigte sich im Gesicht der uralten Lirin.

Grunthor stand noch immer vor dem Ausstieg und starrte in den Tunnel zurück. Er war nicht ganz bei sich, spürte aber eine innige Verbindung zum Erdreich unter seinen Füßen.

Jede Faser seines Körpers brannte, jeder Muskel schmerzte vor Müdigkeit, die er so bleiern noch nie empfunden hatte, nicht einmal während der mit Achmed gemeinsam ergriffenen Flucht aus der Hand des Dämons. Er schüttelte seine Glieder. Vor dem Einschlafen hatte er noch eine wichtige Aufgabe zu erledigen.

Grunthor schloss die Augen und lehnte sich über den Rand des Ausstiegs. Liebevoll und aufmerksam fuhr er mit der Hand über dessen Umrisse, so wie er die von ihm behauene Tunnelwand ertastet hatte. Schon bald waren die gesuchten Schwachstellen im Gestein gefunden. Mit festem Entschluss holte er aus und schlug zu. Der Fels zersprang, stürzte in sich zusammen und verschüttete den Schacht mit einer Lawine aus Schutt und Schnee. Der Riese sank auf die Knie.

»Da ist kein Durchkommen mehr«, tönte Achmeds Stimme aus dem Hintergrund.

Grunthor hob den müden Kopf, drehte sich um und grinste. »Dass das geschehn musste, war uns von Anfang an klar«, sagte er. »Wir wussten auch, dass es kein Zurück für uns geben würde.«

Achmed lachte freudlos. »Zurück? Wir sind doch keinen Schritt vorangekommen.«

Grunthor legte den Kopf auf die Schneedecke und lauschte dem beruhigenden Herzschlag der Erde. »Ach was«, murmelte er. »Wir ham einen weiten Weg zurückgelegt und sind hier auf der anderen Seite der Welt.« Dann hatte er seiner Erschöpfung nichts mehr entgegenzusetzen und sank in einen tiefen, traumlosen Schlaf, der ihm das aus seiner Verbindung mit der Erde geschöpfte Wissen um das Land nahe brachte.

Es dauerte nicht lange und Achmed fand die Worte des Riesen bestätigt. Er vernahm ein Schluchzen vom Rand der Lichtung her. Rhapsody hatte die Sterne gesehen. Sie wusste nun Bescheid.

16

Kurz bevor der Morgen graute, frischte der Wind auf und blies feine Eiskristalle über Rhapsodys Gesicht.

Aus dem Schlaf geschreckt, fuhr sie hoch und erkannte, dass das, was sie geträumt zu haben glaubte, der Wirklichkeit entsprach. Über Nacht war es bitterkalt geworden. Die Sterne verblassten am inzwischen wolkenlosen Himmel, sträubten sich aber noch davor abzutreten. Der Tag rückte näher und malte einen violetten Streifen an den Horizont.

Die grobe Decke, die ihr während der Ruhepausen auf der Wurzel noch Schutz vor der Kälte geboten hatte, war unter freiem Himmel kaum mehr von Nutzen, so kalt war es. Grunthor, an dessen Seite Rhapsody geschlafen hatte, lag immer noch wie besinnungslos da. Sie hatten ihr Lager zwischen dichten Brombeersträuchern aufgeschlagen. Zwei Schritt entfernt brannte ein kleines Feuer, über dem ein aufgespießtes Kaninchen brutzelte.

Achmed saß unter den kahlen Zweigen einer Forsythie und betrachtete die junge Sängerin. Er nickte ihr zu, als sie die Decke zur Seite schlug. Unwillkürlich reagierte sie mit einem Lächeln. Dann wandte sie sich mit prüfendem Blick dem leise schnarchenden Berg an ihrer Seite zu. Grunthor schien seine heldenhafte Leistung gut verkraftet zu haben.

»Mit ihm ist alles in Ordnung«, sagte Achmed über das Feuer hinweg.

»Schön«, antwortete sie und erhob sich. Ihre Beine waren über Nacht ganz steif geworden und ließen sie daran denken, dass sie gar nicht wusste, wie alt sie mittlerweile war. »Entschuldige mich für einen Moment.«

Dankbar dafür, endlich wieder Himmelsrichtungen unterscheiden zu können, ging sie nach Osten, wo sie bald eine Stelle erreichte, die ihr einen guten Ausblick auf die aufgehende Sonne zu bieten versprach.

Wie schon in der Nacht, als sie das Schwert gezogen hatte, wunderte sie sich wieder darüber, dass das Heft kühl blieb, obwohl von der Klinge Flammen aufloderten, die heller brannten als das Lagerfeuer. Zarte Violett- und Rosentöne spielten darin und gaben ihnen die Farbe des Sonnenaufgangs. Rhapsody konnte sich nicht satt sehen an der wunderschönen Waffe und spürte seine Wärme im Gesicht.

Tagessternfanfare, so hatte Achmed sie genannt – nach der Fanfare also, die ihr zur Begrüßung des Tages erschallte. Sie hob das Schwert in die Luft, schloss die Augen und stimmte ihr Morgenlied an, die Aubade, womit die Sippe ihrer Mutter den Sternen der Nacht Lebwohl sagte und den Tag begrüßte. Um die anderen nicht auf sich aufmerksam zu machen, sang sie ganz leise.

Allmählich ordneten sich ihre Gedanken. Vor ihrem geistigen Auge konnte sie die glühende Waffe über sich schweben sehen und ihr Lied hören, das sich, wie sie überrascht feststellte, klanglich und im Tempo auf ihren Gesang einstellte. Plötzlich überkam sie ein Gefühl von Macht, wie sie es noch nie empfunden hatte, so stark, dass sie in Panik geriet und das Schwert fallen ließ.

Rhapsody öffnete die Augen, schnappte nach Luft und hob die Waffe wieder auf. Der Schnee, in den sie gefallen war, hatte ihrem Feuer nichts anhaben können. Es schien sogar noch heller zu leuchten, als sie das Heft wieder in der Hand hielt. Erschauernd steckte sie die Klinge schnell in die Scheide und kehrte zum Lager zurück, wo Grunthor gerade aus dem Schlaf erwachte.

Achmed hatte Rhapsody genau im Blick. Sie stand in der Lichtung auf einer kleinen Anhöhe und schaute nach Osten. Als die ersten Sonnenstrahlen über den Horizont fielen, leuchtete ihr Haar so strahlend auf wie einen Augenblick später die Sonne selbst.

Das glänzende Gold ihrer Haare krönte das im frühen Morgenlicht rosige Gesicht und ließ die smaragdgrünen Augen funkeln. Von ihr gingen Schwingungen aus, wie er sie noch nie erlebt hatte, Srahlungen von einer Reinheit und Intensität wie das Feuer, durch das sie gegangen war. Allem Anschein nach hatte sie bei diesem Gang einen Teil davon in sich aufgenommen und sich durch ihr Lied zu Eigen gemacht, sodass die zwingende Kraft der Flammen nun in ihr weiterbrannte. Sie war faszinierend, von hypnotischer Wirkung. Bar aller Unvollkommenheiten war sie in ihrer äußeren Erscheinung unvergleichlich schön. Achmed war begeistert – wie immer, wenn es um die Möglichkeit ging, von der Macht anderer zu profitieren oder sie zu beschneiden.

Nach Abschluss ihrer Morgenandacht kehrte sie zurück und beugte sich über Grunthor, der seine offenbar schmerzenden Glieder reckte und wach zu werden versuchte. Rhapsody legte ihre Hand auf seine Schulter und sang ihm leise ins Ohr.

Wach auf, kleiner Mann,
die Sonne lacht,
der Tag will mit dir spielen.

Grunthor hatte die Augen noch geschlossen. Als er das serensche Kinderlied hörte, ging ein breites Grinsen über sein Gesicht. Er rieb sich die verklebten Augenlider mit Daumen und Zeigefinger und richtete sich ächzend auf.

»Ich rieche Frühstück«, sagte er und legte einen Arm um Rhapsody.

»Ich hoffe, du meinst das Karnickel«, antwortete Rhapsody mit Blick auf das Feuer.

»Natürlich.«

»Bei dir weiß man nie. Wie fühlst du dich heute?«

»Ganz und gar obenauf«, sagte er lachend. »Und hier oben geht's einem doch wirklich besser als unten im Bauch der Erde.« Er sah sie aus großen Augen an. »Gräfin, hast du irgendwas mit deinen Haaren angestellt?«

Rhapsody lachte. »Ja. Ich habe sie mit Dreck behandelt und seit

Ewigkeiten nicht gebürstet. Gefällt's dir so?« Sie zupfte an einer langen Strähne und setzte ein kokettes Lächeln auf.

»Allerdings. Dreck steht dir gut. Vielleicht wär das ein Tipp für andere Frauen.«

Sie gab ihm einen freundschaftlichen Knuff und wandte sich dem Kaninchenbraten zu. Als sie näher ans Feuer trat, flammte die Glut wieder auf und färbte die Kruste des Bratens schwarz.

»Ich glaube, der ist durch, Achmed. Wenn wir ihn jetzt nicht runternehmen, wird er gleich verkohlt sein. Grunthor, kann ich kurz deinen Früntmacher haben?« Der Riese langte nach der Pike und reichte sie ihr. Rhapsody zögerte nicht lange und holte den Spießbraten damit aus dem Feuer, wobei sie mit den Flammen in Berührung kam.

Grunthor stieß einen Pfiff aus. »Alle Achtung.«

»Wie bitte?«

»Wie geht's deinem Arm?«, fragte Achmed.

Rhapsody war sichtlich irritiert. »Gut. Warum fragst du?«

»Nach dem, was du gerade getan hast, sollte man meinen, dass dein Arm jetzt übel verbrannt wäre.«

Rhapsody zuckte mit den Achseln. »So heiß sind die Flammen nicht. Ich war ihnen doch nur ganz kurz ausgesetzt. Sei's drum. Willst du auch was davon? Grunthor hat Hunger, und ich will, dass er wieder zu Kräften kommt.«

Achmed zog das Kaninchen vom Spieß, riss es in zwei Hälften, gab Grunthor die eine und teilte die andere mit Rhapsody.

Schweigend saßen sie beieinander und aßen. Die Männer sahen staunend zu, wie die Sängerin ihre Portion vertilgte. So lange sie sie kannten, hatte Rhapsody nur ganz selten Fleisch gegessen. Offenbar hatte sie nach der langen, dürftigen Wurzeldiät nun zur Abwechslung Appetit auf etwas Deftigeres.

Als die drei zu Ende gegessen und ihre Sachen zusammengepackt hatten, warf Achmed Schnee aufs Feuer. Rhapsody sah sich um und schulterte ihr Gepäck. »Was ist geplant?«

Achmed blickte aus der Hocke zu ihr auf und kniff die Brauen zusammen. »Du scheinst doch zu wissen, wohin du willst.«

»Ich weiß nur, dass ich nicht hier bleiben will. Zuerst werde ich mich neu orientieren müssen und mich dann zur nächsten Hafenstadt durchzuschlagen versuchen.«

»Willst du zurück?«

»Natürlich. Hätte ich damals die Wahl gehabt, wäre ich gar nicht erst aufgebrochen«, antwortete sie mit anscheinend gelassener Miene, doch das nervöse Muskelzucken am Kiefer blieb den beiden Gefährten nicht verborgen. Die lange Reise über die Wurzel hatte ihnen jegliches Gefühl für Zeit abhanden kommen lassen. Es schien ihnen fast, als wäre ein ganzes Jahrhundert verstrichen, was aber angesichts ihres nach wie vor jugendlichen Aussehens natürlich nicht sein konnte.

Dass ihre Freunde und Angehörigen inzwischen verstorben sein könnten, war zwar eine reale Möglichkeit, mit der Rhapsody rechnete, doch hatte sie jeden Gedanken daran während des endlos langen Trecks aus ihrem Kopf verbannt. Es wäre ihr sonst wahrscheinlich unmöglich gewesen, den Weg zu Ende zu bringen.

»Also dann«, sagte Achmed. »Grunthor und ich werden dich bis zur nächsten größeren Stadt begleiten. Das sind wir dir schuldig. Dort kannst du dann entscheiden, ob du allein weiterziehen willst oder nicht.«

»Danke«, sagte Rhapsody. »Das beruhigt mich, denn in eurer Begleitung kann ich mich sicher fühlen.«

»Wenn du mit uns reist, musst du allerdings ein paar Regeln beachten. Bolg sind im Allgemeinen vorsichtiger als vorsichtig, verstehst du?« Rhapsody nickte. »Fangen wir bei der Sprache an. Wir werden uns ausschließlich auf Bolgisch verständigen. Das dürfte dir mittlerweile keine Schwierigkeiten mehr bereiten. Serendair hatte einige große Seehäfen, und die Sprache, die von Menschen und Lirin gesprochen wurde, war mit Sicherheit auch die Verkehrssprache unter Seefahrern. Außer den Bolg aber spricht niemand Bolgisch.«

»Wohlan«, sagte Rhapsody in der Sprache der Bolg. Grunthor lachte.

»Du hast ihm gerade quittiert, dass er gute Arbeit geleistet hat«, meinte Achmed.

Rhapsody zuckte mit den Achseln. »Es wird halt noch eine

Weile dauern, bis ich auch die Feinheiten beherrsche. So ist es mit den meisten Sprachen. Die Grundlagen sind schnell gelernt. Erst dann wird's kompliziert.«

»Nun, das wäre also geregelt. Kommen wir zum nächsten Punkt. Wir wissen noch nicht, wo wir sind und wer in dieser Gegend zu Hause ist. Wie es scheint, ist davon auszugehen, dass wir von der Hauptwurzel der Sagia abgekommen sind. Und das ist vielleicht gut so, denn wir wissen ja, dass die Sagia bewacht wurde. Wir können uns wohl auch darauf verlassen, dass die Gegend hier bewohnt ist. Wir sollten den Anwohnern fürs Erste aus dem Weg gehen, gleichzeitig aber möglichst viel über sie und das Land zu erfahren versuchen.«

»Einverstanden«, sagte Rhapsody. Grunthor nickte.

»Falls wir doch auf Leute treffen, sollten wir uns möglichst bedeckt halten und untereinander abstimmen, was wir denen an Informationen anvertrauen können. So gehen wir auf Nummer Sicher.« Die Sängerin pflichtete ihm kopfnickend bei. »Oh, und noch etwas: Rhapsody, ich schlage vor, du hältst dein Schwert versteckt und ziehst es nur, wenn's unbedingt nötig ist. Sieh auf alle Fälle zu, dass es niemand zu Gesicht bekommt. Von dieser Waffe geht enorm viel Energie aus. Ich habe keine Ahnung, wie es hierhin gelangt ist, auf die andere Seite der Welt, zwischen Felsen tief unter der Erde eingekeilt. Wie auch immer, ich fürchte, es hat nichts Gutes zu bedeuten.«

»Alles klar. Können wir jetzt gehen? Je eher wir auf eine Straße stoßen, desto schneller werden wir einen Hafen erreichen.« Rhapsody trat ungeduldig auf der Stelle.

Achmed und Grunthor sahen einander an. Sie hatten Zeit in Hülle und Fülle. Ein angenehmes Gefühl.

Nach einer Stunde strammen Marsches fing Rhapsody zu frieren an. Zur Zeit ihres Aufbruchs von Ostend war es Sommer gewesen, und sie hatte sich entsprechend angezogen. Die Lumpen, die sie trug, waren abgewetzt und voller Löcher und hätten auch in ihrem besten Zustand gegen das hier herrschende Winterwetter nichts auszurichten vermocht.

Rhapsody hatte gehofft, sich mit schnellen Schritten warm

halten zu können. Doch der durch den Wald fegende Wind war bitterkalt und setzte ihr noch mehr zu als die klamme Luft im Tunnel. Bei aller Feuchtigkeit war es im Herzen der Erde wenigstens über weite Strecken warm gewesen. Hier, an der Oberfläche, machte ihr die Kälte schwer zu schaffen.

»He, Herzchen, Augenblick mal«, rief Grunthor.

Er schnallte die beiden Wolldecken vom Bündel, die er sonst nur für das Nachtlager hervorholte, zog dann seine Lucy und schnitt mit der scharfen Klinge in jede Decke ein Loch hinein. Eine warf er Achmed zu, der den Kopf durch das Loch steckte und die Decke wie einen Umhang über die Schultern streifte. Die andere Decke gab er Rhapsody, nachdem er das Schwert in die Scheide zurückgesteckt hatte.

Grunthor grinste, als er die Sängerin neu ausstaffiert vor sich sah. Die Decke war ihr viel zu groß und hing bis auf die Knöchel herab.

»Ich hoffe, du wirst darin nicht kämpfen müssen«, sagte Achmed amüsiert.

»Das hoffe ich auch«, erwiderte sie. »Mit meinem Schwert würde ich mich womöglich noch in Brand setzen.«

»Aber immerhin wirst du so nicht mehr frieren, oder?«, sagte Grunthor im Weitergehen.

Die Schneedecke war unterschiedlich dick, doch Achmed schien genau ausmachen zu können, welche Strecke gut begehbar war und wo es Verwehungen gab, um die es einen Bogen zu schlagen galt. Man hätte meinen können, er folgte einer im Geiste vorgestellten Landkarte.

Auch Grunthor schien ein ganz natürliches Verständnis für die Landschaft zu besitzen. Er wusste, wo sich unter der Schneedecke tückische Hindernisse oder scharfkantige Felsbrocken verbargen. Hin und wieder machte er Achmed auf solche Stellen aufmerksam, der dann sofort reagierte und einen anderen Kurs einschlug. Rhapsody konnte kaum glauben, dass die beiden Männer fremd in dieser Gegend waren, so sicher bewegten sie sich.

Am frühen Nachmittag ließ das Licht merklich nach. Rhapsody hatte davon gehört, dass es in den südlichsten Teilen der Insel von Serendair während der Winterzeit erst verhältnismäßig spät hell und schon recht früh wieder dunkel wurde. Als Kind hatte sie von ihrem Großvater einmal erzählt bekommen, dass auf den kleinen, noch weiter südlich gelegenen Inseln die Nächte sogar noch länger andauerten, und sie fragte sich jetzt, ob sie womöglich irgendwo tief im Süden gelandet wären, wo die Winternächte endlos schienen, aber im Sommer die Sonne gar nicht mehr untergehen mochte.

Sie wollte gerade den anderen ihre Überlegung mitteilen, als Grunthor eine abrupte Kursänderung gen Osten empfahl, wo sie bald auf eine schmale, in nord-südliche Richtung verlaufende Straße gelangten. Dass es sie schon sehr lange gab, ließen die großen Eichen und Eschen vermuten, die diese Straße säumten und mit einem Gewölbe aus Ästen und Zweigen überspannten, dass man den Eindruck haben konnte, eine hohe, uralte Kathedrale zu betreten. Die Straße wurde allem Anschein nach instand gehalten; die Spurrillen der Karrenräder waren an der festen Oberfläche nur im Ansatz zu erkennen. Der Schnee war festgefahren und zu Eis verdichtet, was auf durchaus regen Verkehr hindeutete.

»Tja, wie's aussieht, sind wir hier nicht allein«, sagte Achmed. Rhapsody verspürte einen Anflug von freudiger Erregung bei dem Gedanken, dass dieser Fuhrweg wahrscheinlich in eine Stadt, wenn nicht sogar an einen Seehafen führte. Jedenfalls würde sie dort ihrem Ziel ein großes Stück näher kommen. Doch ihre Freude war schnell getrübt, als ihr bewusst wurde, dass sich auf dieser Straße vielleicht auch feindlich gesinnte Leute bewegten und dass sie womöglich noch tausende von Meilen vom Meer entfernt war. Trotzdem fasste sie neuen Mut. Irgendwie und irgendwann würde sie es schaffen, nach Serendair zurückzukehren.

Sie marschierten schon etliche Stunden über den ausgebauten Fuhrweg, als Achmed plötzlich anhielt.

»Was ist?«, fragte Rhapsody, nur um gleich darauf mit einer schroffen Handbewegung zum Schweigen gebracht zu werden.

Er hatte etwas vernommen, ein Geräusch, das außerhalb seiner Hörweite war. Spontan tauchte vor seinem geistigen Auge ein

Bild des Ortes auf, an dem sie sich befanden; gleich darauf setzte sich die Szene in Bewegung. Sein zweites Gesicht raste mit unglaublicher Geschwindigkeit die Straße entlang. Die Bäume flogen als Schatten vorbei, und in den Kurven drohte er das Gleichgewicht zu verlieren, so schnell war er unterwegs.

Er hatte sich schon immer auf einen außergewöhnlich scharfen Orientierungssinn verlassen können; zuletzt war der ihm in den Tiefen der Erde von Nutzen gewesen. Dass ihnen ausgerechnet dort, auf der anderen Seite der Welt, die Tagessternfanfare aus Serendair in die Hände gefallen war, war etwas, das es für ihn noch zu enträtseln galt. Doch jetzt, da er den Feuerkern hinter sich gelassen hatte, bereitete ihm schon die Suche nach dem richtigen Weg heftige Schwindelanfälle. Grunthor streckte die Hand aus und legte sie auf seine Schulter, um ihn zu stützen.

»Alles in Ordnung, Kumpel?« Achmed nickte, beugte sich, die Hände auf die Knie gestützt, vornüber und ließ den Kopf hängen. »Isses wieder wie damals auf der Wurzel?«, wollte Grunthor wissen.

Wieder nickte Achmed. »Da kommt eine Viehherde auf uns zu, und ein Stück weiter unten ist eine mit Stroh gedeckte Hütte zu erkennen. Dahinter zweigt die Straße ab. Leider reicht mein Blick nicht weiter. Trotzdem, die Fähigkeit, mit der ich offenbar seit kurzem gesegnet bin, könnte sich noch als nützlich erweisen. Ist aber ziemlich gewöhnungsbedürftig.«

Tatsächlich war jetzt in der Ferne ein Geschrei von Tieren zu vernehmen. Die drei Gefährten starrten auf den Horizont. Grunthor winkte den beiden anderen zu und führte sie hinter eine Schneebank, die Deckung bot, ohne ihnen die Sicht zu nehmen. Sie duckten sich und warteten.

Achmed nahm seine Cwellan von der Schulter und hielt sie in Bereitschaft. Mit seinem zweiten Gesicht hatte er einen kleinen Jungen bei den Tieren gesehen, und er versuchte nun, seinen eigenen Herzschlag auf den des Jungen auszurichten, doch seine Suche ging wie ein verschossener Pfeil in die Irre. Für einen Moment verdunkelte sich die Welt in seiner Vorstellung. Er hatte, wie schon befürchtet, seine Blutsbande eingebüßt.

Dass ihm diese Gabe abhanden gekommen war, traf ihn wie

ein schwerer Schlag. Zwar war er nach wie vor in der Lage, das rhythmische Pulsieren der Welt zu erspüren und mit seiner Waffe die fernsten Ziele zu treffen, doch hatten diese Fähigkeiten merklich nachgelassen.

Wo er sonst früher das betäubende Durcheinander tausender von Herzschlägen vernommen hatte, war es nun verhältnismäßig still, abgesehen von Grunthors heftig stampfendem Puls und dem langsamen, ruhigen Rhythmus der Sängerin. Die einzigartige Fähigkeit aber, den Herzschlag seiner Beute aufzuspüren, hatte er als Preis für die neu gewonnene Freiheit abtreten müssen. Dieser Verlust war ihm allerdings schlimmer als der Verlust der Sehkraft und in seinen Konsequenzen so schrecklich, dass ihm bei dem Gedanken daran ganz übel wurde.

Die Herde kam nun in Sicht. Sie bestand aus stämmigem, zotteligem Hornvieh, das wie ein donnerndes Ungewitter über der Straße heraufzog.

Ein junger Bursche trieb die Tiere mit einem langen, biegsamen Stecken an. Er war, wie es schien, 14 oder 15 Jahre alt und trug die einfache Kleidung eines serenschen Bauernjungen. Er pfiff eine Melodie, die Rhapsody noch nie gehört hatte. An seiner Seite lief ein Hütehund mit schwarz-weißem Fell, der dem von ihrem Vater vor vielen Jahren gehaltenen Hund verblüffend ähnlich sah.

An Grunthor gewandt, deutete sie mit einer knappen Geste auf den Burschen, doch der Riese schüttelte den Kopf. Dann schaute sie wieder zurück auf den Jungen und seine Herde, bis sie außer Sicht waren.

Als sie den Blick schließlich auf Achmed richtete, entdeckte sie in dem teilweise verhüllten Gesicht einen Ausdruck, der ihr Angst machte. »Was ist los mit dir?«

Der Dhrakier schwieg. Grunthor aber schien die Antwort zu kennen. Die beiden Firbolg hatten darüber gesprochen, dass der Fortgang von der Insel wahrscheinlich nicht ohne Folgen für Achmed bleiben würde.

Als der Bruder und Erstgeborene seines Volks auf der Insel war seine Gabe untrennbar mit eben diesem Eiland verbunden gewesen. *Kind des Blutes*, hatte der dhrakische Weise gesagt,

Bruder aller, mit niemandem verwandt. Grunthor sah seinem Gefährten an, dass sich dessen Befürchtungen bewahrheitet hatten. Das Band war zerrissen, die Blutsbande verloren. Er war niemandes Bruder mehr. Grunthor legte ihm eine Hand auf die Schulter, doch Achmed schüttelte sie ab, trat hinter der Schneewächte hervor und kehrte auf die Straße zurück.

Gemeinsam setzten sie den Weg fort und wanderten dem Bauernhof entgegen, den Achmed in seiner Vision gesehen hatte: eine einfache Hütte samt Stall und mit einem kleinen, dem Wald abgetrotzten Garten.

Der Stall für das Vieh war nicht viel mehr als ein überdachter Verhau; die Wohnhütte dagegen schien sehr viel solider gebaut zu sein.

Über der Eingangstür prangte ein Sechseck, ein Symbol, das Rhapsody vertraut war. Falls es hier die gleiche Bedeutung hatte wie in Serendair, wollte man mit ihm Feuer und Krankheit vom Haus fern halten. Flüsternd gab sie den beiden Begleitern darüber Auskunft. Sie hatten sich wieder versteckt und beobachteten das Anwesen.

Als sich der Junge mit der Herde näherte, trat ein Mann vors Haus und grüßte ihn in einer fremden Sprache. Während die beiden - Vater und Sohn, wie es schien - das Vieh in den Stall trieben, führten sie ein launiges Gespräch miteinander und verzogen sich schließlich in die Hütte.

Rhapsody holte tief Luft. »Hat einer von euch ein Wort verstanden?«, fragte sie.

»Nein, aber manches klang mir irgendwie vertraut«, antwortete Achmed. Grunthor zuckte nur mit den Achseln. »Hast du etwas verstanden?«

»Nein«, sagte Rhapsody. »Ich weiß nicht, wie ich's erklären soll, aber diese Sprache hat irgendwie den gleichen Zungenschlag wie meine, auch wenn die Rhythmen und Wortmuster ein bisschen anders sind.«

Grunthor gluckste. »Vielleicht sprechen alle Menschen so«, sagte er.

»Vielleicht. Was soll ich jetzt tun? Soll ich an die Tür klopfen und um Unterkunft bitten?«

Die beiden Firbolg lachten gleichzeitig auf.

»Wohl kaum, Gnädigste.«

»Und was ist an dem Vorschlag so lächerlich?«

Achmed seufzte. »Nach unserer Erfahrung werden Firbolg, wenn sie irgendwo an einer Haustür klopfen, nicht gerade freundlich empfangen. In deinem Fall mag das anders sein. Du würdest wahrscheinlich sogar ein Bett für die Nacht bekommen – das du dann allerdings mit jemandem teilen müsstest, wenn du verstehst, was ich meine.« Achmed grinste, wohl nicht zuletzt auch über Rhapsodys verärgerte Miene. »Aber das bleibt natürlich dir überlassen. Ich weiß nicht, wie wichtig dir ein warmes Bett ist.«

»Ich kann sehr gut darauf verzichten. Was schlagt ihr stattdessen vor?«

»Tja«, hob Grunthor an, »ein Stück weiter nördlich gibt's etliche solcher Höfe. Wenn wir nach Süden gehn, kommen wir bald in eine Art Dorf. Klein, aber ansehnlich. Die Straße führt noch weit darüber hinaus.

Aber ich sag euch was. Im Südosten, ungefähr 'ne halbe Meile von hier entfernt, gäb's ein hübsches Versteck für uns: ein netter kleiner Graben, über den ein Baum gefallen ist. Wenn wir noch ein paar Zweige darüber legen, ham wir da 'n gemütliches Nest, in dem wir auch ein Feuer machen könnten.«

Achmed und Rhapsody starrten ihn fassungslos an. »Woher weißt du das alles so genau?«, fragte Achmed schließlich.

»Keine Ahnung. Ich weiß es eben. Ich fühl es.«

»Verstehe. Dann wollen wir doch mal sehen, ob dich dein Gefühl auch nicht trügt.«

17

Eine Landkarte oder ein ortskundiger Führer hätten nicht zuverlässiger sein können als Grunthors »Gefühl«. Er kannte sich in der Gegend bestens aus, und es schien, als hätte die Erde ihm, als er geschlafen hatte, ihre Geheimnisse ins Ohr geflüstert. Grunthor ließ die Gefährten an seinem Wissen teilhaben: Die Landschaft, in der sie sich aufhielten, bestand aus einer Reihe von Kalksteinhügeln, die unter dem großen Druck der Landmassen im Süden aufgeworfen worden waren.

So weit das Auge reichte, erstreckte sich dichter Wald. Felder oder größere Rodungen gab es keine. Die Anwohner begnügten sich offenbar mit kleinen Gärten, in denen angebaut wurde, was man zum Leben brauchte. Das Vieh weidete in den Wäldern. Im Osten lag ein kleiner Marktflecken, ein Dorf ohne nennenswerte Verteidigungsanlagen. Auch die ringsum verstreut liegenden Höfe schienen ohne Schutz auszukommen. Und dann war da noch der Baum.

»Der Baum?«, fragte Rhapsody nach, sichtlich erregt. »Der Wurzelzwilling?«

Der Sergeant zuckte mit den Achseln. »Scheint so. Er ist ganz in der Nähe, ein Stück weiter südlich. Er gleicht dem großen Lirin-Baum, durch den wir gekommen sind, hat aber seine Wurzeln überall. Der alte Wald hier scheint ein Teil davon zu sein.«

Rhapsody zog ihr Schwert und führte es über das Bündel gesammelten Reisigs in der Hoffnung, dass es schnell trocken werden würde. »Das hat meine Mutter auch immer von der Sagia behauptet. Sie nannte sie die Eiche der tiefen Wurzeln. Ich hatte damals noch keine Ahnung, wie zutreffend dieser Name ist.

Die Lirin glauben, dass die Sagia mit allen lebenden Wesen in Verbindung steht. Wenn dieser Baum ihr Zwilling ist, wird es sich mit ihm ebenso verhalten.«

»Dazu kann ich nichts sagen«, entgegnete Grunthor. »Aber eins ist sicher: Dieser Baum steht mit dem ganzen Wald in Verbindung. Mir war, als würd ich auf 'ner weiten Ebene stehn und diesen Baum noch so eben im Augenwinkel erkennen können, ohne zu wissen, dass es ihn überhaupt gibt, verstehst du?«

»Nicht direkt«, gab Rhapsody zu und steckte das Reisig mit dem Schwert in Brand. Es flammte auf wie Zunder.

»Ich verstehe«, erwiderte Achmed. »Wenn du die Welt in ihren Schwingungen siehst, reicht der Blick unendlich weit, aber manche Dinge ragen heraus wie Leuchtfeuer, Dinge von großer Energie.«

Grunthor richtete sich auf und fragte erstaunt: »Du meinst, ich seh die Welt schwingen?«

»Nein. Deiner Beschreibung nach bist du eher auf ganz elementare Art und Weise mit ihr verbunden. Es scheint mir fast, dass du eins bist mit der Erde – als wüsstest du, was sie weiß.«

»Ja, so ungefähr kommt's mir auch vor.«

Achmed warf eine Hand voll Kletten ins Feuer. »Bei den Ur-Seren, dem ersten Volk auf der Insel, war das ähnlich. Von ihnen war jeder Einzelne mit einem der fünf Elemente verbunden: mit Erde, Luft, Wasser, Feuer oder Äther, also dem Element, aus dem ihrer Vorstellung nach die Sterne gemacht sind.«

»Die Kunde«, sagte Rhapsody. »Die alten Kräfte, Geschichten der Elemente.«

Achmed nickte. »Als wir der Wurzel gefolgt sind, ist möglicherweise jeder von uns mit einem der Elemente in Verbindung getreten. Das würde auch erklären, warum es mir mit einem Male möglich war, einen eingeschlagenen Weg bis an sein Ende hin zu überblicken. Dazu bin ich immer noch in der Lage. Diese Fähigkeit war offenbar nicht bloß auf das Wurzelreich beschränkt.«

»Es könnte aber auch sein, dass die Nähe zu einer so großen Kraft natürliche Anlagen erst zum Tragen gebracht hat, die bereits vorhanden waren«, sagte Rhapsody und stapelte weitere Holzstücke neben dem Feuer auf, damit sie trocknen konnten.

»Anscheinend haben beide dieser neu entdeckten Fähigkeiten ihren Ursprung in der Erde, und der entspringen letztlich ja auch die Firbolg, nicht wahr?«

»Ja.«

»So wird es wohl sein. Denn mir fehlt dieser Bezug.«

Achmed schmunzelte. »Mir kommt's aber so vor, dass du von uns dreien diejenige bist, die am stärksten beeinflusst worden ist.« Er streckte die Beine vor dem prasselnden Feuer aus, um sie zu wärmen.

»Inwiefern?«

»Muss ich dich daran erinnern, dass du es dir zur Angewohnheit gemacht hast, zur Abwehr deiner Albträume auf Grunthors Brust zu schlafen? Es sind Träume von der Vergangenheit und Zukunft, hab ich Recht?«

»Nicht alle sind es, aber ja, du hast Recht. Ich habe diese Träume schon immer gehabt.« Sie zog die Knie an die Brust und legte das Kinn auf die darüber verschränkten Arme.

»Sie waren auf der Wurzel offenbar intensiver als unter freiem Himmel«, meinte Grunthor.

»Kann sein, aber das lag vielleicht an der unheimlichen Umgebung und, mit Verlaub, an meiner Gesellschaft.«

»Diese Gabe oder auch ›Kunde‹, wie man sagen könnte, wird Hellsicht genannt und ist die Fähigkeit, in die Zukunft oder Vergangenheit zu blicken und von Orten oder Gegenständen bestimmte Bilder beziehungsweise Eindrücke in sich aufzunehmen. Wenn ich mich nicht irre, war das zwei- oder dreimal bei dir der Fall.«

»Ja, in gewisser Hinsicht sind auch Benenner dazu in der Lage. Wir können uns – zumindest manchmal – auf eine spezielle Note einstimmen, die Schwingungen aufgreift. Das ist eine besondere Fähigkeit.«

Achmed grinste. »Das mag ja sein, aber es erklärt nicht das Feuer.«

Rhapsody blickte auf. »Was soll damit sein?«

»Siehst du das Feuer nicht?«

»Natürlich«, entgegnete sie irritiert. »Ich habe es doch selbst gemacht, du Narr.«

Achmed stand auf und hielt ihr die Hand hin. »Komm mal mit.«

Zögernd griff sie nach der ausgestreckten Hand und ließ sich aufhelfen. Er führte sie ein Dutzend Schritte weit vom Feuer weg und zeigte auf einen großen flachen Stein, der in einem spitzen Winkel aus dem Schnee ragte.

»Leg das Schwert ab und lass es hier«, sagte er.

Rhapsody tat wie ihr geheißen und legte die schlanke steinerne Scheide mitsamt dem Schwert auf dem Feldstein ab. Dann wandte sie sich dem Dhrakier zu und zog die Stirn kraus.

»Und jetzt sieh dir das Feuer an.«

»Ich sehe es«, sagte sie. Das Holz brannte gut. Ab und an brachte Feuchtigkeit die Glut zum Platzen, sodass helle Funken aufstieben.

»So, und nun geh langsam darauf zu.«

Sie war inzwischen eher neugierig als ungehalten, kehrte zum Lagerfeuer zurück und sah, wie es an Intensität zunahm und die Flammen sich wie zum Gruß reckten. Schließlich loderten sie so hoch empor, dass sie zurückschreckte und nach hinten auswich, was zur Folge hatte, dass die Flammen wieder kleiner wurden.

»Himmel«, flüsterte sie, und ihr Herz fing an zu rasen. »Wie ist das möglich?«

»Die Ursache bist du«, sagte Grunthor.

Als sie seiner Behauptung wegen in Panik geriet, schossen die Flammen fauchend empor und leckten an dem aus Zweigen gedeckten Dach über ihnen. Das soeben ins Feuer geworfene Reisig war schon zu Asche verbrannt.

Der Riese lachte laut auf. »Wenn du dich nicht schnell wieder beruhigst, geht unser hübsches kleines Nest in Flammen auf – und womöglich noch der ganze Wald.«

Rhapsody warf ihm einen Blick zu und schaute dann zurück aufs Feuer. »Ruhig«, gebot sie ihm, doch anstatt kleiner zu werden, loderte es, ihre Erregung spiegelnd, noch ungestümer auf. Sie holte tief Luft und konzentrierte sich wie auf ihre Musik. Die Flammen reagierten sofort und schrumpften zu einem harmlosen Lagerfeuer.

Rhapsody machte die Augen zu und ließ ruhigen Gedanken freien Raum. Als sie wenig später die Augen wieder aufschlug, bestand das Feuer nur mehr aus einem kleinen Flackern, das nicht heller war als Kerzenlicht. Kaum hatte sie die meditierenden Gedanken eingestellt, lebte das Feuer wieder zur ursprünglichen Größe auf. Sie legte etwas Holz nach und wandte sich Achmed zu.

»Ob wohl das Schwert dafür verantwortlich ist?«, fragte sie.

»Nein, aber vielleicht hat's was damit zu tun, dass das Schwert zu leuchten anfing, als du es in die Hand genommen hast.«

»Aber es hat doch schon vorher geleuchtet, und zwar so hell, dass Grunthor fast blind darüber geworden wäre.«

Grunthor tätschelte ihren Rücken. »Vielleicht hat's dich gerufen, Herzchen. Es hat sein eigenes Element in dir entdeckt.«

Rhapsody fing zu zittern an, denn sie ahnte, dass seine Worte durchaus zutreffen mochten. »Und ihr glaubt, dass mich das Schwert mit dem Element Feuer verbunden hat?«

»Möglich wär's«, antwortete Achmed. »Ich weiß nicht genug über das Schwert. Mir ist auch ein Rätsel, wie es auf diese Seite der Welt gelangen konnte oder was es so hell zum Leuchten bringt. Als ich zum ersten Mal davon erfuhr, hieß es, dass Sternenlicht in ihm leuchtete. Von hellen Flammen war da nicht die Rede. Ich bin mir ziemlich sicher, dass deine Verbindung zum Feuer in dem Augenblick zustande kam, als du uns singend durch das Inferno im Erdkern geführt hast. Da haben wir uns, glaube ich, alle auf die eine oder andere Weise verwandelt, zumindest körperlich.«

»Vielleicht hat uns das Feuer auf diesen Wandel nur vorbereitet«, versuchte Rhapsody zu erklären. »Vielleicht rührt alles daher, dass wir von der Wurzel gegessen haben; ich habe mich immer wieder gefragt, ob es richtig ist, dass wir uns etwas so Mächtiges einverleiben. Es könnte uns verändert und uns für die Elemente empfänglicher gemacht haben. Vielleicht hast du diese – wie sollen wir die Gabe nennen, Pfadkunde? – erworben, als du auf der Wurzel nach dem richtigen Weg gesucht hast. Und Grunthor ist mit dem Element Erde in Verbindung getreten, als er sich durch den Felsen gehauen hat. Und ich habe dieses Schwert in die Hand genommen und dadurch meinen Bund mit dem Feuer geschlossen.«

»Nein«, sagte Achmed. »Du hast dich in dem Augenblick verändert, als du durchs Feuer zu uns zurückgekommen bist. Das war dir deutlich anzusehen.«

»Er hat Recht, Herzchen«, bestätigte Grunthor. »Seit unserer ersten Begegnung hast du dich äußerlich enorm verändert.«

Rhapsody schwirrte der Kopf. Sie blickte auf zu dem von Grunthor gebauten Dach aus Zweigen, sog den scharfen Geruch des Feuers in sich ein und sagte: »Es müßte sich eigentlich von selbst verstehen, dass wir alle nicht gerade schöner geworden sind nach unserem, wie es scheint, jahrelangen Marsch durch Dreck, ohne auch nur einmal die Möglichkeit zum Baden gehabt zu haben. Glaubt mir, mit euch beiden kann man im Augenblick auch nicht viel Staat machen.«

»Aber das ist es ja gerade«, sagte Achmed ungeduldig. »Du siehst besser aus als je zuvor. Du strahlst etwas aus, das einen gefangen nimmt.« Er wandte sich dem Bolg-Sergeanten zu. »Hast du noch den Signalspiegel bei dir?«

Grunthor richtete sich auf und kramte in seinem Gepäck. »Na klar. Aber nich, dass du auf falsche Gedanken kommst. Zum Signalisieren taugt das Ding nich. Ich hab's nur dabei, um mir die Haare zu machen.«

Rhapsody lachte. Achmed ließ sich das kleine blanke Metallstück von Grunthor geben und reichte es an sie weiter.

»Hier«, sagte er. »Sieh selbst.«

Der Spiegel war an den Rändern so scharf, dass man ihn auch als Rasierklinge hätte benutzen können. Entsprechend vorsichtig nahm Rhapsody ihn zur Hand.

In dem schütteren Licht, das durch die Zeige fiel, sah sie ihr schmutziges Gesicht. Die Haare starrten vor Dreck und schienen dunkler geworden zu sein. Der Wind und die Kälte hatten ihre Lippen schrundig gemacht. Sie reichte den Spiegel mit abfälliger Geste zurück.

»Sehr komisch.«

Achmed wollte den Spiegel nicht annehmen. »Im Ernst, Rhapsody. Schau noch einmal hin.«

Sie stieß einen Seufzer aus und gab seinem Wunsch nach. Was

sie im Halbdunkel auf der verzerrenden Spiegelfläche erkannte, war ihrer Einschätzung nach nicht gerade dazu angetan, lobend hervorgehoben zu werden. Die Wangen hatten eine rosige Tönung, aber das war auch schon alles. Achselzuckend gab Rhapsody den Spiegel an Grunthor zurück.

Plötzlich schien ihr ein Licht aufzugehen. Sie schmunzelte und sagte: »Jetzt weiß ich es. Kein Wunder, dass ihr mich für attraktiver haltet. Ich sehe schon fast aus wie eine Firbolg.«

Achmed und Grunthor sahen einander an und tauschten einen stummen Gedanken. *Sie hat einfach keinen Sinn dafür*. Der Riese zuckte mit den Achseln.

Mit den Fingernägeln kratzte sie an der Dreckkruste ihrer Stirn. »Ich glaube, ich werde etwas Schnee schmelzen und mir morgen das Gesicht waschen.«

»Gute Nacht«, sagte Achmed und sah ihr mit schiefem Schmunzeln dabei zu, wie sie sich am Rand des Grabens zur Ruhe legte. Sie würde schon noch dahinter kommen, dachte er. Früher oder später.

Am nächsten Morgen kauerten die drei, gut versteckt, zwischen dicht stehenden Bäumen und beobachteten die Anwohner einer nahen Siedlung. Es war verhältnismäßig warm; an einigen Stellen, die von der Sonne beschienen wurden, fing der Schnee zu schmelzen an. Viele Bauersleute waren zusammengelaufen. Sie tauschten Säcke voller Getreide, aber auch Informationen und Neuigkeiten. Rhapsody dachte an Ostend zurück. Auch da hatten sich, wenn das Wetter günstig war, die Bauern der Umgebung zusammengefunden, um Handel zu treiben. Die Leute hier schienen Ähnliches im Sinn zu haben.

Es überraschte die drei, dass sie viele der aufgeschnappten Wörter auf Anhieb verstanden, so zum Beispiel *Baum*, *Korn* oder *Hochzeit*. Rhapsody fand zudem die Rhythmen der Sprache sehr eingängig und lauschte mit wachsender Begeisterung. Es war schon um die Mittagsstunde, als sie von Achmed und Grunthor in ein entfernteres Versteck geführt wurde, aus Sorge, man könnte auf sie aufmerksam werden.

»Ich bin mir sicher: Deren Sprache ist mit unserer verwandt«, sagte sie, als sie außer Hörweite waren. »Die Hauptrhythmen und Kadenzen sind fast identisch, so auch die Wortmuster.«

»Nun ja, Serenne ist eine typische Seefahrersprache. Es kann eigentlich nicht verwundern, dass man hier ähnlich spricht. Vielleicht sind die hiesigen Bauern auch Nachfahren von Kolonisten, die wiederum von denselben Wurzeln abstammten wie diejenigen, die während des Zweiten Zeitalters Serendair besiedelten.«

Rhapsody nickte. »Wir auch immer, wir können von Glück reden, denn zumindest werden uns größere Verständigungsschwierigkeiten erspart bleiben.«

Ob sie in dieser Einschätzung richtig lag, sollte sich schließlich nach fünf Tagen herausstellen. Grunthor und Achmed waren unterwegs. Sie erkundeten die Umgebung und sorgten für Verpflegung, wobei sie sich nicht zuletzt auch über das hermachten, was anderen gehörte. Rhapsody war in einem Versteck am Rand der Ortschaft zurückgeblieben, wo sie den Gesprächen der Anwohner und Händler lauschen konnte. Neben den üblichen Klatschgeschichten und Abwicklungen des Handels hörte sie an diesem Morgen auch ein gesungenes Lied.

Es war nicht das erste Lied, das ihr an diesem Ort zu Ohren kam. Hier wurde sogar recht viel gesungen, etwa beim Viehtreiben oder zur Begleitung einer ansonsten stumpfsinnigen Arbeit. An diesem Morgen aber war der Sänger ein Kind, ein kleiner Junge, der einen Stock in der Hand hielt und hinter sich herzog, sodass er eine Spur in der Schneedecke zurückließ. Bei dem Lied handelte es sich um eine einfache volkstümliche Weise, die Rhapsody zu ihrer großen Überraschung spontan wiedererkannte als ein Lied, das auch sie und zahllose andere Kinder früher in Serendair gesungen hatten.

Während sie aufmerksam zuhörte, spürte sie, wie ihre Magengegend kalt und kälter wurde. Das Lied erzählte von einem Milchkrautsamen, dem Wolken entwachsen waren. Genau davon hatte Rhapsody als Kind ebenfalls gesungen. Trotz des fremdartigen Dialekts, den der Junge sprach, konnte sie die Worte verstehen, und ihr war, als hätte sie den Schlüssel gefunden, der ihr half, die Geheimnisse seiner Sprache zu lüften.

Rhapsody schlich im Schatten der Bäume hinter dem Jungen her, bis dieser auf der Straße einer Frau begegnete. Von dem Gespräch, das die beiden führten, konnte sie nun jedes Wort verstehen. Ihre Handteller wurden feucht vor Aufregung. Sie lauschte so lange, wie es die angespannten Nerven zuließen. Dann lief sie ins Lager zurück, um den Gefährten von ihrer Entdeckung zu berichten.

Am darauffolgenden Tag wurde sie von den Gefährten auf ihren Lauschposten begleitet, wo sie den beiden Sprachunterricht erteilte. Rhapsody übersetzte, was sie hörten, bis Achmed schließlich mit einem Kopfnicken zum Rückzug aufforderte.

»Was hast du vor, Rhapsody?«, fragte Achmed, als sie das Lager erreicht hatten. »Ich sehe doch, dass du was im Schilde führst.«

»Es wird langsam Zeit, dass ich mich unter die Leute mische und mit ihnen zu reden versuche. Wie sollen wir uns sonst orientieren? Wir können schließlich nicht auf ewig in den Wäldern herumlungern. Und wenn ich nicht irgendwann einen Hafen finde, werde ich nie nach Hause zurückkehren können.«

»Einen Fehler zu machen könnte unseren Tod bedeuten.«

Der Winterwind blies ihr eine Strähne ins Gesicht. Sie nickte und sagte: »Ich weiß. Deshalb schlage ich vor, ihr haltet euch versteckt, bis ich zurückkehre und Bericht erstatte.«

»Und wie sollen wir dich da rausholen, wenn was schief geht?«, fragte Grunthor. Dass ihm der Vorschlag nicht passte, war ihm deutlich anzumerken.

»Dann habe ich eben Pech gehabt, und ihr werdet euch um euch selbst kümmern müssen. Wir haben halt unterschiedliche Ziele. Ihr habt vor, hier zu bleiben. Ich nicht. Ich will nach Hause zurück und werde dafür auch Risiken auf mich nehmen, was ich von euch natürlich nicht erwarten kann. Wie dem auch sei, ihr werdet euch schon zu helfen wissen. Und wenn es keine Probleme geben sollte, werde ich euch nach einer bestimmten Frist aufsuchen und mitteilen, was ich in Erfahrung gebracht habe. Für den Fall aber, dass etwas passiert, will ich, dass ihr das Lager hier räumt und euch aus dem Staub macht. Ihr könnt dann ja irgendwann einmal auf mein Wohl anstoßen, wenn es euch beliebt.«

»Ach nein«, murrte Grunthor, »viel zu riskant. Beherrschst du die Sprache etwa schon, Gräfin?«

»Noch nicht«, gab Rhapsody zu. »Aber irgendwie werde ich schon zurechtkommen und mich durchmogeln.«

»Nicht, dass du aus Versehen Bolgisch mit ihnen sprichst«, warnte Achmed. »Schließlich willst du was von ihnen erfahren und nicht ihnen etwas über uns beibringen.«

»Stimmt.« Sie lächelte Grunthor, der immer noch den Kopf schüttelte, aufmunternd zu und sagte: »Es könnte eine Weile dauern, bis ich in Erfahrung gebracht habe, was zu erfahren ist.«

Achmed nickte. »Sobald wir dich in Sicherheit wissen, werden wir uns auch ein bisschen umschauen und die Umgebung erkunden.«

»Wie werden wir wieder zusammentreffen?«, fragte Rhapsody.

»Wir verabreden Zeit und Treffpunkt. Wenn du da nicht aufkreuzt, werden wir nach dir suchen.«

»Und wo soll das sein? Hier?«

»Nein. Ich will nicht, dass irgendjemand unsere Spur bis zur Wurzel zurückverfolgen könnte. Es soll niemand wissen, woher wir kommen. Einverstanden?«

Rhapsody stand auf und ging auf Grunthor zu. Sie setzte sich auf sein Knie, schlang die Arme um seinen starken Hals und sagte: »Einverstanden. Wir einigen uns auf einen Treffpunkt nahe der nächsten Ortschaft. Wenn wir uns dann auch noch über den Zeitpunkt verständigt haben, könnt ihr euch absetzen. Aber geht nicht, ehe ich mich sicher fühle. Wenn es so weit ist, gebe ich euch ein Zeichen. Ich will mir einbilden können, dass ihr mir für den Fall der Fälle doch noch zu Hilfe kommen könnt.«

Grunthor seufzte. »Na schön, wie du meinst. Und was wird das für ein Zeichen sein?«

Rhapsody pfiff eine getrillerte Tonfolge vor sich hin, die die beiden Bolg zum Schmunzeln brachte. Es war eine Melodie, die sie immer dann anstimmte, wenn sich ihre Laune nach einem Stimmungstief aufhellte. »Dann ist alles klar. Wenn ihr aber Folgendes hört ...«, wieder pfiff sie eine Tonfolge, die aber unmissverständlich traurig klang und sich als Lerchengesang tarnte, » ... soll das heißen: Kommt und helft, wenn's euch möglich ist.«

»Verstanden.«

Bis spät in die Nacht schmiedeten sie Pläne. Sie nahmen sich vor, gleich nach dem Aufwachen den Weg in die nächste Ortschaft einzuschlagen, die, wie die beiden Bolg erkundet hatten, größer und zentraler gelegen war als das Dorf, an dessen Rand sie sich versteckt hielten.

Auf der Straße hinterließen sie eine Markierung, die auch bei ungünstigstem Wetter nicht zu übersehen sein würde und auf den verabredeten Treffpunkt hinwies, wo sie sich in zwei Monaten bei Vollmond wieder einfinden wollten. Jetzt galt es für sie abzuwarten, bis Rhapsody Kontakt zu Einheimischen aufgenommen haben würde.

»Du weißt, wie gefährlich es ist, auf was du dich da einlässt«, sagte Achmed, als sie sich voneinander verabschiedeten.

Rhapsody musterte die beiden mit ernstem Blick. »Ich bin einmal zwei Wochen lang diesem Luftverschwender namens Michael ausgeliefert gewesen und habe überlebt. Dagegen ist das, was ich jetzt vorhabe, ein Kinderspiel.«

Achmed und Grunthor nickten zustimmend. Sie wussten, wovon sie sprach, und es war kein Wort übertrieben.

18

Es taute nun schon seit einiger Zeit. In der Luft ließ sich bereits der Duft nach Erde erahnen. Zwar gab es noch viel Schnee, doch es wehte ein merklich wärmerer Wind, und um die Stämme der Bäume zeigten sich dunkle Ringe. Die Bauern und Dorfbewohner nutzten das günstige Wetter, um fällige Reparaturen an ihren Häusern und Scheunen vorzunehmen oder um in den Wald zu gehen und Brennholz zu sammeln. Umso schwieriger wurde es für die drei Reisenden, sich vor ihnen versteckt zu halten.

Sie hielten sich gerade in einer nicht weit von der Straße entfernten Senke auf, verborgen von dichten Sträuchern, die im Sommer, wenn belaubt, ganz und gar undurchdringlich sein würden. Grunthor hatte auf einige Kinder aufmerksam gemacht, die häufig ohne Aufsicht miteinander spielten, doch Rhapsody scheute davor zurück, sich den Kindern zu nähern aus Sorge, dass sie später womöglich ihretwegen bestraft würden. Schließlich, gegen Mittag, traf eine Gruppe von Bauersleuten auf der Straße zusammen, die anscheinend die Ankunft einer oder mehrerer Personen erwarteten. Heimlich schlichen die drei ein wenig näher heran.

Als die Sonne ihren höchsten Punkt am Himmel überschritten hatte, reckte einer der Männer den Hals und zeigte nach Westen: auf einen älteren Mann, der auf einem silbergrauen Pferd die Straße entlanggeritten kam. Der Mann war groß und stämmig gewachsen, hatte eine große, spitze Nase im Gesicht und einen grau melierten Bart, der früher einmal rötlich braun gewesen sein mochte. Auf sein Erscheinen hin eilten nun noch mehr Dörfler zusammen. Manche liefen ihm entgegen, um ihn zu begrüßen.

Der Mann trug wollene Kleider, die gelbbraun gefärbt waren, wahrscheinlich mit Hilfe von Butternussschalen, wie Rhapsody mutmaßte. In der Hand hielt er einen wulstigen Holzstock, und alle, die ihn grüßten, zeigten sehr viel Ehrerbietung. Diejenigen, denen er die Hand auf den Kopf legte, verbeugten sich fast bis auf den Boden. Seine Ankunft sorgte für Aufregung, die durch Warmherzigkeit und Respekt gemäßigt wurde. Die Bauern kannten ihn offenbar recht gut. Langsam stieg er aus dem Sattel, wobei sich deutlich zeigte, dass er fortgeschrittenen Alters war.

Allem Anschein nach wirkte der Mann als eine Art Geistlicher, denn er richtete nun einige Segensworte an die Versammelten. In Serendair hätte man ihn aufgrund der schlichten Kleidung und des Mangels an Schmuck für einen Kleriker von niederem Rang halten können, doch sprach die demütige Hochachtung, die ihm entgegengebracht wurde, eher dafür, dass er wenigstens ein Abt, wahrscheinlich aber ein noch höher gestellter Geistlicher war. Seine Augen strahlten voller Leben.

»Der ist es«, flüsterte Rhapsody ihren Begleitern zu.

»Nein«, sagte Achmed. »Hör zu.«

Angestrengt lauschte Rhapsody der Unterhaltung zwischen dem berittenen Priester und einem der Männer. Es ging in diesem Gespräch um das Wetter und um die Tiere des Waldes in Erwartung der kommenden Jahreszeit. Verschiedenen Anzeichen nach würde der Winter noch einmal mit aller Gewalt zurückkehren, in einem Monat etwa. Die beiden Männer wechselten auch ein paar Worte über eine kranke Kuh und eine Verletzung, die sich der Sohn eines Bauern zugezogen hatte.

Schließlich legte der Priester seine Hand auf den Kopf des Mannes und segnete ihn. Rhapsody klappte vor Staunen die Kinnlade herunter. Im Unterschied zu dem bisher Gesagten ertönte der Segen, Wort für Wort, in der Sprache der Insel Serendair, wenngleich mit einem seltsamen Akzent ausgesprochen, wie von jemandem, der eine fremde, erlernte Sprache möglichst korrekt zu gebrauchen versuchte.

»Himmel«, sagte sie und schluckte.

»Das gefällt mir nicht.« Achmed legte seine knochige Hand um ihren Oberarm und zog sie ins Dickicht zurück.

»Warum denn nicht?«, fragte Rhapsody verwundert. »Wer würde sich als Kontaktperson wohl besser eignen? Er spricht unsere Sprache.«

»Das mag ja sein, aber mir wär's lieber, er würde nicht erfahren, dass wir Bescheid wissen. Er ist ein Priester. Und solchen Leuten traue ich nicht.«

Rhapsody entwand sich seinem Griff. »Vielleicht kennst du nur falsche, dunkle Priester. Ich dagegen habe in Ostend etliche kennen gelernt, die sehr vertrauenswürdig sind.«

Achmed warf ihr einen verächtlichen Blick zu. »Erstens: Alle Priester missionieren, entweder in eigener Sache oder in der Sache ihres Gottes. Zweitens: Lässt sich vielleicht ausschließen, dass dieser Mann ein dunkler Priester ist?«

Rhapsody blinzelte verwundert mit den Augen. »Sieh ihn dir doch an. Er hat die Kinder gesegnet.«

Der Dhrakier zeigte sich amüsiert. »Glaubst du etwa, dass falsche Priester über Land ziehen, dabei jede Menge Verwünschungen ausstoßen und mit ihren Stöcken auf kleine Kinder eindreschen? Falsche Priester verhalten sich genau so wie die richtigen. Sie unterscheiden sich allenfalls darin, wie und wofür sie das Geld der Gemeinde einstreichen.«

»Trotzdem, ich finde, es gibt für mich kaum eine bessere Gelegenheit, jemanden kennen zu lernen, der weiß, wie ich zum nächsten Hafen gelangen kann. Ich will's riskieren.«

Diesmal hielt Grunthor sie beim Arm fest. »Tu's nich, Gräfin.«

Rhapsody lächelte den Riesen an. »Er sieht doch aber aus wie ein Naturpriester. Was sagt dir deine Erdverbundenheit?«

Im Schutz des Dickichts richtete Grunthor seinen Blick zurück auf die Straße und schloss die Augen. Einen Moment später schlug er sie seufzend wieder auf.

»Auch er ist mit der Erde verbunden, und zwar aufs Festeste. Er kennt sich aus und sorgt sich um sie. Du hast Recht, er ist 'ne Art Naturpriester.«

Rhapsody tätschelte die riesige Pranke und befreite sich aus ihrem Zugriff. »Ich muss es versuchen. Wenn mir was passieren sollte, braucht ihr euch keine Vorwürfe zu machen. Und keine Sorge, ich werde euch auf keinen Fall verraten.«

Achmed stieß einen Schwall Luft aus. »Na schön. Tu, was du nicht lassen kannst. Aber sei vorsichtig.«

Khaddyr sprach mit dem Ältesten der Bauern und musste dabei alle Geduld walten lassen. »Mein lieber Severhalt, ich weiß, die arme, alte Fawn ist in die Jahre gekommen, aber du musst doch auch zugeben, dass sie ihren religiösen Pflichten deiner Gemeinde gegenüber immer noch in ausreichendem Maße nachkommt.« Seine Stimme klang sanft, doch verrieten seine Augen einen Anflug von Verärgerung.

Der Bauer stemmte die Hände in die Hüften und senkte den Blick zu Boden. »Ja, Vater, sie hält die Gottesdienste ab, aber sie kann uns nicht die Hilfe bieten, die wir für unsere Tiere brauchen. Wir brauchen jemanden, der jünger ist und sich vom Winter nicht unterkriegen lässt.«

Khaddyr seufzte. »Ich habe Verständnis für deine Sorgen, mein Sohn, aber wir leben in schwierigen Zeiten. Mir ist bewusst, dass Fawn nicht mehr so rüstig ist, wie sie einst war. Sie weiß aber doch wohl immer noch die Riten zu zelebrieren, oder?«

»Ja, Vater.«

»Euer Dorf und eure Hofschaften liegen nicht weit vom Baum entfernt. Es werden sich doch wohl genügend Filiden finden lassen, die euch helfen können, wenn Fawn es nicht vermag. Der Kreis hat zurzeit einige Engpässe und kann euch keinen neuen Priester anbieten. Außerdem hat Fawn die ausdrückliche Zusicherung von Llauron, dass sie ihre Gemeinde in der Nähe des Baums behalten darf, gewissermaßen als Lohn für ihre über lange Zeit hinweg geleisteten treuen Dienste. Er möchte, dass ihre letzten Jahre gesegnet sind. Das verstehst du doch, oder?«

Severhalt seufzte. »Ja, Vater.«

Khaddyr schmunzelte. »Lass uns diese Sache auf den Frühling vertagen. Ich habe da einige Messdiener in meinen Reihen, die den Winter über Medizin studieren. Dem Ausbildungsplan nach müssten sie als Nächstes bei Gavin in die Forstlehre gehen. Aber vielleicht können wir sie für ein paar Monate zu euch schicken, damit sie euch bei der Gartenarbeit und der Kälberaufzucht helfen. Wie fändest du das?«

Die Gesichter der Männer, die die beiden umringten, hellten sich merklich auf. Auch Severhalt zeigte sich erfreut. »Das wäre wunderbar, Vater, herzlichen Dank. Dürfte ich Euch zum Abendessen zu mir nach Hause bitten, Vater?« Die freudige Miene schlug plötzlich in Besorgnis um. Der filidische Priester starrte auf den Waldrand; sein Gesicht war plötzlich leichenblass geworden.

Eine junge Frau trat aus dem Wald hervor, wie aus dem Nichts auftauchend. Im ersten Augenblick wusste Khaddyr nicht zu unterscheiden, ob sie der Wirklichkeit angehörte oder nur seiner Vorstellung. Sie starrte vor Schmutz, und ihre Kleider hingen in Fetzen, doch war sie ohne Frage das mit Abstand schönste Wesen, auf das er je den Blick gerichtet hatte.

Trotz allen Schmutzes leuchtete das Haar so hell wie die Sonne. Sie war schlank und wohlgestaltet und bewegte sich mit einer Anmut, die so gar nicht zu ihrem ungepflegten Äußeren passte. Die Augen strahlten so hell, dass schon aus der Ferne das intensive Grün zu erkennen war, das im Farbton dem hochsommerlichen Baumlaub entsprach.

Als sie dann lachte, war es, als rissen die Wolken auf. Die Wärme ihres Blicks strahlte bis in die kältesten Winkel seines Herzens. Khaddyr fürchtete, vor lauter Verlangen nach ihr in Tränen auszubrechen. Spontan stimmte er einen stummen Gesang an und betete religiöse Formeln zur Abwehr des Bannes, mit dem er sich durch sie geschlagen sah.

Mit jedem Schritt, den sie näher kam, geriet sein Herz heftiger ins Pochen, und er stützte sich Halt suchend auf seinen Stock. In respektvollem Abstand blieb sie stehen und öffnete die Hände zum Zeichen ihrer friedfertigen Absichten. Erst jetzt bemerkte Khaddyr, dass sie bewaffnet war. An ihrer Seite hing eine schlanke Scheide herab, die eher von schmückender denn nützlicher Qualität zu sein schien, weshalb sie auch überhaupt nicht Furcht erregend wirkte.

Es dauerte eine Weile, bis er seine Stimme wieder gefunden hatte. Die Bauern, mit denen er gesprochen hatte, glotzten und staunten.

»Wer bist du?«, fragte er und räusperte sich verlegen, weil ihm die Stimme zu versagen drohte. »Wer bist du?«, wiederholte er. Die Frau rührte kaum eine Miene. »Verstehst du mich?« Sie nickte. »Kannst du nicht sprechen?« Sie lächelte und zuckte mit den Achseln.

Khaddyr musterte sie vom Scheitel bis zur Sohle. Ihre wunderschöne Gestalt benahm ihm den Atem. Bis heute war ihm sein Gelöbnis der Enthaltsamkeit, der sich jeder Filid-Priester verpflichten musste, nie als ein Verzicht vorgekommen, geschweige denn als Opfer dafür, dass er als Llaurons Tanist, als Nachfolger des großen Religionsführers eingeschworen war. Doch das Privileg, eines Tages selbst als der Fürbitter genannt zu werden, verlor mit einem Schlag an Bedeutung für ihn. Er räusperte sich aufs Neue.

»Ich bin Khaddyr, ein filidischer Priester und Tanist des Fürbitters Llauron.« *Was ist sie bloß?*, wunderte er sich. *Eine Waldnymphe? Ein Baumgeist? Eine Dryade?* Er kannte die Geschichten, die man sich über die Fabelwesen erzählte, hatte diese aber stets für frei erfunden gehalten.

Die bildschöne Frau verbeugte sich. *Nun,* dachte Khaddyr bei sich, *wer oder was sie auch sein mag, auf jeden Fall zeigt sie Respekt*. Und das machte sie für ihn umso anziehender.

»Schade, dass wir uns nicht besser verständigen können«, sagte er schließlich. »Ich schlage vor, du kommst mit mir, damit ich dich Llauron vorstellen kann. Hab keine Angst. Der Fürbitter ist ein freundlicher Mann. Würdest du mich begleiten?«

Die fremde Frau zeigte sich einverstanden und lächelte. Er streckte die Hand aus und legte sie ihr – zitternd – auf den Arm. Unter dem groben Stoff ihrer zerrissenen Bluse fühlte er warme, zarte Haut. Khaddyr drehte sich in die Richtung, die er mit ihr einschlagen wollte, und ließ die Hand dann eilig sinken. Nach Westen gewandt, sah er sich plötzlich einer Mauer von Dörflern gegenüber, die ihm mit ausdrucksloser Miene den Weg zurück zum Baum versperrten.

»Lasst mich bitte durch«, brummte er. Die Bauern rührten sich nicht. Er hob die Stimme und forderte mit aller Strenge: »Aus dem Weg mit euch!«

Die junge Frau sah ihn an, richtete dann den Blick auf die

Leute, die sich vor ihnen aufgereiht hatten, und trat einen Schritt auf sie zu. Sofort stoben sie wie Blätter auseinander, zogen sich zurück und starrten sie aus sicherer Entfernung weiterhin an. Khaddyr nutzte die Gelegenheit und führte die junge Frau auf sein silbergraues Pferd zu, half ihr in den Sattel und saß selbst hinter ihr auf. Als die Dorfbewohner endlich wieder zu Sinnen kamen, waren die beiden schon ein gutes Stück davongeritten. Im Hintergrund erhob sich ein lautes Geschrei. Einige Bauern rannten zu ihren Ställen hin, entschlossen, den beiden zu folgen.

Khaddyrs Befürchtungen nahmen zu. In jeder Siedlung, auf jeder Hofschaft, durch die sie kamen, machten sich Anwohner auf, ihnen zu folgen, zu Pferd oder zu Fuß. Die Schar, die hinter ihnen herzog, wurde immer größer und verstopfte den Fuhrweg durch den Wald.

Überall lief neugieriges Volk zusammen und säumte die Straßen, um einen Blick auf das wunderschöne fremde Wesen zu erhaschen, das da vor dem Priester im Sattel saß. Hunderte von Händen streckten sich der verschmutzten Dryade mit den funkelnden grünen Augen entgegen, um sie zu berühren.

Der alte Priester vermochte diesen Wunsch sehr gut nachzuempfinden. Er konnte sich selbst nicht satt sehen an dieser eigentümlichen Schönheit, deren Nähe ihn seit dem gemeinsamen Aufbruch aus Tref-Y-Gwartheg schwindeln ließ.

Anfänglich hatte er diesen Schwindel der bangen Frage zugeschrieben, wie wohl Llauron reagieren würde, wenn er von dem großen Aufsehen in den Dörfern erführe und das Gefolge sähe, das ihm, seinem Tanist, und der Fremden immer noch auf den Fersen war. Doch als dieses Gefühl auch nach Stunden nicht nachließ, ahnte er, dass es mit dem zu erwartenden Missfallen des Fürbitters nur wenig zu tun hatte.

Was ihn so überaus benommen machte, war der süße Duft, der von der jungen Frau ausging, und der sanfte Druck ihres Rückens auf seiner Brust, eine Berühung, die düstere, laszive Vorstellungen in ihm weckte, welche einem geistlichen Zölibatär wahrhaftig nicht geziemten. Zu seiner großen Verlegenheit hatte sich seine Hand wie aus eigenem Antrieb kurzzeitig auf ihre Brust gelegt, woraufhin sie diese ohne viel Aufhebens davon entfernt hatte. Die Sache war ihm schrecklich unangenehm.

Nach und nach fielen die Männer, die ihnen folgten, zurück und waren schließlich nicht mehr zu sehen. Weil er aber fürchten musste, dass sich ihm schon im nächsten Dorf ein neuer Schwanz neugieriger Bauern anschließend würde, beschloss Khaddyr, die Straße zu verlassen und auf schmale Waldpfade auszuweichen.

Am frühen Abend erreichten sie ihre Unterkunft für die kommende Nacht, eine Herberge, die von Forstmeister Gavin geführt wurde. Gavin war ein Ordensbruder und unterhielt auch die Lager am Ostrand des tiefen Waldes, wo er die filidischen Novizen zu Waldhütern ausbildete. Nach Abschluss dieser Lehre dienten sie dann drei Jahre lang als Pilgerführer und begleiteten Wallfahrer auf ihrer Reise zum Baum. Während der heiligen Riten hatten sie häufig zusätzlich die Aufgabe, die Außenposten des Waldes vor feindlichen Übergriffen zu schützen. Der drohende Krieg würde wohl nicht aufzuhalten sein; daran konnte kein Zweifel mehr bestehen.

Khaddyr zügelte das Pferd und ließ es vor dem Eingang anhalten, der Gavin selbst und den hohen Filiden vorbehalten war. Die filidische Religion verstand sich als Dienst an der Natur. Das Gebot der Keuschheit wurde nur ihm, dem Tanist, abverlangt, nicht so den übrigen Priestern. Die meisten Filiden, Männer und Frauen, waren verheiratet. Allerdings blieben die Novizen in der Regel ledig, bis sie ihre Ausbildung und den Walddienst abgeschlossen hatten. Viele lebten in dörflichen Gemeinden oder Ortschaften nahe dem Baum. Darum wurde Gavins Herberge nur selten aufgesucht und war auch jetzt, wie Khaddyr schon vermutet hatte, ganz ohne Gäste.

Seine betörend schöne Begleiterin sah sich um und zeigte unverhohlenes Interesse. Khaddyr stieg vom Pferd und fühlte sich im Schritt entspannt, wo ihm während des Ritts gewisse Verklemmungen große Pein bereitet hatten. Er hob die Hand, um der Fremden aus dem Sattel zu helfen, doch sie schüttelte den Kopf und stieg allein vom Pferd. Er ließ sich seine Enttäuschung nicht anmerken, band das Pferd an einem dünnen Bäumchen fest und nickte in Richtung Hütte. Sie folgte ihm ins Innere.

In der Hütte standen zwei niedrige Holzbetten, ausgestopft mit sackleinenen Matratzen, die nach süßem Heu dufteten, und belegt mit Decken aus ungefärbter Wolle. Außerdem stand da ein großer hölzerner Tisch. Lebensmittelvorräte gab es nicht. Sie würden sich mit dem begnügen müssen, was in der näheren Umgebung an Essbarem zu finden war; außerdem führte er noch ein wenig an Proviant mit sich, den er vor lauter Erregung unterwegs noch nicht angerührt hatte. Seiner Begleiterin zugewandt, zeigte er nach draußen.

»Ich will mal sehen, was es zu essen gibt«, sagte er langsam und betont deutlich. »Kann ich dich für eine Weile allein zurücklassen?«

Die junge Frau lächelte und nickte, was Khaddyrs Blut wieder in Wallung brachte. Er nahm die Seilschlinge zur Hand, die als Türgriff diente.

»Gut. Mach es dir bequem. Ich bleibe nicht lange fort.« Er deutete auf eins der beiden Betten und eilte hinaus.

Als er wenig später mit frischen Wurzeln und Winteräpfeln zurückkehrte, lag die Frau schon in dem Bett, auf das er gedeutet hatte, schlief tief und fest und lächelte dabei, als wäre sie im Paradies.

Rhapsody wurde geweckt von der Wärme eines knisternden Feuers im Kamin. Sie richtete sich auf, sah sich im Dunkeln um und erblickte den Mann, der sich ihr mit dem Namen Khaddyr vorgestellt hatte. Es war Nacht geworden. Sie hatte keine Ahnung, wie viel Zeit verstrichen war, seitdem sie endlich – nach einer Ewigkeit, wie es schien – wieder einmal in ein Bett hatte steigen dürfen, worauf sie sogleich eingeschlafen war.

Der Mann betrachtete sie mit sorgenvollem Lächeln. Sie lächelte zurück und hoffte, dadurch seine Stimmung aufhellen zu können. Er machte einen durchaus gutmütigen Eindruck auf sie. Achmed und Grunthor würden inzwischen zu ihr aufgeschlossen sein und sich irgendwo in der Nähe für alle Fälle in Bereitschaft halten. Das hoffte sie zumindest. Sie langte suchend unter die Decke und seufzte erleichtert. Das Schwert lag noch da, wo sie es versteckt hatte.

»Hast du Hunger?«, fragte Khaddyr. Er hatte den Tisch gedeckt, und aus einer der beiden Schalen, die darauf standen, war schon gegessen worden. Sie nickte, verließ das Bett und nahm auf dem Stuhl ihm gegenüber Platz.

Die Hütte war von einfacher Bauart, aber im Unterschied zu den anderen Hütten, die sie unterwegs gesehen hatte, aus Feldsteinen gemauert und mit einem Strohdach gedeckt. Ganz in der Nähe waren sie an lang gestreckten Häusern vorbeigekommen, die wie Kasernen aussahen und deren Fachwerk mit Tierhäuten oder geflochtenem Reisig gefüllt war. Auch diese Bauten wirkten bei aller Schlichtheit außergewöhnlich solide und zeugten von handwerklicher Sorgfalt. Darauf schienen die Filiden, wer immer sie auch sein mochten, großen Wert zu legen.

Khaddyr sah ihr beim Essen zu, was sie ein wenig befangen machte. Als sie fertig war, deutete sie auf die leere Schale und zeigte sich dankbar.

Der Mann legte die Stirn in Falten. »Was bist du für ein Wesen?«, wollte er wissen und wiederholte damit die Frage, die er ihr schon gleich nach der ersten Begegnung gestellt hatte. Rhapsody wusste keine Antwort darauf und zuckte mit den Achseln. Anscheinend hatte Khaddyr noch nie jemanden von lirinscher Abstammung gesehen. Sie wollte ihm gerade erklären, welcher Herkunft sie war, wurde aber durch laute Rufe daran gehindert. Das Gefolge hatte die beiden anscheinend eingeholt.

Verärgert stand Khaddyr vom Tisch auf und trat vor eines der beiden Fenster. Trotz des schwachen Lichts, das der Mond durch die Scheiben warf, erkannte Rhapsody, dass sein Gesicht plötzlich ganz fahl wurde. Die Menge der Dörfler, die sich ihnen an die Fersen geheftet hatten, schien um ein Beträchtliches angewachsen zu sein.

Der Priester eilte vor das Kleiderreck neben der Tür und nahm eines der dort hängenden Wettercapes aus weichem grauem Filz vom Haken. Einem Mann von durchschnittlicher Größe hätte der Umhang bis zu den Oberschenkeln gereicht. Khaddyr warf Rhapsody das Kleidungsstück über und seufzte erleichtert, als er sah, dass ihr der Saum bis auf die Waden fiel. Er zog ihr die Kapuze über das dreckige Haar.

»Komm mit«, sagte er mit drängender Stimme. »Wir nehmen eine Abkürzung durch den Wald.« Er griff nach Stock und Umhang und hielt ihr die Hintertür auf, die durch den Keller nach draußen führte. Rhapsody folgte ihm in die Dunkelheit und floh wie ein Fuchs vor der näher kommenden Meute.

19

Um den von Khaddyr bezeichneten Ort im tiefen Forst zu erreichen, hatten sie eine Reise von drei Tagen zurückzulegen. Wieder mieden sie die größeren Ortschaften entlang der Hauptstraße und hielten sich, so gut es ging, im Schutz der Bäume auf.

Der Wald im Westen war unberührt und verwildert, dicht bewachsen mit immergrünen Bäumen, die nicht nur das Tageslicht, sondern auch den Schnee fern hielten, sodass der Waldboden fast frei davon war.

Mit den beiden Bolg hatte Rhapsody ein schnelleres Tempo vorlegen können als mit Khaddyr, der sehr viel älter und schwergewichtiger war und häufiger Pausen einlegen musste. Dafür kannte er sich in der Gegend bestens aus. Es war fast, als hieße ihn der Wald willkommen, als ebnete er ihm den Weg durch das dichte Unterholz.

Rhapsody schaute immer wieder zurück und sah zu ihrer Erleichterung tatsächlich des öfteren zwei dunkle Gestalten oder lange Schatten aus der Deckung auftauchen und bald darauf verschwinden. Achmed und Grunthor blieben ihr auf der Spur und ließen sie das auch wissen. Die Menge der aufdringlichen Dörfler schien abgeschüttelt zu sein. Dennoch sah sie sich nicht allein mit dem Priester, und das beruhigte sie sehr.

Wenn sich Khaddyr früh morgens hinter irgendein Gebüsch zurückzog, um seine Notdurft zu verrichten, nutzte Rhapsody die Gelegenheit zur Morgenandacht. Der Mahnung Achmeds eingedenk und um sich nicht zu verraten, sang sie nur die Melodie und verzichtete auf die alt-lirinschen Verse. Manchmal, wenn sie nach Abschluss des Gesangs aufblickte, sah sie den filidischen

Priester vor sich stehen und sie wie einen mythischen Vogel betrachten.

Abends machte Khaddyr immer ein kleines Feuer, von dem sie jedes Mal respektvoll Abstand hielt, weil sie ja wusste, wie Feuer auf sie reagierte. Khaddyr führte diese Zurückhaltung offenbar auf eine wie auch immer begründete Abneigung zurück, die er nicht weiter in Frage stellte. Er versuchte auch nicht mehr, sie zu ihrer Person auszufragen, und sprach nur noch dann, wenn es darum ging, ihr den Weg zu erklären.

Am dritten Tag endlich gelangten sie an eine große Lichtung. Darauf waren etliche Häuser und Hütten verstreut, manche aus Stein, andere aus Lehm oder Fachwerk gebaut, gerade so wie die meisten bäuerlichen Behausungen dieses Landstrichs. Sie kamen auch an einigen großen Gebäuden vorbei, mit schweren Türen und kegelförmigen Strohdächern. Aus den Schornsteinen all dieser Häuser stieg Rauch auf.

Über den Eingängen waren sechseckige Zeichen angebracht, ähnlich demjenigen, das sie noch mit Achmed und Grunthor über der Tür einer Bauernhütte gesehen hatte, das nur nicht so schmuckvoll und bunt gewesen war. Die Mauern waren fast alle weiß getüncht und teilweise mit Steinplatten verziert.

Die Leute, die dort ein und aus gingen, waren nicht wie Bauern oder Dorfbewohner gekleidet. Vielmehr trugen sie wie Khaddyr lange wollende Gewänder in den Farben Blau, Gelb, Grün oder Braun. Manche dieser Gewänder, so wie Khaddyrs, waren mit einer Kapuze versehen, was – ähnlich wie die Farben – allem Anschein nach Rangunterschiede erkennbar machte.

Neben den in solchen Roben gekleideten Ordensleuten waren auch Männer zu sehen, die ledernen Harnisch trugen und mit Pfeil und Bogen, Speeren, Äxten und dergleichen bewaffnet waren. Viele dieser Männer machten einen abgekämpften Eindruck; etliche schienen unter Verletzungen zu leiden. Rhapsody fragte sich, was ihnen an diesem scheinbar so friedlichen Ort widerfahren sein mochte.

Bei dem Gedanken an Krieg verkrampfte sich ihr der Magen. Schon in Ostend hatte Krieg in der Luft gelegen. Wenn es tatsächlich zu bewaffneten Kämpfen käme, würden sich ihre Chancen auf eine baldige Rückkehr nach Hause erheblich verschlechtern. Und diese Aussicht bekümmerte sie sehr.

Am späten Nachmittag hörte sie es dann: ein Lied, das schöner und wohltönender klang als alles, was ihr bisher zu Ohren gekommen war. Es war das Lied des Baums, des mit der Sagia verwurzelten Zwillings. Sie waren ihm offenbar schon sehr nahe gekommen.

Als sich die Sonne auf den Horizont senkte, erreichten sie eine große Waldwiese, und in deren Mitte erhob sich sein Stamm, weißer als Schnee, mit weit ausladendem elfenbeinernem Geäst, das wie die Finger einer Riesenhand in den dunkler werdenden Himmel langte.

Rhapsody traute ihren Augen kaum. An seinem Fuß war der Stamm unglaublich dick und maß an die zwanzig Schritt im Durchmesser. Die ersten Äste entwuchsen ihm in der schwindelnden Höhe von über fünfzehn Klaftern. Gern hätte sie die weit gespannte Krone in vollem Laub gesehen. Die letzten Strahlen der Wintersonne ließen die Rinde in einem geradezu ätherischen Glanz aufleuchten.

Ringsum in einem Abstand von gut hundert Schritt, da, wo die seitlich auswuchernden Flachwurzeln in der Erde verschwanden, war ein Ring von Bäumen gepflanzt, von jeder nur denkbaren Art einer. In diesem Ring hallte ein uraltes Lied; es unterschied sich von dem der Sagia, klang aber ebenso bedeutungsvoll und schön. In Rhapsodys Augen sammelten sich heiße Tränen.

Khaddyr beobachtete sie mit starrem Blick, bis er schließlich wie nach tiefem Schlaf den Kopf schüttelte. »Du hast Achtung vor dem Baum?«, fragte er. Rhapsody nickte, ohne den staunenden Blick von dem Großen Weißen Baum abzuwenden. Khaddyr schmunzelte. »Dann bist du hier willkommen. Llauron wird sich freuen, dich kennen zu lernen. Komm, wir sind fast bei ihm zu Hause.« Er führte sie an dem Ring aus Bäumen vorbei und auf die Wiese hinaus.

Am Rand der Lichtung stand zwischen hohen alten Bäumen ein großes Haus, das, obgleich einfach und schlicht gebaut, außergewöhnlich schön war. Die vielfach verwinkelte Fassade reichte bis unter das hohe Geäst und enthielt zahlreiche dem

Baum zugewandte Fenster. Mit besonders schönen Holzschnitzereien verziert war jener Teil des Hauses, zu dem auch ein Turm gehörte, der noch das Dach des Waldes überragte.

Ein mächtiger Steinwall führte zu einem kleineren Anbau hin, wo vor einem schweren Holztor Soldaten Wache standen, die ähnlich ausgerüstet waren wie die Männer, die Rhapsody zuvor gesehen hatte. An Khaddyr gewandt, zeigte sie mit fragender Miene auf das Haus. Der Priester lächelte.

»Das ist Llaurons bescheidene Bleibe, das Haus unseres Fürbitters, seinem hohen Stand nicht gerade angemessen, aber durchaus wohnlich. Komm, ich bringe dich zu ihm.« Er führte sie durch einen gepflegten Garten zum Tor und nickte den Wächtern zu, worauf diese ihnen den Weg frei machten.

Versteckt hinter dichtem Gebüsch, konnten Achmed und Grunthor beobachten, wie der Mann an die Tür klopfte, die wenig später von einer Frau geöffnet wurde. Nach einem kurzen Wortwechsel mit dem Priester trat sie zur Seite und ließ ihn mit Rhapsody in dieses seltsam verwinkelte Haus eintreten. Die Dienerin machte die Tür hinter ihnen zu.

Achmed schloss die Augen und lehnte sich an den Stamm einer weißen Erle. Der Wind schmeckte ein wenig süßlich, und die Stille war betäubend. Rhapsodys Herzschlag wurde weicher, je weiter sie in das Haus vordrang, bis fast nur noch Grunthors Puls und der eigene unter der Haut resonierte. *So muss sich Frieden anfühlen,* dachte er und war sich nicht ganz sicher, ob ihm das auch gefiel.

Dann spürte er am Rand seines Bewusstseins einen weiteren Rhythmus in der Ferne pulsieren, und da war noch einer, ungewohnt, aber nicht unbekannt. Es schwangen noch andere Herzschläge im Wind, doch die waren allzu weit entfernt und nur als ein vages Stampfen oder geflüstertes Flackern auszumachen. Es gab also draußen in der weiten Welt immer noch einige Herzschläge, die er unter der Haut und in seinem Blut registrierte. Vielleicht war er seiner Gabe doch nicht so restlos verlustig gegangen wie er befürchtet hatte. Allerdings war ihm nicht klar, wie das sein konnte und ob es ein Segen war oder ein

Fluch. Er schüttelte den Gedanken ab und konzentrierte sich auf Rhapsody. Die anderen Herzschläge verstummten wieder.

Sie warteten länger als geplant und wollten sicher sein, dass, wer immer in diesem seltsamen Haus lebte, ihr kein Leid antun würde. Achmed hatte ihren Herzschlag vom Augenblick der Trennung an genau beobachtet, ihn als klar und kräftig empfunden, bis sie mit dem Naturpriester in dieses Haus getreten war. Der Puls war nun zwar gedämpft, aber immer noch so deutlich zu vernehmen, dass Achmed seine Rückschlüsse daraus ziehen konnte.

Sie war nervös, ängstlich sogar. Dann spürte er, wie das anfängliche Unbehagen plötzlich in einen Anflug von Panik umschlug, die aber keinen konkreten Grund zu haben schien. In diesem Fall wären er und Grunthor unverzüglich eingeschritten. Doch wie sich herausstellte, war das nicht nötig.

»Wie lange sollen wir noch warten?«

»Noch eine weitere Nacht. Dann gehen wir.«

Sie wurde anscheinend von besonders intensiven Albträumen heimgesucht. Er konnte spüren, wie sich ihr Puls im Verlauf der Nacht dramatisch beschleunigte. Seit der gemeinsam auf der Wurzel verbrachten Zeit kannte er solche Wechsel im Rhythmus, die meist von schlimmen Träumen ausgelöst wurden. In dieser Nacht aber schien das Albdrücken noch um einiges heftiger zu sein.

Als es dämmerte, spürte er, dass sie das Haus verließ und auf den Großen Weißen Baum zuging, vor dem sie ihre Morgenandacht sang. Der Wind trug die sanften Schwingungen über das weite Feld und mit wohliger Wirkung über ihn hinweg. Das Lied war wie immer, hatte aber eine melancholischere Note, wie er sie zuletzt an der Wurzel gehört hatte, eine tiefe Traurigkeit, die sich nicht ermessen ließ. Dabei war sie weder verletzt noch in Gefahr. Es ging ihr gut.

Einen Augenblick später hörte er sie pfeifen und das Zeichen dafür geben, dass alles in Ordnung war. Zwar konnte er ihr anhören, dass sie sich von den Traumgesichten noch nicht ganz erholt hatte, doch war sie zuversichtlich genug, um die Freunde ziehen zu lassen. Achmed lächelte.

Er öffnete den Mund und atmete die frostige Luft ein. Sie war frei von den ekligen Ausdünstungen des Dämons. In der Stille um ihn herum lag ein Vorgefühl von Absolution, von einem Neuanfang, der das alte Leben mit seinen Schrecken weit hinter sich ließ. Sie hatten es geschafft. Die Flucht war geglückt. Die bevorstehenden Herausforderungen konnten ihn nicht schrecken, wenn er zurückdachte an das, was nun glücklich überstanden war.

Der kalte Schnee unter den dürftig besohlten Schuhen holte ihn aus seinen Gedanken in die Wirklichkeit zurück. Auch Grunthor war inzwischen aufgewacht.

»Wir sollten uns etwas Wärmeres zum Anziehen besorgen – und etwas zu essen. Ich kann dieses Wurzelgeschnetzelte nicht mehr sehen. Danach wollen wir die Lage peilen und sehen, wohin der Wind uns trägt. Vielleicht können wir für Rhapsody einen Weg ans Meer finden.«

20

Als es dunkel wurde, zogen sich die beiden Firbolg aus dem Dickicht zurück und wanderten in westlicher Richtung dem Meer entgegen. Es war noch meilenweit entfernt, doch Achmed schmeckte schon das Salz in der Luft.

Unweit einer kleinen Hofschaft kamen sie an einer verlassenen Scheune vorbei, wo sie ihr Nachtlager einrichteten. Abgesehen davon, dass sie ein Dach über dem Kopf hatten, bot der morsche Bretterverschlag nur wenig Annehmlichkeiten, zumal sie es nicht wagten, ein Feuer zu machen. Der Boden lag voller Heu, das seit Jahren vor sich hin faulte. Damit deckten sich die beiden zu, doch es wärmte sie kaum.

Grunthor hatte Zweige von Schwarzweiden und Kirschbäumen gesammelt und den längsten Teil des Abends damit zugebracht, Pfeile zu schnitzen, um diejenigen zu ersetzen, die er vor schon so langer Zeit auf den Feldern und unter der Erde verschossen hatte. Achmed ertappte ihn mehr als einmal dabei, dass er eine der Melodien, die er von Rhapsody gelernt hatte, schräg und falsch vor sich hin summte.

Am nächsten Morgen erkundeten sie das Dorf und die umliegenden Höfe und kehrten mit Eiern und Winterrunkeln, mehreren Pferdedecken und ein paar Kleidungsstücken zurück, die der Größe nach Achmed passen mochten. Sie hatten auf ihrem Streifzug weite Wege gemacht und an den einzelnen Orten jeweils nur ganz wenig mitgehen lassen, um nur ja nicht aufzufallen.

»Schick, wie du aussiehst«, scherzte Grunthor, als Achmed feststellen musste, dass der gestohlene Umhang in Wirklichkeit ein Kleid war. Er schnitt ein Loch in eine der Pferdedecken und warf sie sich als Cape über die Schultern. »Aber bild dir bloß nich ein, mit der Gnädigsten um die Gunst der jungen Hirsche konkurrieren zu können. Ich fürchte, du wirst das Mauerblümchen bleiben.«

Achmed riss den Saum des Kleides ab und verkürzte es zu einem langen Hemd.

»Ich müsste mich schon sehr täuschen, wenn sie inzwischen nicht sogar die gesamte Belegschaft von Madame Parris Poussierpalast locker ausstechen könnte«, entgegnete er und zog sich seine neuen Kleider an. »Das Feuer hat ihr überhaupt nicht geschadet, und wer weiß, wofür ihre Wandlung demnächst noch gut sein mag. Ich hätte zuerst damit gerechnet, dass der Priester sich an ihr vergreift, aber er hat sich offenbar nicht getraut.«

»Ach ja, die gute alte Madame Parri. Die hätt ich beinah ganz vergessn. Wie's den beiden Herzchen Brenda und Susie wohl so geht.«

Achmed kicherte. »Grunthor, ich bin sicher, sie werden dich sehr vermissen. Du hast Maßstäbe gesetzt, an die kein anderer heranreicht.« Er warf dem Riesen einen Winterapfel zu. »Komm, wir wollen uns noch ein wenig in der Gegend umtun.«

Die behelfsmäßige Bekleidung bot zusammen mit den alten Lumpen, die sie trugen, ausreichend Schutz vor den frostigen Temperaturen. Mit den Zügeln und Geschirrteilen, die sie sich ebenfalls heimlich angeeignet hatten, hatten sie ihre Stiefel zu reparieren versucht, was ihnen aber nicht so recht gelungen war. Es blieben immer noch Löcher, durch die der Schnee drang, und es war ihnen schrecklich kalt an den Füßen.

Im Westen wurde die Besiedlung zunehmend dichter. Nach wenigen Meilen erreichten sie eine Ortschaft, an deren Rand sie sich hinter stacheligen Schwarzdornbüschen versteckten und das Treiben der Dörfler beobachteten.

Obwohl sie die fremde Sprache längst nicht so gut verstanden wie Rhapsody, konnten sie doch das eine oder andere Wort aufschnappen. Besonders häufig gebraucht wurde das Wort *Avonderre*, und meist zeigte man dabei in südwestliche Richtung.

Anscheinend bezeichnete es die Nachbarschaft; unklar blieb den beiden Bolg jedoch, ob es sich um ein Dorf, eine Stadt, eine Provinz oder sogar um einen Nachbarstaat handelte.

Nachmittags hatten sie die ganze Ortschaft umkreist und waren im Begriff, weiter zu ziehen, als Achmed auf dem frostüberzogenen Fahrweg eine entfernte Erschütterung wahrnahm.

Versteckt zwischen Bäumen mit silberner Borke, die es in Serendair nicht gab, schloss er die Augen und konzentrierte sich auf die Schallquelle. Der Fahrweg war nicht mehr als ein ausgetretener Pfad mit tiefen Schlaglöchern und Spurrillen im angetauten Boden. In der Erinnerung hörte er Rhapsodys weiche Stimme.

Unfehlbarer Fährtenleser, Pfadfinder.

Ihm schwirrte der Kopf, und er musste sich am nächsten Baumstamm festhalten, um das Gleichgewicht nicht zu verlieren. Und dann drohte er den Verstand zu verlieren. Sein visionärer Blick auf den Fahrweg verweilte kurz auf der Stelle, raste aber dann mit Schwindel erregendem Tempo voran.

Schließlich fiel sein inneres Auge auf eine Gruppe bewaffneter Reiter, die sichtlich müde und abgekämpft in Richtung Dorf galoppierten. Es waren rund ein Dutzend Männer; sie trugen dunkelgrünes Leder und ritten allesamt auf Rotschimmeln, den rötlich grauen Pferden des Waldes.

Plötzlich erlosch das magische Bild, aber nicht bevor Achmed zwei Dinge registriert hatte. Erstens: Noch auffälliger als Rüstung und Pferde waren die Gesichter der Reiter, markante Dreiecke, gebildet aus kräftigen Jochknochen und spitz zulaufendem Kinn. Haut und Haare waren erdfarben. Lirin.

Zweitens: Sie trugen Fackeln.

Achmed stieß unwillkürlich einen Fluch aus und wandte sich Grunthor zu. »Lirin-Soldaten, mit Feuer bewaffnet. Sie reiten auf uns zu.«

Grunthor starrte ihn an und schien nicht glauben zu wollen, was er da zu hören bekam. »Lirin? Bewaffnet mit Feuer? Bist du dir sicher?«

Achmed nickte. Er war nicht weniger verblüfft als der Freund. Den Lirin, insbesondere den Liringlas, war bekanntermaßen eine angeborene Aversion gegen Feuer eigen. Abgesehen von den Lirinpan, die in Städten lebten, waren die Stämme der Lirin im Wald und auf offenen Feldern zu Hause, an Orten also, die ständig in Gefahr standen, von wild um sich greifenden Lauffeuern überrollt zu werden. Umso verwunderlicher war es, lirinsche Reiter zu sehen, die brennende Fackeln wie Waffen vor sich her trugen. Doch es fehlte die Zeit, um lange darüber zu rätseln.

»Komm«, flüsterte er.

Vorsichtig darauf bedacht, unentdeckt zu bleiben, hasteten sie durch dichtes Gestrüpp und schlugen einen weiten Bogen ein, der schließlich in südwestliche Richtung zielte. In den tiefen Wald mit seinen immergrünen Bäumen zurückgekehrt, kletterte Achmed ein bis zwei Klafter hoch auf eine schlanke Fichte. Grunthor versteckte sich im niederen Gebüsch, wo er spurlos verschwand und für Achmed nicht mehr zu sehen war.

Es dauerte nicht lange, und die Reiterschar rückte näher. Gellende Rufe wurden laut, ausgestoßen von Bauern und Dörflern, die mit ihren Kindern in panischer Angst Reißaus nahmen und wie aufgescheuchte Hühner auseinander stieben.

Achmed musste tatenlos mit ansehen, wie ein Teil der Truppe alle, die nicht schnell genug fliehen konnten, brutal niederknüppelte. Ein anderer Teil machte sich daran, die Häuser in Brand zu stecken, bis schließlich das ganze Dorf in Flammen aufging.

Einige wenige Bauern versuchten mit dem, was sie gerade zur Hand hatten, Widerstand zu leisten, doch gegen die bewaffneten Angreifer hatten sie keine Chance. Einer ritt kaltblütig eine Frau nieder, die ein Kind auf den Armen trug, das im hohen Bogen durch die Luft flog und reglos auf dem harten Boden liegen blieb.

Achmed sah, wie der Reiter kehrtmachte und auf das Kind zuhielt, als ein Pfeil durch die Luft surrte und sich in den Nacken des Lirin bohrte. Leblos kippte der Soldat aus dem Sattel und fiel in den Staub.

Mit Blick auf Grunthor sah er, dass der Riese mit selten grimmiger und entschlossener Miene einen zweiten Pfeil auf die Bogensehne legte und fliegen ließ. Und wieder traf es einen Reiter, den es vom Pferd in ein Strohfeuer warf, das er selbst gelegt hatte.

Einer der anderen Männer ließ einen Vogelruf erschallen, worauf der ganze Trupp auf der Straße anhielt. Einem ruhig erteilten Kommando folgend, machten die Männer kehrt und ritten über die gefallenen Kameraden hinweg zum Dorf hinaus, ohne sich noch einmal umzudrehen.

In der kleinen Ortschaft wurde es ganz still. Dann erhob sich ein Geschrei, so plötzlich, als wäre etwas zu Bruch gegangen. Eine schluchzende Frau rannte auf das Kind zu, hob es vom Boden auf und lachte und weinte erleichtert, als das kleine Mädchen die Augen öffnete. Dabei sah sie weder nach rechts noch links und nahm auch keine Notiz von dem Firbolg-Riesen, der nur wenige Schritt von ihr entfernt war.

Als die Mutter mit dem Kind sich zu den anderen gesellt hatte, legte Grunthor den Bogen aus der Hand und beugte sich vor, um besser sehen zu können. »Was um alles in der Welt hat das nur zu bedeuten?«, fragte er und schüttelte den Kopf.

Achmed zuckte mit den Achseln. »Darauf fällt mir auch keine Antwort ein. Vielleicht sind die Geschichten, die man uns Kindern von den Leuten auf der anderen Erdseite erzählt hat, am Ende wahr, und sie laufen tatsächlich mit dem Kopf nach unten durch die Welt. Hättest du mir heute Morgen gesagt, dass uns eine mit Feuer bewaffnete Mörderbande über den Weg läuft, ausgerechnet Lirindarc, die ein Dorf in Brand stecken, sich dann aus dem Staub machen und ihre gefallenen Kameraden achtlos zurücklassen – ich hätte an deinem Verstand gezweifelt und dir einen Vogel gezeigt.« Grunthor nickte zustimmend.

Achmed kletterte vom Baum, ehe der ätzende Rauch überhand nahm, und gemeinsam eilten sie durchs Unterholz davon, weg von den Klagerufen der Dörfler im Hintergrund.

Als der achte Tag ihrer Streifzüge zu Ende ging, zweifelten beide am eigenen Verstand. Auf Schritt und Tritt waren sie Zeugen unerwarteter und gefährlich sinnloser Gewalt geworden.

Manchmal hatten Lirin ihren Anteil daran, aber meistens waren es Menschen, die gegen ihresgleichen wüteten. Die Firbolg fragten sich, ob sie hierzulande ihrem Ruf als Ungeheuer überhaupt noch gerecht wurden, denn was ihnen rundum vor Augen geführt wurde, war weit monströser als sie.

Ebenso unerklärlich war, was auf die Gräueltaten folgte. Nach dem Überfall auf eine Stadt im Grenzgebiet zwischen Wald und offenem Weideland konnten sie beobachten, wie die Plünderer, die soeben noch raubend von Haus zu Haus gezogen waren, mit ihrer Beute in ihre Kasernen zurückkehrten, die, gewissermaßen gleich um die Ecke, nur eine halbe Wegstunde weit entfernt lag. Und was noch verrückter war: Einige Soldaten derselben Einheit rückten in die Stadt aus, um die Verwundeten zu versorgen.

»Was geht hier vor?«, fragte Grunthor, als sie von ihrem sicheren Versteck der anschließenden Aufräumaktion zusahen. »Das ergibt doch alles keinen Sinn.«

Achmed schüttelte den Kopf, sagte aber nichts. Ein Krieg war für ihn nur dann ein Krieg, wenn er klare Fronten hatte, Beweggründe und unterscheidbare Gegner. Hier aber war nichts davon gegeben.

21

Je näher sie dem Meer kamen, desto dünner wurde die Schneedecke, bis schließlich braunes Gras darunter zum Vorschein kam. Über die kahlen Bäume fegte ein eisiger Wind, der noch weniger Mitleid zeigte als die Soldaten. Achmed und Grunthor machten einen großen Bogen um alle bewohnten Gebiete, um nahe einem geschützten Lagerfeuer schlafen zu können, ohne sich zu verraten. Nur wenn sie Proviant besorgen mussten, pirschten sie sich an leer stehende Häuser oder Scheunen heran.

Sie befanden sich jetzt in Avonderre und hatten in aufgeschnappten Gesprächen etliche Hinweise darauf erhalten, dass dieser Name eine Provinz bezeichnete, die ans Meer grenzte. Der Salzgeruch in der Luft war so kräftig, dass auch Grunthor ihn wahrnehmen konnte. So folgten sie ihren Nasen und näherten sich dem Meer, zwar langsam nur, weil sie nicht auf offener Straße reisen wollten, aber beständig Stück für Stück.

Die Siedlungen und Städte wurden größer und größer. Bald zeigte sich am Horizont eine Häuserfront, die kein Ende mehr zu nehmen schien. Anstelle der einfachen Hütten und Hofschaften, in denen die Landbevölkerung wohnte, erhoben sich hier geziegelte Bürgerhäuser mit schmuckvollen Eingangstüren und festen Schindeldächern.

Die Straßen waren doppelt so breit oder noch breiter als auf dem Lande, gepflastert und mit Bordsteinen gesäumt. Grunthor dachte daran, wie teuer das wohl alles gewesen sein mochte, und prustete unwillkürlich. Daheim waren nur die Straßen in den vornehmsten Vierteln der größten Städte gepflastert, und dort auch nur vor öffentlichen Gebäuden und Tempeln. In dieser Stadt jedoch, die mindestens dreimal größer war als Ostend, schien ausnahmslos jede Straße gepflastert zu sein.

Das Werft- und Hafengelände war, wie es schien, noch größer als die Stadt und erstreckte sich entlang der Küstenlinie weiter als das Auge reichte. Seine äußersten Eckpunkte bildeten zwei Fischerdörfer. Weiter zur Mitte hin lagen die Docks, aus edlem Holz und glänzenden Steinen gebaut, mit Aufschleppen und Anlegestellen aus poliertem Metall. Genau in der Mitte befand sich der Hafen, ein kolossales Becken, in dem mehr Schiffe festgemacht hatten, als Achmed und Grunthor zu zählen gewillt waren.

»Kaum zu glauben«, murmelte der Sergeant, als sie aus der Ferne beobachten konnten, wie hundert Handelsschiffe auf einmal gelöscht wurden und es dort vor lauter Fässern und Kisten und Pferden und Karren wimmelte wie auf einem Ameisenhaufen.

Achmed tippte dem Freund auf die Schulter und zeigte schräg nach oben. »Sieh dir erst einmal das an.«

Grunthor blickte auf von dem Haufen Kohle, die er im Hinterhof eines Grobschmieds aufgetrieben hatte und nun in einem großen Wachstuch zu transportieren gedachte. Die Sonne ging gerade unter und nahm den letzten Flecken blauen Himmels mit sich. An dessen Stelle machten sich mächtige Gewitterwolken breit, voller Regen und Wetterleuchten. Wenig später frischte der Wind auf und ließ einen Sturm erwarten.

»Herrje. Wir sollten schnellstens das Weite suchen.«

Achmed war bereits über die Mauer hinter der Schmiede gesprungen und rannte nach Norden. »In den Felsklippen am Stadtrand werden wir irgendwo Schutz finden. Komm! Wenn's losgeht, wird's sicher ungemütlich.«

Unter dräuendem Himmel und von Windstößen getrieben, hasteten sie auf die Klippen zu, die sich trotzig vor dem aufgewühlten Meer erhoben. Die Wellen rauschten und schleuderten den beiden salzige Gischt ins Gesicht.

Es war inzwischen ganz und gar düster geworden; nur hin und wieder rissen die Wolken auf und ließen für kurze Zeit den vollen Mond zum Vorschein treten.

»Schnell, suchen wir nach ’nem Unterschlupf«, drängte Grunthor.

Achmed sperrte die Augen auf, sah aber wenig mehr als zerklüftete Felsen und weiß schäumende Wellen. So gut Firbolg-Augen auch in unterirdischer Dunkelheit zu sehen vermochten, an der Oberfläche waren sie nachts ebenso eingeschränkt wie die Augen der Menschen.

»Vielleicht auf der anderen Seite«, schlug Achmed vor.

Grunthor schüttelte den Kopf und schüttelte dabei Wasser und Schweiß ab. »Nein, da ist nichts, nur glatter Fels, und das über Meilen. Aber weiter unten am Strand ist eine Art Grotte.«

»Spürst du das durch die Erde hindurch?«

»Ja.«

Langsam kletterten Achmed und Grunthor bergab, bis sie schließlich den sandigen Strand erreichten. Dort wechselten sie in einen zügigen Laufschritt über. Die ersten Tropfen fielen und trafen wie Eissplitter auf ihre Gesichter. Der Strand schlug einen Bogen um einen Hügel im Norden und folgte einem Flussarm, der sich in eine kleine Lagune öffnete. Sie war schon vom oberen Rand der Klippen zu sehen gewesen, die sich jetzt in langer, schwarzer Front wie eine Gebirgskette über ihnen auftürmten.

Als sie endlich das Ende der Felswand erreichten, fiel ihr Blick auf ein riesiges Bauwerk, das in weitem Abstand von vier weiteren Gebäuden umgeben war. Die Umrisse zeichneten sich im Dunkeln nur vage ab.

»Das ist ja ein Tempel«, rief Achmed. »Wie verrückt muss denn sein, der einen Tempel auf Sand baut?«

Der Sturm tobte so laut, dass Grunthor den Freund nicht richtig verstand. »Und so nah am Wasser. Seltsam, fürwahr. Solln wir einen Blick reinwerfen?« Das lange Haar war tropfnass und klebte ihm in Strähnen auf der Stirn.

Achmed zögerte. Wo es Tempel gab, war auch mit Priestern zu rechnen, und er verabscheute Priester. Aber das hohe Gebäude war unbeleuchtet. Licht brannte nur in den vier entfernten Häusern ringsum, in denen aller Voraussicht nach die Geistlichkeit wohnte und wirtschaftete. In der Basilika selbst würden sie wohl am ehesten unentdeckt bleiben.

»Na schön«, murmelte er und zog die zerrissene Kapuze tiefer ins Gesicht. »Aber wehe dem Priester, der mir in die Quere kommt.«

Von weitem stellte sich ihnen der Tempel lediglich als ein massiges, gemauertes Gebilde dar, das hoch über dem Wasser aufragte. Als sie aber die Nordseite der Klippen erreichten, blieben sie unwillkürlich stehen und vergaßen über ihr Staunen den prasselnden Regen.

Der Tempel erhob sich aus der tobenden Brandung und zeigte mit einem sonderbar schiefen Turm landeinwärts. Der Sockel bestand aus großen vieleckigen Felsblöcken, die zwischen hohen Pfählen aus uraltem Holz kunstvoll aufgemauert waren. Zum Portal führte ein mit polierten Steinplatten im Sand ausgelegter Gehweg.

Ein brausender Windschwall schlug ihnen entgegen und zerrte an den notdürftigen Kleidern. Die vorbeifliegenden Regenwolken klafften einen Moment lang auf und ließen die Strahlen des Mondes passieren, die mit ihrem Glanz das ganze Bauwerk zum Leuchten brachten.

Der Tempel war so gebaut, dass er dem Bug eines großen Schiffswracks glich, der in steilem Winkel aus dem schroffen Fels am Strand herausragte. Die großen Tore, zusammengefügt aus Planken unterschiedlicher Längen, schienen ein großes, in den Kiel gerissenes Leck zu verschließen. Der schiefe Turm stellte, wie sich jetzt zeigte, den Mast dar. Überhaupt war das imaginäre Schiff detailgetreu nachempfunden bis hin zu den Navigationsinstrumenten. Das Takelwerk, filigran aus Marmor gearbeitet, war im Maßstab über fünfmal so groß wie in Wirklichkeit.

Ein Stück vor der Küste lag ein anderer Teil des Tempels, ein Anbau, der über einen einfachen beplankten Gehweg mit dem Hauptgebäude verbunden war. Dieser Steg war wie ein Großteil des Anbaus nur bei Ebbe sichtbar und ansonsten von der Flut überspült. Als Gegenstück zum strandseitigen Hauptteil des Tempels entsprach der Anbau einem ruinierten Achterschiff. Zwischen beiden Teilen lag, ein wenig zur Seite versetzt, ein riesiger Anker, der sich tief in eine Sandbank eingegraben hatte.

Trotz aller architektonischen Sorgfalt, mit der der Eindruck eines auf Grund gelaufenen Schiffswracks erzielt wurde, wirkte das Bauwerk ungemein solide. Es stand scheinbar unangefochten inmitten der tosenden Brandung. Grunthor stieß voller Anerkennung einen lang anhaltenden Pfiff aus.

»Criton. Was sagst du dazu, Achmed?«

Achmed fühlte sich nicht wohl so nahe am aufgewühlten Wasser. Das Meer mit seiner kolossalen Urgewalt und den ihm eigenen Schwingungen überlagerte die Herzschläge derer, denen er nachgejagt war, als er noch ein Gespür dafür gehabt hatte. Es war der einzige Ort, an dem sich ein Opfer vor ihm, Achmed, hätte in Sicherheit bringen können.

»Es scheint, dass die Anhängerschaft dieses Tempels in der Mehrzahl aus Händlern oder Fischern besteht. Und die müssen sehr reich sein. Ein so kostbares und aufwändiges Bauwerk habe ich nie zuvor gesehen. Es soll wohl an ein Unglück erinnern, das, wenn dem so ist, von großer Tragweite gewesen sein muss. Schade, dass Rhapsody nicht hier ist. Wahrscheinlich hätte ihr das alles mehr gesagt.«

»Ja. Wenn ich mich nich irre, stammt sie aus 'ner Seefahrerfamilie oder von Ostender Werftarbeitern ab. Unterwegs auf der Wurzel hat sie mal davon gesprochen, wie gern sie das Meer sehn würde.«

Achmed schüttelte den Kopf. »Ich glaube nicht, dass Rhapsody aus Ostend oder irgendeiner anderen großen Stadt kommt. Möglich, dass sie in den Kneipen und auf den Straßen von Ostend ein paar lebenswichtige Dinge gelernt hat, aber sie ist kein Großstadtkind. Dafür fehlt es ihr an Gerissenheit. Ich vermute, sie ist auf einem Bauernhof groß geworden, in eher ärmlichen Verhältnissen.« Der Wind schleuderte ihnen Sand ins Gesicht.

»Glaubst du, dass sie zurechtkommt?«

Achmed schlang den Umhang enger um sich. »Ja. Komm. Bald setzt die Flut wieder ein, und ich will, dass wir uns vorher die hinteren Aufbauten angesehen haben.«

»Und jetzt kommt der Regen.«

Sie warteten noch eine Weile, um nicht zufällig von einem Tempelbesucher überrascht zu werden. Es war aber bald so dunkel und stürmisch, dass sie nicht mehr fürchten mussten, entdeckt zu werden.

Der Sturm brüllte immer lauter. Der Regen fiel herab wie aus Kübeln gegossen und durchnässte beide Bolg bis auf die Knochen. Trotz Niedrigwasser donnerten gewaltige Brecher aufs Ufer zu, die mit weißer Gischt das Tempelfundament umspülten.

Das Mondlicht war nun vollständig erloschen. Die schwarzen, dahinjagenden Regenwolken hatten den Himmel für sich allein. Achmed und Grunthor erkletterten die Klippen und liefen über die Planken auf den Tempeleingang zu. Die Fackeln, die das Portal flankierten, waren längst vom Wind ausgeblasen worden.

Grunthor langte nach der schweren Klinke aus Messing. Der linke Türflügel ließ sich reibungslos öffnen. Die beiden traten ein und beeilten sich, die Tür hinter sich zuzuziehen.

Das von der Kleidung tropfende Regenwasser lief zwischen ihren Füßen zu einer Pfütze zusammen, als sie staunend zum schwindelnd hohen Gewölbe aufblickten. In den dunklen Stein der gewölbten Seitenwände war Treibholz in allen nur erdenklichen Längen und Breiten eingearbeitet, und man wähnte sich in der skelettierten Brust eines riesigen, auf dem Rücken liegenden Tieres, dessen Rückgrat den langen Mittelgang bildete, während die alten, gebrochenen Rippen nach oben ins Dunkle führten.

Wie Bullaugen saßen die Fenster in den hohen Wänden. Für Licht bei Tage sorgten zusätzlich durchscheinende Glasblöcke, die auf Grunthors Kniehöhe der Reihe nach in die Wände eingelassen waren. Dahinter schimmerte jetzt die schäumende Gischt der Brandung, deren reflektiertes Licht einen grünlichen Schimmer ins Innere der Basilika warf. Tagsüber würde sie in hellem Licht erstrahlen. Jetzt, bei Nacht, zumal während eines Gewittersturms, herrschte hier eine dermaßen gespenstische Stimmung, dass selbst Achmed nicht unberührt davon blieb und zu frösteln begann.

Kopfschüttelnd verspritzte Grunthor das Wasser in den Haaren. Es gab nirgends Bänke oder Sitzgelegenheiten jedweder Art, abgesehen von dem weiten Kreis marmorner Blöcke in der Mitte des Raumes. Trotz der unmittelbaren Nähe zum Meer und obwohl zumindest ein Teil des Bodens und der Wände unter dem Wasserspiegel lagen, war das Innere des Tempels überraschend trocken. Den beiden Bolg fiel allerdings auf, dass die steinernen Bodenplatten porös waren und offenbar Feuchtigkeit aufnehmen beziehungsweise ableiten konnten.

Auf einen Wink von Achmed hin setzten sich die beiden Firbolg in Bewegung und gingen über den Mittelgang nach vorn, voller Bewunderung für das, was sie sahen. Die massigen Holzteile schienen zwar sorgfältig konserviert zu sein, zeigten aber deutlich den Verschleiß und die Abnutzung aus der Zeit ihrer ursprünglichen Verwendung als Schiffsmaterial. Die unterschiedlichen Farben und Formen deuteten darauf hin, dass sie von vielen verschiedenen Schiffen zusammengetragen waren.

Über dem Mittelgang öffnete sich das Gewölbe in einen hohen Schacht, der in dunkler Nacht mündete. An seinem äußersten Rand waren kleine Schlitze eingelassen, durch die der Sturm und salzige Gischt pfiffen und widerhallend durch den Tempel heulten.

»Das wird der Mast sein«, sagte Grunthor. Achmed nickte.

Im Zentrum der kreisförmig angeordneten Marmorbänke befand sich ein kleiner runder Zierbrunnen, ebenfalls aus blau geädertem Marmor und umringt von mehreren größeren Wasserbecken aus demselben Material, die zum Rand hin in konzentrischen Ringen ausliefen, in denen sich das überlaufende Wasser sammelte. Aus dem Brunnen sprang ein pulsierender Wasserstrahl, mal mehr, mal weniger druckvoll, der in der Luft auseinander fächerte und auf das schaukelnde Wasser in den Becken herabregnete.

Auf der gegenüberliegenden Seite war wiederum ein großes, doppelflügeliges Tor auszumachen, aus Kupfer geschmiedet und mit einer Inschrift versehen, die sich für die beiden aus der Ferne nicht entziffern ließ. Sie wichen dem Brunnen aus und gingen weiter zum rückwärtigen Teil des Tempels. Das brausende Wasser jenseits der Mauern übertönte ihre Schritte.

Zu beiden Seiten der Kupfertüren hing je ein Wandleuchter mit rundem Glasschirm und einem Stück Metall als Docht. Als sie sich weit genug genähert hatten, konnten sie in der Inschrift eine

Reihe von Runen erkennen, und Achmed glaubte, in manchen dieser Zeichen gewisse Ähnlichkeiten mit jener Schrift entdecken zu können, wie sie in Serendair gebräuchlich war.

In das Kupfer beider Türflügel war jeweils das Relief eines Schwerts eingearbeitet worden, das eine aufgerichtet, das andere mit der Spitze nach unten. Die Klingen zierte eine Gravur aus ornamentalen Schnörkeln, die wie Wellen anmuteten. Ein ähnliches Muster prangte an den Spitzen.

Der Hintergrund der Reliefs ließ Achmed stutzen. Darauf war ein geflügelter Löwe dargestellt, ein Wappen, das er schon einmal gesehen hatte. Es dauerte eine Weile, bis er es einzuordnen vermochte.

»Das ist das Wappen der Familie MacQuieth«, sagte er wie zu sich selbst, obwohl auch dem Freund jener legendäre Ritter und Favorit des Königs von Serendair sehr wohl bekannt war. »Wie kommt das wohl hierher?«

Grunthor rieb sich das Kinn und starrte auf die Türflügel.

»Hat man MacQuieth nich Nagall, den Fremden, genannt? Wenn ich mich nich irre, kam er in jungen Jahren von weither nach Serendair gesegelt. Vielleicht stammte seine Familie von hier.«

Achmed nickte. Er ärgerte sich über sich selbst. Das Tosen der Brandung brachte ihn ganz durcheinander und hinderte ihn daran, auch nur einen klaren Gedanken zu fassen.

»Nun, das würde uns immerhin verraten, wo wir sind. Ich glaube, er stammte von Monodier.« Er langte nach der Klinke und versuchte die Tür zu öffnen, doch die war fest verschlossen. So auch der andere Türflügel.

»Das sind anscheinend die Türen zum Anbau«, sagte er und wischte sich die Handflächen am Umhang trocken.

»Gestatten?« Grunthor verbeugte sich höflich. Dann spukte er in die Hände, packte die Klinke und riss scheinbar mühelos die Tür auf. Schnell trat er zur Seite, als ihm Flocken von Gischt entgegenflogen.

Jenseits der Tür, deren äußere Kupferseite grün-blau angelaufen war, führte eine breite Steintreppe hinunter auf den Plankensteg. Dort bildeten sich schon die ersten Pfützen. Die Flut hatte eingesetzt.

Die Unterarme schützend vor das Gesicht gehoben, traten die beiden Männer in den Sturm hinaus, wobei Grunthor Achmeds Schulter gepackt hielt. Der lange und schmale Steg überquerte eine Sandbank und war voller Tang und Treibgut, die das Niedrigwasser zurückgelassen hatte.

So schnell wie möglich eilten sie über die Planken hinweg, ständig in Gefahr, von wuchtigen Böen umgestoßen zu werden. Einmal hielt Grunthor kurz an, um eine große, seltsam geformte Muschelschale aufzuheben, die sich im Holz verkeilt hatte.

Als sie den Anbau erreichten, stellten sie fest, dass da keine Tür war, die das Innere vor dem Ansturm des Meeres geschützt hätte. Bei Flut würde es unter Wasser stehen, und wie sich an den Pegelspuren der feuchten Wände zeigte, wäre Achmed bis zur Schädeldecke überschwemmt. Vor dem offenen Torbogen lag ein großer, verrosteter Anker im Sand, der als Schwelle diente.

Ohne lange zu zögern, sprangen die beiden darüber hinweg, betraten den Innenraum und sahen sich staunend darin um.

Im Unterschied zu dem Tempel, der nur so gebaut war, dass er den Anschein eines Schiffes erweckte, war dieser Anbau tatsächlich Teil eines Schiffes, das mit steil aufgerichtetem Vorsteven im Sand steckte und offenbar einmal als stattliche Kogge die Meere befahren hatte. Ein gut Teil des Achter- und Quarterdecks war von dem Wrack noch übrig geblieben, deren Spanten nun die Wände des Anbaus bildeten. Bei näherer Betrachtung zeigte sich, dass das Schiff nicht etwa aus Holz gebaut war, sondern aus einem Material, das die beiden nie zuvor gesehen hatten.

In der Mitte des Raumes stand, ebenfalls im Sand eingekeilt, ein steinerner Tisch, ein Block aus massivem Obsidian, glänzend schwarz unter den Wasserpfützen, die mit jedem Windstoß darüber hinwegspülten. In dem Stein steckten zwei Klammern aus einem Metall, das den beiden ebenfalls völlig unbekannt war und seltsamerweise überhaupt keinen Rost angesetzt hatte.

Auf der Oberfläche des Steins waren Runen eingemeißelt, die das beständige Kommen und Gehen des Wassers inzwischen fast gänzlich ausgespült hatte. Von der Inschrift zeugten nur noch letzte Schatten auf der blanken Oberfläche.

Auf der Frontseite des Steinblocks steckte eine Plakette mit einer ähnlich erhabenen Runenprägung wie an den Kupfertüren. Und so wie die Klammern auf der Oberseite war die Plakette ohne jede Spur von Rost.

»Dies erinnert an die Schriftsprache von Serendair«, bemerkte Achmed und beugte sich tiefer, um die Zeichen aus der Nähe zu studieren. »Ich wünschte, Rhapsody wäre hier.«

»Du wiederholst dich«, entgegnete Grunthor grinsend. »Davon werd ich ihr berichten.«

»Sie würde dir nicht glauben oder allenfalls annehmen, dass ich sie ins Wasser stoßen wollte«, sagte Achmed. Er nahm sein Gepäck von der Schulter und stellte es auf dem Steinblock ab. Wortlos zog er das Wachstuch mit der Kohle daraus hervor, breitete das Tuch über der Plakette aus und pauste die Runen ab, indem er mit einem Kohlestück darüber rieb. »Na bitte, wir kommen auch ohne sie zurecht. Und jetzt sollten wir besser von hier verschwinden, bevor die Flut kommt.«

Grunthor nickte. Das Wasser reichte ihm schon bis zu den Knöcheln. Bald würde die Sandbank überflutet sein.

Achmed schulterte sein Bündel. Dabei streifte er mit der Hand den Steinblock, worauf er ein leichtes Prickeln in den Fingerspitzen spürte. Er bückte sich wieder und musterte diesmal den Stein von nahem. Der war zweifelsfrei ein schwarzer Obsisian, von beachtlicher Größe, ansonsten aber ziemlich unauffällig. Trotzdem ging eine Schwingung davon aus, die ihm ganz und gar fremd, zugleich aber auf seltsame Weise vertraut vorkam. Er blickte zu Grunthor auf.

»Fühlt sich der auch für dich so merkwürdig an?«

Der Riese legte die Hand auf den Stein und schüttelte den Kopf. »Nein. Fühlt sich kalt wie Marmor an und schön glatt poliert vom Wasser.«

Achmed zog seine Hand zurück. Dass er die Schwingungen nun nicht mehr spürte, erleichterte ihn zwar, gleichzeitig aber war ihm, als sei etwas verloren gegangen. Doch darüber konnte er sich jetzt keine Gedanken machen; die Zeit drängte, denn die Flut hatte eingesetzt.

Sie traten in den brüllenden Sturm hinaus und wateten durch knietiefes Wasser zum Tempel zurück. Darin angekommen, zog

Grunthor das Kupfertor hinter sich zu, seufzte und fragte: »Na, was hältst du von alledem?«

Achmed zuckte mit den Achseln. »Keine Ahnung, aber vielleicht kann ...« Er stockte und zog, verärgert über sich selbst, die Stirn kraus.

Grunthor prustete vor Lachen. »Ja, ja, vielleicht kann sie sich 'n Reim darauf machen. Das wolltest du doch sagen, stimmt's?«

»Wie auch immer, wir sollten umkehren«, sagte Achmed und wischte sich das Wasser von den Schultern, als sie schnellen Schritts die Basilika durchquerten. »Wir haben eine Verabredung mit ihr einzuhalten, und wer weiß, wie lange wir für den Rückweg brauchen.«

22

Die Eingangstür zum Anwesen des Fürbitters war uralt und dick und mit Schnitzereien versehen, die Rhapsody sogleich an zu Hause erinnerten.

Die Türfüllung hatte früher einmal ein Bild aus Goldblatt geschmückt, die Darstellung eines Drachen oder anderen mythischen Tieres, wovon aber kaum mehr etwas zu erkennen war. Wind und Wetter hatten die Oberfläche inzwischen längst auf ihre Weise gestaltet. Gut zu sehen war hingegen in der rechten oberen Ecke ein Hexenzeichen, das sich von allen anderen, die Rhapsody bislang erspäht hatte, deutlich unterschied. Es war ein aus einer Spirale entworfener Kreis.

Khaddyr klopfte laut mit seinem Stecken an die Tür, wartete einen Augenblick und wollte gerade ein zweites Mal anklopfen, als die Tür plötzlich geöffnet wurde.

In der Eingangshalle stand eine Frau mittleren Alters, ein Halbblut wie Rhapsody, aber von so dunkler Hautfarbe wie die Waldlirin der Insel. Augen und Haare hatten die Tönung der Borke eines Kastanienbaums. An den Schläfen zeigten sich erste graue Schatten.

Sie trug ein langes Gewand aus ungefärbter Wolle, ähnlich denen, die Rhapsody vordem gesehen hatte. Khaddyr zugewandt, verbeugte sich die Frau ehrfurchtsvoll und richtete dann den Blick auf seine Begleitung. Ihr fiel die Kinnlade herunter, und sie riss die Augen auf. Rhapsody errötete. *Ich muss schrecklich aussehen*, dachte sie und schämte sich.

Khaddyr kniff die Brauen zusammen und räusperte sich hüstelnd. »Auch dir einen schönen Abend, Gwen. Ist Seine Gnaden zu Hause?«

Die Frau blinzelte und lief rot an. »Verzeiht mir, Vater. Und auch Euch, Fräulein, bitte ich um Entschuldigung. Ich weiß nicht, was über mich gekommen ist. Bitte einzutreten.« Sie trat zur Seite, um Khaddyr vorbeizulassen, der Rhapsody beim Ellbogen ins Haus führte.

Die beiden folgten Gwen über buntscheckiges Mosaik durch die mit edlen, polierten Hölzern und Schnitzereien geschmückte Halle. Vor der letzten Tür blieb sie stehen, klopfte zurückhaltend, sperrte die Tür dann einen Spaltbreit auf und rief: »Euer Gnaden?«

»Ja?« Die Stimme, die da antwortete, war wohltönend und kultiviert.

»Ihr habt Gäste, Hochwürden.« Gwen richtete ihren Blick wieder auf Rhapsody.

»Ich bin's, Euer Gnaden«, sagte Khaddyr, und an Gwen gewandt: »Gaff nicht so, das gehört sich nicht.« Die Frau machte hastig auf dem Absatz kehrt.

Wenig später schwang die Tür zur Gänze auf, und Khaddyr führte Rhapsody in einen wohnlich eingerichteten Raum, eine kleine Kammer bloß, aber mit einem großen, bis zur Decke reichenden offenen Kamin, in dem lautlos ein Feuer brannte. Wie zur Begrüßung loderten die Flammen auf, als sie den Raum betrat, und sanken dann wieder auf ihr altes Maß zurück.

Die Kammer war voll von eigentümlichen Gegenständen, Landkarten und Schriftrollen. Hohe Bücherregale säumten drei der Wände. Mehrere bequeme Sessel standen rings um einen niedrigen runden Tisch, dessen Platte aus einem dicken Baumstamm herausgeschnitten war. Zur Einrichtung zählten ferner eine Vitrine und noch andere Möbelstücke, die im Schatten lagen und erst auf den zweiten Blick ins Auge sprangen.

Leise schloss sich die Tür hinter ihnen. Da stand ein dünner, älterer Herr in einem einfachen grauen Gewand. Er hatte ein gutmütiges, runzeliges Gesicht mit freundlichen Augen, dichten weißen Brauen und einem fein säuberlich getrimmten Schnauzbart, der ebenso dicht und weiß war. Trotz der etwas schwächlich wirkenden, großen Gestalt schien der Alte bei bester Gesundheit zu sein. Die vom Wetter gegerbte Haut ließ erkennen, dass er die größte Zeit seines Lebens im Freien zugebracht hatte.

»Schau an«, sagte der Alte. »Wen haben wir denn da?«

»Euer Gnaden, diese Frau ist aus dem Frost von Tref-Y-Gwartheg zu mir gekommen«, antwortete Khaddyr respektvoll. »Sie spricht unsere Sprache nicht, scheint aber doch einiges zu verstehen. Wie wir besingt sie den Sonnenaufgang, allerdings ohne Worte. Ihre Stimme klingt überweltlich schön. Ich dachte, Ihr könntet Euch für sie interessieren. Mir ist sie ein Rätsel. Vielleicht ist sie ja eine Dryade oder Sylphe oder irgendein anderer Naturgeist, der Euch bekannt sein könnte. Wenn denn einer Bescheid weiß, dann seid Ihr es.«

Rhapsody starrte Khaddyr verwundert an. Was sie als Erstes hatte aufmerken lassen, war der Name der Ortschaft: Tref-Y-Gwartheg. In der Sprache der Insel bedeutete dieser Name nichts anderes als Viehdorf.

Seine anschließende Bemerkung aber versetzte ihr einen regelrechten Schock. Anfangs hatte sie geglaubt, dass ihr die Leute aus dem Ort deshalb nachgelaufen seien, weil ihnen womöglich noch nie eine Lirin zu Gesicht gekommen war. Allerdings hatte Gwens Person diese Vermutung bereits widerlegt. Doch warum sollte der Priester sie für einen Naturgeist halten? Sie dachte zurück an Achmeds und Grunthors unbeholfene Versuche, ihr zu erklären, auf welche Weise das Feuer ihr Äußeres verändert hatte. Anscheinend war sie wirklich von ganz außergewöhnlichem Aussehen.

Der alte Mann schmunzelte amüsiert. »Vielen Dank, Khaddyr.« Er ging ein paar Schritte auf sie zu und sah ihr ins Gesicht. »Mein Name ist Llauron«, sagte er ohne Umschweife und in freundlichem Tonfall. »Wie soll ich dich nennen, liebes Kind?«

»Rhapsody«, antwortete sie. Khaddyr zuckte vor Schreck zusammen.

»Ich wusste gar nicht, dass du sprechen kannst«, sagte er.

»Manchmal kommt's einfach nur darauf an, die richtigen Fragen zu stellen, nicht wahr, Rhapsody?« Die dunkle, vornehme Stimme des Alten hatte einen entwaffnend sanften Ton, der ihr ein Lächeln entlockte.

»Ja.«

»Wo kommst du her?«

Rhapsody zog die Stirn in Falten und suchte nach einer Antwort. Es war verabredet worden, dass sie sich bedeckt halten sollte, doch wollte sie auch nicht lügen, und außerdem haperte es bei ihr noch allzusehr mit diesem fremden Dialekt. »Ich weiß nicht, wie der Ort in Eurer Sprache heißt«, antwortete sie vorsichtig. »Jedenfalls liegt er sehr weit entfernt.«

»Ja, das kann ich mir vorstellen«, sagte der Fürbitter. »Aber mach dir keine Sorgen. Kann ich dir etwas zu essen anbieten? Oder möchtest du vielleicht ein Bad nehmen?«

Ihr Gesicht leuchtete auf – und mit ihm auch das Feuer. Die Flammen tanzten vor Vergnügen. »Ja, ein Bad wäre wundervoll«, sagte sie. Der Wunsch danach war größer als ihre Vorsicht.

Llauron öffnete die Tür seiner Studierkammer. »Gwen?«

Die Halb-Lirin tauchte wieder auf. »Ja, Euer Gnaden?«

»Das ist Rhapsody. Sie wird unser Gast sein, zumindest für heute Abend. Bitte, bereite ihr ein heißes Bad mit viel Seife, und lass Vera etwas zu essen für sie machen.« Die Dienerin nickte und ging. Llauron wandte sich den beiden wieder zu. »Nun, das wäre geregelt. Und wie wäre es mit einem Schlückchen Tee?«

»Ja, bitte«, antwortete Rhapsody.

»Dagegen hätte auch ich nichts einzuwenden, Euer Gnaden.«

Llauron deutete auf die Sessel, hieß die beiden Platz zu nehmen, und hängte einen Kessel voll Wasser über das Feuer im Kamin. Dann holte er drei Tassen aus einer Vitrine neben einem der Glasfenster und stellte sie auf den Tisch. Als das Wasser zu kochen anfing, nahm er den Kessel vom Feuer und füllte eine Kanne aus Porzellan, in die er vorher ein paar Teeblätter gegeben hatte. Schließlich setzte er sich in den Sessel, der Rhapsody gegenüber stand.

»Nun, Rhapsody, ich hoffe, Khaddyr war dir ein guter Gastgeber, auch wenn er es versäumt hat, dir ein Bad anzubieten.«

Khaddyr zeigte sich zerknirscht. »Es tut mir Leid, Fräulein«, sagte er, »aber ich wollte dir nicht zu nahe treten, dich nicht in Verlegenheit bringen.«

Llauron schmunzelte. »Ach, guter Freund, Ihr habt doch gewiss schon genug Lirin kennen gelernt, um zu wissen, dass sie streng auf Reinlichkeit achten.« Er schenkte den Tee aus und reichte einen kleinen Honigspender herum.

»Lirin?«, fragte Khaddyr verwundert.

»Halb-Lirin, würde ich vermuten. Hab ich Recht, liebes Kind? Ein Elternteil von dir war bestimmt ein Liringlas.«

Rhapsody nickte. »Ja, meine Mutter.« Sie nippte an der Tasse und ließ sich den Tee schmecken.

»Dachte ich's mir doch.«

Es klopfte an der Tür, die sich gleich darauf öffnete. »Das Bad ist fertig, Euer Gnaden.«

Llauron stand auf. »Ich kann mir vorstellen, dass du dir zurzeit nichts sehnlicher wünschst als ein Bad, hab ich Recht, mein liebes Kind?«

»Ja«, antwortete sie und ließ einen so überzeugenden Seufzer folgen, dass der Fürbitter darüber zu kichern anfing.

»Viel Vergnügen. Gwen, erfüll ihr bitte jeden Wunsch und sorg dafür, dass ihre Kleider gewaschen werden. Du hast doch bestimmt ein paar frische Sachen, die sie tragen kann, bis die eigenen getrocknet sind, oder?«

»Ja, Euer Gnaden.«

»Ausgezeichnet.«

Rhapsody folgte Gwen nach draußen. Im Flur und auf der Treppe konnte sie das Gespräch zwischen den Geistlichen noch eine Weile mit anhören.

»Eine Dryade?«, sagte Llauron offenbar erheitert. »Also wirklich.«

»So eine Lirin ist mir noch nie über den Weg gelaufen«, entgegnete Khaddyr in verteidigendem Tonfall.

»Das mag ja sein, aber muss ich Euch daran erinnern, dass es keine Naturgeister mehr gibt? Die letzten sind vor Jahrhunderten mit der Insel untergegangen ...«

Die Stimme brach ab, als Gwen die Badezimmertür ins Schloss warf.

Das Badezimmer enthielt eine große Wanne aus Porzellan, die mit dampfendem und nach Kräutern duftendem Wasser gefüllt war. *Fenchel und Eisenkraut*, dachte Rhapsody und drehte sich nach Gwen um, die den Blick auf sie gerichtet hielt und keine Anstalten machte, sie allein zu lassen.

Merklich befangen zog Rhapsody ihre schmutzigen Kleider aus. Sie trug nur noch das Medaillon an der Kette um den Hals, als sie in die Wanne stieg und in das heiße Wasser eintauchte, was ihr ein so wohliges Gefühl bereitete, dass sie vor Freude hätte aufjauchzen können. Sie schaute sich um und sah Gwen mit ihren Kleidern im Flur verschwinden und die Tür hinter sich zuziehen.

Mit einem Seufzer glitt sie noch tiefer ins Wasser und spürte förmlich, wie sich der Schmutz aus den Poren der Haut löste. Während sie sich die Haare wusch und den Körper schrubbte, blieb das Wasser angenehm warm, obwohl es allmählich eine hässlich graue Farbe annahm. Es war, als würden alle Anspannung und Strapazen der endlos langen Reise mit dem Schmutz von ihr abfallen.

Sie trocknete sich gerade mit dem großen, flauschigen Handtuch ab, das neben der Wanne bereit lag, als Gwen mit einem weißen wollenen Umhang zurückkehrte, der der Tracht der Filiden ganz ähnlich sah, die sie auf der Waldlichtung gesehen hatte. Die Dienerin machte sofort wieder kehrt und verließ das Badezimmer, um Rhapsody Gelegenheit zu geben, sich in Ruhe anzuziehen. Der war es wiederum eine Lust, in ein frisches Kleidungsstück schlüpfen zu können. Dann warf sie einen Blick auf das Schwert und dachte, dass es doch wohl lächerlich aussähe, wenn sie es zu der Robe gürten würde. Also beschloss sie, die Waffe in der Hand zu tragen, zumal sie auf die Schnelle kein Versteck für sie fand.

Sie wartete noch eine Weile, doch Gwen ließ sich nicht mehr blicken. Rhapsody öffnete die Tür und spähte in den Flur hinaus. Da war niemand zu sehen. Langsam ging sie über die Treppe nach unten, schaute sich dabei aufmerksam um und nahm von jeder Einzelheiten Notiz, angefangen von den blank polierten Holzarbeiten bis hin zu den ungewöhnlichen Kunstwerken, die die Wände schmückten.

Die Tür zur Studierkammer stand offen. Sie blieb davor stehen und rief: »Hallo?«

Llaurons Stimme antwortete wie von fern. »Ah, du bist fertig. Komm nur herein, mein liebes Kind.«

Rhapsody trat ein und sah sich allein in der Kammer. In der Regalwand gegenüber der Feuerstelle stand eine Tür offen, die ihr vorher noch nicht aufgefallen war. Sie durchquerte den Raum, bemerkte, dass das Feuer im Kamin ihr zum Gruße wieder aufflammte, und ging weiter bis in die angrenzende Kammer.

Die war dem Studierzimmer sehr ähnlich – bis auf das eine zentrale Möbelstück: einen großen, schmuckvollen Schreibtisch, der einen Großteil des Raumes einnahm und scheinbar wahllos voll gepackt war mit Papieren und Schriftrollen. Auch hier gab es eine offene Feuerstelle, die allerdings deutlich kleiner war und von zwei verglasten Fenstern flankiert wurde. Glas war eine Kostbarkeit, die Rhapsody in ihrer alten Welt nur selten gesehen hatte und seit ihrer Ankunft in der neuen Welt zum ersten Mal in diesem Haus. Llauron erhob sich aus einem großen Sessel hinter dem Schreibtisch und lächelte ihr zu.

»Na, fühlst du dich jetzt besser?« Sie nickte. »Gut, gut. Hast du die Kräuter im Wasser wiedererkannt?«

Rhapsody dachte einen Moment lang nach. Sie erinnerte sich an Lavendel, Fenchel, Eisenkraut und Rosmarin, wusste aber nicht, wie diese Kräuter in dem fremden Dialekt bezeichnet wurden, und wollte die ihr bekannten Namen lieber für sich behalten, um keinen Hinweis auf ihre Sprache zu geben. »Ja«, sagte sie.

Der Fürbitter lachte. »Sehr gut. Du bist also vom Fach, wie es scheint.«

Sie schüttelte den Kopf. »Nein, ich kenne mich nur ein bisschen mit Pflanzen aus, nicht viel.«

»Nun, wenn du willst, kannst du einiges bei uns dazulernen. Lark, unsere erste Herbalogin, ist ebenfalls Lirin, wenn auch kein Liringlas.«

»Das wäre bestimmt sehr interessant.«

»Allerdings. Für gewöhnlich gibt Gwen auch eine Prise Felssalz ins Wasser. Das tut den Muskeln gut. Ich hoffe, dass es auch dir gut getan hat.«

Rhapsody lächelte. »Ja, vielen Dank. Ich fühle mich viel besser.«

Llauron wies mit geöffneter Hand auf einen bequem aussehenden Sessel und bot ihr an, darin Platz zu nehmen. »Khaddyr lässt sich entschuldigen. Er wird im Spital gebraucht. Vielleicht möchtest du mir von den vielen Fragen, die du sicherlich hast, die eine oder andere stellen. Ich muss gestehen, dass auch ich etliche Fragen habe. Setz dich ans Feuer, liebes Kind, und nimm nach Belieben von dem, was da auf dem Tablett angerichtet ist.«

Rhapsody gehorchte und atmete tief durch, um zu verhindern, dass das Feuer auf ihre Nervosität reagierte. Doch es half nichts. Die Flammen loderten auf, als sie sich in den Sessel setzte. Llauron aber schien davon keine Notiz zu nehmen.

»Was ist das für ein Ort hier?«, fragte sie, stets bemüht, den ihr fremden Dialekt zu imitieren.

Llauron schmunzelte. »Du bist hier in meinem Haus, genauer gesagt: der Burg des Fürbitters der Filiden, der Glaubensbruderschaft, die den einen Gott, den Lebensspender, verehrt und ihm dient, indem sie sich um die Natur kümmert. Mein Haus steht am Scheitelpunkt des Kreises; das ist der Bezirk, in dem unser Orden lebt, lernt und sich der Pflege des Großen Weißen Baums widmet. Ich nehme an, du hast ihn auf dem Weg hierher schon bestaunen können. Er ist nicht zu übersehen.« Rhapsody nickte. »Der Name des heiligen Waldes, in dem wir uns befinden, ist Gwynwald.«

Rhapsody lehnte sich zurück. Sie hatte weder diesen noch die Namen der anderen Orte jemals gehört.

Llauron bemerkte, dass sie enttäuscht war. »Kannst du Landkarten lesen?«

»Ein wenig. Mit Seekarten kenn ich mich besser aus.«

»Ausgezeichnet. Dann komm doch einmal zu mir herüber.« Der alte Mann stand auf und führte sie vor einen eigentümlichen Globus, der in der Ecke des Zimmers an einem Stativ hing. Auf diesem Globus waren die Landmassen der bekannten Welt dargestellt. Llauron nahm die Kugel in beide Hände, drehte sie und machte im Norden auf einen Kontinent mit langer, zerklüfteter Westküste aufmerksam.

»Dort sind wir«, sagte er und zeigte auf eine Stelle landeinwärts. Rhapsody sagte nichts. Sie kannte das Land aus ihren Studien, hatte es aber bislang für unbewohnt gehalten.

Die Insel Serendair lag genau gegenüber auf der südlichen Halbkugel. Obwohl sie an diese Möglichkeit schon gedacht hatte, schnürte es ihr die Kehle zu, hatte sie doch gehofft, nicht ganz so weit von zu Hause entfernt zu sein.

»Diese runde Karte ... darf ich mal sehen?«, fragte sie zögerlich, denn sie tat sich mit der Sprache schwer.

»Natürlich. Sie heißt übrigens Globus.« Llauron schwenkte ihr die Kugel am Stativ zu.

Langsam drehte Rhapsody den Globus in der Hand, entdeckte Orte, von denen sie schon gehört hatte, und viele andere, die ihr gänzlich unbekannt waren. Sie musterte die Kontinente sehr genau, versuchte aber gleichzeitig, gelassen zu wirken, obgleich ihr das Herz bis zum Hals schlug. Die Beschriftung der einzelnen Orte entsprach, ausgenommen einiger weniger Zeichen, der Schrift, die ihr vertraut war. Sie ließ sich viel Zeit, bis sie die Kugel endlich so weit herumgedreht hatte, dass Serendair zu sehen war. Die Insel befand sich genau da, wo sie hingehörte, doch war sie grau eingefärbt, und anstelle ihres ureigenen Namens stand da *Die Versunkene Insel* zu lesen.

Ihre Hände wurden ganz kalt. Die Versunkene Insel? Es konnte kaum überraschen, dass die Kartografen hierzulande nur wenig über die andere Seite der Welt wussten. Aber warum bezeichneten sie die Insel als versunken?

Schnell huschten ihre Blicke über den Globus. Dabei fiel ihr nicht nur der ungewöhnliche Name auf, Serendair war außerdem die einzige grau eingefärbte Landmasse. Sie drehte die Kugel so weit zurück, dass wieder jene Stelle zu sehen war, auf die Llauron als ihren jetzigen Aufenthaltsort hingewiesen hatte.

Der Fürbitter beobachtete sie mit unverhohlener Neugier. »Komm, ich will dir etwas zeigen.« Er trat vor einen großen Stapel Landkarten, der auf einem niedrigen Schränkchen lag, und stöberte darin herum, bis er das Gesuchte gefunden hatte und ihr vorlegte.

»Hier ist der Baum, in der zentralen Waldregion nahe der Südostgrenze des Waldes. Gwynwald selbst ist ein heiliger Staat und als solcher unabhängig von Roland, unserem Nachbarn im Süden und Osten.«

Rhapsody folgte mit den Augen der Bewegung seines Fingers und sah, dass die an der Küste gelegene Provinz im Süden des Waldes auf den Namen *Avonderre* lautete und diejenige im Osten als *Navarne* bezeichnet war. Ganz weit im Westen, auf der anderen Seite des großen Ozeans, lag ein Land, das wie die anderen Gebiete, auf die der Alte aufmerksam machte, grün eingefärbt war. Dieser Teil des Kontinents jenseits des Meeres hieß *Manosse*.

»Sind Avonderre und Navarne Teil von Roland?«

»Ja, so auch die Provinzen Canderre im Nordosten, Yarim östlich davon, Bethanien, im Osten von Navarne, wo der königliche Thron steht, und Bethe Corbair, östlich von Bethanien.«

Interessiert studierte Rhapsody die Karte. Avonderre, Navarne, Bethania, Canderre, Yarim und Bethe Corbair – sie waren samt und sonders Provinzen von Roland. Darüber hinaus gab es noch weitere grün markierte Gebiete, und das waren diejenigen, auf die es Llauron offenbar ankam.

Der Karte ließ sich entnehmen, dass sich Roland wie eine große Klammer um eine eigenständige Region an der Ostküste legte, um ein Hügelland im Süden von Gwynwald. Im Osten breitete sich eine weite Ebene aus, das so genannte *orlandische Plateau*.

Dieses Plateau reichte bis an die Ausläufer einer schroffen, von tiefen Tälern eingeschnittenen Gebirgskette heran, die *Manteiden*. Das Gebiet rund um die Manteiden schien früher einmal *Canrif* geheißen zu haben, doch dieser Name war auf der Karte durchgestrichen und handschriftlich durch *Firbolg* ersetzt worden. Rhapsody musste unwillkürlich schlucken, als sie dieses Wort las.

Sie zeigte auf ein Land im Süden, das an Bethanien und Bethe Corbair angrenzte. Es bestand zu einem großen Teil aus Bergen, die allem Anschein nach zu den Manteiden gehörten und weiter südlich in eine weite, hoch gelegene Wüste ausliefen. Auch dieses Land war grün eingefärbt. »Gehört das auch zu Roland?«, fragte sie.

»Das ist Sorbold. Nein, zu Roland gehört es nicht. Sorbold ist selbstständig.«

»Und das hier?« Sie deutete auf das mit dem Wort *Firbolg* bezeichnete Gebiet.

Llauron lachte. »Meine Güte, nein. Das ist das Land der Firbolg, ein durch und durch düsteres, unheimliches Land.«

Rhapsody nickte. Wenn da lauter Firbolg lebten, konnte sie sich nur zu gut vorstellen, was Llauron mit seinen Worten zum Ausdruck bringen wollte. Sie fuhr mit dem Finger die Südgrenze Rolands entlang bis zu der letzten grün schattierten Fläche, die keine nähere Bezeichnung aufwies. »Warum hat dieses Gebiet denn keinen Namen?«

Lauron strich die Karte glatt, die sich immer wieder zusammenrollen wollte. »Das sind die nicht angeschlossenen Gebiete, die früher einmal Teil der cymrischen Länder waren.« Die Stimme des Alten klang wie beiläufig, doch während er dies sagte, behielt er Rhapsody aufmerksam im Blick.

Rhapsody rührte keine Miene. Der Name bedeutete ihr nichts. »Cymrische Länder? Sind das die grün gekennzeichneten?«

»Ja, Roland und Sorbold wie auch die gegenwärtig nicht angeschlossenen Länder Manosse jenseits des Meeres und die Firbolg-Wüstenei. Auch in diesen Gebieten hatten sich zu ihrer Zeit die Cymrer niedergelassen – Cymrer, geschrieben mit ›y‹, obwohl der so bezeichnete Laut eigentlich ein ›u‹ ist.«

»Wer waren diese Cymrer?«

Llauron gab sich verwundert. »Hast du denn noch nie von ihnen gehört?«

»Nein.« Ihre Hände fingen ein wenig an zu zittern, was dem Alten nicht entging.

Tröstend tätschelte er eine ihrer Hände und sagte: »Die Cymrer waren Flüchtlinge, die ihre Heimat, die Insel Serendair, verlassen mussten, um nicht mit ihr unterzugehen.«

23

Es dauerte eine Weile, bis die Worte des Alten in ihr Bewusstsein vorgedrungen waren und sich dort festsetzten. *Flüchtlinge, die ihre Heimat, die Insel Serendair, verlassen mussten, um nicht mit ihr unterzugehen.*

Ein Gefühl tiefer Ruhe senkte sich über sie, wie immer, wenn sich Augenblicke größter Gefahr oder Panik ankündigten. Sie gab sich alle Mühe, keine Miene zu verziehen, obwohl das Blut in ihren Schläfen rauschte, der Magen sich verkrampfte und ihre Knie weich wurden.

Sie griff zur Karte und nahm sie mit zu dem Sessel, in dem sie zuvor Platz genommen hatte, setzte sich wieder, legte das Schwert in seiner Scheide über die Schenkel und wärmte das plötzlich aschfahl gewordene Gesicht am Kaminfeuer.

»Ich würde gern mehr über die Cymrer erfahren. Aber bitte erklärt mir vorher doch noch, was es mit diesen beiden Ländern auf sich hat«, sagte sie in einem Tonfall, der ihr selbst allzu angestrengt vorkam.

Llauron nahm ihr gegenüber Platz. »Selbstverständlich.«

Mit wachem Blick konzentrierte sie sich auf das gelb markierte Gebiet im Süden der Provinz Avonderre. Es war, wie es den Anschein hatte, Teil desselben ungemein großen Waldes und trug den Namen *Realmalir*. »Was ist das für ein Land?«

Der alte Fürbitter schmunzelte in sich hinein. »Das ist der große Wald von Tyrian, die Heimat der Lirin. Tyrian ist ein alt-cymrisches Wort und bedeutet ›lirinsches Königreich‹. Es war das Ursprungsland dieses Volkes, und es wohnte dort schon, als die Cymrer an der Küste landeten. Und sie wohnen immer noch dort.«

»Aber das Gebiet gehört nicht zu Roland?«

»Nein. Während des cymrischen Zeitalters waren die Lirin Verbündete der Cymrer, doch mit dem Großen Krieg änderte sich dies.«

»Der Große Krieg?«

Llauron schöpfte tief Luft. »Ich sehe, es ist nicht übertrieben, wenn du sagst, von weither zu kommen. Über welches andere Land möchtest du noch Bescheid wissen?«

Rhapsody zeigte mit matter Hand auf die weiß belassenen Landstriche im Norden von Gwynwald und Roland. »Was ist das?«

»Das ist der Hintervold. Er umfasst alle Gebiete nördlich und östlich des alten Cymrerreiches. Ich habe da ein paar Karten, auf denen Näheres zu sehen ist. Wenn du willst, kannst du einen Blick darauf werfen.«

Ihr wurde zunehmend übel. »Ein anderes Mal vielleicht, vielen Dank. Erzählt mir bitte mehr über die Cymrer.«

Llauron schaute zum Fenster hinaus in die Dunkelheit. »Nun, das will ich gern tun, aber es ist eine ziemlich lange Geschichte, und ich kenne nur einen kleinen Ausschnitt daraus.

Vor sehr langer Zeit machte Gwylliam, der Letzte der Seren-Könige, die Entdeckung, dass das Inselreich, deren rechtmäßiger Herrscher er war, dazu verurteilt war, in Flammen aufzugehen. Aus den alten Handschriften, die ich studiert habe, geht nicht eindeutig hervor, was Gwylliam zu dieser Entdeckung führte. Aber unter den Königen von Serendair gab es viele, die mit Hellsicht gesegnet waren und über großes Wissen verfügten.« Rhapsody fühlte sich wie betäubt. Sie hatte von Gwylliam nie gehört.

»Jahrhunderte zuvor hatte die Insel großen Schaden genommen, als ein Stern vom Himmel ins Meer gestürzt war«, fuhr Llauron fort. »Es kam zu einer gewaltigen Flut, die die Insel zerteilte und zu weiten Teilen überschwemmte. Dass so etwas irgendwann einmal wieder passieren würde, war den Inselbewohnern eine ständige Sorge.«

Rhapsody tat sich schwer damit, durchzuatmen. Sie kannte die Geschichte vom Schlafenden Kind, die Llauron angestimmt hatte.

Ihre Mutter hatte ihr diese lirinsche Legende von den beiden Sternenschwestern Melita und Oelendra erzählt, wie Melita vom Himmel nahe der Küste ins Meer gestürzt war und in den Wellen verschwand, aber immer noch voller unverbrauchter Feuerkraft steckte. Auf den Inseln im Norden von Serendair mit ihren einst schneebedeckten Bergen setzte sich tropisch heißes Klima durch. Das Meer ringsum tobte und wütete und war für die Schifffahrt viel zu gefährlich geworden.

Der Stern auf dem Meeresgrund wurde das Schlafende Kind genannt. Die Lirin glaubten, dass es eines Tages erwachen und wieder aufsteigen würde. Von der Schwester Oelendra hieß es, dass sie aus lauter Verzweiflung gestorben sei, wohl aber über ihren Tod hinaus am Himmel erstrahlte. Rhapsody hatte diese Geschichten immer als Ammenmärchen abgetan.

Wie durch eine Nebelwand drang Llaurons Stimme wieder zu ihr durch. »Gwylliam war, seiner Bestimmung und Ausbildung nach, Architekt, Ingenieur und Schmied. Er weigerte sich, das Schicksal seines Königreiches zu akzeptieren, und beschloss, Mittel und Wege zu finden, um zu schützen, wofür seine königlichen Vorfahren so lange gekämpft hatten.

Er schmiedete große Pläne zur Evakuierung der Insel, obwohl manche seiner Untertanen, vor allem ältere Geschlechter wie die der Liringlas, trotz des drohenden Unheils lieber zurückbleiben wollten. Andere zogen es vor, sich an die nahe gelegenen Küsten zu retten, die auf den altbewährten Schifffahrtstraßen zu erreichen waren.

Gwylliam aber mochte sich mit keiner dieser Alternativen zufrieden geben. Vielmehr wollte er einen Ort finden, an dem die Seren ihre Kultur in ihrer ganzen Vielgestaltigkeit weiterhin würden pflegen können, eine Zuflucht für sein Volk, auf dass es dort eine neue Zukunft für sich aufbaute. Zu diesem Zweck beauftragte er einen Seefahrer aus altem serenischem Adel namens Merithyn, auf Entdeckungsfahrt zu gehen. Allein und in einem kleinen Boot stach er in See, um für die Seren einen geeigneten Ort zu finden, an dem sie sich in Sicherheit bringen konnten.

Übrigens, lass mich dir den Unterschied zwischen den Seren des Altertums und denen der Neuzeit erklären. Jeder Bürger des seinerzeit modernen Serendair war, unabhängig von seiner ethnischen Herkunft, ein Seren. Diese Bezeichnung ist dann nach der Emigration durch den Namen Cymrer ersetzt worden. Die alten Seren waren eine ganz besondere Rasse, groß gewachsen und von goldfarbener Haut. Sie wohnten schon auf der Insel, lange bevor sich die Menschen dort niederließen, und in der Zeit, von der ich spreche, waren sie schon nahezu ausgestorben.« Rhapsody, selbst eine Seren, nickte stumm.

»Merithyn erreichte schließlich unsere Küste hier, ein Land, das damals ein undurchdringlicher Urwald war und von einem weiblichen Drachen namens Elynsynos beherrscht wurde. Aber die Geschichte ist viel zu lang, um an einem Abend erzählt zu werden. Wenn du noch eine Weile bei uns bleibst, werde ich mich glücklich schätzen, dir mehr davon zu berichten.

Nur so viel noch: Elynsynos fand Gefallen an Merithyn und hatte ein Herz für sein Volk. Und so lud sie es ein, sich in ihrem Reich niederzulassen – das sind die Länder, die du auf dieser Karte grün eingefärbt siehst. Merithyn kehrte mit der frohen Botschaft zurück und führte die Seren hierher.

Insgesamt machten sich 876 Schiffe auf die Reise; sie segelten in drei großen Verbänden, die im zeitlichen Abstand zueinander in See stachen und zu verschiedenen Zeiten an verschiedenen Orten ankamen. Es gab auch etliche, die nie ihr Ziel erreichten. Diejenigen aber, die die Strapazen auf hoher See überlebt hatten, trafen schließlich in der neuen Heimat wieder zusammen, formierten sich zu einer großen Nation und läuteten das Zeitalter der Aufklärung ein. Aber damit ist es nun schon lange vorbei.«

Rhapsody versuchte, Fassung zu bewahren. »Ich habe noch nicht verstanden, warum sie Cymrer genannt werden. Ihr sagtet doch, sie seien aus Serendair.«

Der Fürbitter stand auf, reckte sich und trat vor eine Vitrine, in der ein seltsamer Gegenstand hinter Glas ausgestellt war, der wie ein Stück Fels aussah. Rhapsody folgte ihm und musste an sich halten, um nicht in Hysterie auszubrechen. Er zeigte auf den Stein, in den Schriftzeichen eingemeißelt waren. Sie starrte durch das Glas auf die Worte.

Cyme we inne fird, fram the grip of deap to lif inne dis smylte land

»Kannst du das lesen, mein liebes Kind?«

Rhapsody nickte. Die Schrift war eine Kombination aus dem, was Llauron als Alt-Cymrisch bezeichnet hatte, also der Sprache, mit der sie groß geworden war, und dem Dialekt der Seeleute und Händler, so wie er in allen Häfen der Welt gesprochen wurde.

»Kommen wir in friedlicher Absicht, den Klauen des Todes entronnen, um in diesem schönen Land zu leben.«

Llauron lächelte anerkennend. »Sehr gut. Dies sind die Worte, die Gwylliam dem Entdecker Merithyn mit auf den Weg gab zur Begrüßung derjenigen, die er in dem zu entdeckenden Land vorfinden würde.

Gwylliam übersetzte diesen Satz in die Verkehrssprache der Seefahrer und hoffte, sich so überall verständlich machen zu können. Es waren dann auch die ersten Worte, die Merithyn an Elynsynos richtete und in den Fels ihres Lagers ritzte – mit ihrer Erlaubnis, versteht sich –, als Hinweis für alle, die nach ihm kommen würden.

Als die Cymrer an verschiedenen Stellen an Land gingen, ließen sie auf dem Weg, den sie einschlugen, Markierungen zurück und erreichten damit, dass sie sich am Ende wieder trafen und zusammenschließen konnten. Diese historischen Wege werden Cyme-Pfade genannt und waren der Ursprung für den Namen Cymrer.

Die Ureinwohner des Landes wie auch die Lirin des Großen Waldes von Tyrian lasen die besagten Worte auf den Markierungstafeln oder hörten sie zur Begrüßung aus dem Mund der Flüchtlinge, die sie daraufhin mit den Namen Cymrer belegten, denn es waren für sie diejenigen, die sich selbst als die Kommenden bezeichneten, was ja ein wenig ähnlich klingt. Cymrer hießen dann auch deren Nachkommen, egal, welcher Rasse oder Klasse sie angehörten, denn sie entstammten alle dem Volk der Versunkenen Insel.«

»Verstehe«, sagte Rhapsody höflich, obwohl sie das Gefühl hatte, als würde ihr der Boden unter den Füßen weggezogen. »Wie lange ist das her?«

»Nun, der große Exodus begann vor rund 1400 Jahren.«

Rhapsody schnappte unwillkürlich nach Luft. »Was?«

Llauron lächelte. »Ja, man mag es kaum für möglich halten, aber hier hat tatsächlich vor 1400 Jahren eine Zivilisation gelebt, der wir bedeutende Einrichtungen und Erfindungen verdanken. Sie waren in mancher Hinsicht weiter entwickelt und auf einem höheren Stand als wir heutzutage. Doch dann kam der Krieg, der dem Cymrischen Zeitalter ein Ende setzte und uns um Jahrhunderte zurückwarf. Ist mit dir alles in Ordnung, liebes Kind? Du siehst so blass aus.«

»Ich … ich bin sehr müde«, antwortete Rhapsody im Flüsterton.

»Natürlich, wie gedankenlos von mir.« Llauron ging zur Tür und rief: »Gwen? Ist das Gästezimmer fertig?«

Die Dienerin ließ nicht lange auf sich warten. »Ja, Euer Gnaden. Das Bett ist gemacht, die Decke aufgeschlagen.«

»Gut, gut«, sagte der Fürbitter, und an Rhapsody gewandt: »Gwen zeigt dir den Weg. Hab eine gute Nacht, und angenehme Ruhe. Du kannst getrost ausschlafen. Das wird dir nach der langen Reise gut tun.«

Rhapsody nickte und verbeugte sich vor Llauron. »Gute Nacht. Und vielen Dank.«

»Keine Ursache. Schlaf gut.« Seine Augen funkelten heiter im Feuerschein, als sie den Raum verließ. Sie folgte Gwen über die Treppe nach oben und musste sich dabei, erschöpft wie sie war, am Geländer hochziehen.

Ihr Zimmer lag am Ende eines langen, gewundenen Flures. Gwen hatte nicht nur die Bettdecke aufgeschlagen, sondern auch ein paar aufgewärmte Ziegelsteine ans Fußende gelegt.

Der Raum war sauber und schlicht, eingerichtet nur mit dem Bett, einer Truhe, einem Stuhl, einem Spiegel, Kleiderhaken und einem Schwertständer. Ein kleines verglastes Fenster wies in eine Richtung, die sie bislang noch nicht eingesehen hatte, und auch jetzt erkannte sie nichts, denn es war dunkel. Die Wolldecken auf dem Bett zeigten eingewebte Hexenzeichen zum Schutz gegen Albträume. Es wäre wahrhaftig ein Wunder, dachte Rhapsody bedrückt, wenn sie davon tatsächlich verschont bliebe.

Sie machte die Tür hinter sich zu und setzte sich auf die Bettkante. So müde war sie, dass es ihr kaum noch gelang, den Wust von Gedanken, die ihr durch den Kopf rauschten, vernünftig zu ordnen. *... die ihre Heimat, die Insel Serendair, verlassen mussten, um nicht mit ihr unterzugehen.*

Llauron hatte gesagt, dass Gwylliam den Untergang der Insel vorausgesehen hätte, aber vielleicht war es dazu am Ende ja doch nicht gekommen. Schließlich hatte es zu allen Zeiten selbst ernannte Propheten gegeben – zum Beispiel die Hellseher auf dem Diebesmarkt zu Ostend –, deren Weissagungen nie und nimmer zutrafen. Dann dachte Rhapsody zurück an ihren Albtraum auf der Wurzel, an den ins Meer stürzenden Stern und die brennende Wasserwalze, die sich über die Insel ergoss, und sie wusste, dass es dazu sehr wohl gekommen war. Sie hatte schon die richtige Ahnung gehabt. Serendair war untergegangen.

Von denen, die sie kannte und liebte, würde keiner mehr am Leben sein, selbst wenn sie damals der Katastrophe entronnen waren und zu den Auswanderern gezählt hatten. Ihr schnürte sich das Herz zusammen bei dem Gedanken an ihre Eltern und Brüder. Ihr Vater war gewiss schon viele Jahrhunderte tot, so auch die Mutter, obwohl sie als Lirin ein sehr langes Leben hatte erwarten können. Doch inzwischen war selbst diese Spanne um fast das Dreifache überschritten. Und natürlich lebten auch die Brüder längst nicht mehr. Rhapsody war zutiefst erschüttert.

Sie kroch ins Bett, rollte sich zusammen wie ein Kind im Mutterleib und versuchte sich an das Leben zu erinnern, das sie vor dem Albtraum auf der Wurzel geführt hatte. Die Schuld an ihrem Unglück Achmed anzulasten wäre allzu einfach gewesen. Sie hatte es sich selbst zuzuschreiben.

Dickköpfig und gedankenlos, war sie als junges Mädchen von zu Hause weggelaufen, wofür sie schon bald einen hohen Preis hatte zahlen müssen. Ein erbärmliches Leben auf der Straße war die Strafe dafür gewesen. Doch was ihr am schlimmsten zugesetzt hatte, war das Wissen um den Kummer und die Verzweiflung, die die Eltern ihretwegen ertragen mussten. Ein wenig Erleichterung von dieser Schuld hatte ihr einzig die Hoffnung darauf verschafft, eines Tages zurückkehren und um Verzeihung bitten zu können. Doch auch diese Hoffnung war nun zerstört.

Im Geiste sah sie die Gesichter ihrer Brüder, eins nach dem anderen, schmunzelnd, lachend. Sie wähnte sich vom Vater umarmt, von der Mutter gestreichelt. Doch damit war es ein für allemal vorbei. Sie würde niemanden von ihnen jemals wieder sehen, nie mehr von der Mutter in den Schlaf gesungen werden, sich nie mehr wirklich in Sicherheit wiegen können.

Rhapsody wusste vor Kummer nicht mehr ein noch aus. An die Vergangenheit zu denken war unerträglich, unerträglicher noch erschien ihr die Aussicht auf die Zukunft. Erschöpft und überdreht, wie sie war, schlief sie schließlich ein.

Die Träume, von denen sie heimgesucht wurde, waren noch schrecklicher als sonst, Visionen riesiger Wellenberge, die über das Land hereinstürzten und alles unter sich begruben; von einem Volk hoher, goldener Gestalten, das einem berstenden Stern zum Opfer fiel; von der Sagia, wie sie langsam, mit den Lirin in ihren Armen, in den Wellen unterging.

Im letzten Traum sah sie sich in einem von schwarzem Feuer verwüsteten Dorf, durch dessen Straßen Soldaten ritten, die alles niedermetzelten, was ihnen in die Quere kam. Aus der Ferne, vom Rand des Horizonts, grinsten ihr blutunterlaufene Augen entgegen. Und dann, als ein mordlüsterner Soldat mit schwingendem Schwert auf sie zugeprescht kam, wurde sie von den Krallen eines großen kupfernen Drachen ergriffen und in die Lüfte emporgezogen.

Keuchend schreckte Rhapsody auf. Sie langte mit der Hand nach Grunthor, der sie in solchen Momenten immer beruhigt hatte, doch das grinsende grüne Gesicht war nirgends zu sehen. Die Luft im Zimmer und das Bett hatten sich abgekühlt. Als ihr indes wieder bewusst wurde, was unabänderlich und wirklich war, wallte schieres Entsetzen fiebrig heiß in ihr auf.

Vor dem kleinen Fenster dämmerte der Morgen mit grauem Licht. Ein neuer Tag brach an, doch es würde für Rhapsody keiner wie jeder andere sein. Die ganze Welt hatte sich für sie verändert, gewissermaßen über Nacht, obwohl die eigentlichen Ursachen schon viele Jahrhunderte zurücklagen. Diese unumkehrbaren Veränderungen hatten sich vollzogen, während sie durch das Innere der Erde gekrochen war, und das über so lange, lange Zeit. Wieso hatte die Zeit sie, Rhapsody, aus ihrem Lauf ausgeschlossen? Sie warf einen Blick in den Spiegel und stellte fest, dass ihr Gesicht kaum älter aussah als zu Beginn der Reise.

Sie trat vor das Fenster und blickte nach draußen. Bald würde die Sonne aufgehen, und dann war von ihr geboten, die Morgenandacht zu singen. Es würde ihr ein Trost sein, daran zu denken, dass sie diesen Gesang von der Mutter gelernt hatte, unter dem Himmel der entgegengesetzten Hemisphäre. Das Wissen um den Untergang der Insel machte ihr Angst, doch da war keiner – jedenfalls unter den Lebenden keiner –, an den sie sich in ihrer Angst hätte wenden können.

Auch wenn sie Achmed und Grunthor fände, die inzwischen bestimmt schon weit weg waren, würde sie sich ihnen in ihrer Trauer kaum verständlich machen können. Achmed wäre wahrscheinlich sogar glücklich, weil er nun nicht mehr gejagt wurde. Sie machte das Bett und warf dann den Umhang über, den Khaddyr ihr gegeben hatte.

Leise, um den Fürbitter und die Dienerschaft nicht zu wecken, ging sie über die Treppe nach unten, öffnete vorsichtig die schwere Tür und nickte den Wachen zu, die davor postiert waren und sie mit skeptischer Miene beäugten. Doch sie ließen sie ungehindert passieren. Rhapsody trat in den schneebedeckten Garten hinaus und wanderte auf den Baum zu.

Als sie den Rand der Lichtung erreichte, war die Sonne gerade im Begriff aufzugehen. Rhapsody trat zwischen einem majestätischen Ahornbaum und einer Ulme in den Kreis der schützenden Bäume und konnte nun zum ersten Mal einen ungehinderten Blick auf den Stamm des Großen Weißen Baumes werfen, dessen Borke unter den ersten Sonnenstrahlen, die durch die morgendlichen Nebelschleier drangen, hell leuchtete. Gleichzeitig nahm das Lied des Baums eine neue Klangfarbe an, und es war ein Jubilieren zu hören, das wie die Begrüßung des neuen Tages anmutete.

Rhapsody schloss die Augen und spürte die Klänge in sich widerhallen. Vor so viel Pracht und Macht kam sie sich ganz klein und unbedeutend vor.

Dem Lebenslied des Baums wohnte eine ihr vertraute Klangfarbe inne, die in ihrer Seele gleich mehrere Saiten zum Schwingen brachte. Die Sagia hatte sie mit ihrer Melodie auf ganz ähnlicher Weise angerührt, und ihr wurde das schwere Herz ein bisschen leichter.

Leise sang sie ihre Aubade, und als sie ihre Andacht beendet hatte, pfiff sie die verabredete Tonfolge, das Signal, auf welches Achmed wartete. Dann verließ sie den Ring der schützenden Bäume und eilte zum Haus zurück, nicht auf demselben Weg, den sie gekommen war, sondern an einer riesigen, buschigen Stechpalme und einem Engilder vorbei, jenem schlanken, silbrigen Baum, den sie aus ihrer alten Heimat kannte. Sie näherte sich dem Haus nun aus einer Richtung, die ihr den Blick auf einen kunstvoll angelegten Garten gewährte, der sich hinter dem Haus fortzusetzen schien.

In der Ferne hörte sie die Filiden ihren Tag beginnen und sich an die Arbeit machen. Auf der Wiese war immer noch niemand zu sehen, und so ging sie um das Haus herum und fand sich in einer prächtigen, ausgedehnten Parklandschaft wieder.

Llaurons Grund und Boden erstreckte sich bis zum Waldrand, der über eine Meile entfernt war. Der Park zwischen Haus und Wald bestand aus edlen Bäumen, liebevoll angelegten Teichen und Blumenbeeten. Hier und da standen Marmorbänke, die im Sommer von belaubten Zweigen überschattet waren. Jetzt hielt der Garten seinen Winterschlaf, die Beete waren mit Mulch abgedeckt und von Schnee bedeckt.

Nahe dem Haus stand eine junge Esche, ein hoch aufragender, kräftiger Baum. Darunter hockte Llauron in einem kleinen, geschützten Kräutergärtchen, pflegte die Beete und sang dazu in einem weichen Bariton, der ihr Schauer über den Rücken rieseln ließ. Es war weniger der Wohlklang dieser Stimme, der sie so sehr bewegte, als vielmehr die Schwingung, die von ihr ausging.

Er wendete die Techniken eines Sängers an, ließ aber doch ein paar kleine Probleme mit Intonation und Phrasierung erkennen, was deutlich machte, dass er als solcher nicht ausgebildet war. Das Lied, das er sang, war schlicht und in einer Sprache, die Rhapsody nicht kannte, doch hörte sie heraus, dass es dazu angetan war, den Pflanzen über die Winterzeit zu helfen. Sie war drauf und dran, dem Fürbitter stimmlich zu Hilfe zu kommen, um der Wirkung des Lieds Nachdruck zu verleihen, hielt sich aber in Erinnerung an Achmeds mahnende Worte zurück.

Falls wir doch auf irgendwelche Leute treffen, sollten wir uns möglichst bedeckt halten und untereinander abstimmen, was wir denen an Informationen anvertrauen können. So gehen wir auf Nummer Sicher.

Als sie auf ihn zuging, hörte der Alte zu singen auf, schaute ihr entgegen und verzog das faltige Gesicht zu einem breiten Lächeln.

»Guten Morgen, mein liebes Kind. Ich hoffe, du hast gut geschlafen.«

Rhapsody hatte ihre schrecklichen Albträume natürlich nicht vergessen. »Vielen Dank für das schöne Zimmer, in dem ich übernachten durfte«, antwortete sie.

»Nicht der Rede wert. Ich hoffe, du wirst noch eine Weile bei uns bleiben.« Er schickte sich an, vom Boden aufzustehen.

Rhapsody setzte sich auf die Bank, die unter der Esche stand. Der Stein war kalt und ließ sie frösteln. »Was für ein Lied habt Ihr da gesungen?«

»Das ist ein Heillied für Pflanzen, eines, das die Filiden von Serendair mitgebracht haben. Damit hoffe ich, den Kräutern hier in meinem Gärtchen über die kalte Jahreszeit helfen zu können. Die ganz empfindlichen Pflanzen habe ich natürlich ins Haus geholt, aber der Platz dort ist begrenzt. Also singe ich hier draußen – nicht zuletzt auch unserem Mahb zuliebe.« Er tätschelte den Stamm der Esche.

»Mahb?« Der Name klang wie das serennische Wort für *Sohn*.

»Ja, er passt auf den Garten auf und hält alle bösen Geister fern, die ihm übel wollen. Nicht wahr, mein Kleiner?« Llauron warf einen Blick ins Geäst des jungen Baumes, beugte sich dann vor und sagte in verschwörerischem Tonfall: »Im Vertrauen, ich glaube, er hält nicht viel von Khaddyr.« Der Alte zwinkerte ihr zu. »Wie dem auch sei, vielleicht darf ich dich nun bitten, mich mit deiner wunderschönen Stimme zu begleiten, um den Pflanzen Gutes zu tun.«

Rhapsody blickte verwundert auf. »Wie bitte?«

»Nicht so bescheiden, mein liebes Kind. Ich weiß, dass du eine Sängerin mit großen Fähigkeiten bist, wenn nicht sogar eine Benennerin, stimmt's?« Ein kalter Wind strich ihr über den Rücken, der plötzlich schweißnass geworden war. Sie zitterte. »Schon wenn du sprichst und deine Stimme erklingen lässt, wird der Tag ein bisschen heller. Das ist wirklich so, mein liebes Kind. Wie wird es erst sein, wenn du singst? Lass mich nicht länger darauf warten. Komm, beehre meine Pflanzen mit einem Lied.«

Rhapsody wusste nicht, wie sie sich verhalten sollte. Der Alte schien ihr schon auf die Schliche gekommen zu sein. Ihre Kunst zu verleugnen wäre gelogen, seine Bitte auszuschlagen eine Unhöflichkeit. Sie seufzte stumm.

»Wenn Ihr es denn wünscht«, sagte sie schließlich. »Aber ich kenne das Lied nicht, das Ihr gesungen habt. Ich schlage vor, Ihr fangt an und ich stimme mit ein, wenn ich glaube mitsingen zu können.«

»So machen wir's.« Llauron fing wieder an zu singen. Schon nach wenigen Takten hatte sie die Liedform so weit begriffen, dass sie vorsichtig mit einstimmen und da aushelfen konnte, wo er fehlte. Llauron bemerkte, was er falsch machte, und versuchte sich zu korrigieren. Sooft er die Melodie richtig führte, fügte Rhapsody ihr eine Begleitstimme hinzu, und als sie einen Blick auf die Pflanzen warf, schien es ihr, als wären sie tatsächlich schon ein wenig kräftiger und gesünder geworden.

Llauron nickte freudig. »Ausgezeichnet! Hatte ich doch wieder einmal Recht, nicht wahr? Du bist eine Benennerin.«

Rhapsody starrte vor sich hin, um ihm nicht in die Augen schauen zu müssen. Die waren hellblau und überaus scharf, und sie wusste, dass er sie durchschauen würde, wenn sie sich nicht sehr genau in Acht nähme. »Ja, ich habe diesen Ausbildungsstand erreicht.«

»Dachte ich's mir. Nun, vielen Dank. Für den Garten ist jetzt gut gesorgt, zumindest bis zum Ende der Tauperiode. Komm, lass uns ins Haus gehen. Dir ist kalt, und hier gibt es nichts mehr zu tun.« Er stand auf und zeigte dabei eine Beweglichkeit, die so gar nicht zu seinem Alter passte.

Die Tür, durch die sie gingen, führte in eine große Küche, die mit ihrer riesigen Feuerstelle und den geziegelten Öfen ausgereicht hätte, für die Mahlzeiten einer halben Kompanie zu sorgen. Über dem Feuer dampfte ein bauchiger Kessel. Llauron wärmte sich die Hände daran auf, schwenkte den Kessel dann vom Feuer und hob ihn mit einem festen, sauberen Lappen vom Haken.

»Zu einer Tasse Tee wirst du doch bestimmt nicht nein sagen, oder?« Er füllte eine Porzellankanne, die auf dem Tisch in der Mitte der Küche stand. »Fühlst du dich immer noch erschöpft von der Reise?«

»Ein bisschen.«

Der Fürbitter schmunzelte. »Nun, dann wollen wir dir etwas in den Tee mischen, das dich wieder zu Kräften bringt. Hast du schon einmal Sprödlitzen probiert?«

Rhapsody schüttelte den Kopf. »Noch nie davon gehört.«

Llauron trat vor einen großen Schrank und holte viele verschiedene kleine Säckchen daraus hervor. »Das verwundert mich nicht. Das wächst nämlich nur hier bei uns. Und wie ist es mit Frühlingssaffran?«

Plötzlich kam ihr der Gedanke, dass der Alte mit seinen Fragen womöglich herauszufinden versuchte, woher sie stammte. »Ich bin mit allem einverstanden, was Ihr mir anzubieten habt«, beeilte sie sich zu sagen.

»Nun, ich schlage vor, wir mischen getrocknete Orangenblüten, süßen Farn und Himbeerblätter.«

»Gibt es denn im Winter Himbeerblätter bei Euch?«

»Ja, im Glasgarten. Möchtest du ihn sehen?«

»O ja. Das duftet wirklich köstlich.« Sie nahm die dampfende Tasse, die Llauron vor sie hingeschoben hatte, und folgte ihm durch die Küchentür in einen Anbau.

Drei Wände dieses Raums bestanden aus Glas. In der Mitte stand ein seltsamer Ofen, der mit rot glühenden Steinen gefüllt war. Darüber hing, mit einer Kette an der Decke befestigt, ein metallener Kegel, von dem langsam Wasser auf die heißen Steine tropfte, das sofort zischend verdampfte. Die Luft im Raum war entsprechend warm und feucht, was den Pflanzen, die hier üppig wuchsen, offensichtlich gut bekam.

Rhapsody schlenderte zwischen den auf Regalen übereinander angeordneten Beeten entlang und schwelgte in der fast sommerlichen Stimmung, die hier herrschte. Mit Blick auf den Wasserdampf produzierenden Ofen sagte sie: »Was für ein unglaubliches Gerät!«

»Nicht wahr? Eine wirklich nützliche Erfindung. Ich wünschte, behaupten zu können, dass sie auf meinem Mist gewachsen ist. Aber tatsächlich hat sie mein Vater entwickelt, gebaut und meiner Mutter zum Geschenk gemacht. Sie liebte Orchideen und andere empfindliche Pflanzen, die viel Wärme brauchen.«

»Ihr habt hier viele erstaunliche Gewächse.«

»Wie gesagt, du bist herzlich eingeladen, bei uns zu bleiben und dir das Wissen der Filiden anzueignen, wenn du willst. Ich bin sicher, dass dir an unserer Art der Naturverehrung vieles gefallen wird, zumal du der Natur allem Anschein nach selbst sehr zugetan bist. Ich würde mich freuen, dich unterrichten zu dürfen. Es wäre mir eine willkommene Abwechslung von meiner Arbeit.«

»Euer Gnaden, ich möchte Euch auf keinen Fall von Euren Pflichten abhalten.«

Der Fürbitter schmunzelte. »Unsinn, mein Kind. Das Schöne an meiner Position ist, dass ich über meine Arbeitszeit frei verfügen kann. Übrigens kannst du mich getrost bei meinem Namen Llauron nennen. Dabei käme ich mir weniger alt vor. Also, wirst du eine Weile bei uns bleiben? Oder musst du unbedingt weiterziehen?«

Rhapsody blickte auf in die wachen blauen Augen, aus denen er sie aufmerksam beobachtete. Ihr wurde ganz unbehaglich zumute. Es schien fast so, als könnte Llauron in ihr Innerstes schauen. Nicht einmal den Studenten der Musikakademie war es möglich gewesen, einen Benenner allein an der Stimme zu erkennen. Dass dieser freundliche alte Mann Dinge über sie zu wissen schien, die er eigentlich gar nicht wissen konnte, verunsicherte sie, und sie fühlte sich wieder so verletzlich wie früh am Morgen unter dem Baum.

»Nein«, sagte sie schließlich. »Es zwingt mich nichts zur Weiterreise, vorläufig jedenfalls nicht.«

24

Nachdem sie ein Frühstück zu sich genommen hatten, das ihnen von Vera angerichtet worden war, gingen Rhapsody und Llauron durch den Park und das weite Feld hinter dem Anwesen auf die Ställe zu, in denen die Pferde des Fürbitters untergebracht waren.

Gwen hatte sich schon vor den beiden auf den Weg dorthin gemacht und ein neues Paar Lederstiefel und eine wollende Reithose für Rhapsody zurechtgelegt. Die Stiefel waren ein bisschen zu groß, ansonsten aber sehr bequem, und Rhapsody dankte der Hausdienerin von Herzen.

Von seinem Wachpersonal abgesehen, standen dem Fürbitter anscheinend nur zwei Dienerinnen zur Seite; dabei wusste Rhapsody aus Serendair von sehr viel weniger bedeutenden Edelmännern, die unvergleichlich viel mehr Dienstboten unterhalten hatten. Das machte ihr den Alten noch sympathischer. Llauron sorgte weitestgehend für sich selbst, was für einen Mann an der Spitze eines Ordens so ungewöhnlich wie liebenswürdig war.

Die Ställe waren sauberer als manche Wohnhäuser. Der Grund lag auf der Hand: Llaurons Pferde zählten zu den prächtigsten, die Rhapsody je gesehen hatte. Manche eigneten sich ihres schlanken, muskelbepackten Körperbaus wegen besonders gut für den Einsatz im Krieg, während andere ihrer jeweiligen Anlage nach als Reit- oder Zugtiere gezüchtet worden waren. Rhapsody ging interessiert von einem Verschlag zum anderen, schnalzte den Pferden zu, wie sie es von ihrem Vater gelernt hatte, und fand, dass auch diese Tiere auf den Laut mit Neugier reagierten.

»Ist da eins, das dir besonders gut gefällt?«, fragte Llauron schmunzelnd.

»Sie gefallen mir alle.«

»Aber du kannst nur eines reiten. Wenn du Lark kennen lernen möchtest, müssen wir einen kleinen Ausritt unternehmen. Die Sämerei liegt mehrere Wegstunden weit entfernt. Wie wär's mit dem Rotblonden. Er ist sehr gutmütig.«

Rhapsody nickte, worauf Llauron der Stallmagd zuwinkte und rief: »Norma, sattle ihn bitte, und auch Eliseus. Wir werden bald ausreiten.« Er nahm Rhapsody beim Ellbogen und führte sie wieder nach draußen vor das Tor, wo ein schneidend kalter Wind ging.

Während sie auf die Pferde warteten, zog der Alte ihr, Rhapsody, wie einem kleinen Mädchen die Kapuze des Umhangs über den Kopf. »Die behältst du besser auf, sonst erkältest du dich noch.« Er zog sich gerade selbst seine Kapuze über, als das Tor aufging und Norma den Fuchs und einen Rotschimmel mit glänzender, hübsch geflochtener Mähne an den Zügeln herausführte.

»Da ist ja mein guter Junge. Einen schönen guten Morgen, Eliseus.« Das Pferd schnaubte wie zur Antwort und stieß dicke weiße Dampfwölkchen aus den Nüstern in die kalte Luft. »Also dann, Rhapsody, es kann losgehen.« Sie saßen auf und setzten sich in Bewegung, der Alte vorneweg, dem Waldrand entgegen.

»Dahinten haben wir unsere Kräutergärten«, sagte Llauron, als sie auf eine große Freifläche zuritten, die hinter den Bäumen zum Vorschein trat. »Als Naturpriester beschäftigen wir uns intensiv mit Kräuterkunde, und zwar vor allem unter dem Gesichtspunkt ihrer medizinischen und spirituellen Anwendung. Oh, und natürlich interessieren uns Kräuter auch als Würzmittel. Fades Essen kommt mir nicht auf den Tisch.«

Rhapsody kicherte und zügelte ihren Fuchs in einen gemächlichen Schritt. Durch den Wald zu reiten war ihr ein großes Vergnügen gewesen, zumal Llauron das Gelände gut kannte und die Pfade trotz des Schnees vorzüglich gepflegt waren. Die Zeit schien ihr wie im Fluge vergangen zu sein.

Am Feldrand angekommen, hielt Llauron vor einem gemauerten und mit Stroh bedeckten Haus an, stieg aus dem Sattel und streckte die Arme aus, um Rhapsody zu helfen. Doch sie schüttelte den Kopf und sprang ohne Hilfe aus dem Sattel.

»Hier wohnt Lark, unsere Herbalogin, die für die Sämerei und die Kräutergärten des Ordens verantwortlich ist«, sagte Llauron und klopfte an die Tür. Eine Antwort von drinnen blieb aus, stattdessen meldete sich wenig später eine Stimme, die über das Feld tönte.

»Euer Gnaden! Wir sind hier draußen.« Rhapsody drehte sich um und sah eine groß gewachsene Frau, die mit weiter Hose und dickem Mantel an einem Holzzaun stand und ihnen zuwinkte. Llauron hob grüßend die Hand.

»Das ist Ilyana. Sie ist für die Pflanzung zuständig und unterrichtet die Novizen. Möchtest du sie kennen lernen?«

»Gern.«

Mit vorsichtigen, langen Schritten überquerten sie eine Reihe verschneiter Beete, bis sie auf einen mit Steinen gepflasterten Weg kamen, auf dem ihnen neben Ilyana eine zweite Frau entgegenkam. Sie war mittleren Alters, hatte ihr langes dunkles Haar zu einem Zopf geflochten und mit einem Tuch im Nacken zusammengefasst. Ihr Gesicht ließ erkennen, dass sie sich hauptsächlich im Freien aufhielt. Und sie war unverkennbar eine Lirin.

Im Unterschied zu Rhapsodys Mutter, die den Liringlas entstammte und darum silbrig blondes Haar hatte und einen rosigen Teint, gehörte Lark den Lirindarc an, also dem Volk, das in den Wäldern der Sagia lebte und eine dunkle, fast ledrige Haut besaß. Sie hatten zwar durchweg eine ebenso schlanke Gestalt wie die Liringlas und ähnlich scharf geschnittene Gesichter, aber dunkelbraune, mitunter sogar schwarze Augen, die auch noch in der Dunkelheit zu sehen vermochten.

Rhapsody spürte, wie sich ihr beim Anblick dieser Frau ein Kloß im Hals bildete, gerade so wie tags zuvor, als sie Gwen zum ersten Mal gesehen hatte. Rhapsody war als Lirin nicht allein in dieser Gegend; Angehörige ihrer Art lebten also auch hier, und nicht nur, wie von Llauron am Vorabend angedeutet, in Tyrian, dem Land im Süden, das von den cymrischen Siedlern Realmalir genannt worden waren.

Llauron streckte die Hand aus und legte sie der Frau, die da auf sie zukam, auf die Schulter. »Lark, ich möchte dir Rhapsody vorstellen. Sie ist mein Gast und selbst vom Fach der Kräuterkunde.«

Rhapsody errötete. »Oh, nicht wirklich. Ich kenne mich bloß ein bisschen mit Pflanzen aus, mehr nicht.« Lark nickte und rührte ansonsten keine Miene.

Die große Frau neben ihr streckte die Hand aus. »Angenehm. Ich bin Ilyana.« Rhapsody schüttelte ihr die Hand und lächelte. Wenig später bemerkte sie, wie ihrem Gegenüber ein sonderbarer Ausdruck übers Gesicht huschte.

»Ich möchte euch und insbesondere dich, Lark, bitten, unseren Gast von euch lernen zu lassen«, sagte Llauron. »Sie interessiert sich für die Kunst des Gartenbaus, und wenn es mir die Zeit erlaubt, werde ich ihr selbst ein paar Lektionen erteilen.«

»Ist sie eine Novizin?«, wollte Lark wissen, deren Miene immer noch vollkommen ungerührt war.

»Nein, sie ist nur zu Besuch. Ich vertraue darauf, dass ihr sie mit allem gebotenen Respekt behandelt.« Erneut nickte Lark mit dem Kopf. »Wohl denn, gebt ihr bitte ein paar Arbeitskleider und zeigt ihr, wo sie sich umziehen kann. Du scheust dich hoffentlich nicht, dir die Hände schmutzig zu machen, mein Kind, oder?«

»Ihr erinnert Euch doch bestimmt, wie ich ausgesehen habe, ehe Ihr so freundlich gewesen seid, mir durch Gwen ein Bad richten zu lassen.«

Llauron lachte. »O ja, ich erinnere mich. Nun, das wäre also geklärt. Ich weiß dich hier in guten Händen, Rhapsody. Am Abend hole ich dich dann wieder ab.«

»Bleibt sie denn nicht hier bei uns im Lager?«, fragte Lark.

»Nein. Sie ist, wie ich schon sagte, mein Gast«, antwortete Llauron mit nach wie vor freundlicher Stimme, doch seine Augen funkelten auf eine Weise, die Rhapsody ein wenig beklommen machte. »Du weißt wohl auch, dass ich dich nicht behelligen würde, wenn sie nicht mit unserer Sache sympathisierte.« Lark nickte wieder, und das mit unverändert starrem Gesichtsausdruck.

»Unserer Sache?«, fragte Rhapsody irritiert nach.

Llauron warf Lark einen flüchtigen Blick zu, wandte sich dann an Rhapsody und lächelte.

»Ich meine den Schutz des Waldes und der Erde, die Pflege des Großen Weißen Baums. Darum geht es dir doch auch, wenn ich dich recht verstanden habe, nicht wahr, mein liebes Kind. Liegt nicht auch dir die Natur am Herzen?«

»O doch, allerdings.«

»Na bitte. Dann will ich mich jetzt verabschieden. Auf Wiedersehen, Mutter Lark; auf Wiedersehen, Ilyana. Und dir, mein liebes Kind, wünsche ich, dass du mit Freude lernst.« Llauron ging über den gepflasterten Pfad zurück, bestieg sein Pferd, winkte den drei Frauen noch einmal zu und ritt davon.

Rhapsody schaute ihm nach, bis er im Wald verschwand.

Ilyana legte ihr einen Arm um die Schulter und fragte: »Du bist gestern Abend angekommen?«

»Ja.«

Die beiden Filiden sahen einander an. »Dann warst du der Grund für all den Wirbel«, sagte Ilyana. Lark drehte sich um und ging auf den umzäunten Acker zurück.

»Wirbel?«, fragte Rhapsody, der plötzlich ganz mulmig zumute war.

»Ja, gestern Abend sind Dutzende von Dörflern aus dem Osten durch den heiligen Wald getrampelt. Llauron musste mitten in der Nacht raus, um sie nach Hause zu schicken. Ich habe keine Ahnung, was sie wollten. Es war, als erwarteten sie jemanden, den sie schon lange hatten entbehren müssen.«

Rhapsody hatte den Eindruck, als klammerten sich eiskalte Krallen um ihren Magen. Für wen hielten sie all die Leute, die ihr gefolgt waren? Sie hatte sich nur kurz blicken lassen und war gleich darauf mit Khaddyr abgezogen. Wieso sollte man ihr nachstellen? Sie hatte sich doch nichts zu Schulden kommen lassen.

Zugegeben, sie hatte vermutlich ein erschreckendes Bild abgegeben, als sie aus dem Wald aufgetaucht war. Vielleicht hielt man sie für einen bösen Geist, verantwortlich für den Tod oder die Erkrankung irgendeines Bauern, für schlechtes Wetter oder Ernteeinbußen. Sie wickelte den Umhang enger um sich.

Ilyana bemerkte, dass sie nervös geworden war, und rückte näher. »Keine Sorge, sie sind wieder weg und werden nicht zurückkommen. Es scheint, das Llauron beschlossen hat, dich zu beschützen; wenn dem so ist, bist du wirklich in Sicherheit. Komm jetzt, du kannst uns helfen, den Komposthaufen umzuschichten.«

Über eine Woche kam Rhapsody jeden Tag, um von Lark zu lernen. Die Herbalogin gab nur selten einen Laut von sich, und wenn sie den Mund aufmachte, redete sie ausschließlich über Pflanzen. Es dauerte eine Weile, bis Rhapsody erkannte, dass ihre Lehrerin von Natur aus sehr schüchtern und scheu war.

Wenn Lark aber von ihren Kräutern oder Anbaumethoden sprach, wurde sie mitunter sehr lebhaft, und in ihrer Stimme schwang echte Begeisterung mit. Sie war in ihrem Fach enorm bewandert, und Rhapsody machte sich fleißig Notizen, wofür ihr Ilyana Pergamentblätter zur Verfügung stellte.

Wenn es für die Arbeit in den Gärten allzu kalt oder stürmisch war, hielten sie sich in Larks Haus auf, wo sie dann Kräuter trockneten oder zu Gesundheitstees weiterverarbeiteten. Es duftete herrlich in den Räumen, und die Arbeit ging Rhapsody leicht von der Hand, denn sie schätzte sich glücklich, so viel dazulernen zu können. Manchmal sang sie Lark lirinsche Lieder vor, die sie von ihrer Mutter gelernt hatte, doch die Lehrerin verstand die Worte nicht.

Am zehnten Tag wurde Rhapsody von Ilyana zu einem Ausflug eingeladen, und die beiden ritten über die weiten Felder, die, obwohl der Winter noch längst nicht vorüber war, schon jetzt in harter Arbeit für den Frühling vorbereitet wurden. Die Gemeinde, um die sich die Filiden als Seelsorger kümmerten, bestand zum größten Teil aus Bauern und Landarbeitern. Insgesamt zählte die hier im Westen des Kontinents gepflegte Religion nach Auskunft von Ilyana an die halbe Million Gläubige, eine Zahl, über die Rhapsody nur staunen konnte.

Was sie besonders interessant fand, waren die Pflanz- und Ernteriten, mit denen der Ackerboden und seine Früchte gesegnet wurden. Die liturgischen Sprüche, die die Novizen auswendig zu lernen hatten, waren tatsächlich in Rhapsodys Muttersprache gehalten. Die Filiden nannten sie Alt-Cymrisch, was Rhapsody wie eine bittere Ironie anmutete. Gehörten sie, Achmed und Grunthor demnach zum Volk der Alt-Cymrer?

Schlimmer noch: Genau genommen waren sie deren *Vorfahren*. Es schien wirklich so, als hätte die Zeit sie vergessen. Würde sie sich ihrer erinnern, so wäre das gewiss ihr Ende.

Als ein Monat vergangen war, wurde Rhapsody wieder der Obhut des Priesters Khaddyr anvertraut. Er war ein Meister der Heilkunst und legte Wert darauf, als solcher respektiert zu werden, und obwohl er häufig einen sehr überheblichen Eindruck machte, fand Rhapsody in ihm einen fähigen Lehrer, der sein Wissen so vermittelte, dass das Lernen leicht fiel und das Erlernte sogleich praktisch umzusetzen war.

Zwei Wochen lang pflegte sie die Patienten in den von Khaddyr geleiteten Spitälern. Danach kam sie zu Bruder Aldo in die Lehre, der ebenfalls ein filidischer Heiler war, seine Kunst aber ausschließlich an Tieren praktizierte. Es machte ihr großen Spaß, von ihm zu lernen. Er war freundlich und sanft und hatte eine Art, die selbst auf die wildesten Tiere beruhigend wirkte.

Schließlich wurde sie zu Gavin geschickt, dem ernsten, stillen Vorsteher der Förster und Waldläufer, jener bewaffneten Männer, die ihr schon aufgefallen waren, als Khaddyr sie zum Baum geführt hatte. Diese Männer bereisten das weite Land und dienten zuweilen den Gläubigen als Führer auf den Cymre-Pfaden – den markierten Wegstrecken, die laut Auskunft Llaurons die erste und dritte Emigrantengruppe nach ihrer Landung eingeschlagen hatten. Diese Pfade wurden heutzutage anscheinend nur selten begangen; sehr viel beliebter waren die Pilgerwege, die zum Baum führten.

Rhapsody stellte fest, dass die Mehrzahl der Waldläufer, anstatt Wallfahrer zu begleiten, damit beschäftigt war, im heiligen Forst Patrouille zu gehen und Übergriffe abzuwehren, wenn es sein musste, auch mit Waffengewalt. In Khaddyrs Spital wurden ab und an Verwundete aus den Reihen der Waldläufer eingeliefert, was offenbar nichts Ungewöhnliches war, denn Khaddyr und seine Studenten machten kein besonderes Aufhebens um diese Patienten.

Rhapsody kehrte immer am späten Nachmittag in das Haus des Fürbitters zurück, dann, wenn auch Llauron Feierabend machte und von seinen Amtspflichten als Oberhaupt der Filiden entbunden war, Pflichten, die – nach dem Eindruck, den Rhapsody gewann – sehr umfangreich und anstrengend zu sein schienen.

In jeder Ortschaft hatte Llauron einen Filiden damit beauftragt, über Ackerbau und Viehzucht zu wachen und darauf zu achten, dass Natur und Landwirtschaft im Gleichgewicht blieben. Zu Llaurons Aufgaben zählte ferner, dass er den Pilgern Führer zur Seite stellte und die Herbergen entlang der Pilgerstrecke in Ordnung hielt. Er tat seine Arbeit zwar nicht ungern, hatte Rhapsody aber anvertraut, dass er die Zeiten vermisse, in denen er als junger Mann die wilden Meere befahren und Urwälder durchstreift habe und frei von allen Pflichten gewesen sei.

Von diesen vergangenen Tagen erzählte er ihr meist, wenn sie gemeinsam lange Spaziergänge unternahmen, auf denen er außerdem über die Natur philosophierte und sie, seine Schülerin, auf verschiedene Aspekte des Waldes und der Welt ringsum aufmerksam machte. Er konnte jedes Tier benennen und wusste zu sagen, in welcher Anzahl die einzelnen Arten in etwa vorkamen. Er kannte auch jede Pflanze und jeden Baum und ließ Rhapsody an seinem Wissen teilhaben.

Für sie war es fast, als lauschte sie einem Lied, wenn sie, an seiner Seite gehend, vernahm, was er über die Bäume zu sagen hatte, über die starken, heiligen Eichen, über die Nähe der Eschen zur spirituellen Welt, weswegen ihre Zweige auch als Zauberstäbe oder für magische Riten gebraucht wurden. Er erzählte, dass Weiden gierig, Ahornbäume die geborenen Anführer und immergrüne Bäume abenteuerlustig seien. Er klärte sie über besondere Pflanzen des Waldes auf, über Misteln und Stechpalmen und deren spirituelle Eigenschaften, über Farne und Minze und viele andere mehr. Wenn er besonders guter Laune war, sang er ihr auch manchmal ein Seefahrershanty vor.

Llauron war noch erstaunlich gut zu Fuß. Rhapsody kannte

Männer, die nur halb so alt, aber im Vergleich zu ihm geradezu hinfällig waren. Wenn sie wanderten, schwang der Fürbitter einen Stock aus weißem Holz und mit goldenem Knauf in der Hand, nicht so sehr zur Stütze als vielmehr, um seinen Schritten den Takt anzugeben.

Der Stock war aus dem Holz des Großen Weißen Baums geschnitzt, einem Ast, der vor langer Zeit von einem Sturm abgerissen und Ulbren, dem Jüngeren, gegeben worden war, jenem Fürbitter, der noch von Serendair stammte und die Religion der Filiden in die Emigration mitgenommen hatte. Der Stock galt als Symbol seines Amtes, doch Llauron trug ihn wie einen ganz gewöhnlichen Stecken, zeigte damit auf das, worauf er aufmerksam machen wollte, oder klopfte mit ihm an die Stämme alter Bäume, um vom Klang, der dabei entstand, Rückschlüsse auf ihren Gesundheitszustand zu ziehen.

Die Spaziergänge endeten für gewöhnlich unter den Zweigen des Großen Baums, wenn die Sonne unterging, also gerade rechtzeitig für Rhapsody, um ihre Dämmerungsvesper zu singen. Für sie stand inzwischen fest, dass Llauron schon vor ihrer Ankunft über die Sitten und Gebräuche der Liringlas unterrichtet gewesen war und deshalb von ihr nichts anderes erwartete, als dass sie mit ihrem Gesang der Sonne und den Sternen einen Gruß entrichtete. Und so tat sie ihm gegenüber auch nicht mehr heimlich, was ihre Art des Gottesdienstes anging, obwohl sie Achmeds Mahnung nicht vergessen hatte. Wenn sie sang, stand der Fürbitter immer lächelnd neben ihr unter dem Baum, behielt aber stets für sich, welche Gedanken ihm dabei durch den Kopf gingen.

Anschließend aßen sie gemeinsam zu Abend und unterhielten sich häufig bis spät in die Nacht über den Wald und seine Tiere oder über das Zeitalter der Cymrer und seine Wunder. Beliebtes Gesprächsthema zwischen ihnen war die cymrische Ratsversammlung, die alljährlich stattfand und zu der alle Flüchtlinge von Serendair zusammenkamen, und zwar an den so genannten Großen Gerichtshof. Die wichtigste Aufgabe des Rates bestand darin, zwischen den verschiedenen Volksgruppen der Flüchtlinge zu vermitteln und dafür zu sorgen, dass sie wieder enger in Kontakt zueinander traten und die Kluft überbrückten, die der cymrische Krieg aufgerissen hatte.

Llauron war überzeugt davon, dass es zwischen Sorbold, Roland und den Ländern der Firbolg nur dann dauerhaft Frieden geben könnte, wenn sie wieder zu einer Nation zusammenfänden.

»Und was ist mit den Lirin?«, fragte Rhapsody eines Abends über eine Tasse Süßfarntee hinweg.

»Die Lirin sind nie Teil des Cymrerreiches gewesen. Sie waren ja schon vorher hier und haben sich immer gegen einen Anschluss gewehrt, obwohl sie Verbündete und gute Freunde der ersten Flüchtlingsgeneration waren. Es ist tragisch, dass sie in den Krieg hineingezogen wurden, der schließlich einen Großteil von Tyrian verwüstet hat. Dem ist letztlich auch ihre Gemeinschaft zum Opfer gefallen, sodass nun auch die Lirin ein geteiltes Volk sind. Eine Schande ist das.« Llauron wurde still und starrte ins Feuer.

Rhapsody nickte. »Ich werde bald Abschied nehmen müssen«, sagte sie unvermittelt.

Sofort wandte sich ihr der Fürbitter zu, doch seiner Miene war weder Verdruss noch irgendeine andere Regung abzulesen. »Wie schade. Mir war natürlich klar, dass dieser Tag kommen würde, und ich muss gestehen, dass ich mich davor gefürchtet habe. Wir - das sind Gwen und Vera und ich - haben dich ins Herz geschlossen. Und ich bin sicher, dass auch deine Lehrer traurig sein werden, wenn sie erfahren, dass du uns verlassen musst.«

»Mir fällt der Abschied selber schwer«, antwortete sie. »Ich habe so viel von Euch und allen anderen gelernt.« Ihr kam plötzlich ein Einfall, und sie sagte: »Darf ich Euch eine Frage über die filidischen Lehrer stellen?«

»Nur zu.«

»Eure Priester sind doch, wenn ich es richtig verstanden habe, nicht zur Keuschheit verpflichtet, stimmt's?«

»Nein, an solche törichten Vorschriften mögen sich der Patriarch von Sepulvarta und seine so genannten Seligpreiser halten, wir nicht. Warum fragst du?«

»Nun, mir ist aufgefallen, dass nicht ein Angehöriger der Priesterschaft von Gwynwald verheiratet ist.«

Llauron lehnte sich auf seinem Stuhl zurück und führte beide Hände so zusammen, dass sich nur die Fingerspitzen berührten. »Tja, so ist es wohl«, entgegnete er. »Ilyana war allerdings verheiratet, doch ihr Mann kam vor ungefähr zehn Jahren im Kampf ums Leben.

Lark ist nie verheiratet gewesen; du weißt, wie schüchtern sie ist. So auch Bruder Aldo. Er hat lieber Tiere als Frauen um sich – dabei könnte ich ihn mit manchem Weib bekannt machen, das dieser seiner Vorliebe in gewisser Hinsicht durchaus entgegen käme.« Rhapsody lachte. »Gavin hat zum Heiraten viel zu wenig Zeit; er ist ständig von einem Ort zum anderen unterwegs. Und Khaddyr, nun, ihm ist es als meinem Tanist in der Tat verboten, zu heiraten und Kinder in die Welt zu setzen.«

»Als Eurem was?«, hakte Rhapsody nach.

»Wenn die Filiden einen neuen Fürbitter wählen, wenden sie heutzutage die Regeln des Tanisters an, das an die Stelle jenes alten, grausamen Auswahlverfahrens getreten ist, wonach sich die Kandidaten in einem Kampf auf Leben und Tod miteinander messen mussten.«

»Ich erinnere mich. Khaddyr hat davon gesprochen und gesagt, dass diese Rituale schon lange nicht mehr praktiziert werden und dass Eure Wahl nach einer anderen Methode durchgeführt wurde.«

»Richtig«, sagte Llauron. »Das Tanister schreibt vor, auf welche Art und Weise der Orden die Nachfolge seiner Führung zu regeln hat.« Er beugte sich vor, als wollte er ihr ein Geheimnis anvertrauen. »Ehrlich gesagt, ich halte mich für sehr viel vitaler als Khaddyr und bezweifle, dass er mich überleben wird.«

Sie lachte wieder unwillkürlich auf und schämte sich ein wenig dafür. »Das kann ich nur bestätigen.«

»Es kann durchaus sein, dass, wenn die Kreisältesten wieder zusammentreten, die Entscheidung rückgängig gemacht und Gavin zu meinem Nachfolger bestimmt wird. Er hat eindeutig bessere Aussichten, mich zu überdauern, und ist überdies ein sehr weiser Mann. Nicht, dass ich Khaddyr grundsätzlich für untauglich hielte. Er ist einer der besten und freundlichsten Männer, die ich kenne, und einzigartig, was seine Heilkunst angeht.« Rhapsody nickte beifällig.

»Ein Tanist verpflichtet sich zur Keuschheit, weil dadurch Probleme der Nachfolge und Erbschaft vermieden werden. Hätte der Tanist Kinder, bevor er oder sie in das Amt des Fürbitters aufsteigt, käme es fast zwangsläufig zu Komplikationen bei der Benennung eines Nachfolgers. Es ist ein verzwacktes Verfahren. Angehende Fürbitter dürfen heiraten, wenn sie denn wollen, aber wenn ihr Vorgänger endlich gestorben ist und sie in ihr Amt eingesetzt werden, sind sie meist schon alt und klapprig. Verrückt, nicht?«

»Das scheint mir auch so.« Rhapsody konnte kaum die Augen aufhalten, so müde war sie. »Wenn ihr mich entschuldigt, Llauron, würde ich jetzt gern zu Bett gehen.«

Llauron stand auf und begleitete sie zur Tür seines Arbeitszimmers. »Ja, mein Kind, schlaf dich richtig aus. Du hast einen schweren Tag vor dir.« Er berührte ihren Arm. »Übrigens, deine beiden Begleiter sind herzlich eingeladen, auf einen Besuch vorbeizuschauen. Es würde mich freuen, sie kennen zu lernen.«

Rhapsodys Arm fing unter seiner Berührung zu zittern an. Sie hatte ihre Firbolg-Freunde mit keinem Wort erwähnt. Als sie fragend aufblickte, sah sie den Alten mit den Augen blinzeln.

»Wie bitte?«

»Ach, mein Kind, hast du wirklich geglaubt, mir würde es entgehen, wenn Fremde mein Land betreten? Ich hatte fast schon befürchtet, es könnte sich um einen feindlichen Überfall handeln. Aber das erschien mir dann doch als sehr unwahrscheinlich. Mir war bald klar, dass sie auf dich warten, zumal sie die ganze Zeit über mein Haus im Auge haben. Ich bin ganz neugierig zu erfahren, wie du mit den beiden zusammengetroffen bist. Also, wie wär's, wenn du sie zu einem Besuch einladen würdest?«

Rhapsody zitterte inzwischen am ganzen Körper. »Ich ... ich halte das für keine gute Idee«, flüsterte sie mit bebender Stimme. »Die beiden sind, nun, nicht gerade gesellschaftsfähig.«

Llauron nickte. »Das würde ich ihnen nicht ankreiden. Firbolg sind von anderen immer wieder sehr schlecht behandelt worden.

Aber was sagst du zu folgendem Vorschlag? Frag sie, ob sie bereit wären, mit mir zusammenzutreffen. Ich würde sie dann in ihrem Lager aufsuchen. Es ist mir ein echtes Bedürfnis. Ich bin noch nie mit einem Firbolg zusammengetroffen.«

Der Sängerin schwirrte der Kopf. »Na schön«, sagte sie schließlich. »Fragen kann ich ja.«

Der Alte grinste breit. »Ausgezeichnet. Ich bin schon sehr gespannt auf die Begegnung. Gute Nacht, mein liebes Kind.«

»Gute Nacht.« Sie verließ das Arbeitszimmer und eilte nach oben in ihre Kammer. Schnell hatte sie sich ausgezogen und unter den Decken verkrochen. Wie, so fragte sie sich unablässig, sollte sie ausgerechnet Achmed, der doch allem Fremden und besonders Priestern gegenüber mehr als skeptisch war, Llaurons Bitte nahe bringen? Darauf wollte ihr einfach keine befriedigende Antwort einfallen. Schließlich überwältigte sie der Schlaf. Und auch in dieser Nacht plagten sie üble Träume. Doch es war diesmal nicht der Untergang der Insel, der sie im Schlaf erschauern ließ, sondern die Reaktion der Freunde, die annahmen, dass sie, Rhapsody, ihr Geheimnis preisgegeben hätte.

25

Ein voller Mond zeichnete mit seinem Licht sonderbare weiße Schatten auf den schmelzenden Schnee. Es ging ein starker Wind, der Rhapsodys Umhang wie eine Fahne im Rücken flattern ließ, als sie auf dem Fuchs über den Forstweg in die Dunkelheit hinausritt.

An der Stelle in der Nähe von Tref-Y-Gwartheg angelangt, wo sie sich von ihren Firbolg-Freunden getrennt hatte, stieg sie von Pferd, band es am Stamm einer kahlen Platane fest und hängte ihm einen Sack Hafer ums Maul. Dann stapfte sie durch den aufgeweichten Waldboden auf die Lichtung zu, wo sie sich, wie verabredet, mit Achmed und Grunthor treffen wollte.

Den Treffpunkt wieder zu finden fiel ihr überhaupt nicht schwer, denn zum einen hatte sie diese Gegend an der Seite Gavins ein ums andere Mal durchstreift und dabei stets die von Achmed hinterlassene Markierung entdecken können. Zum anderen waren schon von weitem zwei unverkennbare Silhouetten auszumachen, zwei in ihren Ausmaßen sehr unterschiedliche Gestalten, die auf sie warteten.

Wie sehr sie ihre Gefährten vermisst hatte, spürte sie erst jetzt, da sie die beiden wieder sah. Im Hinblick auf Grunthor überraschte sie diese Empfindung weniger. Dass ihre Gefühle Achmed gegenüber ebenso herzlich waren, verblüffte sie umso mehr. Unterwegs auf der Wurzel hatte sie ihn noch verabscheut und für die Schrecken, die ihr zugemutet wurden, verantwortlich gemacht. Und auch nach der langen Reise war die Stimmung zwischen ihnen nur langsam und allmählich besser geworden.

Als sie jetzt aber seinen Schatten unter dem vom Mondlicht

durchdrungenen Dach des Waldes erspähte, wurde ihr bewusst, dass er ihr sehr viel mehr bedeutete, als sie es vordem für möglich gehalten hätte. Vielleicht war die Erklärung dafür ganz einfach, und sie hatte sich mit der Zeit an ihn gewöhnt. Vielleicht lag es daran, dass er neben Grunthor der Einzige war, der sie noch aus ihrem früheren Leben kannte.

Sie warf sich in Grunthors ausgestreckte Arme und versuchte den scheußlichen Geruch zu ignorieren, der ihm noch von der Wurzel anhaftete. Im Unterschied zu ihr hatten die beiden Firbolg während der vergangenen zwei Monate wohl keine Gelegenheit gefunden, sich gründlich zu waschen. Es grenzte an ein Wunder, dass sie die ganze Zeit über unentdeckt geblieben waren. Allein der Gestank, den sie verbreiteten, hätte sie verraten müssen.

»Hab mir Sorgen gemacht, Gräfin«, sagte der Sergeant mit einem Knacks in der Stimme. »Umsonst, wie ich sehe: Dein Anblick ist Balsam für trübe Augen.«

»Ich kann dir gar nicht sagen, wie glücklich ich bin, dich wieder zu sehen«, sagte sie und schmiegte sich an ihn. Als er sie wieder auf dem Boden absetzte, wandte sie sich Achmed zu und öffnete auch für ihn die Arme. Es schien ihr, als huschte ein flüchtiges Lächeln über sein Gesicht. Er nahm sie kurz in den Arm und führte sie dann in ein Dickicht, das ihnen Schutz vor dem Wind gewährte.

Dort nahmen sie auf einem umgefallenen Baumstamm Platz und rückten nahe zusammen.

»Bist du anständig behandelt worden? Oder hat man dich womöglich belästigt?«, fragte Achmed und tippte die behandschuhten Fingerspitzen aneinander.

»Nein, ganz und gar nicht. Und habt ihr was herausfinden können?«

»Etliches. Was dich besonders interessieren dürfte: Wir haben uns im Süden umgesehen, in einem Fürstentum namens Avonderre, und den Haupthandelsweg zum Seehafen ausfindig gemacht. Dort wird bestimmt auch ein Schiff ablegen, das dich nach Hause zurückbringt.«

Rhapsody senkte den Blick und musste an sich halten, um

nicht in Tränen auszubrechen. »Das hat keinen Sinn mehr«, antwortete sie mit tonloser Stimme.

»Was? Wieso nicht?«, fragte Achmed irritiert.

»Weil es dieses Zuhause seit vierzehn Jahrhunderten nicht mehr gibt.«

Als sich Rhapsody wieder gefasst hatte, fragten sie die beiden Firbolg darüber aus, was sie während ihres Aufenthaltes bei Llauron erfahren hatte, insbesondere über Serendair.

Sie berichtete alles, woran sie sich erinnerte, wiederholte manches auch, erzählte die Geschichte von Gwylliam wieder, dem letzten Seren-König, der den Untergang der Insel vorhergesehen hatte. Sie schilderte die Ankunft der Cymrer, ihre Eingliederung in die Kultur dieses Landes und wie das stolze Reich, das sie gegründet hatten, vor hunderten von Jahren durch einen großen Krieg verwüstet worden war.

Achmed stellte viele Fragen, auf die sie keine Antwort wusste. Zum Beispiel konnte sie nicht sagen, auf welche Weise und wie lange nach ihrem Weggang das Unglück über die Insel hereingebrochen war.

»Danach zu fragen erschien mir unpassend«, sagte sie ein wenig gereizt und müde geworden vom vielen Erzählen. »Was hätte ich sagen sollen ... ›He, Llauron, von Gwylliam habe ich noch nie was gehört; er muss nach Trinian an die Macht gekommen sein, dem Kronprinzen aus meiner Zeit. Wie viele Jahre später hat dieser Gwylliam eigentlich gelebt?‹«

Unter Achmeds zerrissener Kapuze zeigte sich ein amüsiertes Lächeln. »Geschenkt. Ich hätte nur gern gewusst, wie es nach uns auf der Insel weitergegangen ist, ob von dem, was geplant war, noch irgendetwas umgesetzt werden konnte.«

»Keine Ahnung. Ich weiß nicht einmal, ob Gwylliam der Linie von Trinian entstammte und ob Trinian den Thron überhaupt bestiegen hat. Wenn ich es richtig verstanden habe, so hat sich Gwylliam oder einer seiner Vorgänger die Krone widerrechtlich angeeignet.«

»Das wäre durchaus wahrscheinlich.«

»Was kümmert mich das noch!«, herrschte sie ihn so wütend

an, dass Grunthor ihr vorsichtshalber seine Hand auf den Mund legte.

Sie senkte die Stimme, in der aber unverkennbar zornige Erregung mitschwang. »Begreifst du denn nicht? Es macht keinen Unterschied mehr. Alles, was mir am Herzen gelegen hat, ist verloren gegangen, und das schon vor vielen hundert Jahren. Was kümmert es mich noch, welcher König welcher Linie abstammte? Ob eure Feinde noch ein oder zehn Jahre gelebt haben? Sie sind auf alle Fälle tot. Also freut euch! Ihr seid frei! Aber erwartetet nicht, dass ich mit euch feiere.«

Achmed und Grunthor tauschten fragende Blicke. »Ich hoffe, du hast Recht, Herzchen«, sagte Grunthor schließlich.

»Zweifelst du noch daran? Hast du denn nicht gehört, was ich gesagt habe? *Vierzehnhundert Jahre.*«

»Das besagt noch nicht alles, Rhapsody«, entgegnete Achmed. »Es gibt so manches Unheil, das jede Zeitspanne überdauert.«

»Na schön, Achmed. Du wirst Gelegenheit haben, dem Fürbitter deine Fragen persönlich zu stellen. Er will euch beide kennen lernen.«

Achmed schreckte auf. »Was?«

Rhapsody erstarrte unter seinem eisigen Blick. »Er weiß, dass ihr hier seid; er hat es mir gestern Abend gesagt. Ich habe euch nicht verraten, das schwöre ich. Er ist das Oberhaupt der Filiden, einer religiösen Gemeinschaft. Wir befinden uns hier auf ihrem Land. Er konnte euch offenbar in der Nähe spüren. Wie auch immer, er will euch treffen und ist sogar bereit, zu euch zu kommen, wenn euch das lieber ist.«

Grunthor legte die Stirn in Falten, und Achmed schlug die Hände vors Gesicht. »Gütiger Himmel. Aber es war wohl nicht anders zu erwarten. Wir sind hier in einer sehr seltsamen Gegend gelandet. Wo wir auch gewesen sind, überall spielten sich vollkommen absurde Dinge ab.«

»Inwiefern?«

»Es kommt ständig zu Grenzkonflikten, Überfällen und Plünderungen, und obwohl jeder darauf vorbereitet sein müsste, scheint sich niemand wirklich dagegen zu wehren.

Zuerst dachten wir, dass dieses Land hier im Krieg mit den Ländern im Süden liegt, aber das scheint nicht der Fall zu sein. Die Raubzüge und Plünderungen, die Gewalttaten und Verwüstungen lassen sich so nicht erklären.

Die Angreifer kommen mal aus dieser, mal aus jener Richtung und haben offenbar nichts anderes als Terror und Zerstörung im Sinn. Einmal haben wir beobachtet, wie auf einem Marktplatz ein Berg aus kostbaren Gegenständen aufgehäuft und dann in Brand gesteckt wurde; dabei hätte sich das Zeugs gut als Beute wegschleppen und verkaufen lassen.

Ein anderes Mal sind wir einer solchen Bande von Angreifern gefolgt, nachdem sie eine Stadt in Avonderre in Schutt und Asche gelegt hatten. Wie sich herausstellte, wohnten sie am Rand der Stadt in Kasernen, wo sie als Wachsoldaten eben dieser Stadt stationiert waren. Man hätte die ganze Sache vielleicht als Verrat abtun können, aber nur ein paar Tage später kam es zu einem neuerlichen Überfall, diesmal aber von einer anderen Bande, und dieselben Wachsoldaten setzten jetzt ihr Leben für die Verteidigung der Stadt ein, die sie kurz zuvor noch geplündert hatten.

In dieser Gegend gehen üble, diabolische Dinge vor sich. Es ist nur eine Frage der Zeit, wann zwischen den Ländern der Lirin im Süden und den Grafschaften von Roland ein Krieg ausbricht.«

Rhapsody seufzte. »Na, wunderbar. Ist es zu spät, zurückzugehen und an der Wurzel zu leben?«

Grunthor kicherte. »Tut mir Leid, Euer Liebden, das Gasthaus hat geschlossen.«

»Vielleicht kann ja der Priester beantworten, was wir nicht verstehen«, dachte Achmed laut nach. Dann verzog er das Gesicht und fügte hinzu: »Ich kann dieses Pack zwar nicht riechen, aber zur Not werde ich mir, so lange wir miteinander reden, die Nase zuhalten.«

Rhapsody lachte. »Nichts für ungut, Bruder, aber ich glaube, es wird Llauron sein, der allen Grund hat, sich die Nase zuzuhalten.«

Obwohl Grunthor weiten Abstand hielt, spürte Rhapsody, wie nervös ihr Fuchs auf ihn reagierte und die Flanken unter ihren Schenkeln zitterten.

»Ich werde morgen früh zurück sein«, sagte sie und tätschelte den Hals des Pferdes, um es zu beruhigen. »Ich werde Llauron nur kurz Bescheid geben und dann sofort umkehren, um mit euch hier auf ihn zu warten.« Sie nahm die Zügel zur Hand.

»Augenblick«, sagte Achmed. Er langte in die Tasche seines Umhangs und zog das Wachstuch daraus hervor, in das er die Schrift kopiert hatte. »Kannst du das lesen?«

Rhapsody nahm das Tuch entgegen und hielt es ins spärliche Mondlicht. Achmed half nach, indem er einen Docht aus seiner Zunderdose zum Brennen brachte.

Sie kniff die Brauen zusammen. »Was soll das sein?«

»Das habe ich abgepaust von einer Tafel, die an dem Tempelschiff hängt, von dem wir dir erzählt haben.«

»Hmmm. Ich weiß nicht so recht. Aus den oberen Zeichen lese ich *Kirsdirke* heraus ... nein, *Kirsdarke*. Aus dem, was darunter steht, werde ich nicht schlau. Es geht wohl darum, dass die Kirsdarke dem Meer und der Hand des Allgottes übergeben wird, der hier, wenn ich mich nicht irre, ›Schöpfer‹ genannt wird. Und dann ist da noch vom Altarstein im Tempel des Allgottes die Rede.«

»Das Schild hing an einem großen Obsidianblock.«

»Vielleicht ist das der Altarstein. Hier, an der Stelle, wird Serendair erwähnt, wenn ich die Zeichen richtig deute, aber es könnte noch ein anderer Name sein. Und dann steht da noch, dass die Kirsdarke von jemandem geschaffen wurde, der Ma-gint – oder so ähnlich – Monodier heißt.«

»MacQuieth vielleicht? MacQuieth Monodier?«

Rhapsody nickte. »Kann sein. Hast du etwa MacQuieth, den Helden aus unserer Heimat, im Sinn?«

»Ja. Wir dachten, hier womöglich in Monodier zu sein, aber ich fürchte, wir sind von Serendair noch sehr viel weiter entfernt.«

»So ist es«, bestätigte Rhapsody. »Monodier gehörte zur bekannten Welt von damals; der Kontinent, auf dem wir uns jetzt befinden, war unseren Kartografen damals noch so gut wie unbekannt. Wir dachten, er sei unbewohnt ...« Ihr versagte die Stimme.

»Ich kann mir vorstellen, wie schwer es dir gefallen sein muss, den Gedanken zuzulassen, dass es uns so weit aus der Zeit verschlagen hat«, sagte Achmed in ungewöhnlich sanftem Tonfall. »Aber wir werden darüber hinwegkommen.«

Rhapsody versuchte zu lächeln, was ihr aber nicht sonderlich gut gelang. »Du vielleicht«, antwortete sie. »Bis später.« Sie schnalzte dem Pferd zu und ritt in die Nacht hinaus.

In der übernächsten Nacht kam Llauron ins Lager der Firbolg. Um das Lagerfeuer herum hatte Rhapsody für Sitzgelegenheiten gesorgt, in der Hoffnung, der Unterhaltung, die erwartungsgemäß schwierig zu werden versprach, zumindest einen halbwegs bequemen Rahmen zu geben. Achmed hatte die Kapuze tief ins Gesicht gezogen, sodass von ihm nur mehr die Augen zu sehen waren. Grunthor gab sich dagegen ganz leger und hatte den Helm vom Kopf genommen, zumal er ohnehin davon ausgehen konnte, dass er, und wenn er sich noch so sehr verkleidete, immer auf Anhieb zu erkennen sein würde.

Der Fürbitter trug wie gewöhnlich das schlichte graue Gewand seines Ordens, das in der Mitte mit einem einfachen Hanfseil gegürtet war. Erst als er ausdrücklich dazu eingeladen wurde, näherte er sich dem Feuer und nahm im Kreis der anderen Platz. Dann öffnete er den Sack, den er mitgebracht hatte, und packte aus: Früchte, Brot und Käse sowie eine Flasche Branntwein. Sogar an silberne Schwenker hatte er gedacht.

»Ich freue mich, euch endlich kennen zu lernen«, sagte er und schenkte den beiden Firbolg großzügig ein. »Freunde meiner Freundin Rhapsody sind in diesen Wäldern und in meinem Haus jederzeit herzlich willkommen. Wenn wir uns erst einmal persönlich ein wenig näher gekommen sind, werdet ihr mir vielleicht den Gefallen tun und eine Weile meine Gäste sein. Ich wohne nicht besonders luxuriös, aber die Betten in meinem Haus sind bequem und das Essen ist schmackhaft und gut. Darüber hinaus werdet ihr euch bei mir auch neu einkleiden können.« Funken sprühten aus dem prasselnden Feuer, um sogleich in der kalten Luft zu verglimmen.

»Wir werden sehen«, sagte Achmed zurückhaltend.

»Es wäre schön, Llauron, wenn Ihr uns etwas von der Geschichte dieses Landes erzählen könntet. Ich habe Grunthor und

Achmed schon verraten, dass Ihr ein großartiger Geschichtenerzähler seid«, warf Rhapsody ein.

»Das will ich gern tun.« Er beugte sich nach vorn, stützte die Ellbogen auf die Knie und hob die gefaltete Hand für einen kurzen Moment an den Mund. Seine Augen funkelten im Feuerschein.

»Vor langer Zeit und so vielen Jahren, dass nicht einmal Der-der-zählt sich mehr daran erinnern kann, lebte eine uralte Drachenfrau am Fuß des Großen Weißen Baums, der damals zu der Zeit der Kindheit der Erde noch ein kleiner Schössling war. Sie herrschte über dieses Land, das sich vom Nordrand des lirinschen Reiches im Süden bis an den Hintervold im Norden erstreckte, und sie lebte ganz allein hier, denn sie war voller Argwohn allen Fremden gegenüber, besonders Menschen.

Ihre Macht über die Erde war so groß, dass ihr Hoheitsgebiet ganz und gar unangefochten und somit für die Außenwelt ein Rätsel blieb. Den Lirin vertraute sie, denn sie lebten im Einklang mit der Natur und waren friedliche Nachbarn. Der Name dieser Drachenfrau war Elynsynos.

Eines Tages blickte sie aufs Meer hinaus und sah ein Licht auf den Wellen, das sie bis dahin noch nie gesehen hatte. Es rührte von einer Flamme her, die einer Kerze gleich in einer Kristallkugel brannte und als Leuchtboje an der Wasseroberfläche schwamm. Dieses unmittelbare Nebeneinander der so entgegengesetzten Elemente von Feuer und Wasser faszinierte Elynsynos, und sie verstand es als Zeichen dafür, dass ein Zeitenwechsel bevorstand.

Wenig später landete ein Seemann an der Küste ihres Reiches. Er war groß gewachsen, hatte eine goldene Haut und gehörte jenem Volk an, das wir heute Alt-Seren nennen, also den Ureinwohnern von Serendair, der Insel auf der anderen Seite der Welt. Von dort war der Seemann gekommen. Die Drachenfrau erkannte in ihm einen Nachfahren der Erstgeborenen, also jener fünf Stämme, die zu Beginn der Welt geschaffen worden waren und zu denen eben auch die Drachen zählten.«

»Und wer zählte sonst noch dazu?«, wollte Grunthor wissen.

»Jedes der fünf Elemente – Äther, Wasser, Wind, Erde und Feuer – hat einen Stamm hervorgebracht. Die Seren sind die Ältesten und entstammen dem Äther, dem Stoff, aus dem auch die Sterne gemacht sind. Die Kinder des Wassers wurden Mythlin genannt, die des Windes hießen Kith. Die Drachen waren Abkömmlinge der Erde. Schließlich gab es da noch die F'dor, die dem flüchtigsten aller Elemente, dem Feuer, entsprangen. Aber das ist eine andere Geschichte, die man besser bei helllichtem Tag erzählt.

Der Name des Seemanns war Merithyn. Er stand als Kundschafter in den Diensten von Gwylliam, dem letzten hohen König der Seren, und hatte den Auftrag, einen Ort zu finden, an dem sein Volk würde siedeln können. Gwylliam wusste, dass der Heimatinsel der Untergang drohte, und wollte verhindern, dass mit ihr auch das Volk und dessen Zivilisation verloren gingen. Vermutlich hatte er nicht zuletzt auch die Fortsetzung seiner Herrschaft im Sinn. Jedenfalls schickte er Merithyn in die Fremde, um eine geeignete Kolonie ausfindig zu machen.

Es verschlug ihn an die Küste des Reiches von Elynsynos, und was bislang keiner geschafft hatte, sollte nun ihm gelingen: Er konnte unbehelligt die Grenze passieren, was womöglich darin begründet lag, dass er als Angehöriger eines der Erstgeborenenstämme eine noch besonders enge Verbindung zu den Elementen unterhielt. Wahrscheinlicher aber ist, dass sie, die Drachenfrau, sein Kommen begrüßte. Sie hatte Menschengestalt angenommen und sich ein Äußeres zugelegt, das ihm gefallen musste. Und tatsächlich: Kaum war sie ihm zu Gesicht gekommen, verliebte er sich auch schon in sie.

Und Elynsynos verlor ihr Herz an den Seefahrer. Als sie von seiner Mission erfuhr, beschloss sie, seinem Volk eine neue Heimat zu bieten, in der Hoffnung, ihn für immer an ihrer Seite zu haben.

Überglücklich segelte Merithyn nach Serendair zurück, um Gwylliam die Einladung zu übermitteln und den Auszug der Inselbewohner vorzubereiten. Als Unterpfand für sein Versprechen, zu ihr zurückzukehren, hatte er Elynsynos die Kerze der Crynella geschenkt, jenes leuchtende Notsignal, das sie vor seiner Ankunft auf dem Wasser hatte treiben sehen und das nach der Seren-Königin benannt war, die diese Leuchtkugel zum Schutz für den eigenen seefahrenden Liebhaber hatte fertigen lassen.

Gwylliam war von der Nachricht seines Kundschafters begeistert. Er hatte in dessen Abwesenheit bereits selbst Vorbereitungen zur Evakuierung der Insel getroffen, und schon bald waren über tausend Schiffe zur Reise gerüstet. Damit wenigstens ein Teil davon das Ziel erreichte, wurden die Schiffe in drei Verbände aufgegliedert und nacheinander auf den Weg geschickt.

Weil das neue Land nach Merithyns Auskunft unbewohnt war, hatte der König beschlossen, dass die Erste Flotte keiner bewaffneten Truppen bedurfte. Stattdessen schickte er diejenigen voraus, die für den Aufbau der Kolonie am wichtigsten waren: Ingenieure und Architekten, Heiler und Bauern, Mauerer und Zimmerer, Gelehrte und schließlich auch die Filiden. Es waren alle Volksstämme vertreten, doch der der Lirin machte, ihrem Anteil an der Gesamtzahl entsprechend, die Hälfte der Besatzung aus. Für den Schutz der Ersten Flotte sollte Oelendra sorgen, eine lirinsche Heldin, die den Titel Iliachenva'ar trug.«

»Wie bitte?«, fragte Rhapsody nach.

»Iliachenva'ar. Grob übersetzt, bedeutet dieses Wort ›Träger des Lichtschwertes‹, einer Waffe, die auch unter dem Namen Tagessternfanfare bekannt war. Es handelte sich um eine flammende Klinge, den Elementen Feuer und Äther geweiht.«

Achmed nickte, sagte aber nichts. Jetzt war klar, wie das Schwert der Seren an diesen Ort hatte gelangen können.

»Mit Merithyn als Führer und Oelendra als Beschützerin war die Erste Flotte bestens ausgestattet und hatte alle Aussicht, das neue Land sicher zu erreichen.

Die Zweite Flotte war ganz ähnlich zusammengesetzt, führte aber auch einen großes Kontingent an Soldaten mit sich und stach ein paar Wochen später in See.

Der Aufbruch der Dritten und letzten Flotte wurde möglichst lange hinausgezögert, um denjenigen Gelegenheit zur Flucht zu geben, die sich bislang gesträubt hatten, die Insel zu verlassen. Auch die restlichen Teile des Heeres wurden nun eingeschifft. Gwylliam ging an Bord des Seglers, der ganz zum Schluss die

Anker lichtete, und sah als Allerletzter seine Insel am Horizont verschwinden.

Die Reise muss wohl sehr gefährlich und strapaziös gewesen sein. Mitten auf dem Meer überraschte sie ein Sturm, der gewaltiger war als alles bisher Dagewesene. In den Legenden heißt es, dass im Auge dieses Orkans ein böser Dämon gesteckte habe, ein Monstrum, dem es darum gegangen sei, die Flotten zu versenken.« Anstelle der scheinbar selbstvergessenen Miene, die Llauron zu Beginn seiner Erzählung aufgesetzt hatte, blitzte jetzt ein geradezu verschlagener Ausdruck in seinen Augen auf. »Wer aber die Cymrer näher kennt, weiß, dass sie in ihrer Selbsteinschätzung gern zur Übertreibung neigten, und darum glaubten sie wohl auch, dass diese Naturkatastrophe ausschließlich ihnen gegolten hätte.

Zurück zur Geschichte. Merithyns Schiff ging unter. Den Legenden nach hat er sich freiwillig geopfert, um die Erste Flotte vor der Wut des Dämons zu schützen. Wahrscheinlicher aber ist, dass er schlicht und einfach dem Sturm zum Opfer fiel, der das Schiff zerstörte und mit allen, die sich an Bord befanden, auf den Grund des Meeres schickte. Es war im Übrigen nicht das einzige Schiff, das verloren ging.

Nach Merithyns Tod musste Oelendra, die Iliachenva'ar, die Führung übernehmen und die Flüchtlinge an einen Ort bringen, den sie vorher nie gesehen hatte. Als Richtungsweiser diente ihr das flammende Schwert der Sterne; es hielt die Flotte in dem unablässig wütenden Sturm zusammen, bis sie endlich wieder in stillere Gewässer kam und das Ufer erreichte.

Diese Erste Flotte landete an der Küste von Avonderre, wundersamerweise ganz in der Nähe jener Stelle, an der auch Merithyn seinerzeit vor Anker gegangen war. Als schließlich auch das letzte Schiff aus diesem Verband aufgeschlossen hatte, führte Oelendra die Besatzung an Land, auf das Hoheitsgebiet der Gastgeberin, die zu kommen sie eingeladen hatte. Doch nun gab es zwei Probleme.«

Auch Rhapsody hörte diese Geschichte zum ersten Mal. Sie drängte darauf, dass Llauron weitererzählte, und fragte: »Was waren das für Probleme?«

»Elynsynos war, wie sich leicht verstehen lässt, äußerst

bestürzt, erfahren zu müssen, dass Merithyn nie zurückkehren würde. Einzig und allein ihm zuliebe hatte sie die Grenzen ihrer Länder für Fremde geöffnet. Zu sagen, sie sei enttäuscht gewesen, wäre stark untertrieben.

Sie fühlte sich betrogen, zumal niemand beweisen konnte, dass der Geliebte tatsächlich untergegangen und nicht einfach woanders hingesegelt war. In ihrer Wut ließ sie den Baum und ihre Länder im Stich und zog sich in ihre Höhle im Norden zurück, an jenen Ort, wo Merithyn die Botschaft Gwylliams in Stein gemeißelt hatte: *Cyme we inne fird, fram the grip of deap to lif inne dis smylte land.*«

»Was soll das heißen?«, fragte Achmed ruppig.

Llauron lächelte. »Wie unhöflich von mir, dass ich nicht gleich übersetzt habe. ›Kommen wir in friedlicher Absicht, den Klauen des Todes entronnen, um in diesem schönen Land zu leben.‹ Vielleicht ließe sich *smylte* treffender mit *heiter* übertragen. Wegen dieses Satzes, den sie bei jeder Gelegenheit zum Besten gaben, wurden die Flüchtlinge von Serendair später ›Cymrer‹ genannt.

Eines der vielen tragischen Momente dieser Geschichte ist, dass Merithyn womöglich am Leben geblieben wäre, hätte er Elynsynos nicht so sehr geliebt und ihr Crynellas Kerze, sein Notsignal, als Unterpfand zurückgelassen. So klein dieser Gegenstand auch war, er hatte eine enorm große Wirkung, da er die entgegengesetzten Elemente Feuer und Wasser in sich vereinte. Hätte er ihn, als er Schiffbruch erlitt, bei sich gehabt, wäre die Geliebte auf die Gefahr aufmerksam gemacht worden und ihm zu Hilfe geeilt. Aber um sie zu trösten und zum Zeichen seiner Verbundenheit hatte er ihr die Kerze zum Geschenk gemacht. Nun ja, so ist schon aus mancher guten Absicht gerade das geworden, was man am wenigsten wollte. Und jetzt taugt das Ding, von dem ich spreche, nur noch als Schlüsselanhänger.«

Llauron langte in eine Tasche seines Gewandes und zog eine kleine Kristallkugel in der Größe einer Walnuss daraus hervor. Das kleine Licht in ihrer Mitte durchdrang die Dunkelheit und umhüllte den Fürbitter mit einem Strahlenkranz, der heller war als das Feuer.

Rhapsody ging vor Staunen der Mund auf. »Das ist sie? Crynellas Kerze?«

Llauron schmunzelte. »Ja, es sei denn, man hat mir eine ausgezeichnete Fälschung angedreht. Bei Antiquitätenhändlern weiß man nie so recht.«

»Ihr habt sie gekauft, als Antiquität?«

»Ja, und eine schöne Stange Geld dafür ausgegeben.«

»War nicht von zwei Problemen die Rede?«, meldete sich Achmed mit schneidender Stimme zu Wort. »Worin bestand das andere?«

Llaurons Gesicht wurde plötzlich ganz ernst. »Als Merithyn von ihr wegging, wusste er nicht, dass Elynsynos schwanger von ihm war.«

26

»Schwanger? Die Drachenfrau erwartete ein Kind?« Llauron musste über Rhapsodys Miene lachen. »Eine amüsante Vorstellung, nicht wahr?«

»Der Ansicht bin ich nicht«, sagte sie. »Ich finde das sehr traurig. Sie hat sich bestimmt schrecklich allein gelassen gefühlt, zumal sie eine Gestalt angenommen hatte, die ihr fremd war.« Die Sängerin verstummte, und das Feuer ging merklich zurück.

»Anzunehmen. Das hat sie wahrscheinlich auch dazu verleitet zu tun, was sie getan hat.«

»Und was war das?«, hakte Achmed nach, dem der hinhaltende Erzählstil des Alten nicht passte.

»Als sie sah, dass Merithyn nicht unter den Flüchtlingen der Ersten Flotte war, setzte Elynsynos ihre Kinder am Fuß des Baumes aus und ließ sie im Stich.«

»Kinder?«, fragte Grunthor, der lange geschwiegen hatte und sich nun so plötzlich einschaltete, dass Rhapsody vor Schreck zusammenfuhr. »Mehr als eins?«

»Ja, sie hatte inzwischen drei Mädchen zur Welt gebracht, Drillinge, wenn auch keine eineiigen. Das kann eigentlich nicht verwundern, wenn man bedenkt, dass sie in ihrer natürlichen Gestalt eine Echse war. Als die Cymrer zu dem Baum kamen, fanden sie drei junge Frauen dort vor. Weil von der Mutter allein gelassen, waren sie umso schneller groß geworden. Drachen sind, wie man hört, außerordentlich widerstandsfähig.

Die Frauen ähnelten ihrem Vater, waren wie er groß gewachsen und von goldener Haut. Und weil sie wie Seren aussahen, fühlten sich die Aussiedler der Ersten Flotte sofort verwandtschaftlich mit ihnen verbunden.

Ihr könnt euch gewiss denken, dass diese Frauen, die der Verbindung zweier Vertreter von Erstgeborenenrassen entsprangen, mit besonderen Kräften und Fähigkeiten ausgestattet waren. Weil ihr Vater mehrmals den Meridian überquert hatte, standen sie sowohl mit der Zeit als auch mit den anderen Elementen in Verbindung. Als Seherinnen konnten sie über den Augenblick hinaus schauen, waren aber wegen dieser Gabe leider verrückt, wenn auch in unterschiedlichem Maße.

Manwyn, die Jüngste, war die Künderin der Zukunft. Es heißt, dass sie von allen dreien die Verrückteste gewesen sei, denn das Wissen um die Zukunft ist die mächtigste und bedrohlichste aller Wunderkräfte. Den Legenden nach war sie meist in Trance und redete mit sich selbst. So groß ihre Fähigkeiten auch gewesen sein mochten, waren sie doch häufig nutzlos, weil sich kaum unterschieden ließ, ob ihre Prophezeiungen wahr oder nur irrsinniges Geschwätz waren.

Rhonwyn, die mittlere Schwester, war die Seherin der Gegenwart. Sie soll sehr liebenswürdig gewesen sein und auch durchaus klar im Kopf, hatte aber überhaupt kein Erinnerungsvermögen, sodass ihr alle Einsichten über die Gegenwart schon im nächsten Moment entschwunden waren.

Anwyn, die Älteste der drei, war als Einzige in der Lage, die Flüchtlinge zu begrüßen. Sie bewahrte die Geheimnisse der Vergangenheit, ein Wissen, das zwar weniger flüchtig und zusammenhanglos, aber umso gefährlicher war. So wusste sie unter anderem auch, woher die Cymrer stammten und warum sie gekommen waren. Sie hieß sie willkommen in dem Land, das ihrer Mutter gehört hatte.

Weil sie in ihr das lebendige Glied zwischen der alten Welt des Vaters und der neuen ihrer Mutter sahen, machten die Cymrer sie zu ihrer Schutzpatronin. Sie ließen sich nieder und lebten in friedlicher Nachbarschaft mit den Lirin von Realmalir.

Kommen wir nun zur Zweiten Flotte. Im Unterschied zur Ersten, der durch den Orkan am übelsten mitgespielt worden war, hatte sie, weil weit hinter den anderen zurück segelnd, das Unwetter kommen sehen und größere Verluste abwenden können. Doch es verschlug die Schiffe in eine andere Richtung.

Als der Sturm nachließ, waren sie dermaßen weit vom Kurs abgekommen, dass eine Korrektur nicht mehr in Frage kam. Es trieb sie wieder zurück, auf den Meridian zu, den sie schon überquert hatten. Da kam Land in Sicht, und anstatt die Suche nach Merithyns Paradies fortzusetzen, beschloss ihr Anführer, der große Ritter MacQuieth, die Reise zu beenden und das Land Manosse zu besiedeln. Sie und ihre Nachkommen leben noch heute dort.«

Bei der Nennung des Namens MacQuieth lief allen dreien, der Sängerin wie den beiden Firbolg, ein Schauer über den Rücken. In Serendair war MacQuieth bekannt gewesen wie ein bunter Hund. Achmed und Grunthor wussten sogar noch besser über ihn Bescheid als Rhapsody.

»MacQuieth war der Kirsdarkenvar, der Träger des legendären Wasserschwertes, der Kirsdarke. Darüber hinaus soll er auch der Meister eben dieses Elementes Wasser gewesen sein. Vielleicht war er deshalb auf dem Meer verschont geblieben. Und natürlich war er ein großer Held und Favorit des Königs, der Mann, der Tsoltan, den Anführer des Erzfeindes während des Großen Krieges, erschlagen hatte. Er ...«

»Llauron, Augenblick, bitte«, unterbrach Rhapsody nervös, worauf Achmed die Brauen zusammenkniff und ungehalten schnaubte.

Doch sie achtete nicht auf ihn und bat: »Würdet Ihr noch einmal wiederholen, was Ihr da über Manosse gesagt habt? Sie, die Gruppe um MacQuieth, und ihre Nachkommen sind noch heute dort? Wie kann das sein, nach vierzehnhundert Jahren? Die erste Generation der Cymrer muss doch schon lange tot sein.«

Llauron lachte. »Das sollte man annehmen, nicht wahr? Typisch Sängerin: Immer wollen sie es ganz genau wissen. Nun, dann will ich's dir erklären.

Die erste Generation kam von einem jener fünf Orte, an denen die Zeit entsprungen ist, nämlich von der Insel Serendair. Sie überquerte den Meridian, also jene Kreislinie, die den Ablauf der Erdzeit markiert, und gelangte an einen anderen Ursprungsort der Zeit, in die Heimat der Drachen. Jedoch landete die Zweite Flotte woanders.

Folglich hatte die Zeit keinen Einfluss mehr auf sie. Sie alterten nicht wie alle übrigen Sterblichen, sondern blieben so jung wie zu dem Zeitpunkt, da sie den Meridian überquert hatten. Ihre Kinder wuchsen allerdings ganz normal heran, bis sie ausgewachsen waren; und in dem Zustand verharrten sie dann, ohne älter zu werden.«

»Seid Ihr vielleicht eines dieser Kinder?«, fragte Achmed geradeheraus.

Llauron lachte laut auf. »Gütiger Himmel, nein. Aber zugegeben, manchmal wünschte ich mir ein so langes Leben und ebenso viel Kraft. Nein, so ist es leider nicht.

Habt noch ein bisschen Geduld, ich bin gleich fertig mit der Geschichte der Zweiten Flotte. Ein kleiner Verband von Schiffen – bemerkenswerterweise in der Mehrzahl besetzt von Ur-Seren und anderen Erstgeborenen – machte kehrt und reiste weiter nach Osten, denn ihre Besatzung war nicht zufrieden mit der Kolonie, die MacQuieth ausgesucht hatte. Man traf schließlich auf eine Insel, die zwischen den beiden großen Kontinenten gelegen war, ein von der Natur und vom Wetter begünstigtes Fleckchen Erde, ein wahres Paradies, in dem sie sich niederließen und fernab von ihren Landsleuten eine eigene Kolonie gründeten. Ihr Land ist Gaematria und wird allgemein auch Insel der Meeresmagier genannt.

Bleibt nur noch die Dritte Flotte. Der von Gwylliam angeführte Verband wartete, bis auch der Letzte, der mitfahren wollte, von der Insel evakuiert war, und segelte dann im Ostwind nordwärts. Es trieb sie aber so stark nach Süden ab, dass sie weit entfernt von der Ersten Flotte an Land gingen – in einem Gebiet, das wir heute als neutrale Zone bezeichnen.

Es war dies ein sehr unwirtliches Land, zum Teil ausgedörrte Ödnis, zum anderen Teil gebirgige Steppe. Schlimmer noch, es war bewohnt von Stämmen, die in den Fremden eine Bedrohung sahen und sie ein ums andere Mal ins Meer zurückzutreiben versuchten. Sie, die Cymrer der Dritten Flotte, hatten es von Anfang an sehr schwer, zu überleben und sich zu behaupten.

Aber sie besaßen auch zwei große Vorteile: einmal in der Person von Gwylliam, der außerordentlich talentiert und bestens ausgebildet war als Architekt und Ingenieur. Dass die Gruppe um ihn überhaupt ansässig werden konnte, war in erster Linie seiner Führung und seinem Einfallsreichtum zu verdanken.

Zum anderen kam ihnen Gwylliams weitsichtige, noch auf Serendair getroffene Entscheidung zugute, die Streitkräfte erst ganz zum Schluss einzuschiffen. Sie wurden von den beiden anderen Flotten nicht gebraucht und standen nun denen zur Verfügung, die sie am dringendsten nötig hatten. Damit war Gwylliam seiner Verantwortung, für die Sicherheit aller zu sorgen, voll und ganz gerecht geworden. Er hätte seine Sache gar nicht besser machen können. Rückschläge und Niederlagen waren ihm nicht anzulasten.«

»Hat es die denn gegeben?«, fragte Achmed und beugte sich interessiert vor.

Llauron schaute zur Seite. Als er wieder aufblickte, antwortete er mit ernster Miene: »Zumindest waren sie durch eine Prophezeiung angekündigt worden.«

»Eine Prophezeiung?«

Der alte Mann lächelte der Sängerin beruhigend zu, denn sie schien verstört. »Ja, es hatte eine gegeben, im cymrischen Zeitalter, noch vor dem großen Krieg, als Manwyn in Zungen von der Zukunft sprach, meist auf Versammlungen des cymrischen Rates. Ich muss mich auf Geschichtsquellen verlassen und weiß nicht, ob sie wirklich präzise sind. An die Texte aber erinnere ich mich ganz genau. Wollt ihr hören, was zu diesem Thema geschrieben steht?«

»Ja«, bat Rhapsody, der trotz der Wärme, die vom Lagerfeuer ausstrahlte, zunehmend kalt wurde.

»Nun, ich fürchte, ich habe zu weit vorgegriffen. Lasst mich also zuvor etwas weiter ausholen.

Die Emigranten der Dritten Flotte schlugen ihre Widersacher bis an den Nordrand der Wüste von Sorbold zurück. Dort erhebt sich eine wild zerklüftete Gebirgskette, die das westliche Ende der damals bekannten Welt bildete.

Die hinter diesem Gebirge versteckt liegenden Länder waren sehr fruchtbar und noch unbewohnt, und aus vielen Gründen, von denen ich soeben einige genannt habe, beschloss Gwylliam, dass dies der geeignete Ort zur Errichtung einer Kolonie sei. Er benannte dieses Gebiet mit dem cymrischen Wort für *Jahrhundert,* nämlich Canrif, denn man sagte allgemein, dass dort in nur hundert Jahren eine der größten Zivilisationen entstehen würde, die die Welt je gesehen hätte.

Und in der Tat kam man diesem Ziel ziemlich nahe. Die Auswanderer der Dritten Flotte waren Vertreter unterschiedlichster Volksstämme mit jeweils eigenen Vorstellungen und Bedürfnissen, doch Gwylliam schaffte es, alle gleichermaßen zufrieden zu stellen. Die Erdbewohner, also die Nain und die Gwadd, richteten sich in den endlosen Höhlen der Berge ein. Die Landmänner und -frauen fanden auf der Weiten Heide und noch tiefer im Versteckten Reich Gebiete, die sich für den Ackerbau und die Viehzucht eigneten, während die Lirin einen dunklen Wald für sich entdeckten, in dem sie sich häuslich niederließen.

Gwylliam selbst baute eine prächtige Stadt inmitten der Berge und entwickelte leistungsstarke Maschinen, die die unterirdischen Gänge mit Frischluft versorgten und im Winter auch beheizten. Zusammen mit den Nain errichtete er riesige Schmelzöfen, in denen Stahl zum Aufbau seines Reiches und zur Herstellung von Waffen hergestellt wurden.«

»Wo liegen diese Berge«, fragte Achmed, »und wie heißen sie?«

»Sie liegen im Osten der Provinz Bethe Corbair, an der Grenze zu Roland, und erstrecken sich entlang der Nordgrenze von Sorbold. Bei den Cymrern heißen sie Manteiden; die Firbolg aber, ihre heutige Bewohnerschaft, nennen sie die Zahnfelsen.«

»Die Zahnfelsen?«, fragte Rhapsody ungläubig.

»Ja. Wenn du sie jemals zu Gesicht bekommst, wirst du auch verstehen, warum. Sie sehen so aus, wie sie heißen. Was einst der Stolz von Canrif war, ist nun das Reich der Firbolg – ein dunkles und abschreckendes Land.«

»Das will ich auch hoffen«, meinte Grunthor wie selbstverständlich.

Llauron schmunzelte und nippte an seinem silbernen Schwenker.

»Eines Tages dann, rund fünfzig Jahre nach ihrer Landung, trafen die Emigranten der Ersten und Dritten Flotte wieder zusammen. Die Freude war groß, aber auch die Verwirrung. Die Mitglieder der Ersten Flotte, von denen viele vormals Gwylliams Untergebene gewesen waren, sowie deren Nachkommen hatten Anwyn Treue und Gefolgschaft geschworen, die nun schon über ein halbes Jahrhundert ihre Herrin war. Über den Verbleib der Zweiten Flotte war ihnen nichts bekannt, und so wussten sie nicht mehr, wie sie sich nun verhalten sollten.

Die Cymrer wünschten sich, wieder ein geeintes Volk zu sein, denn es war ja von Anfang an ihr Bestreben gewesen, den Fortbestand ihrer Kultur zu sichern und neue Länder unter ihre Herrschaft zu bringen. Die von Gwylliam und Anwyr beherrschten Gebiete erstreckten sich über Roland, Sorbold und Canrif. Obwohl Verbündete von Anwyn, wahrten die Lirin ihre Unabhängigkeit.

Schließlich fand man zu einer friedlichen Lösung. Alle Cymrer trafen zu einer großen Versammlung zusammen, berieten einander und wählten Anwyn und Gwylliam zur Königin und zum König ihres vereinigten Reiches. Die beiden erkannten die Möglichkeiten einer neuen Dynastie und gingen den Bund der Ehe ein.«

»Liebten sie sich denn auch?«, fragte Rhapsody.

Der Fürbitter schaute ihr in die Augen; der Wind fuhr ihm durch das graue Haar. »Davon ist in den alten Berichten nicht die Rede«, antwortete er schließlich. »Immerhin führten sie das cymrische Reich zu einer Blüte, die bis heute ohne Vergleich geblieben ist. Ihre Herrschaft währte über 300 Jahre und galt als Garant für Frieden und Wohlstand.«

»Aber was hatte es mit dieser Prophezeiung auf sich?«, hakte Achmed nach.

»Ah ja. Den Namen Oelendra habe ich schon erwähnt, oder? In den alten Schriften ist davon die Rede, dass sie zu wahnhaften Vorstellungen neigte. Darum hatte eigentlich niemand damit gerechnet, dass man ihr die Führerschaft über die Erste Flotte anvertraute. Nach Merithyns Tod aber hatte es keine andere Wahl gegeben. Sie war überzeugt davon, dass dem Schiff von Gwylliam ein großes Übel gefolgt sei, und als der König und die Königin ihre Vermählung bekannt gaben, fragte sie Manwyn vor dem versammelten Rat, ob ihre Befürchtungen zuträfen. Manwyn antwortete mit folgender Prophezeiung:

Er geht als einer der Letzten und kommt als einer der Ersten,
Trachtet danach, aufgenommen zu werden, ungebeten,
an neuem Ort,
Die Macht, die er gewinnt, indem er Erste ist,
Ist verloren, wenn er als Letzter in Erscheinung tritt.
Unwissend spenden die, die ihn aufnehmen, ihm Nahrung,
In Lächeln gehüllt wie er, der Gast;
Doch im Geheimen wird die Vorratskammer vergiftet.
Neid, geschützt von seiner eigenen Macht –
Niemals hat, wer ihn aufnimmt, ihm Kinder geboren,
und niemals wird dies geschehen,
Wie sehr er sich auch zu vermehren trachtet.

Es blieb lange Zeit still unter den vieren, ehe Grunthor endlich zu dem Schluss kam: »Keine Ahnung, was das bedeuten soll. Könntet Ihr uns nich ’nen Hinweis geben, Exzellenz?«

Llauron lächelte. »Ich weiß mir selbst keinen Reim darauf zu machen, mein Freund. Wie schon gesagt, Manwyn war verrückt und gab häufig nichts als Unsinn von sich. Aus diesem Grund schenkte ihr auch in diesem Fall niemand Beachtung. Im Rückblick aber scheint es, dass sie womöglich auf etwas Böses hinweisen wollte, das unter den Ersten von der Insel mitgereist war und, obwohl anfangs noch unbedeutend und harmlos, an Macht dazugewinnen und schließlich das Land unter seine Kontrolle bringen sollte.«

Rhapsody spürte, wie ihre Hände plötzlich ganz klamm wurden. »Und? Ist es dazu gekommen?«

Die Miene des Alten verriet Traurigkeit. »Das ist nicht eindeutig zu sagen, mein liebes Kind. Letztlich waren es Gwylliam und Anwyn selbst, die dem Goldenen Zeitalter der Cymrer ein Ende gesetzt und Tod und Verwüstung über das eigene Volk gebracht haben.«

»Wie?«, fragte Achmed.

»Mag sein, dass die beiden schon vor dem auslösenden Ereignis Probleme miteinander hatten. Das ist anzunehmen, denn solche Dinge kommen nicht von ungefähr. Kurzum, Gwylliam hat sie geschlagen. Über die Hintergründe ist aus den Quellen nichts zu erfahren, aber sie können eigentlich nur unbedeutend sein in Anbetracht der schrecklichen Folgen, die dieser Ehezwist auslöste. Er wurde später als der ›Schlimme Schlag‹ bezeichnet, und damit war wohl letzten Endes der Schlag gemeint, den das cymrische Volk erleiden musste.

In ihrer Wut auf den König kehrte Anwyn in ihre angestammten Länder im Westen zurück, mobilisierte ihre ursprünglichen Untertanen, die Mitglieder der Ersten Flotte, und verlangte von ihnen die Verteidigung ihrer Ehre. Damit war die Nation unwiderruflich gespalten, denn die erste Generation der Cymrer und ihre Nachkommen fühlten sich sowohl dem König als auch der Königin gegenüber loyal. Anwyn aber war ein Wyrmling, das heißt, sie hatte Drachenblut in ihren Adern und war nur durch Gwylliams Tod zu beschwichtigen.

Als ihr Heer gegen seine Festung vorrückte, wurde auch Gwylliam blind vor Hass und schickte sich an, seine abtrünnige Frau und deren Verbündete zu vernichten. Die Schrecken der Folgezeit sind unmöglich in Worte zu fassen. Dazu fehlt euch die Geduld und mir der Mut. Es reicht, wenn ich sage, dass der Untergang der cymrischen Zivilisation so grauenvoll war wie ihr Aufstieg ruhmreich.

Gwylliams Feldmarschall war ein brillanter, mitunter grausamer Mann Namens Anborn. Anborns Siege gegen die Erste Flotte und später auch gegen die Lirin, die sich auf Anwyns Seite geschlagen hatten, machten seinen Namen in deren Sprache zu dem am meisten gehassten überhaupt.

Anwyns Streitkräfte waren ihrerseits für den Tod unzähliger Mitglieder der Dritten Flotte verantwortlich. Schließlich verwischten die Fronten, und es war nicht mehr auszumachen, wer die Oberhand hatte oder in die Knie gezwungen wurde; es war ein einziges großes Abschlachten. Wegen der Gräuel, die damals begangen wurden, schämen sich noch heutzutage die entfernten Nachkommen in den geteilten Ländern so sehr, dass sie ihre cymrische Abstammung am liebsten verschweigen.«

Achmed grinste. »Demnach würde also das Wort *Cymrer* hierzulande so viel bedeuten wie *Scheißkerl?*«

Rhapsody rammte ihm den Ellbogen in die Seite, doch Llauron schmunzelte nur.

»In der Tat, für viele bedeutet es das. Es gibt allerdings auch etliche, die die großartigen Leistungen der Cymrer in Erinnerung halten und alles andere zu vergessen versuchen. Ja, die alten Cymrer werden mancherorts sogar verehrt, in den orlandischen Provinzen zum Beispiel – das sind die Provinzen von Roland – oder in Manosse und auf der Insel der Meeresmagier. All diese Gebiete werden von Nachkommen der Cymrer regiert.«

»Wer hat sich denn am Ende durchgesetzt?«, fragte Grunthor.

»Im Grunde niemand. Anwyn hat anscheinend erreicht, was sie wollte, nämlich Gwylliam zu töten. Jedenfalls behauptete sie das, und tatsächlich blieb er spurlos verschwunden, weshalb man denn auch ihrer Behauptung Glauben schenkte. Wenn sie ihn denn wirklich zur Strecke bringen konnte, wird sie einen Großteil ihrer Kraft dafür verausgabt haben, denn eigentlich war Gwylliam unsterblich oder zumindest sehr viel langlebiger als andere Cymrer.

Im Unterschied zu seinen Untertanen, die zwar weder alterten noch krank wurden, wohl aber eines gewaltsamen Todes sterben konnten, war Gwylliam in der neuen Welt gewissermaßen immun gegen Verletzungen. Den Grund dafür vermuten die alten Schriften darin, dass er die Heimat als Letzter verlassen, als Letzter auch den Meridian überquert und so in der neuen Welt keine Gefahr mehr zu erwarten hatte. Was die tatsächliche Ursache seiner Unverletzlichkeit war, ist schwer zu sagen.

Wie dem auch sei, Anwyn kehrte triumphierend in die Ratsversammlung zurück und forderte die alleinige Herrschaft über das Reich der Cymrer ein. Doch der Rat wandte sich gegen sie und schickte sie in die Verbannung. So blieb ihr nach siebenhundert Jahren Krieg und der befriedigten Rache am verhassten Gatten am Ende nichts. Was für ein Irrwitz, findet ihr nicht auch?«

»Ja«, antwortete Rhapsody. »Was ist mit ihr geschehen? Wo ist Anwyn jetzt?«

Llauron kippte den letzten Schluck Branntwein hinunter und steckte den Schwenker in den Sack zurück. »Den Quellen zufolge hat sie sich in eine Höhle hoch oben zwischen den Weißen Kuppen im Gebirge von Hintervold zurückgezogen, weit ab von ihren ehemaligen Ländern. Es kommt immer wieder vor, dass sich jemand auf den Weg zu ihr macht in der Hoffnung, durch sie die Vergangenheit verstehen zu lernen. Sie war ja schließlich, wie schon gesagt, in erster Linie eine sehr begabte Seherin. Ob man sie je ausfindig gemacht hat, weiß ich nicht.«

»Und wie stehen die Dinge heute?«, fragte Achmed.

»Nun, die Wunden, die der Krieg geschlagen hat, sind nie ganz verheilt, auch nach fast vierhundert Jahren nicht. Die einstmals große Nation der Cymrer ist in kleinere Gemeinschaften zerfallen. Ein Jammer ist das.

Ihre Beziehungen zu den Elementen und zur Zeit waren das eigentliche Geheimnis hinter den großen Errungenschaften ihrer Zivilisation. Davon abgetrennt, musste die Einheit verloren gehen und die Blüte welken, zu der sich Wissenschaft, Kunst, internationaler Handel, Architektur und Medizin während des Goldenen Zeitalters entwickelt hatten. Wir alle sind dadurch sehr viel ärmer geworden.

Selbst die Religionen sind geteilt. Während wir früher alle ein und denselben Glauben hatten, gibt es nun unterschiedliche Bekenntnisse. Hier bei uns, in den von alters her der Ersten Flotte zugeschriebenen Gebieten, wird der filidische Glaube gepflegt, der Glaube an die Natur. Die Mehrheit der Bewohner von Roland verehrt den Allgott, der auch Schöpfer genannt wird. Das Oberhaupt dieser Kirche ist der Patriarch, der in der heiligen Stadt Sepulvarta seinen Stammsitz hat. Noch so ein Jammer, dass wir selbst in unserem gemeinsamen Glauben an den einen Gott uneins geworden sind.

Und ständig droht neuer Krieg. Unter einer scheinbar friedlichen Oberfläche brodelt es schon lange. Und die Spannungen nehmen zu und werden sich früher oder später gewaltsam entladen. Seit mehreren Jahrzehnten kommt es an den Grenzen immer wieder zu bewaffneten Auseinandersetzungen und zu sinnlosen Überfällen auf Dörfer und Städte. Der Hass auf andere

Volksgruppen nimmt zu, der Terror greift um sich. Es ist beängstigend.«

»Was glaubt Ihr, wie diese Entwicklung aufgehalten werden könnte?«, fragte Rhapsody.

Llauron seufzte. »Ich weiß nicht, ob das überhaupt möglich ist. Kurz bevor Anwyn in die Verbannung geschickt wurde, hatte ihre Schwester Manwyn noch zu vermitteln versucht und die Hoffnung geäußert, dass die verloren gegangene Einheit wiederhergestellt und Frieden erlangt werden könnte. Aber im Rat mochte ihr niemand glauben. Alle Mitglieder unterstellten ihr, dass sie nur der Schwester den Rücken zu stärken versuchte.«

»Womit hat sie diese Hoffnung begründet?«, wollte Achmed wissen.

Lauron schloss die Augen, dachte einen Moment lang nach und zitierte dann folgende Weissagung:

Die Drei werden kommen; früh brechen sie auf, spät treten sie
in Erscheinung,
Die Lebensalter des Menschen:
Kind des Blutes, Kind der Erde, Kind des Himmels.

Ein jeder Mensch, entstanden im Blute und darin geboren,
Beschreitet die Erde, wird von ihr genährt,
Greift zum Himmel und genießt seinen Schutz,
Steigt indes erst am Ende seiner Lebenszeit zu ihm auf und
gesellt sich zu den Sternen.
Blut schenkt Neubeginn, Erde Nahrung.
Der Himmel schenkt zu Lebzeiten Träume – im Tode die
Ewigkeit.
So sollen sie sein, die Drei, einer zum anderen.

Der Fürbitter räumte die Reste der Mahlzeit zusammen, packte alles in seinen Beutel und blickte schließlich auf.

»Ihr werdet mit diesen Worten wohl genauso wenig anfangen können wie die Ratsversammlung damals. Allem Anschein nach sollten Anwyn und ihre Schwestern mit den rätselhaften drei Hoffnungsträgern gleichgesetzt werden, was die Ratsmitglieder argwöhnen ließ, dass es sich bei der vermeintlichen Weissagung nur um den plumpen Versuch handeln mochte, die drohende Vertreibung der Königin abzuwenden. Anborn, Gwylliams Feldmarschall, verlangte mit rüden Worten von Manwyn darüber aufgeklärt zu werden, wie der Spruch zu verstehen sei. Zur Antwort erhielt er unzusammenhängendes Gestammel.

Wenn Leben entsteht, verbindet sich das Blut und wird doch vergossen; auch teilt es sich zu leicht, als dass es die Trennung heilen könnte.
Die Erde wird von allen geteilt und ist doch selbst geteilt, von Generation zu Generation.
Nur der Himmel umfasst alles und bleibt selbst ungeteilt; darum wird es durch ihn zu Frieden und Einheit kommen.
Wenn Euch daran gelegen ist, Feldmarschall, so schützt den Himmel, auf dass er nicht einstürze.

Daraufhin stieß der große Feldmarschall Flüche gegen Manwyn aus und forderte sie auf, ihre sinnlosen Worte in Zukunft für sich zu behalten. Manwyn verließ den Ratssaal, um, wie ich vermute, Anwyn in die Verbannung zu folgen. Im Ausgang blieb sie jedoch noch einmal stehen, drehte sich um und sprach, an Anborn gewandt, eine letzte Prophezeiung aus:

›Feldmarschall‹, sagte sie, ›zuerst müsst Ihr mit Euch selbst ins Reine kommen. Nach Gwylliams Tod seid Ihr nun der König der Soldaten, doch Ihr werdet erst dann Vergebung erfahren, wenn Ihr den Geringsten aus Eurer Sippe ausfindig macht und ihm, dem Hilflosen, Euren Schutz bietet. Entweder werdet Ihr so erlöst oder aber ungetröstet sterben.‹«

»Und, was geschah darauf hin?«

»Wer weiß? Das war wohl eine Sache zwischen ihm und seinem Schöpfer.« An Achmed und Grunthor gewandt, sagte er: »Nun, wie ich eurer Gefährtin schon gesagt habe, seid ihr herzlich willkommen, für ein paar Tage in mein Haus einzukehren. Ich biete euch Schlafstätten, frische Kleider und die Gelegenheit zu beraten. Gwen hat Rhapsody schon neu ausgestattet, wie ihr seht.«

Rhapsody und Grunthor sahen Achmed erwartungsvoll an, der sich Bedenkzeit nahm und dann mit dem Kopf nickte. Grunthor grinste übers ganze Gesicht. »Sehr freundlich von Euch, Exzellenz.«

Rhapsody tippte ihn an, als sie sich, dem Alten folgend, auf den Weg machten.

»Grunthor, normalerweise werden Fürbitter, der Patriarch, die Seligpreiser und Hohepriester der Filiden mit ›Euer Gnaden‹ angesprochen und nicht mit ›Exzellenz‹.«

Der Riese nahm sie bei der Hand. »Und wenn du jetzt nicht 'n Schritt zulegst und den Anschluss hältst, werd ich dich ›spätes Mädchen‹ nennen.«

27

Im Unterschied zu den vorausgegangenen Tagen und Wochen im Haus des Fürbitters war der Aufenthalt zusammen mit den beiden Firbolg sehr viel weniger entspannt. Achmed und Grunthor hielten sich versteckt, um von den Pilgern, die Tag für Tag in Scharen den Baum aufsuchten, nicht gesehen zu werden.

Gwen und Vera hatten Angst vor den beiden Männern, besonders Gwen, die den Auftrag hatte, ihnen neue Kleider zu schneidern. Nach einer Anprobe mit Grunthor hatte Rhapsody Gelegenheit, all die medizinischen Fähigkeiten aufzubieten, die Khaddyr sie gelehrt hatte, denn Llaurons Haushälterin drohte einer Herzattacke zu erliegen.

Als die drei Gefährten endlich neu ausgestattet und mit Proviant versorgt waren, schickten sie sich an, ihre Reise fortzusetzen. Llauron machte kein Hehl daraus, dass er traurig war, sie gehen zu sehen.

»Wo wollt ihr hin?«, fragte er Rhapsody, die zusah, wie die beiden Männer ihr Gepäck zusammenschnürten.

»Nach Osten«, antwortete sie und verheimlichte, dass Achmed und Grunthor die Zahnfelsen und das Land der Firbolg aufsuchen wollten.

Die drei Gefährten hatten sich nächtelang miteinander beraten und über die nächsten Schritte verständigt, doch welche Absichten Achmed mit seinen Plänen verfolgte, war von ihm nicht zu erfahren gewesen. Darauf wollte er erst antworten, wenn sie Llaurons Länder hinter sich gelassen hatten.

Nach langem und mitunter hitzigem Hin und Her waren sie übereingekommen, noch so lange zusammenzubleiben, bis sich ein jeder von ihnen in der noch fremden Umgebung besser zurechtfände. Erst dann sollte Rhapsody entscheiden, an welchem Ort sie in Zukunft zu leben wünschte. Vorerst brauchte sie einfach noch Zeit, sich an den Gedanken zu gewöhnen, dass alle Hoffnung auf eine Rückkehr nach Hause ein für allemal verloren war.

Llauron warf einen Blick über die Schulter zurück und sagte dann, an Rhapsody gewandt: »Aha, nach Osten. Nun, wenn das der Fall ist, könnte ich dir ja ein Empfehlungsschreiben an meinen guten Freund Stephen Navarne mitgeben. Er ist der Regent der Provinz im Osten, ein Herzog, um genau zu sein. Ein wirklich netter Kerl. Du wirst ihn mögen, und ich bin sicher, er wird begeistert von dir sein.«

Seine Augen funkelten und verrieten, dass seine Worte einen Hintersinn enthielten, eine Anspielung, die Rhapsody verunsicherte. »Von euch allen dreien natürlich«, fügte Llauron hinzu, als hätte er ihre Gedanken gelesen.

Rhapsody zog die Stirn in Falten. »Ein Herzog? Ihr schlagt ernstlich vor, dass ich – *wir* – bei einem Herzog zu Besuch vorbeischauen?«

»Ja, warum nicht?«

Sie errötete. »Llauron, weshalb sollte ein Herzog jemanden wie mich, eine Person von meinem Stand, zur Tür hereinlassen? Ich bin schließlich nicht von Adel.« Das Blut schoss ihr ins Gesicht und gleichzeitig krampfte sich ihr Magen zusammen bei dem Gedanken daran, dass Llauron am Ende von ihrer Zeit als Kurtisane wusste und womöglich verwirrt darüber war, dass sie mit dem Gang durch das Feuer ihre Jungfräulichkeit wieder hergestellt hatte.

Llauron lächelte väterlich. »Stephen interessiert sich nicht für Ahnenforschung, wohl aber für Geschichte. Wenn du Näheres über die Geschichte der Cymrer erfahren willst, ist er der Mann, den du dazu befragen solltest. Er unterhält in seinem Schloss ein cymrisches Museum, und ich bin sicher, er würde sich freuen, dir eine Führung anzubieten, zumal das allgemeine Interesse an solchen Dingen sehr stark nachgelassen hat.«

»Wirklich?«, fragte Rhapsody, abgelenkt von ihren Freunden. Während Achmed die Geschosse seiner Cwellan zählte, beschäftigte sich Grunthor mit seinen neuen Waffen, die Gavin ihm geschenkt hatte, insbesondere mit einem langen Krummschwert, das er Hiebstecher nannte und nun zu den anderen Waffen steckte, die wie ein Strauß aus tödlichen Blumen hinter seinem Rücken hervorstaken.

Sie richtete ihre Aufmerksamkeit wieder auf den Fürbitter und lächelte. »Das wäre schön. Wie weit liegt sein Schloss von hier entfernt?«

»In drei bis vier Tagen müsste es zu erreichen sein.« Der Alte legte ihr seine Hände auf die Schultern. »Nun, Rhapsody, ich hoffe sehr, dass dir dein Aufenthalt in meinem Haus gefallen hat. Mir jedenfalls war es ein Vergnügen, dich bei mir zu haben.«

»Es war wundervoll«, antwortete sie mit ernster Stimme und zog die weite Kapuze ihres neuen Umhangs über den Kopf. »Und ich habe so viel dazugelernt. Wie kann ich mich bloß für alles erkenntlich zeigen?«

»Das kannst du«, antwortete Llauron, »indem du diesen Brief Herzog Stephen überbringst. Ich bitte ihn darin, dir das Manuskript über die alt-serennische Sprache auszuleihen. Als Benennerin, die du bist, wird es dir nicht schwer fallen, dich in diese Sprache einzuarbeiten; sie ist im Übrigen sehr musikalisch. Ich bin sicher, du hast sie schnell gelernt.

Und dann, mein liebes Kind, werden wir uns in dieser Sprache unterhalten können. Du kennst jetzt die Geschichte der Cymrer und weißt von den Gefahren, die uns alle wieder bedrohen. Hilf mir, indem du deine Augen und Ohren offen hältst und mir berichtest, wie es um die Dinge draußen in der Welt bestellt ist.«

Rhapsody schaute ihn verwundert an. Llauron hatte ein Heer von Kundschaftern und Waldläufern in seinen Diensten. Inwiefern bedurfte er noch ihrer Hilfe?

»Dazu bin ich gern bereit, aber ...«

»Schön. Und denk daran, Rhapsody, auch wenn du von niedrigem Stand bist, so kannst du einer fürstlichen Sache dennoch sehr wohl dienlich sein.«

»Dem Schutz der Natur und des Großen Weißen Baumes?«

»Ja, und den politischen Anforderungen, die sich daraus ergeben.«

»Ich verstehe nicht ganz.«

Llaurons Augen brannten voller Ungeduld, wenn auch seine Stimme nach wie vor beherrscht und ruhig klang. »Das Ziel ist die Wiedervereinigung der Cymrer. Ich dachte, das sei dir klar. Nach meiner Überzeugung kann uns nur eines vor der völligen Zerstörung durch all diese unerklärlichen Aufstände und Akte des Terrors bewahren, und das ist die Wiedervereinigung von Roland und Sorbold und nach Möglichkeit auch der Bolgländer unter einem neuen Königspaar.

Die Zeit drängt. Du bist zwar nur ein Bauernmädchen – nimm daran bitte keinen Anstoß, die meisten meiner Anhänger sind Bauern –, hast aber ein wunderhübsches Gesicht und eine überzeugende Stimme. Du könntest mir in dieser Sache von großer Hilfe sein.«

Rhapsody fühlte sich wie vor den Kopf gestoßen. »Ich? Aber Ihr wisst doch, dass ich nicht von hier bin und niemanden kenne. Wer würde mir Gehör schenken? Durch Euch, Llauron, habe ich von den Cymrern überhaupt erst erfahren.«

Der Fürbitter ergriff ihre Hand und tätschelte sie. »Wer dich sieht, wird nicht anders können, als dir zuzuhören. Du bist so schön. Und jetzt, bitte, sag mir, dass du mir den Gefallen tun wirst. Du willst doch auch, dass in dieses Land endlich Frieden einzieht, oder?«

»Ja«, sagte sie und fing plötzlich zu zittern an, was sie selbst überraschte.

»Und dass das Schänden und Morden so vieler unschuldiger Frauen und Kinder endlich ein Ende hat, das willst du doch auch, nicht war?«

»Natürlich, ich verstehe nur nicht ...«

»Wir sind so weit, Euer Liebden«, rief Grunthor. Achmed nickte ihr auffordernd zu und schulterte sein Gepäck.

Rhapsody blickte noch einmal zu Llauron auf. »Wen habt Ihr für die neue Regentschaft im Sinn?«, fragte sie.

»Niemanden. Darüber zu entscheiden obliegt dem Rat. Erinnere dich an das, was ich dir über die Philosophie der Cymrer erzählt habe, über ihre Weltanschauung. Der König und die Königin wurden gewählt, weil sie sich für das Herrscheramt am besten eigneten und nicht aufgrund ihrer königlichen Herkunft, wie es in anderen Kulturen Tradition ist.

Und vergiss nicht, dass es unter vielen unserer Zeitgenossen den alten Cymrern gegenüber so manche Vorbehalte gibt. Sei also in deinen Nachforschungen diskret. Wer von cymrischer Herkunft ist, wird nicht gern darauf zu sprechen kommen. Alle anderen aber werden die Sache ähnlich sehen wie ich und darin übereinstimmen, dass es nach Anwyn und Gwylliam wieder eine Hoffnung auf Versöhnung gibt, indem die geteilten Länder zusammenwachsen. Halte mich bitte auf dem Laufenden.«

»Ich weiß immer noch nicht so recht, was ich im Einzelnen tun soll.«

»Wir gehen jetzt«, rief Achmed.

Llauron schmunzelte übers ganze Gesicht. »Höflich wie immer, dein Freund, nicht wahr? Komm, lassen wir ihn nicht länger warten. Ich hole nur schnell noch den Brief an Stephen.«

Der Wald im Osten war weniger dicht und um einiges jünger als der tiefe Urwald rings um den Großen Weißen Baum. Auf dem ersten Abschnitt ihrer Reise gingen sie auf dem Weg zurück, den sie von der Ortschaft Tref-y-Gwartheg gekommen waren, vor der sie nun in nordwestlicher Richtung abbogen, um der Einwohnerschaft nach Möglichkeit aus dem Weg zu gehen.

Rhapsody hatte während ihres Aufenthalts bei Llauron und Gavin erfahren, dass dieser Wald fast ebenso weitläufig war wie die gesamte Osthälfte ihrer Heimatinsel und dass die Wälder der Lirin im Süden wohl um ein Dreifaches an Fläche größer waren.

Sie hatte in ihrer Kindheit häufig Geschichten über unvorstellbar große Waldgebiete gehört, und nun konnte sie kaum fassen, dass sie sich in eigener Person in einem solchen Wald befand. Es erschien ihr geradezu ironisch, auf dem Weg über eine Wurzel hierher gelangt und von einer unendlichen Vielzahl an Bäumen umgeben zu sein.

Die drei brauchten fast zwei Tage, um jene Straße zu finden, die durch Gwynwalds Norden in die von Navarne regierte Provinz führte, eine Landschaft, die nur zum Teil bewaldet war.

Schließlich lichtete sich das dunkle Gehölz und machte Äckern und Dörfern Platz, deren Häuser mit demselben handwerklichen Geschick und ähnlich einfachem Material gebaut waren, wie sie für Gwynwald typisch zu sein schienen. Navarne war eine merklich dichter besiedelte Gegend, und auf der Straße, die dorthin führte, herrschte viel mehr Verkehr.

Je lichter die Wälder wurden, desto schwerer fiel es den dreien, sich versteckt zu halten. Wo irgend möglich, nahmen sie den Umweg durch Gebüsch und Hain, ansonsten blieb ihnen nichts anderes übrig, als der Straße zu folgen.

Sie hatten die Grenze der Provinz Navarne schon einige Meilen weit hinter sich gelassen, als sie auf eine Gruppe spielender Kinder trafen. Während sich Grunthor und Achmed in Deckung hielten, trat Rhapsody näher auf sie zu.

Die Kinder tollten umher und achteten weder auf Rhapsody noch auf die Ochsenfuhrwerke, die vorbeirollten und Schmutzwasser aufspritzen ließen, das nicht selten auf die Kinder niederregnete, die dann jedes Mal ausgelassen aufkreischten.

Rhapsody sah dem Treiben schmunzelnd zu. Die lebhafte Freude der Kinder rührte ihr Herz, machte es ein wenig leichter und zugleich schwerer vor Sehnsucht in Gedanken an unbekümmertere Tage. Am liebsten wäre sie zu ihnen gelaufen und hätte sich selbstvergessen an ihrem Spiel beteiligt.

Das Gestampfe von Pferdehufen ließ sie aufmerken. Sie drehte sich um und sah ein schwarzes Schlachtross im gestreckten Galopp die Straße entlangsprengen.

So vertieft waren die Kinder in ihr Spiel, dass sie die Gefahr nicht erkannten. Zwei Frauen, die auf einem Leiterwagen vorbeikamen, stießen spitze Schreie aus, und der Mann auf dem Kutschbock versuchte mit wilden Gebärden, die Kinder zu verscheuchen. Doch die blieben wie angewurzelt mitten auf der Straße stehen, und der herbeipreschende Reiter machte keine Anstalten, sein Pferd zu zügeln.

Rhapsody fackelte nicht lange. Sie rannte los, trieb die Kinder auseinander und stellte sich selbst als schützendes Hindernis in den Weg. Das Pferd war schon fast über ihr, scheute und bäumte sich mit schrillem Gewieher auf.

Der Reiter hatte alle Mühe, das panische Tier wieder unter

Kontrolle zu bekommen, und gab lauthals rüde Flüche von sich. Als das Pferd endlich stillstand, richtete er den Blick auf Rhapsody und starrte sie aus azurblauen Augen an.

»Verdammtes Miststück!«, brüllte er von oben herab. »Wenn ich nicht um mein Pferd Angst haben müsste, würde ich dich über den Haufen reiten.«

Rhapsody richtete sich auf und sah dem Reiter mit nicht minder wütendem Augenausdruck ins Gesicht. Für einen Moment lang schien es, als entspannte sich dessen Miene vor Verwunderung über die Heftigkeit ihrer Reaktion. Und dann hatte er auch noch allen Grund, über das zu staunen, was sie ihm zur Antwort an den Kopf warf.

»Wenn dein Gaul dich Stinkstiefel im Sattel erträgt, scheint er verdammt was aushalten zu können.«

Aus dem schockierten Staunen des Mannes wurde allmählich Erheiterung. Das Visier war hochgeklappt; trotzdem nahm er den Helm ab, um die Frau auf der Straße besser sehen zu können.

Dem Gesicht nach schien er mittleren Alters zu sein, wenngleich sein muskulöser Körper sehr viel jünger wirkte. Noch unentschieden zeigten sich der Bart und die Haare, die pechschwarz, doch von silbernen Strähnen durchzogen waren. Obwohl sie sich sicher war, ihn noch nie gesehen zu haben, kam ihr das markante Gesicht mit der breiten Stirn auf seltsame Weise bekannt vor. Er trug ein schwarzes Kettenhemd, dessen Einzelteile von silbernen Spangen zusammengehalten wurden. Von den kunstvoll geschmiedeten Schulterstücken fiel ein schwerer schwarzer Umhang über seinen Rücken herab.

»Ts, ts, was höre ich da aus dem Munde einer Dame«, sagte er spöttisch. »Madame, ich bin empört.«

»Was nicht weiter schlimm wäre«, entgegnete Rhapsody kühl. »Schlimmer ist, dass du offenbar auch blind bist. Hast du nicht gesehen, dass Kinder auf der Straße spielen?«

»O doch, das habe ich.« Der Soldat setzte sich in den Sattel zurück. Dass er wie jetzt übers ganze Gesicht grinste, schien seiner Mimik nach zu urteilen eher die Ausnahme zu sein.

Rhapsody geriet immer mehr in Wut. »Und da ist dir nicht in

den Sinn gekommen, langsamer zu werden oder auszuweichen?«

»Nein, denn für gewöhnlich macht man einem galoppierenden Pferd den Weg frei. Das rät sich so, und gerade Kindern kann ein solcher Rat gar nicht früh genug erteilt werden.«

»Und was, wenn sie nicht rechtzeitig hätten ausweichen können?«, herrschte sie ihn an. »Was, wenn dein Pferd über sie hinweggetrampelt wäre?«

Der Soldat zuckte mit den Achseln. »So kleine Hindernisse können ihm nicht wirklich gefährlich werden. Merk dir das. Bist nämlich selbst nicht gerade groß geraten.«

Er schrie unvermitelt auf, als er die Hand voll Matsch auf sich zufliegen sah, aber nicht mehr verhindern konnte, dass sie ihm ins Gesicht klatschte. »Steig ab, und ich werde deinen Eindruck korrigieren«, brüllte sie und langte nach dem Schwert.

»Ja, und wenn du noch was von ihm übrig lässt, Gräfin, hätten wir auch schon was zum Abendessen«, meldete sich eine knurrende Stimme aus dem Gebüsch am Straßenrand.

Der Soldat schaute sich verdutzt um und sah den Firbolg aus der Deckung treten, die Hände in die Seiten gestemmt. Die Zugochsen des Gespanns brüllten vor Schrecken, so auch eine der Frauen, und der Bauer auf dem Kutschbock beeilte sich davonzukommen. Die Kinder hatten längst Reißaus genommen.

Der Soldat warf den Kopf zurück und lachte. »Schau an, Zwerg und Riese als Reisegefährten. Faszinierend. Aber könntest du nicht wenigstens die Kapuze lüften, Gnädigste? Oder schämst du dich?« Er wischte sich den Schmutz aus dem Gesicht.

Wütend warf Rhapsody die Kapuze zurück. Der Reiter war merklich beeindruckt von dem, was er sah.

»Ah, jetzt weiß ich, wer du bist. Du bist Rhapsody, nicht wahr?«

Sie erschrak so sehr über seine Worte, dass ihre Wut plötzlich wie wegblasen war. »Woher weißt du das?«

Der Soldat wischte mit dem Ärmel über den Helm und ordnete die Spangen. »Du bist doch bei Gavin in die Schule gegangen. Das hat sich herumgesprochen. Und den Beschreibungen nach gibt's kein Vertun. Du musst Rhapsody sein.«

War sie soeben noch in Wut entbrannt, wurde ihr nun ganz kalt. »Was macht dich so sicher?«

Er setzte den Helm wieder auf und tat, als nähme er Grunthor überhaupt nicht zur Notiz. »Eine solche Missgeburt wie dich kann es nur einmal geben. Aus dem Weg mit dir! Es sei denn, du willst die neu beschlagenen Hufe meines Pferdes aus der Nähe betrachten.«

»Willst du mir nicht erst einmal sagen, wer *du* bist? Ich kenne deinen Namen nicht.«

Der Soldat nahm die Zügel zur Hand. »Nein, den kennst du wohl nicht.« Er schnalzte dem Pferd zu und stob auf ihm davon. Rhapsody konnte nur noch zur Seite wegspringen, aber nicht verhindern, dass sie vom aufgewirbelten Schmutz besudelt wurde.

»Na, hast du dich gut amüsiert?«, fragte Grunthor verärgert. »Komm endlich, wir müssen weiter.«

Rhapsody wischte sich den Schmutz vom Umhang und nickte ihm zu. Als sie die Straße überquerte, hörte sie eine kleine Stimme im Gestrüpp zu ihren Füßen.

»Fräulein?«

Rhapsody fuhr vor Schreck zusammen, senkte den Blick und sah einen vielleicht siebenjährigen Jungen, der sich am Straßenrand versteckt hielt. Sie bückte sich und hielt ihm die Hand entgegen.

»Ist mit dir alles in Ordnung? Hast du dir wehgetan?«

»Ja ... ich meine, nein. Mir geht's gut.«

Sie half ihm auf die Beine. »Wie heißt du?«

Der Junge blickte zu Grunthor auf und grinste. »Robin.« Der Riese grinste zurück.

Rhapsody spürte einen Kloß im Hals. So hatte auch einer ihrer Brüder geheißen. Der Junge wandte sich ihr wieder zu.

»Ich weiß auch, wer der Reiter war.«

»Wirklich? Wer denn?«

Der Junge schmunzelte und kam sich offenbar sehr wichtig vor. »Tja, das war Anborn.«

28

Der Wachsoldat am Tor von Haguefort, dem Schloss des Herzogs, Stephen Navarne, hatte den Kammerherrn gerufen, um ihn zu Rate zu ziehen. Gerald Owen diente dem Herzog seit über zwanzig Jahren, war schon zu dessen Jugendzeit in seinen Dienst getreten und hatte seitdem unter anderem auch sehr viel Ungewöhnliches erlebt. Doch was er nun vor sich sah, war ohne Vergleich.

Von den drei Reisenden am Tor waren zwei mit Umhang und Kapuze verhüllt: eine kleine Frau von schlankem Wuchs und mit strahlend grünen Augen und ein drahtiger Mann, der sie um eine Haupteslänge überragte. Dass sie unter der Kapuze kaum zu erkennen war, fand er bedauerlich; er hätte allzu gern mehr von ihr gesehen. Im Fall des Mannes aber schien die Verkleidung ein Segen zu sein.

Begleitet wurden die beiden von einem Monstrum, das gut über sieben Fuß maß. Der Anblick seiner Stoßzähne, die aus den Mundwinkeln herausragten, brachte Owens Blut ins Stocken.

»Ähm, doch ja, alles in Ordnung«, stammelte er, nachdem er den Brief des Fürbitters zum wiederholten Mal gelesen hatte. »Tja, nun, wenn ich bitten darf …« Er öffnete das Tor und nickte den Wachen zu, die daraufhin ihren Posten verließen und den seltsamen Besuchern ins Schloss folgten.

Das Schloss war wunderschön, von klassisch strenger Architektur, aber durchaus mit schmückendem Beiwerk und aus rosig-braunem Stein gebaut. An den Mauern kletterten Ranken, die zwar jetzt im Winter kahl und tot waren, sommers wohl aber einen prächtigen Wandbehang abgaben. Um den äußeren Hof herum waren Gärten angelegt, auf denen sich jetzt Schmelzwasser in großen Lachen breit machte.

Als sie die große Eingangspforte aus schwarzem Mahagoni erreichten, blieb Gerald Owen stehen. »Bitte hier zu warten. Ich werde Seiner Hoheit euren Besuch melden.« Er verbeugte sich, öffnete die Tür und verschwand dahinter.

Wartend drehte sich Rhapsody einmal um die eigene Achse und schaute in die Runde. Das Schloss von Stephen Navarne lag auf einer Anhöhe und bot weite Ausblicke auf eine sanft geschwungene Weidelandschaft und den Wald dahinter. Auf dem Weg hierher waren Grunthor viele gut getarnte Verteidigungsanlagen aufgefallen. Das Schloss schien trotz seiner schönen und friedlichen Fassade bestens gerüstet zu sein für den Fall, dass es angegriffen wurde. Rhapsody bemerkte, dass ihre Freunde von der Art der Befestigung durchaus beeindruckt waren.

Der Kammerherr hatte die Tür nur angelehnt, wahrscheinlich absichtlich, um die Gäste nicht zu brüskieren. Achmed lehnte sich ganz zwanglos dagegen und nickte den Wachposten höflich zu. Wie von ihm beabsichtigt, ging die Tür einen Spalt auf. In der Eingangshalle war nun eine helle, wohltönende Männerstimme zu vernehmen.

»Sie ist in Begleitung eines riesigen *was*?«

In Gerald Owens Antwort schwang ein Unterton mit, der deutlich machte, dass er alles andere als glücklich war. »Ich glaube, es ist ein Firbolg, Eure Hoheit.«

»Ein Firbolg? Großartig. Dann werde ich wohl auf der Fürstenversammlung im nächsten Monat der Einzige sein, der jemals mit einem Firbolg an einer Tafel gesessen hat. Führ den Besuch herein, und zwar mit aller gebotenen Höflichkeit.«

Nach einer kurzen Pause: »Sehr wohl, Eure Hoheit.«

»Ach, aus dem Weg, Owen. Ich werde die Herrschaften persönlich empfangen.«

Schritte hallten durch den hohen Raum. Wenig später schwang die schwere Mahagonitür auf und ließ einen lächelnden Mann zum Vorschein treten. Er schien noch jung und voller Energie zu sein, auch wenn das blonde Haar an den Schläfen schon ein paar graue Schatten zeigte.

Wie im Falle Anborns standen auch bei ihm die Fältchen unter den Augen im scheinbaren Widerspruch zu dem ansonsten jugendlichen Aussehen. Rhapsody fragte sich, ob dies womöglich eine cymrische Eigenart sein könnte, ein Hinweis auf die Langlebigkeit, die sie der Passage durch die Zeit verdankten. Der Herzog stammte sehr wahrscheinlich von den Cymrern ab, da er ja laut Llaurons Auskunft ein Gelehrter der cymrischen Geschichte war.

Der junge Herzog verbeugte sich höflich. »Willkommen! Ich bin Stephen Navarne. Tretet bitte ein.« Auf sein Zeichen hin zog der Kammerherr, dem immer noch der Schock in den Gliedern zu stecken schien, die Tür weit auf.

Rhapsody und Grunthor verbeugten sich tief. Achmed nickte nur kurz mit dem Kopf.

»Vielen Dank, Eure Hoheit«, sagte Rhapsody und trat ein. Die beiden Firbolg folgten ihr auf den Fersen. »Ich hoffe, wir kommen nicht ungelegen.«

»Ganz und gar nicht«, antwortete Stephen. Seine Augen – blaugrün wie die Kornblumen im Hochland – lächelten. »Und bitte, nennt mich Stephen. Es freut mich, dass ihr gekommen seid. Ich werde mich bei Llauron noch ausdrücklich dafür bedanken, dass er euch zu mir geschickt hat. Hattet ihr eine angenehme Reise?« Während er sprach, nahm er Rhapsodys Hand und beugte sich über sie.

Die drei sahen einander an. »Über weite Strecken, ja«, meinte Achmed und kam Rhapsody zuvor, die gerade zu einer ausführlicheren Antwort ausholen wollte. Der Herzog blickte auf und zeigte sich irritiert von Achmeds trockener Stimme. Dann aber drehte er sich um und forderte die Besucher mit einer Handbewegung auf, ihm zu folgen.

»Habt ihr Hunger? Es wird bald zu Mittag gegessen, aber ich könnte euch schon vorher eine Erfrischung servieren lassen.«

»Nicht nötig, vielen Dank«, sagte Rhapsody und gab sich Mühe, seiner guten Laune zu entsprechen.

Zu Mittag wurde die große Tafel im prächtigen Speisesaal gedeckt, an der mehrere Dutzend Gäste Platz gefunden hätten.

Zur Südseite des Raumes öffnete sich ein riesiges bleiverglastes Fenster, das auf Hof und Schlosspark hinauswies. Vor der Wand gegenüber befand sich eine offene Feuerstelle, die, wie Grunthor laut bemerkte, groß genug war, um einen ganzen Ochsen darin am Spieß zu braten. Der Schlossherr kommentierte diese Bemerkung mit herzhaftem Lachen.

»Eine großartige Idee! Die sollten wir an Mellies Geburtstag in die Tat umsetzen. Er fällt auf den ersten Frühlingstag und wird immer groß gefeiert.«

»Wer ist Mellie?«, wollte Grunthor wissen.

Der Herzog rieb die Handflächen aneinander und zeigte dann auf ein großes Ölgemälde, das in einem schmuckvollen Rahmen über der Feuerstelle hing. Darauf waren eine Frau und zwei Kinder abgebildet, ein Junge und ein Mädchen. Die Frau war schlank und dunkelhaarig, hatte schwarz-braune Augen und ein scheues Lächeln.

Der Junge an ihrer Seite mochte etwa sieben Jahre alt sein, hatte die forschen, blau-grünen Augen des Vaters und das dunkle Haar der Mutter geerbt. Seine Schwester, noch ein Säugling, hockte auf dem Schoß der Frau. Es hatte die elterlichen Merkmale anders aufgeteilt: hellblonde Locken und Augen so schwarz wie die Nacht.

»Mellie – Melisande – ist meine Tochter. Das Bild zeigt sie noch als Säugling; darauf seht ihr außerdem meine Frau Lydia und Gwydion, unseren Sohn.«

»Werden wir Eure Familie noch kennen lernen?«, fragte Rhapsody.

Der Herzog erwiderte ihr Lächeln und sagte: »Die Kinder werden sich freuen, eure Bekanntschaft zu machen. Meine Frau ist leider schon tot.«

Grunthor sah das Lächeln aus Rhapsodys Gesicht weichen. »Das tut uns Leid zu hören«, sagte er und gab dem Herzog einen tröstlich gemeinten Klaps auf den Rücken, der aber so kräftig war, dass jener mit der Brust beinahe auf seinem Teller gelandet wäre.

Lachend richtete er sich auf. »Danke«, sagte er und bemerkte, dass sich die Küchentür geöffnet hatte. Die Köche traten ein und trugen beladene Tabletts vor sich her. »Es ist jetzt vier Jahre her.

Gwydion scheint mit dem Verlust inzwischen klargekommen zu sein, und Melisande kann sich an ihre Mutter gar nicht mehr erinnern. Na bitte, da kommt Hilde mit dem Essen. Bitte Platz zu nehmen.«

Erst nach viermaligem Nachschlag hatte Grunthor seinen Hunger auf Schinken und geröstetes Moorhuhn gestillt. Die Porzellanterrinen hatten zwei- oder dreimal mit Süß- und Salzkartoffeln nachgefüllt werden müssen, was Rhapsody schrecklich peinlich war.

Stephen Navarne aber schien sich über den Appetit des Riesen köstlich zu amüsieren und hielt die Dienerschaft auf Trab, die dafür sorgte, dass Grunthors Teller nicht leer wurde. Schließlich, nachdem er solche Mengen verzehrt hatte, von denen die gesamte Wachmannschaft des Schlosses satt geworden wäre, gab sich Grunthor endlich zufrieden.

»Jetzt passt wirklich nichts mehr rein«, sagte er und wischte sich den Riesenmund mit einer zierlichen kleinen Spitzenserviette ab. »Hat vorzüglich geschmeckt.« Achmed nickte beipflichtend, während Rhapsody hinter vorgehaltener Hand grinste.

Stephen sprang vom Tisch auf. »Gut! Schön, dass es euch geschmeckt hat. Ich schlage vor, wir trinken jetzt noch ein Gläschen canderischen Weinbrand in meinem Arbeitszimmer. In Llaurons Brief steht zu lesen, dass ihr an meinem Museum interessiert seid. Damit wir in der Kälte den Weg dorthin schaffen, sollten wir uns vorher ein wenig stärken. Einverstanden?«

»Aber ja«, pflichtete Achmed bei.

Rhapsody merkte auf. So leutselig hatte sie den Dhrakier noch gar nicht erlebt, schon gar nicht in Gegenwart eines Mannes, der ihm gänzlich fremd war. Doch anscheinend hatte er an Stephen Navarne auf Anhieb Gefallen gefunden.

Auch sie fand ihn sehr sympathisch. Er war ungewöhnlich offen in seiner Art und voller Energie und Lebensfreude, obwohl ihm das Leben schon arg mitgespielt hatte. Seine gute Laune wirkte ansteckend, so auch die Begeisterung, die er für jedes noch so kleine Detail aufbrachte.

Galant half er Rhapsody beim Aufstehen und bot ihr seinen Arm an. Mit Blick auf die Firbolg sagte er: »Hier lang, meine Herren«, und steuerte auf eine Tür neben der Feuerstelle zu. Die Ledersohlen seiner Stiefel klickten auf dem polierten Marmorboden, als er die Gäste aus dem Speisesaal führte.

»Llauron sagt, dass ihr von den Grenzüberfällen und Angriffen wisst, unter denen wir zu leiden haben«, sagte Stephen, als er Achmed einen Schwenker Weinbrand reichte.

Der Dhrakier hatte sich vor das größte Fenster des Raums gestellt, das nach Osten wies und ebenfalls einen Teil des Hofes und die Hügel von Navarne überblickte. Auf der gepflasterten Fläche des Hofes spielten lachend zwei Kinder. Ein breites Grinsen überzog das Gesicht des Herzogs, als er die beiden sah.

»Gwydion und Melisande«, sagte er, an Rhapsody gerichtet, und nickte nach unten. Die trat ans Fenster und schaute hinab.

»Er hat uns nur wenig dazu gesagt, nichts Konkretes«, erwiderte Achmed im Plauderton. Von dem, was er und Grunthor aus eigenen Beobachtungen wussten, erwähnte er nichts. »Sind diese Überfälle der Grund für die vielen Befestigungsanlagen, die hier gebaut werden?« Er deutete mit dem Zeigefinger auf eine dicke hohe Steinmauer, die sich, nur zur Hälfte fertig gestellt, jenseits einer Weide in nördliche Richtung erstreckte, so weit das Auge reichte.

»Ja«, antwortete der Herzog unumwunden. »Navarne hat den Nachteil, dass es hauptsächlich aus kleinen Dörfern oder Hofschaften besteht, zu denen jeweils nur zwei oder drei Farmen gehören, und die Hauptstadt liegt mehrere Tagesritte von meinem Herzogtum weit entfernt. Mit anderen Worten, wir sind sehr verwundbar. Wenn der nächste Militärposten über zwei Tage weit entfernt ist, kann eine kleine Gemeinde zerschlagen werden, ohne dass ein Hahn danach kräht. Und dazu ist es bei uns nun schon allzu oft gekommen.

Anfangs habe ich Waldläufer und Soldaten abgestellt, um einzelne Ortschaften zu schützen, was aber nicht viel geholfen hat. Deshalb hielt ich es für besser, möglichst große Abschnitte mit einem Wall zu umfrieden, in der Hoffnung, das Landvolk und die

Äcker besser schützen zu können. Ich habe alle Bauern von nah und fern eingeladen, innerhalb dieser neuen Befestigungsanlage zu leben, und viele sind der Einladung gefolgt.

Die anderen wollen ihr Erbland nicht verlassen, selbst auf die Gefahr hin, überfallen zu werden, wofür ich durchaus Verständnis habe, zumal es innerhalb der Mauern sehr bald eng und enger werden wird. Mit der Ruhe auf meinen Ländereien wird es dann vorbei sein, doch für die Sicherheit meiner Untertanen bin ich gern bereit, den Preis zu zahlen. Allerdings bin ich mir gar nicht mehr sicher, ob sie der Wall auch schützen wird. Wie dem auch sei, es muss etwas getan werden.«

Rhapsody nickte und sah in der Ferne Maurer bei der Arbeit am Wall. Der war im direkten Vergleich ungefähr doppelt so hoch wie die Männer. Was der Herzog da abzuwehren versuchte, musste demnach von eindrucksvoller Größe sein.

Zum ersten Mal, seit sie ihn kennen gelernt hatte, zeigte er sich von einer sehr ernsten Seite. »Außerdem habe ich einen ganz persönlichen Grund. Zu den Opfern dieser Überfälle zählen nämlich auch meine Frau und ihre Schwester.« Er blickte in den Hof hinunter, wo seine Kinder spielten. In Rhapsodys Ohren klang deren Lachen mit einem Male freudlos und hohl.

Ihr wurde ganz schwer ums Herz von den Worten des Herzogs, obwohl er sie ohne Verbitterung ausgesprochen hatte.

»Das tut mir sehr Leid«, sagte sie.

Stephen nahm einen großen Schluck aus seinem Glas.

»Danke. Es war vor vier Jahren. Melisande hatte gerade zu laufen angefangen. Lydia fuhr in die Stadt Navarne, um ihr ein Paar Schuhe zu kaufen. Sie und meine Schwägerin hatten immer viel Spaß an solchen Ausflügen.

Die Kleine hatte eine Erkältung – zum Glück, denn anderenfalls wäre sie mitgenommen worden. Auf dem Rückweg nach Hause wurden sie und alle, die mit ihnen reisten, von lirinschen Soldaten überfallen und getötet. Ich will euch die Einzelheiten ersparen, nur so viel: Als ich sie fand, hielt sie immer noch die Schuhe mit den Händen umklammert. Natürlich waren sie nicht mehr zu gebrauchen. Das Blut, das an ihnen klebte, ließ sich einfach nicht wegwischen.«

Rhapsody hatte das Gefühl, als wollte sich ihr Magen umdrehen. Achmed und Grunthor nickten stumm; es war offenbar nicht das erste Mal, dass sie von solchen Gräueltaten hörten.

»Von den Banditen konnten einige wenige noch am Tatort festgenommen werden. Doch sie bestritten schlichtweg, an dem Massaker beteiligt gewesen zu sein. Dabei konnte es an ihrer Schuld gar keinen Zweifel geben; schließlich waren sie auf frischer Tat ertappt worden. Und trotzdem schwor jeder von ihnen noch auf dem Schafott, von dem Überfall nichts gewusst zu haben.

Ich kann es auch jetzt noch nicht fassen. Mir waren die Lirin schon mein ganzes Leben lang als ehrenwerte Nachbarn vertraut. Es passt überhaupt nicht zu ihnen, dass sie die Verantwortung für etwas, das sie getan haben, nicht übernehmen. Mit ihrer Hinrichtung hat sich, wie ich glaube, mein Hass gegen sie fast gänzlich aufgelöst. Sie schienen wirklich vollkommen perplex zu sein und überhaupt nicht zu wissen, wie ihnen geschah. Sonderbar.«

Die Bolg sahen einander an. »Allerdings. Sind es immer nur Lirin, die über Eure Orte herfallen?«, wollte Achmed wissen.

»Nein, und auch das ist so sonderbar an diesen Übergriffen. An etlichen Raubzügen sind Einwohner von Roland beteiligt, ja, man hat sogar Soldaten aus Navarne gestellt, die in anderen Provinzen und in Tyrian ähnliche Verbrechen begangen haben. Und ich schwöre beim Leben meiner Kinder, dass ich solche Überfälle nie und nimmer angeordnet habe.

Doch was das Schlimmste ist: Seit neuestem scheinen es diese Verbrecher auf die Kinder in Navarne abgesehen zu haben.« Er öffnete das Fenster, beugte sich über den Sims und rief seinem Sohn und seiner Tochter zu: »Gwydion, Melisande, kommt jetzt bitte rein.«

Die Kinder blickten auf und kamen der Aufforderung des Vaters widerwillig nach, der so lange nach unten schaute, bis sie die vom Kammerherrn geöffnete Pforte passiert hatten. Erst dann wandte er sich wieder seinen Gästen zu. »Entschuldigt. Aber ich bin dieser Tage ziemlich nervös und finde kaum Schlaf vor Angst und Sorge.

In unserer Provinz werden fast zwei Dutzend Kinder vermisst.

Ihrem Verschwinden gingen jedes Mal Überfälle voraus, und weil keine Leichen zu finden sind, nimmt man an, dass sie verschleppt wurden.

Bislang konnte nur eines der Kinder wieder gefunden werden. Sein Vater brachte die Kidnapper zur Strecke, die übrigens aus Navarne stammten. Und auch hier haben wir wieder den absurden Fall, dass die Täter behaupten, unschuldig zu sein und von ihrer Tat nichts zu wissen. Es scheint, als hätten all diese Schurken ihr Gedächtnis verloren.«

Der Herzog leerte sein Glas, setzte es auf dem Schreibtisch ab und ging zur Tür, wo er an einem Glockenstrang zog. Wenig später tauchte eine junge Frau im Türrahmen auf.

»Ja, Eure Hoheit?«

»Rosella, steck die Kinder in die Badewanne, zieh ihnen frische Sachen an und bring sie dann bitte hierher, damit ich sie unseren Gästen vorstellen kann.« Die Frau nickte und ging, nicht ohne vorher einen empörten Blick auf den Riesen geworfen zu haben, der sich doch tatsächlich erdreistete, seine Füße auf dem Schreibtisch des Schlossherrn abzulegen.

Ungefähr eine Stunde später flog die Tür auf, und die Kinder kamen ins Zimmer gelaufen, direkt auf ihren Vater zu. Stephen ging in die Hocke, warf die Arme auseinander, drückte die beiden an sich und wiegte sie so wild hin und her, dass sie ausgelassen zu kichern anfingen.

Als der Blick des kleinen Mädchens zufällig an Rhapsody hängen blieb, hörte es abrupt zu lachen auf und starrte sie aus weit aufgerissenen Augen an. Rhapsody lächelte und hoffte, das Kind für sich einzunehmen, doch es riss sich aus der Umarmung des Vaters, richtete den ausgestreckten Zeigefinger auf sie und rief: »Wer ist das, Papa?«

Stephen blickte auf und sah, auf wen die Tochter zeigte. Er zog sie wieder an sich und antwortete: »Es gehört sich nicht, mit dem Finger auf andere zu zeigen.« Sein Tonfall klang genau so wie der, den Rhapsodys Vater in solchen Situationen immer angeschlagen hatte. Manches, so dachte sie, ist offenbar immer und allenthalben gleich, über alle sozialen Rangunterschiede hinweg.

»Das sind unsere Gäste. Ich habe euch rufen lassen, damit ihr sie kennen lernt. Diese Dame heißt Rhapsody. Hast du ihr vielleicht etwas zu sagen?«

Das Mädchen starrte Rhapsody unverwandt an. So auch der Bruder. Stephen setzte eine strenge Miene auf und sagte: »Nun, Mellie, was hast du zu sagen?«

»Du bist *schön*«, sagte das Kind, und seine Stimme war voller Bewunderung. Der Vater errötete.

»Du hast natürlich vollkommen Recht, aber ich habe an eine andere Art der Begrüßung gedacht.«

»Aber damit bin ich mehr als zufrieden«, sagte Rhapsody fröhlich. Grunthor und Achmed sahen einander an, als wollten sie sagen: Vielleicht glaubt sie's jetzt, da das Kompliment aus dem Mund eines Kindes kommt. Doch schon wenig später meinten sie beobachten zu können, dass diese Hoffnung wohl allzu hoch gegriffen war.

Rhapsody ging auf die Kinder zu, blickte zuerst lächelnd auf Melisande herab und schaute dann den Jungen an, der beinahe schon so groß war wie sie.

»Ich freue mich, eure Bekanntschaft zu machen, Melisande und Gwydion. Darf ich euch meine beiden Freunde Achmed und Grunthor vorstellen?« Melisande ließ Rhapsody nicht aus den Augen. Gwydion aber richtete den Blick auf die beiden Firbolg und grinste übers ganze Gesicht.

»Hallo«, sagte er und ging mit ausgestreckter Hand auf Grunthor zu. Der Riese schlug die Hacken zusammen, schüttelte die Hand des Jungen und gab Acht, dass er sie in seinen Klauen nicht zerquetschte. Gwydion wandte sich dann Achmed zu und gab auch ihm zu Begrüßung die Hand.

»Wirst du meine neue Mutter sein?«, fragte Mellie, worauf Rhapsodys Gesicht eine ähnliche Farbe annahm wie Stephens, der bis zu den Ohren scharlachrot angelaufen war.

Auf der anderen Seite des Raums prustete Grunthor vor Lachen. »Da sieht man's wieder. Schon mein alter Herr hat immer gesagt, dass Kinder der einzige Grund sind, warum ein Mann nich ewig leben will, denn sie sorgen mindestens einmal täglich dafür, dass er vor Scham im Boden versinken möchte.«

»Demnach müsste ich längst auf dem Friedhof liegen«, antwortete der Herzog lachend. »Ich bitte, meiner Tochter zu verzeihen, gnädiges Fräulein.«

Rhapsody ging vor dem Mädchen in die Hocke. »Das ist gar nicht nötig«, antwortete sie auf Stephens Entschuldigung, ohne das Kind aus den Augen zu lassen. »Sie ist reizend. Wie alt bist du, Melisande?«

»Fünf«, gab Melisande zur Antwort. »Wär's dir denn nicht recht, ein kleines Mädchen zu haben?«

Stephen wollte eingreifen, doch Rhapsody winkte ab und legte die kleinen Hände des Mädchens in die ihren. In seinen tiefschwarzen Augen lag eine Traurigkeit, die Rhapsody zu Herzen ging. Sie wusste nur allzu gut, wie einem Kind ohne Mutter zumute war.

»O doch«, antwortete sie. »Aber nur, wenn das kleine Mädchen so lieb und nett wäre wie du.«

»Und was hältst du von Jungen?«, fragte Gwydion, der nicht abseits stehen wollte.

»Für den Fall, dass nach mir verlangt wird: Ich bin in der großen Halle und werde vom Balkon springen«, kündigte der Herzog an.

Rhapsody drehte sich um und musterte den Jungen mit ernster Miene. »Von denen halte ich sehr viel«, antwortete sie ohne jede Ironie in der Stimme.

»Geschäftssinnig, wie sie ist ...«, murmelte Grunthor hinter vorgehaltener Hand.

Nicht, dass sie ihre gemeine Herkunft vergaß, doch konnte Rhapsody nicht umhin, die Fürstenkinder zu trösten. »Ich würde euch auf der Stelle an Kindes statt nehmen, wenn es euer Vater zuließe«, sagte sie und warf Grunthor einen bitterbösen Blick zu.

Stephen wollte etwas sagen, doch Rhapsody kam ihm zuvor. Dem Mädchen zugewandt, erklärte sie: »Ich bin sehr viel auf Reisen und bleibe immer nur für kurze Zeit an einem Ort. Als Mutter wäre ich deshalb nicht besonders gut geeignet. Aber vielleicht könnte ich eure Ehren-Großmutter sein.«

»Großmutter?«, hakte Gwydion mit skeptischer Miene nach. »Dafür bist du doch noch gar nicht alt genug.«

Rhapsody schmunzelte wehmütig. »O doch, das bin ich«, sagte sie. »Ihr müsst nämlich wissen, ich bin eine halbe Lirin und werde darum viel langsamer alt als andere. Aber glaubt mir, an Jahren ich bin alt genug, um eure Großmutter zu sein.«

»Was würde das für uns bedeuten?«, fragte Gwydion und rieb sich das Kinn mit Daumen und Zeigefinger, eine Geste, die er sich offenbar von seinem Vater abgeschaut hatte.

Rhapsody richtete sich wieder auf, ließ eine Hand des Mädchens frei und ging mit ihr quer durch den Raum auf den Jungen zu. Dort setzte sie sich auf den Schreibtischsessel, hob die Kleine auf ihren Schoß und streckte die Hand nach Gwydion aus. Der kam und ergriff sie. Rhapsody schien ernstlich über seine Fragen nachzudenken.

»Also, zuerst und vor allem würde ich nie ein Enkelkind adoptieren, das ich nicht für etwas ganz Besonderes hielte, für einzigartig auf der Welt, und das bedeutet: Ich würde es ganz besonders gern haben«, sagte sie.

»Dann würde ich jedes Mal, wenn ich meine Gebete spreche, an euch denken, und zwar so sehr, dass es mir vorkäme, als wäret ihr bei mir. Das täte ich an jedem Abend, wenn die Sterne am Himmel aufleuchten, und morgens, wenn die Sonne aufgeht. Um diese Zeit wüsstet ihr dann, dass ich an euch denke. Die Gebete, die ich singe, sind an den Himmel gerichtet, und vielleicht werdet ihr sie sogar hören können, denn der Himmel wölbt sich ja über uns alle.

Sooft ihr euch einsam fühlt, braucht ihr nur zu warten, bis die Sonne aufgeht oder die Sterne zum Vorschein kommen; dann wisst ihr, dass da jemand ist, der euch lieb hat und an euch denkt, und ihr werdet euch bestimmt sofort ein bisschen besser fühlen.«

»Du würdest uns wirklich lieb haben?«, fragte Melisande mit feuchten Augen.

Rhapsody musste an sich halten, um nicht selbst in Tränen auszubrechen. »Und ob. Das habe ich schon jetzt.«

»Wirklich?«, fragte Gwydion ganz erstaunt.

Sie schaute ihm tief in die Augen und sagte, getreu ihrer Wahrheitspflicht als Benennerin: »Ja, so ist es.« Und dem Mädchen zugewandt, fuhr sie fort: »Wer würde euch nicht lieb haben? Ihr könnt mir glauben; in solchen Dingen würde ich nie die Unwahrheit sagen.«

Sie sah zu Stephen auf, der sie voller Verwunderung anstarrte, und wich seinem Blick hastig aus. Sich so weit aus ihren Standesschranken herausgewagt zu haben kam ihr nun fast schon unverschämt vor.

»Wenn es mir möglich ist, werde ich euch besuchen oder von Zeit zu Zeit einen Brief schreiben. Aber im Grunde sind wir hier drinnen miteinander verbunden.« Sie zeigte auf ihr Herz und tippte dann den Kindern an die Brust. »Also, wie gefällt euch das? Wollt ihr meine ersten Enkel sein?«

Stephen staunte immer noch, was sie zunehmend befangen machte. Sie fürchtete, sich den Kindern und ihrem Vater gegenüber anmaßend verhalten zu haben.

»Natürlich nur, wenn euer Vater einverstanden ist.«

»Gewiss«, beeilte sich dieser zu sagen, um dem lautstarken Drängen der Kinder zuvorzukommen. »Danke.« Und an Achmed gewandt: »Für die beiden wird's jetzt Zeit, zu Bett zu gehen. Ich schlage vor, euch das Museum zu zeigen. Wie wär's?«

29

Das Cymrer-Museum war in einem kleineren Außengebäude untergebracht und aus dem gleichen rosig-braunen Stein gebaut wie Stephen Navarnes Wohnhaus. Aber im Unterschied zu den anderen Gebäuden der Schlossanlage steckten an seiner Fassade keine brennenden Fackeln in den Halteringen, sodass es im Dunkeln kaum auszumachen war.

Die Dämmerung senkte sich harab und es schneite, als sie das Schloss verließen und über den Hof hinweg auf das kleine, unscheinbare Gebäude zugingen.

Rhapsody hatte sich vorher kurz entschuldigt, um ihre Abendvesper singen zu können, was alle anderen im Haus unterbrechen ließ, womit sie gerade beschäftigt waren, um ihr zuzuhören. Melisande und Gwydion hörten und sahen ihr vom Balkon aus zu und applaudierten stürmisch, als sie zu Ende gesungen hatte, was sie zum Lachen und gleichzeitig in Verlegenheit brachte.

Stephen schmunzelte. »Ab ins Bett mit euch!«, rief er ihnen zu und kicherte, als die beiden flugs vom Balkon verschwanden. Er bot Rhapsody seinen Arm an und hielt in der anderen Hand eine brennende Fackel, um den Weg zu beleuchten.

Als sie vor der mit Messing beschlagenen Tür angelangten, zog er einen riesigen Schlüssel aus der Tasche seines Umhangs und steckte ihn ins Schloss, das zu öffnen nicht ganz einfach zu sein schien. Offenbar war das Museum in letzter Zeit nur selten aufgesucht worden. Grunthor half, die in den Angeln quietschende Tür aufzustemmen, und sie traten ein.

Im Licht der einzigen Fackel wirkte das Museum fast wie ein Mausoleum, seine liebevoll arrangierten Exponate wie Grabbeigaben, die eigentlich niemand sehen sollte. Stephens Gesicht schimmerte gespenstisch weiß, als er durch den Raum schritt und mit einem langen Kienspan eine Reihe schmuckvoller, mit Glas umschirmter Wandleuchter anzündete.

»Erstaunlich«, bemerkte Rhapsody. »Wie viel Licht diese Leuchter abgeben!«

»Sie sind eine Erfindung des Cymrerführers Gwylliam ap Rendlar ap Evander tuatha Gwylliam, bekannt auch als Gwylliam der Visionär. Er war unter anderem Ingenieur und ein begnadeter Tüftler und hat viele faszinierende Dinge entworfen«, erklärte der Herzog. »Die Lampen verdanken ihre Leuchtkraft der besonderen Form des Glases, das wie eine Streulinse wirkt.«

»Von Gwylliam habe ich schon gehört«, sagte Rhapsody, als Achmed und Grunthor durch den Raum schlenderten und sich die Gemälde und Statuetten anschauten. Grunthor blieb vor einer schmalen Steintreppe stehen und blickte in den engen Mauerausschnitt hinauf, als wollte er abschätzen, ob er mit seinen breiten Schultern wohl hindurchpasste. »Aber all diese Beinamen sagen mir nichts. War das sein vollständiger Name?«

»Ja«, antwortete Stephen, der, wie es schien, ein Lieblingsthema ansprach. »Als die Mitglieder der Ersten und Dritten Flotte nach fünfzigjähriger Trennung endlich wieder zusammentrafen und sich zu ihrer Einheit bekannten – übrigens auch mit den Landsleuten der Zweiten Flotte –, stellte sich ihnen das Problem der Abstammung beziehungsweise Erbfolge vor allem auch deshalb, weil sich die Cymrer ihre eigene Genealogie zurechtgelegt hatten.

Vereinfacht ausgedrückt: Sie wussten nicht, wie sie sich nennen und worauf sie sich beziehen sollten – auf die Flotte, mit der sie gekommen waren, auf ihre Sippe oder ihren Volksstamm. Darum entwickelten sie ein einfaches, geeignetes System der Benennung:

Auf den persönlichen Namen folgen die der beiden unmittelbaren Vorfahren, und am Ende steht der Name des Emigranten der Ersten Generation. Gwylliams Vater war König Rendlar, sein Großvater König Evander, und er selbst zählte zur Ersten Emigrantengeneration.«

»Verstehe«, sagte Rhapsody, die plötzlich fröstelte. Stephen hatte gerade eine Teilantwort auf die von Achmed gestellte Frage gegeben, wie viel Zeit zwischen deren Exodus und ihrem Gang durch die Wurzel verstrichen war. Auch ohne dass der Historiker die Anzahl der Jahre beziffert hätte, schien nun klar zu sein, dass zwischen Trinian, der zum Zeitpunkt ihres Weggangs inthronisiert worden war, und Gwylliam mehrere Generationen von Königen das Zepter geführt hatten. Es war also noch weit mehr Zeit vergangen als angenommen.

Rhapsody drehte sich nach Achmed um und sah, dass er zuhörte, aber so tat, als interessierte er sich ausschließlich für das vor ihm aufgeschlagene Buch mit Zeichnungen und Architekturplänen aus Gwylliams Feder.

»Das ist übrigens nur eine Reproduktion«, sagte der Herzog, an Achmed gewandt, der durch die Seiten blätterte. »Das Original ist längst zu Staub zerfallen. Jede nachfolgende Generation stellt einen Historiker, der unter anderem die Aufgabe hat, solche Schriften für die Nachwelt zu erhalten. Leider geht vom ursprünglichen Sinn vieles in der Übersetzung verloren, wie ich befürchte.«

»Wie viele Generationen hat es seit der Landung hier gegeben?«, fragte Achmed wie beiläufig und studierte die Skizze für ein Belüftungssystem.

Stephen blies den Staub von einem Stapel Manuskripte, der auf einem der Regale lagerte. »Dreiundfünfzig«, antwortete er und zog eine in Leder gebundene Schrift aus dem Stapel hervor. »Hier«, sagte er, an Rhapsody gewandt, »das ist der Text, um den Llauron gebeten hat, eine Grammatik der alt-serennischen Sprache.«

»Danke«, sagte Rhapsody und fing zu husten an. »Ist das schon alles, ein so dünnes Bändchen?«

»Ja. Sie ist nicht vollständig und unsere Kenntnis der Sprache darum leider nur bruchstückhaft.«

»Aha. Trotzdem, vielen Dank.«

»Wer sind diese hässlichen Leute?«, fragte Grunthor und zeigte auf eine Reihe kleiner Statuen.

Der Herzog kam lachend auf ihn zu.

»Das sind die Seherinnen Manwyn, Rhonwyn und Anwyn.

Letzte ist übrigens auch in dieser Skulptur hier an der Seite ihres Gatten Gwylliam zu sehen. Ja, die drei sind das Ergebnis einer ungewöhnlichen Verbindung. Ihr Vater war ein Ur-Seren, groß gewachsen, schlank und von goldfarbener Haut, die Mutter ein kupferner Drache. Ihr solltet erst einmal die Gemälde sehen! Darauf sind sie noch viel hässlicher. Manwyns Haare sind feuerrot, die Augen wie Spiegel.«

»Sind?«, fragte Rhapsody. »Lebt sie denn noch?«

»Ja, sie ist das Orakel der Stadt Yarim. Dort steht auch ihr Tempel, es sei denn, die Mauern sind inzwischen über ihrem Kopf zusammengebrochen.«

»Wie alt seid Ihr eigentlich?«, fragte Grunthor geradeheraus. »Gehört Ihr auch noch zur Ersten Generation?«

Stephen lachte. »Wohl kaum. Ich bin 56 Jahre alt, habe nach meiner Rechnung also ungefähr ein Drittel meines Lebens hinter mir, das heißt, im Vergleich zu denen bin ich noch ein Kleinkind.«

Seine Miene wurde ernst. »Übrigens, ich will gern auf all eure Fragen zu antworten versuchen, aber seid euch bitte darüber im Klaren, dass ihr von anderen Cymrern oder deren Nachkommen nichts erfahren würdet. Sie sind ein sehr verschlossenes Volk, und es scheint, dass sie sich für ihre Herkunft schämen – was, bedenkt man ihre Geschichte, im Grunde nicht überraschen kann. Daran ändern auch die vielen Herzöge von Roland nichts, die ja alle dieser Linie entstammen. Ja, wir sind ein seltsamer, verwirrter Haufen.«

»Was ist im Obergeschoss zu sehen?«, fragte Achmed.

Als hätte er auf diese Fragen nur gewartet, eilte Stephen mit Elan auf die Treppe zu. »Kommt, ich zeig's euch.«

Auf dem oberen dritten Absatz erhob sich das große Standbild eines kupfernen, mit Edelsteinen und Blattgold geschmückten Drachen, dessen Oberfläche offenbar lange nicht poliert und darum angelaufen war. Rhapsody drückte sich vorsichtig daran vorbei, denn die Statue wirkte sehr lebendig mit ihren Angst einflößenden Zähnen, den Krallen und Muskeln. Der Haltung nach war er zum Sprung bereit, und die Augen blitzten wütend.

»Das ist Elynsynos, jene mächtige Wyrm-Frau, die vor den Cymrern über unsere Gebiete herrschte«, erklärte Stephen. »Sie war allem Anschein nach sehr gefährlich und hat vom Anbeginn der Zeit alle Menschen erfolgreich von den Grenzen ihres Reiches fern gehalten, bis dann schließlich Merithyn der Kundschafter kam.«

Er führte die drei vor die Stirnwand, an der etliche Porträtgemälde hingen, jeweils zu zweit oder zu dritt gruppiert. Eines, das ein wenig abseits hing, war offenbar sehr viel früher gemalt worden als die übrigen. Das Porträt am anderen Ende der Reihe stellte Stephen in jüngeren Jahren dar. Von den anderen Abbildungen stach vor allem das eines Mannes ins Auge, der eine Mitra auf dem Kopf und ein Amulett an einer Kette um den Hals trug. Ganz ähnlich ausgestattet waren auch die Porträtierten in der oberen Reihe.

»Wer sind diese Männer?«, fragte Rhapsody.

»In der oberen Reihe sind der Patriarch – das ist der ganz außen – und die fünf Seligpreiser zu sehen, die unter ihm dienen. So sah er aus, als er noch ein junger Mann war. Mittlerweile ist er wohl auch in die Jahre gekommen.

In der unteren Reihe seht ihr die Herzöge, die in den Ländern herrschen, wo auch die Seligpreiser, die ihnen in dieser Aufzählung zugeordnet sind, ihren jeweiligen Amtssitz haben. Einzige Ausnahme ist der da.« Er zeigte auf einen Mann mit rotbraunen Haaren, der ein bisschen älter zu sein schien als er selbst, aber ähnlich blaue Augen hatte. »Das ist Tristan Steward, seines Zeichens nicht nur Hoher Herrscher über Roland, sondern auch Prinz von Bethania, der Hauptstadt.

Zwar sind alle unsere Staaten praktisch souverän, doch er führt den Oberbefehl über das zentrale Heer, regiert das größte Land und hat Gesetz gebende Gewalt. Die meisten Herzöge sind übrigens miteinander verwandt. Tristan und ich sind Vettern.«

Rhapsody nickte. »Warum hängen die Herzöge unter den Geistlichen?«

Stephen lachte. »Scharfsinnig bemerkt. Nun, Kirche und Staat liegen schon von alters her im Konflikt miteinander. Letztlich überlässt man es dem Volk zu entscheiden, wie es seine Loyalität zwischen dem Allgott und seinem Regenten aufteilt. Aber so frech können wohl auch nur cymrische Herrscher sein, dass sie eine solche Freiheit der Entscheidung fordern.«

Rhapsody lachte über den pietätlosen Schalk in der Stimme des Herzogs, der ihr zudem auch noch zuzwinkerte.

»In meinem Fall ist das natürlich nicht so. Der Seligpreiser der hiesigen Provinz ist gleichzeitig Segner von Avonderre. Er ist wahrscheinlich der mächtigste Mann von Roland, vielleicht sogar des ganzen Kontinents.

Allerdings hat er einen Erzrivalen, nämlich den Segner von Sorbold, der seinerseits das Oberhaupt der Landeskirche ist, also über die Provinzgrenzen hinaus Einfluss ausübt. Die beiden verachten einander voller Leidenschaft. Nur der Allgott weiß, was sein wird, wenn der amtierende Patriarch das Zeitliche segnet.

Der Segner von Avonderre-Navarne hält sich aus der Politik weitestgehend zurück, wofür ich ihm sehr dankbar bin. Er hat Höheres im Sinn. Schaut euch einmal das hier an: In dieser Vitrine sind Skizzen der einzelnen Basiliken zu sehen. Sie sind die prächtigsten Überbleibsel cymrischer Architektur.

Noch beeindruckender muss wohl die Gebirgsstadt Canrif gewesen sein, aber die wurde ja zerstört, als die Bolg über Gwylliams Länder herfielen. Das soll natürlich kein Vorwurf sein, Grunthor.«

»Ist als solcher auch nich angekommen«, entgegnete der riesige Firbolg, der seine Aufmerksamkeit auf die Drachenskulptur gerichtet hatte. Rhapsody registrierte, dass Stephen Achmed offenbar nicht für einen Firbolg hielt – was allerdings auch kaum überraschen konnte. Es war ihr ja selbst nicht aufgefallen. Sie folgte Stephen zur Vitrine.

»Hier, ein schönes Beispiel für cymrische Genialität, gepaart mit tiefer Religiosität. Für die alten Cymrer waren die fünf Elemente der Natur heilig und Quelle aller Kraft und Energie. Jede Basilika, die sie gebaut haben, war der Verehrung eines dieser Elemente gewidmet, von dem nicht zuletzt bei der Einsegnung des Grundstücks ausgiebig Gebrauch gemacht wurde.«

Interessiert betrachtete Rhapsody die Tuscheskizzen unter dem Glasdeckel. Sie waren alle von ein und demselben Künstler gezeichnet worden und zeigten detailgetreue und maßstabsgerechte Ansichten der einzelnen Basiliken.

Die beeindruckendste war mit dem Namen *Avonderre* gekennzeichnet: ein allem Anschein nach enorm großes Bauwerk, gestaltet nach dem Vorbild eines Schiffes, das aus den schroffen Klippen einer Felsküste hervorzubrechen schien. Eine zweite Skizze zeigte, dass ein Großteil dieser Basilika nur bei Ebbe zu sehen war. Achmed hatte davon berichtet, etwas Ähnliches entdeckt zu haben. Offenbar handelte es sich um ein und dasselbe Bauwerk.

Stephen bemerkte ihr Interesse und schmunzelte.

»Das ist die Basilika, in der unsere Untertanen Gottesdienst feiern, die Meereskirche des Allgottes und Herrn der Ozeane. In der alten Sprache heißt dieser Abbat Mythlinis.«

Rhapsody erwiderte sein Lächeln. Stephens Beherrschung der Sprache ließ zu wünschen übrig. *Abbat Mythlinis* bedeutete in Wirklichkeit »Vater der Meeresgeborenen«, womit das Urvolk der Mythlin gemeint war. Sie warf Achmed und Grunthor einen Blick zu und fürchtete schon, dass sie es sich nicht verkneifen konnten, den Herzog eines Besseren zu belehren. Doch sie betrachteten gerade andere Exponate und ließen sich nichts anmerken.

»Diese Basilika wurde zu großen Teilen aus dem Holz der Schiffe gebaut, auf denen die Cymrer ihre Heimatinsel verlassen hatten«, fuhr Stephen fort. »Man weihte sie aus nahe liegenden Gründen dem Element Wasser, das den Bau mit jeder neuen Flut immer wieder aufs Neue segnet.

Geheiligten Boden zu finden war für die Cymrer ungemein wichtig. Als Fremde in diesem Land brauchten sie Zufluchtsorte, die ihnen Schutz vor dem Zugriff des Bösen gewährten. Darum waren die Basiliken gleich nach den Wehrtürmen die ersten auf Dauer angelegten Gebäude, die sie errichteten. Avonderre ist die Provinz, an deren Küste die Auswanderer der Ersten Flotte an Land gingen. Hier bei uns befindet sich also der älteste Landungsplatz, wenn man einmal von der Stelle absieht, an der der schiffbrüchige Merithyn angespült wurde.«

Rhapsody nickte und richtete den Blick wieder auf die Gemäldegalerie. Es interessierten sie vor allem die Porträts der fünf

Seligpreiser. Der Segner von Avonderre war in einem grünblauen Gewand aus Seide dargestellt, und der um seinen Hals hängende Talisman hatte die Form eines Wassertropfens.

Dieses Muster wiederholte sich auch auf den anderen Porträts: Roben und Talismane entsprachen dem jeweils zugeordneten Element. Der Patriarch hingegen war ganz in Gold gekleidet, und das Amulett an der Halskette stellte einen silbernen Stern dar.

So war es leicht, auch jene Seligpreiser auszumachen, deren Basiliken dem Feuer beziehungsweise der Erde geweiht waren. Ersterer trug eine flammend rote Amtstracht und eine dazu passende Mitra mit angedeuteten Hörnern. Sein goldener Talisman hatte die Form der Sonne, in der eine Spirale aus roten Edelsteinen funkelte. Der andere trug erdfarbene Kleider und ein Amulett, das aussah wie der Globus, den Llauron ihr gezeigt hatte. Die beiden letzten Seligpreiser aber waren ganz in Weiß gewandet, und nur einer von ihnen hatte eine Kette um den Hals hängen, allerdings ohne Amulett.

»Was hat es mit den anderen Basiliken auf sich? Zum Beispiel mit dieser da?« Rhapsody zeigte auf eine Skizze, die ein Gebäude aus zwei Perspektiven zeigte, einmal aus der Frontansicht und einmal von oben.

Diese mit dem Namen Bethania gekennzeichnete Basilika war kreisrund und, wie es schien, aus Marmor gebaut. Sie bestand aus mehreren konzentrisch angelegten Säulengängen, in denen auch die auf die Mitte hin ausgerichtete Bestuhlung der Gläubigen untergebracht war. Die Freifläche ringsum war mit einem flammenden Mosaik ausgelegt, das, von oben betrachtet, wie die Sonnenscheibe erstrahlte.

»Das ist die Kirche des Allgottes in der Gestalt des himmlischen Feuers, der von den alten Cymrern Vrackna genannt wurde.«

Rhapsody erbleichte. Ursprünglich, das heißt in den Tagen der Vielgötterei, stand dieser Name für den bösartigen Feuergott, wovon der Herzog aber nichts zu ahnen schien.

»Sie ist dem Element Feuer geweiht. Genau in der Mitte brennt ein ewiges Licht, das genährt wird vom vulkanischen Feuer aus dem Herzen der Erde. Auf diese Weise ist dieser Ort geheiligt.«

»Ist das die Basilika des Patriarchen? Denn der hat doch bestimmt seinen Amtssitz in Bethania.«

»Nein, Bethania ist die politische Hauptstadt von Roland. Das religiöse Zentrum ist der unabhängige Stadtstaat Sepulvarta. Dort befindet sich auch die Sternenzitadelle, der Wohn- und Amtssitz des Patriarchen. In der Basilika hält er lediglich Andacht, obwohl dort auch die Gemeinde ihren Gottesdienst feiert.«

»Das verstehe ich nicht. Worin besteht der Unterschied zwischen Andacht halten und Gottesdienst feiern?«

»Im direkten Gebet. Nach unserer Religion gibt es nur einen, der direkt zu Gott spricht, und das ist der Patriarch.«

»Warum?«

»Er ist der Einzige, der einer solch unmittelbaren Beziehung zum Schöpfer für würdig befunden wird.«

Rhapsody kniff die Brauen zusammen, behielt aber für sich, was ihr auf den Lippen lag. »An wen sind denn dann die Gebete der anderen gerichtet?«

»An den Patriarchen. Wir feiern die Riten des Glaubens und wenden uns mit unseren Bitten an den niederen Klerus, genauer gesagt: an die Ordinierten, die dann für uns beten. Der Patriarch trägt schließlich unsere durch den Klerus übermittelten Wünsche dem Allgott vor. Haben die jeweiligen Bittgesuche erst einmal die Ebene des Patriarchen erreicht, steckt die Kraft aller gläubigen Seelen hinter ihnen.«

»Verstehe«, sagte Rhapsody, obwohl ihrem eigenen Glauben im Grunde nichts fremder sein konnte als dies. Sie richtete ihren Blick auf die Patriarchenbasilika von Sepulvarta. »Interessant.«

Stephen strahlte übers ganze Gesicht und erklärte voller Stolz: »Das ist die Sternenzitadelle, die ich soeben erwähnt habe. Die Basilika selbst ist die Kirche des Allgottes in Gestalt des Lichts der Welt. Die alten Cymrer hatten dafür den Namen Lianta'ar.«

Diesmal ist er näher dran, dachte Rhapsody. *Lianta'ar* bedeutete »Träger des Lichts«.

»Sie liegt jenseits der heiligen Mauern von Sepulvarta, hoch oben auf einem Hügel. Ein wunderschöner Bau, wie du sehen kannst. Die Rotunde der Basilika ist in den Ausmaßen die größte ihrer Art und im Innern besonders prächtig ausgestattet. In ihr steht der Amtsstuhl des Patriarchen. Den für mich schönsten Anblick von Sepulvarta bietet allerdings dieses Bauwerk.«

Er zeigte auf einen gesonderten Teil der Skizze, die Zeichnung eines schlanken, spitz zulaufenden Turms, der, aus der Mitte der Stadt aufsteigend, alles andere überragte.

»Das ist die Hohe Warte, ein architektonisches Wunder, wie ich finde und was ich immer ganz unbescheiden anmerke, insbesondere weil es mein Urgroßvater war, der sie entworfen und erbaut hat.« Rhapsody ließ einen Laut vernehmen, der kundtun sollte, wie beeindruckt sie war.

»Die Spitze ist tausend Fuß hoch und schon aus meilenweiter Entfernung zu sehen. Darauf steht ein einziger, glühender Stern, das Symbol des Patriarchats. Es heißt, dass der Patriarch über die Hohe Warte direkt mit dem Allgott verbunden ist. Das Licht, das an ihrer Spitze strahlt, kommt von den Sternen, die so in jeder Nacht den Boden weihen, auf dem sie steht.«

»Und was ist, wenn der Himmel bedeckt ist?«, fragte Achmed quer durch den Raum, so unerwartet, dass Rhapsody vor Schreck zusammenfuhr. Sie hatte gar nicht bemerkt, dass er, während er ein anderes Schaustück musterte, ihrer Unterhaltung gefolgt war.

»Die Sterne leuchten doch auch, wenn sie für uns nicht zu sehen sind«, antwortete Stephen. »Und was auf der Spitze der Hohen Warte erstrahlt, ist gewissermaßen der Teil eines Sterns, nämlich das Element Äther.«

»Faszinierend«, sagte Rhapsody. »Und die anderen?«

»Die Basilika in Bethe Corbair ist dem Wind geweiht; sie ist die Kirche des Allgottes in Gestalt der Luft, und der ursprüngliche Name lautet ›Ryles Cedelian‹.«

Lebenshauch, übersetzte Rhapsody im Stillen und warf einen Blick auf Achmed, der ein Stück Treibholz unter Glas betrachtete.

»Das besondere Attribut dieser Basilika ist der zentrale Glockenturm mit seinen insgesamt 876 Glocken, die stellvertretend für all die Schiffe sind, die Serendair damals verlassen und die Cymrer in Sicherheit gebracht haben. Die Kirche steht auf einer Anhöhe inmitten der Hauptstadt, wo der Westwind durch den hohlen Turm streicht und die Glocken auf wundervolle Weise zum Klingen bringt. Das musst du dir unbedingt anhören, Rhapsody, wo du doch selbst eine Himmelsängerin bist.

Als die Basilika eingesegnet wurde, hat man die Glocken 876 Tage lang läuten lassen, und es ist ihr Klang, der den Boden der Basilika heilig hält und überhaupt ganz Bethe Corbair zugute kommt. In jedem Winkel der Stadt hört man den süßen Klang der Glocken.«

»Einen Besuch dort werde ich mir gewiss nicht entgehen lassen«, sagte sie und lächelte. »Welcher Seligpreiser ist denn der Segner von Bethe Corbair?«

Stephen zeigte auf den einen der beiden in Weiß gekleideten Männer, der eine Silberkette um den Hals trug.

»Lanacan Orlando. Der andere ist Colin Abernathy, der die neutralen Länder im Süden zu seiner Diözese hat. Weil dieses Gebiet – wie auch Sorbold – nicht zu Roland gehört, gibt es dort natürlich auch keine Basilika.«

»Und die letzte Basilika?«

Stephen zeigte auf ein düsteres Gebäude, das wie aus einem Berg herausgeschlagen zu sein schien. »Das ist die einzige nichtorlandische Basilika, die Kirche des Allgottes in Gestalt der Erde, genannt Terreanfor, was Herr der Erde bedeutet.« Rhapsody nickte, an dieser Übersetzung hatte sie nichts auszusetzen.

»Die Basilika ist in den Hang des Nachtbergs eingegraben worden. Selbst bei Tag fällt kein einziger Lichtstrahl auf ihre Mauern, geschweige denn ins Innere. Sorbold liegt in einer Trockenzone; es ist das Reich der Sonne, und deshalb wird der Nachtberg als ganz besondere Stätte verehrt.

Obwohl Sorbold eine Diözese unserer Kirche und dem Glauben an den Allgott verschrieben ist, sind dort noch Reste der alten sorboldischen Religion aus heidnischen Tagen wirksam. Man glaubt, dass Teile der Erdkruste nach wie vor lebendig sind und dass der Nachtberg einer dieser so genannten Orte des Lebendigen Gesteins ist. Immer wieder neu geweiht wird die Basilika nach dieser Vorstellung durch die fortwährende Rotation der Erde. Ich bin selbst schon einmal dort gewesen und kann den Leuten von Sorbold nachempfinden: Es ist wirklich ein zutiefst magischer Ort.«

»Habt herzlichen Dank für Eure Erklärungen«, sagte Rhapsody. »Ich bin neugierig geworden auf all diese Orte und möchte sie gern irgendwann einmal mit eigenen Augen sehen.«

»Was ist das?«, fragte Grunthor. Er stand vor einer kleinen Nische, in der eine Reihe von Votivkerzen aufgestellt waren.

Rhapsody gesellte sich zu ihm und sah einen Tisch, der wie ein Tempelaltar mit einem schmuckvoll gestickten Tuch bedeckt war.

Auf dem Tisch lagen ein goldener Siegelring, ein schartiger Dolch und ein Armreif mit Ledergeflecht, das an einer Stelle aufgerissen war. An der Wand dahinter hing ein Messingschild mit eingravierter Inschrift.

Sie rückte näher, um zu lesen, was auf dem Schild geschrieben stand, doch es hatte sich im Lauf der Zeit allzu viel Staub darauf abgesetzt. Überhaupt hatte Stephens Ausstellung eher den Charakter eines kirchlichen Depositoriums denn den eines historischen Museums.

Sie langte in ihr Bündel und zog ein Taschentuch und eine kleine Flasche daraus hervor. »Das ist ein Zitronenextrakt mit Vogelbeere«, sagte sie, an den Herzog gewandt, und hob das Fläschchen in die Höhe. »Damit ließe sich das Schild putzen. Darf ich?« Stephen zeigte eine ernste Miene und nickte.

Rhapsody zog den Korken von der Flasche, benässte das Tuch mit der scharf riechenden Flüssigkeit und streckte den Arm aus, um das Schild zu säubern. Die Schmutzschicht war schnell entfernt und die Gravur darunter klar und deutlich zum Vorschein gebracht.

Gwydion von Monasse, stand auf dem Schild zu lesen.

Rhapsody wandte sich dem Herzog zu, dessen Gesicht zur Maske erstarrt war. »Was ist das?«, fragte sie.

Stephen wich ihrem Blick aus. »Das ist alles, was von meinem besten Freund, der vor zwanzig Jahren starb, übrig geblieben ist«, antwortete er.

30

»Das tut mir sehr Leid«, sagte Rhapsody. »Ist auch er einer dieser unerklärlichen Feindseligkeiten zum Opfer gefallen?«

Stephen fächelte vorsichtig mit der Hand den Staub von den Gegenständen auf dem Tisch, die ihm offenbar lieb und teuer waren. »Man kann sagen, dass Gwydion das erste Opfer überhaupt war«, antwortete er und rückte den Siegelring auf dem Tischtuch zurecht.

»Seit zwanzig Jahren tot?«, fragte Achmed. »So lange gibt es nun schon diese Überfälle?«

Stephen lächelte und lehnte sich an die Wand neben dem Schrein. »Ich muss euch wohl nicht sagen, dass es immer schon Diebes- und Mörderbanden gegeben hat, die über unschuldige Reisende hergefallen sind oder Dörfer geplündert haben«, sagte er. »Aber der Mord an Gwydion steht unter anderen Vorzeichen. Er war ein ungemein starker, kampferprobter Mann und gut gerüstet. Doch die Wunden, die ihm geschlagen wurden, sind nicht zu beschreiben. Wer oder was ihn getötet hat, muss von unvorstellbarer Kraft und Grausamkeit gewesen sein.«

»War's ein Tier?«, fragte Grunthor.

Der Herzog zuckte mit den Achseln und seufzte. »Ich weiß es nicht«, sagte er. »Möglich, ja; es sah alles danach aus. Ich war derjenige, der ihn fand, und mir war auf dem ersten Blick klar, dass er im Sterben lag. Die Brust war ihm aufgerissen, das Herz entblößt. Er verblutete.« Rhapsody legte ihm eine Hand auf den Arm, was er mit einem flüchtigen Lächeln quittierte. Doch dann verdüsterte sich seine Miene wieder.

»Ich wagte es nicht, ihn zu bewegen, aus Angst, ihm könnten

die Organe aus der Brust fallen. Also deckte ich ihn mit meinem Mantel zu und suchte eilends seinen Vater auf. Der machte sich sofort auf den Weg zu seinem Sohn und schickte mich los mit dem Auftrag, Khaddyr, den großen filidischen Heiler, zu holen.

Als ich mit dem Priester zurückkehrte, war Gwydion schon zwei Tage tot. Er muss gleich, nachdem ich ihn verlassen hatte, gestorben sein. Ich sollte wohl dankbar dafür sein, dass ich mich zumindest noch von ihm verabschieden konnte. Im Fall von Lydia war mir das nicht vergönnt.« Er senkte den Blick und presste die Lippen aufeinander. »Entschuldigt. Man sollte meinen, dass ich inzwischen darüber hinweggekommen wäre.«

Rhapsody strich tröstend über seinen Arm. »Für Trauer gibt es keine Frist; sie nimmt sich so viel Zeit, wie sie braucht.«

Der Herzog legte seine Hand auf die ihre und seufzte wieder. »Ja, so ist es wohl. Wie auch immer, ich glaube, der Schock über Gwydions Tod hat es mir Jahre später etwas leichter gemacht, den Verlust von Lydia zu akzeptieren.

Gwydion und ich waren Freunde seit unserer Kindheit. Wir lernten uns in Manosse kennen, wo er zu Hause war – seine Mutter stammte von dort. Später kehrte er mit mir hierher zurück, denn ich musste mich nach dem Tod meines Vaters um das Herzogtum kümmern. Brüder hätten sich nicht näher stehen können, als wir es taten. Er wäre der Patenonkel meines Sohnes geworden, der nun nach ihm benannt ist. Sein Tod war eine Warnung für das, was kommen sollte, aber nicht mehr aufzuhalten war.«

»Doch jetzt scheinen es die Marodeure vor allem auf Kinder abgesehen zu haben. Das sagtet Ihr doch, nicht wahr?«, erinnerte ihn Achmed.

»Ja, zumindest hier bei uns in Navarne und im Land der Lirin, wenn ich richtig informiert bin. Meine Kundschafter berichten, dass es diese Überfälle auf ganz breiter Front gibt, nicht zuletzt auch in den Bolgländern, in Sorbold, den neutralen Staaten bis hin zu Hintervold im Norden. Ob sie überall nach gleichem Muster ablaufen, kann ich nicht sagen.«

Er trat vor eine der Lampen und drehte den Docht herunter. »Nun, ihr habt alles gesehen. Gehen wir zurück ins Haus.«

Während die Männer die Lichter löschten, blieb Rhapsody

noch eine Weile vor dem Schrein stehen und strich mit den Fingerspitzen über das Altartuch. Vorsichtig nahm sie den Siegelring zur Hand und führte ihn an ihre Wange.

Das kühle Metall auf der Haut zu spüren tat ihr gut – warum, konnte sie sich selbst nicht erklären. Sie tastete über die flach geschmiedete Oberfläche und musterte das Wappen, auf dem ein Drache abgebildet war, der sich um einen Baumstamm wand, ein Symbol, das man sonst nur selten zu Gesicht bekam, in diesem Museum aber durchaus häufig wieder zu finden war.

Erinnerungen sind die ersten Geschichten, die man selbst zu erzählen weiß. Sie sind die Kunde deines eigenen Lebens.

Rhapsody glaubte die Worte im Geiste zu hören. *Seltsam*, dachte sie. Die Dinge, die es hier zu sehen gab, gehörten nun wahrhaftig nicht zu ihren Erinnerungen. Den Ring hatte sie nie zuvor gesehen, den Namen Gwydion von Manosse nie gehört. Womöglich war Stephens Erinnerung an seinen Freund dermaßen lebendig, dass die eigenen Gedanken davon berührt wurden.

Sie summte einen weichen Ton vor sich hin, der dazu angetan war, die Schwingungen fremder Gegenstände und deren Besitzer zu unterscheiden. Für einen kurzen Augenblick tauchte in ihrer Vorstellung das schemenhafte Bild eines Mannes auf, der in unvorstellbaren Schmerzen verging, ein Bild, das ihr auch schon unterwegs auf der Wurzel erschienen war. Sie ließ den Ring fallen.

Stephen und die beiden Firbolg gingen bereits die Treppe hinunter. Grunthor drehte sich nach ihr um. »Kommst du, Gräfin?«

Rhapsody nickte und eilte dem Riesen entgegen, der mit der Fackel in der Hand auf sie wartete. Im Flammenschein glühten die Augen des Drachenstandbilds bedrohlich und unheilvoll. Rhapsody warf noch einmal einen Blick zurück auf den Schrein, der jetzt im Dunkeln lag.

»Ich wünschte, ich hätte dir helfen können«, flüsterte sie.

Im Turm des Schlosses gingen die Lichter aus, eins nach dem anderen. Mit ihnen verschwand der rosige Schimmer der Ziegel, über die sich nun nächtlicher Schatten legte.

Achmed schaute zum Fenster hinaus, bis nur mehr der schwache Abglanz der Fackeln zu sehen war. Die für das Löschen der

Lichter zuständigen Dienstboten hatten ihre Arbeit getan, und jetzt war alles dunkel und still. Über dem Hof zog Nebel auf.

Er ging zur Tür, lauschte kurz und öffnete sie dann ganz vorsichtig, dass nur ja kein Laut zu hören wäre. Nachdem er sich davon überzeugt hatte, dass sich niemand im Flur aufhielt, kehrte er in den Raum zurück und setzte sich auf den Stuhl neben Grunthors Bett.

»Als ich noch Millionen von Herzschlägen unter der Haut gespürt habe, war das alles sehr viel einfacher«, sagte er und schenkte sich von Stephens bestem Weinbrand ein. »Jetzt habe ich immer nur das ungute Gefühl, dass mir da jemand auflauert.«

Grunthor öffnete die Stiefelschnallen und wickelte die Lappen von den Füßen, die ihm als Innenschuh dienten. Er blickte auf und meinte mit ernster Miene: »Es ist hier, stimmt's?«

Achmed trank einen Schluck und beugte sich nach vorn. »Ich weiß nicht«, antwortete er mit ungewohnt weicher Stimme. »Mir schwant da etwas. Es ist in diesem Teil der Welt, aber ich weiß nicht, ob es wirklich ist, wofür wir es halten.«

Polternd fiel ein schwerer Stiefel auf den polierten Fußboden. »Ich nehme an, du hast das Amulett gesehn?«

Achmed nickte. »Ja, und es hat eine verblüffende Ähnlichkeit. Aber Llauron sagte doch, dass Tsoltan von MacQuieth umgebracht worden sei. Jedem anderen wäre zuzutrauen gewesen, dass er die Sache verpfuscht, den Menschen tötet und den Dämon laufen lässt. Nicht aber MacQuieth. Das hoffe ich zumindest.«

»Und was nun?«

Der Dhrakier rückte so nahe an Grunthors Ohr, dass kein Dritter hätte mithören können, selbst wenn er mit ihnen im Zimmer gewesen wäre.

»Es ändert sich nichts. Wir gehen nach Canrif. Da hatten die Cymrer ihr Machtzentrum eingerichtet. Und jetzt sind da die Bolg. Wenn es denn Antworten gibt, werden wir sie dort finden, darauf wette ich. Wie auch immer, der Weg führt über Bethania. Da steht die Basilika, die dem Feuer geweiht ist. Vielleicht lässt sich dort mehr erfahren.«

Grunthor nickte. »Und die Gräfin?« Achmed wich seinem Blick

aus. Der Sergeant richtete den Oberkörper auf und packte den Dhrakier bei der Schulter. »Ich schlage vor, wir lassen sie hier zurück. Es hat keinen Sinn, sie in diese Sache mit reinzuziehen.«

»Bei uns ist sie aber sicherer. Vertrau mir.«

Der Sergeant gab dem Freund einen Knuff und ließ dann von ihm ab. »Wer sagt das? Meinst du nich, dass sie mit jemandem wie dem Edlen besser dran wär? Er scheint sich in sie verguckt zu ham und macht ihr den Hof. Sie mag seine Kinder. Ich würd sagen, wir lassen sie hier.«

Achmeds Augen schienen Funken zu verschießen wie seine Cwellan ihre tödlichen Scheiben.

»Und was, wenn *er* derjenige ist? Nicht auszudenken, was er ihr antun würde. Willst du das verantworten? Glaub mir, wenn dem so wäre, würde sie sich unter die Knute des Luftverschwenders zurücksehnen. Und du könntest ihr einen Gefallen erweisen, indem du deine Drohungen wahr machtest und sie lebendig zum Frühstück verspeisen würdest. Das wäre ein gnädigeres Ende für sie.«

Grunthor ließ sich aufs Kopfkissen zurückfallen.

Achmed seufzte und fuhr mit ruhiger Stimme fort: »Mit Bestimmtheit weiß ich nur, dass du's nicht bist und dass ich es nicht bin. Alles andere ist ungewiss. Rhapsody wird's wahrscheinlich auch nicht sein, aber ausschließen lässt sich das nicht. Es könnte durchaus sein, dass sie damals in Ostend als Lockvogel auf uns angesetzt wurde.«

»Das ist doch verrückt.«

»Vielleicht. Vielleicht aber auch nicht. Womöglich weiß sie ja selbst nichts davon. Sie war lange Zeit bei Llauron. Was wissen wir denn schon?« Seufzend setzte Achmed den geleerten Schwenker ab. »Pass auf, so machen wir's: Wir nehmen sie mit nach Bethania. Dort werden wir uns die Basilika ansehen. Vielleicht finden wir Hinweise, die uns verraten, ob dieser verfluchte Seher Recht hatte oder nicht. Danach werde ich ihr reinen Wein einschenken. Und wenn sie dann zu Stephen zurückkehren will, soll sie's tun. Ist das kein fairer Vorschlag?«

Grunthor streckte die Beine aus und zog die Bettdecke über den Bauch. »Was du so fair nennst ...«

Am darauffolgenden Morgen frühstückte Rhapsody mit ihren neuen Enkelkindern und ging dann mit ihnen und ihrem Vater im Wald spazieren, während die beiden Firbolg ihre Sachen und den Reiseproviant zusammenpackten. Sie sang den Kindern Lieder vor, manche auf Lirin und auch solche, die sie von Llauron gelernt hatte, mit Versen, die in Orlandisch, der hiesigen Verkehrssprache, verfasst waren.

Sie ließ sich auch ganz neue Lieder einfallen, Lieder, die Melisande und Gwydion auf musikalische Weise beschrieben, und allem Anschein nach erkannten sich die beiden tatsächlich darin wieder. Melisande hatte sie bei der Hand genommen und wich nicht mehr von ihrer Seite; Gwydion lief immer vornweg und versuchte, mit seinen Kenntnissen über den Wald und seiner Geschicklichkeit als Bogenschütze aufzutrumpfen. Der Herzog selbst sagte wenig, er beschränkte sich aufs Zuhören und schmunzelte vor sich hin.

In der kurzen Zeit des Miteinanders hatte Rhapsody schon viel über den jeweils eigenen Charakter ihren neuen Enkel erfahren. Der Ausdruck der Einsamkeit in Melisandes Augen war verschwunden; stattdessen zeigte sich nun in ihrer Miene die gleiche Lebenslust, die auch ihren Vater kennzeichnete. Sie sang mit Rhapsody, auch wenn sie die Lieder selbst nicht kannte, tanzte und stapfte, vor Vergnügen kreischend, durch die Pfützen auf dem Weg. Es war, als hätte sie nur auf die Erlaubnis gewartet, wieder fröhlich sein zu dürfen.

Gwydion wirkte zurückhaltender, obwohl er sich ansonsten weit zuversichtlicher gab als seine Schwester. In unbeobachteten Momenten legte sich ein melancholischer Schleier über sein Gesicht und die Augen zeugten von traurigen Gedanken, was Rhapsody nicht verborgen blieb.

Als die vier schließlich in den Schlosshof zurückgekehrt waren, verabschiedete sie sich von den Kindern, denn es war Zeit, dass sie mit ihrem Unterricht begannen. Rhapsody hockte sich auf die Fersen, fuhr mit den Fingern durch Melisandes goldene Locken und sagte: »Ich werde jeden Tag an dich denken. Du wirst mich hoffentlich auch nicht vergessen.«

»Bestimmt nicht«, antwortete das Mädchen und setzte eine

geradezu empörte Miene auf. »Kommst du denn auch wieder zurück?«

»Ja«, sagte Rhapsody und drückte ihr einen Kuss auf die Wange. »Das hoffe ich doch sehr.« Das Kind verlangte nach einer Zusicherung, doch sie wollte es nicht belügen, zumal nicht auszuschließen war, dass ihr womöglich das gleiche Schicksal wie seiner Mutter widerfahren würde. »Ich weiß leider nicht, wann wir uns wieder sehen. Aber das verspreche ich dir: Sobald ich die Möglichkeit dazu finde, werde ich dir schreiben.«

»Es bleibt dabei, ihr wollt in den Osten reisen?«, fragte Stephen, den Blick aufs Pflaster gesenkt.

Sie schirmte mit der Hand das Licht der tief stehenden Wintersonne ab. »Ich glaube, ja. Die Entscheidung darüber liegt nicht bei mir.«

»Nun, wenn ihr euch etwas südlicher halten würdet, wäre in wenigen Tagen das Haus der Erinnerung erreicht, eine alte cymrische Festung, die auf die Tage der Ersten Flotte zurückdatiert. Sie ist mit Abstand das älteste cymrische Baudenkmal und hat eine sehr umfangreiche Bibliothek zu bieten.

Als Halb-Lirin würde dich bestimmt auch der Baum dort interessieren. Es ist ein Ableger der mächtigen Sagia, der von der Ersten Flotte mitgebracht und im Hof der Festung gepflanzt wurde.

Es ist eine wirklich beeindruckende historische Anlage. Umso mehr schäme ich mich, zugeben zu müssen, dass ich in letzter Zeit nur wenig für ihre Erhaltung getan habe. Der Bau der Verteidigungsanlagen hat Vorrang, denn der Schutz vor den drohenden Gefahren der Zukunft ist leider wichtiger als das Bewahren der Vergangenheit.«

»So ist es.« Sie gab Melisande noch einen Kuss und wandte sich dann dem Jungen zu. »Auf Wiedersehen, Gwydion. Du wirst mir fehlen. Wenn ich irgendwo schöne Pfeile oder Schnitzwerkzeuge sehe, werde ich sie dir zukommen lassen.«

»Danke«, sagte der Junge. »Wenn wir uns das nächste Mal sehen, bin ich bestimmt größer als du.«

»Daran zweifle ich nicht«, lachte sie.

»Im nächsten Jahr werde ich dreizehn. Dann bist du hoffentlich wieder bei uns«, sagte Gwydion. Rhapsody stand auf und breitete die Arme auseinander. Der Junge drückte sich an sie, trat aber schon bald wieder einen Schritt zurück und nahm seine Schwester bei der Hand.

»Komm, Mellie«, sagte er. Das kleine Mädchen winkte ein letztes Mal und eilte dann mit dem Bruder ins Haus.

Stephen schaute den Kindern hinterher. Als er sie in Sicherheit unter der Obhut von Rosella wähnen konnte, wandte er sich wieder Rhapsody zu.

»Du bist jederzeit bei uns willkommen. Die Kinder wären glücklich, wenn du demnächst etwas länger bleiben könntest.« Die Knie wurden ihm weich, als er Rhapsody lächeln sah.

»Ihr seid sehr freundlich. Ich wünschte, das ließe sich so einrichten. Tatsächlich würde ich lieber hier bleiben als weggehen.«

»Dann bleib doch«, sagte er spontan und so überhastet, dass er darüber in Verlegenheit geriet und erneut den Blick zu Boden senkte. »Verzeih.«

Rhapsody legte ihm die Hand auf den Arm, was seinen Herzschlag auf alarmierende Weise beschleunigte und ihm die Röte ins Gesicht trieb. »Was wäre an einer solchen Einladung zu verzeihen?« Sie seufzte, und es war, als seufzte der Wind mit ihr. »Ich will ehrlich sein, Eure Hoheit: Es wird mir wohl in nächster Zeit, ob hier oder woanders, überhaupt schwer fallen, mich zurechtzufinden. Aber vielleicht habe ich mich ja wieder gefunden, wenn ich dann irgendwann zurückkomme.«

»Hoffen wir's. Und vergiss nicht: Du hast hier immer ein Zuhause. Schließlich gehörst du zur Familie, Omama«, sagte er und lachte.

Der Herzog nahm ihre Hand, führte sie an seine Lippen und hakte sie dann unter, als er mit ihr auf die beiden Firbolg zuging, die auf sie warteten.

»Du musst wiederkommen«, flüsterte er, »und sei es nur, um mir nachträglich zu erzählen, wie du an diese beiden da geraten bist.«

31

Aus ihren Gesprächen mit Stephen Navarne hatten die drei schlussfolgern können, dass sie fast auf den Tag genau zu Winteranfang der Wurzel entstiegen waren.

Im westlichen Roland setzten zu diesem Zeitpunkt in aller Regelmäßigkeit heftige Schneefälle ein. Im Verlauf der ersten beiden Monate herrschte dann zumeist ein sehr unbeständiges Wetter bei durchweg milderen Temperaturen; mal taute, mal stürmte es. Anschließend kehrte der Winter in aller Härte zurück und dauerte über die zweite Hälfte unvermindert an. Ihren Berechnungen nach nährten sie sich dem Ende der Tauperiode. Bald würde sich wieder der Winter durchsetzen.

Doch noch war davon nichts zu spüren, als sie von Haguefort aufbrachen und den von Stephen beschriebenen Weg einschlugen, der zum Haus der Erinnerung führte. Der Tag war kühl und klar. Die helle Sonne brannte ihnen in den Augen, und von den Ästen der Bäume tropfte nasser Schnee.

Den Firbolg stand anfangs nicht der Sinn danach, das Haus aufzusuchen. Als sie aber hörten, dass es der erste militärische Vorposten der Einwanderer der Ersten Flotte war, änderten sie ihre Meinung. Achmed hoffte, anhand der Architektur und Ausstattung des Forts Aufschluss darüber gewinnen zu können, welche Verhältnisse die Cymrer zum Zeitpunkt ihrer Landung angetroffen hatten.

»Was haben wir davon?«, fragte Rhapsody verdrießlich. Sie hatte die Trennung von den Kindern noch nicht verwundern.

»Vielleicht erfahren wir dort, was ihnen, wenn überhaupt, im Kielwasser gefolgt ist«, antwortete Achmed.

Die Sängerin blieb plötzlich stehen und hielt ihn am Ellbogen zurück. »Was soll das heißen? Du glaubst, dass ihnen jemand gefolgt ist?«

Achmed schaute ihr ins Gesicht. Seine Miene war ungerührt. »Nach der Geschichte über Stephens toten Freund halte ich das für durchaus möglich.«

Rhapsody sah sich um. Der stille Wald, der bislang so friedlich auf sie gewirkt hatte, machte ihr plötzlich Angst. Sie schaute zurück auf die Gefährten, die sie mit fragenden Blicken bedachten.

»Was ist los, Gräfin? Stimmt was nich?«

Sie holte tief Luft. »Kann es sein, dass Stephens Freund gar nicht tot ist?«

Die beiden Firbolg zwinkerten mit den Augen. »Möglich ist alles, aber das wäre dann doch sehr unwahrscheinlich«, entgegnete Achmed. »Wie kommst du darauf? Habe ich irgendeinen Hinweis überhört?«

»Nein«, antwortete sie. »Ich habe da nur so ein unbestimmtes Gefühl: Mir ist, als wäre ein Teil von ihm noch am Leben. Ich kann's mir selbst nicht erklären.«

»Deine Gefühle in allen Ehren; du hast ja auch schon gewisse hellseherische Fähigkeiten unter Beweis gestellt. Aber ich gehe davon aus, dass Stephen und auch Khaddyr erfahren genug sind, um den Tod eines Mannes mit Bestimmtheit feststellen zu können.«

»Zugegeben«, sagte sie und setzte sich wieder in Bewegung. Manchmal kam es ihr vor, als wäre sie ein ganzes Leben lang ununterbrochen auf Reisen, von einer Etappe zur nächsten. In gewisser Weise war dieses neue Land, dieser tiefe, stille Wald, nichts anderes als die Wurzel in veränderter Gestalt.

Die Sterne am Himmel schienen in greifbarer Nähe zu sein. Freudig langte sie mit den Händen danach aus.

Der hellste Stern zitterte, als fröstelte ihm vor Kälte. Plötzlich fiel ein Stern nach dem anderen auf die Erde hernieder, nicht etwa rasend schnell, sondern langsam, als schwebten sie wie kleine Schneeflocken in der milden Luft.

Fang sie auf! Halt sie fest.

Der Wind strich flüsternd über ihre geöffneten Hände, und prickelnd wie Funken landeten die winzigen Sterne auf ihrer Haut. Sie schloss die Finger darüber.

Ich hab sie. Ich hab sie!

Strahlender Glanz pulsierte zwischen den Fingern. Die Haut glühte, und Rhapsody fühlte sich von einem tiefen Glücksgefühl durchdrungen.

Doch mit einem Male verlosch das Licht. Sie öffnete die schmerzenden Hände, in deren Haut sich kleine schwarze Löcher hineingebrannt hatten.

Nein, gütiger Himmel, nein!

Ein Lichtschimmer unter ihr. Bewegte Wasseroberfläche. Aus einem kreisrunden, dunklen Spalt funkelten ihr die Sterne entgegen. Das Zischen ausbrennender Glut im Wasserlauf. Dann wieder Dunkelheit.

Schluchzend wachte Rhapsody mitten in der Nacht auf, geweckt von einem alten Traum aus trauriger Zeit. Sie hatte ihn fast schon vergessen. *Warum ausgerechnet jetzt?*, dachte sie benommen, wälzte sich auf den Bauch und vergrub ihr Gesicht in der Decke.

Einen Augenblick später spürte sie eine klobige Hand über ihr Haar streichen, erstaunlich sanft, so groß, wie sie war.

»Euer Liebden? Bist du wach?«

Sie nickte, ohne den Kopf zu heben, und hoffte, Grunthor würde sich beruhigt wieder hinlegen und weiterschlafen wollen.

»Ich hab hier was für dich. Sieh mal.«

Rhapsody ließ ein müdes Seufzen verlauten, hob das tränennasse Gesicht und blickte auf. So gewöhnungsbedürftig es auch gewesen war, jetzt wirkte sein Grinsen unwiderstehlich und ansteckend auf sie. Sie lächelte matt.

»Tut mir Leid, Grunthor.«

Er schnaubte. »Dir muss doch nichts Leid tun. Gib mir deine Hand. Komm, ich helf dir auf.«

Widerwillig ließ sie es geschehen, dass Grunthor sie zum Sitzen hochhievte, wollte sie doch viel lieber in Ruhe gelassen werden. Sie fuhr sich mit den Fingern durch die Haare und strich sie aus dem Gesicht, als der Riese ihr etwas in den Schoß legte.

Es war ein harter, eigentümlich geformter Gegenstand mit einer Oberfläche so glatt wie Seide. Sie nahm ihn zur Hand und sah, dass es sich um eine Muschelschale handelte.

»Es heißt, dass so was singen kann, aber ich hör nichts. Für mich ist das Ding einfach nur hohl. Vielleicht kannst du was damit anfangen. Halt's mal ans Ohr.«

»Woher hast du das?«, fragte Rhapsody und musterte die Schale mit staunenden Blicken.

Der riesige Bolg lehnte sich zurück. »Aus dem Meer. Es hat im Sand gesteckt, zwischen den Schiffswracks, von denen wir dir erzählt ham. Ich dachte, das Ding könnte dir gefallen und gut tun, wenn du wieder mal schlecht träumst.«

Wieder traten ihr Tränen in die Augen. »Du bist der beste Bolg, den's je gegeben hat.«

Du bist das wundervollste Mädchen auf der ganzen Welt.

»Keine Frage«, antwortete Grunthor mit gespielter Selbstgefälligkeit. Rhapsody lachte und zwinkerte die Tränen aus den Augen. »Leg dich wieder hin und halt die Muschel an's Ohr. Vielleicht singt sie dich in den Schlaf.«

»Vielen Dank. Das will ich tun. Gute Nacht.«

»Gute Nacht. Ich würde dir ja gern angenehme Träume wünschen, aber ...«

Lachend legte sich Rhapsody auf die Decke zurück und lauschte dem Rauschen aus der Muschel.

Bald träumte sie von der Meeresbrandung und schreienden Möwen, und in der Ferne tauchten die Umrisse eines lang gezogenen, dunklen Spalts auf, darin die Pupille eines einzelnen Schlangenauges.

Nach drei Tagen trafen sie auf eine Reihe von Hinweisen, die Stephen ihnen in seiner Wegbeschreibung geschildert hatte und die bestätigten, dass sie sich immer noch auf dem richtigen Weg befanden. Die Landschaft hatte einen etwas anderen Charakter angenommen und schien noch weniger bevölkert oder bereist zu sein als die Gebiete, durch die sie gekommen waren.

Der alte Wald machte jungen Bäumen Platz. Pappeln, Fichten und Birken verdrängten die knorrigen Eichen, Eschen und

Ahornbäume. Die Schneeflecken und die silbrig helle Rinde der Birken gaben der Szene einen unheimlichen Anstrich.

Der über Nacht gefrierende Schnee bildete eine glänzende Eiskruste aus, die unter den Schritten von Rhapsody und Grunthor knirschend zerbarst. Achmed dagegen verstand es auch hier, sich völlig lautlos zu bewegen. Je weiter sie auf ihrem Weg voranschritten, desto kälter wurde es. Das Tauwetter hatte die Landschaft, die sie jetzt durchwanderten, allem Anschein nach noch nicht erreicht.

Rhapsody pfiff ein Lied im Rhythmus ihrer Schritte vor sich hin. Auf den Schwingen eines frischen Windes war die Morgendämmerung aufgezogen, und sie half mit ihrer Melodie nach, das Dunkel am bewölkten Himmel zu vertreiben.

Der Kontrast zwischen der weißen Schneedecke und den dunklen Bäumen war von unheimlicher Schönheit, die etwas zu verbergen schien. Rhapsody bereute es, die beiden Freunde nach Gwydion gefragt zu haben. Deren übertriebene Vorsicht überschattete den ansonsten friedlichen und angenehmen Marsch.

Dann und wann kam es vor, dass Grunthor den Schritt verlangsamte, sich nach allen Seiten hin umschaute und die Ohren spitzte, als hätte er in der Ferne ein Geräusch vernommen. Mit Blick auf Achmed, der ebenfalls angestrengt lauschte, zuckte er dann mit den Schultern und fiel seufzend in das alte Marschtempo zurück. Sooft er auf diese Weise innehielt, hörte Rhapsody zu pfeifen auf, und wenn sie das Lied dann fortsetzte, wurde es von Mal zu Mal düsterer im Ton und langsamer im Tempo.

Plötzlich blieb Grunthor wie angewurzelt stehen und spähte geradeaus.

»Da stimmt was nich.«

»Was soll das heißen?«, fragte Rhapsody. Schon hatte Achmed seine Cwellan angelegt.

Der Riese schaute blinzelnd zur Sonne empor. »Das weiß ich auch nich, aber irgendwas is nicht in Ordnung. Das hab ich im Gefühl, und der Verdacht wird stärker, je weiter wir vorrücken.« Er nickte nach vorn. Die beiden anderen folgten seinem Blick.

»Was hörst du? Menschen? Tiere?« Achmed warf einen Blick über die Schulter zurück.

»Wenn ich das wüsste«, antwortete Grunthor. »Es ist, als wär dem Boden unter unseren Füßen schlecht geworden.«

Rhapsody hob den Arm und fuhr dem Riesen mit der Hand über die Stirn. Die war heiß und schweißnass. »Dem Waldboden fehlt nichts. Du bist es, der krank ist.«

»Das eine schließt das andere nicht aus«, sagte Achmed und fuhr auf dem Absatz herum. Er lauschte in die Stille des Waldes. »Grunthor steht in Verbindung mit der Erde. Erinnerst du dich nicht? Und wenn da etwas ist, das dem Boden nicht bekommt, wird es ihm als Erstem auffallen. Halt deine Stahlfackel in Bereitschaft.«

Rhapsody nickte und griff nach dem Schwert, ließ es aber noch in der Scheide stecken. Grunthor hob das Stangenbeil, das er in der Hand hielt.

Achmed machte die Augen zu und konzentrierte sich, richtete seine Gedanken auf den Weg so wie einst auf seine lebendigen Ziele. Und tatsächlich tauchte vor seinem inneren Auge ein Bild auf: Er sah sich selbst und seine beiden Gefährten aus luftiger Höhe.

Der Pfad, auf dem sie standen, verlor sich im schattigen Dickicht des Waldes. Wie schon damals auf der Wurzel rief er die im Bauch der Erde erworbenen Künste auf, und sein hellsichtiger Blick raste so schnell dahin wie ein Geschoss seiner Cwellan. Unter ihm verwischten die Bäume zu einem gestreiften Dunkelgrün.

In Schwindel erregendem Tempo folgte sein zweites Gesicht jeder Biegung des Weges, tauchte unter umgestürzten Bäumen hinweg. Plötzlich geriet eine Lichtung ins Blickfeld, an deren Rand eine Festung mit Turm zu erkennen war. Zu beiden Seiten der Pforte stand ein schwer bewaffneter und gut gerüsteter Wachposten. Das Bild, das sich seinem zweiten Gesicht auf diese Weise bot, nahm plötzlich eine rote Tönung an, und die Wachen lösten sich in Schatten auf.

Achmed spürte sein Herz schneller schlagen, um mit einem anderen Schritt zu halten; er hörte das eigene Blut in den Ohren rauschen und dazu den Rhythmus eines fremden Pulsschlags.

Er kannte dieses Gefühl seit seiner Kindheit, und er hatte schon Gebrauch davon gemacht, lange bevor ihm sein Name genommen worden war. Die Blutsverwandtschaft, die er auf der Wurzel beim Gang durch das Feuer verloren hatte, hatte sich erneuert. Sie war zwar nicht dieselbe, aber doch ganz ähnlich. Als das Bild vor seinem inneren Auge in dunklem Rot ertrank, das seine Sinne überflutete, stieg eine Angst in ihm auf, die so schrecklich war, dass sich ihm der Magen verknotete.

Grunthor hatte Recht. Was sich dort hinter der Pforte verbarg, war böse, verteufelt. Es kostete ihn enorm viel Anstrengung, den visionären Blick zu lösen und wieder zu Sinnen zu kommen. Ganz plötzlich verlor er das Gleichgewicht, stolperte und spürte, wie ihm die Galle hochstieg. Er knickte in den Knien ein und übergab sich.

Sofort war Rhapsody zur Stelle und hielt ihn bei den Schultern gepackt. Entsetzt musste sie mit ansehen, wie er einen Schwall Blut in den Schnee erbrach. Achmed würgte und keuchte und versuchte, die Vision restlos von sich abzuschütteln. Schließlich blickte er auf das besorgte Gesicht der Sängerin.

»Geht's wieder?«

»Ich werd's überleben«, sagte er und schluckte.

»Was ist passiert? Was hast du gesehen?«

»Nun, die Richtung stimmt; wir sind dem Haus schon ziemlich nahe gekommen. Und Grunthor hat offenbar Recht: An diesem Haus ist irgendetwas schrecklich faul.« Achmed ergriff Grunthors ausgestreckte Hand und zog sich hoch. Dann beugte er den Rumpf, atmete tief durch und richtete sich schließlich langsam auf. »Auf dem Weg selbst lauert keine Gefahr. Aber als ich das Haus sah, hat sich mein Blick blutrot eingetrübt. Und ich spürte diesen Pulsschlag, genau so, wie es früher auf der Insel der Fall war.«

»Hast du nicht gesagt, dass deine Verbindung zum Blut verloren gegangen ist?«, fragte Rhapsody.

»Ja, und so war es auch. Im Übrigen ist es diesmal nicht dasselbe gewesen.«

»Vielleicht hast du hier in der neuen Welt 'n andern Blutskontakt und Durchblick«, meinte Grunthor.

»In der neuen Welt dürfte ich eigentlich überhaupt nichts durch das Blut wahrnehmen. Hast du je erlebt, dass ich mich übergeben musste?«

Der Sergeant schüttelte den Kopf. Ein eisiger Windstoß warf den dreien einen Schwung pulverfeiner Schneekristalle entgegen. Die beiden Freunde zittern und kränkeln zu sehen machte Rhapsody Angst. Sie holte ein paarmal tief Luft in der Hoffnung, das heftig pochende Herz zu beruhigen. Im Grunde aber wusste sie, dass an dem alten Haus kein Weg vorbeiführte.

»Vielleicht sehen wir klarer, wenn wir uns ein Stück weiter vorgewagt haben«, sagte sie.

Grunthor wischte sich den Schweiß von der Stirn. »Warum sollten wir? Ich will nich kneifen, bin aber auch nich gerade versessen drauf, in Schwierigkeiten zu geraten.«

»Sie hat Recht«, sagte Achmed und fuhr sich mit zittriger Hand durch das wirre Haar.

»Hör ich richtig?«, staunte Rhapsody. »Du gibst mir Recht?«

»Lass es dir nicht zu Kopf steigen«, entgegnete Achmed. »Wir müssen herauszufinden versuchen, warum mir meine alte Gabe wieder zugefallen ist und was auch dir, Grunthor, so aufs Gemüt schlägt. Hoffen wir, dass kein altes Problem dahinter steckt, das uns hier in der neuen Welt noch nachhängt. Wie dem auch sei, wenn wir sicher sein wollen, bleibt uns nichts anderes übrig, als Nachforschungen anzustellen.«

Rhapsody stöberte in ihrem Gepäck. »Ich habe ein paar Wintergrünblätter. Die helfen bei Magenbeschwerden. Und wenn ihr euch noch ein bisschen gedulden könnt, habe ich gleich zwei feuchte Tücher parat, mit denen ihr euch dann die Stirn abwischen könnt.« Sie breitete zwei kleine, quadratische Taschentücher vor sich aus, drückte sie mit den Händen in den Schnee und konzentrierte sich auf ihr inneres Feuer. Wenige Augenblicke später waren die Tücher von Schmelzwasser durchfeuchtet.

Obwohl er merklich unter Schmerzen litt, rang sich Achmed ein Lächeln ab. »Wie ich sehe, verstehst du dich auf deine Künste immer besser«, meinte er. »Ehrlich gesagt habe ich daran auch nie gezweifelt.«

Rhapsody beantwortete sein Lächeln und reichte ihm ein

Blatt Wintergrün. »Lutsch daran, dann geht's dir bald schon besser. Aber lass es dir nicht zu Kopf steigen.«

»Also los, gehn wir weiter«, drängte Grunthor und wischte sich mit dem Tuch Stirn und Wangen ab.

»Am Tor stehen zwei Wachen, um die wir uns kümmern müssen«, fügte Achmed hinzu.

»Augenblick, was soll das heißen?«, fragte Rhapsody nervös. Grunthor und Achmed musterten sie mit verwunderten Blicken. »Und wenn sie nichts Schlimmes auf dem Kerbholz haben?« Immer noch starrten die beiden sie an. »Wir können doch nicht einfach unschuldige Männer töten, nur weil sie uns im Weg stehen.«

»Tja, meine Liebe, das hat uns eigentlich noch nie ...«, hob Grunthor an, brach aber, durch einen flüchtigen Blick von Achmed zurechtgewiesen, mitten im Satz ab.

»Hör zu«, sagte Achmed ungeduldig, »der Herzog hat dir allem Anschein nach gut gefallen. Von zwei bewaffneten Männern, die vor dem Haus Wache stehen, hat er nichts gesagt, oder?«

»Nein.« Die Hand, die das Heft des Schwertes umklammert hielt, fing an zu zittern.

»Und was verrät uns das?«

»Nichts«, beeilte sie sich zu antworten. »Es könnte doch sein, dass die beiden Wachen in den Diensten irgendeiner Herrschaft stehen, die dort nur zu Besuch ist, so wie wir. Willst du etwa, dass man wieder Jagd auf uns macht?«

Achmed knurrte verärgert. »Was schlägst du also vor, du kluges Mädchen?«

»Wir können mit ihnen reden.«

Grunthor öffnete den Mund, um Widerspruch zu erheben, doch Achmed wiegelte ab.

Er musterte sie und schaute ihr dann in die Augen, die so grün wie das Laub der immergrünen Bäume waren und so leuchtend hell wie Eiskristalle. Der rosenrote Mund zeigte sich entschlossen, doch verrieten die Falten auf der Stirn ernste Besorgnis. Um diesen Ausdruck bereichert, wirkte ihr ohnehin bezaubernd schönes Gesicht geradezu faszinierend.

»Wärst du bereit, das Reden zu übernehmen?«, fragte er

schließlich. »Wenn wir, Grunthor und ich, an Türen klopfen, ist uns meist kein freundlicher Empfang beschieden.«

»Ja, das will ich gern tun.«

Der Dhrakier richtete seinen Blick zurück auf Grunthor. Der war merklich ungehalten, sagte aber nichts.

»Na schön, versuchen wir's auf deine Art«, murmelte Achmed. »Wir werden uns so lange versteckt halten und dir den Rücken decken.«

»So machen wir's«, sagte sie.

32

Der graue Tag musste trübem Zwielicht weichen. Noch bevor es dunkel wurde, hatte sich eine tödliche Stille über den Wald gelegt. Kein Wintervogel war zu hören, und nirgends raschelte ein Tier im Laub. Es rührte sich kein Lüftchen. Nur ab und an knarrte oder brach ein Ast unter der Last des Schnees.

Sie gelangten schließlich an eine Lichtung, die von dichtem, dornigem Gebüsch umsäumt war. Rhapsody registrierte beiläufig, dass es sich um Brombeersträucher handelte, die aber, verkümmert wie sie waren, wahrscheinlich nie mehr Früchte tragen würden. Hinter dem Dickicht erkannte sie die vagen Umrisse eines Hauses.

Langsam und vorsichtig gingen sie noch ein Stück weiter und drückten sich am Rand des Wegs entlang, bis sie eine Stelle erreichten, die ihnen einen besseren Ausblick auf die Lichtung und das Haus erlaubte. Kein Zweifel, es war das Haus, wonach sie suchten. Seitlich erhob sich ein aus Bruchsteinen gemauerter Turm, der einen quadratischen, ummauerten Hof überblickte. An den vier Ecken dieses Hofes waren bewaffnete Wachen postiert.

In der Mitte des Hofes stand ein kahler Baum, der auf Rhapsody aus der Entfernung einen abgestorbenen Eindruck machte. Seit ihrer Lehrzeit bei Llauron war sie sehr wohl in der Lage, den Gesundheitszustand von Bäumen einzuschätzen. Und dieser Baum schien ihr unrettbar verloren zu sein.

Die Mauern rings um den Hof waren einmal weiß getüncht gewesen, doch mit der Zeit hatten sich Moose und Flechten darauf breit gemacht. Das Dach des Hauses war mit Schiefer gedeckt, und eine große Eingangstür stand einen Spaltbreit offen, als erwartete man Besuch.

Achmed und Grunthor trennten sich, um im Schutz des Dickichts um das Haus zu schleichen, der eine links, der andere rechts herum. Rhapsody war immer wieder aufs Neue erstaunt darüber, wie lautlos sich die beiden im Unterholz zu bewegen verstanden. Überdies waren sie kaum zu erkennen, was vor allem bei Grunthor und seinen gewaltigen Ausmaßen überraschte. Sie sah sich um und hoffte inständig, dass die beiden unentdeckt blieben. Sie richtete ihren Blick zurück auf das Haus.

Zu beiden Seiten des Tores stand ein Mann in einem Harnisch aus Leder und Ketten, mit einem langen Speer bewaffnet. Obwohl es inzwischen recht dunkel geworden war, brannte hinter den Fenstern des Hauses keine einzige Kerze. Zu hören war nichts als ein leises, unregelmäßiges Klicken, das von einer Birke herrührte, die mit ihren langen Zweigen an die Mauern und das Dach des Hauses schlug. Einmal glaubte Rhapsody auch, ein unterdrücktes Schluchzen zu hören, das sie nach kurzem Innehalten aber dem Wind zuschrieb.

»Bist du so weit? Sieh zu, dass wir dich immer im Auge behalten können«, riet Achmed, und es war, als flüsterte er ihr ins Ohr, obwohl er etliche Schritte entfernt stand. Offenbar war er von einer kurzen Erkundungstour zurückgekehrt. Sie nickte ihm zu, worauf er wieder im Dunkeln verschwand. Rhapsody fasste sich ein Herz, trat hinter dem Dickicht hervor und näherte sich dem Haus.

Kaum hatten sie die Frau erblickt, senkten die Wachen ihre Speere. Rhapsody wurde vor Angst und Nervosität ganz schwindlig. Sie lächelte, obwohl ihr ganz und gar nicht danach zu Mute war, zumal sie den Gestank faulenden Fleisches wahrzunehmen meinte.

»Hallo«, grüßte sie freundlich. Die Wachen waren offenbar sehr angetan. Einem der beiden Männer klappte bei ihrem Anblick der Unterkiefer herunter, und fast wäre ihm der Speer aus der Hand gefallen. »Bin ich hier richtig, am Haus der Erinnerung?«

Der eine Posten nickte stumm. Rhapsody bemerkte, dass der

andere sehr viel beherrschter und weniger leicht aus der Fassung zu bringen war, was sie beklommen machte.

»Das war ja dann leicht zu finden«, sagte sie mit einem strahlenden Lächeln. Jetzt fingen auch die Hände des zweiten Wachpostens zu zittern an. *Nach dem Gang durch das große Feuer sehe ich anscheinend zum Fürchten aus,* dachte sie. Von ihrer eher schmächtigen Statur waren die beiden Kerle gewiss nicht eingeschüchtert.

»Ich bin mit Freunden hier verabredetet. Habt ihr sie gesehen?« Rhapsody wählte die Worte mit Bedacht und versuchte mit ihrer Frage herauszufinden, ob Grunthor oder Achmed auf ihren Schleichwegen um das Haus womöglich entdeckt worden waren.

»Willst … willst du meine Frau werden?«, fragte der erste Posten.

Rhapsody stutzte, fing aber dann zu lachen an. Sie stellte sich vor, wie wohl Grunthor auf diese Frage reagiert hätte, wäre er zur Stelle gewesen.

Vertraulich beugte sie sich ihm zu und sagte: »Ich fürchte, meinem Freund würden solche Anträge, auch wenn sie nur scherzhaft gemeint sind, überhaupt nicht gefallen. Er ist sehr fürsorglich und wird fuchsteufelswild, wenn er glaubt, dass man mich beleidigen will.«

Der junge Mann wurde nervös. »Nein, Fräulein, ich …«

»Schwamm drüber. Habt ihr ihn schon gesehen? Er müsste euch jedenfalls aufgefallen sein, so groß und, nun ja, Furcht erregend, wie er aussieht.«

Die beiden Wachen tauschten flüchtige Blicke; ihnen war, wie Rhapsody bemerkte, nicht wohl in ihrer Haut. Ihre Worte hatten eine Wirkung ausgeübt, die gar nicht beabsichtigt gewesen war.

Der zweite Wachposten fasste all seinen Mut zusammen und sprach: »Du bist hier mit ihm verabredet? Nein, er ist zwar für heute angekündigt, allerdings noch nicht eingetroffen. Aber tritt ein, drinnen ist's wärmer. Und lass dir versichern: Meinem Freund lag nichts ferner, als dich zu beleidigen.«

Zuvorkommend stieß der erste Posten die Tür auf und machte ihr den Weg frei. Rhapsody warf einen Blick über die Schulter zurück, konnte aber weder von Grunthor noch Achmed irgendeine Spur erkennen. Gleichwohl glaubte sie Achmed leise vor sich hin fluchen zu hören, verärgert darüber, dass sie sich nun anschickte, ins Haus zu gehen, wo er sie nicht mehr würde unter Beobachtung halten können.

Die Hand wie beiläufig auf den Knauf des Schwertes gelegt, folgte sie dem ersten Wächter über die Schwelle. Sie betraten eine verdunkelte Vorhalle. In die Seitenwände links und rechts waren schwere Türen eingelassen. Vor ihnen öffnete sich ein Portal in einen großen Garten. Rhapsody erstarrte und hielt die Luft an.

Eine geradezu sichtbare Wolke aus eklig süßlichem Gestank wie von faulendem Fleisch schlug ihr entgegen. Rhapsody wurde kreidebleich, würgte und schluckte die Galle hinunter, die ihr hochgekommen war. Noch mehr als der Gestank entsetzte sie der Anblick, der sich ihr bot.

Sie starrte in den als Garten gestalteten, großen Innenhof hinaus, in dessen Mitte der abgestorbene Baum aufragte. Der blutverschmierte Schnee lag wie eine rosige Decke auf dem Boden ausgebreitet. Inmitten des Gartens standen zwei Holzgerüste, wie man sie zum Schlachten von Schweinen nutzte.

Dazwischen befand sich ein großer Altar aus dunklem Gestein. In dessen Sockel war eine Rinne eingemeißelt worden, die in eine kunstvoll gestaltete Wanne führte. Links und rechts daneben standen zwei ähnliche Wannen, die ihrerseits über eine Zuleitung mit zwei großen, unter den Schlachtgestellen platzierten Fässern verbunden waren.

Von den drei Wannen führten wiederum drei Rinnen ab, die auf verschlungenen Wegen in einen großen kupfernen Kessel führten, der außen mit einer dicken Rußschicht bedeckt war. Im Kessel selbst wie auch in den Rinnen und Wannen stand eine schwarze, dicke Flüssigkeit.

Um was es sich bei dieser Flüssigkeit wohl handeln mochte, war nicht schwer zu erraten. Auf dem Altar und in den Holzgestellen rechts und links davon hingen drei Kinder mit aufgeschlitzten Kehlen und Handgelenken, aus denen all ihr Blut ausgelaufen war. Rhapsody überkam ein schrecklicher Ekel, und vor ihren Augen drehte sich plötzlich alles.

Diese Reaktion überraschte die beiden Wachen offenbar. Der Erste sah sie mit fragender Miene an. Im Rücken hörte Rhapsody den anderen unruhig auf der Stelle treten, und es schien, als bereitete er sich auf einen Angriff vor. Plötzlich vernahm sie das Sirren von Projektilen aus Achmeds Waffe, worauf die Wache hinter ihr zu Boden stürzte.

Spontan zog sie die Tagessternfanfare. Als das Langschwert aus der Scheide glitt, ertönte ein Schall wie aus einem melodischen Horn. Die Klinge flammte auf und brannte heller, als sie es je gesehen hatte.

Merklich in Panik geraten, begann der andere Wachsoldat einen wüsten Angriff. Die Flammen des Schwertes loderten auf.

»Lass den Speer fallen!«, befahl sie, die Stimme voller Angst und Wut.

Der Mann warf sich ihr entgegen, doch sein Speer war alles andere als gut geführt. Rhapsody trat zur Seite, wie sie es von Grunthor gelernt hatte, und schlug ihm das Schwert vor die Brust, die nur wenig Widerstand bot.

Mit weit aufgerissenen Augen und aufgesperrtem Mund, dem nur mehr ein gurgelndes Röcheln entfuhr, knickte der Mann in den Knien ein.

Rhapsody packte ihn und bremste seinen Fall. Schmerz und Verwirrung verzerrten sein Gesicht, als er ihr wie aus einer anderen Welt entgegenstarrte und mit seiner Miene zu fragen schien: *Was ist eigentlich passiert?*

Über dieselbe Frage zerbrach sich Rhapsody den Kopf. Der Mann war schon erschlafft, als er mit schmauchender Wunde auf dem Boden auftraf. Erst jetzt wurde ihr das Zischeln bewusst, mit dem das von der Klinge getroffene Fleisch verbrannte. Entsetzt ließ sie die Waffe fallen, obwohl sich das Heft angenehm kühl in der Hand angefühlt hatte. Sie starrte auf die Leiche am Boden, und wieder drehte sich für sie alles im Kreis.

»Was ist los?«, flüsterte Achmed von hinten. Sie hatte ihn nicht kommen hören. Als sie sich umdrehte, sah sie auch Grunthor an seiner Seite. Die beiden schauten sich im Garten um.

»Er ist tot«, antwortete Rhapsody mit wackliger Stimme.

»Ja, deine Schwerthiebe werden immer besser.«

»Ich habe noch nie jemanden getötet.«

»Jetzt hast du's«, entgegnete Achmed. »Komm, wir haben noch was vor.«

Rhapsody stieß einen Schwall Luft aus und nickte. *Lass dich nicht hängen*, schärfte sie sich ein und richtete ihren Blick erneut auf die makabere Szene im Garten. Achmed bedeutete ihr, das Schwert vom Boden aufzuheben.

»Hast du sonst noch jemanden gesehen?«

»Nein, aber es werden angeblich Besucher erwartet«, antwortete sie. Sie berührte die kühle Stahlklinge, an der keine Spur von Blut zu erkennen war, und steckte sie erschaudernd in die steinerne Scheide zurück.

»Dem lässt sich 'n Riegel vorschieben«, sagte Grunthor. Er machte das Eingangstor zu und legte einen schweren Querbalken davor. »Tja, mein Guter, es dürfte wohl klar sein, wieso sich dein Blutgespür wieder gemeldet hat.«

»Lasst uns nachsehen, wer sonst noch hier ist«, schlug Achmed vor. Er wandte sich der Tür zur Rechten zu und forderte die Gefährten mit einer Handbewegung auf vorzugehen.

Rhapsody nahm rücklings auf der einen, Grunthor auf der anderen Seite Stellung. Auf ein Zeichen von Achmed hin rammte Grunthor die flache Hand gegen das Türblatt, das splitternd und krachend aus den Angeln fiel. Sie blickten in einen leeren Raum.

Es war ein lang gezogener Saal mit poliertem Mobiliar, das in sehr organisch anmutenden Formen getischlert war. Mitten auf dem Boden lag ein großer gewebter Teppich, der an einer Ecke durch einen dunklen Fleck verunstaltet war. Eine lange Fensterreihe öffnete den Blick in den Innenhof mit seiner rosa verfärbten, schmelzenden Schneedecke.

Achmed trat an den Rand des Teppichs, bückte sich und berührte den Fleck mit der Hand. Es war zweifelsfrei Blut, das sich da über den Teppich ergossen hatte, und zwar vor langer Zeit, vor Jahren vielleicht, denn es war längst ausgetrocknet. Hier schien jemand niedergestochen worden und verblutet zu sein.

Grunthor stand noch bei der Tür. Er hätte gern sein Stangenbeil in der Hand gehalten, doch weil für dessen Gebrauch in geschlossenen Räumen zu wenig Platz blieb, nahm er mit dem Langdolch Vorlieb. Obwohl ihn so schnell nichts aus der Fassung bringen konnte, spürte er angesichts der ekelhaften Szene vor den Fenstern, wie sich ihm der Magen zuschnürte.

Rhapsody schlich bis zur nächsten Tür und lauschte. Wenig später schüttelte sie den Kopf.

»Nichts. Und nun?«

»Weiter«, drängte Achmed. Sie nahmen die gleiche Stellung auf wie zuvor und wiederholten die Prozedur.

Die Tür führte in einen großen Saal, der sich bis zur Turmmauer erstreckte. An der einen Längswand waren eine Reihe großer Fenster eingelassen, die wiederum in den Hof hinausblickten. Die Wand gegenüber hing voller Wandteppiche, die ausgeblichen und mit Dreck beschmiert waren.

Die ferne Stirnwand war Teil des Turms, der früher einmal als Teil der Verteidigungsanlage ausgebaut gewesen sein mochte, jetzt aber über einen offenen Torbogen frei zugänglich war.

Vor der mit Gobelins geschmückten Wand stand ein aus Knochen zusammengesetzter Thron. Oberschenkelknochen, Rippen, Wirbel waren zu einem schaurig aussehenden Stuhl verdrahtet und verschraubt worden. Die hohe Lehne krönte eine Reihe aus sieben Schädeln. Auf dem Sitz lag ein weiches rotes Samtkissen.

In der Mitte des Saales kauerten, hockten und lagen etliche Kinder, die mit schreckerfülltem Blick den drei Eindringlingen entgegenstarrten. Im spärlichen Licht funkelten ihre Augen wie die einer Meute ausgehungerter, geprügelter Wölfe.

Sie waren halb Mensch, halb Lirin, unterschiedlichen Alters, in Lumpen gekleidet und mittels eiserner Handschellen aneinander gekettet.

Die Gesichter und Körper waren übel zugerichtet und voller Blutergüsse und Wunden. Sie zitterten in der kalten Winterluft, die durch die geöffneten Türen drang und die langen Vorhänge aufbauschen ließ. Keines der Kinder gab einen Laut von sich. Ihre Blicke huschten zwischen Rhapsody und den beiden Männern hin und her. Die Kinder von Navarne.

33

Tränen traten in Rhapsodys Augen beim Anblick der kleinen gefrorenen Gesichter, die zwischen Angst und Hoffnung schwebten. Wie Espenlaub hatten sie zu zittern angefangen, als die drei in ihr Gefängnis eingedrungen waren.

Von ihren Zitterbewegungen abgesehen, verharrten die Kinder reglos am Boden – mit einer Ausnahme, einem Mädchen, das etwas älter zu sein schien als die anderen und vielleicht um die sechzehn Jahre alt war. Sie hockte mitten in der Gruppe und zerrte an ihren Fesseln, sah sich Hilfe suchend um, schien dann aber wohl einzusehen, dass sie dem Geschehen wehrlos ausgeliefert war.

»Keine Angst, wir sind hier, um euch zu helfen«, sagte Rhapsody mit ihrem freundlichsten Lächeln, während Grunthor und Achmed durch den Raum bis zum Einstieg in den Turm eilten. »Wir holen euch hier heraus und bringen euch nach Hause.« Die Kinder starrten ihr entgegen.

Rhapsody wandte sich Achmed zu. »Hatten die Wachposten irgendwelche Schlüssel bei sich?«

»Dafür haben wir jetzt keine Zeit. Wir sollten schleunigst herausfinden, wer für all das hier verantwortlich ist.«

»Es sind mindestens neun.« Der Hinweis kam von einem der gefangenen Kinder in der Mitte des Raums, dem Mädchen. Seine Stimme bebte.

»Weißt du, wo sie jetzt sind?«, fragte Rhapsody.

»Nein«, antwortete das Mädchen. »Aber sie sind da durch gekommen.« Es zeigte mit den gefesselten Händen auf eine Tür, die die drei bislang außer Acht gelassen hatten. Grunthor packte den schweren Langdolch. Die beiden Bolg näherten sich der Tür.

»Vielen Dank und keine Sorge«, sagte Rhapsody. »Gleich werdet ihr wieder frei sein.« Sie lächelte der ganzen Gruppe aufmunternd zu.

»Wenn man euch fängt, sagt nicht, wer euch den Hinweis gegeben hat«, flüsterte das Mädchen.

Rhapsody nickte den beiden Gefährten zu. »Dazu wird es nicht kommen. Wie ist dein Name, Kleines?«

»Wir sind so weit«, rief Achmed von der Tür.

»Jedenfalls nicht *Kleines*«, antwortete das Mädchen trotzig.

»Sie heißt Jo!«, rief ein Mädchen, das nicht älter war als sechs. »Das hat sie denen verraten, als die damit angefangen haben, ihr die Zehen umzudrehen. Ich bin Lizette.«

Jo warf der Kleinen zornige Blicke zu, doch die nahm keine Notiz davon. Sie hatte nur noch Augen für Rhapsody und machte kein Hehl aus ihrer Bewunderung für die lirinsche Sängerin.

»Bist du endlich so weit?«, fragte Achmed.

»Wir kommen zurück«, versprach Rhapsody den Kindern mit all der Überzeugungskraft als einer zur Wahrheit verpflichteten Benennerin. Und tatsächlich schienen die Kinder Vertrauen zu fassen. Rhapsody lächelte ihnen noch einmal zu und eilte dann zur Tür. Das ältere Mädchen murmelte noch etwas, was Rhapsody aber schon nicht mehr hörte.

Ihre Aufmerksamkeit war auf den Nebenraum gerichtet, aus dem Rufe und lautes Gepolter nach draußen drangen. Schnell hatte sie ihre Position in der Tür eingenommen. Wenig später flog die Tür auf. Zwei mit Speeren bewaffnete Männer rannten in den Saal und sahen sich plötzlich von Achmed und seiner Cwellan gestellt.

Rhapsody hörte das ihr inzwischen schon vertraute Zischen der Scheibengeschosse und sah sie als silberne Blitze durch den Türausschnitt schnellen.

Er schießt auf Leute im Nebenraum, dachte sie und staunte wieder einmal über die Geschicklichkeit und Schnelligkeit, mit der er die Waffe nachlud. Inzwischen konnte sie sogar mit den Augen halbwegs nachvollziehen, was ihr früher nur wie ein flüchtiges Huschen von Schatten vorgekommen war.

Als der Wachposten zu ihrer Linken Achmed anvisierte,

wuchtete sie ihm die glühende Schneide der Tagessternfanfare in den Rücken. Der Mann stürzte zuckend zu Boden und löste sich dabei von der tief in den Brustkorb eingedrungenen Klinge. Grunthors mit beiden Händen geführter Hieb folgte unmittelbar darauf und trennte der anderen Wache den Kopf vom Rumpf. Rhapsody musste an sich halten; sie glaubte schlecht zu träumen und kam sich vor wie der Zuschauer eines schauerlichen Kampfes.

Achmed stieß die Tür auf. »Geht«, befahl er. Weil sie gemeinsam lospreschten, wären Rhapsody und Grunthor beinahe in der Tür zusammengeprallt, doch schaffte sie es im letzten Augenblick, dem Riesen auszuweichen.

Im Raum nebenan hatte es ebenfalls ein Gemetzel gegeben, doch das schien auf deren eigene Rechnung zu gehen. Auf dem Boden verstreut lagen sechs Tote. Dazwischen stand eine in Weiß gekleidete Frau. Sie rang die Hände und brüllte einer Hand voll Männern Befehle zu, die aus anderer Richtung über eine breite steinerne Treppe herbeigeeilt waren. Die Wände des Raums waren aus massivem Felsgestein gemauert. Davor standen hohe Regale voller Bücher und Schriftrollen. Mehrere Sessel und ein paar große Tische vervollständigten die Ausstattung dieses offenbar als Bibliothek genutzten Raumes.

Rhapsody und Grunthor stürmten durch die Tür und sahen zu, dass sie nicht in Achmeds Schussbahn gerieten. Mit nur fünf Schritten hatte Grunthor die Mitte des Raums erreicht. Sein Anblick und das Gebrüll, das er erhob, ließen die Soldaten vor Entsetzen erstarren.

Rhapsody eilte auf die Frau zu. Die löste ihren Blick von Grunthor und starrte ihr aus hasserfüllten Augen entgegen.

Anscheinend trug sie nur eine Waffe bei sich, einen langen Dolch mit einer Klinge aus Obsidian. Den hielt sie mit der Rechten gepackt und zeigte sich zum Kampf bereit. Rhapsody erkannte in dieser Waffe ein Opferwerkzeug, das gewöhnlich bei schwarzen Riten Anwendung fand. Sie blickte nicht weniger wütend und verächtlich drein, als ihr bewusst wurde, dass offenbar diese Frau es war, die die Kinder im Hof getötet hatte.

Rhapsody schwang ihr Schwert mit der ganzen Wucht ihrer

Wut und trug einen Angriff vor, auf den Grunthor durchaus stolz sein konnte. Die Frau sprang zur Seite und griff ihrerseits mit dem Dolch an.

Von dem eigenen Schwerthieb aus dem Gleichgewicht gebracht, konnte Rhapsody nicht mehr rechtzeitig ausweichen und spürte die Spitze des Dolches über die linke Schulter schrammen. So heiß war der Schmerz, dass sie unwillkürlich nach Luft schnappte. Doch umso kräftiger schlug sie nun ein zweites Mal zu. Ihre Gegnerin hatte nicht einmal mehr Zeit, einen Schrei auszustoßen. Die Schwertspitze drang ihr mitten ins Herz, und wieder verbreitete sich der scharfe Geruch brennenden Fleisches in der Luft. Blut floss jedoch keines. Noch ehe sie ihr Leben ausgehaucht hatte, war die Wunde auch schon vernarbt.

Rhapsody hielt sich dicht hinter Grunthor, der zur Seite auswich, als weitere Scheibengeschosse durch die Luft sirrten, so dicht, dass ihr bange wurde. Sie mied den Blick auf die Frau am Boden und sah sich stattdessen im Raum um. Von den Soldaten ging keine Gefahr mehr aus. Es war keiner mehr am Leben.

Zwei Tote, die auf dem Treppenabsatz lagen, waren allem Anschein nach von Grunthor niedergemacht worden. Die anderen zeigten bis auf die tödlichen Schusswunden keinerlei Verletzungen. Rhapsody zählte schnell nach und kam auf fünfzehn. Ob noch mit weiteren Wachen zu rechnen war, blieb offen.

Grunthor stand am Fuß der Treppe und spähte nach oben in Erwartung nachstoßender Wachposten. Er hatte inzwischen eine Axt zu Hand genommen, eine schwere Waffe, mit der er sich auch, wie sich Rhapsody erinnerte, dem Gewürm auf der Wurzel zur Wehr gesetzt hatte.

»Die können wir nicht mehr verhören«, sagte Achmed mit Blick auf die tote Frau in Weiß.

Rhapsody lief rot an im Gesicht. »Tut mir Leid«, sagte sie.

»Was soll's?«, entgegnete Achmed ärgerlich. »Dir blieb gar keine andere Wahl. Es wäre allerdings ganz gut gewesen, wenn wir ein paar Antworten aus ihr hätten herausprügeln können. Aber manchmal muss man sich eben den Umständen fügen. Ist es schlimm?«

»Was?«, fragte Rhapsody irritiert.

»Deine Schulter ... wie tief ist die Wunde?

»Hmmm? Ach, kaum der Rede wert.« Rhapsody warf einen Blick auf die Schulter. »Darum kümmere ich mich später.«

»Und wenn sie die Klinge vergiftet hat?« Achmed trat einen Schritt näher und schnupperte an der Wunde.

»Das glaube ich nicht.«

»Na schön, dann sollten wir jetzt mal nachsehen, ob's noch mehr Gesellschaft gibt.« Achmed schob den Querbalken, der an der Wand lehnte, vor die Tür, ehe er sich der Treppe zuwandte. »Falls noch jemand kommen sollte, muss er erst mal anklopfen.«

Sie stiegen über die Treppe nach oben und suchten jeden Winkel des Turms ab. Doch da war niemand mehr. In den oberen Räumen hatten die erschlagenen Soldaten ihr Quartier gehabt; die Zimmerflucht ganz zuoberst war allem Anschein nach von der Frau in Weiß bewohnt gewesen, und es deutete so manches darauf hin, dass dort ein Mann mit ihr gelebt hatte.

Unter anderem fanden sie in dieser Wohnung eine kleine, fest verschlossene Truhe, die sie mit nach unten schleppten, um sie aufzubrechen, sobald sie den Rest des Hauses der Erinnerung durchsucht haben würden. Es zeigte sich, dass alle anderen Räume, die wie Zellen eines Klosters aussahen, leer standen. Außerdem gab es eine Küche, in der noch jüngst gekocht worden war.

Rhapsody machte sich auf die Suche nach einem Schlüssel, um den Kindern die Handschellen abnehmen zu können, und entdeckte schließlich einen solchen, der der toten Frau an einer Kette um den Hals hing. Damit eilte Rhapsody zu den gefangenen Kindern, befreite sie von den Fesseln und redete mit beruhigenden, tröstenden Worten auf sie ein.

In Abwesenheit der beiden Bolg fassten die Kinder schnell Zutrauen. Nur das Mädchen mit dem Namen Jo blieb noch eine Weile misstrauisch, ließ sich dann aber ebenfalls von Rhapsody beruhigen.

Zwischenzeitlich hatte Achmed das Schloss der in der Turmwohnung gefundenen Truhe aufgebrochen. Darin fand sich allerhand Flitterkram – den Grunthor zur Aufbewahrung bekam, denn er verwaltete das Geld und alle Wertsachen – sowie ein kleines Notizbuch, eine versiegelte Schriftrolle und ein großer Messingschlüssel mit einem eigentümlichen, vierteiligen Bart.

Behutsam rollte er das Pergament auseinander und stellte fest, dass es mit alten Schriftzeichen beschrieben war, die ihm nichts sagten, obwohl sie ihm dem Bild nach irgendwie vertraut vorkamen. Offenbar handelte es sich bei diesem Schriftstück um einen Vertrag. Er rief Rhapsody zu sich.

Sie hatte alle Kinder im Schlepp, als sie die Bibliothek betrat. Es waren insgesamt fünfzehn an der Zahl, und die meisten schienen jünger als zwölf Jahre zu sein. Das jüngste versteckte sich hinter Rhapsody aus Angst vor den beiden unheimlichen Männern, denen die Kinder ihre Rettung verdankten.

»Keine Angst, Feldin«, sagte Jo zu dem Lirin-Jungen, der um die sieben Jahre alt war. »Die sehen zwar schrecklich hässlich aus, haben uns aber gerettet und werden bestimmt nichts Schlimmeres mit uns anstellen als das, was uns bevorgestanden hat.«

Rhapsody sagte: »Wir werden euch nach Hause bringen, das ist alles.« Sie strahlte übers ganze Gesicht, und die Kinder glaubten ihr.

»Sieh dir das mal an«, sagte Achmed und kam auf Rhapsody zu. Hastig wichen die Kinder vor ihm zur Seite aus.

Rhapsody nahm die Schriftrolle zur Hand und studierte, was darauf zu lesen stand. Ein Schatten ging über ihr Gesicht, war aber bald wieder verschwunden. »Das ist Alt-Serennisch. Merkwürdig, nicht wahr? Die Sprache, die ich auf Llaurons Wunsch hin lernen soll. Ich hab darauf verzichtet, ihm zu sagen, dass ich schon ein bisschen davon verstehe. Es ist eine tote Sprache. Ich meine, sie war schon tot, als viele die Insel verlassen haben. Sie war die Sprache der Erstgeborenen, der alten Seren, also der Ureinwohner der Insel. Doch seht euch diese Rolle an. So alt ist dieses Pergament doch gar nicht.«

»Kannst du lesen, was darauf steht?«, fragte Achmed.

»Ich denke schon«, antwortete Rhapsody. »Mein Mentor hat mir die Grundzüge der Sprache beigebracht … Augenblick mal. Nein, der erste Eindruck war wohl doch nicht ganz richtig. Die

Schriftzeichen sind in der Tat sehr alt, doch der Text scheint in der Alltagssprache der Bewohner dieser Region verfasst zu sein. Lass mir einen Augenblick Zeit. Ich will erst einmal alles lesen.«

Sie ging an einen der Schreibtische, setzte sich und legte zwei Bücher zur Beschwerung auf die Ränder des ausgerollten Pergaments. Dann nahm sie das Gepäck vom Rücken, holte daraus ein Stück grobes Papier hervor und fing an, sich Notizen zu machen.

Die Kinder hingen wie eine Traube an ihr. Nur Jo stand abseits und beobachtete Grunthor dabei, wie er die toten Wachen in eine Ecke bugsierte und dort zusammenlegte. Rhapsody dachte daran, mit den Kindern in ein anderes Zimmer zu gehen, doch dann fiel ihr ein, dass ihnen nur hier in der Bibliothek der Anblick der geschlachteten Kinder im Hof erspart bliebe.

Am Vortag erst hatte sie die Kinder des Herzogs über den Verlust ihrer Mutter hinwegtrösten müssen. Jetzt galt es, Kindern zu helfen, die ein unvorstellbares Trauma erlitten hatten, und sie fürchtete, dieser Aufgabe nicht gerecht werden zu können.

Achmed blätterte durch das kleine Notizbuch. Die darin enthaltenen Aufzeichnungen schienen in der landesüblichen Schrift verfasst zu sein. Die Briefe waren ganz ähnlich geschrieben, und so konnte er, wenn auch mit Mühe, einiges daraus in Erfahrung bringen.

Was er da in der Hand hielt, war allem Anschein nach ein Tagebuch, wie es von gebildeten Leuten geführt wurde. Es ging darin, wie er entziffern zu können glaubte, unter anderem um eine verlorene Stadt. Mehr als der Text interessierte ihn aber die in dem Buch skizzierte Landkarte und der Hinweis auf den Messingschlüssel.

Ein Lächeln stahl sich in sein Gesicht, als er den Namen *Gwylliam* erkannte und auf der Karte ein besonders markiertes Gebiet entdeckte, das als *Firbolg-Länder* ausgewiesen war. Canrif. Sie hatten jetzt tatsächlich eine Karte zur verlässlichen Orientierung!

»Achmed, Grunthor, ich bin so weit«, sagte Rhapsody und hielt ihre Übersetzung in die Höhe. »Es handelt sich um einen Vertrag. Er wurde in der ersten Stunde der Tagundnachtgleiche im Jahre 1396 nach Ankunft der Flotte unterzeichnet. Wahrscheinlich ist die Flotte der ersten Auswandererwelle gemeint.

Die Vertragspartner sind Cifiona – ich schätze, das ist die Frau mit dem großen Dolch – und eine Person namens Rakshas, die aber nur als Mittelsmann für einen Herrn in Erscheinung tritt, dessen Name interessanterweise unerwähnt bleibt.

Der Frau wird für gewisse Dienste, die sie zu leisten hat, ›ein Leben ohne Ende‹ zugesichert, was wohl Unsterblichkeit heißen soll.« Rhapsody warf einen Blick auf die Freunde und sah ihnen an, dass sie an das Gleiche dachten wie sie. Der Charakter des Vertrags und seiner Urheber wurde allmählich klar. »Sie verpflichtet sich, dem nicht genannten Meister treu ergeben zu sein. Vielleicht sind die beiden eine Art Heiratsvertrag eingegangen.«

»Das bezweifle ich«, sagte Achmed, der selbst einmal unfreiwillig an einen ähnlichen Vertrag gebunden gewesen war.

Grunthor wurde ungeduldig, als er die angewiderte Miene Rhapsodys zu deuten versuchte. »Na los, was steht denn sonst noch da?«

»›Zu diesen Pflichten gehört der Vollzug der Blutopferung von dreiunddreißig unschuldigen Herzen und unberührten Körpern menschlicher Abstammung sowie von Lirin oder Halb-Lirin in gleicher Zahl‹«, las Rhapsody vor. Sie blickte zu Achmed auf. »Ich habe drei im Hof gesehen. Glaubst du, es gab noch andere?«

»Nein, das glaube ich nicht«, antwortete er. »Alle Spuren deuten daraufhin, dass die Einrichtung ziemlich neu ist. Wahrscheinlich war das der Anfang überhaupt.«

Rhapsody zeigte sich erleichtert und wandte sich wieder dem Vertragstext zu, ohne von Grunthors skeptischer Miene Notiz nehmen.

»Da ist noch von einem bestimmten Vorhaben die Rede, auf das aber nicht näher eingegangen wird. Es hat anscheinend mit der Frage zu tun, wie das geopferte Blut verwendet werden soll. Ich glaube, das Wort ›Nahrung‹ ist hier entscheidend. Darüber hinaus sind die verlangten Dienste befristet, und zwar auf den Zeitpunkt der Patriarchenfeier im Folgejahr. Als Erfüllungsort ist das Haus der Erinnerung eingetragen, das offenbar diesem

Rakshas untersteht. Kaum zu fassen. Ich frage mich, was die erste Cymrer-Generation davon gehalten hätte.«

»Tja, als Cymrer, der ich selbst einer bin, kann ich nicht behaupten, besonders angetan davon zu sein.«

»Und hier ist unterschrieben, mit Cifiona Soundso – den Namen kann ich nicht entziffern. Und dann steht da noch schlicht und einfach ›Rakshas‹. Dazu gehören diese Symbole.«

Rhapsody machte auf zwei Zeichen aufmerksam; das eine sah aus wie ein Buchstabe aus einer anderen Sprache, die aber weder Achmed noch Grunthor kannten.

»Dieses meine ich schon einmal gesehen zu haben«, sagte Rhapsody und zeigte auf einen Kreis, der aus einer Spirallinie gezeichnet war.

»Wo?«, fragte Achmed in einem plötzlich so wütenden Tonfall, dass sie vor Schreck zusammenfuhr.

»Über der Eingangstür zu Llaurons Haus. Es ist dieses Hexenzeichen.«

Der Anblick des Symbols hatte Achmed merklich verstört. Er nahm das Pergament und legte es in die kleine Truhe zurück. Rhapsody warf ihre Übersetzung mit hinein.

»Gehen wir«, sagte Achmed.

»Wartet kurz, ich habe noch was zu erledigen«, sagte Rhapsody und holte ihre Higen und einen kleinen Beutel, den sie von Llauron hatte, aus ihrem Gepäck.

»Was? Willst du etwa ein Lied komponieren über die herrlichen Dinge, die wir heute gesehen haben?«

»Nein«, antwortete Rhapsody ungehalten. »Ich will versuchen, diesen Baum zu heilen.«

»Warum?«, wunderte sich Achmed.

»Weil er eine sagianische Eiche ist. Hast du das nicht gesehen? Für mich ist er heilig. Stephen sagte, dass er als Setzling von den Cymrern aus Serendair mitgebracht worden sei. Damit wäre er ein Ableger der Sagia. Obwohl es mir Leid tut, die Insel verlassen zu haben, bin ich dem Baum doch dankbar, dass er uns hat fliehen lassen, ehe sie untergegangen ist. Seinem Kind zu helfen ist das Wenigste, was ich tun kann.«

»Ich will nich despektierlich sein, Herzchen, aber das ist doch kein Kind, sondern nur ein Baum.«

»Nein«, sagte Achmed und schaute in den Garten hinaus. »Geh vor.«

»Danke«, antwortete Rhapsody, überrascht von seiner Zuvorkommenheit. »Ich bin gleich wieder zurück; kümmert euch inzwischen um die Kinder.«

»Wie bitte?«

»Nun, ich kann sie doch nicht mit in den Garten nehmen, oder?«, flüsterte Rhapsody. »Mir schaudert selbst davor, die toten Kinder ...«

»Ist recht, Herzchen, wir werden uns um sie kümmern.«

Achmed warf Grunthor einen empörten Blick zu, sagte aber nichts. Als Rhapsody den Raum verließ, setzte er sich auf den Rand eines der Tische und blätterte wieder in dem kleinen schwarzen Notizbuch. Grunthor durchsuchte die Toten nach Wertgegenständen und legte sie in der Ecke zu einem Haufen aufeinander. Bis auf das älteste Mädchen standen die Kinder eng beieinander und starrten auf die Tür, durch die die Sängerin verschwunden war.

Rhapsody drohte sich der Magen umzustülpen, als sie durch den Garten auf den Baum zuging, der in der Mitte stand. Obwohl verwelkt und in einem erbärmlichen Zustand, war seine silbrig weiße Rinde unverkennbar. Tränen stiegen ihr in die Augen, als sie an das eine und einzige Mal zurückdachte, dass sie die Sagia, die Mutter dieses Baumes, gesehen hatte.

Vor der großen Eiche angelangt, untersuchte sie ihre Rinde und die Zweigspitzen. Schnell war ihr klar, dass in dem Baum noch Leben steckte. Summend stimmte sie ein Lied an, das mit den melodischen Klängen harmonierte, die – wenn auch ganz leise – aus seinem kranken Herzen tönten. Es war die gleiche, vertraute Melodie, die ihr während der gesamten Reise über die Wurzel im Ohr geklungen hatte. Sie öffnete den Beutel, den man ihr in Gwynwald gegeben hatte, holte eine winzige Salbentube daraus hervor und machte sich ans Werk.

Sobald sie die drei Hauptwurzeln gefunden hatte, folgte sie

einer durch den halben Garten bis hin zu ihrem fein verästelten Ausläufer. Dabei musste sie schwer an sich halten, um den schauderhaften Anblick der geopferten Kinder zu meiden. Als sie das Wurzelende erreichte, bestrich sie das haarfeine Geflecht sowie das Erdreich ringsum mit der Salbe aus der Tube.

Während sie Gleiches auch an den anderen Wurzelrändern wiederholte, wurde ihr Lied immer rhythmischer und melodiöser. Schließlich sang sie mit kräftiger Stimme und in einer Sprache, die eine Mischung war zwischen dem Alt-Cymrischen, ihrer Muttersprache, und jenem Idiom, das hier und jetzt gesprochen wurde.

Devli protar hin elenin, *Hoffnung ist ein sicherer Anker,*
Lang währte die Reise auf See
Vidsuol hin yl gornit marbeth, *Zeit heilt wie nichts anderes,*
Und auch du wirst wieder gesunden.

Calenda o skidoaun, Calenda o verdig, *Ein Jahr voll Schnee, ein Jahr der Fülle,*
Du littest Kälte und Düsternis
Ovidae tullhin kaf san; ni wyn bael faerborn, *Manchmal bleibt der Sommer aus, doch immer wird es Frühling werden,*
Und im Frühling wirst du wieder blühen.

A fynno daelik, gernal federant, *Wer gesund ist, der sei fröhlich,*
Drum bewahr dies Lied in deiner Seele
Yl airen er iachâd daelikint, *Dies Lied der frohgemuten Heilung,*
Sing es, bis du wieder ganz gesundest.

Es war das erste Mal, dass Rhapsody ein Heillied aus dem Stegreif sang, und sie wand sich innerlich, so ungehobelt kamen ihr die eigenen Verse vor. Sie waren im Wesentlichen aus Sprichwörtern zusammengesetzt, Sprichwörter, die noch aus der alten Welt stammten und zum Teil immer noch verwendet wurden und Gültigkeit hatten. Das Lied schien durch die Wurzeln zu fließen, im Stamm aufzusteigen und bis in die unbelaubten Zweige vorzudringen.

Rhapsody griff nun zur Higen und fuhr mit den Fingerkuppen über den geschwungenen Holzrahmen. Die Higen war ihr größter Schatz, das erste Instrument, das sie zu spielen gelernt hatte, und es hatte ihr beim Studium der Namensgebung geholfen. Sein Holz stammte noch, wie auch der Baum, aus der alten Welt.

Rhapsody begleitete ihr Lied nun auf der Higen. Die Melodie blieb einfach und klar und entsprang den zupfenden Fingern wie selbstverständlich. Und dann zeigte der Baum tatsächlich erste Reaktionen. Sie konnte buchstäblich spüren, wie die Säfte in Bewegung kamen und Leben in die Äste brachten, die abzusterben drohten. Auch die kleinsten Zweige resonierten mit dem Lied, das winzige grüne Knospen als Vorboten von Frühlingslaub entstehen ließ.

Rhapsody langte mit der Hand so hoch wie nur möglich und stellte ihre Higen in eine Astgabel. Das Instrument spielte von sich aus weiter, zum Schwingen gebracht vom Lied des Baumes, der wieder erweckt geworden war. Lächelnd kehrte Rhapsody zu den Freunden und Kindern zurück.

Auf halbem Weg kam sie an einem langen, flachen Tisch vorbei, der, von Schnee bedeckt, kaum auszumachen war. Als sie zum Baum hin geeilt war, hatte sie ihn für eine Art Gartenbank gehalten. Jetzt fühlte sie sich gedrängt, etwas genauer hinzusehen, und als sie davor stehen blieb, wurde ihr plötzlich angst und bange.

Sie zitterte am ganzen Körper, als in ihrer Vorstellung der Schnee schmolz und eine schwarze Tischplatte darunter zum Vorschein kam, die im Licht eines Vollmonds auf schaurige Weise glänzte. Auf dem Tisch lag ein Mann, so reglos, als wäre er tot; der Körper schien aus Eis geformt zu sein, das sich aus dem Schmelzwasser des Schnees gebildet hatte. Einzelheiten waren nicht zu erkennen. Rhapsody wusste nicht einmal mit Bestimmtheit zu sagen, ob es sich tatsächlich um einen menschlichen Leichnam handelte.

Im dunklen Luftraum über der starren Gestalt glaubte sie plötzlich eine Bewegung ausmachen zu können und versuchte sich mit aller Macht auf ihre traumähnliche Vision zu konzentrieren. Geisterhafte Hände, deren Besitzer nicht zu sehen waren, schwirrten in der Luft umeinander und schienen eine weihevolle Handlung auszuführen. Dann falteten sie sich wie zum Gebet, um schließlich wieder zu einer Gebärde des Segnens auseinander zu gehen. Blut tropfte von ihnen herab auf die leblose Gestalt, die sich rot verfärbte.

Und wie von fern drangen stimmlose Worte an ihr Ohr.

Kind aus meinem Blut.

In ihrer Trance völlig entrückt, sah Rhapsody zu, wie ein kleiner glühender Gegenstand in den Händen auftauchte und ein Stern zu blinken begann. Er leuchtete so hell, dass sie genötigt war, die geblendeten Augen abzuschirmen.

Vorsichtig legten die Hände den glänzenden Gegenstand in die blutige Form auf dem Tisch. Der Körper fing zu glühen an, leuchtete dann hell und immer heller, bis die Hände, die darüber schwebten, nicht mehr zusehen waren.

Jetzt wird sich die Prophezeiung erfüllen. Aus diesem Kind werden meine Kinder hervorgehen.

Das Licht wurde weniger, und während es allmählich verlosch, nahm die Gestalt eine feste, eigene Form an.

Das Donnern von Pferdehufen zerschlug die Trance. Rhapsodys Beine gaben unter ihr nach; sie fiel auf die Knie, in den rosafarbenden Schnee, und schluchzte über den Verlust der Vision. Mit wild pochendem Herzen raffte sie sich auf, eilte zur Gartenmauer und blickte nach unten in den Hof.

Achmed merkte kurz auf, als aus dem Garten Musik an sein Ohr drang. Doch dann widmete er sich wieder der Lektüre des Notizbuches, das sich als sehr aufschlussreich erwies.

Dem mit großer Sorgfalt geschriebenen Text zufolge, war Canrif, die von Gwylliam gegründete Hauptstadt der Dritten Cymrerflotte, nach dem Tod des cymrischen Herrschers verlassen worden, denn die Kriegsschäden und die ständige Bedrohung durch barbarische Firbolg hatten ein geordnetes Leben darin unmöglich gemacht.

Schweren Herzens hatte man die Stadt evakuieren lassen und alles, was zu sichern war, gesichert in der Hoffnung eines

Tages zurückkehren zu können. Dazu war es aber anscheinend nie gekommen, und so lag nun diese Stadt mit all ihren verborgenen Schätzen und der großen Bibliothek irgendwo im Herzen der Bolgländer.

Interessant zu erfahren war auch, dass Anborn, der für die Evakuierung verantwortliche General, den Schüssel zu Gwylliams Grotte im Haus der Erinnerung zurückgelassen hatte. Aus einigen Bemerkungen schien hervorzugehen, dass die Regenten von Roland, also die Vorfahren von Herzog Stephen und seinen Amtskollegen, cymrische Generäle der Ersten und Dritten Auswandererwelle gewesen waren, doch war sich Achmed nicht sicher, ob er den Text an diesen Stellen auch richtig verstand. Das würde Rhapsody überprüfen müssen.

Plötzlich fiel ihm auf, wie sich das ältere Mädchen anschickte, einer toten Wache heimlich einen Dolch zu entwenden. Es stellte sich sehr geschickt dabei an und so unauffällig, dass Grunthor, der über die Kinder Aufsicht führte, nichts davon bemerkte. Mit einem leisen Zungenschnalzen machte Achmed seinen Partner auf sich aufmerksam und nickte bedeutungsvoll in Richtung auf das Mädchen.

»Holla, was machst du denn da, kleines Fräulein?«, fragte der Riese.

»Nichts«, antwortete das Mädchen mit zu Boden gesenktem Blick und scharrte mit dem Fuß.

Achmed schmunzelte. Jo gab sich den Anschein schüchterner Verlegenheit, was aber in Wirklichkeit nur eine List war, mit der sie hoffte, den Dolch besser unter ihrem Kleid verstecken zu können. Auch darin war sie so geschickt, dass sich Achmed fragte, ob Grunthor wohl auf sie hereingefallen sein mochte. Das aber war offenbar nicht der Fall.

»Na, was ham wir denn da?«, fragte der Sergeant.

Er langte mit der mächtigen Pranke zu und zog den kleinen Dolch hinter dem Rücken des Mädchens hervor. Jo war von der Schnelligkeit des Riesen sichtlich überrascht und zitterte vor Angst, da sie beim Stehlen und Lügen ertappt worden war. Ihr nervöser Blick huschte zur Tür, wohl, wie Achmed vermutete, in der Hoffnung auf Hilfe in Gestalt von Rhapsody.

»Sieht ganz nach einem Messer aus«, antwortete sie.

»Und was hat ein Mädchen wie du damit vor?«, fragte Grunthor mit gespielt grimmiger Miene und zog aus seinem Arsenal eine lange, gefährlich aussehende Klinge. »Wenn du eine Waffe zur Hand nimmst, sieh zu, dass sie was taugt. Das hier ist ein Dolch, der sich zu tragen lohnt.« Er reichte ihr den Dolch, den sie zögernd und sichtlich überrascht entgegennahm.

»Der hat 'ne wirklich gute Schneide. Und siehst du den bronzenen Grat? Damit lassen sich die Attacken des Gegners besonders gut parieren. Und wenn dir so eine Parade gelingt, kannst du im Handumdrehn zum Gegenangriff ansetzen. Siehst du?«

»Ja«, sagte das Mädchen und lächelte zaghaft.

»Dann üben wir das jetzt mal. Abwehr und Gegenstoß, verstanden?« Grunthor machte ihr die Aktion mit dem kleinen Dolch vor und sah sich plötzlich von Achmed mit missbilligenden Blicken bedacht.

»Was hast du?«, fragte Grunthor irritiert. Der Dhrakier nickte auf das Mädchen, worauf Grunthor mit den Achseln zuckte. »Na und? Schadet doch nichts.«

Kopfschüttelnd setzte Achmed seine Lektüre fort. In diesem Augenblick kam Rhapsody ins Zimmer zurückgeeilt. Sie war außer Atem und sichtlich alarmiert.

»Da nähert sich ein Trupp Reiter«, sagte sie.

34

»Sie sind schnell, sie sind schon fast an der Pforte.«

»Was?« Achmed stand die Überraschung ins frostige Gesicht geschrieben. Er eilte durch die Tür der Bibliothek in den Flur hinaus. Vom Fenster aus sah er zehn Männer in den Garten eindringen und vorsichtig durch den blutbefleckten Schnee stapfen.

An der Spitze ging ein Mann in schwerem grauem Kapuzenmantel, flankiert von weißen Wölfen. Als er den Baum in der Mitte des Gartens erreichte, blieb er stehen, schaute ins Geäst auf und ging dann interessiert um den Stamm herum.

Beim Anblick dieses Mannes drang ein schwaches Summen an Achmeds inneres Ohr, ein Summen, das er weniger zu hören als zu fühlen meinte. Er wich vom Fenster zurück, schwang mit einer einzigen Bewegung der Schulter die Cwellan vom Rücken und fing sie mit den Händen auf.

Selbst durch die dicken Mauern des Turms hindurch spürte er die Schwingungen, die von dem Mann in Grau ausgingen. Das Blut rauschte ihm in den Ohren, und das Summen wurde immer lauter. Achmed kehrte in die Bibliothek zurück und warf die Tür ins Schloss.

»Haben sie dich gesehen?«, fragte er Rhapsody.

»Nein«, sagte Rhapsody, »ich glaube nicht. Kaum dass ich einen Blick von ihnen erhascht habe, bin ich hier herauf gerannt, um euch zu warnen. Hast du eine Ahnung, was sie wollen? Ob sie mit Cifiona im Bunde sind? Oder sind sie der Kinder wegen gekommen?«

»Jedenfalls nicht, um ihnen zu helfen«, sagte Achmed. »Ihr Anführer löst das gleiche Ekelgefühl in mir aus wie der Anblick des Hauses.«

»Prächtig«, sagte Grunthor und zückte seinen Langdolch. »Zu dumm, dass ich mein Stangenbeil draußen zurückgelassen habe.«

»In den engen Räumen hier kannst du sowieso nichts damit anfangen«, entgegnete Rhapsody.

»Darum geht's mir nich, Herzchen. Aber wenn es den Mistkerlen ins Auge fällt, wissen sie, dass wir hier sind.«

»Na prima«, stöhnte Achmed. »Rhapsody, bring die Kinder nach oben. Grunthor, verbarrikadiere die Tür hier, sobald ich draußen bin.«

»Du wirst doch wohl nicht allein nach draußen gehen?«, sagte Rhapsody, die einem Jungen, der zu schluchzen angefangen hatte, einen Arm um die Schultern legte.

»Doch. Ganz auf mich gestellt bin ich am besten. Und jetzt bring sie bitte nach oben.«

Achmed öffnete die Tür. Die Wachsoldaten hatten den Flur, in dem die Kinder eingesperrt gewesen waren, noch nicht betreten. Schnell schlüpfte er durch die Tür, die von Grunthor gleich darauf geschlossen wurde. Nachdem der Riese sie auch noch mit dem Querbalken verriegelt hatte, machte er sich daran, die Lesepulte der Bibliothek zu einer Barrikade zusammenzustellen.

Rhapsody führte die Kinder über die Treppe nach oben. Nicht so sehr die Miene, wohl aber ihre Stimme verriet, dass sie sich große Sorgen machte.

Wie eine Katze schlich Achmed durch die Schatten, unbemerkt von den Banditen, die in den langen Flur eindrangen, noch ehe er ihn vollständig durchquert hatte. Sie bewegten sich wie gut ausgebildete Kämpfer und waren schwer bewaffnet. Bis auf den Anführer hatten sich alle mit Kettenhemden gepanzert. Manche trugen eine Armbrust.

Ungesehen in einer Ecke kauernd, schloss Achmed die Augen und lauschte. Er zählte fünfzehn Kämpfer, ausgenommen den Anführer und jene neun, die vor der Pforte Posten bezogen hatten. Es fuchste ihn, dass Rhapsody und die Kinder im Turm eingesperrt waren, doch hatte sich keine bessere Möglichkeit ergeben. Immerhin war Grunthor bei ihnen, der die Angreifer aufhalten würde, bis er, Achmed, einen nach dem anderen von hinten unschädlich gemacht hätte.

Genau damit würde er nun beginnen. Er schlüpfte durch die Tür, die Grunthor aus den Angeln gebrochen hatte, und huschte in den langen, blutverschmierten Gang hinaus zu. Die neun Männer vor der Pforte starben, ehe ihr Anführer den Garten verlassen hatte.

In der Bibliothek wartete Grunthor hinter der behelfsmäßigen Barrikade aus Lesepulten geduldig ab. Er hatte einen Pfeil auf die Sehne seines Langbogens gelegt und die Spitze des Langdolchs griffbereit vor sich ins Holz gerammt. Eine Weile später hörte er ein Rütteln an der Tür, gefolgt von wuchtigen Stößen. Da versuchte jemand mit Gewalt einzudringen.

Grunthor schmunzelte. Ohne die Hilfe eines Rammbocks wäre es selbst ihm kaum möglich gewesen, die massive Tür niederzureißen. Plötzlich riss der Ansturm ab; stattdessen klopfte es an der Tür.

»Hallo? Ist da jemand?«, meldete sich eine freundliche, angenehme Stimme mit schalkhaftem Unterton. »Dass ihr mich aus meinem eigenen Hause aussperrt, ist wirklich nicht nett. Seien wir doch vernünftig, ja? Lasst mich rein. Ich weiß, dass ihr da drin seid.«

»VERZIEHT EUCH!«, röhrte Grunthor.

Plötzlich flog mit lautem Krachen die Tür auf. Qualmende Holzsplitter schossen durch den Raum, schwarze Flammen loderten auf, und die Luft füllte sich mit Rauch.

Sechs oder sieben Männer stürmten herbei. Grunthor ließ einen Pfeil nach dem anderen von der Sehne schnellen. Er hörte Armbrustbolzen dicht neben sich in das Eichenholz der Lesepulte einschlagen und erwiderte den Beschluss. Einer der Angreifer stürzte getroffen zu Boden. Zwei andere hatten in Deckung gehen können.

Von größerer Gefahr als diese beiden waren jedoch drei Schwertkämpfer, die mit gezogenen Klingen über ihn herzufallen versuchten. Einen brachte er mit einem Pfeil in den Schenkel zu Fall, ehe die beiden anderen auf die Barrikade sprangen. Weitere Männer drangen durch die Tür. Den ersten wehrte Grunthor mit einem Pfeil ab, den er ihm von Hand durch die Brust stieß. Den zweiten stoppte er mit seiner gewaltigen Faust.

Als er sich von den übrigen vier Kämpfern rechts und links der Barrikade eingezingelt sah, griff er zum Langdolch. Er musste auf die Knie gehen, um den Bolzengeschossen der Armbrust auszuweichen, die in die Treppenstufen und die Holzpulte vor ihm einschlugen. Mit einem schnellen, gezielten Hieb erdolchte er den ersten, doch ihm schwante, von den anderen bald überwältigt zu werden.

Er parierte deren Attacken so gut es ging und bemerkte plötzlich, dass einer der Angreifer mit einer rauchenden Wunde in der Stirn zu Boden ging.

Dann sah er Rhapsodys schlanke Gestalt durch sein Blickfeld huschen und über den nächsten Eindringling herfallen. Schmunzelnd wandte sich Grunthor demjenigen zu, der ihm zu nahe rückte, und staunte nicht schlecht, als dieser seinen Hieb abzuwehren vermochte, ohne dass ihm das Schwert aus der Hand gerissen wurde. Grunthor setzte nach, stach und schlug mit dem Langdolch zu, musste aber selbst eine tiefe Fleischwunde im Unterarm hinnehmen, ehe es ihm endlich gelang, den gut trainierten Gegner außer Gefecht zu setzen.

»Tüchtig, tüchtig«, sagte er anerkennend mit Blick auf den toten Kämpfer.

Dann eilte er Rhapsody zu Hilfe, gerade noch rechtzeitig, denn sie wurde soeben mit einem Tritt in die Knie von den Beinen geholt. Er erschlug ihren Widersacher mit einem gewaltigen Hieb und half ihr vom Boden auf.

»Schön, dich zu sehn, Herzchen.«

Rhapsody lächelte. »Das beruht auf Gegenseitigkeit«, antwortete sie.

Kaum hatten sie sich in Erwartung weiterer Angriffe dem Eingang zugewandt, explodierte abermals dunkles Feuer, das die beiden zu Boden schleuderte und die vielen Bücherregale in Flammen aufgehen ließ.

Achmed ging hinter dem Altar im Garten in Deckung und sah, wie der Mann mit den Wölfen die Hand hob. Ein Blitzstrahl aus schwarzen Flammen sprang aus seinem Handteller und zertrümmerte die schwere Pforte zum Turm, die gleich darauf von Teilen seiner Mannschaft gestürmt wurde.

Achmed legte seine Cwellan an und nahm seine Ziele ins Visier. Als Erste fielen jene beiden Posten, die vor den Türen zum Garten Wache standen. Der nächste Schuss galt dem Mann im grauen Mantel.

Der drehte sich um, als die Silberscheiben auf seinen Kopf zusausten, ihr Ziel jedoch verfehlten. Stattdessen flackerten sie plötzlich auf und verglühten dicht vor den Augen des Mannes.

Lachend hob er die Hand, aus der ein schwarzer Flammenball fuhr, durch die Luft flog und vor dem Sockel des steinernen Altars explodierte. Der Untergrund bebte merklich, die Holzgestelle, an denen die toten Kinder hingen, krachte zu Boden, und der Altar zerbrach, doch konnte Achmed in letzter Sekunde unbeschadet zurückweichen.

Als er hörte, dass etliche Kämpfer in den Garten gelaufen kamen, trat er sofort wieder in Aktion und ließ einen tödlichen Hagel seiner Scheibengeschosse auf die Banditen hereinprasseln. Deren Anführer aber war außerhalb der Schusslinie. Ein Wall aus dunklen Flammen versperrte den Weg zur Eingangshalle. Fluchend eilte Achmed auf das Haupttor zu, dem, soweit er wusste, einzigen anderen Zugang zum Turm. Dass die Flammen schwarz waren, bestürzte ihn zutiefst. Offenbar hatte das Wissen um diese dunkle Kraft den Untergang der Insel überlebt.

Grunthor und Rhapsody sprangen vom Boden auf, als die Flammen und ätzender Rauch um sich griffen. Im Türausschnitt sahen sie die Silhouette eines Mannes. Grunthor langte nach einem der Beile, die in seinem Waffengurt steckten, und schleuderte es auf die Gestalt zu. Doch ehe die Waffe ihr Ziel fand, verschwand sie in einer dunklen Feuerzunge.

»Gebt euch geschlagen«, tönte eine Stimme. »Ihr steckt in der Falle. Legt die Waffen ab, und ich werde die Flammen zurücknehmen. Weigert ihr euch, bin ich gezwungen, euch zu Asche zu verbrennen.«

Die Stimme, die aus dem dunklen Feuer tönte, klang voll und süß wie Honig an einem warmen Tag. Rhapsody fühlte sich durch sie an die Zeit unmittelbar nach dem Aufstieg aus der Wurzel erinnert.

Und dann wäre da das Feuer.
Was soll damit sein?
Komm her. Leg das Schwert ab und lass es hier.
Sei's drum. Und nun?
Und jetzt sieh dir das Feuer an.
Ich sehe es.
So. Und nun geh langsam darauf zu.
Himmel, wie ist das möglich?
Die Ursache bist du. Siehst du, wenn du dich nicht schnell wieder beruhigst, geht unser hübsches kleines Nest noch in Flammen auf und womöglich der ganze Wald.

Rhapsody schloss die Augen und versuchte, sich zu beruhigen. Sie richtete all ihre Konzentration auf das Feuer.

»Gib Frieden«, sagte sie.

Die Flammen reagierten sofort. Das von Büchern und Schriftrollen gespeiste Feuer ging zurück und verlosch.

Als ein wütendes Fluchen von der Tür aus laut wurde, ließ sie in ihrer Konzentration nach, worauf das Feuer wieder aufflammte.

Sie geriet in Panik, und die Flammen loderten noch höher auf als zuvor. Dass sie einsah, einen Fehler gemacht zu haben, ließ das Feuer wieder zurückgehen. Gleichzeitig spürte sie, wie eine fremde Kraft gegen ihren Willen ankämpfte. Sie umklammerte das Heft ihres Schwertes und versuchte, ihre Gedanken und Gefühle von der Klinge ableiten zu lassen. Die Wirkung ließ nicht lange auf sich warten. Das Feuer ging aus, was von der Tür her mit einem wütenden Aufheulen quittiert wurde.

Rhapsody trat vor die Barrikade und stellte sich dem Feind, der das schwarze Feuer hervorgerufen hatte. Vor lauter Rauch konnte sie ihn nur in Umrissen erkennen. Er blieb eine Weile vor ihr stehen und war dann plötzlich verschwunden. Dass er sie deutlicher gesehen hatte als sie ihn, war nicht anzunehmen, obwohl ihre Kapuze zurückgefallen war und das Gesicht und die im Licht des verlöschenden Feuers schimmernden Haare freigelegt hatte. Wahrscheinlich, so vermutete sie, hatte ihn der Anblick ihres Schwertes in die Flucht geschlagen. Zusammen mit Grunthor eilte sie zur Tür, doch die Schattengestalt war schon nicht mehr zu sehen. Im Obergeschoss hörte sie die Kinder jammern.

Achmed hatte gerade die lange Eingangshalle durchquert, als er den grau bemantelten Mann auf sich zuhasten sah. In der Linken hielt er ein Langschwert, auf dessen schwarzer Klinge ein dünner weißer Streifen verlief. Von der Waffe strahlte eine Kraft aus, die Achmed als ein Prickeln auf der Haut wahrnahm. Die Gestalt selbst machte ihn ekeln.

Der Mann blieb kurz stehen und bedachte den Dhrakier mit flüchtigem Blick. Achmed konnte nicht viel von ihm erkennen, sah aber hinter dem Visier des Kriegshelms erstaunlich blaue Augen grinsen.

Achmed warf seine Cwellan über die Schulter und zog blitzschnell das lange dünne Schwert, auf das er nur in den seltensten Fällen zurückgriff, nämlich als letztes Mittel, wenn er mit der Cwellan nichts mehr auszurichten vermochte. Der Anführer der getöteten Kämpfer grinste breit, nickte kurz mit dem Kopf und sprang durchs Fenster nach draußen.

Ihm nachsetzend, ließ der Dhrakier das Schwert fallen, brachte die Cwellan wieder in Anschlag und spähte durch die zerborstene Scheibe. Der Flüchtende hatte sich nach harter Landung schon wieder aufgerafft, als Achmed auf ihn anlegte. Doch zum Schuss kam er nicht, denn plötzlich tauchten die weißen Wölfe in der Halle auf und zwangen ihn zur Selbstverteidigung. Sie hetzten auf ihn zu, doch ehe sie über ihn herfallen konnten, hatte er sie mit der Waffe seiner eigenen Erfindung zur Strecke gebracht.

Als er sich wieder dem Fenster zuwandte, war der Mann in dem langen grauen Mantel verschwunden.

35

Schweigend hockten die drei Gefährten vor einem niedrig brennenden Lagerfeuer und warteten darauf, dass die Kinder einschliefen. Sie hatten beschlossen, die Nacht im Freien zu verbringen, denn es stand zu befürchten, dass der Mann in Grau mit Verstärkung zum Haus zurückkehren würde.

Nachdem Wolldecken aufgetrieben und die Kinder darin eingepackt worden waren, hatte sich die seltsame Truppe unverzüglich auf den Weg zurück nach Haguefort gemacht, dem Schloss von Stephen Navarne.

Es war schon längst dunkel geworden, als die Erwachsenen schließlich einsehen mussten, dass sich die jüngeren Kinder nicht länger auf den Beinen halten konnten. Sie schlugen daraufhin ihr Lager auf und gruppierten sich um zwei kleine, von Rhapsody eingerichtete Feuerstellen. Müde und erschöpft, wie sie waren, nickten die Kinder bald ein; nicht weniger als fünf von ihnen hatten sich dicht an Rhapsody geschmiegt.

Als sie sicher sein konnte, dass die Kleinen eingeschlafen waren, blickte sie zu Achmed auf.

»Ich fürchte, wir schaffen's nicht«, sagte sie. »In den Wäldern und bei dem Schnee haben wir mit den Kindern kaum eine Chance. Es ist nur eine Frage der Zeit, ehe sie uns eingeholt haben.«

»Ich weiß.«

»Wenn wir einen sicheren Unterschlupf finden, könnte sich einer von uns allein durchzuschlagen versuchen.«

»Nich weit von hier gibt's 'ne verlassene Bärenhöhle, im Nordwesten, ungefähr anderthalb Wegstunden entfernt«, sagte Grunthor. »Die wär groß genug und ist außerdem trocken.«

Nach einem kurzen Moment der Verwirrung leuchtete ihr Gesicht im Feuerschein auf. »Oh, ja natürlich! Fast hätte ich ihn vergessen: deinen besonderen Sinn für die Erde. Tut mir Leid, Grunthor.« Sie dachte zurück an die Szene im Haus der Erinnerung, an die Zerstörung, die der Mann in Grau angerichtet hatte. »Dieses Miststück versteht sich aufs Feuer, und das nicht zu knapp.«

»Allerdings«, pflichtete ihr Achmed bei.

»Und seine Männer warn verflixt gut ausgebildet«, fügte Grunthor hinzu, »nich bloß irgendwelche dahergelaufenen Banditen, sondern regelrechte Profis.«

»Auch das ist mir nicht entgangen.«

»Ich nehme an, er ist die Person, auf die der Vertrag Bezug nimmt, der Rakshas«, sagte Rhapsody nachdenklich. Das Feuer war heruntergebrannt und knisterte leise, wie um sich ihrer Stimmung anzupassen.

»Wie kommst du darauf?«

»Nun, zum einen hat er das Haus als das seine bezeichnet, und im Vertrag steht, dass der Rakshas nunmehr Herr dieses Hauses ist. Dass dieser Kerl außerdem von dämonischer Art ist, war mir sofort klar. Das Feuer, mit dem er uns beworfen hat, fühlte sich verquer und böse an.«

»Und nicht nur das«, sagte Achmed. »Mir ist ein ganz ähnliches Gefühl aufgestoßen, als ich ihn zum ersten Mal zu Gesicht bekam dank dieser sonderbaren Gabe, die mich auch das Haus hat sehen lassen. Übrigens, das Feuer war schwarz. Hast du jemals schwarzes Feuer gesehen, Grunthor?«

Der Bolg gab keine Antwort; er starrte zu Boden und schüttelte nur den Kopf. Rhapsody blickte von dem einen Gefährten zum anderen.

»Was? Was ist?«, fragte sie nervös.

»Wir können deinen Verdacht nur bestätigen«, antwortete Achmed. »Es deutet alles darauf hin, dass dieser Kerl, den wir den Rakshas nennen, zur Unterwelt gehört. Als ich ihn sah, wurde mir schlecht – doch erst in dem Augenblick, da ich ihm ins Gesicht schaute, nicht vorher. Wäre er ein Dämon, hätte ich viel früher Notiz von ihm genommen. Trotzdem steht er irgendwie mit dämonischen Kräften im Bunde, ich weiß nur noch nicht, wie. Um eine Antwort darauf zu finden, müsste ich ihn noch einmal sehen.«

»Lieber nich«, meinte Grunthor. »Wir sollten ihm aus dem Weg gehen.« Achmed nickte.

»Aber wie lässt sich verhindern, dass er seine Verbrechen wiederholt?« Rhapsody tätschelte das Kind auf ihrem Schoß, das im Schlaf zu stöhnen angefangen hatte.

»Jedenfalls nicht durch uns. Das überlassen wir besser Herzog Stephen und seinen Soldaten. Immerhin können wir ihnen jetzt sagen, wonach sie suchen müssen.«

Die überrascht aufblickenden grünen Augen funkelten im Feuerschein wie Edelsteine. »Könnten *wir* ihn denn nicht aufzutreiben versuchen?«

»Das habe ich ja schon getan. Aber Fehlanzeige. Er hat keine Spur hinterlassen, der ich hätte folgen können. Also, selbst wenn wir es versuchten, würden wir ihn nicht finden. Außerdem haben wir fünfzehn Kinder bei uns. Willst du mit denen Jagd auf ihn machen?«

Rhapsody schwieg. Sie starrte in die Flammen und dachte an das, was die Kinder durchgemacht hatten und wovor sie jetzt durch ihr Eingreifen bewahrt blieben. Doch für wie lange? Gleichwohl, Achmed hatte Recht. Im Augenblick gab es nur eines für sie zu tun. Sie mussten die Kinder nach Hause zurückführen, zumindest nach Navarne, wo sich Stephen um sie kümmern würde.

Achmed reichte das Tagebuch an Rhapsody weiter, denn er wollte wissen, was sie davon hielt. Während sie darin las, streichelte sie über das Haar des Kindes, das, den Kopf an ihre Schulter gelehnt, dicht neben ihr kauerte. Schließlich blickte sie auf.

»Das ist ein über vierhundert Jahre alter Bericht aus der Zeit nach der Vertreibung aus Canrif durch die Firbolg gegen Ende des Cymrischen Krieges.«

»Ja.«

Die glitzernden grünen Augen schauten ihn fragend an. »Und?«, fragte sie und kniff die Brauen zusammen. Anstatt zu antworten, stand Achmed auf und stocherte im Feuer herum.

»Was ist los, Achmed?« Als er immer noch nichts sagte, dämmerte ihr die Antwort. »Oh, nein. Du willst doch nicht etwa dorthin?«

Er begegnete ihrem Blick. »Das war doch wohl von Anfang an klar, oder?«

»Zugegeben«, sagte sie. »Aber jetzt, da wir wissen, dass diese Leute dieselbe Karte und denselben Plan haben, stellt sich die Sache ganz anders dar.«

»Ach, du warst doch immer schon dagegen. Aber denk einmal scharf nach. Diese Hunde sind nicht in Canrif; sie sind hier ...«

»Wer sagt denn, dass sie nicht mehr in Canrif sind?«, fiel sie ihm ins Wort.

» ... und im Unterschied zu uns handelt es sich bei denen nicht etwa um Bolg.«

»Sprich für dich. Ich bin keiner.«

»Darum bist du überall willkommen. Für uns aber gibt es nur einen Ort, an dem wir leben können, und das ist Canrif. Wir, Grunthor und ich, haben es satt, uns im Land der Menschen immer bedeckt halten und leise treten zu müssen. Bei den Bolg bist du eher gelitten als unsereins bei euch.«

»Klar«, entgegnete Rhapsody, »als Fleischmahlzeit.«

Achmed verlor allmählich die Geduld. »Hast du denn ein besseres Ziel vor Augen? Ich habe dir angeboten, dich nach Tyrian zu bringen, ins Land der Lirin, aber du wolltest ja unbedingt mit uns kommen. Steht dir der Sinn jetzt nach was anderem? Wenn ja, zeig ich dir den Weg, und du kannst mit den Gören abziehen. Bring sie her, Grunthor.«

Rhapsody machte große Augen; sie hatte die letzte Bemerkung nicht verstanden. Der Riese sprang auf, eilte davon und kehrte wenig später zurück, ein sich windendes Bündel unter den Arm geklemmt.

Es war das Mädchen, das Jo genannt wurde. Es hatte davonzulaufen versucht und fluchte nun aufs Deftigste. Die Sängerin war schockiert und beeindruckt zugleich, hatte sie doch in Jos Alter ganz ähnliche Gassenausdrücke parat gehabt. Das Mädchen schien tatsächlich auf der Straße groß geworden zu sein; nur so war sein Verhalten zu erklären.

Grunthor ließ Jo in den Schnee fallen und musterte sie mit amüsierter Miene. »Na, dann verrat uns doch mal, wohin du so eilig wolltest. Auf den Prinzenball vielleicht?«

Das Mädchen versuchte aufzustehen, wurde aber von der Hand des Riesen, die sich ihr auf den Kopf gelegt hatte, daran gehindert. »Dahin bringen mich keine zehn Pferde zurück«, zischte es und schlug auf Grunthors Hand ein.

»Wovon sprichst du, Jo?«, fragte Rhapsody.

»Von Navarne. Ich habe euch belauscht. Dahin will ich auf keinen Fall zurück. Lass mich aufstehen.«

Rhapsody löste sich vorsichtig von den schlafenden Kindern und sorgte dafür, dass sie warm zugedeckt waren. Dann stand sie auf und trat vor Grunthor hin, der das aufsässige Mädchen weiterhin in Schach hielt.

Rhapsody musterte das Mädchen. Es war lang aufgeschossen, um eine Handbreit größer als sie selbst, dünn und schlaksig. Die Augen waren wässrig blau, aber sehr ausdrucksstark. Rhapsody hatte den Eindruck, auf ihr um viele Jahre verjüngtes Ebenbild zu blicken, und dachte zurück an ihr unglückliches Lebens auf der Straße. Ein ungemein starkes Gefühl von Zärtlichkeit und Mitgefühl für das Mädchen überkam sie.

»Du hast keine Eltern mehr?«

»Nein«, antwortete das Mädchen trotzig. »Lass mich aufstehen, du dicker, hässlicher Ochse.«

Grunthor lachte laut auf und schlug sich vor die Brust. »Oh, du tust mir weh mit deinen Worten«, klagte er gespielt.

»Lass sie aufstehen und mach dich nicht über sie lustig«, sagte Rhapsody. Kaum war Jo frei, richtete sie ihren stechenden Blick auf die Sängerin. Doch dann entspannte sich ihre Miene.

Rhapsody ging neben Jo in die Hocke und fragte: »Warum willst du nicht zurück nach Navarne?«

»Weil man mich da als Diebin sucht, und ich will nicht, dass man mir die Hand abhackt.«

Rhapsody war sichtlich erstaunt. »Die Hand abhackt? Hast du je erlebt, dass in Navarne einem Dieb die Hand abgehakt worden ist?«

Das Straßenmädchen presste die Lippen aufeinander und

schüttelte den Kopf. »Nein, aber es weiß doch jedermann, dass das die Strafe ist.«

Die Sängerin lächelte. »Verstehe, unser guter alter Jedermann weiß wieder einmal alles. Ich kann mir allerdings nicht vorstellen, dass unter Herzog Stephen solche Strafen tatsächlich verhängt werden.«

»O doch. Er ist ein mieser Klotzkopf.«

Diesmal lachten alle drei. »Ein zweifellos sehr scharfsinniges Urteil von dir, bedenkt man, wie eng befreundet ihr seid«, erwiderte Rhapsody. Als sie aber die Panik im Gesicht des Mädchens sah, wurde sie ernst. Jo hatte Angst, und die war nicht gespielt.

»Ich mache dir einen Vorschlag. Wie wär's, wenn ich dich dem Herzog als meine Schwester vorstelle? Ich habe bei seinen Kindern und so auch bei ihm einen Stein im Brett, und deshalb wird er wohl, was dich betrifft, ein Auge zudrücken.«

Das Mädchen starrte sie an. »Das würdest du für mich tun?«

»Ja, aber es muss der Wahrheit entsprechen, denn zu lügen ist mir unmöglich. Das verträgt sich nicht mit meinem Beruf.«

Jo zog die Stirn kraus. »Was soll das denn heißen?«

»Ich werde dich, wenn du einverstanden bist, als Schwester adoptieren. Dann brauche ich nicht zu lügen, und der Herzog wird über deine Vergehen hinwegsehen.«

»Gütiger Himmel«, murmelte Achmed.

»Ist das 'ne Angewohnheit von dir, die du uns bislang unterschlagen hast?«, wollte Grunthor wissen.

»So könnte man's auch nennen«, antwortete Rhapsody mit breitem Grinsen. »Seid froh, dass ich euch beide adoptiert habe. Von anderen als meinen Brüdern würde ich mir so viele Unverschämtheiten nicht gefallen lassen.«

»Nun, die äußerlichen Ähnlichkeiten sind ja nich zu übersehen, besonders die zwischen uns beiden, nicht wahr, Euer Liebden?«

»Was meinst du, Jo?«, fragte Rhapsody. »Willst du meine Schwester sein? Ich habe mir schon immer eine gewünscht. Wir sehen uns sogar ein bisschen ähnlich.«

Jo schnaubte. »Du machst Witze.«

»Aber nein.« Die Sängerin schüttelte den Kopf. »Wir haben beide blonde Haare und helle Augen.«

»Ihr könntet glatt als Zwillinge durchgehn«, kicherte Grunthor.

»Halt's Maul«, zischte Jo, was Grunthor nicht daran hinderte, ihr ein freundliches Lächeln zu schenken.

»Tatsächlich hast du einiges mit unsrer Gräfin hier gemein. Das vorlaute Mundwerk zum Beispiel. Ich rate dir, den Vorschlag der Gräfin anzunehmen, sonst seh ich schwarz für dich in Navarne.«

»Hallo, Schwesterherz«, beeilte sich Jo zu sagen.

Rhapsody klatschte vor Vergnügen in die Hände. »Prima. Aber ich glaube, es macht sich besser, wenn du mich einfach Rhapsody nennst. Wie heißt du?«

Das Mädchen sah sie an wie einen Schwachsinnigen. »Das weißt du doch. Jo.«

»Ist Jo nicht eine Kurzform? Wofür? Und hast du auch einen Nachnamen?«

Das Mädchen verschränkte die Arme vor der Brust. »Leck mich.«

»Jo Leck-mich. Ein seltsamer Name.«

»Immerhin passt er zu dir«, meinte Achmed, worauf sich die trotzige Miene des Mädchens unwillkürlich in ein Schmunzeln auflöste.

»Na bitte«, sagte Grunthor. »Du hast ja Humor. Den hast du in unsrer Gesellschaft auch nötig.«

Am Morgen fanden sie die von Grunthor in Aussicht gestellte Bärenhöhle, ein zwischen dichtem Gestrüpp verstecktes Loch, das in einen erstaunlich großen Hohlraum unter der Erde führte. Achmed hatte sich als Erster hineingewagt und feststellen können, dass der Bau unbewohnt und sicher war. Rhapsody kam mit den Kindern nach und bereitete sie auf eine Zeit des Wartens vor.

»Du kannst die Vorräte getrost aufbrauchen«, sagte Achmed. »Ich bin sicher, Stephen wird uns genügend Proviant mit auf den Weg geben, wenn wir zurückkommen, um euch zu holen.«

Rhapsody sah sich nervös im stillen Wald um. Mit dem Untergang der Sonne war es kälter geworden. Die Oberfläche des

Schnees gefror zu einer harten Kruste, und die Kinder fingen an zu frieren. »Beeilt euch bitte«, sagte sie, obwohl ihr bewusst war, dass sie sich diese Mahnung hätte ersparen können. »Ich will nicht, dass wir sie gerettet haben, nur um sie wenig später erfrieren zu lassen.«

»Das ist wohl weniger zu befürchten«, erwiderte Achmed schmunzelnd. »Ich bin sicher, dir wird schon noch einfallen, wie du sie vor der Kälte schützen kannst. Gefährlicher ist etwas anderes, vor allem ein gewisser Kerl in Grau. Bleib mit den Kindern also immer in Deckung. Ich lege ein paar Spuren, die ihn, falls er hier aufkreuzen sollte, ablenken werden. Außerdem ist Grunthor da, der Wache hält.«

Rhapsody schaute Achmed ins Gesicht und lächelte. »Ich weiß. Sei vorsichtig.« Sie umarmte ihn und wandte sich dann ab, um zurück in die Höhle zu klettern.

»Rhapsody?«

»Ja?«

»Wenn ich wieder zurück bin, sollten wir uns über dieses Mädchen unterhalten.«

Rhapsody drehte sich zu ihm um. »Warum nicht jetzt gleich?«

Der Dhrakier schüttelte den Kopf. »Dazu fehlt die Zeit. Ich will so schnell wie möglich bei Stephen sein.«

»Dann gibt es nichts zu bereden«, entgegnete Rhapsody. »Ich weiß, was du sagen willst ... dass ich sie nicht hätte adoptieren sollen, dass ihr nicht zu trauen ist.«

Achmed nickte. »So ist es.«

»Na schön. Ich habe meine Wahl getroffen, jetzt musst du dich entscheiden. Jo und ich gehören zusammen. Wenn du uns los sein willst, werden wir nach deiner Rückkehr auf getrennten Wegen weiterziehen.«

Achmed schnappte nach Luft und versuchte seine Wut zu zügeln. »Es wäre nett gewesen, du hättest uns vorher zu Rate gezogen.«

»Ich weiß«, antwortete Rhapsody leise. »Du hast Recht, und es tut mir Leid. Der Entschluss kam ganz spontan. Er schien mir genau das Richtige zu sein.«

»Was ist ›das Richtige‹ für dich? Du hast unsere Überlebenschancen aufs Spiel gesetzt, Rhapsody. Ist dir das überhaupt klar?«

»Wie kannst du so etwas sagen, nach dem, was wir in diesem Haus gesehen haben?«, empörte sich Rhapsody. »Ausgerechnet du, der es schafft, ein ganzes Heer von Soldaten im Alleingang aufzureiben. Sie ist noch ein Kind, Achmed. Und im Unterschied zu den anderen armen Kindern, die wenigstens noch ein Zuhause haben, steht Jo mutterseelenallein da. Wir hätten sie ja vielleicht zurücklassen sollen, damit sie ohne uns die besseren Überlebenschancen hat.«

»Und wie kommt es verdammt noch mal, dass du dich ausgerechnet für sie verantwortlich fühlst?«

Rhapsodys Stimme senkte sich zu einem bedrohlichen Wispern. »Ich habe mich dazu entschieden. Ob du es mir nun glaubst oder nicht, ich bin tatsächlich in der Lage, meine eigenen Entscheidungen zu fällen. Dass du mich immer zu bevormunden versuchst, ändert daran nichts. Und dies ist eine meiner Entscheidungen. Entweder sie bleibt oder wir trennen uns von euch. Ich werde sie auf keinen Fall im Stich lassen.«

»Wenn's denn interessiert: Ich find die Kleine ganz nett«, schaltete sich Grunthor ein. Seine Miene war ernst.

Der Dhrakier wandte sich dem Freund zu und schien angestrengt nachzudenken.

»Bist du denn bereit, Verantwortung für sie mit zu übernehmen?«

»Sicher doch, warum nich? Es hat schließlich auch bei unserer Gräfin funktioniert.«

»Das ist nicht zu vergleichen.«

»Warum nicht?«, fragte Rhapsody. »Worin liegt der Unterschied? Ihr wolltet mir helfen; jetzt bin ich es, die ihr helfen will.«

Achmed rang sich ein Lächeln ab. »Du glaubst, wir wollten dir *helfen?*«

Rhapsody schlug die Augen auf. »Ja, zu Anfang jedenfalls, und das gegen meinen Willen. Ich wollte nämlich gar nicht weg von der Insel.«

»Und dir ist nicht in den Sinn gekommen, dass wir dich nur deshalb mitgenommen haben, weil wir dich als eine Art Rückversicherung ganz gut gebrauchen konnten?«

»Oder als letzte Reserve, wenn es sonst nichts mehr zu futtern gegeben hätte«, warf Grunthor ein.

»Klar, auch daran habe ich gedacht, aber mit der Zeit hat sich etwas anderes herausgestellt. Sei's drum, das Mädchen braucht uns. Es wird uns keine Probleme machen, keine größeren zumindest als ich.«

»Tja also, wenn du's so siehst ...«

»Sie ist jähzornig bis zur Zerstörungswut«, sagte Achmed gereizt.

Rhapsodys Miene verdüsterte sich. Sie warf einen Blick zurück auf die Höhle, um sich zu vergewissern, dass Jo nicht mithören konnte.

»Mit Verlaub«, entgegnete sie frostig, »das ließe sich uns gelegentlich auch vorwerfen.«

»Sprich für dich selbst«, sagte Grunthor.

»Das tue ich. Jo braucht mich, sie braucht uns. Und ich brauche sie. Ich übernehme Verantwortung für sie. Wenn ihr uns nicht länger bei euch haben wollt, müssen sich unsere Wege eben trennen. Jedenfalls werde ich sie nicht allein lassen.«

Verärgert stieß Achmed einen Schwall Luft aus. »Also gut, von mir aus soll sie mitkommen. Allerdings sollte ihr von Anfang an klar sein, dass wir uns voll und ganz auf sie verlassen können müssen. Wohin wir gehen, darf sie wissen; aber verrate ihr lieber nichts von unserer Vergangenheit. Einverstanden?«

Rhapsody warf sich ihm um den Hals, so stürmisch, dass er das Gleichgewicht verlor. »Ja. Danke.« Dann ließ sie schnell wieder von ihm ab und brachte seinen verrutschten Umhang in Ordnung. »Und jetzt beeil dich. Sei vorsichtig und lass dir vom Herzog auch Medikamente mitgeben.«

Über eine Woche harrte die seltsame Gruppe, auf Achmed wartend, in der Höhle aus. Kraft ihrer Feuerkunde konnte Rhapsody die Felsen erhitzen, sodass sie es warm hatten wie in einem Haus mit bullerndem Kamin.

Zu essen gab es genug. Grunthor hatte Proviant für mehrere Wochen bei sich, und was er selbst an einem Tag an Nahrung brauchte, machte alle Kinder satt. Weil es nicht nötig war, Feuer zu machen, blieb die Luft in der Höhle sauber und frisch, und es stieg auch kein Rauch auf, der auf sie aufmerksam gemacht hätte.

Weil der Mangel an Licht den Kindern zu schaffen machte, zog Rhapsody ihre Tagessternfanfare und rammte die Schwertspitze in den weichen Boden der Höhle. Die Flammen, die, ohne Rauch zu entwickeln, der Klinge entsprangen, füllten den Raum mit warmem Licht. Noch wohliger wurde die Stimmung durch die Lieder, die Rhapsody zur allgemeinen Unterhaltung leise vortrug. Mit Hilfe der Kräuter aus ihrem Gepäck versorgte sie die Wunden der Kinder und stellte sie ruhig, damit kein Laut nach draußen drang, der sie verraten würde.

Wie gewohnt, hielt sie morgens und abends ihre Andacht ab. Wenn sie dann ihre Lieder anstimmte, tauchten die Gesichter ihrer jüngst adoptierten Enkelkinder Gwydion und Melisande vor ihrem geistigen Auge auf, lächelnd wie während ihres letzten Beisammenseins. Der Kontrast zu den bleichen, ängstlichen Gesichtern, die jetzt auf sie gerichtet waren, hätte nicht größer sein können und machte ihr Angst um alle Kinder von Navarne.

Selbst wenn sie schliefen, entspannten sich die Mienen der Kleinen nicht, die bis in die Träume hinein von ihren Nöten verfolgt zu werden schienen. Rhapsody dachte an Analise zurück, an jenes von Michael spöttisch Petunia genannte Mädchen, das sie vor diesem Unhold gerettet hatte.

Unter dem Schutz von Nanas Wachen war sie mit Analise in die Weiten Marschen geflohen, in die große offene Ebene, die Ostend im Norden, Westen und Süden umschloss. Dort hatten sie die Anführerin der Liringlas aufgesucht, die ihnen bereitwillig Unterschlupf gewährt hatte.

Das Kind war herzlich aufgenommen worden, und als Rhapsody schließlich Abschied von ihm genommen hatte, hatte sie es in guten Händen gewusst. Analise, hoch zu Ross im Sattel vor der Lirinfürstin sitzend, lachend und winkend – dieses Bild war Rhapsody nach wie vor in lieber Erinnerung.

Erst sehr viel später sollte sich der Verlustschmerz einstellen, ein Schmerz, der sich auch nicht durch das Wissen darum lindern ließ, dass sie für das Waisenkind das einzig Richtige getan hatte. Sie vermisste Analise und fragte sich, ob das Kind nach seinen schrecklichen Erfahrungen mit Michael jemals wieder glücklich geworden war. Rhapsody hatte damals gelobt, sich jedem Missbrauch von Kindern entschieden und mit aller Macht zur Wehr zu setzen, zu welchem Preis auch immer. Sie streichelte die kleinen Hände im Dunkeln und drängte die Erinnerungen zurück.

Mehrere Tage lang tobte ein heftiger Sturm und heulte wie ein Rudel Wölfe über dem Einstieg der Höhle. Rhapsody tröstete sich mit dem Gedanken, dass der Wind und das Schneetreiben ihre Spuren verwischt haben würden; dennoch machte sie das unablässige Heulen beklommen.

Als draußen ein Baum umgerissen wurde, schrien die Kinder vor Angst auf und suchten Trost in Rhapsodys Armen. Manche waren so verschreckt, dass sie sogar ihre Scheu vor Grunthor ablegten und seinen Schutz erbaten. Er lenkte sie mit seinen Scherzen ab und brachte sie zum Lachen, auch wenn es über ihnen noch so sehr tobte und das Donnergrollen Lehm und Steine von den Höhlenwänden bröckeln ließ. Endlich legte sich der Sturm; die Kinder aber rückten von ihrem neu gewonnenen Freund, dem Riesen, nicht mehr ab.

Grunthor hielt tagsüber Wache, legte sich dann nach dem Abendessen aufs Ohr und schlief bis Mitternacht, um anschließend wieder seinen Posten zu beziehen. Rhapsody und Jo wachten, so lange er schlief. Doch da war niemand, der ihrem Versteck nahe kam, nicht einmal die Tiere des Waldes. Längst war alles Wild geflohen vor dem Bösen, das den Wald verpestet hatte.

Die beiden, Rhapsody und Jo, lernten sich in dieser Zeit besser kennen und fanden Zuneigung zueinander. Doch immer noch weigerte sich das Mädchen, Auskunft über seinen vollen Namen zu geben. Die beiden hatten einen ganz ähnlichen Sinn für Humor und mussten sich häufig zurückhalten, um nicht lauthals und ausgelassen loszulachen, was die anderen und vor allem Grunthor womöglich irritiert hätte.

Wenn sie Jo beobachtete, fühlte sich Rhapsody oft an die eigene Kindheit erinnert, und das stimmte sie traurig. Unglückliche

Umstände hatten das Mädchen zu einem Leben auf der Straße verurteilt, und ganz ähnlich war es Rhapsody in jungen Jahren ergangen. Jo war ohne Familie; Rhapsody hatte die ihre und alle Freunde und Bekannten verlassen. Sie alle, die ihr lieb und teuer waren, lebten nun schon längst nicht mehr; sie hatten nie erfahren, was aus ihr, Rhapsody, geworden war. Die Träume, die solchen Erinnerungen folgten, waren so qualvoll, dass sie ihr wie eine Strafe für all ihre Verfehlungen vorkamen.

Rhapsody ertappte sich immer häufiger bei dem Wunschgedanken, das Mädchen anstatt ins Land der Bolg nach Navarne zurückführen zu können. Schließlich vertraute sie sich Jo an, die sie mit einer Kopfbewegung in Richtung auf die schlafenden Kinder daran erinnerte, wie wichtig es war, vorsichtig zu bleiben und sich nicht etwa in Sicherheit zu wiegen.

Endlich, nach gut einer Woche, kehrte Achmed mit Verstärkung zurück. Der lärmende Tross kündigte sich schon in der Ferne an; Grunthor war durch seinen scharfen, übernatürlichen Sinn für das Erdreich sogar noch früher auf sie aufmerksam worden.

Taumelnd stieg Rhapsody auf in schmerzhaft blendendes Tageslicht, schirmte die Augen mit den Händen ab und spähte durch das mit Raureif überzogene Dickicht den Rettern entgegen.

Sie hörte Hufgetrappel und das Knarren von Pferdewagen, die sich langsam auf dem Fuhrweg durch den Wald näherten, derselben Straße, die Rhapsody vor Tagen mit Achmed und Grunthor in Richtung auf das Haus der Erinnerung eingeschlagen hatte.

Es dauerte fast noch eine ganze Stunde, ehe die Soldaten in Sicht kamen, insgesamt mehr als vierzig Männer, angeführt von Achmed und Stephen zu Pferde. Als die beiden in Sichtweite waren, richtete sie sich auf und winkte, worauf sich auf dem Gesicht des Herzogs ein Lächeln zeigte. Stephen sprang aus dem Sattel, eilte herbei und begrüßte sie mit stürmischer Umarmung.

»Allmächtiger, ist alles in Ordnung mit dir? Welche Sorgen habe ich mir seit Achmeds Ankunft um dich gemacht!« Er rückte um Armeslänge von ihr ab und musterte sie mit aufmerksamen Blicken. Dann räusperte er sich, verlegen darüber, dass er errötete.

Rhapsody tätschelte ihm die Schulter. »Es geht uns allen gut, Hoheit, und das verdanken wir Euch. Die Kinder sind mit Grunthor in der Höhle.«

»So hol sie doch her; ich will sehen, wen wir da haben«, sagte er und beugte sich über den Einstieg zur Höhle.

Als er Stephen erblickte, rief Grunthor seine Schützlinge zusammen. »Hopp, hopp, nehmt Aufstellung, schön in Reih und Glied«, befahl er ihnen, und die Kinder gehorchten. Endlich konnten sie wieder unbeschwert miteinander plappern und lachen.

Grunthor reichte ein Kind nach dem anderen durch den Ausstieg nach oben, wo sie von Rhapsody und dem Herzog in Empfang genommen wurden. Er sprach ihnen Mut zu. Manche von ihnen erkannte er wieder, befragte das eine oder andere Kind, und schließlich waren alle vierzehn der Höhle entstiegen und in die Obhut der Soldaten gestellt. Ganz zum Schluss trat Jo in Erscheinung, von Grunthor mit einem kräftigen Schubs in Bewegung gesetzt. Rhapsody ergriff ihre bleiche, zitternde Hand.

»Eure Hoheit, darf ich Euch meine Schwester Jo vorstellen?« Sie lächelte dem Mädchen aufmunternd zu und richtete dann ihren Blick wieder auf den Herzog von Navarne.

Stephen starrte Jo einen Moment lang an, ehe er sich Rhapsody zuwandte, deren Lächeln merklich strahlender geworden war. »Wie geht's, Jo?«, fragte er schließlich. »Es ist mir eine Ehre, ein weiteres Mitglied aus Rhapsodys Familie kennen zu lernen. Bedauerlich, dass wir uns nicht schon früher begegnet sind.«

»Find ich nicht«, murmelte Jo vor sich hin.

»Sind das alle Kinder?«, fragte der Herzog.

Das Lächeln verschwand aus Rhapsodys Gesicht. »Ja«, sagte sie mit trauriger Stimme. »Ich wünschte, es wären mehr. Wir haben das ganze Haus der Erinnerung durchsucht, aber keine weiteren Kinder gefunden.« *Jedenfalls keine lebenden*, fügte sie im Stillen hinzu.

Stephen nahm sie liebevoll bei den Schultern. »Ich bin dir und deinen Freunden sehr dankbar für alles, was ihr getan habt«, sagte er. »Wenn wir am Wochenende zurück sind, werden viele trauernde Eltern und Anverwandte überglücklich sein.«

»Ach, wenn es doch nur mehr wären«, entgegnete sie in Gedanken an die kleinen, leblosen Körper, die auf so grausige Weise geopfert worden waren. »Ich hoffe nur, Eure Soldaten haben starke Nerven und keine eigenen Kinder.« Sie warf einen Blick auf Grunthor, der den Kindern auf den Wagen half, und wandte sich erneut mit ernstem Blick dem jungen Herzog zu.

»Ich empfehle Euch, gemeinsam mit den Kindern umzukehren«, sagte sie. »Ihr habt genug gelitten, Hoheit. Überlasst die Aufräumarbeiten am Haus lieber anderen.«

Der Herzog senkte den Blick. »Nenn mich doch einfach Stephen«, sagte er. »Ich will der Empfehlung folgen.«

»Wie sind so weit, Eure Hoheit«, rief der Hauptmann der Truppe. Rhapsody und der Herzog sahen einander noch eine Weile in die Augen. Widerstrebend nahm Stephen die Hände von ihren Schultern.

Rhapsody ging an den Wagen, verabschiedete sich von den Kindern und warf ihnen Kusshände zu. Die kleinen Gesichter waren ihr zugewandt, manche ernst, andere lächelnd. Es würde noch lange dauern, ehe sie von ihrem Trauma geheilt wären. Der Kutscher brachte die Pferde in Bewegung, und, flankiert von berittenen Soldaten, rollte der Wagen in entgegengesetzter Richtung auf dem Fuhrweg davon.

Stephen stieg über einen am Boden liegenden Baumstamm hinweg, trat auf die beiden Bolg zu und gab ihnen die Hand.

»Vielen Dank«, sagte er. »Navarne und meine Familie stehen für immer in eurer Schuld. Ich habe vier Pferde für euch bereitstellen lassen und ein Empfehlungsschreiben mit meiner Unterschrift aufgesetzt, das euch weiterhelfen wird, falls ihr auf Schwierigkeiten stoßen solltet. Und denkt daran, dass ihr in meinem Hause stets willkommen seid.«

»Nett von Euch«, sagte Grunthor und schüttelte mit der ihm eigenen Herzlichkeit die Hand des jungen Mannes.

»Was sind eure Pläne?«, fragte der Herzog und richtete sich dabei an Achmed.

Der musterte mit seinen ungleichen Augen das Gesicht seines adeligen Gegenübers und sagte schließlich: »Unser nächstes Ziel ist Canrif. Es wäre mir lieb, wenn Ihr diese Information für Euch behalten würdet.«

»Selbstverständlich. Ich schlage vor, ihr reist in nördlicher Richtung bis auf das orlandische Plateau und folgt dann der Hauptstraße über Bethania nach Bethe Corbair, der äußersten Provinz von Roland an der Grenze zu den Bolgländern.« Achmed nickte. Das war auch die Route, die der entsprechende Eintrag im Notizbuch empfahl.

»Wenn ihr in der Provinz von Bethe Corbair die Ebene der Krevensfelder erreicht habt, auf die die Hügel im Westen auslaufen, solltet ihr nach Südosten weiterziehen und euch der Stadt von Süden her nähern. Das ist der sicherere Weg. Falls es trotzdem Probleme geben sollte, wendet euch an den Herzog Quentin Baldasarre oder, wenn der nicht zu erreichen ist, an Lanacan Orlando, den dort amtierenden Seligpreiser. Er ist ein sehr gütiger Mann. Zeigt ihm mein Schreiben, und ich bin sicher, dass er euch helfen wird.«

Rhapsody hatte sich mit Jo den beiden hinzugesellt. »Vielen Dank«, sagte sie. »Und erlaubt mir, dass ich Euch bitte, Eure Soldaten, die das Haus der Erinnerung durchsuchen werden, anzuweisen, alle Gegenstände, die für Euch von Wert sein können, zu konfiszieren. Denn der Urheber dieser Verbrechen behauptet, Eigentümer des Hauses zu sein, und wird womöglich zurückkehren.« Stephen nickte.

»Ich habe ihn schon darauf hingewiesen, Rhapsody«, sagte Achmed. »Wir müssen uns jetzt auf den Weg machen. Die Zeit drängt, und es wird nicht mehr lange hell sein.«

»Lebt wohl, Stephen«, verabschiedete sich Rhapsody vom Herzog. »Grüßt meine Enkel aufs Herzlichste.« Er nahm ihre Hand, drückte einen Kuss auf den Handrücken und versuchte die gleiche Geste dann bei Jo anzubringen, die aber ihre Hand energisch zurückzog und ihn feindselig anblitzte. Grunthor und Achmed begleiteten den Herzog zu seinem Pferd und verabschiedeten sich, als er in den Sattel stieg. Dann schaute er sich noch einmal um und ritt davon.

»Diese Pferdchen sind nich zu verachten», sagte Grunthor, an Rhapsody gewandt, die Stephen immer noch nachblickte, obwohl er schon verschwunden war. »Wer kriegt das große?«

Rhapsody wandte sich um, dem Riesen zu. Drei der vier

Pferde waren rassige Reittiere, das vierte ein für den Kriegseinsatz gezüchteter Kaltblüter.

»Mir scheint, für dich ist diese Stute dort gedacht«, sagte Rhapsody und zeigte auf das zierlichste der vier Pferde.

Grunthor wollte gerade eine launige Antwort geben, als ein klägliches Krächzen laut wurde.

»Ich kann nicht reiten«, jammerte Jo mit erstickter Stimme.

Rhapsody nahm sie bei der Hand. »Dass du noch nie auf einem Pferd gesessen hast, muss nicht heißen, dass du nicht reiten kannst. Wie wär's, steigst du zu mir in den Sattel?«

Achmed nickte. »Das trifft sich gut. Das vierte Pferd schleppt dann das schwere Gepäck. So kommen wir schneller voran.«

Gesagt, getan. Während Achmed und Grunthor die Gepäckstücke umluden, versuchte Rhapsody, das Mädchen mit gutem Zureden zu beruhigen. Schließlich stiegen sie in die Sättel und machten sich auf den Weg, der sie in nordöstlicher Richtung durch die Provinzen von Navarne und nach Bethania führen würde, später über Bethe Corbair und dann südöstlich durch die Ebene der Krevensfelder dem Tor zum dunklen Reich der Firbolg entgegen.

36

»Was soll das heißen, ich darf nicht in die Stadt hinein? Hab ich eine Woche auf diesem verfluchten Gaul gesessen, um mir dann sagen zu lassen, dass ich draußen bleiben muss? Du bist ein Sausack, Achmed. Ich wünsch dir die Pest an den Hals, auch wenn du sowieso schon hässlich genug bist.«

Achmed warf Rhapsody einen Blick zu, die sich schnell wegdrehte, um ihr Grinsen zu verbergen. Seufzend stieg er aus dem Sattel.

»Erklär mir doch bitte noch einmal, warum ich es zulasse, dass du mit ihr unser Brot teilst«, sagte er und warf die Zügel über den Pferderücken, ohne einen einzigen Blick auf Jo zu verschwenden.

»Weil du sie gern hast«, antwortete Rhapsody, und ihre grünen Augen strahlten.

»Hmmm. Tja, vielleicht solltest du noch einmal unsere Pläne mit ihr durchsprechen. Bring ihr bei, dass es zu riskant wäre, wenn sie sich in aller Öffentlichkeit zeigte. Womöglich würde sie entführt und als Gesellschaftsdame für das Mädchenpensionat verpflichtet.«

Rhapsody zog die Satteltasche von ihrem Pferd und trug sie in den kleinen Hain, in dem Grunthor ein Lager aufgeschlagen hatte. Jo folgte ihr dichtauf und schimpfte in einem fort, bis sich Rhapsody schließlich umdrehte und sagte:

»Hör zu. Achmed und ich werden uns kurz in Bethania umschauen. Bethania ist die Hauptstadt von Roland, darin wimmelt es von Soldaten und Gardisten, noch mehr als in Navarne.« Die Worte taten ihre Wirkung: Jo wurde plötzlich kreideweiß im Gesicht, worüber sich Rhapsody im Stillen amüsierte.

»Wir wollen möglichst schnell wieder heraus aus der Stadt. Für unsere nächste Station bleibt uns etwas mehr Zeit. Das wäre die Hauptstadt von Bethe Corbair, wo wir Proviant einkaufen und uns ausführlicher umsehen werden. Dort wirst du uns begleiten können, wenn du dich denn benimmst.«

»Na schön«, schmollte Jo.

»Tut mir Leid, wenn wir dir kein so interessantes und aufregendes Leben bieten können, wie du es von der Straße her gewöhnt bist. Aber glaube mir, es ist sicherer so«, sagte Rhapsody und versuchte, das struppige blonde Haar des Mädchens ein wenig zu entwirren.

»Nich unbedingt«, schaltete sich Grunthor ein. Er hatte sich unter einem kahlen Baum rücklings auf den Boden gelegt und die Hände hinterm Kopf zusammengefaltet. »Wenn du willst, dass die kleine Kratzbürste nach deiner Rückkehr noch zur Stelle ist, sieh zu, dass genügend zu essen hier bleibt.«

»Das höre ich nun schon zum x-ten Mal«, entgegnete Jo. »Aber wann hast du das letzte Mal tatsächlich jemanden verspeist?«

»Tot oder lebendig?«

Rhapsody verdrehte die Augen. »Also gut, wir gehen jetzt. Auf Wiedersehen, Jo.« Sie breitete die Arme aus, doch das Mädchen nickte ihr nur kurz zu. Als sich die Sängerin aber dem Firbolg-Riesen zuwandte, sprang der auf die Füße und nahm sie überschwänglich in den Arm.

»Sei vorsichtig«, warnte er, nachdem er sie wieder auf dem Boden abgesetzt hatte.

»Morgen werden wir wieder zurück sein«, versprach Achmed. Es war so kalt, dass seine Worte in der Luft zu gefrieren schienen. »Es könnte allerdings auch ein bisschen länger dauern. Falls wir nach drei Tagen noch nicht zurück sein sollten, musst du mit Jo ohne uns weiterziehen.« Er schulterte sein Gepäck und zwinkerte dem Freund zu.

»Und das täte mir wirklich herzlich Leid für dich.«

Nach Rhapsodys Einschätzung war Bethania rund zwei- oder dreimal so groß wie Ostend und jenseits der Stadtmauern von einem großen Kranz aus Siedlungen und Dörfern umgeben. Aus der Ferne sah die Stadt wie eine riesige Kuppel aus. Die höchsten

Gebäude standen in der Mitte; zu den Rändern hin wurden sie in Abstufungen immer niedriger. Der große Ringwall war nach allen Seiten hin mit trutzigen Befestigungsanlagen gesichert, so wie es sich für diese wichtige, in der Mitte der Provinz und im Herzen Rolands gelegene Stadt empfahl.

Während ihrer ersten Erkundung waren Rhapsody und Achmed in respektvollem Abstand einmal um die Mauern der Stadt herumgeritten, wobei sie die Anzahl der Wachposten und die Beschaffenheit der Sicherheitsanlagen ausgekundschaftet hatten. Beide waren aufgrund ihrer Beobachtungen zu dem Schluss gekommen, dass es für sie nur einen Weg ins Stadtinnere gab, nämlich zu Fuß und als einfache Bauern getarnt.

So standen sie nun in den schlichten Kleidern, die Llauron ihnen mitgegeben hatte, vor dem Südosttor, einem der insgesamt acht Zugänge zur Stadt.

Im Unterschied zur ländlich idyllischen Provinz von Navarne war Bethania von Anfang an ein kulturelles Zentrum und die Krone eines großen Zeitalters gewesen, das längst vergangen war.

Sogar in den Außenbezirken waren die Straßen gepflastert. Es mangelte weder an Geschäften noch Herbergen oder Gasthöfen, und in den großen Wohnhäusern hatten jeweils mehrere Familien Platz. In der Innenstadt waren die Straßen mit Laternen beleuchtet: Öllampen, umschirmt von einer Glaskugel auf blank polierten Messingständern. Überall gab es Pferdetränken und Pfosten zum Anbinden der Pferde.

Nach einer streng beachteten Ordnungsvorschrift durften Rinder und anderes Nutzvieh nur durch einige wenige Tore in die Stadt getrieben werden. Märkte gab es nur in den östlichen und westlichen Bezirken. Die Museen und öffentlichen Gärten befanden sich im Norden und Süden. Im Herzen der Stadt erhoben sich die beiden höchsten und prächtigsten Bauwerke: die Feuerbasilika und die Burg von Tristan Steward, dem Prinzen von Bethania. Die Kasernen der Garnison waren dagegen über die gesamte Stadt verteilt.

Dass die dem Element Feuer geweihte Basilika genau in der Mitte der Stadt errichtet worden war, erschien durchaus angemessen als ein Verweis auf das Feuer im Erdinnern. Schon aus weiter Entfernung hatte Rhapsody den Springborn spüren können, eine pulsierende Flamme, die das eigene Feuer in ihr wachrief. Obwohl diese Quelle nur ein Schatten war im Vergleich zu der Feuersbrunst, durch die sich Rhapsody und ihre Gefährten hatten durchschlagen müssen, ließ sie doch keinen Zweifel daran, dass sie demselben Inferno entstammte; sie war echt, ein reiner elementarer Urquell.

»Lass die Kapuze auf und senk den Kopf«, riet Achmed leise, als sie eine Gruppe von Wachposten passierten. »Geh einfach immer weiter auf das Feuer zu. Ich bin dir dicht auf den Fersen. Du brauchst dich also nicht nach mir umzudrehen.«

Rhapsody nickte und konzentrierte sich auf das Lied der Flamme in der Ferne. Alle unguten Gefühle, die sich ihr aufdrängten, schob sie beiseite. Bethania schien trotz all ihrer Pracht eine Stadt ohne Mitgefühl und Humor zu sein. Die kunstvoll angelegten Gärten wirkten allzu perfekt, die Gebäude allzu elegant oder imposant. Arme Leute oder gar Bettler waren weit und breit nicht zu sehen, dafür aber umso mehr Soldaten. *Nun ja*, dachte sie bei sich, *es ist halt die Hauptstadt*. Dass hier mehr Wert auf Sicherheit gelegt wurde, verstand sich von selbst.

Von zahllosen Hinweisen unfehlbar auf den richtigen Weg geführt, pilgerten sie auf die Basilika zu. In einer Straße waren die Pflastersteine mit Goldblatt belegt und zu einem Flammenmuster mit Ausrichtung nach Osten geordnet. Je weiter sie sich dem Tempel näherten, desto häufiger wiederholten sich diese und ähnliche Muster. Rhapsody blieb stehen, um Achmed aufschließen zu lassen.

»Erinnerst du dich an die Tuschezeichnungen in Stephens Museum?«, flüsterte sie.

Achmed drängte sie zum Weitergehen, denn ihm war aufgefallen, dass ein Wachposten Notiz von ihnen genommen hatte. »Ja«, antwortete er leise und ohne die Lippen zu bewegen.

»Der Vorplatz der Basilika war als ein großes flammenfarbenes Mosaik dargestellt, und dieses Muster hier sieht genauso aus. Offenbar sind wir schon ziemlich nahe dran.«

Rhapsody hatte Recht mit ihrer Vermutung. Als die beiden um die nächste Ecke bogen, tauchte die Basilika vor ihnen auf. Sie war ein Rundbau, hoch aufragend und mächtig, aus poliertem weißem, golden geädertem Marmor gebaut.

Die Freifläche ringsum war ein einziges großes Mosaik, begrenzt von gepflegten, flammenförmig beschnittenen Buchsbaumhecken. Die in nuancenreichen Rot- und Gelbtönen gefärbten Mosaiksteine waren in ihrer Anordnung den Strahlen der Sonne nachempfunden. Lapislazuli und andere kostbare Steine brachten, wenn vom Sonnenlicht beschienen, den ganzen Platz zum Funkeln. Zwischen der Basilika und dem Palast im Norden erstreckten sich weitere Gärten, die jetzt zur Winterszeit öde und welk dalagen.

Die Basilika selbst war aus mehreren großen, konzentrischen Ringen aufgebaut, mit aufsteigenden marmornen Sitzreihen, die auf das Zentrum ausgerichtet waren, wo eine riesige goldene Kohlenpfanne stand. Vereinzelt saßen oder knieten einige wenige Gläubige in den Sitzreihen, betend oder meditierend, während zwei Kirchendiener umhergingen und nach dem Rechten schauten.

Aus der Kohlenpfanne loderte eine ungemein helle Flamme auf, die in den Farben Rot und Orange changierte und wie von blauen, flatternden Bändern durchwirkt zu sein schien. Ihre Wärme und Strahlen riefen Erinnerungen wach, Erinnerungen an jede Feuerwand, durch die sie, Rhapsody und ihre beiden Gefährten, vor langer Zeit und auf der anderen Seite der Zeit hindurchgegangen waren. Unwillkürlich stiegen Rhapsody Tränen in die Augen, als sie an die Umarmung durch die Flammen und das Gefühl der alles verzehrenden Akzeptanz zurückdachte, das im Herzen der Erde über sie gekommen war.

Sie hätte noch lange Zeit bleiben und auf die Flamme in der Kohlenpfanne starren mögen, doch wurde sie in ihrem andächtigen Staunen gestört, als sich Achmeds dünne, kräftige Finger um ihren Oberarm legten.

»Komm endlich«, flüsterte Achmed. »Der da sieht aus wie ein geeigneter Kandidat.«

Mit einer knappen Kopfbewegung machte er auf einen der Kirchendiener aufmerksam, einen Mann in mittleren Jahren mit kahlem Kopf. Er trug ein braunes Gewand, auf dessen Brust eine stilisierte Sonne prangte, die mit ihrer roten Spirale in der Mitte jenem Amulett auffallend ähnlich war, das Rhapsody auf dem Porträt des Segners von Canderre-Yarim im cymrischen Museum gesehen hatte.

Rhapsody spannte die Oberarmmuskeln an, um Achmed zu signalisieren, dass sie verstanden hatte. Die beiden waren übereingekommen, dass sie sich möglichst gründlich über die Basilika und die Geschichten informieren sollte, die von den Gläubigen erzählt wurden, während Achmed solche Winkel auskundschaften würde, die weniger leicht zugänglich waren.

Rhapsody ging auf den Geistlichen zu und machte in respektvollem Abstand vor ihm Halt. Der Mann kauerte auf den Knien und polierte ein Messiggeländer, das zwischen der ersten und zweiten Sitzreihe verlief. Ohne aufzublicken, versuchte er, sie mit wegwerfender Handbewegung zu vertreiben.

»Dem Gesinde ist der letzte Ring vorbehalten«, schnaufte der Kahlköpfige und setzte seine offenbar anstrengende Tätigkeit fort.

Rhapsody warf einen Blick zurück auf Achmed, der sich schon um einiges entfernt hatte. Er signalisierte ihr, die Kapuze vom Kopf zu nehmen, was sie denn auch tat und sich wieder dem Geistlichen zuwandte.

»Bruder?«

Der Mann setzte sich auf seine Hacken und blickte zu ihr auf. Sofort nahm sein Gesicht einen anderen Ausdruck an. Die Kinnlade fiel ihm herunter, und die Augen gingen sperrangelweit auf.

»Liebster Schöpfer! Ist es so weit?«, stammelte er und ließ das Poliertuch fallen.

Simon war schon den ganzen Morgen über mit Putzarbeiten beschäftigt, um das Gotteshaus für die Seligpreisermesse am Hochtag der Woche vorzubereiten. Trotz der winterlichen Kälte war er schwer ins Schwitzen gekommen.

Übe dich in Demut, schärfte er sich immer wieder im Stillen ein, denn Demut war eine der sieben Tugenden der Ordensbruderschaft, und zum vierten Mal an diesem Morgen sprach er sein Gebet. Doch trotz aller eifrig absolvierten Demutsexerzitien ließ ihn sein an Wut grenzender Neid nicht los, ja, er troff ihm gleichsam wie Schweiß aus den Poren und bereitete ihm großen Ekel. Tatsächlich fühlte er sich schon seit dem Aufstehen krank und matt.

Wieder einmal hatte der Abt nicht ihn, sondern Bruder Datralen für den Pflegedienst im Hospital vorgesehen, als die verwundeten Soldaten eingetroffen waren. Und obwohl Simon der ältere und sehr viel erfahrenere Krankenpfleger war, musste er – wieder einmal – in den sauren Apfel beißen und den Putzdienst verrichten, der in frommer Sprache »die Riten der Vorbereitung« genannt wurde.

Er war tief in Gedanken versunken und versuchte seinen Ärger zu bekämpfen, als dieses Bauernmädchen auf ihn zukam. Er verwies sie auf den ihm gebührenden Platz, nämlich in den äußeren Ring, doch sie schien ihn nicht verstanden zu haben.

»Bruder?« Die Stimme war weich und so warm wie der Hauch des ewigen Feuers.

Als er aufblickte, sprang ihm das Herz bis in den Hals.

Vor ihm stand, in braunes Sackleinen gehüllt, die Schönheit in Person, eine Frau mit Augen, so tief und grün wie das Meer, und mit Haaren, die wie die Wintersonne glänzten. Dabei strahlte sie eine geradezu magische Wärme aus, die trotz der heiligen Flamme, in deren Nähe er sich aufhielt, deutlich zu spüren war. *Das muss der Feuergeist sein,* dachte er, *der Todesbote, wie er in den alten Sagen beschrieben wird; er ist gekommen, um dich zu holen.* Hatte er sich bei den Riten der Vorbereitung so sehr verausgabt?

Ausgerechnet in dem Augenblick, da dieser Engel vor ihm erschien, war er voller neidischer, überheblicher Gedanken gewesen. Ihm sank der Mut. Er war verdammt.

»Liebster Schöpfer! Ist es so weit?«, fragte er mit zitternder Stimme.

Die schöne Erscheinung blinzelte mit den Augen. »Geht es dir nicht gut?«

Simon raffte sich auf. »Oh, vergib mir. Ich ... ich habe dich mit jemandem verwechselt.« Er schloss die Augen und betete inständig, dass er im Jenseits nicht auch noch dafür bestraft würde, dass er den Feuergeist mit einem Bauernmädchen verwechselt hatte.

Die Erscheinung verbeugte sich ehrerbietig. »Ich wollte dich bitten, mir etwas über die Geschichte dieser Basilika zu erzählen. Ich komme von weit her.«

Simon zitterte am ganzen Leib. *Oje*, dachte er und sah sich nach allen Seiten um, in Sorge darüber, dass andere Zeuge seiner Not waren. *Jetzt werde ich auch noch geprüft*. Es saßen nur wenige Gläubige im Rund, und die waren im Gebet oder in Meditation vertieft. Allerdings wandelte da noch ein Bauer, die Kapuze tief ins Gesicht gezogen, durch die Basilika, bestaunte die Fresken und Mosaiken an den Wänden und auf dem Boden.

Jetzt also soll sich entscheiden, wie mein Leben im Jenseits aussehen wird, dachte er. *Mein Verhalten und Wissen als Geistlicher stehen auf dem Prüfstand. Ich werde mich dann wohl anstrengen müssen und mein Bestes geben.*

»Es ist mir ein Vergnügen.« Er rang sich ein Lächeln ab und würgte an seinem Herzen, das ihm bis zum Halse schlug. »Hier entlang, bitte.«

»Danke«, sagte Rhapsody und faltete die Hände unter den Ärmeln ihrer Kutte, wie es sich geziemte. Dass ihrem Wunsch so prompt entsprochen wurde, hatte sie gar nicht zu hoffen gewagt, vor allem nicht nach der anfänglichen Reaktion des Geistlichen, der, als er sie erblickte, dermaßen entsetzt zu sein schien, dass ihr selbst kalte Schauer über den Rücken liefen.

Ähnliche Reaktionen auf sie waren ihr schon bei anderer Gelegenheit aufgefallen, so unter Stephens Bediensteten etwa, den Wachposten vor dem Haus der Erinnerung oder den Anhängern von Llauron. Den bislang treffendsten Ausdruck dafür hatte wohl Anborn gefunden, der große cymrische General.

Ah, jetzt weiß ich, wer du bist. Du bist Rhapsody, nicht wahr?

Was macht dich so sicher?

Eine solche Missgeburt wie dich kann es nur einmal geben.

Selbst Khaddyr, der als Heiler den Anblick schrecklich entstellter Patienten gewöhnt war, hatte sie fassungslos angestarrt.

Ich dachte, Ihr könntet Euch für sie interessieren. Mir ist sie ein Rätsel. Eine solche Lirin ist mir noch nie zu Gesicht gekommen.

Was es war, das andere bei ihrem Anblick immer wieder aus

der Fassung brachte, blieb ihr unerklärlich. War es ihr Äußeres als Liringlas oder irgendetwas, das sie sich beim Gang durchs Feuer zugezogen hatte?

Manchmal registrierte sie auch Reaktionen, die wie Bewunderung anmuteten, ein Gefühl, das ihr früher in anderer Form im Bordell häufig entgegengebracht worden war. Wie auch immer, sie würde sich damit abfinden müssen. Vielleicht sollte sie Achmeds Beispiel folgen und sich verhüllen. Rhapsody zog die Kapuze wieder über den Kopf und folgte dem schwitzenden Ordensbruder.

Er führte sie als Erstes vor die Kohlenpfanne.

»Das ist die heilige Flammenquelle von Vrackna, dem all-einen Feuergott«, sagte er betont vorsichtig.

Plötzlich wieder an den cymrischen Missbrauch dieses Gottesnamens erinnert, der ja eigentlich einen bösen Feuergeist bezeichnete, wurde Rhapsody ganz bleich im Gesicht, was den nervösen Mann an ihrer Seite zusätzlich irritierte. Er musste um Selbstbeherrschung ringen.

»Die ... Basilika ist ein Haus des Schöpfers und insofern einmalig, als sie einem seiner fünf Kinder geweiht ist, nämlich dem Element des Feuers. Die Flamme in dieser Pfanne stammt direkt aus dem Herzen der Erde.«

Rhapsody lächelte, mied es allerdings, ins Feuer zu blicken, denn sie hatte Angst, in Tränen auszubrechen oder angesichts der tanzenden Farben in Trance zu versinken. Stattdessen nickte sie Achmed zu, der sich gerade in der Nähe aufhielt.

»Das ist mein Begleiter«, sagte sie und winkte den Dhrakier herbei. »Er wird bestimmt gern mit anhören, was du zu sagen hast.«

Mit gütigem Lächeln, das inzwischen zur Maske gefroren war, drehte sich der Geistliche um, um Achmed zu begrüßen. Der lüftete den Schleier vor seinem Gesicht und grinste. Gerade noch rechtzeitig hielt Rhapsody ihren Nebenmann am Arm gepackt, der mit verdrehten Augen in Ohnmacht zu fallen drohte.

Der Todesengel war offenbar nicht allein gekommen.

»Das ist mein Begleiter«, sagte die Erscheinung mit sanfter Stimme. »Er wird bestimmt gern mit anhören, was du zu sagen hast.«

Simon hatte sich aufs Schlimmste gefasst gemacht und damit gerechnet, wiederum eines übernatürlichen Wesens ansichtig zu werden, womöglich einem Feuergeist niederer Ordnung. Dann aber sah er sich einem Gesicht gegenüber, das, vom Licht der flackernden Flammen beschienen, die Ausgeburt eines schrecklichen Albtraums zu sein schien. Die Augen stachen, als wollten sie seine Seele aufspießen; der Mund, diese krumme Falte in pockennarbiger Haut, zeigte zur Begrüßung ein höhnisches Grinsen.

Als ihm schwarz vor Augen wurde, wähnte sich Simon schon am Abgrund der ewigen Verdammnis. Falls er denn nun scheitern sollte, würde er, anstatt in den Armen der holden Feuerfee zur Glückseligkeit aufzusteigen, diesem Unhold der Unterwelt ausgeliefert sein, der nichts als Hohn und Spott für ihn übrig hätte. Es schien, als würden Gut und Böse hier und jetzt um seine Seele streiten.

Sein letzter klarer Gedanke war ein Seufzer des Bedauerns darüber, dass er den alten Mythen, die schon lange nicht mehr zum Dogma gehörten, nur so wenig Beachtung geschenkt hatte. Simon fing heftig zu zittern an und stürzte vornüber, als ihm das Blut aus dem Kopf sackte.

Eine kräftige, warme Hand hielt ihn gepackt und richtete ihn wieder auf. Als Simon den Kopf hob, stieg ihm von den Haaren der Feuerfee ein feiner Duft in die Nase, und er sah die grünen, unwiderstehlichen Augen auf sich gerichtet.

»Bruder?« Sie lächelte ihm aufmunternd zu, und er fasste neuen Mut. Vielleicht hatte er sie mit seinen Antworten ja doch halbwegs zufrieden gestellt.

Sie beugte sich näher, was ihn schwindeln machte. »Du brauchst keine Angst vor ihm zu haben«, flüsterte sie. *Oh, welch ein Segen*, dachte Simon dankbar; *die Gottgesandte will mich schonen*.

»Es geht mir schon wieder besser. Verzeihung. Wo war ich stehen geblieben? Ach ja, natürlich. Die Gemeinde der Gläubigen unserer Diözese feiert hier ihre Gottesdienste und nutzt dieses Geschenk des Schöpfers zur Reinigung der Gedanken, damit ihre Gebete der Übermittlung durch den Patriarchen würdig sind.«

Die Feuerfee nickte. »Und was hat es damit auf sich?« Sie streckte den Arm aus und zeigte auf die kunstvollen Wandfresken der Basilika.

Simon sammelte all seine Kraft, um ohne Hilfe auf den Beinen zu bleiben. Dann deutete er auf einen Bildausschnitt an der Nordseite des inneren Ringes, der einen jungen Mann mit rotem Gewand und gehörnter Mitra darstellte.

»Das ist das Porträt Seiner Gnaden Ian Steward, des Segners von Canderre-Yarim. Er ist der Seligpreiser unserer Diözese.«

»Tristans Bruder?«, wollte der Dämon wissen. Seine Stimme war so trocken wie schwarzes Feuer und hatte einen überheblichen Unterton.

Simon erschauderte. Auf gar keinen Fall wollte er die Verdammung Seiner Hoheit mit zu verantworten haben. Allerdings wunderte es ihn nicht, dass der Dämon mit dem Fürsten bekannt war.

Simon sah sich um und suchte nach Brentel, dem Ordensbruder, der ebenfalls zum Putzdienst eingeteilt war, sich aber offenbar verzogen hatte. Vielleicht war er im Reliquiar oder in der Sakristei. Er richtete den Blick zurück auf die Feuerfee, die ebenfalls auf eine Antwort von ihm zu warten schien.

»J ... ja«, stotterte er. Der Engel nickte und zeigte sich zufrieden. Erleichtert wandte er sich den anderen Fresken zu.

»Das sind die künstlerischen Darstellungen von der Geburt des Feuers«, sagte der Ordensbruder und wischte sich nervös den Schweiß von der Stirn.

Rhapsody folgte seinem Fingerzeig und blickte auf eine Reihe von Mosaiken, die die übrigen Flächen des inneren Ringes der Basilika schmückten. Auf der Ostseite waren die Sonne und eine Sternschnuppe auf schwarzen Kacheln abgebildet, die das Nichts des Universums darstellen sollten. An der Oberfläche der Sonnenkugel tanzten hell leuchtende Flammen.

»Die Erde ist aus einem Bruchstück unserer Sonne entstanden, das durch das Nichts streunte, bis es schließlich in der Umlaufbahn seiner Mutter zur Ruhe gekommen ist«, referierte der Geistliche und suchte nach Zustimmung in Rhapsodys

Miene. Weshalb er das tat, war ihr rätselhaft, doch sie lächelte und nickte mit dem Kopf. Erleichtert wandte er sich der Südseite zu.

»Feuerstürme fegten über die Erde, die sich dann aber legten, weil ihnen der ewige Zündstoff fehlte. Das Feuer verzog sich ins Innere, wo es den Kern ausbildete und bis heute in seiner reinsten Form weiterbrennt.« In zehntausenden winziger Mosaikstücke war die erloschene Erde dargestellt, durch die sich eine rote Spirale bis ins glühende Zentrum zog.

Von Simon dazu angeregt, richteten Achmed und Rhapsody nun ihr Augenmerk auf das letzte Bildnis, eine stilisierte Darstellung der Sonne mit roter Spirale, ähnlich dem Zeichen, das er als Amulett um den Hals trug.

»Das ist das Symbol der F'dor, der Kinder des Feuers, also jenes inzwischen ausgestorbenen Urvolkes, das bereits lange vor der Menschheit existierte.

Sie zähmten das Feuer, soweit dies überhaupt möglich war, und schenkten es den Menschen, damit sie es nutzten, um ihre Wohnungen im Winter zu wärmen und Waffen zu schmieden. Die F'dor waren die Väter der Schmiedekunst und überhaupt jeglicher Nutzanwendung dieses heiligen, mächtigen Elements, das uns der Allgott als erstes Geschenk gemacht hat.«

Achmeds düstere Miene brachte Simon ins Stocken. Schnell richtete er den Blick auf Rhapsody, die nach wie vor lächelte.

Sie streckte die Hand aus, die der Ordensbruder beherzt ergriff und schüttelte.

»Vielen Dank, es ist jetzt für uns Zeit zu gehen.«

Ohnmächtig sank der Mönch zu Boden. Rhapsody konnte nur noch verhindern, dass sein Kopf auf den harten Fliesen aufschlug.

»Was, um alles in der Welt, ist bloß los mit ihm?«, fragte sie, als sie den Bewusstlosen mit Achmeds Hilfe unter dem Symbol der F'dor mit dem Rücken an die Wand lehnte.

»Nichts«, antwortete Achmed und warf einen Blick auf das Mosaik darüber. *Es ist irgendetwas* in *der Erde,* dachte er.

Rhapsody zog den Korken aus ihrer kleinen Schnapsflasche, führte sie an Simons Lippen und träufelte ihm ein Quäntchen in den Mund. Der Mönch hustete, spuckte und bekleckerte sein

Gewand, kam aber immer noch nicht zu sich. Sie flößte ihm noch einen Schluck ein und verkorkte dann die Flasche.

»Hoffentlich hilft's«, sagte sie.

»Fürs Erste vielleicht«, grinste Achmed. »Ordensbrüder, die das Feuer hüten, sprechen für gewöhnlich aus nahe liegenden Gründen dem Alkohol zu. Ich schätze, er wird ganz schön in Verlegenheit kommen, wenn er erklären muss, warum seine Kutte nach Weinbrand stinkt.«

Als er sah, dass wachsende Besorgnis Rhapsodys Blick verdunkelte, drängte er sie zum Aufbruch. »Keine Bange, er steht gleich wieder auf den Beinen und wird sich zu seiner Entschuldigung schon das Passende einfallen lassen. Diese Leute verstehen sich auf die Kunst der Selbsttäuschung fast so gut wie du.« Er half ihr beim Aufstehen.

»Was soll das heißen?«

»Komm jetzt endlich. Sobald wir außerhalb der Stadtmauern sind, werde ich dir's sagen.« Er nahm sie bei der Hand und eilte mit ihr nach draußen, wo die beiden in der Menge der Passanten auf den Straßen untertauchten.

Simon kämpfte gegen seine Ohnmacht an und verlor. In den wenigen Wachmomenten nahm er den bezaubernden Duft der Feuerfee wahr und spürte ihre warmen Hände, die ihn im Nacken abstützten.

Er hatte seinen Tod kommen sehen und war von der Feuerfee bei der Hand genommen worden. *Vielen Dank*, hatte sie gesagt; *es ist jetzt für uns Zeit zu gehen*. Sie hatte ihn erwählt. Das heißt, er war erlöst und nicht etwa der Verdammung durch den Dämon mit dem grässlichen Antlitz anheim gestellt. Schwärze umfing ihn.

Doch dann spürte er ihre Hand ein weiteres Mal, und es rann ihm flüssiges Feuer durch die Kehle, wogegen er sich zunächst zu wehren versuchte. Doch dann gewahrte er eine wohlige Wärme, die ihn beruhigt einschlafen ließ, befreit von aller Angst und Not.

Vorläufig jedenfalls, bis ihn der Abt aufwecken würde.

37

»Beeilung!«, murmelte Achmed. Er stand unter dem Giebel eines Harfenbauers und wartete darauf, dass Rhapsody wieder nach draußen kam.

Die Freudentöne, die sie beim Anblick des Ladens von sich gegeben hatte, waren so überschwänglich wie sonst nur bei Kindern, und Achmed hatte es nicht über sich gebracht, ihr den Eintritt zu verwehren.

Ich möchte meinen Enkeln ein paar Geschenke zukommen lassen und brauche selbst eine neue Harfe, hatte sie gesagt.

Allerdings ließ sie sich recht lange Zeit mit der Auswahl. Der Straßenlärm und die Schwingungen der über das Pflaster polternden Karren bereiteten ihm üble Kopfschmerzen. Er wollte schon in den Laden gehen und sie herausholen, als sie endlich in der Tür erschien, aufgelöst und sichtlich verärgert.

»Widerling«, zischte sie und reichte ihm ein Instrument mit drei Saiten.

»Wie bitte?«

»Du bist nicht gemeint«, spuckte sie aus, deutete kurz hinter sich und ordnete dann das Haar unter der Kapuze.

»Was ist passiert?«

»Der Kerl da drin zupft offenbar nicht nur gern an seinen Harfen«, sagte sie erbost, als die beiden den Laden hinter sich ließen und im Strom der Passanten Zuflucht nahmen.

Achmed kicherte vor sich hin und gab ihr das Instrument zurück. »Wie hast du auf ihn reagiert?«

»Ich habe mir vorgestellt, was Grunthor getan hätte, und ihn so gut wie möglich nachzuahmen versucht«, antwortete sie und versteckte das Instrument unter ihrem Umhang. »Aber während er mit der Spitze seines Dolches zugestoßen hätte, hab ich mit dem stumpfen Ende Vorlieb genommen. Und jetzt kann dieses Miststück zur Orgel seine Sopranstimme erklingen lassen.«

»Stammt wahrscheinlich von den Cymrern ab«, meinte Achmed.

Rhapsodys Laune hatte sich schon wieder um einiges gebessert. »Ich habe in der alten Heimat wahrhaftig so manche Typen kennen gelernt, die mit Miststück noch freundlich tituliert gewesen wären.«

»Was hast du gekauft?«, fragte Achmed.

»Eine Heilharfe. Sie soll sich besonders gut eignen als Begleitinstrument für Lieder mit Heilwirkung. Khaddyr hat auch eine, weiß aber nicht richtig damit umzugehen. Sie hat nur drei Seiten. Ich habe selbst noch nie darauf gespielt und werde wohl eine Weile üben müssen. Überhaupt sind die Instrumente dieser Gegend ganz anders es diejenigen, die ich von zu Hause her kenne.«

Er legte ihr seinen Arm um die Schultern, um sie von einem Trupp Soldaten wegzusteuern, die in der Nähe des Südosttors an einer Straßenecke standen und sich lachend miteinander unterhielten.

»Rhapsody, verzeih, wenn ich dich immer wieder darauf aufmerksam mache, aber dein Zuhause ist jetzt hier.«

Im Weitergehen starrte sie zu Boden, wie in Gedanken versunken. Erst als sie das Tor passiert hatten, blickte sie kurz auf.

»Für dich vielleicht«, sagte sie und stierte wieder vor sich hin.

Sie hatten die Stadt schon weit hinter sich gelassen und eine der vorgelagerten Ortschaften erreicht, als Rhapsody plötzlich stehen blieb und Achmeds Arm ergriff.

»Werden wir etwa verfolgt?«

Der Dhrakier nickte und ging weiter. Die beiden kamen an einem Räucherschuppen vorbei, aus dem beißender Rauch quoll. Kreischende Kinder liefen umher. Von dem Gesinde, das hier seiner Arbeit nachging, wäre wohl niemandem erlaubt worden, über die vornehmen Straßen Bethanias zu gehen. Um sich im Lärm der geschäftigen Menge ringsum verständlich zu machen, musste er fast schreien.

»Es ist Grunthor. Er folgt uns schon seit einer Weile.«

»Warum? Und wo ist Jo?« Rhapsody reckte den Hals auf der Suche nach dem riesigen Freund, doch der war nirgends auszumachen.

»In seiner Begleitung vermutlich. Ich habe ihn gebeten, uns im Auge zu behalten.«

Plötzlich schrillte ein Schrei aus dem allgemeinen Trubel, anscheinend von einem Kind, das in Not war. Rhapsody drehte sich um und sah einen kleinen Jungen zusammengerollt am Boden kauern, die Arme um den Kopf geschlungen, um sich vor den derben Tritten eines Mannes mit struppigem schwarzem Bart zu schützen.

Rhapsody wollte sogleich zu Hilfe eilen, wurde aber von Achmed daran gehindert einzugreifen.

»Misch dich nicht ein«, sagte er und registrierte, wie sich die Wut in ihrem Gesicht mit Empörung über seine Worte mischte. »Das ist hier so Sitte. Sieh dich doch um.«

Tatsächlich achtete niemand auf die Misshandlung des Kindes. Alles schaute weg oder nahm nicht mal Notiz davon. Rhapsody versuchte sich loßzureißen, doch Achmed ließ nicht locker.

»Wenn du ihm jetzt hilfst, wird dieser Junge später nur umso mehr geprügelt, Rhapsody. Und du kannst nicht noch ein Kind adoptieren. Falls du es doch tun solltest, lass ich dich und Jo hier in Bethania zurück.« Der Junge schrie herzergreifend, doch der Bärtige trat erbarmungslos weiter auf ihn ein.

»Loslassen!«, knurrte sie und geriet in Rage.

Widerwillig gab Achmed sie frei und zog sich zurück. Den Rumpf vornüber gebeugt und mit hoch gezogenen Schultern, rannte sie über die Straße und nahm die Kampfhaltung an, die Grunthor ihr unter der Bezeichnung »Rammbock« beigebracht hatte. Die Sache nahm ihren wilden Verlauf. Achmed blieb nichts anderes übrig, als zuzusehen.

Sie traf den tobenden Mann gleich unterhalb der Brust so wuchtig, dass es ihn von den Beinen riss. Gemeinsam gingen sie zwischen einer Reihe von Fässern und Holzscheiten zu Boden.

Noch im Fallen zertrümmerte Rhapsody ihm mit der Handwurzel das Nasenbein. Blut spritzte in den Dreck der Gosse.

Nach anfänglichem Schock riss der Mann die Augen auf und langte mit beiden Händen hastig nach ihrer Gurgel.

»Hündin, du«, röchelte er, mit den Armen fuchtelnd. »Was ...«

Achmed sah Rhapsody rittlings auf dem Mann am Boden sitzen und mit der rechten Faust zuschlagen, auf die blutige Nase und so kräftig, dass der Hinterkopf mit dumpfem Aufprall zurück aufs Pflaster schlug.

Der Mann streckte alle viere von sich. Rhapsody stand auf und wischte sich die Blutspritzer von der Stirn. Hatten sich die Anwohner um den geprügelten Jungen nicht gekümmert, blieben sie jetzt stehen und hielten Maulaffen feil.

»Wie kommst du dazu, auf ein Kind einzutreten?«, keuchte Rhapsody.

Der Mann blinzelte ins helle Gegenlicht und verzog das Gesicht zu einer Grimasse.

»Er ... ist mein Sohn«, antwortete er mit erstickter Stimme.

»Ach, ja? Das ist also der Grund? Gut zu wissen«, entgegnete sie gallig und trat ihm mit voller Wucht zwischen die Beine, worauf er dieselbe Haltung annahm wie das Kind. Von den Gaffern, die in der Nähe standen, wandten sich einige mit Entsetzen ab.

»So, damit du nicht noch einmal Vater wirst. Denn dazu taugst du nicht!« Sie trat an die Seite des kleinen Jungen, der noch am Boden kauerte, und beugte sich über ihn.

In diesem Moment tauchte am anderen Ende der Straße eine Reitergruppe auf. Achmed sah, wie sich ein Soldat aus dieser Gruppe einem Passanten zuwandte, der mit ausgestrecktem Arm auf Rhapsodys deutete.

Diese versuchte, den in Lumpen gekleideten Jungen zu trösten, streichelte ihm die Wangen und fragte, ob alles in Ordnung sei. Der Kleine nickte und starrte sie mit offenem Mund an.

Rhapsody warf einen Blick über die Schulter zurück auf den Vater und fragte: »Wie heißt du?«

Auf einen Ellbogen gestützt, richtete der Mann sich auf und bedeckte die blutende Nase mit der Hand. »Styles Nielsen«, hauchte er kaum vernehmlich.

»Hör mir gut zu, Styles Nielsen«, sagte sie mit tiefer, melodischer Stimme, und obwohl Achmed einige Schritte weit entfernt war, konnte er hören, dass sie ihre Kunst als Benennerin anwandte.

»Es ist von nun an dein Lebensauftrag, dieses Kind zu beschützen, liebevoll aufzuziehen und seinen Bedürfnissen zu entsprechen. Wenn du diesem Auftrag nachkommst, wird es dir gut gehen. Solltest du aber dem Kind Schmerz zufügen, wirst du das Zehnfache an Schmerzen erleiden. Und wenn du es mit Worten misshandelst, wirst du das Gefühl haben, als stünde deine Haut in Flammen. Hast du mich verstanden?« Der Mann nickte und starrte ihr mit dem gleichen Ausdruck ins Gesicht wie kurz zuvor sein Sohn.

Von den Reitern weiter oben auf der Straße abgelenkt, sah Achmed die beiden Wachsoldaten einen Augenblick zu spät. Schon hatte einer von ihnen Rhapsody beim Arm gepackt und auf die Straße gezerrt, während der andere ihr die Kapuze vom Kopf riss. Achmed rannte hinzu.

Plötzlich ging alles drunter und drüber. Die Reiter sprengten herbei, ohne Rücksicht auf die Menge der Passanten, die wie aufgescheuchte Hühner auseinander stieben. Die Gaffer rings um Rhapsody rückten nun vor und drängten sich in ihre Nähe. Achmed fuhr dazwischen. Er hatte sie fast erreicht.

Ihr glänzendes Haar löste sich aus der schwarzen Schleife und fiel über die Schultern herab. Die Menge kreischte auf und streckte die Hände nach ihr aus. Achmed sah Rhapsody im Gewoge der Arme und Leiber verschwinden.

Jetzt waren auch die Reiter zur Stelle. Mit einem Knüppel bewaffnet, stieg einer von ihnen aus dem Sattel.

Achmed hatte Mühe, auf den Beinen zu bleiben und nicht umgerissen zu werden. Rhapsodys wildem Herzschlag folgend, drängte er durch das Gewimmel. Doch kaum hatte er sie bei ihrem schlanken Handgelenk gepackt, war auch schon der Soldat bei ihr, um sie zu ergreifen.

Da ertönte ein den beiden wohl bekanntes Brüllen, und plötzlich erhob sich ein Gezeter, Schreckensschreie, die sich vom Rand der Menge zur Mitte hin fortsetzten. Sogar die Pferde wieherten schrill und bäumten sich auf. In panischer Angst rannte alles auseinander. Achmed zog Rhapsody hinter sich her, heraus aus dem

Gewühl und dem Ausgang des Dorfes entgegen. Im vollen Lauf zog er ihr die Kapuze über den Kopf und warf einen Blick zurück.

Die Panik schien sich halbwegs gelegt zu haben. Die Dörfler blickten in die Runde, offenbar auf der Suche nach der Frau mit den glänzenden Haaren. Für die Soldaten galt es, die Pferde zu beruhigen und zu verhindern, dass sie andere mit ihren Hufen niedertrampelten.

Achmed und Rhapsody hatten sich inzwischen so weit abgesetzt, dass sie es wagen konnten, anzuhalten und nach Luft zu schnappen. Sie starrte zurück, immer noch ganz benommen, wie es schien.

»Komm«, sagte er und zog sie an der Hand. Wortlos eilten sie weiter, so schnell und unauffällig wie möglich, weg von dem Aufruhr, den sie ausgelöst hatten.

Sie marschierten noch immer, als die Dämmerung einsetzte und sich über die Felder der orlandischen Ebene legte. Achmed hatte kurz angehalten, um Rhapsody Gelegenheit zu geben, ihre Andacht abzuhalten, und es entging ihm nicht, dass sie in ihren Liedern eine ähnliche melancholische Note anstimmte wie an dem Morgen nach ihrem Abschied von Llauron. Die traurige Musik half ihm jedoch, die bruchstückhaft in seinem Kopf umherschwirrenden Gedanken zu ordnen, und er hörte sie die Namen von Stephens Kindern flüstern.

Die Schatten wurden länger, und sie gelangten auf eine kleine von Bäumen und Büschen bewachsene Anhöhe. Grunthor hatte diesen Hain als möglichen Rastplatz empfohlen, weil er im Windschatten lag und geschützt war. Achmed schaute sich um und kam zu demselben Ergebnis wie der Freund: Dies war der Ort.

Er führte Rhapsody in die Deckung der Bäume und wischte einen umgestürzten Stamm frei von Schnee. »Setz dich«, sagte er. »Wir müssen miteinander reden.«

Rhapsody seufzte und setzte eine verzweifelte Miene auf. »Verschon mich bitte und erspare mir deine Schelte. Dass ich mich dumm verhalten habe, weiß ich selbst. Aber ich konnte nicht anders, ich konnte nicht tatenlos mit ansehen ...«

»Darum geht es gar nicht«, unterbrach Achmed sie mit leiser Stimme. »Man hat dir heute etwas Falsches beigebracht, eine uralte Geschichte voller Lügen. Ich will dir dabei helfen, sie zu läutern.«

Verwundert sperrte sie die Augen auf. »Wie bitte?«

Achmed nahm ihr gegenüber Platz, stemmte die Ellbogen auf die Knie und legte die Hände vor seinen Lippen zusammen.

»Warten wir, bis es Nacht geworden ist«, sagte er und schaute auf den Horizont, hinter dem die Sonne untergegangen war. »Im Dunkeln haben wir es leichter.«

38

Gerald Owen kam zur Tür der Bibliothek von Haguefort hereingepoltert.

»Eure Hoheit ...«

»Ich seh's, Owen.« Stephen Navarne stand vor dem Ostfenster und schaute auf das im ersten Morgenlicht erwachende Panorama.

An der neu errichteten Befestigungsanlage wimmelte es von bewaffneten Kämpfern, die in mörderischem Gefecht miteinander lagen. Schwarzer Rauch stieg wie eine gespenstische Fahne hinter der hohen Mauer auf.

Von den Baugerüsten vor den Wachtürmen hingen aufgeknüpfte Leichen, die in dem vom Kampf aufgerührten Wind hin und her baumelten. Der Herzog sah mit versteinerter Miene zu, wie ein Soldat von den Zinnen stürzte, im Fallen mit einem der Erhängten zusammenprallte und diesen gegen die Ziegelwand schleuderte.

»Was, im Namen des Schöpfers, geht da nur vor sich?«

Owen knickte in der Hüfte ein und verbeugte sich tief. Vor lauter Angst und Hektik war sein Kopf rot angelaufen.

»Wir werden angegriffen«, keuchte er. »Noch vor dem Morgengrauen sind sie über drei benachbarte Dörfer und den Vorposten im Osten hergefallen. Auch über die Ställe.«

»Und die Soldaten? Die Kasernen im Osten?«

Das gerötete Gesicht des Dieners wurde bleich. »In Flammen, Eure Hoheit. Soweit wir wissen, hat keiner überlebt.«

»Gütiger Allgott!« Stephen Navarne wechselte von der Bibliothek ins Speisezimmer und trat ans Fenster, das nach Süden wies, wo sich ihm ein ähnliches Bild bot. Allerdings schien es hier um die Verteidigung ein wenig besser bestellt zu sein. Er warf einen Blick über die Schulter zurück auf das an der Wand hängende Gemälde der Familie und wandte sich dann wieder Gerald Owen zu.

»Hör mir genau zu. Ich will, dass du meine ganze Leibgarde zum Schutz von Melisande und Gwydion abstellst und die beiden an einen sicheren Ort bringst. Flieht durch den Tunnel, der durch den Weinkeller zu den Ställen im Westen hinführt. Nimm auch Rosella mit und sorg dafür, dass sich die Kinder nicht allzu sehr ängstigen. Wende dich an Llauron und gib Anborn Bescheid.« Owen nickte kurz und setzte sich in Bewegung.

Der Herzog lehnte die Stirn an den Unterarm. Er konnte den Anblick des Gemetzels nicht länger ertragen.

»Owen?«

»Ja, Eure Hoheit?«

»Ein Letztes noch. Ruf den Quartiermeister und sag ihm, dass er mein Pferd satteln und zu mir bringen soll. Da uns unsere Soldaten aus den Kasernen im Osten nicht mehr helfen können, muss ich versuchen, die Dörfler für unsere Verteidigung zu mobilisieren.«

Owen war sichtlich um Fassung bemüht. »Eure Hoheit, es sind ja doch die Dörfler, die uns da angreifen.«

»Aha, hältst du es endlich für angebracht, mir Bericht zu erstatten?«

Gittelson lehnte sich zurück. Er war gespannt auf das bevorstehende Gespräch, musste sich aber in Acht nehmen, um keine Aufmerksamkeit auf sich lenken. Es war gefährlich genug, alleiniger Zeuge zu sein.

Der Mann im grauen Mantel verbeugte sich steif und nahm dann die Kapuze vom Kopf. Ein keckes Grinsen verzog das Gesicht; die blauen Augen strahlten heiter.

»Wir haben das Haus verloren«, sagte er in munterem Tonfall.

Die Luft in dem kleinen Raum wurde plötzlich wärmer. Gittelson atmete möglichst flach, um nur ja nicht entdeckt zu werden.

Die rot geränderten Augen seines Herrn blieben unverwandt

auf den Rakshas gerichtet. Die Stimme, mit der er nun zu sprechen anhob, klang ruhig und gefasst; doch es schwang unverkennbar ein drohender Unterton mit.

»Dir dürfte doch wohl trotz deiner beschränkten Auffassungsgabe klar sein, dass uns das leider weit zurückwirft, oder?«, fragte er trocken. Der Rakshas nickte, und seine rötlich goldenen Locken glänzten im Licht. »Und warum grinst du dann so idiotisch?«

Der Rakshas ließ sich in einen Sessel fallen und warf beide Beine über die Armlehne. »Ich lache über die, an die wir es verloren haben.«

»Mach keine Spielchen mit mir. Von wem sprichst du?«

»Keine Ahnung.« Der Rakshas beugte sich plötzlich vor; seine kristallblauen Augen blitzten tückisch auf. »Jedenfalls waren sie zu dritt.«

Gittelson fuhr unwillkürlich zusammen, als sein Meister aufsprang.

»Was redest du da?« Die eben noch so kultivierte Stimme war jetzt nicht mehr als ein drohendes Zischen.

Der Rakshas blieb anscheinend unbeeindruckt. »Vielleicht bin ich ja wirklich nicht der Gescheiteste, aber selbst ich kann zählen. Sie waren zu dritt, eine Frau und zwei Männer, glaube ich. Ich habe nur einen der beiden aus der Nähe gesehen. Hässlich wie sonst nichts. Sie haben uns aus dem Haus vertrieben und alle meine Männer niedergemacht. Und es sieht ganz danach aus, dass wenigstens einer von ihnen so wie ich Macht über das Feuer hat.«

»Unmöglich.«

Der Rakshas zuckte mit den Achseln. »Wie Ihr meint.«

»Wo sind die drei jetzt?«

»Weiß ich nicht.« Der Rakshas faltete die Hände hinterm Kopf und reckte sich. »Sie sind in östliche Richtung abgezogen, auf die Krevensfelder zu.«

»Canrif,« hauchte der andere in einer Tonlage, die Gittelson, versteckt in seiner Ecke, erschaudern ließ. »Sie wollen nach Canrif.«

»Vielleicht.«

Urplötzlich richteten sich die rot geränderten Augen auf Gittelson, der ganz deutlich spürte, wie ihm das Blut aus dem Kopf sackte.

»Gittelson, es kann sein, dass ich deine Dienste bald in Anspruch nehmen werde.«

39

Sie saßen noch lange schweigend beieinander, lauschten dem Wind in der Ferne und blickten zum dunkler werdenden Himmel empor. Schließlich richtete Achmed seine Augen auf Rhapsody. Seine Miene war ruhig, verriet aber trotzdem Besorgnis.

»Kannst du auf deinem neuen Instrument so spielen, dass es unser Gespräch übertönt und seine Schwingungen nicht mit dem Wind davongetragen werden?«

Sie nickte, nahm die Heilharfe zur Hand und löste die Riemen, mit denen sie das Gerät unter dem Umhang befestigt hatte. Dann zog sie die Hülle ab und fuhr mit den Fingern über die Saiten.

»Hattest du an ein bestimmtes Lied gedacht?«, fragte sie.

Er schüttelte den Kopf. »Es soll nur den Wind ablenken, damit er nicht mit sich trägt, worüber wir uns unterhalten.«

Rhapsody dachte kurz nach. Dann machte sie sich daran, der Harfe eine Folge von abstrakten, misstönenden Klängen zu entlocken. Da war keine erkennbare Melodie, kein Muster, das sich wiederholte oder variiert wurde. Sie spielte noch eine Weile weiter und lehnte das Instrument dann neben sich an den Stamm.

»*Samoht*«, sagte sie.

Achmed schmunzelte, als die kleine Harfe das unschöne Lied von sich aus fortsetzte. Wahrscheinlich, so dachte er, war ihr die Ironie ihres Tuns selbst nicht klar.

Er begegnete wieder ihrem Blick und hielt ihn fest. Ihre Augen spiegelten erwartungsvolle Neugier und auch Vertrauen, etwas, das er schon lange nicht mehr gesehen hatte. Und es lag nichts von der Abneigung darin, die ihm sonst ständig entgegengebracht wurde.

»Erzähl mir die Geschichte von den Uralt-Weisheiten, so viel wie eben möglich.«

Rhapsody war verdutzt. »Wovon sprichst du?«

»Wir haben heute einen kurzen Ausschnitt aus der Geschichte der Entstehung der Erde gehört.«

»Ja.«

»Ich will, dass du für eine Weile vergisst, was dieser minderbegabte Mönch erzählt hat, und dass du dich stattdessen an deine Studien zurückerinnerst. Dein Mentor war bestimmt eine sehr viel verlässlichere Wissensquelle.«

»Ja.« Rhapsodys Augen verrieten einen Anflug von Irritation.

»Wie kennst du diese Geschichte? Erzähl sie mir vom Standpunkt einer Benennerin, Rhapsody. Und gib dir Mühe. Glaub mir, du hast in deinem ganzen Berufsleben nie etwas Wichtigeres getan, nichts, was von größerer Tragweite gewesen wäre.«

»Wovon soll ich dir erzählen? Von der Geburt der Elemente?«

»Ja.« Achmed lehnte sich an den Stamm eines der schlanken Bäume zurück.

»Die eigentliche Geschichte ist auf Alt-Serenne überliefert, und diese Sprache beherrsche ich nicht besonders gut. Ich habe den Urtext übersetzen müssen. Vielleicht sind mir dabei ein paar Fehler unterlaufen, was aber der Geschichte selbst wohl keinen Abbruch tut.«

»Gib sie mir möglichst genau wieder.«

Sie holte tief Luft, machte ihren Kopf frei und konzentrierte sich auf den Moment in ihrer Erinnerung, da sie erfahren hatte, was Achmed jetzt von ihr hören wollte. Als sie einen festen Zugriff darauf gefunden hatte, hob sie zu erzählen an.

»Die fünf Elemente kamen in der Vorzeit zur Welt, und zwar gewissermaßen als Werkzeuge, mit denen der Schöpfergott seinen Kosmos aufgebaut hat. Sie werden von manchen auch die Kinder des Allgottes genannt oder die Fünf Geschenke, denn sie waren das, was er ganz zu Anfang erschaffen hat.

Als Erstes kam der Äther ins Sein, der Stoff, aus dem die Sterne sind. Es heißt, dass er die Essenz der Zeit, des Lebens und jener Kraft enthält, die manche mit dem Wort Magie bezeichnen. Den Äther gab es schon vor der Geburt der Welt, und darum enthält er auch alle Geheimnisse, die unserem irdischen Wissen vorausgehen.

Das Feuer wurde als das zweite Elemente geboren; mit ihm setzte sich die Erde vom Rest des Universums ab und bildete eine eigenständige Einheit.

In den Mythen heißt es, dass die Erde, von einem Stern abgebrochen, durchs All geirrt sei, bis sie in der Umlaufbahn der Sonne, ihrer Mutter, ihr Ziel gefunden habe. Das an der Oberfläche brennende Feuer verlosch schließlich, weil es von seiner ätherischen Nahrung abgeschnitten war. Ihm blieb nur noch der Rückzug ins Innere der Erde, womit sich das Feuer aber auf Dauer nicht zufrieden geben kann, weshalb es immer wieder einmal in vulkanischen Eruptionen und lavaspeiend zu entfliehen versucht.«

Achmed grinste breit, hielt aber die Augen geschlossen. »Dieses kleine Detail hat unser Freund, der Mönch, ausgelassen«, bemerkte er.

Dass es sie störte, unterbrochen zu werden, war Rhapsodys grünen Augen deutlich anzumerken. »Soll ich fortfahren?«

»Ich bitte darum.«

»Dann sei still. Ich muss mich konzentrieren. Als sich das Feuer zurückzog, wurde die Erde von Wasser überschwemmt, dem an dritter Stelle geborenen Element. Ihm waren sowohl heilende als auch zerstörerische Kräfte eigen.

Als die Erdoberfläche des Wassers wegen abkühlte, kamen starke Winde auf, und darum wird der Luft in der Rangordnung der Elemente der vierte Platz zugewiesen.

Die über den Globus brausenden Winde drängten das Wasser zurück und legten die Erde darunter frei.

Dieses letzte und jüngste Element war im Unterschied zu den anderen von großer Festigkeit und Dauer, und darin lag auch seine Kraft. So wie die Sterne das Wissen und die Weisheit der Vorzeit hüteten, war die Erde Trägerin ihrer eigenen Geschichte und Gegenwart.« Sie atmete tief durch.

»So, jetzt weißt du, was ich weiß.«

Achmed kicherte. »Tatsächlich weiß ich sehr viel mehr als du. Aber dazu kommen wir später.« Er öffnete die Augen und beugte sich vor.

»Weißt du irgendwas über die Erstgeborenen?«, fragte er.

Rhapsody zögerte. Achmed schien Kenntnisse von Dingen zu besitzen, über die eigentlich nur die ganz großen Benenner hätten Bescheid wissen dürfen. »Nicht viel«, antwortete sie. »Die Altertumskunde gehört zu den letzten Dingen, die ein Benenner lernt. Ich hatte gerade erst mit dem Studium dieses Fachs angefangen, als mein Mentor Heiles verschwand.«

Achmed richtete sich so plötzlich auf, dass sie vor Schreck fast von ihrem Baumstamm gefallen wäre.

»Denk nach. Du musst dich so genau wie möglich an diesen Zeitpunkt erinnern. Was konntest du noch vor seinem Verschwinden über die Erstgeborenen in Erfahrung bringen?«

»Es ist zwar nicht viel, woran ich mich erinnere, aber immerhin mehr, als die meisten anderen darüber wissen. Lange bevor die Völker der Lirin und der Menschen, also die Nain und dergleichen, nach Serendair kamen, lebten dort schon sehr viel ältere, urwüchsige Stämme, die den Elementen selbst entsprungen waren und noch einiges von den Eigenschaften dieser Elemente verkörperten. Diese Stämme werden die Erstgeborenen genannt.

Die aus dem Äther Geborenen waren die Ur-Seren, hoch gewachsene Wesen mit golden schimmernder Haut und goldenen Augen. Sie hatten eine überaus lange Lebensspanne und waren entsprechend weitsichtig und geduldig. Dank ihrer Beziehung zum Stoff der Sterne waren sie auf die Rhythmen der Natur besonders gut eingestellt.

Ihr Stammesname, der sich mit *Stern* übersetzen lässt, war auch der Name jenes hellen Himmelskörpers, der jahrein, jahraus über der Insel stand. Serendair, was so viel wie *Sternenland* heißt, war ihre angestammte Heimat und gilt deshalb als einer der fünf Geburtsorte der Zeit.«

Achmed nickte. »Und was ist aus den Ur-Seren geworden?«

»Sie sind ausgestorben oder wieder in die Erde zurückgekehrt, wo sie sich während der Völkerkriege des Zweiten Zeitalters versteckt gehalten haben.«

»Und die Völker, die von den anderen Elementen abstammen? Weißt du irgendetwas über sie?«

Rhapsody schluckte und suchte in der Erinnerung nach den Resten dessen, was sie von ihren Studien behalten hatte. »Da waren zum einen die Mythlin, das Volk, das in den Weltmeeren lebte, wovon kaum ein Landbewohner jemals Notiz genommen hat. Sie hatten wie die Ur-Seren stets lange Zeiträume im Blick, aber überhaupt kein Interesse an dem, was jenseits ihrer Domäne geschah.

Es heißt, dass die Menschen aus den Mythlin hervorgegangen seien, dass sich der menschliche Körper im Zuge der Evolution aus Salzwasser und durchsichtigen Membranen gebildet habe, also aus Grundstoffen mythlinschen Lebens. Das würde auch erklären, warum es Menschen immer wieder zum Meer hin zieht und warum ihre Tränen und ihr Blut so salzig sind.«

Achmed grinste. »Wie hat Stephen den Namen *Abbat Mythlinis* noch gleich übersetzt? ›Gott-König der Meere‹ oder so ähnlich, nicht wahr?«

Rhapsody lachte laut auf. »Und ich dachte, du hättest gar nicht zugehört. Wenn ich mich recht erinnere, hat er ihn den ›Herrn der Ozeane‹ genannt.«

Das Lächeln verschwand aus dem Gesicht des Dhrakiers. »Da sieht man wieder, wie schnell sich Fehler in diese Geschichten einschleichen können. Sehr wahrscheinlich haben die Cymrer vieles dazu erfunden oder umgedeutet und den Urtext verfälscht.«

»Aber das tut doch jeder, Achmed. Legenden und Mythen, die aus langer Überlieferung stammen, haben unzählige Veränderungen durchgemacht. Darum gibt es uns Sänger und Benenner: dass wir mit unserer Kunst dieser Tendenz entgegenwirken und versuchen, die Geschichten möglichst unverändert weiterzuerzählen. Um Dichtung und Wahrheit zu unterscheiden.«

»So sollte es sein. Zurück zum Thema. Was kannst du mir von den anderen Völkern erzählen?«

Rhapsody fuhr sich mit den Fingern durch das schimmernde Haar. »Ich wüsste da noch etwas von den Kith. Sie glaubten, Abkömmlinge des Windes zu sein, Wesen mit einem angeborenen Wissen von den Luftströmungen und Schwingungen der Welt. Die Kith suchten am Himmel nach Weisung und Rat. Auf ihren alten Lehren gründen übrigens unsere modernen Wissenschaften der Astronomie und Meteorologie.

Die Kith waren auch die Schöpfer der Musik und die Ahnen des lirinschen Volkes. Nebenbei bemerkt: *Lirin* ist das Wort der Ur-Seren für *Sänger*.

Der Ausdruck auf Achmeds Gesicht verdunkelte sich. »Auch die Dhrakier stammen von ihnen ab. Daher rührt auch unser scharfer Sinn für Schwingungen.«

»Tatsächlich?« Rhapsody war sichtlich überrascht. »Das wusste ich nicht.«

»Woher auch? Hast du denn vor unserem Zusammentreffen jemals etwas von uns Dhrakiern gehört?«

»Nein.«

Achmed vermummte sich in seinem Umhang, als wäre ihm kalt geworden. »Es gibt einiges, wovon du nichts weißt, Rhapsody, wovon überhaupt nur die allerwenigsten wissen«, sagte er mit auffallend weicher Stimme. »Doch dass über Dhrakier kaum etwas bekannt ist, kann nicht heißen, dass es uns nicht gibt. Wie steht's um die Abkömmlinge der Erde?«

»Das sind die Drachen. Wir wissen nur Bruchstücke über sie aus jüngerer Zeit, dem Ersten und Zweiten Zeitalter, aber nichts aus der Zeit davor.«

Achmed nickte. »Und nun zum Schluss: Was ist mit dem Feuer?«

Sie schüttelte den Kopf. »Ich weiß nur das, was ich heute darüber erfahren habe. Du hast dich nach Heiles erkundigt. Ich bin mir heute ziemlich sicher, dass wir am Anfang eben dieser Lektion standen, als er davonging. Er hatte alle entsprechenden Materialien schon zurechtgelegt. Das weiß ich, weil ich ihm am Abend zuvor dabei geholfen hatte.«

Achmed bedachte sie mit kalten, bohrenden Blicken. »Was waren das für Materialien? Erinnerst du dich?«

Rhapsody schüttelte den Kopf. »Nur noch ganz vage. Eine Kohlenpfanne, glaube ich. Verschiedene Kräuter und Wurzeln; das eine oder andere Elixier. Er ist nicht mehr dazu gekommen, mir zu erklären, worum es sich bei diesen Dingen im Einzelnen handelte. Und da war noch diese Schriftrolle, aus der er auch in all den anderen Unterrichtsstunden zitiert hatte.«

»Ihr habt also noch diese Vorbereitungen getroffen, und am nächsten Tag war er verschwunden.«

»Ja. Er schickte mich los, um ein paar seltene Manuskripte und Noten zu besorgen. Ich sah ihn nie wieder. An die ausgefallene Lektion habe ich dann nicht mehr gedacht, erst heute wieder, als der Mönch von den F'dor erzählte.«

Achmed langte unter seinen Umhang und holte ein kleines gefaltetes Tuch zum Vorschein, das er ihr auf den Schoß warf. Vorsichtig öffnete Rhapsody es an denen Zipfeln. Es war ein Altartuch, wie es zum Reinigen von geweihten Kelchen oder kleinen Reliquien und dergleichen benutzt wurde: ein weißer Lappen, bestickt mit jenem stilisierten Sonnenmuster, das sie auch im Tempel von Bethania gesehen hatte. Anerkennend stieß sie einen Pfiff aus.

»Das nenn ich dreist. Stiehlst bei helllichtem Tag solche Sachen aus einer Basilika.«

»Was, meinst du, soll dieses Symbol bedeuten?«, fragte Achmed.

Rhapsody warf ihm das Tuch zurück und machte aus ihrer Irritation kein Hehl. »Was soll die Frage? Ich bin doch nicht taub. Ich habe gehört, was er gesagt hat. Es ist das Symbol der F'dor.«

Er kroch ihr fast ins Gesicht. »Ich will die Frage anders formulieren. Wofür steht das Symbol? Was glaubst du?« Seine Stimme war scharf und schneidend.

Rhapsody geriet ins Frösteln und schauderte. »Die Sonne?«

Ihr Gegenüber schüttelte den Kopf. »Das glaubst du, weil es alle glauben. Aber ich versichere dir, dass dem nicht so ist. Jedenfalls war dem nicht so in der alten Welt.«

Obwohl sie sich mit aller Macht zu beherrschen versuchte, zitterte sie am ganzen Körper wie ein welkes Blatt an einem kahlen Baum im Winter. »Was ist es dann?«

Achmed schlug das Tuch auf. Vorsichtig, fast liebevoll fuhr er mit knochigem Finger um den Rand der goldenen Scheibe.

»Die Cymrer haben beim Anblick dieses alten Symbols offenbar an die Sonne gedacht. Die Vermutung liegt ja auch nahe. Doch dies hier«, er tippte ins Zentrum der Scheibe, »ist die Erde. Die vermeintlichen Strahlen sollen in Wirklichkeit Flammen darstellen. Die Erde in Flammen. Aber nicht etwa so, wie sie in der

Vorzeit ausgesehen haben mag, als das Feuer geboren wurde. Nein, so wird sie aussehen, wenn die F'dor erreichen, was sie als ihr Ziel, ihre Bestimmung erachten. Verstehst du, was ich dir sagen will, Rhapsody?«

Sie nickte, brachte aber keinen Ton heraus.

»Und das hier ist das Werkzeug, womit dieses Ziel erreicht werden soll.« Mit dem Zeigefinger fuhr er die rote Spirale entlang, die sich von der Mitte der Scheibe bis an ihren Rand schlängelte. »Was damit dargestellt ist, wirst du jetzt erahnen, zumal du einen kleinen Teil davon schon mit eigenen Augen gesehen hast.«

Ihre Antwort war ein Flüstern, kaum zu vernehmen vor dem Hintergrund der nicht abreißenden Harfentöne. »Der Wyrm.«

»Genau. Immerhin scheint es so, dass dein Schlaflied gewirkt hat. Serendair ist von vulkanischem Feuer zerstört worden, allerdings durch das Schlafende Kind und nicht, wie geplant, durch den Wyrm. Aber vergiss nicht, es war der Aufschlag dieses Sterns, der die F'dor aus dem Innern der Erde hervorgelockt hat. Es kann also durchaus sein, dass der eine oder andere von ihnen die Katastrophe und den Untergang der Insel überlebt hat. Und wenn nur ein Einziger am Leben geblieben wäre, würde er sich daran machen, das Ziel seines Volkes zu verwirklichen. Und er würde auch wissen, wie.«

»Was redest du da?« Mit fahrigen Handbewegungen versuchte Rhapsody, das Haar wieder zusammenzubinden.

Achmed lehnte sich zurück und presste die Fingerkuppen beider Hände aneinander.

»Fangen wir noch einmal von vorn an. In der Vorzeit, als sie aus dem Feuer geboren wurden, waren die F'dor dämonische Geistwesen von neidischer, niederträchtiger Natur, die danach trachteten, die Welt zu verzehren und darin dem Element Feuer zu entsprechen, dem sie entsprungen waren. Ihr Geburtsort war der Feuerkranz, jener Ring aus fünf aktiven Vulkanen, die im Meer versunken sind.

Und auch darin sind sie dem Feuer ähnlich, dass sie selbst keine feste Gestalt haben. Sie schmarotzen von anderen Lebewesen, so wie Feuer seine Nahrung aus Brennstoffen bezieht, die es im Zuge der Verbrennung aufzehrt.

Wie das zweite Element, das Feuer, sind die F'dor als das zweite Volk zur Welt gekommen. Den Ur-Seren, die ihnen vorausgingen, waren sie an Macht unterlegen, nicht so den nachfolgenden Völkern. Wie das Feuer lebten sie meist im Verborgenen und traten nur sporadisch in Erscheinung. Wenn sie aber in Erscheinung traten, brachten sie unweigerlich Zerstörung mit sich.

Das Feuer selbst zog sich ins Innere der Erde zurück, um dort in seiner reinsten Form zu brennen. Die F'dor aber haben eine solche Läuterung nie durchgemacht. Im Gegenteil, sie verkommen mehr und mehr und leben dadurch auf, dass sie Täuschung und Betrug üben.

Wie Parasiten nehmen sie Menschen – oder Lirin oder Nain – als Wirte in Beschlag, ernähren sich von ihnen und machen sie sich gefügig. Am Ende sind beide Seiten, die menschliche und die dämonische, nicht mehr voneinander zu unterscheiden, selbst für die betreffende Person nicht mehr. Vielleicht verstehst du jetzt ein bisschen besser, warum es mir nicht recht ist, dass du ständig irgendwelche Kinder adoptieren möchtest. Denn womöglich bist du selbst, ohne dass es dir bewusst wäre, von einem solchen Dämon besessen oder stehst unter seinem Einfluss. Auszuschließen ist das nicht.«

»Woher weißt du das alles?«, platzte es aus Rhapsody heraus. »Wie kommst du an solche Informationen, die nur den größten Benennern vorbehalten sind?«

Achmed legte den Kopf in den Nacken und blickte zu den Sternen auf, die zwischen Wolkenlücken zum Vorschein kamen. Von unten stiegen Nebelschleier auf, als wollten sie sich mit ihren Geschwistern am Himmel zusammenschließen.

»Ich stand in den Diensten eines F'dor. Daher weiß ich das alles.«

»Der Dämon, der Gewalt über dich hatte, war ein F'dor?«

»Ja. Er hatte meinen Namen, hielt mich gefangen und machte mich gefügig. Er selbst hieß Tsoltan. Vielleicht hast du schon von ihm gehört.« Er warf einen Blick auf die Harfe, die immer noch schrille Klänge hervorbrachte.

Rhapsody suchte in ihrer Erinnerung nach einer Antwort und

fand sie auch wenig später. »Llauron sprach davon, dass der Feind des Königs zurzeit des Großen Krieges, der nach unserem Weggang von der Insel ausgebrochen war, eben diesen Namen trug. Ist es dieser Tsoltan?«

Achmed nickte. »Und ausgerechnet in dem Augenblick, als er von ihm erzählte, musstest du ihn mit einer Belanglosigkeit unterbrechen. Nun ja, damals hattest du ja auch noch keine Ahnung.«

»Hättest du mich doch bloß früher in dein Geheimnis eingeweiht.«

»Wann denn? Wäre es dir etwa recht gewesen, wenn ich seinen Namen in der Erde unter Tage ausgesprochen hätte? Du als Benennerin weißt sehr wohl, was dann womöglich passiert wäre.« Der Ärger schwand aus seinen Augen wie ausgebrannte Glut, und sie nickte.

Mit freundlicher Stimme fuhr er fort: »Dass ich von den F'dor weiß, hat noch einen Grund. Ich bin zur Hälfte Dhrakier. Wir, die Dhrakier, verabscheuen die F'dor mit jeder Faser unseres Wesens. Das liegt wohl, wie ich vermute, vor allem daran, dass sie nicht zu erkennen sind. Für unsereins, die wir auch die feinsten Schwingungen wahrnehmen können, ist es unerträglich zu wissen, dass Dämonen umherspuken, aber einfach nicht aufzuspüren sind.

Die Geschichte der Dhrakier ist eine Geschichte der Kriege gegen die F'dor. Sie im Ganzen nachzuerzählen würde, auch wenn ich mich kurz fasste, viel zu lange dauern. Ich will stattdessen nur von einem Ausschnitt daraus berichten.

Nach der Zeitendämmerung, also während jener Phase, die auch als ›Tag der Götter‹ bezeichnet wurde, hatten die Ur-Stämme, von denen soeben die Rede war, ihre ganz eigenen Schwierigkeiten mit den F'dor. Um ihre Schlagkraft zu verbessern, schlossen Ur-Seren, Mythlin und Kith ein Bündnis. Nur die Drachen blieben außen vor. Dieses Bündnis war letztlich der Grund dafür, dass sich die F'dor ins Erdinnere zurückzogen, wo sie blieben, bis ein Zufall sie wieder an die Oberfläche lockte.

Jahrtausende später, nämlich in der Mitte des Zweiten Zeitalters, traf das Schlafende Kind – ein Meteor – auf die Erde und riss ein großes Loch, durch das ein Teil der F'dor an die Oberfläche entfliehen konnte. Ich glaube, dass es einer von denen war, der dann in Tsoltan gefahren ist. Tsoltan war schon vorher durch und durch böse, ein Priester der Gottheit des Nichts, des Allesverschlingers. Einen besseren Wirt hätte dieser F'dor gar nicht finden können.«

»Ich kann dir nicht mehr folgen.«

»Verzeihung, ich schweife ab. Im Ersten Zeitalter waren es die Kith, unsere direkten Vorfahren, die die F'dor mit den Mitteln der Schwingung in Schach halten konnten. Als Meuchelmörder hatten sie gelernt, was zu tun war, um sowohl den Wirt als auch den Dämon zu töten, und gaben diese Fähigkeit an ihre Nachfolger, die Dhrakier, weiter.

Die Dhrakier zählen zu den ältesten Völkern überhaupt; sie sind älter als die Menschheit. Aus Gründen, die zu komplex sind, als dass ich sie jetzt im Einzelnen darlegen könnte, haben es sich die Dhrakier zur Lebensaufgabe gemacht, die F'dor mit Stumpf und Stil auszurotten. Die Möglichkeiten dazu haben wir auch heute noch. Sie gehören gewissermaßen zu unseren stammesspezifischen Talenten, zu unserem Kulturgut. Gerade das macht den Umstand, dass ich in Tsoltans Bann stand und Mörder in seinem Auftrag war, umso widerwärtiger und verdammenswürdiger.

Lange Rede, kurzer Sinn: Unsere Welt, das heißt die Welt, die wir kennen, gibt es nicht mehr. Ich muss nun herausfinden, ob Tsoltan mit ihr untergegangen ist oder nicht. Vielleicht hat MacQuieth ihm den Garaus gemacht; vielleicht ist er auch wie all die anderen der großen Katastrophe zum Opfer gefallen.

Aller Wahrscheinlichkeit nach sind die F'dor im Großen Krieg umgekommen. MacQuieth war der einzige Nicht-Dhrakier, dem es möglich gewesen wäre, Mensch und Dämon zu töten. Ob es ihm auch gelungen ist, wissen wir nicht mit Bestimmtheit. Allerdings können wir wohl ausschließen, dass der Wyrm befreit wurde. Denn wenn dem so wäre, säßen wir jetzt nicht hier in lausig kalter Winternacht, weit weg von Serendair, und würden uns den Hintern abfrieren.

Es besteht aber dennoch die Möglichkeit, dass die F'dor noch leben, zumindest ein kleiner Teil von ihnen. Diese seltsamen

Überfälle, die hier allenthalben stattfinden, lassen Schlimmes befürchten, denn überall wo unerklärliches Chaos herrscht, könnten F'dor auf der Lauer liegen. Nicht, dass sie Exklusivrechte auf Krieg und Terror hätten. Auch die Menschen machen seit eh und je reichlich Gebrauch davon.

Wie auch immer, wir müssen damit rechnen, dass ein F'dor-Geist entflohen und hierher geflohen sein könnte. Es muss nicht unbedingt der sein, den ich kannte; auch jeder andere wäre in der Lage, den Wyrm zu wecken – vorausgesetzt, dieses Ungeheuer ist noch am Leben. Dass es im Inneren der Erde steckt, weiß jedenfalls jeder F'dor, und es liegt in ihrer Natur, dessen Befreiung zumindest zu versuchen. Darum muss ich wissen, ob der F'dor, dessen Sklave ich war, überlebt hat oder ob womöglich irgendwelche anderen seiner Art unter uns sind.«

»Also, das herauszufinden dürfte nicht allzu schwierig sein«, sagte Rhapsody und rieb sich die Oberarme mit den Händen, um die Kälte daraus zu vertreiben. »Ihr Tempel ist gleich hier in Bethania. Da feiern sie ihre Gottesdienste, in aller Öffentlichkeit.«

Achmed lachte. »Ich glaube, das siehst du falsch. Denk doch mal nach. Wenn die Legenden wahr sind, haben die F'dor den Großen Krieg von Serendair *verloren*. Und es sind aller Erfahrung nach nie die Geschichten der Verlierer, die man immer und immer wieder nacherzählt, bis sie zur Legende werden. Die Nachkommen der *Sieger* kannten von der Wahrheit jedoch wahrscheinlich nur kleine Ausschnitte und waren wie alle Cymrer der Selbsttäuschung erlegen. Sie wollten den Elementen huldigen, den fünf Kindern ihres Schöpfers. Von der gesamten Geschichte aber hatten sie nur den Schimmer einer Ahnung.«

»Ist es denn nicht möglich, dass sie, verkommen wie sie sind, das Böse anbeten und es ernst damit meinen?«

»Möglich ist alles, aber nehmen wir doch für einen Augenblick mal an, dass diese Brüder in der Basilika unschuldige Narren sind. Wie mir scheint, sind sie dermaßen dämlich, dass sie gar nicht wirklich böse sein können. Außerdem würden sich echte F'dor nie offen zu erkennen geben. Ihre Stärke liegt darin, dass sie sich im Verborgenen halten.

Die Frage lautet also: Wie sind die Cymrer zu dieser falschen

Geschichte gekommen? Vielleicht haben sie irgendwo eine Abbildung dieses Symbols gesehen. Tsoltan hat ein Amulett mit einem ganz ähnlichen Zeichen getragen, wobei aber anstelle der roten Spirale ein Auge zu erkennen war. Vielleicht hatten die Cymrer, als sie ihre Kathedralen bauten und sich auf ihre Wurzeln zu besinnen versuchten, schon vergessen, was es mit dem Feuersymbol in Wirklichkeit auf sich hat. Möglich auch, dass sie von seiner Bedeutung nie etwas wussten. Nicht zuletzt aus diesem Grund habe ich dich gefragt, wie viel Zeit zwischen unserem Aufbruch und dem Exodus der Cymrer vergangen sein mag.

Aber das tut jetzt nichts mehr zur Sache. Tatsache ist, dass die Einwohner von Bethania in hohem Maße vom F'dor bedroht sind, wenn es ihn denn noch gibt. Dadurch nämlich, dass sie in ehrfürchtiger Andacht einer Feuerquelle huldigen, die aus dem Herzen der Erde gespeist wird, und den F'dor als eine wohlwollende Kraft anbeten. Im Grunde haben sie ihm dieses Land längst ausgeliefert. Sie haben ihn sozusagen eingeladen.«

Es war nicht nur die Winterkälte, die Rhapsody bis ins Mark hinein frieren ließ. »Was also sollen wir tun? Wie können wir finden, was sich nicht finden lassen will, zumal an einem Ort, den wir nicht kennen? Und das, nachdem wir über tausend Jahre unserer eigenen Zeit entrückt sind.«

»Wir fangen in Canrif mit der Suche an«, sagte Achmed. »Wenn er denn mit den Cymrern gekommen ist, wird der F'dor ihnen auch weiter gefolgt sein. Wenn dem aber nicht so gewesen sein sollte, wird unsere Reise auch nicht umsonst gewesen sein, denn in Canrif leben jetzt die Firbolg, und auf die bin ich schon ganz neugierig.«

»Sei ehrlich, diese Route stand für dich doch schon fest, als du Llaurons Geschichte hörtest.«

»Ja. Und die Angelegenheit ist noch wichtiger geworden, nachdem wir dem Rakshas begegnet sind und du mir von dieser Vision nahe dem Altar im Garten berichtet hast. Die war zwar gewiss dämonisch, scheint aber dennoch nicht das Werk des F'dor gewesen zu sein. Dazu will ich übrigens etwas grundsätzlich sagen, Rhapsody: Wenn die Religion dieses Landes mit ihren eigenen Dämonen über Kreuz liegt, sollten wir uns da raushalten.

Ich vermute, dass das Blut dieser Kinder den Rakshas ernährt und am Leben hält. Stephen will ihm eine Falle stellen. Wenn er und seine Vettern es nicht schaffen, ihn zur Strecke zu bringen, haben wir ohnehin keine Chance. Das ist ein Problem dieser Welt. Wir müssen Antworten auf unsere Probleme finden, und deshalb gehen wir nach Canrif.«

Rhapsody seufzte. »Wenn's denn sein muss. Es bleibt uns wohl nichts anderes übrig, als zumindest den Versuch zu unternehmen und herauszufinden, ob dieses Etwas mit den Flotten hergekommen ist und Schuld hat an all den schrecklichen Dingen, die hier geschehen. Darf ich dir noch eine Frage stellen?«

Achmed stand auf und reckte sich. »Natürlich.«

»Was wirst du tun, wenn sich deine Befürchtungen als berechtigt erweisen?«

Er blickte zu den Zweigen auf, die über ihnen schwebten und wie weiße Knochenarme ins Dunkle langten. »Wer weiß, was ich dann überhaupt tun *kann*«, sagte er schließlich und in Gedanken versunken, wie es schien. »Nach unserem Gang durchs Feuer ist vieles ganz anders geworden. Mir sind ganz neue Kräfte und Fähigkeiten gegeben, aber manches ist verloren gegangen, worauf ich mich früher habe verlassen können. Ich weiß auch nicht, mit welchen Waffen der Feind zu bekämpfen ist.«

»Damit ist meine Frage nur zum Teil beantwortet«, sagte Rhapsody. »Vielleicht sollte ich fragen: Was *wünschst* du zu tun? Und: Wie stehst du eigentlich zu diesem Ort und seinen Bewohnern? Bist du wirklich so distanziert, wie es den Anschein hat?«

Er starrte sie an, musste dann aber lächeln. »Auch das ist mir nicht ganz klar. Komm, gehen wir zurück. Ich schätze, Grunthor hält Jo im Schwitzkasten, um sie am Lauschen zu hindern.« Er ergriff ihre Hand und half ihr beim Aufstehen.

»Übrigens ist mir im Zusammenhang mit dem, was wir besprochen haben, etwas eingefallen«, sagte Rhapsody und zog die Kapuze über den Kopf. »Erinnerst du dich an die Prophezeiung der Drei? Kind des Blutes, Kind der Erde, Kind des Himmels?«

»Sicher doch.«

»Llauron zufolge wären das Anwyn und ihre hellsichtigen

Schwestern. Aber könnten damit nicht vielleicht die drei Ur-Völker gemeint sein, die sich zusammengetan haben – die Kith, die Mythlin und die Ur-Seren?«

Achmed krauste die Stirn. »Glaubst du wirklich?«

»Ich frage mich nur, ob das eine Möglichkeit sein könnte.«

Schmunzelnd zeigte Achmed auf die Harfe. »Sorg dafür, dass das Ding endlich Ruhe gibt. Es geht mir auf die Nerven.« *Die Kinder des Himmels müssen Luft zwischen den Ohren haben*, dachte er. *Liringlas. Dein eigenes Volk, und du erkennst dich nicht einmal selbst. Oder Grunthor und mich.* »Du bist wirklich ein echter Cymrer, Rhapsody; in punkto Selbsttäuschung bist du kaum zu schlagen.«

»Was soll das denn jetzt heißen?«

Die ungleichen Augen blitzten auf. »Nichts. Oder nur so viel: Ich lasse mich von Prophezeiungen nicht einwickeln, geschweige denn irreführen. Der Glaube daran ist häufig bloß das Ergebnis gescheiterter Versuche, bestimmte Hinweise und Zeichen zu deuten, die nicht klar zu bestimmen sind. Und überhaupt, was hat dir deine Hellsicht bislang eigentlich gebracht? Du hast vom Tod der Insel geträumt. Konntest du ihn verhindern?«

Er öffnete eine Schneise im Dickicht und setzte sich in Richtung Lager in Bewegung. Rhapsody schaute ihm eine Weile nach und folgte schließlich.

Der Morgen kam wie eine Befreiung aus dem Bann der Nacht. Die drei sattelten die Pferde und bereiteten sich auf ihre Reise nach Bethe Corbair vor, der letzten Bastion der Menschen vor der Grenze zu den Bolgländern.

Als sie den Westrand der Krevensfelder erreichten, jener scheinbar grenzenlosen Ebene, die die Provinz von Bethe Corbair umgab, versuchte Rhapsody noch einmal, bei Achmed vorzufühlen und seinen Gedanken auf die Schliche zu kommen. Vergebens. Er gab sich wieder wie gewohnt reserviert und reagierte auf ihre Versuche, ihm etwas zu entlocken, mit frostigem Schweigen. Es war, als hätte ihr Zwiegespräch in der Nacht zuvor nie stattgefunden.

40

Ashe stand vor einer Senke, die sich tief in die Ebene der Krevensfelder einschnitt, als ihn eine erste Ahnung überkam. Er glaubte etwas Fremdes zu spüren, etwas, das sich hier zum allerersten Mal dem Kreis seiner Wahrnehmung näherte.

Macht, flüsterte der Drache in seinem Blut. *Faszinierende Macht. Ich will sie berühren.*

Der Drache in ihm sorgte ständig für Streit. Er war ihm als ein fester Bestandteil seines Wesens einverleibt, folgte aber seinem eigenen Willen, und obwohl Ashe sich immer wieder zur Wachsamkeit aufrief, hatte er sich doch mit den Jahren an ihn gewöhnt.

Auch verdankte er ihm seine überaus scharfen Sinne. Dank seines Drachenanteils nahm er Notiz von den winzigsten Details. Er konnte jeden Grashalm der Wiese, auf der er nun stand, fühlen und spüren, wenn er denn nur dem Drachen freie Hand gab. Doch genau das versuchte Ashe nach Möglichkeit zu vermeiden, denn der Drache war unberechenbar und trachtete nach immer mehr Freiheiten.

Seine Sinne fehlten nie. Es war tatsächlich etwas Fremdes in der Nähe, etwas, das uralt, abnorm und faszinierend zugleich war. Und ungemein mächtig. Nach einer Weile ahnte Ashe auch, wo es sich aufhielt: in Bethe Corbair. Er seufzte. Städte waren ihm verhasst. Er machte immer einen großen Bogen um sie und suchte stattdessen Schatten und Einsamkeit. Es war nicht klug, sich als Gejagter unter Menschen zu begeben.

Aber man konnte ja auch in der Menge untertauchen. Dass er das hin und wieder tat, hätte bekannt sein können, wenn denn überhaupt etwas über ihn bekannt gewesen wäre – was jedoch nicht der Fall war. Obwohl Ashe durchaus sichtbare Konturen hatte, wurde er schlankweg übersehen. Er hüllte sich in Nebelschleier, das heißt in einen Mantel, der zwar aus Wolle gemacht war, ihn aber dank einer dem Wasser eigenen Kraft auf mysteriöse Weise tarnte.

Aus diesem Grund blieb er in seiner leiblichen Gestalt dem bloßen Auge verborgen, und selbst mit jenen Geräten, die Schwingungen im Wind zu messen vermochten, waren sein Pulsschlag und der Atem seiner unsterblichen Seele nicht aufspüren. Und das war gut so, denn der Schmerz, den er an Körper und Seele zu tragen hatte, hätte ihn überall auf den Präsentierteller gehoben. Ashe war ein Paradoxon: selbst unbemerkt, aber alles gewahrend.

Ich will es berühren, beharrte der Drache. Und statt ihn zu rügen, wie er es sonst tat, musste Ashe ihm jetzt zustimmen. Auch er war gespannt darauf zu erfahren, wer oder was sich hinter dieser neuen Macht in Bethe Corbair verbarg. Lautlos folgte er dem bewegten Schatten der Morgensonne über die Ebene, bis er die Stadttore erreichte, die er unbemerkt passierte.

»Und dass du mir nur ja nichts klaust.«

Jo verdrehte die Augen. »Ach, Bruder ...«

Rhapsody zuckte zusammen und warf einen Blick auf Achmed, der aber unter seiner Kapuze zu schmunzeln schien. »Vorsicht«, sagte sie, wieder an Jo gewandt, »mit einer ganz ähnlichen Wortwahl habe ich mir einmal großen Ärger eingehandelt.«

Ein großer Karren, gefüllt mit Weidenkörben, kam so dicht vorbeigerumpelt, dass sich Jo mit einem schnellen Satz in Sicherheit bringen musste. Vor den hohen Mauern von Bethe Corbair herrschte Hochbetrieb, und das Lärmen der Menge war schon von fern zu hören gewesen. Es lag eine knisternde Spannung in der Luft, eine gereizte Stimmung, wie sie für eine so große Stadt am Rand der Wildnis durchaus typisch war.

»Wir sind seit Wochen unterwegs. Da kann's doch nicht so schlimm sein, wenn man die Gelegenheit nutzt und ein paar Leuten die Taschen lehrt«, entgegnete Jo.

Rhapsody hob einen kleinen, mit Münzen gefüllten Beutel in die Höhe. »Wie wär's zur Abwechslung damit, für das, was du brauchst, zu zahlen?«

»Das ist *dein* Geld«, antwortete sie mit trotzigem Blick.

»Nein, *unser* Geld«, korrigierte Rhapsody und löste den Lederriemen, der den Beutelsaum raffte. »Wir gehören zusammen, Schwester, oder hast du das schon vergessen?«

Sie nahm Jos Hand, öffnete sie und schüttete die Hälfte des Beutelinhalts hinein. »Da hast du was zum Verschluckern, wie mein Vater gesagt hätte. Aber gib nicht alles aus. Wer weiß, wann sich unsere Reisekasse wieder füllt.«

»Na, wir sind schließlich in einer Stadt«, sagte Achmed mit Blick auf das Stadttor. »Da liegt das Geld für dich doch so nahe wie die nächste Straßenecke. Bei deinen Erwerbstalenten ...«

Rhapsody strafte ihn mit ihren Blicken. »Wie bitte?«

»Als Musikant«, präzisierte Achmed. »An was hast du denn gedacht?«

»Musst du dir deine Beleidigungen eigentlich vorher im Kopf zurechtlegen oder kommen sie dir ganz natürlich über die Lippen? Wie auch immer, sie treffen mich nicht. Komm, Jo«, sagte sie und zog ihre Kapuze bis tief in die Stirn. »Wir treffen uns dann zur Mittagstunde vor der Basilika, Achmed. Ich bin sicher, wir werden irgendwo in der Stadtmitte einen Gasthof finden, wo wir essen können.«

Sie nahm Jo bei der Hand und folgte der Menge in die Stadt von Bethe Corbair, der letzten großen Ortschaft an der Grenze zu den Bolgländern.

Grunthor und Achmed warteten, bis die beiden nicht mehr zu sehen waren. Dann machten sie sich auf den Weg rund um die Stadtmauer, zu der sie, um nicht aufzufallen, immer gehörig Abstand hielten.

Als sie ihren Erkundungsgang beendet hatten, legten sie am Nordrand der Stadt eine Rast ein, um sich zu beratschlagen. Neben der von einer Mauer umschlossenen Innenstadt gehörte zu Bethe Corbair außerdem eine Reihe versprengter Gehöfte und kleiner Siedlungen.

Im Osten der Grenzstadt ragten die so genannten Zahnfelsen auf, eine Gebirgskette, die den Bewohnern der im Westen vorgelagerten Ebene von jeher Angst machte. Für Raubzüge der Bolg gab es keinerlei Anzeichen. Hätte es in jüngster Zeit welche gegeben, wären mit Sicherheit Spuren davon zurückgeblieben. Nichtsdestotrotz fühlten sich die Anlieger offenbar wohler in Sichtweite der befestigten Stadt, was darauf schließen ließ, dass es in der Vergangenheit schlimme Übergriffe gegeben hatte.

»Schau dich noch ein bisschen im Umkreis um«, sagte Achmed zu Grunthor. »Wir treffen uns dann bei Sonnenuntergang am Ostrand.« Der Dhrakier schaute dem Freund nach, bis dieser verschwunden war; dann drehte er sich um und ging durchs Tor zur Stadt hinein.

Bethe Corbair war eine alte Stadt, viel älter noch als Navarne, obwohl beide Provinzen nach Stephens Auskunft ungefähr zur gleichen Zeit besiedelt worden waren. Rhapsody dachte zurück an den Geschichtsunterricht, den ihr Llauron und Herzog Stephen erteilt hatten.

Navarne und Bethania war von den Mitgliedern der Ersten Flotte zu ihrer Heimat gemacht worden, also von jener Emigrantengruppe, die mehrheitlich aus jenen Städteplanern, Architekten und Maurern bestand, welche von Gwylliam losgeschickt worden waren, um den Cymrern neue Wohnungen zu bauen. Zuerst errichteten sie in aller gebotenen Eile Wachtürme und kleine Gehöfte, danach ließen sie sich Zeit für die öffentlichen Anlagen. Dies erklärte die Schönheit der Städte. Sie waren von Anfang an sinnvoll entworfen und mit großer handwerklicher Sorgfalt gebaut worden.

Im Unterschied dazu war Bethe Corbair von den Mitgliedern der Dritten Flotte errichtet worden, also der Gruppe um Gwylliam, die im Wesentlichen aus Soldaten, Bauern, Händlern und ungelernten Arbeitern zusammengesetzt war. Sie legten vor allem Wert auf Zweckmäßigkeit und hohe, starke Mauern, die auch heftigsten Angriffen standhalten konnten. Mit der Zeit hatte sich der martialische Charakter der Stadt verloren, doch immer noch war ihr eine gewisse Trotzhaltung zu Eigen.

Nicht, dass sich dieser Aspekt auf ihre Einwohnerschaft übertragen hätte. Sie war wie jede andere Stadtbevölkerung eine bunt gemischte Schar gesitteter und ungesitteter, hoch gestellter und ärmlicher, gebildeter und ungebildeter Leute. Im Großen und Ganzen herrschte ein friedliches Nebeneinander, und so konnten Handel und Handwerk gedeihen, und in den Straßen lärmte und wimmelte geschäftiges Leben.

Was Bethe Corbair einzigartig machte, war die Musik. Rhapsody schlenderte wie verzaubert durch die Straßen und lauschte den melodischen Klängen der Glocken im Turm der Basilika, Klängen, die der Willkür des Windes entsprangen und ein Gefühl von ungestümer Freiheit wachriefen, was Rhapsodys Herz höher schlagen ließ.

Die Städter gingen ihren Geschäften nach, ohne der Musik Beachtung zu schenken. Die übte aber dennoch ihre Wirkung auf sie aus, vor allem wenn die Glocken in besonders hellen Tönen läuteten; dann hörten die Händler zu feilschen auf, Fischweiber zeterten nicht mehr so schrill, und streitende Kinder schlossen wieder Frieden.

Jo zappelte vor Ungeduld. »Das ist langweilig«, nörgelte sie, als Rhapsody vor dem Verkaufstisch eines Tuchhändlers stehen blieb. »Ich halt's nicht mehr aus. Viel lieber würde ich auf eigene Faust umherziehen.«

»Tu das«, antwortete Rhapsody nach kurzem Zögern. »Wir treffen uns dann zur verabredeten Zeit vor der Basilika. Wenn du mich nicht findest, sieh dich nach Achmed um. Und denk daran: Lass nur ja nichts heimlich mitgehen. Ich will nicht, dass man dir die Hand abschlägt.« Sie grinste über die Grimasse, die das Mädchen in Reaktion auf ihre Warnung schnitt. Gleich darauf war Jo in der Menge verschwunden.

Ashe sah sich auf dem Wochenmarkt in der Stadtmitte um. Er war, von den Krevensfeldern kommend, durch das Südtor in die Stadt gelangt. Das fremde Etwas, dessen Kraft er spürte, hielt sich aber irgendwo im Osten auf. Jedenfalls tat dies zumindest ein Teil von ihm; ein anderer Teil schien sich abgespalten zu haben und am Rand der Reichweite seiner Drachensinne in der Stadt zu kreisen. Es hatte andere Eigenschaften als der andere Teil und war so gleichmäßig in seinen Bewegungen, dass er nicht zu unterscheiden vermochte, ob es sich um ein Lebewesen handelte oder womöglich um einen Gegenstand auf einem fahrenden Karren.

Dass er die Kraft nicht identifizieren konnte, machte Ashe nervös. Gewöhnlich tat er sich in solchen Dingen sehr viel leichter. Doch aus irgendeinem Grund blieb ihm diese Kraft in der von ihr angenommenen Gestalt verborgen. Der Drache in ihm wand sich vor Ungeduld. Nur den zahllosen Ablenkungen, die der Markt zu bieten hatte, verdankte es Ashe, ihn unter Kontrolle zu halten.

Er trat einen Schritt zur Seite, als ihm ein Trunkenbold entgegenwankte, dem offenbar ein Übermaß an Schnaps und das willkommene Tauwetter zu Kopf gestiegen waren. Er taumelte so unberechenbar hin und her, dass Ashe genau Acht geben musste, um einem drohenden Zusammenstoß vorzubeugen. Dadurch war seine Aufmerksamkeit einen Moment lang abgelenkt.

Als er seine Sinne zurück auf die Quelle der ominösen Kraft richtete, schien sie sich wiederum aufgeteilt zu haben. Zu einem der Aspekte fühlte er sich besonders stark hingezogen; es war der, der in der Nähe weilte und eine unwiderstehliche Wärme ausstrahlte.

Ashe war alarmiert, wusste er doch, dass die Diener des Feuers seine gefährlichsten Jäger waren. Nur weil er stets und überall ihren Fallen hatte ausweichen können, war er noch am Leben. Wie auch immer, das Unheil hielt sich in der Nähe auf; früher oder später würde es auf den Marktplatz kommen. Er beschloss, darauf zu warten.

Derweil musste er sich mit seinem Drachen auseinander setzen. Einer der Gründe dafür, dass er Städte mied – vor allem solche, die wie Bethe Corbair an einer bedeutenden Handelsroute lagen –, war die Faszination des Drachen für alle möglichen Handelsgüter. Er geriet geradezu außer sich, als sie an einem Stand vorbeikamen, der, von einer Glasscheibe abgedeckt, Edelsteine ausstellte.

Wie wunderschön, flüsterte es in seiner Seele. *Das will ich berühren.*

Kommt gar nicht in Frage, antwortete Ashe entschieden.

Ich will's berühren.

Nein. Er wandte sich ab und ging. Die Händlerin hatte seine Nähe anscheinend irgendwie gespürt und kurz aufgeblickt, sich aber, als sie niemanden sah, wieder der Auslage gewidmet.

Auch der nächste Stand mit seinem Angebot feinster Gewürze gefiel dem Drachen. *Pfefferkörner. Die will ich zählen,* flüsterte er erregt und notierte jedes einzelne Körnchen, jede Bohne, jede Flocke und jedes Tröpfchen.

Ashe gebot ihm Einhalt. *Nein.* Er hielt nach der Kraftquelle Ausschau.

Parfüm und Amber; das stammt aus dem Erbrochenen eines Leviathan, der siebzehn Makrelen gegessen hat und hundertsiebzig …«

Schluss jetzt!

Sieh nur, die Stoffe da. Heute gibt's keine Seide, nur Leinen, Samt und Wolltücher in dreizehn verschiedenen Webarten, dunkelblau, hellblau, violett, indigoblau …«

Gib Ruhe! Ashe drehte sich um. Es war ganz nahe. Mit Nachdruck brachte er den Drachen zum Schweigen und versuchte, klar zu sehen.

Auf der anderen Straßenseite gab es Streit. Auslöser schien eine junge Frau zu sein, in Grau gekleidet wie er. Von der fremden Kraft angelockt, rückte er näher.

Auch Rhapsody wurde geplagt von den Begehrlichkeiten ihres ganz persönlichen Drachentiers, dem Wunsch, mit der Hand über die herrlichen Stoffe zu fahren, die vor ihr ausgebreitet waren. Ganz besonders hatte es ihr der cremefarbene Samt angetan, der aber viel zu teuer für sie war. Seufzend schlenderte sie weiter, von einem Marktstand zum anderen.

Am Ende der Straße fiel ihr Blick auf einen Tisch voll funkelnder Gegenstände, die sich wie Sonnenglanz auf fließendem Wasser zu bewegen schienen. Neugierig eilte sie darauf zu.

Vor dem Tisch des Händlers angekommen, erkannte sie in den vermeintlichen Lichtspielen prunkvolles Geschmeide, vornehmlich Ohrringe, viel Protz, aber auch ein paar wertvolle und besonders edle Stücke. Rhapsody hatte eine Schwäche für schöne Dinge, was sie aber ihren Bolg-Gefährten gegenüber niemals eingestehen würde. In deren Abwesenheit jedoch gestattete sie sich nun das Vergnügen, den schillernden Plunder nach Lust und Laune zu bestaunen.

Der Händler hatte gerade einen anderen Kunden verabschiedet und nahm argwöhnisch Bestand von seiner Ware auf, ehe er zu Rhapsody aufblickte, der er offenbar zutraute, dass sie lange Finger machte.

Wegen ihres lirinschen Aussehens solchen Verdächtigungen ausgesetzt zu sein war sie schon von Ostend her gewohnt. Verstehen konnte sie diesen Argwohn nicht. Lirin legten nämlich keinen Wert auf materiellen Besitz, schon gar nicht auf so nutzlose Dinge wie Ohrringe oder Halsketten. Deshalb war für sie auch überhaupt nicht nachzuvollziehen, warum ihr alle Händler und Kaufleute gleichsam reflexhaft unterstellten, diebische Absichten zu hegen. Und obwohl sie sich vorgenommen hatte, solche Zumutungen nicht weiter ernst zu nehmen, geriet ihr Blut doch immer wieder in Wallung. Sie schluckte, trotzte ihrer Verdrossenheit eine freundliche Miene ab und machte auf dem Absatz kehrt.

»Junge Frau?« In der Stimme des Händlers schwang ein Ton der Klage mit. Unwillkürlich hob Rhapsody die geöffneten Hände in der Annahme, des Diebstahls bezichtigt zu werden.

»Ja?«, sagte sie, ohne sich umzudrehen.

»Bitte, bleib doch noch. Wie gefällt dir mein Angebot?«

Rhapsody drehte sich wieder um. Der Händler zeigte jetzt ein ganz anderes Gesicht als vorhin, als er einem kahlköpfigen Kunden zu einem bereits gekauften Ring noch eine passende Krawattennadel aufzuschwatzen versucht hatte. Seine Augen waren weit aufgesperrt, als wunderte er sich über etwas, und er klammerte sich derart krampfhaft an der Theke fest, dass die Knöchel der Hand weiß angelaufen waren.

»Stimmt irgendetwas nicht?«, fragte Rhapsody besorgt. Der Händler schüttelte den Kopf. »Du hast wirklich sehr schöne Sachen zum Verkauf. Aber ich wollte sie mir einfach nur ansehen«, sagte sie und schickte sich an zu gehen.

»Junge Frau?«, hakte er in drängendem Tonfall nach.

Rhapsody seufzte, ließ sich aber ihren Unmut nicht anmerken und schaute zurück. Das Gesicht des Händlers war rot angelaufen, und seine Hände zitterten.

»Ist dir nicht wohl?«, fragte sie alarmiert und langte nach ihrem Wasserschlauch, um ihm zu trinken zu geben. Doch der Mann schüttelte den Kopf, zog ein Taschentuch hervor und betupfte sich die Stirn.

»Nein, danke. Aber bleib doch noch. Wäre da vielleicht ein Stück, das dir besonders gut gefällt?«

»Wie gesagt, ich wollte nur …«

Der Mann nahm zwei goldene Ohrringe aus seinem Sortiment und hielt sie ihr hin. »Die passen ganz vorzüglich zu deinem Medaillon. Steck sie doch ruhig einmal an.«

Rhapsody musterte die dargebotenen Schmuckstücke, die ihr schon als besonders hübsch aufgefallen waren. In ihrer schlichten, aber eleganten Form passten sie tatsächlich sehr gut zu dem goldenen Anhänger, den sie immer trug. Zweifellos kosteten sie weit mehr, als ihr an Geld zur Verfügung stand.

Beim Anblick der blinkenden Schmuckstücke schlug ihr das Herz höher, obwohl sie der Verstand mahnend daran erinnerte, dass Straßenhändlern gegenüber, die allzu vollmundig für ihre Ware Reklame machten, Vorsicht angesagt war. Und weil sie sich meist schwer tat, wenn es darum ging, Verzicht zu üben, hatte sie um den Diebesmarkt, wie der Bazar in Ostend genannt wurde, in der Regel einen großen Bogen gemacht.

»Greif zu, junge Frau. Sie sind wie für dich gemacht. Steck sie dir doch mal ans Ohr. Tu mir den Gefallen.« Seine Hartnäckigkeit hätte selbst den naivsten Kunden argwöhnisch gemacht.

»Sei's drum«, sagte Rhapsody entnervt. »Aber eins muss klar sein: Kaufen werde ich sie auf keinen Fall.« Sie nahm die Ohrringe aus der Hand des Juweliers entgegen und warf die Kapuze in den Nacken zurück, um sie anzustecken.

Das Gold war von besonderer Güte, was ihr sofort auffiel, als sie den Schmuck in der Hand hielt. Sie erinnerte sich an den stolzen Ausdruck im Gesicht ihrer Mutter, als sie, Rhapsody, das Medaillon ausgepackt hatte, für das die Mutter, wie ihr schon damals bewusst gewesen war, sehr viel Geld ausgegeben hatte. Im Vergleich zu den Ohrringen wirkte es weniger kostbar, war ihnen aber in der handwerklichen Verarbeitung durchaus ebenbürtig.

Im Hintergrund wurde plötzlich ein ohrenbetäubendes Kreischen laut, gefolgt von einem Krachen und Splittern von Holz. Rhapsody fuhr vor Schreck zusammen.

Sie warf die Ohrringe auf den Tisch zurück und drehte sich um. Wenige Schritte hinter ihr waren zwei Ochsengespanne frontal zusammengestoßen; der erste Karren hatte Schlagseite und drohte auf den Stand des Juweliers zu kippen.

Die Zugtiere schnaubten und brüllten in Panik, als die Kutscher wie wild an den Zügeln zerrten. Kurz entschlossen tauchte Rhapsody unter den Tisch und hievte ihn auf dem Rücken aus der Gefahrenzone, ohne dass dabei auch nur ein einziges Schmuckstück verrückt oder gar verloren gegangen wäre. Der Juwelier stand wie gelähmt daneben.

Inzwischen hatten die Kutscher die Situation wieder halbwegs im Griff und manövrierten unter lautstarken Flüchen die ineinander verhakten Karren auseinander. Rhapsody machte sich sogleich daran, den Stand zurück an seinen Platz zu rücken. Der Juwelier schien immer noch unter Schock zu stehen, und so reichte sie ihm ihren Wasserschlauch. Er trank daraus, ohne die weit aufgesperrten Augen von ihr zu lassen.

Bald war der Stand wieder da, wo er hingehörte, und nachdem sie sich davon überzeugt hatte, dass keines der Schmuckstücke fehlte, klopfte sie dem Mann den aufgewirbelten Staub aus den Kleidern und zog behutsam den Schlauch aus seinen starren Händen.

Armer Kerl, dachte Rhapsody. *Der Schreck ist ihm in die Glieder gefahren.* »Geht's wieder?«, fragte sie und erhielt zur Antwort ein benommenes Nicken. Es überraschte sie, dass er so lange brauchte, um sich zu erholen. Nach ihrer Erfahrung waren die Händler auf einem Markt meist sehr viel robuster. Ein Zwischenfall dieser Art hätte den wenigsten so sehr zugesetzt. Aber was wusste sie auch schon über Land und Leute in dieser für sie noch so fremden Welt? Außerdem war der Juwelier schon fortgeschrittenen Alters. Sie hatte sich bereits umgedreht, um weiterzugehen, als ihr der Mann hinterherrief:

»Junge Frau?«

Seufzend drehte sich Rhapsody um – ein letztes Mal, wie sie hoffte. Nana hatte ihr beizubringen versucht, wie man sich möglichst höflich aus dem Staub machte, was ihr, Rhapsody, aber nie so recht gelingen wollte. »Ja?«

Der Juwelier hielt ihr die Ohrringe hin. »Nimm sie, und vielen Dank auch.«

»Nein, das kann ich nicht annehmen.«

»Du musst«, sagte er eine Spur lauter als beabsichtigt. »Bitte«, fügte er in gemäßigterem Tonfall hinzu.

Er sah sie so flehentlich an, dass Rhapsody fürchtete, seine Gefühle zu verletzen. »Vielen Dank«, sagte sie schließlich und nahm das Geschenk aus seinen zitternden Händen entgegen. Sie steckte die Ohrringe an, stellte sich in Pose und fragte: »Na, wie sehen sie aus?«

Dem Mann klappte die Kinnlade herunter. »Oh, fantastisch«, stammelte er.

Rhapsody langte in die Tasche und zog ihre Börse daraus hervor, doch der Juwelier winkte ab. »Nein, ich schenke sie dir. Behalte sie bitte an.«

»Also gut, vielen Dank«, sagte sie lächelnd. »Ich hoffe, es geht dir wieder besser.« Sie zog die Kapuze über den Kopf und ging unter den staunenden Augen des Händlers, der Kutscher und Zeugen der Szene davon.

41

Ashe beobachtete die Szene von der anderen Straßenseite aus, verwundert zunächst, dann amüsiert. Offenbar war der Händler von dem, was sich ihm unter der grauen Kapuze als Anblick bot, über die Maßen angetan – was der Frau indes gar nicht aufzufallen schien. Er stand da und gaffte, während sie seine Ware musterte.

Schon drängte sich Ashe ein schlimmer Verdacht auf, was diese junge Frau anging, doch konnte er aus der Entfernung auch mit seinen scharfen Drachensinnen keinen Makel an ihr erkennen. Er musste näher heran, um Genaueres feststellen zu können.

Obwohl er sonst nicht leicht aus der Fassung zu bringen war, fuhr Ashe vor Schreck zusammen, als die beiden Ochsenkarren mit lautem Getöse aufeinander stießen. Was ihm, Ashe, noch verborgen war, schien die Kutscher buchstäblich aus der Bahn geworfen zu haben: Die Frau hatte kurz zuvor die Kapuze vom Kopf genommen.

Bei allen Rätseln, die sie aufgab, zeigte sich nun doch ganz deutlich, dass sie enorm schnell auf den Beinen war. Blitzschnell war sie unter dem Tisch und rückte ihn mitsamt dem Händler, der dahinter stand, in Sicherheit. Als wenig später die Gefahr vorbei war, half sie ihm noch, den Verkaufsstand wieder in Ordnung zu bringen, ehe sie ihrer Wege ging.

Sie schlenderte die Straße entlang und schien gar nicht zu bemerken, dass alle, an denen sie vorbeikam, staunend stehen blieben und sich den Hals nach ihr verrenkten.

Ashe legte wie zufällig die Hand auf das Heft seines Schwertes und folgte ihr. Doch so sehr er sich auch bemühte, konnte er doch nicht mehr von ihr erhaschen als einen Schimmer goldenen Haares und ...

Da durchfuhr ihn ein jäher Schmerz, ausgehend von seinem Hodensack, der, gequetscht und mit Wucht zur Seite gezerrt wurde, was dermaßen wehtat, dass sich ihm der Magen umzudrehen drohte.

Der erste Schock war noch nicht verwunden, da hatte er schon zugegriffen und die Hand gepackt, die ihm da so schamlos und brutal zusetzte. Er drückte mit aller Gewalt zu und spürte die fremde Handwurzel unter seinen Fingern knirschen, bis sie schließlich von ihm ablassen musste.

Das Mädchen, wohl eine Taschendiebin, war an die sechzehn Jahre alt und hatte allem Anschein nach seine Hoden mit einem Geldbeutel verwechselt und aus der Tasche zu reißen versucht.

Von solchen Anschlägen blieb Ashe sonst ausgenommen, denn dank seiner Drachensinne, seiner Schnelligkeit und seines Nebelmantels, der ihn fast unsichtbar machte, kam er für Diebe als Opfer gar nicht erst in Betracht. Doch er war so sehr abgelenkt gewesen von den sonderbaren Schwingungen der in Grau gehüllten Frau, dass er nun zum ersten Mal angreifbar gewesen war.

Das Mädchen schrie vor Schmerzen auf, als er noch fester zupackte und es vom Boden aufhob, um es an der Flucht zu hindern.

Sie war groß und dünn, hatte langes, ungekämmtes Haar in einer Farbe wie Winterstroh, und unwillkürlich sah Ashe wie bei allen blonden Wesen weiblichen Geschlechts auch bei ihr genauer hin. Ihre Augen, die ihm voller Schreck entgegenstarrten, waren wässrig blau und ganz und gar nicht nach seinem Geschmack. Nein, da hatte er doch etwas anderes zu sehen erhofft.

Mit einem gespenstisch kehligen Grunzen machte er seiner Wut und den Schmerzen Luft. In den hellen, weit aufgesperrten Augen stand heillose Angst geschrieben. Ashe kämpfte gegen den Impuls an, die Metze auf der Stelle totzuschlagen, und biss die Zähne aufeinander. Und während er noch um Selbstbeherrschung rang, spürte er plötzlich eine andere Hand auf seiner Faust, mit der er das Mädchen umklammert hielt.

»Lass bitte meine Schwester los, ich müsste dir sonst Gewalt antun.«

Dass er sich zu weit aus der Deckung gewagt hatte, musste Ashe nun schon zum zweiten Mal an diesem Morgen büßen, was ihn verblüffte und zugleich in Wut versetzte. So etwas passierte ihm sonst nie. Doch immer noch benommen von den Schmerzen zwischen den Beinen, war ihm gar nicht aufgefallen, dass sich eine Dolchklinge auf sein Handgelenk gelegt hatte, mit der die zweite Metze ihren Worten unmissverständlich Nachdruck verlieh.

Als er sich ihr zuwandte, erging es ihm ebenso wie all den anderen Leuten, denen, wie er hatte beobachten können, beim Anblick der Frau in Grau die Kinnlade heruntergeklappt war.

Sein verschwommener Blick traf auf das wohl schönste Antlitz, das er je gesehen hatte. Das Erstaunlichste daran waren die smaragdgrünen Augen, die mit ihrem Funkeln eine Wut zum Ausdruck brachten, vor der die eigene gleichsam verpuffte. Ihr Haar leuchtete wie Gold im Tiegel, und wäre es nicht von der Kapuze verhüllt gewesen, hätte es wohl die Wintersonne überstrahlt.

Das Drachenblut in ihm geriet in Wallung.

Ich will sie berühren. Bitte, lass mich an sie heran.

Um Selbstbeherrschung ringend, biss Ashe erneut die Zähne aufeinander und war nur froh darüber, den tarnenden Mantel zu tragen, der ihm nicht nur ein Fluch war, sondern eben auch ein Segen, vor allem in Situationen wie dieser.

Dass sie sein Gesicht erkennen konnte, stimmte ihn ein wenig zuversichtlich, und so setzte er eine freundlichere Miene auf und holte tief Luft. Dabei nahm er ihren Duft wahr, der so betörend war, dass ihm schwindlig wurde. Angestrengt darauf bedacht, seine Stimme unter Kontrolle zu halten, räusperte er sich und sagte:

»Was blaffst du mich an. Ich habe nichts getan.«

»Du tust meiner Schwester weh, und wenn du sie nicht augenblicklich freigibst, zahl ich dir's heim.« Die Klinge drückte fester zu, schnitt aber immer noch nicht ins Fleisch.

Die weiß mit dem Ding umzugehen, dachte er und ließ das

Mädchen los, das ihn immer noch mit großen Augen ansah. Er rückte von ihm ab und ein Stück näher auf die schöne Frau zu, die nun den Dolch zurückzog und ihn mit spöttischem Blick taxierte.

»Hast du nichts Besseres zu tun, als junge Mädchen zu belästigen, und das auch noch auf offener Straße?«

Schon wieder klappte ihm der Unterkiefer herunter. »Wie bitte?«

Der Metze zugewandt, fragte sie: »Alles in Ordnung, Jo?« Die ließ den Mann nicht aus den Augen und nickte nur. Rhapsody richtete ihren Blick wieder auf Ashe. »Du kannst von Glück reden, dass ihr nichts geschehen ist.«

Ashe traute seinen Ohren kaum. So gründlich war ihm nie zuvor in seinem Leben die Kontrolle über eine Situation entzogen worden, und nur mit Mühe schaffte er es, einen auch nur halbwegs zusammenhängenden Gedanken zu fassen.

»Deine Schwester ... deine Freundin oder wer sie auch immer ist ... wollte mich bestehlen.«

Die wunderschöne Frau sah das Mädchen an, sagte aber nichts.

»Und hat daneben gegriffen«, erklärte er mit übertrieben starker Betonung. »Hat statt meines Geldbeutels was anderes zu fassen gekriegt und es mit aller Kraft aus der Hose zu zerren versucht.«

Seine Ohren liefen puterrot an; er konnte selbst kaum glauben, was er da von sich gab, zumal einer völlig fremden Frau gegenüber. Deren überirdische Schönheit hatte ihm offenbar die Zunge gelockert, die nun wie eine Fahne im Wind flappte.

Die Frau räusperte sich, und als sie die Hand vom Mund nahm, war noch der Rest eines Lächelns darauf zu erkennen.

»Es war also nicht der Geldbeutel.«

»Nein«, maulte er.

Wieder wandte sie sich dem Mädchen zu, das, wie es schien, in Grund und Boden zu versinken drohte. Den Blick gesenkt, ließ nun die Schönheit ein Seufzen vernehmen, das wie Musik klang und zur Folge hatte, dass sich Ashe die Haare im Nacken aufrichteten.

»Tut mir Leid«, sagte sie und blinzelte mit den smaragdenen Augen, die es offenbar nicht leicht hatten, ernst zu bleiben. »Ich hoffe, der Schaden hält sich in Grenzen.«

»Das wird sich erst zeigen«, entgegnete er zerknirscht und nahm erleichtert zur Kenntnis, dass der Schmerz und die Übelkeit ein wenig zurückgingen.

»Ach was«, sagte sie und war blitzschnell mit der Hand unter seinen Mantel gefahren, um der beklagten Angelegenheit auf den Grund zu gehen.

Ashe war wie vom Donner gerührt. Normalerweise hätte er ein solches Ansinnen unterbunden, noch ehe es überhaupt als Möglichkeit in Betracht gekommen wäre, war ihm doch in seinen 154 Lebensjahren noch niemand begegnet, der es an Schnelligkeit mit ihm hätte aufnehmen können. Doch nun stand da dieses bezaubernde Wesen grinsend vor ihm und hielt seine Datteln in der Hand, noch ehe er ein zweites Mal Luft geholt hatte.

Ihre Berührung ließ ihn am ganzen Körper erbeben und rührte frenetisch lustvolle Schauder auf. Er hoffte inständig, dass es ihr tatsächlich nur um eine Diagnose ging, als sie mit ernster Miene sein Gehänge in der offenen Handfläche hin und her schaukelte.

Ihm war bewusst, dass er ihr in aller Entschiedenheit Einhalt gebieten sollte. Mit jedem und jeder anderen, die sich ihm gegenüber eine solche Unverfrorenheit erlaubt hätte, hätte er kurzen Prozess gemacht. Doch er rührte sich nicht, was zum einen daran lag, dass er sich von seinem Schock immer noch nicht erholt hatte; zum anderen wollte er nicht, dass sie aufhörte.

Erst als ihre Behandlung Wirkung zeigte, ließ sie von ihm ab. »Scheint alles in Ordnung zu sein«, sagte sie und lächelte verschmitzt. »Die Empfindung kommt wieder zurück, nicht wahr?«

»Die war nie weg«, antwortete er, darum bemüht, ihrem launigen Tonfall zu entsprechen. »Nur die Art der Empfindung hat sich verändert.«

Seine Erregung ließ sich kaum mehr verbergen, was ihn hier, auf offener Straße, in arge Verlegenheit brachte. Noch peinlicher für ihn aber war seine so hilflose, kindische Reaktion auf diese Frau. Und plötzlich kamen Worte über seine Lippen, die sich ein anderer ausgedacht haben musste, denn sie konnten unmöglich seinem Kopf entsprungen sei.

»Ich glaube, wir sollten die Behandlung fortsetzen.«

Die schöne Frau lachte, und ihr Lachen klang wie ein Windspiel. Wieder meldete sich der Drache, drängend, ungestüm.

Ich will sie berühren, lass mich an sie heran.

Ashe versuchte nun, ihn zu unterdrücken, was aber nicht so recht gelingen wollte, da er ja das Gleiche wollte wie sein Drache.

Kalter Schweiß brach ihm aus. Er wusste, dass der Drache aufgrund seiner Unberechenbarkeit und seines Heißhungers in diesem Moment eine große Gefahr darstellte. Wenn er nun die Beherrschung verlöre und hier und jetzt über die schöne Frau herfiele, würde es um sie beide geschehen sein.

Dass ihn diese fatale Aussicht nicht wirklich schrecken konnte, machte alles nur noch gefährlicher. Er wollte sie umfangen, sie mit allen seinen Sinnen spüren und auskosten, ehe ihr Herz den nächsten Schlag täte. Und es deutete sich an, dass er davon nicht mehr abzubringen war. Zwar kämpfte er noch dagegen an, doch der Zwilling in ihm übernahm nun das Kommando.

Ich will sie berühren, und du willst es auch.

Ihr Lächeln war atemberaubend. »Schön, dass du wieder scherzen kannst. Alles andere wird sich dann wie von selbst einstellen. Im Übrigen möchte ich im Namen meiner Schwester um Entschuldigung bitten. Sei unbesorgt, wir werden jetzt gehen und dir nie wieder über den Weg laufen. Komm, Jo.« Sie legte dem jüngeren, wenn auch größeren Mädchen einen Arm um die Schulter und führte sie davon.

»So warte!«, platzte es aus ihm heraus.

Sie drehte sich um. Dabei fiel ein Lichtstrahl auf ihr Haar, das selbst noch unter der Kapuze, die sie trug, golden glänzte. Sie zwinkerte mit den Lidern, deren lange schwarze Wimpern an den Grund ihrer tiefgrünen Augen erinnerten. Gegen seinen Willen drängte der Drache nach vorn.

Ich will sie berühren.

Sie könnte eine Dienerin des Dämons sein, dachte Ashe. Sein Widerstand nahm ab.

Ich will sie berühren.

Ja, dachte er im Stillen und gab klein bei.

Ihm war, als finge sein Magen zu kochen an. Er spürte, wie ihm das Blut unter die Haut schoss, registrierte, dass er immer schneller nach Luft schnappte. Dann meinte er ein Bersten in seinem Kopf zu vernehmen, wie wenn Kristall zerschlägt. Der Verstand und alle Sinne ließen ihn im Stich. Die Pupillen weiteten sich, und wie unter Spannung gesetzt, oszillierte seine Haut. Das Blut rauschte, die Muskeln krampften unter dem unwiderstehlichen Eindruck dessen, was sich da als zweite Natur in den Vordergrund drängte.

Der Drache kannte kein Halten mehr und nahm ihm die Zügel aus der Hand. Geboren aus den Elementen, aus denen das Universum zusammengesetzt war, trieb er sein überaus feines Sensorium bis an seine Leistungsgrenzen und nahm Bestand auf von allen Dingen ringsum, und waren sie noch so klein. Die genaue Anzahl der Facetten in den Augen sämtlicher Ameisen, die in den Ritzen der Straße krochen, war ihm ebenso offenbar wie das Zusammenwirken aller Witterungseinflüsse. Und diese geballte Wahrnehmungskraft richtete er nun auf sie, die Frau, und auf sonst nichts.

Zunächst versuchte der Drache den Zauber zu ergründen, der sie umgab. Es ging eine Musik von ihr aus, die ihn, den Drachen, zutiefst bewegte, ein Lied, das in allen Dingen widerhallte. Sie musste eine besonders begnadete Sängerin sein, womöglich im Rang einer Benennerin. Zwar hatte er nur wenig Ahnung von Musik und allen verwandten Künsten, war sich aber über die Kraft, die in ihr lag, durchaus im Klaren. Umso mehr sehnte er sich danach, die Frau zu berühren, von ihr zu lernen, ja, sich ihre Kunst zu Eigen zu machen.

Was da noch so sehr an ihr bestach, war eine ganz ungewöhnliche, aber sehr harmonische Beimischung aus anderen Elementen. Er spürte, dass sie einer anderen Zeit, einer anderen Welt angehörte, wusste aber nicht, was das zu bedeuten hatte. Diese Aspekte faszinierten den Drachen besonders. War sie womöglich hellsichtig, konnte sie in die Zukunft blicken? Es sprach vieles dafür, dass sie cymrischer Abstammung war. Möglich auch, dachte er, dass sie irgendwie mit dem Feuer in Verbindung stand, dem einzigen Element, das ihm fremd blieb.

Ihre Gestalt war ein Fest der Wahrnehmung. Er tastete sie mit den Ausläufern seiner Sinne ab und saugte unverfroren alles in sich auf, was er an Informationen bekommen konnte. Der schwere Umhang, mit dem sie ihren Körper verhüllte, war ihm dabei kein Hindernis, genauso wenig wie ihre Kleider.

Sie war kerngesund, voller Leben und Energie und überraschend muskulös, wirkte aber dennoch zierlich, auch für lirinsche Verhältnisse, und größer, als sie in Wirklichkeit war. Die Proportionen hätten kaum besser verteilt sein können. Sie hatte schmale Schultern, grazile Arme und lange, wohl geformte Beine, die selbst in der weiten Wollhose zur Geltung kamen.

Und erst dieser geschmeidige Rumpf, der schlanke Hals! Er hatte seinen Blick darauf fixiert und stellte sich vor, ihn mit warmen, schwelgerischen Küssen zu bedecken.

Der Hals verjüngte sich zu einem Ausschnitt zwischen Brüsten, die schöner gar nicht hätten geformt sein können. Nur gut, dass er sie lediglich erahnte; ihr Anblick hätte ihn in die Knie gezwungen.

Die Taille war so schmal, dass er sie leicht mit beiden Händen hätte umschließen können. Typisch Lirin waren auch ihre schlanken Hüften. Ehe seine Sinne weiter ausholen konnten, brach er die Musterung ihrer äußeren Qualitäten widerstrebend ab, fürchtete er doch, einer Fortsetzung nervlich nicht gewachsen zu sein. Allzu sehr schon brannten seine Lippen, die sich danach verzehrten, den Nacken zu küssen, und der zurückgehaltene Wunsch, ihre Haut zu streicheln, wurde zur Qual. Und der Drache würde nie mehr Ruhe geben, bliebe ihm versagt, sie zu berühren, wie er sich das vorgestellt hatte. Anscheinend kam er ganz gut an bei ihr, was ihn zusätzlich anstachelte, obwohl ihm schwante, dass der Verzicht immer schwerer werden würde. Und so brach er seine Begutachtung an dieser Stelle ab, ehe er sich den schimmernden Haaren unter der Kapuze zuwandte. Er hatte schon genug davon gesehen, um zu wissen, wie hilflos er sein würde, wenn er es nur zuließe, auch nur einen weiteren Gedanken daran zu verschwenden.

Um sich aus ihrer Verzauberung zu lösen, suchte der Drache nach Schönheitsfehlern, nach irgendwelchen Unvollkommenheiten, die sie als reales Wesen überführten. Ashe fand einen solchen Makel an ihren Fingern. Die waren zwar feingliedrig und weich, hatten aber an den Kuppen eine spröde Hornhaut ausgebildet, die von jahrelangem Harfespielen herrühren mochte. Einen anderen Fehler fand er nicht.

Der Mensch, der sich freiwillig dem Drachen in ihm untergeordnet hatte, zitterte, als der Drache seine Sinnesexkursionen fortsetzte.

Ihr Gesicht war wie das Meisterwerk eines Bildhauers, der daran ein ganzes Leben lang gearbeitet hatte, um es schließlich der Menschheit zu schenken. Alle Züge waren aufs Vortrefflichste aufeinander abgestimmt, mit Ausnahme der Augen vielleicht, die um eine Idee zu groß zu sein schienen. Die dichten schwarzen Wimpern und das dunkle Grün der Iris standen im scharfen Kontrast zum Weiß der Augäpfel. Als wären sie selbst Lichtquellen, so funkelten diese Augen. Sie wirkten hypnotisierend, und sogar der Drache hatte Schwierigkeiten, sich ihrem Bann zu entziehen.

Sie ist vollkommen, urteilte er in hellen Tönen, die nur Ashe hören konnte. *Ich will sie haben.*

Doch hinter der Faszination des Drachen stand auch ein menschliches Interesse. Was ihn an ihr so reizte, war etwas ganz anderes. Sie fühlte sich zwar anscheinend durchaus wohl in ihrer Haut, ließ aber mit keiner Miene erkennen, dass sie sich ihrer außergewöhnlichen Schönheit bewusst war.

Ihre Augen waren voller Zärtlichkeit, zeugten aber auch von Schmerz, dessen Tiefe unergründlich schien. Er wünschte zu wissen, was sie so betrübte, und würde ungebeten bis ans Ende der Welt gehen, um Abhilfe zu schaffen. Wenn sie lachte, waren es vor allem die Augen, die lachten, und wenn sie verärgert war, zeigte sich auch das zuerst an ihnen. Er, der einsam und im Verborgenen lebte, beneidete sie für die Offenheit, die sie ausstrahlte.

Sie ist unberührt, eine Jungfrau, flüsterte der Drache aufgeregt. *Vollkommen.* Doch trotz seiner eingeschränkten Wahrnehmung spürte der Mensch eine Sinnlichkeit von ihr ausgehen, ein Wissen um die Verlockungen des Fleisches, das ihn ganz und gar verwirrte. Eine Jungfrau mit den Reizen einer Kurtisane. Was für ein betörendes Paradox! Er wollte mehr von ihr wissen und schweifte mit seinen Gedanken in die Vorstellung ab.

So deutlich, wie er sie hier in ihrem grauen Umhang vor Augen sah, erblickte er sie im Hochzeitkleid mit Blumen im Haar, und das Lächeln auf dem Gesicht galt ihm. Er ließ seiner Phantasie freien Lauf, stellte sie sich vor im durchschimmernden Gewand der Hochzeitsnacht und spürte, wie ihm klamm und heiß zugleich wurde. Er sah sie das gemeinsame Kind wiegen, dann das Enkelkind. Das Alter setzte zwar, wie er es sich ausmalte, auch ihr zu, doch sie blieb ungebeugt und schön. Es trieb ihm fast die Tränen in die Augen, als er sie schließlich in ihr Leichentuch gewickelt sah, die bezaubernden Augen für immer geschlossen, von zarter, weißer Gaze bedeckt.

Die lang bewimperten Lider schlugen wieder auf.

»Ja?«, fragte sie. Der Drache hatte seine Erkundungen inzwischen abgeschlossen.

»Wie wär's, wenn wir zu dritt zu Mittag essen?«, schlug er vor. »Nachdem der Streit nun geschlichtet ist. Oder gibt's noch irgendwelche unguten Gefühle?«

»In dem Fall wäre die Verletzung doch schwerer als angenommen, es sei denn, ich hätte es an Fingerspitzengefühl mangeln lassen«, antwortete sie neckisch.

Er lachte. »Ich dachte, wegen der Bezahlung vielleicht.«

Die schöne Frau sperrte überrascht die Augen auf. Dann kniff sie die Brauen zusammen und fragte: »Wie bitte? Was soll das heißen?«

Ashe wusste sofort, dass er einen großen Fehler gemacht hatte. »Nichts ... Verzeihung, das sollte nur ein Scherz gewesen sein. Ich glaube, dass du als Kurtisane sehr viel Erfolg haben könntest«, stammelte er unbeholfen.

»Du hältst mich für eine Kurtisane?«

»Nein, ganz und gar nicht, ich ...«

»Unverschämtheit. Komm, Jo.«

»Wartet doch. Es tut mir Leid, bitte, geht nicht einfach so.«

»Aus dem Weg!«

»Versteh mich nicht falsch.«

»Aus dem Weg!« Sie warf ihm einen bitterbösen Blick zu und führte das Mädchen auf den Platz zurück. Verzweifelt schaute er den beiden nach. Seine Sorge, dass sie womöglich mit einem Dämon im Bunde stünde, war nun gänzlich verflogen. Er erinnerte sich, dass sie auf Humor ansprach, und unternahm einen letzten Versuch.

»Soll das heißen, dass aus dem gemeinsamen Mittagessen nichts wird?«

Sie wirbelte auf dem Absatz herum. »In Anbetracht der bescheidenen Größe deines Geldbeutels bezweifle ich, dass du uns beide freihalten kannst. Sei froh, wenn es für dich selbst reicht.« Dann machte sie wieder kehrt und verschwand mit dem Mädchen in der Menge.

Ashe lachte laut auf, was die Leute in seiner Nähe vor Schreck zusammenfahren ließ, denn bislang hatte keiner Notiz von ihm genommen.

42

»Sag jetzt nichts. Ich weiß schon. Es tut mir Leid.«
»Bist du von allen guten Geistern verlassen? Damit, dass man dir die Hand abhackt, wärst du noch gut bedient gewesen. Du hast mit deinem Leben gespielt.«

Jo seufzte. »Ich weiß.«

Rhapsody blieb abrupt stehen. »Warum, Jo? Du hast Geld von mir bekommen. Brauchst du mehr?«

»Nein.« Jo langte in die Tasche, holte die Münzen hervor, die ihr Rhapsody geschenkt hatte, und wollte sie zurückgeben.

Rhapsody starrte auf die offene Hand und sagte: »Erklär's mir bitte, Jo.«

Betreten blickte das Mädchen zur Seite. »Ich weiß selbst nicht, warum.«

Rhapsody nahm Jos Gesicht in beide Hände und schaute ihr in die Augen. Die blickten trotzig drein, doch erkannte Rhapsody in ihnen auch eine tief steckende Furcht, die ihr zu Herzen ging. Es war der Blick des Straßenkindes, das nun fürchten musste, bei der einzigen Person, die an seinem Schicksal Anteil nahm, in Misskredit geraten zu sein.

»Na, nur gut, dass dir nichts passiert ist. Komm, wir sind mit Achmed zum Mittagessen verabredet.«

Jos Miene heiterte auf. »Das war alles? Du schreist mich nicht an?«, fragte sie verwundert.

Rhapsody schmunzelte. »Willst du, dass ich das tue? Ich bin doch nicht deine Mutter. Ich bin deine Schwester und habe, als ich so alt war wie du jetzt, selbst jede Menge Dummheiten gemacht.«

»Ist das wirklich wahr? Was für Dummheiten?«

»Hat Achmed nicht erzählt, was in Bethania passiert ist? Komm.« Sie nahm Jo bei der Hand und führte sie zurück auf den Marktplatz.

Achmed wartete schon ungeduldig vor der Basilika von Bethe Corbair. Wenige Minuten zuvor war die Sonne durch ihren Zenit gegangen, doch die beiden Frauen ließen sich immer noch nicht blicken. In der alten Welt hätte er ihren Herzschlägen nachgespürt, um sich zu vergewissern, dass es ihnen gut ging. Doch diese Möglichkeit blieb ihm hier und jetzt versagt.

Oder? Jo zu finden war ihm tatsächlich nicht gegeben. Rhapsody aber stammte aus der alten Welt; ihren Herzschlag konnte er immer noch hören. Dazu musste er nur einen geschützten Ort aufsuchen und sich konzentrieren.

Achmed sah sich um und entdeckte eine kleine Taverne in der Nähe. Auf dem Gehweg davor standen ein paar Holztische, die vom Schmelzwasser des abgetauten Schnees noch ganz nass waren. Er ging darauf zu, zog eine Bank unter einem der Tische hervor, trocknete die Sitzfläche ein wenig ab und nahm darauf Platz.

Dann schloss er die Augen, versuchte, alle Geräusche der Straße auszublenden, insbesondere auch das Läuten der Glocken, die vom Wind auf immer neue, völlig unvorhersehbare Weise zum Klingen gebracht wurden.

Achmed öffnete die Lippen einen Spaltbreit, sog die kalte Luft ein und stieß sie pfeifend wieder aus. Die Hände hatte er auf die Tischplatte gelegt. Als wollte er prüfen, woher der Wind wehte, hob er den Zeigefinger der rechten Hand an und wiederholte damit in stark verkürzter Form jene Methode, mit deren Hilfe er damals, in der alten Welt, als Meuchelmörder seinen Opfern auf die Spur gekommen war.

Seiner dhrakischen Abstammung verdankte er eine vergrößerte Stirnhöhle und überlange Schilddrüse, mit denen er feinste Schwingungen zu empfangen und zu unterscheiden vermochte. Er erkannte Rhapsodys Pulsschlag auf Anhieb, hatte er doch – wenn man der Zeitrechnung glauben konnte – nunmehr seit Jahrhunderten an ihrer Seite gewacht, geruht und gekämpft.

Ein feinster Lufthauch reichte, um ihm ihren Rhythmus mitzuteilen.

Sie war in der Nähe. Er hatte ihren Herzschlag gefunden und spürte sie näher kommen. Schon wollte er die Suche abschließen, als er plötzlich einen scheußlichen Geschmack auf der Zunge wahrnahm, mehr sauer als gallig und ekliger noch als Erbrochenes. Es schmeckte faulig und nach Verwesung, ganz nach der Würze des Bösen. Ja, Achmed glaubte fast sicher zu sein, die Witterung des F'dor aufgenommen zu haben.

Er riss die Augen auf und sah Rhapsody mit Jo von links herbeieilen, aus dem Südwesten der Stadt. Der Pesthauch hingegen kam aus nördlicher Richtung, wovon er sich noch einmal mit geschlossenen Augen zu überzeugen versuchte.

Die Sonne verschwand gerade hinter dem Turm der Basilika. Im Schatten, der auf den Vorplatz fiel, war eine dunkle Gestalt aufgetaucht, die sich von den Konturen der behauenen Mauer dahinter nur vage abhob. Wieder ließ Achmed die Luft durch Mund und Nase streichen, und wieder nahm er den Geruch des Bösen wahr.

»Entschuldige die Verspätung«, sagte Rhapsody und rückte die Bank auf der anderen Tischseite zurecht. »Jo, setz dich. Bist du schon bedient worden, Achmed?«

Mit seiner Konzentration war es vorbei. Wie benommen blickte er zu ihr auf. Die Sonne trat wieder zum Vorschein und ließ eine Locke aufleuchten, die aus Rhapsodys Kapuze hervorlugte.

Als sich Achmed der fraglichen Gestalt auf dem Vorplatz zuwandte, entdeckte er, wenngleich an anderer Stelle und erst bei genauerem Hinsehen, einen ganz und gar unauffälligen Mann, der den Blick auf sie gerichtet hatte.

Sofort stellten sich ihm sämtliche Nackenhaare auf. Zwar konnte er keine Witterung von diesem Mann aufnehmen, doch sprach alles dafür, dass er und die soeben entdeckte Schattengestalt identisch waren. Der Mann trug einen Umhang und verbarg sein Gesicht. Als dann die Sonne auf ihn fiel, schien es, als dampfte er, als umhüllte ihn ein Nebelschleier. Zu Achmeds Verwunderung und Ärger kam der Mann nun auf sie zu.

Der Wirt trat mit einem Tablett voller Speisen vor die Tür und trug sie den Gästen auf, die an einem der anderen Tische Platz genommen hatten. Achmed roch Hammelfleisch. Er verabscheute Hammelfleisch und verzog das Gesicht.

»Ist was?«, fragte Rhapsody besorgt.

Jo rückte näher. »Da ist er wieder. Er kommt her.«

»Wer?« Rhapsody reckte den Hals und warf einen Blick über die Schulter zurück.

»Der Mann von vorhin.« Jo errötete; ob aus Scham oder vor Aufregung, war kaum zu unterscheiden.

Rhapsody erhob sich und setzte eine schroffe Miene auf. Aus den Augenwinkeln sah sie, dass Achmed dem Mann den Rücken zugekehrt hatte, zu ihr aufblickte und seinen Dolch zog, womit er ihr offenbar kundtun wollte, dass er auf der Hut war. Sie nickte ihm kaum merklich zu, wie es Grunthor getan hätte. Die wortlose Verständigung zwischen ihnen klappte immer besser.

»Was willst du?«, fragte sie den Mann.

»Mit Verlaub«, antwortete er in einer angenehm dunklen Stimme, in der eine interessante, trockene Note mitschwang. »Ich wollte mich noch für mein grobes Verhalten entschuldigen.«

»Das hast du bereits getan. Und jetzt entschuldige uns bitte.«

»Es wäre mir lieb, wenn ich Wiedergutmachung leisten und euch beiden ein Mittagessen spendieren könnte.« Und mit einem Seitenblick auf Achmed fügte er hinzu: »Eurem Freund natürlich auch.«

Achmed sagte nichts. Er behielt Rhapsody im Auge und schien auf ein Stichwort zu warten. Sie dachte nach und richtete den Blick auf Jo, die sichtlich nervös geworden war. Achmed sah, wie Rhapsody die Stirn in Falten legte, als sie ihre neue Schwester musterte und sich dann wieder dem Mann zuwandte, der hinter Achmed stand.

Schließlich senkte sie den Blick auf Achmed und fragte: »Was meinst du?«

»Wenn er unverschämt war, schick ihn weg«, sagte er ruhig. »Es könnte sein, dass er dich wieder belästigt, und dann müsste ich ihn umbringen. Ich habe allerdings keine Lust, noch vor dem Mittagessen deine Ehre verteidigen zu müssen. Darunter hätte nicht zuletzt meine Verdauung zu leiden.«

Der Mann hinter ihm kicherte, was Achmed als gutes Zeichen wertete. Auch Rhapsody schmunzelte.

»Ich finde, wir können's riskieren«, sagte sie und wandte sich wieder an Jo. »Was meinst du?«

»Ja, sicher«, antwortete Jo spontan.

»Also dann.« Rhapsody zeigte auf den leeren Platz neben Achmed. »Warum setzt du dich nicht?«

»Wie heißt du?«, fragte Jo und rutschte aufgeregt hin und her.

»Ashe«, antwortete der Fremde. Er warf einen Blick auf den Eingang der Taverne, als gerade der Wirt daraus hervortrat. »Und wie ist dein Name?«

Das Mädchen ließ mit der Antwort nicht lange auf sich warten. »Jo. Und das ist Rhapsody, und das ist ... au!« Weiter kam sie nicht, weil die Schwester ihr einen Knuff versetzt hatte.

»Es ist mir eine Ehre, deine Bekanntschaft zu machen, Jo«, sagte der Kapuzenmann und wandte sich an Rhapsody, die ihren Blick immer noch auf das Mädchen gerichtet hielt. »Rhapsody. Was für ein schöner Name. Bist du Musikerin?«

»Ja, sie ist ... autsch! Hör auf damit«, maulte Jo und rückte ein Stück zur Seite.

Der Mann hüstelte in die vorgehaltene Hand. Achmed glaubte, ein Lächeln unter der Kapuze ausmachen zu können. »Ist Jo eine Abkürzung? Wofür? Joanna? Joella?«

Das Mädchen wurde rot bis unter die Haarwurzeln. »Josephine«, antwortete sie im Flüsterton.

Rhapsody staunte nicht schlecht. Sie selbst hatte der neu adoptierten Schwester nicht entlocken können, was diese nun dem Fremden freimütig anvertraute.

»Auch ein sehr hübscher Name.« Und an Achmed gewandt: »Darf ich fragen, wie Er heißt?«

Es war das erste Mal, dass Achmed nun den Blick auf ihn richtete, doch er sah nicht viel mehr als sie Spitzen eines zerzausten Bartes. »Nenn mich einfach ›Herr‹«.

»Sei doch nicht so unhöflich, Achmed«, empörte sich Jo, die aber rasch zur Besinnung kam, als sie sich seinem strafenden

Blick ausgesetzt sah, und erkannte, dass es nun besser war, den Mund zu halten. Zum Glück kam in diesem Augenblick der Wirt an den Tisch und fragte nach den Wünschen seiner Gäste.

Jo bestellte Hammelbraten, Rhapsody Brot und Käse. Achmed und Ashe verlangten gleichzeitig nach Eintopf, was die beiden selbst überraschte. Sie sahen einander an und schienen ihre Wahl noch einmal zu überdenken. Der Wirt war, als er Ashes Stimme hörte, vor Schreck zusammengezuckt, hatte er diesen grauen Gast doch völlig übersehen.

Von Achmeds überdeutlichen Blicken endlich zur Räson gebracht, sagte Jo während der gesamten Mahlzeit kein einziges Wort mehr. Rhapsody gab sich redlich Mühe, die Spannungen am Tisch ein wenig aufzulockern, plauderte und scherzte mit dem Fremden, der am Ende beide Frauen zum Lachen brachte. Achmed hörte aufmerksam zu. Ashes lockere Art zu reden ging ihm zwar auf die Nerven, doch an dem, was er sagte, war kein Anstoß zu nehmen. Viel mehr machte ihm der Geruch von Jos Hammelbraten zu schaffen. Ihm wurde fast schlecht davon, und er konnte es kaum abwarten, endlich vom Tisch aufzustehen.

Als die Teller geleert waren, hatten sich Ashe und die Frauen über das Wetter, die Glocken der Basilika und über Qualität und Auswahl der Waren auf dem Markt unterhalten. Nichts von Belang. Achmed stand auf und stieß die Bank zurück, die er sich mit dem Fremden teilte. Der reagierte erstaunlich schnell und war aufgesprungen, ehe die Bank unter ihm wegrutschte.

»Wohin des Wegs?«, fragte Jo den Fremden, als dieser eine übergroße Geldbörse aus den Falten seines Umhangs zog und Rhapsody Gelegenheit bot, sich ein Bild von dieser Börse zu machen. Rhapsody lachte, während Jo vor Verlegenheit wieder rot anlief.

Ashe warf zwei Silbermünzen auf den Tisch, womit das Essen großzügig beglichen war. »Nach Süden. Und ihr?«

Noch ehe Rhapsody ihr ins Wort fallen konnte, sprudelte es aus Jo heraus: »Wir ziehen nach Canrif und wollen uns da niederlassen.«

Der Fremde war, wie Achmed bemerkte, sichtlich bestürzt. »Warum?«

»Nun, ob wir uns da wirklich niederlassen, ist noch längst nicht entschieden«, korrigierte Rhapsody. »Wir wollen uns dort erst einmal nur umschauen. Es soll ein interessanter Ort sein.«

»So kann man's auch ausdrücken«, erwiderte Ashe trocken. »Wollt ihr euch über längere Zeit dort aufhalten?«

»Sie hat doch eben erst gesagt, dass wir das noch nicht wissen«, blaffte Achmed.

»Wieso interessiert dich das?«, beeilte sich Rhapsody zu fragen.

»Ich werde mich in gut zwei Monaten auch wieder einmal in der Gegend um Canrif aufhalten. Wenn ihr dann noch da seid, könnte ich auf einen Sprung bei euch vorbeischauen.«

»Ja, warum nicht«, freute sich Jo, doch die Blicke von Rhapsody und Achmed brachten sie zum Schweigen.

»Vielleicht sind wir dann noch da. Wer weiß?« Rhapsody erhob sich von der Bank. »Wenn ja, bist du uns natürlich willkommen.«

»Es würde mich freuen, euch wieder zu sehen. Alles Gute. Und eine angenehme Reise. Guten Tag.« Ashe verbeugte sich vor den Frauen, nickte Achmed kurz zu und ging in Richtung Marktplatz davon. Nach ein paar Schritten blieb er noch einmal stehen, drehte sich um und sagte mit Blick auf Rhapsody: »Ich hoffe, mein ungebührliches Betragen ist verziehen.«

»Das ist es«, erwiderte Rhapsody lächelnd. »Schon vergessen.« Der Fremde verbeugte sich noch einmal und war wenig später verschwunden.

An Jo gewandt, sagte Rhapsody schmunzelnd: »Siehst du, so schnell kann sich das Blatt wenden. War doch gut, dass dir die Börse nicht in die Hände gefallen ist, oder? Sonst hätten wir für unser Mittagessen selbst zahlen müssen.«

Achmed hatte sich wieder auf die Bank gesetzt und forderte die beiden auf, ebenfalls Platz zu nehmen. »Aber es wäre vielleicht noch genug übrig geblieben, um festen Zwirn zu kaufen, mit dem sich geschwätzige Mäuler zusammennähen lassen.«

»Ach, stell dich nicht so an«, entrüstete sich Rhapsody, denn das Mädchen reagierte sichtlich betroffen auf Achmeds Worte.

»Na schön. Allerdings würde ich doch gern erfahren, wer das war und warum er euch gefolgt ist.«

Die beiden setzten sich. Rhapsody legte die Stirn in Falten und antwortete: »Da bin ich überfragt. Er ist uns auf dem Marktplatz begegnet und hat uns zum Mittagessen eingeladen.«

»Was hat er getan? Was hat es mit diesem ›ungebührlichen Betragen‹ auf sich?«

Rhapsody sah Jo an, die offenbar mit den Tränen kämpfte. Sie suchte unter der Tischplatte nach der Hand des Mädchens, streichelte sie tröstend und legte sich, die Szene auf dem Marktplatz vor Augen, eine Antwort für Achmed zurecht.

Sie erinnerte sich, was dazu geführt hatte, dass sie dem Mann ans Gemächt gegangen war. *Scheint alles in Ordnung zu sein. Die Empfindung kommt wieder zurück, nicht wahr?*

Die war nie weg. Nur die Art der Empfindung hat sich verändert. Ich glaube, wir sollten die Behandlung fortsetzen.

Sie hatte gelacht, sich bei ihm entschuldigt und war dann mit Jo gegangen.

So warte!

Ja? Sie hatte ein Kribbeln auf der Haut gespürt, ein Gefühl, das ihr Vater früher, als sie noch ein Kind gewesen war, oft mit den Worten kommentiert hatte, dass eine Gans über ihr Grab gewatschelt sei. Der seltsame Fremde hatte sie zum Essen eingeladen und sie, Rhapsody, beleidigt mit der Unterstellung, eine Kurtisane zu sein.

»Nichts Besonderes. Er hat zu flirten versucht, Achmed, was ihm nicht so recht gelingen wollte. Trotzdem fand ich seine Gesellschaft nicht unangenehm – im Unterschied zu dir. Du scheinst dich ja sehr an ihm gestört zu haben.«

»Verdankst du ihm diese Ohrringe?«

Rhapsody errötete. An den Schmuck hatte sie schon gar nicht mehr gedacht. »Nein, die hat mir ein Juwelier geschenkt, weil ich ihm geholfen habe, als sein Verkaufsstand um ein Haar in den Unfall zweier Ochsengespanne verwickelt worden wäre.«

»Hmmm. Na schön, lassen wir's dabei bewenden. Es bleiben uns noch ein paar Stunden, bis wir wieder mit Grunthor zusammentreffen. Wir könnten die Zeit nutzen und uns weiterhin in der Stadt umsehen. Vielleicht lernen wir auf diesem Weg auch schon ein bisschen von Canrif kennen, denn es heißt ja, dass ein Großteil von Bethe Corbair zum Schutz vor drohenden Angriffen der Firbolg gebaut worden sei.«

»Ich dachte, die Cymrer hätten Bethe Corbair aufgebaut«, entgegnete Rhapsody und faltete ihre Serviette zusammen. »Wenn Stephen Navarne Recht hat, waren sie die Bauherren der Basilika.«

»Ja, und auch der eigentlichen Stadt. Aber wenn du genauer hinsiehst, wird dir auffallen, dass Bethe Corbair - im Unterschied zu den anderen größeren Ortschaften Rolands, die wir gesehen haben - aus einer Innenstadt mit prächtigen, kunstvollen Bauwerken besteht und einem später dazugekommenen Ring aus einfach gemauerten Häusern, die von Soldaten entworfen worden sind und von Anfang an als bewohnter Schutzwall gedacht waren. Im weiteren Umkreis sind sonst kaum Bauernhöfe oder Siedlungen von Landarbeitern zu finden, und die wenigen Gehöfte, die es gibt, liegen gleich hinter der Stadtmauer. In den Außenbezirken der Stadt werden wir bestimmt ein paar interessante Dinge erfahren können.«

»Das ist sehr gut möglich. Bin gleich wieder da ....« Rhapsody stand auf. »Bevor wir gehen, möchte ich noch einen Blick auf den Glockenturm werfen.« Sie tätschelte Jos Schulter und überquerte die Straße in Richtung Basilika.

Jo schaute ihr nach und wandte sich dann an Achmed. »Ich will dir was verraten: Die Ursache für den Unfall war niemand anders als sie«, sagte sie.

Er kniff die Brauen zusammen. »Wovon redest du da?«

»Von den beiden Ochsenkarren, die zusammengekracht sind. Ich war ganz in der Nähe, als es passiert ist. Schon den ganzen Morgen über haben sich alle Leute die Augen nach ihr aus dem Kopf geguckt, trotz der Kapuze. Als sie die dann abnahm, um die Ohrringe anzustecken, haben die beiden Fuhrwerker nicht mehr auf den Weg geachtet, sondern nur noch auf sie. An anderer Stelle haben einige Kerle ihr Blumen auf den Weg gestreut, um auf sich aufmerksam zu machen. Sie hat die Blumen aufgehoben und ihnen zurückgegeben, weil sie dachte, dass die Idioten sie aus Versehen fallen gelassen hätten. Wirklich seltsam.«

Achmed nickte. Er hatte seit dem gemeinsamen Aufstieg aus der Wurzel viele ähnliche Szenen erlebt.

»Und sie hat keine Ahnung«, sagte Jo.

»Tja, ich glaube, sie wird auch nie dahinter kommen.«

Über den brach liegenden Feldern am Stadtrand von Bethe Corbair ging die Sonne unter, als die drei zur verabredeten Stunde mit Grunthor zusammentrafen. Sie tauschten Ergebnisse und Eindrücke ihrer Erkundigungen aus und nahmen Bestand von ihren Vorräten auf, die sie in der Stadt aufgestockt hatten.

»Ich bin jetzt mehr denn je überzeugt davon, dass es sich lohnen wird, Canrif aufzusuchen«, sagte Achmed während des gemeinsamen Abendessens. »Canrif scheint ein sehr wichtiger Ort zu sein, voller Möglichkeiten, aber offenbar schlecht verwaltet. Was fehlt, ist eine tüchtige Führung, und wenn mich nicht alles täuscht, ist das für uns die Gelegenheit.«

»Was soll das heißen?«, fragte Rhapsody und wischte sich den Mund mit ihrer Serviette ab.

Achmed blickte zum dunkler werdenden Himmel empor. »Die Bolg sind fällig; sie brauchen einen König, der was aus ihnen macht, und ich kenne da jemanden, der diesen Job übernehmen würde.«

»Willst du etwa dieser Jemand sein?« Rhapsody machte aus ihrer Skepsis kein Hehl.

Achmed sah ihr in die Augen. »Was hättest du gegen mich einzuwenden?«, entgegnete er in gespielter Entrüstung.

»Ich wusste noch gar nicht, dass königliches Blut in deinen Adern fließt.«

Die beiden Firbolg lachten. »An diesen Quatsch vom Gottesgnadentum der Könige können auch nur die Menschenvölker glauben«, sagte Achmed. »Unter uns Bolg gibt es keine Klassenunterschiede. Es herrschen diejenigen, die dazu in der Lage sind, entweder ihrer Stärke oder ihrer Genialität wegen. Ich habe beides zu bieten.«

Rhapsody schaute ins Lagerfeuer und sagte eine Weile nichts. Seine Worte ergaben durchaus Sinn, waren aber unvereinbar mit dem, was sie in dieser Frage für gut und angemessen halten konnte und was nicht. Allerdings waren auch diese Vorstellungen längst auf den Kopf gestellt. Llauron hatte sie ein Bauernmädchen genannt und trotzdem mit dem Herzog bekannt gemacht.

»Wir werden uns schon gut einfügen«, sagte Achmed, »selbst ihr zwei als Nicht-Bolg, die ihr seid.«

»Der Meinung bin ich auch«, brummte Grunthor, der an einer Schweinehaxe knabberte.

»Wo rein? In die Gesellschaft der Firbolg?«, wollte Jo wissen. Sie verhielt sich wieder ganz so, wie man es von ihr kannte. »Nie und nimmer werde ich mich auf diese Ungeheuer einlassen können.«

»Wart's ab«, sagte Rhapsody mit Blick auf die beiden Gefährten aus der alten Welt. »Was man sich so über die Bolg erzählt, ist zum großen Teil stark übertrieben. Für mich sind es jedenfalls keine Ungeheuer. Wer weiß, vielleicht werden wir sie am Ende noch gern haben.«

Achmed und Grunthor schmunzelten vor sich hin und aßen weiter.

43

Sie kampierten in dieser Nacht am äußersten Nordrand der Krevensfelder, jener ausgedehnten Ebene, die sich, so weit das Auge reichte, zwischen Bethe Corbair und den Zahnfelsen erstreckte, die, einem natürlichen Bollwerk gleich, die Grenze zu den Bolgländern bildeten.

Die vier marschierten zunächst nach Osten, bis Bethe Corbair und die umliegenden Siedlungen nicht mehr zu sehen waren. Als es Nacht wurde, spannte sich ein schwarzer, von einigen wenigen Sternen besprenkelter Himmel über dem weiten Ödland auf, was ihnen das Gefühl vermittelte, ganz allein auf dieser Welt zu sein. Um nicht dem Trübsinn zu verfallen, hockten sie noch lange dicht beieinander und unterhielten sich.

Rhapsody dachte an die Einsamkeit während der endlos langen Reise über die Wurzel zurück. Damals hatte sie ständig gegen ein Gefühl von Panik ankämpfen müssen, das sie zu überwältigen drohte; jetzt wähnte sie sich ganz und gar allein gelassen und verwundbar.

Sie zog den Umhang enger und rief im Geiste ihre Enkel zu sich, wie so oft, wenn sie sich einsam fühlte. Ob Gwydion und Melisande wohl auch in Sicherheit waren hinter den Festungsmauern aus rosig-braunen Ziegeln, geschützt von den Truppen ihres Vaters? Aller Reichtum und alle Privilegien hatten sie nicht vor dem schrecklichen Verlust bewahren können, an dem sie immer noch krankten. Davor war niemand gefeit. Rhapsody streckte die Hand aus und strich Jo eine Strähne aus der Stirn. Nein, nichts.

Das Feuer war bis auf ein paar kleine Flammen heruntergebrannt und warf ein spärliches Licht auf die schlafenden Gefährten, die einzigen Freunde, die sie in dieser Welt hatte. Sie seufzte tief betrübt, setzte ihre Wache fort und vermied es, den Blick unter das dunkle, endlose Himmelsgewölbe zu richten.

Mit dem Morgengrauen zog Nebel auf. Noch schlaftrunken und grummelnd standen die Gefährten auf. Rhapsody langte mit der Hand über das Feuer und sagte: »*Slypka!*«, worauf die Flammen plötzlich wie ausgeblasen waren und statt ihrer eine dünne Rauchfahne aufstieg, die sich dann aber schnell auflöste. Sie hatte dieses Wort, das sich mit *verlösche* übersetzen ließ, schon zu Anfang ihrer Ausbildung als Benennerin gelernt. Es ließ Flammen und Rauch in kürzester Zeit spurlos verschwinden. Oft hatte sie sich gewünscht, dieses Wort auch auf anderes anwenden zu können, zum Beispiel auf schlechte Träume oder quälende Erinnerungen.

Als sie am frühen Morgen ihren Weg fortsetzten, fing es wieder zu schneien an. Der Winter kehrte zurück, was die Reise erschwerte und auch die Stimmung niederdrückte. Der heulende Wind war Fluch und Segen zugleich. Er trug zwar häufig dazu bei, dass sie ihrem Ärger Luft machten mussten, schluckte aber die bösen Worte, die dann fielen, ohne Schaden anzurichten.

Nach vier Tagen strapaziösen Marsches hatten sie die als orlandisches Plateau bezeichnete Ebene hinter sich gelassen und eine hügelige, steinige Steppenlandschaft erreicht, die den Ausläufern der Zahnfelsen vorgelagert war.

Es dauerte noch über eine Woche, ehe die Berge mit ihrer scharf gezackten Silhouette in der Ferne sichtbar wurden. Ursprünglich hatte Gwylliam dieses Felsmassiv zu Ehren seiner Frau und seinen Schwägerinnen die Manteiden genannt, was ›Propheten‹ hieß. Doch mit der Zeit war dieser Name in Vergessenheit geraten; der zutreffendere hatte sich durchgesetzt.

Was von weitem wie ein dunkler, bräunlicher Wall ausgesehen hatte, stellte sich, je näher sie heranrückten, in einer Fülle von Schattierungen und bizarren Formen dar, grandios und Ehrfurcht gebietend, stummen Wächtern gleich, postiert zwischen der Welt der Menschen und dem Verborgenen Reich der Firbolg.

Das Gelände wurde immer steiler und felsiger, das Weiterkommen immer beschwerlicher. Dann, nach weiteren fünf

Tagen, war endlich den Fuß der Berge erreicht, wo sie auf einer Anhöhe Rast machten.

Unter ihnen lag, von Schnee bedeckt, ein riesiges Amphitheater, von der Zeit und den Naturgewalten in den Fels gehauen; vielleicht war auch die Arbeit von Menschen daran beteiligt gewesen. Die Ränge, in konzentrischen Halbkreisen angelegt, stiegen stufenförmig gegen eine Front hoher Klippen hin an. Auf der Freifläche davor hatte sich Schutt aus Jahrhunderten der Vernachlässigung angehäuft. Rhapsody erkannte die Anlage sofort als diejenige, von der in dem gefundenen Notizbuch die Rede gewesen war.

»Das ist Gwylliams Großer Gerichtshof«, erklärte sie mit lauter Stimme, die von den Felswänden widerhallte. »Die Cymrer haben sich, wenn sie in Not waren oder Anlass zum Feiern hatten, an solchen Stätten zusammengefunden; da passte die gesamte Bevölkerung hinein. Hier hatten Gwylliam und Anwyn auch Hof gehalten und ihren Untergebenen Audienz gewährt.«

»Das ist ein *Cwm*«, sagte Grunthor und nannte damit ein Wort aus der alten Welt, das einen durch einen Vulkan oder Gletscher geformten Krater bezeichnete. Mit geschlossenen Augen inhalierte er die frostige Luft. Schnee rieselte, was die Sicht erschwerte. Mehr noch als auf der Wurzel fühlte er sich hier und jetzt fest mit der Erde verwachsen. Er stand auf geschichtsträchtigem Boden, und die Erde flüsterte ihm Geheimnisse ins stille Herz.

Das große natürliche Amphitheater war in grauer Vorzeit von einer Gletscherzunge ins Gestein des damals noch jungen Gebirges gegraben worden. In dem vom Eis ausgefrästen Becken hatte sich dann, als es wärmer geworden war, das Schmelzwasser gesammelt und ein See aufgestaut. Schließlich war unter der immer heißer stechenden Sonne das Wasser verdunstet.

Im Altertum hatten sich Menschen daran gemacht, das, was hier von der Natur geschaffen worden war, weiter zu bearbeiten und als Versammlungsort auszubauen, den sie in der Folgezeit auf so günstige Weise genutzt hatten, dass er mit Fug und Recht als Wiege einer großen Zivilisation bezeichnet werden konnte.

Darauf folgte die so genannte Zeit des Tiefschlafs, in der das Amphitheater in Vergessenheit geriet und unter einer dicken

Decke aus Schnee und Eis begraben lag. Diese Phase dauerte immer noch an. Nichtsdestotrotz war die magische Kraft sehr wohl zu spüren, die von diesem Ort ausging. Grunthor öffnete die Augen, kehrte aus seiner Träumerei zurück und schaute sich nach den anderen um.

Achmed suchte nach einer günstigen Route, auf der sie ihren Weg fortsetzen konnten. Er ließ seinen Spürsinn über die Landschaft schweifen und entdeckte eine Reihe von Gebirgspässen, die, größer als Ziegenpfade, aber kleiner als Straßen, von einem Bergsattel zum nächsten führten, durch tiefe Schluchten und über hunderte von Brücken, immer tiefer in das Verborgene Reich hinein. Manche dieser Pässe, die selbst unwegsamste Regionen erschlossen hatten, wurden nach wie vor häufig bereist, andere waren vergessen und von der Natur zurückerobert worden. Das gesamte System der Verbindungswege war eine bestaunenswerte Meisterleistung der hier ansässigen Bevölkerung, der Nain, die sich schon im Altertum einen Namen als tüchtige Bergarbeiter gemacht hatten. *Gwylliams Handwerker*, dachte Achmed.

Er konnte sie mit seinem geistigen Auge, das über die Berge wanderte, gut ausmachen: kleine Gestalten, schwarz im Morgenlicht, wie sie sich auf den Pfaden bewegten, Stammesgenossen, denen er noch völlig fremd war und doch eines Tages als Regent voranstehen wollte.

»Das ist das Land, das Gwylliam Canrif genannt hat«, sagte er. »Firbolg streifen dort überall umher, schlecht organisiert, wenn überhaupt.«

»Nichts anderes hast du doch gehofft, sei ehrlich«, sagte Rhapsody. »Ich zitiere sinngemäß: Sie sind fällig, sie brauchen einen König … Stimmt's?«

Achmed schmunzelte. »Ja.«

Dass die Firbolg, die den Tiefen der Erde entstammten, äußerst ungern nachts im Freien unterwegs waren, war Außenstehenden ein Rätsel. In sicherer Entfernung lagen die vier Gefährten auf der Lauer und registrierten das Verhalten und die Anzahl der Einheimischen, die ihnen zwischen den Felsen der Berge zu Gesicht kamen. Als es dann dunkel wurde, zeigten sich immer weniger Bolg, bis schließlich kein Einziger mehr zu sehen war.

»Nachtblind«, sagte Achmed, und Grunthor nickte.

»Seltsam«, murmelte Rhapsody. »Man sollte doch meinen, dass sie als Höhlenbewohner besonders gut im Dunkeln sehen können.«

»Das können sie auch, tief unter Tage, wo's überhaupt kein Licht gibt, nicht einmal ein schwaches Glimmen, wie wir's von der Wurzel her kennen. Aber in der Dunkelheit unter freiem Himmel können sie kaum die Hand vor Augen erkennen.« Achmed warf einen Blick über die Schulter, um sich zu vergewissern, dass Jo nicht mithörte.

Erschaudernd dachte Rhapsody zurück an die Axis Mundi und starrte ins dunkle Tal hinab. »Gelbe Wurzeln und grünes Gemüse.«

Grunthor warf ihr einen irritierten Blick zu. »He?«

»Die helfen bei Nachtblindheit. Eine der Legenden, die man während der Ausbildung zum Sänger zu hören bekommt, erzählt von einem Heer lirinscher Soldaten, die unbesiegbar wurden, weil sie ihre Ernährung umstellten und plötzlich auch bei völliger Dunkelheit sehen konnten. Ihre Feinde aber waren nachtblind und nächtlichen Angriffen schutzlos ausgeliefert.«

Achmed nickte. »Und da helfen nur Wurzeln und Gemüse? Sonst nichts?«

»Doch, Leber«, antwortete Rhapsody, was Jo mit theatralischen Würgelauten kommentierte.

»Aber dann wärn die Bolg womöglich gar nich nachtblind«, meinte Grunthor. »Wenn sie ihre Feinde aufessen, ist auch immer 'n Stück Leber dabei.«

»Welche Feinde?«, fragte Rhapsody, ohne sich von der kannibalistischen Anspielung provozieren zu lassen. »Bethe Corbair ist der nächste Nachbar, und mit dem hat es seit Generationen keinen Streit mehr gegeben.«

»So ist es«, bestätigte Achmed. »Und Sorbold, das Königreich auf der anderen Seite, wird von den Zahnfelsen wirksam geschützt. Es scheint demnach, dass die Bolg weniger auf äußere Feinde Jagd machen als vielmehr untereinander.«

Wieder erschauderte Rhapsody. »Prächtig. Und da wollt ihr leben?«

Achmed schmunzelte. »Warum nicht?«

Zwischen den Felsen war an manchen Stellen Schnee zusammengetrieben worden, der sich immer weiter verdichtet und schließlich eisige Stufen ausgebildet hatte, die sehr tückisch waren. Jo war schon etliche Male darauf ausgerutscht und hätte sich einmal fast zu Tode gestürzt.

»Wie weit noch?«, brüllte Rhapsody gegen den heulenden Wind an und starrte zurück auf das verschneite Tal, das sich in einer Tiefe von über hundert Klaftern unter ihr ausbreitete.

»Wir haben's gleich geschafft«, rief Achmed. Und tatsächlich hatte er den oberen Klippenabsatz erreicht und hievte sich über die Kante, wo er, platt auf dem Bauch liegend, die Hand nach Rhapsody ausstreckte und ihr nach oben half.

Unmittelbar darauf und ebenfalls mit Hilfe von Achmed folgte Jo, die vor Erschöpfung und Kälte am ganzen Leib zitterte. Rhapsody warf ihr den eigenen Mantel über, konzentrierte sich auf ihr inneres Feuer und versuchte, einen Teil der Wärme auf die Schwester abzuleiten.

Schließlich tauchte auch der Pickel von Grunthors Helm auf. Dem Riesen war es anscheinend ein Leichtes, sich über den Rand zu schwingen. »Na, das hat doch Spaß gemacht, oder?«, sagte er. »Alles in Ordnung, Euer Liebden? Und bei dir auch, junge Frau?«

»Schnell, machen wir, dass wir aus dem Wind rauskommen«, sagte Rhapsody mit klappernden Zähnen. Finger und Nasenspitze waren schon wie abgestorben.

Achmed nickte. »Gleich. Aber vorher solltest du dich einmal umschauen und sehen, was unsere serenschen Brüder und Schwestern hier zuerst aufgebaut und dann zerstört haben.«

Rhapsody hob den Blick und sah hinter einem Vorhang aus wirbelnden Schneeflocken ein riesiges Kastell in Erscheinung treten, das aus dem Berg selbst herausgebrochen zu sein schien und sich schwarz vor dem Himmel abzeichnete. Da türmten sich Mauern aus glatt behauenem Fels zu einem so gigantischen Komplex auf, dass selbst die größten Kathedralen und Paläste, die Rhapsody unterwegs gesehen hatte, kümmerlich klein im Vergleich dazu erschienen.

Kein Wunder, dass die Bevölkerung diesen Gwylliam für eine Art Gott gehalten hat, dachte sie. Es war fast so, als hätte der Schöpfer persönlich Hand an diesen Berg angelegt und all die zahllosen Türme, Wälle, Brücken und Bollwerke aus der weiten Felsfront herausgemeißelt. Das war ein Ort für die Riesen unter den Riesen, für Titanen, die nur in diesem Hochgebirge Deckung finden konnten. Canrif.

»Ob es da wohl einen Tunnel gibt, in den wir uns verkriechen können?«, rief Rhapsody. »Jo friert.«

»Kannst du gehen?«

»Ja.«

»Also los, Grunthor schnappt sich Jo, und du kommst mit mir. Nicht weit von hier ist eine Höhle. Vor dem Zugang liegt zwar ein schwerer Felsblock, aber ich bin sicher, Grunthor wird's schaffen, ihn beiseite zu wuchten. Die Einheimischen kommen da nicht hin. Halt einen Zipfel meines Umhangs gepackt, damit du mir im Dunkeln nicht verloren gehst.«

Rhapsody nickte und folgte Achmed hinaus in den Sturm.

Im Tunnel angekommen, waren sie zwar vor dem heulenden Wind geschützt, dafür aber rieselte eine Kaskade aus feinem Schutt und Staub auf sie herab, als Grunthor den Felsblock wieder vor den Einstieg rollte.

Hustend und keuchend klopfte Rhapsody die Kleider aus und half auch Jo beim Entstauben, die von der beängstigenden und strapaziösen Kletterei im Fels noch immer ganz benommen war.

»Was glaubst du, wo dieser Ort ist?«, fragte sie.

Achmed spähte in die Dunkelheit des langen Tunnels, der ringsum ganz sorgfältig und geometrisch exakt mit glatten, quadratischen Steinplatten gekachelt war. Auf beiden Seiten des Ganges verliefen schmale Gräben, die offenbar als Abflussrinnen dienten. Im Gewölbe darüber waren in regelmäßigen Abständen Löcher zu erkennen, die aber längst von Geröll und Schutt verstopft waren.

»Ich vermute, der Tunnel hier ist Teil eines Aquädukts, vielleicht eine Art Drainage. In Canrif gab es Dutzende solcher Systeme, die frisches Gebirgswasser in die Stadt umleiteten und Abwasser abführten. Die Pläne im Cymrer-Museum waren sehr detailliert.«

Rhapsody kramte in ihrem Gepäck und zog das im Haus der Erinnerung gefundene Notizbuch daraus hervor.

Nachdem sie eine Weile darin herumgeblättert hatte, sagte sie: »Da steht nichts, was uns weiterhelfen könnte. Ich wünschte, ich hätte mir die Ausstellung des Museums genauer angesehen.«

Achmed grinste. »Du hast offenbar eine völlig falsche Vorstellung von der Größe dieses Ortes, Rhapsody. Canrif war nicht bloß irgendeine Zitadelle oder Ortschaft, sondern ein Staat für sich. Die Festung am Berg ist nur ein sehr kleiner Teil davon. Jenseits der Schlucht und der Verdorrten Heide liegt alles andere: die Wälder und Weingärten, die Bergwerke und Dörfer, Städte, Tempel und Universitäten oder was sonst noch in den cymrischen Tagen dazu gehörte. Die Bolg haben wahrscheinlich vieles davon verkommen lassen.

Wie auch immer, ich habe mir nur einen Bruchteil der Pläne angesehen, Pläne eben dieser Wasserleitungen, der Belüftung und solche von großen Schmiedewerkstätten inmitten des Berges, deren Öfen auch für die Heizung von Wohnräumen genutzt wurden. Gwylliam war ein Genie, jemand, der aus dem, was er vorfand, eine funktionierende Welt entwerfen und aufbauen konnte. Auch wenn wir mehrere Monate in dem Museum zugebracht hätten, wäre uns jetzt beileibe nicht alles bekannt.«

Vor einem Schutthaufen, der sich erst kürzlich dort gebildet hatte, ging Rhapsody in die Hocke. Sie legte die Hände darauf, schürte ihr inneres Feuer und ließ die Wärme auf die Steinbrocken übergehen. »Wie soll's jetzt weitergehen?«, fragte sie, als die Steine zu glühen anfingen.

Achmed holte Proviant aus seinem Gepäck. »Jetzt essen wir erst mal was. Danach sehe ich mich ein bisschen um. Grunthor, du bleibst mit den beiden hier. Wenn ich in spätestens zwei Tagen nicht wieder da sein sollte, geh mit ihnen zurück nach Bethe Corbair.«

»Ist dir eigentlich noch nicht in den Sinn gekommen, dass wir, wenn es um uns geht, auch ein Wörtchen mitzureden haben?«, empörte sich Rhapsody.

Achmed zwinkerte mit den Augen. »Na schön, wohin möchtet ihr also gebracht werden, wenn ich nicht zurückkomme?«

Rhapsody und Jo sahen einander an. »Nach Bethe Corbair vielleicht.«

Der Dhrakier lachte. »Und da sage mir noch einer, die Bolg wären an Streitsucht nicht zu übertreffen. Keine Sorge, ich komme zurück. Ich will bloß meinen zukünftigen Untertanen einen kleinen Besuch abstatten.«

44

Anders als in den Legenden der Cymrer beschrieben, hatten die Bolg tatsächlich schon lange, bevor Gwylliams Krieg zu Ende ging, Teile der Berge besiedelt. Der König war viel zu sehr mit anderen Dingen beschäftigt gewesen, als dass er bemerkt hätte, wie ein Haufen lausiger Höhlenbewohner über die Steppen im Osten zog und bis in die älteren Abschnitte seines riesigen Labyrinths vordrang. Umgekehrt aber nahmen die Bolg sehr genau von ihm Notiz und öffneten still und leise eine Hintertür zu Gwylliams Reich. Meldungen über verschwundene Grenzpatrouillen oder geplünderte Waffenlager blieben unbeachtet, weil es von den Kämpfen gegen Anwyn weit Spektakuläreres zu berichten gab.

Die Bolg waren keine Soldaten, geschweige denn heroische Kämpfer, aber äußerst brutal und kannibalisch. Sie hatten das Feuer geraubt, und obwohl sie nur wenig vom Hausbau verstanden, konnten sie auf jedem Gelände und in jeder Klimazone überleben.

Jahrhunderte zuvor hatte sich ein fremder Kriegsherr mehrere Bolg-Stämme untertan und – indem er sie mit ausreichend Nahrung versorgte – auch gefügig gemacht. Nach seinem Tod aber hatten sie seinen Besitz verwüstet und waren in ein anderes Land gezogen. Seine Hinterbliebenen spekulierten, dass sie ihm nur deshalb, Wölfen gleich, ergeben gewesen waren, weil sie ihn selbst für einen Wolf gehalten hätten. Alle anderen menschlichen Wesen sahen sie als Beute an und nicht etwa als mögliche Partner.

Diejenigen, die in Gwylliams Bergen hausten, waren ein wilder Haufen Vertriebener, die Stärkeren das Feld hatten räumen müssen, von schlechtem Wetter verjagt worden waren oder einfach nicht mehr allein zu Rande kamen. Gemein war ihnen allen eine extrem harsche Weltsicht. Mit ihnen aneinander zu geraten war wahrlich unangenehm.

Gwylliam hatte derzeit mehrere Versuche unternommen, die Bolg auszutilgen. Er hatte ihnen Fallen gestellt und Truppen auf den Hals gehetzt, was aber nur einer Auslese der Dummen und Schwachen gleichgekommen war. Der Gattung der Bolg war damit – so die Einschätzung Grunthors – im Grunde nur gedient gewesen. Sie war gewissermaßen durch Gwylliams Schmiede gegangen und veredelt worden. Als Waffe gegen Anwyn aber hatte er nicht mehr auf sie setzen können.

Die Gefährten lagerten nunmehr seit einem Tag in einer verschütteten Röhre der Canrifer Sielen, als tief in den Bergen eine Gruppe von Bolg-Jägern einen Wolf gestellt hatte, und zwar an jener Stelle, die, gemeinhin Schlachthalle genannt, seit langer Zeit das Ziel von Treibjagden war. Größeres Wild oder menschliche Eindringlinge, die das Pech hatten, von den Firbolg als Beute angesehen zu werden, wurden dort in die Enge getrieben und zur Strecke gebracht.

In dieser großen, weitläufigen Höhle hatten ursprünglich cymrische Entdecker Quartier bezogen, ehe sie von den Bolg vertrieben worden waren. Dort hinein lockten oder trieben die Jäger nun ihre Beute, was ihnen allerdings nicht immer das gewünschte Resultat bescherte.

Auch diesmal wollte die Rechnung nicht aufgehen. Der Wolf war seinen Jägern überlegen, denn es handelte sich um ein Exemplar der Höhlenwölfe, jener urwüchsigen Art, deren Vertreter so groß wie ausgewachsene Bären, ungemein kräftig und listig und mit einem unvergleichlichen Sehvermögen ausgestattet waren. In den tiefen Bergstollen hatten sie ihr Revier.

Dieser Wolf hatte einen der Jäger schon zerfleischt und den zweiten gerissen, als der dunkle Mann auftauchte. Er war unbemerkt gekommen, genau in dem Augenblick, da die Jäger ihren Fehler erkannten und fliehen wollten.

Mit seinen schwarzen Kleidern war er in der Dunkelheit

kaum auszumachen. Erst als er einen Laut von sich gab, wurden sie auf ihn aufmerksam.

»Auf den Boden mit euch!«, knurrte er mit rauer Reibeisenstimme und in einem Dialekt, den sie als eine veraltete Form ihrer eigenen Sprache erkannten.

Die Bolg reagierten wie vom Donner gerührt. Einer warf sich sofort der Länge nach hin, die anderen wirbelten herum und erstarrten vor Schreck, sodass sie der Aufforderung gar nicht nachkommen konnten.

Dem Mann glitt die Kapuze vom Kopf, als er ein langes, gerades Schwert hinter der Schulter hervorzog. Sein Gesicht war selbst für die Bolg ein fürchterlicher Anblick, und doch erkannten sie Züge darin, die unmissverständlich auf eine Artverwandtschaft hindeuteten, was die bolgschen Jäger noch mehr aus der Fassung brachte.

Die fremde Schreckensgestalt setzte sich urplötzlich und blitzschnell in Bewegung. Das schlanke Schwert schwirrte durch die Luft und durchbohrte den Hals des rasenden Ungeheuers, das, hinter einem seiner Opfer kauernd, zum Sprung angesetzt hatte. Das Feuer glühte noch in seinen Augen, als es winselnd in sich zusammensackte.

Kaum weniger schnell als die geschleuderte Waffe war der dunkle Mann zur Stelle, um sie zu bergen. Er befand sich nun mitten unter den Jägern, die alle bewaffnet waren, doch sie wagten es kaum zu atmen, als er sich anschickte, sein Schwert aus dem Hals des Wolfs zu ziehen.

In just diesem Moment schlug der Bolg, der sich auf den Boden geworfen hatte, mit einer hakenförmigen Hiebwaffe aus, die an der Innenseite messerscharf geschliffen war. Doch noch ehe er Schaden damit anrichten konnte, hatte der dunkle Mann ihm das Handgelenk zerschmettert und gleich darauf mit gezieltem Tritt den Hals gebrochen. Für eine Weile war es totenstill; dann hörte man nur mehr das leise Wispern der Schwertklinge, als sie durch die Wolfsschwarte glitt.

»Waidmanns Heil.« Der Mann im schwarzen Umhang drehte sich um und verschwand in dem Nichts, aus dem er gekommen war.

Flackernder Feuerschein spiegelte sich in Frints fahlen Augen. Er hatte das Bauchfleisch und den Schenkel des Wolfs noch nicht angerührt, die ihm als demjenigen, der die Beute ins Lager gebracht hatte, der Sitte nach zustanden.

»Mann wie Nacht«, flüsterte er in die Runde. Die Kinder, die, hinter ihren Müttern kauernd, die Ohren spitzten, wurden zurückgestoßen, kamen aber sogleich wieder angekrochen, um nur ja alles mitzubekommen, was der große Jäger zu erzählen hatte. »Kam ungesehn.«

»Um was zu tun?«, verlangte Nug-Klaue, der Sippenälteste, zu wissen.

Frint schüttelte den Kopf. »Nichts. Tötet Wolf. Und Ranik. Der hatte angegriffen. Mann trat ihn aus wie Feuerfunken.« Er erschauderte, und die Kinder schreckten ein Stück zurück.

»Wollte kein Fleisch?«, fragte Nug. Frint schüttelte den Kopf. »Hat nichts gesagt?«

Frint überlegte kurz. »Doch. Waidmanns Heil.«

Nug machte große Augen. »Und?«

»Ham dann später noch zwei Ziegen und eine Ratte aufgetrieben.«

Es wurde unruhig in der Runde. Nugs Frau meldete sich zu Wort.

»Nachtmann ist vielleicht Gott«, sagte sie und duckte den Kopf, als Nug mit der Hand nach ihr ausschlug.

»Nein. Nug ist Stamm-Gott. Aber wir müssen uns vor Nachtmann in Acht nehmen. Müssen alle Ylorc warnen.«

Frint flatterte mit den Augenlidern. »Vielleicht ist Nachtmann Gott aller Bolg.«

Nicht weit hinter Nug zog sich Achmed grinsend aus seinem Versteck zurück und verschwand lautlos in der Dunkelheit.

Unter den bröckelnden Wänden der labyrinthischen Stollen von Canrif hatte sich im Laufe der Zeit viel Schutt aufgehäuft und festgetreten, weshalb Achmed nur langsam vorankam. Doch darum tat es ihm weniger Leid als um den so bedauerlichen Zustand dieser offenbar einstmals überaus prächtigen Festung.

In der Blütezeit Canrifs waren diese Tunnel breiter und mit

ihren polierten Basaltplatten noch aufwändiger gepflastert gewesen als die prächtigsten Straßen anderer Städte. Zahllose Öllampen an den Wänden hatten dieses so raffiniert ausgeklügelte Tunnelsystem hell erleuchtet. Jetzt waren von diesen Lampen nur noch hier und da ein paar abgebrochene Halterungen zu sehen.

Dass sein Herz vor Begeisterung pochte, ließ ihm bewusst werden, mit wie viel heimlichem Vergnügen er seiner Mission nachkam. Er fühlte sich zurückversetzt in die Jahre seiner Ausbildung, in jene Zeit, da das Volk der F'dor Krieg gegen die Dhrakier geführt hatte mit dem Ziel, sie zu vernichten.

Wie hatte er seine Reisen als fahrender Geselle genossen, ehe er die Cwellan erfand und in die Reihen der weltbesten Meuchelmörder aufstieg! Damals hatte er sich noch mit jedem Mordauftrag aufs Neue bewähren müssen, hatte seinen Namen nach vorn in den Wind gerufen und als Gütesiegel hinterlassen.

Der Tunnel, durch den er schlich, öffnete sich in einen großen weiten Raum, der einst als Quartier für Soldaten gedient haben mochte, worauf die verrotteten Pritschen am Boden und die zerschlagenen Waffenregale an den Wänden schließen ließen. Selbst auf die Ausstattung solcher Unterkünfte war damals offenbar viel Wert gelegt worden. Davon zeugten die Fresken des Deckengewölbes, die, obwohl zu großen Teilen abgeblättert, immer noch erkennbar waren als Darstellung historischer Schlachten.

Den Kopf in den Nacken zurückgelegt, betrachtete Achmed die Kampfszenen unter der Decke und sinnierte. In den Bildern kam eine Kampftechnik zum Ausdruck, die im direkten Kontakt und zähem Festhalten am Gegner die Entscheidung suchte.

Ob diese Technik nur zufällig der Vorgehensweise der F'dor entsprach oder tatsächlich von ihnen abgeguckt war, ließ sich im Nachhinein nicht mehr klären. Jedenfalls hielten auch die dämonischen Geister unbeirrbar an ihren Opfern fest; sie konnten gar nicht anders, das war ihre Bestimmung.

Kein Wunder, dass sie die Dhrakier so sehr hassten, denn im Unterschied zu Kämpfern anderer Herkunft setzten die Dhrakier nicht auf Kontakt, sondern auf Distanz. Der Abstand zum Gegner ermöglichte einen genaueren Blick auf dessen Schwachstellen. Eine Lücke im Harnisch, ein einziger Fehltritt des Gegners genügte, um ihm den tödlichen Stoß zu versetzen. Gerade wegen dieser Kampfhaltung waren die Dhrakier den F'dor, die aus einer naturgegebenen Notwendigkeit heraus am Gegner festhalten mussten, von jeher ein Dorn im Auge gewesen.

Als er mit Grunthor bei ihren Streifzügen durch Avonderre erstmals einen dieser unerklärlichen Gewaltausbrüche beobachtet hatte, war ihm, Achmed, der Gedanke gekommen, dass dabei die Gewalt womöglich nicht eines bestimmten Zieles wegen, sondern um ihrer selbst willen ausgeübt wurde. Tsoltan seinerseits war zwar ein Stratege, der auf lange Sicht plante, doch was da jetzt zu Chaos und sinnloser Vernichtung anstachelte, brauchte offenbar weder Plan noch Ziel. Vielleicht ging es ihm nur um die Kraft, um die in den Kämpfen erzeugte Reibung, aus der es Leben und Energie sog.

Achmed wurde in seinen Überlegungen durch Geräusche im Hintergrund gestört. Er durchquerte den weiten Höhlenraum, hütete sich dabei, aus dem Schatten hervorzutreten, und erreichte eine Tunnelöffnung, vor der er stehen blieb und tief Luft holte, während er seinen Spürsinn durch die Gänge vorauseilen ließ, um der Schallquelle auf den Grund zu gehen.

Die war schnell ausgemacht. Nicht weit entfernt schlugen etliche Bolg mit zum Teil zerbrochenen Schwertern und Speeren aufeinander ein. Offenbar gehörten sie zu rivalisierenden Klans, denn die einen trugen ein Brandmal im Gesicht, die anderen eines auf den Unterarmen. Von zwei Kerlen in Schach gehalten, lag schreiend eine Frau am Boden, die offenbar der Preis für den Sieger sein sollte. Achmed nahm die Cwellan von der Schulter.

Die Nachtpiraten standen kurz davor, den Sieg davonzutragen, als plötzlich ein helles Sirren im Tunnel laut wurde und unmittelbar darauf die Anführer beider Banden zu Boden gingen. Die Bolg standen wie versteinert da und starrten auf die Gefallenen, die, beide von den Flugscheiben am Hals getroffen und mit halb abgetrennten Köpfen, in ihrem Blut lagen.

Und dann trat eine Gestalt aus dem Dunkel des Stollens, fast lautlos, gehüllt in einen Umhang mit Kapuze, aus der zwei ungleiche Augen schrecklich hervorstachen.

Einer der Räuber hatte davon gehört, was sich unlängst in der Schlachthalle zugetragen hatte.

»Nachtmann!«, platzte es entsetzt aus ihm heraus.

Die Meute wich nach beiden Seiten auseinander, als der Nachtmann einen Schritt vortrat und ein zerbrochenes Schwert vom Boden aufhob, das er der Frau zuwarf.

»Lauft«, sagte er, den anderen zugewandt, und selbst der tumbeste Bolg hörte in der farblosen Stimme den Tod flüstern.

In heilloser Panik hasteten sie stolpernd davon. Nur die Frau zögerte noch, und so war allein sie es, die unter der Kapuze ein Schmunzeln erkannte. Dann machte auch sie kehrt, lief den Stammesbrüdern nach und floh vor dem Nachtmann, den nun wieder Dunkelheit umhüllte.

Später in der Nacht machten die vier Gefährten sich auf den Weg zur Schlachthalle. Achmed hatte einen Weg über einen Pass gewählt, der zwar ein bisschen länger war, aber die Tunnelverbindungen im Berg weitestgehend aussparte. Jo konnte nämlich im Dunkeln kaum sehen, und auch Rhapsody fühlte sich nicht wohl unter Tage, obwohl sie sich während der endlos langen Reise entlang der Wurzel daran gewöhnt hatte, mit nur wenig Licht zurechtzukommen.

Zweimal wurden sie unterwegs angefallen.

»Zweimal zu viel«, sagte Rhapsody, als sie die Höhle betraten.

»Von mir aus hätt's auch zweimal häufiger sein können«, meinte Grunthor und wischte seinen Langdolch ab. »Diese Jungs auf Vordermann zu bringen wird wohl noch ganz schön Zeit kosten.«

»Also denen da ist gar nicht mehr zu helfen«, sagte Jo mit Blick auf die gescheiterten Angreifer, die am Boden lagen.

Achmed hob die Hand, worauf die anderen drei verstummten. Sie folgten ihm durch enge, gewundene Stollen, die über kurz oder lang einzustürzen drohten. Rhapsody fröstelte. Der Verfall war nahezu greifbar. Sie meinte ihn in der Luft spüren zu können.

Bald gelangten sie an eine Öffnung in der Stollenwand, von der ein Felssims in eine hohe Grotte führte. Als Antwort auf Rhapsodys fragenden Blick nickte Achmed mit dem Kopf.

Vorsichtig trat sie durch die Öffnung auf den Sims und tauchte in einen riesigen Saal ein, durch den ein böiger Wind blies, der jedoch alles andere als frisch war und Unmengen Staub aufwirbelte. Sie versuchte ihre Augen zu schützen und blickte ins Dunkle hinab.

In der Tiefe unter ihr breitete sich eine weitläufige, dunkle Ruinenstadt aus, die mit ihren Straßen und verfallenden Häusern bis an die Grenzen des Blickfelds reichte. Da waren noch Reste von Brunnen und Gärten zu erkennen, die, obwohl seit langem ausgetrocknet, immer noch von einstiger Schönheit und Größe zeugten – wie auch die gesamte Anlage der Stadt, die in ihren besten Tagen wohl weit bedeutender gewesen sein mochte als Bethania oder Navarne in der Jetztzeit. Nun aber prägten Melancholie und Verfall das Bild.

Gwylliams großes Meisterwerk, dachte Rhapsody betrübt. *Canrif*, der Name, der *Jahrhundert* bedeutet. Allein dafür, die riesige Wölbung der Höhle auszugraben, die bis in die Spitzen der Zahnfelsen reichte, waren gewiss tausende von Männern nötig gewesen, die bis ans Ende ihres Lebens daran gearbeitet hatten. Jetzt waren die Ruinen nur mehr hohles Zeugnis der eitlen Vision eines hoffärtig verschwendeten Genies und boten Unterschlupf für verwahrloste Halbmenschen, die keine Ahnung hatten von der einstigen Pracht dieser Stadt.

Achmed tippte an ihre Schulter und sagte: »Bis zur Schlachthalle ist es nicht mehr weit.«

In der letzten Kurve vor einer langen Geraden angekommen, blieb Achmed stehen und forderte Grunthor und Jo auf, zurückzubleiben und den Stollen zu bewachen. Dann ging er mit Rhapsody weiter den Gang entlang, an dessen Ende sie vor eine schwere steinerne Tür gelangten.

»Ich vermute, dahinter liegt Gwylliams Bibliothek«, flüsterte Achmed. Rhapsody nickte. In dem Buch, das sie im Haus der Erinnerung gefunden hatten, waren zwar weder Pläne noch irgendwelche Skizzen von Canrif zu finden gewesen, wohl aber eine exakte Beschreibung eben dieses Eingangs. Tief in die Steinplatte eingemeißelt, stand Gwylliams Ausspruch zu lesen: *Cyme we inne frid, fram the grip of deap to lif inne dis smylte land*

In Schulterhöhe steckte eine verrostete Klinke in der Tür. In die Blende darunter waren mehrere Löcher gebohrt, dick wie ein Pfeilschaft und symmetrisch angeordnet.

»Das scheint eine Art Schloss zu sein«, sagt Achmed und fuhr mit seinen knochigen Händen über die Löcher. Rostflocken bröselten von dem eisernen Schild. »Ich wette, dieses alberne Motto hat irgendwas mit dem Schlüssel zu tun.«

»Das glaube ich auch«, sagte Rhapsody. »Als Ingenieur und Mathematiker, der er war, hat Gwylliam den Text wahrscheinlich so aufgeschlüsselt, dass er eine Anleitung zum Öffnen der Tür enthält. Aber wie könnten diese Löcher und das Alphabet der alten Cymrersprache zusammenhängen?«

»Vielleicht muss man den Text erst in eine andere Sprache übersetzen. In Nain oder Lirin?«

Rhapsody zuckte mit den Achseln. »Schon möglich, doch das glaube ich eher nicht, denn Gwylliam wird wahrscheinlich vermieden haben, den Anschein zu erwecken, dass er die eine oder die andere Sprache bevorzugt.«

Zum wiederholten Mal zählte sie nach: In sechs Reihen waren jeweils fünf Löcher in das Türschild und den Stein gebohrt. Sie kniff die Brauen zusammen und dachte nach. Plötzlich ging ein Lächeln über ihr Gesicht.

»Natürlich! Es wird ein Notenschlüssel sein. Die Cymrer kamen in ihrer Musik damals mit nur sechs Noten aus, im Unterschied zu uns Lirin-Sängern, die wir immer schon eine achtstufige Tonleiter hatten – was heute übrigens Standard ist, wie ich von Llauron erfahren habe.«

»Dass Gwylliam sich auch für Musik interessiert hat, ist mir neu.«

»Mich überrascht das nicht, war er doch, wie gesagt, unter anderem Mathematiker, und Musik ist, wenn man so will, ebenfalls ein mathematisches System.« Rhapsody zog einen Pfeil aus ihrem Köcher, knickte die Spitze ab und steckte den Schaft in dasjenige Loch, das mit dem Anfangsbuchstaben von *Cyme*, also mit dem C korrespondierte.

In der dicken Steinplatte war daraufhin ein schwaches Klicken zu vernehmen, dann ein mahlendes Geräusch, das eine Weile andauerte und schließlich verstummte. Rhapsody wurde ganz zappelig.

»Immer mit der Ruhe, lass dir Zeit«, mahnte Achmed, der aber selbst vor Aufregung kaum an sich halten konnte. »Wenn du dich vertust, legt sich der Riegel vielleicht für immer quer.«

»Pssst«, zischte sich, und ihre Augen glühten. Konzentriert zählte sie die Buchstaben durch und drückte den Schaft in das entsprechende Loch. Sie hatte das vorletzte Wort des Satzes erreicht, als Jo plötzlich hinter ihr auftauchte.

»Da kommt wer, eine ganze Meute.«

»Lass dich nicht aufhalten«, sagte Achmed, an Rhapsody gewandt. »Ich werde Grunthor helfen. Nur keine Hektik.«

Rhapsody nickte und gab, kaum dass Achmed fort war, den nächsten Buchstaben ein, was wiederum wie zur Bestätigung mit der inzwischen vertrauten Lautfolge beantwortet wurde.

»Was machst du da?«, fragte Jo, die zurückgeblieben war und ihr über die Schulter schaute.

»Still!«, flüsterte Rhapsody. »Du wirst es gleich wissen.«

Im hinteren Teil des Tunnels wurden jenseits der Biegung Kampfgeräusche laut. Jo wirbelte herum und wollte gerade losrennen, wurde aber von Rhapsody, die blitzschnell mit der Hand nach ihr langte, zurückgehalten.

»Hier geblieben!«

Jo riss sich los. »Bist du nicht ganz bei Trost? Die beiden haben's da mit einem Dutzend Bolg zu tun.«

»Mit einem Dutzend nur? Damit werden Achmed und Grunthor im Handumdrehen fertig. Warte lieber und halte mir den Rücken frei. Ich muss mich auf das Schloss konzentrieren.«

Seufzend gab Jo klein bei. »Nicht mal den kleinsten Spaß gönnst du mir.«

Rhapsody wandte sich wieder der Tür zu und schmunzelte. »Hab ich dich nicht unterwegs im Gebirge kämpfen lassen?«

»Pah, gegen nachtblinde und mit stumpfen Steinäxten bewaffnete Halbaffen«, entgegnete das Mädchen. »Das war doch erbärmlich.«

»Wart's ab. Du wirst dich sicher noch häufiger schlagen müssen, als dir lieb ist. Und kannst gleich mit mir anfangen, wenn du nicht sofort still bist.«

Ausgerechnet das letzte Loch steckte voller Dreck. Rhapsody pulte mit dem kleinen Finger darin herum, bis es frei war, und steckte dann den Pfeilschaft hinein, worauf aus dem Mechanismus nun ein Klingen wie von einer Zimbel ertönte.

»Geh und hol Achmed, sobald die Luft rein ist. Wenn noch gekämpft wird, bleib in Deckung«, sagte Rhapsody zu Jo, die sich in ihrer Erregung kaum bremsen konnte und nur wenige Augenblicke, nachdem sie losgelaufen war, mit beiden Firbolg wieder zurückkam.

»Hast du sie aufgekriegt?«, rief Achmed schon von weitem und wischte im Eilschritt das Schwert an seinem Umhang ab.

»Ich glaube ja«, antwortete Rhapsody mit Blick auf die Tür. »Zumindest hat es sich so angehört. Aber ich wollte euch natürlich nicht vorgreifen und habe sie deshalb noch nicht aufgezogen.«

»Das müsste für dich doch ein Leichtes sein, Dicker«, sagte Jo und meinte Grunthor, der von oben auf sie herabgrinste. Achmed nickte. Rhapsody nahm ihren Bogen zur Hand und legte einen Pfeil auf die Sehne, fürchtete sie doch, dass hinter der schweren Tür möglicherweise eine unangenehme Überraschung auf sie wartete.

Ihre Sorge erwies sich einen Augenblick später als durchaus berechtigt. Als Grunthor die Tür aufschwang, schlug ihnen ein Schwall staubiger Luft entgegen, die so abgestanden und faulig stank, dass Jo zu würgen anfing.

Rhapsody sprang dem Mädchen zur Seite und hielt seine Stirn gefasst, während Achmed über die Schwelle trat. Grunthor blieb zurück, um Deckung zu bieten für den Fall, dass weitere Bolg hinter ihnen im Tunnel aufkreuzten. Jo hatte sich schnell erholt und bestand darauf, an der Erkundung des riesigen Raums hinter der Tür teilnehmen zu dürfen.

Gwylliams Bibliothek schien von der Zeit völlig unberührt geblieben zu sein. Sie war von gewaltigen Ausmaßen und voll von Dokumenten, Pergamentrollen oder gebundenen Folianten, Landkarten, Globen und Grafiken, und das alles in einer so großen Anzahl, dass wohl ein ganzes Heer von Schreibern und Gelehrten über Jahrhunderte daran gearbeitet hatte. Da reihten sich zahllose Regale von enormer Höhe, in denen das gesammelte Wissen der cymrischen Zivilisation lagerte, als stummes Zeugnis ihrer einstigen Blüte.

Rhapsody sah sich staunend um. Das hohe, glatt geschliffene Steingewölbe war kobaldblau eingefärbt und mit silbernen Sternen übersät, genau in der Konstellation, wie sie sich am Himmel über diesem Land zeigte. Maßstabsgerechte und detaillierte Abbildungen der Kontinente, beschriftet mit den Namen, wie sie damals gültig waren, schmückten die Wände ringsum.

Das heutige Roland und Sorbold waren ausgewiesen als die cymrischen Länder, während Tyrian als Realmalir - das Reich der Lirin - bezeichnet wurde. Auch die anderen Teile der Welt waren kartografiert, nicht zuletzt die Versunkene Insel, der Ursprungsort der Cymrer; auf ihre Darstellung schien besonders viel Wert gelegt worden zu sein.

Fast über die gesamte Fläche der riesigen Kuppel mit ihren Sternen erstreckte sich das Bild eines mächtigen Drachen mit rot-goldener Haut, Schuppe für Schuppe liebevoll ausgemalt. Seine silbern glänzenden Krallen wölbten sich über den Ländern im Westen. Die Augen waren klare Edelsteine, zu Prismen geschliffen, die im Dunkeln zu glühen schienen. Aus dem Maul schlugen Flammenfresken in Rot und Orange.

In der Mitte des Raums befand sich ein großer runder Tisch, aus schwarzem Marmor gehauen. Darauf wölbte sich eine kristallene Halbkugel. Ringsum standen mehrere verschiedenartige Apparaturen auf dem Boden; von der Decke darüber hing eine sonderbare Vorrichtung. Das Metall, aus dem sie geschmiedet war, zeigte keinerlei Spuren von Rost oder Verschmutzung, obwohl seit ihrem letzten Gebrauch Jahrhunderte vergangen sein mochten. Rhapsody hätte gern einen genaueren Blick darauf geworfen, wurde aber abgeschreckt von dem, was auf dem Tisch zu sehen war.

Auf der Platte ausgestreckt und über die Kante hinaus hängend, lag eine mumifizierte Leiche auf dem Rücken, vollständig angezogen, mit einer klaffenden Wunde in der Brust. Eine schlichte Goldkrone war ihr offenbar vom Kopf gerutscht und lag, auf die Seite gekippt, daneben. Als Achmed darauf zuging, geriet die Krone in Bewegung und rollte vom Tisch.

Dort, wo sie hinfiel, lag eine weitere Knochengestalt mit pergamentener Haut und gebrochenem Hals. Sie trug als Panzerung ein langes Kettenhemd, das ihr das grausame Schicksal offenbar nicht hatte ersparen können.

Grunthor zog die Tür bis auf einen Spaltbreit hinter sich zu, nachdem er ein paar Steine als Abstandhalter zurechtgelegt und sich vergewissert hatte, dass sie auch von innen geöffnet werden konnte. Dann warf er einen Blick auf Achmed, der mit verschränkten Armen über den Leichen stand und in seinem ansonsten ernsten Gesicht den Anflug eines Lächelns zeigte.

»Nun, wenn mich nicht alles täuscht, ist das der große und mächtige Gwylliam.«

Rhapsody und Jo rückten vorsichtig näher.

»Und wer ist der andere?«, fragte die Sängerin.

Achmed blickte auf das zweite Gerippe. »Vermutlich ein Wächter. Seltsam, man sollte meinen, dass sie immer mindestens zu zweit auftreten. So jedenfalls war es unter den königlichen Gardisten der Seren üblich.«

»Woher weißt du das?«, wollte Rhapsody wissen.

Achmed ignorierte ihre Frage. »Ich wage außerdem zu behaupten, dass Gwylliam diesen Wächter hier eigenhändig getötet hat.« Grunthor stimmte ihm kopfnickend zu; er hatte den Fall des Getöteten im Geiste rekonstruiert und war zu demselben Schluss gekommen.

»Aber Llauron hat doch erzählt, dass Gwylliam von Anwyn ermordet worden sei«, erinnerte sich Rhapsody, sichtlich irritiert.

»Vielleicht weiß er ja weniger, als er vorgibt. Würde mich nicht wundern. Ich traue ihm nämlich nicht.«

»Du traust doch niemandem«, sagte Jo in Gedanken. »Darf ich mal die Krone in die Hand nehmen?«

»Augenblick, Herzchen«, bremste sie Grunthor. »Vorher wolln wir uns noch ’n bisschen umsehn, oder?«

Einen weiten Bogen um die Leichen schlagend, ging Rhapsody um den Tisch herum und musterte die Halbkugel in der Mitte, deren Scheitelpunkt über ihre eigene Körpergröße hinaus aufragte. Trotz der Staubschicht, die sich darauf angesammelt hatte, war der hohe Grad an Handwerkskunst, die in ihr steckte, unverkennbar.

Allem Anschein nach war die Halbkugel aus einem einzigen, fein geschliffenen Edelstein gearbeitet worden. Sie wölbte sich über einem labyrinthischen Relief, das mit großer Sorgfalt in den Stein der Tischplatte eingemeißelt worden war.

»Was hältst du davon, Achmed?«

Der Dhrakier stellte sich an ihre Seite und untersuchte den fraglichen Gegenstand mit blitzschnell hin und her springenden Blicken. Nach einer Weile streckte er den Arm aus und berührte die Halbkugel mit den Fingerspitzen, worauf der Stein und ein Teil des vermeintlichen Labyrinths schwach zu glühen anfingen.

Achmed schmunzelte. »Sehr viel.«

»Wie bitte?«

»Es setzt mir die Krone auf.«

45

»Alles, was wir brauchen, um uns die Bolg untertan zu machen, steckt da drin. Es ist jetzt nur noch eine Frage weniger Wochen, dass sie sich zu einem vereinigten Königreich zusammenschließen, wahrscheinlich zum ersten Mal in ihrer Geschichte. Und dann werden sie zur größten Macht aufsteigen, die es hier seit der cymrischen Invasion vor 1400 Jahren gegeben hat.«

Rhapsody sah den Freund schief von der Seite an. So überschwänglich hatte sie ihn noch nie erlebt. Sie freute sich über seine gute Laune, verstand aber den Anlass nicht.

»Würdest du uns freundlicherweise in deine Pläne einweihen?«

Achmed zeigte auf den Tisch. »Ich habe ein solches Instrument schon früher einmal gesehen. In unserer alten Welt. Es gehörte dem Seren-König, der damit Truppenbewegungen und Migrationsströme lenken konnte. Es wundert mich nicht, dass auch Gwylliam Gebrauch davon gemacht hat. Ein sehr nützliches Instrument, findest du nicht auch?«, fragte er mit Blick auf Rhapsody, die ihn mit rätselnder Miene betrachtete.

»Tag für Tag lerne ich mehr von dir kennen, Achmed. Wir haben nun schon vierzehn Jahrhunderte miteinander verbracht, aber dass du in königlichen Kreisen verkehrt hast, ist mir neu. Wie kommt's? Was hat dich in die Nähe des Hochadels geführt?«

»Er war immerhin ein Meuchelmörder«, schaltete sich Grunthor ein. »Was glaubst du, von wem er die meisten Aufträge hatte?!«

Jo staunte nicht schlecht. »Du warst ein berufsmäßiger Mörder?«

Er achtete nicht auf das Mädchen und sagte, an Rhapsody

gewandt: »Dieses Instrument wird uns zeigen, wo sich die größten Gruppen der Bolg aufhalten und auf welchen Wegen sie umherziehen. Für den Anfang nehmen wir einen kleinen nomadischen Stamm ins Visier, aus dem sich eine Eliteeinheit machen ließe. Wenn wir damit erst einmal ein paar Siege errungen haben, wird sich sehr schnell herumsprechen, dass es sich allen anderen empfiehlt, möglichst schnell auf unsere Seite überzuwechseln.«

»Siege? Das hört sich bei dir so einfach und sauber an. Es geht doch um Schlachten, oder?«

Achmed schnaubte. »Wohl kaum. Um kleine Scharmützel, wenn's hochkommt. All diese kleinen Stämme, die seit Jahrhunderten isoliert sind, werden gar nicht imstande sein, ernst zu nehmende Gegenwehr zu leisten.

Als ich mich in Bethe Corbair umgesehen habe, ist mir zu Ohren gekommen, dass die in Bethania stationierten Streitkräfte von Roland alljährlich unter der Parole ›Frühjahrsputz‹ zu brutalen Einsätzen ausrücken. Sie überfallen grenznahe Firbolg-Siedlungen, brennen ihre Hütten nieder und töten alle, die ihnen dabei in die Quere kommen, auch Frauen und Kinder.« Er ignorierte das Entsetzen in Rhapsodys Gesicht. »Was glaubst du, durch welche typische Eigenschaft der Bolg diese Überfälle begünstigt werden?«

»Durch ihre Dummheit?«

»Ganz und gar nicht. Die Bolg sind nämlich in Wirklichkeit ziemlich clever. Sie opfern einige wenige Schwache und Kranke aus ihren Reihen, um das orlandische Heer davon abzuhalten, tiefer in ihr Land vorzudringen – das die Bolg übrigens ›Ylorc‹ nennen. Jahr für Jahr bauen sie die verwüsteten Ortschaften wieder auf, in denen dann einige Unglückliche ihren Kopf hinhalten müssen. Die starken Männer von Roland kommen pünktlich jedes Jahr herbeigeritten, metzeln wehrlose Opfer nieder und reiten als tüchtige, siegreiche Krieger, für die sie sich halten, wieder heim.«

»Und dem willst du ein Ende setzen, wenn ich dich recht verstehe«, folgerte Rhapsody.

»Natürlich.«

»Diese Schweine«, murmelte Jo. »Ihr könnt mit mir rechnen. Es wird mir ein Vergnügen sein, diesen Miststücken das Fell über die Ohren zu ziehen.«

»Papperlapapp«, fuhr ihr Rhapsody in die Parade. »Achmed, wenn ich dich so reden höre, muss ich annehmen, dass du davon ausgehst, wir vier könnten uns hunderttausend Bolg untertan machen.«

»Exakt.«

»Falsch, denn die Chancen stehen noch schlechter, nämlich drei zu hunderttausend, weil Jo dabei nicht mitmachen wird.«

»Wer hat dich denn gefragt?«, blaffte Jo. Ihr Gesicht war rot vor Wut. »Dieses verfluchte Bemuttern muss aufhören, Rhaps. Ich bin auf der Straße groß geworden und kein Kind mehr. Besten Dank auch, aber ich kann auf mich selbst aufpassen. Und jetzt hör mit dem Geglucke auf, sonst steck ich noch dein Haar in Brand.«

»Damit kannst du ihr nich drohn«, erwiderte Grunthor. »Du weißt doch, mit Feuer kommt sie bestens klar. Aber ich könnte mir was Besseres für dich einfallen lassen, wenn sie keine Ruhe gibt.« Und mit verschmitztem Blick auf Rhapsody: »Lass gut sein, Euer Liebden. Sie hat verblüffend viel Ähnlichkeit mit 'nem anderen kleinen Mädchen, das ich mal kannte«, sagte er augenzwinkernd. Rhapsody konnte nicht anders und lachte.

»Na schön«, gab sie klein bei und nahm Jo in den Arm. »Du machst ja am Ende doch, was du willst. Wie soll's jetzt weitergehen?«

»Zuerst einmal wird Jo die Krone rausrücken und alles andere, was sie sich heimlich in die Tasche gesteckt hat.«

»Was?« Rhapsody trat einen Schritt zurück und schaute ihr in die Augen, die trotzig und verlegen zugleich dreinblickten. Tatsächlich war die Krone, die soeben noch auf dem Tisch gelegen hatte, verschwunden, und auch der Leiche fehlte inzwischen alles, was irgendwie von Wert war.

Grunthor streckte die offene Riesenpranke aus und mimte auf ernst. Dass ihm das nicht recht gelingen wollte, fiel nur Rhapsody auf, nicht aber dem Mädchen, das mit zu Boden gesenktem Blick die Krone herausgab.

»Und jetzt noch den Rest, junge Frau«, sagte der Firbolg. Zögernd langte Jo in ihre Tasche und brachte eine Hand voll Schmuckstücke daraus zum Vorschein.

»Ist das wirklich alles?«

Das Mädchen nickte.

»Von wegen.« Achmeds Hand schnellte nach vorn und riss Jo die Tasche von der Weste, die Rhapsody ihr in Bethe Corbair gekauft hatte. Rhapsody wollte gerade wütenden Protest erheben, doch als sie einen Goldring aus der Tasche zu Boden fallen sah, wo er klirrend in immer kleiner werdenden Kreisen ausrollte, verschlug es ihr die Sprache.

Achmed bückte sich, um den Ring aufzuheben.

»Du kannst schlecht rechnen, Josephine«, sagte er und sprach den ihr verhassten Namen aus. »Dafür hättest du dir in Bethe Corbair ein gutes Pferd oder zwei Morgen Land kaufen können. Aber jetzt kostet es dich weit mehr. Denn du hast um den Preis meines Vertrauens gelogen. Niemand macht dir hier irgendetwas streitig, aber alle Sachen, die wir hier finden, sind erst einmal Indizien, aus denen wir schlau werden müssen, wenn wir denn überleben wollen.

Schön, dass du für dich selbst sorgen kannst, aber es macht dich zu einer Gefahr für die Gruppe. Es steht zu viel auf dem Spiel, als dass ich riskieren könnte, ein ungezogenes Gör bei mir zu haben, das sich nicht an die Regeln halten will. Morgen wirst du eines der Pferde nehmen und nach Bethe Corbair zurückreiten.«

»Und ich werde dann mit ihr gehen«, sagte Rhapsody, um Fassung bemüht, was ihr noch schwerer fiel, als sie der Schwester ins Gesicht blickte und sah, wie ihr trotz der tapferen Miene, die sie aufgesetzt hatte, Tränen in den Augen standen. »Und bitte lass Jo so lange in Frieden. Ich möchte nicht, dass du weiter auf ihr herumhackst.«

Achmed zeigte sich ungerührt. »Du willst dich von uns trennen? Ihr zuliebe?«

»Wenn es denn sein muss.«

»Warum?«

Rhapsody blickte von dem zitternden Mädchen in Achmeds ausdrucksloses Gesicht. »Weil sie mich nötiger hat.«

»Nun mal halblang«, mischte sich Grunthor ein. »Es wird wohl noch 'n bisschen dauern, bis sie sich an unsere Gesellschaft gewöhnt hat und daran, dass sie nich mehr auf der Straße ist. Hab ich Recht, Herzchen? Ich verbürge mich für sie; sie wird das nich noch mal tun. Stimmt's, Jo?«

»Und wir könnten sie außerdem von der Bibliothek fern halten. Sie wird dann so lange das Lager hüten müssen«, schlug Rhapsody vor.

»Es tut mir Leid«, flüsterte Jo und lenkte die erstaunten Blicke der anderen auf sich, die ihren Ohren kaum trauen mochten.

»Und? Geben wir ihr noch eine Chance, Achmed?«

»Ich bin wohl überstimmt. Also gut. Vielleicht ist es ein Fehler, aber diesmal will ich noch ein Auge zudrücken. Du bist mir allzu unbesonnen und ziemlich eigensinnig, Jo. Aber das liegt wohl in der Familie.« Er warf einen Blick auf Rhapsody, die schmunzelnd auf ihre Schuhspitzen blickte. »Und damit eines ganz klar ist: Noch mal lasse ich mich nicht rumkriegen. Wenn du nicht mit uns am selben Strang ziehen willst, bist du draußen. Ich habe keine Lust, deiner albernen Alleingänge wegen mein Leben aufs Spiel zu setzen – oder das von Grunthor oder Rhapsody. Das bist du nicht wert.«

»Jetzt reicht's aber«, sagte Rhapsody. »Sie hat's verstanden.«

Achmed sah die Sängerin an und sagte auf Bolgisch: »Denk an meine Worte. Wir werden's noch bereuen.«

»Seltsame Worte von jemandem, der möchte, dass ich ihm helfe, vier Leute gegen ein ganzes Heer von Bergungeheuern ins Feld zu schicken«, entgegnete Rhapsody, legte dem Mädchen einen beschützenden Arm um die Schulter und führte sie zu einem Stuhl. »Alles in Ordnung mit dir?«

Jo nickte. Sie hatte die Zähne so fest aufeinander gebissen, dass die Kiefermuskeln bebten.

»Setz dich und halt dich für eine Weile zurück. Achmed kann sehr ruppig sein, aber er versucht nur, unser Überleben zu sichern.«

»Das sehe ich ja ein«, murmelte Jo. »Aber im Augenblick gehst du mir auf die Nerven. Bitte, lass mich allein.«

Gekränkt kehrte Rhapsody zu den beiden Firbolg zurück, die sich vor dem steinernen Tisch berieten.

»Die Gruft muss da drunter sein«, sagte Grunthor und zeigte auf die Mitte des Tisches.

»Aber wie verrücken wir den?«

»Darüber können wir uns später Gedanken machen. Aufgepasst!« Achmed legte seine Hand auf die gläserne Kuppel, und wieder fing der Kristall zu glühen an. Auf dem Tisch darunter flammten, mal hier, mal da, einzelne Lichtflecken auf. Was Rhapsody ein großes Rätsel war, schien Achmed und Grunthor bekannt zu sein, ja, sie fachsimpelten darüber.

Rhapsody warf einen Blick zurück auf Jo, die mit verschränkten Armen dahockte und vor sich auf den Boden starrte. Als sie sich wieder den beiden Bolg zuwandte, hatten diese allem Anschein nach eine Entscheidung getroffen.

»Wir müssen noch ein paar Untersuchungen anstellen«, sagte Achmed und zog seine Handschuhe über. »Ich schlage vor, ihr, du und Jo, wartet hier und seht euch in der Bibliothek ein bisschen um. Vielleicht findet ihr das eine oder andere Manuskript, das uns weiterhelfen könnte. Die Bolg haben diese Tür nie geöffnet; wenn wir sie nur anlehnen, wird wahrscheinlich niemand merken, dass sie offen ist.«

»Und wenn doch? Was, wenn sie kommen und wir hier in der Falle stecken?«

»Nun, du hast ein hübsches Schwert, und unser Backfisch brennt doch geradezu darauf, sich zu schlagen. Ihr werdet euch schon zu wehren wissen.«

»Du bist ja rührend um uns besorgt«, antwortete Rhapsody spöttisch und sah sich wieder nach dem Mädchen um.

»Wir werden nicht allzu lange weg sein. Grunthor hat sich schon davon überzeugt, dass die Tür auch von innen zu öffnen ist. Wenn wir aber in ein oder zwei Tagen immer noch nicht wieder …«

»In ein oder *zwei* Tagen?«

» … da sein sollten, kehrt nach Bethe Corbair zurück. Es wird euch an nichts mangeln. Da gibt's doch diesen großen Markt, wo ihr euch nach Herzenslust bedienen könnt.«

»Du bist ein Ekel«, entgegnete Rhapsody und sah aus den Augenwinkeln Grunthor schmunzeln. Der Riese ging auf das Mädchen zu, das immer noch starr und steif auf dem Stuhl hockte.

»Halt die Ohren steif, junge Frau, und sieh dich gründlich um. Vielleicht findest du was, das wir gebrauchen könnten.«

»Ja, ja«, antwortete Jo. Grunthor tätschelte ihr den Kopf und verabschiedete sich von Rhapsody mit herzlicher Umarmung.

»Bis bald, Gräfin«, sagte er und folgte dem Schatten, der schon lautlos durch die große Steintür nach draußen geschlüpft war.

Geflüster in uralten Gängen.

»Nachtmann. Hat Brax-Auge und Klauen-Grak mit Himmelsfeuer tot gemacht.«

»Und hat Frau von Grak ein Schlitzeisen gegeben. Jetzt trägt sie sein Kind.«

Die Bolg sahen sich hektisch um, ängstlich, auf das Schlimmste gefasst.

»Vielleicht ist er hier. Das Blut von Nachtmann ist Dunkelheit.«

»Nachtmann kommt, um Bolg zu töten?«

»Nein, Nachtmann ist Bolg. Vielleicht Bolg-Gott.«

»Vielleicht will er Feuerauge stürzen. Und den Geist.«

Es blieb eine Weile still. Dann wurde ein Gedanke ausgesprochen, dem alle beieinander kauernden Bolg kopfnickend beipflichteten.

»Viel Blut wird fließen.«

Als die beiden fort waren, machten sich Rhapsody und schließlich auch Jo daran, die Bestände der Bibliothek zu sichten. Als Erstes sahen sie das Kartenmaterial und die Fahrtenbücher durch, die Gwylliam während seiner Reise von der Versunkenen Insel in die neue Welt angelegt hatte. Rhapsody las Auszüge daraus vor und übersetzte aus dem Alt-Cymrischen.

Beim Abschreiten der Regale wurde ihnen das Ordnungssystem deutlich, das dem Grundriss entsprach und der Überzeugung

Gwylliams folgte, wonach das Sechseck die Stabilste aller architektonischen Formen sei.

Außerdem fanden sie eine zweite Tür. Ihre Bedenken waren schnell zerstreut, und so beschlossen sie, nicht erst auf Achmed und Grunthor zu warten, sondern den Raum dahinter auf eigene Faust zu erkunden.

Unter Aufbietung aller Kräfte wuchteten sie die schwere Steinplatte auf und traten in einen Tunnel, der über eine Treppe hinab in eine Höhle führte, die voller rostiger Maschinen stand; Maschinen mit großen Schwung- und Getrieberädern, langem Gestänge und endlosen Rohrleitungen, und das in einer Menge und Vielfalt, dass der ganze Marktplatz von Bethe Corbair damit hätte gefüllt werden können.

»Wozu soll das wohl gut sein?«, flüsterte Jo. »Was meinst du?«

»Das weiß ich auch nicht genau«, antwortete Rhapsody und blätterte durch ein Manuskript, das sie aus der Bibliothek mitgenommen hatte. »Aber ich glaube, dies hier war die zentrale Belüftungsanlage.«

Jo war schon über ein paar Steinstufen vorausgegangen und bestaunte ein riesiges Zahnrad, dessen einzelne Zacken größer waren als ihre Hand. »Die was?«

»Wenn mich nicht alles täuscht, war das die Anlage, mit der die Atemluft im Berg umgewälzt wurde. Und es scheint, dass sie schon eine Weile außer Betrieb ist, denn sonst wär's hier nicht so stickig.«

Ohne ihren staunenden Blick von dem imposanten Maschinenkomplex abzuwenden, fragte Jo: »Wie hat sie funktioniert?«

»Keine Ahnung. In seinen Schriften prahlt Gwylliam immer wieder damit, dass er es geschafft hat, den Berg mit Frischluft und Wärme versorgen zu können. Die Festung hier im Massiv der Zahnfelsen war sein Hauptquartier. Hier hatte er seine Große Halle, den Thronsaal und all die Verteidigungsanlagen, mit denen er die feindlichen Streitkräfte auf Abstand hielt. Ich muss schon sagen, das alles ist sehr beeindruckend. Das Belüftungssystem hat den Berg für diejenigen Cymrer, die es hierher zwischen die Zahnfelsen verschlagen hatte, erst bewohnbar gemacht.«

»Wie bitte? Ich dachte, dass sich alle Cymrer Gwylliams hier im Gebirge niedergelassen hätten.«

»Tatsächlich haben die meisten Cymrer von Canrif jenseits der Zähne gewohnt, nämlich auf der von Gwylliam so genannten Verdorrten Heide – was immer das heißen soll. Jedenfalls ist diese Landschaft so groß, dass man sie nicht einmal von den Gipfeln der Felsen aus überblicken kann. Ich zeig dir, wenn wir wieder in der Bibliothek sind, ein Buch, darin ist dieses Land beschrieben.«

»Das wird nichts nützen«, antwortete Jo mit Blick auf das still stehende Getriebe aus Stein und Metall, das im Dunkeln geradezu gespenstisch wirkte. »Ich kann nicht lesen.«

Rhapsody nickte. »Das habe ich mir gedacht. Ich würde mich freuen, dir Unterricht geben zu können. Auch Grunthor hat von mir lesen gelernt.«

»So, so.« Jo stieg über die in den Fels gehauenen Stufen weiter nach unten.

»Komm, wir sollten lieber wieder kehrtmachen«, drängte Rhapsody. »Warten wir mit der Erkundung dieser Höhle, bis die beiden zurück sind.«

Das Mädchen seufzte enttäuscht, folgte aber der Schwester ohne Widerworte in die Bibliothek zurück.

Der Tag neigte sich seinem Ende zu, als Achmed und Grunthor sichtlich erschöpft wieder aufkreuzten. Grunthor hatte sich eine kleinere Verletzung an der Hand zugezogen, die Rhapsody sofort verarztete, obwohl er eine solche Behandlung übertrieben fand. Ansonsten waren die beiden mit dem Ergebnis ihrer Erkundigungen sehr zufrieden.

»In der Ruinenstadt wohnen noch welche«, berichtete Achmed, während sie zu Abend aßen. »Die Cymrer heißen bei denen übrigens *Willums*.«

»Interessant«, sagte Rhapsody. »Dann scheint Gwylliam ja bei manchen noch in guter Erinnerung zu sein.«

»Dachte ich mir doch, dass dir das gefällt, Rhapsody. Wie dem auch sei, die Stämme sind über das ganze Bergland und bis tief in das alte Cymrerreich hinein verstreut. Wir haben nur ein paar kleinere Sippschaften vorgefunden.«

»Ja, wir sind auf etliche Klauen und Augen gestoßen; aber Beuschel warn keine dabei«, führte Grunthor mit vollem Mund aus.

»Klauen und Augen? Beuschel? Wovon redest du?«

»Das sind Beinamen der hiesigen Bolgstämme. Die so genannten Klauen zeichnen sich vor allem durch ihre Kämpfer, Jäger und Räuber aus. Auf die haben es die Truppen aus Roland ganz besonders abgesehen.

Die Augen sind – der Name sagt es schon – die Späher. Sie halten sich meist auf Berggipfeln auf, die die Steppe im Westen oder die Heide im Osten überblicken. Sie sind schlanker und weniger muskulös als andere Bolg und leben vor allem von Aas.

Die Beuschel schließlich wohnen tief im Berg oder an anderen versteckten Orten des Landes. Wir konnten kaum etwas über sie herausfinden, nur so viel: Sie zählen zu den am meisten gefürchteten Stämmen. Meist bleiben sie unter sich und zurückgezogen. Aber wehe, wenn sie rauskommen.

Die einzelnen Oberhäupter verkörpern den jeweiligen Typ ihrer Sippe. Übrigens, wir haben jetzt selbst ein paar Klauen in unseren Reihen: eine kleine Meute mit dem Namen Nachtpiraten.«

»Wie bitte?«

Grunthor grinste und zeigte dabei seine gefährlich spitzen Hauer. »Ja, unser Kriegsherr hier – so wird er seit neuestem genannt – hat jetzt seine kleine Leibgarde.«

»Kriegsherr?«, hakte Rhapsody nach.

»Hört sich doch besser an als ›Nachtmann‹, oder? So hat man mich hier zuerst genannt«, erklärte Achmed, nachdem er einen Bissen hinuntergeschluckt hatte.

»Hätte man mich gefragt, würdest du Obertort heißen«, warf Jo ein.

Rhapsody verkniff sich ein Schmunzeln. »Wo sind diese … diese Nachtpiraten jetzt?«

»Gefesselt in einem der unteren Gänge.«

Sie ließ vor Schreck ihr Brot aus der Hand fallen. »Gefesselt? Werden nicht andere Bolg über sie herfallen?«

»Möglich, aber die Nachtpiraten gelten weit und breit als die mit Abstand gefährlichste Bande. Ich glaube kaum, dass andere es wagen würden, den Zorn derer auf sich zu lenken, die die Piraten überwältigt und an die Kette gelegt haben.«

Achmed sollte Recht behalten. Zwar kamen andere Bolg an den gefangenen Piraten vorbei, doch niemand versuchte, sie zu attackieren, geschweige denn zu befreien. All das war auf dem großen Marmortisch unter der Halbkugel zu beobachten. Achmed machte die beiden Frauen auf jene Lichter aufmerksam, die für seine Gefangenen standen, und auf das Flackern, das die Bewegungen der fremden Besucher markierte.

Jo hatte eine Entdeckung gemacht, durch die sie in Achmeds Einschätzung einiges an Wert dazugewinnen konnte. Sie war es, die herausfand, welchem Zweck die anderen Geräte dienten.

Der über dem Tisch von der Decke hängende Schlauch war ein Sprachrohr, das es dem Anwender möglich machte, alle oder wahlweise auch nur bestimmte Höhlentrakte akustisch zu erreichen. Was da neben dem Tisch aus dem Boden ragte, war das Gegenstück dazu, nämlich ein Hörrohr, mit dem Signale aus allen Ecken und Winkeln direkt in die Bibliothek geleitet wurden.

Beide Geräte waren mit dem Ventilationssystem verbunden, jenem weit verzweigten Netz aus Schächten und Kanälen, das die ganze Bergfestung durchzog und für frische Atemluft sorgte. Wenn in den kalten Monaten geheizt werden musste, wurde ein Teil der zugeführten Luft durch Gwylliams große Esse im tiefsten Innern des Gebirges umgeleitet.

In dieser längst stillgelegten Schmiede waren früher enorme Mengen an Stahl, Bronze und anderen wertvollen Metallen gegossen und zu den edelsten Waffen und Rüstungsteilen weiterverarbeitet worden, die die Welt damals gekannt hatte.

Achmed hatte aus verschiedenen Vitrinen eine Auswahl an Waffen gesammelt und diese nun auf einem der langen Arbeitstische nebeneinander gelegt. Rhapsody kam dazu, als Grunthor liebevoll mit der Hand über eines der Schwerter fuhr, und weil er so traurig dreinblickte, legte sie ihm zum Trost eine Hand auf den Arm.

»Woran denkst du?«, fragte sie.

Grunthor schaute auf sie herab und lächelte matt. »Ach, nichts Besonderes, Herzchen.«

»Fehlt dir die Truppe?«

»Nein, wir werden wohl bald wieder eine neue zusammengestellt ham. Ich dachte nur: Mann, was für ’ne Verschwendung das alles ...«

Rhapsody seufzte. Ihr war etwas ganz Ähnliches durch den Kopf gegangen, und es schmerzte sie zu sehen, wie weit es die Cymrer, ihre einstigen Landsleute, ja vielleicht die Nachkommen der eigenen Familie gebracht hatten.

In den zurückgebliebenen Anlagen und Erzeugnissen sah sie das Lebenswerk von Handwerkern, Ingenieuren, Architekten, Zeichnern und Bauarbeitern, die Überragendes geleistet hatten, Männern und Frauen mit großen Visionen und Fähigkeiten. Doch was von ihnen aufgebaut worden war, war schließlich törichten Machtgelüsten geopfert worden.

»Nimm’s nicht so schwer, Grunthor«, sagte sie und rang sich ein Lächeln ab. »Stell dir vor, was Gwylliam für Augen machen würde, wenn er erführe, dass all seine ausgeklügelten Installationen und Waffen bald in den Händen der Bolg sein und dem Aufbau ihrer Zivilisation dienstbar gemacht werden. Gwylliam würde sich sicher im Grab umdrehen.«

Der Sergeant schmunzelte. »Wenn das da drüben seine Leiche ist, können wir ja nachhelfen, bis er eine so hohe Umdrehungszahl erreicht, dass die ganze Maschinerie wieder zu laufen anfängt.«

Achmed hatte schon eine weitere Bolg-Gruppe ins Visier genommen, die er für sich zu rekrutieren gedachte. Die zur Augen-Sippschaft zählenden Dunkeltrinker waren flinke Räuber, die im Schatten der Berge einsamen Wanderern oder kranken, schwachen Bolgbrüdern auflauerten.

Diesmal machten sich alle vier auf den Weg durch die Tunnel. Sie stöberten die Gesuchten auf und schlugen entschlossen zu mit dem Ergebnis, dass Achmed schon nach einer Stunde eine Gruppe gefügiger Späher um sich scharen konnte.

»Ich will, dass ihr folgende Nachricht verbreitet«, befahl der neue Kriegsherr denen, die den Kampf überlebt hatten. »Der König der Ylorc ist zum Berg gekommen. Wer ihm dienen möchte, soll sich bei Vollmond, heute in zehn Tagen, in der Schlucht jenseits der Zahnfelsen einfinden.

In drei Tagen werdet ihr mich einatmen spüren, kalt wie Winterwind. So lade ich euch vor. Am Tag darauf werde ich ausatmen, und wieder werdet ihr es spüren, diesmal als einen warmen Wind. Kommt zur Vollmondnacht in die Schlucht. Wer der Vorladung nicht Folge leistet, wird am elften Tag von den Flammen in meinem Bauch verzehrt werden.« Als sie diese Worte hörten, blinzelten die zerlumpten Höhlenbewohner nervös mit den Nachtaugen.

Tief im Verborgenen Reich erwachte der Bolg-Schamane in der Dunkelheit seiner Höhle. Die aufspringenden Augen schmerzten an den Rändern, ja, bluteten sogar ein wenig, als er langsam zur Besinnung kam.

Seine Vision nahm Formen an. Er hatte es gerade noch rechtzeitig geschafft, sich aufzurichten und die Hände vor den Kopf zu schlagen, ehe sie über ihn kam wie ein Sturmwind.

Da war etwas ins Gebirge gekommen. Wie ein dumpfes Summen tönten Stimmen, die unter den Augen-Klans laut wurden und von einem Mann berichteten, der sich in Finsternis hüllte. Doch es waren nur bruchstückhafte Informationen, die den Weg bis in das Land weit hinter den Zahnfelsen fanden.

Saltar, den die Bolg Feuerauge nannten, legte seine Hände auf die Brust und konzentrierte sich auf seine Vision, doch sie blieb unklar. Die Bilder waren ihm zwar auf seltsame Weise vertraut, ergaben aber keinen Sinn. Es blieb ihm nichts anderes übrig, als abzuwarten und wachsam zu sein.

»Clever von dir, mit deinem mächtigen Atemzug zu drohen, bevor nicht klar ist, ob diese Kiste auch tatsächlich wieder in Gang gebracht werden kann«, murmelte Rhapsody. Sie saß auf Grunthors Schultern und versuchte, einen der Getriebehebel zu bewegen.

Sie befanden sich tief im Innern von Gwylliams Belüftungsanlage. Dank der gefundenen Pläne und Skizzen war es ihnen nach mühevoller Suche gelungen, die Einzelteile der Anlage und deren Funktionsweise zu unterscheiden. Dann hatten die Männer draußen im schroffen Fels gefährliche Kletterpartien unternehmen müssen, um die in Jahrhunderten der Vernachlässigung mit Geröll verstopften Ausgänge der Belüftungsschächte frei zu bekommen. Böiger Wind heulte über sie hinweg, zerrte an ihren Kleidern, und immer wieder drohten sie in den Abgrund zu stürzen.

Die Belüftungsanlage war aus dem gleichen sonderbaren Material gebaut worden, das Achmed und Grunthor auch schon in der Kathedrale von Avonderre bestaunt hatten, einem Metall, das einfach keinen Rost ansetzte, auch nach Jahrhunderten nicht. Die Maschinerie schien darum im Großen und Ganzen noch betriebsbereit zu sein, abgesehen davon, dass manche Getriebeteile blockiert und einige Passstücke undicht geworden waren.

»Selbst wenn wir diese Hebel wieder gängig gemacht haben, heißt das noch lange nicht, dass die Maschine auch läuft, wenn wir sie brauchen«, warnte Rhapsody von ihrem Hochsitz auf den Schultern des riesigen Firbolg herab. »Es könnte jederzeit an irgendeiner anderen Stelle haken.« Tatsächlich waren Teile, die auf Anhieb funktioniert hatten, bei einem zweiten Probedurchgang festgefahren.

»Das ist das letzte Ventil. Wenn du den Hebel umlegen kannst, wird das gesamte System offen sein. Und das nach nur zwei Tagen Arbeit. Nicht schlecht, oder?«, sagte Achmed, der, von Jo unterstützt, die Lager einer riesigen Kurbelwelle schmierte und dann ein letztes Mal die Sicherheitskette prüfte. »Wie sieht's bei euch aus?«

»Versuchen wir's«, sagte Rhapsody zu Grunthor. Der Riese nickte, hob sie von den Schultern und zog dann mit einem kräftigen Ruck am Hebel. Die damit verbundene Klappe ging knirschend auf.

»Prima. Und jetzt schnell wieder zumachen«, sagte Achmed. »Wir wollen unseren ›Atem‹ noch ein bisschen anhalten.«

Am nächsten Morgen stieg aus dichtem Nebel die Sonne über den Zahnfelsen auf. Gerade als sie hinter der Gipfelkette zum Vorschein kam, wurde im Berg ein gewaltiges Kreischen laut. Es klang, als wäre ein Riesenschwert an einen gigantischen Schleifstein gelegt worden. Wenige Augenblicke später zog ein eisiger Wind durch die Tunnel von Canrif. Heulend drang er bis in die letzten Winkel vor und stürmte mit der Kraft eines Orkans über die Bolg hinweg, die in den Höhlen hausten.

Deren Schreckensschreie gellten durch den ganzen Berg und waren sogar noch in der tiefen Schaltzentrale zu hören.

»Es reicht, Achmed«, sagte Rhapsody mit besorgter Miene. »Wir wollen schließlich nicht, dass sie erfrieren.«

Achmed nickte, worauf Grunthor und Jo die Außenventile wieder zusperrten. Dann verschlossen sie auch noch die anderen Teile der Anlage, während Achmed und Rhapsody über die Treppe nach oben zum Sprachrohr eilten.

»Das mit der Lüftung wird doch so nicht bleiben, oder?«, fragte Rhapsody unterwegs. »Denn dann hätten wir Canrif in kürzester Zeit leer gefegt.«

»Nein. Die Luftverhältnisse zwischen innen und außen müssen sich nur erst richtig einpendeln. Übrigens, ab sofort heißt Canrif nicht mehr Canrif, sondern *Ylorc*. Falls du es noch nicht bemerkt haben solltest: Gwylliams Zeitalter liegt über tausend Jahre zurück.«

Als sie den steinernen Tisch erreicht hatten, zog Rhapsody ihre Lerchenflöte aus der Tasche. Sie hatten sich am Vorabend darauf verständigt, dass es besser sein würde, Achmeds rauer Flüsterstimme einen schrilleren Ton zu unterlegen, damit seine erste Ansprache den Zuhörern im Berg noch mehr Furcht einflößte.

Sie begann mit einer schaurigen Melodie, die den Ton in der Stimme des Dhrakiers vorwegnahm und verzerrte. Auch die heulenden Winde, das Geschrei und Jammern der Bolg fand darin Ausdruck. Achmed führte das Rohr an den Mund und hob zu sprechen an:

»Morgen atme ich aus. Es wird ein einziger Luftschwall sein, der euch mein Herz spüren lässt, einen kurzen Moment nur, denn ihr sollt nicht verbrennen. Wer, wenn Vollmond ist, zu mir in die Schlucht kommt, wird an der neuen Macht von Ylorc Anteil haben. Alle anderen sind des Todes.« Seine Stimme hallte in einem monströsen Echo nach. Achmed verschloss das Sprachrohr.

»Das war ja wirklich schrecklich«, meinte Rhapsody und steckte die Flöte weg. »Ob wir sie denn auch überzeugt haben?«

»Zumindest einen Teil. Andere werden sich morgen überzeugen lassen. Und dann wird's bestimmt auch ein paar Trotzköpfe geben, die dem neuen Kriegsherrn lieber die Stirn bieten, als dass sie sich mit geborgter Macht zufrieden geben würden.«

»Und womit willst du die überzeugen?«

»Sie werden keine Zeit mehr haben, ihren Argwohn zu bereuen.«

Er hat seinen Atem über uns kommen lassen, sagten die Späher vom Frost-und-Feuer-Klan. *Ein eiskaltes Sturmgebrüll.*

Saltar rieb sich die Augen, um seinen visionären Blick zu schärfen, der ihm zwar nicht die Zukunft offenbarte, wohl aber das, was sich anderenorts schon als Wirklichkeit abzeichnete und unausweichlich näher kam.

Sturmgebrüll. Das Wort dröhnte in seinem Schädel.

Der Geist schaute immer in den Wind. Was da nun mit dem Wind aufzog, war vielleicht genau das, was er suchte.

46

»Das funktioniert nie.«

»Sei doch nich so pessimistisch, Gräfin. Versuch's einfach.«

Rhapsody wandte sich dem schmunzelnden Riesen zu. »Versteh doch. Eine Schmiede dieser Größenordnung lässt sich nicht so ohne weiteres hochfahren. Selbst wenn wir eine Woche Zeit zum Einheizen hätten, würden wir allenfalls auf Temperaturen kommen, die Eis zum Schmelzen bringen, mehr aber auch nicht.«

»Wir müssen ja auch nichts zum Schmelzen bringen«, entgegnete Achmed geduldig. »Es reicht, wenn sich die Luft erwärmen lässt. Im Übrigen scheint da ohnehin eine Warmfront aufzuziehen; das sieht man an den Wolken. Und wenn du an deine Feuertaufe zurückdenkst und dich feste darauf konzentrierst, sollte es doch mit dem Teufel zugehen, wenn's uns nicht gelänge, den Bolg weiszumachen, dass ich ihnen meinen warmen Odem ins Gesicht blase.«

»Wenn ihnen das, was da tatsächlich aus deinem Mund kommt, in doppelter Dosis um die Nase wehte, hätten wir leichtes Spiel«, frotzelte Jo, die den Blasebalg bediente und das von den anderen beschickte Feuer anfachte. »Vielleicht sollten wir ein bisschen Stinkkraut in die Flammen werfen.«

Grunthor rieb sich das Kinn. »Das wär gar nich so verkehrt.«

»Vielleicht ein anderes Mal. Trotzdem, schönen Dank für den Vorschlag, Jo«, sagte Achmed und wandte sich der Sängerin zu. »Fertig? Beeilung, es ist bald Morgen.«

Rhapsody blickte auf den riesigen, mit Kupferspangen verstärkten Blasebalg, der voller Löcher war und schlaff herabhing. Auch all die anderen Gerätschaften in der tief im Berg verborgenen Schmiede waren von so gewaltigen Ausmaßen, dass es einem die Sprache verschlug. Früher hatten hier bestimmt an die tausend Arbeiter rund um die Uhr schuften müssen, um den Betrieb aufrechtzuerhalten.

Die vier hatten einen Berg mit Kohle ausfindig gemacht, dazu auch Schaufeln und Schubkarren für den Transport zur Esse.

Hier und da lagen vereinzelt Skelette auf dem Boden, Überreste der Arbeiter, die nicht mehr hatten fliehen können, als Gwylliams Berg von den Firbolg überrannt worden war. Die Gebeine waren, von Rhapsody mit einem Trauerlied bedacht, als Erstes den Flammen übergeben worden, gut vierhundert Jahre zu spät. Dem Knochenbau nach mussten die *Nain* – als solche wusste Achmed die Toten zu identifizieren, und Grunthor bestätigte dies – ungemein kräftig gewesen sein, breite Schultern und einen mächtigen Brustkasten gehabt haben.

Rhapsody holte nun tief Luft, legte die Hände an den Rand der Esse, konzentrierte sich und vertrieb alle Zweifel, die ihr seit der Eroberung des Berges zu schaffen machten.

Sie rief ihr Seelenfeuer auf, ließ es tönen und summte mit geöffnetem Mund, bis ihm eine Musik entsprang, die durch die ganze Höhle hallte. Sie spürte die Flammen auflodern, das Gesicht bescheinen und die Kleider so heiß werden, dass sie sich zu entzünden drohten.

Wie von fern hörte sie die Rufe der anderen, die nun mit vereinten Kräften den riesigen Blasebalg bewegten. Rhapsody blendete alle äußeren Geräusche aus und richtete ihre Sinne allein auf die brennende Kohle in der tiefen Esse.

Das Feuer brauste bald so laut, dass es alles andere übertönte, sogar den Blasebalg, der wie ein gigantischer Dudelsack quietschte.

Als schließlich die Ventilklappen kreischend aufgingen, verlor Rhapsody ihre Konzentration und taumelte rücklings über den Rand der Esse. Zum Glück war Achmed zur Stelle, um sie am Fallen zu hindern. Und wieder drangen ihr die Schreie der Bolg ans Ohr, die aber diesmal nicht von Schmerz und Entsetzen zeugten, sondern von Begeisterung.

»Genug. Schließt das Ventil«, verlangte Achmed von Grunthor

und Jo. »Sonst gewöhnen sie sich an die Wärme, obwohl der Winter noch ein paar Wochen anhalten wird.« Und dann an Rhapsody gewandt: »Du hast's geschafft.«

Sie war sichtlich erschöpft. »Ja. Ich hoffe, man wird mir irgendwann vergeben. Ich selbst werde mir wohl nie verzeihen können.«

Gurrn fürchtete den Nachtmann sehr, noch viel mehr als Hraggel, obwohl er diesem gerade unmittelbar gegenüberstand. Als Häuptling des Klans, der sich Blutiger Fang nannte, spielte Hraggel seine Vormachtstellung aus, wo er nur konnte, und schikanierte andere nach Lust und Laune, so auch Gurrn.

Er hatte die Überfälle der Soldaten von Roland überlebt und sogar ein zerbrochenes Schwert als Trophäe zurückbehalten. Er war der mächtigste Bolg von Grivven, der Region an der Westflanke. Und ganz und gar unerschrocken: Hraggel hatte keine Angst vor dem Nachtmann, auch dann nicht, als dessen Stimme und Atem aus dem Innern der Erde zu kommen schienen.

Gurrn kochte vor Wut, als er nun tatenlos mit ansehen musste, wie Hraggel die Vorräte plünderte, die er, Gurrn, angelegt hatte, um sich und seine Familie über den Winter zu bringen.

Auch die anderen Klan-Mitglieder beobachteten Hraggel mit hasserfüllten Blicken. Er hatte Gurrns Frau bedroht und hielt ihr Kind gepackt; der Junge zeterte, die Frau schluchzte. Und Gurrn hielt sich zurück. Hraggel würde sich mit den Vorräten zufrieden geben und das Kind wieder laufen lassen, es sei denn, ihm stünde gerade der Sinn nach Grausamkeiten.

Plötzlich hielt Hraggel inne. Er ließ das Kind fallen und langte mit der Hand, die sich soeben noch an Gurrns Vorräten vergriffen hatte, an seinen Hals. Den teilte eine dünne rote Spur, gezogen von knochigen weißen Händen, die aus der Dunkelheit aufgetaucht waren. Schnell breitete sich die rote Spur zu einem großen Fleck aus.

Gurrn erhaschte einen Blick von zwei seltsamen Augen, die hinter der zu Boden sinkenden Leiche Hraggels aus dem Dunkel stachen. Die Umrisse des Nachtmanns waren kaum zu erkennen;

er schien selbst Teil der Dunkelheit zu sein, so formlos wie flüssiges Schwarz.

»Morgen.« Die Stimme klang wie das trockene Wispern des Todes. Mit weit aufgerissenen Augen stand die Familie da und sah die Gestalt wieder in den Schatten wegtauchen.

Am zehnten Tag sammelten sich die ersten Firbolg bei Sonnenaufgang am Rand der Schlucht. Achmed hatte sie über den genauen Zeitpunkt im Unklaren gelassen, und so kamen nach und nach im Laufe des Tages immer mehr – die Augen und die Klauen und die Beuschel, alle Stämme des Gebirges, das die Grenze zu den Bolgländern bildete.

Jenseits der Schlucht, die deren Länder von denen der Bergbewohner trennte, waren etliche Mitglieder der Stämme und Klans zusammengelaufen, die in der Heide oder noch tiefer im Verborgenen Reich ihre Wohnungen hatten. Ihre Neugier war auch Vorsicht. Sie ahnten, dass dieser neue Kriegsherr irgendwann auch zu ihnen kommen würde.

Die untergehende Sonne hatte die höchsten Bergspitzen erreicht, als es unter den Versammelten plötzlich still wurde. Den ganzen Tag über hatte es viel Lärm, Gedränge und Streit um Plätze und Positionen gegeben, doch weil niemand wusste, an welcher Stelle der erwartete König seinen Auftritt haben würde, war es unmöglich vorherzubestimmen, wo man ihm am nächsten sein konnte. Entsprechend gereizt war die Stimmung.

Die Stille, die sich nun breit machte, hatte einen Grund. Im Ausgang des Tunnels, der an den Rand der Schlucht mündete, eben da, wo Achmed seine Ansprache zu halten gedachte, war Rhapsody aufgetaucht, um den Namen des Schweigens zu flüstern. Der hallte nun von den Felsen wider und legte sich so schwer auf die Menge, dass deren Geschwätz sofort verstummte. Achmed lächelte zufrieden. Es schien, als wären fast alle Anwohner gekommen.

Allerdings fehlten diejenigen vom Klan Berg-Auge, die zu den blutrünstigsten zählten. Grunthor hatte bereits die Vermutung geäußert, dass sie sich womöglich ins Verborgene Reich zurückzögen und dort auf eine Gelegenheit zum Angriff warteten. So schien es in der Tat zu sein, denn es war keines ihrer Zeichen auszumachen.

Achmed musterte sein Publikum. Es waren an die Dreißigtausend. Sie standen in Klüften, kauerten auf Felsvorsprüngen und starrten ihm entgegen. Manche drängten sich im Pulk tief unten in der Schlucht an den Rand der Felswand, die über hundert Klafter hoch aufragte.

Der Anblick beunruhigte ihn, und ihm war, als stünde er vor einer Grube voller Skorpione, die es nun zu durchqueren galt. Von jeder Spalte, von jeder Anhöhe starrten sie ihm entgegen, Vertreter jenes Menschenschlags, der sich vermischt hatte mit allen anderen Spezies, die jemals miteinander in Kontakt gekommen waren.

Ihnen allen war eine eigentümlich verquere Schönheit eigen, ein Aussehen, das die Menschen abschreckte und so zur Arterhaltung beitrug. Achmed hatte noch nie ein Volk gesehen, das so anpassungsfähig und gleichzeitig in sich so verschieden war. Die Bolg überlebten selbst härteste Bedingungen und stellten sich auf alles ein. Und er gehörte dazu.

Noch ein anderer Vergleich drängte sich ihm auf: vor einem Rudel schlafender Wölfe zu stehen. Die Häuptlinge der einzelnen Stämme hielten von erhöhter Position Ausschau. Umso tiefer würde ihr Absturz sein.

In jedes Gesicht – oder bei manchen Klans auf jeden Arm – war das entsprechende Klan-Mal eingebrannt beziehungsweise eingeritzt. Ob Blutige Klaue, Fang oder Schattenstehler – die Herkunft war am Zeichen in der Haut eindeutig auszumachen. Statt gewebter Kleidung trugen die meisten Fellstücke, die gleichzeitig als Harnisch dienten. Schon bei der Ausstattung der Kinder wurde mehr Wert auf Schutz als auf Bequemlichkeit gelegt, was aber letztlich illusorisch war, denn die Kleider wechselten von einem Kind zum anderen und waren am Ende so zerrissen und zerschlissen, dass sie nicht einmal mehr zum Schutz vor dem Wind taugten.

Rhapsody stand in Wartestellung hinter Achmed. Er hörte, wie sie nach Luft schnappte, und wusste sofort, warum. Die Kinder waren ganz vorn aufgestellt worden, ganz dicht bei den Felsvorsprüngen, wie zur Opferung bereit. Er sah, wie sie sich auf die Lippen biss, und es war klar, dass sie sich hier unter diesen Leuten ganz und gar fremd vorkam. Doch dann heiterte ihre Miene ein wenig auf, und sie fing zu lächeln an.

Er folgte ihrem Blick und entdeckte die Ursache für ihren Stimmungswandel: kleine, dunkle Gesichter, die ihr zugewandt waren und trotzig grinsten. Kinder. Rhapsody wurde weich, sobald sie Kinder sah. Diese Schwäche gefiel ihm an ihr, auch wenn sie jetzt eine Gefahr darstellte, die er nicht riskieren mochte.

Grunthor war inzwischen auch zur Stelle. Es war Zeit zu beginnen.

Achmed holte tief Luft. Während der vergangenen sechs Tage hatte er sich gründlich vorbereitet und die Kadenzen eingeübt, die nach Rhapsodys Vorschlag die musikalische Grundstruktur seiner Rede an die neuen Untertanen bilden sollten.

Die Rede war wie eine Symphonie aufgebaut, mit einer Ouvertüre und einzelnen Sätzen. Sein angeborenes Rhythmusgefühl für die bolgische Sprache hatte sich aufs Trefflichste mit ihren Kompositionsfähigkeiten verbunden, sodass er sich berechtigte Hoffnungen machen konnte, dass sich mit seiner Ansprache ein gewaltsamer Aufstand vermeiden ließe. Er schaute auf die wartenden Firbolg und stellte sich ihren Blicken.

»Ich bin euer neuer König. Ihr lebt im Berg, und der Berg steht mir zu Diensten wie auch in Kürze die Heide, die Schlucht und das Verborgene Reich. Ylorc wird wieder zur Großmacht aufsteigen und ruhmreicher sein als je zuvor. Nie mehr werden wir uns von Roland erniedrigen lassen.«

Ein rasselndes Raunen ging durch die Menge der versammelten Bolg; es hallte vom Berg wider, erfüllte die Schlucht, schwang auf der Heide nach und reichte bis tief in die Gebiete dahinter. An manchen Stellen lösten sich Steinlawinen, Staubwolken stiegen auf. Achmed lächelte. Die Ouvertüre war gelungen. Jetzt konzentrierte er sich auf den Beginn des Eröffnungssatzes, der den Rhythmus des aus der Schlucht schallenden Echos aufgreifen sollte.

»Was immer ihr einmal gewesen sein mochtet, jetzt seid ihr

ohne Kraft. Ziellos irrt ihr umher, und jeder Schritt tut euch weh. Nicht so, wenn ihr euch mir anschließt. Dann wird es sein, als setzte sich der Berg in Bewegung. Ich bin anders als die Könige und Kriegsherren, die ihr kennt. Wir werden wieder Leben in den Berg bringen und über unsere Feinde bestimmen.

Ist einer unter euch, der mir die Krone verwehrt?«

Achmed wusste, in welche Richtung er blicken musste. Den ganzen Nachmittag über waren sie auf ihren Lauschposten gewesen und hatten die Pläne der ankommenden Bolg ausspioniert. Er wusste, dass sich ein gewisser Janthir Knochenspalter, ein Klauen-Häuptling, der in direkter Linie von Gwylliam abzustammen behauptete, als der rechtmäßige Herrscher über die Bergvölker verstand. Er würde Einwand erheben müssen. Schließlich hatte er einen Ruf zu verteidigen, nämlich den Ruf, besonders grausam und machthungrig zu sein.

Knochenspalter hatte sich zwischen zwei mannshohen Felsbrocken positioniert, vielleicht um sich vor möglichem Pfeilbeschuss zu schützen oder um verborgen zu bleiben, bis es ihm gefiel, offen in Erscheinung zu treten. Nun zog er sein schweres, uraltes Schwert, dessen Klinge den Schein der vielen Feuer widerspiegelte, die in der Schlucht brannten.

Mit lautem Gebrüll trat er zwischen den Felsen hervor und hob das Schwert. »Ich, der wahre Herrscher über den Berg! Und ich werde dir, Eindringling, die Luft abschnüren und den kalten wie den heißen Atem rauben. In dieser Nacht noch werde ich deine Augen schlucken.«

Alle Aufmerksamkeit richtete sich wieder auf Achmed, der sehr viel kleiner und dünner war als Janthir Knochenspalter. Nach den Sitten der Firbolg war nun er an der Reihe, sich aufzuplustern und die Herausforderung anzunehmen.

Achmed schmunzelte überheblich. »Du hast starke Schultern. Ich hätte vielleicht Verwendung für dich. Wenn du dich als gefügig erweist, könnte ich dir einen Posten als Häuptling einräumen. Deine Länder habe ich schon in Besitz genommen. Leiste mir Gefolgschaft, und ich werde über deine Drohungen gnädig hinwegsehen.«

Janthir antwortete mit wütendem Gebrüll und übelsten Beleidigungen, die von den Felsen widerhallten und sich zu einem unverständlichen Getöse mischten. Achmed spürte, wie Rhapsody hinter ihm, obwohl im Schatten verborgen, vor Angst zu zittern anfing.

»Wie du willst«, entgegnete Achmed geduldig, und seine Stimme verriet nicht die Spur von Nervosität oder Ärger. »Du hattest deine Chance. So groß meine Macht auch ist, sie reicht nicht aus, um einen Narren vor sich selbst in Schutz zu nehmen. Wie gesagt, der Berg steht mir zu Diensten. Wie wahr meine Worte sind, wirst du nun am eigenen Leib zu spüren bekommen.«

Zum Entsetzen der Zuschauer spaltete sich einer der beiden Felsblöcke, die Janthir flankierten. Die zwei Hälften hoben vom Boden ab, entwanden seiner Hand das Schwert und enthaupteten ihn. Noch bevor sich das Grauen als Schrei artikulieren konnte, kugelte der Kopf von der Klippe in die Schlucht. Ihm folgte das Schwert. Unmittelbar darauf senkte sich der Fels, nun wieder eins geworden, zurück auf seinen Platz. Der ganze Vorgang hatte nicht länger als ein Dutzend beschleunigte Herzschläge gedauert.

»Will mich noch jemand herausfordern?«

Unter den Versammelten wurde nicht einmal ein Räuspern laut; zu hören waren nur das Knistern der Feuer und der Wind, der heulend durch die Schlucht strich.

»Wohlan, hört, was ihr zu tun habt. Jeder Klan wird fünf seiner besten Krieger sowie ein Kind mitsamt seiner Mutter an mich abtreten. Die Krieger sollen meine Leibgarde sein und eine Ausbildung erhalten, die sie den besten Soldaten Rolands überlegen macht.

Jedes Kind wird einer Prüfung unterzogen. Wenn es sie besteht, mache ich ihm ein Geschenk. Wählt aus mit Bedacht. Ihr habt drei Tage Zeit. Denen, die an meiner Entschlossenheit zweifeln, sei gesagt: Ich komme. Wer sich nicht fügt, ist meiner Strafe sicher.«

Achmed schaute über die schweigende Menge und schmunzelte angesichts der angsterfüllten Blicke, die auf ihn gerichtet waren. Dann zog er sich von dem Felsvorsprung zurück und verschwand im Tunnel, wo er Rhapsody, die immer noch zitterte, bei der Hand nahm und mit ihr in die Tiefen von Canrif zurückkehrte.

»Nun, ich habe wahrhaftig schon viel erlebt, und das war sicher eine der widerwärtigsten Szenen.«

Grunthor zeigte sich irritiert. »Wovon redest du? War doch großartig. Jedenfalls ging die Sache ganz ohne Blutvergießen über die Bühne. Die Bolg wählen jetzt ihre Hauptmänner aus, und wir können morgen schon mit der Ausbildung beginnen. Was soll daran widerwärtig sein?«

»Ich denke, Janthir würde, was das Blutvergießen angeht, zu einer anderen Einschätzung gelangen«, entgegnete Rhapsody, die unter Mithilfe von Jo Verbandsmaterial und andere Mittel zur Wundebehandlung zusammenpackte.

»Mag ja sein, aber der alte Knabe wird sich dazu nich mehr äußern können.«

»Eine Gemeinheit ist es, dass ich nicht mitkommen und zusehen durfte«, maulte Jo. »Scheint ja richtig aufregend gewesen zu sein.«

Rhapsody hatte schon eine Antwort auf der Zunge, besann sich dann aber eines anderen und schwieg. Achmed und Grunthor sonnten sich in ihrem Triumph. Sie wollte ihnen den Spaß nicht verderben. »Wann machen wir uns über die Heide her?«

Achmed blickte von der Skizze auf, an der er gerade arbeitete. »Ich würde sagen, in spätestens zwei Wochen haben wir mit der Heide und den Randgebieten des Verborgenen Reiches eine Front aufgebaut, an der sich die Frühjahrsputzkolonne aus Roland die Zähne ausbeißen wird. Das wird dann hoffentlich auch die restlichen Bolg, die jetzt noch zögern, für uns einnehmen.«

Saltar schloss die brennenden Augen, als sich der kalte Nebel auf sein Gesicht und die Schultern senkte.

Der Geist war gekommen. Saltar hatte damit gerechnet, seit er von der durch den neuen Kriegsherrn einberufenen Versammlung in der Schlucht am Rand der Heide wusste.

Was siehst du?

»Noch nichts. Es ist alles noch umwölkt«, antwortete Saltar. Wie immer hörte er die Stimme im Innern, und wie immer war sie ihm wie eine Marter.

Sieh gefälligst genauer hin. Fahnde nach dem, der im Windschatten wandert.

Saltar schloss ein zweites Mal die Augen und spürte, wie das Brennen ein wenig nachließ. Er legte wieder die Hand auf die Brust, sah aber immer noch nicht klarer.

»Noch nichts«, wiederholte er. »Aber er wird kommen.«

47

»Immer schön die Augen geschlossen halten; wir sind gleich da.«

Rhapsody versuchte ruhig zu bleiben. Sie hatte sich von der so ganz und gar untypischen Aufregung in Achmeds Stimme anstecken lassen und brannte darauf, seine neueste Entdeckung zu sehen. Nichtsdestotrotz musste sie ständig daran denken, dass die bolgischen Rekruten morgen eintreffen würden, und es galt, noch allerhand Vorkehrungen zu treffen.

»Das ist das letzte Mal, Achmed«, sagte sie und setzte vorsichtig einen Schritt vor den anderen. Ihr schwirrte der Kopf, denn die Flure in Gwylliams Festung riefen viele unangenehme Erinnerungen an die Wurzel in ihr wach. »Ich muss die Quartiere noch fertig einrichten.«

Achmed kicherte. »Na schön, wenn du die Große Halle nicht sehen willst, können wir ja zurück ...«

»Du hast die Große Halle gefunden?«, rief Rhapsody und sperrte die Augen auf.

»Und etwas, das noch interessanter sein könnte. Aber wenn du unbedingt umkehren möchtest ...«

Sie ergriff seine Hand. »Zeig's mir. Alles andere kann warten.«

»Wusste ich doch, dass sich deine Neugier durchsetzen würde. Folge mir.«

Rhapsody eilte in der Dunkelheit hinter ihm her. Die Tunnelgänge wurden immer breiter und höher und erreichten bald das Vierfache ihrer normalen Ausmaße. Schließlich öffnete sich der Stollen in einen großen Vorraum mit marmornen Wänden, an denen Reste von Blattgold klebten.

Achmed bog um die Ecke und blieb vor einem Portal stehen.

Von den ursprünglich zwei mächtigen, aus purem Gold geschmiedeten Türflügeln war nur noch einer übrig geblieben und wie von einem gewaltigen Sturm aufgerissen und verbogen worden.

»Die Große Halle«, sagte er und bat sie wie ein Portier mit weit ausholender Handbewegung einzutreten.

Rhapsody kletterte über einen Haufen aus Schutt, der den Eingang verstellte, und trat in einen runden Saal, der in seinen Ausmaßen so gigantisch war wie alles andere in Canrif. Das weiße Rund säumten Säulen aus bläulich schwarzem Marmor, die auf ein breites Podest zuliefen. Das hellblaue Deckengewölbe ließ, obwohl es an zahllosen Stellen gerissen war und bröckelte, noch immer erkennen, dass es des Himmelszelt darstellte.

Durch dicke Blöcke klaren Glases, die im Scheitelpunkt des Gewölbes eingelassen waren, drang Tageslicht. Rhapsody konnte ein kleines Stück des wirklichen Himmels und Schatten der Berge darin entdecken, was darauf schließen ließ, dass die Große Halle in den felsigen Gipfelaufbau eines der hohen Zahnfelsen hineingeschlagen worden war.

Den Boden, jetzt mit Gesteinsbrocken übersät, hatte einst ein aus farbigem Marmor angelegtes Mosaik geschmückt, in dem die Darstellungen von Erde, Sonne und Mond sowie einem großen Stern auszumachen waren. Ein kalter Schauer lief ihr über den Rücken, als sie das Symbol für Seren wiedererkannte, ihren Geburtsstern.

»Aria«, hauchte sie.

Und ungerufen tönte aus tiefster Erinnerung die Stimme der Mutter mit den Worten: *Wenn du deinen Leitstern findest, wirst du nie verloren gehen*.

Tränen stiegen ihr in die Augen, worauf sich eine warme, kräftige Hand auf ihre Schulter legte.

»Was hast du?«

Rhapsody beeilte sich, die Tränen wegzuzwinkern, ging weiter und sah sich um. Auf dem Podest auf der gegenüberliegenden Seite standen zwei große Thronsessel, aus dem gleichen Marmor gehauen wie der Boden und bedeckt vom Schutt der bröckelnden Decke. Darunter waren noch uralte Sitzkissen zu erkennen und kunstvolle Steinmetzarbeiten, blau koloriert oder mit Blattgold ausgelegt.

In der Mitte des Seren-Symbols klaffte ein Loch, das früher mit einem Klappdeckel versehen war, jetzt aber offen stand. Darin steckte ein langer, zylindrischer Behälter mit einem Gitterrost als Boden, auf dem früher Feuer gebrannt hatten, und das sehr häufig, wie an den Spuren deutlich zu sehen war. Über dem Rost hingen mehrere runde Metallrahmen, die ursprünglich Spiegelglas enthalten hatten, worauf die am Boden verstreut liegenden Scherben schließen ließen.

»Skizzen davon habe ich in der Bibliothek gesehen«, sagte sie halblaut und blickte zu Achmed auf. »Das scheint die von Gwylliam erfundene Fußbodenheizung der Großen Halle zu sein. Gleichzeitig ließ sich damit Licht unter die Decke projizieren. Wenn man Gwylliams Bemerkungen Glauben schenken darf, konnte mit dieser Einrichtung das wechselnde Farbenspiel und der Lauf der Sonne nachgestellt werden, vom Aufgang bis zu ihrem Untergang, wenn das Feuer verlosch. In den künstlichen Himmel waren sogar Kristalle eingelassen, die dann, wenn das letzte Licht auf sie fiel, wie Sterne funkelten. Und die ganze Anlage wurde von der Erdbewegung in Gang gehalten. Ich wünschte, ich könnte das alles hier noch einmal in Betrieb sehen.«

»Das wirst du noch«, versprach Achmed, der eine der Säulen neben den beiden Thronsesseln in Augenschein nahm. »War in den Plänen auch etwas von den Säulen hier erwähnt? Mir scheint, dass sie für die einzelnen Stunden des Tages stehen.«

Rhapsody nickte und klopfte sich den Staub von den Händen. »Das Kernstück der Anlage war das Himmelsobservatorium, das ganz in der Nähe sein müsste. Es gab da ein Fernrohr in einer der höchsten Spitzen der Gebirgskette. Das Observatorium war über eine Treppe zu erreichen, die irgendwo dahinten ihren Ausgang gehabt haben könnte.« Sie zeigte auf die Türen hinter den beiden Säulen.

»Wenn es diese Treppe denn tatsächlich gegeben hat, wird sie jetzt wahrscheinlich verschüttet sein«, sagte Achmed. »Auch sie müsste dann mit auf die Liste derjenigen Dinge, die es zu reparieren gilt.« Er rückte von den Säulen ab und ging auf die Thronsessel zu.

Rhapsody folgte. Als sie aber an dem im Boden eingelassenen Symbol der Sonne vorbeikam, fühlte sie plötzlich einen leichten Schwall warmer Luft im Gesicht. Verwundert blieb sie stehen.

»Achmed!«, wollte sie rufen, doch es kam nur ein schwaches Flüstern über ihre Lippen. Er hörte sie nicht.

Ihr wurde schwindlig. Vor ihren Augen schien alles in schwankende Bewegung zu geraten. Unter der Haut machte sich ein Prickeln bemerkbar. Sie erkannte die Anzeichen als das Gefühl von Lust, konnte sich aber nicht erklären, wieso es sich ausgerechnet jetzt bei ihr einstellte.

Sie spürte den Druck feuchter Wärme am Hals, wie von einem Kuss, genießerisch über die Haut wandernd, und ihr war, als legten sich Hände um ihre Taille, die sich langsam auf ihre Brüste zu bewegten.

»Achmed, bitte«, rief sie wieder. »Hilf!« Die eigene Stimme tönte wie von ferne.

Die Welt wurde dunkler, wärmer, und sie wähnte sich, von unsichtbaren Händen gestützt, zu Boden sinken. Schwere Luft liebkoste ihren Körper; sie spürte, wie ihr das Hemd aus dem Hosenbund gezogen wurde. Mit dem Kopf versuchte sie dagegenzusteuern, sich in die Gegenwart zurückzurufen, allein, es half nichts.

So sehr sie sich auch wehrte gegen das, was ihr wie ein Anschlag auf ihre Willensfreiheit vorkam, zwang sie eine stärkere Kraft, und diese war mit der Weisheit der Zeit verknüpft, die zum Gewebe ihrer Seele gehörte. Davon überwältigt, unterwarf sich der Verstand den Empfindungen einer anderen Person, deren Geschichte sie nun nachvollziehen sollte. Den eigenen Gefühlen zum Trotz wurde sie von Lust und Leidenschaft verzehrt. Auch von Kummer, ja, sogar Wut. Und plötzlich, so unvermittelt, wie sie sich eingestellt hatte, war die Vision auch wieder verschwunden.

Ihr Blick klärte sich. Sie sah auf in den dunklen Ausschnitt von Achmeds Kapuze.

»Alles in Ordnung?«, fragte er und streckte die Hand aus, um ihr aufzuhelfen.

»Jetzt reicht's mir langsam«, murmelte sie und fuhr sich mit der Hand durchs Haar. Das Hemd war zwar lose, steckte aber immer noch im Hosenbund. »Auf diesen Ausschnitt der Geschichte kann ich wahrhaftig verzichten.«

»Was hast du gesehen?«

Rhapsodys Gesicht, das ohnehin schon glühte, errötete noch mehr. »Direkt gesehen habe ich nichts. Es war eher wie eine Berührung.«

»Dann hast du etwas gespürt. Was? Es könnte wichtig sein.« Achmed war gereizt.

»Sagen wir mal so: Ich glaube, dass Anwyn und Gwylliam hier, an diesem Ort, ihre ... Ehe vollzogen haben könnten.«

Achmed grinste. »Glückspilz.«

»Wie bitte?« Ihre Verlegenheit ging unmittelbar in Empörung über.

»Sei froh, dass Grunthor nicht hier ist. Dem wären bestimmt ein paar ungehobelte Kommentare dazu eingefallen.«

»Ich kann mich doch hoffentlich auf deine Diskretion verlassen.«

»Vielleicht. Wollen wir jetzt ins Schlafzimmer gehen?«

Rhapsody spürte, wie sich ihre Hände unwillkürlich zu Fäusten ballten, ahnte aber sogleich, dass sich Achmed nur wieder einmal ungeschickt ausgedrückt hatte. »Soll das heißen, du hast die königlichen Schlafgemächer ausfindig gemacht?«

»Ja.«

»Worauf warten wir dann noch? Anwyn und Gwylliam waren lange verheiratet, und wenn das hier ihre Liebeslaube gewesen ist, sollten wir uns möglichst schnell aus dem Staub machen.«

»Also, wenn du vor einer weiteren körperlosen Lusterfahrung gefeit sein möchtest, scheinst du hier im Schlafzimmer von Gwylliam und Anwyn bestens aufgehoben zu sein.«

Rhapsody stimmte dem Freund zu. Das Schlafgemach war im Grundriss ähnlich angelegt wie alles andere in Canrif, aber in zwei Teile unterteilt, die jeweils, obwohl prächtig geschmückt, keinerlei Wärme oder Intimität vermitteln konnten.

In einem der großen Räume war eine schmuckvolle Feuerstelle mit Kaminsims in den Fels gehauen worden. Die Belüftungsschächte und das Rundbogenfenster darüber öffneten sich zu derselben Bergwand, an die auch die Große Halle grenzte. Das ziegeldicke Fensterglas war mit der Zeit stumpf geworden, aber noch intakt und ließ erahnen, wie überwältigend schön der Ausblick auf die Steppe in der Tiefe früher einmal gewesen sein mochte.

Über der Feuerstelle war das steinerne Relief eines Familienwappens zu sehen. Darauf standen sich unter einem Stern ein sprungbereiter Löwe und ein Greif gegenüber; den Hintergrund bildete ein im Erdball wurzelnder Eichbaum. Rhapsody erkannte das Wappen sofort. Es war in der alten Welt auf die Rückseite einer jeden Münze geprägt gewesen.

»Das Wappen des serenschen Königshauses.«

Achmed nickte.

Rhapsody stieß einen Pfiff aus. »Mir wird immer klarer, warum die beiden nicht allzu gut miteinander ausgekommen sind.«

»Ach ja? Und warum?«

Sie zeigte auf das Emblem. »Nun, dass er das Symbol seiner Herrschaft über das alte Land hier an so prominenter Stelle in den ehelichen Gemächern zur Schau gestellt hat, zeigt doch, dass Gwylliam nur wenig Respekt vor Anwyns Herkunft hatte. Und offenbar nur wenig Interesse, sie bei Laune zu halten.«

»Sie hat ihr eigenes Wappen, und das hängt über der Feuerstelle im Raum nebenan. Es stellt einen Drachen am Rand der Welt dar.«

»Wie auch immer, wenn sie ein Bett miteinander teilten, war einer der beiden immer im Vorteil, und der andere hatte ständig den symbolischen Ausdruck dafür vor Augen. Darum werden sie, so vermute ich, meist getrennt geschlafen haben. Mir hätte es als Halb-Drache in missliebiger Menschengestalt bestimmt auch kein großes Vergnügen bereitet, mich vom schwitzenden Gemahl bespringen zu lassen und dabei auf das Wappen einer Familie starren zu müssen, der ich mich nie richtig zugehörig fühlen könnte.«

Achmed schmunzelte und wandte sich kopfschüttelnd und mit gesenktem Blick von der Feuerstelle ab.

»Gut zu hören, dass die einschlägigen Erfahrungen aus deinem früheren Leben deine Einstellung zur körperlichen Liebe nicht versauert haben, Rhapsody.«

Der Feuerstelle gegenüber lehnte das Kopfteil eines Bettes an der Wand, gefertigt aus demselben bläulich schwarzen, silbrig geäderten Marmor, der auch in der Großen Halle so großzügig verarbeitet war. Das dazu passende Fußende lag umgekippt auf dem Boden. Wie ein Fleck breitete sich dazwischen das aus, was allem Anschein nach von der Bettwäsche übrig geblieben war.

»Ob das Mittelteil einfach so verrottet ist?«, fragte Rhapsody.

Achmed lachte. »Wenn du denn in deiner Einschätzung richtig liegst, wird das Bettgestell wohl kaum unter ihnen Feuer gefangen haben. Also wird es verrottet sein. Warum fragst du?«

Sie fing eine Melodie zu summen an und versuchte, der sonderbaren Empfindungen auf die Spur zu kommen, die sich ihr über das Bett vermittelte. Schließlich blickte sie zu ihm auf.

»Merkst du nichts?«

Er konzentrierte sich, schüttelte dann aber den Kopf. »Nein. Was soll denn sein?«

Rhapsody richtete den Blick zurück auf den Boden. »Blut, wenn ich mich nicht irre.«

Ein dunkler Schatten legte sich auf Achmeds Gesicht. Seine Stimme aber klang wie immer. »Davon spüre ich nichts.«

»Soll ich einen Versuch wagen?«, fragte sie. Achmed nickte. »Dann musst du mir versprechen, einzugreifen und mir herauszuhelfen, falls ich überschnappen oder nicht mehr von allein aus der Trance herauskommen sollte.«

»Fragt sich, wie. Auf alle Fälle könnte ich dich nach draußen tragen.«

Rhapsody kniff die Brauen zusammen. »Dann wär's mir lieber, du würdest mich über den Boden schleifen. Du weißt, dass ich es nicht leiden kann, getragen zu werden.«

»Versprochen.«

Sie machte die Augen zu und konzentrierte sich auf den Erkennungston, der ihr unter anderem dabei geholfen hatte, den Ring im Cymrer-Museum zu begutachten. Vor ihrem geistigen Auge erschien das Bild eines jungen Mannes, der auf dem Bett lag – offenbar tot, denn der Hals schien gebrochen zu sein. Die Vision wurde klarer, und bald sah sie einen zweiten Mann mit grauem Bart und goldenem Gewand, der, die Hände vors Gesicht geschlagen, auf dem Bettrand neben der Leiche saß.

Kalter Schweiß brach ihr aus, als sie die der Szene innewohnenden Gefühle auf sich einwirken ließ. Verzweiflung, Schuld, Wut, Qual, all dies stürzte auf sie ein und legte sich um sie wie ein Mantel aus Schmerzen, unter dem sie kaum mehr zu atmen vermochte. Ihr Herz pochte hohl in der Brust.

»Wir müssen raus hier«, sagte sie. »Ich weiß nicht, was hier passiert ist und ob wir's je erfahren; jedenfalls ist es kein Wunder, dass der ganze Berg nach Verwüstung stinkt. Wilde, leidenschaftliche Liebe auf dem Boden der Großen Halle, Tod im Bett des Königs, der König selbst, bis auf die Knochen verwest, in der Bibliothek. Entsetzlich, was sich hier zugetragen hat. Und dafür tragen nicht etwa Firbolg die Verantwortung, sondern Cymrer.«

Achmed lachte. »Das hätte ich dir auch verraten können. Bevor wir gehen, solltest du dir noch eines ansehen.«

Anwyns Schlafgemach war ebenso groß und leer wie das von Gwylliam. Der einzig auffällige Unterschied bestand darin, dass das Kopfteil des Bettes aus purem Gold bestand und fest mit der Wand verankert war. Das Fußende fehlte; vielleicht war es Plünderern in die Hände gefallen, nachdem die Cymrer Canrif verlassen hatten.

Der Kaminsims war offenbar früher einmal, passend zum Bettgestell, mit Blattgold belegt gewesen, doch das war inzwischen fast vollständig abgeblättert. Rhapsody starrte auf das Wappen, auf den Drachen am Rand der Welt.

Plötzlich und ganz unerwartet stellte sich Heimweh ein. *Was habe ich bloß hier verloren?*, dachte sie und empfand einen tiefen Schmerz über den Verlust ihrer Familie. *Hätte ich gewusst, dass ich an diesen Ort der endlosen Albträume gelangen würde, wäre ich vielleicht in Serendair und bei Michael geblieben.*

»Hör auf, dich selbst zu bemitleiden«, sagte Achmed, der ahnte, was ihr durch den Kopf ging. Er stand in der Tür.

Vor Verwunderung klappte Rhapsody die Kinnlade herunter. »Was? Woher weißt du, was ich denke?«

»Ich seh's dir an. Vielleicht war das auch eine der Folgen deiner Feuertaufe: dass man dir deine Gedanken ansehen kann. Aber wenn ich mich recht erinnere, konnte man das auch schon vorher. Komm her und sieh dir das hier mal an.«

Rhapsody trat näher und spähte durch den Türausschnitt. Ihr Blick fiel in einen Raum, dessen Boden mit kleinen quadratischen blauen Fliesen ausgelegt war. Vor der Stirnwand stand ein großes sechseckiges Behältnis, das das Auffangbecken eines Springbrunnens hätte sein können und wie die Bodenfliesen aus blauem Marmor bestand. An der Wand dahinter stiegen verrostete Rohre auf, die gekröpft in den Raum ragten und sich über dem Becken öffneten.

Ein Stück abseits, aber an derselben Wand stand ein seltsam anmutender Thron, ebenfalls aus Marmor gearbeitet und an dieselben sonderbaren Rohre angeschlossen. Das Sitzkissen war offenbar vor langer Zeit weggenommen worden oder verloren gegangen, weshalb nun in der Sitzfläche eine tiefe Mulde zu sehen war, in deren Mitte ein Loch klaffte, so groß wie die Öffnung eines Fuchsbaus.

Die Rückenlehne des Throns war hoch und gerade und bestand aus demselben glänzenden Material wie das Belüftungssystem. Von oben hing eine metallene Kette herab.

»Seltsam«, murmelte Rhapsody. »Wozu soll das gut gewesen sein, ausgerechnet neben den Schlafgemächern?«

»Für was hältst du's?«, fragte Achmed und verkniff sich ein Lachen.

»Ich weiß nicht. Sieht aus wie eine Art Springbrunnen mit Thron. Allerdings scheint der Thron nicht gerade bequem gewesen zu sein.«

Er lachte. »Tu mir einen letzten Gefallen und wende deinen

Erkennungston doch auch einmal auf den Thron an, damit wir erfahren, wozu er tatsächlich gut gewesen ist.«

»Na schön.« Rhapsody schloss die Augen, suchte den richtigen Ton und ließ das Bild im Geiste Gestalt annehmen. Kurz darauf wurde sie so rot wie die Abendsonne.

»Nicht zu fassen«, platzte es aus ihr heraus. »Eine Latrine! Dass es die auch innerhalb einer Wohnung geben kann, ist mir völlig neu. Wie beschämend. Und ich dachte, es wäre ein Thron.«

»Du musst dich nicht schämen. Nach dem, was wir über das Herrscherpaar erfahren haben, scheint mir eine Latrine als Thron durchaus angemessen zu sein«, entgegnete Achmed. »Und der Springbrunnen soll dann wohl in Wahrheit eine Badewanne gewesen sein, oder?«

Rhapsody zuckte mit den Achseln. »Ich kenne Wannen nur aus öffentlichen Badeanstalten. Da sind sie aus Metall und werden über ein offenes Feuer gerückt. Eine so große Wanne, dazu mit sechs Ecken, ist mir noch nie zu Augen gekommen.«

»Tja, Gwylliam war offenbar ein Mann, der seine Vorlieben nie zu kurz kommen ließ, ob es sich dabei nun um dumme Sprüche handelte oder um sechseckige Konstruktionen. Ist dir noch nicht aufgefallen, wie häufig er davon Gebrauch gemacht hat? Je mehr ich über ihn und seine Konsorten erfahre, desto tiefer sinkt meine Achtung vor ihnen.«

Rhapsody zog an der Kette, worauf trockene Rostflocken herabrieselten. »Ist da Wasser rausgekommen?«

»Ja, und das wird es auch wieder, wenn wir die Wasserversorgung zum Laufen gebracht haben. Aber das muss noch warten. Die Zisternen sind voll, wir haben genug zu trinken. Alles andere kommt später an die Reihe. Zuerst gilt es, Phase eins und zwei abzuschließen, und im Frühjahr kümmern wir uns um die Soldaten aus Roland.«

Rhapsody musterte Achmed mit kritischem Blick. Seine Miene verriet dieselbe stille Erregung wie während des Vortrags seiner Zukunftspläne. Er war sich seiner Sache offenbar ganz sicher.

Wie sehr sie ihn darum beneidete!

48

Am nächsten Tag trafen über 4000 Bolg von den nahen Zahnfelsen ein – die Mitglieder von fast siebenhundert Klans, Jäger-Krieger mitsamt den Frauen und Kindern, von denen manche vor Angst, andere auch vor lauter Aufregung zitterten.

Ihnen hatten sich viele weitere angeschlossen, die für die neue Streitmacht eigentlich nicht in Frage kamen, aber aus Neugier und weil sie irgendwie an den Vorhaben des neuen Kriegsherrn beteiligt sein wollten, mitgezogen waren.

Als die Menge in die riesigen Höfe der Innenstadt strömte, wandte sich Achmed an Rhapsody.

»Arbeiter. Die müssen wir uns warm halten. Das sind die Männer und Frauen, die uns beim Aufbau von Ylorc helfen werden. Ihre Leistung wird am Ende noch größer sein als die der Cymrer.« Rhapsody schaute voller Verwunderung hinab auf ein Meer erwartungsvoller Gesichter.

»Vorsicht, Achmed«, warnte sie, »du klingst schon ein bisschen wie Gwylliam.«

Der Kriegsherr schien eine Weile nachzudenken und antwortete: »Nein, das glaube ich nicht. Wir sind grundverschieden. Ähnlich ist allenfalls, dass wir wie Waffenschmiede ein Werkstück an den Wetzstein halten. Doch während er mit seinem Werkstück den Stein zu glätten versucht, nutze ich den Stein, um das Werkstück zu schärfen.«

»Dem kann ich nicht ganz folgen, tut mir Leid.«

Seine Augen strahlten vor Erregung. »Gwylliam hatte es sich zum Ziel gesetzt, Canrif aufzubauen und den unwirtlichen Berg bewohnbar zu machen. Um diese Vision Wirklichkeit werden zu lassen, stellte er seine Untergebenen an die Arbeit. Sie waren das Werkzeug, mit dem er seinen Stein glättete.

Mir geht es nicht um den Berg, sondern um die Bolg. Sie sind wie das Werkzeug, schartig und stumpf, und müssen geschliffen werden. Der Berg, den es neu auszubauen gilt, ist ihr Wetzstein. Sie werden ihre Kräfte zusammenlegen und durch die vereinte Arbeit Gemeinsinn entwickeln. Der Berg an sich ist mir einerlei und nur wichtig als Mittel zum Zweck der Vereinigung und Förderung der Bolg. Kurzum, ich will keinen glatteren Stein, sondern eine schärfere Waffe.«

Der skeptische Ausdruck in Rhapsodys Gesicht war unverhohlener Bewunderung gewichen. »Interessanter Vergleich. Und ganz schön clever, denn ganz unabhängig von der Absicht wird sowohl der Stein geglättet als auch die Waffe geschärft.«

»Ja.«

Rhapsody schaute wieder auf die wogende Menge, die ihr plötzlich sehr viel weniger bedauerlich vorkam als noch vor wenigen Augenblicken. »Du bist ein Glücksfall für diese Leute«, sagte sie. »Vielleicht hat die Geschichte mit Gwylliam den Falschen als den großen Visionär gepriesen.«

Achmed grinste. »Das wird sich zeigen. Komm, wir haben noch was vor.«

Die Kinder und ihre Mütter wurden sogleich unter Rhapsodys Obhut gestellt. Die Krieger zogen derweil in die alten Kasernen ein. Grunthor würde sie während der nächsten Monate zu einer schlagkräftigen Truppe zusammenschmieden.

Der riesige Oberfeldwebel machte sich mit Eifer an seine neue Aufgabe. Rhapsody wurde häufig aus dem Schlaf gerissen, wenn die Rekruten an ihrer Kammer vorbeimarschierten und dabei Lieder schmetterten, die so scheußlich klangen, dass sie schon wieder komisch waren.

Leg dich ins Zeug und streng dich an,
mach zu, du faules Tier,
das süße Leben ist aus und vorbei,
denn ab jetzt gehörst du mir.

Jetzt fängt vielmehr dein Albtraum an,
auf dich da warten Schmerzen,
und eins, das tue lieber nie:
dir's mit dem Spieß verscherzen.

Steck dir 'ne Klette in den Arsch,
ganz tief in die Kaschemme,
denn es wird Spießens Stammplatz sein,
hält er dich für 'ne Memme.

Oder Jos Lieblingsvers:

Tanz nicht aus der Reihe, o Mann,
Sonst haut dich der Sergeant in die Pfann'.
Links zwo-drei-vier, rechts zwo-drei-vier,
so und nicht anders zählen wir hier.

Grunthors tönender Bass, begleitet von dem heiseren Gekrächze seiner neuen Firbolg-Rekruten, ließ Rhapsodys ohnehin schon albtraumhaftes Dasein in Ylorc noch um eine Spur unwirklicher erscheinen.

Auf ihre Bitte hin hatte Achmed die Zugänge zur Großen Halle und zu den ehemaligen Königsgemächern absperren lassen.

Rhapsody und Jo bewohnten zwei aneinander angrenzende Kammern, die wie alle anderen Räume in diesem geschützten Bereich von den besten und vertrauenswürdigsten Rekruten aus Grunthors Regiment bei Tag und Nacht bewacht wurden. Auch Achmed und Grunthor hatten hier ihre Quartiere, doch zog es der Drillmeister vor, in der Kaserne zu nächtigen.

Achmed war mit dem Lauf der Dinge äußerst zufrieden. Wegen der in der Schmiede produzierten Hitze hatte er die Festung in »den Kessel« umbenannt. An die tausend Bolg waren damit beschäftigt, Kohle zu schürfen und die riesige Esse damit zu beschicken, um Waffen schmieden zu können.

Die Entwicklung und Herstellung von Waffen hatte denn auch Vorrang. Sie waren zum Schutz der Bergbewohner und als Ausbildungsmaterial für die Truppe unerlässlich. Außerdem konnte an ihnen verdient werden, sobald mit den Nachbarn Handelsbeziehungen aufgenommen werden würden. Auf den Entwurf von Waffen verstand sich Achmed außerordentlich gut; seine Cwellan war ein überzeugender Beleg dafür.

Er hatte im hinteren Teil der Großen Halle, da wo der Planungstab zusammenkam, vier Listen aus Ölhaut zurechtgelegt und mit den Kategorien *Waffen*, *Klans (nicht verbündete)*, *Infrastruktur* und *Soziales* überschrieben.

»Es sind inzwischen auch Vertreter einiger Klans von der Heide und aus dem Grenzgebiet zum Verborgenen Reich zu uns gekommen mit der Bitte, sich uns anschließend zu dürfen«, berichtete er und strich die entsprechenden Namen auf der *Klan*-Liste mit einem Federkiel durch.

»Auch die andern werden wir schon noch überzeugen, da bin ich mir ganz sicher. Wenn meine Truppen erst mal Gelegenheit ham, ein Wörtchen mit ihnen zu reden ...«, meinte Grunthor, was Rhapsody mit hoch gezogenen Brauen quittierte. Ihr war unheimlich, wie schnell das Heer an Größe und Schlagkraft zunahm.

Achmed nickte. »Damit hätten wir rund siebzig Prozent der Bevölkerung vereint. Wenn wir die Sache mit dem Frühjahrsputz erst einmal hinter uns gebracht haben, kümmern wir uns um den Rest – die Klans im Inneren des Verborgenen Reiches.«

»Und wann komme ich in die Weinberge?«, fragte Rhapsody mit Blick auf die Eintragungen unter der Rubrik *Infrastruktur*. »Ich möchte mir möglichst bald ein Bild davon machen, um mit der Kultivierung zügig anfangen zu können.«

»Grunthor wird diese Gegend in Kürze aufgeräumt ... ehm, konsolidiert haben, und zwar noch bevor du deine Reise nach Bethania antrittst.«

Grunthors Miene verfinsterte sich. »Dass du dich ganz allein auf den Weg machst, gefällt mir ünerhaupt nicht.«

Rhapsody lächelte dem Sergeanten zu. »Ich weiß, Grunthor, und es freut mich, dass du dich um mich sorgst. Aber bevor wir die Massaker im Frühjahr mit Gewalt beenden, sollten wir's zumindest auch mit diplomatischen Mitteln versucht haben.«

»Warum?«

»Das gehört sich so unter Menschen«, antwortete sie. »Wollen wir, dass man die Firbolg für menschliche Wesen hält oder für Ungeheuer?«

»Sowohl als auch«, mischte sich der Kriegsherr ein. »Wir wollen für beides gehalten werden.«

Aus der Kammer nebenan waren immer wieder laute Schläge zu hören, denen meist ein ärgerliches Schnauben folgte. Weil sie das Thema erklärtermaßen langweilte, hatte Jo sich von der Diskussion um die Zukunft des Königreiches zurückgezogen, um stattdessen ihren Umgang mit Wurfmessern zu verbessern. Während sich die beiden anderen von diesen Hintergrundgeräuschen offensichtlich stören ließen, gelang es Achmed, seine Bemerkungen so zu platzieren, dass ihnen die Einschläge wie Ausrufezeichen zusätzliches Gewicht verliehen.

Achmed schmunzelte und wechselte auf das Thema *Waffen* über. »Zusätzlich zu den Schwertern, die zurzeit geschmiedet werden, müssen wir die Bolg mit Armbrüsten ausrüsten, um ihre Reichweite zu vergrößern. Für den Handel werde ich vor allem Krummschwerter herstellen lassen – und diese hier ...«

Er nahm eine der vielen Pergamentseiten vom Tisch auf und reichte sie den anderen. Darauf war eine Wurfwaffe mit drei Stahlklingen abgebildet, die in der Mitte rechtwinklig gekröpft waren und von der Seite wie ein Zahnrad aussahen.

»Dieses Messer lässt sich sowohl im Freien als auch in Bergstollen verwenden«, erklärte Achmed. »Selbst für den Nahkampf eignet es sich. Im Flug rotiert es um den Schwerpunkt in der Mitte und trifft dank der drei gewinkelten Schenkel immer mit der Schneide auf.«

»Und wann soll mit der Herstellung begonnen werden?«, fragte Rhapsody in Erinnerung an ihren morgendlichen Gang durch die Schmiede. Achmed hatte ihr die Anlage erklärt, unter anderem auch die riesigen, von Gwylliam gebauten Walzen, und sie war aus dem Staunen nicht herausgekommen.

»Noch lange nicht. Zuerst gibt es Wichtigeres zu tun. Du musst wissen, diese Arbeit nimmt enorm viel Zeit in Anspruch. Die Waffenschmiede der Cymrer haben ebenso Hervorragendes geleistet wie die großen Harfen- und Instrumentenbauer, von denen du manchmal sprichst. Ihre Erzeugnisse waren Kunstwerke. Die Firbolg werden erst in einigen Generation so weit sein.«

»Du scheinst davon auszugehen, noch lange zu leben«, sagte sie und lächelte.

Achmeds Miene blieb ernst. »Auf ewig«, antwortete er. »Apropos, was macht deine medizinische Ausbildung?«

»Damit würde es besser vorangehen, wenn ich geeignete Mittel hätte.«

Nach kurzer Suche fand er eine andere Schriftrolle auf dem Tisch, mit der er Rhapsody eine von ihm selbst gezeichnete und mit gestochen scharfer Schrift ausführlich beschriftete Skizze vorlegte. Diese war ein erstaunlich detaillierter Aufriss der neuen Stadt, wie sie aus Canrif hervorgehen sollte, mit allen ihren Einrichtungen von der Schmiede bis hin zum Belüftungssystem. Ein kleiner Bereich war als *medizinischer Bedarf* gekennzeichnet.

Rhapsody studierte den Plan mit kritischer Miene und blickte schließlich zu Achmed auf.

»Wo ist die Krankenstation? Das Hospiz? Darüber haben wir doch schon gesprochen. Es müsste in den Plänen enthalten sein.«

»Keine Sorge, es ist an alles gedacht.« Achmed rollte das Pergament wieder zusammen und holte ein anderes Dokument zum Vorschein: eine Landkarte. »Erste Hilfe wird von unseren Rekruten vor Ort vorgenommen. Solange irgendwelche Verletzungen zu behandeln sind, wird eine kleine Schutztruppe zurückbleiben und später nachrücken.«

»Und was passiert dann mit den Verwundeten?«

»Die lesen wir später auf dem Rückweg wieder auf.«

»Unsinn«, protestierte Rhapsody. »Man kann Schwerverletzte doch nicht einfach zurücklassen. Sie würden sterben.«

»Vielleicht sollte ich dich daran erinnern, dass wir uns hier über Firbolg unterhalten. Die sind es nicht gewohnt, wie Lirin oder Menschen verhätschelt zu werden. Das wollen sie auch gar nicht.«

»Von Verhätscheln war nicht die Rede. Wenn jemand im Kampf verwundet wird, muss er in ein Lazarett gebracht werden, wo ihm die notwendige Pflege garantiert werden kann.«

»Glaub mir, Firbolg sterben lieber, als dass sie eine solche Behandlung über sich ergehen ließen.«

Rhapsody musste an sich halten. »Es sind deine zukünftigen Untertanen. Hast du nicht zu Recht immer wieder darauf hingewiesen, dass sie keine Ungeheuer sind und dass sie das Zeug haben, Canrif zu seiner alten Blüte wieder aufleben zu lassen? Du kannst nicht beides haben, Achmed. Entweder die Bolg sind Ungeheuer, und wenn es das ist, worüber du herrschen willst, dann tu, was du für richtig hältst, aber rechne nicht mit meiner Hilfe; wie gesagt, mit einer solchen Mentalität kenne ich mich nicht aus. Oder aber es sind verständige Personen, primitiv und roh zwar, aber doch Kinder des Allgottes, dessen, der Leben stiftet. In diesem Falle stünden ihnen dieselben Rechte zu wie allen anderen Menschenwesen.

Und eines dieser Rechte ist der Anspruch darauf, bei Verletzung und Krankheit geheilt zu werden oder im Sterben Beistand zu finden. Wenn du dich dafür einsetzt, werde ich dir helfen. Dafür brauchte ich allerdings eine geeignete Krankenstation hier im Berg und nicht nur ein Feldlazarett. Denn auch in Friedenszeiten gibt es Krankheit und Verletzung, Alte und Kranke müssen versorgt werden. Dafür wäre ausreichend Platz nötig. Also, wofür entscheidest du dich? Sind's Menschenwesen oder Ungeheuer?«

Achmed lachte leise. Er fand es komisch und anrührend zugleich, Rhapsody verteidigen zu hören, was sie unlängst noch selbst für Ungeheuer gehalten hatte. »Wie viel Platz würde es mich kosten, wenn ich mich für die Option ›Menschenwesen‹ entscheide?«

»Sehr viel. Für den Anfang und bis die Heide und das Verborgene Reich nicht in Gänze zu uns gehören, brauchte ich zwei Hallen für die Krankenstation und eine dritte für das Hospiz.« Sie deutete auf der Planskizze auf zwei große Abschnitte im Komplex der Soldatenunterkünfte. Achmed holte hörbar Luft. »Und jetzt kommt die gute Nachricht: Sobald das Königreich vereint ist, trete ich eine Halle freiwillig wieder ab, und das Hospiz kann sich seine Unterkunft mit dem Waisenhaus teilen.«

»Kann es sein, dass du die Anzahl der Waisen zu gering veranschlagst?«

»Nein. Dazu habe ich mir Folgendes ausgedacht: Wenn du dich für jedes einzelne Waisenkind aussprichst und stark machst, werden die Klans um seine Adoption wetteifern, vor allem dann, wenn sie sich auf lange Sicht besondere Vergünstigungen davon versprechen können.« Achmed nickte. Rhapsody schmunzelte. »Siehst du? Ich mache mir ganz zweckmäßige und praktische Gedanken.«

»Zweifelsohne. Aber bevor ich mich entscheide zwischen ›Menschenwesen oder Ungeheuern‹, noch eine Frage.«

»Nur zu.«

»Wenn ich deinen Forderungen stattgebe, kann ich mich dann auf meinen Feldzügen auch auf dein Schwert und deine Fähigkeiten als Sängerin verlassen?«

Rhapsody seufzte. Über diesen Punkt hatten sie schon oft gestritten. Sie wollte mit seinem Krieg nichts zu tun haben. Zwar war sie bereit, für ihre Verteidigung und gegen das, was sie für tyrannisch und böse hielt, zu kämpfen; doch der Gedanke daran, für die Inbesitznahme des Berges Blut fließen zu lassen, war ihr zuwider. Immerhin durfte sie davon ausgehen, dass Achmeds Absichten redlich waren, auch wenn sie mit den Mitteln, die er zur Anwendung brachte, nicht einverstanden sein konnte.

»Na schön«, sagte sie widerstrebend. »Ich werde kämpfen. So, und nun entscheide dich.«

Im Gesicht des neuen Firbolg-Kriegsherrn zeigte sich der Anflug eines Lächelns.

»Menschenwesen«, antwortete er. »Monströse Menschenwesen.«

49

»Ich muss mit dir reden, sofort.«

Am großen runden Tisch im Sitzungsaal hinter der Großen Halle blickten ein Dutzend Frauengesichter verwundert auf. Bis auf eine waren alle Frauen dunkelhäutig und stark behaart. Sie, die Ausnahme, erhob sich von ihrem Platz.

»Entschuldigt mich«, sagte Rhapsody und eilte zur Tür, die einen Augenblick zuvor wuchtig aufgestoßen worden war. Achmed unterdrückte ein Lachen. Ihr Gebrauch der bolgischen Sprache ließ noch einiges zu wünschen übrig. Sinngemäß hatte Rhapsody gerade darum gebeten, dass man sie leben lassen möge.

»Was ist?«, fragte sie und kam ihm mit besorgter Miene entgegen.

»Ich brauche den Messingschlüssel, den wir im Haus der Erinnerung gefunden haben. Wenn ich mich recht entsinne, hattest du ihn zuletzt in der Hand.«

»Wozu die Eile? Was ist geschehen?«

»Wir haben soeben in der Bibliothek eine versteckte Tür gefunden«, berichtete Achmed sichtlich erregt. »Ich glaube, dass es die sein könnte, zu der der Schlüssel passt.«

Rhapsody schien ihren Ohren nicht trauen zu wollen. »Und deswegen platzt du in meine Unterredung mit den Hebammen?«

Achmed warf einen Blick auf die Runde. Die Frauen waren fast durchweg dünn und drahtig, hatten breite, männliche Schultern. Sie starrten ihm entgegen, gleichgültig und ohne jene Ehrfurcht, die die anderen Bolg ihrem neuen König bezeugten.

Es hatte Rhapsody freudig überrascht zu entdecken, dass es

diese Berufsgruppe überhaupt gab. Ihr Vorhandensein ließ einige Rückschlüsse auf den Charakter der Bolg zu, Rückschlüsse, die Rhapsody das Beste hoffen ließen. Krieger, selbst die tüchtigsten unter ihnen, waren ersetzbar und erfuhren nur wenig Pflege, nicht einmal wenn sie im Sterben lagen. Kleinkinder aber und ihre Mütter erfreuten sich der besten Fürsorge, die unter den gegebenen Umständen aufgeboten werden konnte. Hebammen waren noch höher angesehen als Stammesführer und entsprechend einflussreich. Insofern hatte Rhapsody mit ihrer Entschuldigung vielleicht gar nicht einmal so falsch gelegen.

»Ich brauche den Schlüssel«, wiederholte er ungeduldig.

Rhapsody packte ihn beim Hemdkragen, zog ihn zu sich heran und flüsterte ihm ins Ohr.

»Hör zu«, zischte sie. »Sprich nie wieder in diesem Ton mit mir. Schon gar nicht vor den Hebammen. Du vergibst dir nichts, wenn du mir Respekt erweist, schließlich bist du der König. Mich aber bringt deine Unhöflichkeit in eine unangenehme Situation – aus der ich mich allerdings leicht befreien könnte. Auf deine Kosten. Also sieh dich vor. Versuch's noch mal, und zwar ein bisschen respektvoller, oder verschwinde.« Sie stieß ihn zurück, und ihre grünen Augen schienen Funken zu sprühen.

Achmed lächelte. Die Sängerin schien sich in ihre neue kulturelle Umgebung einzufinden. Sie hatte seit der Ankunft der ersten Rekruten nur wenige Wochen Zeit gehabt, verstand es aber schon, die wichtigsten firbolgschen Verhaltensregeln anzuwenden und einzufordern. Achmed verbeugte sich leicht.

»Würdest du mir bitte, wenn es dir nicht allzu viel ausmacht, diesen einen Gefallen erweisen?«, fragte er laut und deutlich.

Rhapsody zeigte sich sogleich etwas milder gestimmt. »Er ist in meinen Zimmer.«

»Nein, das ist er nicht.«

Sie blinzelte mit den Augen. »Woher weißt du das?«

»Weil ich da schon nachgesehen habe.«

Wieder umwölkte sich ihre Stirn. »Wie bitte? Du hast in meinem Zimmer herumgestöbert?«

»Ich wollte dich in deinem Gespräch mit den Hebammen nicht stören«, beeilte er sich zu sagen.

»Und auf den Gedanken, ein Weilchen zu warten, bist du gar nicht erst gekommen, oder? Gwylliams Grotte ist seit vierhundert Jahren verschlossen. Hättest du nicht eine halbe Stunde warten können?« Sie schnaubte empört. »Der Schlüssel liegt im Nachttopf unterm Bett.«

Achmed vorzog das Gesicht, was einen eher komischen als angewiderten Eindruck hinterließ. »Du lebst wirklich schon zu lange in der Barbarei. Darauf wären nicht einmal Grunthor oder ich gekommen.«

»Der Topf ist natürlich unbenutzt, du Narr. Die Latrine grenzt gleich an meine Kammer an. Bevor du das nächste Mal in meinen Schubladen kramst, frag gefälligst bei mir an.«

»Gönnst du mir und Grunthor denn kein bisschen Spaß, du herzloses Ding?« Achmed wandte sich den Hebammen zu. »Es tut mir Leid, dass ich das Gespräch stören musste. Aber es ließ sich nicht vermeiden. Vielen Dank, dass ihr mir gestattet habt, meine kluge Beraterin zu konsultieren.« Er drehte sich um, verdrehte die Augen und ging.

»Hast du etwas von Grunthor gehört?«, fragte Rhapsody beim Abendessen am selben Tisch, um den sie auch mit den Hebammen zusammengesessen hatten.

Achmed schüttelte den Kopf und brach ein trockenes Brötchen in zwei Stücke. »Er hält im Hochland jenseits der Heide ein Manöver ab, eben da, wo wir das verlassene Weinbaugebiet vermuten. Vermutlich wird er sich frühestens in vier Tagen zurückmelden.«

»Und wer sind diesmal die Glücklichen, denen er seine besondere Aufmerksamkeit schenkt?«

»Die Schlitzer. Das ist ein Klauen-Klan, deren Angehörige behaupten, dass Gwylliam nie gestorben ist und unter ihnen lebt.«

»Vielleicht tut er das. Und vor kurzem ist er dann, um ein Buch zurückzugeben, in die Bibliothek gegangen, wo wir ihn gefunden haben«, witzelte Jo und pulte mit ihrem Messer zwischen den Zähnen. »Übrigens, Grunthor meint, ich könnte das nächste Mal mit ihm gehen, wenn du nichts dagegen hast, Rhaps. Und das hast du doch nicht, oder?«

»Nein«, lachte Rhapsody. »Aber vertu dich nur nicht. Grunthor ist sehr viel gluckenhafter als ich. Wenn er glaubt, dass es sicher ist, dich mitzunehmen, werde ich dir nicht im Weg stehen.«

»Was ist bei eurem Gepräch herausgekommen?«, fragte Achmed, füllte sein und ihr Glas und reichte den Krug an Jo weiter.

»Sehr viel.« Mit strahlendem Gesicht erhob sich die Sängerin von ihrem Platz. »Augenblick, ich hole schnell meine Notizen.« Sie trat vor die Anrichte unter dem uralten Wandbehang, blätterte einen Stoß von Papieren durch und fand schließlich, wonach sie suchte. Mit gerümpfter Nase kehrte sie an den Tisch zurück.

»Achmed, das ist so nicht auszuhalten. Wie wär's, wenn du hier ein bisschen aufräumen und renovieren würdest? Die Wandteppiche stinken.«

»Kein Wunder. Dahinter hatten unsere Vorgänger ihren Abtritt«, antwortete der Dhrakier, nahm einen Schluck aus seinem Becher und lachte laut auf, als er die Grimasse von Rhapsody sah, die sich ekelte. »Bolg und Cymrer gleichermaßen. Auf den nahe liegenden Gedanken, Latrinen einzubauen, sind sie erst sehr viel später gekommen. Llauron mag die Cymrer für Halbgötter halten, aber du wirst dich wundern zu hören, was ich über sie herausgefunden habe.«

»Bitte, verschone mich damit, wenn es denn eben geht«, entgegnete Rhapsody und breitete das Pergament vor sich aus. »Hier also die Ergebnisse unserer Sitzung: Die Hebammen haben sich bereit erklärt, das, was ich ihnen in Sachen Heilkunst beigebracht habe, an die Klans der Region weiterzutragen und geeignete Kandidatinnen für ihre Nachfolge auszubilden, von denen dann einige zu uns kommen, um in der Krankenstation und dem Hospiz arbeiten zu können.«

Achmed nickte. »Gut.«

»Außerdem haben wir einen Gesetzesvorschlag zum Schutz von Kindern ausgearbeitet, den du hoffentlich so übernehmen wirst und wonach der Missbrauch oder die Misshandlung von Kindern als Verbrechen zu ahnden wäre. Ich bin mir sicher, dass ein solches Gesetz von den Bolg ohne weiteres angenommen wird. Ihr Verhältnis Kindern gegenüber ist nämlich sehr viel aufgeklärter als das der ›menschlichen‹ Bürger von Roland, von denen so manche ihre Kinder mit Fußabtretern verwechseln.«

Achmed schmunzelte, sagte aber nichts. Er dachte zurück an die Szene in Bethania, als sie einen kleinen Jungen gegen seinen gewalttätigen Vater tatkräftig in Schutz genommen hatte. Als sie dem Vater auf offener Straße in die Parade gefahren war, hatte sich die Menge über sie hergemacht, aber nicht etwa, um ihr Einheit zu gebieten, sondern um sie zu berühren, gerade so, wie es die Bauern von Gwynwald getan hatten. Über ihre starke anziehende Wirkung auf andere war sie sich allerdings damals wie heute im Unklaren.

In Erinnerung an diesen Vorfall fragte sich Achmed nun zum wiederholten Mal, ob es ihm nicht auch ganz allein gelungen wäre, sie vor der zudringlichen Menge zu retten, oder ob sie die gemeinsame Flucht dem Angst erregenden Gebrüll von Grunthor zu verdanken hatten. Wie dem auch sei, bald würde Rhapsody auf seinen Wunsch hin ausgerechnet dorthin, nach Bethania, zurückkehren. Achmed schüttelte den Kopf, um den Gedanken daran zu verdrängen.

»Habt ihr euch auch überlegt, womit sich unsere Wirtschaft beleben ließe?«, fragte er.

»Augenblick, dazu komme ich später. Zusätzlich zu dem Kinderschutzgesetz verlangen wir, dass du dich für eine faire Behandlung von Kriegsgefangenen einsetzt, für die medizinische Versorgung von Verwundeten und eine würdige Bestattung der Gefallenen.«

Der Firbolg-König verdrehte die Augen. »Mit Gesetzen und Vorschriften werden wir uns befassen, sobald Roland und Sorbold von der Gründung unseres neuen Staates in Kenntnis gesetzt worden sind. Ich möchte mit Vertretern der jeweiligen Regierung verhandelt haben, und die werden sich, wenn überhaupt, wohl erst nach deinem Besuch in Roland bei uns melden. Können wir die Sache bis dahin vertagen?«

»Ja, ich habe sie nur jetzt schon erwähnt, weil du über die Ergebnisse unserer Sitzung informiert sein wolltest. Wir haben auch mit den Planungen für eine Schule begonnen. Die Kinder, die du hast kommen lassen, werden die erste Klasse bilden. Am

Ende soll für alle Schulpflicht gelten. Übrigens, du schuldest deren Eltern ein Geschenk in Form von Waffen und Lebensmitteln. So viel zur neuen Schule ... oh, und noch etwas, ich habe zwölf neue Enkelkinder.«

»Ach, du Schande«, sagte Jo, die an einem Schinkenknochen nagte und ebenso viel Appetit wie Grunthor an den Tag legte.

»Hast du was an dem Fleisch auszusetzen?«, fragte Rhapsody launig.

Laut schmachtend antwortete Jo: »Das Fleisch ist in Ordnung. Auf Kinder bin ich allerdings weniger scharf. Vielleicht erinnerst du dich, dass mir früher immer ein ganzer Schwarm um die Füße gesprungen ist.«

»Das hält wohl niemand auf Dauer aus«, stimmte Rhapsody zu.

»Firbolg-Kinder?«, fragte Achmed und biss in die andere Hälfte des Brötchens.

Rhapsody nickte. »Waisen. Sehr nett, die Kleinen. Sie sind zwar ein bisschen wild und laut, doch als Kind war ich nicht anders.«

»Aber du hast dir damals bestimmt keinen Spaß daraus gemacht, Ratten zu jagen und bei lebendigem Leib aufzuessen.«

»Zugegeben.« Rhapsody schmunzelte und schüttelte sich. »Ich hab sie trotzdem gern.«

»Wenn du dich über deine neuen Gören endlich eingekriegt hast, könnten wir uns vielleicht der Frage unserer wirtschaftlichen Möglichkeiten zuwenden?«

»Aber sicher doch.« Rhapsody nahm ein zweites großes Pergamentblatt zur Hand. »Neben den Waffen und Rüstungsteilen, die unsere Schmiede produzieren, sollten wir Wein anbauen und keltern. Was dazu nötig wäre, habe ich von Llaurons Gärtnerin Ilyana gelernt.

Sobald Grunthor die Gebiete jenseits der Heide unter Kontrolle gebracht hat, werde ich – wie schon nach den Kämpfen in der Schlucht – losziehen, um mich um die Kinder der Gefallenen zu kümmern. Und während ich dort bin, werde ich den filidischen Landsegen sprechen und mit meinem Gesang die Pflanzen beschwören. Das sollte helfen. Die Weinstöcke sind, soweit ich weiß, im Großen und Ganzen gesund und ertragreich. Mit der nötigen Pflege werden sie gute, süße Früchte hervorbringen.«

Achmed nickte und machte sich eifrig Notizen. »Was sonst noch?«

Rhapsody und Jo tauschten Blicke. »Wir haben etwas Interessantes über das Holz herausgefunden, das du aus dem dunklen Wald hinter der Heide mitgebracht hast.«

»Nämlich?«

Rhapsody nickte, worauf Jo vom Tisch aufstand und im Nebenraum verschwand. »Es scheint sich gut für den Möbelbau zu eignen.«

Kurze Zeit später kehrte das Mädchen zurück und reichte Achmed ein kegelförmiges Stück Holz. Seine gehobelte und polierte Oberfläche war von dunkler Tönung und hatte einen auffällig bläulichen Schimmer, gerade so wie die prächtigen Tische in der Großen Halle oder andere Möbelstücke aus der Hinterlassenschaft von Gwylliam und Anwyn.

»Aha, wirklich interessant«, murmelte Achmed und drehte den Kegel in der Hand.

»Das hat Jo herausgefunden«, verriet Rhapsody.

»Kompliment«, sagte Achmed. Das Mädchen lief bis unter die Wurzeln ihrer blonden Haare rot an und kehrte an seinen Platz zurück.

»Und nun zu meinem bescheidenen Beitrag. Erinnerst du dich an diese ekligen Spinnen, die mit ihren Fäden nicht weniger als sechs Gänge verstopft hatten?«

»Wie könnte ich das vergessen? Dein Geschrei hallt mir immer noch in den Ohren nach.«

Rhapsody schlug mit der Serviette nach ihm aus, einem Leinentuch, das sie zusammen mit anderer aufwändig bestickter Tischwäsche in einer Kupfertruhe in Gwylliams Kammer gefunden hatte.

»Lügner, ich habe nicht geschrien. Wie auch immer, wenn man deren Fäden mit Baumwolle oder Schafwolle verspinnt, entsteht daraus ein fester, dehnbarer Faden, der sich auf vielfältige Weise weiterverarbeiten lässt. Zum Beispiel eignet er sich zur Herstellung von Seilen, die nicht nur enorm strapazierfähig wären, sondern auch verblüffend leicht.« Sie holte aus ihrer Tasche ein geflochtenes Band und warf es Achmed zu, der kräftig daran zerrte.

»Hervorragend«, sagte er.

»Und mit seiner glänzenden Oberfläche ist es auch schön anzusehen. Nun, das war, was ich zu berichten hatte. Hast du mit dem Schlüssel das innere Gelass öffnen können?«

Achmed leerte seinen Becher. »Nein«, sagte er, kurz angebunden.

Rhapsody schmunzelte. »Siehst du, das hat man davon, wenn man unerlaubter Weise in meinen Schubläden herumstöbert.«

»Es ist spät geworden«, sagte Achmed mit einem Seitenblick auf Jo.

»Schon verstanden. Gute Nacht allerseits.« Das Mädchen stand auf und ging nach draußen. Die Sängerin schaute ihr nach.

»Was soll das?«, wunderte sich Rhapsody.

»Sie wird müde sein«, antwortete Achmed. Er trat vor den stinkenden Wandbehang, langte dahinter und holte eine kleine, schmuckvolle Kassette sowie ein in Leder gebundenes und mit Samt umwickeltes Manuskript zum Vorschein.

Rhapsody vorzog das Gesicht. »Igitt, ist dir kein besseres Versteck eingefallen?«

Achmed kam an den Tisch zurück. »Ausgerechnet du fragst das, die du den Schlüssel zu Gwylliams Schätzen im Nachttopf aufbewahrt hast.«

Sie holte Luft, um zu protestieren, besann sich aber eines anderen und sagte nur: »Ich dachte, der Schlüssel hätte nicht gepasst.«

»Ich wollte nicht im Beisein von Jo darüber reden.«

»Das hat sie sehr wohl registriert.« Rhapsody schluckte. »Ich kann nicht glauben, dass du ihr so wenig vertraust. Warum kannst du sie nicht leiden?«

»Ich mag sie sehr gern«, antwortete der Firbolg-König. »Aber du hast Recht, ich traue ihr nicht über den Weg. Ich vertraue den wenigsten, genauer gesagt nur zweien.«

»Gehen Gernhaben und Vertrauen nicht Hand in Hand?«

»Nein.« Achmed packte das Buch aus. »Darüber können wir uns gleich unterhalten. Ich glaube, dass dich das hier interessieren wird.« Er schlug das alte Buch auf und schob es vorsichtig über die Tischplatte zu ihr hin.

»Was ist das?«, fragte Rhapsody und blickte auf die aufgeschlagenen Seiten, die trotz sorgfältiger Aufbewahrung im Lauf der Zeit ganz ausgetrocknet, spröde und rissig geworden waren.

»Das ist eins der Dokumente, die Gwylliam geradezu heilig waren«, antwortete Achmed und lächelte leicht. »Du solltest sehen, was in der Geheimkammer sonst noch alles an Büchern und Manuskripten zu finden ist. Auch Pläne für weitere Bauvorhaben und Karten von Teilen von Canrif, die wir noch gar nicht entdeckt haben. Bücher, von Serendair mitgebracht, die gesamte Geschichte der Cymrer. Das hier scheint ein Familienregister zu sein, der königliche Stammbaum, komplett mit allen Namen, Geburts- und Todesdaten. Geschrieben übrigens in derselben Sprache, in der auch der Vertrag abgefasst worden ist.«

Rhapsody musterte die Handschrift. »Das ist wirklich Alt-Serenne, und zwar in der ursprünglichen Schreibweise, also nicht nur nachgemacht wie in dem Vertrag.«

»Wirst du daraus schlau?«

Vorsichtig blätterte sie durch die Seiten, die zwischen ihren Fingern zu zerfallen drohten. Sie las vertraute Namen der königlichen Familie, zum Beispiel den von Trinian, der vier Generationen vor Gwylliam, nämlich zu der Zeit, da sie Serendair verlassen hatte, Kronprinz gewesen war.

Sie hatte die nächste Seite aufgeblättert und war den Spuren der verblassten Tinte weiter gefolgt, als ihr Gesicht mit einem Male schreckensbleich wurde.

»Was ist los?«, fragte Achmed, der auf ihre Miene aufmerksam wurde, weil das Feuer im Kamin plötzlich wie in Panik aufloderte und ihr Gesicht erhellte.

»Sieh nur, wo die Linie endet«, sagte sie und zeigte auf den letzten Eintrag. »Gwylliam und Anwyn hatten zwei Söhne. Der ältere und Erbe ist hier mit dem Namen Edwyn Griffyth vermerkt.«

»Und der jüngere?«

Sie blickte zu ihm auf, und ihre smaragdgrünen Augen funkelten im Widerschein der Flammen.

»Llauron.«

»Vielleicht sind es zwei unterschiedliche Personen, die nur denselben Namen tragen«, meinte Achmed, an Rhapsody gewandt, die an ihrem Kelch nippte und ins Feuer starrte. »Wie wahrscheinlich ist es, dass einer der beiden Söhne den Krieg überlebt hat, dem der angeblich unsterbliche Vater zum Opfer fiel?«

»Wer weiß?«, antwortete Rhapsody leise. »Ich vermute, es ist der Llauron, den wir kennen.«

»Was führt dich zu der Annahme?«

»Nicht viel. Aber er hat in seinem Gewächshaus eine faszinierende Einrichtung, die selbst im Winter dafür sorgt, dass es darin regnet wie im Sommer. Und er erzählte, dass sein Vater sie für seine Mutter gebaut habe.«

»Aber das widerspräche doch deiner Vermutung. Gwylliam hat Anwyn gehasst.«

Rhapsody warf wieder einen Blick in das Buch. »Nicht immer. Und tu nicht so; du glaubst doch auch, dass es derselbe Llauron ist.«

»Stimmt. Unabhängig davon, was man sonst noch alles über Gwylliam sagen könnte, fest steht: Er war ein Visionär und Erfinder. Davon zeugt Ylorc an allen Ecken und Enden.«

»Und Llauron ist sehr daran interessiert, dass sich die Cymrer wieder vereinen. Es hat zwar gesagt, dass er eine solche Wiedervereinigung um des lieben Friedens willen wünsche, aber jetzt frage ich mich, ob er nicht womöglich einfach nur auf Macht aus ist.«

Der Kriegsherr setzte sich auf den Rand des Tisches. »Er steht als religiöser Führer einer halben Million Gläubigen voran und lebt wie ein gut bezahlter Gärtner. Warum sollte er an die Macht drängen? Die hätte er als rechtmäßiger Erbe doch längst an sich reißen können.«

»Keine Ahnung.« Sie blätterte durch das Buch, fand aber keine weiteren Einträge. »Ich kann mir auch nicht vorstellen, dass dieser freundliche Mann niederträchtige Absichten hegt. Als man mich zu ihm brachte, war ich ihm auf Gedeih und Verderb ausgeliefert, doch hat er sich mir gegenüber immer nur gütig und großzügig gezeigt. Er erinnert mich an meinen Großvater. Und jetzt stellt sich heraus, dass er der Sohn des weltgrößten Miststücks ist und obendrein noch Drachenblut in seinen Adern hat. Tja, das erklärt wohl, warum er so vieles über mich wusste, ohne danach gefragt zu haben. Der Spürsinn von Drachen ist ja sprichwörtlich. Ich frage mich, was er sonst noch alles über uns weiß.«

Seufzend klappte Achmed das vor ihr liegende Buch zu. »Das knüpft übrigens sehr gut an unser Gespräch über Jo an. Du weißt ja inzwischen, dass Grunthor und ich in der alten Welt Kontakt zu dämonischen Wesen hatten.«

Rhapsody kullerte mit den Augen. »Ja.«

»Benimm dich, dein König spricht zu dir. Und ich meine es ernst. Es gibt etliche Dämonen – dazu zählen nicht nur die alten, über die wir sprechen –, die Personen an sich binden können, ohne dass diese etwas davon merken. Deshalb könnte jeder, dem wir hier begegnen, in Kontakt mit einem solchen bösen Wesen stehen und ihm dienen, wissentlich oder nicht. Glaub mir, ich weiß, wovon ich rede.« Er starrte ihr so intensiv in die Augen, dass sie unwillkürlich den Blick senkte.

»Und du hast Jo im Verdacht, einem Dämon zu dienen?«

Achmed seufzte. »Nein, nicht direkt. Aber ich kann es auch nicht ausschließen. Rhapsody, du bist allzu vertrauensselig, und das ist gerade in unserer Situation bedenklich. Du adoptierst die halbe Welt, in der Hoffnung, das zurückzugewinnen, was du verloren hast.«

Sie sah ihn wieder an und lächelte, obwohl ihr Kinn bebte. »Mag sein. Aber immerhin hat mir die Adoption eines Bruders das Leben gerettet.«

Jetzt schaute Achmed zur Seite, um ihr sein Schmunzeln zu verbergen. »Ich weiß. Nur, wie groß ist die Wahrscheinlichkeit, dass sich Glücksfälle wiederholen? Versteh mich recht, ich habe nichts gegen Jo. Auch Grunthor scheint sie gern zu haben. Trotzdem, es wäre besser, wenn wir uns mit Vertraulichkeiten zurückhielten.«

»Besser oder sicherer?«

»Das ist dasselbe.«

»Nicht für mich«, widersprach sie energisch. »Unter solchen Umständen würde ich nicht leben wollen.«

Der Kriegsherr zuckte mit den Achseln. »Wie du meinst. Mach was du willst; es könnte nur sein, dass du so nicht lange lebst. Aber es gibt ja wahrhaftig Schlimmeres, als zu sterben. Falls ein dämonischer Geist von dir Besitz ergreifen sollte, zumal einer aus der alten Zeit, werden dir die Wochen mit Michael, dem Wind des Todes, im Nachhinein geradezu paradiesisch vorkommen.«

Rhapsody schob das Buch beiseite und stand vom Tisch auf. »Es reicht mir. Ich werde jetzt nach meinen Patienten sehen.«

Achmed biss die Zähne zusammen. Dass sich Rhapsody um verletzte Firbolg kümmerte, deren Wunden versorgte und ihnen mit ihren Gesängen Trost spendete und Mut machte, war seiner Meinung nach reine Zeitverschwendung.

»So kann man auch den Abend verbringen«, sagte er mit unverhohlenem Zynismus. »Ich bin sicher, die Firbolg wissen deine Güte zu würdigen und werden sich, wenn du einmal in Not bist, bestimmt revanchieren.«

Rhapsody furchte die Stirn. »Was soll das heißen?« Der Flammenschein schimmerte in ihren Augen und Haaren, was sich im Dunkeln fast unwirklich ausnahm.

Achmed seufzte. »Deine Mühen werden dir nicht gedankt werden. Wer sollte dir ein Lied singen, wenn du verletzt bist oder Schmerzen leidest?«

Sie lächelte. »Nun, ich bin mir sicher, das wirst du dann sein.«

Der Firbolg-König schnaubte. »Willst du nicht sehen, was in der Kassette ist?«

Sie blieb vor der Tür stehen und drehte sich um. »Nicht unbedingt. Und ganz bestimmt nicht, falls ich damit herausfinden sollte, dass Herzog Stephen für den Untergang von Serendair und die große Plage verantwortlich wäre. Noch ein paar Tage wie heute, und ich werde womöglich genauso paranoid, wie du es bist.«

Ohne auf ihre Worte einzugehen, öffnete Achmed die Kassette und holte einen in Samt gepackten Gegenstand daraus hervor: ein Horn.

Rhapsody merkte auf. »Ist das etwa das Ratshorn? Das Instrument, mit dem die Cymrer zur Ratssitzung gerufen wurden?«

»Genau das.«

Einen Augenblick lang stand sie wie benommen da. Obwohl es Jahrhunderte nicht angerührt worden war, glänzte das Horn wie an einem klaren Frühlingsmorgen. Die Luft ringsum schien zu vibrieren und neue, schon verloren geglaubte Hoffnung zu verbreiten.

»Und was hast du damit vor?«, fragte sie, als sie sich wieder gefasst hatte.

Achmed zuckte mit den Achseln. »Vorläufig nichts. Vielleicht füllen wir es mit Wein und feiern deine erfolgreiche Reise nach Roland, wenn du nächste Woche zurückkehrst. Oder wir dekorieren deinen Geburtstagskuchen damit. Wenn Grunthor und ich betrunken genug sind, werden wir damit vielleicht auch die noch lebenden Ratsmitglieder in das Amphitheater rufen und sie dann nass machen. Wer weiß? Ich wollte dir nur sagen, dass wir es gefunden haben.«

Rhapsody lachte. »Vielen Dank auch. Wie wär's, du lernst darauf zu blasen und begleitest mich bei meinen Schlummerliedern für die Firbolg-Patienten?«

Achmed legte das Horn in die Kassette zurück. »Bevor es dazu kommt, wird all das Wirklichkeit, was ich soeben aufgezählt habe, und noch viel mehr.«

50

Tristan Steward, der Hohe Herrscher über Roland und Erbprinz von Bethania, stand am Fenster seiner Bibliothek und fragte sich, ob denn wohl alle seine Minister und Mitregenten, die sich zu Konsultationen in seiner Burg versammelt hatten, nicht mehr ganz bei Verstand waren.

Seit dem Frühstück klopften sie bei ihm an, einer nach dem anderen, und bedrängten ihn höflich, aber mit Nachdruck, einen Gast zu empfangen, der unangemeldet gekommen war und geduldig in der Vorhalle wartete.

Doch Tristan ließ sich nicht erweichen und schob zum einen wichtige Geschäfte und zum anderen protokollarische Gründe vor. Als er schließlich hörte, dass es sich um einen Abgesandten aus den Bolgländern handelte, war er noch weniger geneigt, eine Audienz in Betracht zu ziehen.

Jetzt aber klopfte Ivenstrand an, der Herzog von Avonderre und nach Stephen Navarne der zweitwichtigste Mann im Länderbund, und steckte, vorsichtig wie ein Zimmermädchen, den Kopf zur Tür herein.

Prinz Steward seufzte. »Gütiger Himmel, du nicht auch noch, Martin! Zuerst war's der Kammerherr, dann kamen die Berater, die anderen Herzöge und jetzt du. Was ist so schrecklich wichtig, dass ihr mich von der Arbeit abhaltet?«

Ivenstrand räusperte sich. »Ehm, nun, ich denke, dass Ihr ein Interesse haben könntet, diese Besucherin zu empfangen, Hoheit. Ich war so frei und habe sie schon mal in Euer Arbeitszimmer geführt«, fügte er mit nervösem Blick hinzu.

Der Herrscher von Roland schlug den Atlas zu, in dem er gelesen hatte. »Na schön. Andernfalls wird man mich ja wohl nicht in Ruhe lassen.« Mit sichtlich verärgerter Miene eilte er an Ivenstrand vorbei durch die Tür. Plötzlich blieb er stehen und drehte sich um. »Habe ich richtig gehört, sagtest du ›Besucherin‹?«

»Ja, Eure Hoheit.«

Tristan schüttelte sich. Schlimm genug, dass die Bolg einen Gesandten zu ihm in die Burg geschickt hatten, in der anschließend bestimmt gründlich gelüftet werden müsste. Aber dass nun ausgerechnet eine Frau ... der Gedanke war jenseits dessen, was er fassen konnte, und machte ihn schwindeln. Verärgert marschierte er auf sein Arbeitszimmer zu.

Der Kammerherr stand vor der Doppeltür in Bereitschaft und senkte den Blick, als er den Hohen Herrscher mit finsterer Miene kommen sah. Er öffnete die Tür und meldete, wie es sich gehörte, den Namen des Gastes.

»Eure Hoheit, die Abgesandte Rhapsody, aus den Ländern Ylorc.«

»Wie bitte? Was soll der Unsinn?«, herrschte Tristan seinen Kammerherrn an. »Einen solchen Namen habe ich nie gehört. Geh mir aus dem Weg!«

Er stürmte in den Raum, gefasst auf den Anblick eines hässlichen Monstrums. Der neue Kriegsherr der Firbolg war entweder ein Feigling oder aber ziemlich gerissen, dass er eine Frau schickte, hoffend, dass sie nicht spornstreichs mit dem Schwert niedergestreckt würde.

Für eine Bolg war sie ausgesprochen klein. Sie stand mit dem Rücken zur Tür und blickte unter die Gewölbedecke, an der sie anscheinend das kunstvolle Schnitzwerk bewunderte. Sie trug einen einfachen, unauffälligen Wintermantel mit Kapuze, darunter, wie es schien, eine Hose. Dass sie so ganz und gar nicht höfisch gekleidet war, verdutzte den Regenten. Als sie ihn hörte, drehte sie sich um und machte eine tiefe Verbeugung. Tristan hatte mit so viel Anstand gar nicht gerechnet und war entsprechend irritiert.

»Was ist? Was willst du?«

Als die Frau den Kopf hob, traute Tristan seinen Augen kaum, sah er sich doch um alle seine Erwartungen betrogen. Dass sie keine Firbolg war, war eigentlich schon überraschend genug. Was sich seinen Blicken darüber hinaus darbot, raubte ihm schier den Atem.

Rhapsody schmunzelte. »Ich bin mit einer Nachricht von Seiner Majestät König Achmed von Ylorc zu Euch gekommen.« Ihr Schmunzeln wurde noch breiter, als sie an die zusätzlichen offiziellen Adressformen dachte, die sie ausgelassen hatte: Finsterer Blick, Weltenverschlinger, der Gnadenlose. »Da Ihr noch keinen Botschafter an seinen Hof geschickt habt, bat er mich, zu Euch zu gehen.«

Rolands Herrscher machte schnell den Mund zu, als ihm bewusst wurde, dass ihm die Kinnlade heruntergeklappt war. »Du bist kein Firbolg.«

»Nein. Müsste ich einer sein?«

Tristan Steward schüttelte den Kopf. »Gewiss nicht. Ich meine, nein. Nein, das muss nicht sein.« Er wand sich innerlich vor Scham darüber, wie töricht er daherredete.

»Da bin ich ja beruhigt.« Rhapsody lächelte respektvoll, doch es war nicht zu übersehen, dass ihre grünen Augen spöttisch funkelten.

Der Hohe Herrscher holte tief Luft, um sich zu fassen. »Nimm Platz. Bitte.« Und an den Kammerherrn angewandt: »Lass dir den Mantel geben.« Den Gast fragte er: »Darf ich dir eine Erfrischung kommen lassen?«

»Danke nein.« Rhapsody setzte sich in den geschwungenen Sessel aus Walnussholz, auf den er zeigte, nachdem sie den Mantel ausgezogen und dem Kammerherrn gegeben hatte, worauf sich erneut beklommene Stille einstellte. Schließlich schüttelte der Kammerherr, wie aus tiefer Trance erwacht, den Kopf, verbeugte sich vor dem Regenten und verließ den Raum.

Tristan eilte an seinen Schreibtisch und nahm dahinter Platz, um zu verbergen, womit er unwillkürlich auf ihren Anblick reagierte. Immerhin war er offiziell verlobt.

»Bevor wir zu deiner Botschaft kommen, sag mir doch bitte eines: Wer oder was ist Ylorc und was hast du mit dem firbolgschen Kriegsherrn zu schaffen?«

Rhapsody faltete die Hände. »Ylorc ist der Name der Firbolg für die alten cymrischen Länder, die früher Canrif genannt wurden. Ich bin hier in seinem Auftrag als seine Gesandte.«

Der Hohe Herrscher von Roland schluckte. Rhapsody musste sich ein Lachen verkneifen. Sie konnte die Gedanken ihres Gegenübers ganz deutlich in dessen Gesicht geschrieben sehen. Dass sie einem Firbolg-Herrscher diente, war ihm offenbar zutiefst zuwider. Doch sie beschloss, an seinen Vorbehalten keinen Anstoß zu nehmen, schlug ganz unbefangen ein Bein über das andere und sah sein Gesicht puterrot anlaufen. Als er sich wieder halbwegs gefangen hatte, fragte er sie mit ernster Miene:

»Was ist das für eine Nachricht, mit der du gekommen bist?«

»Es geht um den in Roland Jahr für Jahr wiederholten Waffengang, den Eure Soldaten ›Frühjahrsputz‹ nennen, die Überfälle auf Dörfer und Siedlungen der Firbolg.«

»Ich weiß Bescheid. Und?«

»Damit muss Schluss sein, ein für allemal.«

Der Hohe Herrscher von Roland legte die Stirn in Falten. »Ach wirklich? Interessant. Und für wen hält sich dieser Kriegsherr, dass er glaubt, mir ein solch dreistes Diktat zumuten zu können?«

Rhapsody blieb ruhig. »Er weiß, wozu er imstande ist. Und das könntet auch Ihr in etwa einschätzen, wenn Ihr besser zugehört hättet, Eure Hoheit. Er ist König und unangefochtener Herrscher über die Länder der Firbolg und – wie seine Berater und wie meine Person übrigens auch – der heimtückischen Massaker an unschuldigen Bürgern überdrüssig.«

Der Regent sah Rhapsody an, als würde er an ihrem Verstand zweifeln. »Bürger? Bist du nicht ganz gescheit? Die Firbolg sind Ungeheuer und aggressiv obendrein. Der Frühjahrsputz wird seit Jahrhunderten, nämlich seit sich dieser Dreck auf dem alten Cymrer-Territorium breit gemacht hat, als eine Präventivmaßnahme zu unserer Verteidigung durchgeführt. Damit kommen wir den brutalen Grenzübergriffen zuvor, die sie sonst gegen uns führen würden.«

Das Licht in Rhapsodys Augen strahlte heller auf, und es schien, als würde die grüne Regenbogenhaut glühen. »Tatsächlich? Wann hat es denn den letzten dieser brutalen Übergriffe gegeben?«

Tristan ließ sich mit der Antwort Zeit und starrte sie an. Sie hielt seinem Blick stand, ohne mit der Wimper zu zucken. »So genau lässt sich das nicht sagen. Aber wie schon erwähnt, der Frühjahrsputz wird seit Jahrhunderten praktiziert und hat sich als sehr effektiv erwiesen, denn seither sind wir von diesen Barbaren verschont geblieben.«

Von einem Lächeln war keine Spur mehr auf Rhapsodys Gesicht zu sehen. »Aha, jetzt verstehe ich. Gewalt ist nur dann Gewalt, wenn sie gegen Eure Bürger gerichtet ist. Das Gemetzel am Volk der Ylorc zählt wohl nicht.«

Wieder klappte dem Hohen Herrscher die Kinnlade herunter. »Volk? Was für ein Volk? Die Firbolg sind Ungeheuer.«

»Ihr wiederholt Euch. Und obendrein sind sie aggressiv, wenn ich mich recht entsinne. Ich stelle fest: Unter Eurem Befehl fallen Soldaten von Roland Jahr für Jahr über grenznahe Ortschaften und Siedlungen der Firbolg her, brandschatzen und morden nach Belieben. Ihr dagegen könnt mir keinen einzigen Überfall nennen, den die Firbolg gegen Euch geführt hätten, und sei es nur aus Rache für Eure Grausamkeiten, weder zu Eurer Zeit noch zu Lebzeiten vorangegangener Generationen. Ich frage Euch, Hoheit, wer sind hier die aggressiven Ungeheuer?«

Tristan sprang auf. »Was fällt dir ein? Wer bist du, dass du dich erdreistest, auf so unverschämte Art und Weise mit mir zu reden?«

Rhapsody seufzte. »Noch einmal: Mein Name ist Rhapsody. Ich bin Gesandte des Hofes von Ylorc. Glaubt mir, ich weiß, wer ich bin. Ob Ihr aber dasselbe auch von Euch sagen könnt, Hoheit, scheint mir inzwischen fraglich.«

Er konnte vor Wut kaum mehr an sich halten. »Was soll das heißen?«

»Ihr versteht Euch selbst als Regent eines zivilisierten, edlen Volkes, und das mag auch im Großen und Ganzen zutreffen. Aber wenn ein Volk wie das Eure anderen das Recht auf Leben und Freiheit aberkennt, so tut Ihr euch selbst keinen Gefallen damit, im Gegenteil, Ihr schadet Euch letztlich noch mehr als ihnen. Ihr entartet zu den Ungeheuern, die Ihr in den anderen seht.«

Der Hohe Herrscher von Roland schlug mit der flachen Hand auf den Schreibtisch. »Genug! Raus! Ich kann es selbst kaum fassen, dass ich mir dergleichen bieten lasse. Du wunderst mich wirklich sehr, siehst aus wie eine von denen, die früher im Cymrerland gelebt haben, benimmst dich aber wie deren Bewohnerschaft von heute.«

Rhapsody ließ ihn nicht aus den Augen. »Besten Dank. Das verstehe ich als Kompliment, auch wenn Ihr es nicht so gemeint habt. Wie dem auch sei, ich will Eure Zeit nicht mehr lange in Anspruch nehmen. Nur noch zwei Bemerkungen.«

»Aber beeil dich, sonst lass ich dich von den Wachen vor die Tür setzen.«

»Nicht nötig. Hört, was ich Euch sonst noch auszurichten habe. Wenn Ihr der Aufforderung von König Achmed Folge leistet und Eure Feindseligkeiten einstellt, garantiert er Euch, dass Ihr von Seiten der Bolg nichts zu befürchten habt.«

»Die Bolg sind ein Haufen gehirnloser Bestien, die nur ihren tierischen Instinkten folgen. Einen organisierten Gegenschlag zu führen ist ihnen genauso unmöglich, wie zu fliegen. Ganz davon abgesehen, bezweifle ich, dass dieser Kriegsherr überhaupt irgendetwas zu sagen hat, geschweige denn das Ruder in der Hand hält. Womöglich ist er längst tot, ehe du ihm meine abschlägige Antwort vortragen kannst.«

»Nun, Ihr habt natürlich das Recht auf eine eigene Meinung, so falsch sie auch sei. Aber erlaubt, dass ich Eurer mangelnden Kenntnis ein wenig auf die Sprünge helfe: Die Bolg sind – zum ersten Mal in ihrer Geschichte – unter einem König vereint. Sie werden in gemeinsamer Anstrengung Gesellschaft und Wirtschaft organisieren und hoffen darauf, schon bald mit Roland in Handelsbeziehungen treten zu können.«

»Du bist ja noch verrückter als ich dachte.«

»Sei's drum, im Herbst werden wir unseren ersten Wein auf den Markt bringen und auch einige Spezialwaffen, wie Ihr sie, da bin ich mir sicher, noch nie zu Gesicht bekommen habt. Und lasst Euch das Eine gesagt sein: Solltet Ihr so unvernünftig sein, an der

Entschlossenheit meines Königs zu zweifeln, wird Euch das teuer zu stehen kommen. Glaubt mir.«

»Raus!«

Als er nach dem Kammerherrn rief, drehte sich Rhapsody um und ging zur Tür, wo sie ihren Mantel aus der Hand des Dieners entgegennahm und sich noch einmal dem Regenten zuwandte.

»Ich bedanke mich, Hoheit, für die Audienz. Es tut mir Leid, dass Ihr auf das, was ich zu sagen hatte, so ungehalten reagiert habt. Wenn Ihr mich trotzdem noch einmal sprechen wollt, komme ich gern wieder.«

»Bemüh dich nicht«, entgegnete Tristan mit vor Wut funkelnden Augen. »Du bist zwar sehr hübsch, zugegeben, hast aber offenbar nicht einmal so viel Verstand wie ein Grashüpfer. Belästige mich nicht länger. Ich werde veranlassen, dass man dich davonjagt, solltest du noch einmal bei mir vorzusprechen versuchen.«

Lächelnd warf Rhapsody ihren Mantel über. »Wie Ihr wünscht, Hoheit. Es wird Euch hoffentlich klar sein, dass Ihr Euch nun selbst bequemen und auf die Reise gehen müsst, wenn Ihr schließlich doch den Wunsch verspüren solltet, mit mir zu reden. Ich wünsche ein gutes neues Jahr.« Sie nickte dem Kammerherrn freundlich zu und ging, von Wachen begleitet, zur Tür hinaus. Der Hohe Herrscher wandte sich seinem Kammerherrn zu.

»Ruf sofort meine Berater zusammen.«

»Zu Befehl, Eure Hoheit.«

Herzog Stephen Navarne hörte so geduldig zu, wie er nur sein konnte, als der Hohe Herrscher die anderen Herzöge aufs Heftigste beschimpfte. Er war am Vormittag nicht zugegen gewesen und wusste nichts von der Botschafterin, die seinen Vetter so sehr in Rage versetzt hatte, denn er, Stephen, war noch im Lager von Tristans Soldaten gewesen, die er zurückgeführt hatte, nachdem sie ihm geholfen hatten, den jüngsten Aufstand in Navarne niederzuschlagen. Dennoch war er dem wütenden Ruf des Hohen Herrschers gefolgt, worüber er nun froh war.

Als Tristan seine Tirade beendet und die anderen Herzöge entlassen hatte, blieb Stephen zurück, um mit seinem Vetter unter vier Augen zu reden.

»Mir scheint, du bist dir über gewisse Dinge noch nicht im Klaren, Tristan«, sagte er in freundlichem Ton und versuchte, seine tiefe Sorge zu überspielen. »Die Frau, über die du dich aufregst, und ihre Bolg-Gefährten sind dieselben, die vor einiger Zeit das Haus der Erinnerung gerettet haben.«

Der Hohe Herrscher von Roland war sichtlich verblüfft. »He?«

»Ja, so ist es. Und die drei werden in Navarne als Helden verehrt, weil sie es geschafft haben, eine große Zahl der vermissten Kinder, von denen ich bei unserem letzten Zusammentreffen gesprochen habe, zu ihren Eltern zurückzuführen. Sie sind anscheinend mit einem Dämon oder dergleichen im Bunde und verfügen über große Kräfte.«

Tristan Steward blieb eine Weile stumm, trat ans Fenster und schenkte sich ein Glas Portwein ein.

»Interessant«, sagte er.

Als Rhapsody in den »Kessel« zurückkehrte, wurde sie von Grunthor stürmisch begrüßt.

»Ich hab mir Sorgen gemacht«, sagte er und musterte, sichtlich erleichtert, ihr Gesicht.

Rhapsody schmunzelte. Sie wusste, dass er es ernst meinte.

»Mir geht's gut«, antwortete sie und tätschelte seine massige Schulter.

»Wie ist es gelaufen?«, wollte Achmed wissen, als Jo auf Rhapsody zugelaufen kam und ihr um den Hals fiel. Er begegnete ihrem Blick, und zum ersten Mal tauschten die beiden ein Lächeln.

Rhapsody legte einen Arm um Jos Schulter und folgte den Freunden in den düsteren Saal, wo man ihr ein Frühstück aufgetischt hatte.

»Nun, ich habe zwei Beobachtungen gemacht.«

»Und die wären?« Achmed verschränkte die Arme vor der Brust und lehnte sich mit dem Rücken an die Wand, während Grunthor ihr einen Stuhl zurechtrückte.

»Dass du überhaupt fragst ... wenn ich mich recht erinnere, bist du doch hellsichtig, Achmed. Alles, was du gesagt hast, hat sich genau so zugetragen.«

Achmed vorzog das Gesicht. »Mit Hellsicht hat das nichts zu tun. Ich habe nur gesagt, was mir wahrscheinlich vorkam.«

»Und zum Zweiten: In Anbetracht des Empfangs, den man mir bereitet hat, hättest genauso gut du vor dem Hohen Herrscher erscheinen können. Dir wäre er wohl auch nicht unfreundlicher begegnet. Jetzt verstehe ich, warum du immer so schlecht gelaunt bist.«

51

Tief in den alten Cymrer-Ländern, noch jenseits von Heide und Schlucht, geschützt von einem Ring hoher, schroffer Felsformationen, lag Kraldurge, das Reich der Geister. Dieser entlegene und seinem äußeren Erscheinungsbild nach abschreckende Ort wurde ausnahmslos von allen Bolg gemieden.

Über die schreckliche Tragödie, die sich hier zugetragen hatte, wussten selbst die Legenden nichts Genaues zu berichten, doch musste sie so verheerend gewesen sein, dass sie in der Seele der Firbolg, die seit eh und je in dieser Bergwelt lebten, tiefe Narben hinterlassen hatte. Sie sprachen nur in angewidertem Flüsterton von den Feldern voller Knochen und den wandelnden Dämonen, die alles Leben, das sich ihnen in den Weg stellte, erbarmungslos verschlangen, vom Blut, das aus dem Boden quoll, und von den sengend heißen Winden, die über die Ebene fegten und alles, was sich dort aufhielt, in Flammen aufgehen ließen.

Als sie nach verwaisten Kindern von Schlachtopfern Ausschau gehalten hatte, war Rhapsody zufällig bis zu den vorgelagerten Aussichtshügeln gelangt, und nun machte sie sich, von Achmed begleitet, auf den beschwerlichen Weg über den Rand der inneren Zahnfelsen zurück an diesen Ort.

Sie war schon eine Weile vergeblich umhergeirrt, als Achmed seine Ungeduld nicht länger im Zaum halten konnte. Er schloss die Augen und konzentrierte sich auf den versteckten Pass, den er in der Felswand ausfindig gemacht hatte. Unter Aufbietung seiner nahe der Wurzel erworbenen Fähigkeiten schickte er seinen Blick voraus auf den Pfad und durch eine enge, überwucherte Scharte im Fels, die offenbar seit Jahrhunderten nicht mehr begangen worden war.

Auf der anderen Seite mündete dieser Pass in einen weiten Wiesengrund, der schon lange brach lag und ganz und gar verwildert war. In seiner Mitte erhob sich ein kleiner Hügel. Ansonsten gab es an diesem versteckten Gebirgstal nichts Ungewöhnliches zu entdecken.

»Tut mir Leid, aber ich sehe hier keinen einzigen Dämon, geschweige denn Geysire rauschenden Blutes.«

Rhapsody seufzte. »Das kann mir nicht Leid tun. Davon hatte ich genug im Haus der Erinnerung. Wie auch immer, ich muss unbedingt erfahren, was immer noch so viel Angst verbreitet, obwohl es möglicherweise schon längst nicht mehr da ist. Außerdem wär's eine Schande, wenn ich all das Saatgut umsonst mitgebracht hätte.«

»Na schön.«

Achmed nahm die Cwellan zur Hand und schlüpfte durch die Felsöffnung. Sie staunte immer wieder aufs Neue darüber, wie geschickt und schnell er mit seiner sperrigen Waffe umzugehen verstand. Sie folgte ihm dichtauf, den Bogen mit angelegtem Pfeil im Anschlag.

Ihre Schritte hallten von den Felsen wider, um ein Vielfaches verstärkt, sodass jeder, der sich in der Nähe aufhielt, frühzeitig auf sie aufmerksam werden musste. Doch als sie auf die Wiese hinaustraten, war niemand zu entdecken, und alles zeigte sich so wie von Achmed vorhergesehen.

Die Felswände ringsum waren so hoch, dass unten auf der Wiese von dem Wind, der heulend über die Zacken hinwegfegte, kaum etwas zu spüren war. Achmed und Rhapsody lächelten sich gegenseitig zu. Dieses Pfeifen und Sausen klang tatsächlich wie das Geschrei von Dämonen und würde selbst dem unerschrockensten Bolg Angst und Schrecken einjagen. Trotz der natürlichen Erklärung dieses Phänomens spürte Rhapsody eine tiefe Melancholie auf diesem Ort lasten, ein Gefühl von überwältigender Trauer und Wut zugleich.

Sie kauerte sich hin und berührte den Boden, konnte aber nichts Ungewöhnliches feststellen. Waren hier, so fragte sie sich, Opfer der frühen Cymrischen Kriege bestattet worden? In Gwylliams Aufzeichnungen hatte davon jedenfalls nichts gestanden.

Achmed setzte sich in Bewegung und folgte dem Rand der Schlucht. Die Wiese war nicht allzu groß und würde sich von der Kuppe des Hügels in der Mitte in ihrer gesamten Ausdehnung überschauen lassen. Der einzige Zugang schien eben jener Pass zu sein, durch den sie gekommen waren.

Mit einem Kopfnicken gab Achmed Rhapsody zu verstehen, dass sie mit dem, was sie vorhatte, nun beginnen mochte, während er das Terrain auskundschaftete. Rhapsody stieg also auf die Anhöhe und holte, dort angekommen, den mit Saatgut gefüllten Leinensack, Pflanzgeräte und eine Flöte aus ihrem Gepäck. Eine Harfe hätte sich besser geeignet, doch hatte sie die Higen vor dem Haus der Erinnerung im Spalt der Eiche zurückgelassen, damit sie ihre heilenden Klänge dort weiter ertönen ließ und den Baum vor dem Verfall beschützte.

Sie warf einen Blick auf Achmed, um sich zu vergewissern, dass er immer noch in Sichtweite war, und machte sich dann mit der Handschaufel an die Arbeit. Zuerst entnahm sie dem Boden unter der Grasnarbe eine Probe und stellte zu ihrer Überraschung fest, dass die erst kürzlich von Eis und Schnee befreite Krume entgegen ihren Erwartungen voller Nährstoffe und Leben war.

Sie fuhr mit der Hand über das Gras und rief das Feuer auf, das sie in ihrer Seele brennen fühlte, worauf die welken braunen Halme an der Wurzel in Flammen aufgingen und unter ihrer Hand im Nu verbrannten.

Daraufhin jätete sie das nun tote Gestrüpp und lockerte den Boden auf, um ihre Samenkörner zu säen. Es waren die Keime der Hear'sease, einer Blume von ihrer Inselheimat, die die Cymrer mit auf den neuen Kontinent gebracht hatten. Einst war es Brauch gewesen, sie zur Erinnerung an Verstorbene auf Gräber oder Schlachtfelder zu pflanzen. Darum wählte Rhapsody sie auch jetzt. Im Sommer würde die Saat aufgegangen sein und neue Frucht hervorgebracht haben, sodass schon bald, in ein, zwei Jahren, die ganze Schlucht erblühen würde.

Als sie den Leinensack öffnete und ihm eine Hand voll Samen entnahm, stimmte sie, von den heulenden Winden begleitet, einen Bußgesang zur Tröstung des verwundeten Landes an und steckte singend Korn für Korn in den Boden.

Um die Saat vor Wind und Wetter zu schützen, bedeckte sie den Boden anschließend wieder mit der Grasnarbe. Dann rückte sie zwei Schritte weiter und wiederholte den Vorgang an anderer Stelle.

Sie hatte ihre Arbeit fast schon beendet, als ihr plötzlich die kleine Schaufel aus der Hand glitt und im Boden verschwand. Rhapsody staunte nicht schlecht. Das Loch, das sie gegraben hatte, war nicht tiefer, als ihre Hand lang war, und bei weitem nicht groß genug, um die ganze Schaufel zu verschlucken. Anscheinend war sie auf einen Hohlraum gestoßen.

Sie rief Achmed zu sich und trug vorsichtig mit den Händen den Boden an der Oberfläche ab. Als er neben ihr auftauchte, hatte sie einen engen Spalt mit einem Loch in der Mitte frei gelegt, in das die Schaufel hineingerutscht sein mochte, aber eigentlich nicht darin hätte verschwinden können, denn so groß war es nicht.

»Sieh dir das an«, sagte sie zu Achmed, der seine Waffe ablegte. »Der Hügel hat meine Schaufel verschluckt.«

»Dann muss er wohl Hunger gehabt haben.«

Rhapsody spähte in den Spalt. »Darunter scheint's hohl zu sein.«

»Lass mal sehen.« Achmed beugte sich über den Spalt. Rhapsody hatte Recht. Unter dem Loch in der Mitte befand sich ein Hohlraum. Wieder schloss er die Augen und machte Gebrauch von seiner besonderen Gabe.

Sein geistiger Blick drang durch das Loch, weit hinab durch den Spalt. Der reichte enorm tief und hatte eine überraschend ebenmäßige Ausformung. Zuerst ging er konisch auseinander und setzte sich dann wie ein Rohr nach unten fort.

Nach etwa hundert Fuß mündete dieses Rohr in eine große Höhle, deren hohes Gewölbe der Oberfläche des Hügels entsprach, auf dem sie sich befanden. Der über hundert Klafter tiefer liegende Grund stand unter Wasser.

»Da ist ein unterirdischer See«, sagte Achmed und richtete sich auf. »Den sollten wir uns einmal genauer ansehen, oder?«

»Ja, natürlich«, antwortete Rhapsody merklich erregt. »Aber lass mich das hier erst zu Ende bringen. Ich bin fast fertig. Nur noch diese letzten Samenkörner. Du kannst ja schon mal unser Mittagessen auspacken.«

Achmed nickte, öffnete seinen Rucksack und hörte ihrem fortgesetzten Trostgesang zu, wobei ihm auffiel, dass sie nun einen freudigeren Klang in der Stimme hatte. Als das Lied gesungen war, setzte sich Rhapsody auf einen von der Sonne beschienenen Fleck, nahm ihre Flöte zur Hand und spielte das gesungene Lied auf ihr nach. Von Traurigkeit war da keine Spur mehr. Das Lied harmonierte mit dem Wind und nahm ihm die Schärfe, mit der er über die hohen Klippen brauste. Rhapsody hatte offenbar Mühe, ihre Vorfreude auf das bevorstehende Abenteuer im Zaum zu halten. Achmed schüttelte den Kopf und fing schmunzelnd zu essen an.

Nach der kurzen Rast machten sich die beiden an die Suche nach einem Einstieg zur Höhle und wurden bald fündig: Er lag versteckt im dunkelsten Winkel der Schlucht, in einer schattigen Felsnische, so gut getarnt, dass Achmed ihn auf seinem Erkundungsgang glattweg übersehen hatte.

Achmed ging voran und führte Rhapsody über tückisch rutschige Tritte in den Fels. Mit Schaudern dachte sie zurück an den Gang über die Wurzel, woran sie Dunkelheit und abgestandene Luft auf unangenehme Weise erinnerten.

»Was meinst du, wie tief?«

»Fünfzig, sechzig Klafter in der Mitte. An der äußersten Stelle wohl noch erheblich tiefer.«

Immer weiter folgten sie dem engen Stollen. Rhapsody fürchtete schon, die Nerven zu verlieren, als sie hinter Achmed endlich in einen riesigen Höhlenraum trat. Durch winzige Löcher im Gewölbe fiel Tageslicht, und es war so hell, dass an den Rändern des unterirdischen Sees Pflanzen wachsen konnten. Der modrige Geruch stehenden Wassers hing in der Luft, dabei ging aber unverkennbar eine Strömung durch den See.

Nicht weit entfernt stand ein kupferner, quaderförmiger Aufbau, den an den Seiten schmuckvolle Gravuren zierten. Davor lagen, halb eingesunken im Sand, metallene Räder auf Schienen. Zeit und Feuchtigkeit hatten sie zu einem rostigen Verbund miteinander verschweißt.

Aus der Nähe betrachtet, zeigte sich, dass es sich bei dem kupfernen Kasten um eine Art Bootshaus handelte. Davor steckten die verrosteten und mit Algen überwucherten Pfosten der Anlegestelle im Wasser.

Achmed wuchtete die Kupfertür auf und fand dahinter tatsächlich noch ein Ruderboot liegen – kieloben auf einem Bett aus Reis. Auf den ersten Blick hatte Rhapsody die Reiskörner für Engerlinge gehalten und war vor Schreck zurückgesprungen, als sie mit der aufgehenden Tür nach draußen rollten. Dass sie darüber in Verlegenheit geriet, fand Achmed offenbar äußerst komisch, und er lachte immer noch, als er das Boot aus dem Verschlag zerrte.

Es bestand aus Holz, war aber mit einem dünnen, grün angelaufenen Kupferblech beschlagen, das das Boot erstaunlich gut erhalten hatte. Es schien noch dicht zu sein, und das Holz zeigte an keiner Stelle Spuren von Fäulnis. Prüfend klopfte Achmed an den Planken. Offenbar überzeugt davon, dass es noch zu gebrauchen war, kippte er das Boot um und schob es ins Wasser.

»Kannst du schwimmen?«

»Ja«, antwortete Rhapsody mit Blick über das Wasser. In der Ferne, auf der gegenüberliegenden Seite, war etwas zu sehen, das sie nicht näher zu bestimmen wusste. »Und du?«

»Halbwegs. Ausreichend, vermute ich. Zum Glück scheint das Wasser nicht besonders tief zu sein.« Rhapsody legte die Stirn in Falten. Ihrer Schätzung nach war der See in der Mitte an die zehn Klafter tief. »Ich hoffe, du bist gut in Form?«

»Worauf du dich verlassen kannst«, entgegnete sie grinsend. »Also los.«

Sie stieg ins Boot. Achmed sammelte die beiden Ruder ein, die aus einem ihnen unbekannten Metall bestanden, das überraschend leicht war und frei von Rost oder Belag.

Sie fuhren über den See und wechselten sich dabei an den Riemen ab. Während der eine ruderte, hielt die andere Ausschau.

Es war kaum möglich, die Höhe des Gewölbes zu ermessen, zumal das einfallende Licht die Augen blendete. Rhapsody glaubte in einen bewölkten Himmel aufzublicken. Das Wasser des Sees war so klar, dass man selbst an der tiefsten Stelle bis auf den Grund sehen konnte. Fische schwammen darin, und ein Luftzug brachte die Oberfläche ein wenig in Bewegung; von einem Wind wie über Tage aber konnte keine Rede sein.

Tropfsteine, die von der Decke herabhingen oder am Ufer vom Boden aufragten, schillerten in den Farben des Regenbogens. Sooft ein Sonnenstrahl auf einen dieser Steinzapfen fiel, war es, als zuckte ein Blitz, der die Wände kurz aufleuchten ließ.

Als das andere Ufer näher rückte, wurde ein Wasserfall sichtbar, der sich hoch oben an der Wand über eine Felskante ergoss. Reich an Frühjahrsniederschlägen donnerte der Zulauf herab. Rhapsody war begeistert von der dramatischen, von den Felsen widerhallenden Wassermusik.

»Es ist wunderschön hier«, sagte sie. Achmed sah sie an, sagte aber nichts.

Das Ufer war schließlich fast erreicht, und was sie von weitem nur in groben Umrissen erkannt hatten, entpuppte sich als eine schlichte, anscheinend jahrhundertealte Kate. Jetzt zeigte sich auch, dass sie nicht etwa die andere Höhlenseite erreicht hatten, sondern nur eine Insel, hinter der sich wiederum das Wasser ausdehnte. Sie lag fast genau in der Mitte des Sees. Das Haus, das auf ihr stand, war dunkel und voller Flecken, die darauf schließen ließen, dass die Wände einmal mit Efeu oder anderen Schlingpflanzen berankt waren. So weit die beiden es vom Boot aus einschätzen konnten, schien das Mauerwerk noch in Ordnung zu sein.

Als Achmed das Boot auf die alte Anlegestelle zusteuerte, konnte Rhapsody vor Ungeduld kaum an sich halten. Es hätte nicht viel gefehlt, und sie wäre ins Wasser gesprungen und an Land gewatet. Achmed schien als Ruderer nicht viel Übung zu haben und stellte sich ein wenig ungeschickt an. Rhapsody grinste; es war das erste Mal, dass sie ihn dabei ertappte, einer Aufgabe nicht vollauf gewachsen zu sein, und es machte ihr Spaß, ihn in dieser Situation zu beobachten. Er fand das offensichtlich ganz und gar nicht komisch.

»Mach dich nützlich! Wirft die Leine auf den Steg!«, zischte er ihr zwischen zusammengebissenen Zähnen zu. Rhapsody verkniff sich das Lachen und tat ihm den Gefallen. Dann stieg sie hinter ihm aus dem Boot.

52

Hinter dem wenige Schritte breiten, sandigen Ufer war der Grund mit Gras bewachsen. Von der leicht erhöhten Warte aus ließ sich die gesamte Insel überblicken. Außer dem kleinen Haus waren da noch die Reste von inzwischen verödeten Blumenbeeten zu sehen sowie eine Art Gartenlaube aus marmornen Säulen, die wie das abseits stehende Haus zusätzlich zu der Patina aus Staub und Schmiere Spuren eines verheerenden Feuers zeigten. Eine Seite der Laube war besonders stark von Ruß befleckt.

Von dem Augenblick an, da sie den Fuß auf die Insel gesetzt hatten, spürten beide einen klagenden, pulsierenden Ingrimm, der diesem Ort eigen zu sein schien, eine Wut, die nicht von Boshaftigkeit, sondern vielmehr von tiefem Kummer zeugte. Rhapsody rückte unwillkürlich näher an Achmed heran, der seinerseits einen völlig ungerührten Eindruck machte. Ihm waren solche Orte des Hasses und der Wut offenbar alles andere als fremd.

Schnell hatten sie die Insel erkundet, denn es gab nicht viel auf ihr zu entdecken. Dass das Haus unbewohnt war, war schon auf dem ersten Blick zu sehen. Achmed untersuchte den Kamin und die Mauersteine, die der uralte Mörtel immer noch fest zusammenhielt. Er nickte in Richtung Eingangstür. Rhapsody folgte ihm nach innen.

Im Flur lag ein schwerer Geruch von verlorener Zeit, von Schimmel, Moder und Fäulnis. Rhapsody zog ihr Schwert und trug es wie eine Fackel vor sich her. Sie hatte die Augen weit aufgesperrt.

Rechter Hand lag das Wohnzimmer; auf der linken Seite führte eine Treppe ins Obergeschoss. Achmed ließ ihr mit dem glühenden Schwert den Vortritt und sah sich aufmerksam um. Die Bauweise des Hauses und das Mobiliar erinnerten stark an Formen und Stile, wie sie auch auf der Versunkenen Insel gepflegt worden waren. Daran, dass es noch aus der Zeit der Cymrer stammte, hatte Achmed keinen Augenblick lang gezweifelt. Die Bolg waren gewiss nie an diesem Ort gewesen. Er öffnete die Tür so weit wie möglich, um ein bisschen Höhlenluft hereinzulassen, die im Vergleich zur Luft im Innern des Hauses geradezu frisch wirkte.

Das Wohnzimmer schien früher einmal recht gemütlich gewesen zu sein und hatte an der Außenwand eine offene Feuerstelle mit schön geschnitztem Kaminsims, auf dem eine fingerdicke Staubschicht lag. Nebenan lag die Küche, die den ganzen rückwärtigen Bereich in Anspruch nahm.

Neugierig inspizierte Achmed den großen Herd und die Vorratskammer. Der gesamte Haushalt war sehr viel besser ausgestattet als das, was man gegenwärtig in diesem Land als Standard vorfand, ja besser und ausgeklügelter auch als vergleichbare Einrichtungen in Canrif. So war der Herd zum Beispiel mehrfach unterteilt, um gleichzeitig verschiedene Speisen darauf zubereiten zu können, und vom See führte ein Kanal ins Haus, aus dem Wasser zum Gebrauch in der Küche und zur Kühlung der Vorräte gepumpt werden konnte. Über kupferne Steigrohre hatte man sogar das Obergeschoss mit fließendem Wasser versorgt.

Rhapsody war hinten um die Treppe herumgegangen und ins Esszimmer gelangt, in dem ein kleiner, noch sehr gut erhaltener Eichentisch und vier Stühle standen. Ein großes Fenster aus durchsichtigen Glasblöcken, die am Rand zu Prismen geschliffen waren, öffnete den Blick auf den imposanten Wasserfall, der, wie sich zeigen sollte, auch ein Lichtspiel besonderer Art zu bieten hatte. Die untergehende Sonne warf nämlich ihre Strahlen durch den Felsspalt, aus dem das Wasser hervorsprang, und sorgte einen kurzen Augenblick lang für eine phantastische Illumination, die sich dank der Prismen und der von ihnen aufgefächerten Regenbogenfarben umso prachtvoller entfalten konnte.

Durch die zweite Tür des Esszimmers kehrte Rhapsody in den Flur zurück, wo sie auf Achmed traf, der sich gerade anschickte, über die Treppe nach oben zu gehen. Sie folgte ihm und wischte das Spinngewebe beiseite, das zwischen Decke und Wänden hing.

Oben angekommen, wandten sie sich nach links und kamen in das kleine runde Zimmer eines Türmchens, das ihnen von außen gar nicht aufgefallen war. Vor dem gebogenen Fenster stand eine halbrunde Bank mit verrotteter Polsterung. Das Fensterglas aber war noch völlig intakt. Obwohl es keine konkreten Hinweise darauf gab, vermutete Rhapsody, dass dieser Raum als Studierzimmer genutzt worden war.

Auf der anderen Seite des Treppenabsatzes befand sich ein größerer Raum, darin ein großes Bett. Das Kopfteil des Gestells bestand aus dunklem Holz, dessen Schönheit und meisterliche Bearbeitung selbst der viele Staub und die Jahre der Abnutzung keinen Abbruch tun konnten.

An der Wand gegenüber gab es einen Kamin, der sich mit dem im Wohnzimmer ein und denselben Rauchabzug teilte. Der Kaminsims war hier sehr viel schlichter gehalten. Das Fenster wies auf den See hinaus, war aber vor lauter Dreck undurchsichtig geworden. Die Bodendielen hatten zu faulen begonnen und drohten unter den Schritten der beiden zu zerbrechen.

Der Raum hatte noch zwei weitere Türen; hinter der einen war ein begehbarer Wandschrank, in dem nichts anderes als eine kleine Mahagonitruhe mit kunstvollem Schnitzwerk stand. Darin fand Rhapsody ein winziges Gewand aus feiner weißer Spitze und mit bunter Stickerei. Der Größe nach war es anscheinend für einen Säugling gedacht. Vorsichtig legte sie es in die Truhe zurück.

Achmed steckte bereits seinen Kopf durch die andere Tür. Sie eilte herbei und lugte ihm über die Schulter.

Die beiden schauten in ein Badezimmer, das mit seiner großen Wanne und den marmornen Fliesen am Boden ähnlich eingerichtet war wie diejenigen im Kessel. Hier gab es auch einen Abort und ein Waschbecken,die beide an kupferne Rohre und Pumpen angeschlossen waren. Wo das Wasser über viele Jahre hingetropft war, zeigte sich jetzt an der oberflächlichen Verfärbung.

»Genug gesehen?« Achmeds Stimme zerriss die steinalte Stille und ließ Rhapsody vor Schreck zusammenfahren.

»Fürs Erste«, antwortete sie. Widerstrebend folgte sie ihm über die Treppe nach unten und vor den Eingang, wo sie einen letzten sehnsüchtigen Blick in den Flur zurückwarf, ehe sie die Tür hinter sich zuzog.

Die kleinen Gärten waren, wie Rhapsody feststellte, auch schon vor ihrer letztendlichen Verödung lange Zeit nicht gepflegt worden. Reste an den Hauswänden und am Boden zeigten, dass an mindestens zwei Stellen Kletterrosen und wilder Wein ins Kraut geschossen waren.

Was für eine Schande, dachte sie und malte sich in ihrer Vorstellung aus, wie es hier einmal ausgesehen haben mochte, als die gesamte Anlage noch gepflegt worden war, liebevoll, mit Sinn für Ausgewogenheit und einem Blick für die besonderen Lichtverhältnisse unter Tage. Doch noch während sie sich ein Bild davon zu machen versuchte, dämmerte ihr auch, dass hier eigentlich nichts wachsen konnte, da ja an diesem Ort alles durch und durch verkehrt zu sein schien, in seiner eigentlichen Natur von Grund auf zerrüttet und durcheinander gebracht von jenem bereits empfundenen Ingrimm, der den Grund verseuchte und alles Wachstum vereitelte.

Achmed ging auf die Gartenlaube zu. Sie stand auf einer kleinen Anhöhe auf der anderen Seite der Insel, und das hatte wahrscheinlich seinen besonderen Grund, der ihm aber auf Anhieb nicht ersichtlich war.

Er ging um die Laube herum und glaubte feststellen zu können, dass sie an Ort und Stelle aus einem großen Marmorblock herausgemeißelt worden war, was ihn in Erstaunen versetzte. Der Steinmetz musste wahrhaftig ein Meister seines Faches gewesen sein, was auch ein Laie sofort erkannte. Die sechs Säulen waren makellos behauen und poliert, das kleine Kuppeldach, das sie trugen, mit wunderschönen Gravuren verziert.

Rhapsody stieg über zwei marmorne Stufen auf die kleine Plattform in der Mitte. Darauf standen zwei halbkreisförmige Bänke, die so zueinander ausgerichtet waren, dass sie im Zentrum des Runds eine S-Form bildeten. Auch sie waren aus demselben Stein, ja, es schien, dass sie wie alles andere in einem Stück aus dem rohen, riesigen Block herausgeschlagen worden waren.

Ein Vogelkäfig mit zerbrochener Tür lag am Rand der Plattform, gleich neben dem, was sein Ständer gewesen zu sein schien. Beide Teile waren von bemerkenswert edler Machart und aus einem Material getrieben, das wie Gold aussah.

Der Ständer überragte Rhapsody um mehr als eine Handbreit, und der Käfig selbst war so groß, dass ein kleines Kind darin Platz gefunden hätte. Wie auf dem Marmor der Rotunde so hatte sich auch auf dem Käfig eine dicke Patina aus Ruß und Staub gebildet. Angetan von der Schönheit dieses Kunstwerks, das ihr hier im Land der Bolg so fehl am Platz zu sein schien, streckte Rhapsody die Hand aus und berührte die kleine Tür.

Doch plötzlich schrak sie zurück. Die Zeit verlangsamte sich auf einen quälend schleppenden Gang, und sie sah die Laube wie vordem, mit weiß leuchtenden Säulen im Halbdunkel des Gartens.

Vor ihr stand ein Mann, ein Mensch, mit dichtem grauem Bart und buschigen dunklen Brauen. Er trug ein leinenes Gewand mit goldenen Bordüren. Sein Gesicht war wutverzerrt, die Augen schienen zu glühen.

Rhapsody musste reglos mit ansehen, wie dieser Mann ganz langsam mit dem Arm zu einem wuchtigen Fausthieb gegen sie ausholte. Die Luft schien zu zersplittern. Sie spürte den Aufprall, den Schmerz, der durch alle Fasern ging, und ihr war, als gerieten die Säulen ins Wanken. Dann wurde ihr schwarz vor Augen, die starr unter das bewölkte Firmament gerichtet waren. Rechtzeitig herbeigesprungen, konnte Achmed verhindern, dass sie der Länge nach zu Boden schlug.

Er führte sie vor eine der beiden Bänke, auf der sie ächzend Platz nahm. Es dauerte eine Weile, bis sie wieder klar denken konnte und der Schwindel abgeklungen war.

Dann sagte sie: »Tja, jetzt weiß ich, woher dieses Gefühl der Wut rührt.«

»Was hast du gesehen?«

Sie massierte sich mit den Fingerspitzen die Schläfen. »Ich hatte die einmalige Gelegenheit, Gwylliam zu sehen, und zwar durch Anwyns Augen in dem Augenblick, als er sie schlug. Erinnerst du dich, wie Llauron davon sprach, dass er sie geschlagen hat?«

»Ja.«

»Nun, das war nicht bloß eine ausgerutschte Hand. Mir dröhnt der Schädel noch immer.«

»Dann wundert's auch nicht, dass sie versucht hat, ihn zu vernichten.«

»So schlimm der Schlag auch war, halte ich ihre Reaktion dennoch für leicht übertrieben. Zugegeben, auch ich wäre wütend gewesen, hätte aber mit Sicherheit deswegen nicht ein Heer aus zehntausend Soldaten ins Verderben geschickt. Ich hätte ihm wahrscheinlich stattdessen Gift unter den Hirsebrei gerührt.«

»Wie ich die Sache verstehe, haben die Cymrer der Ersten und Dritten Flotte nur auf einen Vorwand gewartet, um übereinander herfallen zu können. Die von der dritten Emigrantenwelle hatten nach eigener Einschätzung die größten Opfer bringen müssen, dadurch nämlich, dass sie bis zuletzt zurückgeblieben sind und die Stellung gehalten haben, während sich die anderen schon aus dem Staub machen konnten. Und als sie dann endlich ihre neue Heimat erreichten, mussten sie sich den Weg frei kämpfen, im Unterschied zur Ersten Flotte, die nirgends auf Widerstand gestoßen ist und keine Probleme hatte, sich in den Wäldern niederzulassen. Mir ist natürlich bewusst, dass meine Informationen zu Gwylliams Gunsten gefärbt sind. Aber ich würde sagen, dass sein kleiner Schlagabtausch mit Anwyn gewissermaßen der Tropfen war, der das Fass zum Überlaufen brachte.«

Rhapsody stand auf und sah sich um. »Hier also ist der Krieg ausgebrochen, genau hier auf dieser Insel, in dieser Laube. Kein Wunder, dass dieser Ort verwunschen ist.«

Achmed kicherte und gab einen seltsamen Laut von sich, der Rhapsodys Blick sofort auf sein Gesicht lenkte. »Hast du etwa Angst vor Gespenstern, Rhapsody?«

»Von wegen«, entgegnete sie brüskiert. »Die haben allenfalls Angst vor mir.«

»Also, das würde mir auch unmittelbar einleuchten«, sagte der

König der Firbolg in spöttischem Ton. »Du bist in der Tat zum Fürchten.«

Schmunzelnd holte Rhapsody wieder ihre Flöte zum Vorschein. Sie setzte sich zurück auf die Bank, machte die Augen zu und lauschte dem lauen Wind über dem Wasser.

Sie nahm die Geräusche und Schwingungen in der Grotte in sich auf, suchte nach Missklängen und fand auch welche. Dann hob sie die Flöte an ihre Lippen und spielte eine zarte Melodie. Sie erfüllte die Luft und hallte wider, verstärkt durch den weiten Höhlenraum, wo sie, als Rhapsody das Instrument wieder abgesetzt hatte, eine Weile nachklang. Sichtlich erregt, wandte sich die Sängerin Achmed zu.

»Jetzt ergibt alles einen Sinn!«, rief sie und sprang auf. »Wir haben diesen Ort so lange nicht finden können, weil er von mehreren Schwingungsebenen auf natürliche Weise überlagert wird. Da ist zum einen der tiefe, von Felsen umringte Einschnitt, über den der Wind hinwegpfeift, dann das Grundwasser und schließlich der tosende Wasserfall, der mit seinem Sprühnebel die Höhle verhüllt.

Und diese Laube wirkt wie ein Schalltrichter, der so platziert ist, dass hier produzierte Laute um ein Vielfaches verstärkt werden. Was du auf diesem Podium sagst, kann überall in der Höhle gehört werden. Kurzum, all der Hass, der diesem Ort anhaftet, wird durch die verschiedenen Schichten nach draußen übertragen. Das spüren auch die Firbolg, weshalb sie diese Schlucht so sehr fürchten und einen großen Bogen um sie machen.«

Achmed nickte, hielt sich aber mit einem Kommentar zurück. Auch ihm war hier ganz und gar nicht wohl zumute. Wasser war ihm und seinem Spürsinn immer schon zuwider gewesen. In der alten Welt hatte, wer sich vor ihm verbergen wollte, nur die eine Chance gehabt, auf, im oder nahe an einem Gewässer Zuflucht zu suchen.

»Dieses Rätsel wäre also gelöst. Kehren wir um.«

»Warte. Ich will noch etwas versuchen.« Rhapsody ignorierte seinen mimischen Einspruch und fing wieder an, auf der Flöte zu spielen. Dabei konzentrierte sie sich auf die schmerzlichen Klänge, auf das Trauerlied, das in der Höhle schwang, begleitete sie mit helleren Tönen und webte daraus ein Lied der Versöhnung und des Friedens. Die Wirkung war zwar nicht von Dauer, aber sie konnte doch eine leichte Besserung verspüren, als sie ihr Flötenspiel beendete.

»Kann ich diesen Ort ganz allein für mich haben? Bitte?« Sie achtete nicht auf seinen ungläubigen Blick und drängte weiter: »Ich könnte das Haus wieder herrichten. Es wären nur ein paar kleine Ausbesserungsarbeiten am Holz zu tun und viel zu putzen. Und ich würde am Lied dieses Ortes arbeiten, ihn wieder gesund machen und all die schlimmen Erinnerungen vertreiben, die Gwylliam und Anwyn hier zurückgelassen haben. Könnte dieser Orte nicht vielleicht meine, nun, meine ...«

»Deine Grafschaft?«

»Was?«

»Grafschaft. Grunthor nennt dich doch schon Gräfin oder Euer Liebden. Wir sollten wirklich eine aus dir machen. Gratuliere. Du wirst dem Firbolg-Hochadel angehören.«

Rhapsody überhörte seinen Spott. »Schön. Dann kann ich als deine Botschafterin auftreten, und der Titel wird mich dazu legitimieren.« Sie lachte über Achmeds süffisantes Grinsen. »Ja, so soll es sein. Ich hatte nie einen Ort für mich allein; im Gegenteil, mich haben immer nur andere in Besitz genommen.«

»Ich übereigne ihn dir hiermit für immer und ewig, vorausgesetzt, wir können jetzt gehen.«

»Abgemacht.« Ein Händedruck besiegelte den Handel. Dann eilten sie zum Boot zurück.

»Und wie willst du diesen Ort nennen?«, fragte Achmed, der auf der Ruderbank saß und sich stärker als auf dem Hinweg in die Riemen legte.

»Darüber denke ich gerade nach«, antwortete sie mit freudestrahlendem Blick. »Es sollte ein Name aus der alten Welt sein, einer, der für Macht oder für Königswürde steht. Das wäre doch wohl angemessen, oder?«

Er seufzte. »Ganz wie du willst. Du bist die Gräfin. Nebenbei bemerkt: Du wirst mir Steuern zahlen müssen. Ich bin an all deinen Einnahmen beteiligt.«

Sie wusste, dass er scherzte, blieb aber selbst ernst. »Einverstanden. Allerdings wirst du dich mit Naturalien begnügen müssen. Ich habe nicht vor, mit Geld zu handeln.«

Achmed hob die Brauen fast bis zum Haaransatz. »Wie bitte? Ich dachte, du hättest dich aus deinem alten Gewerbe zurückgezogen.«

Sie strafte ihn mit ihren Blicken. »Du verstehst mich absichtlich falsch. Ich spreche natürlich von Kräutern und Gewürzen, vielleicht auch Blumen. Du kannst manchmal ein richtiges Schwein sein.«

»Es war nur ein Witz.«

»Ich weiß. Es ist immer nur ein Witz.« Ihr starrer Blick war auf den Wasserfall gerichtet, der in der Ferne entschwand. Sein Lied verklang, und gleichzeitig trübte sich Rhapsodys Stimmung.

Achmed musterte ihre Miene. »Es tut mir Leid.« Sie winkte mit der Hand ab. »Was ist los mit dir?«, fragte er.

Ohne ihn anzusehen, antwortete sie: »Ich weiß nicht, wie ich's nennen soll, vielleicht ist es Neid. Mir fehlt das richtige Wort dafür.«

»Du und neidisch?« Achmed kniff die Brauen zusammen. »Worauf?«

Endlich richtete sie die grünen Augen auf ihn. Von ihrem Strahlen von vorhin war nicht mehr viel zu sehen. »Nein, ich bin nicht neidisch. Ich bin verloren. Aber wie könnte ich dir das erklären? Du hast kein schlechtes Gewissen, das dich nachts nicht schlafen lässt, du musst nicht trauern um Verluste in der alten Welt. Du hast hier deinen Lebenszweck gefunden, eine Aufgabe. Man braucht dich. Dir ist die Möglichkeit gegeben, eine Leistung von historischer Dimension zu vollbringen. Hier lebst du erst richtig auf.«

Er schluckte. Über solche Dinge unterhielt er sich nicht gern. »Du bist Teil dieses neuen Lebens. Du hast einen Beitrag zu dieser Leistung zu bringen. Das ist auch deine Chance.«

Sie schüttelte den Kopf. »Versteh mich bitte nicht falsch. Ich möchte dir helfen, den Bolg und vor allem auch den Kindern. Aber das ist nicht meine eigentliche Aufgabe.«

»Was denn?«

Rhapsody ließ die Schultern hängen. »Wenn ich das wüsste, käme ich mir nicht so verloren vor.« Sie tauschte den Platz mit ihm und setzte sich auf die Ruderbank.

»Meine Mutter hat mich immer dafür gerügt, dass ich die Tür auflasse. Wir wohnten auf freiem Feld, und der Wind, der von den Hügeln herunterkam, konnte mitunter ziemlich heftig sein. Ihre Stimme klingt mir immer noch im Ohr – ›Mach die Tür zu!‹ Und ich musste immer wieder aufs Neue dazu aufgefordert werden. Seltsam, meine Vergangenheit ist ein Korridor mit Türen, die ich habe offen stehen lassen. Doch jetzt ist das Haus verschwunden, selbst verweht in alle Winde.

Ich glaube, dass ich diesen Verlust nie verwunden habe. Ich versuche es, doch selbst nach so langer Zeit empfinde ich ihn noch in aller Schärfe. Ich werde damit irgendwie zurande kommen müssen. Dazu brauche ich, was du schon hast: ein Zuhause, ein Ziel und die Chance, etwas Gutes zu tun. Und jemanden, der mich braucht – Jo, meine Enkelkinder, in geringerem Maße auch die Bolg und vielleicht sogar dich und Grunthor. Womöglich kann ich mit diesem Ort, mit dieser Grafschaft, einen Anfang machen.«

Achmed stieß einen Schwall Luft aus, erleichtert darüber zu sehen, dass ihre Augen wieder ein wenig heller strahlten und seinen Kummer vertrieben, den er ihretwegen empfunden hatte. *Was ist das bloß für eine sonderbare Macht, die das Feuer ihr verliehen hat?*, fragte er sich im Stillen. Sie ergriff allmählich auch von ihm Besitz.

»Welchen Namen also soll dein neues Gut bekommen?«, fragte er laut.

Rhapsody dachte an das serenische Königsschloss, das sie selbst nie gesehen hatte, von dem sie aber wusste, dass es auf einem Fels hoch über der Meeresbrandung thronte.

»Ich werde es Elysian nennen.«

Drei Wochen später wurde im ganzen Bolgland verkündet, dass der neue Kriegsherr und König die Dämonen von Kraldurge aufsuchen werde, um ihnen ein Opfer zu bringen. Ein großer Wagen wurde mit den Geschenken für die bösen Götter beladen und mit einer Plane zugedeckt, um die Geschenke vor den neugierigen Blicken der Bolg zu verbergen, obwohl niemand auftauchte, der dem König eine gute Reise gewünscht hätte. Die Geschenke waren nach einer von der Sängerin aufgestellten Liste aus Bethe Corbair und Sorbold herbeigeschafft worden.

Rhapsody, die landein, landaus als die Erste Frau des Königs geachtet wurde, hatte sich an diesen Titel inzwischen gewöhnt, obwohl er sie zugleich amüsierte und verärgerte. *Aber solange er uns Sicherheit bietet, soll's mir recht sein,* hatte sie Jo gegenüber erwähnt, die selbst als des Königs Zweite Frau rangierte. Eine Frau hatte einen fremden Bolg nur dann zu fürchten, wenn dieser den Mann, dem sie angehörte, herauszufordern gedachte. Keiner würde es wagen, sie, Rhapsody oder Jo, zu belästigen. Von Elysian hatte Rhapsody ihrer jungen Freundin noch nichts gesagt. Sie wollte das Geheimnis erst dann lüften, wenn die Renovierungsarbeiten abgeschlossen sein würden.

Der riesige Opferkarren setzte sich in der Nacht in Bewegung, rollte auf die Inneren Zahnfelsen zu und wurde bald von der Dunkelheit verschluckt. Am übernächsten Tag kehrten der König und sein Hauptmann zurück, müde nach ihrer Begegnung mit den Dämonen, aber wohlbehalten.

Die Dämonen, so verkündete der Hauptmann, akzeptierten die Herrschaft des Königs. Sie wollten sein Volk verschonen, wenn sich denn die Bolg von ihrem Reich fern hielten. Falls die Bolg aber dieses Abkommen verletzen sollten, hätten sie Schrecken zu gewärtigen, gegen die sich die einschlägigen Berichte der Vergangenheit harmlos ausnähmen. Achmed schmunzelte beim Anblick des kollektiven Schauers, der die Versammlung ergriff, als Grunthor zu Ende gesprochen hatte.

Rhapsody blieb in Elysian zurück und erfreute sich an den vielen Gaben, mit denen sie sich nun gut einrichten konnte. Als Achmed und Grunthor mit den Möbeln, Haushaltsgegenständen und Lebensmitteln angekommen waren, hatte sie ihnen sogleich in der blitzblank geputzten Küche ein Festmahl zubereitet.

Als sie im Esszimmer beisammen saßen, wurde ihnen vor dem Panoramafenster ein fulminantes Schauspiel aus Licht und Farben geboten. Die Strahlen der untergehenden Sonne zersprühten im geschliffenen Glas und tanzten schillernd durch den Raum. Rhapsody lächelte. Der Friedensgesang tat seine Wirkung, die Setzlinge fingen zu wachsen an, und sie besaß nun einen Ort für sich und ihre Freunde.

Fröhlich begleitete sie die beiden an den Wasserrand und winkte ihnen nach, als sie in einem der zwei neuen Boote davonruderten. Sie schaute ihnen nach, bis sie nicht mehr zu sehen waren, und wandte sich dann ihrem Haus zu, über dem weißer Rauch aus dem Kamin aufstieg und aus dessen Fenstern ein Licht strahlte, das im dunklen Höhlenraum Behaglichkeit verbreitete.

Ins Haus eingetreten, machte sie die Tür leise hinter sich zu.

53

Rosentharn, der Hofmarschall von Bethania, räusperte sich und klopfte zaghaft an die Tür.

Es war ihm, als wartete er schon eine Ewigkeit, bis sich endlich die Stimme Seiner Hoheit meldete.

»Was ist? Wer da?«

»Rosentharn, Eure Hoheit.« Trotz verschlossener Tür konnte er hören, wie Tristan leise vor sich hin fluchte.

»Was willst du? Wenn es an der Grenze wieder Überfälle gegeben hat, will ich davon nichts hören, es sei denn, meiner eigenen Burg droht Gefahr.«

Rosentharn lockerte seinen Kragen. »Das ist es nicht, Hoheit. Ich komme gerade vom Nordtor, wo die Nachricht eingetroffen ist, dass die Dame Madeleine Canderre in Bethania erwartet wird.«

Die Tür ging einen Spaltbreit auf. Der Hohe Herrscher zeigte sich dahinter mit wild zerzaustem Haar. »Wann?«

»Gegen Abend, Eure Hoheit.«

Tristan Steward raufte sich den ungekämmten Schopf. »Ahem, ja. Gut, danke, Rosentharn.«

»Nichts zu danken, Eure Hoheit.« Als die Tür wieder ins Schloss gefallen war, gestattete sich der Hofmarschall ein breites Grinsen. Dann machte er auf dem Absatz kehrt und ging wieder auf seinen Posten.

»*Unzucht! Schweinerei!*«

Aus der anderen Zimmerecke tönte ein kehliges Kichern.

»Wie Ihr meint, Hoheit. Ich stehe Euch ganz zu Diensten.«

Tristan schmunzelte und schlug den Morgenmantel zu.

»Tut mir Leid, Prudy, meine Verlobte kommt.«

Prudence lachte. »Wenn Ihr noch einmal geruht, Euch verwöhnen zu lassen, wird Madeleine vielleicht denselben Ausruf tun können.«

»Ach, du bist so herrlich verkommen. Und das gefällt mir an dir besonders.«

Tristan wandte sich der Anrichte zu und füllte aus einer kristallenen Karaffe zwei Gläser mit Portwein, die er dann ans Bett trug. Er reichte Prudence das eine Glas, hob das andere an die Lippen und ließ seine Blicke über ihren Körper streifen. In seinen Augen zeigte sich plötzlich eine Melancholie, die er schnell hinterm Glasrand zu verstecken versuchte.

Je länger er sie anblickte, desto schwerer fiel es ihm zu glauben, dass sie beide an ein und demselben Tag geboren worden waren, nur Minuten auseinander. Trotz des Standesunterschiedes waren sie schon als Kinder unzertrennlich gewesen und im Laufe der Zeit einander so vertraut, als teilten sie ein Herz und eine Seele. Doch während er seine jugendliche Figur und straffe Haut nach all den Jahren noch hatte bewahren können, zeigte Prudence erste Alterserscheinungen, was indes für einen jeden unausweichlich war, der nicht dem Stamm der Cymrer angehörte.

Das war ihm immer schon bewusst gewesen, doch hatte er diesen Gedanken bislang erfolgreich verdrängen können. Vielleicht veranlasste ihn die bevorstehende Heirat, ein Resümee der vergangenen Jahre zu ziehen, Jahre, die im Flug verstrichen waren und ihn noch geschont hatten. Vielleicht lag es auch daran, dass er, sooft er mit seinen Gedanken allein war, Zweifel daran hegte, ob an seiner Person überhaupt etwas war, das mit der Zeit erkennbar zum Vorschein treten würde.

Wie auch immer, er sah sie jetzt mit anderen Augen, sah, dass der Schmelz von ihrer Haut verschwunden war, dass sich um ihre Augen und an den Mundwinkeln kleine Fältchen bildeten und dass auf den einst alabasterweißen Handrücken erste Flecken zu erkennen waren. Er schluckte und verspürte einen heißen Krampf im Schlund.

Prudence nahm den Kamm aus ihrem Haar und schüttelte die

langen roten Locken aus, die im Schein des Kaminfeuers zu lodern schienen. Von den grauen Strähnen, die Tristan kurz zuvor entdeckt hatte, war jetzt nichts zu sehen. Sie lächelte ahnungsvoll und zog das seidene Betttuch bis unter die Arme.

»Woran denkst du, Tristan?«

Der Hohe Herrscher von Roland stellte das leere Glas auf dem Nachttischchen ab und nahm ihr das ihre aus der Hand. Dann setzte er sich auf die Bettkante, sah sie an, fuhr mit der Hand sanft über die Decke bis hinauf an ihren bloßen Hals, um den er seine Finger legte.

»Ich denke daran, dass ich sie nicht ausstehen kann.«

Prudence lehnte sich ins Kissen zurück; ihr Lächeln wich einer ernsteren Miene. »Ich weiß. Das war mir klar. Darum verstehe ich auch nicht, warum du Madeleine gewählt hast. Dieses nette Mädchen aus Yarim hätte viel besser zu dir gepasst. Wie war noch gleich ihr Name?«

»Lydia.«

»Richtig. Sie war hübsch und charmant, ihr Vater reich begütert. Was ist aus ihr geworden?«

»Sie hat Stephen geheiratet und ist vor ein paar Jahren bei einem Überfall der Lirin ums Leben gekommen.«

»Ach ja, natürlich, jetzt erinnere ich mich.« Prudence streckte die Hand aus und streichelte seinen struppigen Backenbart.

Tristan schlug das Betttuch auf, ohne den Blick von ihren Augen abzuwenden, die so verständnisvoll waren, unermesslich tief, und es ging eine Wärme von ihnen aus, von der er sich ganz umfangen fühlte, wie von jener heißen Quelle, in der sie sich vor vielen Jahren einmal geliebt hatten. Die gegenseitig geübte Aufrichtigkeit war das einzig Wahre in seinem Leben. Prudence wandte das Gesicht dem Feuer zu und schloss die Augen.

Mit der Fingerkuppe schöpfte Tristan einen Tropfen Port aus dem Kristallglas und betupfte damit ihre Brustwarze. Er spürte, wie sie unter seiner Berührung einatmend die Brust hob, gerade so wie damals als junge Frau, als er sie entjungfert hatte, und mit der Erinnerung daran kehrte die verloren gegangene Lust zurück.

Ihre Brust war im Vergleich zu damals merklich schlaffer geworden und wie die Handrücken mit braunen Flecken besprenkelt. Er schloss die Augen und rief das Bild in seiner Vorstellung auf, das sich ihm beim ersten Anblick ihrer Nacktheit offenbart hatte; die straffe Haut, von seiner zitternden Hand berührt, verfärbte sich rosig. Tristan beugte sich herab, schlürfte den Tropfen und versuchte, ihr den Schmerz zu verbergen, der sich, wie er spürte, in seiner Miene niederzuschlagen drohte. Er riss das Tuch vom Bett und warf es zu Boden.

Nackt vor ihm ausgestreckt, zog Prudence ihr Knie an und machte sich daran, den Gürtel seines Morgenmantels aufzuknoten.

»Warum verrätst du mir nicht den wahren Grund deines Kummers, Tristan?«

Seine Lippen ließen von der Brust ab und wanderten über die Bauchdecke.

»Wie kommst du darauf, dass ich Kummer haben könnte?«

Sie stieß ihn energisch zurück, richtete sich auf und drückte ein Kissen an die Brust. Sie war sichtlich verärgert.

»Ich war schon die Kurtisane deines Vaters, Tristan, und habe mir immer eingebildet, dich als Freund zu haben.«

Ihre Reaktion erschreckte ihn und ließ alle Lust von ihm abfallen. »Das ist doch auch so.«

»Dann mach mir nichts vor. Für solche Spielchen bin ich zu alt. Ich merke sofort, wenn dich etwas bedrückt, und kenne deine Stimmungen besser als du selbst. Sonst bist du mir gegenüber doch immer ganz offen. Wieso gibst du dich heute so verschlossen? Das ist nicht besonders stimulierend.«

Tristan seufzte. Sie hatte ihn ertappt. Es war nicht nur Melancholie, die ihm angesichts ihrer betrüblichen Alterung zu schaffen machte; es war mehr als das, mehr noch als der so abstoßende Gedanke, dass die Frau, die er liebte und der er regelmäßig beiwohnte, immer mehr seiner eigenen Mutter ähnlich wurde, ja, mehr sogar als die Furcht vor dem, was am Ende dieses Älterwerdens stünde und ihm verloren ginge.

Er konnte sich Rhapsody nicht mehr aus dem Kopf schlagen.

Seit sie vor seiner Tür gestanden hatte, ging sie ihm nicht mehr aus dem Sinn. Schlimmer noch, der Gedanke, dass sie freiwillig einem bolgischen Kriegsherrn zu Diensten war, ließ ihm die Haare zu Berge stehen. Die Vorstellung, dass ein solches Ungeheuer sie in den Armen hielt, wühlte ihn so sehr auf wie seine Reaktion auf sie. Normalerweise hätte er nach einer solch kurzen Begegnung nicht einmal ihren Namen behalten.

Er schaute zurück auf Prudence und lächelte, als er sah, mit welch strengem Blick sie ihn bedachte.

»Na schön«, sagte er. »Ich verrate es dir, aber du musst versprechen, dass unser Schäferstündchen davon unberührt bleibt. Madeleine wird bald hier sein, und ich möchte bis dahin noch möglichst viel von dir haben.«

Prudence zeigte sich zufrieden und langte mit der Hand zu seinem Schoß. »Wie's beliebt, Hoheit.«

Tristan blickte unter die Decke, um sich der Stimulation ihrer Hände hinzugeben und die heimlichen Gedanken zurückkehren zu lassen. Und so keimte die Lust wieder schnell in ihm auf.

»Du hast bestimmt schon von Canrif gehört, dem Land, über das die Cymrer einst geherrscht haben.«

»Ja«, antwortete Prudence, die sich mit Elan an ihm zu schaffen machte. »Es liegt, wenn ich mich recht erinnere, irgendwo in den Bergen im Osten.«

»So ist es. Seit nunmehr rund vierhundert Jahren wird es von den Firbolg besiedelt.«

Zufrieden mit dem Ergebnis ihrer Bemühungen, ließ Prudence von ihm ab und griff mit beiden Händen in den Brustausschnitt seines Morgenmantels.

»Wer sind die Firbolg?«

Tristan kicherte. »Nicht wer, sondern was. Das sind Monstren, Halbaffen, die Ratten und ihresgleichen fressen. Und übrigens auch jeden Menschen, der ihnen in die Quere kommt.«

Prudence mimte auf entsetzt und streifte ihm den Morgenmantel über die Schultern. Ihr amüsiertes Grinsen wechselte in einen etwas echter wirkenden Ausdruck über, als sie seine muskulöse Brust sah, vom Feuerschein vorteilhaft ausgeleuchtet. Er sah immer noch genau so aus wie vor Jahren, als er sie zum ersten Mal aufgesucht hatte.

»Klingt schrecklich.«

»Das sind sie auch, glaubt mir. Ich muss mich jedes Jahr mit ihnen herumschlagen. Sie marodieren entlang der Grenze zu Bethe Corbair, wo wir sie dann aufgreifen. Bald ist es wieder so weit, dass wir mit dem Heer ausrücken und sie zurückwerfen müssen.«

Prudence zog ihre Beine an und legte beide Fußsohlen an seine Brust. Mit sanftem Druck stieß sie ihn vom Fußende des Betts auf den Boden. »Wenn ihr jedes Jahr gegen sie vorgeht, und das seit zehn Jahren oder so …«

»Es sind fast zwanzig. Mein Vater hat schon damit angefangen.«

» … also zwanzig. Wenn das schon so lange der Fall ist, was grämst du dich dann jetzt?«

Tristan packte sie bei den Fußgelenken, zog sie lachend auf dem Rücken an die Bettkante, beugte sich über die gespreizten Beine und umschmeichelte mit den Händen ihre Hüften, die mit den Jahren sehr viel üppiger geworden waren.

»Sie haben anscheinend einen neuen Kriegsherrn. Was das für uns bedeutet, ist mir noch nicht klar. Jedenfalls hat er mir einen Gesandten geschickt, eine Frau, die mir auf unsäglich dreiste Weise diktieren wollte, von der Tradition unserer Frühjahrssäuberung abzulassen.«

»Dabei handelt es sich wohl um den alljährlichen Einsatz gegen die Marodeure an der Grenze, wenn ich richtig verstehe.«

»Ja.« Tristans Hände glitten über ihren Bauch und die Taille und kamen dann auf ihren Brüsten zu liegen, zwischen denen ein goldenes Medaillon lag. Er schloss die Augen und stellte sie sich kleiner und fester vor, die Taille schlanker. Die Vorstellung brachte ihn zusätzlich in Wallung; er schmiegte sich seitlich an sie und liebkoste die schlaff gewordenen Brüste.

Prudence wölbte sich seiner Hand entgegen und fuhr streichelnd mit dem Fuß über seine Wade. »Ich verstehe das Problem noch nicht ganz. Warum ziehen sie sich nicht einfach von der Grenze zurück? Dann haben sie von unseren Soldaten auch keinen Ärger zu erwarten, stimmt's?«

»Genau.«

»Und das hast du auch so der Gesandten gesagt?«

»Ja ... nun, ich habe sie zu ihrem Kriegsherrn zurückgeschickt mit der Nachricht, dass ich seine Forderung entschieden zurückweise.« Tristans Handflächen wurden feucht beim Gedanken an Rhapsodys Schönheit, an ihr goldenes Haar, die glatte, rosige Haut, an die grünen Augen, die vor lauter Wut scheinbar dunkler wurden.

Prudence ergriff eine seiner Hände und führte sie zwischen ihre Beine. »Und weshalb bist du nun so traurig, Tristan?«

Trotz der schlichten Hose, die die Gesandte trug, waren ihm die überirdisch schönen Beine ins Auge gestochen. Er erinnerte sich daran, wie sie die Beine übereinander geschlagen hatte, und sein Atem wurde flacher. Tristan spürte, wie seine Haut zu brennen anfing, wie die Hände ins Zittern gerieten, und er schämte sich für die Wunschvorstellung, dass die andere an Prudences Stelle bei ihm läge.

»Weil ich diesem Kriegsherrn nicht traue. Ich ... ich glaube, er plant einen Angriff auf uns, jetzt ... jetzt, da die Bolg angeblich vereint sind.«

Prudence richtete sich auf, presste die vor Schweiß glänzende Brust an die seine und schlang die Arme um ihn. Sie bewegte sich genau so, wie er es gern hatte, wie es zwischen ihnen seit Jahren der Vertrautheit eingespielt war. Aber aus irgendeinem Grunde war heute Nacht alles anders. Unter der gewohnten Oberfläche machte sich ein stärkeres, dunkleres Drängen bemerkbar.

Tristan griff in ihr Haar, was er sonst nur selten tat, wenn sie sich liebten. Er durchwühlte es, umwickelte die Finger mit ihren Locken.

Wie flüssiges Sonnenlicht, dachte er. Mit einer einfachen Schleife aus schwarzem Samt zusammengefasst. Allein seine Wut über ihre Worte hatten ihn davon abgehalten, über sie herzufallen und sie an den goldenen Locken mit sich zu Boden zu zerren.

»Und was gedenkst du nun zu tun, Tristan?«

Der Hohe Herrscher konnte nicht länger an sich halten. Er packte Prudence bei den Hüften, wälzte sich unter sie und ließ sie rittlings auf sich Platz nehmen. In der Hitze, die ihn umfing, spürte er das Feuer, das er in Rhapsodys Augen gesehen hatte und von dem ihm sonst nur in seinen leidenschaftlichsten Träumen eine Ahnung vermittelt war.

»Ich werde sie vernichten«, raunte er. »Ich werde ... alle Soldaten zusammentrommeln ... und sie gegen diese Bestien ... aufmarschieren lassen, dass keiner ... dieser elenden Bastarde übrig bleibt.« Inbrünstig, ungestüm presste er ihr seinen Mund auf die Lippen und benahm ihr den Atem.

Als er sich wilder und wilder gegen sie stemmte, löste sich Prudence von seinen Lippen, verkrallte beide Hände in seinen schweißnassen Haaren und hauchte ihm ins Ohr.

»Tristan?«

Er vermochte kaum einen Laut von sich zu geben. »Hhmmmmmm ... ja?«

»Wie ist der Name dieser Frau?«

»Pru ...«, keuchte er.

»Ihr Name, Tristan.«

»Rhapsody«, keuchte er in dem Moment, als das Feuer in ihm explodierte. »Rhapsody«, wiederholte er flüsternd und sank, erschlafft und beschämt, auf Prudence nieder.

Reglos lag er auf ihr, bis er allmählich wieder zu Sinnen kam und ihr Körper unter ihm kühler wurde. Als er es nicht länger vermeiden konnte, ihr in die Augen zu schauen, richtete er sich auf und suchte ihren Blick.

Der Ausdruck auf ihrem Gesicht war nicht der, den er erwartet hatte. Er war darauf gefasst gewesen, auf Ablehnung zu stoßen, sie in Verlegenheit zu sehen oder verletzt. Stattdessen zeigte sie sich gelassen und verständnisvoll.

»Verzeih mir, Prudy«, sagte er errötend.

Prudence drückte ihm einen Kuss auf die Wange und schlüpfte unter ihm zur Seite. »Du musst dich nicht entschuldigen, Liebster«, sagte sie, hob ihren Morgenmantel vom Boden auf und zog ihn an.

»Du bist mir nicht böse?«

»Warum sollte ich?«

Tristan fuhr sich mit der Hand durchs verschwitzte Haar. »Du wusstest Bescheid? Wie ist das möglich?«

Prudence trat vor das übergroße Fenster, zog den Vorhang beiseite und blickte hinaus in den weiten Himmel. Nach einer Weile drehte sie sich mit ernster Miene zu ihm um.

»Wir kennen uns schon so lange, Tristan. Erinnere dich: Ich war's, das kleine freche Kind der Küchenmagd, das sich mit dir vor deinem Vater in der Vorratskammer versteckt hat. Du langst mir mit deiner Hand schon fast seit vierzig Jahren unter den Rock. Ich weiß, ob du mich im Sinn hast oder jemand anderen.

Ich weiß, du liebst mich, und du weißt, dass ich dich liebe, immer lieben werde. Ich verlange nicht von dir, dass du mich begehrst; es reicht mir, von dir geliebt zu werden. Es ist mir im Übrigen gar nicht recht, wenn du aus Mitleid mit mir ins Bett gehst, wie die letzten Male ...«

»Das stimmt nicht«, fiel er ihr empört ins Wort.

»Ach, mach dir doch nichts vor. Ich weiß genau, dass du an eine andere Frau gedacht hast. Du bist seit kurzem selbst im Schlaf dermaßen heftig erregt wie seit über zehn Jahren nicht, wenn du mich im Sinn hattest. Es freut mich aufrichtig, dass du nicht von Madeleine geträumt hast. Ich dachte schon, du hättest dich womöglich in sie vernarrt. Sie ist eine Hexe, nebenbei bemerkt.« Prudence brachte mit ihrem Lachen auch Tristan zum Schmunzeln.

Sie trat vom Fenster weg und vor den Frisiertisch, wo sie vor seinen Augen den Morgenmantel ablegte und ihr Kleid anzog. Nachdem sie flüchtig mit einem goldenen Kamm durch die zerzausten Locken gefahren war, wandte sie sich ihm wieder zu.

»Lass dir noch eins sagen, Tristan: So sehr du auch nach ihr verlangen magst, verlier nicht den Kopf wegen dieser Frau und hüte deine Hand, die Rolands Zepter führt. Ich spüre, dass du aus Lust oder Wut, jedenfalls aus einer Laune heraus erwägst, die Gewalt eskalieren zu lassen. Tu es nicht, Tristan. Kriege, die einer Frau wegen angezettelt werden, führen auf geradem Weg ins Verderben.«

Tristan zeigte sich verwundert. »Mir scheint, ich höre nicht recht«, erwiderte er trotzig. »Wenn ich Rolands Soldaten ins Feld schicke, geht es mir einzig und allein um den Schutz der Provinzen und ihrer Bewohner. Ich kann nicht glauben, dass du mir zutraust, ich würde Krieg führen, um einer Frau zu imponieren.«

»Nein? Aber es könnte doch sein, dass du es ihrem Herrn heimzahlen möchtest, dafür, dass sie ihn und nicht dich erwählt hat. Und wenn das nicht der Grund ist, mag es verletzter Stolz sein. Wie auch immer, lass dich nicht zur Gewalt hinreißen.«

Wütend wandte sich Tristan von ihr ab. Es schmerzte ihn zutiefst, sie solche erniedrigenden Worte sagen zu hören – zumal sie womöglich sogar ins Schwarze trafen.

»Prudence?«

Als er sich nach ihr umdrehte, war sie verschwunden.

54

Mit dem Ende des Winters kam für die Bolg wie jedes Jahr eine Zeit der Angst. Sobald Tauwetter einsetzte, wurde eine Lotterie veranstaltet, das heißt, unter allen, auf die verzichtet werden konnte, wurden diejenigen ausgelost, mit denen die künstlichen, hastig aufgebauten Dörfer am Rand der Zahnfelsen bevölkert werden sollten.

Dieser alljährliche Tribut an den Bluthunger der Männer von Roland hatte Achmed mehr als alles andere davon überzeugt, dass die vermeintlich so primitiven Bolg im Grunde durchaus gewitzt waren. Ihr Auswahlverfahren, so grausam es auch sein mochte, wurde schon seit hunderten von Jahren erfolgreich praktiziert. Dass sich die Angreifer immer wieder aufs Neue täuschen ließen und dass der Gewinn einer solchen List die Verluste überwog, zerstreute all seine Zweifel bezüglich der Tüchtigkeit dieses Volkes. Nicht zuletzt gefiel ihm auch, dass bei dieser Auswahl nach Strich und Faden getrickst wurde.

Wie in jedem Jahr versammelten sich am ersten Tag nach Anbruch des Tauwetters alle Bolg in der Schlucht jenseits der Zahnfelsen. Sie waren ungewöhnlich still und verhalten. Bislang waren alle starken und einflussreichen Bolg von der Lotterie ausgenommen. Dass aber nun auf Geheiß des neuen Königs ausnahmslos alle erscheinen mussten, war für die Mächtigen ein Affront und Grund zur Beunruhigung. Die aber legte sich schnell, als Achmed seine Rede mit den Worten begann:

»Die Lotterie ist abgeschafft.« Ab sofort werde niemand mehr den Soldaten von Roland geopfert, sagte er, und die Frühjahrssäuberung eine ganz neue Wendung erfahren. Dann erläuterte er seinen Plan, dem am Ende alle begeistert zustimmten.

Vom Fenster seines Arbeitszimmers aus musterte Tristan Steward die im Hof versammelten Kämpfer, die zum rituellen Frühjahrsputz einberufen worden waren. Gewöhnlich ließ der Hofmarschall nie mehr als drei- bis vierhundert Rekruten oder einfache Soldaten antreten. Weil er, der Hohe Herrscher, indes verfügt hatte, dass alle Soldaten am diesjährigen Feldzug teilnehmen sollten, drängten sich nun auf dem relativ kleinen Hof fast zweitausend Mann.

Stephen Navarne blickte mit Unbehagen auf die Menge herab. Er hatte dem Vetter dessen Vorhaben auszureden versucht, sich aber bloß Schelte eingehandelt, und zwar nicht nur von Tristan, sondern auch von Quentin Baldasarre, dem Regenten von Bethe Corbair. Ihrman Karsric, der Herzog von Yarim, hatte seine Meinung für sich behalten.

Es klopfte an der Tür; der Hofmarschall Rosentharn trat ein.

»Eure Hoheit?«

»Ja?« Tristan zeigte sich überrascht. Normalerweise blieb Rosentharn so kurz vor dem Ausrücken bei seinen Truppen und ließ sich nur dann vor dem Regenten blicken, wenn es etwas Außergewöhnliches zu melden gab, was selten genug der Fall war.

»Ich ersuche Euch untertänigst, ein klares Wort an die Männer zu richten, Hoheit. Nicht wenige hegen Zweifel am Sinn des Einsatzes. Die Moral ist denkbar schlecht, so schlecht, dass ich um den Erfolg der Mission fürchte.«

»Wirklich? Und wie ist das zu erklären?«

Der Hofmarschall hüstelte. »Nun, Hoheit, wie Ihr wisst, werden für die Säuberungen in den Bolg-Gebieten sonst nur Rekruten oder solche Soldaten eingesetzt, die es zu disziplinieren gilt. Jetzt sind aber auch verdiente Kämpfer einberufen worden, die sich natürlich nach dem Grund fragen.«

»Schon einer so frechen Frage wegen sollten sie tatsächlich diszipliniert werden«, meinte der Herzog von Bethe Corbair. »Meine Männer würden es nicht wagen, die Befehle ihres Kommandanten in Frage zustellen.«

»Ach, tu mir doch einen Gefallen, Quentin«, blaffte der Herrscher von Roland, »und behalte deine Ansichten für dich. Wo sind denn deine Männer? Du hältst es ja nicht mal für erforderlich, dass sie an unserer Aktion teilnehmen. Und das ist nun wirklich allerhand, bedenkt man, dass es um die Grenzsicherung vor allem deiner Länder geht. Ich glaube, ich sollte die Besteuerung deiner Provinz neu überdenken, damit so kostspielige, euch zuliebe durchgeführten Manöver auch in Zukunft finanziert werden können.«

»Aber dein Heer wird doch schon jetzt von unseren Steuern unterhalten«, unterbrach der Herzog von Yarim. »Wenn du uns von Einsatz zu Einsatz immer wieder neu veranlagen willst, werden wir darüber nachdenken müssen, ob es sich überhaupt noch lohnt, mit dir gemeinsame Sache zu machen. Meine Truppen werden mit einer solchen Aufgabe notfalls auch allein fertig.«

»Es fragt sich, ob wir diesen Krieg überhaupt wirklich führen müssen«, gab Stephen Navarne zu bedenken. »Wie schon erwähnt: Die Leute, gegen die du vorgehen willst, haben mit den Bolgführern von einst nichts mehr gemein. Sie sind ausgesprochen gebildet und sehr stark. Darum rate ich noch einmal von der geplanten Invasion ab. Stattdessen sollten wir mit der Gegenseite ein Friedensabkommen aushandeln. Vielleicht können wir neue Handelspartner dazugewinnen.«

Der Hohe Herrscher von Roland blickte seinen Vetter ungläubig an. »Bist du verrückt?«, fragte er in einem Tonfall, der erkennen ließ, dass er die Antwort schon kannte. »Mit den Bolg Geschäfte machen? Kein Wunder, dass ich dich vor deinen aufständischen Bauern in Schutz nehmen musste. Und jetzt geht mir aus dem Weg!« Er scheuchte seine Mitregenten beiseite und eilte mit dem Hofmarschall nach draußen.

Achmed sah sie kommen – seiner Schätzung nach zweitausend Mann. Grunthor kam zu einem ähnlichen Ergebnis.

»Eine vollständige Brigade und drei oder vier Kohorten«, meldete der Bolg-Kommandant. »Das sollten wir, wie ich meine, als Kompliment verstehn.«

»Dann sollten wir uns auf passende Weise erkenntlich zeigen«, antwortete der König. »Rhapsody, es wäre gut, wenn ihr, du und Jo, euch aus dieser Sache heraushalten würdet.«

»Warum?«, maulte Jo. »Wozu habe ich wochenlang mit Pech und Schwefel zu kämpfen gelernt? Ich bin richtig gut geworden. Wehe, wenn diese stinkigen Übungen umsonst gewesen sein sollten.«

»Wie du willst«, entgegnete Achmed.

»Braves Mädchen«, flüsterte Grunthor anerkennend.

Rhapsody seufzte. »Dieser Tristan Steward ist ein Narr. Nun, ich habe ihn gewarnt, aber dass er nicht besonders helle ist, wurde mir schon bei der ersten kurzen Begegnung klar. Es ist eine Schande, dass so viele Soldaten für seine Dummheit büßen müssen.«

»Diese Schande ist so alt wie der Krieg selbst«, philosophierte Achmed. »Aber sieh's von der positiven Seite. Wenn wir nur überzeugend genug agieren, wird er, wenn er denn noch einen kleinen Rest an Verstand hat, in Zukunft von solchen Abenteuern absehen.«

Grunthor rieb sich die Hände. »Meine Truppen können's gar nich mehr abwarten, Überzeugungsarbeit zu leisten.«

»Also dann, auf in den Kampf«, sagte Achmed und gab seinem Pferd die Sporen. Von den anderen gefolgt, ritt er über das Schanzwerk auf die grenznahen Klippen zu.

Das Gefecht dauerte weniger als eine Stunde. Anstatt wie gewohnt die schwachen, alten und kranken Verlierer der alljährlichen Lotterie vorzufinden, trafen Rolands Soldaten auf die von Grunthor persönlich ausgebildeten Elitetruppen der bolgischen Bergwart, die in den leeren Hütten auf der Lauer lagen.

Die Angreifer hatten zwei Pappkameraden geköpft und ein Pferd samt Reiter in einer mit kochendem Pech gefüllten Fallgrube verloren, ehe ihnen dämmerte, dass sie in einen Hinterhalt geraten waren. Aber an Flucht war schon nicht mehr zu denken. Wie von einer Explosion herbeigeschleudert, tauchten plötzlich aus allen Ecken und Felsklüften bewaffnete Bolg auf. Einem gewaltigen Erdrutsch gleich stürmten sie von den Hängen ins Tal und über die entsetzten Soldaten hinweg.

Es begann mit einem Hagel von faust- bis kopfgroßen Steinen, die, von Männern des Ylorc-Heeres geschleudert, auf die zahlenmäßig fünffach überlegene Brigade der Orlander niederprasselten. Als diese daraufhin in Panik gerieten, zogen die in den Hütten des Grenzdorfs versteckten Bolg-Kämpfer die Fallstricke, die unter den Staub des Talbodens gespannt worden waren. Unzählige Pferde strauchelten und stürzten und warfen ihre Reiter ab.

Mittlerweile war die Flutwelle der Verteidiger über jene Teile des fremden Heeres hereingebrochen, die zwar noch auf den Beinen, aber vor Schreck und Entsetzen wie gelähmt dastanden. Einige wenige langten hastig nach ihren Bögen. Die meisten jedoch waren nur mit Schwertern, Knüppeln oder Fackeln bewaffnet, die ihnen sogleich aus den Händen geschlagen wurden.

An den Rändern versuchten manche ihr Heil in der Flucht, gerieten aber nur in ein Inferno aus kochendem Pech, das ihnen in Fässern entgegengeschleudert wurde, abgeschossen von Katapulten, die ihnen, im Ausgang des engen Tals platziert, den Rückzug versperrten. Rhapsody stand dort, die Hände an die Ohren gepresst, um das schrille, manische Lachen von Jo auszublenden, die an der Seite Grunthors mit ihrem bronzenen Dolch die Halteseile der Wurfarme kappte.

Sie blickte zurück auf die Bolg, die Jahrhunderte lang Opfer grausamer Überfälle gewesen waren und sich nun mit ungeahnter Kampfkraft und mörderischer Entschlossenheit an ihren Feinden rächten. Später bemerkte Grunthor, dass er sich an eine wirkungsvoller ausgetragene Schlacht kaum erinnern könne.

Rhapsody starrte auf das Schlachtfeld und spürte, wie sich ihr der Magen umzudrehen drohte. Sie hatte auf eine Teilnahme am Kampf verzichtet und nicht einmal mit ihrer magischen Musik Schützenhilfe geleistet. Jetzt sah sie mit an, wie Achmeds Soldaten systematisch das Tals durchkämmten, den Gefallenen Waffen und Rüstungsteile abnahmen und die Toten nahe der Pechgrube zusammenlegten.

»Widerlich«, sagte sie nur.

»Keine Sorge, Gräfin, wir räumen auch wieder auf«, entgegnete Grunthor, der Jo beim Kragen gepackt hielt, um zu verhindern, dass sie sich an der allgemeinen Leichenfledderei beteiligte.

»Vielleicht wär's jetzt an der Zeit, dass du, Rhapsody, mit Jo zum Kessel zurückgehst«, schaltete sich Achmed ein, der die Opfer zählte und darauf aufpasste, dass von den Gefallenen keiner als Trophäe verschleppt wurde.

»Was, keine Beute?«, ärgerte sich Jo.

»Geteilt wird später«, antwortete Grunthor.

»Genau. Also komm jetzt«, sagte Rhapsody, die sich von Achmeds viel sagender Miene aufgefordert sah, möglichst schnell nach Hause zurückzukehren. Sie nahm Jo beim Ellbogen und führte sie davon.

Als die beiden verschwunden waren, wandte sich Achmed seinen Generälen zu, die im Hintergrund warteten.

»Die Kämpfer können sich jetzt den Bauch voll schlagen«, sagte er.

Eine Woche später erwachte der Hohe Herrscher von Roland, von einem seltsamen Geräusch geweckt, aus tiefsten Träumen.

»Tsk, tsk.« Neben dem Bett stand eine dunkle Gestalt, die Tristans Krone in den Händen hielt und sie zwischen schlanken Fingern langsam im Kreis drehte. Deren Gold und Edelsteine spiegelten das Licht der auf dem Nachttisch brennenden Kerzen, das wie helles Blut aus pulsierender Wunde auf die Wände ringsum zu spritzen schien.

Tristan Steward schreckte auf, doch die albtraumhafte Erscheinung löste sich nicht etwa als Spukgestalt in der Dunkelheit auf. Vielmehr warf sie ihm die Krone entgegen und flüsterte:

»Ein Mucks, und es wäre dein letzter.« Doch Tristan war ohnehin nicht imstande, einen Laut von sich zu geben, selbst wenn er gewollt hätte. Ihm schien immer noch nicht klar zu sein, ob er denn noch träumte oder tatsächlich schon bei Sinnen war.

Aus dem Schatten tauchte nun eine winzige Flamme auf, und der Hohe Herrscher sah, wie sich die bleichen, dünnen Hände in Bewegung setzten, um weitere Lichter anzuzünden.

Als es in der Schlafkammer genügend hell war, warf Achmed die Kapuze in den Nacken zurück und grinste, als er das Entsetzen im Gesicht des Prinzen sah. Er trat einen Schritt näher, setzte sich an den Rand des riesigen Bettes und strich mit der Hand über die seidene Decke.

»Steh auf!«, sagte er leise und zeigte auf die Sitzecke vor dem Fenster.

Tristan Steward gehorchte und erhob sich, am ganzen Körper zitternd. Weder seine bloßen Füße noch die Ledersohlen des schaurigen Gastes ließen auch nur das geringste Geräusch verlauten, als die beiden über den steinernen Fußboden auf die Stühle zugingen, die sich vor dem von Sternen übersäten Nachthimmel im Fensterausschnitt abzeichneten.

Tristan setzte sich und verschränkte die Arme in der Hoffnung, seine zitternden Hände bedecken zu können. Mit zunehmender Klarheit wurde ihm bewusst, dass sich das Unheil, das er zu erwarten hatte, von Sekunde zu Sekunde weiter zuspitzte. Insgeheim war er dankbar für die Dunkelheit, ahnte er doch, dass er den Anblick des fürchterlich entstellten Gesichtes seines Gegenübers bei hellem Tageslicht nicht würde ertragen können. Er rief all seinen Mut zusammen und versuchte, einen möglichst gelassenen Tonfall anzuschlagen.

»Wer bist du? Was willst du?«

»Ich bin das Auge, die Klaue, der Fersensporn und der Beuschel des Berges. Ich bin gekommen, dir zu sagen, dass dein Heer aufgerieben wurde.«

Dem Prinzen entfuhren gurgelnde Laute der Verwirrung anstelle verständlicher Worte, die ihm einfach nicht über die Lippen kommen wollten.

»Du hast zweitausend Mann ins Feld geschickt. Von denen wirst du nie mehr etwas hören außer dem, was ich dir sage.«

Zuerst schien er nicht richtig verstanden zu haben, aber dann zeigte er blankes Entsetzen. »Wo sind die Überlebenden? Was ist mit ihnen geschehen?«

»Der Berg hat sie verschüttet. Und jetzt hör mir aufmerksam zu. Falls es dir gelingt, noch eine Weile am Leben zu bleiben und unser Treffen geheim zu halten, wirst du in zehn Tagen ein Handels- und Friedensabkommen mit uns abgeschlossen haben. Du wirst uns in Person deine Aufwartung machen, denn die Initiative für dieses Abkommen geht von dir aus.

Meine Abgesandte wird dich in genau zehn Tagen an der bestehenden Grenze zwischen meinem Reich und Bethe Corbair erwarten. Bist du nicht pünktlich, rückt die Grenze mit jedem Tag ein Stück zurück. Wenn du aus irgendwelchen Gründen nicht reisen möchtest, brauchst du also nur zu warten. In etwa vierzehn Tagen würde die Grenze gleich hier durch deine Festung verlaufen.« Der Regent saß da mit weit aufgerissenen Augen, sagte aber nichts.

»Dies ist das einzige Angebot, dass ich dir – von König zu König – zu machen bereit bin. Schlag es aus, und du wirst sehen, wozu Ungeheuer imstande sind. Wir haben unsere Lektionen, die uns alljährlich im Frühling erteilt worden sind, gelernt.« Achmed stand auf, um zu gehen.

»Oh, noch etwas«, fügte er hinzu. »Vielleicht tröstet es dich zu wissen, dass meine lirinsche Sängerin deinen gefallenen Männern ein wunderschönes Grablied gesungen hat. Es war sehr ergreifend. Da sie nun schon eine Weile im Land der Bolg lebt, hat es Rhapsody mittlerweile in Sachen Requiem und Klagegesang zur wahren Meisterschaft gebracht.«

Schmunzelnd nahm er zur Kenntnis, dass das Gesicht des Regenten bei der Erwähnung ihres Namens scharlachrot anlief. Er rückte verschwörerisch näher und fügte hinzu: »Keine Sorge, sie ahnt nicht, dass sie es war, die den Anstoß für dieses Massaker unter deinen Leuten gegeben hat. Dass es durch sie dazu kommen musste, war mir natürlich klar. Weshalb hätte ich sie sonst wohl zu dir geschickt?«

Dem Hohen Herrscher kam die Galle hoch. »Das Ganze war also eine abgekartete Sache«, krächzte er.

»Nun, vergiss nicht, du hast einen nicht unwesentlichen Anteil daran gehabt, mein Lieber. Du bist ein Mann freien Willens. Wenn es dir aufrichtig um Frieden gegangen wäre, hättest du meine Abgesandte gewiss mit offenen Armen begrüßt und mein Angebot angenommen.«

Urplötzlich war das Lächeln aus Achmeds Gesicht verschwunden. »Ein Mann, der einer anderen Frau gegenüber nicht ausschließlich ehrenvolle Absichten hegt – insbesondere dann, wenn er verlobt ist –, ist auch als Nachbar nicht besonders vertrauenswürdig. Dass du, um ihre Aufmerksamkeit zu erregen, das Leben von zweitausend Männern aufs Spiel gesetzt hast, wird dir hoffentlich eine Lehre gewesen sein. Lass es nicht noch einmal so weit kommen.« Er wandte sich um und ging zur Tür. »Ich lasse dich allein, damit du nun in Ruhe dein Amt verrichten kannst«, sagte er noch.

»Was für ein Amt?«

Der Firbolg-König warf einen Blick über die Schulter zurück und lächelte. »Du wirst doch sicherlich für deine Männer eine Mahnwache abhalten wollen.« Die Schatten regten sich noch einmal, und dann war Achmed verschwunden.

Am Morgen des zehnten Tages kreuzte eine Reitergruppe aus Roland am Horizont der Steppe auf. Rhapsody und die Wachsoldaten in ihrer Begleitung warteten. Sie hatte Wert darauf gelegt, dass keines der von ihrem Kommando gerittenen Pferde aus den Reihen der geschlagenen Truppen des Gegners stammte. *Ein bisschen Taktgefühl steht auch uns gut an,* hatte sie zu Achmed gesagt. Jetzt lächelte sie unwillkürlich, als sie den Hohen Herrscher von Roland unter den Reitern erkannte und sich an den unfreundlichen Schlagabtausch mit ihm vor wenigen Wochen erinnerte.

Die fünf Männer in seiner Begleitung trugen einfache Reitkleidung und wollende Umhänge; offenbar wollten sie möglichst unerkannt bleiben. Rhapsody war ähnlich schlicht gekleidet – entgegen Achmeds Vorschlag, der sie gern in prunkvollstem Staat gesehen hätte, was ihr aber ganz und gar unangemessen vorgekommen wäre.

Außer Tristan Steward und zwei bewaffneten Wachen bestand die kleine Gruppe noch aus dessen Vetter Stephen Navarne, der Rhapsody mit freudigem Lächeln entgegenblickte, und einem weiteren Mann, der dem Hohen Herrscher auffallend ähnlich war, allerdings ein paar Jahre jünger zu sein schien. Er trug einen gehörnten Helm und ein schweres goldenes Amulett, das ihn als Geistlichen auswies. Rhapsody glaubte in ihm jenen Seligpreiser wiederzuerkennen, dessen Diözese aus den Nordprovinzen Canderre und Yarim bestand und den sie auf einem der Porträts in der Feuerbasilika gesehen hatte.

Der Herrscher über Roland zügelte seinen walnussbraunen Wallach und stieg aus dem Sattel. Offenbar hatte er es eilig, die für ihn so unangenehme Angelegenheit hinter sich zu bringen. Er hatte alle anderen Möglichkeiten in Gedanken durchgespielt und war zu der frustrierenden Einsicht gelangt, dass an dem verlangten Abkommen kein Weg vorbeiführte. Sein Vorschlag einer Invasion des Feindeslandes war von den anderen Herzögen entschieden zurückgewiesen worden.

Das benachbarte Sorbold, ein friedliebender Rivale und Handelspartner, hatte – nicht zuletzt unter dem Eindruck der vernichtenden Niederlage des orlandischen Heeres – ebenfalls kein Interesse daran, Krieg gegen die Bolg zu führen; im Gegenteil, man hoffte, den neuen Kriegsherrn als Freund zu gewinnen, und erklärte, dass man schon seit langem den Wunsch hege, mit den Bolg Handel zu treiben.

Tristan Steward sah die Gesandte der Bolg von ihrem Pferd steigen und herbeikommen. Wie von ihm befürchtet und insgeheim erhofft, war es die Frau, der er vor einigen Wochen die kalte Schulter gezeigt und die er seitdem vergeblich aus seinen Gedanken zu vertreiben versucht hatte. Er war auf ihren Hohn gefasst, wurde aber stattdessen mit freundlichem Lächeln willkommen geheißen.

»Guten Tag, Eure Hoheit«, sagte sie und verbeugte sich. »Euer Erscheinen ehrt uns.« Ihre Stimme war ohne jeden Sarkasmus, und als er in ihre Augen blickte, spürte der Hohe Herrscher von Roland, wie ihm vor Lust und Verlangen die Knie weich wurden. Er musste sich selbst Gewalt antun, um der ihm hier und jetzt abverlangten Aufgabe gerecht zu werden.

»Meine Dame, erlaubt, dass ich Euch meinen Bruder, Seine Gnaden Ian Steward, den Segner von Canderre-Yarim, vorstelle.

Rhapsody verbeugte sich über den ihr entgegengestreckten Siegelring. »Euer Gnaden.«

»Meinen Cousin, den Herzog Stephen Navarne, kennt Ihr ja bereits, wenn ich richtig informiert bin.«

»So ist es. Wie geht es Euch, mein Herr?«

»Danke, sehr gut. Es freut mich, dich zu sehen.«

Rhapsody lächelte. »Ganz meinerseits.«

Sie nickte ihrer Leibgarde zu, worauf zwei der zwölf Soldaten einen Tisch und Stühle herbeiholten. Die beiden Bolg grinsten angesichts der orlandischen Herren, die von der monströsen Gestalt ihrer Gegenüber sichtlich beeindruckt waren.

Als sich die beiden Kolosse diskret zurückgezogen hatten, räusperte sich Tristan Steward und sagte: »Nun, wir haben ein paar Dokumente mitgebracht, die Ihr bitte begutachten möget. Da wäre zunächst der Entwurf für ein Handelsabkommen, der von der zuständigen Kammer in Bethania bereits abgesegnet wurde und somit auch die Zustimmung aller einschlägigen Stellen in den Provinzen finden dürfte. Er entspricht in allen Einfuhrbestimmungen und Zolltarifen den Verträgen, die auch für den Handel mit unseren langjährigen Geschäftspartnern im Ausland gelten, ja sogar für den Handel zwischen den Provinzen.«

»Ich fürchte, das wird nicht genügen«, antwortete Rhapsody freundlich. »Wir fordern, dass in den ersten zehn Jahren überhaupt keine Zölle erhoben werden – als Zeichen des guten Willens, denn Roland will doch gewiss die junge Wirtschaft der Firbolg nach Kräften unterstützen, nicht zuletzt um die seit Jahrhunderten willkürlich begangenen Zerstörungen zu reparieren, die Roland unter der Führung von Bethania in Ylorc angerichtet hat.«

Wie auf Kommando klappten drei Kinnladen herunter. Stephens Ausdruck wechselte schnell in ein Schmunzeln über, doch der Regent und der Segner schnitten eine weniger freundliche Miene.

»Ihr scherzt«, sagte der Hohe Herrscher von Roland. »Auf Zölle verzichten? Was für einen Sinn hätte es dann, überhaupt noch Handel zu betreiben?«

»Nennen wir es freien Warenverkehr, Hoheit«, antwortete Rhapsody. »Den fairen Tausch von Gütern, Währungen oder Dienstleistungen. Wie auch immer, König Achmed wird nie und nimmer bereit sein, Abgaben zu zahlen, mit denen Heere unterhalten werden, die seine Untertanen aufs Grausamste unterdrückt haben. Andererseits würde er es als eine Geste Eurer wahren Friedensbereitschaft werten, wenn Ihr auf Zölle verzichtet.«

»Ich bin gern dazu bereit«, sagte Herzog Stephen und ignorierte die strafenden Blicke der beiden orlandischen Brüder. »Das kann ich für Navarne so verfügen, denn es ist ja geltender Brauch, dass die Provinzen ihre Zölle selbst festsetzen, nicht wahr, Tristan?«

»So ist es«, knurrte der Hohe Herrscher von Roland.

»Nun, Navarne schuldet der königlichen Exzellenz von Ylorc seine Dankbarkeit für die selbstlose Rettung der Kinder seiner Provinz. Man darf wohl außerdem davon ausgehen, dass die cymrische Linie von Roland nicht weniger glücklich und dankbar für die Befreiung des Hauses der Erinnerung und der Restauration seines Baumes ist.« Er zwinkerte Rhapsody heimlich zu.

»Ich schlage also vor, Tristan, du entscheidest für Bethania und lässt den anderen freie Hand. Wie die anderen Provinzen entscheiden werden, glaube ich voraussehen zu können: Sie werden gern bereit sein, ihre Einfuhrzölle allein schon gegen die Chance einzutauschen, firbolgsche Waffen zu Gesicht zu bekommen.«

»Da könntest du sogar Recht haben. Also gut, es wird vermutlich nicht schaden«, gab Tristan Steward klein bei.

»Ausgezeichnet, vielen Dank«, sagte Rhapsody und zeigte ein strahlendes Lächeln. Ungeachtet der lüsternen Blicke, mit denen sie taxierte wurde, ergänzte und unterzeichnete sie den Vertrag. »So, und was hätten wir als Nächstes?«

Der Hohe Herrscher entrollte ein weiteres Schriftstück. »Unter der Voraussetzung einer Nichtangriffserklärung auf Seiten von Ylorc und der Erlaubnis, die Gefallenen der jüngsten Schlacht in ihre Heimat überführen zu lassen, erklärt sich Roland als vereinigtes Königreich bereit, sich in Zukunft aller unrechtmäßigen feindlichen Handlungen gegenüber Ylorc zu enthalten.«

Rhapsody schüttelte den Kopf, zeigte sich aber weiterhin freundlich.

»Dem kann ich nicht zustimmen«, sagte sie. »Es gibt keine Toten mehr, die überführt werden könnten. Es ist, als wäre Euer Heer spurlos im Meer versunken, Hoheit. Lasst die Geschichte ihr Andenken bewahren und vergesst die sterblichen Überreste.«

Sie beugte sich vor und ergänzte, verschwörerisch flüsternd:

»Unter uns, die Schlacht hat keine Viertelstunde gedauert. Danach schien es, als wäre nichts passiert.

Zurück zu Eurem Entwurf: Das Wort ›unrechtmäßig‹ gefällt mir nicht. Das, was Roland jahrhundertelang als rechtmäßig angesehen hat, ist vor kurzem noch einmal in aller Scheußlichkeit deutlich geworden. Nein, die gegenseitige Nichtangriffserklärung muss uneingeschränkt gelten und von beiden Regenten unterzeichnet werden.

König Achmed garantiert seinen Nachbarn friedliche Koexistenz und verlangt im Austausch von der Führung Rolands eine entsprechende Garantie. Jede Verletzung des Vertrages käme einem Wortbruch gleich und würde als Kriegshandlung gewertet werden. Der Aggressor müsste als Strafe dafür ein Zehntel seines Territoriums abtreten. Wie fändet Ihr das?« Angesichts der entsetzten Gesichter ihrer Verhandlungspartner musste sie sich ein Lachen verkneifen.

»Wäre das nicht ein wenig übertrieben?«, fragte der junge Segner von Canderre-Yarim. »Und überhaupt, wer hätte Interesse an einem Zehntel von Ylorc?«

Rhapsody lachte laut auf. »Euer Gnaden, wie köstlich, Euer Einwurf, der gewiss ehrlich gemeint, aber für einen so frommen Mann, wie Ihr es seid, nicht gerade schicklich ist. Eine solche Strafklausel kann doch wohl nicht schrecken, wenn die Absichten Rolands ehrenvoll sind, woran ich keinen Zweifel hege, und der Hohe Herrscher fest zu seinem Wort steht, wovon ich gleichfalls ausgehe.

Und was den Wert von Ylorc betrifft: Ich muss wohl nicht daran erinnern, dass es einst der Stammsitz der Cymrer war, der Ort, an dem Eure Vorfahren ihre Macht entfaltet haben?! Es wäre ein Fehler, nur den äußeren Schein zu bewerten, Euer Gnaden. In diesen Bergen leben ebenso viele Kinder des Allgottes wie in Eurer Diözese, vielleicht sogar mehr. Und damit erübrigen sich wohl alle weiteren Fragen nach dem Wert dieses Landes, oder?«

»J-ja«, stotterte der Segner, der, vom Hohem Herrscher mit finsteren Blicken bedacht, die Schultern einzog. »Aber sie hat Recht, Tristan. Das ist ein gerechter Vorschlag.«

Wütend griff der Hohe Herrscher nach der Feder und kratzte

seine Unterschrift auf das Pergament. Als er damit fertig war, nahm Rhapsody ihm, um selbst zu unterzeichnen, die Feder aus der Hand und spürte seine Finger zittern. Seine bleichen Wangen liefen rot an.

»Damit kämen wir jetzt zu meinem Teil«, sagte der Seligpreiser und rollte ein letztes Schriftstück auseinander. »Die Bolgländer haben traditionsgemäß immer zur Diözese von Bethe Corbair gehört. Mit diesem Dokument bietet Lanacan Orlando, das Kirchenälteste von Bethe Corbair, den … äh … Bewohnern von Ylorc geistlichen Zuspruch und die Mitgliedschaft in seiner Diözese an.

Der Segner von Bethe Corbair erklärt sich bereit, auf dem Boden Ylorcs Gemeinden einzurichten und mit Priestern auszustatten, wofür natürlich Steuern abzuführen wären.«

Er schaute nervös in die Runde. Dieser Vorschlag war der heikelste, denn die Länder der Bolg grenzten auch an Sorbold und damit an eine andere Diözese, die dem Patriarchen unterstellt war. Falls sich Ylorc dieser Diözese anschlösse, wären die Machtverhältnisse innerhalb Rolands auf prekäre Weise verschoben.

Rhapsody lächelte wieder. »Vielen Dank, Euer Gnaden. Auf diesen Punkt war ich gar nicht vorbereitet. Wem die Firbolg ihre religiöse Loyalität zu übertragen wünschen, ist eine Frage, dich ich nicht beantworten kann. Sie haben eine eigene Religion und ihre Schamanen. Mag sein, dass sie sich für Eure Kirche interessieren oder für die Religion von Gwynwald. Wie auch immer, darüber kann ich nicht befinden.

Es wäre wohl das Richtige, wenn Ihr, oder der Kirchenälteste von Bethe Corbair, einen Gesandten schicktet, der sich über diese Fragen eingehend mit dem König unterhalten würde. Er hat mich beauftragt mitzuteilen, dass er ab Anfang nächsten Monats Eure Botschafter zu empfangen bereit ist.«

Der Seligpreiser nickte schweigend.

»Nun, meine Herren, wenn das alles ist, möchte ich Euch herzlich danken und noch einen guten Morgen wünschen.« Rhapsody erhob sich und gab ihren Wachen zu verstehen, dass sie Tisch und Stühle wieder wegräumen konnten, zumal auch die orlandischen Edelmänner inzwischen aufgestanden waren.

Sie steckte die Abschriften der Dokumente in ihre Tasche und wollte gerade gehen, als Herzog Stephen hinter ihr herrief: »So warte! Wir hätten noch ein paar Geschenke ... Die meinen sind ein Dankeschön des Volkes von Navarne und ein Andenken von deinen Enkelkindern, unter anderem ein kleines Bild von ihnen.«

Rhapsody strahlte übers ganze Gesicht. »Das ist aber lieb! Vielen Dank. Wie geht es Gwydion und Melisande?«

»Gut. Sie lassen schön grüßen und danken herzlich für die Flöte und die Harfe, die du ihnen geschickt hast. Und sie hoffen, dich bald wieder zu sehen.«

»Das hoffe ich auch. Gebt ihnen ein Küsschen von mir und sagt ihnen, dass ich, wie versprochen, jeden Tag an sie denke. Vielleicht werden sie mich eines Tages besuchen kommen.«

»Vielleicht«, antwortete Stephen und wich den ungläubigen Blicken seiner Vettern aus. »Alles Gute dir.«

Er trat einen Schritt zurück, um die Wachsoldaten passieren zu lassen, welche die von den beiden anderen Edelmännern mitgebrachten Truhen zu Rhapsodys Pferden schleppten, drückte ihr einen Kuss auf die Hand, stieg in den Sattel und ritt in Richtung Westen davon. Die anderen folgten ihm dichtauf.

Am Rand des Feldes hielt der Hohe Herrscher von Roland noch einmal an, drehte sich um und hob winkend die Hand. Rhapsody lächelte und verbeugte sich respektvoll wie bei ihrer ersten Begegnung. Sein ernstes Gesicht heiterte sich sichtlich auf. Dann gab er seinem Pferd die Sporen und galoppierte davon.

»Für ein Bauerntrampel hab ich mich doch ganz gut geschlagen, Llauron, oder?«, sprach sie mit sich selbst, als sie auf ihre Stute zuging. Einem Soldaten, der an einer der Truhen herumfingerte, schlug sie auf die Hände und sagte: »He, Finger weg! Das sind meine Geschenke.«

55

»Lass mir doch bitte auch was übrig! Gleich ist nichts mehr da.«

»Willst du das Zeugs etwa einkellern? Und was beschwerst du dich? Ich teile doch.«

»Ja, eins für mich, sechs für dich ...«

»Ein Kümmerling wie du braucht schließlich nicht mehr.«

»Sieh dich vor«, sagte Rhapsody und scheiterte bei dem Versuch, eine ernste Miene aufzusetzen. »Komm, gehen wir über zehn Runden mit Keule und Kette, dann werden wir sehen, wer von uns beiden der Kümmerling ist.«

Jo verzog das Gesicht. »Keule und Kette?«, fragte sie in aufgesetzt verächtlichem Ton, wischte mit dem Handrücken den Schokoladenschmier vom Mund und griff ein weiteres Mal in die mit Konfekt gefüllte Schachtel. »Albernes Spielzeug. Da halte ich mich lieber an meinen Dolch.«

Rhapsody schmunzelte und langte gezielt nach dem letzten Stück Schokolade. Doch Jo schnappte ihr die Leckerei unter den Fingern weg und steckte sie blitzschnell in den Mund.

»Zugegeben, ein Dolch ist die elegantere Waffe«, sagte Rhapsody und begnügte sich mit einem Stück Dörrobst. »Aber wenn du Abstand halten musst, nützt er dir wenig. Was hältst du von diesem Bonbon?«

»Hmmm, seeeehr llllecker«, antwortete Jo mit vollem Mund. Sie nahm die geleerte Zwischenlage aus der Schachtel und begutachtete das Sortiment der nächsten Lage. Dann wühlte sie darin herum, und was ihr nicht auf Anhieb zusagte, landete im Bett oder auf dem Boden. »Aber ich habe immer noch den ekligen Geschmack dieses Gegengifts im Mund. Mal ehrlich, wer käme denn auf die Idee, Gift in ein Geschenk zu tun, mit dem er einem König gefallen möchte?«

Rhapsody lachte und zog die Stirn kraus. »Wir sprechen hier nicht von irgendeinem König, sondern von Achmed. Tatsächlich wundert es mich, dass die Pralinen nicht voller Säure sind.«

»Ist das auch der Grund, warum du diese hübschen Granatohrringe nicht tragen willst, die dir der Seligpreiser von Avonderre-Navarne geschenkt hat?«

»Nein, die sind mir einfach viel zu protzig. Zugegeben, in Sachen Schmuck bin ich ziemlich wählerisch. Ich trage nicht viel, aber es muss geschmackvoll sein.«

Jo stopfte sich noch eine Süßigkeit in den Mund. »Bis auf diesen einen Tag in Bethe Corbair habe ich dich noch nie etwas anderes tragen sehen als dieses Ding da«, nuschelte Jo und zeigte auf das goldene Medaillon, das Rhapsody an einer dünnen Kette um den Hals hing. Rhapsody nahm es in die Hand und betrachtete es eine Weile, sagte aber nichts.

»Auf jeden Fall hat dieser Fürst MacAlwaen einen guten Geschmack, was Dinge angeht, die lecker schmecken«, sagte Jo und packte eine der karamelisierten Nüsse aus.

»Er ist ein Baron. Seine Länder liegen südlich von Sepulvarta«, sagte Rhapsody und streckte sich auf dem Fußboden aus. »Pass auf und beiß dir nicht die Zähne daran aus. Ich glaube, seine Geschenke sind pure Höflichkeit. Er hat von Ylorc ohnehin nicht viel zu erwarten, weder im Guten noch im Schlechten.«

»Als ließe sich Achmed mit Süßigkeiten kaufen.«

»Nun, er hat uns noch etwas anderes übergeben lassen, und zwar ein ziemlich schlau ausgewähltes Geschenk, womit er uns dezent zu verstehen gibt, dass er der neuen Führung der Firbolg durchaus einiges zutraut.«

»*Dezent*? Was zum Kuckuck soll das denn nun wieder heißen?«

»Unter der Hand, unauffällig. Ist da noch Nougat?«

»Jetzt nicht mehr«, kicherte Jo. Sie warf das letzte Stück in die Luft und fing es mit dem weit aufgesperrten Mund auf. » ... ist unauffällig unter der Hand verschwunden.«

»Metze!« Rhapsody schmunzelte. Es freute sie, Jo lachen zu

sehen. »Ich glaube, das für dich bestimmte Geschenk werde ich selbst behalten.«

Jo merkte auf. »Geschenk? Was für ein Geschenk?«

»Nun, ich dachte, dass du bei all den Geschenken, die für Achmed eintreffen, auch eine Kleinigkeit verdient hättest. Aber nachdem du diese Schachtel hier so rücksichtslos geplündert hast ...«

Ehe sie den Satz zu Ende gebracht hatte, hatte ihr Jo schon eine wahllos herausgegriffene Süßigkeiten in den Mund gestopft. Eine getrocknete Pflaume. Beide mussten prusten vor Lachen.

»Na schön, ich geb mich geschlagen«, sagte Rhapsody. Sie stand auf und schüttelte die Krümel von ihrem langen Nachthemd. Dann trat sie vor den hohen Schrank, der auf einem Karren von Bethania herbeitransportiert worden war, und zerrte eine große Holzkiste daraus hervor. Die schleifte sie über den Boden bis ans Bett und präsentierte sie der Freundin mit einem eleganten Hofknicks. Jo riss den Deckel so schwungvoll auf, dass die als Verpackungsmaterial aufgefüllten Holzspäne durch die Kammer flogen.

Obenauf fand sie eine Vielzahl in steifes Papier eingeschlagener, kleiner flacher Scheiben mit einem metallenen Dorn in der Mitte. Rätselnd blickte sie zu Rhapsody auf und sagte dann mit süßlicher Stimme: »O wie schön, genau das, was ich mir schon immer gewünscht habe – Fallen für Kakerlaken.«

Rhapsody lachte. »Da ist noch mehr drin.« Sie schaute Jo dabei zu, wie sie mit den Armen tiefer in die Truhe eintauchte und eine Hand voll Wachskerzen unterschiedlicher Größen und Farben zum Vorschein brachte. »Da du keine Feuerstelle in deiner Kammer hast, dachte ich mir, dass dir damit geholfen sein könnte.«

»Da müssen an die tausend Stück drin sein«, staunte Jo und sah sich eine dieser Kerzen von nahem an. »Ich habe nie mehr als einen Stummel besessen, und der war nur für den Notfall gedacht. Hab ich einem toten Soldaten aus der Tasche gezogen.« Vorsichtig legte sie die Kerze zurück. »Danke, Rhapsody«, sagte sie mit einem sonderbaren Ausdruck im Gesicht.

»Keine Ursache«, antwortete Rhapsody, gerührt von Jos Miene. Sie hatte den Eindruck, sich selbst in jüngeren Jahren gegenüberzustehen. »Horte sie nicht, gebrauche sie. Wir können jederzeit mehr davon haben. Ich will, dass es um dich herum heller wird, als es bislang war.«

»Weshalb du mich wohl auch in einen Berg geführt hast, wo ich unter Firbolg lebe.« Jo schmunzelte. »Stecken wir doch gleich welche an.« Sie schwang sich aus dem Bett, und gemeinsam bugsierten sie die Kiste durch den Flur in Jos Kammer.

Als Jo die Tür öffnete, stieß Rhapsody einen spitzen Schrei aus. »Lieber Himmel, was ist denn hier passiert?«, fragte sie erschrocken. »Da ist anscheinend jemand in dein Zimmer eingebrochen und hat deine Sachen durchwühlt. Ich werde sofort Alarm schlagen ...«

»Was redest du da?«, fragte Jo irritiert. »Es ist doch alles in Ordnung – genau so war's, als ich das Zimmer verlassen habe.«

»Du machst Witze«, entgegnete Rhapsody mit Blick auf das heillose Durcheinander. »Das ist absichtlich so?«

»Natürlich«, antwortete Jo ungehalten. »Weißt du nicht, wie man wichtige Sachen am besten versteckt?«

»Offenbar nicht.«

»So, dass man den Wald vor lauter Bäumen nicht sieht«, sagte Jo und stakte, die Truhe hinter sich herziehend, durch das Wirrwarr am Boden. Sie sprang auf das zerwühlte Bett und machte sich daran, die Kerzen auf die kleinen metallenen Kerzenhalter zu stecken.

»Aber du selbst findest auch nichts wieder«, sagte Rhapsody und sah sich, halb entsetzt, halb amüsiert, im Zimmer um. »Du könntest hier verloren gehen, und wir würden dich nicht wieder finden.« Vorsichtig stieg sie über einen Berg schmutziger Wäsche und die Reste einer Mahlzeit hin zu einem kleinen Holztisch, auf dem sie Platz nahm, nachdem sie die Schuhe, die darauf lagen, von der Platte gewischt hatte.

»Sei nicht albern«, entgegnete Jo und reichte ihr ein paar Kerzen samt Halter. »Ich weiß ganz genau, was ich wo aufbewahrt habe. Soll ich's dir beweisen? Nenn mir ein Beispiel.«

»Ach, lassen wir's lieber.«

»Na los, nenn irgendwas, ich sag dir, wo es ist.«

Rhapsody sah sich in der Kammer um, widmete sich dann den

Kerzen und versuchte, eine ernste Miene zu wahren. »Also gut, wo sind deine Handgelenkshalfter?«

Jo warf ihr einen mitleidigen Blick zu und hob die Hände. »Ahem.«

»Nimmst du deine Dolche auch mit ins Bett?«, fragte Rhapsody erstaunt.

»Höchstens zwei«, antwortete Jo und versteckte die Messerscheiden wieder unter den Ärmeln ihres Nachthemds. »Die anderen liegen unterm Kissen versteckt.«

»Gütiger Himmel. Sei's drum, wo bewahrst du dein Geld auf?«

Jo musterte sie mit kritischem Blick.

»Verstehe«, sagte Rhapsody, »falsche Frage. Nehmen wir was anderes. Wo ist das Buch, das ich dir zum Lesenlernen gegeben habe?«

»Aha!«, triumphierte Jo. Sie sprang aus dem Bett und wühlte sich durch einen Berg aus Kartons, Mänteln und Konservendosen. Nachdem sie weiteres Gerümpel, das der Masse nach in etwa ihrem Körpergewicht entsprach, weggeräumt und mehrere Altkleidersäcke geleert hatte, hielt sie schließlich ein ziemlich ramponiertes Manuskript in den Händen. Sie blies den Staub vom Deckel und ließ es Rhapsody, überheblich lächelnd, in den Schoß fallen.

»Du bist, wie es scheint, eine sehr fleißige Schülerin«, frotzelte Rhapsody.

»Weiter. Frag mich noch was.«

»Nein, es reicht. Ich glaube dir, Jo.«

»Nun mach schon, Rhaps. Ist doch ein schönes Spiel. Frag weiter.«

»Also gut, wo ist deine saubere Unterwäsche?«

»Was verstehst du unter ›sauber‹?«

Rhapsody rümpfte die Nase. »Jetzt bitte ich dich aber. Das versteht sich doch wohl von selbst. Es gibt ›sauber‹ und ›nicht sauber‹. Was sonst?«

»Nun, da gäbe es noch halbwegs sauber«, sagte Jo, ohne mit der Wimper zu zucken. »Also zum Beispiel all das, was erst seit einem Monat oder so getragen wird.«

»Bitte, verschone mich mit weiteren Erklärungen«, flehte Rhapsody. »Du hast gewonnen, Jo. Ich bin von deinem Ordnungssystem vollauf überzeugt und werde es mir ganz bestimmt zu Eigen machen. Hauptsache, wir brechen das Suchspiel an dieser Stelle ab.«

»Wer von uns beiden hat denn hier die größere Macke?«, empörte sich Jo und stand auf. »Du regst dich doch schon auf, wenn deine Sachen nicht nach Farben geordnet sind und jedes Accessoire in seinem je eigenen Beutelchen verstaut ist. Verrate mir doch mal, wo ich meinen Kram unterbringen könnte?«

Rhapsody sah sich um. »Hattest du nicht eine Kommode?«

Joes Miene heiterte auf. »Das Spiel wird also doch fortgesetzt«, sagte sie und nahm Kurs auf einen großen Hügel, behängt mit Kleidungsstücken in verschiedenen Stadien der Verschmutzung. Mit schwungvoller Bewegung warf sie die Kleider auf den Boden und ließ eine Kommode darunter zum Vorschein treten. Darauf stellte sie nun vorsichtig mehrere Kerzen ab.

Rhapsody lupfte den Saum ihres Nachthemdes und bahnte sich einen Weg durch Jos angesammelte Schätze, bis sie die andere Seite der Kammer erreicht hatte, wo sie ein wenig aufzuräumen anfing, dabei aber so tat, als wollte sie nur ein paar Kerzen auf den großen Koffer stellen, der dort stand.

»Vielleicht ist das doch keine so gute Idee, Jo. Womöglich bricht uns hier noch ein Feuer aus.«

»Keine Sorge«, sagte Jo, die in der Kommode herumwühlte. »Ich werfe alles Zeugs in der Mitte auf zwei Haufen zusammen. Das müsste hinhauen.«

»Ja, und dann alles vorsätzlich in Brand stecken«, sagte Rhapsody. Sie berührte eine Kerze nach der anderen und konzentrierte sich auf das Feuer in ihrem Inneren. Die Dochte fingen an zu glühen und flammten plötzlich auf.

»Holla!«, rief Jo. »Alle Achtung. Wo ist dein Feuerstein? Und ich kann meine Zunderdose nirgends finden.«

Rhapsody kehrte auf die andere Seite der Kammer zurück, legte dem Mädchen, das um einiges größer war als sie, den Arm über die Schulter und berührte die auf dem Tisch stehenden Kerzen. Auch sie fingen an zu brennen. Jo folgte dem Schauspiel mit staunendem Blick und setzte sich dann wieder aufs Bett.

Die brennenden Kerzen brachten Glanz in die Kammer und wärmten die klamme Luft merklich auf. Das Durcheinander verschwand im Schatten, worauf plötzlich alles viel freundlicher und behaglicher aussah. Rhapsody hockte sich mit angewinkelten Knien auf den Stuhl und lächelte Jo zu.

»Na, wie gefällt dir das so?«, fragte sie und musterte die im Flammenschein funkelnden Augen des Mädchens.

Jo ließ sich mit der Antwort Zeit und schaute schweigend in die Runde. »Wundervoll«, antwortete sie schließlich. Das weiche Licht milderte ihre scharfen Züge. »Hell bei Nacht. Das kenne ich sonst nur von Quimsley, wo die Reichen von Navarne wohnen und in jeder Straße Laternen leuchten. Ich habe einmal dort in einer Ecke zu schlafen versucht, aber zuerst machen die Laternenanzünder ihre Runde, danach die Wachsoldaten, und wenn sie dich aufgreifen, geht's dir dreckig und du sehnst dich wieder danach, in einer dunklen, aber dafür friedlicheren Straße zu schlafen. Wie dem auch sei, es sieht hier in der Kammer jetzt wirklich sehr viel schöner aus.«

»Meine Mutter hat immer gesagt: Im Kerzenlicht wird die einfachste Hütte zum Palast«, sagte Rhapsody gedankenvoll. »Wie Recht sie damit hatte.«

»Ich wette, an eine solche Unterkunft, wie wir sie haben, hat sie damals bestimmt nicht gedacht«, sagte Jo und streckte sich, die Hände hinterm Kopf verschränkt, auf dem Bett aus. »Wahrscheinlich träfe sie der Schlag, wenn sie sehen würde, wie du wohnst.«

»Von wegen.« Rhapsody schmunzelte. »So leicht hat meine Mutter nichts umgehauen. Ihr ist viel Hässliches zugemutet worden, wovon sie aber nichts angenommen hat. Es war, als hätten in ihren Augen Kerzen gebrannt, die jedem Wetter standhalten konnten, ohne je ausgeblasen zu werden.«

Jo wurde still. Nach einer Weile zog sie einen Dolch unter dem Kissen hervor, setzte die Klingenspitze auf die Zeigefingerkuppe und balancierte die Waffe auf der ausgestreckten Hand. »Du hast deine Mutter bestimmt sehr lieb gehabt.«

Rhapsody schaute in die hell leuchtenden Flammen der Kerzen auf dem Tisch. »Ja.«

»Und sie hat dich natürlich ebenso lieb gehabt, nicht wahr? Welch ein Leben ... Du hast dich wahrhaftig nicht zu beklagen brauchen.«

Der bittere Tonfall in Jos Stimme war nicht zu überhören, aber Rhapsody nahm keinen Anstoß daran. »So ist es, Jo. Und trotzdem habe ich das alles aufgegeben.«

»Ach ja? Wie dumm von dir.«

»Ja, das war es in der Tat«, bekannte Rhapsody.

»Und was war der Grund dafür?«

Unwillkürlich fuhr Rhapsody mit der Hand an das Medaillon, das an der Halskette hing, und sagte, den Blick auf die Kerzen gerichtet, was sie bislang für sich behalten und niemandem anvertraut hatte.

»Eines Jungen wegen.«

»Oh.« Jo versuchte den Balanceakt jetzt mit der anderen Hand. »War's dein Erster?«

»Ja, und mein Letzter. Seitdem habe ich keinen anderen so geliebt wie ihn.«

Das Mädchen ließ den Dolch durch die Luft wirbeln. »Bist du mit ihm durchgebrannt?«

Rhapsody schlang die Arme um die Knie. »Nein. Ich bin losgezogen, ihn zu suchen. Hab ihn aber nirgends finden können. Er hat bekommen, was er von mir wollte, und sich anschließend aus dem Staub gemacht.«

»Und warum bist du nicht einfach zurück nach Hause gegangen?«

»Dieselbe Frage stelle ich mir tagtäglich.«

»Und jetzt kannst du nicht mehr zurück?«

»Nein, unmöglich.«

Jo lauschte gespannt, doch die Schwester sagte nichts. In Gedanken versunken, starrte Rhapsody unverwandt ins Kerzenlicht. Jo richtete sich schließlich auf und kratzte mit der Dolchklinge über den Stiefelrand.

»Und wie ist das so? Eine Mutter zu haben?«

»Hmmm? Oh, herrlich. In meinem Fall. Ich weiß allerdings

auch von anderen, dass sie ihre Mütter gehasst haben, und vermute, dass sie genau aus diesem Grund früh geheiratet haben, nur um möglichst schnell von zu Hause wegzukommen. Meine Mutter aber war eine ganz außergewöhnliche Person. Was wohl nicht zuletzt daher rührt, dass sie die einzige ihrer Art im ganzen Dorf war.«

»Ihrer Art?«

»Ja, sie war eine Lirin und hat als Einzige die Zerstörung ihres Langhauses überlebt. Als sie meinen Vater zum Mann nahm, musste sie sich von den Leuten etliche Gemeinheiten gefallen lassen, was sie aber ertragen hat, vornehm und mit Würde. Ich habe sie nie ein unfreundliches Wort über irgendeinen Nachbarn sagen hören, auch nicht über diejenigen, die ihr selbst gegenüber unfreundlich waren. Und wenn meinen Brüdern böse mitgespielt wurde, hat sie immer nur schlichtend eingegriffen. Als ich dann endlich zur Welt kam – ich war das sechste Kind und einzige Mädchen –, wurde sie von allen im Dorf geliebt.«

»Sie scheint ja wirklich was Besonderes gewesen zu sein.« Jos Stimme klang zurückhaltend.

»Für mich auf jeden Fall. In meinen schönsten Erinnerungen sitze ich mit ihr nach dem Abendessen vorm Kamin; sie bürstet mir das Haar, singt lirinsche Lieder und erzählt mir die alten Geschichten, damit sie nicht in Vergessenheit geraten und ich sie später einmal weitererzähle. Wir konnten über alles reden. Jedes Mal, wenn ich vor einem Feuer sitze, denke ich an sie, und das tröstet mich dann irgendwie. Sie ist, was ich am allermeisten vermisse.« Rhapsody wurde still, und es war, als hätte man das Flackern der Kerzen hören können.

Jo starrte auf die bewegten Schatten unter der Decke. »Immerhin hattest du eine Mutter, die dich wollte. Es hätte schlimmer kommen können.«

Aus ihren Träumen zurückgekehrt, sagte Rhapsody: »Erzähl mir von deiner Mutter, Jo.«

»Da gibt es nichts zu erzählen. Ich habe sie nie kennen gelernt.« Jo ließ den Dolch auf den Knöcheln der Hand hin und her wippen.

»Wie kannst du dann wissen, dass sie dich nicht wollte?«

Der Dolch fiel zu Boden; sie hob ihn auf. »Soll das eine Fangfrage sein? Wenn sie mich gewollt und lieb gehabt hätte, würde ich doch wohl auch wie du ein paar Tränen ihretwegen verdrücken und nette Dinge über sie sagen können, oder? Ich würde mich doch wenigstens daran erinnern können, wie sie ausgesehen hat, oder?« Verärgert und so, als ob sie ein Phantombild abzustechen versuchte, steckte sie den Dolch unter das Kissen zurück und verschränkte daraufhin wieder die Hände hinterm Kopf.

Rhapsody stand auf, kam zu ihr ans Bett und setzte sich zu ihren Füßen auf die Kante. »Wer weiß?«, sagte sie und versuchte Jos Blick einzufangen. »Du hast keine Ahnung davon, warum ihr getrennt worden seid. Vielleicht hatte sie keine andere Wahl.«

Jo fuhr in die Höhe. »Oder vielleicht war ich ihr zu lästig, ein Ärgernis, das sie nicht schnell genug los werden konnte. Du hast doch selbst keine Ahnung, Rhapsody. Schön, dass du eine gute Mutter hattest; das freut mich für dich. Aber tu mir bitte den Gefallen und erspare mir deine lieben, netten Worte. Sie helfen nicht.

Und außerdem: Es ist leichter zu glauben, dass sie mich nicht geliebt hat. Dafür kann ich sie hassen, ohne mich selbst schlecht fühlen zu müssen. Wieso also sollte ich etwas anderes glauben? So lange ich denken kann, bin ich allein, und daran ändert sich nichts. Am Ende ist es ganz egal, ob sie mich geliebt hat oder nicht.« Tränen der Wut stiegen ihr in die Augen.

Rhapsody nahm sie in den Arm und wiegte sie, als sie laut zu weinen anfing, streichelte über ihre Haare und stimmte ein Trostlied an, so leise, dass Jo es vor lauter Schluchzen gar nicht hörte.

Doch es dauerte nicht lange, und das Lied tat seine Wirkung. Jo beruhigte sich, barg das Gesicht aber weiterhin an Rhapsodys Schulter. Schließlich nahm die Sängerin ihren Kopf zwischen beide Hände und sagte: »Hör mir zu, Josephine Ungenannt. Es hat sich schon einiges verändert. Du bist nicht mehr allein und wirst es nie mehr sein. Ich habe dich gern. Wir gehören zusammen, und ich werde dafür sorgen, dass sich manches für dich bessert.«

Jo schniefte. »Was könnte sich für mich wohl bessern?«

»Vieles. Alles, was besser werden könnte. Und es macht sehr

wohl einen Unterschied: Deine Mutter hat dich geliebt. Etwas anderes wäre ihr gar nicht möglich gewesen. Nur zu, verzieh dein Gesicht und gifte mich nach Herzenslust an. An der Wahrheit ändert das nichts. Ich kann es dir nicht erklären, bin aber überzeugt davon, dass sie dich geliebt hat. Und jetzt ist sie nicht die Einzige, von der du geliebt bist.«

Jo sah ihr ins Gesicht und fing nach einer Weile zu lächeln an. Dann rückte sie ein Stück von Rhapsody ab. »Du scheinst dir ja wirklich allerhand einzubilden«, sagte sie scherzend. »Ich habe mit keinem Wort behauptet, dass mich *niemand* liebt.« Ein verschlagenes Grinsen überzog ihr Gesicht.

Rhapsody merkte auf. »Aha. Darf ich erfahren, auf wen du dich beziehst, hmmm? Hast du mir bislang etwas verheimlicht?«

»Nein«, sagte Jo und seufzte. »Ich bin mir noch nicht sicher, aber ich hoffe.«

»Und wer ist der Glückliche?«

Jo überkreuzte die Beine und drückte sich ein Kissen an den Bauch. »Ashe.«

»Wer?«

»*Ashe.* So heißt er.«

»Wer ist das?«

»O Mann, hast du denn schon so viel Kalk angesetzt? Ashe. Erinnere dich, das ist der mit den schönen Haaren, aus Bethe Corbair.«

Rhapsody war sichtlich perplex. »Jo, ich habe wirklich keinen blassen Schimmer. Wen meinst du?«

Jo verdrehte die Augen. »Du weißt doch, der Kerl mit dem ... na, du weißt schon ...« Vor Verlegenheit lief sie rot an im Gesicht.

Rhapsody rätselte noch immer, erinnerte sich dann aber vage an die Begegnung mit dem verhüllten Fremden auf dem Straßenmarkt.

»Ach der!«, platzte es aus ihr heraus. Schmunzelnd beugte sie sich vor und flüsterte verschwörerisch: »Jo, ich weiß aus zuverlässiger Quelle, dass so ziemlich jeder Mann einen Na-du-weißt-schon-was hat.«

»Miststück.« Jo schlug lachend mit dem Kissen auf sie ein, war aber immer noch verlegen. Rhapsody sah, dass Jo sich wieder gefangen hatte; statt sie zu necken, versuchte sie nun, sie zu ermutigen. »Woher weißt du, dass er schöne Haare hat?«, fragte sie. »Wenn ich mich recht entsinne, haben wir nicht einmal sein Gesicht gesehen. Er hatte eine Kapuze über den Kopf gezogen.«

»Kann sein, dass *du* es nicht gesehen hast. Ich hatte allerdings einen etwas anderen Blickwinkel ...«

»Das glaube ich dir gern«, lachte Rhapsody und handelte sich damit einen weiteren Rüffel mit dem Kissen ein.

»Als er mich vom Boden aufgehoben hat, habe ich einen kurzen Blick unter die Kapuze werfen können. Er hat Haare wie Kupfer, und ich meine nicht das stumpfe Braun von Münzen. Es glänzt vielmehr wie die polierten Töpfe, die der Kesselflicker an seinem Stand ausstellt. Und seine Augen sind unglaublich blau. Mehr hab ich nicht gesehen, nur die kupfernen Haare und die kristallblauen Augen. Aber das hat gereicht«, sagte sie und ließ einen übertriebenen Seufzer verlauten.

»Gütiger Himmel, Jo, stell dir vor, das wäre wirklich schon alles, was er zu bieten hätte«, entgegnete Rhapsody in aufgesetzter Sorge. »Was, wenn da unter der Kapuze bloß Haare und Augen wären und sonst nichts? Brrrr. Ein schauderhafter Gedanke. Meinst du nicht auch, es wäre besser, alles von ihm zu sehen, bevor du dir das Porzellan für die Hochzeitsfeier aussuchst?«

Jo verschränkte die Arme vor der Brust und schmollte.

Rhapsody beeilte sich, die Wogen zu glätten. »Tut mir Leid, Jo. Ich bin albern. Es freut mich wirklich, dass dir jemand begegnet ist, den du gern hast. Aber im Ernst, wenn ich mich recht erinnere, hat er damit gedroht, dir die Hand abzuschneiden. Oder?«

»Nein, du wolltest ihm die Hand abschneiden«, antwortete Jo, die immer noch verärgert schien. »Zu mir war er nett. Egal, lass uns das Thema wechseln.«

Rhapsody seufzte. »Wie sehr musst du missbraucht worden sein, liebe Schwester, wenn du dich von ihm schon gut behandelt fühlst. Aber wer weiß, vielleicht ist der erste Eindruck ja wirklich der richtige. Also, wie hoch schätzt du die Chance ein, ihn wieder zu sehen?«

»Vielleicht wird nichts draus«, antwortete Jo und schwang die

Beine über die Bettkante. »Aber er hat versprochen, zu Besuch zu kommen.« Sie langte unterm Bett nach dem Nachttopf.

Rhapsody wusste den Wink zu deuten. »Wir werden sehen.« Sie stand auf und wandte sich der Tür zu. »Es sind schon weit ungewöhnlichere Dinge passiert. Wie auch immer, schlaf schön. Und wenn du dann gut ausgeruht bist, schaffst du's ja vielleicht am Ende doch noch, ihm die Börse abzuluchsen.« Sie zwinkerte Jo zu und öffnete die Tür.

»Gute Nacht, Schwesterherz«, sagte Jo lachend.

Rhapsody lächelte, dass Jo sich von Warmherzigkeit umarmt wähnte. »Gute Nacht, Jo.« Sie zog leise die Tür hinter sich zu, lehnte sich erleichtert und glücklich mit dem Rücken an die Wand im Flur und schlang die Arme um die Brust. Einen Augenblick später kehrte sie auf ihr Zimmer zurück, das ihr nun irgendwie heller vorkam.

56

Sie kommen.

»Ich weiß.«

Saltar erhob sich von seinem steinernen Thron und fuhr mit den Händen über die aus Granit geschlagenen Armlehnen, die jahrhundertelanger Gebrauch spiegelglatt poliert hatte. Der Thron war eines der kostbaren Relikte, die aus der eroberten unterirdischen Siedlung Willum geplündert worden waren. Das wertvollste aber war er nicht.

Seine Truppen kommen, doch der, nach dem ich Ausschau halte, ist nicht dabei.

Feuerauge schluckte, sagte aber nichts. Das Geistwesen hatte sich als große Hilfe erwiesen und ihn unverwundbar gemacht, weshalb er auch so schnell zur Macht aufgestiegen war, doch jetzt wurde es langsam lästig, denn es ließ sich nicht mehr abschütteln.

Feuerauge nahm die Kette vom Hals und starrte versonnen in das von goldenem Feuer umloderte Auge, das Symbol, dem er seinen Schamanennamen verdankte, unter dem er bei den Bolg bekannt war und der für gewöhnlich nur getuschelt wurde.

Das Medaillon hatte über Jahrhunderte in einer großen Truhe ganz zuunterst gelegen. Die Bolg des Verborgenen Reiches hatten es nicht anzurühren, geschweige denn in Anspruch zu nehmen gewagt. Selbst die kühnsten Jäger aus seinem Klan namens Faust-und-Feuer waren davor zurückgeschreckt. Nur er hatte den Mut aufgebracht, das goldene Abzeichen aus der Truhe zu holen und es sich um den Hals zu hängen. Und zu sehen, wie andere entsetzt davor zurückwichen, konnte ihn nur erheitern.

Es war ihm nie verwunderlich erschienen, dass die Willumer

einen so kostbaren und machtvollen Gegenstand unter einem Haufen von Lumpen versteckt hatten, zusammen mit zwei kleinen Alabasterlöwen und einer Brosche aus Perlmutter, Dingen, die, obwohl nie angetastet, plötzlich verschwunden waren, als er das Feuerauge aus der Truhe genommen hatte. Seitdem waren zwanzig Jahreszeitenzyklen vergangen.

Das Geistwesen hatte sich ihm sofort zu erkennen gegeben. Es war ihm in Dunkelheit erschienen, als Spiegelbild seiner selbst, das ihn in Angst und Schrecken versetzt hatte. Die Worte, die es sprach, waren anfangs kaum zu hören gewesen, doch mit der Zeit hatte er sich an die stumme Stimme gewöhnt. Es hatte es auf den Namen Saltar getauft.

Saltar?

Feuerauge blickte wieder auf und suchte in der Dunkelheit nach dem unsichtbaren Gespenst, das von den Mitgliedern anderer Klans als Geist bezeichnet wurde. Deren Angst vor ihm war fast so groß wie seine. Es sprach ihn jetzt an, gerade so wie damals. Und plötzlich kam ihm ein Gedanke.

»Ich weiß, wie man ihn da rausholen könnte«, sprach er in die Luft.

Schweigen.

»Diesmal musst du kämpfen«, sagte Saltar und hängte die Kette wieder um den Hals. »Dann wird er kommen.«

Die Luft knisterte. Ein heißer Schwall ging durch den Raum.

Ja.

Emmy.

Beim Klang der Stimme ihrer Mutter, die sie im Herzen hörte, gingen ihr die Augen über. Schon träumend, aber noch halb wach, wehrte sie sich gegen die dräuende Vision. So fingen ihre Albträume stets an, einlullend, um dann umso schmerzlicher zu enden.

»Nein«, flüsterte sie im Halbschlaf. »Bitte.«

Sanft legte sich ihr eine Hand auf die Stirn.

Nicht weinen, Emmy. Das lächelnde Gesicht der Mutter näherte sich ihr, verschwommen hinter dem Schleier aus Tränen.

Seufzend ergab sie sich dem Schlaf. »Mama.«

Dein Haus gefällt mir, Emmy, vor allem mit den Kerzen. Die Mutter sah sich anerkennend um, und während sie sprach, tauchten winzige Lichtpunkte in der Dunkelheit auf. *Im Kerzenlicht wird die einfachste Hütte zum Palast.*

»Mama ...«

Komm ans Feuer und lass mich dein Haar bürsten wie früher.

Rhapsody spürte warmes Blut ins Gesicht schießen. Sie stand auf und folgte der Mutter zum offenen Kamin. Darin tanzten und sprangen die Flammen ohne Unterlass.

Zarte Hände und harte Zinken fuhren ihr durchs Haar.

Erinnerst du dich, Kind?

»Ja«, flüsterte sie mit tränenerstickter Stimme. »Mama ...«

Pssst. Die Mutter langte ins Feuer. *Komm, greif hinein. Ich kann sie dir nicht geben. Ich bekomme sie nicht zu fassen. Du musst sie dir schon selbst nehmen.*

Sie streckte die Hand in die lodernden Flammen, spürte ihre Hitze, empfand aber keinen Schmerz. Ihre Finger schlossen sich um einen glatten, kühlen Gegenstand. Sie zog ihn aus dem Feuer, das plötzlich verlosch, bis auf eine kleine Flamme, die um die Klinge des Schwertes züngelte, das sie in der Hand hielt.

»Die Tagessternfanfare«, murmelte sie.

In der Gestalt von damals, ehe sie unserem Land weggenommen und dem Licht Serens entzogen wurde. Schau, wie sie früher ausgesehen hat.

Rhapsody musterte die Waffe von allen Seiten und fuhr prüfend mit dem Finger über die silbrige Klinge.

»Ich erkenne keinen Unterschied zur jetzigen Gestalt.«

Sieh genauer hin.

Sie wendete das Schwert in den Händen und entdeckte dann, unmittelbar über der Querstange, ein kleines weißblaues Licht, das heller als die Sonne leuchtete und von silbernen Zinken eingefasst war.

»Das Licht ist verschwunden«, sagte Rhapsody, »die Fassung leer. Was hat in ihr gesteckt?«

Ein Sternsplitter von Seren. Eine Quelle großer Macht, die auf die Vorzeit zurückgeht und von elementarer Magie ist. Dein Stern, Emmy.

»Aria«, flüsterte sie. Mein Leitstern.

Ja, mein Kind, antwortete die Mutter und zeigte auf die dunkle Stelle am Himmel, wo einst Seren geleuchtet hatte. *Ich habe dir vor langer Zeit gesagt: Wenn du deinen Leitstern findest, wirst du nie verloren gehen. Du hast es vergessen.*

»Nein, Mama, nein. Ich erinnere mich.« Sie schnappte nach Luft.

Und warum hast du dich verirrt?

»Ich ... ich habe den Stern aus den Augen verloren, Mama. Seren ist verschwunden, so auch Serendair, untergegangen vor tausend Jahren.«

Die Insel ist verschwunden, aber der Stern steht nach wie vor am Himmel.

»Mama ...«

Schau! Die Mutter zeigte zum Himmel empor, wo plötzlich ein winziger Lichtpunkt aufleuchtete, herausgebrochen aus Seren, ein Splitter, der kometengleich durch die Dunkelheit stürzte. Gleichzeitig erlosch das Licht im Heft des Schwertes; die Zinken waren wieder leer.

Rhapsody folgte dem Fingerzeig der Mutter. Es schien fast, als hielte sie den Stern auf seiner abschüssigen Bahn.

Im Dunkeln sah sie nun einen Tisch oder eine Art Altar vor sich, auf dem, von Dunkelheit umflort, der Leichnam eines Mannes ausgestreckt lag. Es waren nur die Umrisse zu erkennen. Der winzige Stern fiel auf den Körper und ließ ihn für einen kurzen Augenblick strahlend hell aufleuchten, um dann allmählich zu verglimmen. Entsetzt dachte Rhapsody zurück an ihre Vision im Haus der Erinnerung.

Dort ist der Splitter hingeraten, Kind, auf Gedeih oder Verderb. Wenn du deinen Leitstern findest, wirst du nie verloren gehen.

Selbst im Schlaf erkannte Rhapsody, dass mit der Vision etwas nicht stimmte. In Träumen von den Eltern oder anderen Personen aus der Vergangenheit vermittelten sich ihr sonst nur Einsichten über bereits Geschehenes. Visionen von der Zukunft waren in der Regel ohne Bezug zu denjenigen, die sie liebte und die mit der Insel untergegangen waren. Doch hier sah sie nun ihre Mutter, wie sie ihr Dinge mitteilte, die sie zu ihren Lebzeiten gar nicht hatte wissen können.

»Woher weißt du das alles, Mama?«

Ihr war wohl und warm in den Armen der Mutter.

Weil es wie ich selbst Teil deiner Erinnerungen ist. Es ist dir nur noch nicht bewusst. Wenn du deinen Leitstern findest, wirst du nie verloren gehen. Nie.

Der leuchtende Leichnam auf dem Altar verglühte und verschwand im Dunkeln.

»Ich kann ihn nicht mehr sehen, Mama. Warum nicht?«

Nicht auf das, was er ist, kommt es an, sondern auf das, was er trägt.

Rhapsody wälzte sich umher und zerwühlte die Decken. »Ich verstehe nicht.«

Wirf einen Blick über die Schulter.

Rhapsody gehorchte. Hinter ihr schwebten drei Augen in der Dunkelheit. Zwei davon waren blutrot umrandet und steckten in einem dunklen Gesicht. Das dritte Auge hing darunter in der Mitte eines flammenden Feuerballs. Rhapsody fing an zu zittern.

»Mama?«

Denk an meine Worte, Emmy. Nicht auf das, was er ist, kommt es an, sondern auf das, was er trägt.

Die Flammen des Feuerballs griffen weiter um sich, bis sie ihren ganzen Gesichtskreis ausfüllten. Als sie zurückblickte, sah sie die Mutter vom Feuer eingeschlossen. Entsetzt streckte Rhapsody die Arme nach ihr aus.

»Mama!«

Die Mutter lächelte ihr zu, obwohl sie von den Flammen verzehrt wurde und schließlich verkohlte.

Deine Familie ist im Feuer umgekommen, Emmy.

»Mama!«

Feuer hat eine große Kraft, aber noch größer ist die Kraft des erstgeborenen Sternenfeuers. Nutze das Feuer der Sterne, um dich und die Welt von dem Hass zu läutern, der von uns allen Besitz ergriffen hat. Dann werde ich in Frieden ruhen können, bis du mich wiedersiehst.

»Mama, nein! Bitte, komm zurück!«

Nicht auf das, was er ist, kommt es an, sondern auf das, was er trägt. Die Stimme hallte noch eine Weile nach und war dann verklungen.

»Rhaps?«

»Nein«, stöhnte Rhapsody und griff verzweifelt in die Dunkelheit, in die sich der Traum auflöste.

»Rhaps, alles in Ordnung?«

Sie richtete sich im Bett auf und wischte sich mit dem Ärmel des Nachthemds die Tränen vom Gesicht. Im Türausschnitt zeichnete sich Jos Silhouette ab.

»Ja«, antwortete sie. »Tut mir Leid, Liebes. Hab ich dich geweckt?«

Jo kam herbei, setzte sich aufs Bett und umarmte sie.

»Nein, das hat Grunthor getan. Man braucht dich unten in der Krankenstation.«

57

Die Sanitäter trugen immer noch einen Verwundeten nach dem anderen herbei, als Rhapsody mit ihrem Medizinbeutel eintraf, noch im Nachthemd und mit offenem Haar, das ihr ungebändigt über die Schultern fiel. Sie lief auf Grunthor zu, der gerade einen seiner Soldaten auf ein Feldbett legte.

»Was ist passiert, Grunthor? Hast du was abgekriegt?«

Der Riese nahm dem Verletzten den ledernen Brustharnisch ab, unter dem eine schreckliche Wunde zum Vorschein kam, die sich vom Hals bis zur Taille erstreckte.

»Mir geht's gut, Herzchen, aber unsern Freund Warz hier hat's böse erwischt«, antwortete der Sergeant mit sorgenvoller Stimme.

Rhapsody öffnete ihren Beutel. Was es hier für sie zu tun galt, war ihr schon fast zur Routine geworden, doch so viele Patienten auf einmal hatte sie noch nie versorgen müssen. Da schien etwas Schreckliches vorgefallen zu sein.

»Saubere Kompressen und Pipsissewa, bitte«, sagte sie zu Krinsel, der Hebamme, die ihr zu Hilfe eilte.

Grunthor erschrak, als er hörte, dass sie nach dem Kraut verlangte. Er wusste, dass man es Sterbenden gab, um deren Schmerzen zu lindern.

»Ist er nich mehr zu retten, Gräfin?«

»Ich fürchte nein, Grunthor. Sogar das Herz ist verletzt.« Sie nahm die von der Amme gebrachten Tücher und versuchte, die Blutung zu stillen. »Aber wir werden dafür sorgen, dass er sich nicht quälen muss.«

»Hoheit?«, flüsterte der Bolg-Leutnant.

Rhapsody blickte ihn mit freundlicher Miene an. »Ja?«

»Das ham Feuerauge und sein Klan angerichtet.«

Sie verstand nicht, was er damit sagen wollte. »Ruh dich aus«, sagte sie leise.

Der sterbende Soldat zwinkerte mit den Augen und suchte ihren Blick. »Feuerauge ... Bolg ... nennen ihn so, aber ... sein Name ist ... Saltar.«

Sie ließ sich von der Amme das Kraut geben. »Ich werde es dem König melden.«

»Hoheit?«

Sie verabreichte ihm das Kraut. »Ja?«, fragte sie sanft und sah, wie es mit ihm zu Ende ging.

»Wie ... der Sonnenaufgang ... seid Ihr.« Die Augen des Leutnants brachen.

Rhapsody schluckte. Sie beugte sich herab, drückte einen Kuss auf die verschwitzte Stirn und spürte, wie sich die Falten glätteten. Die Lippen dicht an seinem Ohr, sang sie den Anfang des lirinschen Geleitliedes, das nach alter Tradition während der Einäscherung gesungen wurde, um den Toten zu helfen, sich von der Erde zu lösen und ins Licht aufzusteigen.

Der Lärm und die Schreie wurden immer lauter und machten es ihr unmöglich, den Gesang fortzusetzen. Soldaten und Sanitäter trugen mehr und mehr Verwundete herbei. Es war eine schaurige Parade der Toten und Sterbenden, und sie schien kein Ende nehmen zu wollen.

»Gütiger Himmel«, raunte Rhapsody. Das Blut Dutzender Soldaten ergoss sich über den Boden, und in der Luft hing der Gestank verbrannten Fleisches. Sie sprang auf und hastete mitten ins Gewimmel.

Achmed stand in der Vorhalle und half, dem Ansturm des Grauens Herr zu werden. Den Verletzten, die sich noch auf den Beinen halten konnten, wies er den Weg zu den behandelnden Sanitätern. Die auf Tragen gebracht wurden, untersuchte er flüchtig, und ließ diejenigen, die ihren Verletzungen schon erlegen waren, aus der Krankenstation herausschaffen. Von der Schlacht selbst hatte Achmed nichts mitbekommen; umso finsterer war sein Gesichtsausdruck.

Rhapsody nahm einem Soldaten, der selbst verletzt war und

am ganzen Körper zitterte, einen Kameraden aus dem Arm, den sie ein paar Schritte weiter aus dem Gedränge schleppte und auf einer freien Stelle am Boden ablegte. Grunthor kümmerte sich um den anderen.

»Was ist passiert?«, fragte sie wieder, während sie die Rüstung des Verwundeten öffnete.

»Wir ham ein ganz friedliches Manöver durchgeführt«, antwortete der Riese und schnürte seinem Patienten einen Wickel um den Oberschenkel, um das Blut zu stauen.

»Das sieht man.«

»Ich mach keine Witze, Gräfin«, blaffte der Sergeant. »Normale Routine: Rekruten ausheben und sehn, was sonst noch zu holen ist. Sind ziemlich weit ins Verborgene Reich vorgedrungen. Warz und Ringram hatten das Vorauskommando. Sei bloß froh, dass du keinen von denen zu sehen brauchst, die wir nicht mehr ham bergen können.«

Rhapsody schüttelte sich und wickelte den provisorisch angelegten Verband ab.

»Räps-dii?«

Sie blickte auf und sah Krinsel zitternd vor sich stehen. Rhapsody kannte die Amme als eine eher hartgesottene, unerschütterliche Person, der nie auch nur die geringste Regung vom Gesicht abzulesen war. Jetzt aber rang sie merklich um Fassung.

»Krinsel?«, fragte sie und sprang auf, um sie zu stützen.

»Komm mit.«

Rhapsody und Grunthor folgten ihr durch das Chaos aus Schlachtopfern und stiegen vorsichtig über Schwerverletzte und Tote hinweg.

Krinsel führte sie in einen entlegenen Winkel der Krankenstation. Der Gestank von versengtem Fleisch war unerträglich. Rhapsody hielt sich die Hand vors Gesicht in der vergeblichen Absicht, die Luft zu filtern.

Jedes Opfer, das man hierher geschafft hatte, war von Schwertwunden grausam entstellt. Rhapsody traute ihren Augen kaum, so unglaublich schien die Szene, die sich ihr bot.

»Achmed!«, rief sie und suchte nach Lebenszeichen unter

denen, die da lagen. Wie sich herausstellte, war nur noch einer am Leben und hielt verzweifelt am Bewusstsein fest.

Wenig später war der König an ihrer Seite. Er sah mit an, wie Grunthor die Gefallenen herumdrehte und deren Verletzungen untersuchte.

»Sieh dir das an«, sagte Rhapsody und zeigte auf den letzten Überlebenden, auf dessen Rücken eine schauderhafte Wunde klaffte. Vorsichtig betupfte sie das rohe Fleisch mit einer Lösung aus Thymianextrakt und destilliertem Wasser. Die Ränder der tiefen, breiten Wunde waren blutleer und wie verödet, wie von einem scharfen Brandeisen zugefügt. Das Gewebe schmorte noch.

Achmed ging neben ihr in die Hocke. »Was hältst du davon?«

»Ich weiß nicht, aber solche Wunden schlägt die Tagessternfanfare«, antwortete sie und zog schnell die Hand zurück, als der Verwundete vor Schmerzen aufstöhnte.

»Nur deutlich tiefer und breiter«, erwiderte Achmed.

»Für mich sieht's aus, als wär da 'ne Klaue reingefahren«, sagte Grunthor.

Rhapsody warf einen Blick auf Krinsel, die mit kreidebleichem Gesicht dastand und in Ohnmacht zu fallen drohte.

»Was meinst du, Krinsel? Hast du eine Ahnung, was solche Wunden geschlagen haben könnte?«

Die Bolg-Frau nickte; sie hielt die Arme krampfhaft um den Leib geschlungen.

»War der Geist. Feuerauges Geist.«

Rhapsody blieb auf der Krankenstation bis zum Abend des folgenden Tages, als alle Verwundeten versorgt und die Toten in die Krypta nahe der großen Esse gebracht worden waren. Die firbolgschen Sanitäter und Ammen kümmerten sich um die Patienten, wie es die Filiden in Khaddyrs Hospital nicht besser gekonnt hätten.

Sie hatte Jo bei Grunthor zurückgelassen, der darauf bestand, bei den verletzten Männern zu bleiben. Er sprach kaum ein Wort und hatte einen Ausdruck in den Augen, den er immer dann annahm, wenn er von seinen Truppen aus der alten Welt erzählte; jetzt aber schien dieser Ausdruck noch intensiver zu sein. Rhapsody hatte ihn zu trösten versucht – vergebens. Der Riese war nur noch verschlossener geworden. Er hatte sich darauf versteift, Wache zu halten, und war davon nicht abzubringen gewesen. Und so hatte sie ihn allein gelassen und Jo gebeten, ihn im Auge zu behalten.

Obwohl sie nichts sehnlicher wünschte als ein ausgiebiges Seifenbad in Anwyns Wanne, zog sie den Gürtel ihres blutdurchtränkten Kittels enger und steuerte auf den Stollen zu, der hinaus auf die Verdorrte Heide führte.

Die Nacht brach herein. Dunkelheit breitete sich über dem bleichen, mit rötlichen Flecken verschmierten Himmel aus. Die Wolken wirbelten gleich einer Spirale dem Horizont entgegen, wie ein Sinnbild für ihre aus den Fugen geratene Welt. Nur halbherzig sang sie ihren Nachtgesang, fand keinen Trost darin und hoffte, die Angst, die sie verspürte, in Schach zu halten. Die Bolg hatten Schreckliches erleiden müssen.

Achmed saß genau da, wo sie ihn vorzufinden erwartet hatte: vorm Stollenausgang, von wo aus man die Schlucht und die Heide dahinter überblicken konnte. Von dieser Stelle aus war er seinen Untertanen zum ersten Mal gegenübergetreten, um seine Herrschaft zu proklamieren. Er hockte auf der Felskante und ließ die Beine über dem mehr als hundert Klafter tiefen Abgrund baumeln. Sein Blick war starr auf den Horizont jenseits der Heide gerichtet.

Rhapsody nahm an seiner Seite Platz, und gemeinsam schauten sie zur Sonne hin, die schnell hinterm Rand der Welt wegtauchte, als schämte sie sich, über ihre Zeit hinaus noch am Himmel zu sein. Mit ihrem Verschwinden kam ein kühler Wind auf, der heulend durch die Schlucht fuhr und Rhapsodys Haare wehen ließ.

Als sich die Schatten vollständig über das Reich der Firbolg gesenkt hatten, gab Achmed endlich einen Laut von sich und sagte: »Danke, dass du es dir verkniffen hast, die Stille mit wohlmeinenden Worten aufzufüllen.« Rhapsody schmunzelte und blieb stumm. Der Kriegsherr gab einen tiefen, schmerzlichen Seufzer von sich. »Hat Grunthor schon etwas erzählt?«

»Nein, noch nicht.«

Achmed nickte versonnen; in Gedanken war er auf der anderen Seite der Zeit. »Er hat Ähnliches schon einmal durchgemacht, vielleicht Schlimmeres. Er wird's überstehen.«

»Daran zweifle ich nicht.« Sie musterte sein Gesicht, in dem tiefe Sorge und Kummer standen. Vielleicht sogar Furcht, doch davon ließ er sich nichts anmerken. »Einer seiner Leutnants hat mir, kurz bevor er starb, etwas mitgeteilt.«

Achmed wandte sich ihr zu. »Was?«

Sie strich eine Locke zurück, die ihr der Wind vor die Augen geblasen hatte. »Er nannte Feuerauges Namen, den richtigen, glaube ich.« Achmed kniff die Brauen zusammen, sagte aber nichts. Sie hüstelte nervös. »Er sagte, sein Name sei Saltar.«

»Ja, ich weiß.«

»Sagt dir der Name etwas? Kannst du ihn mit irgendeinem anderen Namen in Verbindung bringen?«

»Ja. Mit Tsoltan.«

Rhapsody atmete hörbar aus. Die nervöse Anspannung legte sich. »Es kann wohl kaum überraschen, dass du Bescheid wusstest.«

»Ich wusste nicht Bescheid, habe aber damit gerechnet. Auf diesen Tag habe ich gewartet, seit wir der Wurzel entstiegen sind.« In der Ferne sah er den Wind durch die Sträucher der Heide fahren. »Über die Ironie des Universums staune ich immer wieder aufs Neue«, sagte er wie im Selbstgespräch, und seine Stimme war ohne jede Spur von Sarkasmus. Er nahm einen Stein vom Boden auf und befingerte ihn, in Gedanken versunken.

»Was soll das heißen?«, fragte Rhapsody leise.

Wieder richtete Achmed den Blick in die Ferne, als versuchte er, in die Vergangenheit zu schauen.

»Zeit meines Erwachsenenlebens war ich ein Kämpfer und als solcher sehr gut. Man hat mich erzogen mit dem Ziel, den brutalen Feldzügen und dem Völkermord der F'dor Einhalt zu gebieten. Das hat mich ähnlich brutal gemacht.

Zur Geburt bekam ich ein Geschenk, nämlich eine Blutsbande, die mich mit allen anderen Menschenwesen verbrüderte. Ich habe dieses Geschenk im Namen des Todes genutzt, das heißt, ich zog allein in unserem Land umher, spürte die Herzschläge anderer auf, stellte ihnen nach und ließ Blut vergießen, anstatt mich mit anderen zu verbinden. Ich war ebenso wenig aufzuhalten wie der Lauf der Zeit, Rhapsody. Wer mir entrinnen wollte, fand Zuflucht nur auf dem Meer.

Und jetzt bin ich hier, auf der anderen Seite der Zeit. Ich habe alles zurückgelassen, sogar die natürlichen Waffen, die ich hatte, und versucht, dem einen Verfolger zu entkommen, gegen den ich nie eine Chance hatte, nämlich mir selbst.

So wie ich nie einen Kampf verloren habe, verliert auch der F'dor nie. Falls er tatsächlich einmal unterliegen sollte, ergreift er von dem Sieger Besitz und macht ihn zu seinem neuen Wirt. Er gewinnt also immer. Es ist besser, man stirbt durch seine Hand, als dass man ihn in der eigenen Gestalt leben lässt. Ich für mein Teil bin mir nicht sicher, ob ich nicht so oder so an ihn gebunden bin. Ich hätte wissen müssen, dass diese Welt nicht groß genug ist, um als Versteck vor ihm dienen zu können – vor mir selbst. Die Lawine ist ausgelöst und in Bewegung. Ich werde sie nicht aufhalten können.«

Rhapsody sagte nichts und legte ihre Hand in seine. Achmed starrte darauf.

»Und dann bist du gekommen, Rhapsody. Mit dir hat sich alles verändert. Du hast mir eingeredet, dass der F'dor keine Macht mehr über mich hätte, dass ich ihm entwischt wäre. Wie dumm von mir, auch nur einen Moment daran geglaubt zu haben, wo ich doch selbst der Vollstrecker des Unausweichlichen bin. Es war nur eine Frage der Zeit, dass er mich wieder finden würde.« Er warf den Stein, den er in der Hand hielt, in den Abgrund.

»Das ist noch nicht sicher«, entgegnete Rhapsody leise. »Vielleicht hast du ihn zurückgeschlagen. Vielleicht bist du ja immer noch sein Widersacher, dazu bestimmt, ihn zu stellen und zu töten. Vielleicht wird er tatsächlich dein letztes Opfer sein. Aber in einer Hinsicht hast du Recht: Du kannst jetzt nicht mehr weglaufen. Früher oder später wird er dich finden. Pass nur auf, dass du ihm nicht den Rücken zukehrst.«

»So kann nur jemand reden, der keine Ahnung davon hat, was

ich für Folgen tragen muss«, knurrte er und zog seine Hand zurück.

»Wie dem auch sei, was mir droht, weiß ich. Ich könnte meine Angehörigen verlieren, die mir in dieser Welt noch geblieben sind, im Besonderen meinen problematischen Bruder, die Kehrseite meiner Münze.« Sie sah, wie sich seine Miene noch weiter verfinsterte. »Du kannst dir nicht vorstellen, wie sehr ich davor Angst habe. Aber was auch immer geschehen mag, ich werde wie Grunthor zu dir stehen. Dafür sind Familien schließlich da.« Sie lächelte, und Achmed spürte, wie ihm trotz aller Bemühungen um eine verdrossene Miene das Herz aufging.

»Hast du gehört, was die Bolg über Feuerauges Geist munkeln?«, fragte sie.

»Ja.«

»Weißt du, was das zu bedeuten hat? Könnte es sein, dass Tsoltans Dämonengeist vom Untergang Serendairs verschont geblieben und mit einem der Flüchtlinge hierher gekommen ist? Wäre es möglich, dass sie davon erfahren haben?«

Achmed schüttelte den Kopf. »Das bezweifle ich. Allerdings müssen wir uns im Klaren darüber sein, dass hier andere Regeln herrschen und wir nicht mehr voraussetzen können, was uns in der alten Welt noch selbstverständlich gewesen ist. Normalerweise sind F'dor, wenn sie die Gestalt eines Menschen angenommen haben, nicht zu erkennen; allerdings kann man manchmal einen Hauch ihres üblen Geruchs wahrnehmen. Das kommt aber nur in den seltensten Fällen vor. Darum sind sie so verflucht gefährlich.«

»Wer oder was könnte dieser Geist denn deiner Meinung nach sein?«

Achmed stand auf und klopfte den Staub aus den Kleidern. »Keine Ahnung. Aber was es auch ist, es setzt dunkles Feuer wie eine Waffe ein. Daher rühren offenbar die Brandwunden. Die Bolg halten den Geist für einen Ausfluss von Saltars Magie, mit dem er sich zu wappnen und unverletzbar zu machen versucht, um immer die Oberhand behalten zu können.«

»Können wir dagegen vorgehen? Kämpfen wir gegen einen besessenen Mann?«

»Ich weiß nicht.« Er reichte Rhapsody die Hand und half ihr auf. »Wir dürfen kein Risiko eingehen. Darum werde ich Feuerauge persönlich aufsuchen müssen. Es gibt einen uralten dhrakischen Zauber, die Zauberacht; sie ist dazu angetan, Dämonengeister in Schach zu halten und sie daran zu hindern, ihren menschlichen Wirt zu verlassen, was zur Folge hat, dass beide sterben, Mensch und Dämon. So könnten wir also auch den F'dor unschädlich machen, wenn er sich denn tatsächlich im Körper von Feuerauge aufhält. Das einzig Komplizierte ist, ihn erst dann zu töten, wenn der Zauber wirkt. Sollte Feuerauge aber am Ende doch nicht der Wirt des F'dor sein, wird alle Anstrengung umsonst gewesen sein.«

»Wirst du ihn denn überhaupt zu fassen kriegen?«

Achmed lehnte sich an die Stollenwand und schloss die Augen. Er konzentrierte seinen Spürsinn auf die tiefe Schlucht und das weite Heideland dahinter. Sein zweites Gesicht flog an den Felswänden von Kraldurge entlang, über die Felder, die für die Frühjahrssaat gepflügt worden waren.

Er kannte den Weg. Er hatte ihn während seines gemeinsam mit Grunthor unternommenen Eroberungszuges häufig genug eingeschlagen. All diese Länder waren nun in seinem Besitz, unter seiner Herrschaft und Kontrolle.

Sein Blick kreuzte die in einer Flussniederung gelegenen alten Weingärten, mit großem Fleiß von jenen Bolg gepflegt, die Rhapsody zu Weinbauern ausgebildet hatte. Er flog über die Wälder und Lichtungen der Hügellandschaft, die früher einmal das Reich der Nain und Gwadd gewesen waren, jener cymrischen Volksgruppen, die es vorgezogen hatten, unter der Erdoberfläche zu leben, und durchstreifte die tiefen Wälder, worin sich früher die Gwylliam-treuen Lirin niedergelassen hatten.

Bald erreichte sein zweites Gesicht das Verborgene Reich hinter den Überresten ehemaliger Cymrer-Dörfer und Vorposten, die nur noch ein Schatten ihrer selbst waren. Das Land war fruchtbar und ungestört; seine Bevölkerung hauste in labyrinthischen Höhlensystemen, die sich tief unten im Fels der weiten Berge erstreckten.

Und weiter ging es im Flug über hohe Gebirgspässe hinweg

und durch verschlungene Stollen. Schließlich war eine riesige Grotte erreicht, wo sein Blick jählings vor einer Bolggestalt innehielt, die schlafend auf einem breiten Felsbett lag. Der Schamane schlug die Lider auf und starrte ihm aus blutunterlaufenen Augen entgegen. Dann löste sich das Bild auf; die Vision riss ab.

Achmed atmete tief durch und schmunzelte unwillkürlich, als er Rhapsody ansah, die ihre grünen Augen auf ihn gerichtet hatte und vor Ungeduld zu platzen schien.

»Ich weiß jetzt, wo er sich aufhält«, sagte er. »Und das weiß er nun auch von mir.«

58

»Hat sie dir vielleicht Schwierigkeiten gemacht, Euer Liebden?«

Rhapsody zerrte an den Armschienen des Harnischs, den Achmed ihr gegeben hatte.

»Kein bisschen«, erwiderte sie, vergeblich darum bemüht, die Schnallen zu schließen. »Ich habe dafür gesorgt, dass sie sich die am schlimmsten zugerichteten Opfer von Feuerauges Geist aus der Nähe ansieht. Danach war sie mehr als glücklich darüber, zurückbleiben und auf der Krankenstation aushelfen zu dürfen. Ja, sie hat sich sogar freiwillig bereit erklärt, auf meine Enkelkinder aufzupassen.«

Grunthor grinste, doch sein Blick blieb freudlos.

»Gut. Dann ist wenigstens sie in Sicherheit. Und du bist wirklich nich umzustimmen, Gräfin?«

Sie tätschelte seine Hand, dankbar dafür, dass er ihr die Armschienen festschnallte. »Nein.«

»Na, dann freu ich mich über deine Begleitung. Hoffentlich erinnerst du dich an das, was du von mir gelernt hast.«

»Aber sicher doch. Und natürlich auch an Achmeds weisen Rat: Augen auf; Schwierigkeiten werden dir nicht erspart bleiben, sei also darauf gefasst. Es ist besser, du siehst sie kommen.«

Der Firbolg-König schmunzelte hinter seinem Schleier. »Du bist also bereit?«

Rhapsody trat vor die Tunnelöffnung und stellte sich neben ihn. In der Schlucht waren zehntausende von Bolg zusammengekommen. Sie brannten darauf, ihre toten Brüder zu rächen. Die Emotionen schlugen über, und der Lärm, den die schwer bewaffneten Soldaten machten, war ohrenbetäubend.

Immer mehr Kämpfer, Männer wie Frauen, strömten herbei; der Aufmarsch schien kein Ende nehmen zu wollen.

»Seid ihr sicher, diese Menge unter Kontrolle halten zu können?«, fragte sie nervös.

»Nee«, antwortete Grunthor, fast heiter. »Aber ich weiß, an wem sie sich abreagiert, wenn wir die Kontrolle verliern.«

Die Pferde trippelten auf der Stelle, ihre Schenkel zitterten vor Anspannung. Rhapsody stellte sich vor, ebenso wild aus den Augen zu blicken wie die Tiere.

Von hoher Warte aus auf die vielen tausend Bolg in der Tiefe herabzusehen hatte ihr schon Angst genug gemacht. Jetzt, da sie sich auf der Sohle der Schlucht mitten unter ihnen befand, kam sie sich vor wie im Zentrum eines Wirbelsturms.

Ringsum herrschte verstörendes Gewimmel. Es stank nach Schweiß und Angriffsfieber. Die Kampfeslust der Bolg war förmlich greifbar und spiegelte sich in unzähligen Augenpaaren wider.

»Siehst du irgendwo ein Hügel-Auge?«, fragte Achmed seinen Freund, der auf Steinschlag hockte, seinem riesigen Schlachtross, das er von Stephen Navarne geschenkt bekommen hatte.

»Nee. So verrückt werden sie wohl auch kaum sein, uns jetzt anzugreifen.« Zufrieden sah sich Grunthor in der Schlucht um, die sein mächtiges Heer kaum fassen mochte.

Rhapsody trat einen Schritt zurück, um den Quartiermeister passieren zu lassen, der das Zaumzeug ihrer Stute prüfte.

»Gehören die Faust-und-Feuer-Vertreter einem Augen-Klan an oder den Beuschel?«, fragte sie.

»Den Beuschel«, antworteten Achmed und Grunthor wie aus einem Munde.

»Warum wird dann deren Anführer Feuerauge genannt? Ich dachte, die Häuptlinge tragen immer die Klanbezeichnung im Namen.«

Achmed stieg aus dem Sattel und kam auf sie zu, um zur Antwort auf ihre Frage nicht gegen den allgemeinen Lärm anbrüllen zu müssen.

»Im Grunde ist jeder Klan im Verborgenen Reich ein Beuschel-Klan. Den besonderen Namen hat der Schamane seiner blutunterlaufenen Augen wegen. In solchen Augen zeigt sich manchmal auch ein F'dor. Das weißt du aus eigener Erfahrung, nicht wahr?« Rhapsody nickte. »Gelegentlich benutzt so einer auch das Symbol, wie wir es in der Basilika von Bethania gesehen haben. Es war auch Tsoltans Erkennungszeichen.«

Rhapsody musste an ihren jüngsten Albtraum zurückdenken. »Ja, wenn ich mich nicht irre, habe ich es in einer Vision gesehen.«

»Nun, als ich darauf geachtet habe, ist mir nichts dergleichen aufgefallen; es war auch nirgends in seinen Sachen eingestickt. Keine Ahnung, ob er das Zeichen auf seinem Ornat trägt, falls er denn überhaupt so etwas hat.«

Achmed hielt das Pferd, auf dem Rhapsody saß, beim Zügel gepackt, als drei Armbrustschützen, die in Streit geraten waren, prügelnd näher rückten. Grunthor herrschte sie an und schickte sie in die Reihen zurück, die sich in chaotischer Auflösung befanden.

»Denk daran, was ich dir über die Zauberacht gesagt habe. Erschlag ihn nicht, bevor du ganz sicher sein kannst, dass der Zauber wirkt.«

Rhapsody kam mit ihrer Stimme nicht gegen den Lärm an und nickte bloß. Achmed gab ihr einen Klaps auf den Schenkel und stieg zurück in den Sattel seines Pferdes.

Der lange Ritt ins Verborgene Reich war überaus anstrengend. Rhapsody hatte Mühe, im Sattel zu bleiben, und verkrallte sich in der Pferdemähne, als gälte es, ihr Leben festzuhalten.

Sie ritten einem endlos langen Tross voran, dem sich immer mehr Firbolg anschlossen, die von den Hängen und Tälern des Gebirges herbeikamen, Mitglieder verschiedener Klans, einzelne Jäger oder Soldaten in Gruppen, Väter mit einem oder mehreren Söhnen – sie alle stießen zu dem großen Heer, bis es schließlich den Eindruck erweckte, als wären die Berge selbst in Achmeds Gefolge. In Gedanken hörte Rhapsody wieder seine Stimme, mit der er, strotzend vor erwartungsvoller Energie, seine neuen Untertanen von dem Felsvorsprung hoch über der Schlucht aus zum ersten Mal angesprochen hatte.

Was immer ihr einmal gewesen sein mochtet, jetzt seid ihr ohne Kraft. Ziellos irrt ihr umher, und jeder Schritt tut euch weh. Nicht so, wenn ihr euch mir anschließt. Dann wird es sein, als setzte sich der Berg in Bewegung.

Genauso, wie er es vorausgesagt hatte, war es nun gekommen.

Zu ihrer Linken fing der Sergeant plötzlich mit seiner tief tönenden Stimme zu schmettern an.

So der kluge Volksmund spricht:
Rache ist ein Kaltgericht.
Doch ich mag es lieber warm.
Und wenn ich komme,
dich zu holen,
fress ich erst mal deinen Arm.

Die nächste Strophe begleiteten tausende heiser grölende Kehlen.

Ich fress dich auf mit Haut und Haar,
egal, ob's roh ist oder gar;
Nur die Knochen spuck ich aus.
Und kommen uns von euch
noch andere quer,
ist es bald mit denen aus.

Allein das Echo, das von dem Felsen widerhallte, war so wuchtig, dass es Rhapsody aus dem Sattel zu werfen drohte. Es war ein gewaltiges Donnern, das, so lächerlich die Worte an sich auch sein mochten, Angst und Schrecken verbreitete. Rhapsody spürte die unumstößliche Entschlossenheit und Härte in diesen Stimmen.

Aus Furcht und Aufregung liefen ihr prickelnde Schauer über den Rücken. Sie warf einen Blick zur Seite auf Achmed, der ihr aufmunternd zulächelte, dann auf Grunthor, der, kaum dass das Lied zu Ende war, ein weiteres folgen ließ, irgendeine grauenvolle Kriegsballade, die bereits sehr viel finsterer klang. Das Gemetzel an seinen Männern hatte ihn ins Mark getroffen. Er würde sie, wie Rhapsody ahnte, auf entsetzliche Weise rächen. Sie machte sich auf das Schlimmste gefasst.

Im Laufe der ersten drei Tage schlossen sich dem ohnehin schon riesigen Heer mehr und mehr Firbolg an. Von nah und fern eilten Mitglieder verschiedener Klans herbei; auch von den Beuschel hatten sich etliche anlocken lassen, nachdem ihnen klar geworden war, dass nicht die Erde selbst bebte, sondern ein Heer vorbeizog, das den ganzen Umkreis erzittern ließ.

Nachts wurde Rast gemacht. Diejenigen, die Wache hielten, ließen riesige Feuer abbrennen und sangen kriegerische Lieder. Rhapsody sah eine gewaltige Rauchwolke den Himmel verhängen, den Feuerschein und bizarre Schatten über die Felswände huschen.

Am Abend des vierten Tages kam es zu kleineren Gefechten. Die Bolg, die nun von den Hügeln herbei gelaufen kamen oder aus den Ruinen der verlassenen Cymrer-Siedlungen auftauchten, hatte nicht etwa die Absicht, sich den rächenden Reihen anzuschließen. Vielmehr versuchten sie, das königliche Heer an seinen Rändern aufzureiben. Doch diese Angriffe wurden an anderer Stelle des Riesentrosses nicht einmal bemerkt und vor Ort niedergeschlagen, ohne dass die Kämpfer ihren Gesang unterbrochen hätten.

Am fünften Tag wurde alles anders.

Im flackernden Schein hoch auflodernder Lagerfeuer hatte Achmed bereits in der Nacht darauf hingewiesen, dass nun das Territorium des Faust-und-Feuer-Klans erreicht sei. Er rechnete zwar nicht damit, dass ein wirklich ernst zu nehmender Gegner gegen sie aufmarschieren würde, doch waren Hinterhalte zu befürchten, denn man hatte es hier mit einem heimtückischen Stamm zu tun.

Seine Ahnung sollte sich schon bei Tagesanbruch bestätigen. Dank ihrer von Achmed verordneten Diät aus Wurzeln und Innereien konnten seine Soldaten selbst bei spärlichem Licht so gut sehen, dass sie die Angreifer schon früh erkannten. Sie stürmten in zwei Schlachtreihen aus dem grauen Dunst herbei, wobei die hintere Formation einen weiten Halbkreis bildete und das Gelände - eine nur noch aus wenigen Grundmauern bestehende Ruinenstadt - von drei Seiten umstellte. Die erste Angriffswelle bestand aus losen Truppen, die mit brennenden Fackeln aus den Kellerlöchern der Stadt hervorzubrechen schienen.

»In einer Linie!«, brüllte Grunthor. Rhapsody zügelte ihr Pferd und sah, wie die Armbrustschützen in Stellung gingen und die Front der Angreifer methodisch und präzise mit ihren Geschossen bestrichen.

Überall schlugen Flammen auf. Der äußere Ring der feindlichen Truppen hatte große Felder von Öl und Pech in Brand gesteckt, die alle Fluchtwege versperrten und die Luft mit beißendem Rauch füllten.

An Rhapsody gewandt, rief Grunthor: »Sing!«

Von Rauch umhüllt, fächerte sie sich Luft zu und fing zu singen an: das einstudierte Kriegslied, ein Lied, das dem Takt bolgischer Herzen entsprach und deren Blut in Wallung brachte. Es erhob sich ein wildes Geschrei, und angestachelt von ihrem Gesang warfen sich die Kämpfer ins Getümmel.

Wie eine schwarze Rauchfahne flog Achmed plötzlich herbei und streckte die Hände nach ihr aus.

»Komm, runter vom Pferd! Wir müssen uns in die Höhle verkriechen, ehe uns das Feuer eingeschlossen hat.«

Er zog Rhapsody aus dem Sattel und hielt sie bei der Hand gefasst. Zusammen rannten sie durch das Gedränge, geduckt den Schwertgefechten ausweichend und über Gefallene hinweg setzend. Wenig später tauchte auch Grunthor auf, die Nasenflügel vor Wut gebläht. Mit Sal, seinem Stangenbeil, schlug er sich eine Schneise durch die Kämpfer der Faust-und-Feuer-Sippe, gesellte sich zu seinen Freunden und schützte Rhapsody mit seiner Waffe vor den Hieben, die ringsum niedergingen.

»Gehn wir jetzt rein?«, fragte er keuchend.

Achmed zeigte auf ein Loch inmitten des fauchenden Infernos. »Dahinten, da ist der Eingang«, sagte er.

Saltar hatte die Augen geschlossen. Seine Hände zuckten nervös.

»Sie kommen«, sagte er.

Seine Worte hallten von den Wänden der dunklen Höhle wider, dann aber war es still.

Er sperrte die rot geränderten Augen weit auf.

»Hast du nicht gehört? Ich sagte, sie kommen.«

Ein kalter Dunsthauch kühlte seine Stirn, doch er war nicht sicher, ob das Geistwesen dahintersteckte oder ob es daran lag, dass er heftig zu schwitzen angefangen hatte.

Er ist nicht bei ihnen.

Feuerauge langte nach dem Willum-Schwert, seinem zweitkostbarsten Besitz. Er hatte nicht erwartet, von ihm Gebrauch machen zu müssen.

»Was soll das heißen? Natürlich ist er dabei. Sie sind hier, sie kommen.«

Ich sehe ihn nicht. Der, um den es mir geht, ist nicht bei ihnen.

Saltar stieß eine Reihe von Flüchen aus, die selbst für bolgische Geschmacksvorstellungen überaus wüst waren.

»Du musst mir helfen«, sagte er und schnappte nach Luft. »Du musst kämpfen.«

Nur das Echo antwortete.

Achmed hielt vor dem Feuer an. Gleich hinter der Flammenwand hatte sich eine Abteilung Faust-Bolg zusammengezogen, um den Eingang zur Höhle zu bewachen.

Auf ein Zeichen von Achmed hin zog Rhapsody ihr Schwert. Die Tagessternfanfare glitt aus der Scheide und ließ dabei einen Ton erklingen, der sich hell schwingend über den Tumult legte. Rhapsody holte tief Luft und hob die Klinge vors Gesicht. Das letzte Bild, das sie vor sich sah, ehe sie die Augen schloss, war der entsetzte Ausdruck auf den Gesichtern der Gegner, die kurz zuvor noch ein höhnisches Grinsen zur Schau gestellt hatten.

»*Slypka*«, sagte sie. *Erlisch.*

Von jetzt auf gleich war die Flammenwand vor ihnen verschwunden.

Mit lautem Gebrüll stürmte Grunthor voran, das Stangenbeil wie eine Sense schwingend, und wer von den Gegnern nicht schnell beiseite sprang, wurde niedergemäht. Es dauerte nicht lange, und der Eingang zur Höhle war frei. Dicht gefolgt von Achmed und Rhapsody stob der Riese geradewegs darauf zu.

Rhapsody bremste kurz ab, um ihr Schwert in die Scheide zurückzustecken. Im Hintergrund waren die stampfenden Laufschritte der Soldaten zu hören, die ihnen in die Höhle folgten. Ihr blieb keine Zeit zu unterscheiden, ob es sich um Kämpfer aus den eigenen Reihen handelte oder nicht.

Vor ihnen versperrten Wachposten den Weg, Faust-Bolg, bewaffnet mit uralten Schwertern und Speeren. Achmed zog das lange dünne Schwert, das Rhapsody ihn im Haus der Erinnerung schwingen gesehen hatte. Sie warf einen Blick über die Schulter zurück.

Im Tunnel hinter ihr waren erbitterte Kämpfe ausgebrochen, Bolg gegen Bolg. Das Blut, das sie verströmten, lief am Boden zu einer großen Lache zusammen. Als sie wieder nach vorn schaute, hatte Achmed die Wachsoldaten bereits außer Gefecht gesetzt.

»Komm«, sagte er und fasste sie wieder bei der Hand.

Sie rannten hinter Grunthor her, immer tiefer in den Berg hinein, der einst cymrischen Höhlenbewohnern als unterirdische Stadt gedient hatte. Die Füße liefen mit ihren Herzen im Gleichschritt. Die von der Anstrengung und vom Feuerrauch strapazierten Lungen rangen nach Luft.

Plötzlich blieb Achmed stehen und renkte ihr fast den Arm aus, als er sie, die noch in vollem Lauf war, jäh zurückhielt.

Vor ihnen stand ein Bolg, der vergleichsweise klein war, nicht größer als Achmed, und ein cymrisches Schwert in der Hand hielt. In Lumpen gekleidet und mit wild zerzaustem Haar, hatte er sich vor ihnen aufgebaut und starrte ihnen aus rot geränderten Augen entgegen. Sie waren voller Angst, wie Rhapsody zu erkennen glaubte.

Achmed stand unmittelbar vor ihm. Er schloss die Augen und öffnete den Mund einen Spaltbreit. Rhapsody legte die Hand auf das Heft ihres Schwerts, während Grunthor das Stangenbeil gegen den Lopper eintauschte. Achmed leitete die Zauberacht ein.

Aus tiefster Kehle brachte er vier verschiedene Töne hervor; ein fünfter trat hinzu, der in Stirnhöhle und Nase gebildet wurde. Es war, als hätten fünf Sänger gleichzeitig zu singen angefangen. Dazu produzierte er nun mit der Zunge rhythmische Klicklaute.

Feuerauge flackerte verwundert mit den Lidern.

Achmed hob die rechte Hand wie zu einem Haltezeichen. Die linke Hand fuhr langsam seitlich aus und nach oben, und mit zuckenden Fingern versuchte er nach einer uralten Methode der Dhrakier, die Schwingungen des F'dor aufzuspüren. Plötzlich sperrte er die Augen weit auf.

Da war nichts zu spüren, auch nicht der kleinste Hinweis auf den F'dor.

Saltars Augen klarten auf; das Gesicht verzog sich zu einer wütenden Grimasse. Knurrend sprang er einen Schritt nach vorn, holte mit dem Schwert aus und zielte damit auf Achmeds ungeschützten Nacken. Als die Klinge niedersauste, ließ Grunthor ein so schauerliches Heulen ertönen, dass Rhapsody die Haare zu Berge standen. Er stieß seinen König und teuersten Freund wuchtig zur Seite und fing Saltars Hieb mit der geharnischten Brust ab. Rhapsody schnappte nach Luft und zog ihr Schwert.

Saltar schlug ein zweites Mal zu. Dann sprang er blitzschnell zur Seite und wich so einer Riposte des Riesen aus. Dem Sergeanten fiel die Kinnlade herunter. Feuerauge hatte den Gegenstoß offenbar schon vorausgeahnt, noch ehe Grunthor dazu angesetzt hatte.

»Halt still, du mickriges Miststück!«, murmelte er und holte wieder aus.

Geschickt wich Saltar auch diesem Schlag des Riesenbolg aus. Schweiß brach ihm aus und mischte sich mit den blutigen Tränen, die ihm vor Anstrengung aus den Augen quollen. In Erwartung eines beidhändig geführten Hiebs sprang er zurück.

Grunthor schnaubte vor Wut. »Weiß der Scheißkerl doch wahrhaftig, was ich vorhab, bevor ich's selbst weiß«, brummte er. Um Saltar zur Parade zu zwingen, hob er sein Schwert und ließ es mit aller Kraft auf Saltars Klinge niederfahren, die, in der Mitte getroffen, wie ein Streichholz zerbrach. Die abgetrennte Hälfte schnellte wie ein Propeller durch die Luft und trennte Saltars Kopf vom Nacken. Der hatte nur noch Zeit, die Augen aufzureißen, ehe der Kopf auf den Boden der Höhle schlug.

Erschrocken sprang Rhapsody zurück. Saltars enthaupteter Leib kippte ihr mit einem dumpfen Schlag direkt vor die Füße. Der Kopf rollte noch ein paar Schritte weiter. Die gebrochenen Augen – nunmehr ohne roten Rand – starrten unter die Höhlendecke und schienen noch einmal aufzuleben im Licht der Tagessternfanfare, das sich flackernd im Glaskörper spiegelte.

Achmed schaute näher hin. »Seltsam, das Rot ist aus seinen Augen verschwunden.«

Rhapsody zitterte. »Der Dämonengeist, wo ist er? Hat er sich vom Zauber zwingen lassen?«

»Da war gar nichts, was sich zwingen ließe«, antwortete Achmed und untersuchte die Augen des Toten.

Rhapsody blickte auf den Boden. Von Saltars durchtrenntem Hals war ihr eine schwere Goldkette mitsamt Talisman vor die Füße gefallen. Sie bückte sich, um sie aufzuheben.

»Nicht anfassen!«, schrie Achmed in schriller Stimmlage.

Vorsichtig führte Grunthor die Spitze seines Schwertes unter das Medaillon und drehte es um: ein goldenes, von metallenen Feuerzungen umkränztes Schmuckstück, vor langer, langer Zeit als ein Abbild der Erde in Flammen geschmiedet. Darin prankte eine Spirale aus winzigen roten Steinen, die in der Mitte auf ein einzelnes Auge hinauslief. Es funkelte in dem von der Klinge reflektierten Flammenlicht.

Grunthor fuhr vor Schreck zusammen. »Da ... das ist er!«

Achmed wich noch einen Schritt zurück. Rhapsody warf einen Blick in die Runde, konnte aber in der Dunkelheit der Höhle nichts erkennen. Weiter hinten im Eingangsbereich waren nach wie vor Kämpfe zwischen den eigenen Soldaten und Faust-Bolg im Gange, die vom Tod ihres Schamanen noch nichts wussten. Und über alle und alles senkte sich ein kalter Nebel.

Plötzlich schrie Grunthor auf. Es war kein Kampfschrei, was er da von sich gab, nicht jenes Gebrüll, mit dem er Menschen und Tiere zu erschrecken pflegte, auch nicht das donnernd dröhnende Lachen, das von ihm zu hören war, wenn er sich am Schrecken, den er verbreitete, ergötzte.

Es war ein Schmerzensschrei.

Er wirbelte herum und schlug beide Hände vors Gesicht,

getroffen von einem Hieb, der wie aus dem Nichts geführt worden war. Rhapsody eilte ihm zu Hilfe, wurde aber zurückgestoßen, von einem wuchtigen Windstoß, wie es schien.

»Grunthor!«

Geblendet taumelte der Sergeant zurück. Blut rann aus einer qualmenden Wunde, die ihm der unsichtbare Streich über die Augen geschlagen hatte. Auch auf Brust und Schulter klafften tiefe Risse. Sein Umhang hatte Feuer gefangen und ging in Flammen auf.

Achmed packte den Freund, holte ihn von den Beinen und wälzte sich mit ihm über den Boden, um die Flammen zu ersticken, genau so, wie es Grunthor mit ihm im Kern der Erde getan hatte. Von einem unsichtbaren Schlag am Kinn getroffen, flog der Kopf des Dhrakiers in den Nacken zurück, und das Feuer drohte Grunthor zu verzehren.

Rhapsody mühte sich auf die Knie und hob das Schwert mit ausgestreckten Armen. Keuchend schnappte sie nach Luft, schloss die Augen und konzentrierte sich darauf, das Feuer verschwinden zu lassen.

»*Slypka*«, flüsterte sie.

Die Flammen verpufften. Grunthor lag auf dem Bauch und zuckte abermals zusammen, als sich plötzlich auf dem Rücken von der Hüfte bis zum Nacken ein Spalt auftat. Entsetzt starrte Rhapsody auf die offene Wunde.

»Achmed, sieh nur!«

Im Licht, das von ihrem Schwert ausging, konnte man eine Schattengestalt erkennen, die sich über den Riesen beugte. Fast unsichtbar schwebte sie über ihm, mit einem Kapuzengewand wie aus Nebelschleiern, die ihr von knorrigen Armen mit glühenden Klauen herabhingen. Nur als ein fahler Schimmer war die Silhouette auszumachen, die sich, ohne eigene Substanz, an der Schwelle zwischen Leben und Tod aufzuhalten schien. Im Ausschnitt der Kapuze war nichts als dunkle Leere. Als aber das Schwertlicht darauf fiel, blinkte es einmal kurz darin auf.

Ein letztes Zittern ging durch Grunthors Körper, dann lag er still. Der Flammenschein der Tagessternfanfare fing einen Schatten auf, der sich von dem Riesen weg auf sie, Achmed und Rhapsody, zubewegte.

»Shing«, flüsterte Achmed mit erstickender Stimme. »Himmel!«

»Shing? Was ist das?«, raunte Rhapsody kaum hörbar.

»Ein Auge des F'dor. Es kommt näher. Geh langsam zurück, und dann mach, dass du wegkommst. Ich werde es so lange wie möglich aufzuhalten versuchen.«

Noch in der Hocke kauernd, wich Rhapsody zurück. »F'dor? Du sagtest doch, da wäre nichts.«

»Ich hab ja auch keine Schwingungen von ihm aufnehmen können«, murmelte Achmed, der sich hektisch nach allen Seiten hin umsah. »Aber er ist hier. Tsoltans Sklave. Saltar war sein Wirt, ganz bestimmt; es muss so gewesen sein.«

Nicht auf das, was er ist, kommt es an, sondern auf das, was er trägt.

Rhapsody richtete den Oberkörper auf. In ihrem Inneren hörte sie die Worte so deutlich, als würde die Mutter neben ihr stehen. Und laut wiederholte sie:

»Nicht auf das, was er ist, kommt es an, sondern auf das, was er trägt.«

Achmeds Kopf schnappte zurück. Aus einer quer über die Schulter geschlagenen Wunde schlugen Flammen. Grunthor gab einen ächzenden Laut von sich und hob die riesige Pranke, als der Freund, rückwärts taumelnd, über ihn stolperte.

Nicht auf das, was er ist, kommt es an, sondern auf das, was er trägt.

Unwillkürlich richtete sich ihr Blick auf das Amulett. Mit zitternder Hand langte sie danach und hob es vom Boden auf.

»Nein«, stöhnte Achmed, der sich vor Schmerzen wand. »Berühr es nicht!«

Grunthors Körper wurde mit Gewalt herumgewälzt.

»Halt!«, befahl Rhapsody und hielt das Amulett in die Höhe.

Im Geiste hörte sie ein Wort, das so klang, als wäre es in der Ecke gegenüber ausgesprochen worden, mit gedämpfter Stimme, im Flüsterton.

Tsoltan?

Rhapsody schüttelte den Kopf und versuchte sich von dem Eindruck zu befreien, als würde sich da etwas bei ihr einschleichen und ihre Gedanken verdrehen.

Achmed hob den Arm, so hoch er konnte.

»Rhapsody, lauf!«, röchelte er. »Zuerst wird er Grunthor töten, dann bin ich dran. Davon lässt er sich nicht abringen. Mach, dass du davonkommst.« Blankes Entsetzen trat in sein Gesicht. »Himmel, Rhapsody, deine Augen!«

Nicht auf das, was er ist, kommt es an, sondern auf das, was er trägt.

»Es ist das Amulett«, sagte sie leise. Sie hob es wieder in die Höhe und blickte zu Grunthor hin. »Der Shing ist nicht an den Schamanen gebunden, sondern an das Amulett.«

Sie wandte sich wieder dem Schatten zu, der unstet durch die Dunkelheit huschte. »Lass von ihm ab«, verlangte sie. Über Grunthor glimmte ein schwacher Funke auf. »Was willst du?«

Ich suche den Bruder.

»Hast du gehört?« Rhapsody wandte sich an Achmed, der am Boden lag und sich auf dem Ellbogen abstützte, um sich aufzurichten. Er schüttelte den Kopf. »Er sucht den Bruder.«

Mit Müh und Not stand Achmed auf. Er griff nach seinem Schwert und flüsterte auf Bolgisch: »Sag's ihm.«

»Nein. Er kann dich nicht sehen. Du bist jetzt Achmed die Schlange.«

»Sag's ihm«, wiederholte er. »Wenn nicht, geht er wieder auf Grunthor los. Und dann wird er dich töten. Sag's ihm.«

»Nein.«

Achmed raffte sich auf und kam wankend näher.

»*Ich* bin der Bruder!«, brüllte er. »Ich bin es, den du suchst! Nimm mich!«

»Achmed, nein!«

Achmed straffte die Schultern und presste die Arme an die Seiten. Entsetzt sah Rhapsody zu, wie er in die glühenden Klauen des glimmenden Schattens fiel, zu Boden gerissen und vor ihren Augen malträtiert wurde, bis er sich schließlich nicht mehr rührte.

Der Shing schwebte vor ihr in der Luft. Tief im Inneren hörte sie wieder seine Stimme.

Ich habe den Bruder gefunden und ihn, wie es mein Auftrag war, ausgeliefert. Entlasst mich jetzt aus Eurem Dienst.

Rhapsody hielt die Kette mit dem Amulett fest in der schweißnassen Hand umschlossen.

»Wo sind die anderen Augen? Wo ist der Rest eurer Tausendschaft?«

Verschwunden, verglüht in der Hitze des Schlafenden Kindes und in alle Winde verstreut. Ich allein bin zurückgeblieben, habe den weiten Ozean überquert, um ihn zu suchen. Das ist mir geglückt. Entlasst mich jetzt.

Achmed rührte sich, blieb aber liegen. »Frag ihn nach seinem Herrn.«

»Und wer hat dich gerufen? Wo hält er sich auf?«

Er ist tot, als Mensch und Geist, sein Name fast vergessen. Ich bin der Letzte aus seinem Feuer. Er ist tot. Entlasst mich jetzt. Die Stimme wurde schwächer.

Rhapsody warf einen Blick auf Achmed. »Er will, dass ich ihn freigebe.« Achmed nickte. Sie schaute zurück, auf die Stelle, wo sie ihn zuletzt gesehen hatte.

»Zeig dich ganz, damit ich dich entlassen kann.«

Es zeigte sich ein schwacher Schimmer. Rhapsody erkannte die Umrisse des Umhangs und der Kapuze. Die dürren Klauenhände glühten nur noch matt, statt zu brennen. Das Knochengerüst der Hülle schien in Auflösung begriffen zu sein. Im Ausschnitt der Kapuze war kein Licht mehr zu sehen.

»Gibt es noch andere Dämonengeister? Weitere F'dor?«

Der Shing war kaum mehr auszumachen, seine Stimme verstummt.

»*Slypka*«, sagte sie. *Erlisch.* Und die schimmernde Erscheinung löste sich auf.

Sie beugte sich über Achmed, um ihm zu helfen, doch er winkte ab, und so lief sie auf Grunthor zu. Tränen rannen ihr über die Wangen, als sie die schrecklichen Wunden sah, die sein Gesicht und seinen Körper entstellten. Er atmete nur noch schwach und starrte mit glasigen Augen zur Decke. Seine Wangen hatten bereits die Farbe des Todes angenommen.

In der Stille der Höhle intonierte Rhapsody den bolgischen Namen mit all seinen schwer zu artikulierenden Schnalz- und Pfeiflauten. *Kind der Sandwüste und des offenen Himmels,*

Sohn der Höhlen und Länder der Dunkelheit, sang sie. Grunthor bewegte sich nicht.

Bengard. Firbolg. Sergeant Major. Mein Spieß, mein Beschützer. Herr der tödlichen Waffen. Sie schluchzte und fing zu weinen an. *Dero untertänigst zu gehorchender Autorität. Grunthor, stark und verlässlich wie die Erde selbst. Mein Freund, mein lieber, lieber Freund.*

Draußen vor der Höhle ging die Sonne unter.

59

»Euer Liebden?«

Pochende Schmerzen hinter den Schläfen, eine vertraute Stimme in den Ohren. In Dunkelheit schwimmende weiße Kreise.

Rhapsody rang um das Bewusstsein, sackte aber immer wieder in den Traum zurück, dahin, wo sie getrost glauben konnte, dass Grunthor nicht tot war. Er lächelte ihr zu, rüttelte sie nach einem Albtraum auf der Wurzel wach und tröstete sie, wie schon so viele Male zuvor.

»Lass dir Zeit, Herzchen.« In ihrer Erinnerung sah sie das graugrüne Gesicht schmunzeln. Wie oft hatte er ihr das nicht schon geraten, aus Sorge, dass sie unvorsichtig werden und stolpern könnte. Er war immer so geduldig gewesen.

Die Stimmen schienen weit entfernt über ihr zu schweben.

»Wie lang liegt sie schon flach?«

»Seit dem frühen Morgen. Sie hat die ganze Nacht hindurch bis Sonnenaufgang gesungen und ist dann umgekippt.« Achmeds ohnehin schon trockene Stimme war noch rauer geworden.

Ihre Kehle füllte sich mit Schmerz. *Grunthor*, hauchte sie, und es klang, als spräche sie mit einer anderen Stimme, mit der Stimme einer gebrechlichen Firbolg-Greisin.

»Hier bin ich, so gut wie neu.«

Rhapsody versuchte die Augen zu öffnen, was ihr aber bloß mit dem einen gelang. Über ihr schwebte das graugrüne Gesicht; es grinste. Sie wollte etwas sagen und bewegte die Lippen, doch es kam kein Laut darüber.

»Schön still liegen bleiben, Gräfin. Du hast mich wieder zusammengeschustert und verflixt gute Arbeit geleistet. Ich seh jetzt besser aus als du.«

Sie drehte den Kopf und sah Achmed neben sich sitzen, bandagiert und mit Pflastern versehen, aber anscheinend wohlauf. Soweit sie es erkennen konnte, hatte Grunthor nicht einen Kratzer.

Aus irgendeiner Ecke hörte sie einen erleichterten Ausruf von Jo.

»Ist sie aufgewacht? Geht es ihr gut?«

Wenig später tauchte das verheulte Gesicht des jungen Mädchens auf. Es schien voller Freude und wütend zugleich zu sein.

»Hör zu, du Kümmerling. Wenn du das nächste Mal auf Vergnügungsfahrt gehst und mich mit deinen Enkelbälgern allein lässt, garantiere ich dir eine ordentliche Tracht Prügel. Die Rotzlöffel haben mich gefesselt und beraubt. Wärst du nicht rechtzeitig wieder zu dir gekommen, hätte ich als erster Mensch einen Bolg gefressen.«

Rhapsody atmete tief durch und spürte, wie der Schmerz in der Brust ein wenig nachließ.

»Und mit dir ... ist wirklich alles ... wieder in Ordnung, Grun ...«

»Ruhig«, sagte der Riese. »Nich sprechen. Wie gesagt, ich bin hübscher denn je. Und dir sehr dankbar. Dass du mich mit 'nem Lied zurückgeholt hast ... Du scheinst mich wirklich gut zu kennen.« Er schmunzelte.

»Tja, das sollte man doch wohl meinen. Immerhin haben wir schon miteinander geschlafen«, sagte sie mit schwerer Zunge und schlief, noch während die anderen lachten, wieder ein.

Ein scharfer Wind heulte über die Verdorrte Heide und fuhr in ihre Umhänge und Kapuzen, die sich wie Segel blähten. Achmed und Grunthor hielten wachend Ausschau, während Rhapsody das Amulett untersuchte. Sie hatte in einer windgeschützten Felsnische Zuflucht gesucht. Das Amulett lag auf einer Schieferplatte, das Auge zuoberst, dem dunklen Himmel zugewandt.

Sie summte eine Melodie in so hohen, schrillen Tönen, dass sich Achmed vor Schmerzen wand.

»Grunthor, so ließe sich doch auch foltern«, sagte er gequält und mit zusammengebissenen Zähnen. »Das hält keiner aus.«

Der Riesen-Bolg lachte. »Ich glaub, darauf legt sie's auch an. Sie will das Amulett dazu bringen, dass es mit seinem Geheimnis rausrückt.«

Das Mondlicht färbte ihr goldenes Haar silbern. Sie hatte fast zwei Stunden in ihrer Felsnische gehockt und vor sich hin gesungen, als sie endlich aufstand, den Staub aus den Kleidern klopfte und zu den Freunden zurückkehrte.

»So weit, so gut. Ich habe einiges in Erfahrung gebracht und darüber, dass ich die Eigenresonanzen des Amuletts aufgerufen habe, etliche Bilder einsehen können. Es hat scheußliche Szenen gesehen, glaubt mir, und ich habe beschlossen, nicht allzu weit in die Vergangenheit zurückzugehen. Denn zum einen habe ich gar nicht die Zeit, die schrecklichen Erinnerungen anderer zu teilen, und zum anderen lässt sich nicht ausschließen, dass sie einen schlimmen Einfluss auf mich ausüben könnten.

Das Amulett selbst ist leblos. Es ist einfach nur ein Gegenstand, der einer sehr mächtigen Person gehört hat, die mit der Geisterwelt in Verbindung stand.

Dieser Shing hat offenbar die Wahrheit gesagt. Tsoltan hat tatsächlich die Tausend Augen zusammengerufen und seine dämonische Lebenskraft auf sie verteilt. Sie haben jeweils einen Teil seiner Kraft – seiner Seele, wenn man so will – mit sich genommen und von dieser Kraft gezehrt, um ihre Aufgabe erfüllen zu können: den Bruder zu finden und zurückzubringen.

So haben die Shing auf der ganzen Welt nach dir gesucht. Der, dem wir begegnet sind, war der einzige Überlebende; im Unterschied zu den anderen hat er die Insel verlassen und das Meer überquert. Die Suche der anderen blieb vergeblich, und weil sie ihre Mission nicht einfach abbrechen konnten, sind sie nie zu Tsoltan zurückgekehrt. Sie suchten in ihrer Welt immerfort nach jemandem, den es dort gar nicht mehr gab. Selbst wenn sie dir auf die Spur gekommen wären, hätten sie dich nicht erkannt – ebenso wenig wie der, dem wir begegnet sind –, denn du trägst ja inzwischen einen anderen Namen.

Und weil Tsoltan dich nicht hatte einfangen lassen können, war er auch nicht in der Lage, die Shing zurückzurufen. Er hat das Spiel verloren und seine dämonischen Kräfte eingebüßt.

Als MacQuieth ihn schließlich traf, war von Tsoltan nur noch die menschliche Seite übrig geblieben. Die Macht des F'dor hatte sich tausendfach aufgeteilt und war mit den Shing verloren gegangen.«

Der kühle Wind machte sie frieren. Grunthor öffnete seinen schweren Mantel und hüllte sie darin ein.

Kichernd fuhr Rhapsody fort. »Sich mit dem Anhänger einer Kette zu unterhalten ist ziemlich seltsam. Seine Ansichten vom Leben sind, gelinde gesagt, ein bisschen verdreht. Wie auch immer, es scheint, dass MacQuieth dem sterbenden Priester das Amulett vom Hals gerissen, es mit nach Elysian – das echte, nämlich in den Palast – genommen und dem König als Trophäe geschenkt hat. Ich weiß nicht, welchem König – von solchen Dingen versteht das Amulett nichts.

Über viele Generationen war es im königlichen Museum ausgestellt. Mit der Zeit aber gerieten seine Herkunft und Bedeutung in Vergessenheit, sodass es schließlich bloß ein Ausstellungsstück unter vielen war.

Als schließlich die Insel evakuiert werden musste, hat man das Amulett mit anderen wertvollen Gegenständen in eine Kiste gepackt und als Teil des kulturellen Erbes mitgenommen. Die Kiste kam unversehrt in Canrif an, wurde aber nie ausgepackt, sein Inhalt nie zur Schau gestellt. Ich vermute, das neue Leben war für Gwylliam und seine Untertanen so aufregend und abwechslungsreich, dass man für Erinnerungsstücke von früher keine Muße hatte, schon gar nicht für eines, das so hässlich ist, dass man sich nicht einmal damit schmücken kann.

Also blieb es in der Kiste liegen und setzte Staub an. Dann brach der Krieg aus, und als Gwylliam starb, fielen die Bolg über den Berg her. Sie fanden das Amulett in den Ruinen einer Siedlung, wahrscheinlich von Lirin oder Gwadd bewohnt, tief im Verborgenen Reich. Aber sie hatten Angst davor und rührten es nicht an.

Dann kam die Zeit des Schamanen Saltar – oder wie immer er geheißen haben mochte. Er hatte den Mut, sich das Amulett um den Hals zu hängen, und erkannte, dass es ihm Macht verlieh. Ich glaube, dass diese Macht ursprünglich nicht viel mehr als das Ergebnis von Furcht war, die das ›Feuerauge‹ unter den Bolg verbreitete, ja, selbst unter denen vom Stamm der Faust-und-Feuer-Bolg.

Und es dauerte nicht lange, da zeigte sich ihm der Shing, der den Bruder gesucht hatte, jetzt aber, über das Amulett sozusagen neu beauftragt, nach Tsoltan oder seinem Nachfolger zu fahnden begann. Der Shing hat Saltar erklärt, wie man mit Hilfe des Auges über große Entfernungen blicken und die Reaktionen anderer vorhersehen kann. Darum war er auch dir, Grunthor, im Kampf immer einen Schritt voraus.«

»Dieser kleine Drecksack«, murmelte der Sergeant. »Mit dem wär ich sonst im Handumdrehen fertig geworden.«

»Zweifellos. Aber dank des Amuletts konnte er hellsehen. Dass er rot geränderte Augen hatte, war das äußere Zeichen für diese spezielle Gabe. Wovon ich mich ja auch habe überzeugen können, als ich das Ding in der Hand hielt. Wie dem auch sei, ich glaube, das ist die ganze Geschichte oder zumindest das, was ich davon verstanden habe. Da wäre allerdings noch ein interessantes Detail, und das hat mit deinem Namen zu tun, Achmed. Ich meine, deinem alten Namen.«

»Und?«

Rhapsody kramte in ihrem Gepäck und holte ein Stück Ölpapier daraus hervor, das mit Holzkohle bestrichen worden war.

»Erinnerst du dich?«

»Natürlich.« Seine seltsamen Augen schienen im Dunkeln zu leuchten.

»Du sagtest, dass das Schild, das du mit diesem Stück Ölpapier abgepaust hast, an einem großen Obsidianblock gehangen hat.«

»Ja, so war's«, bestätigte Grunthor.

»Und die Inschrift ließ erkennen, dass dieser Block ursprünglich als Altar in einem bestimmten Tempel gedient hat.«

»Ja.«

»Dieser Tempel wurde von Tsoltan im Auftrag seiner Gottheit – der Allesverschlingerin und Göttin der Leere – zerstört, der Altar geraubt. Das war, lange bevor er dir deinen Namen geraubt hat.« Rhapsody suchte in Achmeds Miene nach einer Gefühlsregung, doch es zeigte sich keine. »Ich vermute, dass dein Name einmal in diesem Stein eingeschlossen gewesen ist.«

»Möglich.«

»Das könnte bedeuten, dass die Gewinner des Serenschen Krieges den Stein zurückverlangt und ihn ihrem Gott des Lebens neu geweiht haben, was, wenn ich richtig informiert bin, der ältere Name des Allgottes war. Aber daran erinnert sich das Amulett natürlich nicht. Allerdings hat es mir ein deutliches Bild von Tsoltans Schrecken vermittelt, als er entdeckte, dass du ihm aus dem Ruder gelaufen bist. Schade, dass ich es dir nicht zeigen kann. Du hättest mit Sicherheit deinen Spaß daran. Vielleicht werde ich eines Tages einmal eine komische Ballade aus diesem Stoff komponieren. So, wären wir dann jetzt fertig? Kann's weitergehen?«

König und Sergeant sahen einander an und nickten. Zu dritt begaben sie sich an die Stelle zurück, wo das Amulett im Gras lag und mit seinem Auge zu den Sternen emporstarrte.

»Weißt du denn, was jetzt zu tun ist, Gräfin?«, fragte Grunthor.

»Nein.«

Der Riese zwinkerte. »Na, dann wir werden wohl ein bisschen improvisieren müssen.«

Die Sängerin lächelte. »Gib's zu, das gefällt dir doch.« Sie schloss die Augen und zog das Schwert aus der Scheide, einer Metallhülle, die in Achmeds Schmiede gefertigt worden und mit dem schwarzen Tropfstein geschmückt war, den sie gefunden hatte. Als die Tagessternfanfare daraus hervorglitt, war es, als hätte die Klinge zu singen angefangen, eine Melodie voller Leben, die ihr wohlige Schauer über den Rücken rieseln ließ.

Der Widerschein der ätherisch glühenden Klinge und der daran entlangzüngelnden Flammen flackerte auf ihrem Gesicht und erglänzte in ihren Haaren. Wie ein Leuchtfeuer stand sie da auf weiter, dunkler Flur.

Passend zum Lied des Schwertes stimmte sie ihren Grundton an und fühlte sich durchdrungen von der Kraft dieser herrlichen sinfonischen Musik, die mit den Flammen in einem mitreißenden Crescendo aufbrauste. Sie öffnete die Augen und suchte am Himmel nach dem Stern, den sie entdeckt hatte, jenen kleinen Richtungsstern Maurinia, der Seefahrern zur Orientierung diente und als blau leuchtender Punkt über dem Mittagskreis schwebte.

Wie schon im Traum hörte sie nun wieder im Innern die Stimme der Mutter.

Feuer ist von großer Kraft. Aber das Sternenfeuer kam zuerst auf die Welt und ist das machtvollste Element überhaupt. Nutze das Feuer der Sterne, um dich und die Welt von dem Hass zu befreien, der von uns Besitz ergriffen hat.

Rhapsody holte tief Luft und hob das Schwert himmelwärts. Sie hörte dessen Musik anschwellen und in der Seele klingen, zeigte mit der Spitze auf Maurinia und spürte, wie der Stern in vollkommener Harmonie singend antwortete. Mit geschlossenen Augen wiederholte sie seinen Namen.

Plötzlich erstrahlten die hohen Berggipfel ringsum voller Glanz; ihr Licht fiel silbrig auf die Felder und Schluchten, und es war taghell, nein, heller noch, denn selbst die Schatten lösten sich auf. Am Ende schien es, als leuchteten sogar die Körper der drei Gefährten aus eigener Kraft.

Mit ohrenbetäubendem Donner zuckte jählings ein Feuer herab, heißer als das im Kern der Erde. Es traf auf das goldene Amulett, und die schwere Schieferplatte, auf der es lag, zerfiel zu Staub und Asche. Die drei schirmten ihre Augen ab gegen das gleißende Licht, in dem das ganze Tal aufzugehen schien. Wenig später war es wieder erloschen. Nur ein feiner Aschestaub auf dem Boden des versteckten Winkels war als sichtbare Spur zurückgeblieben.

Grunthor hielt Rhapsody bei den Schultern gepackt.

»Alles in Ordnung, Herzchen?«

Sie nickte kaum merklich, starrte reglos vor sich hin und versuchte, die Stimme, die sie im Geiste hörte, einzufangen. Vergebens. Vom Wind fortgetrieben, war sie bald nur mehr ein Flüstern und entschwand.

Dann werde ich in Frieden ruhen, bis du mich wiedersiehst.

»Rhapsody?«

Sie starrte immer noch nach vorn, lauschte mit jeder Faser ihrer Seele, bis von der Stimme nichts mehr zu hören war.

Tröstend nahm Grunthor sie in seine mächtigen Arme. Rhapsody flackerte mit den Lidern. Ihr war, als hätte sie sich gerade endgültig von der Vergangenheit und ihrer Familie verabschiedet.

Sie kam sich elend und allein gelassen vor und fürchtete, vor Kummer vergehen zu müssen. Was sie einzig davor bewahren konnte, waren die starken Arme und die freundlichen Worte der Freunde, jener beiden, die sie vor langer, langer Zeit in irgendeiner kleinen Seitengasse als Brüder adoptiert hatte.

Rhapsody seufzte tief und sagte, an die beiden Bolg gerichtet, die offenbar in Sorge um sie geraten waren: »Das wäre erledigt. Was jetzt?«

»Zurück an die Arbeit«, antwortete Achmed und grinste aus dem Ausschnitt der Kapuze. »Grunthor und ich haben nach unserer kleinen Exkursion ins Verborgene Reich eine Menge aufzuräumen. Mit Ausnahme der Hügel-Augen sind mittlerweile alle Klans vereint. Jetzt gilt es, unseren Plan in die Tat umzusetzen. Oh, und nicht zu vergessen: die Bestattung der Gefallenen.«

Sie nickte. »Sind schon die Gräber ausgehoben?«

Der König legte die Stirn in Falten. »Ich hatte eher an eine Feuerbestattung in der Schmiede gedacht«, antwortete er und zuckte merklich zusammen angesichts ihrer Miene.

»Nein, kommt nicht in Frage«, entgegnete sie angewidert. »Mag sein, dass die Nain dort ihre Toten verbrannt haben, aber wir werden die Schmiede nicht als Krematorium benutzen.«

»Warum nicht?«

»Weil sie, erstens, jetzt dem Aufbau und der Neuschöpfung gewidmet ist und sich schon deshalb nicht eignet als Ort für Bestattungen. Was aber entscheidender ist: Im Unterschied zu den Lirin, die ihre Toten verbrennen, um sie dem Wind und den Sternen zurückzugeben, verstehen sich die Bolg als Kinder der Erde, nicht des Himmels. Darum gehört es sich, sie in der Erde beizusetzen.«

Achmed zuckte mit den Schultern. »Sei's drum. Ich beuge mich deiner überlegenen Kenntnis in Sachen Bestattungskultur. Die Bolg dürfen sich glücklich schätzen, dass ihnen eine echte Sängerin am Grab ein Ständchen hält.« Er sah, dass sich ihr Blick wieder verdüsterte. »Was ist los?«

Als sie nicht antworten wollte, nahm er sie beim Arm.

»Wir sind in Sicherheit, Rhapsody. Das Amulett ist verschwunden, zusammen mit dem Letzten der Shing. Tsoltan ist tot, und den F'dor wird's wohl auch nicht mehr geben. Wir können uns nun voll und ganz dem Aufbau von Ylorc widmen. Das steht jetzt an und liegt in unserer Hand. Wir brauchen uns nicht mehr zu verstecken und müssen nicht länger trauern. Es ist an der Zeit, nach vorn zu schauen.«

Sie blickte ihn an und lächelte trotz betrübter Miene.

»Für dich vielleicht«, sagte sie.

60

Ab und an tauchte die Sonne hinter Wolken auf, als Rhapsody in den Felsen kletterte, die der Heide vorgelagert waren.

Seit einer Weile lief sie allmorgendlich, das Schwert geschultert, über die steilen Pfade der Umgebung, um an Kraft, Schnelligkeit und Ausdauer dazuzugewinnen. Es war ein anstrengendes Programm, das sie sich zurechtgelegt hatte, doch der Erfolg, den sie deutlich an sich wahrnehmen konnte, trieb sie weiter an. Sie suchte jetzt nach einer neuen Übungsstrecke und hatte plötzlich das Bedürfnis, nicht mehr einfach nur zu laufen – sie wünschte sich, Reißaus nehmen zu können.

Achmeds Königreich nahm Formen an, die ihr gegen den Strich gingen. Nachts wurde sie von so schrecklichen Albträumen geplagt, dass sie sich gar nicht mehr schlafen legen mochte. Sie hatte schon dran gedacht, zu Jo ins Bett zu kriechen, sich aber dann doch eines anderen besonnen aus Sorge, das Mädchen mit ihren nächtlichen Schreckensvisionen womöglich zu verstören.

Achmed und Grunthor waren meist unterwegs, sodass sie auch auf deren Trost verzichten musste. Umso einsamer fühlte sie sich in den kalten Felsfluren des Palastes.

Nach dem Abendessen war sie auf den Gedanken verfallen, dass es vielleicht möglich wäre, ihren Albträumen davonzulaufen, in dem Sinne, dass sie schließlich selbst zum Träumen zu erschöpft und müde sein würde.

Doch als sie jetzt am Rand der Heide stand, war ihr Kummer fast vergessen. Aus langem Winterschlaf erwacht und wie von göttlicher Hand gesegnet, erstrahlte die weite Graslandschaft im goldenen Glanz der untergehenden Sonne.

Die ersten Blumen blühten und brachten zarte Farbkleckse ins Bild, die auf Beifall zu warten schienen, um sich dann selbstbewusst entfalten zu können. Rhapsody tat ihnen den Gefallen und stimmte, auf den Fersen hockend, ein Lied an, das sie von Llauron gelernt hatte, und tatsächlich reagierten die Blüten auf ihren Gesang. Tief bewegt von der Schönheit der Landschaft, fragte sie sich, ob es denn tatsächlich möglich war, dass die Bolg allen Sinn dafür verloren hatten.

Sie stand auf, drehte sich mit ausgestreckten Armen im Kreis und trank mit den Augen den Anblick der Hügel und Felder im Aufzug der Nacht. Bis zu den fernen, schroffen Zacken, die über das alte Cymrerreich wachten, reichte ihr Blick, und die Welt lag ihr zu Füßen.

Rhapsody versuchte sich vorzustellen, wie es hier wohl ausgesehen haben mochte, als die Firbolg noch fernab in ihren Höhlen gelebt und die Aussiedler ihrer Heimat sich um dieses Land gekümmert hatten. Wie verschieden waren doch Serendair und diese felsigen, gebirgigen Steppen voller Heidekraut und dorniger Büsche. Ob sich die Cymrer hier jemals heimisch gefühlt haben?, fragte sie sich – und: Könnte auch ich hier heimisch werden? War es möglich, den Kummer über den Verlust der Heimat zu vergessen und sich mit dem Vorgefundenen zu trösten?

Ein stechender Schmerz bohrte sich in ihr Herz, und ihr wurde wieder bewusst, aus welchem Grund sie hier heraufgestiegen war. Sie musste Mittel und Wege finden, ihre quälenden Albträume loszuwerden.

In letzter Zeit hatte sie sich angewöhnt, die Tagessternfanfare, aus der Scheide gezogen, in eine Ecke ihrer Kammer im Kessel oder in ihrem Schlafzimmer in Elysian an die Wand zu lehnen, um an der Wärme und dem Glanz, die das Schwert ausstrahlte, Trost zu finden, wenn sie nachts aus dem Schlaf aufschreckte. Allerdings stellte sich darüber bei ihr auch ein Schuldgefühl ein, kam es doch einem geradezu frevlerischen Missbrauch gleich, diese alte Waffe zu nichts weiter als einer Art Notbeleuchtung zu verwenden.

Von Michael und seinesgleichen träumte sie nur noch selten; viel mehr quälten sie die Bilder von zu Hause und von den Lieben, die nun schon über tausend Jahre tot waren. Manchmal hörte sie die Eltern oder ihre Brüder flehentlich rufen, dass sie doch endlich nach Hause zurückkehren möge.

Manchmal träumte sie vom Serenschen Krieg, der großen Heimsuchung, die über ihr Land gekommen war, kurz nachdem sie es verlassen hatte, und dann stellte sich ihr die Frage, was den Angehörigen an Schrecken widerfahren sein mochte. Hatten sie das Ende des Krieges noch erlebt, oder waren sie ihm schon vorher zum Opfer gefallen? Was hatte ihre Mutter gemeint, als sie sagte, dass die Familie durchs Feuer umgekommen sei? Schreiend erwachte Rhapsody aus ihren Albträumen vor allem dann, wenn sich ihre Phantasie auf diese Fragen Antworten ausmalte.

Doch am schlimmsten waren jene nostalgischen Träume, die ihr vorgaukelten, tatsächlich zu Hause zu sein, während ihr Exil nur eingebildet war, dass sie im Schoß der Familie aufgehoben sei und ein Leben führe wie eh und je.

In solchen Träumen meinte sie manchmal, sich selbst und andere davon überzeugen zu müssen, dass sie tatsächlich geflohen und das traurige Leben, das sie jetzt führte, Wirklichkeit war, und sie bettelte darum, festgehalten zu werden, damit sie nicht dorthin zurück müsste, fand sich aber schließlich doch, erwachend, in der Dunkelheit des Kessels wieder. Und dann weinte sie heimliche Tränen der Verzweiflung.

Nicht wieder, sagte sie sich. *Da will ich diese Nacht nicht wieder durch müssen.* Sie blickte über die Heide, sah den warmen Frühlingswind über die frisch aufgegangenen Blumen streichen und steckte im Geiste eine Laufstrecke ab. Dass sie nicht schon ihre Sportsachen angezogen hatte, ehe sie aus der Großen Halle aufgebrochen war, bedauerte sie jetzt. Wie gewöhnlich trug sie ihr weiches graues Kleid, das eng am Körper anlag, aber an den Ärmeln und am Rocksaum weit ausgestellt war, was sich zum Laufen nicht besonders gut eignete.

Rhapsody lief los, ziellos und nur verzweifelt darauf aus, sich selbst zu vergessen. Beide Arme ausgebreitet, spürte sie die Ärmel im Wind flattern wie Vogelschwingen. Sogleich fühlte sie sich befreit und löste die Schleife, die das Haar zu einem Pferdeschwanz zusammengefasst hielt. Wie ein Liebhaber griff der

Wind in die Locken, die das Licht der untergehenden Sonne auffingen und in den Himmel zurückwarfen.

Sie lief, den Wind im Rücken, bis sie den Südrand der Heide erreicht hatte, kehrte um und lief zurück. Das Haar wehte wie eine Fahne am Mast. Sie folgte der sinkenden Sonne nach Westen, sprang über Grasbüschel und große Feldsteine und drehte sich mit schwingendem Kleid wie im Tanz mit dem Wind.

Dabei wirbelte sie umher und sprang, ließ sich leiten von einer nicht bewusst gefühlten Anmut und hörte im Innern den Wind singen. Der rief eine Saite in ihrer Seele auf, die sich krampfhaft zusammengezogen hatte, um das Herz davor zu bewahren, dass es zerbrach. Von diesem Albdruck befreit, flog die Seele mit ihr im Sturmlauf der Nacht entgegen.

Sie lief unmittelbar am Rand der Heide entlang, nicht länger tanzend, sondern darauf bedacht, möglichst schnell zu sein. Dass gleich neben ihr der Abgrund gähnte, ängstigte sie nicht, im Gegenteil, sie wünschte sich fast, dass sie der Wind vom Plateau fegte. Als die Sonne hinter dem Felsgrat wegtauchte, legte sie eine kurze Pause ein und badete das Gesicht in den letzten Strahlen. Dann rannte sie weiter, so schnell sie nur konnte, und der Wind, der ihre schweißnasse Haut kühlte, frischte auf mit dem Hereinbrechen der Nacht.

Als sie schon zwölfmal das weite Feld umrundet hatte, glaubte sie in der Lage zu sein, eine weitere Runde mit geschlossenen Augen zu drehen, was sie auch versuchte. Doch bald schlug sie die Augen lieber wieder auf und folgte mit ihren Blicken den länger werdenden Schatten, die die Zacken der Zahnfelsen über die Heide warfen.

Endlich machte sich die Erschöpfung bemerkbar, auf die sie es angelegt hatte. Da trat ihr plötzlich eine dunkle Gestalt in den Weg, die wie aus dem Nichts aufgetaucht war. Vor Schreck geriet sie ins Stolpern und wäre wohl gestürzt, hätte die Gestalt nicht schnell die Arme ausgestreckt und sie aufgefangen.

Rhapsody riss sich sofort los und zückte den Dolch. Außer Atem und nach Luft ringend, bemühte sie sich, Haltung anzunehmen, und musterte die graue Gestalt aus weit aufgerissenen Augen.

»Entschuldigung, ich wollte dich nicht erschrecken«, meldete sich eine Stimme, die ihr vage vertraut vorkam.

»Wer, zum ... wer bist du?«, keuchte sie empört.

»Ich bin's, Ashe. Weißt du denn nicht mehr? Wir haben in Bethe Corbair zusammen zu Mittag gegessen.«

»Himmel!«, platzte es aus ihr heraus. Sie zitterte am ganzen Körper, so erschrocken und erschöpft war sie. »Mach das nicht noch mal mit mir. Es hätte nicht viel gefehlt, und ich hätte dir den Hals aufgeschlitzt.«

Aus der verhüllten Kapuze war ein leises Lachen zu vernehmen. »Das nächste Mal bin ich vorsichtiger, versprochen«, antwortete Ashe, und dass er lächelte, war seiner Stimme anzuhören.

»Was treibst du hier? Und wie bist du an den Wachposten der Bolg vorbeigekommen? Das wird Grunthor überhaupt nicht gefallen.«

»Ich hoffe, er wird mit den Wachen nicht allzu harsch ins Gericht gehen«, sagte er voller Mitgefühl. »Sie können nichts dafür. Außerdem bin ich auf Einladung hier.«

Fröstelte sie soeben noch vor Angst und Schrecken, so wurde ihr nun plötzlich ganz heiß. »Wirklich? Wer hat dich denn eingeladen?«

»Ja, du und Jo. Jedenfalls habe ich mich eingeladen gefühlt, als Jo meinte, dass ich jederzeit willkommen sei. Es tut mir Leid, wenn ich irgendetwas missverstanden habe.«

Rhapsody spürte, wie die Hitzewelle wieder abebbte. »Nein, nein«, beeilte sie sich zu sagen. »Ich bin es, der sich entschuldigen müsste. Natürlich bist du willkommen. Du hast mich auf dem falschen Fuß erwischt. Ich war ganz außer Atem und nicht ganz bei mir.«

»Vor wem oder was läufst du davon?«

Rhapsody dachte über eine Antwort nach, doch auf die Schnelle fiel ihr keine ein, die sie diesem Fremden hätte anvertrauen wollen. »Nichts Greifbares«, sagte sie und setzte eine heitere Miene auf.

»Ach, ja?«

»Ja«, sagte sie. »Und wovor versteckst du dich?«

Die verhüllte Gestalt lachte und verbeugte sich komplimentierend. »Auch das ist nicht greifbar.«

Kaum dass sie sich von dem ersten Schock erholt hatte, stellte sich wieder Beklommenheit ein. Sie war hierher auf die hoch gelegene und abgeschiedene Heide gestiegen, um ihren Albträumen zu entrinnen, und einer Gestalt gewissermaßen in die Arme gelaufen, die wie einem Albtraum entstiegen zu sein schien.

Sie versuchte, sich an den Traum zu erinnern, an jene Vision, die ihr zweimal einen Körper vor Augen geführt hatte, der, auf einem Tisch aufgebahrt, in der Dunkelheit aufglühte und verschwand.

Ich kann ihn nicht mehr sehen, Mama. Warum nicht?

Nicht auf das, was er ist, kommt es an, sondern auf das, was er trägt.

Rhapsody blickte in den Ausschnitt der Kapuze, doch da war rein gar nichts zu sehen, was sie ängstigte, zugleich aber auch ein bisschen traurig machte. Auch sie hatte sich schon häufig verstecken und unsichtbar machen müssen. Was war wohl der Grund dafür, dass sich Ashe den Blicken anderer entziehen zu müssen glaubte? War er in den Augen der Hiesigen so anders und unansehnlich? War er womöglich überfallen, grausam zugerichtet und entstellt worden?

Es trat nun ein anderes Bild vor ihr geistiges Auge und machte sie zittern. Es war das Bild eines Mannes, der in Dunkelheit ertrank und dabei unsägliche Qualen litt.

»Rhapsody? Ist alles in Ordnung mit dir?«

Sie spürte, wie sich ihr Gesicht verzog, die Wangen krampften. Dass sie Angst hatte, war nicht zu verkennen.

»Ja«, sagte sie. »Mir geht's gut. Warum kommst du nicht mit?« Sie lächelte matt und strich sich eine Strähne aus dem Gesicht. »Ich bringe dich zum Kessel. Achmed wird sich freuen, dich wieder zu sehen. Er ist unser König, musst du wissen.«

»Kessel?«

»Ja, so heißt der Königsitz, wozu auch die Große Halle gehört.«

»Herrje.« Die Kapuzengestalt wirkte einen Augenblick lang wie erstarrt.

»Ja, nun, wir sind hier immerhin im Land der Firbolg. Komm, ich werde dir zeigen, wie gastfreundlich man bei uns ist.« Sie band ihr Haar wieder im Nacken zusammen, und trat den Rückweg an.

Der graue Schatten ging neben ihr her. »Glaub mir, ich würde dir überall hin folgen, weiß aber nicht, ob ich auch Schritt halten könnte, wenn du zu laufen anfingest.«

61

Ashe sah Canrif zum ersten Mal; es war auch für ihn ein Anblick, der verwunderte und düster stimmte. Die Pässe in den Zahnfelsen wurden streng bewacht. Die Posten, die dort ihren Dienst versahen, waren zwar nur leicht bewaffnet und gepanzert, aber gewissenhaft ausgebildet und machten ihre Sache nicht weniger gut als die Soldaten von Sorbold und besser als die von Roland, deren Rüstzeug manche von ihnen trugen. Als Wachen waren nur die Lirin besser.

Als Ashe das letzte Mal in die Bolgländer gekommen war, hatte er als junger Rekrut im Heer von Bethania an einer Frühjahrssäuberung teilgenommen, aber das war noch in seinem anderen Leben gewesen, als er sich noch frei und offen in menschlicher Gesellschaft hatte bewegen können und auch Veranlassung dazu gehabt hatte.

Er hatte an diesem Waffengang teilgenommen und keinerlei Skrupel dabei empfunden, allerdings auch keine sadistische Lust, als es darum gegangen war, die menschenähnlichen Ungeheuer niederzumachen, die dort lebten.

Gewissensbisse stellten sich erst später ein, insbesondere jetzt, da er die Bolg als das erkannte, was sie wirklich waren: zwar primitiv und kriegerisch, aber doch von Menschenart und keine Tiere. Und diese beiden, Rhapsody und der Mann, den sie Achmed nannte, hatten es fertig gebracht, die Bolg zusammenzuführen und in kürzester Zeit zu einer starken Streitmacht aufzurichten. Das in Erfahrung gebracht zu haben war ihm sehr wichtig.

Er hatte auf der dunkelnden Heide gestanden und Rhapsody lange Zeit beobachtet, ohne sich ihr bemerkbar zu machen.

Zuerst war ihm nicht ganz klar gewesen, was sie da trieb, warum sie gegen den Wind lief und die Haare fliegen ließ. Dann aber fiel ihm auf, wie leidenschaftlich und wild ihr Tanz war, und ihm wurde bewusst, dass sie zu fliehen versuchte, aber kein Ziel hatte. Umso größer wurde sein Verlangen nach ihr.

Ashe versuchte, seine Gefühle im Zaum zu halten, als er ihr nun über felsige Steige in die von Fackellicht beleuchteten Höhlengänge folgte, die zur uralten Machtzentrale der Cymrer führten.

Canrif – die legendäre Wiege der cymrischen Zivilisation, die ein hoch entwickeltes Rechtswesen ausgebildet und bahnbrechende wissenschaftliche und technische Leistungen vollbracht hatte, die die Künste zur Blüte geführt, große Basiliken und Straßen gebaut und erstaunliche Entdeckungen gemacht hatte. Und all das war schließlich einem blindwütig geführten Krieg zum Opfer gefallen. Was für eine Schande! Ashe schaute sich um. Beim Durchschreiten dieser Gänge war ihm, als erlebte er die Geschichte noch einmal.

An den Ruinen der Festung hatte sich seit der Flucht der Cymrer offenbar kaum etwas verändert, und es stank in ihnen auch noch vierhundert Jahre später nach Pech und Rauch, nach bitterer Niederlage.

Gwylliam war ein großer Ingenieur gewesen, ein Mann, der etliche der größten Bauwerke der bekannten Welt errichtet hatte, auch so ein Weltwunder wie Canrif. Er hatte aus diesem Felsmassiv eine fast uneinnehmbare Festung herausgeschlagen, für Wärme, Licht und Lüftung gesorgt und eine Wohnung geschaffen für all die so unterschiedlich gearteten Volksgruppen, die mit ihm und der letzten Flotte hierher gekommen und über dreihundert Jahre zusammengeblieben waren.

Zum Schluss führte Rhapsody ihn durch einen langen Flur zum einstigen Thronsaal, der Großen Halle von Canrif, das nun Ylorc genannt wurde. Dort traf er nun auch die beiden an, die er schon auf dem Markt von Bethe Corbair kennen gelernt hatte – das Mädchen Jo und diesen unausstehlichen Mann namens Achmed.

Des Weiteren war da ein riesiger Bolg, allem Anschein nach ein

Mischling, den Rhapsody mit dem Namen Grunthor und als Hauptmann der Garde vorstellte, worauf der Riese die Hacken zusammenschlug und nickte, ansonsten aber schwieg. Jo zappelte aufgeregt herum, war aber offenbar schon zurechtgewiesen worden und hielt sich lächelnd zurück.

»Was führt dich hierher?«, fragte Achmed geradeheraus.

Ashe seufzte heimlich. Vielleicht hätte er lieber doch nicht kommen sollen. Rhapsody antwortete für ihn.

»Wir haben ihn eingeladen, Achmed. Erinnerst du dich nicht? Du warst doch dabei.« Sie wandte sich Ashe zu, schaute ihm in den Ausschnitt der Kapuze und war fast mit ihm auf Augenhöhe. »Es freut uns, dass du gekommen bist. Nicht wahr, Jo?« Sie lächelte, und Ashe spürte, wie seine Knie zu zittern anfingen.

»Ja«, sagte Jo.

»Wann reist du wieder ab?«, fragte Achmed.

»Achmed! Verzeih, Ashe. Er wollte eigentlich fragen, wie lange du bleiben kannst. Wir möchten uns darauf einstellen.« Rhapsody warf Achmed einen strafenden Blicke zu, um dann dem Gast sogleich wieder zuzulächeln. Ashe hatte Mühe, den Blick von ihr loszureißen, was aber nötig war, denn er musste auf der Hut bleiben.

»So lange ich willkommen bin«, antwortete er.

»Danke für den Besuch. Schön, dich zu sehen«, sagte Achmed.

»Achte gar nicht auf ihn. Er versucht, witzig zu sein, was ihm aber nie so recht gelingen will.« Rhapsody errötete vor Verlegenheit und Wut.

»Ich kann ohnehin nicht lange bleiben«, sagte Ashe, fasziniert von Rhapsodys kaleidoskopisch wechselndem Mienenspiel. Mal war ihr Ausdruck warm und herzlich, mal wutentbrannt. Er hätte ihr stundenlang ins Gesicht schauen können, ohne dass ihm dabei langweilig geworden wäre.

»Wir haben die Unterkünfte für Botschafter herrichten lassen, weil wir jetzt, da mit Roland und Sorbold Friedensverträge unterzeichnet sind, deren Gesandtschaft bei uns erwarten. Dort wirst du ein angenehmes Quartier finden.«

»Wie bitte?« Ashe hatte von der Niederlage des Heers von

Roland gehört; diese Nachricht war in aller Munde. Aber dass es schon vertragliche Vereinbarungen gab, war ihm neu. Die drei – Achmed, Grunthor und Rhapsody – regierten doch erst seit wenigen Monaten. Es erschien ihm geradezu unmöglich, dass in so kurzer Zeit schon Gespräche aufgenommen, geschweige denn zum Abschluss gebracht worden waren. Das Zustandekommen des Friedensschlusses zwischen Roland und Sorbold hatte seinerzeit fast zweihundert Jahre in Anspruch genommen. Wieder sah sich Ashe vor einem Rätsel. Die drei schienen ungemein mächtig und einflussreich zu sein.

Sie waren zu dritt. Eine bedeutungsvolle Zahl, dachte Ashe, obwohl er den alten Prophezeiungen nicht glauben mochte. Wie auch immer, das Mädchen Jo schien zwar auf diesem Kontinent geboren zu sein, die drei anderen aber kamen offenbar woanders her. Trotzdem, angesichts einer solch einmaligen Fülle von Macht war selbst Ashe geneigt, an längst aufgegebene Hoffnungen wieder anzuknüpfen.

Rhapsody lachte. »Warum so überrascht? Vor wenigen Wochen haben wir zuerst mit Roland und dann auch mit Sorbold einen Nichtangriffspakt und Handelsverträge geschlossen. Die Bolg stellen wieder eine Macht dar, mit der zu rechnen ist, und zwar im positiven Sinne. Sie sind keine marodierenden Banden mehr, sondern zuverlässige Wirtschaftspartner.«

Wie um ihre Worte zu verhöhnen, tönte aus dem Hintergrund plötzlich lautes Geschrei, das von den Felswänden widerhallte. Grunthor stürmte nach draußen in den Flur. Ihm folgten die anderen auf dem Fuß. Weit brauchten sie nicht zu laufen, denn schon kam ihnen ein Bote entgegen. Er war blutüberströmt.

Rhapsody kam vor Ashe hinter Achmed und Grunthor zu stehen und hörte, was der Bote zu berichten hatte.

»Was ist passiert?«, wollte Ashe wissen.

»Die Hügel-Augen greifen an. Idioten. Achmed hat versucht, sie zu einem Bündnis zu bewegen, doch sie weigern sich und fallen jetzt über andere Stämme her, die sich uns angeschlossen haben.«

»Hurra!«, brüllte Jo, die hinter Ashe aufgekreuzt war. »Endlich geht's wieder mal rund; es war schon richtig langweilig hier. Ich hole dir schnell deinen Bogen, Rhaps.« Und schon rannte sie in Richtung Unterkünfte davon.

Ashe tippte Rhapsody auf die Schulter. Sie wirkte verärgert, aber nicht alarmiert. »Kann ich irgendwie helfen?«

»Du kannst dich gern nützlich machen. In Zeiten wie diesen ist uns jede Hilfe willkommen. Den Bolg fehlt es noch ein bisschen an Disziplin. Sie geraten leicht in Panik, sobald es zum Kampf kommt, vor allem wenn es gegen die Hügel-Augen geht. Das ist der wildeste, blutrünstigste Klan von allen.«

Ashe nickte. »Ich helfe gern. Du musst mir nur sagen, wie.«

»Danke.« Rhapsody lächelte. »Komm mit.«

Der Brennstoff für die Feuer, die die Höhenwege im Gebirge beleuchteten, bestand aus ranzigem Fett, was einen übel stinkenden Rauch aufsteigen ließ, der Rhapsody den Atem benahm und ihr in den Augen brannte.

Sie hatte gerade den letzten Wachposten der Hügel-Augen mit einem schnellen Hieb auf den Oberschenkel zu Fall gebracht, als sich ihr eine knochige Hand um den Arm schraubte.

»Sieh nur!«, hörte sie Achmeds raue Stimme, deren Klang nichts Gutes verhieß.

Sie fuhr mit dem Kopf herum und bekam ihren Gast zu Gesicht, der sich trotz des weiten, verhüllenden Umhangs als ein erstaunlich gewandter und schneller Kämpfer entpuppte.

Auf sich allein gestellt, stand er in einem Ring aus gefallenen Gegnern, die er selbst niedergestreckt hatte, und erwehrte sich ungestümer Attacken mit verblüffender Leichtigkeit. Es schien fast, als versuchte er seine Widersacher nach Möglichkeit zu verschonen.

In einer verwirrenden Abfolge von Bewegungen, die so schnell ausgeführt waren, dass sie mit ihren Blicken kaum folgen konnte, führte Ashe sein Schwert, das in der Dunkelheit blau aufblitzte. Alle, die gegen ihn antraten, gingen, einer nach dem anderen, zu Boden.

»Er ist gut«, murmelte Rhapsody und sah, wie er zur Seite sprang und einen Schlag parierte, der auf Jo gezielt war. »Fast so gut wie du, Achmed. Wenn der Vergleich überhaupt gestattet ist. Was meinst du, Grunthor?«

»Nich schlecht in Form, der Knabe«, pflichtete ihr der Sergeant bei. »Und wie findest du ihn, Achmed?«

Achmed kniff die Brauen zusammen und setzte eine finstere Miene auf.

»Er ist offenbar um einiges gefährlicher, als ich gedacht hatte.«

Es war kurz nach Mitternacht. Achmed saß allein im Dunkeln und dachte nach.

Die Ereignisse des Tages hatten ihn verstört. Der gescheiterte Angriff auf Canrif machte ihm am wenigsten zu schaffen; mit einem solchen letzten Aufbegehren gegen seine Herrschaft hatte er gerechnet. Weitaus irritierender fand er diesen mysteriösen Fremden, der über erstaunliche Fähigkeiten verfügte und Rhapsody wie ein Schatten folgte.

Er fragte sich, ob Ashes Ankunft und der schlecht geplante Angriff der Hügel-Augen womöglich in irgendeinem Zusammenhang miteinander standen, und er dachte zurück an die seltsamen Vorkommnisse, die er auf seiner Wanderung vom Weißen Baum durch Navarne bis hin nach Ylorc allenthalben und immer wieder miterlebt hatte: jene mörderischen Feindseligkeiten, die urplötzlich und ohne jeden ersichtlichen Grund über friedliche Ortschaften hereinbrachen und alsbald wieder eingestellt wurden, als wären sie ein bedauerliches Versehen gewesen. Der Gedanke, dass diese Gefahr womöglich nun auch seinem Königreich drohte, bereitete ihm große Sorgen.

Nachdem der Angriff niedergeschlagen worden und noch bevor Grunthor mit seinen Truppen losgezogen war, um den Nachzüglern der aufständischen Hügel-Augen entgegenzumarschieren, hatte er sich kurz mit dem Freund beraten, dem Ashe genauso wenig geheuer war wie ihm. Ehe er den Fremden kämpfen gesehen hatte, hatte Achmed ihn für einen Nichtsnutz und Aufschneider gehalten, und in seiner Einschätzung anderer lag er sehr selten falsch.

Auch für Grunthor stand jenseits allen Zweifels fest, dass dieser Fremde ein überaus tüchtiger Schwertkämpfer war. Es wollte Achmed einfach nicht in den Kopf gehen, dass er mit seinem ersten Urteil so sehr daneben gelegen hatte.

Einen Gegner zu taxieren und aufgrund seiner Körperhaltung und seiner Bewegungen zu ermessen, wie er sich im Kampf schlagen würde – darin war er sonst absolut treffsicher. Aber Ashe hatte etwas an sich, das sich einer solchen Einschätzung widersetzte. Er war so nebulös, so undefinierbar, ja, ein leibhaftiges Rätsel, das Achmed umso mehr verunsicherte, als Rhapsody von der seltsamen Ausstrahlung dieses Mannes überhaupt nichts zu spüren schien.

Zur Verteidigung von Canrif hatte Ashe freiwillig zur Waffe gegriffen, sich den Angreifern in den Hallen des Kessels mutig entgegengeworfen und im Handumdrehen ein halbes Dutzend von ihnen niedergemacht. Anschließend war er Grunthor nach draußen ins Gebirge gefolgt.

Anfangs hatte er all diejenigen Angreifer abgefangen, die am Sergeanten vorbeigekommen waren, und mit bewundernswert ausgefeilter Schwerttechnik zur Strecke gebracht, so schnell, dass die Klinge kaum zu sehen gewesen war oder allenfalls als blau schimmernder Schatten im Halbdunkel. Und wenn er sie nicht brauchte, steckte er die Waffe schnell in die Scheide zurück, bevor Grunthor sie genauer in Augenschein nehmen konnte.

Trotz seiner überlegenen Leistungen war Ashe sehr bescheiden. Er ordnete sich wie selbstverständlich unter, führte die ihm gegebenen Befehle anstandslos aus und kämpfte an jeder Front; gutmütig bot er Jo Rückendeckung, so unauffällig, dass es sie in ihrer Eitelkeit als Kämpferin nicht kränkte. Und obwohl es auffiel, dass er besonders gern an Rhapsodys Seite kämpfte, murrte er nicht, wenn Grunthor ihn auf eine andere Position schickte. Insgesamt war er an der Niederschlagung des Aufstands in einem Maße beteiligt, das selbst Grunthor größten Respekt abverlangte.

Achmed saß allein in der spärlich beleuchteten Großen Halle des Kessels und überlegte, was nun zu tun war. Die Gefühle, die ihn bewegten, gefielen ihm ganz und gar nicht. Weil ihm Eifersucht vollkommen fremd war, konnte er sie als solche auch nicht erkennen.

Zum ersten Mal seit seiner Inthronisierung als Kriegsherr nahm er den ranzigen Gestank dieses Ortes zur Kenntnis, einen Gestank, der ihm in der Kehle brannte und ihn zum Würgen reizte. Schließlich gelangte er zu der Auffassung, dass es wohl besser wäre, die Anwesenheit des Fremden noch eine Weile zu ertragen und zu versuchen, ihn näher kennen zu lernen. Ashe zu vertreiben hatte keinen Sinn; er würde ohnehin über kurz oder lang zurückkehren. Umso wichtiger war es, seine Absichten und Motive zu ergründen. Achmed ahnte, dass er mit dem Befund, wie immer er auch ausfallen mochte, nicht zufrieden sein würde.

Rhapsody öffnete das Schloss, stieß die schwere Tür auf und trat dann zur Seite, um Ashe in die für Gäste eingerichtete Kammer eintreten zu lassen.

Sie hatte, als er und Jo noch zu Abend gegessen hatten, ein Bad genommen, die Kleider gewechselt und eine kleine Wunde verarztet, die ihr im Gefecht durch einen Häuptling der Hügel-Augen beigebracht worden war – den Ashe daraufhin mit Gusto enthauptet hatte.

Die Wunde war zwar schmerzhaft, aber nicht gefährlich, wenn man sie denn vor einer Infektion schützte, was sie mit einer aus Vogelbeeren, Wegerich und Thymian gewonnenen Lösung zu erreichen versucht hatte. Als er jetzt an ihr vorbeiging, roch er, dass sie nach Seife und Vanille duftete, ein Duft, der ihn erschauern ließ.

Er sah sich in der Kammer um und machte kein Hehl aus seiner Verwunderung. Es war gründlich darin sauber gemacht geworden, die Wände waren frisch geweißelt. Im Kamin brannte ein kleines Feuer, und auf dem Boden lag ein Flickenteppich. Das Bett hatte eine mit Wolle gefüllte Matratze und war mit einer blauen Steppdecke zugedeckt. Auf dem Waschtisch standen Schüssel und Krug, unter dem Bett ein Nachttopf und in der Ecke ein stummer Diener. Mit solch einem Gästezimmer hatte er im Reich der Firbolg nicht gerechnet.

Das Feuer im Kamin knisterte und knackte, fast so, als hätte man grüne Pinienkerne in die Glut geworfen. Ashe strecke sich auf dem Bett aus, gespannt darauf, was Rhapsody nun tun würde. Er machte die Augen zu, genoss die friedliche Atmosphäre und spürte die von der Feuerstelle ausstrahlende Wärme auf den Augenlidern. Er öffnete die Augen wieder einen Spaltbreit und spähte unter der Kapuze hervor. Rhapsody stand immer noch da, der Tür zugewandt.

Als sie sich umdrehte, hatte sie dieses betörende Lächeln aufgesetzt, das ihm schon so manches Mal die Knie hatte weich werden lassen. Doch da lag ein weiterer Ausdruck in ihren Augen, den er noch nicht kannte, etwas Fremdes, Wundervolles, Warmherziges. Die Augen funkelten im Feuerschein, als sie ihren Blick auf ihn richtete.

Ohne ein Wort zu sagen, legte sie ihre Hände auf die Hüften, bewegte sie über die Taille nach oben, fuhr streichelnd über die Brüste und bis an den Halsausschnitt der Bluse, wo sie die Kordel löste und aufreizend zu entzurren begann.

Ashes Atem wurde flacher, als sie die Bluse öffnete und ihre Haut schimmernd darunter zum Vorschein kam. Seine Lippen brannten, wie immer, wenn er an die hübsche Kuhle unterhalb ihrer Kehle dachte.

Immer weiter teilte sich der Ausschnitt, und als der Stoff die Brüste kaum mehr verhüllen konnte, hob sie die Arme und griff lächelnd hinter ihren Kopf, worauf die Bluse in der Mitte noch weiter auseinander ging. Ashes Erregung nahm mit jedem beschleunigten Herzschlag zu. Das Feuer im Kamin war kalt im Vergleich zu seinem Blut.

Mit einem leichten Ruck zog sie die schwarze Samtschleife aus dem Haar und schüttelte die Locken aus, die goldenen Kaskaden gleich über ihre Schultern fielen. Ashe spürte, wie sein Entschluss, allein und im Verborgenen zu bleiben, von einem fast schmerzlichen Verlangen ausgehöhlt wurde, das sich brennend und ächzend in ihm ausbreitete. Mit stockendem Atem sah er zu, wie die Bluse von ihren Armen glitt und zu Boden fiel.

Sie stand vor der Tür, die rosig goldene Haut von flackerndem Flammenlicht beschienen. Wie die leibhaftige Göttin der Morgenröte erschien sie ihm.

Lächelnd öffnete sie das Kleid und ließ es über die Hüften und schlanken Schenkel gleiten. Dann kam sie näher und setzte sich zu ihm aufs Bett. Aus Angst, die Selbstbeherrschung zu verlieren, rührte er sich nicht.

Das war anscheinend, was sie wollte. Sie griff nach seiner Hand, so selbstverständlich, wie es nur eine Frau zu tun vermochte, die das Herz eines jeden Mannes, den sie begehrte, für sich gewinnen und festhalten konnte. Dass er es nun war, den sie sich erwählt hatte, ließ seine Handflächen nass werden vor Schweiß.

Mit unendlicher Gelassenheit legte sie seine zitternde Hand auf ihre langen, glatten Schenkel und führte sie über die Hüfte weiter nach oben. Als sie auf der Brust über dem Herzen zu liegen kam, schloss sie die Augen.

Sanft fuhr er mit der Fingerkuppe über die zarte Spitze und spürte sie fester werden. Auch Rhapsody atmete jetzt flacher, und während er sie streichelte, ergriff sie seine andere Hand und legte sie auf ihren Schenkel.

Sie öffnete die Beine ein wenig, führte seine Hand über die seidene Haut auf der Innenseite des Schenkels und holte tief Luft, als er den Mut aufbrachte, ihre Scham zu berühren, zuerst zaghaft, dann forschend. Er schaute ihr in die tiefgrünen Augen, die lustvoll auf ihn gerichtet waren.

»Ich möchte mich bedanken für deine Hilfe heute.«

Ashe blinzelte mit den Augen. Rhapsody stand nach wie vor bei der Tür, angezogen und mit gerafftem Haar. Das Trugbild löste sich auf. Er richtete sich auf und dankte im Stillen seinem Dunstgewand, das seine Erregung diskret verdeckte.

»Es war mir ein Vergnügen«, antwortete er. »Und dabei ist mir aufgefallen, dass du erstaunlich gut zu kämpfen verstehst.«

Rhapsody verzog das Gesicht. »Was du nicht sagst.«

»Doch, wirklich.« Ashe schwang die Beine über die Bettkante und richtete sich auf. »Wie du dieses Schwert führst … alle Achtung.«

»Es war ein schreckliches Gemetzel«, sagte sie und trat vor den Waschtisch, wo sie ein frisches Handtuch aus einem der Fächer im Untergestell nahm und es über den Rand der Waschschüssel legte. »So etwas ist mir zuwider.«

Ashe gluckste. »Du bist eine interessante Frau, Rhapsody.«

»Danke für das Kompliment. Es klingt allerdings leicht ironisch aus dem Munde eines Mannes, der nicht einmal im Bett seine Kapuze vom Kopf zieht. Wie auch immer, ich werde mich jetzt zurückziehen, es sei denn, du hast noch einen Wunsch.«

Ashe dachte an seine Phantasie von vorhin. Natürlich hatte er noch einen Wunsch, aber darum zu bitten wäre allzu dreist gewesen, zumindest zu diesem frühen Zeitpunkt. »Du könntest mir vielleicht ein Lied vorsingen. Jo sagt, du bist Sängerin.«

Rhapsody schmunzelte. »Ließe sich das auf morgen verschieben? Ich bin ziemlich erschöpft.«

Ashe biss sich auf die Zunge. Er hatte ganz vergessen, dass sie verletzt war. »Natürlich. Heißt das, dass ich eine weitere Nacht hier geduldet bin?«

»So lange, wie du möchtest. Wie gesagt, wir sind dir sehr dankbar für deine Hilfe im Kampf gegen die Aufständischen. Aber auch ohne diesen Einsatz wärst du uns willkommen gewesen.«

»Sehr freundlich. Nun, ich denke, dass ich fürs Erste gut versorgt bin.«

Rhapsody nickte. »Also dann, gute Nacht«, sagte sie und ging zur Tür. »Angenehme Ruhe.«

»Die wünsche ich dir auch.« Es sah sie hinter der Tür verschwinden.

Seine Qualen kehrten zurück, so heftig, dass er nach Luft schnappte und sich mit den Händen in der Bettdecke verkrallte. Um sich wieder zu beruhigen, zwang er sich zu einer ruhigen, gleichmäßigen Atmung. Auf dem Rücken ausgestreckt, gab er seiner Müdigkeit schließlich nach und schlief ein.

62

»Wenn du dich hier unter den Bolg wirklich so einsam fühlst, Rhapsody, sorge ich dafür, dass du eine Katze bekommst.«

Rhapsody glaubte nicht richtig gehört zu haben.

»Was soll das denn heißen?«

Achmed rückte auf dem Stuhl nach vorn. Das Licht des Kaminfeuers fiel auf sein Gesicht.

»Er ist jetzt schon eine Woche hier und scheint so bald nicht abreisen zu wollen. Er geht mit Jo durch Ylorc spazieren, ganz frei und wohin er will, obwohl ich ausdrücklich angeordnet habe, dass manche Bereiche Unbefugten versperrt sein sollten.«

In die aus Stroh geflochtene Zielscheibe auf der anderen Seite des Versammlungsraums schlug plötzlich ein Wurfmesser ein, so wuchtig, dass die Spelzen flogen.

»Entschuldige mal«, blaffte Jo. »Wer hat dich mit seinem Tod zum Alleinherrscher gemacht?«

Grunthor blickte von der Generalstabskarte auf, die er studierte. »Das war, wenn ich mich recht erinnere, Janthir Knochenspalter«, sagte er und widmete sich wieder der Karte.

»Für die Bolg vielleicht. Ich kann mich jedenfalls nicht erinnern, einen Treueid geleistet zu haben.« Jo zog ihren Dolch aus der Scheide beziehungsweise dem, was von ihr übrig geblieben war. »Ich weiß gar nicht, was ihr habt. Ashe macht doch überhaupt keine Probleme. Was kann er dafür, dass du niemandem über den Weg traust?«

»Wollen wir uns jetzt ernstlich darüber unterhalten?«, entgegnete er mit frostiger Stimme und wandte sich Rhapsody zu: »Ich will, dass er uns morgen verlässt.«

Rhapsody blickte irritiert auf und legte ihre Leier ab, auf der sie ein wenig hatte üben wollen. »Wie bitte?«

»Er soll verschwinden.«

Dem anfänglichen Schreck folgte Wut.

»Ach ja? Ist deine Meinung etwa das Einzige, worauf es ankommt? Ich dachte, wir versuchen hier, friedlich miteinander auszukommen.«

»Na schön, soll er nur bleiben. Grunthor, töte ihn bitte. Noch vor dem Abendessen.«

»Augenblick«, sagte Rhapsody und sah den Bolg die Karte aus der Hand legen. »Das ist gar nicht komisch.«

»Es war auch nicht als Witz gemeint. Rhapsody, dieser Mann ist gefährlich und für meinen Geschmack ein bisschen zu geheimnistuerisch. Ich will ihn nicht in meiner Nähe haben. Wenn du dich aber scheust, ihn vor die Tür zu setzen, weil dir das unhöflich vorkäme, sind wir, Grunthor und ich, gern bereit, ihn auf unsere Weise zu verabschieden.«

Rhapsodys Blicke pendelten zwischen Achmed und Jo hin und her. Achmed geriet zusehends in Rage, hatte aber noch längst nicht den Wutpegel erreicht, den Jo schon jetzt überzeugend zum Ausdruck brachte. Sie konnte sich kaum beherrschen, zitterte am ganzen Leib und hantierte nervös mit ihrem Dolch herum.

»Und jetzt regt euch bitte wieder ab«, sagte Rhapsody im gebieterischen Tonfall einer Benennerin. »Vor allem du, Achmed. Ich finde, dass er geheimnistuerisch ist, wie du es ausdrückst, muss nicht unbedingt etwas Schlechtes bedeuten. Schließlich bist du der größte Geheimniskrämer, der mir je begegnet ist. Dass uns Ashe sein Gesicht noch nicht gezeigt hat, hat wahrscheinlich einen gut nachvollziehbaren Grund. Vielleicht ist er von Narben entstellt.«

»Ich kann keine Schwingungen von ihm aufnehmen, Rhapsody. In seiner Nähe ergeht's mir ähnlich wie an einem Meeresstrand. Und du weißt, wie sehr ich Wasser *liebe.*«

Nicht auf das, was er ist, kommt es an, sondern auf das, was er trägt.

Als sie die Stimme im Innern hörte, richtete sich Rhapsody

unwillkürlich auf. Sie lauschte angestrengt, doch es kamen keine weiteren Worte.

»Vielleicht liegt's an irgendeinem Teil, das er anhat«, gab sie zu bedenken. »Was meinst du, Grunthor? Du hast noch gar nichts dazu gesagt.«

Der Riese faltete die Hände über dem Bauch zusammen.

»Ich stimme mit Seiner Majestät überein und finde, dass wir uns sehr genau vor ihm in Acht nehmen sollten.«

»Wenn's mehr nicht ist«, beeilte sich Jo zu sagen. »Ich würde mich bereit erklären, ihn nicht mehr aus den Augen zu lassen und auf Schritt und Tritt zu begleiten, außer in sein Schlafzimmer. Wie findet ihr das?«

»Von mir aus gern«, antwortete Rhapsody. »Er wird ohnehin bald abreisen. Ich bitte euch nur um eines«, sagte sie, an Achmed und Grunthor gewandt. »Erinnert euch daran, dass er uns tatkräftig dabei geholfen hat, den Aufstand niederzuschlagen. Er hat uns von sich heraus geholfen, ohne darum gebeten worden zu sein und ohne eine Gegenleistung zu erwarten.«

Achmed stand auf. »Vielleicht hat er den Aufstand ja veranlasst«, sagte er und ging zur Tür. »Dass es dazu gekommen ist, war ihm womöglich Belohnung genug.«

Krachend fiel die schwere Tür hinter ihm ins Schloss.

Der kühle Dunst aus seinem Umhang legte sich auf Ashes Gesicht und milderte die Hitze seiner Träume.

Unruhig wälzte er sich im Bett von einer Seite auf die andere, eingeengt von den Kleidern, die er dennoch nie ablegte, auch nicht bei Nacht. Denn die Nebelschlieren, die sie ausdünsteten, linderten seinen Schmerz und schützten ihn vor seinen Verfolgern.

Er hatte zwanzig Jahre lang nicht geträumt, seit jener Nacht nicht mehr, da für ihn die Welt in Trümmer gegangen war.

In früherer Zeit waren ihm seine Träume wie ein Segen vorgekommen, boten sie ihm doch die einzige Chance, mit seiner Liebsten zusammen zu sein, deren Tod ihm alle Hoffnung auf eine glückliche Zukunft genommen hatte. Umso kostbarer war ihm die Erinnerung an sie, und er hatte sich immer danach gesehnt, von ihr zu träumen, was schon damals selten genug der Fall gewesen war.

Es ist in Wahrheit sehr klein - ungefähr so groß wie meine Hand -, jedenfalls da, wo es jetzt liegt: in einer Flasche auf dem Kaminsims.

Damit hatte er sich abgefunden: dass er sich mit seinen Erinnerungen an sie und ihrem lächelnden Traumbild begnügen musste.

Doch dann, eines Nachts, ging ihm auch dieser Trost verloren. Seitdem gehörte sein Leben nicht mehr ihm selbst; er war nur noch eine Figur in einem bösen Spiel, und er wurde die Schmerzen, die er an Körper und Seele litt, nicht mehr los. Sie waren eine ständige Folter, der zu widerstehen alle Willenskraft kostete, die er aufzubieten vermochte. Die Träume von ihr blieben seitdem aus. Sie waren zu rein und schön, um angesichts dessen, was er zu sehen gezwungen wurde, weiterbestehen zu können.

Aber jetzt war einiges anders geworden. Seit er sie auf dem Marktplatz in Bethe Corbair gesehen hatte, träumte er von Rhapsody. Das Schuldgefühl, Emily und ihr Andenken verraten zu haben, hielt nicht lange vor und fiel von ihm ab wie seine quälenden Schmerzen, wenn er ihre Stimme hörte.

Ashe richtete sich auf und brachte Ordnung in die zerwühlten Dunstschleier. Dann schloss er die Augen, atmete tief durch und versuchte, sie aus den Gedanken zu vertreiben, damit erhalten blieb, was ihm einzig heilig war. Denn sogar in seinen Erinnerungen hielt er dieser einen Frau die Treue, die er, und sei es nur für einen kurzen Augenblick, wieder sehen wollte, wofür er sich über die Grenzen der Zeit hinaus gewagt hatte.

Es konnte keine andere für ihn geben; dessen war er sich sicher. Wie in einem Schrein bewahrte er Emily in seinem Herzen.

Und doch war darin nun diese Frau. Er konnte sie nicht daraus vertreiben.

Bis ich dich wieder sehe, werde ich die ganze Zeit an dich denken.

63

Bald gehörte Ashe gewissermaßen mit zum festen Personal von Ylork. Auf Achmeds Geheiß war ihm allerdings der Zutritt zu Gwylliams Gruft und zur alten Bibliothek verwehrt. In diese Kammern durften nur Rhapsody, Grunthor und der König. Dank seines Drachenspürsinns wusste Ashe natürlich, wo diese Kammern lagen, aber aus irgendeinem Grund blieb ihm verborgen, was sich darin befand. Er konnte in dem abgesperrten Bereich keine Einzelheiten ausmachen.

Diese Einschränkung überraschte, störte ihn aber nicht weiter. Denn Rhapsody war gern bereit, ihm zu schildern, was sie an Kunstschätzen dort vorgefunden hatte, und wenn Achmed abends nach dem Essen in den Manuskripten aus der Bibliothek las, gab er auch, ohne es zu wissen, Ashe die Gelegenheit, Einblick zu nehmen.

Als dieser wieder einmal dem Firbolg-König mit seinem Drachensinn gewissermaßen über die Schulter schaute, wurde ihm der Blick jedoch verwehrt. Er öffnete die Augen und sah sich von Achmed, der das Dokument in seinen Händen zusammengerollt hatte, mit scharfem Blick fixiert. Der Kriegsherr schien ihm auf die Schliche gekommen zu sein. Als wäre er selbst ein Drache, so spürte er offenbar ganz genau, was in seinem Herrschaftsbereich vor sich ging. Ashes Möglichkeiten waren entsprechend begrenzt.

Alle Beleidigungen und Beschränkungen waren es jedoch wert, ertragen zu werden, denn so konnte er in Rhapsodys Nähe sein. Sie war eine Freude, so viel stand fest. Ihr Charakter offenbarte eine Unzahl an Facetten und Widersprüchlichkeiten; mal war sie sanft, mal wild, je nach den Umständen, und besaß die seltene

Fähigkeit, über sich selbst zu lachen oder die mitunter schroffen Hänseleien ihrer Freunde zu ertragen. Sie kümmerte sich rührend um Jo und nahm sie vor Angriffen in Schutz wie eine Löwin ihr Junges. Ihre Intelligenz und ihr Sinn für Humor waren unvergleichlich.

Ashe wollte seine Reise unbedingt fortsetzen, denn er wollte seine Liebste schließlich nicht länger warten lassen, doch es erschien ihm kaum möglich, sich von der Sängerin zu verabschieden. Um sie nicht zu irritieren oder gar zu verschrecken, vermied er es, ihr seine wahren Gefühle zu zeigen. So konnte sie ihm gegenüber ganz unbefangen auftreten, und es schien, als fasste sie Zuneigung zu ihm. *Nur noch ein paar Tage*, redete er sich Nacht für Nacht ein, wenn er in seinem Bett lag und darüber nachdachte, was sie wohl träumen mochte. Achmeds Wille setzte sich auch innerhalb der Felsgemäuer durch, sodass es Ashe nicht gelingen wollte, ihr mit seinem Spürsinn nachzustellen. Das beunruhigte ihn.

Ein paar Tage später sollte sich all das ändern. Achmed und Grunthor waren unterwegs, um Höhlen zu erforschen. Mit Rhapsody als Zuschauerin lieferten sich Ashe und Jo gerade einen Wettkampf im Messerwerfen, als die beiden Bolg von ihrem Ausflug zurückkehrten. Sie waren bei bester Laune, wie es schien.

»Sieh mal, was wir gefunden ham, Gräfin«, rief Grunthor und reichte ihr eine schmale, mit Edelsteinen besetzte Kassette. Sie wies keinen einzigen Kratzer auf und war aus dem dunklen, blaustichigen Holz der Hespera gemacht, einem im Verborgenen Reich beheimateten Baum, aus dem viele der alten Möbel, die sie in Canrif vorgefunden hatten, getischlert worden waren. Der Deckel ließ sich über zwei kleine goldene Scharniere aufklappen. Ein Schloss gab es nicht.

»Das Ding lag verschüttet unter einem Haufen von Kisten und Kästen«, berichtete Achmed und schenkte sich aus einer Karaffe ein Glas Wein ein.

Rhapsody öffnete die Kassette mit gebotener Vorsicht. Darin lag ein krummer, schartiger Dolch mit beinernem Griff und einer

Klinge, die, der Farbe nach zu urteilen, aus einer Kupfer-Gold-Legierung geschmiedet zu sein schien.

»Seltsam.« Vorsichtig nahm sie den Dolch aus der Kassette und wog ihn in der Hand. »Eine Waffe aus rotem Gold. Wer denkt sich denn so etwas aus? Eine solche Klinge ist doch viel zu weich. Und handwerklich ist sie auch nicht sonderlich gut gemacht. Seht nur, all die Macken an der Oberfläche.«

»Vielleicht war's nur ein zeremoniell genutzter Gegenstand.«

Rhapsody schloss die Augen und lauschte. In der Luft rings um den Dolch nahm sie ein deutliches Summen wahr. Alarmiert schlug sie die Augen wieder auf. »Himmel! Ich glaube, ich weiß, was es ist«, hauchte sie und wurde schlagartig bleich im Gesicht.

»Was denn?«

»Das ist die Kralle eines Drachen. Seht doch.« Sie hob das Fundstück in die Höhe. Tatsächlich, da gab es keinen Zweifel, und aus der Größe war zu schließen, dass der Drache gigantische Ausmaße gehabt haben musste.

»Gerade das richtige Schwert für unser kleines Mädchen«, sagte Grunthor.

»Du spinnst wohl«, platzte es aus Rhapsody heraus, was sie aber angesichts der betroffenen Miene des Riesen sofort bereute. »Tut mir Leid, Grunthor«, sagte sie. »Mir ist nur sogleich eine Geschichte eingefallen, die in unserer alten Heimat erzählt wurde. Darin heißt es, dass Drachen besonders eigensinnige Lebewesen sind, die ihre Schätze sehr eifersüchtig hüten. Sollte der Drache, dem diese Kralle gehört, noch am Leben sein, wird er wissen, wer sie hat, oder danach suchen und nicht ruhen, bis er sie wieder gefunden hat. Ich will nicht, dass Jo auch nur in die Nähe dieses Dings kommt. Vielmehr rät sich wohl, dass wir es von hier wegschaffen. Vielleicht sollten wir es ihr zurückbringen.«

»Ihr?«

»Elynsynos, Anwyns Mutter. Erinnerst du dich nicht? Llaurons Großmutter. Oder weiß jemand von einem anderen Drachen, der in diesem Land gelebt hätte?«

»Das Ding liegt hier nun schon seit Jahrhunderten«, entgegnete

Achmed in gereiztem Tonfall. »Warum sollte sie es jetzt noch zurückhaben wollen?«

»Vielleicht hat sie die Spur verloren, weil die Kralle in einem versiegelten Gewölbe lag. Jetzt aber, da ihr sie wieder ins Freie geholt habt, wird sie Wind davon bekommen. Damit ist wirklich nicht zu spaßen, Achmed. Gleich zu Anfang unserer Gesangsausbildung wurden uns Geschichten von Drachen und anderen Erstgeborenen erzählt. Viele dieser Geschichten handeln von der Rache dieser Wyrmer an denen, die sich an ihren Schätzen vergriffen haben. Wir sollten uns wirklich ein paar ernste Gedanken über diese Kralle machen. Sonst könnte es womöglich passieren, dass wir eines Nachts aufwachen, und es regnet Feuer vom Himmel.«

Grunthor seufzte. »Wenn ich wieder mal was Schönes finde, werd ich's dir bestimmt nich zeigen«, maulte er.

»Sie könnte aber Recht haben«, erwiderte Achmed und ließ damit die anderen überrascht aufmerken. Auch er kannte die von ihr angesprochenen Geschichten – und noch bedrohlichere. »Aber ob es das Richtige ist, die Kralle zurückzubringen, halte ich für fraglich. Vielleicht sollten wir damit auf die höchste Bergspitze steigen und sie hinaus auf das Plateau werfen. Wenn die Drachenfrau tatsächlich noch lebt, wird sie sie finden.«

»Oder jemand anders findet sie«, entgegnete Rhapsody. »Da könnte doch zufällig einer vorbeikommen, der die Kassette findet und aufmacht. Dieser Unglücksrabe wäre rettungslos verloren. Und außerdem glaube ich kaum, dass die Drachenfrau einverstanden damit wäre, wenn wir etwas, an dem ihr so viel liegt, einfach achtlos von einem Berg herunterwerfen würden, als wäre es Abfall.«

Jo hatte die Bolg-Kinder der Felsenstadt organisiert und kleine Gruppen gebildet, die sich nützlich machten, indem sie den Unrat einsammelten, mit dem die Umgebung seit Jahrhunderten verschmutzt worden war. »Dass hier jemand irgendetwas in die Landschaft schmeißt, kommt überhaupt nicht in Frage«, protestierte sie.

»Und was schlägst du stattdessen vor?«, fragte Achmed, an Rhapsody gewandt.

»Ich mache mich mit der Kralle auf den Weg und bringe sie ihr zurück«, antwortete sie. »Das könnte eine interessante Reise werden, auf der sich einiges zum Thema Drachenkunde dazulernen ließe, und zwar aus erster Hand.«

»Nein.«

»Wie bitte?« Rhapsody zog die Stirn in Falten und deutete damit an, dass sie keinen Widerspruch duldete.

»Ich sagte, *nein*«, wiederholte Achmed. »Wenn ich mich richtig erinnere, war's doch Elynsynos, die, weil Merithyn nicht zurückkehrte, vor Wut in Raserei geraten ist und ihre kleinen Kinder im Stich gelassen hat. Stimmt's?«

»Ja«, räumte sie ein.

»Und der willst du einen Besuch abstatten und sagen: ›Hier, das haben wir gefunden. Ich geh dann gleich mal wieder‹? So wird das nicht laufen. Und außerdem, hast du überhaupt eine Ahnung, wo sie sich zurzeit aufhält?«

»Ich weiß es«, sagte Ashe leise. Er hatte bislang stumm dagesessen und der Unterhaltung interessiert und zugleich ein wenig amüsiert zugehört. Die Frauen zuckten verschreckt zusammen, als er plötzlich die Stimme erhob, denn dass er noch anwesend war, hatten sie vergessen. »Ich könnte dich zu ihr führen.«

»Nein«, wiederholte Achmed mit Nachdruck.

»Weißt du was Besseres?«, fragte Rhapsody, deren Ärger merklich zunahm.

Achmed seufzte und warf einen Blick in Ashes Richtung. »Vielleicht sollte ich statt *nein* lieber sagen *noch nicht*. Es könnte tatsächlich interessant sein zu erfahren, wie sie reagieren wird und ob sie womöglich sogar mit einer Belohnung herausrückt.«

»Du willst doch nicht etwa mit einem Drachen feilschen?«, warf Ashe ein, und es war seiner Stimme nicht anzuhören, ob er entrüstet war oder belustigt. Wie auch immer, seine Frage machte Achmed wütend.

»Unsinn. Es geht mir nur darum, dass sie sich gegebenenfalls daran erinnert, wem sie die Rückgabe der Kralle zu verdanken hat.«

Rhapsody wurde ungeduldig. »Ich will kein Risiko eingehen«, sagte sie. »Ashe weiß, wo sie steckt.«

»Schön. Dann kann er uns ja einen Lageplan zeichnen und beschriften, vorausgesetzt natürlich, er kann schreiben.«

Ashe lachte. »Von wegen. Aber falls morgen noch Interesse besteht, könnten wir Vorbereitungen für die Reise treffen. Jetzt würde ich mich gern verabschieden und allen eine gute Nacht wünschen.«

Jo stand ebenfalls auf. »Ich geh dann auch.« Sie drückte Rhapsody einen Kuss auf die Wange und folgte dem verhüllten Mann nach draußen.

Rhapsody wartete, bis sie sicher sein konnte, dass die beiden außer Hörweite waren. Dann wandte sie sich an Achmed und fragte: »Was ist nur los mit dir? Warum verhältst du dich so?«

»Was soll schon los sein? Jedenfalls nichts von Bedeutung.«

»Und wieso bist du dann so grantig?«

»Ich bin nicht grantig, sondern nur vorsichtig. Wir wissen schließlich nicht, wie der Hase läuft.«

Rhapsody kniff die Brauen zusammen. »Ashe scheint sich aber auszukennen.«

»Mit dem unbekannten Hasen meine ich Ashe selbst. Ich verstehe dich nicht, Rhapsody. Lernst dieses Früchtchen auf dem Marktplatz kennen; er nennt dich eine Hure, gibt dir dann reumütig ein Mittagessen aus, und du verzeihst ihm, zumal er irgendwie ja doch nicht ganz Unrecht hat. Dann kreuzt er hier auf, an meinem Hof, unangemeldet und ohne willkommen geheißen zu sein, und schleicht sich in dein Vertrauen ein. Ist dir die Gesellschaft der Firbolg so sehr zuwider, dass du um die Aufmerksamkeit eines nutzlosen Idioten buhlst, nur um unter deinesgleichen zu sein?«

Es hätte nicht viel gefehlt, und Rhapsody wäre in Tränen ausgebrochen. Dass er häufig taktlos war, wusste sie längst; aber solche gemeinen Worte hätte sie ihm dann doch nicht zugetraut. »Dass du so etwas Schreckliches sagen kannst ...«

»Du hast mit noch viel Schrecklicherem zu rechnen, wenn du dich diesem Mann, den du kaum kennst, anschließen solltest. Ich werde dir nicht helfen können. Du weißt, dass es mir im Augenblick unmöglich ist, Ylorc zu verlassen. Wir stecken bis über beide Ohren in wichtiger politischer Arbeit, von der unser aller Zukunft abhängt.«

Rhapsodys Augen verengten sich wieder, und Grunthor, der sie aus der gegenüberliegenden Ecke des Raums beobachtete, sah grünes Feuer in ihnen brennen. Er kannte diesen Ausdruck.

»Mit anderen Worten, auch ich werde hier bleiben müssen, nicht wahr?«, sagte sie betont ruhig und hatte Mühe, die Stimme unter Kontrolle zu halten. »Dabei habe ich meinen Part zur Vereinigung der Bolg längst geleistet und verflixt viele Opfer dafür auf mich genommen, einzig und allein dir zu Gefallen, weil du es so haben wolltest. Was gäbe es denn jetzt noch für mich zu tun?«

Achmed umklammerte die Armlehnen des Stuhls, auf dem er saß. »Wie wär's, wenn du dich für den Aufbau der Landwirtschaft stark machtest? Der Gesundheitsfürsorge? An der Entwicklung eines Schulprogramms arbeitetest?«

»All das ist schon angeleiert.«

»Und wer beaufsichtigt die Produktion von Gütern und Lebensmitteln? Den Weinanbau? Bald ist Frühling, da muss gepflanzt werden. Es gäbe so viel, was du tun könntest, um den Bolg, die dir doch angeblich am Herzen liegen, zu helfen.«

»Wäre ihnen nicht geholfen, wenn ich verhindere, dass die Drachenfrau sie mit ihrem heißen Atem bei lebendigem Leib einäschert?«, entgegnete Rhapsody. »Ist dir nicht klar, worum es hier geht? Ich glaube fast, dich bringt mein Begleiter mehr auf als das, was uns droht, wenn ich nicht gehe. Von einem König sollte man eigentlich mehr erwarten, wenn du mich fragst.«

»Wie wär's, wenn ich dich begleiten würde?«, schaltete sich Grunthor ein.

Rhapsody lächelte dem Riesen zu. »Nein, das wäre nicht gut. Deine Anwesenheit hier ist noch wichtiger als seine.« Achmed nickte zustimmend. Sie sah, dass seine Augen aufleuchteten. Sie ging zu ihm, setzte sich ihm gegenüber an den Tisch und ergriff seine Hand.

»Unsere Freundschaft ist doch, wie ich finde, inzwischen eng und fest genug, dass wir uns gegenseitig sagen können, was wir wirklich meinen, oder? Warum gibst du nicht einfach zu, dass du dich um mich sorgst? Dass du Angst hast, der Drache könnte mich töten oder gefangen halten? Dass du Ashe nicht über den Weg traust und fürchtest, dass ich mich ohne euch nicht zu schützen vermag?«

Achmed hielt ihrem Blick stand. »Hab ich das nicht gesagt?«

Sie schüttelte den Kopf und lächelte. »Wenn du meine Gedanken kennst, warum bleibst du dann nicht hier und ersparst mir diese Sorge?«

Rhapsody seufzte. »Einer muss gehen, und dass ich diejenige bin, liegt doch auf der Hand. Meine Arbeit hier ist getan. Ich bin am ehesten zu entbehren. Und auch wenn du daran zweifelst: Ich kann sehr wohl auf mich selbst aufpassen. Du scheinst vergessen zu haben, dass ich lange Zeit auf der Straße gelebt habe, bevor wir uns begegnet sind. Ich weiß mich zu wehren, glaub mir. Auch gegen Ashe, falls er mir krumm kommen sollte. Ich trage meine Tagessternfanfare und habe die beste Schwertkämpferausbildung genossen, die man sich wünschen kann.« Sie ahnte, dass Grunthor schmunzelte, wandte sich ihm zu und sagte: »Sag's ihm, Grunthor, sag ihm, dass er sich keine Sorgen zu machen braucht.«

»Unmöglich, Herzchen. Ich kann doch meinen König nicht belügen.«

Sie seufzte wiederum. »Sei's drum. Erinnerst du dich noch an das, was ich damals am Ufer des Sees Elysian gesagt habe, Achmed? Dass ich ein Ziel brauche, eine Chance, etwas zu tun, was denen, die mir nahe stehen, zugute kommt. Dies ist meine Chance. In dieser Angelegenheit bin ich gefordert. Hier ist jetzt mein Zuhause. Ich will, dass es ein sicherer Ort ist, und werde einiges dafür auf mich nehmen. Ich kann den Bolg helfen, und zwar anders, als ihr es könnt. Das ist mir wichtig, nicht bloß für mich, sondern vor allem für sie.«

»Dann geh«, sagte Achmed. »Und nimm Jo mit. Wie lange werdet ihr weg bleiben?«

Rhapsody blinzelte mit den Augen. »Jetzt willst du auf einmal, dass ich gehe?«

Er schnaubte. »Sei nicht albern. Von wollen kann keine Rede sein. Aber du bist ja nicht davon abzubringen. Und ich kenne dich lange genug, um zu wissen, dass ich in diesem Streit den Kürzeren ziehen werde. Du hast deinen Entschluss schon gefasst. Was bleibt mir also anderes übrig, als darauf zu achten, dass du dir einen vernünftigen Plan zurechtlegst und alle nötigen Vorbereitungen triffst? Schließlich sollten wir auch noch eine Frist festlegen. Wenn die abläuft und du bist immer noch nicht zurück, werden wir deine Habseligkeiten untereinander aufteilen, dein Zimmer jemand anders geben und dich aus unserer Erinnerung streichen.«

Rhapsody fuhr sich mit der Hand durchs Haar und versuchte, die plötzliche Kehrtwende nachzuvollziehen. »Na schön«, sagte sie zögernd. »Aber Jo bleibt hier. Sie mitzunehmen ist keine gute Idee.«

»Sie könnte auf dein Gepäck aufpassen und stünde uns hier nicht im Weg.«

»Aber ich will sie nicht in Gefahr bringen, Achmed«, sagte Rhapsody verärgert. »Endlich habe ich's geschafft, das Mädchen in Sicherheit zu bringen, und du willst, dass ich sie quer über den Kontinent in eine Drachenhöhle scheuche? Nein, da wird nichts draus. Und überhaupt, dass sie ein loses Mundwerk hat und geschwätzig ist, brauche ich dir ja wohl nicht zu sagen. Womöglich verplappert sie sich und erzählt Ashe oder sonst jemandem mehr über unseren Berg, als uns lieb sein könnte.«

»Apropos Ashe«, sagte Grunthor. »Vielleicht solltest du ihn von vornherein warnen. Wenn er dir was antut oder dich nich mehr zu uns zurückkommen lässt, werd ich mich persönlich auf den Weg machen und ihm ein Ende bereiten, das mir einen Ehrenplatz in der Ruhmeshalle der übelsten Folterer aller Zeiten sichert.«

Rhapsody lachte. »Das werde ich ihm ausrichten.« Sie beugte sich vor und gab ihm einen Kuss auf die Backe.

Fünf Tage später trat sie mit Ashe die Reise an. Sie war in diesen letzten Tagen sehr viel mit Jo zusammen gewesen, die sich verzweifelt darum bemüht hatte, mitkommen zu dürfen, aber schließlich dann doch überzeugt werden konnte, in Grunthors Obhut zurückzubleiben.

»Soll ich denn nich nur die Gräfin, sondern auch noch meine kleine Kratzbürste verlieren? Oh, bitte nein. Hab ein Herz, Jo. Ich würd mich vor Einsamkeit in die dunkelste Ecke verkriechen und sterben.«

»Die Bitte kannst du ihm einfach nicht abschlagen«, hatte Rhapsody daraufhin gesagt, die Schwester in den Arm genommen und ihr ins Ohr geflüstert: »Und pass auch auf den anderen auf. Er hat's noch nötiger.«

Im Nachhinein war Rhapsody selbst ins Grübeln geraten. Um Jo zum Nachgeben zu bewegen, hatte sie ganz ähnliche Argumente angeführt wie Achmed und Grunthor bei dem Versuch, ihr, Rhapsody, das Vorhaben auszureden. Diese Einsicht hatte zur Folge, dass sie nun selbst am Sinn und Zweck ihrer Unternehmung zweifelte.

Den letzten Tag hatte sie mit Achmed allein verbracht und ihren Plan in allen Einzelheiten durchgesprochen.

»Gibt es etwas, von dem du ganz und gar nicht willst, dass er's erfährt?«, fragte sie nach einem stillen Abendessen in seinen Gemächern.

Achmed schaute ihr in die Augen. »Etwas? Alles.« Ein Lächeln stahl sich in sein Gesicht. »Erzähl ihm, was du willst.«

Rhapsody war überrascht. »Meinst du das ernst?«

»Ja. Ich glaube, du bist vernünftig genug, entscheiden zu können, was er erfahren darf und wovon er nichts wissen sollte.«

»Das bin ich. Und ich werde die Augen offen halten und euch Nachricht zukommen lassen, falls es irgendwo zu weiteren dieser rätselhaften Gewaltausbrüchen kommt.«

Achmed nickte. »Bring dich ja nicht unnötig in Gefahr. Achte bitte darauf, dass es möglicherweise eine Verbindung zwischen Ashe und diesen Gewaltausbrüchen gibt. Den Verdacht habe ich schon seit einiger Zeit.«

»Was soll das heißen?«, fragte Rhapsody bestürzt.

»Die Hügel-Augen haben angegriffen, als er aufgekreuzt ist. Davor waren die letzten beiden Aufstände, von denen wir gehört haben, in der Nähe von Bethe Corbair – der eine kurz vor unserer Begegnung in der Stadt, der andere kurz danach. Vielleicht besteht da ein Zusammenhang.«

Sie erschauderte. »Ich kann nur hoffen, dass du dich irrst.«

»Das hoffe ich auch. Denn jetzt ist es wohl zu spät für dich, die Reise abzublasen.«

Rhapsody dachte einen Augenblick lang nach. »Das Risiko einzugehen und schlimmstenfalls noch eingreifen zu können ist besser, als den Kopf in den Sand zu stecken«, antwortete sie. Achmed nickte. Er war ihrer Meinung.

Achmed, Grunthor und Jo waren gekommen, um Abschied zu nehmen, als sie und Ashe am Morgen des fünften Tages aufbrachen. Sie umarmte und küsste alle drei und versicherte ihnen, dass sie alles daransetzen werde, gesund und wohlbehalten zurückzukehren. Dann waren sie losmarschiert.

»Sie kommt nicht wieder, oder?«, sagte Jo unter Tränen, als die beiden hinter dem nächsten Felsgrat verschwanden. Die gewohnte gleichgültige Miene aufzusetzen wollte ihr einfach nicht gelingen, so traurig war sie.

»Ach, wo denkst du hin«, antwortete Grunthor und legte ihr den massigen Arm um die Schulter. »Die Gräfin ist zäher als es scheint. Das solltest du inzwischen wissen.«

Fuchtig wischte sich Jo die Augen. »Sie wird sterben, und ich bleib dann hier mit euch allein zurück. Wundervoll.«

Achmed schmunzelte. »Immerhin würdest du gesellschaftlich aufsteigen. Du wärst dann die neue Gräfin von Elysian und könntest bei Hofe die Rolle der fremden blonden Dame besetzen, es sei denn, dir würde anderswo ein besseres Angebot gemacht.

»Du kannst mich mal ...«, zischte Jo und ging.

Grunthor schirmte die Augen vor dem Licht der aufgehenden Sonne ab. Er wirkte nachdenklich und besorgt. »Angenommen, sie käme tatsächlich um. Wie würden wir davon erfahren?«

Achmed zuckte mit den Schultern. Er spähte mit den Augen des Jägers gen Westen, vergeblich auf der Suche nach einer Spur von ihr oder einem Schatten. »Wahrscheinlich überhaupt nicht. Aber vielleicht würden wir ihr letztes Lied im Wind hören. Die Benenner der Lirin singen noch im Sterben.« Er seufzte stumm. Vielleicht würde er auch mitbekommen, wie ihr Herzschlag, dieser rhythmische, beruhigende Laut, den er auf der Haut spürte, plötzlich aussetzte. Er verdrängte den unliebsamen Gedanken. »Wir werden auch ohne sie zurechtkommen. Ist dir aufgefallen, dass sie ganz anders geklungen hat, als sie sagte, es werde ihr gut gehen und wir hätten keinen Grund zur Sorge? Nach einer Benennerin klang das nicht.«

Grunthor nickte. »Weil sie nicht sicher sein konnte, dass sie die Wahrheit sagt.«

Als sie und Ashe den letzten Gipfelgrat erreicht hatten, drehte sich Rhapsody noch einmal um und schaute nach Osten, der aufgehenden Sonne entgegen. Sie beschirmte die Augen und fragte sich, ob die drei langen Schatten, die sie in der Ferne sah, tatsächlich die der Freunde waren oder doch bloß von den Felsen und Klüften geworfen wurden, die sich in den Himmel reckten. So oder so, sie hob die Hand und winkte.

Der Blick zurück auf die Berge, die mehr und mehr in den Hintergrund rückten, machte sie beklommen. Ein Gefühl von Verlust und Trauer stellte sich ein und schnürte ihr die Kehle zu wie damals in jener Nacht vor langer Zeit. *Meine Familie*, dachte sie; *wieder lasse ich meine Familie zurück*.

Irgendwo dahinten, inmitten der Berge, war etwas Großes im Entstehen begriffen, eine neue Ära angebrochen. Ein Volk, für das sie früher nur wenig Respekt hatte aufbringen können, trat aus dem Verborgenen seiner dunklen Felshöhlen ins Freie, um gemeinsam an einer glücklicheren Zukunft zu arbeiten. Und diesmal sollten ihm die Berge nicht Versteck sein, sondern der fruchtbare Boden für großartige Leistungen.

Vor den Firbolg hatte sie längst keine Angst mehr; sie hatte Angst um die Firbolg.

Ihnen drohte nicht nur Gefahr von der blutdürstigen Drachenfrau, die irgendwo am nebelverhangenen Rand der Welt hauste, sondern auch von den Nachbarn. So verschieden die Menschen dieser Länder von ihren einstigen Landsleuten aus Serendair auch sein mochten, in einer Hinsicht waren sie sich auf erschreckende Weise gleich: Sie hielten die Bolg für Ungeheuer und trachteten danach, sie zu vernichten.

Ein frischer Wind fegte wirbelnd durch die Zahnfelsen und vertrieb den Morgendunst aus den Schluchten wie auch den Trübsinn aus ihrer Seele. Ihr wurde warm ums Herz, als sie nun noch einmal zurückblickte auf den Ort, wo ihre Freunde wohnten und die Bolg zu neuem Leben erwachten.

Einmal hatte sie im hohen Gras gekauert, unschlüssig, an wen sie sich halten sollte – an die beiden, die ihr in Ostend aus der Klemme geholfen hatten, oder an das Volk, dem ihre Mutter angehörte. Einen solchen Konflikt gab es jetzt für sie nicht mehr.

Im Morgenwind hörte sie die Stimme des Vaters an ihrem Ohr flüstern.

Wenn du in deinem Leben findest, was dir wichtiger und teurer ist als alles andere, bist du es dir schuldig, dass du daran festhältst. Einen solchen Fund machst du kein zweites Mal, mein Kind. Lass dich durch nichts davon abbringen. Auf lange Sicht werden dir auch die Leute zustimmen müssen, die dir anfangs etwas anderes einzureden versucht haben. Finde das, was wirklich zählt – alles andere ergibt sich von selbst.

Ihre Heimat war bei den Bolg und ihren Freunden; ihnen gehörte ihre unverbrüchliche Treue. Um sie zu schützen, war jedes Risiko gerechtfertigt.

»Schau mal«, sagte Ashe und weckte sie mit seiner angenehmen Stimme aus ihren nachdenklichen Träumen. Rhapsody drehte sich um und folgte seinem Fingerzeig auf die entfernten Schatten an der Grenze zwischen der felsigen Steppe und dem Tiefland dahinter.

»Was ist das?«

»Sieht aus wie eine Karawane«, antwortete er.

Rhapsody nickte. »Gesandte mit ihrem Tross«, sagte sie leise. »Sie kommen, um Achmed ihre Aufwartung zu machen.«

Trotz seiner verhüllenden Schleier war deutlich zu sehen, dass Ashe zitterte. »Ich beneide sie nicht«, sagte er humorig. »Sie werden mit ihren Vorstellungen von Protokoll und Etikette wahrscheinlich schwer ins Schleudern kommen.«

Rhapsody blickte in den dunklen Ausschnitt seiner Kapuze und sah nichts als dünne Dampfschlieren. Ihre Kopfhaut prickelte, als sie vergeblich nach seinen Augen suchte, nach einem mimischen Ausdruck. Ashe schien sich unter den Bolg durchaus wohl gefühlt zu haben und war als höflicher, unvoreingenommener Besucher aufgetreten, doch daraus ließ sich für Rhapsody kein verlässlicher Schluss folgern. Die Kapuze barg womöglich ein schrecklich düsteres Geheimnis. Und selbst wenn sie einen Blick auf sein Gesicht erhaschen könnte, bliebe ihr doch sein Herz verborgen.

Und er war ihr Begleiter, von dem sie hoffte, dass er sie zur Drachenhöhle führte, also angewiesen auf ihn um der Sicherheit der Bolgländer willen. Ob sie es bis dorthin schaffen würde oder nicht, war noch fraglich. Auf alle Fälle musste sie sich vor Ashe in Acht nehmen.

Ashe holte aus mit seinem Wanderstab.

»Sollen wir?«

Er schaute nach Westen, auf das zum Teil noch verschneite Tal und über die weite Ebene jenseits der Bergausläufer.

Rhapsody verweilte mit ihrem Blick noch kurz auf dem Panorama der Zahnfelsen und wandte sich dann ebenfalls der vorgegebenen Marschrichtung zu. Im Rücken stieg die Sonne auf und warf ihre goldenen Strahlen auf den grauen Dunst der Welt, die sich vor ihnen ausbreitete. Im Unterschied zu ihnen bewegten sich die kleinen dunklen Gestalten in der Ferne durch triste Schatten.

»Ja«, sagte sie und rückte ihr Gepäck zurecht. »Ich bin so weit.« Ohne sich noch einmal umzudrehen, folgte sie ihm talwärts. Der Anfang des langen Wegs zur Drachenhöhle war gemacht.

In der Ferne blieb eine der Gestalten plötzlich aufmerkend stehen, warf einen Blick auf die Hügel und setzte sich dann wieder in Bewegung, dem Reich der Firbolg entgegen.

Mit schrillem Kreischen riss der Zeitstreifen entzwei, schlug flappend um die Spule und entzündete sich. Die Projektion auf dem Bildschirm erlosch, und von der Lampe stieg Rauch auf. Ein Stück des spröden Filmmaterials fiel brennend zu Boden.

Meridion stürzte hinzu, packte die rotierende Spule und drückte die schwelende Glut an der Bruchstelle zwischen zwei

Fingern aus. Hastig hantierte er am Schaltpult des Zeit-Editors und atmete erleichtert durch, als das Gerät ausgeschaltet war. Dann hob er den zu Boden gefallenen Streifen auf und fluchte leise vor sich hin. Dass dieses Stück unwiderruflich zerstört war, sah er auf den ersten Blick.

Er setzte sich wieder auf den Stuhl, starrte untröstlich auf das Fragment und hob es schließlich ans Licht.

Er konnte sie tatsächlich sehen, die beiden winzigen Gestalten: die kleine, schlanke Frau mit dem glänzenden Haar, das mit einer schwarzen Schleife im Nacken zusammengehalten wurde, und den grau verhüllten Mann. Von den Strahlen der aufgehenden Sonne beschienen, standen sie auf der letzten Anhöhe über der Ebene.

Meridion seufzte. Was für eine böse Ironie, dass sie ausgerechnet vor dieser Kulisse erstarren mussten, die ganz ähnlich aussah wie die weiten Felder, bei denen er sie jenes Nachts gesehen hatte. Immerhin hatte er sie wieder zusammengeführt, auf derselben Seite der Zeit. Aber ihre Seelen waren mittlerweile so vernarbt, dass sie einander nicht erkannten. Doch dazu würde es wohl noch kommen. Kommen müssen.

Meridion fuhr wieder mit der Hand über die Instrumententafel, worauf der Editor brausend aufleuchtete. Vorsichtig führte er den verbrannten Rand unter die Linse, justierte das Okular mit ruhiger Hand und versuchte es auf das durch den Schwelbrand wellig gewordene Material scharf einzustellen.

Enttäuscht gab er schließlich auf. Das Bild war nun auf ewig zur Unkenntlichkeit eingeschwärzt. Blieb nur zu hoffen, dass zu den zerstörten Filmbildern nicht auch solche zählten, die er unbedingt hätte sichten müssen, um noch einen Hinweis auf die Identität des F'dor zu finden. Wenn ihm das nicht gelänge, würde er nicht wieder intervenieren können. Die beiden blieben dann ihrem dunklen Zeitabschnitt verhaftet. Dabei war ihre bisherige Geschichte schon tragisch genug. Ohne den Hinweis, den er suchte, würde sie noch tragischer enden.

Er schaltete den Editor wieder aus, lehnte sich im Dunkeln zurück und dachte nach.

Die Nacht brach herein, was ihm nur recht war. Die Dunkelheit war ihm ein Freund. Seine Augen sahen auch ohne Licht; das waren sie gewohnt, denn er kam von weit her, aus dem Reich des schwarzen Feuers.

Was bei Tage nicht auffiel, wurde jetzt deutlich: Das Weiß dieser Augen glühte an den Rändern blutrot. Natürlich war niemand zugegen, der dies gesehen hätte. Er war auf dieser Seite vorsichtig darauf bedacht, nicht erkannt zu werden, schon gar nicht jetzt, wo er seinem Ziel so nahe war.

In der Ferne sah er die Gesandtschaft herbeiziehen. Seufzend lehnte er sich in seinem Sessel zurück. Endlich. Nach so langer Zeit waren die drei endlich zur Stelle. Daran ließ sich nicht länger zweifeln.

Die seltsamen Vorgänge in Canrif, die Gerüchte und Geschichten über den neuen Firbolg-König wie auch die Fortschritte der monströsen Bevölkerung dort konnten nur als Beweis dafür zu deuten sein, dass seine Einschätzung richtig war. Dabei hatte es nicht einmal der mächtige Gwylliam vermocht, die Bolg zu zähmen. Jetzt stellte sich nur die Frage, was damit anzufangen war.

Es lief alles nach Wunsch, so gut, dass einfach nichts mehr schief gehen durfte. Zwietracht war genug gesät worden; die Aufstände hatten ihre Wirkung gezeitigt. Der Verlust des Hauses der Erinnerung war zwar ein schwerer Rückschlag gewesen, ließ sich aber noch verschmerzen.

Von entscheidenderer Bedeutung für seine Pläne war die bevorstehende Unterbrechung des Patriarchenritus. Ob die neue Macht im Land darauf noch Einfluss nehmen würde, blieb abzuwarten. Sie war zu weit entfernt, als dass ein Eingreifen möglich wäre, falls sich herausstellte, dass sie am Ende nichts anderes im Schilde führte, als die Ungeheuer aufzurüsten, um mit ihnen Eroberungskriege zu führen. Das war wichtig; von dem Auftragsmord in Sepulvarta hing allzu viel ab. Die Sache durfte nicht scheitern.

Er schloss die Augen und schmeckte den Tod, der schwer und erwartungsvoll in der Luft hing. Der Zeitpunkt rückte näher; gleichzeitig steigerte sich die ekelhafte, dumpfe Erregung im

Marschtempo zum Kriegswahn. Mit dem Rhythmus des anschwellenden Hasses, der sich unaufhaltsam Bahn brach, zog es aus der Ferne herauf. Bald würde es da sein, gerade rechtzeitig.

Ein Klopfen an der Tür unterbrach seine angenehm schwärmerischen Gedankenspiele. Er stand langsam auf, um den Botschafter hereinzulassen, den einen und einzigen, dem er die heikelsten Aufgaben anvertrauen konnte. Seine erste Aufgabe sollte es sein, die Lage in Canrif und dessen neue Herrschaft einzuschätzen. Danach hätte er dafür zu sorgen, dass die drei im Verborgenen Reich der Bolg zurückblieben und ihm nicht in die Quere kämen, wenn er sich den wichtigeren Dingen zuwenden würde.

Als sein Abgesandter wieder gegangen war, um dem Firbolg-König seine Aufwartung zu machen, lehnte er sich entspannt zurück.

»Bald werden wir sehen, wer es wirklich verdient, ›Kind des Blutes‹ genannt zu werden«, flüsterte er und schmunzelte in sich hinein.

Nur die Dunkelheit hörte seine Worte.

Danksagung

Die Ausdruckskraft einer musikalischen Rhapsodie gründet in der Vielfalt der Inspiration, aus der sie entstanden ist, wie auch in den Talenten der Musiker, die sie zur Aufführung bringen. Lassen Sie mich dem Orchsester meinen tiefen Dank aussprechen:

Richard Curtis, meinem Agenten – einem wahren Künstler und außergewöhnlich ausdrucksvollen Musiker, der schon an das Thema meiner Rhapsodie geglaubt hat, bevor ich es getan habe. Ohne ihn hätte ich dieses Buch niemals schreiben können.

Meinem überaus fähigen Herausgeber James Minz, dem Dirigenten, der ein viel feineres Gehör hat als ich, und all den anderen wunderbaren Mitarbeitern von Tor.

Den Konzertmeistern T. L. Evans und W. J. Ralbovsky für ihre Unterstützung und Freundschaft schon ganz zu Beginn der Proben.

Den Kritikern Rebecca Mayr, Sharon Harris, Jennifer Roberson und Anne McCaffrey, die der Generalprobe beiwohnten und mich rechtzeitig vor der Premiere auf einige zu glättende Stellen aufmerksam machten.

Robert J. Becker für seine kartografischen Berechnungen und geologischen Gutachten.

Norma J. Coney für ihre umfassenden Kenntnisse der Kräuter- und Pflanzenkunde.

Luis Royo für das außergewöhnliche Cover der amerikanischen Originalausgabe und Ed Gazsi für seine ansprechenden Landkarten in derselben Ausgabe.

Helen M. Kahny für ihr professionelles Verständnis der mittelalterlichen Musik und der Guido-Tonleiter im Besonderen, wie auch für alles, was sie mir gegeben hat.

Professor Wilhelm Nicolaisen, der meine Liebe zur Volkskunde vertieft und mir gezeigt hat, wie man ihre Geheimnisse erschließt. Und zuletzt und vor allem meinem Ehemann und meinen Kindern, wahrhaft unermüdlichen Beschützern und wunderbaren Zuhörern.

Herzlichen Dank jedem Einzelnen von euch.

HEYNE

Meisterwerke der Fantasy

Das magische Lesevergnügen

06/9300

Lesen Sie in der Reihe *Meisterwerke der Fantasy* die besten, originellsten und wichtigsten Fantasy-Romane, die je geschrieben wurden – von Autoren, die gemeinsam mit J.R.R. Tolkien die moderne Fantasy begründet haben.

Terry Pratchett
Die Magie der Scheibenwelt
06/9300

Poul Anderson
Das zerbrochene Schwert
06/9301

Michael Moorcock
Gloriana
06/9302

Mária Szepes
Der rote Löwe
06/9303

HEYNE-TASCHENBÜCHER